HEYNE <

Das Buch

Sein ganzes Leben lang hat Thomas Hockenberry, Professor für Philosophie an der University of Indiana, die *Ilias* studiert, Homers Versepos über den Trojanischen Krieg. Diese Aufgabe setzt er nach seinem Tod fort – wenn auch wider Willen: die Muse Kalliope hat ihn auserwählt, ihr als Kriegsberichterstatter zu dienen. Ausgestattet mit Hightech-Ausrüstung, die ihn in Sekundenbruchteilen nach Troja und wieder zurück bringt und sein Aussehen verändern kann, reist Hockenberry wieder und wieder zu den Schauplätzen des Trojanischen Krieges. Er kennt die *Ilias* genau, und schon bald muss er feststellen, dass das, was er sieht, und das, was Homer beschreibt, zwei verschiedene Dinge sind. Hat sich der Epiker mehr dichterische Freiheiten genommen als bisher gedacht? Oder befindet sich der Professor etwa im falschen Krieg? Die Wahrheit ist weitaus erschreckender: Hockenberry wurde nicht auf dem griechischen Olymp wiedererweckt, sondern auf dem Olympus Mons, dem höchsten Berg des Mars. Und es hat ihn nicht in die Antike, sondern in eine ferne Zukunft verschlagen, in der schon vor Jahrhunderten das nackte Grauen Einzug gehalten hat …

Der Autor

Dan Simmons wurde 1948 in Illinois geboren. Nach dem Studium arbeitete er einige Jahre als Englischlehrer, bevor er sich ganz dem Schreiben widmete. Simmons ist heute einer der erfolgreichsten amerikanischen Schriftsteller der Gegenwart. Seine Romane »Terror«, »Die Hyperion-Gesänge« und »Endymion« wurden zu internationalen Bestsellern, die Verfilmung von »Terror« ist eine der erfolgreichsten TV-Serien unserer Zeit. Der Autor lebt mit seiner Familie in Colorado.

Mehr über Dan Simmons und seine Romane erfahren Sie auf

diezukunft.de

DAN SIMMONS

ILIUM

ROMAN

Aus dem Amerikanischen von
Peter Robert

WILHELM HEYNE VERLAG
MÜNCHEN

Titel der amerikanischen Originalausgabe:
ILIUM

FSC www.fsc.org
MIX
Papier | Fördert gute Waldnutzung
FSC® C014496

Penguin Random House Verlagsgruppe FSC® N001967

2. Auflage

Taschenbuchausgabe 12/2019
Redaktion: Wolfgang Jeschke

Umschlaggestaltung: DAS ILLUSTRAT, München, nach einem Originalentwurf von Ervin Serrano
Umschlagillustration: Gary Ruddell
Satz: Schaber Datentechnik, Austria
Druck und Bindung: GGP Media GmbH, Pößneck
Printed in Germany

ISBN 978-3-453-32047-5

www.diezukunft.de

Den Geist zieht es, von minderen Freuden,
Indes zu eigenen Seligkeiten;
Den Geist – dies Meer, wo jeder Art
Sogleich ihre Entsprechung harrt;
Doch er schweift weiter, bildet selbst
Ganz neue Meere, neue Welt,
Und nichtet alles, was geschaffen,
Zu grüner Schau in grünem Schatten.

– Andrew Marvell, »Der Garten«

Denn wohl lassen sich fette Schafe und Rinder erbeuten,
Dreifußkessel und Rosse mit falben Köpfen gewinnen,
Doch eines Menschen Wiederkehr wird nicht erbeutet
Noch gewonnen, sobald es verließ das Gehege der Zähne.

– Achilles in Homers *Ilias*, 9. Gesang, 406-409

Ein verbittertes Herz, das abwartet und beißt

– Caliban in Robert Brownings »Caliban über Setebos«

*Dieser Roman ist dem Wabash College gewidmet –
seinen Angehörigen, seinem Lehrkörper
und seinem Vermächtnis*

1 Die Ebene von Ilium

Zorn.

Singe mir, o Muse, des Peleussohnes und Männertöters Achilles Unheil bringenden Zorn, der tausend Leid den Achäern schuf und viele stattliche Seelen zum Hades hinabstieß. Und wenn du schon dabei bist, Muse, singe auch den Zorn der launischen, mächtigen Götter hier auf ihrem neuen Olymp, den Zorn der Nachmenschen, auch wenn sie vielleicht tot und begraben sind, und den Zorn jener wenigen echten Menschen, die es noch gibt, auch wenn sie vielleicht egozentrisch und überflüssig geworden sind. Und während du singst, o Muse, singe auch den Zorn jener nachdenklichen, empfindungsfähigen, ernsthaften, aber nicht sonderlich menschlichen Wesen, die draußen unter dem Eis von Europa träumen, in der Schwefelasche von Io sterben und in den kalten Falten des Ganymed geboren werden.

Ach, und von mir singe auch, o Muse, von dem armen, gegen seinen Willen wiedergeborenen Hockenberry – dem armen, toten Thomas Hockenberry, Doktor der Philosophie, Hockenbush für seine Freunde; Freunde, die schon längst zu Staub geworden sind in einer Welt, die es schon lange nicht mehr gibt. Singe *meinen* Zorn, ja, meinen *Zorn*, o Muse, so unbedeutend dieser Zorn auch sein mag, gemessen am Groll der unsterblichen Götter oder verglichen mit der Wut des Gottestöters Achilles.

Aber wenn ich es mir recht überlege, o Muse, singe mir gar nichts. Ich kenne dich. Man hat mich wider Willen zu deinem

Diener gemacht, o Muse, du Miststück sondergleichen. Und ich traue dir nicht, o Muse. Kein bisschen.

Wenn ich in dieser Geschichte schon als unfreiwilliger Chor fungieren soll, dann kann ich mit der Erzählung beginnen, wo ich will. Und ich will hier beginnen.

Es ist ein Tag wie jeder andere in den über neun Jahren seit meiner Wiedergeburt. Ich erwache in der Scholikerkaserne, an diesem Ort aus rotem Sand, blauem Himmel und riesigen Steingesichtern, werde von der Muse gerufen, von den mörderischen Zerberiden beschnüffelt und durchgelassen und von der gläsernen Hochgeschwindigkeitsrolltreppe am Osthang brav die fünfundzwanzig senkrechten Kilometer zu den grasbewachsenen Gipfeln des Olymps hinaufbefördert; erhalte, nachdem ich mich in der leeren Villa der Muse gemeldet habe, meine Instruktionen von dem Scholiker, dessen Schicht zu Ende ist, lege meine Morphausrüstung und die Stoßpanzerung an, stecke mir den Taserstab in den Gürtel und qte dann zur abendlichen Ebene von Ilium.

Falls Sie jemals versucht haben, sich ein Bild von der Belagerung Iliums zu machen, so wie ich es von Berufs wegen über zwanzig Jahre lang getan habe, dann muss ich Ihnen sagen, dass Ihre Vorstellungskraft der Aufgabe mit an Sicherheit grenzender Wahrscheinlichkeit nicht gewachsen war. Meine war es jedenfalls nicht. Die Wirklichkeit ist viel wunderbarer und schrecklicher, als sie uns selbst der blinde Dichter zeigen wollte.

Zuallererst ist da die Stadt, Ilium, Troja, eine der großen bewaffneten Poleis der Antike – mehr als drei Kilometer von dem Strand entfernt, auf dem ich jetzt stehe, aber dennoch gut sichtbar auf ihrer Anhöhe, schön und gebieterisch, die hohen Mauern von Tausenden von Fackeln und Feuern erhellt, die Türme nicht ganz so unermesslich hoch, wie Marlowe uns glauben machen wollte, aber immer noch Staunen erregend – hoch, rund, fremdartig, imposant.

Dann sind da die Achäer, Danaer und die anderen Invasoren – genau genommen noch keine »Griechen«, weil diese Nation erst in über zweitausend Jahren entstehen wird, aber ich werde sie trotzdem Griechen nennen –, die sich kilometerweit hier an der Küste ausgebreitet haben. In meinen *Ilias*-Seminaren habe ich den Studenten erklärt, der trojanische Krieg sei trotz seines homerischen Ruhms in Wirklichkeit wahrscheinlich nur ein kleines Scharmützel gewesen – ein paar Tausend griechische Krieger gegen ein paar Tausend Trojaner. Selbst die kenntnisreichsten Mitglieder der *Scholia* – jener seit fast zweitausend Jahren existierenden Gruppe von *Ilias*-Forschern – haben auf Grundlage des Versepos geschätzt, dass nicht mehr als 50 000 Achäer und andere griechische Krieger in ihren schwarzen Schiffen an der Küste aufgezogen sind.

Sie haben sich geirrt. Neuesten Schätzungen zufolge sind es mehr als 250 000 griechische Angreifer und ungefähr halb so viele Verteidiger Trojas, einschließlich ihrer Verbündeten. Offenbar ist jeder Kriegsheld der griechischen Inseln zu dieser Schlacht herbeigeeilt – eine Schlacht ist nämlich gleichbedeutend mit Plünderung – und hat seine Soldaten, Verbündeten, Gefolgsleute, Sklaven und Konkubinen mitgebracht.

Es ist ein fantastischer Anblick: Kilometer um Kilometer erleuchteter Zelte, Lagerfeuer und Verteidigungsanlagen aus angespitzten Pfählen, dazu lange Gräben im harten Boden oberhalb der Strände – nicht um sich darin zu verstecken und niederzukauern, sondern zur Abschreckung der trojanischen Kavallerie –, und das Licht, das diese kilometerlange Ansammlung von Zelten und Männern beleuchtet und auf polierte Lanzen und glänzende Schilde fällt, stammt von Tausenden hell lodernder Freudenfeuern, Kochfeuern und Scheiterhaufen.

Scheiterhaufen.

In den letzten paar Wochen hat sich eine schleichende Seuche in den Reihen der Griechen ausgebreitet. Ihre ersten Opfer waren Esel und Hunde, dann hat sie hier einen Soldaten und dort einen Diener zu Fall gebracht, bis sie sich in den vergangenen zehn Tagen schließlich zu einer Epidemie ausgewachsen hat, die mehr achäische und danaische Helden getötet hat als die Verteidiger Iliums seit Monaten. Ich nehme an, es ist Typhus. Die Griechen sind davon überzeugt, dass es Apollos Zorn ist.

Ich habe Apollo von Weitem gesehen, sowohl auf dem Olymp als auch hier. Er ist ein ganz übler Bursche. Apollo ist der Gott der Bogenschützen, der Herr des silbernen Bogens, »der Fernhintreffer«, und obwohl er auch der Gott der Heilung ist, ist er ebenso der Gott der Krankheit. Mehr noch, er ist der oberste göttliche Verbündete der Trojaner in dieser Schlacht, und wenn es nach Apollo ginge, würden die Achäer ausgelöscht. Ob die Typhusepidemie nun von den leichenverseuchten Flüssen und anderem vergiftetem Wasser ausgelöst wurde oder von Apollos silbernem Bogen, die Griechen glauben zu Recht, dass er ihnen Böses will.

In diesem Augenblick finden sich die »Fürsten und Könige« der Achäer – und jeder dieser griechischen Helden ist in seiner Provinz und in seinen eigenen Augen eine Art Fürst oder König – gerade zu einer öffentlichen Versammlung bei Agamemnons Zelt ein, um darüber zu beraten, wie man dieser Seuche ein Ende bereiten kann. Ich gehe langsam, fast widerwillig dorthin. Dabei sollte diese Nacht nach meiner nunmehr über neunjährigen Wartezeit der aufregendste Moment meiner langen Tätigkeit als Kriegsbeobachter sein. Heute Nacht beginnt Homers *Ilias* in der Wirklichkeit.

Oh, ich habe viele Elemente des Epos miterlebt, die Homer mit dichterischer Freiheit zeitlich anders eingeordnet hat, etwa den sogenannten Schiffskatalog, jene Aufstellung und Auflistung sämtlicher griechischer Truppen aus dem zweiten Gesang der *Ilias*, die sich jedoch schon vor über neun Jahren beim Aufmarsch dieser Militärexpedition bei Aulis versammelt hatten, an der Meerenge zwischen Euböa und dem griechischen Festland. Oder die *Epipolesis*, die Heerschau, die Agamemnon im vierten Gesang von Homers Epos abhält, die ich jedoch kurz nach der Landung der Truppen hier bei Ilium stattfinden sah. Darauf folgte die *Teichoskopia*, wie ich sie in meinen Seminaren immer genannt habe, die »Mauerschau«, bei der Helena dem Priamos und den anderen trojanischen Führern die verschiedenen achäischen Helden zeigt. Die *Teichoskopia* kommt im dritten Gesang des Poems vor, ereignete sich im wahren Ablauf der Geschehnisse jedoch kurz nach der Landung und der *Epipolesis*.

Sofern es hier einen wahren Ablauf der Geschehnisse gibt.

Jedenfalls findet heute Abend jene Versammlung bei Agamemnons Zelt statt, bei der es zum Streit zwischen Agamemnon und Achilles kommt. Mit ihr beginnt die *Ilias*, und eigentlich sollte ich all meine Kräfte und beruflichen Fähigkeiten auf sie konzentrieren, aber in Wahrheit ist sie mir scheißegal. Sollen sie sich doch in die Brust werfen. Sollen sie sich aufplustern. Soll Achilles ruhig nach seinem Schwert greifen – nun, ich gestehe, es würde mich schon interessieren, das zu sehen. Wird Athene wirklich erscheinen, um ihn aufzuhalten, oder war sie nur eine Metapher dafür, dass Achilles wieder zur Vernunft kam? Ich habe mein Leben lang darauf gewartet, die Antwort auf eine solche Frage zu finden, und nun werde ich sie in ein paar Minuten bekommen, aber seltsamerweise ist ... es ... mir ... definitiv ... scheißegal.

Die neun Jahre der schmerzhaften Wiedergeburt, der langsamen Rückkehr der Erinnerung, des permanenten Krieges und der unablässigen heroischen Posen, ganz zu schweigen von meiner Versklavung durch die Götter und die Muse, haben ihren Tribut gefordert. Momentan hätte ich nichts dagegen, wenn eine B-52 käme und eine Atombombe auf die Griechen und Trojaner würfe. Zur Hölle mit all diesen Helden und den Holzkähnen, in denen sie hierher geschippert sind!

Aber ich stapfe zu Agamemnons Zelt. Das ist nun mal mein Job. Wenn ich es versäume, die Szene zu beobachten und der Muse davon zu berichten, heißt das nicht, dass ich meine Stelle verliere. Nein, die Götter werden mich in die Knochensplitter und die staubige DNS verwandeln, aus denen sie mich wieder erschaffen haben, und das war's dann, wie man so sagt.

2 Ardis Hills, Ardis Hall

Daeman materialisierte in dem Faxportal in der Nähe von Adas Haus und blinzelte benommen in die rote Sonne am Horizont. Der Himmel war wolkenlos, und das untergehende Tagesgestirn brannte zwischen den hohen Bäumen auf der Kammlinie und brachte den P-Ring und den Ä-Ring, die sich am kobaltblauen Himmel drehten, zum Leuchten. Daeman war desorientiert, weil es hier Abend war; dabei war er erst vor ein paar Sekunden von Tobis Zweiter-Zwanziger-Party in Ulanbat weggefaxt, wo es früher Vormittag war. Sein letzter Besuch bei Ada lag Jahre zurück, und außer bei jenen Freunden, die er sehr regelmäßig besuchte – Sedman in Paris, Ono in Bellinbad, Risir in ihrem Haus auf den Klippen von Chom sowie ein paar andere –, wusste er nie, auf welchem Kontinent oder in welcher Zeitzone er sich wiederfinden würde. Aber er kannte die Namen und die Lage der Kontinente ohnehin nicht, geschweige denn die Konzepte geografischer oder chronometrischer Zonen, sodass ihm seine Unwissenheit nichts ausmachte.

Es war trotzdem verwirrend. Er hatte einen Tag verloren. Oder gewonnen? Jedenfalls roch die Luft hier anders – feuchter, würziger, wilder.

Daeman schaute sich um. Er stand in der Mitte eines ganz normalen Faxknoten-Feldes – der übliche Kreis aus Permbeton und eleganten Eisenpfosten mit einer gelben Glaspergola darüber, und am Pfosten in der Nähe des Kreismittelpunkts befand sich das unvermeidliche kodierte Zeichen, das er nicht lesen konnte. In dem Tal war kein anderes Bauwerk zu sehen, nur Gras, Bäume, ein Fluss in der Ferne und die langsame Drehung der beiden Ringe, die wie die Räder eines riesigen, langsamen Gyroskops über ihn wegzogen.

Es war ein warmer Abend, feuchter als in Ulanbat, und das Faxpad lag mitten auf einer grünen Wiese, die von niedrigen Hügeln umgeben war. Sechs Meter von dem kreisrunden Feld entfernt stand eine uralte einrädrige, offene Zweierkarriole; ein ebenso alter Servitor schwebte über der Fahrernische, und ein einzelner Voynix stand zwischen den hölzernen Deichseln. Es war über zehn Jahre her, dass Daeman Ardis Hall besucht hatte, aber jetzt fiel ihm wieder ein, wie primitiv und unbequem die ganze Sache gewesen war. Absurd, sein Haus nicht auf einem Faxknoten zu haben.

»Daeman *Uhr*?«, erkundigte sich der Servitor, obwohl er offensichtlich wusste, wen er vor sich hatte.

Daeman grunzte und hielt ihm seine ramponierte Reisetasche hin. Der winzige Servitor schwebte näher heran, nahm das Gepäck mit seinen gepolsterten Greifern und lud es in den Segeltuchkasten der Karriole, während Daeman einstieg. »Warten wir noch auf jemanden?«

»Sie sind der letzte Gast«, antwortete der Servitor. Er schwebte summend in seine halbkugelförmige Nische und schnalzte einen Befehl; der Voynix packte die Deichseln der Karriole und setzte sich in Bewegung, auf die untergehende Sonne zu. Seine rostigen Peds und das Rad der Karriole wirbelten auf der Schotterstraße nur sehr wenig Staub auf. Daeman ließ sich in das grüne Leder sinken, stützte beide Hände auf seinen Spazierstock und genoss die Fahrt.

Er war nicht gekommen, um Ada zu besuchen, sondern um sie zu verführen. Das war Daemans Lieblingsbeschäftigung – junge Frauen verführen. Und Schmetterlinge sammeln. Dass Adas Erster Zwanziger noch nicht lange zurücklag und Daeman bereits auf seinen Zweiten Zwanziger zuging, war ihm gleichgültig, ebenso wie die Tatsache, dass Ada seine Cousine ersten Grades war. Inzesttabus waren schon vor langer Zeit zerbröckelt. »Gendrift« war Daeman kein Begriff, aber selbst wenn, hätte er darauf vertraut, dass die Klinik die Sache schon wieder in Ordnung bringen würde. Die Klinik brachte alles wieder in Ordnung.

Daeman hatte Ardis Hill vor zehn Jahren als Adas Cousin besucht – und aus lauter Langeweile versucht, ihre Cousine Virginia zu verführen, die so attraktiv war wie ein Voynix. Damals hatte er Ada zum ersten Mal nackt gesehen. Auf der Suche nach dem Frühstückswintergarten war er einen der endlosen Korridore von Ardis Hall entlanggegangen und dabei am Zimmer des Mädchens vorbeigekommen; die Tür hatte einen Spaltbreit offen gestanden, und in einem hohen, verzogenen Spiegel war Ada zu sehen gewesen, die mit leicht gelangweilter Miene splitterfasernackt an einem Waschbecken stand und sich mit einem Schwamm wusch – Ada war vieles, aber bestimmt nicht übermäßig sauber, wie Daeman festgestellt hatte –, und ihr Spiegelbild, diese junge Frau, die gerade dem Kokon des Kindesalters entschlüpfte, hatte ihn innehalten lassen, diesen erwachsenen Mann, der zu jener Zeit nur ein wenig älter gewesen war als Ada jetzt.

Selbst damals, als ihren Hüften, Oberschenkeln und Brüsten mit den winzigen Brustwarzen noch ein Hauch Babyspeck angehaftet hatte, war Ada ein Anblick gewesen, für den sich das Stehenbleiben lohnte. Mit ihrer blassen Haut, die immer von einem weichen, pergamentenen Weiß war, ganz gleich, wie lange sie sich im Freien aufhielt, ihren grauen Augen, himbeerroten Lippen und pechschwarzem Haar war sie der Traum eines Amateurerotikers. Zu jener Zeit war es Mode gewesen, dass Frauen sich die Achselhöhlen rasierten, aber die junge Ada hatte dem nicht mehr Beachtung geschenkt als den meisten anderen kulturellen Usancen (und Daeman hoffte aufrichtig, dass ihr erwachsenes Gegenstück es ebenso wenig tat). Eingefroren in dem hohen Spiegel damals (und jetzt aufgespießt und ausgestellt im Schaukasten von Daemans Gedächtnis) waren jener noch mädchenhafte, aber bereits sinnliche Körper, die schweren, bleichen Brüste, die sahnige Haut, die wachen Augen, all jene Blässe, die von den vier Tupfern schwarzen Haares durchsetzt war – das wellige Fragezeichen ihres Schopfes, den sie immer achtlos hochgesteckt trug, außer wenn sie spielte (wie meistens), die beiden Kommata in ihren Achselhöhlen und das perfekte, noch nicht zu einem Delta gereifte schwarze Ausrufezeichen, das zu den Schatten zwischen ihren Schenkeln führte.

Daeman lächelte in seiner Karriole. Er hatte keine Ahnung, weshalb Ada ihn nach all den Jahren zu dieser Geburtstagsfeier eingeladen hatte – oder wessen Zwanziger sie feierten –, aber er war davon überzeugt, dass es ihm gelingen würde, die junge Frau zu verführen, bevor er wieder in seine wirkliche Welt der Partys, der ausgedehnten Besuche und der beiläufigen Affären mit weltlicheren Frauen zurückfaxte.

Der Voynix trabte mühelos dahin und zog die Karriole hinter sich her. Nur das Zischen des Schotters unter seinen Peds und das leise Summen uralter Gyroskope in der Karosserie der Kutsche waren zu hören. Schatten krochen über das Tal, aber die schmale Straße führte aufwärts über einen Kamm, erhaschte das letzte bisschen Sonne – die vom nächsten Kamm im Westen halbiert wurde – und führte dann in ein breiteres Tal hinunter, wo sich zu beiden Seiten von niedrigen Pflanzen bewachsene Felder ausdehnten. Die Pflegeservitoren schossen über den Feldern hin und her wie ein Haufen levitierender Krocketbälle, dachte Daeman.

Die Straße bog nach Süden ab – von Daeman aus gesehen nach links –, überquerte in Gestalt einer überdachten Holzbrücke einen Fluss, wand sich dann im Zickzack einen steilen Hang hinauf und führte in einen älteren Wald. Daeman erinnerte sich undeutlich daran, dass er in diesem uralten Wald vor zehn Jahren – in den späteren Stunden jenes Tages, an dem er die junge Ada nackt im Spiegel gesehen hatte – auf Schmetterlingsjagd gegangen war. Er erinnerte sich an seine Erregung, als er bei einem Wasserfall ein seltenes Exemplar eines Trauermantels gefangen hatte, und die Erinnerung vermischte sich mit der Erregung beim Anblick der blassen Haut und des schwarzen Haars des Mädchens. Er erinnerte sich jetzt an den Blick, den ihm Adas Spiegelbild zugeworfen hatte – desinteressiert, weder erfreut noch zornig, schamlos, aber nicht unverschämt, beinahe kühl analysierend –, als sie beim Waschen aufgeblickt und den auf dem Gang draußen vor Lust erstarrten, siebenundzwanzigjährigen Daeman ganz ähnlich angesehen hatte wie Daeman selbst seinen gefangenen Trauermantel.

Die Karriole näherte sich Ardis Hall. Es war dunkel unter den alten Eichen, Ulmen und Eschen auf den letzten Metern zur Kuppe des Hügels, aber an der Straße waren gelbe Laternen aufgestellt worden, und im Wald funkelten Reihen farbiger Laternen, die vielleicht Spazierwege markierten.

Der Voynix trabte aus dem Wald, und ein vom Abendlicht erfüllter Anblick tat sich auf: Ardis Hall, leuchtend auf seiner Hügelkuppe; weiße Schotterwege und Straßen, die sich in alle Richtungen schlängelten; die ausgedehnte Rasenfläche, die vor dem Herrenhaus fast einen halben Kilometer weit sanft abfiel, bis ein weiterer Wald dem Grün den Weg versperrte; der glänzende Fluss dahinter, der noch das sterbende Licht im Himmel spiegelte; und durch eine Lücke in den südwestlichen Hügeln der flüchtige Blick auf weitere bewaldete Hügel – schwarz, lichtlos – und dann noch mehr Hügel dahinter, bis die schwarzen Kämme mit schwarzen Wolken am Horizont verschmolzen.

Daeman fröstelte. Erst jetzt fiel es ihm wieder ein: Adas Haus lag in der Nähe der Dinosaurierwälder auf diesem Kontinent. Er erinnerte sich, dass er bei seinem letzten Besuch schreckliche Angst gehabt hatte, obwohl Virginia und Vanessa und alle anderen ihn beruhigt hatten, dass es im Umkreis von achthundert Kilometern keine gefährlichen Dinosaurier gebe – alle anderen, hieß das, außer der fünfzehnjährigen Ada, die ihn nur mit jener berechnenden, leicht amüsierten Miene angesehen hatte, die sie, wie er bald erfahren sollte, üblicherweise zur Schau trug. Damals hatten ihn nur die Schmetterlinge zu einem Spaziergang aus dem Haus locken können. Heute würde dazu mehr nötig sein. Obwohl er wusste, dass ihm angesichts all der Servitoren und Voynixe in der Umgebung nichts passieren konnte, verspürte Daeman nicht den geringsten Drang, von einem ausgestorbenen Reptil gefressen zu werden und mit der Erinnerung an diese Schmach in der Klinik aufzuwachen.

Die riesige Ulme am oberen Ende des Hangs vor Ardis Hall war mit Dutzenden von Laternen geschmückt; Fackeln säumten die kreisrunde Auffahrt und die weißen Schotterwege, die vom Haus in den Garten führten. Wach-Voynixe standen an den Hecken neben der Auffahrt und am Rand des dunklen Waldes. Daeman sah, dass in der Nähe der Ulme ein langer Tisch aufgestellt worden war – Fackeln flackerten in der abendlichen Brise überall um die festliche Szenerie herum – und dass sich dort bereits ein paar Gäste zum Abendessen versammelten. Mit seinem üblichen Anflug von erfreutem Snobismus bemerkte er auch, dass die meisten Männer hier noch mit schmutzig weißen Gewändern, Burnussen und Abendoveralls in Erdfarben bekleidet waren, ein Stil, der in den wichtigeren gesellschaftlichen Kreisen, in denen Daeman verkehrte, schon vor Monaten aus der Mode gekommen war.

Der Voynix trabte auf der runden Auffahrt bis vor die Eingangstüren von Ardis Hall, blieb in dem herausfallenden gelben Lichtstrahl stehen und setzte die Deichseln der Karriole so sanft ab, dass Daeman nicht einmal einen Stoß spürte. Der Servitor flitzte nach hinten, um seine Tasche zu holen, während Daeman ausstieg, froh, seine Füße auf dem Boden zu spüren; ihm war noch ein bisschen schwindlig vom heutigen Faxen.

Ada kam schwungvoll zur Tür heraus und die Treppe herunter, um ihn zu begrüßen. Daeman blieb wie angewurzelt stehen, ein dummes Grinsen im Gesicht. Ada war nicht nur schöner, als er sie in Erinnerung hatte; sie war geradezu unvorstellbar schön.

3 Die Ebene von Ilium

Die griechischen Truppenführer haben sich zusammen mit einem Haufen interessierter Zuschauer vor Agamemnons Zelt versammelt, und der Streit zwischen Agamemnon und Achilles kommt allmählich in Schwung.

Ich sollte erwähnen, dass ich inzwischen die Gestalt von Bias angenommen habe – nicht die des gleichnamigen pylischen Hauptmanns aus Nestors Truppen, sondern die des Hauptmanns, der Menestheus dient. Der arme Athener ist zurzeit an Typhus erkrankt, und obwohl er überleben wird, um im 13. Gesang zu kämpfen, verlässt er kaum jemals sein Zelt, das ein gutes Stück weiter unten an der Küste steht. Als Hauptmann hat Bias immerhin einen so hohen Rang, dass die Lanzenkämpfer und die neugierigen Zuschauer ihm Platz machen, sodass ich Zugang zum Kreis in der Mitte bekomme. Aber niemand wird erwarten, dass Bias in der bevorstehenden Debatte das Wort ergreift.

Ich habe den größten Teil des Dramas verpasst, bei dem Kalchas, Sohn des Thestor und »von den Vogelflugdeutern der beste«, den Achäern den wahren Grund von Apollos Zorn enthüllt hat. Ein anderer Hauptmann, der neben mir steht, flüstert mir zu, Kalchas habe vor seiner Rede Immunität gefordert – er habe Achilles' Schutz verlangt, falls der versammelten Menge und den Königen nicht gefalle, was er zu sagen habe. Achilles sei einverstanden gewesen. Kalchas habe der Gruppe erzählt, was alle schon halb vermutet hätten: dass Chryses, der Priester des Apollo, um die Rückgabe seiner gefangenen Tochter gebeten und Agamemnons Weigerung den Gott erzürnt habe.

Agamemnon sei wütend über Kalchas' Deutung gewesen. »Er hat quadratische Ziegenkacke geschissen«, flüstert der Hauptmann mit einem Lachen, das seine Weinfahne zu mir herüberträgt. Wenn ich mich nicht irre, heißt dieser Hauptmann Orus und wird in ein paar Wochen von Hektor getötet, wenn der trojanische Held anfängt, Achäer en gros zu massakrieren.

Orus erzählt mir, Agamemnon habe sich gerade eben bereit erklärt, die Sklavin Chryseis zurückzugeben – »Ich ziehe sie nämlich sogar meiner Gemahlin Klytämnestra vor, denn sie ist nicht schlechter als jene«, habe der Sohn des Atreus gerufen –, aber dann habe der König Ersatz in Gestalt einer ebenso schönen Gefangenen verlangt. Dem sternhagelvollen Orus zufolge hat Achilles gerufen: »Nicht so hastig, Atreussohn, Besitzbegierigster aller!«, und dann erklärt, dass die Argeier – ein weiterer Name für die Achäer oder Danaer, die verdammten Griechen mit ihren vielen Namen – gegenwärtig nicht in der Lage seien, ihrem Führer weitere Beute auszuhändigen. Aber wenn sich das Schlachtenglück eines Tages wieder zu ihren Gunsten wende, versprach der Männertöter Achilles, werde Agamemnon sein Mädchen bekommen. Fürs Erste solle er jedoch Chryseis ihrem Vater zurückgeben und die Klappe halten.

»Da hat Fürst Agamemnon, des Atreus' Sohn, ganze Ziegen zu scheißen begonnen«, lacht Orus. Er spricht so laut, dass sich mehrere Hauptleute umdrehen und uns finstere Blicke zuwerfen.

Ich nicke und schaue auf die inneren Kreise. Agamemnon steht wie immer im Mittelpunkt des Geschehens. Der Sohn des Atreus sieht von Kopf bis Fuß wie der oberste Feldherr aus – hochgewachsen, den Bart in klassische Locken gedreht, die Stirn eines Halbgotts und durchdringender Blick, geölte Muskeln, in die feinste Rüstung, das feinste Tuch gekleidet. Ihm steht im offenen Zentrum des Kreises Achilles gegenüber. Stärker, jünger, schöner noch als Agamemnon, spottet Achilles beinahe jeder Beschreibung. Als ich ihn beim Schiffskatalog vor über neun Jahren zum ersten Mal gesehen habe, dachte ich, Achilles müsse der gottähnlichste Mensch sein, der unter diesen vielen gottähnlichen Menschen wandelte, so beeindruckend war die körperliche Erscheinung dieses gebieterischen Mannes. Seither ist mir klar geworden, dass Achilles trotz all seiner Schönheit und Kraft ziemlich dumm ist – eine Art Arnold Schwarzenegger, wenn auch tausendmal attraktiver.

Um diesen innersten Kreis herum stehen jene Helden, die in meinem anderen Leben jahrzehntelang Gegenstand meiner Seminare waren. Man erlebt keine Enttäuschung, wenn man sie leibhaftig vor sich sieht. Nahe bei Agamemnon, aber in dem entbrannten Streit offenbar nicht auf seiner Seite ist Odysseus – einen ganzen Kopf kleiner als Agamemnon, aber mit breiterer Brust und breiteren Schultern bewegt er sich unter den griechischen Fürsten wie ein Widder unter Schafen; Intelligenz und Schläue leuchten aus seinen Augen und sind in die Falten seines wettergegerbten Gesichts eingekerbt. Ich habe noch nie mit Odysseus gesprochen, aber ich würde es gern noch tun, bevor dieser Krieg vorüber ist und er zu seinen Reisen aufbricht.

Zur Rechten Agamemnons steht sein jüngerer Bruder Menelaos, Helenas Gemahl. Ich wünschte, ich bekäme jedes Mal einen Dollar, wenn ich einen Achäer mosern höre: Wäre Menelaos ein besserer Liebhaber gewesen – »hätte er einen größeren Schwanz«, wie es Diomedes vor drei Jahren in meiner Hörweite einem Freund gegenüber formulierte –, dann wäre Helena nicht mit Paris nach Ilium ausgebüxt, und die Helden der griechischen Inseln hätten die letzten neun Jahre nicht mit dieser verfluchten Belagerung vergeudet. Links neben Agamemnon steht Orestes – nicht Agamemnons zu Hause gebliebener verzogener Sohn, der den Mord an seinem Vater eines Tages rächen und sich damit sein eigenes Theaterstück verdienen wird, sondern nur ein loyaler Lanzenkämpfer gleichen Namens, den Hektor während der nächsten großen trojanischen Offensive niedermacht.

Hinter König Agamemnon steht Eurybates, Agamemnons Herold – nicht zu verwechseln mit dem Eurybates, der Odysseus' Herold ist. Neben Eurybates steht Ptolemäus' Sohn, Eurymedon, ein gut aussehender Junge, Agamemnons Wagenlenker – nicht zu verwechseln mit dem weit weniger gut aussehenden Eurymedon, der Nestors Wagen lenkt. (Manchmal, das gebe ich zu, würde ich all diese glorreichen Patronymika gern gegen ein paar simple Nachnamen austauschen.)

In Agamemnons Hälfte des Kreises stehen heute Abend auch der große und der kleine Ajax, die die Truppen aus Salamis und Lokris anführen. Diese beiden wird man nie verwechseln, außer vom Namen her, weil der große Ajax wie ein weißer Profi-Linebacker und der kleine wie ein Taschendieb aussieht. Euryalos, der zweite, stellvertretende Befehlshaber der Kämpfer von Argolis, steht neben seinem Chef, Sthenelos, einem Mann, der so furchtbar lispelt, dass er seinen eigenen Namen nicht aussprechen kann. Agamemnons Freund und Oberbefehlshaber der Kämpfer von Argolis, der freimütige Diomedes, ist ebenfalls zugegen; heute Abend ist er nicht heiter gestimmt, er schaut finster zu Boden, mit verschränkten Armen. Der alte Nestor – »der tönende Redner von Pylos« – steht dicht an der Mittellinie des inneren Kreises und schaut noch unglücklicher drein als Diomedes, während Agamemnon und Achilles sich so richtig in ihre Wut und ihre gegenseitigen Beschimpfungen hineinsteigern.

Wenn sich alles Homers Schilderung entsprechend entwickelt, wird Nestor in ein paar Minuten seine große Rede halten und vergeblich an Agamemnon und den wütenden Achilles appellieren, sich wieder zu vertragen, bevor ihr Zorn den Trojanern in die Hände spielt, und ich gestehe, dass ich Nestors Rede hören möchte, und sei es nur wegen seiner Anspielung auf den alten Krieg gegen die Kentauren. Kentauren haben mich schon immer interessiert, und Homer lässt Nestor in nüchternem Ton von ihnen und dem Krieg gegen sie sprechen; die Kentauren sind eines von nur zwei mythischen Tieren, die in der *Ilias* erwähnt werden; das andere ist die Chimaira. Ich freue mich schon darauf, ihn von den Kentauren sprechen zu hören, aber vorerst achte ich darauf, dass Nestor mich nicht sieht, denn Bias, dessen Identität ich beim Morphen angenommen habe, ist einer der Untergebenen des alten Mannes, und ich will nicht in ein Gespräch verwickelt werden. Momentan besteht allerdings kein Anlass zur Sorge – Nestors Aufmerksamkeit richtet sich wie die aller anderen auf den heftigen, Speichel sprühenden Wortwechsel zwischen Agamemnon und Achilles.

Nahe bei Nestor und offenbar auf Neutralität bedacht stehen Menesthios (der in ein paar Wochen von Paris getötet werden wird, wenn Homers Darstellung der Realität entspricht), Eumelos (Führer der Thessalier aus Pherai), Polyxeinos (Mitanführer der Epeier), Polyxeinos' Freund Thalpios, Thoas (Befehlshaber der Ätoler), Leonteus und Polypoites in ihrer charakteristischen argissanischen Tracht, außerdem Machaon und sein Bruder Podaleirios, hinter denen ihre diversen thessalischen Leutnants stehen, Odysseus' treuer Freund Leukos (dem es bestimmt ist, in ein paar Tagen von Anthiphos getötet zu werden), und andere, die ich mit den Jahren gut kennengelernt habe, nicht nur vom Sehen, sondern auch vom Klang ihrer Stimme her und durch ihre jeweils typische Art zu kämpfen, zu prahlen und den Göttern Opfergaben darzubringen. Falls ich es bisher noch nicht erwähnt habe: Die alten Griechen, die hier versammelt sind, tun nichts halbherzig – sie bieten bei allem ihr ganzes Können auf und laufen bei jeder ihrer Unternehmungen »das volle Risiko des Scheiterns«, wie es ein Wissenschaftler des zwanzigsten Jahrhunderts einmal ausgedrückt hat.

Gegenüber von Agamemnon und rechts von Achilles stehen Patroklos – der beste Freund des Männertöters, dessen Tod durch Hektors Hand Achilles' wahren Zorn und das größte Gemetzel in der Geschichte des Krieges auslösen wird – und

Tlepolemos, der schöne Sohn des mythischen Helden Herakles, der den Onkel seines Vaters getötet hat, daraufhin von zu Hause geflohen ist und bald von Sarpedons Hand sterben wird. Zwischen Tlepolemos und Patroklos steht der alte Phönix (Achilles' treuer Freund und ehemaliger Lehrer) und flüstert dem Sohn von Diokles, Orsilochos, etwas zu, der schon sehr bald von Äneas getötet werden wird. Links vom zornbebenden Achilles ist Idomeneus, ein viel besserer Freund des Männertöters, als ich nach dem Epos vermutet hatte.

Im innersten Kreis stehen natürlich noch mehr Helden, und zahllose weitere befinden sich in der Menge hinter mir, aber Sie verstehen schon, worauf ich hinauswill. Niemand bleibt namenlos, weder in Homers Versepos noch in der Alltagswirklichkeit hier auf der Ebene von Ilium. Jeder Mann trägt den Namen seines Vaters, seine Geschichte, seine Ländereien, Frauen, Kinder und Leibeigenen beständig mit sich herum, bei allen kriegerischen wie auch rhetorischen Begegnungen. Das kann einen schlichten Wissenschaftler schon manchmal zermürben.

»Sinne mir nicht so auf Trug, gottgleicher Achilles, der du beim Würfeln, im Krieg und die Frauen betrügst!«, ruft Agamemnon. »Mich hintergehst du nicht! Du hast die Sklavin Briseis, eine der schönsten Frauen, die wir je geraubt haben; sie ist genauso schön wie meine Chryseis. Du selbst willst dein Ehrengeschenk behalten, und ich soll leer ausgehen? Niemals! Lieber würde ich den Oberbefehl über unser Heer Ajax hier übergeben … oder Idomeneus … oder dem listenreichen Odysseus dort … oder dir, Achilles … *dir* … statt derart betrogen zu werden.«

»Nur zu«, höhnt Achilles. »Es wird Zeit, dass wir einen richtigen Anführer bekommen.«

Agamemnon wird dunkelrot. »Also schön. Lass ein schwarzes Schiff zu Wasser, belade es mit Ruderern und Opfern für die Götter … nimm Chryseis mit, wenn du es wagst … aber *du* wirst die Opfer bringen müssen, Achilles, o Töter der Männer. Wisse, dass ich mir als Ersatz ein Ehrengeschenk nehmen werde – und dieses Ehrengeschenk wird deine liebreizende Briseis sein.«

Achilles' hübsches Gesicht ist wutverzerrt. »Von Unverschämtheit Strotzender, voller Gewinnsucht! Hundsäugiger Feigling!«

Agamemnon tritt einen Schritt vor, wirft sein Szepter zu Boden und legt die Hand an sein Schwert.

Achilles tritt ihm entgegen und packt das Heft seines eigenen Schwertes. »Die Trojaner haben uns nie Schaden zugefügt, Agamemnon, wohl aber du! Nicht der Lanzen werfenden Trojaner wegen kamen wir an diese Küste, sondern deinet- und deiner Habgier wegen – wir kämpfen für dich, Schamlosester. Wir sind dir hierher gefolgt, um deine Ehre vor den Trojanern zu retten, deine und die deines Bruders Menelaos, eines Mannes, der nicht einmal seine Gattin im Schlafzimmer halten kann …«

Nun tritt Menelaos vor und ergreift *sein* Schwert. Die Hauptleute und ihre Männer gruppieren sich jetzt um den einen oder anderen Helden, sodass sich der Kreis bereits in drei Lager aufgelöst hat – diejenigen, die für Agamemnon kämpfen werden, diejenigen, die für Achilles kämpfen werden, und diejenigen um Odysseus und Nestor herum, die so angewidert dreinschauen, als könnten sie alle beide umbringen.

»Ich ziehe mit meinen Männern heim«, schreit Achilles, »zurück nach Phthia. Lieber gehe ich mit einem leeren Schiff unter, das geschlagen heimfährt, als hierzubleiben und als Missachteter dir Vermögen und Reichtum zu häufen.«

»Meinethalben kannst du von dannen ziehen!«, brüllt Agamemnon. »Oder vielmehr *desertieren*. Ich mag dich nicht bitten, um meinetwillen zu bleiben und für *mich* zu kämpfen. Du magst kraftvoll sein, Achilles, aber was heißt das schon? Es ist eine Gabe der Götter und nicht dein Verdienst. Du liebst den Kampf und das Blut, es macht dir Freude, deine Feinde niederzumetzeln, also nimm deine kriecherischen Myrmidonen und zieh heim!«

Achilles vibriert geradezu vor Wut. Man sieht ihm an, dass er hin- und hergerissen ist zwischen dem Drang, auf dem Absatz kehrtzumachen, seine Männer zu holen und Ilium ein für alle Mal hinter sich zu lassen, und dem überwältigenden Wunsch, sein Schwert zu ziehen und Agamemnon wie ein Opferlamm auszuweiden.

»Aber höre meine Drohung, Achilles«, fährt Agamemnon fort, und sein Gebrüll sinkt zu einem schrecklichen Flüstern herab, das all die Hunderte hier versammelten Männer hören können, »ob du nun gehst oder bleibst, ich verzichte nur darum auf meine Chryseis, weil der *Gott*, Apollo, darauf besteht – doch an ihrer statt hole ich mir deine Briseis, damit jeder sieht, wie viel höher ich stehe als du, der kleine Nörgler Achilles!«

Jetzt verliert Achilles jegliche Selbstbeherrschung und macht ernsthafte Anstalten, sein Schwert zu ziehen. Und hier hätte die *Ilias* geendet – mit Agamemnons, Achilles' oder beider Tod –, die Achäer wären heimgefahren, Hektor hätte seinen Lebensabend genossen, und Ilium wäre noch tausend Jahre stehen geblieben und vielleicht genauso prächtig geworden wie Rom, doch in diesem Moment erscheint die Göttin Athene hinter Achilles.

Ich sehe sie. Achilles wirbelt mit verzerrtem Gesicht herum und sieht sie offenbar auch. Niemand sonst kann sie sehen. Ich verstehe nichts von dieser Tarnmantel-Technik, aber sie funktioniert, wenn ich sie benutze, und bei den Göttern funktioniert sie auch.

Nein, unmittelbar darauf wird mir klar, dass dies mehr als ein Tarnmantel ist. Die Götter haben wieder einmal die Zeit angehalten. Auf diese Weise sprechen sie am liebsten mit ihren Favoriten – unter vier Augen –, aber ich habe es nur ein paarmal miterlebt. Agamemnons Mund steht offen – ich sehe im Flug eingefrorene Spucke –, aber kein Ton kommt heraus, seine

Kinnpartie und seine Muskeln sind versteinert, die dunklen Augen blinzeln nicht. Alle im Kreis sind erstarrt, mit faszinierter oder nachdenklicher Miene. Ein Vogel hängt reglos am Himmel. Wellen türmen sich auf, brechen jedoch nicht am Ufer. Die Luft ist dick wie Sirup, und alle Anwesenden sind erstarrt wie Insekten in Bernstein. Die Einzigen, die sich in diesem stillgestellten Universum bewegen, sind Pallas Athene, Achilles und ich – obwohl ich mich nur ein klein wenig vorbeuge, um besser zu hören.

Achilles' Hand liegt noch am Heft des Schwertes, das er bereits halb aus der wunderschön gearbeiteten Scheide gezogen hat, aber Athene hat ihn an den langen Haaren gepackt und mit körperlicher Gewalt zu sich herumgedreht, und jetzt wagt er es nicht, das Schwert ganz zu ziehen. Damit würde er nämlich die Göttin selbst herausfordern.

Aber seine Augen funkeln vor Zorn – sie sind fast schon ein bisschen wahnsinnig –, und er ruft in die verdickte, sirupartige Stille hinein, die solche Zeitstillstände begleitet: »Warum! Verdammt, verdammt, weshalb jetzt! Weshalb kommst du jetzt zu mir, Göttin, Tochter des Zeus? Bist du gekommen, um mit anzusehen, wie ich von Agamemnon gedemütigt werde?«

»Füge dich!«, gebietet ihm Athene.

Wenn Sie noch nie einen Gott oder eine Göttin gesehen haben, kann ich Ihnen nur sagen, dass sie überlebensgroß sind – buchstäblich, denn Athene misst bestimmt weit über zwei Meter –, außerdem schöner und eindrucksvoller als jeder Sterbliche. Ich nehme an, das ist ein Produkt ihrer Nanotechnik und ihrer DNS-Rekombinationslabors. Athene vereinigt in sich eine weibliche Schönheit, eine göttliche Macht und eine pure Kraft, von deren Existenz ich nicht einmal etwas geahnt hatte, bevor ich im Schatten des Olymp wieder zum Leben erweckt wurde.

Sie hält Achilles weiterhin an den Haaren gepackt, biegt ihm den Kopf zurück und zwingt ihn, sich von dem erstarrten Agamemnon und seinen Lakaien wegzudrehen.

»Nie und nimmer füge ich mich!«, ruft Achilles. Selbst in dieser erstarrten Luft, die jedes Geräusch dämpft und bremst, ist die Stimme des Männertöters voller Kraft. »Dieses Schwein, das sich für einen König hält, wird für seinen Hochmut mit dem Leben bezahlen!«

»Füge dich«, sagt Athene zum zweiten Mal. »Die weißellbogige Göttin Hera hat mich gesandt, um deinem Zorn Einhalt zu gebieten. *Füge dich!*«

Ich sehe ein leichtes Zögern in Achilles' verrückten Augen. Hera, die Gattin des Zeus, ist die mächtigste Verbündete der Achäer auf dem Olymp und Achilles' Gönnerin seit dessen seltsamer Kindheit.

»Lass ab von diesem Streit, und zwar *sofort*!«, befiehlt Athene. »Nimm die Hand vom Schwert, Achilles. Schmähe Agamemnon mit Worten, wenn es sein muss, aber töte ihn nicht. Gehorche uns, und ich verspreche dir – ich *weiß*, dies ist die Wahrheit, Achilles, nur ich sehe dein Geschick und kenne die Zukunft aller Sterblichen –, wenn du uns jetzt gehorchst, werden dir eines Tages dreimal so herrliche Gaben wegen der heutigen Schmach bereitstehen. Aber wenn du dich uns widersetzt, stirbst du noch in dieser Stunde. Gehorche uns beiden – Hera und mir –, und du wirst es nicht bereuen.«

Achilles schneidet eine Grimasse und entwindet sich mit mürrischer Miene Athenes Griff, stößt sein Schwert jedoch wieder in die Scheide zurück. Athene und er sind wie zwei lebendige Gestalten inmitten eines Haufens von Statuen. »Euch beiden, Göttin, kann ich mich nicht widersetzen, auch wenn ich noch so erzürnt bin«, sagt Achilles. »Denn so ist es besser. Wer den Göttern gehorcht, den pflegen auch sie zu erhören.«

Ein ganz leises Lächeln zuckt um Athenes Mundwinkel, dann verschwindet sie – qtet zurück auf den Olymp –, und die Zeit läuft weiter.

Agamemnon beendet seine flammende Rede.

Mit dem Schwert in der Scheide tritt Achilles in den leeren Kreis. »Du besoffener Weinschlauch in Menschengestalt!«, schreit der Männertöter. »Du ›Anführer‹ mit dem Blick eines Hundes und dem Herz eines Hirsches, der du uns niemals in den Kampf geführt oder dich mit den Besten der Achäer in einen Hinterhalt gelegt hast – du, dem der Mut fehlt, Ilium zu plündern, und der lieber die Zelte seiner Soldaten plündert – du ›König‹, der du nur über die Nichtigsten unter uns herrschst – dir schwöre ich an diesem Tag mit mächtigem Eid ...«

Die Aberhundert Männer um mich herum schnappen fast wie ein Mann nach Luft; dieser versprochene Fluch schockiert sie mehr, als wenn Achilles Agamemnon einfach wie einen Hund niedergestreckt hätte.

»Ich schwöre dir, alle Söhne Achäas in sämtlichen Heeren werden sich noch nach Achilles sehnen«, schreit der Männertöter mit so lauter Stimme, dass in hundert Metern Umkreis sämtliche Würfelspiele in der Zeltstadt zum Erliegen kommen. »Und du wirst ihnen nichts nützen, Atride, sosehr du dich abhärmst, wenn sie vom männertötenden Hektor niedergemäht werden wie Weizenhalme; du aber wirst dich im Innern zernagen und grämen, weil du den Besten aller Achäer nicht geehrt hast!«

Und damit macht Achilles auf dem Absatz kehrt, verlässt den Kreis, schreitet mit knirschenden Schritten über den Kiesstrand und verschwindet in der Dunkelheit zwischen den Zelten. Ich muss gestehen, es ist ein grandioser Abgang.

Agamemnon verschränkt die Arme und schüttelt den Kopf. Andere Männer unterhalten sich in schockiertem Ton. Nestor tritt vor, um seine »In den Tagen des Kampfes gegen die Kentauren haben wir alle zusammengehalten«-Rede zu halten. Das ist eine Abweichung – bei Homer ist Achilles noch da, als Nestor spricht –, und mein wissenschaftlich geschulter Verstand bemerkt es wohl, aber mit den Gedanken bin ich ganz woanders.

Ich denke an den mörderischen Blick, den Achilles Athene zugeworfen hat, kurz bevor sie ihm die Haare nach hinten zerrte und ihn so einschüchterte, dass er sich unterwarf, und in diesem Augenblick eröffnet sich mir ein so kühner, so offensichtlich zum Scheitern verurteilter, selbstmörderischer und gleichzeitig wundervoller Aktionsplan, dass mir einen Moment lang die Luft wegbleibt.

»Ist alles in Ordnung mit dir, Bias?«, fragt Orus neben mir.

Ich schaue den Mann nur groß an. Einen Moment lang weiß ich nicht mehr, wer er ist oder wer dieser »Bias« sein soll; ich habe meine gemorphte Identität vergessen. Mit einem Kopfschütteln bahne ich mir einen Weg aus der dichten Menge der ruhmreichen Mörder.

Der Kies knirscht auch unter meinen Füßen, aber ohne den heldenhaften Nachhall von Achilles' Abgang. Ich gehe zum Wasser hinunter und lege, sobald ich außer Sichtweite bin, die Identität von Bias ab. Wer mich jetzt erblicken würde, sähe Thomas Hockenberry, einen Mann mittleren Alters mit Brille und so weiter, angetan mit dem absurden, schweren Kostüm eines achäischen Lanzenkämpfers; Wolle und Fell bedecken meine Morphausrüstung und meine Stoßpanzerung.

Das Meer ist dunkel. *Weindunkel*, denke ich, kann aber nicht darüber lachen.

Nicht zum ersten Mal verspüre ich den überwältigenden Drang, mithilfe meines Tarnmantels und Schwebegeschirrs fortzufliegen – ein letztes Mal über Ilium hinwegzugleiten, auf seine Fackeln, seine todgeweihten Bewohner hinunterzuschauen und dann nach Süden und Westen über das weindunkle Meer – die Ägäis – zu segeln, bis ich zu den noch-nicht-griechischen Inseln und zum Festland gelange. Ich könnte bei Klytämnestra und Penelope, bei Telemachos und Orestes vorbeischauen. Professor Thomas Hockenberry ist als Kind wie als Mann immer besser mit Frauen und Kindern zurechtgekommen als mit Männern.

Doch diese proto-griechischen Frauen und Kinder hier sind mordlustiger und blutrünstiger als sämtliche Männer, die Hockenberry in seinem anderen, unblutigen Leben gekannt hat.

Sparen wir uns das Wegfliegen also für einen anderen Tag auf. Oder vielmehr, verzichten wir ganz darauf.

Die Wellen rollen heran, eine nach der anderen, mit ihrem beruhigenden, vertrauten Rhythmus.

Ich werde es tun. Die Entscheidung bringt mir das berauschende Gefühl des Fliegens – nein, nicht des Fliegens, sondern jenes erregenden, kurzen Augenblicks der Schwerelosigkeit, der sich einstellt, wenn man sich aus großer Höhe in die Tiefe stürzt und weiß, dass es kein Zurück auf festen Boden mehr gibt. Sinken oder schwimmen, fallen oder fliegen.

Ich werde es tun.

4 In der Nähe von Conamara Chaos

Das U-Boot von Mahnmut, dem europaschen Moravec, hatte drei Kilometer Vorsprung vor dem Kraken und vergrößerte den Abstand beständig, was dem winzigen robotisch-organischen Konstrukt eine gewisse Zuversicht hätte einflößen sollen, aber da Kraken oftmals fünf Kilometer lange Tentakel besaßen, war das nicht der Fall.

Es war ein echtes Ärgernis. Noch schlimmer, es war eine Ablenkung. Mahnmut war so gut wie fertig mit seiner neuen Analyse von Sonett 116. Er konnte es kaum erwarten, sie Orphu von Io zu mailen, und dass sein U-Boot verschluckt wurde war das Letzte, was er jetzt brauchte. Er peilte den Kraken per Sonar an, vergewisserte sich, dass die riesige, hungrige, gallertartige Masse immer noch hinter ihm hertobte, und ging lange genug ins Interface mit dem Reaktor, um das Tempo seines Schiffes um weitere drei Knoten zu erhöhen.

Der Krake, der sich so nah beim Conamara-Chaos-Gebiet und dessen offenen Wasserrinnen nicht in seiner üblichen Tiefe befand, strengte sich mächtig an, um Schritt zu halten. Solange sie beide dieses Tempo hielten, konnte der Krake seine Tentakel nicht ganz ausstrecken, um das U-Boot zu verschlingen, das wusste Mahnmut, aber wenn sein kleines Gefährt auf etwas stieß – zum Beispiel auf ein großes Leuchttangfeld – und er abbremsen musste, oder noch schlimmer, wenn es sich in den leuchtenden, klebrigen Strängen verfing, würde der Krake über ihm sein wie ein …

»Ach, was soll's, verdammt noch mal.« Mahnmut gab die Suche nach einer Metapher auf und sprach laut in die summende Stille des vollgestopften Milieu-Raums im U-Boot. Seine Sensoren waren an die Schiffssysteme gekoppelt, und die virtuelle Sicht zeigte ihm unmittelbar voraus riesige Leuchttangbüschel. Die leuchtenden Kolonien trieben entlang der isothermen Strömungen, die es hier gab, und ernährten sich von den rötlichen Magnesiumsulfatadern, die wie ein Haufen blutiger Pfahlwurzeln zum Eisschelf oben emporstiegen.

Mahnmut dachte *tauchen*, und das Boot ging weitere zwanzig Klicks hinunter und tauchte nur ein paar Dutzend Meter unter den tieferen Tangkolonien hindurch. Der Krake folgte ihm. Wenn ein Krake grinsen könnte, würde er es jetzt tun – dies war seine Tötungstiefe.

Widerstrebend löschte Mahnmut Sonett 116 aus seinem Sichtfeld und erwog seine Möglichkeiten. Keine hundert Kilometer von der Conamara-Chaos-Hauptbasis entfernt von einem Kraken gefressen zu werden wäre peinlich. Daran waren nur diese verdammten Bürokraten schuld – sie hätten ihre lokalen Tiefenmeere von Monstern befreien sollen, bevor sie einen ihrer Forschungs-Moravecs zu einer Konferenz zurückbeorderten.

Er konnte den Kraken töten. Aber ohne ein Ernte-U-Boot im Umkreis von tausend Klicks würde die schöne Bestie von den Parasiten in den Leuchttangkolonien, von Salzhaien, im Wasser schwebenden Röhrenwürmern und anderen Kraken in Stücke gerissen und aufgefressen werden, lange bevor eine Erntemaschine des Unternehmens in seine Nähe gelangte. Das wäre eine furchtbare Verschwendung.

Mahnmut ging kurz aus der virtuellen Sicht und schaute sich in seiner Milieu-Nische um, als könnte ihn der Anblick seiner unordentlichen Wirklichkeit auf eine Idee bringen. Und so war es auch.

Neben den in Leder gebundenen Shakespeare-Bänden und dem Vendler-Printout auf seinem Konsolentisch stand seine

Lavalampe – ein kleiner Scherz seines alten Moravec-Partners Urtzweil, damals vor fast zwanzig J-Jahren.

Mahnmut lächelte und ging auf kompletter Bandbreite wieder in die virtuelle Sicht. So nahe bei der Chaos-Hauptbasis musste es Diapire geben, und Kraken hassten Diapire …

Ja. Fünfzehn Klicks südsüdöstlich, ein ganzes Feld. Sie stiegen langsam zur Eiskappe empor, genauso träge wie die Wachsklumpen in seiner Lavalampe. Mahnmut nahm Kurs auf den nächsten aufsteigenden Diapir und beschleunigte nur zur Sicherheit – falls es so etwas in Tentakelreichweite eines ausgewachsenen Kraken überhaupt gab – um weitere fünf Knoten.

Ein Diapir war nicht mehr als ein Klumpen warmen Eises, das von den Schloten und Gravitations-Wärmezonen tief unten erhitzt wurde und durch das Bittersalzmeer zu der Eisdecke aufstieg, die Europa früher einmal zu hundert Prozent bedeckt hatte und jetzt, zweitausend E-Jahre nachdem das Unternehmen mit seinen Kryobot-Arbeitern hergekommen war, immer noch mehr als 98 Prozent des Mondes überzog. Dieser Diapir hatte ungefähr fünfzehn Klicks Durchmesser und stieg rasch in die Höhe, während er sich der Eiskruste an der Oberfläche näherte.

Kraken mochten die elektrolytischen Eigenschaften der Diapire nicht. Sie wollten sich nicht einmal ihre Tasttentakel mit dem Zeug beschmutzen, und schon gar nicht ihre Tötungsarme und ihr Maul.

Mahnmuts U-Boot erreichte den aufsteigenden Klumpen mit gut zehn Kilometer Vorsprung vor seinem Verfolger, bremste ab, morphte seine Außenhülle auf Aufschlagstärke, zog seine Sensoren und Sonden ein und bohrte sich in den Matschkloß. Mit Sonar und EPS untersuchte Mahnmut die Lenticulae und die befahrbaren Wasserrinnen, die sich noch rund achttausend Meter über ihm befanden. In ein paar Minuten würde der Diapir in die dicke Eisschicht eindringen, durch Spalten, Lenticulae und Rinnen nach oben strömen und schließlich in einer hundert Meter hohen Eismatsch-Fontäne zutage treten. Für kurze Zeit würde dieser Teil von Conamara Chaos wie der Yellowstone Park im Amerika des Untergegangenen Zeitalters aussehen, mit emporschießenden schwefelroten Geysiren und brodelnden heißen Quellen. Dann würde sich die Gischtspur in Europas 0,14-facher Erdschwerkraft verteilen, kilometerweit zu allen Seiten jeder Oberflächen-Lenticula wie ein Zeitlupengraupelschauer herunterfallen, dann in Europas dünner, künstlicher Atmosphäre – nicht mehr als 100 Millibar – gefrieren und den ohnehin schon grotesk entstellten Eisfeldern weitere abstrakte Skulpturen hinzufügen.

Mahnmut konnte nicht getötet werden, jedenfalls nicht im eigentlichen Sinne des Wortes – obgleich teilweise organisch, »existierte« er eher, als dass er »lebte«, und er war widerstandsfähig konstruiert –, aber er wollte auf keinen Fall in einer Fontäne ausgespien oder für die nächsten paar Tausend E-Jahre ein gefrorener Brocken in einer abstrakten Skulptur werden. Eine Minute lang vergaß er sowohl den Kraken als auch das Sonett 116, während er seine Berechnungen durchführte – die Aufstiegsgeschwindigkeit des Diapirs, das Tempo, mit dem sein U-Boot durch den Matsch vorankam, die rasch näher kommende Eisdecke –, dann lud er seine Überlegungen in den Maschinenraum und die Ballasttanks hinunter. Wenn alles gut ging, würde er einen halben Klick bevor der Klumpen aufs Eis traf, an der Südseite des Diapirs herauskommen und dann mit voller Beschleunigung ein Notauftauchmanöver machen, wenn die vom Diapir ausgelöste Gezeitenwelle in die Wasserrinne gedrückt wurde. Mithilfe dieser Beschleunigung auf 100 Klicks pro Stunde würde er vor dem Fontäneneffekt bleiben – im Grunde würde er sein U-Boot auf der Hälfte der Strecke zur Conamara-Chaos-Zentrale wie ein Surfbrett benutzen. Die letzten rund zwanzig Klicks zur Basis an der Oberfläche würde er nach dem Abklingen der Gezeitenwoge zurücklegen müssen, aber ihm blieb keine Wahl. Es würde ein höllischer Auftritt werden.

Sofern die Wasserrinne vor ihm nicht von irgendetwas blockiert wurde. Und sofern darin nicht gerade ein anderes U-Boot von der Hauptbasis kam. Das wäre peinlich – für die paar Sekunden, bevor Mahnmut und die *Dark Lady* zerstört wurden.

Wenigstens würde der Krake keine Rolle mehr spielen. Die Biester kamen höchstens bis auf fünf Klicks an die Eisdecke heran.

Nachdem Mahnmut sämtliche Befehle eingegeben hatte, wandte er sich im Bewusstsein, alles Erdenkliche getan zu haben, um am Leben zu bleiben und rechtzeitig in der Basis einzutreffen, wieder der Analyse seines Sonetts zu.

Mahnmuts U-Boot – das er vor langer Zeit *Dark Lady* genannt hatte – legte die letzten zwanzig Kilometer bis zur Conamara-Chaos-Hauptbasis in einer kilometerbreiten Wasserrinne zurück, an der Oberfläche des schwarzen Meeres, unter einem schwarzen Himmel. Ein Dreivierteljupiter ging auf, helle Wolken und Wolkenbänder, in denen gedämpfte Farben wogten, während knapp über dem eisigen Horizont ein winziger Io übers Antlitz des emporsteigenden Giganten huschte. Zu beiden Seiten der Wasserrinne ragten mehrere Hundert Meter hohe, gebänderte Eisklippen auf, deren lotrechte Wände sich mattgrau und stumpfrot gegen den schwarzen Himmel abhoben.

Aufgeregt rief Mahnmut Shakespeares Sonett auf.

Sonett 116

Nie soll ein Hemmnis reiner Seelen Bund
Im Wege stehn; die Lieb' ist Liebe nicht,
Die schwankend wird, schwankt unter ihr der Grund,
Und schon an einem Treuebruch zerbricht.
Sie ist die Boje, die kein Sturm versenkt,
Die unerschüttert steht im Zeitensturm,
Ist Leitstern, der verirrte Schiffe lenkt.

Was Liebe kann, ermisst kein Astronom.
Liebe ist nicht der Narr der Zeit, die zwar
Selbst Rosen fällt mit ihrem Sichelschlag;
Im flinken Lauf der Zeit unwandelbar
Besteht die Liebe bis zum Jüngsten Tag.
Wenn, was hier steht, sich je als falsch ergibt,
Dann schrieb ich nie, hat nie ein Mensch geliebt.

Im Lauf der Jahrzehnte hatte er dieses Sonett zu hassen begonnen. Solche Sachen hatten die Menschen im Untergegangenen Zeitalter bei Hochzeiten aufgesagt. Es war kitschig. Es war mies. Es war kein guter Shakespeare.

Dann war Mahnmut jedoch auf Mikroaufzeichnungen der kritischen Untersuchungen einer Frau namens Helen Vendler gestoßen – einer Literaturkritikerin, die in einem jener Jahrhunderte gelebt hatte, dem neunzehnten, zwanzigsten oder einundzwanzigsten (die Timestamps der Aufzeichnungen waren ungenau) –, und die hatten ihm einen Schlüssel zur Übersetzung des Sonetts geliefert. Was, wenn Sonett 116 entgegen der jahrhundertelangen Darstellung keine kitschige Bejahung, sondern eine strikte Verneinung war?

Um das zu untermauern, ging Mahnmut noch einmal die »Schlüsselworte« durch, die er sich notiert hatte. Da waren sie, Zeile für Zeile: »nie, nicht, kein, kein, nicht«, und dann, in Zeile vierzehn, zweimal »nie«, ein Echo von König Lears nihilistischem »nie, nie, nie«.

Es war eindeutig ein Gedicht der Ablehnung. Aber der Ablehnung wovon?

Mahnmut wusste, dass Sonett 116 zum Zyklus »Der junge Mann« gehörte, aber auch, dass der Ausdruck »Der junge Mann« kaum mehr als ein in späteren, prüderen Jahren hinzugefügtes Feigenblatt war. Die Liebesgedichte waren nicht an einen Mann adressiert, sondern an »den Jüngling« – zweifellos noch fast ein Kind, wahrscheinlich nicht älter als dreizehn. Mahnmut hatte die kritischen Untersuchungen aus der zweiten Hälfte des zwanzigsten Jahrhunderts gelesen. Diese »Kenner« nahmen die Sonette wörtlich, das hieß, sie betrachteten sie als echte homosexuelle Briefe des Theaterautors Shakespeare; wissenschaftlichere Arbeiten in früheren Zeiten und im späteren Teil des Untergegangenen Zeitalters ließen aber erkennen, dass solch politisch motivierte Buchstabentreue kindisch war.

Shakespeare hatte in seinen Sonetten ein Drama konstruiert, davon war Mahnmut überzeugt. »Der Jüngling« und später die »Dark Lady« waren Figuren in diesem Drama. Es hatte Jahre gedauert, die Sonette zu schreiben; sie waren nicht in der Hitze der Leidenschaft hervorgebracht worden, sondern zu einer Zeit, als Shakespeare auf dem Höhepunkt seines Könnens gewesen war. Was erforschte er in diesen Sonetten? Die Liebe. Und wie lauteten Shakespeares »wahre Ansichten« über die Liebe?

Niemand würde es jemals erfahren – Mahnmut war sicher, dass der »Barde« zu schlau, zu zynisch und zu verschwiegen gewesen war, als dass er jemals seine wahren Gefühle offenbart hätte. Aber er hatte in einem Stück nach dem anderen gezeigt, auf welche Weise starke Gefühle – unter anderem eben die Liebe – Menschen in Narren verwandelten. Wie sein König Lear liebte auch Shakespeare seine Narren. Viele seiner Figuren ließen sich zum Narren machen – Romeo vom Glück, Hamlet vom Schicksal, Macbeth von seinem Ehrgeiz, Falstaff … nun, Falstaff ließ sich von niemandem zum Narren machen, aber er war verrückt nach der Liebe von Prinz Harry und starb an seinem gebrochenem Herzen, als der junge Prinz sich von ihm abwandte.

Mahnmut wusste, dass der manchmal »Will« genannte »Dichter« in den Sonettzyklen all den hartnäckigen Behauptungen so vieler oberflächlicher Kenner des zwanzigsten Jahrhunderts zum Trotz nicht der historische William Shakespeare war, sondern vielmehr ein weiteres dramatisches Konstrukt, das der Dramatiker / Dichter geschaffen hatte, um alle Facetten der Liebe zu erkunden. Was, wenn dieser »Dichter« wie Shakespeares unglücklicher Graf Orsino verrückt nach Liebe war? Ein Mensch, der in die Liebe selbst verliebt war?

Dieser Ansatz gefiel Mahnmut. Ihm war klar, dass Shakespeares »reiner Seelen Bund« zwischen dem älteren Dichter und dem Jüngling keine homosexuelle Liaison war, sondern ein echtes Mysterium des Gefühls, eine Facette der Liebe, der in früheren Zeiten, lange vor Shakespeare, noch nichts Despektierliches angehaftet hatte. Oberflächlich betrachtet, schien Sonett 116 ein banales Eingeständnis dieser Liebe und ihrer Dauerhaftigkeit zu sein, aber wenn es in Wahrheit eine Ablehnung war …

Mahnmut sah auf einmal, inwiefern es passte. Wie so viele große Dichter begann Shakespeare seine Gedichte vor oder nach ihrem eigentlichen Beginn. Aber wenn dies ein Gedicht der Ablehnung war, worauf bezog sich diese? Welche Äußerung des Jünglings gegenüber dem älteren, liebestrunkenen Dichter musste so vehement zurückgewiesen werden?

Mahnmut fuhr Finger seines primären Manipulators aus, nahm seinen Stift und kritzelte auf seine T-Platte:

Lieber Will,

wir fänden es gewiss beide schön, wenn unser Bund reiner Seelen – da Männer nun einmal nicht den sakramentalen Bund der Körper eingehen können – genauso real und dauerhaft wäre wie ein echter Ehebund. Aber das geht nicht. Menschen ändern sich, Will. Umstände ändern sich. Wenn die Eigenschaften der Menschen oder die Menschen selbst nicht mehr da sind, verschwindet auch die Liebe. Ich habe dich einmal geliebt, Will, das habe ich wirklich, aber du hast dich verändert, du hast dich gewandelt, und darum hat sich auch in mir etwas verändert, und unsere Liebe hat sich gewandelt.

Mit den besten Grüßen,
Der Jüngling

Mahnmut schaute auf seinen Brief und lachte, aber das Lachen verging ihm, als er erkannte, wie sich damit das gesamte Sonett 116 veränderte. Es war nun keine süßliche Bejahung unwandelbarer Liebe mehr, sondern eine heftige Gegenwehr gegen den Versuch des Jünglings, die Beziehung zu beenden, ein Widerspruch dagegen, aus solch egoistischen Gründen verlassen zu werden. Nun las sich das Sonett so:

> *Nie soll* als *»Hemmnis« reiner Seelen Bund*
> *im Weg* mir *stehn: Die Lieb* sei *Liebe nicht,*
> *Die »schwankend wird, schwankt unter ihr der Grund«,*
> *Und »schon an einem Treuebruch zerbricht«.*

Mahnmut konnte seine Erregung kaum bezähmen. Alles in dem Sonett und in dem gesamten Zyklus ergab auf einmal einen Sinn. Von dieser »Bund reiner Seelen«-Variante der Liebe war kaum noch etwas übrig – fast nur Zorn, Beschuldigungen, Vorwürfe, Lügen und weitere Untreue –, und all das würde im Sonett 126 zum Tragen kommen, in dem »der junge Mann« und die ideale Liebe zugunsten der liederlichen Freuden der »Dark Lady« aufgegeben werden würden. Mahnmut verlagerte sein Bewusstsein in den virtuellen Bereich und codierte eine komprimierte E-Nachricht an Orphu von Io, seinen treuen Gesprächspartner der letzten Dutzend E-Jahre.

Sirenen ertönten. Lichter blinkten in Mahnmuts virtueller Sicht. Eine Sekunde lang dachte er: *Der Krake!*, aber der würde nie an die Oberfläche kommen oder in eine offene Wasserrinne vordringen.

Mahnmut speicherte das Sonett und seine Notizen, löschte die E-Nachricht aus seiner Bearbeitungsschlange und öffnete externe Sensoren.

Die *Dark Lady* war fünf Klicks von der Chaos-Hauptbasis entfernt und befand sich nun im Fernsteuerungsbereich der U-Boot-Bunker. Mahnmut übergab das Schiff an die Basis und betrachtete die Eisklippen, die vor ihm lagen.

Von außen sah die Conamara-Chaos-Hauptbasis genauso aus wie fast die ganze restliche Oberfläche von Europa – ein Gewirr aus Pressrücken, die zwei- bis dreihundert Meter hohe Eisklippen auftürmten, Eismassen, die das Labyrinth aus offenen Wasserrinnen und schwarzen Lenticulae blockierten –, aber dann zeigten sich erste Anzeichen dafür, dass dieses Gebiet bewohnt war: Das schwarze Maul der U-Boot-Bunker öffnete sich, die Fahrstühle an der Eiswand bewegten sich, weitere Fenster wurden in ihr sichtbar, Navigationslichter pulsierten und blinkten auf Bodenmodulen, Habitationsknoten und Antennen, und – weit oben, wo die Klippe an den schwarzen Himmel stieß – waren mehrere interlunare Shuttles sturmsicher auf dem dortigen Landeplatz festgemacht.

Raumschiffe hier in der Chaos-Hauptbasis. Sehr ungewöhnlich. Noch während Mahnmut das Andockmanöver abschloss, die Schiffsfunktionen auf Standby schaltete und sich von den Systemen des U-Boots abkoppelte, dachte er: *Warum, zum Teufel, haben die mich hergeholt?*

Mahnmut durchlitt das Trauma der Reduktion seiner Sinne und Kontrollmöglichkeiten auf seinen unbeholfenen, mehr oder minder humanoiden Körper und verließ das Schiff. Er ging ins blau leuchtende Eis hinein und nahm den Hochgeschwindigkeitslift zu den Habitationsknoten hoch über ihm.

5 Ardis

Ein Festmahl für ein Dutzend Personen am Tisch unter dem von Laternen erleuchteten Baum: Wildbret und Bärenfleisch aus dem Wald, Forelle aus dem Fluss unten, Rindfleisch von den Herden, die zwischen Ardis und dem Farcaster-Feld weideten, Rotwein und Weißwein aus den Weinbergen von Ardis, frischer Mais, Kürbis, Salat und Bohnen aus dem Garten sowie Kaviar, der von irgendwo hergefaxt worden war.

»Wer hat Geburtstag, und der wievielte Zwanziger ist es?«, fragte Daeman, während die Servitoren den zwölf Speisenden an dem langen Tisch die Teller füllten.

»Ich, aber es ist kein Zwanziger«, antwortete Harman, ein gut aussehender Lockenkopf.

»Wie bitte?« Daeman lächelte, verstand es aber nicht. Er ließ sich Kürbis geben und reichte die Schüssel an die Frau neben sich weiter.

»Harman feiert seinen jährlichen Geburtstag«, sagte Ada von ihrem Platz am Kopfende des Tisches her. In ihrem braun-schwarzen Seidengewand war sie aufreizend schön.

Daeman schüttelte den Kopf. Er verstand es immer noch nicht. Der jährliche Geburtstag wurde nicht beachtet oder gar gefeiert. »Also feierst du heute Abend in Wirklichkeit gar keinen Geburtszwanziger«, sagte er zu Harman und gab dem schwebenden Hausservitor mit einem Nicken zu verstehen, dass er sein Weinglas nachfüllen sollte.

»Aber meinen Geburtstag feiere ich schon«, wiederholte Harman mit einem Lächeln. »Meinen neunundneunzigsten.«

Daeman erstarrte schockiert und sah sich dann rasch um. Ihm wurde klar, dass dies ein spezieller, wenn auch ziemlich geschmackloser Witz dieser Provinzlerschar sein musste. Mit seinem neunundneunzigsten Lebensjahr trieb man keine Scherze. Daeman lächelte dünn und wartete auf die Pointe.

»Harman sagt die Wahrheit«, erklärte Ada leichthin. Die anderen Gäste schwiegen. Nachtvögel riefen im Wald.

»Tut ... mir leid«, brachte Daeman heraus.

Harman schüttelte den Kopf. »Ich freue mich auf das Jahr. Ich habe eine Menge vor.«

»Vergangenes Jahr ist Harman hundertfünfzig Kilometer weit in den atlantischen Bruch hineingelaufen«, sagte Adas junge Freundin mit den kurzen Haaren.

Jetzt war Daeman sicher, dass sie ihn aufzogen. »In den atlantischen Bruch kann man nicht hineinlaufen.«

»Aber ich hab's getan.« Harman knabberte an einem Maiskolben. »Es war bloß ein Erkundungsgang – nur hundertfünfzig Kilometer, wie Hannah sagt, und dann wieder zurück zur nordamerikanischen Küste –, aber schwierig war es jedenfalls nicht.«

Daeman lächelte erneut, um zu zeigen, dass er kein Spielverderber war. »Aber wie bist du denn zum atlantischen Bruch *gekommen*, Harman *Uhr*? Da sind doch gar keine Faxknoten in der Nähe.« Er hatte keine Ahnung, wo der atlantische Bruch *war*, hatte keine genaue Vorstellung von Nordamerika und war auch nicht ganz sicher, wo der Atlantik lag, aber er wusste, dass sich keiner der 317 Faxknoten in der Nähe des Bruchs befand. Er war mehr als einmal zu jedem dieser Knoten gefaxt, hatte den legendären Bruch aber nie gesehen.

Harman legte den Maiskolben hin. »Zu Fuß, Daeman *Uhr*. Der Bruch verläuft von der Ostküste Nordamerikas direkt am vierzigsten Breitengrad entlang bis nach Europa, wie es die

Menschen des Untergegangenen Zeitalters genannt haben – dort, wo er auf Land trifft, lag früher einmal ein Nationalstaat namens Spanien, glaube ich. Die Ruinen der alten Stadt Philadelphia – du kennst sie vielleicht als Knoten 124, Loman *Uhr*s Anwesen – sind nur einen Fußmarsch von ein paar Stunden vom Bruch entfernt. Wenn ich wirklich mutig gewesen wäre – und genug zu essen eingepackt hätte –, hätte ich zu Fuß nach Spanien gehen können.«

Daeman nickte lächelnd. Er hatte nicht die geringste Ahnung, wovon der Mann redete. Zuerst die obszöne Prahlerei mit seinem neunundneunzigsten Lebensjahr, dann dieses ganze Gerede von Breitengraden, Städten des Untergegangenen Zeitalters und Fußmärschen. Niemand ging mehr als ein paar Hundert Meter zu Fuß. Wozu auch? Alles, was für Menschen von Interesse war, befand sich in der Nähe eines Faxknotens, und die paar abgelegeneren Kuriositäten – wie zum Beispiel Adas Ardis – erreichte man per Karriole oder Droschke. Daeman kannte Loman natürlich – in dessen weitläufigem Anwesen hatte er kürzlich Onos Dritten Zwanziger gefeiert –, aber ansonsten war Harmans Monolog purer Quatsch. Offenbar hatte der Mann in seinen letzten Tagen den Verstand verloren. Nun, das letzte Klinik-Fax und die Himmelfahrt würden bald Abhilfe schaffen.

Daeman schaute zu Ada, ihrer Gastgeberin, hinüber und hoffte, sie würde eingreifen, um das Thema zu wechseln, doch Ada lächelte, als fände sie alles, was Harman gesagt hatte, völlig in Ordnung. Daeman blickte sich Hilfe suchend am Tisch um, aber die anderen Gäste hatten höflich zugehört –, sogar mit offenkundigem Interesse –, als gehörte solches Geschwätz zu ihrer regelmäßigen Provinzlerkonversation beim Essen.

»Die Forelle ist sehr gut, nicht wahr?«, wandte er sich an die Frau zu seiner Linken. »War deine auch gut?«

Eine stämmige Rothaarige auf der anderen Seite des Tisches, die wahrscheinlich hoch in ihrem Dritten Zwanziger war, stützte ihr äußerst ausgeprägtes Kinn auf die kleine Faust und fragte Harman: »Wie war er? Der Bruch, meine ich?«

Der tief gebräunte Lockenkopf wehrte ab, aber andere am Tisch – auch die junge Blondine, nach deren Forelle Daeman sich erkundigt und die seine Frage unhöflicherweise ignoriert hatte – forderten ihn lautstark auf zu erzählen. Schließlich sorgte er mit einer eleganten Handbewegung für Ruhe.

»Falls ihr den Bruch noch nie gesehen habt: Schon vom Ufer aus ist er ein faszinierender Anblick. Er ist ungefähr achtzig Meter breit – eine Spalte, die nach Osten führt, so weit das Auge reicht, und zum Horizont hin immer schmaler wird, bis sie an der Linie, wo Meer und Himmel aufeinandertreffen, nur noch ein heller Strich im Wasser ist.

In diese Spalte zu gehen, ist … ein wenig seltsam. Wo der Bruch am Strand endet, ist der Sand trocken. Die Brandung strömt nicht in ihn zurück. Zuerst konzentriert man sich voll und ganz auf den linken oder rechten Rand – wenn man ungefähr bis zu den Knien hineingeht, merkt man, dass das Wasser abrupt abgeschnitten wird, als würde man durch eine Glaswand von den heranbrandenden und brechenden Wellen getrennt. Man muss die unsichtbare Barriere berühren – das ist wie ein unwiderstehlicher Drang. Sie fühlt sich schwammartig an, kühl vom Wasser auf der anderen Seite, und bei starkem Druck gibt sie ein wenig nach, ist aber undurchdringlich. Man geht tiefer hinein, auf trockenem Sand – über die Jahrhunderte ist der Meeresboden nur vom Regen befeuchtet worden, und darum sind der Sand und der Lehm hart und fest. Die dort verbliebenen Meeresgeschöpfe und Pflanzen sind derart vertrocknet und ausgedörrt, dass sie fast schon wie Versteinerungen wirken.

Bereits nach zehn bis zwölf Metern reichen einem die abgeschnittenen Wasserwände links und rechts weit über den Kopf. Schatten bewegen sich darin. In der Nähe der Barriere zwischen Luft und Wasser sieht man kleine Fische schwimmen, dann den Schatten eines Hais, dann das fahle Leuchten gallertartiger, schwebender Gebilde, die man nicht richtig identifizieren kann. Manchmal nähern sich die Meeresgeschöpfe der Barriere, stoßen mit ihren kalten Köpfen dagegen und wenden sich dann rasch wieder ab, als hätten sie einen Schrecken bekommen. Ein, zwei Kilometer vom Ufer entfernt ragt das Wasser so weit empor, dass der Himmel droben dunkler wird. Etwa zwanzig Kilometer weit draußen sind die Wasserwände zu beiden Seiten über dreihundert Meter hoch. In dem schmalen Stück Himmel, das man noch sieht, kommen selbst bei Tageslicht die Sterne heraus.«

»Nein!«, entfährt es einem dünnen, rotblonden Mann am anderen Ende des Tisches. Daeman erinnerte sich an seinen Namen – Loes. »Du scherzt.«

»Nein«, sagte Harman, »keineswegs.« Er lächelte erneut. »Ich bin vier Tage gelaufen. Nachts habe ich geschlafen. Als ich nichts mehr zu essen hatte, bin ich umgekehrt.«

»Woher wusstest du, ob es Tag oder Nacht war?«, fragte Adas Freundin, die sportliche junge Frau namens Hannah.

»Der Himmel ist zwar auch am Tag schwarz, und man sieht die Sterne«, sagte Harman, »aber in den Meeresscheiben zu beiden Seiten ist das komplette Lichtspektrum enthalten, von Hellblau ganz oben bis zu trübem Schwarz am Grund auf Höhe des Weges im Bruch.«

»Hast du irgendetwas Exotisches gefunden?«, wollte Ada wissen.

»Ein paar gesunkene Schiffe. Uralt. Untergegangenes Zeitalter und früher. Und eines, das … neueren Datums sein könnte.« Er lächelte wieder. »Eines habe ich mir genauer angesehen – einen riesigen, rostigen, auf der Seite liegenden Koloss, der aus der Nordwand des Bruchs herausragt. Ich bin durch ein Loch im Rumpf ins Innere eingedrungen, Leitern hinaufgestiegen und habe mich mithilfe einer kleinen, mitgebrachten Laterne auf schräg stehenden Decks nach Norden vorgearbeitet, bis ich auf einmal in einem großen Raum – ich glaube, man nannte ihn Frachtraum – auf die Bruch-Barriere gestoßen bin, eine von Fischen wimmelnde Wasserwand, die von der Decke bis zum schrägen Fußboden reichte. Ich legte das Gesicht an die kalte, unsichtbare Wand und sah Muscheln, Mollusken, Seeschlangen und Lebensformen, die jede Fläche bedeckten und sich voneinander ernährten, aber auf meiner Seite – Trockenheit, alter Rost, und die einzigen Lebewesen waren ich und eine kleine weiße Landkrabbe, die offenbar ebenso wie ich vom Ufer dorthin gewandert war.«

Ein Wind kam auf und raschelte in den Blättern des hohen Baumes über ihnen. Laternen schwankten, und ihr helles Licht spielte über die Seiden- und Baumwollkleider, die Frisuren, Hände und warm erleuchteten Gesichter am Tisch. Alle waren hingerissen. Selbst Daeman merkte, dass es ihn interessierte, obwohl es purer Unsinn war. Feuer in Kohlebecken entlang des Weges flackerten und knisterten in der plötzlichen Brise.

»Und was ist mit den Voynixen?«, fragte eine Frau, die neben Loes saß. Daeman konnte sich nicht an ihren Namen erinnern. *Emme* vielleicht? »Gibt es dort mehr oder weniger als an Land? Wächter oder frei bewegliche?«

»Keine Voynixe.«

Alle am Tisch schienen nach Luft zu schnappen. Daeman verspürte einen ganz ähnlichen plötzlichen Schock wie vorhin, als Harman verkündet hatte, er feiere sein neunundneunzigstes Lebensjahr. Ein Schwindel befiel ihn. Vielleicht war der Wein stärker gewesen, als er geglaubt hatte.

»Keine Voynixe«, wiederholte Ada. Es klang weniger erstaunt als sehnsüchtig. Sie hob ihr Weinglas. »Ein Toast«, sagte sie. Servitoren schwebten näher heran, um Gläser zu füllen. Jeder erhob sein Glas. Daeman blinzelte das Schwindelgefühl weg und zwang sich zu einem freundlichen, leutseligen Lächeln.

Ada brachte keinen Trinkspruch aus, aber jeder – nach einem Moment sogar Daeman – trank den Wein, als hätte sie es getan.

Der Wind war gegen Ende des Festmahls aufgekommen. Wolken zogen heran und verdeckten den P-Ring und den Ä-Ring, und die Luft roch nach Ozon und den Regenvorhängen, die über die dunklen Hügel nach Westen vorrückten, sodass sich die Gruppe ins Haus zurückzog und dann auflöste; die einzelnen Paare begaben sich auf ihre Zimmer oder in verschiedene Flügel und Räume, um sich zu amüsieren. Im südlichen Wintergarten ließen Servitoren Kammermusik erklingen, der verglaste Swimmingpool im hinteren Teil des Herrenhauses lockte ein paar Gäste an, und im Runderker der Aussichtsveranda im ersten Stock war ein Mitternachtsbüfett aufgebaut. Einige Paare zogen sich in ihre Privatgemächer zurück, um sich mit Sex zu vergnügen, andere wiederum suchten sich ein ruhiges Plätzchen, um ihre Turiner zu entfalten und sich nach Troja zu begeben.

Daeman schloss sich Ada an, die Hannah und dem Mann namens Harman die Bibliothek im zweiten Stock zeigen wollte. Wenn sein Plan, Ada noch an diesem Wochenende zu verführen, gelingen sollte, musste er jede freie Minute mit ihr verbringen. Verführung, das wusste er, war eine Wissenschaft und eine Kunst zugleich – eine Mischung aus Geschick, Disziplin, Nähe und Gelegenheit. Vor allem Nähe.

Wenn er neben ihr stand oder neben ihr herging, spürte Daeman die Wärme ihrer Haut durch die schwarze und braune Seide, die sie trug. Ihre Unterlippe war aufreizend voll, bemerkte er nach einem Jahrzehnt erneut, rot und wie zum Hineinbeißen geschaffen. Als sie den Arm hob, um Harman und Hannah auf die Höhe der Regale in der Bibliothek aufmerksam zu machen, beobachtete Daeman die subtile, leichte Bewegung ihrer rechten Brust unter der dünnen Hülle aus Seide.

Er war schon einmal in einer Bibliothek gewesen, aber noch nie in einer so großen. Der Raum musste über dreißig Meter lang und etwa halb so hoch sein. Ein Zwischengeschoss lief um drei Wände herum, und auf beiden Etagen gewährten Schiebeleitern Zugang zu den Büchern weiter oben, die sonst unerreichbar gewesen wären. Es gab Alkoven, Kämmerchen, Tische mit großen, aufgeschlagenen Büchern darauf, im Raum verstreute Sitzgelegenheiten, und selbst über dem riesigen Panoramafenster an der gegenüberliegenden Wand waren Bücherregale. Daeman wusste, dass die materiellen Bücher, die hier aufbewahrt wurden, vor vielen, vielen Jahrhunderten, wahrscheinlich sogar Jahrtausenden, mit Nanochemikalien behandelt worden sein mussten, damit sie nicht vermoderten – diese nutzlosen Artefakte bestanden aus Leder, Papier und Tinte, um Himmels willen –, aber der mahagonivertäfelte Raum mit seinen Lichtinseln, den alten Ledermöbeln und trübsinnigen Bücherwänden roch für Daemans empfindliche Nase trotzdem nach Alter und Verfall. Es war ihm ein Rätsel, weshalb Ada und die anderen Familienangehörigen dieses Mausoleum in Ardis Hall behielten, oder weshalb Harman und Hannah es an diesem Abend sehen wollten.

Der Mann mit den lockigen Haaren, der behauptete, in sein letztes Lebensjahr einzutreten und in den atlantischen Bruch hineingegangen zu sein, blieb erstaunt stehen. »Das ist wundervoll, Ada.« Er stieg auf eine Leiter, fuhr damit an einer Reihe von Regalen entlang und strich mit der Hand über einen dicken Lederband.

Daeman lachte. »Glaubst du, die Lesefunktion sei zurückgekehrt, Harman *Uhr*?«

Der Mann lächelte, machte dabei jedoch einen so selbstbewussten Eindruck, dass Daeman eine Sekunde lang halb damit rechnete, den goldenen Strom von Symbolen über seinen Arm laufen zu sehen, mit dem die Lesefunktion den Inhalt anzeigte. Daeman hatte die erloschene Funktion natürlich noch nie in Aktion gesehen, aber seine Großmutter und andere alte Leute davon erzählen hören, was ihre Ur-Urgroßeltern besessen hatten.

Es flossen jedoch keine Worte. Harman zog die Hand zurück. »Würdest du nicht gern über die Lesefunktion verfügen, Daeman *Uhr*?«

Daeman hörte sich an diesem merkwürdigen Abend erneut lachen und war sich deutlich bewusst, dass die beiden jungen Frauen ihn mit teils verwirrter, teils neugieriger Miene ansahen.

»Nein, natürlich nicht«, antwortete er schließlich. »Weshalb sollte ich? Glaubst du, diese alten Schwarten könnten mir irgendetwas erzählen, was für unser heutiges Leben relevant wäre?«

Harman stieg die Leiter noch etwas höher hinauf. »Bist du nicht neugierig, warum man keine Nachmenschen mehr auf der Erde findet und wohin sie gegangen sind?«

»Ganz und gar nicht. Sie sind heimgegangen, zu ihren Städten in den Ringen. Das weiß doch jeder.«

»Weshalb?«, fragte Harman. »Warum sind sie verschwunden, nachdem sie sich viele Tausend Jahre lang um unsere Angelegenheiten hier gekümmert und über uns gewacht haben?«

»Unsinn«, sagte Daeman vielleicht ein bisschen schroffer als beabsichtigt. »Die Nachmenschen wachen auch jetzt noch über uns. Von oben.«

Harman nickte, als wären ihm plötzlich die Augen aufgegangen, und schob seine Leiter in ihrer Messingschiene ein paar Meter weiter. Der Kopf des Mannes stieß jetzt fast schon an die Unterseite des Bibliothekszwischengeschosses. »Und was ist mit den Voynixen?«

»Was soll mit den Voynixen sein?«

»Hast du dich schon einmal gefragt, weshalb sie so viele Jahrhunderte reglos waren und jetzt so aktiv sind?«

Daeman öffnete den Mund, hatte aber nichts dazu zu sagen. Einen Moment später brachte er heraus: »Diese Geschichte, dass sich die Voynixe vor dem letzten Fax nicht bewegt hätten, ist völliger Unsinn. Ein Mythos. Folklore.«

Ada trat näher zu ihm. »Hast du dich noch nie gefragt, Daeman, woher sie gekommen sind?«

»Wer, meine Liebe?«

»Die Voynixe.«

Darüber lachte Daeman herzlich und ehrlich. »Natürlich nicht. Die Voynixe waren schon immer da. Sie sind dauerhaft, unveränderlich, ewig – sie bewegen sich, manchmal sieht man sie nicht, aber sie sind immer da – wie die Sonne oder die Sterne.«

»Oder die Ringe?«, fragte Hannah mit ihrer sanften Stimme.

»Genau.« Daeman freute sich, dass sie ihn verstand.

Harman zog ein schweres Buch aus dem Regal. »Ada hat mir erzählt, Daeman *Uhr*, dass du ein richtiger Lepidopterologe bist.«

»Verzeihung?«

»Ein Schmetterlingskundler.«

Daeman merkte, dass er errötete. Es war immer schön, wenn man für seine Fachkenntnisse Anerkennung fand, und sei es bei Fremden, die obendrein nicht alle Tassen im Schrank hatten. »Ein Schmetterlings*kundler* bin ich wohl kaum, Harman *Uhr*, nur ein Sammler, der ein wenig von seinem Onkel gelernt hat.«

Harman kam die Leiter herunter und trug das schwere Buch zu einem Lesetisch. »Dann dürfte dich das hier interessieren.« Er schlug das Artefakt auf. Eine glänzende Seite nach der anderen enthielt farbige Darstellungen von Schmetterlingen.

Sprachlos trat Daeman näher heran. Sein Onkel hatte ihm die Namen von ungefähr zwanzig Schmetterlingsarten beigebracht, und von anderen Sammlern hatte er die Namen einiger weiterer Exemplare erfahren, die er gefangen hatte. Er legte den Finger auf das Bild eines Western Tiger Swallowtail.

»Western Tiger Swallowtail«, sagte Harman und fügte hinzu: *»Pterourus rutulus.«*

Die letzten beiden Worte verstand Daeman nicht, aber er starrte den älteren Mann erstaunt an. »Du sammelst!«

»Keineswegs.« Harman zeigte auf ein vertrautes gold-schwarzes Bild. »Monarch.«

»Ja«, sagte Daeman verwirrt.

»Admiral, Perlmutterfalter, Field Crescentspot, Hauhechelbläuling, Distelfalter, Alpenapollo«, sagte Harman und tippte der Reihe nach auf die Bilder. Daeman kannte drei davon.

»Du kennst dich mit Schmetterlingen aus«, sagte er.

Harman schüttelte den Kopf. »Ich habe bis gerade eben nicht einmal daran gedacht, dass die verschiedenen Arten Namen haben.«

Daeman schaute auf die plumpe Hand des Mannes. »Dann besitzt du also die Lesefunktion.«

Harman schüttelte erneut den Kopf. »Diese Handtellerfunktion besitzt niemand mehr. Ebenso wenig wie Fernsprechen, Positionsbestimmung, Datenzugriff oder selbstständiges Wegfaxen von Knoten.«

»Dann …«, begann Daeman und hielt aufrichtig verwirrt inne. Machten sich diese Leute aus irgendeinem Grund über ihn lustig? Er war mit guten Vorsätzen hergekommen, um das Wochenende in Ardis Hall zu verbringen – nun ja, mit dem Vorsatz, Ada zu verführen, aber alles in guter Laune –, und jetzt dieses … boshafte Spiel?

Ada legte ihm die schlanken Finger an den Ärmel, als spürte sie seinen wachsenden Zorn. »Harman verfügt nicht über die Lesefunktion, Daeman *Uhr*«, sagte sie leise. »Er hat kürzlich *lesen* gelernt.«

Daeman machte große Augen. Das ergab nicht mehr Sinn, als sein neunundneunzigstes Lebensjahr zu feiern oder vom atlantischen Bruch zu faseln.

»Es ist eine Fertigkeit«, sagte Harman ruhig. »So wie du die Namen der Schmetterlinge oder deine berühmten Techniken als … Herzensbrecher erlernt hast.«

Dieser letzte Satz verblüffte Daeman. *Ist mein zweites Hobby so bekannt?*

Hannah ergriff das Wort. »Harman hat versprochen, uns diesen Trick beizubringen … das Lesen. Es könnte ganz nützlich sein. Ich muss etwas übers Gießen lernen, bevor ich damit weitermache und mir Verbrennungen hole.«

Übers *Gießen*? Daeman konnte sich nicht vorstellen, was es da zu lernen gab – selbst wenn man eine heiße Flüssigkeit von einem Gefäß in ein anderes goss, musste man doch bloß aufpassen, dass man sich dabei nicht die Finger verbrannte. Und was hatte das mit dem Erwerb der Lesefunktion zu tun? Er fuhr sich mit der Zunge über die Lippen und sagte: »Ich habe kein Interesse an diesen Spielchen. Was wollt ihr von mir?«

»Wir müssen ein Raumschiff finden«, sagte Ada. »Und du könntest uns vielleicht dabei helfen.«

6 Olympos

Am Ende meiner Schicht in der Nacht des Streits zwischen Agamemnon und Achilles quantenteleportiere ich zum Scholikerkomplex auf dem Olymp zurück, zeichne meine Beobachtungen und meine Analyse auf, übertrage die Gedanken auf einen Wortstein und bringe ihn in das kleine, weiße Zimmer der Muse mit Blick auf den Calderasee. Zu meiner Überraschung ist die Muse da. Sie unterhält sich mit einem anderen Scholiker.

Er heißt Nightenhelser – ein freundlicher Bär von einem Mann, der irgendwann im frühen zwanzigsten Jahrhundert als Collegelehrer im amerikanischen Mittelwesten gelebt hat und auch dort gestorben ist, wie ich im Verlauf der letzten vier Jahre seines Aufenthalts hier erfahren habe. Als die Muse mich an der Tür sieht, beendet sie ihr Gespräch mit Nightenhelser und schickt ihn durch ihre Bronzetür hinaus zu der gewendelten Rolltreppe, die vom Olymp zu unserer Kaserne und der roten Welt darunter führt.

Die Muse winkt mich heran. Ich lege den Wortstein auf den Marmortisch vor ihr, trete zurück und rechne damit, wie üblich wortlos entlassen zu werden. Zu meiner Überraschung hebt sie den Wortstein in meiner Anwesenheit auf, schließt die Finger darum und konzentriert sich mit geschlossenen Augen. Ich bleibe stehen und warte. Ich muss gestehen, dass ich nervös bin. Mein Herz klopft, und während ich in einer professoralen Parodie der »Rührt euch«-Stellung eines Soldaten dastehe, sind meine hinter dem Rücken verschränkten Hände schweißfeucht. Ich bin schon vor Jahren zu dem Schluss gekommen, dass die Götter in Wirklichkeit keine Gedanken lesen können – dass ihr unheimliches Wahrnehmungsvermögen der Gedanken Sterblicher, seien es Helden oder Scholiker, von einer hoch entwickelten Wissenschaft im Studium der Gesichtsmuskeln, der Augenbewegungen und dergleichen herrührt. Aber womöglich irre ich mich. Vielleicht sind sie doch telepathisch veranlagt. Falls ja, und falls sie im Moment meiner Epiphanie und Entschlussfassung am Strand nach dem Showdown zwischen Agamemnon und Achilles meine Gedanken gelesen haben, dann bin ich – wieder – ein toter Mann.

Ich habe erlebt, wie Scholiker das Missfallen der Muse – geschweige denn der wichtigeren Götter – erregt haben. Vor einigen Jahren, genauer: im fünften Jahr der Belagerung, gab es bei uns einen Scholiker aus dem sechsundzwanzigsten Jahrhundert, einen rundlichen, respektlosen Asiaten mit dem ungewöhnlichen Namen Bruster Lin, und obwohl er der intelligenteste und kenntnisreichste Scholiker unter uns war, wurde ihm seine Respektlosigkeit zum Verhängnis. Es ging um den *mano-a-mano*-Zweikampf zwischen Paris und Menelaos (der Sieger kriegt alles), der den Ausgang des Krieges entschieden hätte. Doch obwohl dieser Kampf zwischen Helenas trojanischem Geliebten und ihrem achäischen Gemahl – Mann gegen Mann, bis zum Tod – vor zwei Heeren inszeniert wurde, die sie anfeuerten – Paris strahlend schön in seiner goldenen Rüstung, Menelaos furchterregend mit seinem eiskalt-nüchternen Blick –, wurde er nicht zu Ende geführt. Aphrodite sah, dass ihr geliebter Paris zu Wurmfleisch verarbeitet werden würde, stieß herab und zauberte ihn vom Kampfplatz weg zu Helena, denn wie die saft- und kraftlosen Freisinnigen jedes Zeitalters erfocht Paris seine Siege eher im Bett als auf dem Schlachtfeld. Als diese Episode mit Paris und Menelaos Bruster Lin wieder einen seiner amüsanten und ironischen Kommentare entlockte, schnippte die alles andere als amüsierte Muse mit den Fingern, und die Myriaden gehorsamer Nanozyten im Körper des unglücklichen Scholikers sammelten sich, explodierten in einem gewaltigen Sprung der Nanolemminge nach außen und zerrissen den immer noch lächelnden Bruster Lin vor uns anderen in tausend blutige Fetzen, sodass uns, während wir in Habtacht-Stellung dastanden, sein Kopf mit dem immer noch lächelnden Gesicht vor die Füße rollte.

Es war eine ernste Lektion, und wir nahmen sie uns zu Herzen. Keine redaktionelle Bearbeitung. Keine Späße mit der ernsten Angelegenheit des Zeitvertreibs der Götter. Der Tod ist der Ironie Lohn.

Jetzt schlägt die Muse die Augen auf und sieht mich an. »Hockenberry«, sagt sie im Ton einer Personalchefin aus meinem Jahrhundert, die im Begriff ist, einen mittleren Angestellten zu feuern, »wie lange bist du nun schon bei uns?«

Ich weiß, das ist eine rhetorische Frage, aber wenn man von einer Göttin gefragt wird, und sei es von einer unwichtigen, beantwortet man auch rhetorische Fragen. »Neun Jahre, zwei Monate und achtzehn Tage, Göttin.«

Sie nickt. Ich bin der älteste überlebende Scholiker. Oder vielmehr, ich bin der Scholiker, der am längsten überlebt hat. Sie weiß das. Vielleicht ist diese offizielle Feststellung meiner Langlebigkeit der Schwanengesang, bevor die Nanozyten auf explosive Weise Schluss mit mir machen.

Ich habe meinen Studenten damals immer beigebracht, dass es neun Musen gab, allesamt Töchter von Mnemosyne – Klio, Euterpe, Thalia, Melpomene, Terpsichore, Erato, Polyhymnia, Urania und Kalliope –, die zumindest in der späteren griechischen Überlieferung jeweils für eine künstlerische Ausdrucksform wie Flötenspiel, Tanz, Geschichtenerzählen oder Heldenlieder zuständig waren, aber in den neun Jahren, zwei Monaten und achtzehn Tagen, in denen ich den Göttern nun schon als Beobachter auf der Ebene von Ilium diene, habe ich nur einer

Muse Bericht erstattet, nur eine gesehen und auch nur von einer gehört – dieser hochgewachsenen Göttin nämlich, die jetzt hinter ihrem Marmortisch vor mir sitzt. Trotzdem war sie für mich wegen ihrer schrillen Stimme immer »Kalliope«, obwohl der Name ursprünglich »die Schönstimmige« bedeutete. Ich kann nicht gerade behaupten, dass diese Solo-Muse eine schöne Stimme besitzt – für mich ist sie eher ein Signalhorn als eine Kalliope –, aber jedenfalls habe ich gelernt, nach ihrer Pfeife zu tanzen.

»Folge mir«, sagt sie, erhebt sich mit einer fließenden Bewegung und verschwindet durch die Tür auf der privaten Seite ihres weißen Marmorzimmers.

Ich springe auf und folge ihr.

Die Muse hat Götterformat – das heißt, sie ist weit über zwei Meter groß, aber perfekt proportioniert, nicht so üppig wie manche Göttinnen, sondern gebaut wie eine Triathletin im zwanzigsten Jahrhundert –, und selbst in der geringeren Schwerkraft hier auf dem Olymp muss ich mich beeilen, um mit ihr Schritt zu halten, als sie über den kurz gestutzten grünen Rasen zwischen den weißen Gebäuden schreitet.

An einem Streitwagennexus bleibt sie stehen. Ich sage »Streitwagen«, und das Gefährt hat auch eine entfernte Ähnlichkeit mit einem Streitwagen – es ist niedrig, ungefähr hufeisenförmig und hat an der Seite eine Einbuchtung zum Aufsteigen, aber weder Pferde, Zügel noch Lenker. Die Muse steigt auf, hält sich am Handlauf fest und winkt mich zu sich.

Zögernd und mit heftigem Herzklopfen steige ich auf und bleibe an der Seite stehen, während die Muse mit ihren langen Fingern auf einem goldenen Keil herumtippt, der eine Art Armaturenbrett sein könnte. Lichter blinken. Der Streitwagen summt, knistert und ist auf einmal von einem Energiegitter umgeben. Er hebt vom Gras ab und dreht sich im Steigen. Plötzlich erscheinen zwei holografische »Pferde« vor dem Streitwagen, die ihn galoppierend durch den Himmel zu ziehen scheinen. Ich weiß, die holografischen Pferde sollen das Bedürfnis der Griechen und Trojaner nach innerer Geschlossenheit erfüllen, aber der Eindruck, dass es echte Tiere sind, die einen echten Streitwagen durch den Himmel ziehen, ist sehr stark. Ich halte mich an der Metallstange fest, die am Rand entlang verläuft, und mache mich bereit, aber man spürt keine Beschleunigung, nicht einmal, als die Transportscheibe in der Luft hüpft und tanzt, in dreißig Meter Höhe über den bescheidenen Tempel der Muse hinwegsaust und in Richtung der tiefen Senke des Calderasees beschleunigt.

Ich habe diese Streitwagen natürlich tausendfach in der Nähe des Olymps oder über der Ebene von Ilium herumfliegen sehen, wenn die Götter in ihren göttlichen Geschäften unterwegs waren, aber immer nur von meinem Standort am Boden aus. Aus dieser Perspektive wirken die Pferde real, und der Streitwagen selbst scheint weit weniger stofflich zu sein, wenn man darin steht und in dreihundert Meter Höhe über den Gipfel eines Berges – oder vielmehr eines Vulkans – hinwegzischt, der seinerseits rund 26 Kilometer über dem Wüstenboden aufragt.

Der Gipfel des Olymps müsste eigentlich im luftleeren Raum liegen und von Eis bedeckt sein, aber hier oben ist die Luft genauso dicht und atembar wie weiter unten, wo die Kaserne der Scholiker am Fuß der Vulkanklippen kauert, und der ausladende Gipfel ist nicht von Eis, sondern von Gras, Bäumen und weißen Gebäuden bedeckt, die so groß und grandios sind, dass die Akropolis ihnen gegenüber wie ein Nebengebäude wirkt.

Der wie eine Acht geformte Calderasee mitten auf dem Gipfel des Olymps hat einen Durchmesser von beinahe hundert Kilometern, und wir brausen fast mit Überschallgeschwindigkeit über ihn hinweg. Ein Kraftfeld oder ein göttlicher Zauber verhindert, dass der Wind uns den Kopf abreißt, und dämpft zugleich den Lärm. Hunderte von Gebäuden, alle von mehreren Hektar großen, sorgfältig gepflegten Rasenflächen und

Gärten umgeben – die Heimstätten der Götter, nehme ich an –, stehen am See, und riesige Autotriremen mit drei Decks ziehen langsam über das blaue Wasser. Der Scholiker Bruster Lin hat mir einmal erklärt, seiner Schätzung nach sei der Olymp so groß wie Arizona, und sein grasbewachsener Gipfel habe ungefähr dieselbe Fläche wie Rhode Island. Es war ein merkwürdiges Gefühl, solche Vergleiche mit Staaten auf jener anderen Welt, in jener anderen Zeit, aus jenem anderen Leben zu hören.

Ich halte mich mit beiden Händen an der schmalen Reling fest und spähe über den Berggipfel hinaus. Der Blick ist atemberaubend.

Wir sind so hoch oben, dass ich die Krümmung der Welt sehen kann. Im Nordwesten erstreckt sich der gewaltige blaue Ozean bis zur Sichel des Horizonts. Im Nordosten verläuft die Küstenlinie, und ich bilde mir ein, selbst aus dieser Entfernung die großen Steinköpfe sehen zu können, die die Grenze zwischen Meer und Land markieren. Genau im Norden liegt die Sichel des namenlosen Archipels, das von der ein paar Kilometer von unserer Scholikerkaserne entfernten Küste aus gerade noch zu sehen ist, dann wieder nichts als Blau bis zum Pol. Im Südosten sehe ich drei weitere hohe Vulkangipfel über den Horizont ragen; sie sind offenbar nicht so hoch wie der Olymp, aber im Gegensatz zu dessen klimatisiertem Gipfel weiß vom Schnee. Einer von ihnen muss wohl der Berg Helikon sein, das Zuhause meiner Muse und ihrer Schwestern, sofern sie welche hat. Im Süden und Südwesten kann ich auf etliche Hundert Kilometer eine Abfolge bestellter Felder, urtümlicher Wälder, roter Wüste und dann vielleicht wieder Wälder ausmachen, bis das Land mit Wolken und Dunst verschmilzt und keine Einzelheiten mehr zu erkennen sind, auch wenn man die Augen noch so sehr reibt und zusammenkneift.

Die Muse legt unseren Streitwagen in eine schwungvolle Kurve und setzt zur Landung am Westufer des Calderasees an. Dort stehen riesige weiße Gebäude mit Säulen und Vortreppen, die mit gigantischen Ziergiebeln und Statuen geschmückt sind. Diesen Teil des Olymps hat bestimmt noch kein Scholiker gesehen … oder wenn doch, so ist er jedenfalls nicht am Leben geblieben, um uns anderen davon zu erzählen.

Wir gehen in der Nähe des größten der riesigen Gebäude hinunter. Als der Streitwagen den Boden berührt, verschwinden die Pferde. Mehrere Hundert weitere Himmelswagen stehen wild durcheinandergeparkt auf dem Rasen.

Die Muse holt so etwas wie ein kleines Medaillon aus ihrem Gewand. »Hockenberry, ich habe Anweisung bekommen, dich an einen Ort zu bringen, an dem du eigentlich nicht sein dürftest. Eine der Göttinnen hat mir befohlen, dir zwei Dinge zu geben, die vielleicht verhindern, dass du entdeckt und wie eine Mücke zerquetscht wirst. Hier.«

Sie reicht mir zwei Gegenstände – ein Medaillon an einer Kette und eine Art Haube aus geprägtem Leder. Das Medaillon ist klein, aber schwer, als wäre es aus Gold. Die Muse streckt die Hand aus und schiebt einen Teil der Scheibe gegen den Uhrzeigersinn zurück. »Das hier ist ein persönlicher Quantenteleporter, wie ihn die Götter benutzen«, erklärt sie leise. »Er teleportiert dich an jeden Ort, den du dir bildlich vorzustellen vermagst. Außerdem kannst du mit dieser speziellen QT-Scheibe der Quantenspur der Götter folgen, wenn sie sich per Phasenverschiebung durch den Planckraum bewegen, aber niemand – außer der Göttin, die es mir gegeben hat – kann dir folgen. Verstehst du?«

»Ja.« Meine Stimme zittert beinahe. Ich sollte dieses Ding nicht haben. Es wird mein Tod sein. Das andere »Geschenk« ist noch schlimmer.

»Dies hier ist der Helm des Todes«, sagt sie und streift mir die reich verzierte Kopfbedeckung über, lässt sie jedoch wie eine Kapuze in meinem Nacken hängen. »Der Hades-Helm. Hades hat ihn selbst angefertigt, und er ist das Einzige im Universum, was dich vor den Augen der Götter verbergen kann.«

Ich blinzle benommen. Undeutlich erinnere ich mich an wissenschaftliche Anmerkungen zum »Helm des Todes«, und ich weiß noch, dass der Name Hades – auf Griechisch Äides – angeblich »der Unsichtbare« bedeutet. Aber soweit ich weiß, wurde Hades' Helm des Todes nur einmal von Homer erwähnt, als Athene ihn aufsetzte, damit Ares, der Kriegsgott, sie nicht sehen konnte. *Warum in aller Welt oder auf dem Olymp sollte eine Göttin mir dieses Ding leihen? Was soll ich für sie tun?* Bei dem Gedanken bekomme ich weiche Knie.

»Setz den Helm auf«, befiehlt die Muse.

Unbeholfen ziehe ich das dicke Leder über. Apparaturen sind darin eingebettet, Chipschaltkreise, Nanotech-Maschinen. Der Helm verfügt über durchsichtige, biegsame Augenpartien und ein Gittergewebe vor dem Mund, und als ich die Kapuze ganz aufgesetzt habe, scheint sich die Luft um uns herum auf seltsame Weise zu kräuseln, obwohl meine Sicht ansonsten unbeeinträchtigt ist.

»Unglaublich«, sagt die Muse. Sie schaut knapp an mir vorbei. Mir wird bewusst, dass ich nun etwas besitze, das jeder Junge sich wünscht – echte Unsichtbarkeit, obwohl ich keine Ahnung habe, auf welche Weise der Helm meinen ganzen Körper gegen Blicke abschirmt. Mein erster Impuls ist, die Beine in die Hand zu nehmen und mich vor der Muse und all den Göttern zu verstecken. Ich unterdrücke den Impuls. Die Sache muss einen Haken haben. Kein Gott und keine Göttin, nicht einmal meine rangniedrige Muse, würde einem simplen Scholiker solche Macht geben, ohne Sicherheitsvorkehrungen zu treffen.

»Dieses Gerät schützt dich vor den Blicken aller Götter außer der Göttin, die mich ermächtigt hat, es dir zu geben«, sagt die Muse ruhig, während sie rechts an meinem Kopf vorbei ins Leere starrt. »Diese Göttin kann dich jedoch überall sehen und aufspüren, Hockenberry. Und obwohl das Medaillon Geräusche, Gerüche und sogar den Herzschlag dämpft, machst du dir keine Vorstellung davon, wie fein die Sinne der Götter sind. Bleib in den nächsten paar Minuten dicht bei mir. Tritt behutsam auf. Sag nichts. Atme so leicht und so flach wie möglich. Wenn du entdeckt wirst, kann weder ich noch deine göttliche Schutzpatronin dich vor Zeus' Zorn bewahren.«

Wie atmet man leicht und leise, wenn man fürchterliche Angst hat? Aber ich nicke, ohne daran zu denken, dass die Muse mich momentan nicht sehen kann. Als sie wartet und immer noch leicht misstrauisch dreinschaut, als suchte sie mich mit ihrem göttlichen Sehvermögen, krächze ich: »Ja, Göttin.«

»Leg deine Hand an meinen Arm«, befiehlt sie barsch. »Bleib dicht bei mir. Löse ja nicht den Kontakt mit mir. Sonst wirst du vernichtet.«

Wie eine ängstliche Debütantin, die zu ihrem ersten Fest geleitet wird, lege ich meine Hand an ihren Arm. Die Haut der Muse ist kalt.

Ich war einmal im Vehicle Assembly Building, der Raumschiffmontagehalle im Kennedy Space Center auf Cape Canaveral. Der Führer erklärte, dass sich unter dem Dach, rund hundertfünfzig Meter über dem Betonboden, manchmal Wolken bildeten. Man hätte das VAB in eine Ecke des gigantischen Raumes stellen können, in dem wir uns jetzt befinden, und man hätte es ebenso wenig bemerkt wie ein weggeworfenes Spielzeugklötzchen in einer Kathedrale.

Bei dem Wort »Götter« denkt man an die zentralen Gottheiten, die Hauptgötter – Zeus, Hera, Apollo und ein paar andere –, aber in diesem Raum sind Hunderte von Göttern, und der größte Teil des Raumes ist leer. Kilometerhoch über uns, so scheint es, lenkt eine goldene Kuppel – die Griechen hatten das Prinzip der Kuppel noch nicht entdeckt, folglich steht dies im Widerspruch zur klassisch-konservativen Architektur der anderen riesigen Gebäude, die ich auf dem Olymp gesehen habe – die Gespräche akustisch in alle Winkel des atemberaubenden Raums.

Der Fußboden scheint aus gehämmertem Gold zu bestehen. Götter, die sich auf Marmorgeländer stützen, schauen von umlaufenden Zwischengeschossen herab. Überall in den Wänden sind Aberhunderte überwölbter Nischen eingelassen, in denen jeweils eine weiße Marmorskulptur steht – Statuen der anwesenden Götter.

Da und dort flimmern Hologramme von Achäern und Trojanern, überlebensgroße, farbige, dreidimensionale Bilder streitender, essender, kopulierender oder schlafender Männer und Frauen. Nahe beim Zentrum des Raums führen Stufen in eine Vertiefung hinunter, die größer ist als jede Kombination olympiatauglicher Schwimmbecken, und dort flimmern und schweben weitere Echtzeitbilder von Ilium – Panorama-Luftbilder, Großaufnahmen, Schwenks, Mehrfachbilder. Man hört die Dialoge, als wären die Griechen und Trojaner hier im Raum. Um diesen Bilderpool herum sitzen die Götter – die wichtigen Götter, die Hauptgötter, die jeder Gymnasiast kennt – auf steinernen Thronen, räkeln sich auf üppigen Liegen und stehen in ihren zeichentrickfilmartigen Togen herum.

Untergeordnete Götter treten beiseite, als die Muse sich diesem zentralen Pool nähert, und ich beeile mich, an ihrer Seite zu bleiben; meine unsichtbare Hand zittert an ihrem goldenen Arm, während ich zu verhindern suche, dass meine Sandalen quietschen, und mich bemühe, nicht zu stolpern, zu niesen oder zu atmen. Keine der Gottheiten scheint mich wahrzunehmen. Andernfalls würde ich es vermutlich sehr schnell merken.

Die Muse macht ein paar Meter von Pallas Athene entfernt halt, und ich bleibe so nah bei ihr, dass ich mir wie ein Dreijähriger vorkomme, der sich am Rockzipfel seiner Mutter festhält.

Ein heftiger Streit ist im Gange, obwohl Hebe – eine der untergeordneten Göttinnen – zwischen den anderen hin und her geht und ihnen goldenen Nektar in die goldenen Pokale gießt. Zeus sitzt auf seinem Thron, und ich sehe auf den ersten Blick, dass er hier der König ist, er, der die Sturmwolken treibt, der Gott unter den Göttern. Dieser Zeus ist keine Zeichentrickfigur, sondern eine Realität, eine unglaublich große, bärtige, eingeölte und spürbar königliche Präsenz, die mein Blut in furchtsamen Schlick verwandelt.

»Wie können wir den Verlauf dieses Krieges oder auch nur das Schicksal Helenas kontrollieren«, will er von allen Göttern wissen, obwohl er dabei seine Gemahlin, Hera, mit Blicken durchbohrt, »wenn Göttinnen wie Hera von Argos oder Athene, Wächterin ihrer Soldaten, sich fortwährend einmischen – indem sie zum Beispiel Achilles' Hand festhalten, als er den Atreussohn gerade bluten lassen will?«

Er richtet seinen Sturmwolkenblick auf eine Göttin, die auf violetten Kissen ruht. »Oder du, immer lächelnde Aphrodite, die du stets diesem hübschen jungen Paris beistehst, Dämonen vertreibst und gut geworfene Lanzen ablenkst. Wie kann der Wille der Götter – und noch wichtiger, der von Zeus – selbst hier klar sein, wenn ihr Göttinnen euch fortwährend einmischt und eure Lieblinge auf Kosten des Schicksals schützt? Trotz all deiner Machenschaften, Hera, könnte Menelaos Helena heimführen … oder wer weiß, Ilium könnte bestehen bleiben. Es steht einigen wenigen Göttinnen nicht zu, über diese Dinge zu entscheiden.«

Hera verschränkt ihre schlanken Arme. Weil sie in dem Versepos so häufig als »weißellbogige Göttin« bezeichnet wird, rechne ich halb damit, dass ihre Arme weißer sind als die der anderen Göttinnen, doch Heras Haut ist zwar milchig, aber nicht wesentlich milchiger als die von Aphrodite, Heras Tochter Hebe oder einer anderen Göttin, die ich von meiner Position hier in der Nähe des Bilderpools aus sehen kann … ausgenommen Athene, heißt das, die merkwürdig braun wirkt. Ich weiß, diese beschreibenden Passagen sind der speziellen homerischen Dichtkunst geschuldet; Achilles wird mehrfach als »fußschnell« bezeichnet, Apollo als »fernhintreffend«, und vor Agamemnons Name steht für gewöhnlich »der mächtige Herr«

oder »Herrscher der Männer«; die Achäer sind »gut geschient«, ihre Schiffe »schwarz« oder »bauchig« und so weiter. Diese wiederholten Epitheta dienten nicht so sehr der reinen Beschreibung, sondern entsprachen eher den hohen Ansprüchen daktylischer Hexameter und waren für den Sänger eine Methode, metrischen Anforderungen mit formelhaften Phrasen gerecht zu werden. Ich habe immer vermutet, dass einige dieser rituellen Wendungen – zum Beispiel »als in der Frühe erschien die rosenfingrige Eos« – auch verbale Platzhalter waren, die dem Sänger ein paar Sekunden Zeit verschafften, um sich die nächsten Zeilen der Handlung ins Gedächtnis zu rufen, wenn nicht gar sie zu erfinden.

Trotzdem betrachte ich Heras Arme, als sie ihrem Gatten antwortet. »Was redest du da, Kronide, du schrecklicher?«, hebt sie an, die weißen Arme verschränkt. »Wie kannst du es wagen, auch nur zu erwägen, meine ganze Arbeit fruchtlos zu machen? Wie viel *Schweiß* – unsterblichen Schweiß – habe ich vergossen, um das achäische Kriegsvolk zu sammeln und das Ego dieser männlichen Helden zu streicheln, damit sie sich nicht gegenseitig umbringen, bevor sie Trojaner töten, und welche Mühe habe ich mir gegeben, o Zeus, König Priamos, seinen Söhnen und seiner Stadt Unheil zu bringen?«

Zeus runzelt die Stirn und beugt sich auf seinem unbequem aussehenden Thron vor. Er ballt die riesigen weißen Hände zu Fäusten und öffnet sie wieder.

Hera breitet erbittert die Arme aus und wirft die Hände in die Luft. »Tu, was du willst – so wie immer –, aber erwarte nicht, dass auch nur einer von uns Unsterblichen dich lobt.«

Zeus erhebt sich. Wenn die anderen Götter zweieinhalb bis zweidreiviertel Meter groß sind, so ist Zeus bestimmt dreieinhalb Meter groß. Seine Stirn ist jetzt eher gefurcht als gerunzelt, und es ist keine Metapher, wenn ich sage, er donnert:

»Hera – meine liebe, geliebte, heillose Hera! Was haben Priamos oder Priamos' Söhne dir nur getan, dass du so zornig bist, so erbarmungslos Priamos' Stadt Ilium dem Erdboden gleichmachen willst?«

Hera steht schweigend da, die Hände an den Seiten. Das scheint Zeus' königlichen Zorn nur noch zu steigern.

»Dies ist eher Hunger als Zorn bei dir, Göttin!«, brüllt er. »Du wirst erst zufrieden sein, wenn du die Tore der Trojaner zertrümmert, Breschen in ihre Mauern geschlagen und sie in der Luft zerrissen hast.«

Heras Miene ist kein Widerspruch gegen diese Anschuldigung zu entnehmen.

»Also schön … also schön …«, donnert Zeus und gerät auf eine Art, wie es Ehemänner über die Jahrtausende hinweg nur allzu gut kennen, beinahe ins Stottern, »tu, was du willst. Aber eins sage ich dir – und merke es dir gut, Hera –, wenn auch ich einmal eine Stadt zugrunde richten und ihre Einwohner vernichten will – eine Stadt, die *dir* so lieb ist wie mir Ilium –, dann versuche nicht, meinen Zorn zu beschwichtigen.«

Die Göttin macht drei schnelle Schritte nach vorn, und ich muss an ein angreifendes Raubtier oder einen Schachmeister denken, der seine Chance sieht und nutzt. »Ja! Drei Städte sind mir bei Weitem die liebsten: Argos, Sparta und Mykene, deren Straßen so breit und königlich sind wie die des unglücklichen Ilium. Die kannst du nach Herzenslust plündern wie ein Vandale, mein Fürst. Ich werde dir nicht in den Weg treten oder es dir missgönnen … ich käme ohnehin nicht zum Ziel, weil du viel mächtiger bist als ich. Aber denk daran, o Zeus – ich bin zwar deine Gemahlin, aber auch mich hat Kronos gezeugt, und darum habe ich Anspruch auf deinen Respekt.«

»Ich habe nie etwas anderes behauptet«, murmelt Zeus und nimmt wieder auf seinem harten Sitzmöbel Platz.

»Also geben wir einer dem anderen nach«, sagt Hera. Ihre Stimme klingt jetzt merklich freundlicher. »Ich dir und du mir. Die geringeren Götter werden uns folgen. Rasch jetzt, mein Gemahl! Achilles hat das Schlachtfeld vorläufig verlassen, aber ein erbärmlicher Waffenstillstand bewirkt, dass zwischen Trojanern und Achäern Ruhe herrscht. Sorge dafür, dass die Trojaner diesen Waffenstillstand und ihren Schwur als Erste brechen.«

Zeus brummelt mit finsterer Miene etwas in seinen Bart und rutscht auf seinem Thron herum, befiehlt jedoch der aufmerksamen Athene: »Begib dich sofort aufs stille Schlachtfeld zwischen Trojanern und Achäern hinunter. Ich befehle dir, dafür zu sorgen, dass die Trojaner den Waffenstillstand als Erste brechen.«

»Und die hochgemuten Achäer verletzen«, drängt Hera.

»Und die hochgemuten Achäer verletzen«, befiehlt Zeus müde.

Athene verschwindet augenblicklich per QT. Zeus und Hera verlassen den Raum, und die Götter zerstreuen sich, in leise Gespräche vertieft.

Die Muse fordert mich mit einer raschen, verstohlenen Handbewegung auf, ihr zu folgen, und führt mich aus der Versammlungshalle.

»Hockenberry«, sagt die Göttin der Liebe, die auf ihrer mit Kissen gepolsterten Liege ruht. Die Schwerkraft – so gering sie ist – betont ihre seidenweiche, kurvenreiche Üppigkeit.

Die Muse hat mich in diesen anderen Raum in der Großen Halle der Götter geführt, diesen abgedunkelten Raum, der nur vom zwiefachen Lichtschein eines heruntergebrannten Kohlebeckens und eines Objekts, das verdächtig nach einem Computermonitor aussieht, erhellt wird. Im Flüsterton hat sie mir befohlen, den Helm des Todes abzunehmen, und ich habe mir erleichtert, aber voller Angst, wieder sichtbar zu sein, die Lederhaube heruntergezogen.

Dann ist Aphrodite hereingekommen, hat sich auf der Liege niedergelassen und gesagt: »Das ist alles, bis ich dich rufe, Melete«, und die Muse ist durch eine Geheimtür hinausgeschlüpft.

Melete, denke ich. Keine der neun Musen, aber ein Name aus einer früheren Zeit, als man glaubte, es gäbe drei Musen:

Melete, die Muse der Übung und Praxis, Mneme, die Muse der Erinnerung, und Aoide, die Muse der …

»Hockenberry, *ich* konnte dich in der Halle der Götter sehen«, sagt Aphrodite, und ich erwache abrupt aus meinen Scholikerträumereien, »und wenn ich Zeus, den Herrscher, auf dich aufmerksam gemacht hätte, wärst du jetzt weniger als Asche. Nicht einmal dein QT-Medaillon hätte dir die Flucht ermöglicht, denn ich könnte deiner Phasenverschiebungsspur durch Zeit und Raum folgen. Weißt du, weshalb du hier bist?«

Aphrodite ist also meine Schutzpatronin. Sie hat der Muse befohlen, mir diese Geräte zu geben. Was soll ich tun? Auf die Knie sinken? Mich in Gegenwart der Gottheit in den Staub werfen? Wie soll ich sie anreden? In den neun Jahren, zwei Monaten und achtzehn Tagen, die ich nun hier bin, hat noch keine Gottheit meine Existenz auch nur zur Kenntnis genommen, abgesehen von meiner Muse.

Ich beschließe, mich leicht zu verneigen, wobei ich den Blick von ihrer Schönheit abwende, vom Anblick der rosafarbenen Brustwarzen unter der dünnen Seide und der weichen Rundung des Bauches, die Schatten in jenes Dreieck aus dunklem Stoff wirft, wo ihre Schenkel sich treffen.

»Nein, Göttin«, sage ich schließlich. Beinahe hätte ich die Frage vergessen.

»Weißt du, weshalb du zum Scholiker erwählt worden bist, Hockenberry? Weshalb deine DNS von Nanozyten nicht gesprengt werden kann? Weshalb deine Schriften über den Krieg als Faktoren in den Simplex einbezogen wurden, bevor man dich zur Reintegration ausgewählt hat?«

»Nein, Göttin.« *Meine DNS kann von Nanozyten nicht gesprengt werden?*

»Weißt du, was ein Simplex ist, sterblicher Schatten?«

Ein Herpes-Virus? »Nein, Göttin«, antworte ich.

»Der Simplex ist ein schlichtes geometrisch-mathematisches Objekt, eine Übung in Logistik, ein in sich gefaltetes Dreieck oder Trapezoid«, erklärt Aphrodite. »Allerdings kombiniert mit vielen Dimensionen und Algorithmen, die neue hypothetische Gebiete definieren und mögliche Regionen des n-Raums erzeugen und verformen, wobei Ausschließungsebenen zu zwangsläufigen Konturen werden. Verstehst du nun, Hockenberry? Verstehst du, was das mit dem Quantenraum, der Zeit, dem Krieg dort unten und deinem eigenen Schicksal zu tun hat?«

»Nein, Göttin.« Diesmal zittert meine Stimme. Ich kann es nicht verhindern.

Ein Rascheln von Seide, und ich blicke lange genug auf, um zu sehen, wie die schönste Frau, die es gibt, ihre liebreizenden Gliedmaßen und glatten Schenkel auf der Liege anders hindrapiert. »Macht nichts«, sagt sie. »Du – oder der Sterbliche, der deine Schablone war – hast vor etlichen Tausend Jahren ein Buch geschrieben. Erinnerst du dich an den Inhalt?«

»Nein, Göttin.«

»Wenn du das noch ein einziges Mal sagst, Hockenberry, reiße ich dich vom Schritt bis zum Scheitel auf und mache mir Strapse aus deinem Gedärm. Verstehst du *das*?«

Es ist schwer, ohne Speichel im Mund zu sprechen. »Ja, Göttin«, bringe ich heraus und höre ein trockenes Krächzen.

»Dein Buch hatte 935 Seiten, und es ging nur um ein einziges Wort: *Menin*. Na, fällt es dir jetzt wieder ein?«

»Nein, G… Ich erinnere mich leider nicht, Göttin Aphrodite, aber du hast gewiss recht.«

Ich riskiere einen kurzen Blick und sehe, dass sie lächelt. Sie hat das Kinn in die linke Hand gestützt; die Finger steigen an ihrer Wange zu einer perfekten dunklen Augenbraue empor. Ihre Augen haben die Farbe eines edlen Cognacs.

»Zorn«, sagt sie leise. »*Menin aeide thea* … Weißt du, wer diesen Krieg gewinnen wird, Hockenberry?«

Jetzt heißt es rasch zu überlegen. Ich wäre ein ziemlich schlechter Scholiker, wenn ich nicht wüsste, wie das Versepos ausgeht – obwohl die *Ilias* mit der Bestattungszeremonie für Achilles' Erzfeind Hektor endet, nicht mit der Zerstörung Trojas, und kein riesiges Pferd erwähnt wird, außer in Odysseus' Bemerkungen, und die stammen aus einem anderen Epos … aber wenn ich den Ausgang dieses *echten* Krieges zu kennen behaupte, obwohl aus dem gerade miterlebten Streit hervorgeht, dass Zeus' Edikt, die Götter dürften nicht über die von der *Ilias* vorhergesagte Zukunft informiert werden, offensichtlich noch in Kraft ist – ich meine, wenn die Götter selbst nicht wissen, was als Nächstes passieren wird, würde ich mich dann nicht über die Götter einschließlich des Schicksals stellen, wenn ich es ihnen sage? Für *Hybris* hatten diese Götter noch nie allzu viel übrig. Außerdem hat Zeus – der als Einziger die ganze Geschichte der *Ilias* kennt – den anderen Göttern verboten, solche Fragen zu stellen, und wir Scholiker dürfen uns nur zu vergangenen Ereignissen äußern. Es empfiehlt sich nicht, Zeus zu verärgern, wenn man auf dem Olymp überleben will. Aber ich scheine ja von der Nanozytensprengung ausgenommen zu sein. Andererseits glaube ich der Göttin der Liebe voll und ganz, wenn sie sagt, dass sie sich Strapse aus meinem Gedärm machen wird.

»Wie lautete die Frage, Göttin?«, bringe ich nur heraus.

»Du weißt, wie die *Ilias* ausgeht, aber ich würde Zeus' Befehl zuwiderhandeln, wenn ich dich danach fragte«, sagt Aphrodite. Ihr leises Lächeln weicht einer Art Schmollen. »Aber ich darf dich fragen, ob das Gedicht *diese* Realität vorhersagt. Also, Scholiker Hockenberry, wer herrscht deiner Meinung nach über das Universum: Zeus oder das Schicksal?«

Ach du Scheiße, denke ich. Was auch immer ich darauf antworte, es wird dazu führen, dass ich meine Gedärme los bin und dass diese schöne Frau – diese Göttin – schleimige Strapse trägt. Ich sage: »Obwohl das Universum sich Zeus' Willen beugt und den Launen der göttlichen Macht des Schicksals gehorchen muss, Göttin, hat das *kaos* nach meiner Überzeugung ein gewisses Mitspracherecht im Leben der Menschen wie auch der Götter.«

Aphrodite gibt einen leisen, belustigten Laut von sich. Alles an ihr ist so weich, so einladend, so verführerisch …

»Wir werden nicht abwarten, bis das Chaos diese Kontroverse entscheidet«, sagt sie, und ihre Stimme verliert dabei jeden belustigten Klang. »Hast du heute gesehen, wie Achilles sich aus dem Kampf zurückgezogen hat?«

»Ja, Göttin.«

»Weißt du, dass der Männertöter bereits zu Thetis gebetet hat, damit sie seine achäischen Landsleute für die Schmach bestraft, die Agamemnon auf ihn geladen hat?«

»Ich war bei diesem Gebet nicht dabei, Göttin, aber ich weiß, dass es dem Verlauf des … des Versepos entspricht.« Diese Auskunft ist ungefährlich. Das Ereignis liegt in der Vergangenheit. Außerdem ist die Meeresgöttin Thetis Achilles' Mutter, und jeder auf dem Olymp weiß, dass er sie gebeten hat einzugreifen.

»So ist es«, sagt Aphrodite. »Diese notgeile Schnepfe mit den nassen Titten war bereits hier in der großen Halle und hat sich Zeus zu Füßen geworfen, kaum dass der alte Narr von seiner Sause mit den Aethiopen am Okeanos zurück war. Sie hat ihn Achilles zuliebe angefleht, den Trojanern einen Sieg nach dem anderen zu schenken, und der alte Trottel hat sich einverstanden erklärt. Dadurch ist er auf Kollisionskurs mit Hera geraten, der obersten Fürsprecherin der Argeier. So kam es zu der Szene, die du miterlebt hast.«

Ich stehe aufrecht da, mit hängenden Armen, die Handflächen nach vorn gedreht, den Kopf leicht geneigt, und beobachte Aphrodite die ganze Zeit, als wäre sie eine Kobra. Dabei ist mir durchaus bewusst, dass ihr Angriff – wenn sie mich anzugreifen beschließt – viel schneller und tödlicher sein wird als der jeder Kobra.

»Weißt du, warum du länger am Leben geblieben bist als jeder andere Scholiker?«, blafft Aphrodite.

Da eine verbale Antwort mein Todesurteil wäre, schüttle ich nur ganz leicht den Kopf.

»Du bist noch am Leben, weil ich vorausgesehen habe, dass du mir einen Dienst erweisen kannst.«

Schweiß läuft mir über die Stirn und brennt mir in den Augen. Weiterer Schweiß bildet Rinnsale auf meiner Wange und meinem Hals. Als Scholiker ist es unsere beschworene Pflicht – war es während der letzten neun Jahre, zwei Monate und achtzehn Tage meine beschworene Pflicht –, den Krieg auf der Ebene von Ilium zu beobachten, ohne jemals einzugreifen, ohne irgendetwas zu tun, was das Ergebnis des Krieges oder das Verhalten seiner Helden irgendwie ändern könnte.

»Hast du gehört, was ich gesagt habe, Hockenberry?«

»Ja, Göttin.«

»Interessiert es dich zu erfahren, worin dieser Dienst besteht, Scholiker?«

»Ja, Göttin.«

Aphrodite erhebt sich von ihrer Liege, und jetzt neige ich den Kopf wirklich, aber ich höre das Rascheln ihres seidenen Gewandes, ja sogar das leise Geräusch, mit dem sich ihre glatten weißen Schenkel sanft aneinander reiben, als sie näher kommt; ich rieche ihren Duft nach Parfüm und sauberer Weiblichkeit, als sie dicht vor mir stehen bleibt. Für kurze Zeit hatte ich ganz vergessen, wie groß eine Göttin ist, doch als sie nun über mir aufragt, ihre Brüste nur Zentimeter von meinem gesenkten Gesicht entfernt, wird mir unsere jeweilige Größe nachdrücklich in Erinnerung gerufen. Einen Moment lang muss ich gegen den Drang ankämpfen, das Gesicht im duftenden Tal zwischen diesen Brüsten zu begraben. Ich weiß zwar, dass dies meine letzte Tat vor einem gewaltsamen Tod wäre, aber in diesem Augenblick glaube ich fast, das könnte es wert sein.

Aphrodite legt mir die Hand auf die verkrampfte Schulter, berührt die groben Lederverzierungen am Helm des Todes und fährt mir dann mit den Fingerspitzen über die Wange. Trotz meiner Angst spüre ich die ersten Ansätze einer machtvollen Erektion, die sich im Nu zu einer ausgewachsenen verfestigt.

Als die leise Stimme der Göttin ertönt, ist sie sanft, sinnlich und ein wenig amüsiert, und ich bin mir sicher, Aphrodite weiß, in welcher Verfassung ich mich befinde, und glaubt auch, dies stehe ihr zu. Sie senkt den Kopf, beugt sich so nah zu mir, dass ich die Wärme ihrer Wange an meiner spüre, und flüstert mir zwei schlichte Befehle ins Ohr.

»Du wirst die anderen Götter für mich bespitzeln«, sagt sie leise. Und dann, kaum hörbar über dem Klopfen meines Herzens: »Und wenn der richtige Zeitpunkt gekommen ist, wirst du Athene töten.«

7 Conamara Chaos, Hauptbasis

Einschließlich Mahnmut befanden sich fünf galileische Moravecs in dem luftgefüllten Versammlungsraum auf der Plattenzone. Das europasche Konstrukt – den im Pwyll-Krater beheimateten Hauptintegrator Asteague/Che – kannte er, aber die anderen drei waren dem provinziellen Mahnmut fremder als Kraken. Der große, atavistisch humanoide Moravec von Ganymed war so elegant wie alle Ganymeder – in schwarzes Buckykarbon gehüllt, schaute er durch seine Fliegenaugen in die Welt; der Callistaner hatte eher Mahnmuts Größe und Gestalt – ungefähr einen Meter lang, nur andeutungsweise humanoid, mit Synthaut und sogar einigem echtem Fleisch unter seinem durchsichtigen Polymid-Überzug, nur dreißig bis vierzig Kilo schwer; das ionische Konstrukt war … eindrucksvoll: ein hochbelastbarer Moravec uralter Bauart, der von seiner Konstruktion her Plasma-Tori und Schwefelgeysiren widerstehen konnte. Das auf Io beheimatete Wesen war mindestens drei Meter hoch und sechs Meter lang. Von der Gestalt her entsprach es eher einer terrestrischen Königskrabbe: schwer gepanzert, mit zahllosen schmutzigen, morphfähigen Fortsätzen, Korrekturtriebwerken, Objektiven, Flagellen, Peitschenantennen, Breitbandsensoren und Hilfswerkzeugen. Das Ding war offensichtlich ans Hochvakuum gewöhnt; sein Äußeres war so oft von Einschlägen getroffen, abgeschmirgelt, aufpoliert und dann erneut getroffen worden, dass es so pockennarbig aussah wie Io selbst. In diesem luftgefüllten Konferenzraum benutzte es starke Repeller, um den Boden nicht zu verbeulen. Mahnmut hielt sich von dem Ionier fern und nahm einen Platz auf der anderen Seite der Gemeinschaftstafel ein.

Da sich keiner der anderen per Infrarot oder Engstrahl vorstellte, tat Mahnmut es auch nicht. Er schloss sich in seiner Tafelbucht an Nährschläuche an, schlürfte und wartete.

Sosehr er es genoss zu atmen, wenn ihm dieser Luxus vergönnt war, so stellte er doch überrascht fest, dass in dem Raum ein Druck von 700 Millibar herrschte – und das, obwohl mit dem Ganymeder und dem Ionier zwei Nichtatmer anwesend waren. Dann begann Asteague / Che durch die Mikromodulation von Druckwellen in der Atmosphäre zu kommunizieren – per Sprache, sogar im Englisch des Untergegangenen Zeitalters –, und Mahnmut begriff, dass der Raum aus Geheimhaltungsgründen und nicht zu ihrer Bequemlichkeit unter Atmosphärendruck gesetzt worden war. Im galileischen System war Tonsprache die sicherste Form der Kommunikation. Selbst der gepanzerte Hochvakuumarbeiter von Io war entsprechend nachgerüstet worden.

»Ich möchte euch allen danken, dass ihr eure Arbeit unterbrochen habt, um heute hierherzukommen«, begann der Hauptintegrator von Pwyll, »besonders denjenigen, die von den anderen Monden angereist sind. Ich bin Asteague / Che. Willkommen, Koros III. von Ganymed, Ri Po von Callisto, Mahnmut von der südpolaren Lagerstättenvermessung hier auf Europa, und Orphu von Io.«

Mahnmut drehte sich überrascht um und stellte sofort einen privaten Engstrahl-Kontakt her. *Orphu von Io? Du bist also mein langjähriger Gesprächspartner zum Thema Shakespeare, Orphu von Io?*

Ganz recht, Mahnmut. Es ist mir ein Vergnügen, dich persönlich kennenzulernen, mein Freund.

Seltsam! Wie groß war die Wahrscheinlichkeit, dass wir uns auf diese Weise begegnen würden, Orphu?

So seltsam nun auch wieder nicht, mein Freund. Als ich hörte, dass du auf dieser Selbstmordexpedition mit dabei sein solltest, habe ich darauf bestanden, ebenfalls hinzugezogen zu werden.

Selbstmordexpedition?

»... da wir nun seit mehr als fünfzig Jupiterjahren – rund sechshundert Erdjahren – keinen Kontakt mehr mit den Nachmenschen haben«, sagte Asteague/Che gerade, »sind wir nicht mehr im Bilde über die Pläne und Absichten der NMs. Das macht uns nervös. Es ist an der Zeit, dass wir eine Expedition ins innere Planetensystem entsenden, in Richtung zum Zentralgestirn, und etwas über den gegenwärtigen Status dieser Geschöpfe herausfinden, damit wir abschätzen können, ob sie eine direkte, unmittelbare Gefahr für die Galileer darstellen.« Asteague/Che hielt einen Moment lang inne. »Wir haben Grund zu der Vermutung, dass dem so ist.«

Die bisher durchsichtige Wand hinter dem europaschen Integrator, durch die man den gewaltigen Jupiter über den sternenbeschienenen Eisfeldern gesehen hatte, trübte sich jetzt und zeigte dann die verschiedenen Monde und Welten, die sich in ihrem gravitätischen Tanz um die ferne Sonne bewegten. Gleich darauf wurde das Erde-Mond-Ringe-System herangeholt.

»In den letzten fünfhundert Erdjahren ist die Aktivität in den modulierten Radio-, Gravitonen- und Neutrinospektren der polaren und äquatorialen Ringhabitate der Nachmenschen immer geringer geworden«, sagte Asteague/Che. »Im letzten Jahrhundert gab es überhaupt keine mehr. Auf der Erde selbst sind nur noch rudimentäre Spuren festzustellen – möglicherweise von Roboteraktivitäten.«

»Existiert die kleine Gruppe ursprünglicher Menschen noch?«, fragte Ri Po, der kleine Callistaner.

»Das wissen wir nicht«, sagte Asteague/Che. Der Integrator strich mit der Hand über die Alltafel, und ein Bild der Erde füllte das Fenster. Mahnmut spürte, wie ihm der Atem stockte.

Zwei Drittel des Planeten wurden von der Sonne beschienen. Unter dahinziehenden weißen Wolkenmassen waren blaue Meere und ein paar Spuren brauner Kontinente sichtbar. Mahnmut hatte die Erde noch nie gesehen, und die Intensität der Farben war geradezu überwältigend.

»Ist das ein Echtzeitbild?«, fragte Koros III.

»Ja. Das Fünf-Monde-Konsortium hat ein kleines optisches Weltraumteleskop unmittelbar außerhalb der Bugstoßfront der Magnetosphäre des Jupiter erbaut. Ri Po war an dem Projekt beteiligt.«

»Ich bitte um Entschuldigung für die mangelhafte Auflösung«, sagte der Callistaner. »Es ist über ein Jupiter-Jahrhundert her, dass wir Astronomie in den Wellenlängenbereichen des sichtbaren Lichts betrieben haben. Außerdem standen wir bei diesem Projekt unter erheblichem Zeitdruck.«

»Gibt es Lebenszeichen der Ursprünglichen?«, fragte Orphu von Io.

Der Nachfahren deines Shakespeare, sagte er per Engstrahl zu Mahnmut.

»Unbekannt«, sagte Asteague/Che. »Die größte Auflösung beträgt knapp zwei Kilometer, und wir haben keine Spuren lebendiger ursprünglicher Menschen oder ihrer Artefakte entdeckt, nur bereits verzeichnete Ruinen. Es gibt einige Neutrinofax-Aktivität, aber das könnten automatische Vorgänge oder Restspuren sein. In Wahrheit interessieren uns momentan nicht die Menschen, sondern die Nachmenschen.«

Mein *Shakespeare?* Unser *Shakespeare, meinst du!,* antwortete Mahnmut dem großen Ionier per Engstrahl.

Tut mir leid, Mahnmut. Sosehr ich die Sonette liebe – und sogar die Stücke deines Barden –, ich habe mich hauptsächlich mit Proust beschäftigt.

Mit Proust! Diesem Ästheten! Das ist nicht dein Ernst!

O doch. Im Infraschallspektrum des Engstrahls folgte ein Rumpeln, das Mahnmut als Gelächter des Ioniers interpretierte.

Der Integrator rief Bilder einiger der Millionen Orbitalhabitate auf, die in ihrem gravitätischen Ringtanz um die Erde kreisten. Viele waren weiß, andere silbern. Auch wenn sie im starken Licht so nah an der Sonne strahlend hell waren, so wirkten sie doch auch seltsam kalt. Und leer.

»Keine Raumfähren. Keine Anzeichen für Neutrinofaxverkehr vom Ring zur Erde. Und die Konvoi-Brücke beschleunigter schwerer Materialien zwischen den Ringen und dem Mars, die zuletzt vor zwanzig Jupiterjahren oder rund zweihundertvierzig Erd/NM-Ring-Jahren beobachtet wurde, ist verschwunden.«

»Glaubst du, die Nachmenschen sind fort?«, fragte Koros III. »Irgendwie ausgestorben? Oder ausgewandert?«

»Wir wissen, dass sich ihr Verbrauch von chronoklastischer, Quanten- und Gravitationsenergie stark vermindert hat«, sagte der Integrator. Das Konstrukt war größer und etwas humanoider als Mahnmut und in leuchtend gelbe Oberflächenschutzmaterialien gekleidet. Seine Stimme war sanft, ruhig und sorgfältig moduliert. »Unser Interesse richtet sich nun auf den Mars.«

Das Bild des vierten Planeten füllte das Fenster aus.

Mahnmuts Interesse am Mars war bestenfalls marginal, und die Bilder des Planeten, die er kannte, stammten aus dem Untergegangenen Zeitalter. Diese Welt sah ganz anders aus als die Fotos und Holos aus jener Zeit.

Statt einer rostroten Welt sah man auf diesem Bild des Mars ein blaues Meer, das den größten Teil der nördlichen Halbkugel bedeckte; durch das Flusstal der Valles Marineris zog sich ein viele Kilometer breites blaues Band, das mit diesem Ozean verbunden war. Ein großer Teil der südlichen Halbkugel war nach wie vor rötlichbraun, aber es gab auch große grüne Flecken. Die Tharsis-Vulkane – einer davon mit einer sichtbaren Rauchfahne – verliefen immer noch in dunkler Abfolge von Südwest nach Nordost, aber der Olympus Mons erhob sich jetzt rund zwanzig Kilometer von einer gewaltigen Bucht entfernt, die sich vom nördlichen Ozean aus bogenförmig ins Land hinein erstreckte. Weiße Wolken ballten und gruppierten sich über der im Sonnenlicht liegenden Hälfte des Bildes, und irgendwo in der Nähe des Hellas-Beckens, jenseits des dunklen Terminatorrandes, leuchteten helle Lichter. Mahnmut sah einen Hurrikan, der von der Küstenlinie Chryse Planitias aus rotierend nach Norden zog.

»Sie haben ihn terrageformt«, sagte er laut. »Die NMs haben den Mars terrageformt.«

»Wann ist das passiert?«, fragte Orphu von Io. Keiner der Galileer interessierte sich sonderlich für den Mars – oder überhaupt für eine der inneren Welten, was das betraf (außer im Hinblick auf deren Literatur) –, also konnte es irgendwann in den zweitausendfünfhundert terrestrischen Jahren seit dem Bruch zwischen den Moravecs und der Menschheit geschehen sein.

»In den letzten zweihundert Jahren«, sagte Asteague / Che. »Vielleicht sogar erst in den letzten hundertfünfzig.«

»Unmöglich«, behauptete Koros III. kategorisch. »So schnell könnte der Mars niemals terrageformt werden.«

»Ja, unmöglich«, stimmte Asteague / Che zu. »Aber so war es.«

»Dann sind die NMs also dorthin ausgewandert«, meinte Orphu von Io.

Der kleine Ri Po antwortete. »Das glauben wir nicht. Wir haben auch den Mars beobachtet, und zwar mit etwas besserer Auflösung als bei der Erde. Zum Beispiel an den Küsten …«

Das Fenster zeigte ein Gebiet entlang einer gewundenen Halbinsel nördlich der Stelle, wo sich die breiten Valles-Marineris-Flüsse – eigentlich eher ein lang gestreckter Binnensee – in eine Bucht ergossen, durch eine Meerenge strömten und dann mit dem nördlichen Ozean vereinigten. Das Bild wurde herangeholt. Überall dort, wo sich das Land zum Meer absenkte – manchmal rote, hügelige Wüste, woanders grüne und dicht bewaldete Ebenen –, folgten winzige schwarze Punkte der Küstenlinie. Das Bild zoomte ein letztes Mal heran.

»Sind das … Skulpturen?«, fragte Mahnmut.

»Wir glauben, es sind Steinköpfe«, antwortete Ri Po. Das Bild veränderte sich, und der Schatten auf einem der verschwommenen Bilder erinnerte an eine Stirn, eine Nase und ein ausgeprägtes Kinn.

»Das ist doch absurd«, sagte Koros III. »Wenn diese Osterinselköpfe den gesamten nördlichen Ozean säumen, müsste es Millionen davon geben.«

»Wir haben vier Millionen zweihundertdreitausendfünfhundertundneun gezählt«, sagte Asteague/Che. »Aber die Anlage ist noch nicht fertig. Seht euch dieses Foto an. Es wurde vor einigen Monaten aufgenommen, als der Mars uns am nächsten war.«

Unzählige winzige, verschwommene Gestalten zogen Gebilde, die wie riesige Steinköpfe auf Rollen aussahen. Die Steingesichter blickten zum Himmel, ihre Schattenaugen schauten direkt ins Weltraumteleskop. Die winzigen Figuren schienen durch viele Drahtseile mit den Köpfen verbunden zu sein und sie zu ziehen, dachte Mahnmut, wie ägyptische Sklaven, die einen Steinblock für die Pyramiden schleppten.

»Menschliche Arbeiter?«, fragte Orphu. »Oder Roboter?«

»Unserer Ansicht nach weder noch«, sagte Ri Po. »Sie haben nicht die richtige Größe. Und seht euch die Farben der Figuren auf den Spektralanalysebändern an.«

»Grün?« Mahnmut mochte Rätsel, aber nur in der Literatur, nicht im wirklichen Leben. »Grüne Roboter?«

»Oder eine bisher unbekannte Spezies kleiner grüner Humanoider«, meinte Asteague/Che ernst.

Orphu von Io ließ sein rumpelndes Infraschalllachen ertönen. »KGMs«, sagte er laut.

[?], übermittelte Mahnmut.

Kleine grüne Männchen, erklärte Orphu auf dem öffentlichen Kanal und lachte erneut.

»Weshalb sind wir hergerufen worden?«, wandte sich Mahnmut an Asteague/Che. »Was hat dieses Terraformen mit uns zu tun?«

Der Integrator ließ das Fenster wieder durchsichtig werden. Nach all den kräftigen Blau- und Weißtönen aus dem inneren Planetensystem wirkten die Streifen des Jupiter und die vom Abendlicht beschienene Ebene des europaschen Eises trübe und matt. »Wir schicken ein Team zum Mars, das die Angelegenheit untersuchen und uns Bericht erstatten soll«, erklärte Asteague/Che. »Ihr seid dazu ausgewählt worden. Ihr dürft jetzt ›Nein‹ sagen.«

Die vier blieben in allen Kommunikationsspektren stumm.

»Ich habe ›Bericht erstatten‹ gesagt«, fuhr der Hauptintegrator fort, »aber das heißt nicht unbedingt, dass ihr zurückkommen werdet. Wir haben keine sichere Methode, euch ins Jupitersystem zurückzuholen. Bitte, meldet euch, wenn ihr auf dieser Mission ersetzt werden wollt.«

Alle vier schwiegen.

»In Ordnung«, sagte der europasche Integrator. »Ihr werdet gleich die Details der Expedition herunterladen, aber ich möchte kurz auf die wichtigsten Punkte zu sprechen kommen. Für die Erkundung auf dem Planeten selbst werden wir Mahnmuts U-Boot einsetzen. Ri Po und Orphu werden aus der Umlaufbahn alles kartografisch erfassen; Mahnmut und Koros III. landen auf dem Planeten. Wir interessieren uns besonders dafür, was auf dem Olympus Mons, dem größten Vulkan, und in dessen Umgebung vor sich geht. Die dortige Quantenverschiebungsaktivität war stark und unerklärlich. Mahnmut wird Koros III. an der Küste absetzen, und unser Freund vom Ganymed wird Aufklärungsmissionen durchführen.«

Mahnmut wusste aus seinen Unterlagen und seiner Lektüre, dass die Menschen des Untergegangenen Zeitalters eine bevorstehende Unterbrechung durch ein Räuspern angekündigt hatten. Er gab ein Räuspergeräusch von sich. »Entschuldigt bitte meine Dummheit, aber wie befördern wir die *Dark Lady* – mein U-Boot – zum Mars?«

»Das ist eine berechtigte Frage«, sagte der Integrator. »Orphu von Io?«

Die riesige gepanzerte Königskrabbe drehte sich auf ihren Repellern und richtete mehrere schwarze Objektive auf Mahnmut. »Es ist Jahrhunderte her, dass wir etwas ins innere Planetensystem geschickt haben. Und wenn wir es auf die altmodische Art und Weise täten, würde es ein halbes Jupiterjahr dauern. Deshalb haben wir beschlossen, die Schere zu benutzen.«

Ri Po bewegte sich in seiner Tafelbucht. »Ich dachte, die Schere würde nur für die interstellare Forschung benutzt.«

»Das Fünf-Monde-Konsortium hat beschlossen, dass dies Vorrang hat«, erklärte Orphu von Io.

»Ich nehme an, wir fliegen mit einem Raumschiff hin«, sagte Koros III. »Oder wollt ihr uns der Reihe nach nackt und bloß durchschicken wie einen Haufen Hühner, die man mit einem Trebuchet abschießt?«

Orphus Infraschallrumpeln ließ die Tafel erbeben. Offenbar gefiel ihm Koros' Bild.

Mahnmut musste ins öffentliche Netz gehen. Ein *Trebuchet* war ein menschliches Belagerungsgerät aus dem Untergegangenen Zeitalter, und zwar aus den Zivilisationen der Stufe Zwei – vor der Dampfmaschine –, eine mechanische Apparatur, die jedoch viel stärker war als ein reines Katapult und riesige Steinbrocken fast zwei Kilometer weit schleudern konnte.

»Ein Raumschiff ist vorhanden«, sagte Asteague/Che. »Es ist so konstruiert, dass es Mahnmuts U-Boot aufnehmen kann und den Mars in ein paar Tagen erreicht. Es verfügt auch über ein Atmosphäreneintrittspaket für die *Dark Lady*.«

»Den Mars in ein paar Tagen erreicht«, wiederholte Ri Po. »Wie sind die Delta-V-Faktoren bei Verlassen der Io-Flussröhre?«

»Knapp unter dreitausend g«, sagte der Integrator. »*Erd-g*.«

Mahnmut, der noch nie eine größere Schwerelast als die von Europa erlebt hatte, die nicht ganz ein Siebtel Erd-g betrug, versuchte sich 21 000 solcher g vorzustellen. Es gelang ihm nicht.

»Während der Beschleunigungsphase werden das Schiff und auch die *Dark Lady* mit Gel gefüllt sein«, erklärte Orphu von Io. »Wir werden es so gemütlich haben wie Chipschaltkreise in Wackelpeter.« Es war klar, dass Orphu an der Planung des Raumschiffs und Ri Po an der Beobachtung der beiden Welten beteiligt gewesen waren. Koros III. war wahrscheinlich im Voraus über seine Leitungsfunktion bei einer solchen Expedition unterrichtet worden. Mahnmut hatte den Eindruck, dass man ihn als Einzigen nicht in die Expeditionsvorbereitungen einbezogen hatte, wahrscheinlich weil seine Aufgabe – die *Dark Lady* durch die Marsmeere zu fahren – so unwichtig war. Vielleicht, dachte er, sollte ich doch lieber aus dieser Expedition aussteigen.

Proust?, wandte er sich per Engstrahl an den großen Ionier.

Schade, dass wir nicht zur Erde fliegen, mein Freund. Wir könnten Stratford-upon-Avon einen Besuch abstatten. Und einen Souvenirbecher kaufen.

Das war ein alter Scherz zwischen ihnen, aber im aktuellen Kontext wirkte er wieder komisch. Mahnmut schickte per Engstrahl ein passables Simulakrum von Orphus polterndem Gelächter, und das große Konstrukt rumpelte zur Erwiderung so heftig, dass alle vier anderen es durch die dichte Luft hören konnten.

Ri Po lachte nicht. Er rechnete offenbar. »Der Abschuss durch die Schere würde uns auf fast ein Fünftel der Lichtgeschwindigkeit beschleunigen, und selbst nach einem drastischen Magnetschaufel-Bremsmanöver im inneren Planetensystem hätten wir noch eine Anfluggeschwindigkeit von ungefähr einem Tausendstel der Lichtgeschwindigkeit – über dreihundert Kilometer pro Sekunde. Wir werden also ziemlich rasch zum Mars kommen, selbst wenn er auf der anderen Seite der Sonne ist, so wie jetzt. Aber hat sich auch jemand überlegt, wie wir abbremsen können, sobald wir dort sind?«

»Ja«, sagte Orphu von Io, und sein Rumpeln verklang. »Das haben wir.«

Selbst nach den dreißig Jupiterjahren seines Daseins gab es niemanden auf Europa, von dem Mahnmut sich verabschieden konnte. Sein Forschungspartner, Urtzweil, war vor achtzehn J-Jahren in einer sich schließenden Wasserrinne in der Nähe des Pwyll-Kraters zerstört worden, und Mahnmut hatte seither zu keinem anderen mit Bewusstsein ausgestatteten Wesen mehr eine tiefere Beziehung entwickelt.

Sechzehn Stunden nach der Konferenz forderte die Conamara-Chaos-Hauptbasis spezielle Orbitalschlepper an, die die *Dark Lady* aus einer offenen Wasserrinne hievten und in die Umlaufbahn brachten. Dort verstauten Hochvakuum-Moravecs unter Orphu von Ios Aufsicht das U-Boot in dem wartenden Marsschiff, das anschließend von uralten interlunaren Induktionsschleppern bergab nach Io transportiert wurde. Mahnmut und die anderen drei Expeditions-Moravecs hatten kurz besprochen, ob sie das Raumschiff taufen sollten, aber die Fantasie ließ sie im Stich, der Impuls verlor sich, und von da an nannten sie es nur »das Schiff«.

Wie die meisten in den Jahrtausenden seit den Anfängen der Raumfahrt von Moravecs konstruierten Raumschiffe war auch dieses nicht gerade elegant, zumindest nicht nach klassischen Maßstäben. Es war hundertfünfzehn Meter lang und bestand hauptsächlich aus Buckykarbonträgern. Dazu besaß es mit gekräuseltem Strahlenschutzmaterial umhüllte Modulnischen, halbautonome Schnüffelsonden sowie Dutzende von Antennen, Sensoren und Seilen. Das Schiff unterschied sich merklich von den Raumfahrzeugen des Jupitersystems, vor allem wegen seines glänzenden magnetischen Dipol-Kerns und seiner sportlichen Ausleger-Deflektoren. In der klobigen Schnauze waren vier Fusionstriebwerksglocken und die fünf Hörner der Matloff-Fennelly-Schaufel untergebracht. Ein zehn Meter großer Pickel am Heck enthielt das zusammengefaltete Borsegel. Die Schaufel und das Segel würden erst beim Bremsmanöver benötigt werden, und die Fusionstriebwerke hatten nichts mit der Beschleunigungsphase der Mission zu tun.

Mahnmut blieb in der nunmehr mit Gel gefüllten *Dark Lady*, während Koros III. und Ri Po sechzig Meter entfernt im vorderen Kontrollmodul saßen, das sie inzwischen als »Brücke« bezeichneten. Der Plan sah vor, dass Ri Po während ihrer kurzen Achterbahnfahrt ins System alle Navigationsaufgaben übernahm, während Koros III. als nomineller Kommandant der Expedition fungierte. Kurz bevor die *Dark Lady* – vom Gel befreit – in die Marsatmosphäre ausgesetzt wurde, sollte der Ganymeder in Mahnmuts U-Boot umsteigen. Sobald dieses sich in den Ozeanen des Mars befand, sollte Mahnmut den Taxifahrer spielen und Koros III. zu der Landungsstelle bringen, die der befehlshabende Ganymeder für seine Spionageaktion an Land auswählte. Koros hatte etliche Details der Mission heruntergeladen bekommen, die Mahnmut nicht betrafen.

Orphu von Io hatte sich in seiner Krippe an der Außenhülle des Schiffes hinter den zehn Solenoid-Tori und vor den Segelseilstreben niedergelassen und war durch alle erdenklichen Stimm-, Daten- und Kommunikationslinks mit der Brücke und dem U-Boot verbunden. Die meisten nichttechnischen Gespräche führte er mit Mahnmut.

Ich finde deine Theorie über die dramatische Konstruktion der Sonette nach wie vor höchst interessant, mein Freund. Hoffentlich leben wir lange genug, dass du den Zyklus noch eingehender analysieren kannst.

Aber Proust!, erwiderte Mahnmut. *Weshalb Proust, wenn man sein ganzes Dasein damit verbringen kann, Shakespeare zu studieren?*

Proust war vielleicht der ultimative Erforscher von Zeit, Erinnerung und Wahrnehmung, antwortete Orphu.

Mahnmut gab ein Störungsgeräusch von sich.

Der zernarbte Ionier schickte sein Rumpeln über den Audiokanal. »Ich freue mich schon darauf, dich davon zu überzeugen, Mahnmut, mein Freund, dass sie alle beide sehr unterhaltsam und lehrreich sind.«

Die Nachricht von Koros III. kam über den öffentlichen Kanal. *Ihr solltet vielleicht alle die Bandbreite auf den visuellen Kanälen erhöhen. Wir nähern uns Ios Plasmatorus.*

Mahnmut befolgte Koros' Rat und öffnete sämtliche visuellen Kanäle. Er beobachtete das Geschehen draußen zwar am liebsten durch Orphu von Ios Objektive, aber im Moment lieferten die vorderen Schiffskameras die interessanteren Bildinformationen, und nicht unbedingt in den Spektren des sichtbaren Lichts.

Sie beschleunigten in Richtung des riesigen, rot-gelb gefleckten Antlitzes von Io, hielten von unterhalb der Ebene der Ekliptik auf den Mond zu und machten sich bereit, ihn am Nordpol zu passieren, bevor sie in die Jupiter-Io-Flussröhre einflogen.

Während des kurzen Herflugs von Europa hatten Orphu und Ri Po sachdienliche Informationen über diesen Bereich des Jupiterraums heruntergeladen. Mahnmut, ein Geschöpf Europas, hatte sich in den dortigen schwarzen Ozeanen überwiegend aufs Sonar und das verfügbare sichtbare Licht konzentriert, jetzt aber stellte er fest, was für ein lauter, überladener Raum die Magnetosphäre des Jupiter war. Wenn er auf den Dekameterwellen nach vorn schaute, konnte er Ios jupiterdicken Plasmatorus und die im rechten Winkel dazu verlaufende Io-Flussröhre sehen, die wie zwei ausladende Hörner zum Nord- und Südpol des Jupiter führte. Weit hinter Jupiter und seinen Monden, jenseits der Magnetopause, spürte Mahnmut die Bugstoßturbulenz wie das Brechen gewaltiger Gischtwellen an einem verborgenen Riff, hörte die Langmuir-Wellen im Kielwasser der Turbulenz, die in der magnetischen Dunkelheit jenseits des Riffs sangen, und fing das Knistern der Ionenschallwellen nach ihrer langen Reise gegen den Schwerkraftsog der

Sonne auf. Vom Jupiterraum aus gesehen war die Sonne selbst kaum mehr als ein sehr heller Stern.

Als das Schiff nun heraufkam und über Io hinweg in die Flussröhre eintauchte, hörte Mahnmut den Chor der Whistler-Wellen und das Zischen, das der kleine Mond von sich gab, während er durch seinen eigenen Plasmatorus pflügte, also sozusagen seinen eigenen Schwanz fraß. Er sah die Tiefenbänder äquatorialer Emissionen und musste das dumpfe Brausen der Dekameter- und Kilometerwellen dämpfen, das aus der Flussröhre selbst kam. Der gesamte galileische Raum war ein Schmelzofen starker Strahlung und elektromagnetischer Aktivität – Mahnmut hatte sein ganzes Dasein mit deren Hintergrundfauchen in seinen virtuellen Ohren verbracht –, doch der Übergang vom Torus in die Flussröhre so nah beim Jupiter war durch wilde Kaskaden gequälter Elektronen um ihr Schiff begleitet, zischend kreischend wie Todesfeen, die Einlass in ein belagertes Haus begehrten. Es war eine neue Erfahrung, und Mahnmut fand sie ziemlich enervierend.

Dann waren sie in der Flussröhre, und Koros III. rief: »Bleibt dran!«, bevor das Hurrikangetöse über die akustischen Kanäle hereinbrach.

Der Plasmatorus von Io war ein gigantischer Schmalzkringel aus geladenen Partikeln, die in der Bahn des Schwefeldioxids, Schwefelwasserstoffs und anderer von Orphus gewalttätigem Heimatmond hinterlassenen und dann wieder akkumulierten Gase aufgerührt wurden. Während Io in seinem schnellen 1,77-Tage-Orbit um den Jupiter raste, das Magnetfeld des Gasriesen durchschnitt und in seinen Plasmatorus pflügte, erzeugte er einen gewaltigen elektrischen Strom zwischen Jupiter und sich selbst, einen doppelhörnigen Zylinder aus unglaublich konzentrierten Magnetlinien, die sogenannte Io-Flussröhre. Sie war mit dem magnetischen Nord- und Südpol des Jupiter verbunden und rief dort wilde Polarlichter hervor; in den Hörnern der Flussröhre selbst entstand dabei ein beständiger Strom von rund fünf Megaampere, und sie erzeugten fortwährend mehr als zwei Billiarden Watt Energie.

Das Fünf-Monde-Konsortium war vor einigen Jahrzehnten zu dem Schluss gekommen, dass es eine schreckliche Verschwendung wäre, zwei Billiarden Watt Energie ungenutzt zu lassen.

Mahnmut sah zu, wie Ios Nordpol unter ihm vorbeischoss. Auswurfsmaterial mehrerer Schwefelvulkane – besonders von Prometheus weit im Süden, in der Nähe des Mondäquators – wurde mindestens 140 Kilometer hoch über die pockennarbige Oberfläche geschleudert, als schösse der gewalttätige Mond auf sie, um sie zum Rückzug zu zwingen, bevor sie den Umkehrgrenzpunkt erreichten.

Zu spät. Sie hatten ihn bereits überschritten.

Im Bild der vorderen Kameras zeigten Ri Pos eingeblendete Navigationsdaten an, dass ihre Einflugbahn in die Flussröhre und ihre Ausrichtung auf die Schere korrekt waren. Der Jupiter raste auf sie zu und füllte im Nu das Bild wie eine vielfach gestreifte Wand.

Die physischen Klingen der Schere – dieses zweiarmigen, rotierenden magnetischen Beschleunigers innerhalb der natürlichen Partikelkanone der Io-Flussröhre – waren achttausend Kilometer lang. Sie nahmen nur einen Bruchteil der Gesamtlänge der Flussröhre ein, die Ios Nordpol über eine halbe Million Kilometer hinweg bogenförmig mit dem Nordpol des Jupiter verband.

Aber die Schere war beweglich. Wie Orphu von Io Mahnmut erklärt hatte: »Der Drehimpuls kann etwas Wunderbares sein, mein kleiner Freund.«

Das Schiff, das Mahnmuts geliebtes U-Boot in sich barg, hatte sich Io und der Flussröhre – selbst nach voller Beschleunigung durch die Ionenschlepper – nur mit einer Geschwindigkeit von rund 24 Kilometer pro Sekunde genähert, weniger als 86 000 Stundenkilometer. Bei diesem Tempo würden sie schon allein über sechs Stunden für die Flussröhrendistanz zwischen

Ios Nordpol und dem des Jupiter brauchen, und E-Jahre bis zum Mars. Aber sie hatten nicht vor, die weitere Reise in diesem Kriechtempo zurückzulegen.

Das Schiff drang in das knisternde, fauchende, zuckende Feld der Flussröhre ein, fand den Scheitelpunkt der Schere, richtete sich an der oberen Klinge aus und nutzte dann die Beschleunigung der Röhre, um das Raumschiff-Solenoid durch die fünf Kilometer großen Feldspulen des supraleitenden Dipolbeschleunigers zu jagen. Sobald das Schiff wie ein klobiger Krocketball, der durch das erste von etlichen Tausend Wickets flog, das erste Tor passierte, klappte die Klinge der Beschleunigungsschere mit einer differenziellen Winkelgeschwindigkeit auf, die annähernd bei – oder theoretisch sogar über – der Lichtgeschwindigkeit lag. Eine Sekunde lang ritten sie auf einem sich kräuselnden Ochsenziemer und schnellten dann von dessen Spitze zum nächsten, wobei sie so viel von den zwei Billiarden Watt Energie nutzten, wie der Scherenbeschleuniger abzapfen konnte.

Das Schiff – und alles darin – wurde 2,6 Sekunden lang mit fast dreitausend g beschleunigt.

Der Jupiter schoss wie von der Sehne geschnellt auf sie zu. Mahnmut schaltete all seine Monitore auf Zeitlupe, damit er ihren Aufbruch richtig würdigen konnte.

»Wheeehaw!«, schrie Orphu von der Außenseite der Hülle.

Das Schiff und das U-Boot verformten sich, knirschten, ächzten und quietschten unter den Gravitationskräften, aber sie bestanden aus widerstandsfähigem Material – die *Dark Lady* war immerhin so konstruiert, dass sie in Europas Tiefenmeeren einem Druck von mehreren Millionen Kilogramm pro Quadratzentimeter standhielt –, und dasselbe galt für die Moravecs.

»Heilige Scheiße«, entfuhr es Mahnmut. Die Bemerkung war eigentlich nur für Orphu von Io gedacht, aber er sandte sie aus Versehen an alle drei seiner Kollegen.

»In der Tat«, erwiderte Ri Po.

Die brodelnden Polarlichter des Jupiter – das strahlende Oval, das den Nordpol des Gasriesen umgab, begleitet von Ios flammendem Fußabdruck, wo die Flussröhre auf die Atmosphäre traf – blitzten unter ihnen auf und verschwanden achtern.

Ganymed, ein gefurchter, schmutziger Schneeball, der noch vor ein paar Sekunden eine Million Kilometer entfernt auf der anderen Seite des Systems gewesen war, sauste auf sie zu, schoss vorbei und verschwand hinter ihnen außer Sicht.

»Uruk Sulcus«, sagte Koros III. auf dem öffentlichen Kanal, und Mahnmut dachte einen Moment lang, der befehlshabende Moravec hätte einen Erstickungsanfall oder würde fluchen, aber dann bemerkte er den etwas sentimentalen Klang seiner normalerweise kühlen Stimme und erkannte, dass Koros eine Region des Mondes gemeint haben musste – wahrscheinlich die Heimat des Ganymeders.

Der winzige Mond Himalia, den noch kein Mitglied der Crew besucht hatte – oder hatte besuchen wollen –, sauste vorbei wie ein Glühwürmchen mit brennenden Haaren.

»Wir haben die Bugstoßfront durchflogen«, meldete Ri Po mit seinem ausdruckslosen callistanischen Akzent. »Der erste Ausflug aus dem vertrauten Nest. Zumindest für diesen Moravec.«

Mahnmut schaute kurz auf seine Bildschirme. Ri Pos Anzeigen meldeten, dass sie nun dreiundfünfzig Jupiter-Durchmesser weit draußen waren und noch immer beschleunigten. Erst nachdem Mahnmut in unbenutzten Speicherbänken nachgesehen und festgestellt hatte, dass der Durchmesser des Jupiter fast 142 000 Kilometer betrug, bekam er ein Gefühl für ihre Geschwindigkeit. Das Schiff schoss in einem Bogen über die Ebene der Ekliptik hinweg, aber Mahnmut erinnerte sich undeutlich, dass die Anziehungskraft der Sonne sie wieder zum Mars herunterholen sollte, der sich momentan jenseits der Sonne befand. Wie auch immer, die Navigation war nicht sein Problem. Sein Einsatz begann, sobald sie im Marsmeer landeten, und es schien ihm nicht weiter schwierig zu sein, darin herumzufahren – jede Menge Sonnenlicht, warme Temperaturen, geringe Wassertiefen ohne nennenswerten Druck, Sterne für die Navigation bei Nacht und von ihnen in einer Umlaufbahn abgesetzte GPS-Satelliten für die Navigation am Tag, so gut wie keine Strahlung im Vergleich zur Oberfläche von Europa. Keine Kraken! Kein Eis. *Kein Eis!* Es kam ihm viel zu einfach vor.

Falls die Nachmenschen allerdings feindselig waren, bestand natürlich ein hohes Risiko, dass die Moravecs die Reise zum Mars oder den Atmosphäreneintritt nicht überlebten, und selbst wenn, würden sie sehr wahrscheinlich nicht mehr in ihre Heimat im Jupiterraum zurückkehren können, aber all dies musste Mahnmut vorläufig einfach auf sich zukommen lassen. Seine Gedanken kehrten zum Sonett 127 zurück.

»Alle wohlauf?«, erkundigte sich Koros III.

Alle meldeten sich und bejahten. Von so ein paar Tausend g auf der Brust ließ diese Crew sich nicht unterkriegen. Die Moral war sehr gut.

Ri Po hob an, ihnen weitere Informationen zum Thema Navigation und Raumfahrt zu geben, aber Mahnmut hörte nicht mehr richtig zu. Er war bereits im Schwerefeld des ersten Sonetts aus dem »Dark Lady«-Zyklus gefangen.

8 Ardis

Daeman schlief gut und träumte von Frauen.

Er fand es ein wenig amüsant, wenn nicht gar seltsam, dass er nur dann von Frauen träumte, wenn er nicht mit einer schlief. Es war, als bräuchte er jede Nacht warmes weibliches Fleisch an seiner Seite und als lieferte es ihm sein Unterbewusstsein, wenn seine täglichen Bemühungen fehlschlugen. Als er am späten Morgen in seinem komfortablen Zimmer in Ardis Hall erwachte, zerstob der Traum in Fragmente und Fetzen, aber was übrig blieb – zusammen mit der üblichen Morgenerektion –, reichte, um eine undeutliche Erinnerung an Adas Körper oder den einer Frau zurückzubringen, die Ada sehr ähnlich war – warm, weißhäutig, nach Parfüm duftend, mit vollen Pobacken, runden Brüsten und kräftigen Schenkeln. Daeman freute sich auf die Eroberung, die er am Wochenende machen würde, und zweifelte an diesem schönen Morgen kaum an seinem Erfolg.

Später, als er geduscht, sich rasiert und untadelige ländliche Freizeitkleidung angelegt hatte – oder das, was er dafür hielt: weiß-blau gestreifte Baumwollhose, Wollweste mit Serge-Futter, pastellfarbene Jacke, weißes Seidenhemd und Krawattennadel mit Rubin, seinen hölzernen Lieblingsspazierstock in der Hand und schwarze Lederschuhe an den Füßen, die ein wenig robuster waren als seine üblichen formellen Schlupfschuhe mit halbhohem Absatz –, frühstückte er im sonnigen Wintergarten und erfuhr zu seiner Befriedigung, dass Hannah und dieser Harman schon frühmorgens aufgebrochen waren. »Sie bereiten den Guss heute Abend vor«, lautete Adas kryptische Erklärung, und Daeman war nicht neugierig genug, sie um eine nähere Erläuterung zu bitten. Er war einfach froh, dass der Mann weg war.

Ada verbrachte den späten Vormittag mit ihm. Diesmal brachte sie keine absurden Themen wie Bücher oder Raumschiffe aufs Tapet, sondern betätigte sich als Führerin und machte ihn erneut mit den vielen Flügeln und verzweigten Korridoren von Ardis Hall, seinen umfangreichen Weinkellern, Geheimgängen und alten Dachböden vertraut. Er erinnerte sich an einen ähnlichen Rundgang bei seinem ersten Besuch, bei dem ihn die nichtsnutzige kleine Ada auf die Jinker-Plattform auf dem Dach geführt hatte und er, wie immer mit einem wachsamen Auge für solche Enthüllungen, unter ihrem gerafften Rock einen flüchtigen Blick auf ein Jungmännerparadies erhascht hatte, als sie vor ihm eine wacklige Leiter hinaufgeklettert war: Er erinnerte sich noch haargenau an die milchigen Schenkel und die dunklen, getüpfelten Schatten dazwischen.

An diesem Vormittag stiegen sie dieselbe Leiter zu derselben Jinker-Plattform hinauf, aber diesmal ließ Ada ihm den Vortritt und lächelte nur über die wohlerzogenen Proteste, mit denen er ihr den Vortritt lassen wollte; in dem Lächeln lag eine zänkische Erinnerung an den Vorfall, den sie seiner Ansicht nach damals gar nicht bemerkt hatte.

Ardis Hall war ein hoch aufragendes Herrenhaus, und die Jinker-Plattform, deren Mahagoniplanken noch glänzten, stand zwischen den Giebeln hervor und bildete zwanzig Meter über der Schotterauffahrt, auf der Voynixe wie verrostete senkrechte Skarabäen standen, eine Überkragung. Daeman hielt sich von dem nicht mit einem Geländer gesicherten Rand fern, aber Ada ignorierte die Gefahr, ging bis zur Kante und schaute sehnsüchtig auf die lange Rasenfläche und die ferne Linie des Waldes.

»Würdest du nicht alles für einen funktionierenden Jinker hergeben?«, fragte sie. »Selbst wenn du ihn nur ein paar Tage haben könntest?«

»Nein. Warum sollte ich?«

Ada gestikulierte mit ihren langfingrigen Händen. »Schon mit einem Kinderjinker könnte man über den Wald und den Fluss fliegen, über diese Hügel im Westen, könnte tagelang weiterfliegen, weg von hier, weg von jedem Faxport.«

»Wieso sollte das jemand wollen?«

Ada sah ihn einen Moment lang an. »Bist du nicht neugierig? Was da draußen ist?«

Daeman wischte ein paar imaginäre Krümel von seiner Weste. »Sei nicht albern, meine Liebe. Dort draußen ist nichts Interessantes … absolute Wildnis … keine Menschen. Also, jeder, den ich kenne, wohnt im Umkreis von ein paar Kilometern um einen Faxport. Außerdem gibt es da draußen ein paar von der Art *Tyrannosaurus Rex*.«

»Tyrannosaurier? In unserem Wald? Unsinn. Wir haben hier noch nie einen gesehen. Wer hat dir das denn erzählt, Cousin?«

»Du, meine Liebe. Als ich das letzte Mal hier war, vor einem halben Zwanziger.«

Ada schüttelte den Kopf. »Da habe ich dich bestimmt auf den Arm genommen.«

Daeman ließ sich das durch den Kopf gehen. Er dachte an sein jahrelanges Unbehagen bei der Vorstellung, wieder nach Ardis zu kommen, an die Tyrannosaurier-Albträume, die ihn im Lauf der Jahre gequält hatten, und seine Miene bewölkte sich unwillkürlich.

Ada schien seine Gedanken zu lesen. Ein Lächeln zuckte um ihre Mundwinkel. »Hast du dich schon mal gefragt, Cousin Daeman, weshalb die NMs beschlossen haben, unsere Bevölkerungszahl genau bei einer Million stabil zu halten? Warum nicht bei einer Million eins? Oder bei neunhundertneunundneunzigtausendneunhundertneunundneunzig? Weshalb bei einer Million?«

Daeman war verblüfft. Er suchte nach der inneren Verbindung zwischen einem Kinderjinker aus dem Untergegangenen Zeitalter, Dinosauriern und der menschlichen Bevölkerung, die seit … nun ja … ewigen Zeiten gleich war. Und es gefiel ihm nicht, dass Ada ihnen immer wieder ihre Verwandtschaft ins Gedächtnis rief, denn alter Aberglaube war manchmal ein Hemmnis für sexuelle Beziehungen zwischen Familienangehörigen. »Ich finde, dass solch müßige Spekulationen zu Magenverstimmungen führen, meine Liebe, und das sogar an einem so schönen Tag«, sagte er. »Wollen wir uns nicht wieder einem erfreulicheren Thema zuwenden?«

»Natürlich.« Ada schenkte ihm ihr schönstes Lächeln. »Warum gehen wir nicht runter und gesellen uns vor dem Mittagessen und unserem Ausflug zum Gussplatz zu ein paar von den anderen Gästen?«

Diesmal stieg sie die Leiter als Erste hinunter.

Das Mittagessen wurde von aufmerksamen Servitoren draußen auf der Nordterrasse serviert, und Daeman plauderte freundlich mit einigen jungen Leuten – anscheinend waren noch etliche weitere Gäste hergefaxt zu dem abendlichen »Guss« – was immer das sein sollte –, und nach dem Essen suchten sich viele der Gäste Sofas im Haus oder bequeme Clubsessel auf der schattigen Rasenfläche, lehnten sich darin zurück und legten sich ihre Turin-Tücher über die Augen. Da man normalerweise eine Stunde unter dem Turin verbrachte, spazierte Daeman zum Waldrand hinüber und hielt unterwegs Ausschau nach Schmetterlingen.

Am Fuß des Hügels gesellte sich Ada zu ihm. »Du benutzt das Turin also nicht, Cousin Daeman?«

»So ist es«, sagte er und hörte, dass es zickiger klang als beabsichtigt. »Nach fast einem Jahrzehnt habe ich mich an die Dinger gewöhnt, aber ich kann auf sie verzichten. Und du, Ada, meine Liebe? Enthältst du dich ebenfalls?«

»Nicht immer.« Die junge Frau ließ einen pfirsichfarbenen Sonnenschirm kreiseln, während sie dahinschlenderte, und das weiche Licht verlieh ihrem blassen Gesicht einen schönen Glanz. »Hin und wieder schaue ich mal nach, wie die Dinge stehen, aber ich habe offenbar zu viel um die Ohren, um derart süchtig danach zu werden wie so viele andere heutzutage.«

»Die Turiner scheinen wirklich allgegenwärtig zu sein.«

Ada blieb im Schatten einer riesigen Ulme mit ausladenden, tief hängenden Zweigen stehen. Sie ließ den Sonnenschirm sinken und schloss ihn. »Hast du sie ausprobiert?«

»O ja. Zwischen meinen Zwanzigern waren sie der letzte Schrei. Einige Wochen habe ich diese … Exzesse genossen.« Bei der Erinnerung daran konnte er den Ton des Abscheus nicht ganz verbergen.

»Stört dich die Gewalt, Cousin?«

Daeman machte eine neutrale Geste. »Mich stört ihre … Indirektheit.«

Ada lachte leise. »Genau aus diesem Grund verzichtet auch Harman darauf. Ihr beiden habt einiges gemein.«

Dieser Gedanke war so absurd, dass Daemans einzige Reaktion darin bestand, mit der Spitze seines Spazierstocks welke Blätter am Boden wegzuschnippen.

Ada schaute zur Sonne hinauf, statt eine Zeitfunktion in ihrer Hand zu aktivieren. »Sie werden bald in die Wirklichkeit zurückkehren. Eine Stunde unter dem Tuch ist besser als acht Stunden lang unbefriedigt herumzuhocken.«

»Aha«, sagte Daeman und fragte sich, ob das zweideutig gemeint war. Ihre Miene – freundlich wie immer, aber fast schon ein bisschen spitzbübisch – verriet nichts. »Diese Guss-Geschichte – wird das lange dauern?«

»Fast die ganze Nacht. So ist es jedenfalls geplant.«

Daeman blinzelte überrascht. »Wir werden doch wohl nicht unten am Fluss kampieren, oder wo immer diese Veranstaltung stattfinden soll?« Er überlegte, ob seine Chancen stiegen, die

Nacht mit dieser jungen Frau zu verbringen, wenn sie unter den Sternen und Ringen schliefen.

»Wir haben Vorkehrungen für diejenigen getroffen, die die ganze Nacht am Gussplatz bleiben wollen«, erklärte Ada. »Hannah hat versprochen, dass es ziemlich spektakulär wird. Aber die meisten von uns werden irgendwann nach Mitternacht wieder zum Herrenhaus heraufkommen.«

»Gibt es bei diesem … äh … Guss auch Wein und andere Getränke?«, fragte Daeman.

»Aber natürlich.«

Nun war es Daeman, der lächelte. Sollten die anderen bei diesem Spektakel bleiben, er würde Ada den ganzen Abend hindurch mit alkoholischen Getränken versorgen, auf ihren anzüglichen Gesprächston einsteigen, sie nach Hause begleiten (mit Glück und guter Planung sie beide allein in einer kleinen Karriole), ihr seine nicht unbeträchtliche Aufmerksamkeit zuteilwerden lassen – und mit einem Quäntchen Glück würde er in dieser Nacht nicht von Frauen träumen müssen.

Am späten Nachmittag hatten sich die rund zwanzig Gäste im Herrenhaus – einige plauderten über die Turin-Ereignisse des Tages, verbreiteten sich unablässig darüber, dass Menelaos von einem vergifteten Pfeil getroffen worden sei oder irgend so einen Unsinn – mit Unterstützung hilfsbereiter Servitoren versammelt und waren in einer Karawane von Droschken und Karriolen zum »Gussplatz« aufgebrochen. Einige Voynixe zogen die Fahrzeuge, andere trabten zur Bewachung nebenher, obwohl Daeman eigentlich keinen Grund für Sicherheitsmaßnahmen sah, wenn es in den Wäldern keine Tyrannosaurier gab.

Er hatte sich mit einigem Geschick den Platz neben ihrer Gastgeberin in der Karriole an der Spitze erobert, und Ada zeigte ihm interessante Bäume, kleine Täler und Flüsse, während sie den drei, vier Kilometer langen Feldweg zum Fluss hinunterrumpelten. Obzwar nicht gerade die Schlankheit in Person, nahm Daeman mehr Raum als nötig auf ihrer Seite der roten Lederbank ein und wurde für die Dauer der Fahrt mit dem Gefühl belohnt, wie sich Adas Schenkel an seinen presste.

Ihr Ziel war nicht der Fluss selbst, wie er sah, als sie auf dem Kalksteinkamm über dem Flusstal herauskamen, sondern ein in den Hauptarm mündender Nebenfluss, ein rund hundert Meter breites, aufgestautes Gewässer, an dessen Ufer Erosion und Überschwemmungen eine Art Strand geschaffen hatten. Auf diesem breiten Sandstreifen war ein hohes, wackliges Gebilde aus Baumstämmen, Ästen, Leitern, Rinnen, Rampen und Treppen errichtet worden. Für Daeman sah es wie ein primitiver Galgen aus, obwohl er natürlich noch nie einen echten Galgen gesehen hatte. Fackeln ragten aus dem seichten Nebenfluss, und das wacklige Ding selbst stand halb auf dem Sand und halb über dem Wasser. Etwa hundert Meter weit draußen riegelte eine kleine, mit Zykadeen und Rosshaarfarnen bewachsene Insel, von der Vögel und kleine Flugreptilien mit Geschrei und hektischem Flügelschlagen aufstoben, diesen Wasserlauf gegen den eigentlichen Fluss ab. Daeman fragte sich müßig, ob es auf der Insel wohl Schmetterlinge gab.

Auf einem grasbewachsenen Flecken oberhalb des Strandes waren bunte Seidenzelte, Clubsessel und lange Tische mit Speisen aufgestellt worden. Servitoren schwebten hin und her und tanzten über den Köpfen der eintreffenden Gäste.

Als Daeman sich in Adas Gefolge von der Karriole entfernte, erkannte er einige der Arbeiter auf dem seltsamen Gerüst: Hannah, die ein rotes Stirnband trug, band ganz oben weitere Bauteile fest; der Verrückte namens Harman, hemdlos und schwitzend, schürte sechs Meter unter ihr ein kontrolliertes Feuer und zeigte dabei grotesk gebräunte Haut; andere junge Leute, vermutlich Freunde von Hannah und Ada, stiegen die hölzernen Rampen und Leitern hinauf und hinunter und schleppten schwere Lasten – Sand, weitere Äste für den Bau und runde Steine. Im Lehmkern der Konstruktion brannte ein loderndes

Feuer, und Funken stiegen in den Frühabendhimmel. Alle Tätigkeiten der Arbeitenden wirkten zweckgerichtet, obwohl Daeman nicht erkennen konnte, welchem Zweck das hohe Konglomerat aus Ästen, Rinnen, Lehm, Sand und Flammen diente.

Ein Servitor schwebte vorbei und bot ihm einen Drink an. Daeman nahm ihn und machte sich auf die Suche nach einem Clubsessel im Schatten.

»Das ist der Kuppelofen«, erklärte Hannah den versammelten Gästen später am Abend. »Wir arbeiten seit ungefähr einer Woche daran – haben das Material mit Kanus auf dem Fluss hergeschafft und Äste und Zweige zugeschnitten und zurechtgebogen.«

Das Abendessen war hervorragend gewesen. Die Sonne beschien noch die hohen Hügel diesseits des Flusses, aber das Tal selbst lag im Schatten, und die beiden Ringe leuchteten hell am dunkler werdenden Himmel. Sprühende Funken stiegen zu den Ringen empor, und das Schnauben des Blasebalgs und das Fauchen des Schmelzofens waren sehr laut. Daeman nahm sich noch einen Drink, seinen achten oder zehnten an diesem Abend, und bot auch Ada einen an, aber diese schüttelte den Kopf und wandte ihre Aufmerksamkeit wieder Hannah zu.

»Wir haben Holz zu einer Korbform geflochten und das Innere des Schmelzofens – den Schacht – schamottiert. Die Schamotte haben wir mit der Schaufel gemacht, indem wir trockenen Sand, Bentonit und etwas Wasser verrührt haben. Dann haben wir das lehmartige Zeug zu Kugeln gerollt, diese in feuchte Farnwedel und Blätter gewickelt, damit sie nicht austrocknen, und den Schmelzofen gründlich damit ausgekleidet. Dadurch wird verhindert, dass der ganze hölzerne Kuppelbau Feuer fängt.«

Daeman hatte keine Ahnung, wovon die Frau redete. Wozu errichtete man ein großes Holzgerüst und zündete dann mittendrin ein Feuer an, wenn man nicht wollte, dass es abbrannte? Dies war wirklich ein Irrenhaus.

»Die letzten paar Tage haben wir in erster Linie damit verbracht«, fuhr Hannah fort, »das Feuer zu schüren und gleichzeitig all die kleinen Feuer zu löschen, die der Kuppelofen entfacht hat. Deshalb haben wir das Ding so nah am Fluss gebaut.«

»Ganz großartig«, murmelte Daeman und machte sich auf die Suche nach einem weiteren Drink, während Hannah und ihre Freunde – darunter auch der unerträgliche Harman – weiterquasselten. Dabei warfen sie mit Nonsensworten wie »Koksbett«, »Windring«, »Esseisen« (Hannahs Worten zufolge ein kleiner Lufteinlass an ihrem mit Lehm ausgekleideten Ofen, neben dem die junge Frau namens Emme weiterhin den pfeifenden Blasebalg betätigte), »Schmelzzone«, »Formsand«, »Abstichloch« und »Schlackenloch« um sich. Für Daeman klang das alles primitiv und irgendwie obszön.

»Und jetzt werden wir feststellen, ob er funktioniert«, verkündete Hannah. Aus ihrer Stimme klangen Erschöpfung und Begeisterung zugleich.

Die Gäste am sandigen Flussufer mussten beiseitetreten. Daeman zog sich zu der Grasnarbe bei den Tischen zurück, während all die jungen Leute – und dieser abscheuliche Harman – hektische Betriebsamkeit entfalteten. Funken flogen höher. Hannah lief zum oberen Ende des Bauwerks hinauf, während Harman unten in die vom Lehmofen im Zaum gehaltenen Flammen spähte und nach diesem und jenem rief. Emme betätigte den Blasebalg, bis sie nicht mehr konnte, und wurde dann von dem dünnen Mann namens Loes abgelöst. Daeman hörte mit halbem Ohr zu, wie Ada ihren dicht zusammengedrängten Freunden atemlos weitere Einzelheiten erklärte. Er fing Wortfetzen wie »Windleitung«, »Schieber«, »abgekühlte Schlacke« (obwohl die Flammen heißer und höher loderten als je zuvor) und »Winddruck« auf. Daeman trat weitere fünf, sechs Meter zurück.

»Abstichtemperatur zwölfhundertsechzig Grad!«, rief Harman zu Hannah hinauf. Die schlanke Frau wischte sich Schweiß von der Stirn, nahm hoch oben an dem Ofen eine Einstellung vor und nickte. Daeman rührte in seinem Drink und fragte sich, wie lange es wohl dauern würde, bis er Ada in eine Karriole bekam und allein mit ihr nach Ardis Hall zurückfuhr.

Auf einmal entstand ein Aufruhr, und Daeman blickte in der Gewissheit von seinem Drink auf, das ganze Bauwerk in Flammen aufgehen und Hannah und Harman wie Strohpuppen brennen zu sehen. Nicht ganz. Während Hannah tatsächlich mit einem Lappen Flammen auf der Leiter unter dem oberen Rand des Kuppelofens löschte – wobei sie hilfsbereite Servitoren und einen der Voynixe, die näher gekommen waren, um die Menschen vor Schaden zu bewahren, mit einer Handbewegung wegscheuchte –, hatten Harman und zwei andere aufgehört, in dem brennenden Ofen herumzustochern, und soeben ein »Abstichloch« geöffnet, sodass eine Art gelbe Lava in hölzernen Rinnen auf den Strand fließen konnte.

Einige Gäste schoben sich nach vorn, aber Hannahs Warnrufe und die Hitze, die von dem Strom aus flüssigem Metall ausging, scheuchten sie wieder zurück.

Die grob zurechtgeschnitzten und ausgekleideten Rinnen rauchten zwar, gerieten aber nicht in Brand, als das gelbrote Metall träge aus dem Konstrukt heraus und an den Leitern vorbeifloss und sich auf dem letzten halben Meter in eine kreuzförmige Gussform im Sand ergoss.

Hannah stieg eilig die Leiter herunter und half Harman, das Abstichloch zu verschließen. Sie spähten beide durch ein Guckloch in den Ofen, machten etwas mit dem »Schlackenloch«, wie Ada einem Gast erklärte (Daeman erinnerte sich undeutlich, dass es nicht mit dem Abstichloch identisch war), und die junge Frau und der ältere Mann – der bald ein toter älterer Mann sein würde, dachte Daeman grausam – sprangen von dem Bauwerk auf den Sand, liefen zur Gussform hinüber und schauten hinein.

Auch andere Gäste, die am Strand gestanden hatten, strömten herbei. Daeman schlenderte ebenfalls hin und stellte sein Glas unterwegs auf das Tablett eines vorbeischwebenden Servitors.

Die Luft unten am Fluss war sehr kühl, aber die Hitze, die von der rot glühenden Gussform im Sand ausging, schlug Daeman wie eine feurige Faust ins Gesicht.

Das geschmolzene Zeug gerann zu einer rotgrauen, kreuzförmigen Masse.

»Was ist das?«, fragte Daeman laut. »Ein religiöses Symbol?«

»Nein.« Hannah nahm ihr Stirnband ab und wischte sich über das verschwitzte, rußverschmierte Gesicht. Sie lächelte wie eine Irre. »Das ist der erste Bronzeguss seit … seit wann, Harman? Seit tausend Jahren?«

»Eher seit dreitausend«, sagte der ältere Mann leise.

Die Gäste murmelten und applaudierten.

Daeman lachte. »Wozu ist das gut?«, fragte er.

Der schwitzende Mann mit dem nackten Oberkörper blickte zu ihm auf. »Wozu ist ein neugeborenes Baby gut?«

»Genau was ich meine«, sagte Daeman. »Laut, anstrengend, übel riechend – und zu nichts nütze.«

Die anderen ignorierten ihn, und Ada umarmte Hannah, Harman und die anderen Ofenbauer, als hätten sie wirklich etwas Bedeutendes vollbracht. Gäste liefen durcheinander. Harman und Hannah kletterten Leitern hinauf, machten sich hier und dort zu schaffen, schauten durch Gucklöcher und stocherten mit Metallstangen im Ofen, als wollten sie noch mehr Lava produzieren. Offenbar sollte diese Pyrotechnik-Show bis in die Nacht hinein weitergehen.

Da er auf einmal ein dringendes menschliches Bedürfnis verspürte, ging Daeman an den Tischen vorbei zum Toilettenzelt, entschied sich dann aber im Geiste all dieses heidnischen Unsinns, dem Ruf der Natur im Freien zu folgen. Er stieg die grasbewachsene Uferböschung hinauf und folgte einem Monarch, der an ihm vorbeigeflattert war, zum dunklen Waldrand. Der Anblick eines Monarchs war eigentlich nichts Besonderes, aber Daeman fand es schon ungewöhnlich, dass er zu dieser späten Stunde – und zu dieser Jahreszeit – noch draußen herumflog. Er ging am letzten Voynix vorbei und trat unter das hohe Geäst von Ulmen und Zykadeen.

Irgendjemand – vielleicht Ada – rief ihm vom dreißig Meter entfernten Flussufer aus etwas zu, aber Daeman hatte bereits seine Hose aufgeknöpft und wollte sich nicht danebenbenehmen. Statt sich also zwecks einer Antwort umzudrehen, ging er weitere fünf, sechs Meter in die alles verbergende Dunkelheit des Waldes hinein. Es würde ja nur eine Minute dauern.

»Ahhh«, seufzte er, den Blick auf die orangefarbenen Flügel des Schmetterlings drei Meter über ihm gerichtet, während sein Urin an einen dunklen Baumstamm prasselte.

Der riesige, von der Schnauze bis zum Schwanz neun Meter lange Allosaurier kam mit einem Tempo von dreißig Stundenkilometern aus der Dunkelheit herangestampft, duckte sich unter den Zweigen hindurch und stürzte sich auf ihn.

Daeman hatte noch Zeit zu schreien, entschied sich jedoch, sein edelstes Teil wieder in der Hose zu verstauen, statt sich umzudrehen und dergestalt entblößt Fersengeld zu geben. Trotz seiner Sexbesessenheit wusste Daeman, was sich gehörte. Er hob seinen schweren, hölzernen Spazierstock, um die Bestie abzuwehren.

Der Allosaurier schnappte sich nicht nur den Spazierstock, sondern gleich den ganzen Arm und riss ihn Daeman am Schultergelenk aus. Daeman schrie erneut auf und drehte in einer Fontäne seines eigenen Blutes eine Pirouette.

Der Allosaurier stieß ihn zu Boden und riss ihm auch noch den anderen Arm aus, den er in die Luft warf und wie einen Leckerbissen auffing. Dann hielt er den Rumpf des armlosen, aber immer noch strampelnden Daeman mit einem riesigen, klauenbewehrten Fuß am Boden fest, bis er bereit war, seinen schrecklichen Kopf erneut zu senken. Beiläufig, beinahe spielerisch, biss das Ungeheuer Daeman in der Mitte durch und verschlang seinen Kopf und Oberkörper am Stück. Rippen und Wirbelsäule verschwanden knackend in seinem Maul. Dann verleibte sich der Allosaurier die Beine und den Unterleib des Mannes ein, wobei er Fleischstücke um sich schleuderte wie ein Hund, der eine Ratte frisst.

Noch während zwei Voynixe hinliefen und den Dinosaurier töteten, begann das Fax zu summen.

»O mein Gott«, rief Ada und blieb am Waldrand stehen, während die Voynixe ihr blutiges Geschäft beendeten.

»Was für eine Schweinerei«, sagte Harman. Er gab den anderen Gästen mit einer Handbewegung zu verstehen, dass sie zurückbleiben sollten. »Hast du ihn nicht gewarnt, dass er hier unten in dem von den Voynixen gesicherten Bereich bleiben soll? Hast du ihm nichts von den Dinosauriern erzählt?«

»Er hat nach Tyrannosauriern gefragt.« Ada hatte immer noch die Hand vor den Mund geschlagen. »Ich habe ihm erklärt, dass es hier keine gibt.«

»Das stimmt ja auch«, meinte Harman.

Hinter ihnen ließ der Ofen weiter sein Fauchen ertönen und schickte Funken in den dunkler werdenden Himmel.

9 Ilium und Olymp

Aphrodite hat einen Spion aus mir gemacht, und ich kenne die Strafe, die Spione bei uns Sterblichen immer zu erwarten hatten. Ich kann nur vermuten, was die Götter mit mir anstellen werden. Aber ich glaube, ich lasse es doch lieber bleiben.

An diesem Morgen – einen Tag nachdem ich Geheimagent der Göttin der Liebe geworden bin – quantenteleportiert Athene vom Olymp und morpht zu einem Trojaner, dem Lanzenkämpfer Laodokos. Gemäß Zeus' Befehl, dass die Krieger Iliums dazu gebracht werden sollen, den gegenwärtigen Waffenstillstand zu brechen, sucht sie den Bogenschützen Pandaros auf, den Sohn von Lykaon.

Mit Hades' Tarnhelm und dem privaten Teleportationsmedaillon, den Gaben der Muse, qte ich hinter Athene her, morphe dann zu einem Trojaner-Hauptmann namens Echepolos und folge der verkleideten Göttin.

Warum habe ich mir Echepolos ausgesucht? Woher kenne ich den Namen dieses unbedeutenden Hauptmanns? Dann wird mir klar, dass Echepolos nur noch Stunden zu leben hat; dass dieser Trojaner – zumindest Homer zufolge – eine Argeier-Lanze in den Schädel bekommen wird, wenn es Athene gelingt, mithilfe von Laodokos den Frieden zu brechen.

Tja, Mr. Echepolos kann seinen Namen und seine Identität wiederhaben, bevor es so weit ist.

In Homers *Ilias* wurde der Waffenstillstand gebrochen, nachdem Aphrodite Paris aus seinem Zweikampf mit Menelaos weggezaubert hatte, aber hier in der Realität *dieses* trojanischen Krieges hat diese Nichtkonfrontation zwischen Menelaos und Paris schon vor Jahren stattgefunden. Dieser Waffenstillstand ist eine profanere Angelegenheit – einige Sendboten des Königs Priamos haben sich mit einigen achäischen Herolden getroffen, und beide Seiten haben eine abstruse Vereinbarung über Unterbrechungen der Kämpfe für Feste oder Bestattungen und dergleichen ausgearbeitet. Wenn Sie mich fragen, sind die ganzen Unterbrechungen einer der Gründe dafür, dass sich diese Belagerung nun schon fast ein Jahrzehnt hinzieht; die Griechen und Trojaner haben so viele religiöse Feste wie unsere Hindus im 21. Jahrhundert und so viele säkulare Feiertage wie ein amerikanischer Postangestellter. Man fragt sich, wie sie es bei diesen ganzen Festivitäten, den Götteropfern und zehntägigen Totenfeiern überhaupt noch schaffen, sich gegenseitig umzubringen.

Nachdem ich mir gerade erst gelobt habe, gegen den Willen der Götter zu rebellieren (und feststellen musste, dass ich ihm mehr denn je ausgeliefert bin), beschäftigt mich nun die Frage, wie rasch und wie weit die realen Ereignisse in diesem Krieg von den Details in Homers Geschichte abweichen können. Bei früheren Disparitäten – etwa der Episode mit der Sammlung der Heere oder dem Zeitpunkt des abgebrochenen Kampfes zwischen Paris und Menelaos – handelte es sich immer um unwichtige Diskrepanzen, die sich leicht dadurch erklären ließen, dass Homer bestimmte frühere Ereignisse in den kurzen Zeitraum des Gedichts einbeziehen musste, das im zehnten Kriegsjahr angesiedelt ist. Aber was wäre, wenn die Ereignisse *wirklich* einen anderen Verlauf nähmen? Wenn ich zum Beispiel heute Vormittag zu Agamemnon ginge und dem König diese Lanze (die Lanze des armen, todgeweihten Echepolos natürlich, aber trotzdem eine funktionierende Lanze) ins Herz stieße? Die Götter sind zu vielem fähig, aber tote Sterbliche zum Leben erwecken können sie nicht. (Und tote Götter, so oxymoronisch das klingt, ebenso wenig.)

Wer bist du, Hockenberry, dass du dem Schicksal einen Strich durch die Rechnung machen und dem Willen der Götter trotzen willst?, erkundigt sich eine feige, professorale kleine Hosenscheißerstimme, auf die ich fast mein ganzes echtes Leben lang gehört habe.

Ich bin ich, Thomas Hockenberry, kommt die Antwort meines heutigen Ichs, so fragmentarisch es sein mag, *und momentan hab ich die Schnauze voll von diesen machtbesessenen Unruhestiftern, die sich als Götter bezeichnen.*

In meiner Rolle als Spion statt Scholiker bin ich jetzt so nah herangekommen, dass ich den Dialog zwischen Athene – zu Laodokos gemorpht – und diesem Trottel (aber guten Bogenschützen) Pandaros hören kann. Athene / Laodokos appelliert – von einem trojanischen Krieger zum anderen – an die Eitelkeit des Idioten, erzählt ihm, Prinz Paris werde ihn mit Geschenken überhäufen, wenn er Menelaos töte, und vergleicht ihn sogar mit dem größten Bogenschützen – Apollo –, falls ihm dieser Schuss gelinge.

Pandaros fällt voll und ganz darauf herein – »so beschwatzte Athene dem törichten Manne die Sinne«, beschrieb ein hervorragender Übersetzer diesen Augenblick – und versteckt sich hinter den Schilden einiger Kumpels, während er seinen langen Bogen spannt und den richtigen Pfeil für den Anschlag auswählt. Jahrhundertelang haben Scholiker – *Ilias*-Kenner – darüber diskutiert, ob die Griechen und Trojaner ihre Pfeile mit Gift getränkt haben oder nicht. Die meisten Scholiker, darunter auch ich, haben das verneint – ein solches Verhalten schien den hohen Maßstäben dieser Helden in puncto Kampfesehre einfach nicht zu entsprechen. Wir haben uns geirrt. Manchmal verwenden sie Gift. Und zwar ein tödliches, schnell wirkendes Gift. Das erklärt, weshalb so viele der in der *Ilias* aufgezählten Wunden so rasch zum Tode führten.

Pandaros lässt den Pfeil von der Sehne schnellen. Es ist ein erstklassiger Schuss. Ich verfolge den Pfeil, der einen mehr als hundert Meter weiten Bogen beschreibt und dann direkt auf Agamemnons rothaarigen Bruder zufliegt. Der Schaft wird Menelaos durchbohren, der vor seinen Kämpfern steht und zusieht, wie die Herolde im Niemandsland vor sich hin palavern. Das heißt, er wird ihn durchbohren, wenn keine griechenfreundliche Gottheit eingreift.

Eine tut es. Mit meinem gesteigerten Sehvermögen sehe ich, wie Athene Laodokos' Körper verlässt und an Menelaos' Seite qtet. Die Göttin spielt ein Doppelspiel – sie bringt die Trojaner durch eine List dazu, den Waffenstillstand zu brechen, und sorgt dann eilends dafür, dass Menelaos, einer ihrer Lieblinge, nicht wirklich getötet wird. Von Kopf bis Fuß getarnt, unsichtbar für Freund und Feind (aber nicht für mich), schlägt sie den Pfeil beiseite, wie eine Mutter Fliegen von ihrem schlummernden Kind scheucht. (Ich glaube, ich habe dieses Bild gestohlen, aber es ist schon so lange her, dass ich die *Ilias* – in einer Übersetzung oder im Original – wirklich *gelesen* habe, dass ich mir nicht ganz sicher bin.)

Doch trotz ihres schützenden Schlags trifft der abgelenkte Pfeil. Menelaos schreit vor Schmerz auf und bricht zusammen. Der Pfeil ragt aus seinem Bauch, knapp über der Leistengegend. Hat Athene versagt?

Allgemeine Verwirrung bricht aus. Priamos' Boten fliehen hinter die trojanischen Linien, die achäischen Unterhändler ziehen sich eilends in den Schutz griechischer Schilde zurück. Agamemnon, der den Waffenstillstand zu einer Inspektion seiner aufmarschierten Truppen genutzt hat (vielleicht hat er sie auf diesen Zeitpunkt gelegt, um damit gleich am ersten Tag nach Achilles' Meuterei seine Führungsrolle zu demonstrieren), kommt herbeigelaufen und sieht, wie sein Bruder sich inmitten einer Schar von Hauptleuten und Leutnants am Boden windet.

Ich richte einen kurzen Stock auf die Szene. Er sieht zwar wie das Offiziersstöckchen eines untergeordneten trojanischen Truppenführers aus, gehört aber nicht dem Hauptmann Echepolos, sondern mir. Jeder von uns Scholikern hat so einen. Der Stock ist in Wirklichkeit ein Taser und ein Rohrrichtmikrofon, das den Ton auf bis zu drei Kilometern Entfernung aufnimmt, verstärkt und in die Hörstöpsel übermittelt, die ich immer trage, wenn ich auf der Ebene von Ilium bin.

Agamemnon hält eine Lobrede auf seinen sterbenden Bruder, die sich gewaschen hat. Ich sehe, dass er Menelaos' Kopf und Schultern in den Armen hält, und höre, wie er von der schrecklichen Rache spricht, die er – Agamemnon – an den Trojanern üben wird, weil sie den edlen Menelaos ermordet haben; anschließend beklagt er, dass die Achäer – trotz Agamemnons blutiger Rache – nach Menelaos' Tod den Mut verlieren, den Kampf verloren geben und mit ihren schwarzen Schiffen heimfahren werden. Was hat es schließlich für einen Zweck, Helena wiederzubeschaffen, wenn ihr gehörnter Gatte tot ist? Den stöhnenden Bruder im Arm, spielt Agamemnon den Propheten – »modern lässt deine Gebeine hier die troische Flur bei unvollendetem Werke«. Sehr aufmunternd, das alles. Genau was ein Sterbender hören will.

»Halt, halt«, ächzt Menelaos mit zusammengebissenen Zähnen. »Bring mich nicht so schnell unter die Erde, großer Bruder. Das scharfe Geschoss haftet ja nicht an tödlicher Stelle. Siehst du? Es hat meinen bronzenen Gurt durchschlagen und mich nur in den Rettungsring getroffen, den ich ohnehin loswerden wollte, nicht in die Eier oder den Bauch.«

»Ach so«, sagt Agamemnon und betrachtet stirnrunzelnd die Wunde, wo der Pfeil nur ein kleines Stück weit eingedrungen ist. Seine Stimme klingt fast ein bisschen enttäuscht. Die ganze Lobrede ist jetzt für die Katz, und es klang, als hätte er eine Weile daran gearbeitet.

»Aber der Pfeil ist vergiftet«, keucht Menelaos, als wollte er seinen Bruder aufheitern. Seine roten Haare sind schweißverklebt und mit Gras verfilzt; den goldenen Helm hat er beim Sturz verloren.

Agamemnon erhebt sich und lässt die Schultern und den Kopf seines Bruders so schnell los, dass Menelaos wieder zu Boden gesackt wäre, wenn seine Hauptleute ihn nicht aufgefangen hätten. Der König ruft nach Talthybios, seinem Herold, und befiehlt dem Mann, Machaon zu holen, den Sohn des Asklepios. Machaon ist Agamemnons Arzt und ein verdammt guter obendrein, weil er sein Handwerk angeblich von Chiron gelernt hat, dem freundlichen Kentauren.

Jetzt sieht es hier aus wie auf jedem Schlachtfeld zu jeder Zeit – ein niedergestreckter Mann, der schreit, flucht und weint, als der Schmerz durch den anfänglichen Schock der Verletzung dringt, um ihn versammelt aufs Knie niedergesunkene Freunde, hilflos, nutzlos, dann treffen der Arzt und seine Gehilfen ein, geben Anweisungen, ziehen die mit Widerhaken versehene Bronzespitze aus zerreißendem Fleisch, saugen Gift aus und verbinden die Wunde mit sauberen Verbänden, während Menelaos weiterhin schreit wie das sprichwörtliche angestochene Schwein.

Agamemnon überlässt seinen Bruder Machaons Fürsorge und geht davon, um seine Männer zum Kampf anzustacheln, obwohl die Achäer – auch ohne Achilles in ihren Reihen – verkatert, wütend und verdrossen wirken und nicht den Anschein erwecken, als müssten sie besonders angestachelt werden, damit sie kämpfen.

Binnen zwanzig Minuten nach Pandaros' unklugem Schuss ist der Waffenstillstand vorbei, und die Griechen greifen die trojanischen Linien auf einem drei Kilometer breiten Streifen aus Staub und Blut an.

Es wird Zeit, dass ich aus Echepolos' Körper verschwinde, bevor der arme Kerl eine Lanze in die Stirn kriegt.

Ich habe nur wenige Erinnerungen an mein echtes Leben auf der Erde. Ich weiß nicht mehr, ob ich verheiratet war, ob ich Kinder hatte, wo ich wohnte – nichts als ein paar verschwommene Bilder von einem Arbeitszimmer voller Bücherborde, in dem ich meine Bücher las und meine Vorlesungen vorbereitete –, und auch nicht sehr viel über die Universität in Indiana, an der ich unterrichtete; ich sehe nur noch Bilder von Naturstein- und Ziegelgebäuden auf einer Anhöhe mit herrlichem Blick nach Osten. Eine der Merkwürdigkeiten des Scholikerdaseins besteht darin, dass nach Monaten und Jahren doch einige Bruchstücke nicht-scholischer Erinnerungen zurückkehren – vielleicht einer der Gründe dafür, dass die Götter uns nicht so lange leben lassen. Ich bin die älteste Ausnahme.

Aber ich erinnere mich an Seminare und an die Gesichter meiner Studenten, an meine Vorlesungen und einige Diskussionen an einem ovalen Tisch. Ich erinnere mich an eine junge Frau mit gesunder Gesichtsfarbe, die fragte: »Aber warum hat der trojanische Krieg denn so lange gedauert?« Ich weiß auch noch, dass ich versucht war, ihr zu erklären, dass sie in einer Zeit aufgewachsen war, in der alles schnell gehen musste, beim Essen wie im Krieg – McDonald's und der Golfkrieg, Pizza Hut und der Krieg gegen den Terrorismus –, dass die Griechen und ihre Feinde in den alten Zeiten jedoch ebenso wenig auf die Idee gekommen wären, einen Krieg zu beschleunigen, wie ein gutes Essen hastig in sich hineinzuschaufeln.

Statt die Aufmerksamkeitsspanne meiner Studenten zu überfordern, erklärte ich dem Seminar, dass diese Helden gern in den Kampf gezogen waren – dass eines ihrer Wörter für den Zweikampf *charme* gewesen war, was dieselbe Wurzel hat wie *charo*, »sich freuen«. Ich las ihnen eine Szene vor, in der zwei sich gegenüberstehende Krieger als *charmei gethosunoi* bezeichnet wurden – »die sich am Kampf erfreuen«. Ich erklärte ihnen das griechische Konzept der *Aristie* – Kampf Mann gegen Mann oder in kleinen Gruppen, wobei der Einzelne seine Tapferkeit unter Beweis stellen kann – und wie wichtig es diesen Menschen der Antike gewesen war; dass sie oftmals sogar die eigentliche Schlacht unterbrachen, damit die Soldaten beider Seiten Zeugen solcher Beispiele der *Aristie* werden konnten.

»Also, das heißt, Sie meinen …«, stotterte eine Studentin, deren Verstand raste, ohne vom Fleck zu kommen, und deren Gestammel jenen irritierenden Sprach- und Denkdefekt illustrierte, der sich gegen Ende des 20. Jahrhunderts wie ein Virus unter jungen Menschen ausbreitete, »na ja, dass der Krieg also irgendwie viel eher vorbei gewesen wäre oder so, wenn sie nicht immer wieder wegen dieses arist-wieheißtdasnochmal aufgehört hätten?«

»Genau«, hatte ich mit einem Seufzer gesagt und in der Hoffnung auf Erlösung einen Blick auf die alte Hamilton-Uhr an der Wand geworfen.

Aber nachdem ich die *Aristie* nun mehr als neun Jahre lang in Aktion gesehen habe, kann ich mit Gewissheit sagen, dass diese sowohl bei den Trojanern als auch bei den Argeiern so beliebten Zweikämpfe tatsächlich einer der Gründe für diese sich hinziehende, endlose, sirupartige Belagerung sind. Und wie selbst der kultivierteste Mittelamerikaner, der zu lange in Frankreich umhergereist ist, verspüre auch ich jetzt eine gewisse Sehnsucht nach McDonald's – oder in diesem Fall nach einem schnellen Ende des Krieges. Ein paar Bomben, eine kleine Invasion aus der Luft, zack-bumm, das war's und ab nach Hause zu Penelope.

Aber nicht heute.

Echepolos ist der erste trojanische Hauptmann, der beim Angriff der Achäer stirbt.

Vielleicht liegt es daran, dass der Mann noch benommen und desorientiert ist, nachdem ich mir seinen Körper ausgeliehen habe, doch als seine Gruppe trojanischer Kämpfer auf eine griechische Gruppe unter Führung von Nestors Sohn Antilochos trifft, einem guten Freund von Achilles, hebt der arme Echepolos seine Lanze zu langsam, und Antilochos stößt als

Erster zu. Die eherne Spitze trifft den buschigen Helm von Echepolos direkt am Bügel und dringt ihm in den Schädel, stößt ihm ein Auge aus und treibt dem Mann das Gehirn zwischen den Zähnen hervor. Echepolos stürzt, wie Homer so gern sagt, gleich einem Turm.

Nun setzt eine Dynamik ein, die ich schon allzu oft mitangesehen habe, die mich jedoch immer wieder fasziniert. Es stimmt zwar, dass die Griechen und Trojaner in erster Linie aus Gründen der Ehre kämpfen, aber gleich dahinter kommt die Beute. Diese Männer sind Berufskrieger; das Töten ist ihr Handwerk, die Beute ihr Lohn. Und einen großen Teil der Ehre wie auch der Beute macht die kunstvolle, schön gearbeitete Rüstung – Schild, Brustharnisch, Beinschienen, Gurt – ihrer gefallenen Feinde aus. Die Eroberung der Rüstung eines Feindes ist hier eine ebensolche Heldentat wie der »Coup«, den sich ein Sioux-Krieger holt, wenn er einen Gegner berührt, und obendrein viel lukrativer. Der Körperschutz eines Hauptmanns besteht mindestens aus wertvoller Bronze; bei den wichtigeren Offizieren ist er oftmals aus Gold gehämmert und mit Juwelen geschmückt.

Also beginnt nun der Kampf um die Rüstung des toten Hauptmanns Echepolos.

Ein achäischer Truppenführer namens Elephenor eilt herbei, packt Echepolos an den Knöcheln und schleift den blutbefleckten Leichnam durch das Gewühl aus Lanzen, Schwertern und aneinanderkrachenden Schilden. Elephenor ist mir im Lager der Achäer über die Jahre hinweg ein paarmal unter die Augen gekommen, ich habe ihn in kleineren Scharmützeln kämpfen sehen und muss sagen, sein Name passt zu ihm: Er ist riesengroß, mit enorm breiten Schultern, kraftvollen Armen und schweren Schenkeln – nicht das schärfste Messer in Agamemnons Kämpferschublade, aber ein großer, starker, tapferer und nützlicher Raufbold. Dieser Elephenor also, Sohn des Chalkodon, im vergangenen Juni 38 Jahre alt geworden, Befehlshaber der Abanter und Fürst von Euböa, schleift den Leichnam des Echepolos hinter die schützenden Reihen vorwärtsstürmender achäischer Angreifer und fängt an, ihn zu entkleiden.

Dann schlüpft Agenor – ein trojanischer Kämpfer, Sohn des Antenor, Vater von Echeklos (die ich beide auf den Straßen von Ilium gesehen habe) – zwischen den kämpfenden Achäern durch und erhascht, als Elephenor sich im Schutz seines Schildes gerade tief hinunterbeugt, um Echepolos' Leichnam ganz auszuziehen, einen Blick auf die bloßen Rippen des großen Kerls. Agenor macht einen Satz nach vorn, rammt Elephenor seine Lanze in die Seite, sodass dessen Rippen splittern, und zermalmt das Herz des großen Mannes zu einer formlosen Masse. Elephenor spuckt Blut und bricht zusammen. Während noch mehr trojanische Kämpfer vorwärtsdrängen und den Angriff der Achäer zurückschlagen, zieht Agenor seine Lanze heraus und macht sich nun seinerseits daran, Elephenor den Gurt, die Beinschienen und den Brustharnisch abzunehmen. Andere Trojaner schleifen den fast nackten Körper von Echepolos hinter die trojanischen Linien zurück.

Das Kampfgetümmel beginnt sich um diese Gefallenen zu konzentrieren. Der Achäer namens Ajax – der große Ajax, der sogenannte Telamonier aus Salamis, nicht zu verwechseln mit dem kleinen Ajax, der die Lokrer führt – bahnt sich mit wuchtigen Hieben seinen Weg, steckt sein Schwert in die Scheide und fällt mit seiner Lanze einen sehr jungen Trojaner namens Simoeisios, der nach vorn gekommen ist, um Agenors Rückzug zu decken.

Noch vor einer Woche habe ich in Gestalt des Trojaners Sthenelos in der befestigten Sicherheit von Iliums stillen Gärten Wein mit Simoeisios getrunken, und wir haben uns zotige Geschichten erzählt. Der sechzehnjährige Junge, der nicht verheiratet und noch nie mit einer Frau im Bett gewesen war, hatte mir erzählt, dass sein Vater, Anthemion, ihn nach dem Fluss Simoeis genannt hatte, der anderthalb Kilometer von den Stadtmauern entfernt gleich neben ihrem bescheidenen Heim fließt. Simoeisios war noch keine sechs gewesen, als die schwarzen Schiffe der Achäer am Horizont aufgetaucht waren, und bis vor ein paar Wochen hatte sein Vater dem empfindsamen Jungen noch verboten, sich der Armee außerhalb von Iliums Mauern anzuschließen. Simoeisios gestand mir, er habe Angst vor dem Sterben – nicht so sehr vor dem Tod selbst, sagte er, sondern davor, dass er sterben könne, bevor er die Brust einer Frau berührt oder gespürt habe, wie es sei, verliebt zu sein.

Nun stößt der große Ajax einen Schrei aus und mit seiner Lanze zu, schlägt Simoeisios' Schild beiseite und trifft den Jungen über der rechten Warze in die Brust, zertrümmert ihm die Schulter und durchbohrt ihn mit der bronzenen Spitze, bis sie dreißig Zentimeter weit aus dem zerfleischten Rücken des Jungen ragt. Simoeisios sinkt taumelnd auf die Knie und starrt erstaunt erst Ajax und dann die Lanze an, die ihm aus der Brust ragt. Der große Ajax setzt seinen sandalenbewehrten Fuß auf Simoeisios' Gesicht, reißt ihm die Lanze heraus und lässt den Körper des Jungen mit dem Gesicht nach vorn in den blutfeuchten Staub fallen. Er schlägt sich auf seinen Brustharnisch und befiehlt seinen Männern mit lauter Stimme, ihm zu folgen.

Ein Trojaner namens Antiphos, der keine acht Meter entfernt steht, schleudert seinen Speer nach dem großen Ajax. Der Speer verfehlt sein Ziel, trifft jedoch einen Achäer namens Leukos in den Unterleib, der Odysseus gerade hilft, die Leiche eines weiteren trojanischen Hauptmanns wegzuschleifen. Der Speer fährt Leukos durch den Unterleib und tritt an seinem Anus aus; an der Spitze hängen grau-rote Dickdarmschlingen und Eingeweide. Leukos fällt auf die Leiche des trojanischen Hauptmanns, lebt jedoch noch einen schrecklichen Moment lang weiter; er windet sich, packt den Speer und versucht ihn aus seinem Unterleib zu ziehen, was aber nur dazu führt, dass sich noch mehr Gedärm in seinen Schoß ergießt. Leukos schreit ununterbrochen, während er an dem Speer und am blutigen Arm seines Freundes Odysseus zerrt.

Endlich stirbt Leukos. Seine Augen werden glasig; die eine Hand ist immer noch um Antiphos' Speer gekrampft, die andere klammert sich an Odysseus' Handgelenk. Odysseus löst sich aus dem Griff des Toten und fährt herum. Seine dunklen Augen lodern unter dem Rand seines Bronzehelms, suchen ein Ziel – irgendein Ziel. Er schleudert seinen Wurfspeer und läuft hinterher. Weitere Achäer folgen ihm in die Lücke, die er in die trojanischen Linien reißt.

Odysseus' erster Speerwurf tötet Demokoon, einen unehelichen Sohn von Iliums König Priamos. Vor neun Jahren war ich an jenem Morgen in der Stadt, als Demokoon kam, um bei der Verteidigung von Ilium mitzuhelfen. Es war allgemein bekannt, dass Priamos dem jungen Mann die Leitung seines berühmten Rennstalls in Abydos übertragen hatte, einer Stadt nordöstlich von Troja am Südufer des Hellespont, um ihn vor seiner Frau und seinen ehelichen Söhnen zu verbergen. Die Pferde von Abydos waren die schnellsten und besten der Welt, und es hieß, Demokoon betrachte es als eine Ehre, schon in so jungen Jahren zum Stallmeister ernannt worden zu sein. Jetzt ist dieser junge Trojaner gerade im Begriff, sich Odysseus auf dessen wutentbrannten Kriegsschrei hin zuzuwenden, als ihn die bronzene Speerspitze in die linke Schläfe trifft und an der rechten wieder austritt, ihn von den Beinen reißt und seinen zersplitterten Schädel an die Unterseite eines umgekippten Streitwagens nagelt. Demokoon hat buchstäblich nicht gewusst, wie ihm geschah.

Die Trojaner ziehen sich jetzt auf ganzer Linie zurück, ergreifen die Flucht vor der Wut Odysseus' und des großen Ajax', versuchen ihre edlen Toten mitzunehmen, wenn möglich, und lassen sie liegen, wenn nicht.

Hektor, der größte Kämpfer und wackerste Recke Iliums, springt von seinem Kommando-Streitwagen und watet in die

Woge seiner zurückweichenden Krieger hinein, versucht, seine Lanze und sein Schwert zum Einsatz zu bringen und die Trojaner zu bewegen, dem Angriff standzuhalten, aber die Achäer sind zu stark an dieser Frontausbuchtung, und sogar Hektor weicht zurück, wobei er seine Männer pausenlos auffordert, die Disziplin zu wahren. Die Trojaner kämpfen, schlagen mit ihren Schwertern zu und werfen ihre Speere, während sie sich zurückziehen.

Zu einem unwichtigen trojanischen Lanzenkämpfer gemorpht, gebe ich schneller Fersengeld als die meisten anderen und achte darauf, außer Reichweite der Speere zu bleiben. Soll man mich ruhig für einen Feigling halten. Zuvor hatte ich mich, vor den Augen der Sterblichen getarnt, zu Athene hin vorgearbeitet, die ich hinter den Linien der Achäer sah – und zu der sich bald darauf Hera gesellte, die eine für die Menschen ebenso unsichtbar wie die andere –, aber da der Kampf zu schnell ausgebrochen und zu stark eskaliert war, hatte ich mich nach Echepolos' Tod von der Frontlinie zurückgezogen und darauf vertraut, dass ich durch mein gesteigertes Sehvermögen und das Rohrrichtmikrofon schon auf dem Laufenden bleiben würde.

Auf einmal friert alles ein. Die Luft wird dicker. Speere bleiben in der Luft stecken, Blut hört auf zu fließen. Während jedes Geräusch verstummt und jede Bewegung verebbt, wird Männern, die nur noch Sekunden vom Tod trennen, ein Aufschub zuteil, von dem sie nie etwas erfahren werden.

Die Götter spielen wieder einmal mit der Zeit.

Apollo kommt als Erster, sein Streitwagen qtet nicht weit von Hektor entfernt ins Dasein. Dann taucht der Kriegsgott Ares aus dem Nichts auf; er unterhält sich eine Minute lang zornig mit Athene und Hera, fliegt anschließend mit seinem Streitwagen über die Gefechtslinien hinweg und landet in Apollos Nähe. Aphrodite gesellt sich zu ihnen; sie wirft nur einen kurzen, verstohlenen Blick in meine Richtung – dorthin, wo ich so tue, als wäre ich ebenso erstarrt wie die anderen

Sterblichen –, dann unterhält sie sich lächelnd mit ihren beiden trojanerfreundlichen Verbündeten Ares und Apollo. Ich beobachte die Göttin aus dem Augenwinkel, wie sie dort steht und gleich einem George Patton mit großen Brüsten gestikulierend aufs Schlachtfeld deutet.

Die Götter sind hier, um zu kämpfen.

Apollo hebt die Hand, der Ton setzt abrupt ein, die Zeit läuft wieder an wie ein Tsunami aus Staub und Bewegung, und nun geht das Morden erst richtig los.

10 Paris-Krater

Ada, Harman und Hannah warteten die zwei Tage, die im Allgemeinen als geziemender Mindestzeitraum nach einem Besuch in der Klinik galten, und faxten dann nach Paris-Krater, um Daeman zu suchen. Dort war es schon spät, dunkel und kalt, und außerdem regnete es, wie sie feststellten, als sie unter dem Dach des Garlion-Faxknotens hervortraten. Harman besorgte ihnen eine geschlossene Kalesche, und ein Voynix zog sie an einem ausgetrockneten Flussbett voller weißer Schädel entlang nach Norden, vorbei an Kilometer um Kilometer eingestürzter Gebäude.

»Ich war noch nie in Paris-Krater«, sagte Hannah. Die junge Frau, die knapp zwei Monate vor ihrem Ersten Zwanziger stand, mochte keine Großstädte. Mit rund 25 000 Teilzeiteinwohnern war PK einer der bevölkerungsreichsten Faxknoten der Erde.

»Das ist einer der Gründe, weshalb ich uns zum Garlion-Knoten gefaxt habe statt zu einem Port namens Invalidenhotel, der näher bei Daemans Wohnung am Kraterrand liegt«, sagte Ada. »Alles an dieser Stadt ist uralt. Es lohnt sich, sich in Ruhe umzuschauen.«

Hannah nickte, aber mit skeptischer Miene. Die zahllosen Reihen von Gebäuden aus Stein und Stahl, meist mit glänzendem Ewigplas überzogen, wirkten leer und dunkel und sahen im Regen auf billige Weise glatt aus. Servitoren und Leuchtkugeln schwebten in den dunklen Straßen zielstrebig hierhin und dorthin, Voynixe standen schweigend und reglos an Ecken, doch es waren nur sehr wenige Menschen zu sehen. Aber wie Harman erklärte, war es schließlich auch schon nach zehn Uhr abends. Selbst eine so kosmopolitische Stadt wie Paris-Krater musste irgendwann schlafen.

»Das da ist interessant«, sagte Hannah und deutete auf das Gebilde, das sich dreihundert Meter hoch über die Stadt erhob.

Harman nickte. »Frühes Untergegangenes Zeitalter. Manche sagen, es sei so alt wie Paris-Krater, vielleicht sogar so alt wie die Stadt, die vor dem Krater hier war. Es ist ein Symbol der Stadt und der Menschen, die sie vor langer Zeit erbaut haben.«

»Interessant«, wiederholte Hannah. Die dreihundert Meter hohe, primitive Darstellung einer nackten Frau schien aus einem durchsichtigen Polymerisat zu bestehen. Der Kopf verschwand manchmal in tief hängenden Wolken und wurde dann wieder für kurze Zeit sichtbar, und Hannah sah, dass der einzige Gesichtszug ein klaffendes Grinsen zwischen roten Lippen war. Fünfzehn Meter lange, schwarze Schraubenfedern hingen wie Locken spiralförmig von dem kugelrunden Kopf. Die Beine waren weit gespreizt, die Füße hinter dunklen Gebäuden im Westen verborgen, aber die wuchtigen Schenkel waren so ausladend wie Ardis Hall. Die riesigen, kugelrunden, absurden Brüste füllten sich immer wieder von Neuem mit einer strudelnden, photolumineszenten roten Flüssigkeit, deren Pegel manchmal stieg, manchmal fiel; ab und zu rauschte sie auch wie ein Wasserfall innen am Bauch und den Beinen hinab und stieg dann wieder ganz bis zu den erhobenen Armen und dem lächelnden Gesicht auf. Das vom Bauch, den Brüsten und massiven Pobacken ausgehende Licht färbte die obersten Etagen höherer Gebäude überall im Krater rubinrot.

»Wie heißt das Ding?«, fragte sie.

»La putain énorme«, sagte Ada.

»Was bedeutet das?«

»Kein Mensch weiß es«, sagte Harman. Er befahl dem Voynix, nach links auf eine wacklige Brücke abzubiegen, und sie fuhren mit lautem Klipp-Klapp auf eine Insel – oder vielmehr, es war einmal eine Insel gewesen, als der Fluss der trockenen Schädel noch Wasser geführt hatte – und zu den Ruinen eines Gebäudes, das einmal sehr groß gewesen sein musste. Jetzt stand eine niedrige, dunkelrot leuchtende Kuppel in den eingestürzten Mauern wie ein fremdartiges Ei in einem Nest aus verstreuten Steinen.

»Warte hier«, befahl Harman dem Voynix und führte die beiden Frauen durch die überwucherten Ruinen in die durchsichtige Kuppel.

Eine weiße Steinplatte, etwas über einen Meter hoch, nahm die Mitte des Raumes ein. Am Fußende der Platte waren Rinnen, und im Steinboden waren Abflussöffnungen. Hinter und über der Platte erhob sich die primitive Statue eines nackten Mannes, die aus demselben weißen Stein gehauen war. Der Mann hielt einen Bogen und einen gekerbten Pfeil in den Händen.

»Das ist Marmor.« Hannah strich über die Oberfläche des Steinblocks. Mit Stein kannte sie sich aus. »Was ist das hier?«

»Ein Apollo-Tempel«, sagte Harman.

»Ich habe von diesen neuen Tempeln gehört«, sagte Ada, »aber noch nie einen gesehen. Ich dachte, es gäbe nur wenige – ein paar Altäre im Wald, eher ein Gag oder so.«

»Solche Tempel gibt es in Paris-Krater und den anderen Großstädten an jeder Ecke«, erwiderte Harman. »Tempel für Athene, Zeus, Ares … für alle Götter aus der Turin-Geschichte.«

»Die Rinnen und Abflüsse …«, begann Hannah.

»Abläufe für das Blut der geopferten Tiere«, erklärte Harman. »Meist Schafe und Rinder.«

Hannah trat von der Platte zurück und verschränkte die Arme vor der Brust. »Die Leute … töten die Tiere doch nicht etwa?«

»Nein«, sagte Harman. »Das überlassen sie den Voynixen. Noch.«

Ada stand in der offenen Tür. Regen tropfte an dem leuchtenden Portal herab und verwandelte es in einen purpurrot gefärbten Wasserfall. »Was war das hier … früher? Die Ruinen?«

»Höchstwahrscheinlich ein Tempel des Untergegangenen Zeitalters«, meinte Harman.

»Für Apollo?« Hannahs Körper war starr. Sie hatte die Arme fest vor der Brust verschränkt.

»Das glaube ich nicht. In den Trümmern liegen kleine Stücke von Statuen herum – keine Götter, keine Menschen, keine Voynixe … eher so eine Art … Dämonen, glaube ich. Man nannte sie ›Wasserspeier‹ – aber ich weiß nicht genau, was sie bedeuten.«

»Lasst uns von hier verschwinden«, sagte Ada.

Jenseits des Schädelflusses und ein Stück weiter westlich in Richtung zum Krater endeten die breiten Boulevards, wo die Gebäude aus dem Untergegangenen Zeitalter von neueren, höheren Konstruktionen gekrönt waren – einige noch ganz neu, wahrscheinlich keine tausend Jahre alt –, einem emporstrebenden Gitterwerk aus schwarzer Buckyspitze und Bambus-Drei. Hannah rief eine Funktion auf, um zu Daeman zu finden, und das Lichtrechteck, das über ihrer linken Handfläche schwebte, leuchtete bernsteinfarben, rot und dann wieder grün, als sie über Treppen und mit Fahrstühlen von der Straßenebene zur Zwischenebene, von dort zur hängenden Esplanade fünfzehn Stockwerke über den alten Dächern und dann weiter nach oben zu den Wohnbereichen gelangten. Hannah hielt am Geländer der Esplanade inne und schaute hinunter, gebannt wie die meisten, die zum ersten Mal in das starre rote Auge kilometertief unten im bodenlosen schwarzen Kraterrund blickten; Ada musste sie am Ellbogen wegziehen und zum nächsten Lift und der nächsten Treppe führen.

Überraschenderweise war es ein Mensch und kein Servitor, der ihnen die Tür zu Daemans Domi aufmachte. Ada stellte ihre Gruppe vor, und die Frau, die wie alle Dritt- und Viertzwanziger wie Mitte vierzig aussah, erklärte, sie sei Marina, Daemans Mutter. Sie führte sie in warmen Farbtönen gehaltene Flure entlang, Innentreppen hinauf und durch Gemeinschaftsräume zu den Privatbereichen an der Kraterseite des Domi-Komplexes.

»Der Servitor hat mir natürlich mitgeteilt, dass ihr kommt«, erklärte Marina, die vor einer Mahagonitür mit wunderschönen Schnitzereien stehen blieb, »aber ich habe Daeman nichts davon gesagt. Er ist immer noch … verwirrt … von dem Unfall.«

»Aber er erinnert sich doch nicht daran, oder?«, fragte Harman.

»O nein, natürlich nicht.« Marina war eine attraktive Frau, und Ada sah die Ähnlichkeit mit ihrem Sohn in ihren roten Haaren und ihrer kräftigen Figur. »Aber ihr wisst ja, wie man bei solchen Dingen sagt … die Zellen erinnern sich.«

Aber es sind nicht dieselben Zellen, dachte Ada, sagte aber nichts.

»Meinst du, es regt Daeman auf, wenn er uns sieht?«, fragte Hannah. In Adas Ohren klang es eher neugierig als besorgt.

Marina machte eine anmutige, indifferente Handbewegung, als wollte sie sagen: »Wir werden sehen.« Sie klopfte an die Tür und öffnete sie, als Daemans gedämpfte Stimme sie hereinbat.

Der Raum war groß und mit Stoffen in satten Farbtönen, fließenden Wandbehängen aus Seide und Spitzenvorhängen um Daemans Schlafbereich geschmückt, aber die gegenüberliegende Wand war vollständig verglast und eröffnete den Blick auf eine private Veranda. Das Licht in dem großen Raum war gedämpft, aber der hell erleuchtete Stadtrand draußen vor dem Balkon verlief zu beiden Seiten im Bogen am Kraterrand entlang, und etwa achthundert Meter entfernt, auf der anderen Seite des dunklen Kraters, konnte man weitere Konstellationen aus Laternen, Leuchtkugeln und weichem elektrischem Licht erkennen. Daeman saß auf einem Klappstuhl am regennassen Fenster und schaute hinaus, als dächte er über die Lichter nach. Als er Ada, Harman und Hannah sah, machte er ein erstauntes Gesicht, aber dann winkte er sie zu dem Rund aus weichen Möbeln herüber. Marina entschuldigte sich und schloss die Tür hinter sich, während die drei Platz nahmen. Die Glastüren standen offen, und die kühle Luft, die durch die Fliegenfenster hereinkam, roch nach Regen und nassem Bambus.

»Wir wollten sehen, wie es dir geht«, sagte Ada. »Und ich wollte mich persönlich für den Unfall entschuldigen … weil ich nicht besser auf meinen Gast aufgepasst habe.«

Daeman lächelte und zuckte die Achseln, aber seine Hände zitterten leicht. Er legte sie auf seine in Seide gehüllten Knie. »Ich weiß nur noch, dass etwas Großes durch die Bäume brach – und der Aasgeruch, an den erinnere ich mich –, und dann bin ich im Krippentank der Klinik aufgewacht. Die Servitoren hier haben mir natürlich erzählt, was passiert ist. Es wäre amüsant, wenn die Vorstellung nicht so … abscheulich wäre.«

Ada nickte, beugte sich zu ihm und nahm seine Hand. »Ich entschuldige mich, Daeman *Uhr*. Die Allosaurier sind in den letzten Jahrzehnten nur sehr selten auf das Anwesen gekommen, und die Voynixe sind immer da, um uns zu beschützen …«

Daeman runzelte die Stirn, entzog ihr die Hand jedoch nicht. »Als Beschützer haben sie bei mir offenkundig keine besonders gute Arbeit geleistet.«

»Das ist wirklich seltsam.« Harman schlug die Beine übereinander und tippte auf die Wellpapier-Armlehnen seines Sessels. »Sehr seltsam. Ich weiß gar nicht mehr, wann es einem Voynix zum letzten Mal nicht gelungen ist, einen Menschen in einer solchen Situation zu beschützen.«

Daeman sah den älteren Mann an. »Bist du Situationen gewöhnt, in denen rekombinante Tiere Menschen fressen, Harman *Uhr*?«

»Ganz und gar nicht. Ich meinte Situationen, in denen Menschen in Gefahr sind.«

»Ich entschuldige mich nochmals«, sagte Ada. »Das Versagen der Voynixe ist unerklärlich, aber meine Unachtsamkeit ist durch nichts zu entschuldigen. Es tut mir leid, dass dir das Wochenende in Ardis Hall verdorben worden ist und dass dein Harmoniegefühl gestört wurde.«

»Gestört, ja … vielleicht nicht ganz das richtige Wort dafür, von einem sechs Tonnen schweren Fleischfresser verspeist zu werden«, sagte Daeman, aber er lächelte kaum merklich und neigte noch unmerklicher den Kopf zum Zeichen, dass er die Entschuldigung angenommen hatte.

Harman beugte sich vor, faltete die Hände und hob und senkte sie zur Betonung, während er sprach. »Wir waren in Ardis Hall bei einem bestimmten Thema stehen geblieben, Daeman *Uhr* …«

»Dem Raumschiff.« Jetzt hatte Daemans ironischer Ton einen unverkennbar sarkastischen Beiklang.

Harman ließ sich nicht abschrecken. Die Bewegungen seiner gefalteten Hände folgten der Klangmelodie der Silben. »Ja. Aber es geht nicht nur um ein Raumschiff … das ist natürlich das höchste Ziel … sondern um irgendein Fluggerät. Einen Jinker. Ein Sonie. Einen Ultraleichtgleiter. Irgendetwas, womit wir die Gebiete zwischen den Faxknoten erkunden könnten …«

Daeman lehnte sich zurück, um Abstand von Harmans Intensität zu gewinnen, und verschränkte die Arme. »Warum besteht ihr so darauf? Und weshalb kommt ihr damit ausgerechnet zu mir?«

Ada berührte ihn am Arm. »Daeman, Hannah und ich haben von verschiedenen Leuten erfahren, dass du bei einer Party in Ulanbat – ungefähr vor einem Monat, glaube ich – erzählt hast, du hättest eine Frau kennengelernt, die ein Raumschiff gesehen haben will … und die angeblich davon gesprochen hat, von einem Knoten zum anderen zu fliegen …«

Daeman gelang es, einen Moment lang verständnislos und genervt zugleich dreinzuschauen, aber dann lachte er und schüttelte den Kopf. »Die Hexe«, sagte er.

»Hexe?«, fragte Hannah überrascht.

Daeman breitete die Hände zu einer ähnlich anmutigen, indifferenten Geste aus wie zuvor seine Mutter. »So haben wir sie genannt. Ihren richtigen Namen habe ich vergessen. Eine Verrückte. Offenbar in ihrem letzten Zwanziger …« Er warf Harman einen Blick zu. »Manche Leute verlieren ein bisschen den Bezug zur Wirklichkeit, wenn sie alt werden.«

Harman lächelte und ignorierte die Stichelei. »Du erinnerst dich nicht an den Namen dieser Frau?«

Daeman machte erneut eine Geste, diesmal weniger anmutig. »Nein.«

»Wo hast du sie kennengelernt?«, fragte Ada.

»Beim letzten Burning Man. Vor anderthalb Jahren. Ich weiß nicht mehr, wo es stattgefunden hat … aber kalt war es dort. Ich habe mich einfach ein paar Freunden aus Chom angeschlossen, als sie hingefaxt sind. Feierliche Bräuche des Untergegangenen Zeitalters haben mich noch nie sonderlich interessiert, aber bei dieser Zusammenkunft waren viele hinreißende junge Frauen.«

»Ich war auch da!«, rief Hannah mit leuchtenden Augen. »Wir waren so an die zehntausend Leute.«

Harman zog ein mehrfach gefaltetes Blatt Papier aus einer Tasche seines Gewandes und entfaltete es auf dem Polsterhocker zwischen ihnen. »Weißt du noch, welcher Knoten es war?«

Hannah schüttelte den Kopf. »Einer der halb vergessenen. Der leeren. Die Organisatoren haben den Knotencode am Tag vor dem Fest herumgeschickt. Ich glaube, dort hat niemand gewohnt. Es war ein felsiges Tal mitten im Schnee. Ich weiß noch, dass es während des fünftägigen Burning Man Tag und Nacht hell war. Und kalt. Die Servitoren hatten ein Planck-Feld über das ganze Tal gelegt und im Tal selbst an verschiedenen Stellen Heizkörper aufgestellt, sodass es nicht ungemütlich war, aber niemand durfte die Umgrenzung des Tales verlassen.«

Harman schaute auf sein verblichenes, von Falten durchzogenes Blatt Mikrovellum. Es war mit krakeligen Linien, Punkten und geheimnisvollen Runen bedeckt, die denen in Büchern ähnelten. Er zeigte mit einem Finger auf einen Punkt am unteren Rand. »Hier. In der ehemaligen Antarktis. Ein Knoten namens ›Trockental‹.«

Daeman sah ihn verständnislos an.

»Das ist eine Karte, an der ich seit fünfzig Jahren arbeite«, erklärte Harman. »Eine zweidimensionale Darstellung der Erde, auf der alle bekannten Faxknoten mitsamt ihren Codes verzeichnet sind. ›Antarktis‹ war im Untergegangenen Zeitalter der Name für einen der sieben Kontinente. Ich habe sieben antarktische Faxknoten eingetragen, aber nur einer davon – dieses Trockental, von dem ich zwar schon gehört, das ich aber noch nie besucht habe – ist schnee- und eisfrei.«

Das half Daeman offenkundig auch nicht auf die Sprünge. Selbst Ada und Hannah schauten verwirrt drein.

»Ist nicht so wichtig«, sagte Harman. »Aber wenn die Sonne Tag und Nacht am Himmel stand, dann ist dieses Trockental der wahrscheinliche Faxport. Im polaren Sommer gibt es Tage, an denen die Sonne dort nicht untergeht.«

»In Chom geht die Sonne im Juni nicht unter«, sagte Daeman sichtlich gelangweilt. »Ist das in der Nähe deines Trockentals?«

»Nein.« Harman deutete auf einen Punkt am oberen Rand der Karte. »Ich bin ziemlich sicher, dass Chom auf dieser großen Halbinsel hier oben ist, über dem arktischen Polarkreis. In der Nähe des Nordpols, nicht des Südpols.«

»Des Nordpols?«, sagte Ada.

Daeman sah die beiden Frauen an. »Und ich dachte, die Hexe beim Burning Man wäre verrückt.«

»Erinnerst du dich noch an andere Dinge, die diese Frau, diese Hexe, gesagt hat?« Harman war offenbar zu aufgeregt, um beleidigt sein.

Daeman schüttelte den Kopf. Er wirkte müde. »Nur Geschwätz. Wir hatten eine Menge getrunken. Es war die Nacht der Verbrennung, und wir hatten in diesem verdammten Tageslicht mehrere Tage und Nächte lang durchgemacht – hatten uns zwischendurch höchstens mal für ein paar Stunden in einem der großen orangefarbenen Zelte aufs Ohr gelegt. In dieser letzten Nacht werden für gewöhnlich richtige Orgien gefeiert, und ich dachte, sie würde vielleicht … aber sie war zu alt für meinen Geschmack.«

»Aber sie hat von einem Raumschiff gesprochen?« Harman bemühte sich merklich um Geduld.

Daeman zuckte erneut die Achseln. »Irgendjemand dort … ein junger Mann, ungefähr in Hannahs Alter … hat sich darüber beklagt, dass wir seit dem letzten Fax keine Sonies mehr hätten, mit denen wir herumfliegen könnten, und diese … Hexe … die sehr still, aber allem Anschein nach auch sehr betrunken war, sagte, die hätten wir wohl, es gebe Jinker und Sonies, man müsse nur wissen, wo man sie suchen müsse. Sie hat behauptet, sie benutze sie ständig.«

»Und was war mit dem Raumschiff?«, drängte Harman.

»Sie sagte, sie hätte eins gesehen, das ist alles.« Daeman rieb sich die Schläfen, als hätte er Kopfschmerzen. »Bei einem Museum. Ich habe sie gefragt, was ein Museum sei, aber sie hat mir nicht geantwortet.«

»Warum hast du diese ältere Frau als Hexe bezeichnet?«, fragte Hannah.

»Ich habe nicht damit angefangen. Jeder hat sie so genannt.« Daeman klang ein wenig defensiv. »Ich glaube, es kam daher, dass sie behauptet hat, sie wäre nicht hergefaxt, sondern zu Fuß gekommen, obwohl das offenkundig unmöglich war … es gab keine anderen Knoten oder Gebäude im ganzen Tal, und das Planck-Feld hat es abgeriegelt.«

»Das stimmt«, sagte Hannah. »Dieser letzte Burning Man hat wohl an dem abgelegensten Ort stattgefunden, zu dem ich je gefaxt bin. Schade, dass ich diese Frau dort nicht getroffen habe.«

»Soweit ich mich entsinne, habe ich sie nur in zwei Nächten gesehen«, sagte Daeman. »Der ersten und der letzten. Und sie ist immer für sich geblieben, außer bei diesem einen verrückten Gespräch.«

»Woher hast du gewusst, dass sie alt war?«, erkundigte sich Ada sanft.

»Du meinst, abgesehen von ihrem offenkundigen Wahnsinn?«

»Ja.«

Daeman seufzte. »Sie hat alt *ausgesehen*. Als wäre sie zu oft in der Klinik gewesen …« Er hielt inne und runzelte die Stirn. Anscheinend dachte er an seinen eigenen, nicht lange zurückliegenden Besuch in dieser Einrichtung. »Ich habe noch nie einen Menschen gesehen, der so alt aussah wie sie. Ich glaube, sie hatte sogar solche … Furchen im Gesicht.«

»Falten?« Hannah klang, als wäre sie neidisch.

»Aber du erinnerst dich nicht an ihren Namen?«, fragte Harman.

Daeman schüttelte den Kopf. »Jemand am Feuer hat sie in dieser Nacht beim Namen genannt, aber ich kann mich nicht … ich hatte auch getrunken, wisst ihr, und nicht geschlafen.«

Harman warf Ada einen Blick zu, holte tief Luft und sagte: »Könnte es Savi gewesen sein?«

Daeman hob ruckartig den Kopf. »Ja. Ich glaube schon. Savi … ja, das klingt richtig. Ungewöhnlich.« Er sah, wie Harman und Ada erneut bedeutungsvolle Blicke wechselten, und fragte: »Was ist? Ist das wichtig? Kennt ihr sie?«

»Die Ewige Jüdin«, sagte Ada. »Hast du von dieser Legende gehört?«

Daeman lächelte müde. »Über die Frau, die vor tausendvierhundert Jahren das letzte Fax verpasst hat und seither dazu verdammt ist, auf der Erde umherzuwandern? Natürlich. Aber ich wusste nicht, dass die Frau in der Legende einen Namen hatte.«

»Savi«, sagte Harman. »Savi heißt sie.«

Marina kam mit zwei Servitoren herein, die Becher mit Glühwein und ein Tablett mit Käse und Brot trugen. Das unbehagliche Schweigen wurde von Small Talk unterbrochen, während sie aßen und tranken.

»Heute Nacht faxen wir dorthin«, sagte Harman zu Hannah und Ada. »Ins Trockental. Vielleicht finden wir dort noch einen Hinweis.«

Hannah hielt ihren dampfenden Becher in beiden Händen. »Kann ich mir nicht vorstellen. Dieser Burning Man hat, wie Daeman ja schon gesagt hat, vor über achtzehn Monaten stattgefunden.«

»Wann ist der nächste?«, fragte Ada. Sie ging nie zu solchen Feiern aus dem Zeitalter des Wahnsinns.

Harman antwortete ihr. »Das weiß man nie. Die Burning-Man-Clique legt den Zeitpunkt fest und benachrichtigt die Leute erst wenige Tage vorher. Manchmal liegen sie nur ein paar Monate auseinander. Manchmal ein Dutzend Jahre. Wenn man bei einem der letzten drei war, wird man eingeladen. Der im Trockental war der letzte. Ich habe ihn verpasst, weil ich da gerade im Mittelmeerbecken unterwegs war.«

»Ich will mitkommen, wenn ihr diese Frau sucht«, sagte Daeman.

Die anderen, auch seine Mutter, sahen ihn überrascht an. »Fühlst du dich denn dazu imstande?«, fragte Ada.

Er ignorierte die Frage. »Ihr werdet mich brauchen, um die Frau zu identifizieren, wenn ihr sie findet. Diese … Savi.«

»In Ordnung«, sagte Harman. »Wir wissen deine Hilfe zu schätzen.«

»Aber wir faxen erst morgen früh hin«, sagte Daeman. »Nicht schon heute Abend. Ich bin müde.«

»Natürlich«, sagte Ada. Sie sah Hannah und Harman an. »Wollen wir nach Ardis zurückfaxen?«

»Unsinn«, sagte Marina. »Ihr seid heute Nacht unsere Gäste. Wir haben komfortable Gäste-Domis auf der oberen Ebene.« Sie fing Adas verstohlenen Blick in Daemans Richtung auf. »Mein Sohn ist seit dem … Unfall sehr müde. Kann sein, dass er zehn Stunden oder länger schläft. Wenn ihr hierbleibt, könnt ihr gemeinsam aufbrechen, sobald er aufgewacht ist. Nach dem Frühstück.«

»Natürlich«, wiederholte Ada. Der Zeitunterschied zwischen Paris-Krater und Ardis betrug sieben Stunden – in Ardis war es noch nicht einmal Zeit zum Abendessen –, aber wie alle Faxreisenden waren sie es gewohnt, sich an die jeweilige Ortszeit anzupassen.

»Wir zeigen euch eure Zimmer«, sagte Marina und ging voran. Ihre beiden Servitoren schwebten neben ihr her.

Die »Zimmer« waren eigentlich kleine Domis, komfortable, separate Suiten in der Etage über Marinas und Daemans Wohnung, zu denen man über eine breite Wendeltreppe gelangte. Hannah äußerte sich beifällig über ihre Unterkunft, machte sich dann jedoch allein auf, um Paris-Krater zu erkunden. Harman sagte gute Nacht und verschwand in sein Domi. Ada verriegelte die Tür hinter sich, betrachtete die interessanten Wandbehänge und genoss vom Balkon aus den Ausblick auf den Krater – es hatte aufgehört zu regnen, und zwischen den Wolkenfetzen waren der Mond und die Ringe zu sehen –, dann ging sie hinein und bestellte bei den Servitoren ein leichtes Abendessen. Hinterher ließ sie sich ein Bad einlaufen, aalte sich eine halbe Stunde oder länger in dem warmen, wohlriechenden Wasser und spürte, wie der Schmerz der Anspannung aus ihren Muskeln wich.

Sie hatte Harman erst vor zwölf Tagen kennengelernt, aber es kam ihr vor, als wäre es viel länger her. Der Mann und seine Interessen faszinierten sie. Ada hatte eine Sonnwendparty auf dem Anwesen einer Freundin in der Nähe der Ruinen von Singapur besucht, nicht, weil sie Partys mochte – sie verzichtete nach Möglichkeit sowohl aufs Faxen als auch auf Partys und reiste fast nur zu kleinen Zusammenkünften bei alten Freunden –, sondern weil ihre Freundin Hannah dort sein würde und sie gedrängt hatte, ebenfalls zu kommen. Die Sonnwendparty war ganz amüsant gewesen, und Ada hatte viele Teilnehmer interessant gefunden – ihre dortige Freundin hatte erst kürzlich ihren Vierten Zwanziger gefeiert, und Ada fühlte sich immer wohl in Gesellschaft älterer Menschen –, aber dann hatte sie Harman kennengelernt. Sie war auf ihn getroffen, als er gerade in der Bibliothek des Anwesens stöberte. Der Mann war ruhig, ja, sogar schweigsam, aber Ada hatte ihn mithilfe einiger Taktiken, die ihre redegewandteren Freunde bereits zum gleichen Zweck bei ihr angewandt hatten, aus der Reserve gelockt.

Ada wusste nicht, was sie von Harmans Kunststück halten sollte, ohne Zuhilfenahme einer Funktion zu lesen – er hatte ihr erst bei einem weiteren Treffen im Haus eines anderen Freundes sechs Tage vor der Zusammenkunft in Ardis Hall gestanden, dass er es konnte –, aber je mehr sie darüber nachdachte, desto erstaunter war sie. Ada hatte sich immer für gebildet gehalten – sie kannte all die üblichen Volkslieder und Sagen, sie hatte sich die elf Familien und deren Mitglieder eingeprägt, sie kannte viele Faxknoten in- und auswendig –, aber die Breite von Harmans Wissen und das Ausmaß seiner Neugier raubten ihr den Atem.

Die Karte, die er vor Daeman ausgebreitet hatte – und die selbst von der neugierigen, abenteuerlustigen Hannah derart unterschätzt worden war –, versetzte Ada noch mehr in Erstaunen. Ihr war noch nicht einmal der Begriff »Karte« untergekommen, bevor Harman ihr vor nicht ganz einer Woche die grafische Darstellung gezeigt hatte. Harman hatte ihr auch erklärt, die Erde sei eine Kugel. Wie viele von Adas Freunden und Freundinnen wussten das? Wie viele von ihnen hatten sich schon einmal gefragt, welche *Form* die Welt hatte, auf der sie lebten? Und was nützte dieses geheime Wissen? Die »Welt« war die Heimat, und das Faxnetz benutzte man, um seine Freunde zu Hause zu besuchen. Wer dachte schon über die Form des physischen Gebildes nach, das unter und neben diesem Faxnetz lag? Und wozu auch?

Ada wusste schon nach jenem ersten Wochenende mit Harman, dass das Interesse des Mannes an den längst verschwundenen Nachmenschen an Besessenheit grenzte. *Nein,* verbesserte Ada, während sie im warmen Badewasser lag und mit ihren langen, blassen Fingern Blasen von den Brüsten zum Hals hochsteigen ließ, *er* ist *davon besessen. Er kann nicht aufhören, über die Nachmenschen nachzudenken, wo sie sind, warum sie verschwunden sind. Weshalb tut er das?*

Ada kannte die Antwort natürlich nicht, aber inzwischen teilte sie Harmans leidenschaftliche Neugier. Sie betrachtete sie als ein Spiel, ein Abenteuer. Und sie stellte immer wieder Fragen, die all ihre anderen Freunde einfach nur zum Lachen gebracht hätten: *Weshalb gibt es nur genau eine Million von uns Menschen? Weshalb haben die NMs diese Zahl gewählt? Wieso ist es nie einer mehr oder einer weniger? Und warum ist jedem von uns eine Lebensspanne von hundert Jahren bestimmt? Warum retten sie uns sogar vor unserer eigenen Torheit, damit wir hundert Jahre leben können?*

Diese Fragen waren so einfach und so elementar, dass sie nachgerade peinlich waren – es war, als hörte man einen Erwachsenen fragen, warum wir ein Bauchknöpfchen haben.

Doch Ada hatte sich der Suche angeschlossen – nach einer Flugmaschine, vielleicht einem Raumschiff, mit dem man zu den Ringen fliegen konnte, um mit den Nachmenschen persönlich zu sprechen, und nun nach der Ewigen Jüdin, dieser Legende aus der Zeit des letzten Faxes –, und jeder neue Tag brachte weitere Aufregungen.

Wie zum Beispiel, dass Daeman von einem Allosaurier gefressen worden ist.

Ada errötete und sah, wie sich ihre helle Haut bis zur Wasser- und Blasenlinie rot färbte. Das war furchtbar peinlich gewesen. Keiner der anderen Gäste konnte sich erinnern, dass so etwas schon jemals passiert war. Warum hatten die Voynixe nicht besser aufgepasst?

Was genau sind *eigentlich die Voynixe?*, hatte Harman sie vor zwölf Tagen in dem Baumhaus-Komplex in der Nähe von Singapur gefragt. *Woher kommen sie? Haben die Menschen des Untergegangenen Zeitalters sie gebaut? Sind sie ein Produkt des Rubikon-Wahnsinns? Haben die Nachmenschen sie geschaffen? Oder sind sie Fremde auf dieser Welt und in dieser Zeit und verfolgen hier ihre eigenen Ziele?*

Ada erinnerte sich an ihr unbehagliches Gelächter an jenem Abend, als sie auf der weinumrankten Terrasse saßen, ein Glas Champagner in der Hand, und er in so ernstem Ton derart absurde Fragen stellte. Aber sie hatte sie damals nicht beantworten können – ebenso wenig wie ihre Freunde in den Tagen seither, obwohl deren Gelächter noch nervöser gewesen war als ihr eigenes –, und nachdem Ada die Voynixe ein Leben lang jeden Tag gesehen hatte, betrachtete sie sie nun mit einer Neugier, die an Besorgnis grenzte. Hannah hatte auf die gleiche Weise zu reagieren begonnen.

Was bist *du?*, hatte sie sich just an diesem Abend gefragt, als sie in Paris-Krater aus ihrer Kalesche gestiegen waren und den scheinbar augenlosen Voynix dort hatten stehen lassen, sein verrosteter Panzer und die ledrige Haube nass vom Regen, seine tödlichen Klingen eingezogen, die ausgefahrenen und gekrümmten Manipulatorpfoten jedoch immer noch um die Deichseln ihrer Kutsche geklammert.

Ada stieg aus dem Wasser, trocknete sich ab, schlüpfte in einen dünnen Hausmantel und befahl den Servitoren, sie allein zu lassen. Sie zogen sich durch eine ihrer osmotischen Wandmembranen zurück. Ada trat auf den Balkon hinaus.

Harmans Zimmer mit Balkon grenzte rechts an ihres, aber eine engmaschige Bambusfaserwand, die sich einen knappen Meter über das Verandageländer hinaus erstreckte, gewährleistete die Intimsphäre auf den Veranden. Ada ging zu der Trennwand, blieb einen Moment lang am Geländer stehen – schaute in den rotäugigen Krater hinunter –, hob dann den Blick zum aufklarenden Himmel mit seinen Sternen und sich drehenden Ringen und schwang ein Bein übers Geländer. Sie fühlte den glatten, nassen Bambus an der Innenseite des Schenkels, bevor sie barfuß hinaustrat und sich am dünnen Rand der Trennwand entlangtastete.

Eine Sekunde lang war sie nur durch den Druck ihrer Zehen und Fingerspitzen mit der Veranda verbunden. Sie tastete blindlings auf der anderen Seite der Trennwand nach dem entsprechenden schmalen Sims und spürte, wie die Schwerkraft sie in die Leere hinabzog. *Was wäre das für ein Gefühl, so tief zum brennenden Magma hinunterzufallen, in dem Wissen, dass ich nach ein paar schrecklichen und völlig schwerefreien Minuten des Sturzes tot wäre?* Sie wusste, dass sie es nie erfahren würde. Wenn sie jetzt losließ, wenn ihre nackten Zehen und Finger jetzt abrutschten, würde sie sich nach dem Erwachen in den Klinik-Tanks nicht mehr an die nächsten Sekunden und Minuten erinnern. Die Nachmenschen gewährten den Menschen keine Erinnerungen an den eigenen Tod.

Ada drückte ihre Brüste an den Rand der Trennwand, rang um ihr Gleichgewicht und schwang das linke Bein herum. Ihr nackter Fuß fand den schmalen Bambusgrat, der zu Harmans Veranda zurückführte. Sie wagte es nicht, den Blick zu heben, um festzustellen, ob Harman draußen auf seinem Balkon oder an der Glastür war; sie konzentrierte sich völlig darauf, dass ihre Zehen und Finger nicht von dem nassen, glitschigen Bambus-Drei abrutschten.

Sie erreichte die Veranda, trat auf deren Rand und klammerte sich so fest ans Geländer, dass ihre Arme zitterten. Als sie spürte, wie ihre Kräfte in dem Schwächeanfall nach dem Adrenalinstoß nachließen, schwang sie rasch das linke Bein übers Geländer; sie merkte, wie der Hausmantel aufklaffte, und schürfte sich die Rückseite ihres Beines an einem Grat auf.

Harman hockte im Schneidersitz auf einer weiß gepolsterten Chaiselongue und beobachtete sie. Sein Balkon wurde von einer einzigen Kerze mit Glasschirm erleuchtet.

»Du hättest mir helfen können«, flüsterte sie, ohne zu wissen, warum sie es sagte oder warum sie flüsterte. Sie sah, dass Harman ebenfalls nur einen dünnen Gästehausmantel aus Seide trug, der nur lose zugebunden war.

Er schüttelte lächelnd den Kopf. »Du hast das prima gemacht. Aber warum bist du nicht einfach rübergekommen und hast an die Tür geklopft?«

Ada holte tief Luft und löste wie zur Antwort den Gürtel ihres Hausmantels, sodass er sich öffnete. Der Luftzug vom Krater war kühl, aber in der Brise, die über ihren Bauch strich, lagen auch wärmere Strömungen.

Harman stand auf, kam zu ihr herüber und schaute ihr in die Augen. Er schloss ihren Hausmantel und band ihn zu, ohne sie dabei zu berühren. »Ich fühle mich geehrt«, sagte er, jetzt ebenfalls im Flüsterton. »Aber noch nicht, Ada. Noch nicht.« Er nahm sie an der Hand und führte sie zur Chaiselongue.

Sie setzten sich nebeneinander. Ada zwinkerte überrascht und errötete beinahe beschämt – ob wegen der Zurückweisung oder wegen ihrer eigenen Unverfrorenheit, wusste sie nicht genau. Harman langte hinter das Sofa und holte zwei cremefarbene Turin-Tücher hervor. Er faltete sie, sodass die mit Stickereien verzierten Mikroschaltkreise richtig positioniert waren.

»Ich möchte nicht …«, begann Ada.

»Ich weiß. Nur dieses eine Mal. Ich glaube, dass etwas Wichtiges passieren wird. Lass uns das gemeinsam erleben.«

Sie sank in das weiche Kissen zurück und ließ sich von Harman das Turin über die Augen ziehen. Sie fühlte, wie er sich neben sie legte. Seine rechte Hand lag locker auf ihrer linken.

Die Bilder, Töne und Sinneseindrücke strömten herein.

11 Die Ebene von Ilium

Die Götter sind herabgekommen, um zu spielen. Genauer, sie sind herabgekommen, um zu töten.

Die Schlacht tobt nun schon eine geraume Weile. Apollo spornt die Trojaner an, Athene die Argeier, und andere Götter haben es sich im Schatten eines Baumes auf dem nächsten Hügel bequem gemacht; manchmal lachen sie, und Iris und ihre anderen Diener schenken ihnen Wein ein. Ich habe gesehen, wie der thrakische Führer Peireos, ein kühner Verbündeter der Trojaner, den grauäugigen Diores mit einem Stein tötete. Diores, einer der Führer des epeischen Kontingents der Griechen, ging mit gebrochenem Knöchel zu Boden, nachdem der vom Kampf in Raserei versetzte Peireos den Stein geworfen hatte, aber die meisten Kameraden von Diores wichen zurück, und Peireos bahnte sich mit dem Schwert seinen Weg durch die wenigen, die geblieben waren, um ihren gestürzten Hauptmann zu bewachen, und der arme Diores musste mit zertrümmertem Knöchel hilflos liegen bleiben, als Peireos auf ihn zustürmte, dem Thraker seinen langen Wurfspeer in den Bauch stieß, ihm die Gedärme an der mit Widerhaken versehenen Speerspitze aufspießte und sie dem Mann unter dessen gellenden Schreien aus dem Leib riss.

Von dieser Art war die Schlacht in der letzten halben Stunde, und es war wie eine Erlösung, als Pallas Athene die Hand hob, von den zuschauenden Göttern mit einem Nicken die Erlaubnis erhielt und die Zeit und jede Bewegung abrupt zum Stillstand brachte.

Mit meinem gesteigerten Sehvermögen, das ich den Kontaktlinsen der Götter verdanke, sehe ich nun, wie Athene auf der anderen Seite des chaotischen Niemandslands aus Lanzen den Sohn des Tydeus, Diomedes, zur Kampfmaschine macht. Ich meine das beinahe wörtlich. Wie die Götter selbst und wie ich wird Diomedes, der Mensch, von nun an zum Teil eine Maschine sein; seine Augen, seine Haut und sogar sein Blut werden durch Nanotechnik aus einer fernen Zukunft weit jenseits meiner kurzen Lebensspanne verbessert. In der still stehenden Zeit setzt Athene dem Achäer Kontaktlinsen ein, die meinen ähneln und mit denen er sowohl die Götter sehen als auch, wenn er sich im dichtesten Kampfgetümmel konzentriert, irgendwie die Zeit ein wenig verlangsamen und damit – aus der Sicht des nicht aufgerüsteten Zuschauers – seine Reaktionszeit um das Dreifache steigern kann. Homer hatte geschrieben, Athene »ließ ihm lodern aus Helm und Schild unermüdliches Feuer«, und jetzt verstehe ich die Metapher; mithilfe der Nanotechnik in ihrer Handfläche und ihrem Unterarm verwandelt Athene das schwache Magnetfeld um Diomedes' Körper in ein richtiges Kraftfeld. Im Infrarotbereich leuchten sein Körper, seine Arme, sein Schild und sein Helm auf einmal so, dass er »dem Glanzgestirne der Herbstnacht« gleicht. Während ich Diomedes nun im satten Bernsteingelb der von den Göttern angehaltenen Zeit leuchten sehe, wird mir klar, dass Homer den Sirius gemeint haben muss, den Hundsstern, der im Spätsommer als hellster Stern am griechischen (und trojanischen) Himmel aufsteigt. In dieser Nacht steht er am Osthimmel.

Vor meinen Augen spritzt sie Diomedes obendrein Milliarden nanotechnischer Molekularmaschinen in den Schenkel. Wie immer behandelt der menschliche Körper eine solche Nano-Invasion wie eine Infektion, und Diomedes' Temperatur steigt um mindestens fünf Grad. Ich sehe, wie die Invasionsarmee der Molekularmaschinen vom Schenkel zum Herzen hochsteigt, vom Herzen in die Lunge und Arme und wieder in die Beine wandert. Die Wärme lässt seinen Körper in meiner Infrarotsicht noch heller leuchten.

Überall um mich herum ruht das Töten auf dem Schlachtfeld für diese sich hinziehenden Minuten. Zehn Meter links von mir sehe ich einen Streitwagen, der in einer Wolke aus Staub, menschlichem Schweiß und Pferdespeichel erstarrt ist. Der trojanische Wagenlenker – ein kleiner, ausgeglichener Mann namens Phegeus, Sohn von Trojas oberstem Priester des Gottes Hephaistos und Bruder des stämmigen Idaios; in meinen gemorphten Verkleidungen habe ich mit Idaios in den letzten paar Jahren ein Dutzend Mal Brot gebrochen und Wein getrunken – ist versteinert, während er sich gerade über das Vorderteil seines Streitwagens beugt, die linke Hand um dessen Rand geklammert, einen langen Wurfspeer in der rechten. Idaios, der neben seinem Bruder steht, drischt mit der Peitsche auf die mitten in der Bewegung erstarrten Pferde ein und hält mit der anderen Hand die straffen Zügel fest. Der angehaltene Streitwagen rast direkt auf Diomedes zu; keiner der menschlichen Mitwirkenden hier ahnt etwas davon, dass die Göttin Athene alles gestoppt hat und mit ihrem erwählten Champion wie mit einer Puppe spielt, ihn mit Kraftfeldern, Durchblick-Kontaktlinsen und Nanoverstärkern einkleidet wie ein vorpubertäres Mädchen seine Barbie. (Ich erinnere mich an ein kleines Mädchen, das mit Barbie-Puppen spielt, vielleicht eine Schwester aus meiner eigenen Kindheit. Ich glaube nicht, dass ich eine Tochter hatte. Aber natürlich bin ich nicht sicher, weil die in den vergangenen Monaten zurückgekehrten Erinnerungen wie Glasscherben mit getrübten Spiegelungen sind.)

Ich bin so nah bei dem Streitwagen, dass ich die in Phegeus' gebräuntes Gesicht gemeißelte Kampfeslust und die in seinen starren braunen Augen eingefrorene Angst sehen kann. Wenn Homer all dies korrekt wiedergegeben hat, wird Phegeus in weniger als einer Minute tot sein.

Nun sehe ich, wie sich andere Götter an der Stätte des Kampfes versammeln wie Aaskrähen beim Schlachten. Ares, der Kriegsgott, nimmt auf meiner Seite der Kampflinien Gestalt an, tritt an den in der Zeit stillstehenden Streitwagen mit Idaios und seinem todgeweihten Bruder heran und öffnet sein eigenes Kraftfeld hinter dem Gefährt, das die beiden Brüder dem Tod entgegenträgt.

Weshalb interessiert es Ares, was mit diesen beiden geschieht? Sicher, Ares ist kein Freund der Griechen – er hat sie in diesem Krieg offenkundig hassen gelernt und tötet sie durch seine Werkzeuge oder auch eigenhändig, wenn er kann –, aber warum diese sichtbare Sorge um Phegeus oder seinen Bruder Idaios? Ist es nur ein Gegenzug gegen Athenes Strategie, Diomedes aufzurüsten? Dieses Schachspiel mit echten Menschen, die stürzen, schreien und sterben, ist für mich inzwischen abgeschmackt, eine Obszönität. Aber die Strategie fasziniert mich nach wie vor.

Dann fällt mir ein, dass der Gott des Krieges ein göttlicher Halbbruder von Hephaistos ist, dem Gott des Feuers; beider Mutter ist Hera, Zeus' Gemahlin. Dares, der Vater von Phegeus und Idaios, hat dem Gott des Feuers in den Mauern Trojas lange Zeit treue Dienste geleistet.

Dieser idiotische Krieg ist so kompliziert und sinnlos wie der Vietnamkrieg, an den ich mich aus meiner Jugend noch undeutlich erinnere.

Plötzlich qtet Aphrodite, meine neue Führungsoffizierin und Chefin, dreißig Meter links von mir ins Dasein. Sie ist ebenfalls hier, um den Trojanern zu helfen und sich an dem Gemetzel zu delektieren. Aber …

In den letzten Sekunden, bevor die Echtzeit weiterläuft, fällt mir ein, dass Aphrodite in der kommenden Stunde von Diomedes verwundet werden wird, sofern das Kampfgeschehen der Schilderung des alten Versepos entspricht. *Weshalb sollte sie herunterkommen und sich ins Getümmel stürzen, wenn sie weiß, dass ein Sterblicher sie verletzen wird?*

Die Antwort ist dieselbe wie jene, die mir in den vergangenen neun Jahren immer wieder so nachdrücklich ins Gedächtnis gerufen worden ist, aber jetzt trifft sie mich mit der Wucht und dem grellen Blitz einer Atomexplosion – *die Götter wissen nicht, was als Nächstes geschehen wird!* Offenbar darf keiner außer Zeus einen Blick nach vorn auf die Checkliste des Schicksals werfen.

Wir Scholiker wissen das allesamt – Zeus hat uns verboten, mit den Göttern über künftige Geschehnisse zu sprechen, und sie dürfen uns nicht nach den späteren Gesängen der *Ilias* fragen. Unsere Aufgabe besteht nur darin, im Nachhinein zu bestätigen, dass Homers *Ilias* mit den von uns pflichtgemäß beobachteten und aufgezeichneten Tagesereignissen übereinstimmt. Etliche Male haben Nightenhelser und ich zugesehen, wie die kleinen grünen Männchen ihre Gesichtssteine zur Küste schleppen, wenn die Sonne im Westen hinter dem Meer untergeht, und uns dabei über diese paradoxe Blindheit der Götter in Bezug auf die bevorstehenden Ereignisse unterhalten.

Ich weiß, dass Aphrodite heute verletzt werden wird, aber die Göttin selbst weiß es nicht. Was kann ich mit dieser Information anfangen? Wenn ich es Aphrodite sage, erfährt es Zeus – wie, weiß ich nicht, aber er erfährt es –, dann werde ich atomisiert, und Aphrodite erhält irgendeine mildere Strafe. *Wie kann ich mir die Information zunutze machen, dass Aphrodite, die Göttin, die mir meine Spionageausrüstung gegeben hat, heute von Diomedes verwundet wird oder verwundet werden könnte?*

Mir bleibt keine Zeit, die Antwort darauf zu finden. Athene ist fertig mit Diomedes und löst ihren Griff auf Raum und Zeit.

Mit einem Schlag setzt die Wirklichkeit wieder ein – richtiges Licht, schrecklicher Lärm, hektische Bewegung. Diomedes macht ein paar Schritte nach vorn; sein Körper, sein Gesicht und sein Schild erstrahlen in einem Licht, das offenbar auch für die anderen Sterblichen sichtbar ist, für seine achäischen Kampfgefährten ebenso wie für die gegnerischen Trojaner.

Idaios beendet den Peitschenhieb, mit dem er seine Pferde antreibt. Der Streitwagen rumpelt und poltert in Richtung der griechischen Gefechtslinie; er hält direkt auf den verblüfften Diomedes zu.

Phegeus schleudert seinen Speer nach Diomedes und verfehlt ihn um Haaresbreite; die Speerspitze fliegt über die linke Schulter des Tydeussohnes hinweg.

Mit gerötetem Gesicht, die Stirn glänzend vom Fieberschweiß und von der Hitze des Kampfes, wirft Diomedes seinen eigenen Speer. Er fliegt genau richtig und trifft Phegeus »in die Kerbe der Brust« – ich glaube, so hat es Homer formuliert –, und der Getroffene wird rücklings vom Streitwagen gestoßen, stürzt zu Boden und überschlägt sich mehrmals. Der Speer bricht ab und splittert, und Phegeus bleibt tot im Staub des Streitwagens liegen, auf dem er noch vor fünf Sekunden gestanden hat. Auf der Ebene von Ilium kommt der Tod schnell, wenn er kommt.

Idaios springt vom Streitwagen, überschlägt sich ebenfalls und steht mühsam wieder auf, das Schwert in der Hand, bereit, den Leichnam seines Bruders zu schützen.

Diomedes schnappt sich einen anderen Speer und stürmt erneut vorwärts. Offensichtlich will er Idaios genauso durchbohren wie den Bruder des jungen Mannes. Der Trojaner wendet sich zur Flucht – in seiner Panik lässt er seinen toten Bruder im Staub zurück –, aber Diomedes' Wurf ist kraftvoll und gut gezielt, und der lange Speer saust schnurstracks auf den Rücken des Weglaufenden zu.

Ares, der Kriegsgott, kommt herbeigeflogen – er *fliegt* im wahrsten Sinne des Wortes, mithilfe des gleichen Levitationsgeschirrs, das ich von den Göttern bekommen habe – und hält die Zeit noch einmal an, um Idaios vor einem fliegenden Speer zu schützen, der jetzt keine drei Meter vom Rücken des Flüchtenden entfernt in der Luft steht. Dann dehnt Ares sein Kraftfeld um Idaios herum aus und lässt die Zeit weiterlaufen, sodass das Energiefeld Diomedes' Speer ablenken kann. Anschließend quantenteleportiert er den verängstigten Mann gänzlich vom Schlachtfeld weg und verfrachtet ihn an einen sicheren Ort. Für die schockierten und entsetzten Trojaner ist es, als hätte ein nachtschwarzer Schimmer ihren Kameraden entführt.

Damit Ares' Bruder Hephaistos, der Feuergott, seine künftigen Priester nicht alle beide verliert, denke ich, bringe mich dann jedoch eilends in Sicherheit, als der Kampf weitergeht und weitere Griechen Diomedes in die durch Phegeus' Tod entstandene Bresche folgen. Der leere Streitwagen holpert über die steinige Ebene und wird von jubelnden Achäern gekapert.

Ares qtet zurück, eine hoch aufragende, schemenhafte Göttergestalt, die die Trojaner zu sammeln versucht und ihnen mit Götterstimme zuruft, dass sie sich neu gruppieren und Diomedes abwehren sollen. Aber die Trojaner sind gespalten – einige laufen in panischer Angst vor dem herannahenden leuchtenden Diomedes davon, andere hören auf die dröhnende Stimme des Kriegsgottes und machen kehrt. Plötzlich schwebt Athene über die Köpfe der Griechen und Trojaner hinweg, packt Ares am Handgelenk und flüstert dem wütenden Gott eindringlich etwas zu.

Die beiden qten fort.

Ich schaue wieder nach links, und die Göttin Aphrodite – unsichtbar für die Griechen und Trojaner, die um sie herum kämpfen, fluchen und sterben – gibt mir mit einem Handzeichen zu verstehen, dass ich ihnen folgen soll.

Ich ziehe mir den Helm des Todes über den Kopf und werde für alle Götter außer Aphrodite unsichtbar. Dann aktiviere ich das Medaillon um meinen Hals und qte hinter Athene und Ares her, folge ihrem Weg durch die Raumzeit so mühelos wie Fußspuren in nassem Sand.

Es ist leicht, ein Gott zu sein. Wenn man die richtige Ausrüstung hat.

Sie haben nicht weit weg teleportiert, nur ungefähr sechzehn Kilometer, zu einem schattigen Platz am Ufer des Skamandros, den die Götter Xanthos nennen – der breite Fluss, der die Ebene von Ilium durchfließt. Als ich nach der Quantenteleportation ungefähr fünfzehn Schritt von ihnen entfernt herauskomme, fährt Ares' Kopf herum, und er starrt mich direkt an. Einen Moment lang weiß ich, dass der Hades-Helm versagt hat; sie sehen mich, und ich bin tot.

»Was ist?«, fragt Athene.

»Ich dachte, ich … hätte etwas gespürt. Eine Bewegung. Eine Quantenbewegung.«

Die Göttin schaut mit ihren grauen Augen in meine Richtung. »Da ist nichts. Ich kann in allen Phasenverschiebungsspektren sehen.«

»Ich auch«, blafft Ares und wendet seinen Blick von mir ab. Zitternd stoße ich den angehaltenen Atem aus, so leise ich kann; der Hades-Helm verbirgt mich also doch noch. Der Gott des Krieges beginnt, am Flussufer auf und ab zu marschieren. »Zeus ist heutzutage überall.«

Athene geht neben ihm her. »Ja, Vater ist wütend auf uns alle.«

»Warum provozierst du ihn dann?«

Die Göttin bleibt stehen. »Ich provoziere ihn? Indem ich meine Achäer davor bewahre, abgeschlachtet zu werden?«

»Indem du Diomedes dazu aufrüstest, Trojaner abzuschlachten«, sagt Ares. Zum ersten Mal fällt mir auf, dass die Locken des hochgewachsenen, muskulösen Gottes eine rötliche Tönung haben. »Was du da machst, ist gefährlich, Pallas Athene.«

Die Göttin lacht leise. »Wir greifen seit neun Jahren in diese Schlacht ein. Das ist unser Spiel, Himmel noch mal. Unsere einzige Beschäftigung. Ich weiß, dass du vorhast, heute noch zugunsten deines geliebten Ilium einzugreifen und meine Argeier wie Schafe abzuschlachten. Ist das nicht gefährlich – diese aktive Teilnahme des Kriegsgottes?«

»Weniger gefährlich, als die eine oder andere Seite mit Nanotechnik zu bewaffnen. Weniger gefährlich, als sie mit Phasenverschiebungsfeldern auszustatten. Was denkst du dir eigentlich dabei, Athene? Du bist drauf und dran, diese Sterblichen *in uns* zu verwandeln – *in Götter.*«

Athene lacht erneut, setzt jedoch eine ernste Miene auf, als sie merkt, dass ihr Lachen Ares nur noch wütender macht. »Ich habe Diomedes nur kurzfristig aufgerüstet, Bruder, das weißt du. Ich will lediglich, dass er diese Begegnung überlebt. Aphrodite, deine Lieblingsschwester, hat den trojanischen Bogenschützen Pandaros bereits dazu gebracht, einen meiner Lieblinge zu verwunden – Menelaos –, und während wir uns hier unterhalten, flüstert sie dem Bogenschützen ins Ohr: *Bring Diomedes um.*«

Ares zuckt die Achseln. Ich weiß, dass Aphrodite seine Verbündete und die treibende Kraft der beiden ist. Wie ein schmollender kleiner Junge – ein zweieinhalb Meter großer schmollender kleiner Junge mit pulsierendem Energiefeld – sucht er einen glatten Stein und lässt ihn über das Wasser titschen. »Was macht es schon aus, ob Diomedes heute oder nächstes Jahr stirbt? Er ist ein Sterblicher. Er wird sterben.«

Jetzt lacht Athene frei heraus. »*Natürlich* wird er sterben, mein lieber Bruder. Und *natürlich* ist das Leben oder der Tod eines einzelnen Sterblichen für uns … für mich ohne Belang. Aber wir müssen das *Spiel* spielen. Ich werde nicht zulassen, dass Aphrodite, diese elende kleine Nutte, den Willen der Schicksalsgöttinnen zuwiderhandelt.«

»Wer von uns kennt den Willen der Moiren schon?«, faucht Ares, immer noch schmollend, die Arme vor der mächtigen Brust verschränkt.

»Vater.«

»Das *behauptet* er«, sagt der Gott des Krieges mit einem höhnischen Grinsen.

»Zweifelst du etwa an unserem Herrn und Meister?« Athenes Ton klingt fast täuschend leicht und neckisch.

Ares schaut sich rasch um, und eine Sekunde lang fürchte ich, ich hätte mich auf dem flachen Felsbrocken, auf dem ich stehe, um nur ja keine Spuren im Sand zu hinterlassen, durch ein Geräusch verraten. Aber der Blick des Kriegsgottes schweift weiter.

»O nein, ich respektiere unseren Vater«, sagt Ares schließlich. Sein Ton erinnert mich an den von Richard Nixon, als er im Oval Office in das ihm bekannte versteckte Mikrofon sprach. Um seine Lügen zu dokumentieren. »Meine Treue, Loyalität und Liebe gelten Zeus, Pallas Athene.«

»Was unser Vater gewiss merken und dir vergelten wird«, erwidert Athene, ohne ihren Sarkasmus noch länger zu verbergen.

Auf einmal hebt Ares ruckartig den Kopf. »Hol dich der Teufel«, ruft er. »Du hast mich nur hergebracht, um mich vom Schlachtfeld fernzuhalten, während deine verfluchten Achäer noch mehr von meinen Trojanern umbringen.«

»Natürlich.« Athene schleudert ihm die drei Silben in höhnischem Ton entgegen, und ich denke einen Moment lang, dass ich gleich etwas mitansehen werde, was ich in meinen ganzen neun Jahren hier noch nicht erlebt habe – einen direkten Kampf zweier Götter.

Stattdessen kickt Ares in einer letzten Aufwallung von Ärger Sand in die Luft und qtet von dannen. Athene lacht, kniet am Skamandros nieder und spritzt sich kaltes Wasser ins Gesicht. »Dummkopf«, sagt sie leise – vermutlich spricht sie mit sich selbst, aber mir ist, als wäre ich gemeint, der ich nur vom Verzerrungsfeld des Hades-Helms geschützt bin. »Dummkopf« scheint mir ein zutreffendes Urteil über mein törichtes Benehmen zu sein.

Athene qtet zum Schlachtfeld zurück. Eine Minute lang wird mir angst und bange wegen meiner Dummheit, aber dann gehe ich in die Phasenverschiebung und folge ihr.

Die Griechen und die Trojaner bringen sich immer noch gegenseitig um. Sensationelle Neuigkeit.

Ich mache den einzigen anderen Scholiker auf dem Schlachtfeld aus. Für das bloße Auge ist Nightenhelser nur einer von vielen schlampigen trojanischen Fußsoldaten, die sich aus dem dichtesten Kampfgetümmel heraushalten, aber ich sehe den verräterischen grünen Schimmer, mit dem die Götter uns Scholiker markiert haben, selbst wenn wir gemorpht sind, deshalb nehme ich den Hades-Helm ab und die Gestalt von Phalkes an – einem Trojaner, der irgendwann von Antilochos getötet werden wird – und gehe zu Nightenhelser hinüber, der auf einer kleinen Anhöhe steht und auf das Gemetzel hinabschaut.

»Guten Morgen, Scholiker Hockenberry«, sagt er, als ich mich zu ihm geselle. Wir sprechen Englisch. Kein anderer Trojaner ist nahe genug, um uns über das Klirren von Metall und das Rumpeln der Streitwagen hinweg zu hören, und diese bunt zusammengewürfelten Koalitionen sind ohnehin beide an merkwürdige Stammessprachen und Dialekte gewöhnt.

»Guten Morgen, Scholiker Nightenhelser.«

»Wo sind Sie die letzte halbe Stunde gewesen?«

»Ich habe eine Pause eingelegt.« So etwas kommt vor. Manchmal geht das Gemetzel sogar uns Scholikern über die Hutschnur, und dann qten wir für eine ruhige Stunde – oder einen großen Krug Wein – nach Troja. »Habe ich viel verpasst?«

Nightenhelser zuckt die Achseln. »Diomedes ist vor ungefähr zwanzig Minuten angestürmt gekommen und von einem Pfeil getroffen worden. Genau zum vorgesehenen Zeitpunkt.«

»Von Pandaros' Pfeil«, sage ich mit einem Nicken. Pandaros ist der trojanische Bogenschütze, der zuvor Menelaos verwundet hat.

»Ich habe gesehen, wie Aphrodite Pandaros dazu angestiftet hat«, sagt Nightenhelser. Der große, schwere Mann hat die Hände in den Taschen seines groben Umhangs. Trojanische Umhänge hatten natürlich keine Taschen, deshalb hat Nightenhelser sich welche einnähen lassen.

Das ist eine Neuigkeit. Bei Homer steht nichts davon, dass Aphrodite Pandaros gedrängt hat, auf Diomedes zu schießen, sondern nur, dass Athene den Bogenschützen zuvor veranlasst hatte, Menelaos zu verwunden, damit der Krieg weiterging. Der arme Pandaros ist an diesem Tag – seinem letzten Tag – buchstäblich ein Spielball der Götter.

»Fleischwunde?«, frage ich.

»An der Schulter. Sthenelos war da und hat den Pfeil rausgezogen. Offenbar war er nicht vergiftet. Athene ist vor einer Minute ins Getümmel geqtet, hat ihren Liebling Diomedes beiseitegenommen und *›ihm die Glieder leicht gemacht, die Füße und die Hände darüber‹*.« Nightenhelser zitiert eine Homer-Übersetzung, die ich nicht kenne.

»Noch mehr Nanotech«, sage ich. »Hat Diomedes den Bogenschützen schon gefunden und getötet?«

»Vor ungefähr fünf Minuten.«

»Hat Pandaros vor seinem Tod noch diese endlos lange Rede gehalten?«, frage ich. In meiner Lieblingsübersetzung beklagt Pandaros vierzig Zeilen lang sein Schicksal, hat ein langes Zwiegespräch mit einem trojanischen Hauptmann namens Äneas – ja, *dem* Äneas –, und die beiden greifen Diomedes mit einem Streitwagen an und schleudern Speere auf den verwundeten Achäer.

»Nein«, sagt Nightenhelser. »Pandaros hat bloß ›Mist, verdammter‹ gesagt, als der Pfeil danebenging. Dann ist er zu Äneas auf den Streitwagen gesprungen, hat einen Speer geworfen, der Diomedes' Schild und Panzer durchschlug – ohne ihm die Haut zu ritzen –, und in der Sekunde, bevor Diomedes' Speer ihn genau zwischen die Augen traf, hat er ›Scheiße‹ gebrüllt. Vermutlich wieder mal so ein Fall von Homers dichterischer Freiheit bei all den Reden.«

»Und Äneas?« Diese Begegnung ist von entscheidender Bedeutung für die Geschichte wie auch für die *Ilias*. Ich kann nicht glauben, dass ich sie verpasst habe.

»Aphrodite hat ihn gerade gerettet«, bestätigt Nightenhelser. Äneas ist der sterbliche Sohn der Göttin der Liebe, und sie wacht sorgfältig über ihn. »Diomedes hat ihm mit einem Feldstein die Hüftpfanne zerschmettert, genau wie im Gedicht, aber Aphrodite hat ihren verletzten Jungen mit einem Kraftfeld geschützt und trägt ihn nun gerade vom Feld. Diomedes war wirklich stinkesauer.«

Ich beschirme die Augen mit der Hand. »Wo ist Diomedes jetzt?« Aber ich sehe den griechischen Krieger, bevor Nightenhelser ihn mir zeigen kann, ungefähr hundert Meter entfernt, inmitten eines Handgemenges weit hinter den trojanischen Linien. Ein blutiger Nebel hängt um den leuchtenden Diomedes herum in der Luft, und links und rechts von dem um sich schlagenden und zustechenden Achäer türmen sich die Leichen. Es sieht aus, als würde sich der aufgerüstete Diomedes durch Wogen menschlichen Fleisches hacken, um die langsam zurückweichende Aphrodite einzuholen. »Du meine Güte«, sage ich leise.

»Ja«, sagt der andere Scholiker. »In den letzten paar Minuten hat er Astinoos und Hypeiron, Abas und Polyidos, Xanthos und Thoon, Echemmon und Chromios getötet … die ganzen Hauptmannspaare.«

»Weshalb immer zwei zugleich?«, denke ich laut.

Nightenhelser sieht mich an, als wäre ich ein begriffsstutziger Student in einem seiner Proseminare. »Weil sie auf den *Streitwagen* standen, Hockenberry. Zwei Mann pro Wagen. Diomedes hat sie getötet, als sie ihn mit ihren Streitwagen angegriffen haben.«

»Aha«, sage ich peinlich berührt. Meine Aufmerksamkeit gilt nicht den getöteten trojanischen Hauptleuten, sondern Aphrodite. Die Göttin hat ihren Rückzug von den trojanischen Linien soeben unterbrochen; mit dem verwundeten Äneas auf den Armen stolziert sie nun hin und her, deutlich sichtbar für die durcheinanderlaufenden und angsterfüllten Trojaner, die vor

Diomedes fliehen. Aphrodite zwingt die trojanischen Kämpfer mit Stromschlägen und Stößen ihres schimmernden Kraftfelds ins Kampfgetümmel zurück.

Als Diomedes die Göttin sieht, wird er zum Berserker; mit wilden Schwerthieben bahnt er sich seinen Weg durch eine letzte, schützende Linie von Trojanern, um die Göttin selbst zum Kampf zu stellen. Ohne ein Wort zu sagen, hebt er seinen langen Speer. Aphrodite, die immer noch den verwundeten Äneas trägt, baut fast beiläufig ein Kraftfeld auf. Der Angriff eines Sterblichen bereitet ihr offenbar keine Sorgen.

Sie hat vergessen, dass Athene Diomedes modifiziert hat.

Diomedes macht einen Satz nach vorn. Das Kraftfeld der Göttin knistert und gibt nach, der Achäer stürzt sich mit seiner langen Lanze auf sie, und der Schaft und die Widerhaken zerreißen Aphrodites persönliches Kraftfeld, ihre seidenen Gewänder und ihr göttliches Fleisch. Die rasiermesserscharfe Speerspitze schlitzt der Göttin das Handgelenk auf, sodass rote Muskeln und weiße Knochen sichtbar werden. Goldener Ichor – statt rotes Blut – spritzt in die Luft.

Aphrodite starrt die Wunde eine Sekunde lang an, dann schreit sie – ein unmenschlicher Schrei, etwas Gewaltiges und Verstärktes, ein weibliches Kreischen aus der Verstärkerbank eines Rockkonzerts in der Hölle.

Sie taumelt, immer noch schreiend, und lässt Äneas fallen.

Statt nach seinem erfolgreichen Angriff weiter auf Aphrodite einzudringen, zieht Diomedes sein Schwert und macht Anstalten, den bewusstlosen Äneas zu enthaupten.

Phöbus Apollo, der Herr des silbernen Bogens, qtet zwischen den außer Rand und Band geratenen Diomedes und den gestürzten Trojaner und hält den Achäer mit einem pulsierenden, halbkugelförmigen Plasma-Kraftfeld im Zaum. Vom Blutdurst geblendet, schlägt Diomedes mit dem Schwert auf das Kraftfeld ein. Sein eigenes Energiefeld prallt rot auf Apollos gelben Schutzschild. Aphrodite starrt immer noch ihr aufgeschlitztes Handgelenk an, und es sieht so aus, als würde sie dem tobenden Diomedes gleich ohnmächtig vor die Füße fallen. Die Göttin scheint solche Schmerzen zu haben, dass sie sich nicht genug konzentrieren kann, um per Quantenteleportation zu fliehen.

Auf einmal kommt ihr Bruder Ares in einem auffälligen fliegenden Streitwagen daher und schiebt Trojaner wie Griechen gleichermaßen beiseite, als er den Plasma-Fuß des Schiffes ausdehnt, um neben seiner Schwester zu landen. Aphrodite heult und winselt vor Schmerz; sie versucht ihm zu erklären, dass Diomedes den Verstand verloren hat. »Der möchte jetzt wohl mit Vater Zeus kämpfen!«, schreit die Göttin und sinkt dem Kriegsgott in die Arme.

»Kannst du das Ding fliegen?«, fragt Ares.

»Nein!« Jetzt verliert Aphrodite wirklich das Bewusstsein und bricht zusammen. Ihre blutige – oder ichorische – rechte Hand umklammert immer noch die verletzte linke Hand und das Handgelenk. Es ist ein seltsam beunruhigender Anblick. Götter und Göttinnen bluten nicht. Jedenfalls haben sie in den neun Jahren, die ich nun hier bin, noch nie geblutet.

Die Göttin Iris, Zeus' persönliche Botin, materialisiert abrupt zwischen dem Streitwagen und dem Kraftfeld Apollos, der immer noch den zusammengebrochenen Äneas beschützt. Die Trojaner sind mit vorquellenden Augen zurückgewichen, und Diomedes wird von den überlappenden Energiefeldern in Schach gehalten. Im Infrarotbereich strahlt der Achäer Hitze und Wut aus; er ähnelt einem Krieger aus pulsierender Lava.

»Bring sie zu ihrer Mutter«, befiehlt Ares und legt die bewusstlose Aphrodite auf den Boden des Streitwagens. Iris steigt mit dem Energiefahrzeug zum Himmel empor und verschwindet per Phasenverschiebung.

»Erstaunlich«, sagt Nightenhelser.

»Scheiße! Geil! Echt geil!«, erwidere ich. Zum ersten Mal in den über neun Jahren, die ich nun hier bin, habe ich einen erfolgreichen Angriff eines Griechen oder Trojaners auf einen Gott gesehen. Ich drehe mich um und sehe, dass Nightenhelser mich schockiert anstarrt. Ich vergesse manchmal, dass der Scholiker aus einer früheren Dekade stammt. »Fantastisch«, verbessere ich mich.

Ich würde Aphrodite gern auf den Olymp folgen und sehen, was sich zwischen ihr und Zeus abspielt. Homer hat natürlich darüber geschrieben, aber die bisherigen Diskrepanzen zwischen dem Gedicht und den realen Ereignissen hier und heute reichen, um mein Interesse zu wecken.

Ich rücke ein wenig von Nightenhelser ab, der das Geschehen so hingerissen verfolgt, dass er nichts davon bemerkt. Doch als ich gerade den Hades-Helm aufsetzen und die Steuerung des persönlichen QT-Medaillons betätigen will, passiert etwas auf dem Schlachtfeld.

Diomedes stößt einen Kriegsschrei aus, der fast so laut ist wie Aphrodites noch nachhallender Schmerzensschrei, und greift erneut Äneas und Apollo an. Diesmal gelingt es dem aufgerüsteten Achäer, mit seinem nanogestärkten Körper und phasenverschobenen Schwert die äußeren Schichten von Apollos Energieschild zu durchdringen.

Der Gott steht reglos da, während Diomedes sich wie jemand, der unsichtbaren Schnee schaufelt, durch das schimmernde Kraftfeld hackt und schneidet.

Dann ertönt Apollos Stimme, so laut, dass sie noch in drei, vier Kilometer Entfernung zu hören sein muss. »*Hüte dich*, Tydeussohn, und weiche und denk nicht daran, gleich den Göttern zu sein. Denn niemals sind gleichen Geschlechts die unsterblichen Götter und Menschen.« Apollo wächst von seiner ohnehin schon imposanten Statur zu einem über sechs Meter großen Riesen.

Diomedes hält inne und weicht zurück – ob aus einer Aufwallung von Furcht heraus oder aus schierer Erschöpfung, ist nicht zu erkennen.

Apollo bückt sich und trübt die Kraftfelder um sich her und um den am Boden liegenden Äneas. Als der schwarze Nebel sich eine Minute später lichtet, ist der Gott fort, aber Äneas liegt immer noch dort, verwundet, blutend und mit zerschmetterter Hüfte. Die trojanischen Kämpfer eilen herbei und bilden einen Kreis um ihren gestürzten und verlassenen Anführer, bevor Diomedes ihn abschlachten kann.

Aber es ist nicht Äneas, der dort liegt. Ich weiß, dass Apollo ein belastungsfähiges Hologramm zurückgelassen und den echten verwundeten Prinzen auf die Höhen von Pergamos getragen hat, Iliums Burg, wo die Göttinnen Leto und Artemis, Ares' Schwester, Äneas mit ihrer nanotechnischen Göttermedizin das Leben retten und seine Wunden binnen Minuten heilen werden.

Ich bin drauf und dran, zum Olymp zu verschwinden, als Apollo auf einmal zum Schlachtfeld zurückqtet, geschützt vor den Blicken der Sterblichen. Ares, der immer noch Trojaner hinter seinen Schutzschild zusammenruft, blickt auf, als der andere Gott eintrifft.

»Menschentilgender Ares, du Mauerzerstörer, willst du zulassen, dass dieses Stück Hundescheiße dich dermaßen beleidigt?« Unsichtbar für die Achäer zeigt Apollo auf den keuchenden Diomedes, der sich langsam wieder erholt.

»Mich beleidigt? Wodurch hat er mich denn beleidigt?«

»Du Idiot«, donnert Apollo auf Ultraschallfrequenzen, die nur die Götter, die Scholiker und die Hunde in Troja hören können, die als Reaktion darauf ein Furcht einflößendes Geheul anstimmen. »Dieser … dieser *Sterbliche* … hat soeben die Göttin der Liebe angegriffen, deine Schwester, und ihr die Sehnen ihres unsterblichen Handgelenks durchtrennt. Diomedes hat sogar *mich* attackiert, einen der mächtigsten Götter. Athene hat ihn in einen Übermenschen verwandelt, um Ares, den blutbefleckten Kriegsgott, zum Gespött zu machen!«

Ares' Kopf fährt zu dem keuchenden Diomedes herum, der dem Gott keine Beachtung mehr geschenkt hat, seit sein Versuch, die Kraftfelder mit dem Schwert zu durchdringen, fehlgeschlagen ist.

»Er macht sich über mich *lustig*?!«, schreit Ares so laut, dass es jeder von hier bis zum Olymp hören kann. Im Lauf der Jahre ist mir schon aufgefallen, dass Ares für einen Gott ziemlich dumm ist. Heute stellt er es unter Beweis. »Er wagt es, *mich* zu verspotten??!!«

»Töte ihn!«, ruft Apollo, immer noch im Ultraschallbereich. »Schneide ihm das Herz heraus und verspeise es!« Und der Gott des silbernen Bogens qtet davon.

Ares rastet aus. Ich komme zu dem Schluss, dass ich noch nicht wegkann. Ich möchte unbedingt zum Olymp qten, um nachzusehen, wie schwer Aphrodite verwundet ist, aber dies hier ist so interessant, dass ich es auf gar keinen Fall verpassen will.

Als Erstes verwandelt sich der Kriegsgott in Akamas, den flinken Führer der Thraker. Er läuft unter den durcheinanderstolpernden Trojanern hin und her und treibt sie wieder in den Kampf, damit sie die Griechen aus der Frontausbuchtung zurückwerfen, die entstanden ist, als sie Diomedes in die Linien der Trojaner hinein gefolgt sind. Dann morpht Ares zu Sarpedon und verspottet Hektor – der Held bleibt dem Kampf mit seltener Zurückhaltung fern. Beschämt von Sarpedons vermeintlichen Vorwürfen, schließt Hektor sich wieder seinen Männern an. Als Ares sieht, dass Hektor das Gros der trojanischen Kämpfer zusammentrommelt, nimmt der Gott seine eigene Gestalt an und gesellt sich zum Kreis der Kämpfer, die das Hologramm des bewusstlosen Äneas vor den Griechen schützen.

Ich muss gestehen, dass ich in meinen neun Jahren hier noch nie derart heftige Kämpfe gesehen habe. Wenn Homer uns etwas gelehrt hat, dann dass der Mensch ein zerbrechliches Gefäß ist, ein fleischlicher Krug voller Blut und losen Gedärms, der nur darauf wartet, ausgegossen zu werden.

Jetzt wird er ausgegossen.

Die Achäer warten nicht ab, bis Ares wieder Luft bekommt, sondern setzen mit Streitwagen und Speeren zum Sturmangriff an, vorneweg ihre wilden Führer Diomedes und Odysseus. Pferde schreien. Streitwagen splittern und stürzen um. Reiter treiben ihre Rösser in eine Wand aus Speerspitzen und glänzenden Schilden. Diomedes eilt wieder an die Front und ruft seine Männer herbei, während er jeden Trojaner tötet, der in seine Reichweite kommt.

In einem Strudel aus purpurrotem Nebel erscheint Apollo erneut auf dem Schlachtfeld und entlässt den echten Äneas ins Kampfgetümmel. Der junge Mann ist geheilt worden, und mehr noch – ein Leuchten geht von ihm aus wie von dem modifizierten Diomedes, nachdem Athene mit ihm fertig war. Die Trojaner, die sich bereits hinter Hektor sammeln, stoßen beim Anblick ihres wiederauferstandenen Führers ein massenhaftes Jubelgeschrei aus und gehen zum Gegenangriff über.

Jetzt bestimmen Äneas und Diomedes das Kampfgeschehen auf ihrer jeweiligen Seite der Front. Sie töten Gegner en masse, während Apollo und Ares weitere Trojaner ins Gefecht schicken. Ich beobachte, wie Äneas die unvorsichtigen achäischen Zwillinge Orsilochos und Krethon niedermacht.

Menelaos, der sich von seiner Verletzung erholt hat, drängt sich an Odysseus vorbei und stürmt auf Äneas zu. Ich höre Ares lachen. Der Kriegsgott wäre begeistert, wenn Agamemnons Bruder, Helenas wahrer Gatte, der Mann, der seine Frau verlegt und dadurch diesen Krieg angezettelt hat, heute niedergestreckt werden würde. Äneas und Menelaos nähern sich einander auf Armeslänge, und die anderen Kämpfer weichen aus Respekt vor der *Aristie* zurück. Die beiden Recken stoßen mit ihren Lanzen zu und fintieren, stoßen zu und fintieren.

Auf einmal springt Nestors Bruder Antilochos, ein guter Freund des fast schon vergessenen Achilles, nach vorn und steht Schulter an Schulter mit Menelaos. Offenbar fürchtet er, dass die griechische Sache mit ihrem Anführer stirbt, wenn er nicht eingreift.

Mit zwei legendären Männertötern statt nur einem konfrontiert, weicht Äneas zurück.

Zweihundert Meter östlich von diesem Kampf ist Hektor mit solcher Wildheit in die achäischen Linien vorgedrungen, dass sogar Diomedes mit seinen Männern den Rückzug antritt. Zweifellos sieht Diomedes mit seinem gesteigerten Sehvermögen den für die anderen unsichtbaren Ares an Hektors Seite kämpfen.

Ich will immer noch weg, um nach Aphrodite zu sehen, aber ich kann mich einfach nicht losreißen. Ich sehe, dass Nightenhelser sich auf seinem Ansible-Recorder wie wild Notizen macht. Das bringt mich zum Lachen, weil die Tausende edler Trojaner und Argeier, die hier kämpfen, alle so wenig lesen und schreiben können wie zweijährige Kinder. Wenn sie Nightenhelsers Gekritzel fänden, würde es für diese Männer – selbst wenn es Griechisch wäre – rein gar nichts bedeuten.

Jetzt greifen sämtliche Götter ins Geschehen ein.

Hera und Athene flimmern wieder ins Dasein; Zeus' Gemahlin drängt Athene erkennbar, sich am Kampf zu beteiligen. Athene leistet keinen Widerstand. Hebe, die Göttin der Jugend und Dienerin der älteren Götter, saust in einem fliegenden Streitwagen herab; Hera ergreift die Zügel, und Athene springt ebenfalls auf, legt ihr Gewand ab und schnallt sich den Brustharnisch um. Athenes Panzerhemd schimmert. Sie hebt einen knisternden, leuchtend gelben und rot pulsierenden Energieschild, und ihr Schwert schickt Blitzstrahlen zur Erde.

»Schauen Sie!«, ruft Nightenhelser mir über den Kampfeslärm hinweg zu. Im Norden zucken echte Blitze, und eine sich emportürmende Bank dunkler Stratokumuluswolken ragt zwölftausend Meter oder höher in den heißen Nachmittagshimmel. Auf einmal nimmt die Wolke die Gestalt und das Antlitz von Zeus an.

»AUF DENN, WEIB UND TOCHTER«, donnert es aus diesem Gewitterturm. *»FINDE HERAUS, ATHENE, OB DU DEM KRIEGSGOTT EBENBÜRTIG BIST. BRING IHN ZU FALL, WENN DU KANNST!«*

Tief hängende schwarze Wolken brodeln über dem Schlachtfeld, Regen und Blitze prasseln auf Trojaner und Argeier gleichermaßen hernieder.

Hera schießt mit dem Streitwagen im Tiefflug über die Köpfe der Griechen hinweg und geht dann noch ein wenig tiefer, mäht die Trojaner nieder wie Kegel aus Leder und Bronze.

Athene springt auf einen echten Streitwagen zu dem erschöpften, blutbesudelten Diomedes und seinem getreuen Lenker Sthenelos hinunter. *»War das schon alles für diesen Tag, Sterblicher?«*, schreit sie Diomedes an, und das letzte Wort trieft vor Sarkasmus. *»Wie wenig gleichst du deinem Vater, dass du innehältst, wenn deine Gegner derart das Feld beherrschen?«* Sie zeigt auf den Frontabschnitt, wo Hektor und Ares gerade die Griechen zurücktreiben.

»Göttin«, keucht Diomedes, »der unsterbliche Ares beschützt Hektor, und …«

»BESCHÜTZE ICH DICH ETWA NICHT?«, brüllt Athene, die – viereinhalb Meter groß und weiter wachsend – über Diomedes aufragt, dessen Glanz zunehmend verblasst.

»Schon, Göttin, aber …«

»Diomedes, du meiner Seele Geliebter, erschlage diesen Trojaner und den Gott, der ihn beschützt!«

Diomedes macht ein verblüfftes, ja, erschrockenes Gesicht. »Wir Sterblichen dürfen keinen Gott töten …«

»Wo steht das geschrieben?«, dröhnt Athene. Sie beugt sich über Diomedes und injiziert ihm etwas Neues, lässt Energie aus ihrem persönlichen Götterfeld in seines fließen. Die Göttin packt den unglücklichen Sthenelos und wirft ihn aus dem Wagen, sodass er zehn Meter weit durch die Luft fliegt. Sie ergreift die Zügel von Diomedes' Streitwagen und treibt die Pferde mit der Peit-

sche voran, direkt auf Hektor, Ares und das gesamte trojanische Heer zu.

Diomedes hebt seine Lanze, als hätte er wirklich und wahrhaftig vor, einen Gott zu töten.

Und Aphrodite will mich benutzen, um ihrerseits Athene zu töten, denke ich, und mein Herz rast vor Aufregung und Furcht. Womöglich nehmen die Dinge hier auf der Ebene von Ilium bald einen ganz anderen Verlauf, als Homer vorausgesagt hat.

12 Über dem Asteroidengürtel

Das Schiff begann mit dem Bremsmanöver, sobald es die Magnetosphäre des Jupiter verlassen hatte, sodass es für den großen ballistischen Bogen über die Ebene der Ekliptik zum Mars auf der anderen Seite der Sonne nicht Stunden, sondern mehrere Standardtage brauchen würde. Das war gut für Mahnmut und Orphu von Io, weil sie eine Menge zu besprechen hatten.

Kurz nach ihrem Aufbruch verkündeten Ri Po und Koros III. im vorderen Kontrollmodul, sie würden nun das Borsegel ausfahren. Mahnmut beobachtete über die Sensoren des Schiffes, wie sich das kreisrunde Segel entfaltete, von acht Buckyseilen gehalten, in sieben Kilometer Entfernung hinter ihnen herschwebte und sich dann zu seinem vollen Fünf-Kilometer-Radius aufblähte. Für Mahnmut sah es durch die Objektive der Heckkameras aus wie ein aus dem Sternenfeld geschnittener schwarzer Kreis.

Orphu von Io verließ seine Krippe am Rumpf und krabbelte wie ein Königskrabben-Quasimodo das Hauptseil entlang, über den Solenoid-Torus und dann an den Halteseilen hinaus, prüfte alles, zupfte an allem, schoss sich mit seinen Steuerdüsen über die Segelfläche hinweg und suchte nach Löchern, Rissen oder Defekten. Als er keine Mängel fand, kehrte er zum Schiff zurück. In der Schwerelosigkeit waren seine Bewegungen von einer seltsamen, gebieterischen Eleganz.

Koros III. gab Anweisung, die modifizierte Matloff-Fennelly-Magnetschaufel zu aktivieren, und Mahnmut spürte und zeichnete auf, wie sich die Schiffsenergien änderten, als das Gerät am Bug ein Schaufelfeld mit einem Radius von 1400 Kilometern erzeugte, freie Ionen sammelte und sich darauf konzentrierte, den Sonnenwind einzufangen.

Wie lange dauert es, damit so weit abzubremsen, dass wir beim Mars zum Stillstand kommen?, fragte Mahnmut auf dem gemeinsamen Kanal. Er dachte, Orphu würde ihm antworten.

Stattdessen meldete sich jedoch der herrische Koros III. *Bei sinkender Geschwindigkeit des Schiffes und wachsendem Wirkungsbereich der Schaufel, wobei die Segeltemperatur den Schmelzpunkt von zweitausend Grad Kelvin nicht übersteigen darf, beträgt die Masse des Schiffes 4 × 10 hoch 6. Folglich wird das Manöver, mit dem wir unsere gegenwärtige Geschwindigkeit von 0,1992 c auf 0,001 c – den Punkt des unelastischen Stoßes – reduzieren, 23,6 Standardjahre dauern.*

Dreiundzwanzig Komma sechs Standardjahre!, rief Mahnmut auf dem gemeinsamen Kanal. Das war mehr Zeit für Gespräche, als er erwartet hatte.

Dadurch würden wir allerdings nur auf eine immer noch beträchtliche Geschwindigkeit von dreihundert Kilometern pro Sekunde abbremsen, sagte Koros III. *Ein Tausendstel Lichtgeschwindigkeit an unserem Zielpunkt im inneren Planetensystem ist nicht gerade wenig.*

Klingt, als würde es eine harte Landung auf dem Mars werden, sagte Mahnmut.

Orphu ließ ein rumpelndes Schnauben hören.

Der callistanische Navigator meldete sich zu Wort. *Wir sind nicht nur auf die Bremswirkung des Ionen-Borsegels angewiesen, Mahnmut. In Wirklichkeit dauert die Reise nicht ganz elf Standardtage. Und unsere Geschwindigkeit beim Eintritt in den Marsorbit wird weniger als sechs Kilometer pro Sekunde betragen.*

Schon besser, sagte Mahnmut. Er befand sich in der Kontrollwiege der *Dark Lady*, aber all seine vertrauten Sensoren und Anzeigen waren dunkel. Es war seltsam, alle Daten außer denen des eigenen Lebenserhaltungssystems von den Sensoren des größeren Schiffes zu bekommen. *Woran liegt das?*

Am Sonnenwind, sagte Orphu über die feste Kabelverbindung zur Rumpfkrippe. *Seine Geschwindigkeit beträgt hier draußen durchschnittlich dreihundert Kilometer pro Sekunde, und er hat eine Ionendichte von zehn hoch sechs Protonen pro Kubikmeter. Wir sind mit einer halben Tankfüllung Jupiter-Wasserstoff und einer Viertel Tankfüllung Deuterium gestartet, und mit der Matloff-Fennelly-Schaufel werden wir aus dem Sonnenwind noch mehr Wasserstoff und Deuterium gewinnen. Nach dem Vorbeiflug an der Sonne zünden wir die vier Fusionstriebwerke am Bug. Dann beginnt das eigentliche Bremsmanöver.*

Ich kann's gar nicht erwarten, sagte Mahnmut.

Ich auch nicht, erwiderte Orphu von Io. Er gab wieder das rumpelnde Schnauben von sich. Mahnmut dachte, dass der riesige Moravec entweder gar keinen oder einen äußerst scharfen Sinn für Ironie hatte.

Während das Schiff in einer Höhe von rund 140 Millionen Kilometern über den Asteroidengürtel hinwegflog, las Mahnmut *A la recherche du temps perdu*, Prousts *Auf der Suche nach der verlorenen Zeit.*

Orphu hatte die französische Sprache in all ihren klassischen Feinheiten zusammen mit dem Roman und biografischen Informationen über Proust heruntergeladen, aber Mahnmut las das Buch schließlich in fünf englischen Übersetzungen, denn Englisch war die untergegangene Sprache, auf die er sich bei seinen Studien in den vergangenen anderthalb E-Jahrhunderten konzentriert hatte, und er fühlte sich wohler, wenn er Literatur darin beurteilte. Orphu hatte geschmunzelt, als er das hörte, und den kleineren Moravec daran erinnert, dass es ein Fehler war, Proust mit Mahnmuts geliebtem Shakespeare zu vergleichen, da sie in ihrer Substanz so verschieden waren wie ihre eigenen, vertrauten Jupitermonde und die steinige, terrageformte Welt im inneren Planetensystem, zu der sie unterwegs waren, aber Mahnmut las das Werk trotzdem noch einmal auf Englisch.

Als er fertig war, konnte er es gar nicht erwarten, in den Dialog einzutreten, obwohl er wusste, dass es nur eine kursorische Mehrfachlektüre gewesen war. Darum nahm er Kontakt zu Orphu auf – per Engstrahl, weil der ionische Moravec sich gerade nicht in seiner Krippe befand; er prüfte wieder die Borsegelseile. Weil das Schiff immer stärker abbremste, war er diesmal mit Halteleinen gesichert.

Ich weiß nicht, sagte Mahnmut. *Ich seh's einfach nicht. Mir kommt das alles vor wie die gekünstelten Grübeleien eines Ästheten.*

Eines Ästheten? Orphu drehte einen seiner Kommunikationsstiele in den Engstrahl, während seine Manipulatoren und Flagellen damit beschäftigt waren, eine Seilverbindung zu schweißen. Für Mahnmut, der über die Heckkamera zuschaute, sah der weiße Schweißbogen wie ein Stern vor dem schwarzen Segel hinter Orphus ungeschlachter Masse aus. *Mahnmut, sprichst du von Proust oder seinem Marcel-Erzähler?*

Gibt's da einen Unterschied? Noch während er die sarkastische Frage stellte, wusste Mahnmut, dass er unfair war. Er hatte Orphu im letzten Dutzend E-Jahre Hunderte – ach was!, Tausende – von E-Mails geschickt, in denen er ihm den Unterschied zwischen dem Dichter namens »Will« in den Sonetten und dem historischen Künstler namens Shakespeare erklärt hatte. Proust – so langweilig und undurchschaubar er sein mochte – war vermutlich genauso komplex, was die Identität des Autors und der Figuren betraf.

Orphu von Io ignorierte die Frage. *Gib zu, dass dir Prousts Humor gefallen hat. In erster Linie ist er nämlich ein Humorist.*

Humor? Ich habe nicht viel Komik in dem Werk entdeckt. Diesmal meinte er es ernst. Der menschliche Humor war ihm oder den Moravecs keineswegs fremd; schon die allerersten zu eigenständiger Weiterentwicklung befähigten, nur andeutungsweise empfindungsfähigen Raumfahrtroboter, die die Menschheit vor der Rubikon-Pandemie erschaffen und losgeschickt hatte, waren auf das Verständnis von Humor programmiert gewesen. Ohne

Humor wäre keine echte Zweiweg-Kommunikation mit Menschen möglich gewesen. Humor war so menschlich wie Wut, Logik, Eifersucht oder Stolz – alles Elemente, die ihm in Prousts unendlich langem Roman aufgefallen waren und die er sich gemerkt hatte. Aber Proust als Humorist und seine Protagonisten als Figuren einer Komödie? Mahnmut sah es nicht, und wenn Orphu recht hatte, war das ein ziemlich großer blinder Fleck. Mahnmut hatte immerhin Jahrzehnte damit verbracht, den Wortspiel-Humor und die Satire in den Stücken des Barden zu suchen, und er hatte sogar die winzigsten Ironien in Shakespeares Sonetten aufgespürt.

Hör zu, sagte Orphu, während er mit pulsierenden Steuerdüsen an einem der straffen Buckyseile zum Schiff zurückkrabbelte. *Lies noch einmal diesen Abschnitt aus »Eine Liebe von Swann«. Hier bietet der der treulosen und launenhaften Odette hörige Swann sein ganzes Geschick als emotionaler Erpresser auf, um sie daran zu hindern, ohne ihn ins Theater zu gehen. Achte auf den Humor, der darin steckt, mein Freund.* Er lud Text herunter.

»Ich schwöre dir«, sagte er ein paar Minuten, bevor sie zum Theater aufbrach, »als ich dich bat, nicht auszugehen, wünschte ich mir für mich selbst von Herzen, du würdest ablehnen, denn ich habe heute Abend tausend andere Dinge vor, und es wäre für mich sehr schwierig und eher ärgerlich gewesen, wenn du entgegen allen Erwartungen geantwortet hättest, du gingest nicht. Aber es kommt ja nicht nur auf meine Pläne und Vergnügungen an, ich muss auch an dich denken. Du erlebst vielleicht eines Tages, dass ich mich für immer von dir trenne, und dann würdest du mir zu Recht einen Vorwurf daraus machen, dass ich dich nicht in den entscheidenden Stunden gewarnt habe, wo ich fühlte, dass ich drauf und dran war, über dich eines jener gestrengen Urteile zu fällen, denen die Liebe nicht lange standhält. Siehst du, *Une Nuit de Cléopâtre* (was für ein Titel!) spielt dabei an sich gar keine Rolle. Was ich aber wissen muss, ist, ob du wirklich auf einer so niedrigen geistigen Stufe stehst, ob du ein so schändliches Wesen bist, so untergeordnet in jedem Sinne, dass du auf ein Vergnügen nicht verzichten kannst. Wenn das so ist, wie könnte man dich dann lieben, denn dann bist du ja nicht einmal eine wirkliche Person, ein deutlich, eindeutig bestimmtes Geschöpf, wenn auch unvollkommen, so doch möglicherweise zu vervollkommnen? Du bist wie gestaltloses Wasser, das immer dahin rinnt, wo es nach unten geht, ohne Erinnerungsvermögen und mit dem Verstand eines Aquarienfischs, der hundertmal am Tage gegen die Scheibe stößt, die er immer wieder für Wasser hält. Begreifst du nicht, dass deine Antwort zur Folge haben wird, dass ich dich – ich will nicht sagen, auf der Stelle zu lieben aufhöre, natürlich – aber doch weniger verführerisch finde, wenn ich nämlich einsehen muss, dass du kein selbständiger Mensch bist, dass du tiefer stehst als alle Dinge und dich über nichts erheben kannst? Natürlich hätte ich dich lieber, ohne eine Wichtigkeit daraus zu machen, darum gebeten, auf *Une Nuit de Cléopâtre* (da ich ja dir zuliebe meine Lippen mit diesem unmöglichen Titel besudeln muss) zu verzichten, in der stillen Hoffnung, dass du doch gehen würdest. Da ich aber weiß, dass ich deiner Antwort solche Bedeutung beilegen und so schwerwiegende Konsequenzen daraus ziehen werde, fand ich es loyaler, dich vorher darauf aufmerksam zu machen.«

Odette gab bereits seit ein paar Sekunden Zeichen der Betroffenheit und Unsicherheit von sich. Wenn ihr auch der eigentliche Sinn dieser Rede entging, so begriff sie doch, dass sie offenbar zu jener Art von Vorhaltungen oder Szenen gehörte, aus deren Vorwürfen und Beschwörungen sie bei ihrer Übung im Umgang mit Männern, ohne auf Einzelheiten Acht zu geben, zu schließen gelernt hatte, dass diese sie ihr nicht halten würden, wenn sie nicht verliebt in sie wären, und dass sie selbst, gerade weil sie verliebt in sie waren, es nicht nötig hatte, darauf einzugehen, denn sie waren es bestimmt hinterher nur noch mehr. So hätte sie auch Swanns Erörterungen mit der größten Ruhe angehört, wenn sie nicht gesehen hätte, wie die Zeit verging, und dass sie, wenn er auch nur kurze Zeit weiterredete, wie sie ihm mit einem zärtlichen, hartnäckigen und verschämten Lächeln zu verstehen gab, »noch die Ouvertüre versäumen würde!«

Im engen, luftgefüllten Kontrollraum der *Dark Lady* brach Mahnmut in schallendes Gelächter aus. Jetzt sah er es. Der Humor war herrlich. Beim ersten Lesen dieser Passage hatte er sich auf das menschliche Gefühl der Eifersucht und auf den offensichtlichen Versuch dieses Swann konzentriert, das Verhalten der Frau namens Odette zu manipulieren. Jetzt war es … klar.

Danke, sagte er zu Orphu, als der sechs Meter lange, krebsförmige Moravec sich gerade in seiner Rumpfkrippe niederließ. *Jetzt höre ich den Humor heraus, glaube ich. Er gefällt mir. Der Ton, die Sprache und die Struktur sind anders als bei Shakespeare, aber etwas ist – genauso.*

Die obsessive Beschäftigung mit der Frage, was es heißt, ein Mensch zu sein, behauptete Orphu. *Dein Shakespeare betrachtet alle Facetten des menschlichen Wesens in der Reaktion der Menschen auf Ereignisse und stößt durch Figuren, die als Handlungen definiert sind, zum tiefsten Innern vor. Prousts Figuren tauchen tief in die Erinnerung ein und entdecken dort dieselben Facetten. Vielleicht hat dein Barde mehr Ähnlichkeit mit Koros III., unserem Expeditionsleiter. Mein sanfter Proust ist mehr wie du – eingehüllt in den Kokon der* Dark Lady, *tauchst du in die Tiefe und erforschst die Geografie von Riffen, den harten Boden, andere Lebewesen und die ganze Welt per Echolot.*

Mahnmut dachte mehrere volle Nanosekunden lang darüber nach. *Ich weiß nicht, wie dein Proust diese Frage beantwortet hat – oder vielmehr, wie er* versucht *hat, sie auf andere Weise als durchs Eintauchen in Erinnerungen zu beantworten.*

Nicht nur in Erinnerungen, Mahnmut, mein Freund, sondern auch in die Zeit.

Einige Dutzend Meter entfernt, geschützt von dem nahezu unverwundbaren und undurchdringlichen Doppelrumpf seines U-Boots und des Schiffes, in dem es untergebracht war, hatte Mahnmut das Gefühl, dass der Ionier die Hand ausgestreckt und ihn auf eine persönliche – und tiefgründige – Weise berührt hatte.

Die Zeit ist von der Erinnerung getrennt, sagte Mahnmut leise auf ihrem privaten Kanal – eigentlich redete er mit sich selbst –, *aber ist die Erinnerung jemals von der Zeit getrennt?*

Genau!, dröhnte Orphu. *Genau. Prousts Protagonisten – vor allem der »Ich«- oder »Marcel«-Erzähler, aber auch unser armer Swann – haben vier Chancen, das komplizierte Puzzle des Lebens zu enträtseln und zusammenzusetzen. Ihre vier Versuche schlagen fehl, aber der Geschichte selbst gelingt es irgendwie, obwohl ihre Erzähler und sogar ihr Autor scheitern!*

Mahnmut dachte eine Weile schweigend darüber nach. Er sah sich die Bilder einer Außenkamera nach der anderen an, betrachtete die komplexen Strukturen des Schiffes und sein Furcht einflößendes kreisrundes Segel »unten« in Richtung der Steinbrocken, des Gürtels. Er schaltete das Bild mit einem mentalen Befehl auf volle Vergrößerung, und da war er.

Ein einsamer Asteroid taumelte vor der Schwärze dahin. Es bestand keine Gefahr, dass er sie treffen würde. Nicht nur, weil sich ihr Schiff 150 Millionen Kilometer über der Ebene der Ekliptik befand und den Gürtel in rasendem Tempo passierte, sondern auch, weil dieser Asteroid – er befragte Ri Pos Astrogationsbänke und identifizierte den Steinbrocken als Gaspra – sich von ihnen entfernte. Trotzdem war er eine ziemlich große Mini-Welt – seine Maße betrugen 20 × 16 × 11 Kilometer, wie den eingeblendeten Daten zu entnehmen war –, und die Vergrößerung, die dem Anblick bei einem Vorbeiflug in etwa 16 000 Kilometer Entfernung entsprach, zeigte ein unregelmäßiges, massiges Gebilde von der Form einer spitzen Kartoffel mit einem komplizierten Kraterbildungsmuster. Noch interessanter waren die offensichtlich künstlichen Elemente im Bild – schnurgerade, in den Stein gemeißelte Linien, schimmernde Lichter in dunklen Kratern, deutlich erkennbare Anordnungen von Lichtquellen auf der abgeplatteten »Nase« des Asteroiden.

Steinvecs, sagte Orphu leise. Er sah sich offenbar dieselbe Bildquelle an. *Es gibt ein paar Millionen von ihnen im Gürtel.*

Sind sie so feindselig, wie immer behauptet wird? Kaum hatte er die Frage gesendet, fürchtete Mahnmut, sie könnte ihn zum Angsthasen abstempeln.

Keine Ahnung. Aber ich nehme es an – sie haben sich in einer viel stärker von Kampf und Konkurrenz geprägten Kultur als der von uns geschaffenen entwickelt. Angeblich fürchten und verabscheuen sie die Nachmenschen und haben einen ausgesprochenen Hass auf uns äußere Moravecs. Koros III. kann dir vielleicht sagen, ob die Legenden über ihre Bösartigkeit der Wahrheit entsprechen.

Koros? Wieso das?

Nur wenige Moravecs wissen es, aber vor ungefähr sechzig E-Jahren hat er im Auftrag von Asteague/Che und dem Fünf-Monde-Konsortium eine Expedition zu den Steinbrocken geleitet. Neun Moravecs haben ihn begleitet. Nur drei davon sind zurückgekehrt.

Mahnmut dachte einen Augenblick darüber nach. Er wünschte, er wüsste mehr über Waffen; wenn die Steinvecs sie töten wollten, besaßen sie eine Energiewaffe oder eine hyperkinetische Rakete, die dieses Schiff treffen konnte? Wohl kaum – nicht bei ihrer augenblicklichen Geschwindigkeit von fast einem Fünftel der Lichtgeschwindigkeit. Mahnmut fragte Orphu: *Auf welchen vier Wegen haben Prousts Figuren das Rätsel des Lebens zu lösen versucht – und sind gescheitert?*

Der große Weltraum-Moravec räusperte sich. *Erstens haben sie instinktiv die Fährte zu verschiedenen Ausprägungen des Adels, zu Titeln und Geburtsrecht aufgenommen,* sagte Orphu. *Marcel, der Erzähler, probiert es ungefähr zweitausend Seiten lang auf diesem Weg. Er glaubt zumindest in den höheren Schichten der Aristokratie auf Charakteradel zu stoßen. Aber er findet keinen.*

Bloß Snobismus, sagte Mahnmut.

Nicht bloß *Snobismus, mein Freund,* gab Orphu zurück. Auf ihrem privaten Kanal wurde seine dröhnende Stimme immer lebhafter. *Für Proust war Snobismus der Kleister, der die Gesellschaft – jede Gesellschaft, zu jeder Zeit – zusammenhält. Er beschäftigt sich das ganze Buch hindurch mit all seinen Spielarten. Er wird seiner Erscheinungsformen niemals überdrüssig.*

Ich schon, sagte Mahnmut leise und hoffte, dass er den Freund mit seiner Ehrlichkeit nicht beleidigte.

Orphus rumpelndes Gelächter, das sogar per Funk im Infraschallbereich vibrierte, bewies es ihm.

Welches war der zweite Weg, auf dem er das Rätsel des Lebens zu lösen versuchte?, fragte Mahnmut.

Die Liebe, antwortete Orphu.

Die Liebe?, wiederholte Mahnmut. In den über dreitausend Seiten der *Suche nach der verlorenen Zeit* war jede Menge Liebe vorgekommen, aber sie war ihm immer so … hoffnungslos erschienen.

Die Liebe, dröhnte Orphu. *Geistige Liebe und körperliche Lust.*

Du meinst die geistige Liebe, die Marcel – und Swann wohl auch – für ihre Angehörigen empfanden, für Marcels Großmutter?

Nein, Mahnmut – ich meine die Zuneigung zu vertrauten Dingen, zur Erinnerung selbst und zu den Menschen, die zum Reich der vertrauten Dinge gehören.

Mahnmut warf einen Blick auf den dahintaumelnden Asteroiden namens Gaspra. Ri Pos Dateneinblendung zufolge brauchte Gaspra ungefähr sieben Standardstunden, um sich einmal vollständig um seine Achse zu drehen. Mahnmut fragte sich, ob ein solcher Ort bei ihm – oder irgendeinem empfindungsfähigen Wesen – jemals ein Gefühl der Vertrautheit, ein Gefühl der Zuneigung auslösen könnte. *Nun ja, die dunklen Meere Europas tun es.*

Pardon?

Mahnmut spürte, wie seine organischen Schichten prickelten, als ihm zu Bewusstsein kam, dass er auf dem privaten Kanal laut gesprochen hatte. *Ach, nichts. Warum hat die Liebe nicht zur Lösung des Rätsels geführt?*

Weil Proust wusste – und seine Figuren herausfanden –, dass weder die Liebe noch ihr edlerer Verwandter, die Freundschaft, jemals die Entropiemesser der Eifersucht, der Langeweile, der Vertrautheit und des Egoismus überlebt, sagte Orphu, und zum ersten Mal, seit sie direkt miteinander kommunizierten, glaubte Mahnmut, einen Hauch von Traurigkeit in der Stimme des großen Moravec zu hören.

Niemals?

Niemals. Orphu stieß einen tiefen, rumpelnden Seufzer aus. *Erinnerst du dich an die letzten Zeilen von »Eine Liebe von Swann«? – »Wenn ich denke, dass ich mir Jahre meines Lebens verdorben habe, dass ich sterben wollte, dass meine größte Liebe einer Frau galt, die mir nicht gefiel, die nicht mein Genre war!«*

Das ist mir aufgefallen, sagte Mahnmut, *aber da wusste ich noch nicht, ob das furchtbar komisch oder schrecklich bitter oder unsäglich traurig sein sollte. Was war es denn?*

Alles drei, mein Freund, sagte Orphu von Io. *Alles drei.*

Und welches war der dritte Weg von Prousts Figuren zum Rätsel des Lebens?, fragte Mahnmut. Er steigerte die O_2-Zufuhr in seine Kammer, um die Spinnwebfäden der Traurigkeit wegzublasen, die sich in seinem Herzen zu sammeln drohten.

Heben wir uns den für ein andermal auf, sagte Orphu. Vielleicht spürte er, in welcher Stimmung sein Gesprächspartner war. *Koros III. wird den Schaufelradius erweitern, und es könnte ganz amüsant sein, sich das Feuerwerk in den Röntgenspektren anzuschauen.*

Sie passierten die Umlaufbahn des Mars, aber dort war nichts zu sehen; der Mars befand sich auf der anderen Seite der Sonne. Einen Tag später kreuzten sie die Umlaufbahn der Erde, aber von der war ebenfalls nichts zu sehen; sie kreiste ein gutes Stück entfernt auf ihrer Bahn in der Ebene der Ekliptik tief unten. Als einziger Planet war der Merkur deutlich auf den Monitoren sichtbar, als sie über ihn hinwegschossen, aber da füllte das Tosen und Lodern der Sonne bereits sämtliche Bildschirme.

Als sie in einem Perihel von nur 97 Millionen Kilometer über die Sonne hinwegflogen – Strahlenfäden trugen Hitze heran –, wurde das Borsegel zusammengefaltet, eingeholt und in seiner Heckkuppel verstaut. Orphu half bei dem automatischen Vorgang, und Mahnmut beobachtete auf den Bildschirmen des Schiffes, wie sein Freund hin und her flog; seine Narben und Beulen waren im gleißenden Sonnenlicht gut zu erkennen.

Zwei Stunden vor der geplanten Zündung der Fusionstriebwerke lud Koros III. zu Mahnmuts Überraschung alle zu einer Versammlung im Kontrollraum-Modul in der Nähe der Magnetschaufelhörner ein.

Es gab keine Gänge im Innern des Schiffes. Dem Plan zufolge sollte Koros an Seilen und Haltegriffen entlang zur *Dark Lady* überwechseln, sobald das Bremsmanöver abgeschlossen war und das Schiff sich in der Umlaufbahn um den Mars befand. Mahnmut war nicht gerade begeistert von der Vorstellung, sich nun in umgekehrter Richtung am Rumpf entlang zum Kontrollraum hangeln zu müssen.

Weshalb sollen wir uns leibhaftig versammeln, um miteinander zu reden?, fragte er Orphu auf ihrem privaten Kanal. *Und du passt sowieso nicht ins Kontrollraum-Modul.*

Ich kann draußen schweben, euch alle durchs Bullauge beobachten und per Kabelverbindung zum Kontrollmodul eine sichere Kommunikationsleitung herstellen.

Wieso ist das besser, als über den gemeinsamen Kanal zu konferieren?

Das weiß ich nicht, sagte Orphu, *aber wir zünden die Triebwerke in hundertvierzehn Minuten, also was hältst du davon, wenn ich zum Laderaum des Schiffes komme und dich abhole?*

So geschah es. Mahnmut hatte natürlich keine Probleme mit dem Vakuum und mit harter Strahlung, aber der Gedanke, vom Schiff getrennt zu werden und irgendwie allein zurückzubleiben, hatte ihn nervös gemacht. Orphu holte ihn an der Laderaumluke ab, und Mahnmut erhaschte einen unvergesslichen Blick auf die *Dark Lady*, die, grell erleuchtet von den blendenden Sonnenstrahlen, im Laderaum des Raumschiffs steckte wie ein Salzhai im Bauch eines Kraken.

Der Ionier brachte Mahnmut mit seinen Manipulatoren in einer geschützten Mulde in seinem Panzer unter und sicherte sich mit Leitseilen für den Flug um den dunklen Bauch des Schiffes herum und an seinen mit Trägern und Wulsten versehenen Rippen sowie dem oberen Rumpf entlang nach vorn. Mahnmut warf einen raschen Blick auf die kugelförmigen Fusionstriebwerke, die wie aus einem nachträglichen Konstruktionseinfall heraus am Bug angebracht worden waren, und schaute auf die Uhr – noch eine Stunde und vier Minuten bis zur Zündung.

Mahnmut musterte das Supertarnmaterial, mit dem das Schiff vollständig überzogen war, eine pechschwarze, poröse, nichtreflektierende Umhüllung, die es bis auf die Fusionstriebwerke, das Borsegel und andere entbehrliche Komponenten theoretisch unsichtbar machte – für das Auge wie auch für Radar, Tiefenradar, Gravitonenreflektion, Infrarot, UV und Neutrinosonden. *Aber was nützt das, wenn wir zwei Tage lang auf vier Fusionsflammensäulen hereinkommen?*

Der Kontrollraum besaß eine Luftschleuse. Mahnmut half Orphu, seine abgeschirmte Kabelverbindung anzuschließen, dann stieg er durch die Schleuse ein und stellte wieder auf die altmodische Luftatmung um.

»Dieses Schiff hat eine Ladung Waffen an Bord«, sagte Koros III. ohne jede Einleitung. Er sprach die Worte laut in die Luft. Seine Facettenaugen und die schwarze, humanoide Gestalt reflektierten die roten Halogenlichter.

Der dritte Moravec in dem kleinen, luftgefüllten Kontrollraum – Ri Po, der winzige Callistaner – nahm den Platz am dritten Punkt des Moravec-Dreiecks ein.

Hast du das gehört?, fragte Mahnmut lautlos auf seinem privaten Kanal zu Orphu. Der riesige Ionier war draußen vor den Bugfenstern zu sehen.

O ja.

»Warum erzählst du uns das jetzt?«, wandte sich Mahnmut an Koros III.

»Ich fand, ihr beide – du und der Ionier – hättet ein Recht, es zu erfahren. Schließlich steht hier eure Existenz auf dem Spiel.«

Mahnmut sah den Navigator an. »Wusstest du über die Waffen Bescheid?«

»Ich wusste von den ins Schiff eingebauten Abwehrwaffen«, antwortete Ri Po. »Aber bis jetzt war mir nicht klar, dass auch Waffen auf den Mars gebracht werden sollten. Es war allerdings eine logische Vermutung.«

»Auf den Mars«, wiederholte Mahnmut. »Im Laderaum der *Dark Lady* sind Waffen.« Es war eigentlich keine Frage.

Koros III. nickte, das uralte humanoide Zeichen der Bestätigung.

»Was für welche?«, wollte Mahnmut wissen.

»Es ist mir nicht gestattet, darüber Auskunft zu geben«, erklärte der hochgewachsene Ganymeder steif.

»Und mir ist es vielleicht nicht gestattet, Waffen in meinem U-Boot zu transportieren«, fauchte Mahnmut.

»In diesem Punkt hast du keine Wahl«, sagte Koros III. Seine Stimme klang eher traurig als herrisch.

Mahnmut schäumte vor Wut.

Er hat recht, sagte Orphu, und Mahnmut stellte fest, dass der Ionier sich auf dem öffentlichen Kanal zu Wort gemeldet hatte. *Keiner von uns hat im Moment eine Wahl. Wir müssen weitermachen.*

»Warum erzählt er es uns dann?«, fragte Mahnmut erneut.

Diesmal antwortete Ri Po. »Wir überwachen den Mars, seit wir die Sonne passiert haben. Aus dieser Distanz bestätigen unsere Instrumente die Quantenaktivität, die wir bereits vom

Jupiterraum aus bemerkt haben – aber sie ist um ein Vielfaches höher als vermutet. Diese Welt stellt eine Gefahr für das gesamte Sonnensystem dar.«

Wieso?, fragte Orphu. *Die Nachmenschen haben in ihren Orbitalstädten um die Erde jahrhundertelang mit der Quantenverschiebung experimentiert.*

Koros III. schüttelte auf seine drollige, menschliche Weise den Kopf, obwohl »drollig« kein Wort war, das Mahnmut beim Anblick der hochgewachsenen, glänzend schwarzen Gestalt mit ihren schimmernden Fliegenaugen in den Sinn gekommen wäre. »Aber nicht in diesem Umfang«, sagte der Expeditionsleiter. »Die gegenwärtigen Quantenphasenverschiebungen auf dem Mars sind von ihrem Ausmaß her gleichbedeutend mit einem Loch, das ins Raum-Zeit-Gewebe gerissen wird. Es ist nicht stabil. Das ist keine sinnvolle Nutzung der Quantentechnologie.«

Hat das etwas mit den Voynixen zu tun?, fragte Orphu. Die Kenntnisse der meisten Jupiter-Moravecs über die sagenhaften Voynixe beschränkten sich darauf, dass von der Erde beispiellose Quantenphasenverschiebungsaktivitäten ausgegangen waren, als diese Geschöpfe in abgehörten Neutrino-Mitteilungen der Nachmenschen vor über zweitausend E-Jahren das erste Mal Erwähnung gefunden hatten.

Wir wissen nicht, ob die Voynixe daran beteiligt sind, oder ob sie sich überhaupt noch auf der Erde befinden, sendete Koros auf dem öffentlichen Kanal. »Noch einmal, ich fand es aus moralischen Erwägungen heraus zwingend notwendig, euch alle davon zu unterrichten, dass wir auf diesem Schiff und an Bord des U-Boots, in dem Mahnmut mich transportieren wird, Waffen mitführen. Die Entscheidung, diese Waffen einzusetzen, werdet nicht ihr treffen. Ich allein trage die Verantwortung dafür, solange ich an Bord dieses Schiffes bin, und wenn Mahnmut und ich auf den Planeten hinuntergegangen sind, ist Ri Po für die Schiffsabwehr zuständig. Die Entscheidung, tödliche Gewalt auf dem Mars selbst einzusetzen, liegt ganz allein bei mir.«

»Dann sind die Schiffswaffen nicht offensiv? Sie sollen nicht gegen Ziele auf dem Mars eingesetzt werden?«, fragte Mahnmut.

»Nein«, sagte Ri Po. »Die Schiffsbewaffnung ist rein defensiv.«

Aber zu den Waffen an Bord der Dark Lady *gehören auch Massenvernichtungswaffen?*, fragte Orphu von Io.

Koros III. zögerte. Offenbar wog er seine Befehle gegen den Informationsanspruch der Besatzung ab. Schließlich sagte er: »Ja.«

Mahnmut überlegte, was für Massenvernichtungswaffen das sein mochten. Atombomben? Thermonukleare Waffen? Neutrinostrahler? Plasmasprengstoffe? Antimateriegranaten? Planetenzerstörende Schwarzlochbomben? Er wusste es nicht. In seinem jahrhundertelangen Dasein hatte er keinerlei Erfahrungen mit anderen Waffen als jenen nichtletalen Netzen und elektrischen Vorrichtungen gemacht, mit denen man Kraken abwehrte oder europasches Meeresgetier fing.

»Koros«, fragte er leise, »hast du bei deiner Expedition zu den Steinbrocken vor ein paar Jahrzehnten auch Waffen dabeigehabt?«

»Nein«, sagte der Ganymeder. »Das war nicht nötig. So kriegerisch und aggressiv die Asteroiden-Moravecs im Verlauf ihrer Evolution zuletzt auch geworden sind, sie stellten keine Gefahr für die Existenz sämtlicher fühlenden Wesen im Sonnensystem dar.« Koros III. projizierte die Zeit; ihnen blieben noch einundvierzig Minuten bis zur Zündung der Fusionstriebwerke. *Weitere Fragen?*

Orphu hatte eine. *Weshalb ist unser Schiff mit Supertarnmaterial überzogen, wenn wir uns dem Mars hinter vier Fusionsflammen nähern, die uns wie eine Supernova leuchten lassen, sodass alles auf dem Mars, was Augen im Kopf hat, uns etliche Sols lang Tag und Nacht sehen kann? Moment mal ... du* willst *eine Reaktion auslösen. Sie sollen uns angreifen.*

»Ja«, sagte Koros. »Das war die einfachste Möglichkeit, ihre Absichten zu testen. Die Fusionstriebwerke schalten sich ab, wenn wir noch achtzehn Millionen Kilometer vom Mars entfernt sind. Wenn sie bis dahin nicht versucht haben, uns abzufangen, sprengen wir die Triebwerke, die Solenoid-Tori und alle externen Vorrichtungen ab und gehen mit passiven Gegenmaßnahmen, die unseren Standort verbergen, in eine Mars-Umlaufbahn. Momentan wissen wir nicht, ob die Nachmenschen – oder welche Wesen den Mars auch immer terrageformt haben und gegenwärtig dort leben – sich in der technischen oder posttechnischen Phase der Zivilisation befinden.«

Mahnmut dachte darüber nach. Sie würden also jede Form von Antrieb abwerfen, der sie nach Hause bringen könnte.

Diese massive Quantenphasenverschiebungsaktivität lässt doch auf eine Hochtechnologie schließen, sagte Orphu.

»Mag sein«, sagte Ri Po. »Aber es gibt sicher eine Menge *idiots savants* im Universum.«

Mit dieser kryptischen Bemerkung endete die Zusammenkunft, die Luft wurde aus dem Kontrollraum abgelassen, und Orphu trug Mahnmut zu seinem U-Boot im Laderaum des Schiffes zurück.

Die vier Triebwerke zündeten auf die Sekunde genau. In den folgenden zwei Tagen, als das Schiff mit über 400 g abbremste und zur Ebene der Ekliptik und zum Mars hinuntersank, wurde Mahnmut auf seine Andruckliege gepresst. Der Laderaum um die *Dark Lady* herum war wieder mit Hochschwerkraft-Gel gefüllt, Mahnmuts Wohnabteil jedoch nicht, und das Gewicht und der Mangel an Bewegung begannen ihn zu ermüden. Er konnte sich nicht vorstellen, wie hoch die Belastung für Orphu draußen in seiner Hüllenwiege war. Der Mars wurde wie alles, was vor ihnen lag, vom Viersonnengleißen der Triebwerke überstrahlt, aber Mahnmut verbrachte die Zeit damit, sich die Hülle und die Sterne hinter dem Schiff anzusehen; außerdem las er noch einmal einige Teile von *A la recherche du temps perdu*, verglich sie mit seinen geliebten Shakespeare-Sonetten und suchte nach Gemeinsamkeiten und Unterschieden.

Mahnmuts und Orphus Liebe zu menschlichen Sprachen des Untergegangenen Zeitalters und dessen Literatur war keineswegs ungewöhnlich. Vor über zweitausend E-Jahren waren die ersten Moravecs, die in den Jupiterraum geschickt werden sollten, um die Monde zu erforschen und Kontakt zu den damals bereits bekannten intelligenten Lebewesen in der Jupiteratmosphäre aufzunehmen, von den ersten Nachmenschen mit ausgeklügelten, vollsensorischen Bändern der menschlichen Geschichte, Kultur und Kunst programmiert worden. Die Rubikon-Pandemie lag natürlich bereits hinter ihnen, ebenso wie der Große Rückzug zuvor, aber es hatte immer noch einige Hoffnung bestanden, dass man die Erinnerungen und die Aufzeichnungen über die menschliche Vergangenheit retten konnte, selbst wenn die letzten 9114 Altmenschen auf der Erde durch das letzte Fax nicht gerettet werden konnten. In den Jahrhunderten seit dem Abbruch des Kontakts zur Erde waren menschliche Kunst, Literatur und Geschichte zu den Hobbys Tausender Hochvakuum- und Mond-Moravecs geworden. Mahnmuts früherer Partner, Urtzweil – der vor achtzehn Jahren bei einem Eisbruch unter dem europaschen Eiskrater Tyre Macula zerstört worden war –, hatte sich für die King-James-Bibel begeistert. Ein Exemplar dieser Bibel lag immer noch in der winzigen Nische unter Mahnmuts voll beladenem Arbeitstisch, neben der mit Gel isolierten Lavalampe, die Urtzweil ihm geschenkt hatte.

Während Mahnmut den von Filtern gedämpften grellen Lichtschein der vorderen Fusionstriebwerke auf seinem Bildschirm betrachtete, versuchte er, sein Bild des historischen Marcel Proust – eines Mannes, der seine letzten drei Lebensjahre in seinem berühmten, mit Kork ausgekleideten Zimmer im Bett verbracht hatte, umgeben von seinen stetig eintreffenden Druckfahnen, alten Manuskripten und Flaschen mit süchtig machenden Tränken, nur hin und wieder von einem Strichjungen besucht oder von Arbeitern, die eines der ersten Operntelefone in Paris installierten – mit dem Marcel-Erzähler jenes anstrengenden Meisterwerks der Wahrnehmung in Verbindung zu bringen, das *Auf der Suche nach der verlorenen Zeit* war. Mahnmut hatte ein sagenhaftes Gedächtnis – er konnte den Stadtplan vom Paris des Jahres 1921 aufrufen, konnte jedes Proust-Porträt herunterladen (Foto, Zeichnung oder Gemälde), konnte sich den Vermeer ansehen, bei dessen Anblick Prousts Figur in Ohnmacht gefallen war, konnte jede Figur in den Büchern mit jedem realen Menschen vergleichen, den Proust gekannt hatte –, aber nichts von alledem verhalf ihm zu einem besseren Verständnis des Werks. Er wusste, dass die menschliche Kunst die Menschen schlichtweg transzendierte.

Vier geheime Wege zur Wahrheit des Rätsels des Lebens, hatte Orphu gesagt. Der erste – das obsessive Interesse an Adel, Aristokratie und den oberen Rängen der Gesellschaft, das Prousts Figuren an den Tag legten – war offensichtlich eine Sackgasse. Im Gegensatz zu Prousts Protagonisten musste sich Mahnmut nicht durch dreitausend Seiten über Abendgesellschaften kämpfen, um das zu erkennen.

Der zweite – der Gedanke, die Liebe sei der Schlüssel zum Rätsel des Lebens – faszinierte Mahnmut. Zweifellos hatte Proust ebenso wie Shakespeare, aber auf vollständig andere Weise versucht, alle Facetten der menschlichen Liebe zu ergründen – die heterosexuelle, homosexuelle, bisexuelle, familiäre, kollegiale und mehreren Menschen geltende Liebe, ebenso wie die Liebe zu Orten, Dingen und dem Leben selbst. Und Mahnmut musste Orphus Analyse zustimmen: Proust hatte die Liebe als wahren Weg zum tieferen Verständnis verworfen.

Der dritte Weg war für Marcel die Kunst gewesen – die Kunst und die Musik. Er hatte Marcel zwar zur Schönheit geführt, aber nicht zur Wahrheit.

Welches ist der vierte Weg? Und wenn er Prousts Helden nicht an ihr Ziel geführt hat, was war dann der den Figuren unbekannte, aber von Proust selbst vielleicht erkannte wahre Weg hinter dem eigentlichen Text?

Um das herauszufinden, brauchte Mahnmut nur Kontakt zu Orphu aufzunehmen. Die beiden Freunde hatten an diesem letzten Tag des Bremsmanövers sehr wenig miteinander kommuniziert, vielleicht weil sie so in ihre eigenen Gedanken vertieft waren. *Er wird es mir später sagen,* dachte Mahnmut. *Aber vielleicht sehe ich es bis dahin selbst … und finde heraus, ob da eine Verbindung zu Shakespeares Untersuchung dessen besteht, was jenseits der Liebe liegt.* Am Ende der Sonette hatte der Barde jedenfalls die geistige, romantische und körperliche Liebe gänzlich verworfen.

Die Fusionstriebwerke erloschen. Das schlagartige Wegfallen der hohen Andruckbelastung sowie des Lärms und der Vibrationen, die durch die Hülle übertragen wurden, war beinahe erschreckend.

Sofort wurden die kugelförmigen Triebwerke abgeworfen. Kleine Raketen transportierten sie aus der Flugbahn des Schiffes.

Werfe Segel und Solenoid ab, kam Orphus Stimme über den öffentlichen Kanal. Mahnmut sah auf den Bildern mehrerer Kameras in der Außenhülle, wie diese Komponenten in den Raum geschleudert wurden.

Mahnmut schaltete wieder auf die Bugkameras. Der Mars war jetzt deutlich zu sehen; er lag nur 18 Millionen Kilometer vor und unter ihnen. Ri Po legte Einblendungen der Flugbahn über das Bild. Ihr Anflug sah perfekt aus. Kleine interne Ionentriebwerke bremsten das Schiff weiter ab und würden sie bald in eine polare Umlaufbahn befördern.

Keine Anzeichen für Radarkontakte oder andere sensorische Erfassung, sagte Koros III. *Kein Versuch, uns abzufangen.*

Mahnmut fand, dass der Ganymeder sehr würdevoll war, aber auch dazu neigte, das Offensichtliche zu konstatieren.

Wir bekommen Daten über unsere passiven Sensoren herein, sagte Ri Po.

Mahnmut warf einen Blick auf die Anzeigen. Wenn sie im Anflug auf Europa gewesen wären, hätten die Geräte Radio-, Gravitonen-, Mikrowellen- und etliche andere typisch technische Emissionen von dem von Moravecs bewohnten Mond aufgefangen. Der Mars gab nichts dergleichen zu erkennen. Aber die terrageformte Welt war ohne Zweifel bewohnt. Das am Bug montierte Teleskop fing bereits Bilder der weißen Häuser auf dem Olympus Mons ein und zeigte die geraden und krummen Kerben von Straßen, die Steinköpfe an der Küste des Nordmeers und sogar vereinzelte Bewegungen und Aktivitäten, aber es gab keinen Funkverkehr, keine Mikrowellenübertragungen, keine Spuren der elektromagnetischen Signatur einer technischen Zivilisation. Mahnmut erinnerte sich an den Ausdruck, den Ri Po benutzt hatte – *idiots savants*?

Eintritt in den Marsorbit in sechzehn Stunden, verkündete Koros. *Anschließend beobachten wir den Planeten weitere vierundzwanzig Stunden aus der Umlaufbahn. Mahnmut, mach dein U-Boot für den Abstieg aus dem Orbit in dreißig Stunden bereit.*

Ja, sagte Mahnmut auf dem öffentlichen Kanal und unterdrückte den Impuls, ein »Sir« dranzuhängen.

Fast während der gesamten vierundzwanzig Stunden, die sie im polaren Orbit um den Mars kreisten, schien dort alles ruhig zu sein.

Im Stickney-Krater auf Phobos gab es künstliche Objekte – Bergbaumaschinen, die Reste eines Magnetbeschleunigers, zerstörte Wohnkuppeln und Roboterrover –, aber sie waren kalt, staubig, pockennarbig und über drei Jahrtausende alt. Wer immer den Mars im letzten Jahrhundert terrageformt hatte, mit den uralten Artefakten auf dem inneren Mond hatte er nichts zu tun.

Mahnmut hatte Bilder vom Mars aus der Zeit gesehen, als dieser noch der rote Planet gewesen war – obwohl er ihn immer eher orange als rot gefunden hatte –, aber nun war er nicht mehr rötlich-orange. Beim Anflug über dem Nordpol betrug die Auflösung des Teleskopbilds schon etwa einen Meter, und er sah, dass von der polaren Eiskappe nur noch ein Schnörkel Wassereis übrig war – das ganze CO_2 war beim Terraformen längst sublimiert worden –, eine weiße Insel im blauen Nordmeer. Spiralförmige Wolken segelten über den Ozean, der mehr als die Hälfte der Nordhalbkugel bedeckte. Das Hochland war immer noch orangefarben und der größte Teil der Landmasse braun, aber das verblüffende Grün von Wäldern und Feldern war auch ohne Teleskop sichtbar.

Das Schiff blieb vollkommen unbehelligt: keine Funkrufe, kein Such- oder Erfassungsradar, keine Anfragen per Engstrahl, Laser oder modulierten Neutrinos. Während die angespannten Minuten zu langen, stillen Stunden wurden, sahen sich die vier Moravecs die Kamerabilder an und bereiteten sich auf die Landung der *Dark Lady* vor.

Es gab zweifellos Leben auf dem Mars – menschliches oder nachmenschliches Leben, dem Aussehen nach zu urteilen, und mindestens noch eine weitere Spezies: die Transporteure der Steinköpfe, möglicherweise ebenfalls Menschenabkömmlinge. Auf den Teleskopfotos waren sie jedoch klein und grün. Einige wenige Schiffe mit weißen Segeln fuhren an der Nordküste entlang und in die mit Wasser gefüllten Schluchten der Valles Marineris hinein. Das Kratermeer des ehemaligen Hellas-Beckens war von ein paar weiteren Segeln getüpfelt. Unübersehbare Indizien deuteten darauf hin, dass der Olympus Mons bewohnt war. Fotos zeigten ein halbes Dutzend Flugmaschinen in der Nähe der Gipfelcaldera, und an den Flanken des Vulkans gab es mindestens eine Hightech-Rolltreppe oder ein Laufband. Auch an den oberen Hängen der Tharsis-Vulkane – Ascraesus Mons, Pavonis Mons und Arsia Mons – waren einige wenige weiße Häuser und terrassenförmig angelegte Gärten zu sehen, aber sie entdeckten keinerlei Anzeichen einer umfangreichen planetaren Zivilisation. Koros III. erklärte auf dem öffentlichen Kanal, seiner Schätzung nach lebten höchstens dreitausend der hellhäutigen, menschlich aussehenden Wesen auf den vier Vulkanen, und vielleicht zwanzigtausend der grünen Arbeiter seien in Zeltstädten an den Küsten versammelt.

Der größte Teil des Mars war leer. Terraformt, aber leer.

Also kaum eine Gefahr für alle empfindungsfähigen Lebensformen im Sonnensystem, oder?, fragte Orphu von Io.

Ri Po antwortete. *Schaut euch den Planeten per Quantenkartografie an.*

»Mein Gott«, sagte Mahnmut laut zu seiner leeren Milieu-Krippe. Der Mars war ein grelles rotes Feuermeer von Quantenverschiebungsaktivitäten, und im Zentrum der Stromlinien stand der große Vulkan, Olympus Mons.

Ist es möglich, dass die paar Flugmaschinen dieses Quantenchaos verursachen?, fragte Orphu. *Im elektromagnetischen Spektrum hinterlassen sie keine Spuren, und sie werden bestimmt nicht chemisch angetrieben.*

Nein, sagte Koros III. *Die wenigen Flugmaschinen bewegen sich zwar in den Quantenstrom hinein und heraus, aber sie erzeugen ihn nicht. Oder sie sind zumindest nicht die primäre Quelle.*

Mahnmut sah sich das bizarre Quantenkartenbild noch eine Weile an und machte dann einen Vorschlag, über den er schon tagelang nachgedacht hatte. *Wäre es sinnvoll, per Funk oder über ein anderes Medium Kontakt mit ihnen aufzunehmen? Oder einfach offen auf dem Olympus Mons zu landen. Als Freunde zu kommen statt als Spione?*

Diese Vorgehensweise haben wir auch erwogen, sagte Koros. *Aber die Quantenaktivität ist so enorm, dass wir es für dringend geboten halten, weitere Informationen zu sammeln, bevor wir uns zu erkennen geben.*

Informationen zu sammeln und die Massenvernichtungswaffen so nah wie möglich an diesen Vulkan heranzubringen, dachte Mahnmut mit einiger Bitterkeit. Er hatte nie ein Soldat sein wollen. Moravecs waren nicht für den Kampf gebaut, und die Vorstellung, empfindungsfähige Wesen zu töten, vertrug sich nicht mit einer Programmierung, die so alt war wie seine Spezies.

Trotzdem machte Mahnmut die *Dark Lady* für die Landung bereit. Er schaltete das U-Boot auf interne Energieversorgung und trennte alle Lebenserhaltungs-Nabelschnüre zum Schiff. Die einzige noch vorhandene Verbindung waren nun die Kommunikationsleitungen; sie würden abgetrennt werden, wenn sie den Laderaum verließen. Das U-Boot hatte eine Hülle aus Supertarnmaterial bekommen, und ein Satz Steuertriebwerke zog sich nun jeweils um Bug und Heck, aber sie würden während der Eintrittsphase von Koros III. bedient und dann abgeworfen werden. Die letzte Zusatzausstattung war der Blasenkreis der Fallschirme, die ihren Sturz nach dem Wiedereintritt abbremsen sollten. Auch sie würden von Koros III. geöffnet und abgeworfen werden. Erst im Meer würde Mahnmut wieder Herr seines U-Boots sein.

Fertig zum Wechsel ins U-Boot, meldete sich Koros III. vom Kontrolldeck.

Genehmigung, an Bord zu kommen, erteilt, erwiderte Mahnmut, obwohl ihr nomineller Kommandant nicht darum gebeten hatte. Er kam nicht von Europa und kannte die Verfahrensregeln nicht. Mahnmut sah den Warnhinweis, dass sich die Laderaumtore des Schiffes öffneten und die *Dark Lady* wieder dem Weltraum aussetzten, damit Koros per Leitseil zu ihr überwechseln konnte.

Mahnmut schaltete auf die Kamera in der Hülle, wo Orphu eingebettet war. Der Ionier bemerkte die Aufmerksamkeit. *Bis irgendwann, mein Freund,* sagte Orphu. *Wir sehen uns wieder.*

Das hoffe ich. Mahnmut öffnete die untere Luftschleuse des U-Boots und machte sich bereit, die letzten Kommunikationsleitungen abzusprengen.

Moment, sagte Ri Po. *Da kommt etwas um den Rand des Planeten herum.*

Die Bilder aus dem Kontrollraum zeigten, wie Koros III. die Luftschleusentür arretierte, die er gerade geöffnet hatte, und zu den Instrumenten zurückkehrte. Mahnmut nahm den Finger von dem Knopf, mit dem er die Ladungen zum Absprengen der Kommunikationsleitungen scharf machte.

Etwas kam um den Rand des Mars herum. Momentan war es nur ein Radar-Blip. Das vordere Teleskop drehte sich in seiner kardanischen Aufhängung, um es zu erfassen.

Es muss vom Olympus gestartet sein, als wir außer Sicht waren, meinte Orphu.

Ich rufe es jetzt, sagte Ri Po.

Mahnmut überwachte die Frequenzen, als ihr Schiff zu rufen begann. Der Blip antwortete nicht.

Seht ihr das?, fragte Koros III.

Mahnmut sah es. Das Objekt war keine zwei Meter lang – ein offener Streitwagen ohne Pferde, umgeben von einem schimmernden Kraftfeld. In dem Gefährt standen zwei Humanoide, ein Mann und eine Frau. Die Frau lenkte es offenbar, der größere Mann stand einfach nur da und starrte geradeaus, als könnte er das rund achttausend Kilometer entfernte, getarnte Schiff sehen. Die Frau war groß, von königlicher Statur und blond; der Mann hatte kurzes graues Haar und einen weißen Bart.

Orphu ließ sein Lachen über den öffentlichen Kanal rumpeln. *Sieht aus wie Gott auf alten Bildern,* sagte er. *Ich weiß nicht, wer seine Freundin ist.*

Als hätte er diese Beleidigung gehört, hob der Mann mit dem weißen Bart den Arm.

Das Bild leuchtete grell auf und erlosch im selben Moment, als Mahnmut gegen die Gurte seiner Andruckliege geworfen wurde. Er spürte, wie das Schiff zweimal schrecklich erbebte und dann wild zu taumeln begann. Zentrifugalkräfte schleuderten Mahnmut nach rechts, nach oben und dann nach links.

Seid ihr alle wohlauf?, schrie er über den öffentlichen Kanal. *Könnt ihr mich hören?*

Etliche Sekunden lang hörte er nichts als Stille und das Rauschen der Leitung, dann kam Orphus ruhige Stimme durch das Fauchen der statischen Störungen. *Ich höre dich, mein Freund.*

Ist alles in Ordnung mit dir? Ist das Schiff noch intakt? Haben wir auf sie geschossen?

Ich bin beschädigt und blind, sagte Orphu unter dem Zischen und Knistern der Störungen. *Aber ich habe gesehen, was passiert ist, bevor die Explosion mich geblendet hat. Wir haben nicht auf sie geschossen. Aber das Schiff ist – halb zerstört, Mahnmut.*

Halb zerstört?, wiederholte Mahnmut begriffsstutzig. *Was …*

Eine Art Energielanze. Der Kontrollraum – Koros und Ri Po – fort. Verdampft. Der ganze Bug ist weg. Der vordere Rumpf ist weggeschmolzen. Das Schiff überschlägt sich zweimal pro Sekunde. Es wird bald auseinanderbrechen. Mein Panzer hat einen Riss. Meine Steuerdüsen sind zerstört. Die meisten Manipulatoren auch. Ich verliere Energie und Hüllenintegrität. Bring das U-Boot vom Schiff weg – schnell!

Ich weiß nicht, wie!, rief Mahnmut. *Koros hatte das Steuerpaket. Ich weiß nicht …*

Plötzlich machte das Schiff einen neuerlichen Satz, und die Kommunikations- und Bildleitungen waren vollständig unterbrochen. Mahnmut hörte ein lautes Zischen durch die Hülle und erkannte, dass das Schiff um ihn herum verkochte. Er schaltete die Kameras des U-Boots ein und sah überall nur Plasmaleuchten.

Die *Dark Lady* taumelte und drehte sich immer heftiger, aber Mahnmut konnte nicht erkennen, ob sie es selber tat oder ob sich die Bewegungen des sterbenden Schiffes auf sie übertrugen. Er schaltete weitere Kameras, die Unterwassertriebwerke seines U-Boots und das Schadenkontrollsystem ein. Die Hälfte der Systeme funktionierte nicht oder reagierte nur langsam.

Orphu? Keine Antwort. Mahnmut aktivierte die Rundum-Maser und probierte es per Engstrahl. *Orphu?*

Keine Antwort. Das Taumeln verstärkte sich. Der für Koros' Ankunft mit Luft gefüllte Laderaum der *Dark Lady* verlor abrupt seine gesamte Atmosphäre, und das U-Boot geriet noch heftiger ins Trudeln.

Ich komme dich holen, Orphu!, rief Mahnmut. Er sprengte die innere Luftschleusentür weg und löste seine Gurte. Irgendwo hinter ihm, entweder im Schiff, das sich selbst zerriss, oder in der *Dark Lady*, explodierte etwas und schleuderte Mahnmut heftig gegen die Schalttafel und dann in die Dunkelheit.

13 Das Trockental

Nach einem guten Frühstück, das die Servitoren von Daemans Mutter ihnen in ihren Gästewohnungen in Paris-Krater serviert hatten, faxten Ada, Harman, Hannah und Daeman am Vormittag zum Schauplatz des letzten Burning Man.

Der Faxknoten war natürlich erleuchtet, aber außerhalb des kreisrunden Pavillons herrschte tiefe Nacht, und trotz des halb durchlässigen Kraftfelds konnte man das Heulen des Windes hören. Harman wandte sich an Daeman. »Das war der Code, den ich hatte – einundzwanzig sechsundachtzig. Glaubst du, dass wir hier richtig sind?«

»Das hier ist ein *Faxknoten-Pavillon*«, sagte der jüngere Mann in klagendem Ton. »Die sehen alle gleich aus. Außerdem ist es *dunkel* draußen. Und es ist niemand da. Woher soll ich wissen, ob das der Ort ist, wo ich vor achtzehn Monaten am helllichten Tag und zusammen mit einem Haufen anderer Leute war?«

»Der Code klingt irgendwie richtig«, meinte Hannah. »Wir waren damals mit einer größeren Gruppe unterwegs, aber ich weiß noch, dass der Burning-Man-Knoten eine hohe Nummer hatte – eine, zu der ich noch nie gefaxt war.«

»Und wie alt warst du damals?«, sagte Daeman spöttisch. »Siebzehn?«

»Ein bisschen älter«, erwiderte Hannah in gelassenem Ton. Wo Daeman bleich und schwabbelig war, spielten bei Hannah Muskeln unter gebräunter Haut. Daeman trat einen Schritt zurück, als hätte er diesen Unterschied bemerkt, obwohl er noch nie gehört hatte, dass zwei Menschen außerhalb des Turin-Tuch-Dramas körperlich miteinander kämpften.

Ada ignorierte den zänkischen Wortwechsel, ging zum Rand des Pavillons und legte die schlanken Finger an das Kraftfeld. Es kräuselte sich und beulte sich ein wenig aus, gab jedoch nicht nach. »Es ist *geschlossen*«, sagte sie. »Wir können nicht raus.«

»Unsinn.« Harman kam zu ihr, und die beiden drückten, stießen und lehnten sich mit ihrem ganzen Gewicht gegen den elastischen, aber letztendlich unnachgiebigen Energieschild. Er war doch nicht halb durchlässig – zumindest nicht für physische Objekte wie Menschen.

»So etwas habe ich noch nie gehört.« Hannah gesellte sich zu ihnen und stemmte sich mit der Schulter gegen die unsichtbare Wand. »Welchen Sinn hat ein Kraftfeld um einen Fax-Pavillon?«

»Wir sind gefangen!«, sagte Daeman und verdrehte die Augen. »Wie Ratten.«

»Schwachkopf«, sagte Hannah. Die beiden schienen heute nicht gut miteinander auszukommen. »Du kannst doch jederzeit wegfaxen. Das Portal ist direkt hinter dir, und es funktioniert noch.«

Wie zum Beweis dafür kamen zwei kugelrunde Allzweck-Servitoren durch das schimmernde Faxportal und schwebten auf die Menschen zu.

»Dieses Feld lässt uns nicht durch«, beschwerte sich Ada bei den Servitoren.

»Ja, Ada *Uhr*«, sagte eine der Maschinen. »Wir bedauern, dass wir nicht rechtzeitig hier waren, um Ihnen zu helfen. Dieser Faxknoten wird ... selten benutzt.«

»Na und?« Harman verschränkte die Arme und schaute den ersten Servitor finster an. Die andere Kugel war zu einem der Ausrüstungsfächer in der weißen Säule des Pavillons geflogen. »Seit wann sind Faxknoten verschlossen?«, fuhr Harman fort.

»Ich entschuldige mich noch einmal, Harman *Uhr*«, sagte der Servitor mit der beinahe männlichen Stimme sämtlicher Allzweck-Servitoren auf der ganzen Welt. »Das Klima draußen ist zu dieser Jahreszeit äußerst ungastlich. Wenn Sie sich ohne Thermohaut hinauswagen würden, wären Ihre Überlebenschancen sehr gering.«

Der zweite Servitor nahm vier Thermohäute aus dem Fach, schwebte der Reihe nach zu den vier Menschen und reichte jedem von ihnen einen der nicht einmal papierdünnen Molekularanzüge.

Deaman hielt den Anzug in beiden Händen und machte ein verwirrtes Gesicht. »Ist das ein Scherz?«

»Nein«, sagte Harman. »Ich habe schon mal einen getragen.«

»Ich auch«, sagte Hannah.

Daeman faltete die Thermohaut auseinander. Es war, als hielte er Rauch in den Händen. »Der passt nicht über meine Kleidung.«

»Das soll er auch nicht«, sagte Harman. »Man muss ihn direkt auf der Haut tragen. Er hat auch eine Kapuze, aber man kann durch sie hindurch sehen und hören.«

»Können wir unsere normalen Sachen drüberziehen?«, fragte Ada. In ihrer Stimme lag ein Hauch Besorgnis. Nach ihrem fruchtlosen Exhibitionismus in der Nacht zuvor war sie nun nicht sonderlich abenteuerlustig. Jedenfalls nicht, wenn es um Nacktheit ging.

Der erste Servitor antwortete. »Abgesehen von der Fußbekleidung ist es nicht ratsam, weitere Schichten zu tragen, Ada *Uhr*. Wenn die Thermohaut optimal wirksam sein soll, muss sie vollkommen osmotisch bleiben. Weitere Kleidungsstücke reduzieren ihre Effizienz.«

»Das ist doch wohl ein Witz«, sagte Daeman.

»Wir könnten jederzeit nach Hause faxen und unsere wärmsten Wintersachen holen«, sagte Harman. »Aber ich bin nicht sicher, dass sie den Bedingungen dort draußen gewachsen wären.« Er schaute zu der schimmernden Kraftfeldwand hinüber. Das erschreckende Heulen des Windes dahinter war sehr gut zu hören.

»Nein«, sagte der zweite Servitor, »Normale Jacken, Mäntel und Umhänge würden hier im Trockental nicht ausreichen. Wir können aber dezentere Extremwetterkleidung anfertigen und in einer halben Stunde damit zurückkommen, wenn Ihnen das lieber ist.«

»Zum Teufel damit«, sagte Ada. »Ich will sehen, was da draußen ist.« Sie ging zur Mitte des Pavillons, hinter das eigentliche Faxportal, und begann sich vor aller Augen auszuziehen. Hannah machte fünf Schritte und gesellte sich zu ihr; sie legte ihre Hemdbluse und die seidene Ballonhose ab.

Daeman fielen einen Moment lang beinahe die Augen aus dem Kopf. Harman trat zu ihm, tippte ihm an den Arm und führte ihn zur anderen Seite des Kreises, wo er sich ebenfalls zu entkleiden begann. Daeman schaute sich beim Ausziehen mehrmals zu den Frauen um – im Licht der Halogenlampen über ihnen leuchtete Adas Haut warm und weich; Hannah war schlank, kräftig und braun. Sie blickte auf, während sie die Thermohaut über die Beine hochzog, und funkelte Daeman an. Er wandte rasch den Blick ab.

Als die vier wieder in der Mitte des Pavillons standen, trugen sie nur ihre Schuhe oder Stiefel über den Thermohäuten. Ada lachte. »Diese Dinger entblößen uns mehr, als wenn wir nackt wären«, sagte sie.

Daeman trat verlegen von einem Bein aufs andere, weil es stimmte, aber Harman lächelte durch seine Maske. Die Thermohaut war eher eine Farbschicht als ein Kleidungsstück.

»Warum haben wir verschiedene Farben?«, fragte Daeman. Ada war leuchtend gelb, Hannah orange, Harman strahlend blau, Daeman grün.

»Damit Sie einander leichter erkennen«, antwortete der Servitor, als wäre die Frage an ihn gerichtet gewesen.

Ada lachte erneut – dieses freie, unbekümmerte, ungehemmte Lachen, das beide Männer dazu brachte, ihr einen raschen Blick zuzuwerfen. »Tut mir leid«, sagte sie. »Es ist nur …

selbst aus einiger Entfernung könnte man uns wohl kaum verwechseln.«

Harman ging zum Kraftfeld und legte seine blaue Hand dagegen. »Dürfen wir jetzt hinaus?«, fragte er die Servitoren.

Die Maschinen antworteten nicht, aber das Kraftfeld flackerte leicht, Harmans Hand ging hindurch, und dann schien sich sein blauer Körper durch einen silbernen Wasserfall zu bewegen, als er das Feld durchquerte.

Die Servitoren folgten den vieren in die stürmische Dunkelheit.

»Wir brauchen eure Begleitung nicht«, sagte Harman zu den Maschinen. Daeman merkte, dass seine Stimme im Wind unterging, konnte ihn aber durch die Kapuze der Thermohaut deutlich hören. Der Molekularanzug enthielt eine Übertragungsvorrichtung und Kopfhörer.

»Verzeihung, Harman *Uhr*«, erklärte der erste Servitor. »Leider doch. Wegen des Lichts.« Beide Servitoren erhellten den unebenen Boden mit mehreren Lichtstrahlen aus ihren Gehäusen.

Harman schüttelte den Kopf. »Ich habe diese Thermohäute schon früher benutzt, im Hochgebirge und hoch oben im Norden. In den Kapuzengläsern sind Restlichtverstärker.« Er legte die Hand an die Schläfe und tastete einen Moment lang herum. »So. Jetzt kann ich sehr gut sehen. Die Sterne leuchten hell.«

»Du meine Güte«, entfuhr es Ada, als sich ihre Nachtsicht einschaltete. Statt der kleinen Lichtkreise der Servitorenstrahler war jetzt das gesamte Trockental zu sehen; jeder Stein, jeder Felsbrocken leuchtete hell. Als sie hochschaute, raubten ihr die gleißenden Sterne den Atem. Sie blickte sich zum erleuchteten Faxknoten-Pavillon um; er war ein leuchtender, brausender Hochofen aus Licht. Ihre Thermohäute leuchteten farbig.

»Das ist wirklich … wunderschön.« Hannah entfernte sich zwanzig Schritte von der Gruppe und sprang dabei von Stein zu Stein. Sie befanden sich auf dem Grund eines breiten, steinigen Tals, dessen Wände zu beiden Seiten allmählich anstiegen.

Über ihnen leuchteten Schneefelder im Sternenlicht strahlend blauweiß, aber das Tal selbst war gänzlich schneefrei. Wolken zogen wie phosphoreszierende Schafe vor die Sterne. Der Wind heulte um sie herum und rüttelte sie durch, wenn sie reglos dastanden.

»Mir ist kalt«, sagte Daeman. Er trat von einem Fuß auf den anderen, denn er hatte nur leichte Slipper an.

»Ihr könnt zum Pavillon zurückkehren und uns allein lassen«, sagte Harman zu den Servitoren.

»Mit allem gebührenden Respekt, Harman *Uhr*, unsere Personenschutzprogrammierung erlaubt es uns nicht, Sie hier allein zu lassen, wo Sie Gefahr laufen, verletzt zu werden oder sich im Trockental zu verirren«, erwiderte einer der Servitoren. »Aber wir ziehen uns etwas zurück, wenn Ihnen das lieber ist.«

»Das ist uns lieber«, sagte Harman. »Und schaltet die verdammten Strahler aus. Sie sind zu hell in unseren Nachtsichtgläsern.«

Beide Servitoren gehorchten. Sie schwebten zum Faxknoten-Pavillon zurück. Hannah ging durch das Tal voran. Es gab dort keine Bäume, kein Gras, keine wie auch immer gearteten Lebenszeichen, abgesehen von den vier bunt leuchtenden Menschen.

»Wonach suchen wir eigentlich?«, fragte Hannah. Sie durchquerte ein trockenes Bachbett, in dem während des Sommers vielleicht Wasser geflossen war – falls der Sommer jemals hierherkam.

»Hat der Burning Man hier stattgefunden?«, fragte Harman.

Daeman und Hannah sahen sich um. »Kann sein«, sagte Daeman schließlich. »Aber ihr wisst ja, da waren Zelte, Pavillons, Toiletten, ineinander übergehende Kuppeln und das Kraftfeld über dem Tal, große Heizkörper, der Burning Man, Tageslicht und … damals war alles ganz anders. Nicht so *kalt*.« Er hüpfte vorsichtig von einem Fuß auf den anderen.

»Hannah?«, sagte Harman.

»Ich bin nicht sicher. Der Platz damals war auch steinig und trostlos, aber ... Daeman hat recht, mit den Tausenden von Menschen und dem Sonnenschein sah es anders aus. Ich weiß es nicht.«

Ada übernahm die Führung. »Verteilen wir uns, und suchen wir nach einem Zeichen, dass der Burning Man hier abgehalten wurde ... Lagerfeuer, Steinhaufen ... irgendwas. Obwohl ich nicht glaube, dass wir deine Ewige Jüdin heute Nacht hier finden werden, Harman.«

»Schsch«, machte Harman und schaute sich zu den fernen Servitoren um, dann wurde ihm bewusst, dass ihre Unterhaltung ohnehin übertragen wurde. »Na schön«, sagte er mit einem Seufzen, »verteilen wir uns, vielleicht im Abstand von fünfzig bis hundert Metern, und halten wir Ausschau nach etwas, das ...«

Er brach ab, als eine große, nur andeutungsweise menschliche Gestalt aus einer Seitenschlucht kam. Das Geschöpf stapfte mit vertrauter, unbeholfener Anmut über die Steine hinweg auf sie zu. Als es bis auf zehn Meter herangekommen war, sagte Harman: »Geh wieder zurück. Wir brauchen hier keinen Voynix.«

Einer der Servitoren antwortete. Seine Stimme war laut und deutlich, obwohl die Kugel selbst weit hinter ihnen schwebte. »Wir müssen darauf bestehen, meine Damen und Herren. Dies ist der abgelegenste und feindlichste aller bekannten Faxknoten. Wir dürfen nicht das kleine Risiko eingehen, dass Sie hier von irgendetwas verletzt werden.«

»Gibt es hier Dinosaurier?«, fragte Daeman nervös.

Ada lachte erneut und reckte der dunklen, heulenden Kälte die ausgebreiteten Arme und offenen Hände entgegen. »Das bezweifle ich, Daeman. Es müsste eine reichlich zähe rekombinante Winterzucht sein, von der ich noch nie gehört habe.«

»Möglich ist alles.« Hannah zeigte auf einen großen Felsbrocken in der Nähe des Eingangs zu einer weiteren Seitenschlucht ungefähr fünfzig Meter rechts von ihnen. »Da drin könnte ein Allosaurier auf uns warten.«

Daeman wich unwillkürlich einen Schritt zurück und wäre beinahe über einen Stein gestolpert.

»Hier gibt es keine Dinosaurier«, sagte Harman. »Ich glaube nicht, dass es hier überhaupt etwas Lebendiges gibt. Es ist einfach zu kalt. Wenn ihr mir nicht glaubt, nehmt für eine Sekunde eure Kapuzen ab.«

Das taten sie. Die molekularen Kopfhörer hallten von ihren Ausrufen wider.

»Du bleibst uns vom Leib, bis wir dich rufen«, befahl Harman dem Voynix. Das Geschöpf nahm dreißig Schritte Abstand.

Sie gingen das Tal entlang – nach Nordwesten, den Richtungsanzeigern in ihren Handflächen zufolge. Die Sterne erbebten unter der Kraft des Windes, und hin und wieder mussten sie sich alle vier in den Schutz eines großen Felsbrockens kauern, um nicht umgeweht zu werden. Wenn der Sturm etwas nachließ, verteilten sie sich wieder.

»Hier ist etwas«, sagte Ada.

Die anderen eilten zu der gelben Gestalt etwa dreißig Meter südlich von ihnen. Ada schaute auf etwas hinunter, das auf den ersten Blick wie ein Stein unter vielen wirkte, doch als Daeman näher kam, sah er das spröde Haar oder Fell, die merkwürdigen Flossenanhängsel und die schwarzen Löcher oder Augen. Das Ding schien aus verwittertem Holz geschnitzt zu sein.

»Das ist eine Robbe«, sagte Harman.

»Was ist eine Robbe?« Hannah kniete sich hin und berührte das reglose Geschöpf.

»Ein Meeressäugetier. Ich habe sie in der Nähe von Küsten gesehen ... weitab von Faxknoten.« Er kniete sich ebenfalls hin und berührte den Kadaver. »Sie ist ausgetrocknet ... mumifiziert ist das Wort. Vielleicht liegt sie schon Jahrhunderte hier. Oder Jahrtausende.«

»Also sind wir in der Nähe einer Küste«, meinte Ada.

»Nicht unbedingt.« Harman stand auf und schaute sich um.

»He«, sagte Daeman, »ich erinnere mich an den großen Felsblock da. Der Bierpavillon stand direkt darunter.« Er ging langsam zu dem Steinbrocken in der Nähe der Felswand hinüber.

»Bist du sicher?«, fragte Ada, als sie ihn eingeholt hatten. Dort war nichts weiter als der Steinbrocken, der zu den kalt brennenden Sternen und dahinjagenden Wolken emporragte. Alle suchten am Boden nach Spuren des Zelts, Resten von Lagerfeuern oder Karriolenspuren, aber sie fanden nichts.

»Es ist anderthalb Jahre her«, sagte Harman. »Die Servitoren haben wahrscheinlich gut aufgeräumt und ...«

»O mein Gott«, unterbrach ihn Hannah.

Sie drehten sich alle rasch um. Die junge Frau im orangefarbenen Anzug schaute zum Himmel. Sie hoben alle den Kopf, noch während sie die farbigen Lichter bemerkten, die über den Steinen um sie herum spielten.

Der Nachthimmel war erfüllt von schimmernden, tanzenden Lichtvorhängen – blaue und gelbe Streifen, tanzende Rottöne.

»Was ist das?«, flüsterte Ada.

»Ich weiß es nicht«, erwiderte Harman. Er flüsterte ebenfalls. Das Licht wogte über die wolkenfreien Himmelsbereiche. Harman nahm seine Thermohaut-Kapuze ab. »Mein Gott, ohne die Nachtsicht ist es fast genauso hell. Ich glaube, ich habe so was vor Jahrzehnten einmal gesehen, als ich ...«

»Servitoren«, fiel ihm Daeman ins Wort, »was ist das für ein Licht?«

»Ein atmosphärisches Phänomen, hervorgerufen durch die Interaktion geladener Teilchen von der Sonne mit dem elektromagnetischen Feld der Erde«, antwortete die Stimme der fernen Maschine. »Wir verfügen nicht mehr über die genauen Einzelheiten der wissenschaftlichen Erklärung, aber es hat verschiedene Namen, zum Beispiel ...«

»Schon gut«, sagte Harman. »Das reicht … he.« Er hatte seine Kapuze wieder übergezogen und blickte auf den Felsbrocken vor sich.

Der Stein wies komplexe Kratzer auf. Sie erweckten nicht den Anschein, als wären sie vom Wind oder von anderen Naturkräften erzeugt worden.

»Was ist das?«, fragte Ada. »Es sieht nicht so aus wie die Symbole in den Büchern.«

»Nein«, pflichtete Harman ihr bei.

»Etwas vom Burning Man?«, sagte Hannah.

»Ich erinnere mich an keine Kratzer an dem Felsen beim Bierzelt«, sagte Daeman. »Aber vielleicht haben ihn die Servitoren zerkratzt, als sie das Zeug nach dem Fest weggeschafft haben.«

»Vielleicht«, sagte Harman.

»Sollen wir hier weitersuchen?«, fragte Ada. »Vielleicht finden wir einen Hinweis darauf, dass diese Frau, hinter der du her bist, hier war. Oder auch nur, dass der Burning Man hier stattgefunden hat. Vielleicht ist noch etwas Asche übrig.«

»Bei diesem Wind?«, lachte Daeman. »Nach anderthalb Jahren?«

»Eine Grube«, sagte Ada. »Ein Lagerfeuer. Wir könnten …«

»Nein«, sagte Harman. »Hier finden wir nichts. Faxen wir irgendwohin, wo es warm ist, und essen wir einen Happen.«

Ada drehte ihren gelben Kopf und sah Harman an, sagte jedoch nichts.

Die beiden Servitoren waren herbeigeschwebt, und der Voynix ragte direkt hinter ihnen auf.

»Wir gehen«, erklärte Harman den Servitoren. »Ihr könnt uns auf dem Rückweg zum Faxpavillon mit euren Strahlern leuchten.«

In Ulanbat war es kurz nach Mittag, und die üblichen rund hundert Gäste wimmelten bei Tobis noch immer andauernder Zweiter-Zwanziger-Party im 78. Stock der Kreise zum Himmel. Die hängenden Gärten raschelten und seufzten in der Brise, die von der roten Wüste hereinwehte. Daeman wurde von einer ganzen Schar junger Männer und Frauen begrüßt, die gar nicht bemerkt hatten, dass er in den letzten paar Tagen nicht da gewesen war, aber er folgte Harman, Hannah und Ada zu der langen Bankettafel, wo sie sich heißes Finger Food nahmen und sich von einem Servitor kalten Wein einschenken ließen. Harman führte sie aus dem Gedränge heraus zu einem Steintisch bei der niedrigen Wand am Rand des Kreises. Auf der festgestampften Gobi-Straße zweihundertfünfzig Meter unter ihnen trabten von Voynixen begleitete Kamelkarawanen mit Servitor-Treibern herbei.

»Was ist los?«, fragte Ada, als sie im Schatten des Gartens saßen und aßen. »Ich weiß, dass da vorhin etwas passiert ist.«

Harman setzte an zu reden, hielt dann jedoch inne und wartete, bis ein Servitor vorbeigeschwebt war. »Fragt ihr euch auch manchmal, ob dieser Mehrzweck-Servitor derselbe ist, den ihr gerade woanders gesehen habt? Sie sehen alle gleich aus.«

»Das ist doch absurd«, sagte Daeman. Er nagte an einem Hühnerbein, leckte sich zwischendurch die Finger ab und trank einen Schluck von seinem eisgekühlten Wein.

»Vielleicht«, sagte Harman.

»Was hast du da vorhin im Dunkeln gesehen?«, fragte Hannah. »Diese Kratzer im Stein?«

»Das waren Zahlen«, sagte Harman.

Daeman lachte. »Nein, waren es *nicht*. Ich weiß, was Zahlen sind. Wir alle wissen es. Das waren keine Zahlen.«

»Es waren Zahlen in Form von Wörtern.«

»Es sah nicht aus wie die Kringel in Büchern«, sagte Ada. »Wörter.«

»Nein«, sagte Harman. »Ich glaube, es war eine Schrift, die man mit der Hand schrieb. Die Wörter waren verschlungen, miteinander verbunden und ein bisschen abgeschmirgelt vom Wind – ich vermute, sie wurden damals beim letzten Burning Man geschrieben –, aber ich konnte sie lesen.«

»Wörter«, lachte Daeman. »Gerade eben hast du noch gesagt, es seien Zahlen gewesen.«

»Was bedeuteten sie?«, fragte Hannah.

Harman schaute sich erneut um. »Acht-acht-vier-neun«, sagte er leise.

Ada schüttelte den Kopf. »Klingt wie ein Faxknoten-Code, ist aber viel zu hoch. Ich habe noch nie von einem Code gehört, der mit zwei Achten angefangen hat.«

»Es gibt keine«, sagte Daeman.

Harman zuckte die Achseln. »Kann sein. Aber wenn wir hier fertig sind, probiere ich es beim Kernknoten hier aus.«

Ada schaute zum fernen Horizont. Über ihnen waren die Ringe zu sehen, zwei milchige Bänder, die sich an einem blassblauen Himmel kreuzten. »Hast du die vier Thermohäute deshalb behalten, statt sie auf Anweisung der Servitoren in den Mülleimer zu werfen?«

»Ich wusste nicht, dass du's bemerkt hast«, sagte Harman. Er grinste und trank Wein. »Ich habe versucht, es heimlich zu machen. Ich glaube, ich bin nicht sehr gut in Heimlichkeiten. Wenigstens waren die Servitoren schon weg.«

Wie aufs Stichwort hin schwebte ein Servitor herbei, um ihre Gläser nachzufüllen. Die kleine, kugelrunde Maschine hing jenseits der Wand in der Luft – zweihundertfünfzig Meter über dem rotgelben Erdboden –, während sie mit ihren zierlichen, weiß behandschuhten Händen Wein in ihre Gläser goss.

Wenn Harman nicht darauf bestanden hätte, dass sie vor dem Faxen in ihre Thermohäute schlüpften und ihre Kleider darübergezogen, wären sie vielleicht gestorben.

»Herr im Himmel«, rief Daeman, »wo sind wir? Was ist los?«

Um sie herum war kein Faxknoten-Pavillon. Code 8849 hatte sie direkt in Dunkelheit und Chaos geführt. Wind heulte. Unter ihren Füßen war Eis. Bei jedem Schritt, den die vier in der kreischenden Schwärze taten, stießen sie gegen scharfe und spitze Dinge. Selbst das Faxportal hinter ihnen war verschwunden.

»Ada!«, rief Harman. »Die Lampe!« Ihre Kapuzen waren mit Nachtsicht ausgestattet, aber momentan hatte sie keiner von ihnen auf, und in dieser absoluten Schwärze schien es kein Restlicht zu geben, das verstärkt werden konnte.

»Ich versuche, sie anzukriegen … so!« Die kleine Taschenlampe, die sie sich von Tobi geliehen hatte, warf einen dünnen Strahl in die Nacht und beleuchtete eine offene, von Eis gerahmte Tür, meterlange Eiszapfen und gefrorene Eiswellen unter ihren Füßen. Ada ließ das Licht der Taschenlampe im Kreis wandern, und drei Gesichter starrten sie an. Die Überraschung war jedem von ihnen deutlich anzusehen.

»Hier ist kein Pavillon«, sagte Harman laut.

»An jedem Faxknoten gibt es einen Pavillon«, erwiderte Daeman. »Ein Portal ohne Knoten-Pavillon ist ein Ding der Unmöglichkeit. Stimmt's?«

»Nicht in der alten Zeit«, sagte Harman. »Damals gab es Tausende von privaten Knoten.«

»Wovon redet er?«, rief Daeman. »Machen wir, dass wir hier wegkommen!«

Ada schwenkte den Lichtstrahl wieder in den Raum, in den sie gefaxt waren. Dort war kein Portal. Sie befanden sich in einem kleinen Raum mit Regalen, Ladentischen und Wänden. Alles war mit Eis überzogen. Außerdem fehlte der in jedem Fax-Pavillon vorhandene Sockel mit der Faxknoten-Codetafel in der Mitte des Raums. Das bedeutete, es gab keinen Weg hinaus, keinen Weg zurück. Eine Million Eisflocken tanzten im Lichtstrahl der Taschenlampe. Jenseits der Wände heulte der Wind.

»Was du vorhin gesagt hast, Daeman, scheint wahr zu sein«, sagte Harman.

»Was? Was habe ich vorhin gesagt?«

»Dass wir gefangen sind. Gefangen wie Ratten.«

Daeman blinzelte, und der Lichtstrahl bewegte sich weiter zu den eisbedeckten Wänden. Der Wind heulte lauter.

»Klingt wie der Wind im Trockental«, sagte Hannah. »Aber da waren keine Gebäude. Oder?«

»Ich glaube nicht«, sagte Harman. »Aber ich vermute, wir sind trotzdem in der Antarktis.«

Ada ging durch die Tür hinaus, sodass die anderen einen Moment lang im Dunklen standen. Sie beeilten sich, zu ihr aufzuschließen, und scharten sich wie junge Gänse hinter ihr zusammen. »Das hier ist eine Diele«, sagte Ada. »Seid vorsichtig. Die Schnee- und Eisschicht auf dem Fußboden ist fast einen halben Meter dick.«

Die vereiste Diele führte in eine vereiste Küche, die vereiste Küche öffnete sich zu einem vereisten Wohnzimmer mit umgeworfenen Sofas, an denen sich Schneewehen gebildet hatten. Ada ließ ihren Lichtstrahl über eine Wand mit Fenstern schweifen, die innen und außen mit Eis verkrustet waren.

»Ich glaube, ich weiß, wo wir sind«, flüsterte Harman.

»Unwichtig«, sagte Hannah. »Wie kommen wir *weg* von hier?«

»Moment«, sagte Ada und senkte den Lichtstrahl auf den Eisboden, sodass der Widerschein alle Gesichter von unten beleuchtete. »Ich möchte wissen, wo wir deiner Meinung nach sind.«

»Der Geschichte zufolge, die ich gehört habe, hatte die Frau, die ich suche – die Ewige Jüdin –, ein Zuhause, ein Domi, auf dem Mount Erebus, einem Vulkan in der Antarktis.«

»Im Trockental?«, fragte Daeman. Der junge Mann schaute sich immer wieder in die Dunkelheit hinter ihnen um. »Herrgott, ich friere mich zu Tode!«

Hannah kam so schnell über das Eis auf ihn zu, dass er zurücktaumelte und beinahe ausgerutscht wäre. »Du musst deine Thermohaut-Kapuze aufsetzen, du Dussel«, sagte sie. »Das gilt für uns alle. Sonst kriegen wir Frostbeulen. Außerdem verlieren wir im Moment eine Menge Körperwärme durch unsere Kopfhaut.« Sie nestelte ihm die grüne Kapuze der Thermohaut aus dem Hemd und zog sie ihm über den Kopf.

Alle setzten eilig ihre Kapuze auf.

»Schon besser«, sagte Harman. »Jetzt sehe ich etwas. Und ich höre besser – die Kopfhörer des Anzugs dämpfen das Heulen des Windes.«

»Du hast gerade gesagt, dass diese Frau ein Haus auf einem Vulkan hatte – in der Nähe des Trockentals? So nah, dass wir zu Fuß zum dortigen Faxpavillon gehen können?«

Harman machte eine hilflose Geste. »Ich weiß es nicht. Ich hatte mich gefragt, ob sie auf diese Weise beim Burning Man aufgetaucht war – ob sie einfach hingegangen ist –, aber ich bin mit der Geografie nicht vertraut. Das Tal könnte einen Kilometer oder tausend Kilometer von hier entfernt sein.«

Daeman schaute zu den schwarzen, vereisten Fenstern, deren bruchfeste Scheiben unter dem Druck des Windes erbebten. »Ich gehe da nicht raus«, sagte er kategorisch. »Aus keinem Grund der Welt.«

»Da bin ich ausnahmsweise mal einer Meinung mit Daeman«, sagte Hannah.

»Ich verstehe das alles nicht«, meinte Ada. »Du hast gesagt, diese Frau hätte hier vor langer Zeit gelebt – vor mehreren Lebensaltern –, vor aberhundert Jahren. Wie kann sie …«

»Keine Ahnung«, sagte Harman. Er borgte sich die Taschenlampe von Ada und ging in den nächsten Flur hinein, bis er sich mit Gebilden konfrontiert sah, die wie weiße Stangen aussahen und ihm den Weg versperrten. Die anderen sahen zu, wie er ins Wohnzimmer mit den Schneewehen zurückkam, das schwerste Möbelstück hochhob, das er vom Eis losreißen konnte – einen schweren Tisch, dessen Beine dabei abbrachen –, und wieder kehrtmachte, um die Eiszapfen einen nach dem anderen zu zertrümmern und sich einen Weg durch den mit Schnee gefüllten Flur zu bahnen.

»Wo willst du hin?«, rief Daeman. »Welchen Zweck hat es, dort entlangzugehen? Hier war seit einer Million Jahren kein Mensch mehr. Wir werden einfach erfrieren, wenn ...«

Harman stieß mit dem Fuß eine Tür am Ende des Flurs auf. Licht fiel heraus. Wärme ebenfalls. Die anderen drei liefen so schnell sie konnten über die tückische Fläche zu ihm.

Ganz ähnlich wie ihr Ankunftsraum war auch dieser fensterlos und dreißig bis vierzig Quadratmeter groß. Aber im Gegensatz zu dem anderen war er warm, hell und frei von Schnee und Eis. Und er enthielt eine ungefähr fünf Meter lange ovale Metallmaschine, die ihn fast vollständig ausfüllte. Das Ding schwebte reglos einen Meter über dem Betonboden, und ein Kraftfeld schimmerte wie eine Glaskanzel über ihm. Die sechs Mulden in der Oberseite waren mit einem weichen schwarzen Material ausgekleidet; jede Mulde hatte die Länge eines menschlichen Körpers, und in der Nähe der Hände befanden sich zwei kurze Griffe oder Bedienungselemente.

»Sieht so aus, als hätte jemand noch zwei Personen mehr erwartet«, flüsterte Hannah.

»Was *ist* das?«, fragte Daeman.

»Ich glaube, das ist ein Sonie ... auch ›Fahrzeug mit Alternativantrieb‹ genannt«, sagte Harman ebenfalls mit gedämpfter Stimme.

»Alternativantrieb?«, sagte Daeman. »Was soll das bedeuten?«

»Ich weiß es nicht«, sagte Harman. »Aber die Menschen im Untergegangenen Zeitalter flogen mit solchen Apparaten herum.« Er berührte das Kraftfeld; es teilte sich wie Quecksilber unter seinen Fingern, umströmte seine Hand und verschluckte sein Handgelenk.

»Vorsicht!«, sagte Ada, aber Harman hatte sich bereits auf die Knie niedergelassen, sich dann auf den Bauch gelegt und lang ausgestreckt in das schwarze Material geschmiegt. Sein Kopf und sein Rücken erhoben sich kaum über die gekrümmte Oberseite der Maschine.

»Alles in Ordnung«, sagte er. »Es ist bequem. Und warm.«

Das gab für die anderen den Ausschlag. Ada kroch als Erste auf das Gefährt, legte sich auf den Bauch und umfasste die beiden Handgriffe. »Sind das Bedienungselemente?«

»Ich habe keine Ahnung«, sagte Harman, während Hannah und Daeman auf die Scheibe krochen und sich in die äußeren Mulden legten. Die beiden Vertiefungen hinter dem Zentrum blieben leer.

»Du weißt nicht, wie man dieses Ding fliegt?«, fragte Ada, diesmal ein bisschen schriller. »Aus den Büchern? Von deiner Lektüre?«

Harman schüttelte nur den Kopf.

»Was *machen* wir dann hier drin?«, sagte Ada.

»Experimentieren.« Harman schraubte das Oberteil seines rechten Handgriffs ab. Dort war ein einzelner roter Knopf. Er drückte darauf.

Die Wand vor ihnen verschwand, als wäre sie in die antarktische Nacht hinausgesprengt worden. Kalter Wind und Schneegestöber wirbelten in einer blendenden Implosion um sie herum, als wäre die Luft im Raum abgesaugt und an ihrer Stelle der Sturm hereingesaugt worden.

Harman öffnete den Mund und wollte »Festhalten!« rufen, aber bevor er etwas sagen konnte, sprang das Sonie mit unglaublicher Geschwindigkeit aus dem Raum, sodass die Sohlen ihrer Stiefel gegen Metall gepresst wurden und sie sich blindlings an die Handgriffe klammerten.

Die Kraftfeldkuppel über ihren Köpfen erhielt sie am Leben, als das Sonie, das ›Fahrzeug mit Alternativantrieb‹, das *Ding* von dem weißen Vulkan wegflog, an dessen Seeseite sich eisverkrustete und zerstörte Gebäude krallten. Dank der Nachtsichtgläser in ihren Thermohautkapuzen sahen sie den Kiefernwald an der Küste unter seinem Grabtuch aus Eis, die zurückgelassene und unter Schneewehen begrabene Roboterausrüstung in der Krümmung einer Bucht und dann das weiße Meer – das gefrorene Meer.

Ungefähr dreihundert Meter über diesem gefrorenen Meer hatte das Sonie seine Flughöhe erreicht. Es entfernte sich in rasendem Tempo vom Land.

Harman ließ einen der Handgriffe lange genug los, um den Richtungsanzeiger in seiner Handfläche zu aktivieren. »Nordost«, sagte er über Anzugfunk zu den anderen.

Niemand antwortete. Alle zitterten so heftig und waren dermaßen damit beschäftigt, sich festzuhalten, dass sie sich nicht über die Flugrichtung der Maschine äußern konnten, die sie in den Tod trug.

Harman behielt für sich, dass es – wenn die alten Karten, die er studiert hatte, korrekt waren – in dieser Richtung auf Tausende von Meilen hinweg nichts gab. Nichts.

Nach zehnminütigem Flug begann das Sonie, an Höhe zu verlieren. Sie hatten das Eis hinter sich gelassen und flogen nun über schwarzes, von Eisbergen getüpfeltes Wasser.

»Was ist los?«, fragte Ada. Sie verabscheute das Zittern in ihrer Stimme. »Geht dem Ding die Energie aus … der Treibstoff … womit auch immer es fliegt?«

»Ich weiß es nicht«, sagte Harman.

Das Sonie fing sich nur dreißig Meter über dem Wasser. »Schaut«, rief Hannah. Sie hob eine Hand von ihrem Griff und zeigte nach vorn.

Auf einmal durchbrach der Rücken von etwas Riesigem, Lebendigem, Uraltem und Muschelbewachsenem mit runzligzäher Haut das kalte Wasser. Dank der Nachtsichtverstärkung strahlte seine Säugetierwärme wie pulsierendes Blut. Ein Wasserstrahl schoss zu ihnen herauf, und Harman roch Fisch in der frischen Luft, die das Kraftfeld hereinließ.

»Was …?«, setzte Daeman an.

»Ich glaube, das ist … ein Wal, so spricht man das wohl aus … aber ich dachte, diese Tiere wären schon vor Jahrtausenden ausgestorben«, sagte Harman.

»Vielleicht haben die Nachmenschen sie wieder zum Leben erweckt«, sagte Ada über Anzugfunk.

»Kann sein.«

Sie jagten weiter übers Meer hinweg, immer Richtung Ost-Nordost, und nach ein paar weiteren Minuten, in denen das Sonie seine Höhe beibehielt, entspannten sich die vier Passagiere allmählich ein wenig; sie passten sich an die fremdartige, neue Situation an, wie Menschen es seit unvordenklichen Zeiten immer getan haben. Harman hatte sich auf die Seite gedreht und schaute gerade zu den leuchtenden Sternen hinauf, die zwischen einzelnen Wolken zum Vorschein kamen, als Ada ihn mit dem Ruf erschreckte: »Schaut! Da vorn!«

Ein großer Eisberg war über dem dunklen Horizont sichtbar geworden, und das Sonie raste direkt darauf zu. Die Maschine war über andere Eisberge hinweg oder an ihnen vorbeigeflogen, aber keiner war so ausladend gewesen – in ihrer Nachtsicht erstreckte er sich kilometerweit nach beiden Seiten wie eine glänzende blauweiße Wand –, und keiner so hoch – es war nicht zu übersehen, dass der Gipfel dieses monströsen Dings oberhalb ihrer gegenwärtigen Flughöhe lag.

»Was können wir tun?«, fragte Ada bang.

Harman schüttelte den Kopf. Er hatte keine Ahnung, wie schnell das Sonie flog – keiner von ihnen war jemals schneller gereist als mit einer von Voynixen gezogenen Droschke –, aber es flog auf jeden Fall schnell genug, dass der Aufprall sie vernichten würde.

»Hast du noch andere Bedienungselemente an deinem Handgriff?«, fragte Hannah. Ihre Stimme war seltsam ruhig.

»Nein«, sagte Harman.

»Wir könnten springen«, meldete sich Daeman zu Wort. Er lag hinter ihnen und links von Harman. Das Sonie neigte sich ein wenig, als Daeman sich auf Knie und Ellbogen hochrappelte. Sein Kopf war gerade noch im Innern der Kraftfeldkuppel.

»Nein!« Harman legte seine ganze Befehlsgewalt in die Silbe. »Du würdest in diesem Meer keine dreißig Sekunden überleben, selbst wenn du den Sturz überstündest … aber das würdest du nicht. Leg dich wieder hin!«

Deaman sank wieder auf den Bauch.

Das Sonie flog weder langsamer, noch änderte es seinen Kurs. Die Stirnwand des Eisbergs – Harman schätzte, dass das Ding mindestens drei Kilometer Durchmesser hatte – raste auf sie zu und wurde immer höher. Harman schätzte, dass er mindestens hundert Meter weit aus dem Wasser ragte. Sie würden auf einem Drittel seiner Höhe in die kalte Wand einschlagen.

»Wir können gar nichts tun?«, sagte Ada. Es klang eher wie eine Feststellung als wie eine Frage.

Harman nahm seine Kapuze ab und sah sie an. Innerhalb ihres Kraftfeld-Cockpits war die kalte Luft nicht so schlimm. »Ich glaube nicht«, sagte er. »Tut mir leid.« Er streckte die rechte Hand in ihre Richtung aus und ergriff ihre linke. Sie schob sich die Thermohautkapuze herunter, damit er ihre Augen sehen konnte. Ein paar Sekunden lang verschränkten sie ihre Finger.

Wenige Hundert Meter vor der spektakulären Kollision wurde das Sonie langsamer und gewann an Höhe. Es zischte knapp drei Meter über die Oberkante des Eisbergs hinweg, schwenkte nach rechts und flog über die Eisfläche nach Süden. Es wurde noch langsamer, blieb in der Luft stehen und sank dann auf den Boden herunter. Schnee zischte unter seiner erhitzten Unterseite.

Harman und die anderen blieben einen Moment lang still liegen und hielten sich an den Handgriffen fest, ohne miteinander zu reden.

Die Kraftfeldkuppel verschwand, und auf einmal brannte Harmans Gesicht von der schrecklichen Kälte und dem Wind. Er zog hastig seine Kapuze über und warf Ada einen Blick zu, während sie es ihm gleichtat.

»Wir sollten machen, dass wir von diesem Ding runterkommen, bevor es beschließt, uns woandershin zu bringen«, sagte Hannah leise über Funk.

Sie krabbelten herunter. Der Wind schlug auf sie ein, sodass sie beinahe das Gleichgewicht verloren hätten, ließ nach und schlug erneut zu. Sprühnebel prasselte gegen ihre Überkleidung und ihre Kapuzen.

»Was nun?«, flüsterte Ada.

Wie zur Antwort leuchtete eine Doppelreihe roter Infrarot-Baken auf. Sie markierten einen drei Meter breiten Weg, der vom Sonie aus … ins Nichts führte.

Sie gingen zusammen und stützten sich gegenseitig im Wind. Wenn die Baken in ihrer Nachtsicht nicht so hell gewesen wären, hätten sie dem Wind den Rücken zugedreht und sich binnen Sekunden verirrt – bis sie schließlich irgendwo zu ihrer Rechten über den Rand des Eisbergs gefallen wären.

Der Weg endete in einem Loch in der Oberfläche des Eisbergs. Ins Eis gehackte Stufen verschwanden in der Tiefe, von wo ebenfalls ein roter Lichtschein heraufdrang.

»Sollen wir?«, sagte Hannah.

»Haben wir eine andere Wahl?«, fragte Daeman.

Unter ihren Straßenstiefeln waren die Stufen glitschig, aber an der rechten Wand hatte man mit Metallstiften und Schlaufen eine Art Kletterseil angebracht, und die vier hielten sich beim Abstieg an der Leine fest. Harman hatte vierzig Stufen gezählt, als die Treppe vor einer Eiswand endete. Nein, sie führte nach rechts und weiter abwärts – fünfzig Stufen diesmal –, dann wieder nach links und noch einmal fünfzig Stufen hinunter. Der ganze Weg nach unten wurde von in großen Abständen ins Eis eingelassenen Infrarot-Kaltlichtfackeln erleuchtet.

Am Fuß der Treppe führte ein Gang tief in den Eisberg hinein. Der Weg wurde nun von grünen, blauen und roten Kaltlichtfackeln erhellt. Hin und wieder gelangten sie an eine Kreuzung, aber einer der möglichen Wege war immer dunkel, der andere beleuchtet. Einmal ging es einen langsam ansteigenden Gang entlang, dann wieder dreißig oder mehr Meter hinunter. Die Biegungen, Kreuzungen und Alternativen wurden so labyrinthisch, dass sie den Überblick verloren.

»Jemand erwartet uns«, flüsterte Hannah.

»Darauf baue ich«, sagte Ada.

Sie kamen in einer großen Halle heraus, die an ihrer breitesten Stelle einen Durchmesser von vielleicht dreißig Metern hatte. Die Eisdecke war zehn Meter über ihnen, etliche andere durch Eistreppen verbundene Eingänge sprenkelten die Wände, der Fußboden war in verschiedene Ebenen abgestuft. Auf Sockeln stehende Heizkörper leuchteten orange, und verschiedenartige Lichtquellen waren mit Metallstiften an Wänden, Fußböden und Decken befestigt. Auf einer der niedrigen Plattformen lagen Kissen und dicke Tierpelze, wie es schien, um einen niedrigen Tisch voller Schalen mit Essen sowie gefüllten Krügen und Bechern. Die vier versammelten sich um den Tisch, sahen die Speisen und Getränke darauf jedoch skeptisch an.

»Keine Angst«, sagte eine Frauenstimme hinter ihnen. »Es ist nicht vergiftet.«

Die Frau war aus einer hohen Eistür in der Nähe der Plattform herausgekommen und schritt jetzt eine zickzackförmige Treppe zu ihnen herab. Harman hatte Zeit, sich die Haare der Frau – grauweiß, eine nahezu unerhörte Farbe, für die sich ansonsten höchstens ein paar Exzentriker entschieden – und ihr Gesicht anzusehen: von Falten gefurcht, genau wie Daeman gesagt hatte. Eine Frau, die auf solche Weise *alt* war, hatte keiner von ihnen jemals gesehen – außer Daeman beim letzten Burning Man –, und die Wirkung, die sie auslöste, verwirrte sogar Harman mit seinen neunundneunzig Jahren.

Abgesehen von ihrem offenkundigen Alter war die Frau durchaus attraktiv. Ihr Gang war energisch, und sie trug eine ganz normale blaue Hemdbluse, eine Kordhose und feste Stiefel. Der einzige Anflug von Exzentrizität war der rote Wollumhang über ihren Schultern. Der Schnitt des Umhangs war kompliziert; er fiel nie in schlichten Falten. Als sie ein, zwei Meter von ihnen entfernt auf die Plattform trat, bemerkte Harman den dunklen Metallgegenstand in ihrer rechten Hand.

Als würde sie das Ding selbst auch gerade zum ersten Mal bemerken, hob sie es ihnen entgegen. »Weiß jemand von euch, was das hier ist?«

»Nein«, sagten Daeman, Ada und Hannah in einem leisen Chor.

»Ja«, sagte Harman. »Eine Waffe aus dem Untergegangenen Zeitalter.«

Die anderen drei sahen ihn an. Sie hatten Waffen im Turin-Tuch-Drama gesehen – Schwerter, Lanzen, Schilde, Bogen und Pfeile –, aber nichts derart Maschinenartiges wie dieses stumpfe schwarze Ding.

»Richtig«, sagte die Frau. »Man nennt es ›Pistole‹, und es tut nur eins – es tötet.«

Daeman trat einen Schritt auf die alte Frau zu. »Willst du uns töten? Hast du uns den ganzen weiten Weg hierher gebracht, um uns zu töten?«

Die alte Frau lächelte und legte die Waffe auf den Tisch neben eine Schale mit Orangen. »Hallo, Daeman«, sagte sie. »Freut mich, dich wiederzusehen, obwohl ich nicht weiß, ob du dich noch an mich erinnerst. Bei unserer letzten Begegnung befandest du dich in einem ziemlich fortgeschrittenen Stadium der Trunkenheit.«

»Ich erinnere mich an dich, Savi«, sagte Daeman. Sein Ton war kühl.

»Und ihr alle«, fuhr die alte Frau fort, »Hannah, Ada, Harman … willkommen. Du bist den Hinweisen sehr hartnäckig nachgegangen, Harman.« Sie setzte sich auf die Pelze, lud sie mit einer Geste ein, ihr Folge zu leisten, und die vier nahmen einer nach dem anderen um den niedrigen Tisch herum Platz. Savi nahm sich eine Orange, bot sie ihnen an und begann sie mit einem spitzen Fingernagel zu schälen, als die anderen ablehnten.

»Wir sind uns noch nie begegnet«, sagte Harman. »Woher kennst du meinen … unsere Namen?«

»Du hast für einigen Wirbel gesorgt, Harman … wie lautet euer gegenwärtiger Titel? Harman *Uhr*.«

»Wirbel?«

»Weite Fußmärsche von Faxknoten aus, sodass die Voynixe dir folgen müssen. Lesen lernen. Besuche in den wenigen noch existierenden Bibliotheken der Welt … einschließlich der von Ada *Uhr*.« Sie nickte in Adas Richtung, und die junge Frau erwiderte das Nicken.

»Woher weißt du, dass mir Voynixe irgendwohin gefolgt sind?«, fragte Harman.

»Die Voynixe überwachen jeden, der aus dem Rahmen fällt.« Savi teilte die Orange in mehrere Stücke, legte zwei davon auf vier Leinentücher und reichte sie herum. Diesmal nahm jeder an. »Ich überwache *dich*«, schloss sie und sah Harman an.

»Warum?« Harman betrachtete die Orangenspalten und legte das Tuch auf den Tisch. »Weshalb spionierst du mir nach? Und wie?«

»Zwei verschiedene Fragen, mein junger Freund.«

Das entlockte Harman ein Lächeln. Schon seit sehr langer Zeit hatte ihn niemand aus seinem Bekanntenkreis mehr als jung bezeichnet. »Dann beantworte die erste«, sagte er. »Weshalb spionierst du mir nach?«

Savi aß die zweite Orangenspalte auf und leckte sich die Finger ab. Harman bemerkte, dass Ada die ältere Frau, ihre runzligen Finger und altersfleckigen Hände fasziniert musterte. Wenn Savi die Inspektion bemerkte, so ignorierte sie sie. »Harman …

darf ich das *Uhr* weglassen?« Sie wartete nicht auf eine Antwort, sondern fuhr fort: »Harman, im Moment bist du der einzige Mensch auf der Erde in einer Bevölkerung von über dreihunderttausend Personen … der einzige Mensch außer *mir* … der eine Schriftsprache lesen kann. Oder lesen will.«

»Aber …«, begann Harman.

»Dreihunderttausend?«, unterbrach Hannah. »Wir sind eine Million. Wir waren schon immer eine Million.«

Savi lächelte, schüttelte jedoch den Kopf. »Wer hat dir erzählt, meine Liebe, dass es eine Million Menschen auf der Erde gibt?«

»Wieso … niemand … ich meine, das weiß doch jeder …«

»Genau«, sagte Savi. »Das weiß jeder. Aber es gibt keine Vorrichtung zur Bevölkerungszählung.«

»Aber wenn jemand zu den Ringen auffährt …«, fuhr Hannah fort. Man sah ihr die Verwirrung an.

»… darf ein neues Kind geboren werden«, beendete Savi den Satz. »Ja. Das habe ich im letzten Jahrtausend bemerkt. Aber es gibt keine Million Menschen auf der Erde. Sondern viel weniger.«

»Weshalb sollten die NMs uns anlügen?«, fragte Daeman.

Savi hob eine Augenbraue. »Die NMs. Ah ja … die NMs. Hast du in letzter Zeit mit einem Nachmenschen gesprochen, Daeman *Uhr*?«

Daeman hielt das offenbar für eine rhetorische Frage; er antwortete nicht.

»Ich habe mit Nachmenschen gesprochen«, sagte Savi leise.

Die anderen verstummten. Sie warteten still. Ein solcher Gedanke war – zumindest für Harman und Ada – buchstäblich atemberaubend.

»Aber das war vor langer Zeit«, sagte die alte Frau. Sie sprach so leise, dass die anderen sich zu ihr beugen mussten, um sie zu hören. »Vor *sehr*, sehr langer Zeit. Vor dem letzten Fax.« Ihre gerade eben noch verblüffend graublauen Augen wirkten jetzt trübe und zerstreut.

Harman schüttelte den Kopf. »Ich habe gehört, was man sich über dich erzählt – die Ewige Jüdin, der letzte Mensch deines Untergegangenen Zeitalters –, aber ich verstehe es nicht. Wie kommt es, dass du über deinen Fünften Zwanziger hinaus weitergelebt hast?«

Ada wunderte sich über Harmans Unhöflichkeit, aber Savi schien sich nicht daran zu stören. »Zunächst einmal ist diese hundertjährige Lebensspanne eine relativ neue Erfindung, meine Lieben. Die Nachmenschen haben sie erst nach dem letzten Fax ausgeheckt. Erst nachdem sie mit diesem katastrophalen letzten Fax alles verpfuscht hatten – unsere Zukunft, die Zukunft der Erde. Erst Jahrhunderte nach meinem neuntausendeinhundertdreizehnten Post-Rubikon wurden Menschen in den Neutrinostrom gefaxt – und sie sind nie zurückgekommen, *obwohl die NMs es ihnen versprochen hatten.* Erst nach diesem … Völkermord … haben eure feinen Nachmenschen die Kernpopulation eurer Vorfahren wieder aufgebaut und sind auf diese Idee mit den hundert Jahren und einer theoretischen Herdenstärke von einer Million Menschen gekommen …«

Savi hielt inne und schöpfte Atem. Sie war offensichtlich erregt. Sie holte erneut Luft und zeigte auf die Krüge auf dem Tisch. »Ich habe Tee hier, wenn ihr wollt. Oder sehr starken Wein. Ich werde einen Schluck Wein trinken.« Sie schenkte sich mit leicht zitternden Händen ein und deutete auf ihre Becher. Daeman schüttelte den Kopf. Hannah und Ada nahmen Tee. Harman ließ sich ein Glas Rotwein geben.

»Harman«, begann sie erneut, diesmal gefasster, »du hast mir zwei Fragen gestellt, bevor ich von meiner Antwort abgeschweift bin. Erstens, weshalb du mir aufgefallen bist. Zweitens, wie ich es geschafft habe, so lange am Leben zu bleiben.

Die Antwort auf deine erste Frage lautet, dass ich mich für alles interessiere, was die Voynixe interessiert und alarmiert, und die interessiert und alarmiert dein Verhalten während der letzten Jahrzehnte …«

»Aber weshalb sollten die Voynixe Notiz von mir nehmen oder sich für mich interessieren …«, begann Harman.

Savi hob einen Finger. »Zu deiner zweiten Frage kann ich sagen, dass ich in den letzten Jahrhunderten am Leben geblieben bin, indem ich einen Großteil der Zeit schlafe und mich verstecke, wenn ich wach bin. Wenn ich reise, dann entweder per Sonie – ihr habt heute das Vergnügen gehabt, mit einem zu fliegen – oder zu Fuß; ich wandere zwischen den Faxknoten-Pavillons umher.«

»Das verstehe ich nicht«, sagte Ada. »Wie kann man zwischen Faxknoten umherwandern?«

Savi stand auf. Die anderen erhoben sich mit ihr. »Ich weiß, es war ein anstrengender Tag für euch, meine jungen Freunde, aber vieles liegt noch vor euch, wenn ihr beschließt, mir zu folgen. Wenn nicht, bringt das Sonie euch zum nächsten Faxknoten-Pavillon zurück … im früheren Afrika, glaube ich. Ihr habt die Wahl.« Sie sah Daeman an. »Jeder Einzelne von euch muss sich entscheiden.«

Hannah trank ihren Tee aus und stellte den Becher hin. »Und was wirst du uns zeigen, wenn wir dir folgen, Savi *Uhr*?«

»Viele Dinge, mein Kind. Als Erstes zeige ich euch, wie man fliegt und an Orte gelangt, von denen ihr noch nie gehört habt … Orte, von denen ihr noch nicht einmal geträumt habt.«

Die vier sahen sich an. Harman und Ada nickten einander zu und einigten sich, der Frau zu folgen. Hannah sagte: »Ja, ich bin auch dabei.«

Daeman schien die Entscheidung einen Moment lang stumm abzuwägen. Dann sagte er: »Ich komme mit. Aber vorher hätte ich doch noch gern einen Schluck von diesem starken Wein.«

Savi füllte sein Glas.

14 Niedriger Marsorbit

Mahnmut setzte seine Systeme auf null und nahm eine rasche Schadensanalyse vor. Nichts, was seine organischen oder kybernetischen Komponenten unbrauchbar machte. Die Explosion hatte bei drei vorderen Ballasttanks einen sofortigen Druckverlust verursacht, aber zwölf waren noch intakt. Er schaute auf interne Uhren; vor dem Reset war er keine dreißig Sekunden bewusstlos gewesen, und er war auf allen üblichen Bandbreiten noch immer virtuell mit seinem U-Boot verbunden. Die *Dark Lady* meldete wilde Taumelbewegungen, einen geringfügigen Rumpfschaden, Überlastung des Monitorsystems, Hüllentemperaturen über dem Siedepunkt und eine Reihe weiterer Beschwerden – alles keine Dinge, um die Mahnmut sich unverzüglich kümmern musste. Er startete die Videoverbindungen neu, sah jedoch nur das rot glühende Innere der Ladebucht des Raumschiffs, deren offenen Tore und – durch diese Tore – rotierende Sternenfelder.

Orphu?

Weder auf dem öffentlichen Kanal noch auf einem der Engstrahl- oder Maserkanäle kam eine Antwort. Nicht einmal statische Störungen.

Die Luftschleuse war noch offen. Mahnmut schnappte sich ein Düsenaggregat und ein paar Rollen reißfestes Mikrofaserseil und zog sich zur Luftschleusentür hinaus. Er kämpfte gegen die Vektorkräfte der Taumelbewegung an, indem er sich an Handgriffen festhielt, die er von seiner jahrzehntelangen Arbeit in der Tiefsee kannte. Er vergewisserte sich, dass die Laderaumtüren seines U-Boots vollständig geöffnet waren, schätzte ab, wie viel Platz er brauchen würde, griff sich dann aufs Geratewohl einige von Koros' sorgfältig zusammengeklappten Maschinen und warf sie aus seinem U-Boot und dem in Auflösung begriffenen Raumschiff, sodass sie durch die Klumpen geschmolzenen Schiffsmetalls und das glühende Plasma davonflogen. Mahnmut wusste nicht, ob er die Massenvernichtungswaffen abwarf, die Koros auf den Mars hatte mitnehmen wollen – *in meinem Schiff!,* dachte Mahnmut mit derselben Empörung wie zuvor –, oder ob es Ausrüstungsgegenstände waren, die er zum Überleben benötigen würde, falls er den Mars jemals erreichte. In diesem Augenblick war ihm das egal. Er brauchte den Raum.

Mahnmut band das Seil an Halterungen in der Außenhülle der *Dark Lady* fest und flog mit seinem Düsenaggregat ins All hinaus, wobei er darauf achtete, dass er nicht mit den zerborstenen Toren der Ladebucht kollidierte.

Sobald er draußen und sichere hundert Meter von dem taumelnden Schiff entfernt war, drehte er sich um hundertachtzig Grad, um sich einen ersten Eindruck von dem Schaden zu verschaffen.

Es war schlimmer als erwartet. Wie Orphu beschrieben hatte, war der gesamte Bug des Raumfahrzeugs fort – der Kontrollraum und alles bis auf zehn Meter dahinter. Einfach abrasiert, als hätte es nie existiert. Nur eine leuchtende, sich langsam zerstreuende Plasmawolke um den Bug zeigte, wo Koros III. und Ri Po gewesen waren.

Der übrige Schiffsrumpf war geborsten und in Stücke gerissen. Mahnmut konnte nur vermuten, was für katastrophale Folgen es gehabt hätte, wenn die Fusionstriebwerke, die Wasserstofftanks, die Matloff-Fennelly-Schaufel und andere Antriebsvorrichtungen nicht lange vor diesem Angriff abgeworfen worden wären. Die sekundären Explosionen hätten Orphu und ihn mit Sicherheit vaporisiert.

Orphu? Mahnmut sendete jetzt per Funk und Engstrahl zugleich, aber die Spiegelantennen an der Hülle, die das Maser-Signal weiterleiteten, waren geschmolzen. Er bekam keine Antwort.

Mahnmut flog mithilfe des Düsenaggregats zum vorderen Teil des Schiffes und über die Hülle hinweg. Er wich herumfliegenden Schrapnellen, glühenden Metallklumpen und dem dichtesten Teil der sich ausdehnenden Plasmawolke aus und hielt das Seil lose, damit er von der Taumelbewegung nicht um das sterbende Schiff herumgeschleudert wurde. Sie war jetzt so stark – Sterne, Mars, Sterne, Mars –, dass er die Augen schließen und sich den Weg um den Rumpf herum mithilfe des in das Aggregat eingebauten Radars suchen musste.

Orphu lag noch in seiner Wiege. Eine Sekunde lang jubilierte Mahnmut innerlich – die Radarsignatur zeigte, dass sein Freund unbeschädigt und an seinem Platz war –, aber dann aktivierte er seine Augen und sah die Bescherung.

Bei der Explosion, die den Bug abrasiert hatte, war auch der obere Rumpf des Schiffes bis zu Orphus Position verbrannt und geborsten, und wie der Ionier berichtet hatte, war sein schwarzer Panzer dabei auf einem Drittel seiner Länge aufgerissen und geschwärzt worden. Orphus vordere Manipulatoren fehlten. Seine vorderen Kommunikationsantennen waren abgerissen. Seine Augen verschwunden. Risse durchzogen die letzten drei Meter seiner Oberseite.

»Orphu!«, rief Mahnmut per direktem Engstrahl.

Nichts.

Unter Einsatz jedes Megs seiner Rechenkapazitäten schätzte Mahnmut die relevanten Vektoren ab und flog zur oberen Hülle hinüber. Mit winzigen Schüben sämtlicher zehn Düsen korrigierte er seine gefährliche Flugbahn, bis er nur noch höchstens einen Meter von der Hülle entfernt war. Er zog die K-Pistole aus dem Gurt des Aggregats und schoss einen Haken in die Hülle, schlang dann seine Leine darum und sorgte dafür, dass sie sich nicht verheddern konnte. Er würde sich gleich wieder befreien müssen.

Mahnmut zog das Seil straff und schwang wie ein Pendelarm in weitem Bogen hinter Orphus Wiege – obwohl »verbrannter Krater« jetzt eine treffendere Bezeichnung für die Mulde in der Hülle gewesen wäre.

Während er sich an Orphus Panzer festhielt und seine kurzen Beine über ihm wild hin und her schwangen, klatschte Mahnmut einen Festleitungsaufkleber an den Körper seines Freundes, direkt hinter der Stelle, wo dessen Augen gewesen waren. »Orphu?«

»Mahnmut?« Orphus Stimme war rau, aber kräftig. Vor allem klang sie überrascht. »Wo bist du? Wie erreichst du mich? Meine Kommunikationssysteme sind allesamt außer Betrieb.«

Mahnmut verspürte eine Freude, wie sie nur wenigen von Shakespeares Figuren jemals vergönnt war. »Ich habe Kontakt mit dir. Per Festleitung. Ich hole dich hier raus.«

»Das ist idiotisch!«, dröhnte die Stimme des Ioniers. »Ich bin nutzlos. Ich kann nicht …«

»Halt die Klappe!«, unterbrach ihn Mahnmut. »Ich habe ein Seil. Ich muss dich festbinden. Wo …?«

»Ungefähr zwei Meter hinter meinem Sensorbündel ist eine Seilhalterung«, sagte Orphu.

»Nein, da ist keine.« Der Gedanke, einen Haken in Orphus Körper zu schießen, war Mahnmut zuwider, aber wenn es sein musste, würde er es tun.

»Tja …«, begann Orphu und verstummte dann für ein paar schreckliche Sekunden, als ihm offenkundig das Ausmaß seiner Verletzungen zu Bewusstsein kam. »Dann achtern. Am weitesten von der Explosion entfernt. Direkt über dem Triebwerkscluster.«

Mahnmut verschwieg seinem Freund, dass die externen Triebwerke ebenfalls verschwunden waren. Er stieß sich nach hinten ab, fand die Halterung und band die Mikrofaserleine mit einem unlösbaren Knoten fest. Wenn Moravec Mahnmut eines mit den menschlichen Seeleuten gemein hatte, seinen jahrtausendelangen Vorgängern auf den irdischen Meeren, dann das Wissen, wie man einen guten Knoten band.

»Halt dich fest«, sagte Mahnmut über die Festleitung. »Ich ziehe dich raus. Und keine Angst, falls wir den Kontakt verlieren. Hier gibt es momentan eine Menge Vektorkräfte.«

»Das ist Wahnsinn!«, rief Orphu. Seine Stimme klang immer noch kratzig. »In der *Dark Lady* ist kein Platz, und ich nütze dir nichts, selbst wenn du mich dorthin schaffen kannst. Ich habe nichts mehr, womit ich mich festhalten kann.«

»Sei still«, sagte Mahnmut mit ruhiger Stimme und fügte hinzu: »Mein Freund.«

Mahnmut zündete sämtliche Düsen seines Aggregats und löste gleichzeitig das Seil vom Haken.

Orphu wurde aus seiner Hüllenwiege herausgezogen. Das Taumeln des Schiffes erledigte den Rest; die beiden Moravecs schwangen hundert Meter weit hinaus, weg vom Schiff.

Während Delta-v-Berechnungen sein Sichtfeld trübten und der Mars und die Sterne noch immer alle zwei Sekunden die Plätze tauschten, straffte Mahnmut das Seil und zündete dann die Triebwerke – der Energieverbrauch war atemberaubend –, bis sie sich der Taumelgeschwindigkeit angepasst hatten. Dann zog er sich an dem langen Seil zur *Dark Lady*.

Orphu hatte eine beträchtliche Masse, deren Zugkraft von der Taumelbewegung noch verstärkt wurde, aber das Seil war ebenso unnachgiebig wie Mahnmuts Wille. Er zog sie mit der Sperrklinkenvorrichtung an die offene Ladebucht des wartenden U-Boots heran.

Das Raumschiff begann sich unter der Belastung aufzulösen. Stücke des Hecks brachen los und flogen an Mahnmut vorbei, der sich an Orphus Panzer klammerte; zwei Tonnen Metall verfehlten den Kopf des kleineren Moravecs um keine fünf Meter. Mahnmut zog sie immer näher heran.

Es war sinnlos. Um die *Dark Lady* herum brach das Schiff auf, und Explosionen zerrissen den Rumpf weiter, als sich freigesetzte Gase entzündeten und Druckkammern im Innern nachgaben. Mahnmut würde niemals bis zum U-Boot gelangen, bevor er zerrissen wurde.

»Na schön«, sagte Mahnmut leise. »Dann muss eben der Berg zum Propheten kommen.«

»Was?«, rief Orphu. Er klang zum ersten Mal erschrocken.

Mahnmut hatte vergessen, dass die Festleitung noch funktionierte. »Nichts. Halt dich fest!«

»Womit denn, mein Freund? Meine Manipulatoren und Hände sind weg. Halte du dich an *mir* fest.«

»In Ordnung.« Mahnmut zündete sämtliche Triebwerke, die er hatte. Er brauchte die Energievorräte des Aggregats so schnell auf, dass er auf Notreserve umschalten musste.

Es funktionierte. Die *Dark Lady* glitt aus der dunklen Ladebucht des Schiffes. Sekunden später riss der Bauch des Raumschiffs auf.

Mahnmut vergrößerte den Abstand mithilfe der Triebwerke. Er sah, wie Klumpen geschmolzenen Metalls auf Orphus armen, ramponierten Panzer klatschten. »Tut mir leid«, flüsterte er, während er das taumelnde U-Boot mit dem letzten Rest Treibstoff weiter von dem sterbenden Raumschiff wegzog.

»Was tut dir leid?«, fragte Orphu.

»Nicht so wichtig«, keuchte Mahnmut. »Erzähl ich dir später.«

Er zog, schob, stieß und bugsierte den riesigen Ionier mit allen Moravec-Mitteln in die fast leere Ladebucht. In der Dunkelheit darin war es besser; die wilde Kreiselbewegung – Sterne / Planet / Sterne / Planet – verursachte Mahnmut nicht länger ein Schwindelgefühl.

Er stopfte seinen Freund in die größte Nische des Laderaums und aktivierte die verstellbaren Klammern.

Orphu war jetzt in Sicherheit. Wahrscheinlich waren sie alle drei – die *Dark Lady* und die beiden Moravecs – zum Untergang verurteilt, aber zumindest würden sie ihre Existenz gemeinsam beenden. Mahnmut befestigte die Kommunikationsleitungen des U-Boots am Festleitungs-Port.

»Fürs Erste bist du in Sicherheit«, keuchte er und spürte, dass sich die organischen Teile seines Körpers der Überlastungsgrenze näherten. »Ich trenne jetzt die Festleitung ab.«

»Was …?«, begann Orphu, aber Mahnmut hatte die tragbare Leitung bereits gelöst und zog sich nun Hand über Hand zur Luftschleuse der Ladebucht. Sie funktionierte noch.

Mit letzter Kraft zog er sich in den luftleeren inneren Korridor zur Milieu-Nische und arretierte die Tür. Statt jedoch Luft in den Raum zu pumpen, schloss er sich an die Lebenserhaltungsleitung an. O_2 strömte. In den Kommunikationsleitungen zischte es. Die Schiffssysteme meldeten bleibende, aber erträgliche Schäden.

»Noch da?«, fragte Mahnmut.

»Wo bist du?«

»In meinem Kontrollraum.«

»Wie ist die Lage, Mahnmut?«

»Das Schiff ist durch seine eigene Kreiselbewegung in Stücke gebrochen. Das U-Boot ist mehr oder weniger intakt, einschließlich der Tarnhülle und der Triebwerke an Bug und Heck, aber ich habe keine Ahnung, wie man sie bedient.«

»Bedient?« Dann dämmerte es Orphu offensichtlich. »Du willst immer noch versuchen, in die Marsatmosphäre einzutreten?«

»Haben wir eine andere Wahl?«

Ein oder zwei volle Sekunden lang herrschte Stille, während Orphu darüber nachdachte. Schließlich sagte er: »Ich stimme dir zu. Glaubst du, du kannst dieses Ding in die Atmosphäre fliegen?«

»Nie im Leben«, sagte Mahnmut. Seine Stimme klang beinahe fröhlich. »Ich werde die Steuersoftware herunterladen, die Koros im System gespeichert hat. Dann kannst du das Boot fliegen.«

Über die Festleitung kam jenes rumpelnde, schnaubende Geräusch, obwohl es Mahnmut sehr schwerfiel zu glauben, dass sein Freund ausgerechnet in diesem Augenblick lachte. »Du machst ganz bestimmt Witze. Ich bin blind – mir fehlen nicht nur die Augen und die Kameras, mein ganzes optisches Netz ist verbrannt. Ich bin eine Ruine. Im Grunde bin ich ein Stückchen Gehirn in einem kaputten Behälter. Sag mir, dass das ein Scherz war.«

Mahnmut lud die Programmierung für die externen Zusatztriebwerke, Fallschirme und das ganze kryptische Zeug aus den Speicherbänken des U-Boots herunter. Er aktivierte sämtliche Kameras in der Hülle des Bootes, musste jedoch den Blick abwenden. Das Taumeln war so schrecklich und Schwindel erregend wie zuvor. Der Mars füllte jetzt sein Sichtfeld aus – Polkappe, blaues Meer, Polkappe, blaues Meer, ein Stück schwarzer Raum, Polkappe –, ein Anblick, bei dem es Mahnmut übel wurde. »So«, sagte er, als der Download zu Ende war. »Ab sofort bin ich deine Augen. Ich gebe dir sämtliche Navigationsdaten, die das U-Boot aus der Triebwerkssoftware stibitzen kann. Du stabilisierst uns und bringst uns runter.«

Diesmal war das rumpelnde Gelächter nicht zu verkennen. »Klar, wieso nicht«, sagte Orphu. »Zum Teufel, schon allein der Sturz wird uns umbringen.«

Die Triebswerkskränze an der *Dark Lady* zündeten auf Orphus Kommando.

15 Die Ebene von Ilium

Von der kriegsgerüsteten, wolkenumhangenen, rosselenkenden Athene buchstäblich in den Kampf getrieben, nimmt Diomedes nun Ares aufs Korn.

So etwas habe ich noch nie gesehen. Gerade eben erst hat der aufgerüstete Sohn des Tydeus Aphrodite verwundet, und nun fordert er den Kriegsgott persönlich zum Zweikampf heraus. Eine *Aristie* mit einem Gott. Unglaublich.

Ares hat Zeus und Athene noch an diesem Morgen wie üblich versprochen, den Griechen zu helfen, doch dank seiner Wankelmütigkeit – und angestachelt von Apollos Hänseleien – greift er die Argeier nun gnadenlos an. Vor ein paar Minuten hat der Gott des Krieges Periphas abgeschlachtet, den Sohn des Ochesios, den besten Kämpfer, den das ätolische Kontingent der Griechen zu bieten hatte. Jetzt ist er gerade dabei, Periphas auszuziehen, als er aufblickt und den von Athene gelenkten Streitwagen auf sich zurasen sieht. Die Göttin selbst verbirgt sich in einem Tarnmantel aus Dunkelheit. Ares weiß garantiert, dass ein Gott oder eine Göttin den Streitwagen fährt, aber er nimmt sich nicht die Zeit für den Versuch, durch die Tarnwolke zu schauen; er ist zu sehr darauf versessen, Diomedes zu töten.

Der Gott greift als Erster an. Er wirft seine Lanze mit jener Präzision, über die nur ein Gott gebietet. Die Lanze fliegt über den Rand des Streitwagens hinweg direkt auf Diomedes' Herz zu, aber Athene langt aus ihrer Wolke der Dunkelheit heraus und schlägt sie beiseite. Einen Moment lang kann Ares nur ungläubig mit ansehen, wie seine gottgefertigte Lanze davonfliegt und sich ihre aus einer Wolframlegierung bestehende Spitze in den steinigen Boden bohrt.

Als der Streitwagen nun an Ares vorbeirumpelt, ist Diomedes an der Reihe; er lehnt sich weit hinaus und stößt mit seiner energieverstärkten Bronzelanze zu. Da sie in Athenes Planckfeld mit einbezogen ist, durchstößt die menschliche Waffe zuerst das Kraftfeld des Kriegsgottes, dann den reich verzierten Leibschurz des Kriegsgottes und schließlich die göttlichen Gedärme des Kriegsgottes.

Gegen den Schmerzensschrei, den Ares nun ausstößt, ist Aphrodites vorheriges welterschütterndes Kreischen nur ein Flüstern. Ich erinnere mich, dass Homer diesen Laut so beschrieb: »Da brüllte der eherne Ares so laut, wie neuntausend Männer oder zehntausend schreien im Krieg, wenn des Ares Streit zusammen sie führen.« Wie sich herausstellt, ist das diesmal eine Untertreibung. Zum zweiten Mal an diesem blutigen Tag erstarren beide Heere mitten im grimmigen Geschäft ihres Gemetzels aus sterblicher Furcht angesichts solch göttlichen Lärms. Selbst der edle Hektor, der momentan auf nichts Edleres sinnt als darauf, sich mit dem Schwert seinen Weg durch Argeierfleisch zu bahnen, um den zurückweichenden Odysseus zu töten, hält inne und schaut zu dem blutgetränkten Stück Boden hinüber, wo Ares verwundet worden ist.

Diomedes springt von seinem von Athene gelenkten Streitwagen, um Ares den Todesstoß zu versetzen, aber der Kriegsgott, der sich immer noch in göttlichen Schmerzen windet, verändert sich, wächst, verwandelt sich, verliert seine menschliche Gestalt. Die Luft um Diomedes und die wogende Menge der anderen Griechen und Trojaner, die über Periphas' mittlerweile vergessenem Leichnam kämpfen, ist plötzlich voller Erde, Steine, Stoff- und Lederfetzen, als Ares seine göttlich-menschliche Gestalt ablegt und ... etwas anderes wird. Wo noch vor einer Minute der hochgewachsene Gott Ares gestanden hat, erhebt sich nun ein rotierender Zyklon aus schwarzer Plasmaenergie, dessen statische Elektrizität sich in willkürlichen Blitzstrahlen entlädt, die Argeier und Trojaner gleichermaßen treffen.

Diomedes bricht seinen Angriff ab und weicht zurück. Die Wut des Zyklons zügelt seinen Blutdurst einstweilen.

Dann ist Ares fort, er qtet davon und hält seine Eingeweide dabei nur mit seinen ichor-blutigen Händen im Leib, und die anhaltende Erstarrung auf dem Schlachtfeld erweckt fast den Eindruck, als hätten die Götter wieder die Zeit angehalten. Aber nein – die Vögel fliegen noch, der Staub legt sich noch, die Luft bewegt sich noch. Diese Reglosigkeit ist Ehrfurcht, nicht mehr und nicht weniger.

»Haben Sie so was schon mal gesehen, Hockenberry?« Nightenhelsers Stimme überrascht mich. Ich hatte seine Anwesenheit ganz vergessen.

»Nein«, sage ich. Wir stehen einen Moment lang schweigend da, bis der Kampf auf Leben und Tod von Neuem beginnt, bis Athenes getarnte Gestalt aus Diomedes' weiterrasendem Streitwagen verschwindet, und dann entferne ich mich von dem anderen Scholiker. »Ich morphe – mal sehen, wie die königliche Familie auf den Mauern von Ilium das aufnimmt«, erkläre ich Nightenhelser, bevor ich aus seinem Blickfeld verschwinde.

Ich morphe auch wirklich, aber es ist nur eine List, um mein wahres Verschwinden zu kaschieren. Im Schutz des Staubes und der Verwirrung in den trojanischen Reihen ziehe ich mir den Helm des Todes über den Kopf, aktiviere das Medaillon und qte hinter dem verwundeten Ares her, folge seiner Quantenspur durch den verzerrten Raum zum Olymp.

Ich komme nicht auf den Rasenflächen des Olymp und auch nicht in der Halle der Götter aus der Quantenverschiebung heraus, sondern in einem riesigen Raum, der eher dem Operationszentrum eines Krankenhauses aus dem späten 20. Jahrhundert ähnelt als irgendeiner Räumlichkeit, die ich auf den Olymp gesehen habe. Gruppen von Göttern und anderen Geschöpfen bevölkern den steril wirkenden Raum, und nach der Phasenverschiebung halte ich – wieder einmal – eine halbe Minute lang die Luft an, während ich mit klopfendem Herzen abwarte, ob diese Götter und ihre Lakaien meine Anwesenheit entdecken können.

Offenbar nicht.

Ares sitzt auf einer Art Untersuchungstisch. Drei humanoide, aber nicht ganz menschliche Wesen oder Konstrukte stehen um ihn herum und kümmern sich um ihn. Die Kreaturen könnten Roboter sein – obwohl sie schlanker, organischer und *fremdartiger* aussehen als alle Roboter, von denen man zu meiner Zeit geträumt hat –, und ich sehe, dass eine ihn an den Tropf hängt, während eine andere einen leuchtenden ultravioletten Strahl über Ares' aufgeschlitzten Bauch wandern lässt.

Der Kriegsgott hält seine Gedärme noch immer mit den blutigen Händen umklammert. In seinem Gesicht zeichnen sich Schmerz, Angst und Wut ab – mit anderen Worten, er wirkt geradezu menschlich.

An der langen weißen Wand erheben sich riesige, mindestens sechs Meter hohe Bottiche mit einer sprudelnden violetten Flüssigkeit, diversen Nabelschnüren, Fäden und … Göttern darin: hochgewachsenen, gebräunten, vollkommenen menschlichen Gestalten in verschiedenen Stadien der Rekonstruktion oder der Zersetzung. Ich sehe offene Organhöhlen, weiße Knochen, gestreiftes rotes Fleisch, das Übelkeit erregende Aufblitzen bloßer Schädelknochen. Die anderen Göttergestalten erkenne ich nicht, aber im übernächsten Tank schwebt Aphrodite, nackt, mit geschlossenen Augen und wehendem Haar. Ihr Körper ist vollkommen, abgesehen davon, dass ihr vollkommenes Handgelenk und die vollkommene Hand beinahe von ihrem vollkommenen Arm abgetrennt sind. Ein brodelnder Schwarm grüner Würmer kreist spiralförmig um die dortigen Bänder, Sehnen und Knochen, verschlingt sie oder vernäht sie oder beides. Ich wende den Blick ab.

Zeus betritt den langen Raum und schreitet majestätisch zwischen medizinischen Monitoren ohne Skalen hindurch, vorbei an Robotern mit einer Art synthetischer Haut und an Göttern, die ihm zu Ehren den Kopf neigen und beiseitetreten. Einen Moment lang dreht der riesige Gott den Kopf in meine Richtung, die erschreckenden Augen unter den grauen Brauen schauen direkt in mich hinein, und ich weiß, ich bin entdeckt worden.

Ich warte auf den zeusschen Blitz und Donner. Er bleibt aus. Zeus wendet sich ab – lächelt er? – und macht vor Ares halt, der immer noch zusammengesunken zwischen schwebenden Maschinen und Roboterdingern, die sich um seinen Körper kümmern, auf dem Untersuchungstisch hockt.

Zeus steht mit verschränkten Armen vor dem verletzten Gott, die Toga in dekorative Falten gelegt, den Kopf gesenkt, nur gestutzter grauer Bart und wuchernde graue Augenbrauen; seine bloße Brust strahlt bronzenes Licht und Kraft aus, seine Miene ist grimmig – eher ein verärgerter Schulrektor als ein besorgter Vater, würde ich sagen.

Ares spricht zuerst. »Macht dich der Anblick solch blutiger menschlicher Gewalttat nicht wütend, Vater Zeus? Wir sind die unsterblichen Götter, aber Herrgott noch mal, immer müssen wir wegen unserer göttlichen Streitereien – einer nach dem Willen des anderen – Ungerechtigkeiten und Beleidigungen ertragen, sobald wir diesen stinkenden Sterblichen einen Gefallen erweisen. Und als wäre es nicht schon schlimm genug, dass wir gezwungen sind, gegen diese sterblichen Mistkerle in ihrem Nano-Wahn zu kämpfen, müssen wir auch noch mit *dir* hadern.«

Ares holt Luft, verzieht vor Schmerzen das Gesicht und wartet. Zeus schweigt, schaut aber weiterhin finster drein, als dächte er über die Worte des Kriegsgottes nach.

»Und *Athene*«, keucht der verwundete Gott. »Das Mädchen ist zu weit gegangen, und du hast es nicht verhindert, Kronide. Seit du sie gezeugt hast – dieses Kind des *Chaos* und der Zerstörung –, hast du sie immer gewähren lassen und ihr alles nachgesehen. Und nun hat sie den sterblichen Diomedes zu einer ihrer Waffen gemacht und ihn aufgereizt, gegen uns Götter zu rasen.«

Ares ist jetzt aufgeregt und wütend. Speichel sprüht. Ich sehe die blaugrauen Schlingen seines Gedärms in goldenem Blut.

»Zuerst hat sie diesen … diesen … *Sterblichen* aufgehetzt, Aphrodite an der Hand beim Knöchel zu verwunden und ihr göttliches Blut zu vergießen. Von den Helfern des Heilers habe ich erfahren, dass sie zur Genesung einen ganzen Tag im Bottich bleiben muss. Dann hat Athene Diomedes aufgestachelt, mich selber zu bestürmen – *mich, den Gott des Krieges* –, und sein nanoverstärkter Körper war so schnell, dass er mich, wäre ich nicht noch schneller gewesen, für Tage oder gar Wochen in den Bottich gebracht hätte; vielleicht hätte ich sogar wiederauferweckt werden müssen! Wenn er mit seiner Speerspitze nach meinem Herzen gezielt hätte, würde ich mich immer noch unter den menschlichen Leichen dort unten winden und noch mehr Schmerzen ertragen als jetzt schon, oder ich lebte kraftlos fort von den Stößen des Erzes wie ein Geist aus unserer alten Zeit auf der Erde, und …«

»*ES REICHT!*«, brüllt Zeus und unterbricht damit nicht nur Ares' Tirade, sondern lässt auch jeden Gott und Roboter im Raum erstarren. »Ich will kein weiteres Gewinsel von dir hören, Ares, du lügenhafter, falscher, hinterhältiger Spatzenfurz, du Jammerlappen in Menschen- und erst recht in Göttergestalt!«

Ares schaut verblüfft drein, macht den Mund auf, beschließt aber – klugerweise, wie ich finde –, Zeus nicht zu unterbrechen.

»Hör dir nur an, wie du hier wegen deines kleinen Kratzers jammerst und winselst«, höhnt Zeus, löst seine mächtigen

Arme voneinander und hebt eine riesige Hand, als wollte er den Kriegsgott gleich mit einem Befehl ins Jenseits befördern. »Du – dich hasse ich am meisten von all den Maden, die sich entschieden haben, Götter zu werden, als die Zeit für unsere Verwandlung kam, du elender Heuchler. Du hasenherziger Liebhaber des Todes und wilder Gefechte und des blutigen Mahlwerks des Krieges. Du hast die Niederträchtigkeit deiner Mutter, Ares, und auch ihren Zorn – ich muss gestehen, dass ich Hera nur mühsam durch Worte bezwinge, besonders wenn es um eines ihrer kleinen Lieblingsprojekte geht, wie zum Beispiel, die Achäer bis auf den letzten Mann niederzumachen.«

Ares krümmt sich, als würden Zeus' Worte ihm Schmerzen bereiten, aber vermutlich werden die Schmerzen in Wahrheit von dem schwebenden, kugelrunden Roboterding verursacht, das ihm die Bauchdecke mit einer Art tragbarer Industrienähmaschine zunäht.

Zeus ignoriert die ärztliche Fürsorge und marschiert auf und ab. Er kommt bis auf zwei Meter an mich heran, bevor er kehrtmacht, wieder zurückgeht und vor dem zusammengesunkenen Ares mit seinem schmerzverzerrten Gesicht stehen bleibt.

»Ich hoffe, du hast dies dank der Einflüsterungen deiner Mutter, dank Heras Plänen erlitten, o *Gott des Krieges* …« Ich höre den göttlichen Sarkasmus in Zeus' Stimme. »Ich könnte dich genauso gut sterben lassen.«

Jetzt blickt Ares wirklich schockiert und entsetzt auf.

Zeus lacht über die Miene des Kriegsgottes. »Wusstest du nicht, dass wir sterben können? Ohne dass eine Rekonstruktion im Bottich oder die Wiederauferstehung per Rekom möglich ist? Das können wir, mein Sohn, das können wir.«

Ares senkt verwirrt den Blick. Die Maschine hat ihm die göttlichen Eingeweide wieder in den Bauch gestopft und näht ihm gerade das letzte Stück Muskeln und Fleisch zu.

»Heiler!«, donnert Zeus, und hinter den sprudelnden Bottichen kommt etwas Großes und sehr Nichtmenschliches hervor. Das Ding ist eher ein Tausendfüßler als eine Maschine, mit zahllosen vielgelenkigen Armen und fliegenartigen roten Augen, die in fünf Meter Höhe an seinem segmentierten Körper sitzen. Riemen, Geräte und seltsame organische Teile hängen an Geschirren, die um den riesigen Käferkörper des Heilers geschlungen sind.

»Trotzdem, du bist mein Sohn«, sagt Zeus zu dem Kriegsgott. Der Herr des Donners spricht jetzt mit sanfterer Stimme. »Du bist mein Sohn, wie ich der Sohn des Kronos bin. Mir hat dich die Mutter geboren.«

Ares hebt die blutige Hand, als wollte er Zeus' Unterarm packen, aber der ältere Gott ignoriert die Geste. »Doch glaube mir, Ares: Wärst du von einem anderen Gott gezeugt und trotzdem solch eine abgrundtiefe Enttäuschung, längst schon säßest du tiefer als die Uranoskinder.«

Zeus winkt den Heiler herbei, dreht sich dann um und marschiert aus der Halle.

Ich trete ebenso wie die anderen anwesenden Götter zurück, als der riesige Heiler Ares mit fünf Armen hochhebt, ihn zu dem leeren Tank trägt, diverse Fasern, Tentakel und Nabelschnüre an ihm befestigt und ihn in die sprudelnde violette Flüssigkeit sinken lässt. Sobald sein Gesicht unter der Oberfläche ist, schließt Ares die Augen, und die grünen Würmer strömen aus Öffnungen im Glas zum verwüsteten Unterleib des Kriegsgottes und machen sich dort ans Werk.

Für mich wird es Zeit zu verschwinden.

Mit diesem Medaillon-Gerät erlerne ich den Rhythmus der Quantenteleportation. Man stellt sich den Zielort anschaulich vor, und es qtet einen dorthin. Ich stelle mir meinen College-Campus in Indiana in den letzten Jahren des zwanzigsten Jahrhunderts anschaulich vor. Das Gerät tut nichts. Mit einem Seufzer stelle ich mir das Scholikerwohnheim am Fuß des Olymp vor.

Das Medaillon befördert mich sofort per Phasenverschiebung dorthin. Ich erscheine – wenngleich unsichtbar wegen des Hades-Helms – am Fuß der roten Treppe vor den grünen Türen des roten Kasernengebäudes.

Es war ein verdammt langer Tag, und ich will nur in meine Koje, dieses ganze Zeug ablegen und ein Nickerchen machen. Soll Nightenhelser der Muse Bericht erstatten.

Als hätte ich sie mit diesem Gedanken herbeigerufen, sehe ich, wie die Muse nur zwei Meter von mir entfernt aus dem Nichts auftaucht und die Kasernentür öffnet. Ich bin erstaunt. Die Muse ist noch nie zur Kaserne gekommen; wir fahren immer mit der gläsernen Rolltreppe zu ihr hinauf.

Im Schutz der wie auch immer gearteten Hades-Technik, die mich verbirgt, folge ich ihr in den Gemeinschaftsraum.

»Hockenberry!«, brüllt sie mit ihrer kraftvollen Göttinnenstimme.

Ein jüngerer Scholiker namens Blix, ein Homer-Forscher aus dem zweiundzwanzigsten Jahrhundert, dem die Nachtschicht bei Ilium übertragen worden ist, kommt aus seinem Zimmer im Erdgeschoss, reibt sich die Augen und macht ein verblüfftes Gesicht.

»Wo ist Hockenberry?«, will meine Muse wissen.

Blix schüttelt den Kopf, das Kinn klappt ihm herunter. Er schläft in Boxershorts und einem fleckigen Unterhemd.

»Hockenberry!«, wiederholt die ungeduldige Muse. »Nightenhelser sagt, er sei nach Ilium gegangen, aber dort ist er nicht. Bei mir hat er sich auch nicht gemeldet. Hast du hier einen Scholiker von der Tagschicht vorbeikommen sehen?«

»Nein, Göttin«, sagt der arme Blix und neigt den Kopf, eine Geste, die so etwas wie Ehrerbietung ausdrücken soll.

»Geh wieder ins Bett«, sagt die Muse angewidert. Sie marschiert hinaus, schaut zum Ufer hinunter, wo die grünen Männchen mühsam ihre Steinköpfe aus dem Steinbruch schleppen, und qtet dann mit dem leisen Ploppen einströmender Luft davon.

Ich könnte ihrer Spur durch den Phasenverschiebungsraum folgen, aber … wozu? Sie will offenkundig den Helm und das Medaillon zurückhaben. Solange Aphrodite im Bottich liegt, bin ich für sie ein Risikofaktor – ich wette, außer Aphrodite weiß nur die Muse, dass ich mit diesen Gerätschaften zum Spion ausgerüstet worden bin.

Und vielleicht weiß nicht einmal die Muse, wozu Aphrodite mich benutzen will …

Um Athene zu bespitzeln und sie dann zu töten.

Warum? Selbst wenn Zeus' harsche Worte an seinen Sohn, Ares, der Wahrheit entsprechen – dass Götter den Echten Tod sterben können –, ist es möglich, dass ein bloßer Sterblicher sie umbringt? Diomedes hat sich heute alle Mühe gegeben, zwei Götter zu töten.

Und es ist ihm gelungen, sie außer Gefecht zu setzen. Jetzt schwimmen sie in Bottichen, und grüne Würmer werkeln an ihnen herum.

Ich schüttle den Kopf. Auf einmal bin ich sehr müde und sehr verwirrt. Erst vor vierundzwanzig Stunden habe ich beschlossen, den Göttern zu trotzen, aber damit ist es nun vorbei. Spätestens morgen um diese Zeit wird Aphrodite dafür sorgen, dass man mir das Lebenslicht ausbläst.

Wo kann ich hin?

Ich kann mich nicht sehr lange vor den Göttern verstecken, und wenn deutlich wird, dass ich es versuche, macht Aphrodite noch viel eher Strapse aus meinen Eingeweiden. Sobald die Göttin der Liebe morgen wieder auf den Beinen ist, wird sie zu mir kommen – mich suchen.

Ich kann zum Schlachtfeld unterhalb von Ilium zurückqten und mich dort von der Muse finden lassen. Damit fahre ich vielleicht am besten. Selbst wenn sie mir die Ausrüstung abnimmt, wird sie mich wahrscheinlich am Leben lassen, bis

Aphrodite aus dem Bottich entlassen wird. Was habe ich zu verlieren?

Einen Tag. Aphrodite wird einen Tag lang im Bottich sein, und keiner der anderen Götter kann mich sehen oder finden, bis sie wieder da ist. *Einen Tag.*

Im Endeffekt habe ich noch einen Tag zu leben.

Angesichts dieser Tatsache entscheide ich mich schließlich, wohin ich gehe.

16 Südpolarmeer

Die vier Reisenden beschlossen, doch etwas zu essen.

Savi verschwand für ein paar Minuten in einem ihrer beleuchteten Tunnels und kam mit warmen Speisen zurück – Hähnchen, gekochter Reis, mit Curry gewürzte Paprikaschoten und Lammgeschnetzeltes vom Grill. Obwohl die vier sich erst vor ein paar Stunden in Ulanbat den Bauch vollgeschlagen hatten, aßen sie nun mit Begeisterung.

»Wenn ihr müde seid«, sagte Savi, »könnt ihr heute Nacht hier schlafen, bevor wir aufbrechen. In einigen Räumen in der Nähe gibt es komfortable Schlafbereiche.«

Sie erklärten alle, sie seien nicht müde – nach Paris-Krater-Zeit war es erst später Nachmittag. Daeman schaute sich um, schluckte etwas von dem gegrillten Lamm hinunter, auf dem er herumkaute, und fragte: »Weshalb wohnst du in einem …« Er wandte sich an Harman. »Wie hast du es genannt?«

»Eisberg«, sagte Harman.

Daeman nickte und drehte sich kauend wieder zu Savi um. »Weshalb wohnst du in einem Eisberg?«

Sie lächelte. »Dieses spezielle Zuhause ist vielleicht das Resultat … sagen wir … der Nostalgie einer alten Frau.« Als sie sah, dass Harman sie gespannt anschaute, fügte sie hinzu: »Ich war gerade auf einer Art Forschungsurlaub in einem solchen Eisberg, als das letzte Fax stattfand – ohne mich. Seitdem sind vierzehn der euch zugeteilten Lebensspannen vergangen.«

»Ich dachte, beim letzten Fax wären alle gespeichert worden«, sagte Ada. Sie wischte sich die Finger an einer schönen braunen Leinenserviette ab. »All die Millionen Altmenschen.«

Savi schüttelte den Kopf. »Keine Millionen, meine Liebe. Es gab nicht viel mehr als neuntausend von uns, als die NMs ihr letztes Fax durchgeführt haben. Soweit ich weiß, ist keiner dieser Menschen – und viele von ihnen waren meine Freunde – nach dem Hiatus rekonstruiert worden. Wir Überlebenden der Pandemie sind allesamt Juden gewesen, müsst ihr wissen, weil wir gegen das Rubikon-Virus immun waren.«

»Was sind Juden?«, fragte Hannah. »Oder was *waren* Juden?«

»In erster Linie ein theoretisches Rassenkonstrukt«, sagte Savi. »Eine nicht übermäßig deutlich ausgeprägte genetische Gruppe, entstanden durch mehrtausendjährige kulturelle und religiöse Isolation.« Sie hielt inne und sah ihre vier Gäste an. Nur Harmans Miene ließ darauf schließen, dass er eine leise Ahnung hatte, wovon sie redete.

»Eigentlich ist es nicht so wichtig«, sagte Savi leise. »Aber aus diesem Grund bezeichnet man mich als ›die Ewige Jüdin‹, Harman. Ich bin ein Mythos geworden. Eine Legende. Der Ausdruck ›Ewige Jüdin‹ hat seinen Bedeutungsverlust überlebt.« Sie lächelte erneut, diesmal aber eher freudlos.

»Wie kommt es, dass du das letzte Fax verpasst hast?«, fragte Harman. »Weshalb haben die Nachmenschen dich zurückgelassen?«

»Ich weiß es nicht. Über diese Frage habe ich jahrhundertelang nachgegrübelt. Vielleicht, damit ich als ... Zeugin dienen konnte.«

»Als Zeugin?«, fragte Ada. »Wofür?«

»In den Jahrhunderten vor und nach dem letzten Fax hat es so viele seltsame Veränderungen im Himmel und auf Erden gegeben, meine Liebe. Vielleicht waren die NMs der Ansicht, dass irgendjemand – und sei es auch nur ein Altmensch – Zeugnis über all diese Veränderungen ablegen sollte.«

»Viele Veränderungen?«, sagte Hannah. »Das verstehe ich nicht.«

»Nein, meine Liebe, wie auch. Ihr, eure Eltern und die Eltern der Eltern eurer Eltern kanntet und kennt eine Welt, in der sich überhaupt nichts zu verändern scheint, abgesehen von einzelnen Menschen – und auch die nur langsam und stetig, über ein ganzes Jahrhundert hinweg. Nein, die Veränderungen, von denen ich spreche, waren natürlich nicht alle sichtbar. Aber dies ist nicht die Erde, die die ursprünglichen Alten oder die ersten Nachmenschen einst kannten.«

»Worin besteht der Unterschied?« Daemans Ton verriet allen, wie wenig er mit einer interessanten Antwort auf seine Frage rechnete.

Savi richtete ihre klaren graublauen Augen auf ihn. »Zum Beispiel darin – es ist freilich nur eine Kleinigkeit, jedenfalls im Vergleich zu allem anderen, aber für mich trotzdem wichtig –, dass es keine anderen Juden mehr gibt.«

Sie zeigte ihnen den Weg zu privaten Toilettenbereichen und riet ihnen, die Thermohäute für die bevorstehende Reise auszuziehen.

»Werden wir sie nicht brauchen?«, fragte Daeman.

»Auf dem Weg zum Sonie wird es ein bisschen kalt sein«, sagte Savi. »Aber das ist auszuhalten. Und danach braucht ihr sie nicht mehr.«

Nachdem Ada aus ihrer Thermohaut geschlüpft war, nahm sie im Hauptraum auf dem Sofa Platz, schaute auf die Eiswände und dachte über all dies nach, als Savi aus einem anderen Nebenraum kam. Die ältere Frau trug eine dickere Hose als zuvor, festere und höhere Stiefel, einen gefütterten Umhang und eine tief in die Stirn gezogene Mütze. Die Haare hatte sie zu einem grauen Pferdeschwanz zurückgebunden. Ihr Gepäck war ein ausgeblichener Khaki-Rucksack, der schwer zu sein schien. Ada hatte noch nie eine Frau in solchen Kleidern gesehen. Der Stil der alten Frau faszinierte sie. Ihr wurde klar, dass sie überhaupt von Savi fasziniert war.

Harman war offenbar ebenfalls fasziniert, aber von der Waffe, die nach wie vor aus Savis Gürtel lugte. »Spielst du noch immer mit dem Gedanken, einen von uns zu erschießen?«, fragte er.

»Nein«, sagte Savi. »Momentan jedenfalls nicht. Aber es gibt andere Dinge, auf die man vielleicht hin und wieder einmal schießen muss.«

Auf dem Weg aus dem Innern des Eisbergs und über dessen Oberfläche zum Sonie froren sie wirklich – der Wind heulte wie zuvor, und der Schnee prasselte immer noch auf sie ein –, aber unter dem kuppelförmigen Kraftfeld der Maschine war es warm. Savi nahm die vorderste Mulde, die Harman beim Herflug belegt hatte, und Ada ließ sich an ihrem Platz rechts von ihr nieder. Sie bemerkte, dass eine holografische Schalttafel erschien, als Savi über die schwarze Verkleidung unter dem Handgriff strich.

»Wo kommt *die* denn her?«, fragte Harman von seinem Platz links von der alten Frau. Eine Mulde zwischen Daeman und Hannah blieb leer.

»Es wäre keine gute Idee gewesen, wenn ihr versucht hättet, das Sonie auf dem Herweg selbst zu fliegen«, sagte Savi. Sie vergewisserte sich, dass alle es sich an ihren Plätzen bequem gemacht hatten und sicher auf dem Bauch lagen; dann drehte sie den Handgriff. Die Maschine ließ ein tiefes Summen ertönen, und sie stiegen über dem Eis zweihundert bis zweihundertfünfzig Meter senkrecht in die Höhe, drehten einen vollständigen Looping – das Kraftfeld hielt sie an ihren Plätzen fest, aber es fühlte sich an, als wäre nichts als Luft zwischen ihnen und einem schrecklichen Todessturz hinab auf das blaue Eis und das schwarze Meer so tief unter ihnen –, und dann fing sich die Maschine, legte sich in eine Linkskurve und stieg steil zu den Sternen hinauf.

Als sie in hohem Tempo und großer Höhe nach Nordwesten flogen, fragte Harman: »Kann sie uns dorthin bringen?« Er zeigte mit der linken Hand nach oben. Seine Finger drückten sich in das elastische Kraftfeld über ihm.

»Wohin?«, Savi konzentrierte sich noch immer auf die holografischen Anzeigen vor ihr. Sie hob den Blick. »Zum P-Ring?«

Harman lag beinahe auf dem Rücken. Er schaute zum Polarring hinauf, der über ihnen von Norden nach Süden wanderte – in der klaren, dünnen Luft so hoch oben leuchteten die Zehntausende seiner Komponenten verblüffend hell. »Ja«, sagte er.

Savi schüttelte den Kopf. »Das ist ein Sonie, kein Raumschiff. Der P-Ring ist *sehr* hoch oben. Weshalb willst du dorthin?«

Harman ignorierte die Frage. »Weißt du, wo wir ein Raumschiff finden können?«

Die alte Frau lächelte erneut. Ada, die Savi aufmerksam beobachtete, bemerkte, wie vielseitig das Mienenspiel der Frau war – in ihrem Lächeln lag manchmal echte Wärme, dann wieder gar keine, und aus ihrem jetzigen Lächeln sprach sogar so etwas wie unverhohlene Kälte oder Ironie.

»Schon möglich«, sagte sie, aber ihr Ton warnte sie vor weiteren Fragen zu diesem Thema.

Hannah fragte: »Bist du wirklich Nachmenschen begegnet?«

»Ja.« Savi hob ihre Stimme ein wenig, damit sie über dem Summen des nordwärts jagenden Sonies zu hören war. »Ich bin wirklich einigen begegnet.«

»Wie waren sie?« Hannahs Stimme klang ein wenig sehnsüchtig.

»Zunächst einmal waren sie alle Frauen«, sagte Savi.

Harman machte ein verdutztes Gesicht. »Wirklich?«

»Ja. Viele von uns hatten den Verdacht, dass nur einige wenige NMs jemals auf die Erde heruntergekommen waren, dass sie jedoch verschiedene – aber immer weibliche – Gestalt annahmen. Vielleicht gab es keine männlichen Nachmenschen. Vielleicht verzichteten sie auf die Geschlechtertrennung, als sie ihre Evolution selbst steuerten. Wer weiß?«

»Hatten sie Namen?«, fragte Daeman.

Savi nickte. »Diejenige, die ich am besten kannte … nun ja, die ich am häufigsten sah … hieß Moira.«

»Wie waren sie?«, fragte Hannah erneut. »Von der Persönlichkeit her? Und wie sahen sie aus?«

»Sie schwebten lieber, als dass sie zu Fuß gingen«, sagte Savi geheimnisvoll. »Sie gaben gern Partys für uns Altmenschen. Sie neigten dazu, in delphischen Rätseln zu sprechen.«

Eine Minute lang herrschte Stille. Nur der Wind rauschte über die Polykarbonhülle und die Kraftfeldkuppel. Schließlich fragte Ada: »Sind sie oft von ihren Ringen heruntergekommen?«

Savi schüttelte wieder den Kopf. »Nicht oft. Gegen Ende – in den Jahren vor dem letzten Fax – nur noch sehr selten. Aber es ging das Gerücht, sie hätten ein paar Einrichtungen im Mittelmeerbecken.«

»Im Mittelmeerbecken?«, sagte Harman.

Savi lächelte – ein amüsiertes Lächeln diesmal, wie Ada fand. »Tausend Jahre vor dem letzten Fax haben die NMs ein ziemlich großes Meer südlich von Europa trockengelegt – mithilfe eines Damms zwischen einem Felsen namens Gibraltar und der Spitze Nordafrikas – und die Region zum Sperrgebiet für die Altmenschen erklärt. Ein großer Teil wurde in Ackerland umgewandelt – das haben die NMs uns jedenfalls erzählt –, aber ich habe mich dort heimlich umgesehen, bevor man mich entdeckte und hinauswarf, und wie ich herausfand, gab es dort … nun ja, Städte trifft es vielleicht am besten, sofern man ein massives Gebilde als Stadt bezeichnen kann.«

»Ein massives Gebilde?«, fragte Hannah.

»Nicht so wichtig, mein Kind.«

Harman lag wieder auf dem Bauch. Er stützte sich auf die Ellbogen und schüttelte den Kopf. »Ich habe noch nie etwas vom

Mittelmeerbecken gehört. Oder von Gibraltar. Oder von … wie hieß das? Nordafrika.«

»Ich weiß, Harman, du hast ein paar Karten entdeckt und sie zu lesen gelernt … jedenfalls einigermaßen«, sagte Savi. »Aber das waren schlechte Karten. Und alte obendrein. Die wenigen Bücher, die die Nachmenschen bis in diese nachliterarischen Zeiten fortbestehen ließen, sind ungenau … harmlos.«

Harman runzelte erneut die Stirn. Schweigend flogen sie nach Norden.

Das Sonie trug sie in einer Höhe, die sie nur schätzen, und mit einer Geschwindigkeit, von der sie nur träumen konnten, aus der polaren Nacht ins Nachmittagslicht, fort von dem dunklen Ozean und über Land. Der P-Ring verblasste, als der Himmel blau wurde und im Norden der Ä-Ring in Sicht kam.

Sie überquerten Land, das unter hoch aufragenden weißen Wolken verborgen lag. Dann sahen sie tief unter sich hohe, schneebedeckte Gipfel und Gletschertäler. Savi ging mit dem Sonie tiefer, und in rund tausend Meter Höhe flogen sie östlich der Gipfel über Regenwald und grüne Savannen hinweg. Sie waren immer noch so schnell, dass weitere Gipfel wie Punkte über dem Horizont auftauchten und dann binnen Minuten zu Bergen heranwuchsen.

»Ist das Südamerika?«, fragte Harman.

»Das war es einmal, ja«, antwortete Savi.

»Was bedeutet das?«

»Das bedeutet, dass die Kontinente sich erheblich verändert haben, seit die Karten gezeichnet wurden, die du gesehen hast«, sagte die alte Frau. »Und sie hatten seit damals auch noch einige andere Namen. War diese Landmasse auf deinen Karten mit derjenigen verbunden, die Nordamerika genannt wurde?«

»Ja.«

»Das ist jetzt anders.« Sie berührte die holografischen Symbole, drehte den Handgriff, und das Sonie ging tiefer. Ada erhob sich auf die Ellbogen, bis ihre Haare gegen die Kraftfeldkuppel drückten, und schaute sich um. Lautlos bis auf das Rauschen der Luft über der Kuppel flog das Sonie in geringer Höhe über die Baumwipfel hinweg – Zykadeen, riesige Farne und uralte, entlaubte Bäume schossen vorbei. Im Westen erhob sich das Vorgebirge am Fuß der hohen Gipfelkette. Weiter östlich sprenkelten noch mehr dieser primitiven Bäume wogendes Grasland. Große Tiere trotteten wie bewegliche Felsbrocken in der Nähe der Flüsse und Seen dahin. Grasende Tiere mit grotesken Schnauzen hatten weiße, hellbraune, dunkelbraune und rote Streifen. Ada konnte keines von ihnen identifizieren.

Auf einmal stürmte eine Herde dieser grasenden Tiere in wilder Flucht rund dreißig Meter unter dem Sonie hindurch. Voller Panik rannten sie um ihr Leben, verfolgt von einem halben Dutzend vogelartiger Geschöpfe – wuchtig gebaut, zweieinhalb Meter groß oder noch größer, schätzte Ada. Ihr wildes Gefieder zog sich von den größten Schnäbeln und hässlichsten Gesichtern, die Ada je gesehen hatte, nach hinten. Die grasenden Tiere waren schnell – fünfzig, sechzig Stundenkilometer, schätzte Ada in den Sekunden, bevor das Sonie sie außer Sichtweite trug –, aber die Vögel waren noch schneller, vielleicht an die hundert Stundenkilometer, viermal so schnell wie jede Droschke oder Karriole, mit der Ada und die anderen drei je gefahren waren.

»Was …?«, setzte Hannah an.

»Terrorvögel«, sagte Savi. »*Phorusrhacos*. Nach dem Rubikon hatten die ERNisten ein paar Jahrhunderte lang freie Bahn für solche Spielereien. Es ist irgendwie passend, weil die echten Terrorvögel vor ungefähr zwei Millionen Jahren auf diesen Ebenen und Hügeln umhergelaufen sind, aber diese Art von rekombinantem Unfug – wie eure Dinosaurier oben im Norden – hat verheerende Auswirkungen auf die Ökologie. Die NMs haben versprochen, während des Hiatus beim letzten Fax damit aufzuräumen, aber sie haben es nicht getan.«

»Was ist ein ERNist?«, fragte Ada. Die rotschnäbeligen Terrorvögel waren ebenso wie ihre Beute hinter ihnen verschwunden. Im Westen waren jetzt Herden größerer Tiere zu sehen. Tigerartige Wesen schlichen um sie herum. Das Sonie ging höher und bog in Richtung des Vorgebirges ab.

Savi seufzte, als wäre sie müde. »RNA-Artisten. Künstler. Freischaffende Rekombinierer. Sozialrebellen und Scherzbolde mit Sequenzierern und illegalen Regen-Tanks.« Sie schaute zu Ada und Harman hinüber, dann zurück zu Daeman und Hannah. »Nicht so wichtig, Kinder«, sagte sie.

Sie flogen eine weitere Viertelstunde über dampfende Wälder hinweg und bogen dann westwärts in eine Bergkette ab. Wolken hingen um die Gipfel und zogen zwischen ihnen hindurch, Schnee peitschte um das Sonie, aber irgendwie hielt das Kraftfeld die Elemente in Schach.

Savi berührte ein leuchtendes Bild; das Sonie wurde langsamer, kreiste und wandte sich nach Westen in Richtung der Spätnachmittagssonne. Sie flogen in großer Höhe.

»Du meine Güte«, entfuhr es Harman.

Vor ihnen erhoben sich zwei steile Gipfel zu beiden Seiten eines schmalen Sattels mit grasbewachsenen Terrassen und sehr, sehr alten Ruinen, Steinmauern ohne Dächer. Eine Brücke – auch aus dem Untergegangenen Zeitalter, aber offensichtlich nicht so alt wie die Steinruinen – führte über die Ruinen hinweg von dem einen gezackten Gipfel zum anderen. Links und rechts von der Hängebrücke war keine Straße – die Fahrbahn endete jeweils vor einer Steinwand –, und die Fundamente waren in den Fels zwischen den Ruinen unter der Brücke eingelassen.

Das Sonie kreiste.

»Eine Hängebrücke«, flüsterte Harman. »Darüber habe ich schon mal etwas gelesen.«

Ada war gut im Schätzen von Entfernungen, und sie vermutete, dass der Hauptbogen dieser Brücke fast anderthalb

Kilometer lang war, obwohl das Straßenbett an mehreren Stellen weggebrochen war und den Blick auf rostigen Bewehrungsstahl und luftige Leere freigab. Sie schätzte, dass die beiden Türme – jeder wies einen uralten orangefarbenen Anstrich auf, trug jedoch vor allem Rost zur Schau – über zweihundert Meter hoch waren; die Turmspitzen ragten höher auf als die Berge zu beiden Seiten. Die Doppeltürme waren von einem grünen Bewuchs überzogen; aus der Ferne sah er wie Efeu aus, doch als das Sonie näher kam, sah Ada, dass der »Bewuchs« künstlich war – grüne Blasen, Treppen und Klumpen aus biegsamem, glasartigem Material, die sich um die Türme schlangen, an den schweren Hängekabeln entlangrankten, ja sich sogar an den Tragkabeln herabwanden und frei über der zerstörten Fahrbahn hingen. Wolken zogen von den hohen Gipfeln herab und vermischten sich mit dem Nebel, der aus den tiefen Schluchten unterhalb der Ruinen auf der Bergkuppe emporstieg, sich in schlangenartigen Fahnen um den Südturm kräuselte und die Fahrbahn und die Hängekabel dort verbarg.

»Hat dieser Ort einen Namen?«, fragte Ada.

»Golden Gate bei Machu Picchu.« Savi berührte die Bedienungselemente, um sie näher heranzubringen.

»Was bedeutet das?«, fragte Harman.

»Ich habe keine Ahnung«, sagte Savi.

Das Sonie umkreiste den Nordturm – mattes Orange und schuppenartiger Rost im hellen Sonnenschein außerhalb der Wolken –, schwebte langsam und vorsichtig zur Spitze des Turms und setzte geräuschlos auf.

Das Kraftfeld erlosch. Savi nickte, und alle krabbelten herunter, streckten sich und schauten sich um. Die Luft war kalt und sehr dünn.

Daeman schlenderte zum rostigen Rand der Turmspitze, beugte sich vor und schaute hinunter. Da er in Paris-Krater aufgewachsen war, kannte er keine Höhenangst.

»An deiner Stelle würde ich nicht hinunterfallen«, warnte ihn Savi. »Hier gibt es keine Klinik-Rettung. Wenn man abseits der Faxknoten stirbt, bleibt man tot.«

Daeman taumelte zurück. Er hatte es so eilig, vom Rand wegzukommen, dass er beinahe hingefallen wäre. »Was soll das heißen?«

»Genau das, was ich gesagt habe.« Savi schulterte ihren Rucksack. »Hier gibt es kein Fax zur Klinik. Ihr müsst einfach versuchen, bis zu eurer Rückkehr am Leben zu bleiben.«

Ada schaute zum Himmel. Durch die dünne Luft so hoch oben waren beide Ringe zu sehen. »Ich dachte, die Nachmenschen könnten uns von überall faxen, wenn wir … in Schwierigkeiten geraten.«

»Zu den Ringen«, sagte Savi mit ausdrucksloser Stimme. »Wo euch die Klinik heilt. Wohin ihr nach eurem Fünften Zwanziger auffahrt, um euch zu den Nachmenschen zu gesellen.«

»Ja«, sagte Ada schwach.

Savi schüttelte den Kopf. »Es sind nicht die NMs, die euch wegfaxen und euch rekonstruieren, wenn euch etwas Schlimmes zustößt. Das sind alles Mythen. Oder, weniger höflich ausgedrückt: Es ist Quatsch.«

Harman öffnete den Mund, um etwas zu sagen, aber Daeman kam ihm zuvor. »Ich war gerade dort«, sagte er mit zorniger Stimme. »In der Klinik. In den Ringen.«

»In der Klinik, ja«, erwiderte Savi. »Aber du wurdest nicht von Nachmenschen geheilt. Falls sie dort oben sind, scheren sie sich keinen Deut um euch. Aber ich glaube nicht, dass sie noch dort oben sind.«

Die vier standen auf der rostigen Turmspitze, mehr als hundertfünfzig Meter über der zerstörten Fahrbahn, fast zweihundertfünfzig Meter über dem grasbewachsenen Sattel und den Steinruinen. Der Wind, der von den höheren Gipfeln herabkam, schlug auf sie ein und blies ihnen in die Haare.

»Nach unserem letzten Zwanziger fahren wir zu den Nachmenschen auf …«, begann Hannah mit schwacher Stimme.

Savi lachte und führte sie zu einer unregelmäßig geformten Glaskugel, die den westlichen Rand der uralten Turmspitze überwölbte.

Es gab Zimmer, Vorzimmer, abwärts führende Treppen, stehende Rolltreppen und kleinere Kammern, die von den Haupträumen abgingen. Ada fand es seltsam, dass der Himmel, die orangefarbenen Türme, die Hängekabel sowie der Dschungel und die Fahrbahn unten, die hin und wieder sichtbar wurden, ebenso wenig durch das Material grün getönt waren wie das hereinströmende Sonnenlicht – irgendwie ließ das grüne Glas die Farben ungefiltert durch.

Savi führte sie durch dünne Röhren, die im starken Wind hätten schwanken müssen, es aber nicht taten, von einem grünen Modul zum nächsten darunter oder danebenliegenden, von einer Seite des zweiästigen Turms zur anderen. Manche Räume erstreckten sich zehn, zwölf Meter über den Rand des Turms hinaus, und Ada hatte keine Ahnung, wie die grüne Kugel am Beton und am Stahl befestigt war.

Einige der Räume waren leer. Andere enthielten – Artefakte. In einem hob sich eine Reihe von Tierskeletten silhouettenartig gegen die Kammlinie der Berge ab. In einem anderen standen Objekte, bei denen es sich um Nachbildungen von Maschinen zu handeln schien, in Ausstellungsvitrinen oder hingen an Drähten. In einem weiteren sahen sie Plexiglaswürfel mit den Föten von hundert Geschöpfen – keines von ihnen ganz, aber etliche auf beunruhigende Weise beinahe menschlich. Und in einem vierten wanderten verblichene Hologramme von Sternenfeldern und Ringfeldern über und durch die Betrachter.

»Was ist das hier?«, fragte Harman.

»Eine Art Museum«, antwortete Savi. »Ich glaube, die meisten wichtigen Ausstellungsstücke fehlen.«

»Wer hat es geschaffen?«, fragte Hannah.

Savi zuckte die Achseln. »Die Nachmenschen nicht, glaube ich. Ich weiß es nicht. Aber ich bin ziemlich sicher, dass sich die Brücke – oder das Original dieser Brücke, es kann eine Nachbildung sein – einmal über ein Gewässer in der Nähe einer Stadt des Untergegangenen Zeitalters spannte, an der damaligen Westküste des Kontinents nördlich von hier. Hast du von so etwas gehört, Harman?«

»Nein.«

»Vielleicht habe ich es nur geträumt«, sagte Savi mit einem kläglichen Lachen. »Nach all diesen verschlafenen Jahrhunderten spielt mir mein Gedächtnis manchmal einen Streich.«

»Du hast schon einmal erwähnt, dass du die Jahrhunderte hindurch geschlafen hast«, sagte Daeman in brüskem Ton, wie Ada fand. »Was meinst du damit?«

Savi hatte sie eine lange Wendeltreppe in der Röhre aus grünem Glas hinuntergeführt, die sich zwischen den Hängekabeln spannte, und nun zeigte sie auf eine Reihe von Gebilden, die wie gläserne Särge aussahen. »Eine Art Kryoschlaf«, sagte sie. »Nur nicht kalt – was albern ist, weil ›kryo‹ ursprünglich genau das bedeutet hat. Einige dieser Kokons funktionieren noch; sie frieren die Molekularbewegung ein. Nicht durch Kälte, sondern durch eine Mikrotechnik, die ihre Energie von der Brücke bezieht.«

»Von der Brücke?«, sagte Ada.

»Das ganze Ding ist ein Sonnenenergiekollektor«, erklärte Savi. »Zumindest die grünen Teile.«

Ada schaute auf die staubigen Glassärge und versuchte sich vorzustellen, wie sie in einem einschlief und wartete … wie lange? Jahre, bis sie wieder erwachte? Jahrzehnte? Jahrhunderte? Sie fröstelte.

Savi sah sie an, und Ada errötete. Aber Savi lächelte. Diesmal ein ehrlich amüsiertes Lächeln, dachte Ada.

Sie stiegen zu einem langen grünen Glaszylinder hinauf. Er hing von einem ausgefransten, rostigen Tragkabel herab, das dicker war als Harman groß. Ada merkte, dass sie aus Angst, ihr gemeinsames Gewicht könnte den Zylinder, das Kabel, die ganze Brücke zum Einsturz bringen, vorsichtig einen Fuß vor den anderen setzte und ihr Gewicht durch reine Willenskraft zu verringern suchte. Wieder merkte sie, dass Savi sie beobachtete. Diesmal errötete Ada nicht, sondern schaute mit gerunzelter Stirn zurück. Sie hatte den prüfenden Blick der alten Frau satt.

Alle vier blieben einen Moment lang erschrocken stehen. Es schien, als wären sie in einen Versammlungssaal voller Menschen gekommen – Menschen, die überall an den Wänden des Raumes standen, Männer und Frauen in merkwürdiger Tracht, Menschen, die an Schreibtischen saßen und an Schalttafeln standen, Menschen, die sich nicht bewegten und sich auch nicht zu den Neuankömmlingen umdrehten.

»Sie sind nicht echt«, sagte Daeman, während er zum nächsten Mann ging – er trug einen staubigen, blauen Anzug und ein Stück Stoff am Hals – und dessen Gesicht berührte.

Die fünf gingen von einer Gestalt zur anderen, betrachteten die Männer und Frauen mit ihrer seltsamen Kleidung, die Menschen mit den fremdartigen Frisuren und dem ungewöhnlichen persönlichen Zierrat – Tätowierungen, sonderbare Schmuckstücke, gefärbte Haare und gefärbte Haut.

»Ich habe gelesen, dass Servitoren früher einmal menschliche Gestalt hatten …«, begann Harman.

»Nein«, sagte Savi. »Das sind keine Roboter. Nur Gliederpuppen.«

»Was?«, sagte Daeman.

Savi erklärte das Wort.

»Weißt du, wen sie darstellen sollen?«, fragte Hannah. »Oder weshalb sie hier sind?«

»Nein«, sagte Savi. Sie blieb zurück, während die anderen sich alles genau ansahen.

Am anderen Ende des Raums saß die Figur eines Mannes in einer gläsernen Nische, als hätte sie dort einen Ehrenplatz. Sie thronte auf einem reich verzierten, mit Leder bezogenen Holzstuhl. Trotz ihrer sitzenden Haltung sah man, dass sie kleiner war als die meisten anderen männlichen Gliederpuppen im Saal. Die Gestalt trug einen gelbbraunen Kittel, der wie ein kurzes, gegürtetes Gewand aus grober Baumwolle oder Wolle aussah. Ihre Füße steckten in Sandalen. Der kleine Mann hätte komisch wirken können, aber seine Gesichtszüge – kurzes, lockiges graues Haar, Adlernase und grimmige graue Augen, die kühn unter dicken Brauen hervorschauten – waren so ausdrucksvoll, dass Ada sich dabei ertappte, wie sie sich der Puppe wachsam näherte. Die muskulösen Unterarme des Mannes trugen so viele Narben, die kurzen, dicken Finger lagen locker gekrümmt, aber mit so viel Kraft auf den hölzernen Armlehnen des Klappstuhls – alles an der geschnitzten Gestalt machte einen Eindruck von solch gespannter Willens- und Körperkraft gleichermaßen –, dass Ada zwei Meter vor ihm stehen blieb. Der Mann war sichtlich älter, als Menschen in diesen Zeiten aussehen wollten – irgendwo zwischen Harmans Fünftem Zwanziger und Savis Alter. Im Ausschnitt seines Kittels sah Ada das ergrauende Haar auf seiner breiten, gebräunten Brust.

Daeman kam mit schnellen Schritten nach vorn. »Ich kenne diesen Mann«, sagte er und zeigte auf die Gestalt. »Ich habe ihn schon gesehen.«

»Im Turin-Drama«, sagte Hannah.

»Ja, ja«, sagte Daeman und schnippte in dem Bemühen, sich zu erinnern, mit den Fingern. »Er heißt …«

»Odysseus«, sagte der Mann auf dem Stuhl. Er stand auf und trat einen Schritt auf den verblüfften Daeman zu. »Odysseus, Sohn des Laertes.«

17 Mars

»Sie stabilisiert sich«, sagte Mahnmut über die Festleitung zu Orphu. »Rollrate nur noch ungefähr eine Umdrehung alle sechs Sekunden. Stampf- und Gierbewegung fast gleich null.«

»Ich versuche, das Rollen auszugleichen«, erklärte Orphu. »Sag mir, wenn du die Polkappe im Fadenkreuz hast.«

»Okay. Nein – sie driftet weg. Verdammter Schrott.« Mahnmut versuchte, durch einen Blizzard aus herumpurzelnden Trümmerstücken und noch immer leuchtendes Plasma hindurch die Markierung im Kamerabild mit dem verschwommenen weißen Fleck der marsianischen Polkappe zur Deckung zu bringen.

»Ja«, sagte Orphu aus den Laderaum, »ich bin Schrott.«

»Ich habe nicht von dir gesprochen.«

»Ich weiß. Aber ich bin trotzdem Schrott. Ich gäbe die Hälfte meiner Proust-Bibliothek für ein einziges meiner sechs Augen.«

»Wir hängen dich an irgendeine optische Leitung«, sagte Mahnmut. »Zum Teufel. Wir taumeln wieder.«

»Lass sie taumeln, bis wir kurz davor sind, in die Atmosphäre einzutreten«, sagte Orphu. »Sparen wir uns den Treibstoff und die Energie. Und – nein – das mit der Optik werden wir nicht hinkriegen. Ich habe einen Schadenstest gemacht, nachdem du mich hier angeschlossen hattest, und mir fehlen nicht nur die Augen und die Kameras. Ich habe in Richtung Bug geschaut, als das Schiff attackiert wurde, und der Blitz hat mir sämtliche Kanäle bis auf die organische Ebene ausgebrannt. Meine inneren Sehnerven sind Asche.«

»Tut mir leid«, sagte Mahnmut. Er fühlte sich elend, und das lag nicht nur am Taumeln. Nach einer Weile sagte er: »Uns gehen so langsam alle Verbrauchsstoffe aus – Wasser, Luft, Treibstoff. Bist du sicher, dass du in diesem Trümmerfeld bleiben willst?«

»Das ist unsere beste Chance«, sagte Orphu. »Auf dem Radar sind wir nur eins von vielen Trümmerstücken des zerstörten Raumschiffs.«

»Auf dem *Radar*? Hast du gesehen, was uns angegriffen hat? Ein gottverdammter *Streitwagen*. Glaubst du, ein Streitwagen hat Radar?«

Orphu lachte rumpelnd. »Glaubst du, ein Streitwagen kann eine Energielanze emittieren, die ein Drittel unseres Schiffes verdampft, einschließlich Koros und Ri Po? Und ja, Mahnmut, ich habe den Streitwagen gesehen – er war das Letzte, was ich jemals sehen werde. Aber ich glaube keine Sekunde lang, dass es wirklich ein Streitwagen war, mit dem zwei übergroße Menschen, ein Mann und eine Frau, im offenen Vakuum herumfuhren. Mh-mh. Zu putzig … viel zu putzig.«

Darauf wusste Mahnmut nichts zu erwidern. Er wünschte, Orphu hätte die Rollbewegung vollständig gedämpft – das U-Boot stampfte und gierte auch wieder –, aber da sich alles andere in dem Trümmerfeld ebenfalls überschlug, war es sinnvoll, dass sie es auch taten.

»Wie wär's mit einem kleinen Gespräch über Shakespeares Sonette?«, fragte Orphu von Io.

»Willst du mich verscheißern?« Die Moravecs liebten die alten umgangssprachlichen Wendungen der Menschen – je skatologischer, desto besser.

»Ja«, sagte Orphu. »Und ob ich dich verscheißere, mein Freund.«

»Augenblick, Augenblick«, sagte Mahnmut. »Die Trümmer fangen an zu glühen. Wir auch. Erste Anzeichen von Ionisation.« Er freute sich, dass seine Stimme ruhig blieb. Vor ihnen glommen größere Stücke des zerstörten Raumschiffs in mattem

Rot. Der Bug der *Dark Lady* begann ebenfalls zu glühen. Die Außensensoren meldeten einen Anstieg der Hüllentemperatur. Sie traten in die Marsatmosphäre ein.

»Dann wollen wir uns mal in die richtige Fluglage bringen«, sagte Orphu, der unten im Rumpf des U-Boots die weitergeleiteten Daten bekam und die heruntergeladenen Fragmente von Koros' Steuerungssoftware nach Kräften nutzte, als er die Zusatztriebwerke zündete und die Schiffskreisel neu justierte. »Hat das Rollen aufgehört?«

»Nicht ganz.«

»Wir können nicht länger warten. Ich drehe diesen Schrotthaufen um, bevor wir verbrennen.«

»Dieser ›Schrotthaufen‹ heißt *Dark Lady*, und es kann sein, dass sie uns das Leben rettet«, knurrte Mahnmut.

»Schon gut, schon gut«, beschwichtigte ihn Orphu. »Sag mir Bescheid, wenn das Kreuzchen auf dem Heckmonitor genau auf den Rand des Mars über dem Pol ausgerichtet ist. Dann fange ich an, das Taumeln abzumildern. Gott, was gäbe ich dafür, wenn ich meine Augen zurückbekäme. Sorry, ich sag's bestimmt nicht noch mal.«

Mahnmut behielt den Monitor im Blick. Wegen der sich ausdehnenden Trümmerwolke bezogen sich die einzigen zuverlässigen Positionsbestimmungen, die er in der letzten halben Stunde für Orphu hatte vornehmen können, auf den Mars selbst. Nicht einmal die beiden kleinen Monde waren zu sehen. Jetzt feuerten die Triebwerke mit einem hohlen, dumpfen Dröhnen, das beschädigte U-Boot drehte sich langsam, und die Bugkamera verlor den Mars aus dem Blickfeld und zeigte stattdessen glühendes Plasma, weiß glühendes, geschmolzenes Metall und eine Million leuchtender Scherben, die einmal ihr Raumschiff und ihre Reisegefährten gewesen waren.

Die orange-rot-braun-grüne Masse des Mars füllte das Heckbild, und das Kreuzchen, das Mahnmut auf Orphus Anweisung hin auf den Monitor gelegt hatte, wanderte immer weiter aufwärts, überquerte die von Wolken gesprenkelte Küstenlinie, zeigte blaues Meer, dann Weiß …

»Polkappe«, meldete Mahnmut. »Da ist der obere Rand.«

»Okay«, sagte Orphu. Alle Triebwerke dröhnten. »Hast du den Pol noch im Bild?«

»Nein.«

»Irgendwelche erkennbaren Sterne?«

»Nein. Aber die Hüllenionisation wird stärker.«

»Nicht gut, aber besser geht's nicht«, sagte der Ionier. »Ich funktioniere die Triebwerke im Heckkranz jetzt zu Bremsraketen um.«

»Koros III. wollte uns für den Wiedereintritt mit dem großen Düsenaggregat am Bug abbremsen und es abwerfen, bevor wir auf die Atmosphäre treffen«, sagte Mahnmut. Das Heck glühte jetzt in dunklerem Rot.

»Ich hebe mir diese stärkeren Triebwerke für den Eintritt in die Atmosphäre auf«, sagte Orphu.

»Warum?«

»Du wirst schon sehen.«

»Können sie nicht explodieren, wenn sie sich beim Wiedereintritt erhitzen?«

»Können sie«, grunzte der Ionier.

»Wir sind ziemlich ramponiert«, sagte Mahnmut. »Besteht nicht die Gefahr, dass wir auseinanderbrechen, wenn uns Stücke von der Verkleidung wegbrennen?«

»Klar besteht die Gefahr.« Orphu zündete die Schwerionentriebwerke.

Mahnmut wurde dreißig Sekunden lang in seine Andruckliege gepresst und dann wieder losgelassen, als der Lärm und die Vibration endeten. Er hörte das laute, dumpfe Geräusch, mit dem der Triebwerkskranz für die Fluglagesteuerung abgesprengt wurde.

Ein Feuerball schoss an der Bugkamera vorbei, obwohl diese jetzt, wo sie mit dem Heck voran in die Atmosphäre eintraten, gegen die Flugrichtung zeigte. »Wir prallen definitiv auf die Atmosphäre«, sagte Mahnmut und merkte, dass seine Stimme nicht mehr ganz so ruhig klang wie zuvor. Er war noch nie von einer echten planetaren Atmosphäre umgeben gewesen, und der Gedanke an all die dicht gedrängten Moleküle verstärkte sein Unbehagen. »Das abgeworfene Triebwerksaggregat hat sich überhitzt und ist in Flammen aufgegangen. Ich sehe, dass das Heck zu glühen beginnt. Das Hauptaggregat am Bug auch, aber nicht so stark. Die Hitze- und Stoßwelle scheint sich ums Heck zu konzentrieren. *Wow!* – wir bleiben hinter einem Teil des Trümmerfelds zurück, aber vor uns verbrennt alles. Es ist, als befänden wir uns inmitten eines gewaltigen Meteoritenschauers.«

»Gut«, sagte Orphu. »Mach weiter.«

Die Überreste des ehemaligen Moravec-Raumschiffs trafen weitgehend genau so auf die verdichtete Marsatmosphäre, wie Mahnmut es Orphu beschrieben hatte – als ein Meteoritenschauer, wobei die größeren Fragmente eine Masse von mehreren metrischen Tonnen und einen Durchmesser von ein paar Dutzend Metern hatten. Hundert Feuerbälle flogen durch den hellblauen Marshimmel, und das Knattern dumpfer Überschallknalle brach die Stille der nördlichen Halbkugel. Die Feuerbälle überquerten wie ein Schwarm feuriger Vögel die Nordpolkappe und flogen, lange Plasmadampfspuren hinter sich herziehend, weiter nach Süden über das Tethys-Meer. Schaurigerweise sah es so aus, als würden die Fragmente fliegen und nicht fallen.

Mehrere Hundert Millionen Jahre lang hatte der Mars eine kaum nennenswerte Atmosphäre mit einem Luftdruck von ungefähr 8 Millibar besessen, die größtenteils aus Kohlendioxid bestand; auf der Erde dagegen betrug der Luftdruck auf Höhe des Meeresspiegels 1014 Millibar. Durch einen Prozess, den keiner der Moravecs verstand, war der Mars in weniger als einem Jahrhundert so terrageformt worden, dass ihr Luftdruck nun sehr atembare 840 Millibar betrug.

Begleitet von einer Salve von Überschallknallen schossen die Feuerbälle in grober Formation über die Nordhalbkugel hinweg. Einige der kleineren Stücke, die groß genug waren, um den feurigen Atmosphäreneintritt zu überstehen, aber wiederum so klein, dass sie von der dichten Lufthülle abgelenkt wurden, kamen nach und nach rund achthundert Kilometer südlich des Pols herunter. Vom Weltraum aus hätte es ausgesehen, als feuerte irgendeine Gottheit eine Salve überdimensionaler Maschinengewehrkugeln – Tracergeschosse – in den nördlichen Marsozean.

Die *Dark Lady* war eines dieser Tracergeschosse. Am Heck und an zwei Dritteln der Hülle verbrannte das Tarnmaterial und gesellte sich zu der Plasmaspur, die das dahinrasende U-Boot hinter sich herzog. Außenantennen und Außensensoren verbrannten. Dann begann die Hülle zu verkohlen, abzublättern und abzubröckeln.

»Ähm …«, sagte Mahnmut auf seiner Andruckliege, »sollten wir nicht allmählich die Fallschirme öffnen?« Er kannte Koros' Landeplan gut genug, um zu wissen, dass die Buckykarbonfaserfallschirme in ungefähr fünfzehntausend Meter Höhe entfaltet werden und sie sanft zur Meeresoberfläche hinuntertragen sollten. Bevor die Heckkameras weggebrannt waren, hatte Mahnmut noch einen letzten Blick vom Ozean erhascht; er war überzeugt, dass sie bereits tiefer als fünfzehntausend Meter waren und *sehr* schnell herunterkamen.

»Noch nicht«, grunzte Orphu. Der Ionier hatte keine Andruckliege im Lagerraum, und es klang, als würden ihm die Bremskräfte zu schaffen machen. »Versuch unsere Höhe mit deinem Radar festzustellen.«

»Das Radar ist hinüber«, sagte Mahnmut.

»Funktioniert dein Sonar noch?«

»Mal sehen.« Erstaunlicherweise funktionierte es. Es zeigte an, dass eine massive Fläche – nun ja, flüssiges Wasser – auf sie zukam: Entfernung 8200 Meter … 8000 Meter … 7800 Meter.

Mahnmut gab die Information an Orphu weiter und fügte hinzu: »Sollen wir die Fallschirme jetzt öffnen?«

»Die anderen Trümmer haben auch keine Fallschirme.«

»Ja und?«

»Und willst du wirklich unter einer Fallschirmkappe herabschweben und auf all ihren Sensoren auftauchen?«

»Auf *wessen* Sensoren?«, fauchte Mahnmut, aber er verstand, was Orphu meinte. Trotzdem … »Fünftausend Meter«, sagte er. »Geschwindigkeit dreitausendzweihundert Klicks pro Stunde. Wollen wir wirklich mit diesem Tempo aufs Wasser schlagen?«

»Eigentlich nicht«, sagte Orphu. »Selbst wenn wir den Aufprall überleben, wären wir unter mehreren Hundert Metern Schlick begraben. Hast du nicht gesagt, dieses Nordmeer sei nur ein paar Hundert Meter tief?«

»Ja.«

»Ich drehe das Schiff jetzt«, verkündete Orphu.

»Was?« Aber dann hörte Mahnmut, wie das starke Triebwerksaggregat zündete – nur einige der Düsen – und die Schiffskreisel surrten, obwohl das Geräusch eher ein Mahlen als ein Surren war.

Die *Dark Lady* geriet unangenehm ins Taumeln, als sie ihren Bug herumbrachte. Wind und Reibung zerrten am Rumpf, rasierten die letzten Sensoren mittschiffs ab und rissen ein Dutzend Sektoren auf. Mahnmut schaltete heulende Alarmsirenen ab.

Als der Bug nach vorn wies, zeigten die Bilder einer der letzten noch funktionierenden Kameras Spritzer im Ozean – falls man zweitausend Meter hohe Aufschlagfahnen aus Dampf und Plasma »Spritzer« nennen konnte –, und Mahnmut schätzte, dass sie in ein paar Sekunden ebenfalls an der Reihe sein würden. Er schilderte Orphu die Einschläge und sagte: »Fallschirme? Bitte!«

»Nein.« Orphu zündete die Haupttriebwerke, die sie im Orbit hätten abwerfen sollen.

Die Bremskräfte rissen Mahnmut in seinen Gurten nach vorn, und er wünschte sich das Beschleunigungsgel herbei, das sie beim Abschussmanöver in der Flussröhre von Io verwendet hatten. Weitere Dampfsäulen stiegen um das dahinrasende U-Boot auf wie vorbeihuschende korinthische Säulen, und das Meer füllte den Bildschirm. Die donnernden Triebwerke schwenkten hin und her und bremsten ihren Sturz. Mahnmut sah, wie der Triebwerkskranz im selben Moment, als die Düsen erloschen, abgeworfen wurde und hinter ihnen davonflog. Sie waren nur tausend Meter über dem Meer, und die Wasserfläche sah für Mahnmut so hart aus wie die Eisoberfläche von Europa.

»Fall ...«, setzte Mahnmut an. Seine Stimme klang jetzt flehend, und er schämte sich nicht dafür.

Die beiden riesigen Fallschirme öffneten sich. Mahnmuts Sichtfeld wurde rot, dann schwarz.

Sie schlugen ins Tethys-Meer.

»Orphu? Orphu?« Um Mahnmut herum war alles dunkel und still. Er versuchte, den Datenfluss wieder in Gang zu bekommen. Seine Milieu-Nische war intakt, die Sauerstoffzufuhr funktionierte noch. Das war erstaunlich. Seinen internen Uhren zufolge waren seit dem Aufschlag drei Minuten vergangen. Ihre Geschwindigkeit war gleich null. »Orphu?«

»Arrgh«, kam ein Geräusch über die Festleitung. »Immer wenn ich gerade mal eingeschlafen bin, weckst du mich.«

»Bist du wohlauf?«

»Die bessere Frage wäre vielleicht, *wo* ich bin«, rumpelte Orphu. »Ich bin aus der Nische herausgerissen worden. Ich weiß nicht einmal genau, ob ich mich noch in der *Dark Lady* befinde. Falls ja, ist die Hülle hier gerissen – ich liege im Wasser. In Salzwasser. Oder vielleicht habe ich mich auch bloß vollgepisst.«

»Wir sind noch immer über Festleitung verbunden.« Mahnmut ignorierte die letzte Bemerkung des Ioniers. »Du bist wahrscheinlich noch in der Ladebucht. Ich bekomme gerade ein paar Sonardaten rein. Wir stecken im Schlick am Meeresboden, aber nur ein paar Meter tief. Und die Wassertiefe beträgt hier ungefähr achtzig Meter.«

»Ich frage mich, in wie viele Stücke ich zerbrochen bin«, grübelte Orphu.

»Bleib, wo du bist«, sagte Mahnmut. »Ich klemme mich von der Festleitung ab und komme runter, um dich zu holen. Rühr dich nicht von der Stelle.«

Orphu ließ sein rumpelndes Lachen hören. »Wie sollte ich mich von der Stelle rühren, alter Freund? Alle meine Manipulatoren und Flagellen sind in den großen Moravec-Himmel eingegangen. Ich bin ein Krebs ohne Scheren. Und ich weiß nicht genau, wie es mit meinem Panzer steht. Mahnmut … warte!«

»Was ist?« Mahnmut hatte sich losgeschnallt und entfernte gerade Nabelschnüre und die Kabel für die virtuelle Steuerung.

»Angenommen, du gelangst … irgendwie … zu mir, sofern der Innengang nicht platt gedrückt ist und die Außentüren nicht vollständig verbogen oder durch die Eintrittshitze zugeschweißt sind … was machst du dann mit mir?«

»Ich sehe nach, ob mit dir alles in Ordnung ist.« Mahnmut stöpselte die optischen Leitungen aus. Auf den Monitoren war sowieso alles dunkel.

»*Denk nach*, alter Freund«, drängte Orphu. »Wenn du mich hier herausholst – falls ich dir nicht unter den Händen in Stücke breche –, was dann? In deine inneren Zugangskorridore passe ich nicht. In deine Milieu-Nische auch nicht, selbst wenn du mich außen um das U-Boot herumschleppen würdest. Und ich kann mich garantiert nicht an der Hülle festklammern. Willst du auf dem Meeresboden tausend Klicks weit zu Fuß gehen und mich mitnehmen?«

Mahnmut zögerte.

»Ich funktioniere noch«, fuhr Orphu fort. »Zumindest kommuniziere ich noch. Durch die Nabelschnur fließt sogar noch O_2, und es kommt etwas elektrische Energie herein. Im Laderaum bin ich am besten aufgehoben, selbst wenn er geflutet ist. Warum bringst du die *Dark Lady* nicht in Gang und fährst uns zu einem angenehmeren Ort, bevor wir versuchen, wieder zueinanderzukommen?«

Mahnmut ging auf Außenluft und atmete ein paarmal tief durch. »Du hast recht«, sagte er schließlich. »Sehen wir mal, wie die Dinge stehen.«

Die *Dark Lady* starb.

Mahnmut hatte mehr als ein Erdjahrhundert lang in diesem U-Boot gearbeitet, durch seine diversen Verbesserungen und Weiterentwicklungen hindurch, und er wusste, dass es zäh war. Bei ordentlicher Vorbereitung hielt es vielen metrischen Tonnen Druck pro Quadratzentimeter stand, ja sogar den Belastungen der 3000-g-Flussröhrenbeschleunigung, aber das zähe kleine U-Boot war nur so stark wie sein schwächstes Teil, und die energetischen Belastungen des Angriffs im Marsorbit hatten diese Schwachstellen-Toleranzen überschritten.

Die Hülle hatte Belastungsbrüche und irreparable Hitzeschäden davongetragen. Im Moment war der größte Teil des U-Boots mit dem Bug voran in über drei Meter dickem Schlick und härterem Meeresboden begraben – nur ein paar Meter des Hecks waren frei von Schlamm –, die Hülle und der Rahmen waren verzogen, die Türen der Ladebucht ließen sich nicht mehr öffnen und waren unerreichbar, und zehn der achtzehn Ballasttanks waren beschädigt. Die innere Gangway zwischen Mahnmuts Kontrollraum und der Ladebucht war überflutet und zum Teil zusammengebrochen. Draußen waren zwei Drittel des Tarnmaterials weggebrannt, und mit ihm alle externen Sensoren. Drei der vier Sonarsysteme waren außer Betrieb, und das vierte konnte seine Impulse nur noch nach vorn schicken. Nur eine der vier Düsen des Hauptantriebs war funktionsfähig, und die Manövriertriebwerke waren in fürchterlichem Zustand.

Was Mahnmut größere Sorgen bereitete, war der Schaden an den Energiesystemen des Schiffes: Der Hauptreaktor war bei dem Angriff durch einen Überspannungsstoß beschädigt worden und arbeitete mit nur acht Prozent seiner Kapazität; die Speicherzellen waren auf Reserve. Das reichte, um das Lebenserhaltungssystem bei minimaler Leistung aufrechtzuerhalten, aber der Nährstoffwandler war endgültig hinüber, und sie hatten nur noch für ein paar Tage Trinkwasser.

Schließlich war auch der O_2-Konverter offline. Die Brennstoffzellen produzierten keine Luft. Lange bevor ihnen das Wasser oder die Nahrung ausgingen, würden Mahnmut und Orphu keinen Sauerstoff mehr haben. Mahnmut verfügte über interne Luftvorräte, aber die reichten nur für einen oder höchstens zwei E-Tage, wenn sie nicht erneuert wurden. Mahnmut konnte nur hoffen, dass eine solche Kleinigkeit wie Sauerstoffmangel dem monatelang im All arbeitenden Orphu jetzt nicht schaden würde. Er beschloss, den Ionier später danach zu fragen.

Weitere Schadensmeldungen kamen von den überlebenden KI-Systemen des Schiffes. Wenn die *Dark Lady* einen E-Monat oder mehr in einem Eisdock in Conamara Chaos verbringen könnte, wo ein Dutzend Service-Moravecs an ihr arbeiteten, wäre sie vielleicht zu retten. Ansonsten waren ihre Tage – ob man sie nun in marsianischen Sols, Erdentagen oder europaschen Wochen maß – gezählt.

Mahnmut blieb mit dem meist schweigsamen Orphu per Festleitung in Kontakt – er befürchtete, sein Freund könnte plötzlich zu existieren aufhören –, stellte ihm die Dinge so positiv dar, wie er nur konnte, und setzte eine Periskop-Boje aus.

Die Boje wurde aus der noch funktionierenden Hecksektion oberhalb der Schlicklinie losgeschickt. Sie war kleiner als Mahnmuts Hand, enthielt aber auf engstem Raum ein breites Sortiment an Bildverarbeitungs- und Datensensoren. Informationen begannen hereinzuströmen.

»Gute Nachrichten«, sagte Mahnmut.

»Das Fünf-Monde-Konsortium hat eine Rettungsmission ausgeschickt«, rumpelte Orphu.

»So gut nun auch wieder nicht.« Statt die nichtvisuellen Daten herunterzuladen, fasste Mahnmut sie zusammen, damit sein Freund weiterhin zuhörte und mit ihm redete. »Die Boje funktioniert. Noch besser, die Kommunikations- und Ortungssatelliten, die Koros III. und Ri Po im Orbit ausgesetzt haben, sind noch dort oben. Ich frage mich, warum die … Personen, die uns angegriffen haben, sie nicht vernichtet haben.«

»Wir sind von einem alttestamentarischen Gott und seiner Freundin angegriffen worden«, sagte Orphu. »Vielleicht ist es unter ihrer Würde, Kommunikationssatelliten zur Kenntnis zu nehmen.«

»Ich finde, sie sahen eher griechisch als alttestamentarisch aus«, sagte Mahnmut. »Willst du hören, was für Daten ich bekomme?«

»Klar.«

»Dem MPS zufolge sind wir im südlichen Bereich der Chryse-Planitia-Region des Nordmeers, nur ungefähr dreihundertvierzig Kilometer von der Xanthe-Terra-Küste entfernt. Wir haben Glück. Dieser Teil des Acidalia- und Chryse-Meeres ist wie eine riesige Bucht. Wäre unsere Flugbahn ein paar Hundert Kilometer weiter westlich verlaufen, wären wir in die Tempe-Terra-Berge eingeschlagen. Oder in gleicher Entfernung im Osten auf Arabia Terra. Und bei ein paar Flugsekunden mehr in südlicher Richtung über das Hochland von Xanthe Terra hinweg …«

»Wären wir Partikel in der oberen Atmosphäre«, sagte Orphu.

»Genau. Aber wenn wir die *Dark Lady* freibekommen, können wir mit ihr direkt ins Valles-Marineris-Delta fahren, wenn es sein muss.«

»Koros und du, ihr solltet doch eigentlich in der anderen Hemisphäre landen«, sagte Orphu. »Nördlich vom Olympus

Mons. Euer Auftrag lautete, Erkundungseinsätze durchzuführen und dieses Ding in deiner Ladebucht zum Olympus zu bringen. Erzähl mir nicht, das U-Boot sei in so guter Verfassung, dass wir damit um die Tempe-Terra-Halbinsel herumfahren können …«

»Nein«, gestand Mahnmut. In Wahrheit wäre es ein erstaunlicher Glücksfall, wenn die *Dark Lady* nicht auseinanderbrechen und noch lange genug funktionieren würde, um sie an die nächste Küste zu bringen, aber das würde er dem Ionier nicht sagen.

»Noch andere gute Nachrichten?«, fragte Orphu.

»Tja, auf dem Mars ist es ein schöner Tag. Flüssiges Wasser, so weit das Auge der Boje reicht. Mäßiger Wellengang von weniger als einem Meter. Blauer Himmel. Temperatur zwischen fünfundzwanzig und dreißig Grad …«

»Suchen sie uns?«

»Verzeihung?«

»Ob die … Leute, die uns angegriffen haben, uns suchen.«

»Ja«, sagte Mahnmut. »Das passive Radar zeigte etliche dieser Flugmaschinen …«

»Streitwagen.«

»… etliche dieser Flugmaschinen, die in dem mehrere Tausend Quadratkilometer großen Absturzgebiet der Trümmer kreuz und quer über das Meer fliegen.«

»Sie suchen uns«, sagte Orphu.

»Keine Anzeichen für eine Radar- oder Neutrinosuche«, sagte Mahnmut. »Überhaupt keine Energiesuchspektren …«

»Können sie uns finden, Mahnmut?« Orphus Stimme war ausdruckslos.

Mahnmut zögerte. Er wollte seinen Freund nicht anlügen. »Möglicherweise«, sagte er. »Fast mit Sicherheit, wenn sie Moravec-Technik benutzen, aber das scheint nicht der Fall zu sein. Sie … *suchen* einfach. Vielleicht nur mit Augen und Magnetometern.«

»Im Orbit haben sie uns problemlos gefunden. Und aufs Korn genommen.«

»Ja.«. Es stand außer Zweifel, dass der Streitwagen oder seine Insassen irgendein Zielerfassungsgerät besaßen, das auf achttausend Klicks Entfernung gut funktioniert hatte.

»Hast du die Boje eingeholt?«

»Ja«, sagte Mahnmut. Einige Sekunden lang herrschte Stille. Nur das Knirschen der beschädigten Hülle, das Zischen der Ventilation und das dumpfe Pochen und Summen diverser Pumpen, die vergeblich versuchten, die gefluteten Sektionen zu leeren, waren zu hören. »Wir haben ein paar Pluspunkte«, sagte Mahnmut schließlich. »Erstens gibt es im Absturzgebiet tonnenweise Metalltrümmer des Raumschiffs, und es ist ein großes Absturzgebiet. Die ersten Trümmer schlugen nicht sehr weit südlich der Polkappe ein.

Zweitens haben wir uns mit dem Bug voran in den Schlick gebohrt, und an der einzigen Sektion des U-Boots oberhalb der Schlick-Linie, dem Heck, sind noch ein paar lose Fetzen der Tarnschicht. Drittens, wir verfügen nur noch über so wenig Energie, dass wir so gut wie keine Energiesignatur haben. Viertens ...«

»Ja?«, sagte Orphu.

Mahnmut dachte an die versiegende Energieversorgung, die schwindenden Luft- und Wasserreserven und das wenig vertrauenswürdige Antriebssystem. »Viertens«, sagte er, »wissen sie immer noch nicht, weshalb wir hier sind.«

Orphu rumpelte leise. »Ich glaube, wir auch nicht, alter Freund.« Nach einem Augenblick des Schweigens sagte er: »Na ja, du hast recht. Wenn sie uns in den nächsten paar Stunden nicht finden, haben wir vielleicht eine Chance. Oder gibt es noch mehr schlechte Nachrichten?«

Mahnmut zögerte. »Wir haben ein kleines Problem mit der Luftversorgung«, gestand er schließlich.

»Wie ernst ist es?«

»Wir produzieren keine Luft.«

»Tja, das ist wirklich ein Problem«, sagte der Ionier. »Wie lange reicht die Reserve noch?«

»Ungefähr achtzig Stunden. Für uns beide, heißt das. Sicher doppelt so lange, wahrscheinlich mehr, wenn ich sie für mich allein habe.«

Über die Festleitung kam Orphus leises, rumpelndes Lachen. »Für dich allein? Willst du auf meinen Luftschlauch treten, alter Freund? Meine organischen Teile brauchen auch Luft, weißt du.«

Eine Sekunde lang brachte Mahnmut kein Wort heraus. »Ich dachte ... du bist ein Hochvakuum-Moravec ... ich meine ...«

»Du denkst, ich verbringe lange Monate im Weltraum, ohne Nachschub vom Io-Mutterschiff«, seufzte Orphu. »Ich erzeuge meinen eigenen Sauerstoff mit den internen Brennstoffzellen. Die werden mit der Fotovoltaik-Anlage auf meinem Panzer betrieben.«

Mahnmut spürte, wie sich sein Pulsschlag verlangsamte. Ihre Überlebenschancen hatten sich gerade erhöht, wenn Orphu keine Schiffsluft brauchte.

»*Aber* meine Fotovoltaik ist im Eimer«, sagte Orphu leise, »und die Brennstoffzellen produzieren seit dem Angriff kein O_2 mehr. Ich lebe vom Schiffsvorrat. Tut mir leid, Mahnmut.«

»Ach, weißt du«, sagte Mahnmut schnell und energisch, »ich hatte sowieso vor, die Luftversorgung für uns beide aufrechtzuerhalten. Das ist kein Problem. Ich hab's durchgerechnet – uns bleiben ungefähr achtzig Stunden bei unser gegenwärtigen Verbrauchsrate. Und die kann ich reduzieren. Mein ganzer Kontrollraum einschließlich der Milieu-Nische ist mit Luft gefüllt. Die speise ich wieder ein und teile sie auf. Achtzig Stunden schaffen wir mit Leichtigkeit, und dann tauchen wir auf und erneuern unseren Luftvorrat. Bis dahin müsste die Suche vorbei sein.«

»Bist du sicher, dass du die *Dark Lady* aus dem Schlamm herausbringst?«, fragte Orphu.

»Hundertprozentig sicher«, log Mahnmut mit fester Stimme.

»Ich bin dafür, dass wir noch … sagen wir … drei Sols, drei Marstage, also rund dreiundsiebzig Stunden im Meeresboden versteckt bleiben, um festzustellen, ob sie ihre Streitwagensuche wirklich abgeblasen haben. Oder noch zwölf Stunden nach unserem letzten Radarkontakt mit ihnen. Was zuerst kommt. Haben wir dann noch genug Zeit, um mit einem kleinen Sicherheitsvorrat an Sauerstoff und Energie aus dem Schlamm und an die Wasseroberfläche zu kommen?«

Mahnmut schaute auf seine virtuelle Wand voller roter Alarmleuchten und Funktionsstörungsanzeigen. »Bei dreiundsiebzig Stunden müsste uns noch jede Menge Zeit bleiben«, sagte er. »Aber wenn sie eher verschwinden, sollten wir auftauchen und zur Küste fahren. An der Oberfläche kann die *Lady* bei der momentanen Reaktorkapazität ungefähr zwanzig Knoten machen. Es wird also ohnehin fast anderthalb Tage dauern, bis wir zum Land gelangen, besonders wenn wir wählerisch sind, wo wir landen wollen.«

»Dann dürfen wir eben nicht wählerisch sein«, sagte Orphu. »Na schön, sieht so aus, als wäre unsere einzige Sorge während der nächsten paar Tage die Langeweile. Wollen wir eine Runde Poker spielen? Hast du die virtuellen Karten dabei?«

»Ja«, sagte Mahnmut. Seine Stimmung hob sich.

»Du würdest doch keinen blinden Moravec ausnehmen, oder?«

Mahnmut brach den Download des Kartentischs mit dem grünen Boi-Bezug mittendrin ab.

»Das war ein *Scherz*, Herrgott noch mal«, sagte Orphu. »Meine optischen Knoten sind futsch, aber ich habe noch mein Gedächtnis und Teile meines Gehirns. Spielen wir Schach.«

Drei Sols waren 73,8 Stunden. So lange wollte Mahnmut nicht im Meeresboden bleiben. Der Reaktor verlor seine Energie schneller als erwartet – die Pumpen verbrauchten mehr Energie als geplant –, und das gesamte Lebenserhaltungssystem stand am Rande des Zusammenbruchs.

Während ihrer ersten Schlafperiode schaltete Mahnmut auf interne Energieversorgung, holte sich Brechstangen und eine Schneidbrennerausrüstung und machte sich auf den Weg durch die engen, niedrigen Durchgänge und Korridore zum Laderaum. Die Innenräume standen unter Wasser, in der vertikalen Gangway war der Strom ausgefallen, und es herrschte pechschwarze Finsternis. Mahnmut schaltete seine Schulterlampen ein und schwamm tiefer hinunter. Das Wasser war viel wärmer als das Meer auf Europa. Träger und Streben waren eingeknickt und blockierten die letzten zehn Meter des Gangs. Mahnmut schnitt sie mit dem Schweißbrenner weg. Er musste herausfinden, wie es um Orphu stand.

Zwei Meter vor der Luftschleuse zur Ladebucht wurde er abrupt gestoppt. Der Aufprall hatte das Achterschott verbogen und fast plan an das vordere Schott gedrückt. Der ohnehin schon schmale Korridor war zu einem Raum von weniger als zehn Zentimeter Durchmesser zusammengequetscht worden. Mahnmut sah die Tür zum Laderaum – sie war geschlossen, arretiert und verbogen –, konnte sie aber nicht erreichen. Er würde sich mit dem Schneidbrenner den Weg durch ein dickes Druckschott oder beide bahnen und die Tür dann wahrscheinlich selbst aufschweißen müssen. Das würde sechs oder sieben Stunden dauern, und es gab ein grundlegendes Problem: Der Schneidbrenner benötigte Sauerstoff, genau wie er und Orphu. Was er dem Schneidbrenner gab, verminderte ihren Luftvorrat.

Mehrere Minuten lang trieb Mahnmut kopfüber in der Dunkelheit. Schlick schwebte in den beiden Strahlen seiner Schulterlampen vor seinen Linsen. Er musste *jetzt* eine Entscheidung treffen. Sobald Orphu aufwachte und erkannte, was er tat, würde der Ionier es ihm auszureden versuchen. Und die Logik diktierte, dass er es sich ausreden lassen musste. Selbst wenn er in sechs oder sieben Stunden durch die Schotts käme, hätte Orphu recht gehabt – Mahnmut würde den riesigen Moravec nicht bewegen können, solange sie noch im Meeresboden steckten. Auch die erste Hilfe würde sich auf das Material und die System-Inputs beschränken, die Mahnmut für sich selbst an Bord hatte – bei dem riesigen Hochvakuum-Moravec würden sie vielleicht nicht einmal wirken. Wenn Mahnmut die *Dark Lady* wirklich aus dem Schlick heraus und an die Wasseroberfläche bekam, war *das* der beste Zeitpunkt für ihn, sich zu Orphu vorzuarbeiten – selbst wenn er sich durch die Außentüren der Ladebucht oder die Außenhülle schneiden musste. Dann hatten sie jede Menge O_2. Und er konnte Orphu herausholen, wenn es sein musste, und eine Möglichkeit finden, ihn an der Oberseite des Rumpfes festzuzurren, im Sonnenschein und an der Luft.

Mahnmut kehrte um, schwamm in dem schräg stehenden, aufgerissenen Korridor nach oben und betrat durch die Luftschleuse wieder seinen Privatraum. Er verstaute die Schneidbrennerausrüstung. *Später.*

Kaum lag er wieder auf seiner Andruckliege, kam Orphus Stimme über die Leitung. »Bist du wach, Mahnmut?«

»Ja.«

»Wo bist du?«

»An den Kontrollen. Wo sollte ich sonst sein?«

»Ja«, sagte Orphu. Seine tiefe Stimme klang müde und alt. »Aber ich habe geträumt. Ich dachte, ich hätte eine Vibration gespürt. Ich dachte, du würdest vielleicht … ich weiß nicht.«

»Schlaf weiter«, sagte Mahnmut. Moravecs schliefen, wenn auch nur, um zu träumen. »Ich wecke dich in zwei Stunden zum Bojen-Check.«

Alle zwölf Stunden schickte Mahnmut für ein paar Sekunden die Periskop-Boje nach oben, suchte rasch den Himmel und das Meer ab und holte sie wieder ein. Nach den ersten neunundvierzig Stunden kreuzten immer noch Flugmaschinen am Himmel, aber weiter nördlich, näher am Pol.

Mahnmut hatte es ziemlich bequem. Sein Kontrollraum und die angrenzende Milieu-Nische waren unbeschädigt, warm und zum Bug hin nur leicht abwärts geneigt. Er konnte sich bewegen, wenn er wollte. Mehrere der anderen bewohnbaren Kammern standen unter Wasser – einschließlich des Forschungslabors und Urtzweils ehemaliger Kabine –, doch obwohl die Pumpen diese Räume bald geleert hatten, machte Mahnmut sich nicht die Mühe, sie mit Luft zu fluten. Stattdessen hatte er sich nach ihrem Gespräch an die O_2-Nabelschnur gehängt und seine Milieu-Nische und den Kontrollraum leer gepumpt – um Sauerstoff zu sparen, wie er sich einredete. Er wusste aber, dass er es zum Teil auch wegen seiner Schuldgefühle getan hatte, weil er es in seinen behaglichen Nischen so bequem hatte, während Orphu litt – zumindest existenziellen Schmerz – und im dunklen Laderaum im Wasser trieb. Mahnmut konnte noch immer nichts dagegen unternehmen – nicht, solange drei Viertel des beschädigten U-Boots im Meeresboden steckten –, aber er ging in das luftleere Forschungslabor und schusterte Kommunikationsgeräte und andere Dinge zusammen, die er brauchen würde, wenn es ihm gelang, den Ionier zu befreien.

Und mich selbst auch, dachte Mahnmut, obwohl er die Trennung von der *Dark Lady* nicht als Freiheit empfand. Alle europaschen Tiefsee-Kryobots hatten den Keim der Agoraphobie in sich getragen – echte Angst vor freien Räumen –, und ihre höher entwickelten Moravec-Nachfahren hatten ihn geerbt. Am zweiten Tag, nach ihrer achten Partie Schach, sagte Orphu: »Die *Dark Lady* hat doch irgendeine Rettungsvorrichtung, nicht?«

Mahnmut hatte gehofft, dass Orphu nichts davon wissen würde. »Ja«, sagte er schließlich.

»Was für eine?«

»Eine kleine Lebensblase«, sagte Mahnmut, der schlecht gelaunt war, weil er darüber sprechen musste. »Nicht viel größer als ich. Hauptsächlich dazu gedacht, hohen Tiefendruck zu überleben und mich an die Oberfläche zu bringen.«

»Aber sie verfügt über eine Bake, ein eigenes Lebenserhaltungssystem, einen Antrieb und Navigationssysteme? Ein bisschen Wasser und Nahrung?«

»Ja«, sagte Mahnmut, »was ist damit?« *Du würdest nicht hineinpassen, und ich kann dich damit nicht ins Schlepptau nehmen.*

»Nichts«, sagte Orphu.

»Ich hasse die Vorstellung, die *Dark Lady* zu verlassen«, erklärte Mahnmut wahrheitsgemäß. »Und ich muss jetzt noch nicht daran denken. Erst in ein paar Tagen.«

»In Ordnung«, sagte Orphu.

»Das ist mein Ernst.«

»*In Ordnung*, Mahnmut. Ich war nur neugierig.«

Wenn Orphu in diesem Moment sein amüsiertes Gerumpel von sich gegeben hätte, wäre Mahnmut vielleicht wirklich in die Überlebensblase gekrochen und ausgestiegen. Er war wütend auf den Ionier, weil er das Thema zur Sprache gebracht hatte. »Wollen wir noch eine Partie Schach spielen?«

»In diesem Leben nicht mehr«, sagte Orphu.

Einundsechzig Stunden nach ihrem Sturz ins Meer war auf dem Radar bloß noch ein Streitwagen zu sehen, aber der kreiste nur acht Klicks über ihnen und zehn weiter nördlich. Mahnmut holte die Periskop-Boje ein, so schnell er konnte.

Er saß da und hörte Musik über die Bordanlage – Brahms –, und unten in seinem gefluteten Laderaum tat Orphu vermutlich dasselbe.

Plötzlich fragte der Ionier: »Hast du dich schon mal gefragt, weshalb wir beide Humanisten sind, Mahnmut?«

»Was meinst du damit?«

»Du weißt doch, Humanisten. Alle Moravecs haben sich entweder zu uns Humanisten mit unserem merkwürdigen Interesse an der alten Menschheit oder zu den stärker interagierenden

Typen wie Koros III. entwickelt. Sie sind es, die Moravec-Gesellschaften, Fünf-Monde-Konsortien und politische Parteien schmieden … was auch immer.«

»Ist mir nie aufgefallen«, sagte Mahnmut.

»Das ist nicht dein Ernst.«

Mahnmut schwieg. Ihm ging allmählich auf, dass es ihm in den fast anderthalb Jahrhunderten seines Daseins gelungen war, sich sein Unwissen in Bezug auf so gut wie alles Wichtige zu bewahren. Er kannte nur die kalten Meere Europas – die er nie wiedersehen würde – und dieses U-Boot, das in ein paar Stunden oder Tagen als funktionierendes Gebilde zu existieren aufhören würde. Und Shakespeares Sonette und Stücke.

Mahnmut konnte sich gerade noch beherrschen, über die Festleitung laut loszulachen. *Was könnte nutzloser sein?*

Als hätte er wieder seine Gedanken gelesen, sagte Orphu: »Was würde der Barde zu unserer misslichen Lage sagen?«

Mahnmut überflog die Energiedaten und die Verbrauchsstoff-Anzeigen. Sie konnten keine dreiundsiebzig Stunden abwarten. Sie würden in den nächsten sechs Stunden versuchen müssen, sich zu befreien. Und wenn es ihnen dann nicht gelang, sich sofort aus dem Schlick zu lösen, würde der Reaktor vielleicht endgültig den Dienst einstellen, überlastet werden und …

»Mahnmut?«

»Tut mir leid. Ich habe gedöst. Was ist mit dem Barden?«

»Er muss doch etwas zu Schiffbrüchen zu sagen haben«, meinte Orphu. »Ich glaube mich an jede Menge Schiffbrüche bei Shakespeare zu erinnern.«

»O ja«, sagte Mahnmut. »Massenhaft Schiffbrüche. *Zwölfte Nacht*, *Der Sturm*, die Liste ist ellenlang. Aber ich bezweifle, dass in den Stücken irgendetwas vorkommt, was uns in dieser Situation helfen könnte.«

»Erzähl mir von ein paar solchen Schiffbrüchen.«

Mahnmut schüttelte im Vakuum den Kopf. Er wusste, dass Orphu nur versuchte, ihn von den gegenwärtigen Realitäten abzulenken. »Erzähl mir von deinem geliebten Proust«, erwiderte er. »Sagt der Marcel-Erzähler jemals etwas dazu, wie es ist, einsam und verlassen auf dem Mars festzusitzen?«

»Ja, in der Tat«, antwortete Orphu mit der ganz leisen Andeutung eines Rumpelns.

»Du machst Witze.«

»Ich mache *nie* Witze über *A la recherche du temps perdu*«, sagte Orphu in einem Ton, der Mahnmut fast, wenn auch nicht ganz überzeugte, dass der Ionier es ernst meinte.

»Na schön. Was sagt Proust denn zum Thema ›Überleben auf dem Mars‹?« In fünf Minuten würde er wieder die Periskop-Boje aussetzen und die *Dark Lady* nach oben bringen, selbst wenn der Streitwagen zehn Meter über ihnen schwebte.

»In Band drei der französischen Ausgabe – Band fünf der englischen Übersetzung, die ich dir heruntergeladen habe –, sagt Marcel, selbst wenn wir uns plötzlich auf dem Mars wiederfänden und uns ein Paar Flügel und einen neuen Atmungsapparat wachsen ließen, würden wir dadurch keine anderen Menschen«, sagte Orphu. »Nicht, solange wir unsere alten Sinne behielten. Nicht, solange wir in unserem alten Bewusstsein steckten.«

»Du scherzt«, sagte Mahnmut.

»Ich scherze *nie* über die Beobachtungen der Marcel-Figur in *A la recherche du temps perdu*.« Orphus Ton verriet Mahnmut auch diesmal, dass er sehr wohl scherzte, wenn auch nicht über diese spezielle, seltsame Bezugnahme auf den Mars. »Hast du die Ausgaben nicht *gelesen*, die ich dir zu Beginn unseres Fluges ins Innere des Systems geschickt habe?«

»Doch«, sagte Mahnmut. »Wirklich. Aber die letzten paar Tausend Seiten habe ich irgendwie übersprungen.«

»Tja, das ist nicht ungewöhnlich«, sagte Orphu. »Hör zu, hier ist eine Passage, die nach dem Abschnitt mit den Flügeln und den neuen Lungen auf dem Mars kommt. Englisch oder Französisch, was ist dir lieber?«

»Englisch«, sagte Mahnmut rasch. So kurz vor einem schrecklichen Erstickungstod wollte er nicht auch noch die Qualen auf sich nehmen, der französischen Sprache zu lauschen.

»Die einzige wahre Reise, der einzige Jungbrunnen, wäre für uns«, rezitierte Orphu, »wenn wir nicht neue Landschaften aufsuchten, sondern andere Augen hätten, die Welt mit den Augen eines anderen, von hundert anderen betrachten, die hundert verschiedenen Welten sehen könnten, die jeder Einzelne sieht, die jeder von ihnen ist.«

Einen Moment lang vergaß Mahnmut tatsächlich ihren kurz bevorstehenden Erstickungstod, als er darüber nachdachte. »Das ist Marcels vierte und letzte Antwort auf das Rätsel des Lebens, stimmt's, Orphu?«

Der Ionier blieb stumm.

»Ich meine«, fuhr Mahnmut fort, »du hast gesagt, mit den ersten drei sei Marcel gescheitert. Er versuchte, an den Snobismus zu glauben. Er versuchte, an Freundschaft und Liebe zu glauben. Er versuchte, an die Kunst zu glauben. Nichts davon hat als transzendentes Thema funktioniert. Dies ist also die vierte. Diese ...« Er fand nicht das richtige Wort, nicht den richtigen Ausdruck.

»Die Flucht des Bewusstseins aus den Beschränkungen des Bewusstseins«, sagte Orphu leise. »Die Überwindung der Grenzen der Vorstellungskraft durch die Vorstellungskraft.«

»Ja«, hauchte Mahnmut. »Ich verstehe.«

»Du bist jetzt meine Augen«, sagte Orphu. »Ich muss das Universum durch deine Augen sehen.«

Mahnmut saß eine Minute lang in der zischenden Stille des Nabelschnur-Sauerstoffs. Dann sagte er: »Versuchen wir, die *Dark Lady* nach oben zu bringen.«

»Und die Periskop-Boje?«

»Zur Hölle mit ihnen, wenn sie da oben warten. Ich würde lieber im Kampf sterben, als hier unten im Schlamm zu ersticken.«

»Gut. Du hast gesagt, ›versuchen‹ wir, die *Lady* nach oben zu bringen. Zweifelst du daran, dass du uns aus diesem Schleim befreien kannst?«

»Ich habe nicht den blassesten Schimmer, ob wir aus diesem Zeug herauskommen.« Mahnmut legte mit mentalen Befehlen virtuelle Schalter um, fuhr den Reaktor in den roten Bereich hoch und aktivierte die Triebwerke. »Aber wir werden es probieren, und zwar in … achtzehn Sekunden. Halt dich gut fest, mein Freund.«

»Da meine Greifer, Manipulatoren und Flagellen weg sind«, sagte Orphu, »meinst du das vermutlich rhetorisch.«

»Halt dich mit deinen *Zähnen* fest! Sechs Sekunden.«

»Ich bin ein Moravec.« Orphu klang ein wenig indigniert. »Ich habe keine Zähne. Was wolltest du …«

Seine Stimme wurde abrupt vom Donnern aller Triebwerke, dem Dröhnen knirschender, nachgebender Schotts und einem gewaltigen, ächzenden Laut übertönt, als die *Dark Lady* sich mit aller Macht aus dem schleimigen Griff des Mars befreite.

18 Ilium

Diese Stadt – Ilium, Troja, die Stadt des Priamos, Pergamus – ist am schönsten bei Nacht.

Die Mauern, alle über dreißig Meter hoch, sind von Fackeln erhellt, von Kohlefeuern auf den Brustwehren beleuchtet und in den Widerschein der vielen Hundert Lagerfeuer des trojanischen Heeres getaucht, das unten auf der Ebene kampiert. Troja ist eine Stadt der hohen Türme, und die meisten sind bis spät in die Nacht hinein erleuchtet; warmes Licht fällt aus Fenstern und Höfen, Terrassen und Balkone werden von Kerzen, Feuerstellen und weiteren Fackeln erwärmt. Die Straßen Iliums sind breit und sorgfältig gepflastert – ich habe einmal versucht, meine Messerklinge zwischen die Steine zu schieben, aber es ist mir nicht gelungen –, und die meisten werden vom Lichtschein aus offenen Türen, in Wandhalterungen steckenden Fackeln und den Lagerfeuern der Abertausend nichttrojanischen Soldaten und ihrer Familien erhellt, die jetzt hier leben, allesamt Verbündete Iliums.

In Ilium sind selbst die Schatten lebendig. Junge Männer und Frauen der unteren Klassen kopulieren in den dunklen Gassen und auf dunklen Terrassen. Wohlgenährte Hunde und ewig schlaue Katzen schlüpfen von einem Schatten zum anderen, von schmalen Gassen in Höfe, laufen am äußersten Rand der breiten Durchgangsstraßen entlang, wo tagsüber Obst und Gemüse, Fisch und Fleisch von den Marktkarren gefallen sind und ihnen nun als Nahrung dienen, und schleichen dann ins Zwielicht enger Gassen und die Dunkelheit unter den Viadukten zurück.

Die Einwohner Iliums haben keine Angst, zu verhungern oder zu verdursten. Beim ersten Hinweis, dass die Achäer anrückten – viele Wochen, bevor die dunklen Schiffe kamen, vor über neun Jahren –, wurden Hunderte von Rindern und Tausende von Schafen in die Stadt getrieben, und auf einer Fläche von tausend Quadratkilometern um die Stadt leerten sich die Felder der Bauernhöfe. Solche Viehtriebe finden noch immer regelmäßig statt, und trotz der halbherzigen Versuche der Griechen, sie zu verhindern, gelangt der größte Teil des Fleisches in die Stadt. Auch Obst und Gemüse strömen nur so nach Ilium hinein, geliefert von denselben cleveren Bauern und Händlern, die auch den Achäern Nahrungsmittel verkaufen.

Troja wurde vor so vielen Jahrhunderten hauptsächlich wegen der gewaltigen Grundwasser führenden Schicht unter der Stadt dort erbaut, wo es steht – die Stadt hat vier riesige Brunnen, die stets frisches Wasser aus der Tiefe heraufbefördern –, aber zur Sicherheit hat Priamos schon vor langer Zeit befohlen, einen Seitenarm des Simoeis im Norden Iliums umzuleiten und durch leicht zu schützende Kanäle und unterirdische Viadukte in die Stadt selbst zu führen. Die Griechen haben größere Schwierigkeiten, Trinkwasser zu finden, als die eigentlich belagerten Trojaner.

Die Einwohnerzahl Iliums – zu dieser Zeit die weitaus größte Stadt der Erde – hat sich seit Kriegsbeginn mehr als verdoppelt. Zuerst kamen die Bauern, Ziegenhirten und Fischer sowie andere umherziehende ehemalige Bewohner der Ebene von Ilium in die Stadt. Ihnen folgten die Truppen der Verbündeten Trojas – nicht nur die Kämpfer, sondern oftmals auch ihre Frauen, Kinder, Eltern, Hunde und Katzen.

Zu diesen Verbündeten gehören verschiedene Gruppen: die »Trojaner«, die nicht aus Troja selbst stammen – die Dardanier und andere aus kleineren Städten und entlegenen Gebieten fern von Ilium, einschließlich der den Trojanern gegenüber loyalen Kämpfer vom Fuß des Ida-Gebirgszugs und aus weit nördlich gelegenen Gebieten wie Lykien. Anwesend sind auch die Adrasteianer und andere Kämpfer von Orten viele Kilometer östlich von Troja, ebenso wie die Pelasger aus Larisa im Süden.

Aus Europa sind die Thraker, Paionier und Kikonen gekommen, von der Südküste des Schwarzen Meeres die Halizonen – sie leben in der Nähe des Flusses Halys und sind mit den Chalybern verwandt, den Silberschmieden alter Legenden. In der Stadt sind an den Lagerfeuern die Lieder und Flüche der Paphlagonen und Eneter zu hören, eines weiter nördlich am Schwarzen Meer beheimateten Volkes, vielleicht die Ur-Urahnen der künftigen Venezianer. Aus dem nördlichen bis mittleren Kleinasien sind die zottigen Myser gekommen – zwei von ihnen sind Ennomos und Nastes, mit denen ich viel Zeit verbracht habe und die Homer zufolge in der bevorstehenden Schlacht am Fluss von Achilles getötet werden – in einem so schrecklichen Gemetzel, dass sich der Skamandros nicht nur monatelang rot färben, sondern auch von den Leichen all der Männer aufgestaut werden wird, die Achilles hier massakriert, darunter auch von den liegen gebliebenen Leichen von Nastes und Ennomos.

Außerdem sind noch die Phryger, Maionier, Karer und Lykier hier, die man an ihren wilden Haaren, ihrer seltsam geformten bronzenen Rüstung und ihrem Geruch erkennt.

Diese Stadt ist voll und bis auf zwei oder drei ihrer vierundzwanzig Stunden pro Tag herrlich lebendig und laut. Dies ist die prächtigste, großartigste und schönste Stadt der Welt – in dieser Zeit oder meiner Zeit oder irgendeiner Zeit in der Geschichte der ganzen Menschheit.

All dies geht mir durch den Kopf, während ich nackt neben Helena von Troja in ihrem Bett liege. Die Bettwäsche riecht nach Sex und nach uns, eine kühle Brise streicht durch die wogenden Vorhänge herein. Irgendwo grollt Donner; ein Gewitter zieht auf. Helena bewegt sich und flüstert meinen Namen – »Hock-en-bär-iihh …«

Ich bin am späten Nachmittag in die Stadt gekommen, nachdem ich vom Krankenhaus der Götter auf dem Olymp herabgeqtet war. Ich wusste, dass die Muse mich suchte, um mich zu töten, und dass – wenn sie mich heute nicht fand – Aphrodite es tun würde, sobald sie aus ihrem Heiltank herauskam.

Ich hatte daran gedacht, mich unter die Soldaten zu mischen, die die letzte Schlacht dieses langen Tages beobachteten – irgendwo dort draußen in der Sonne und dem Staub des Spätnachmittags metzelte Diomedes immer noch Trojaner nieder –, doch als ich Hektor mit stark gelichtetem Gefolge zu Fuß zur Stadt zurückkommen sah, morphte ich zu einem der Männer, die ich kannte – Dolon, ein Lanzenkämpfer und bewährter Späher, der bald von Odysseus und Diomedes getötet werden sollte –, und schloss mich Hektor an. Der edle Krieger betrat die Stadt durch das skäische Tor – Iliums Haupttor aus dicken Eichenbalken, so hoch wie zehn Männer von Ajax' Größe – und war sofort von den Frauen und Töchtern Trojas umlagert, die ihn nach ihren Männern, Söhnen, Brüdern und Geliebten fragten.

Ich beobachtete, wie sich Hektors hoher roter trojanischer Helmbusch durch die Schar der Frauen bewegte – sein Kopf und seine Schultern schwammen über dem Meer flehender Gesichter –, dann blieb er schließlich stehen und wandte sich an die wachsende Menge. »Betet zu den Göttern, ihr Frauen Trojas«, war alles, was er sagte, bevor er auf dem Absatz kehrtmachte und zum Palast des Priamos marschierte. Einige seiner Soldaten kreuzten lange Lanzen und hinderten die klagende Masse trojanischer Frauen daran, ihm zu folgen. Ich blieb bei den letzten vier Männern seiner Wache und begleitete Hektor schweigend in Priamos' prächtigen Palast, dem mit glatten Hallen gebauten, wie Homer sagte, und mit Gemächern aus schön geglättetem Marmor.

Wir traten an die Wand zurück – die Schatten des Abends krochen bereits in die Höfe und Schlafräume – und hielten Wache, während Hektor sich kurz mit seiner Mutter traf.

»Keinen Wein, Mutter«, sagte er und lehnte den Becher, den sie einem Diener zu bringen befohlen hatte, mit einer Handbewegung ab. »Nicht jetzt. Ich bin zu müde. Der Wein würde mir die letzten Kräfte und den Mut rauben, der mir für das Töten heut Abend geblieben ist. Außerdem bin ich mit Blut und Schmutz und all dem Unrat des Kampfes besudelt – und ich scheue mich, Zeus mit ungewaschenen Händen funkelnden Wein zu spenden.«

»Mein Kind«, sagte Hektors Mutter, eine Frau, aus deren Verhalten über die Jahre hinweg stets Warmherzigkeit und Gutmütigkeit gesprochen hatten, »weshalb hast du den Kampf verlassen, wenn nicht, um zu den Göttern zu beten?«

»Bete du«, sagte Hektor, den Helm neben sich auf dem Sofa. Der Krieger war in der Tat schmutzig – das Gesicht mit Erde und Blut beschmiert, die sein Schweiß zu einem rötlichen Schlamm vermischt hatte –, und er saß da, wie nur ein zutiefst Erschöpfter dasitzen kann, die Unterarme auf den Knien, den Kopf gebeugt, die Stimme matt. »Geh zum Tempel der Athene, versammle die würdigsten Frauen, nimm das hübscheste und schönste Gewand in Priamos' Palast mit. Leg es der goldenen Statue der Athene auf die Knie und gelobe sodann, ihr zwölfjährige Rinder im Tempel zu opfern, wenn sie der Stadt sich erbarmt. Bitte die grimmige Göttin, unsere Stadt und unsere trojanischen Frauen und kleinen Kinder vor Diomedes' Grausamkeit zu bewahren.«

»Ist es so weit?«, flüsterte Hektors Mutter, beugte sich näher zu ihrem Sohn und nahm eine seiner blutigen Hände in ihre. »Ist es endlich so weit?«

»Ja«, sagte Hektor, erhob sich mühsam, nahm seinen Helm und verließ die Halle.

Mit den drei anderen Lanzenkämpfern folgte ich dem erschöpften Helden, als er sechs Blocks weit zur Residenz von Paris und Helena ging, einem großen Gebäudekomplex mit einer Ansammlung prächtiger Terrassen, Wohntürme und privater Höfe.

Hektor drängte sich an Wächtern und Dienern vorbei, stapfte die Treppen hinauf und stieß die Tür zu Paris' und Helenas Privatgemächern auf. Ich rechnete halb damit, Paris mit seiner gestohlenen Gefährtin im Bett zu sehen – Homer hatte gesungen, das geile Paar sei Stunden zuvor direkt ins Bett gegangen, nachdem Paris von seinem Entscheidungskampf mit Menelaos weggeholt worden war –, aber stattdessen spielte Paris liebevoll mit seiner Rüstung und seinen Waffen, während Helena nicht weit entfernt saß und Mägde bei ihrer Stickereiarbeit unterwies. Paris blickte auf.

»Was, zum Teufel, machst du da?«, fuhr Hektor ihn an. »Du hockst hier wie ein Weib, wie ein weinendes Kind, und spielst mit deiner Rüstung herum, während die echten Männer Iliums zu Hunderten sterben, während das Schlachtengetümmel rings um die Stadt entbrannt ist und der Feind unsere Ohren mit seinem fremden Kriegsgeschrei erfüllt? Steh auf, du gottverdammter Deserteur. Steh auf, bevor Troja um deinen feigen Arsch herum vom feindlichen Feuer verbrannt wird!«

Statt entrüstet aufzuspringen, lächelte der königliche Paris nur. »Ach, Hektor, ich verdiene deine Schmähungen. Nichts, was du sagst, ist ungerecht.«

»Dann heb den Arsch und leg deine Rüstung an«, sagte Hektor barsch, aber der Zorn in seiner Stimme war plötzlich verflogen; vielleicht lag es an seiner Müdigkeit, vielleicht auch an Paris' gelassener Weigerung, sich zu verteidigen.

»Selbstverständlich«, sagte Paris, »aber zuerst hör mich an. Ich will dir etwas sagen.«

Hektor blieb stumm. Er schwankte ein wenig auf seinen sandalenbewehrten Füßen. Unter dem linken Arm trug er seinen buschigen Helm, in der Rechten hielt er einen überlangen Wurfspeer, den er sich vom Feldwebel unseres kleinen Wachtrupps geliehen hatte. Nun stützte er sich auf das Ende des Speers.

»Nicht so sehr im Zorn und Unmut über die Trojaner sitze ich hier im Gemach«, sagte Paris mit einer Geste zu Helena und ihren Dienerinnen, als gehörten sie zur Möblierung. »Sondern aus Gram.«

»Gram?«, wiederholte Hektor. Seine Stimme klang verächtlich.

»Gram«, bekräftigte Paris. »Gram über meine eigene Feigheit – obwohl mich die Götter aus dem Kampf mit Menelaos weggetragen haben und ich nicht freiwillig gewichen bin –, und Gram über das Geschick unserer Stadt.«

»Dieses Geschick ist nicht in Stein gemeißelt«, fauchte Hektor. »Wir können Diomedes und seine kampfwütigen Lakaien aufhalten. Leg deine Rüstung an. Komm mit mir zurück in die Schlacht. Wir haben noch eine Stunde Tageslicht. Im blutigen Schein der untergehenden Sonne können wir viele Griechen töten, und noch mehr in der kühlen Abenddämmerung.«

Paris lächelte und stand auf. »Du hast recht. Der Kampf erscheint nun selbst mir – dem größten Liebhaber, nicht dem größten Kämpfer der Welt – als der bessere Weg. Das Schicksal und der Sieg sind unbeständig, wie du weißt, Hektor – sie wenden sich hin und her, wie eine Reihe Ungerüsteter im Hagel feindlicher Pfeile.«

Hektor setzte seinen Helm auf und wartete stumm. Offenbar misstraute er Paris' Versprechen, wieder in den Kampf zu ziehen.

»Geh schon vor«, sagte Paris. »Ich muss noch meine Kriegsrüstung anlegen. Geh schon vor, ich hole dich ein.«

Hektor erwiderte nichts. Er war immer noch nicht bereit, ohne Paris zu gehen, aber die schöne Helena – und sie war wirklich schön – erhob sich von ihrem Stuhl, kam über den

Marmorboden zu Hektor herüber und legte ihm die Hand auf den blutverschmierten Unterarm. Ihre Sandalen machten leise Geräusche auf dem kühlen Marmor.

»Mein lieber Freund«, sagte sie, und ihre Stimme bebte vor Gefühl, »Schwager der grausigen, Unheil stiftenden Hündin – hätte mich doch meine Mutter am Tag meiner Geburt im dunklen ionischen Meer ertränkt, statt dass ich der Grund für all dies bin!« Ihre Stimme versagte, sie nahm die Hand von Hektors Arm und brach in Tränen aus.

Der edle Hektor blickte erstaunt drein, hob seine freie Hand, als wollte er ihr über die Haare streichen, zog sie dann jedoch rasch zurück und räusperte sich verlegen. Wie so viele Helden war er allen Frauen außer seiner eigenen gegenüber unbeholfen. Bevor er etwas sagen konnte, fuhr Helena fort – immer noch weinend, stieß sie die Worte abgehackt und unter Schluchzern hervor.

»Ach, edler Hektor, wenn die Götter mir wirklich all diese schrecklichen Jahre des Blutvergießens bestimmt haben, wäre ich wenigstens gern eines besseren Mannes Gemahlin – eines Kämpfers statt eines Liebhabers, eines Mannes mit dem Willen, mehr für seine Stadt zu tun, als am langen Nachmittag ihres Untergangs mit seiner Frau im Bett zu liegen.«

Paris trat einen halben Schritt auf Helena zu, als wollte er sie ohrfeigen, aber ihre Nähe zu dem hochgewachsenen Hektor hielt ihn zurück. Wir Fußsoldaten an der Wand schauten ins Leere und taten so, als hätten wir keine Ohren.

Helena sah Paris an. Ihre Augen waren rot und schwammen in Tränen. Sie sprach immer noch mit Hektor, als wäre Paris – ihr Entführer und potenzieller zweiter Gatte – nicht im Raum. »Dieser … Mensch hat die abgrundtiefe Verachtung echter Männer verdient. Er ist wankelmütig und hat keinen Mumm. Jetzt nicht … und auch sonst nicht.«

Paris blinzelte, und eine Röte stieg ihm in die Wangen, als wäre er geschlagen worden.

»Aber das wird er zu spüren bekommen, Hektor«, fuhr Helena fort. Sie spie die Worte jetzt buchstäblich aus; ihr Speichel sprühte auf den Marmorboden. »Ich schwöre dir, er wird die Früchte seiner Feigheit ernten. Bei den Göttern, ich schwöre es.«

Paris ging steifbeinig hinaus.

Helena drehte sich zu dem schmutzstarrenden Krieger um, der neben ihr stand. »Aber komm zum Sofa und setz dich zu mir, lieber Schwager, der du am meisten unter all den Kämpfen zu leiden hast – und alles meinetwegen, Hektor, einer solchen Hündin wegen.« Sie setzte sich auf das gepolsterte Sofa und klopfte auf den Platz neben ihr. »Wir beide sind in diesem verhängnisvollen Geschehen miteinander verbunden, Hektor. Zeus hat den Keim zahlloser Tode, ja, des Untergangs unserer Welt in unsere Brust gepflanzt. Mein lieber Hektor. Wir sind Sterbliche. Wir werden beide sterben. Aber du und ich, wir werden im Liede noch fortbestehen für die künftigen Menschen …«

Hektor machte auf dem Absatz kehrt, als wollte er nichts mehr hören, und ging hinaus. Er setzte seinen hohen Helm auf, sodass er in den schräg einfallenden Strahlen der tief stehenden Abendsonne aufblitzte.

Ich warf einen letzten Blick auf Helena, die mit gesenktem Haupt auf der gepolsterten Bank saß, sah ihre perfekten, blassen Arme und die weichen Brüste, die sich unter ihrem dünnen Gewand abzeichneten, nahm meine Lanze – die Lanze des Spähers Dolon – und folgte Hektor und seinen anderen drei getreuen Lanzenkämpfern.

Es ist wichtig, dass ich es auf diese Weise erzähle. Helena bewegt sich, flüstert meinen Namen, schläft aber wieder ein. *Meinen* Namen. Sie flüstert: »Hock-en-bär-iihh«, und es ist, als hätte man mir eine Lanze ins Herz gestoßen.

Und während ich nun neben der schönsten Frau der Antike liege, vielleicht der schönsten Frau der Geschichte – oder zumindest der Frau, für die die meisten Männer gestorben sind –, erinnere ich mich an weitere Einzelheiten aus meinem Leben. Meinem früheren Leben. Meinem *echten* Leben.

Ich war verheiratet. Meine Frau hieß Susan. Wir lernten uns als Studenten am Boston College kennen und heirateten kurz nach Abschluss des Studiums. Susan war Beratungslehrerin an der Highschool, arbeitete aber nur noch selten, nachdem wir nach Indiana gezogen waren, wo ich seit 1972 Seminare an der Indiana University leitete. Wir hatten keine Kinder, aber nicht, weil wir es nicht versucht hätten. Susan lebte noch, als ich an Leberkrebs erkrankte und ins Krankenhaus musste.

Weshalb in Gottes Namen erinnere ich mich jetzt *daran? Weshalb erinnere ich mich jetzt, nach neun Jahren fast ohne persönliche Erinnerungen, an Susan? Weshalb werde ich jetzt von den gezackten Scherben meines früheren Lebens geschnitten und gequält?*

Ich glaube nicht an Gott und auch nicht an die Götter, auch wenn sie offenkundig aus Fleisch und Blut sind. Für mich sind sie keine wirklichen Kräfte im Universum. Aber ich glaube an eine gehässige Göttin namens Ironie. Sie überdauert alle Zeiten. Sie regiert Menschen, Götter und Gott gleichermaßen.

Und sie hat einen bösartigen Humor.

Wie Romeo, der neben Julia liegt, höre ich den Donner aus dem Südwesten herankommen. Er hallt im Hof wider. Der Wind, der ihm vorangeht, bewegt die Vorhänge vor den Terrassen zu beiden Seiten des großen Schlafgemachs. Helena rührt sich, wacht jedoch nicht auf. Noch nicht.

Ich schließe die Augen und stelle mich noch ein paar Minuten lang schlafend. Meinen Augen tun weh, als hätte ich Sand unter den Lidern. Ich werde zu alt, um so lange wach zu bleiben, besonders nachdem ich dreimal mit der schönsten und sinnlichsten Frau der Welt geschlafen habe.

Nachdem wir Helena und Paris verlassen hatten, folgten wir Hektor zu seinem Haus. Der Held, der so gut wie noch nie vor einem Kampf davongelaufen war, lief vor der Versuchung davon, in die Helena ihn führte, lief nach Hause zu seiner Gemahlin Andromache und ihrem einjährigen Sohn.

Obwohl ich mich seit neun Jahren regelmäßig in Ilium umsah und aufhielt, hatte ich noch nie mit Hektors Frau gesprochen, aber ich kannte ihre Geschichte. Jeder in Ilium kannte ihre Geschichte.

Andromache war selber schön – sicherlich nicht im Vergleich zu Helena oder den Göttinnen, aber auf ihre eigene, menschlichere Weise –, und sie war ebenfalls von königlichem Geblüt. Sie kam aus einem trojanischen Gebiet namens Kilikien in Theben, und ihr Vater, der dortige König, Eëtion, wurde von den meisten bewundert und von allen geachtet. Ihr kleiner Palast stand an den unteren Hängen des Berges Plakos in einem Wald, der für sein Holz berühmt war; das gewaltige skäische Tor von Ilium bestand aus kilikischem Holz, ebenso wie die Türme der Belagerungsmaschinen, die keine drei Kilometer entfernt auf ihren Rädern hinter den griechischen Linien standen.

Achilles tötete ihren Vater. Kurz nach der Landung führte der fußschnelle achäische Männertöter seine Männer gegen die abgelegeneren trojanischen Städte und streckte Eëtion im Zweikampf mit dem Schwert nieder. Am selben Tag tötete er auch Andromaches sieben Brüder, allesamt keine Kämpfer, sondern Schaf- und Rinderhirten. Er suchte sie auf den Feldern und hetzte sie in den felsigen Hügeln unterhalb des Waldes zu Tode. Achilles wollte die männlichen Angehörigen der kilikischen Königsfamilie offenbar bis auf den letzten Rest auslöschen. In dieser Nacht befahl Achilles seinen Männern, Eëtions Leichnam in seine Kriegsrüstung zu kleiden, dann verbrannte er ihn respektvoll und häufte einen Grabhügel über die Asche des alten Königs. Aber die Leichen von Andromaches Brüdern lagen unbehütet in den Feldern und Wäldern, Nahrung für die Wölfe.

Trotz der Reichtümer, die ihm die Plünderung eines Dutzends Städte eingebracht hatte, verlangte Achilles ein buchstäblich königliches Lösegeld für Eëtions Königin – Andromaches Mutter –, und er bekam es. Ilium war damals noch reich und konnte mit den Invasoren verhandeln.

Andromaches Mutter kehrte in die Hallen ihres leeren Palasts in Kilikien zurück, und dort, so hieß es in Andromaches häufigen Erzählungen ihrer traurigen Geschichte, »traf sie Artemis, die pfeilschüttende«.

Nun ja, in gewissem Sinn.

Artemis, Tochter des Zeus und der Leto und Apollos Schwester, ist die Göttin der Jagd – ich habe sie erst gestern auf dem Olymp gesehen –, aber sie ist auch die Göttin, welche die Aufsicht über die Kindsgeburt führt. In der *Ilias* schleuderte der wütende Apollo seiner Schwester einmal vor ihrem Vater Zeus lauthals entgegen: »Er gab dir Mütter in den Wehen zu töten«, was bedeutet, dass Artemis einerseits für den *Tod* im Kindbett verantwortlich ist, andererseits auch als göttliche Hebamme für sterbliche Frauen fungiert.

Andromaches Mutter starb neun Monate nach dem Tag, an dem Achilles Eëtion, Andromaches Vater, getötet und sie zur Geisel genommen hatte. Sie starb im Kindsbett, als sie das Kind des Mörders ihres Gatten zur Welt bringen wollte.

Da sage noch einer, dass die gehässige Göttin Ironie nicht die Welt regiert.

Andromache und ihr Baby waren nicht zu Hause. Hektor eilte von einem Gemach zum anderen, während wir vier Lanzenkämpfer zurückblieben und den Eingang bewachten, ohne uns einzumischen. Der Held war offensichtlich besorgt und legte mehr Nervosität an den Tag als jemals auf dem Schlachtfeld. Als er zum Eingang zurückkehrte, hielt er zwei Mägde auf, die gerade hereinkamen.

»Wo ist Andromache? Ist sie mit den anderen edlen Trojanerinnen zum Tempel Athenes gegangen? Zu meiner Schwester? Zu den Schwagersfrauen?«

»Unsere Herrin ist zur Mauer gegangen, Herr«, antwortete die älteste Magd. »Alle Trojanerinnen haben von den schrecklichen Kämpfen des heutigen Tages gehört, von Diomedes' Zorn und der Schicksalswende gegen die Söhne Iliums. Deine Gemahlin ging zum großen Turm von Ilium, um zu sehen, was es zu sehen gibt, und in Erfahrung zu bringen, ob ihr Herr und Gemahl noch am Leben ist. Einer Rasenden gleich ist sie davongestürzt, Herr, und die Amme trug ihr das Kind nach.«

Wir konnten kaum mit Hektor Schritt halten, als er zum skäischen Tor lief, und einen Block von der Mauer entfernt wurde mir klar, dass ich besser nicht bei ihm blieb. Dieses Ereignis – Hektors Begegnung mit Andromache auf der Brustwehr – war zu wichtig. Zu viele Götter würden sie mit ansehen. Durchaus möglich, dass auch die Muse dort war und mich suchte.

Mehrere Hundert Meter vor dem Tor trennte ich mich von den Lanzenkämpfern, die mit großen Sätzen hinter Hektor hereilten, und mischte mich in einer Seitenstraße unter die Menge. Die Schatten waren jetzt tief, die Luft kühlte ab, aber die enorm hohen Türme Iliums lagen noch voll im roten Schein der Abendsonne.

Immer noch in der Gestalt des Lanzenkämpfers Dolon, suchte ich mir einen dieser Türme aus und stieg die Wendeltreppe im Innern hinauf.

Der Turm war ein wenig wie ein Minarett gebaut – obwohl der Islam noch Jahrtausende in der Zukunft lag –, und als ich auf den schmalen, kreisrunden Balkon hinaustrat, war dort niemand außer mir. Die Sonne schien mir in die Augen, aber ich polarisierte meine optischen Filter, vergrößerte das Bild im Fokus meiner Kontaktlinsen – dieses Geschenks der Götter – und hatte dadurch freien Blick auf die Wiedervereinigung auf der Mauer.

Andromache eilte die Brustwehr entlang und fiel ihrem Mann um den Hals. Ihre Füße wirbelten durch die Luft, als er sie hochhob und die Umarmung erwiderte. Sein polierter Helm fing das warme Abendlicht ein. Andere Soldaten und besorgte Frauen auf der Mauer zogen sich ein Stück zurück, um ihrem Anführer und seiner Braut ein wenig Raum zu lassen. Nur Andromaches Zofe, die den Einjährigen trug, blieb in der Nähe des Paares.

Ich hätte ihr Gespräch mit meinem Rohr des Richtmikrofonstocks belauschen können, entschied mich jedoch, sie nur zu beobachten, zuzusehen, wie ihre Münder sich bewegten, und ihr Mienenspiel zu studieren. Nach der Aufwallung von Erleichterung, ihren Krieger-Gemahl lebendig und unverletzt wiederzusehen, runzelte Andromache die Stirn und begann rasch und eindringlich zu sprechen. Aus Homers Erzählung kannte ich noch die groben Umrisse dessen, was sie sagte – eine weitere Erzählung ihrer eigenen Kümmernisse, ihrer Einsamkeit, nachdem Achilles ihren Vater und ihre Brüder ermordet hatte. Ich konnte ihr tatsächlich manche Worte von den Lippen ablesen, als sie sagte: »Hektor, du bist für mich jetzt Vater und Mutter. Ein Bruder bist du für mich, mein Geliebter, und auch mein blühender, lebendiger Gatte! Verlass mich nicht. Geh nicht wieder hinaus auf die Ebene von Ilium, dort findest du den Tod, und man wird deinen Leichnam hinter einem achäischen Streitwagen herschleifen, bis dir das Fleisch von den Knochen gerissen wird. Bleib hier! Kämpfe *hier*. Schütze unsere Stadt, indem du hier auf dem Turme kämpfst.«

»Das kann ich nicht«, sagte Hektor, und sein Helm blitzte auf, als er den Kopf schüttelte.

»Doch, du kannst«, sah ich Andromache sagen, das Gesicht vor Liebe und Angst verzerrt. »Du *musst*. Stell das Kriegsvolk beim Feigenbaum da drüben auf … siehst du ihn? Dort ist die Stadt ja nicht sehr schwer zu ersteigen. Dreimal schon kamen die Argeier und versuchten dort, die Mauern zu erstürmen, angeführt von ihren Besten um den großen und kleinen Ajax, Idomeneus und den schrecklichen Diomedes. Vielleicht hat ihnen einer, der in den Winken der Götter sich auskennt, unseren Schwachpunkt dort verraten. Kämpfe hier, mein Gemahl! Beschütze uns *hier*!«

»Ich kann nicht.«

»Du *kannst*«, rief Andromache und löste sich aus seiner Umarmung. »Aber du *willst* nicht!«

»Ja«, sagte Hektor. »Ich will nicht.«

»Weißt du, was mit mir geschehen wird, edler Hektor, wenn du deinen edlen Tod stirbst und Futter für die achäischen Hunde wirst?«

Ich sah, wie Hektor zusammenzuckte, aber er schwieg.

»Ich werde als Hure irgendeines verschwitzten griechischen Befehlshabers verschleppt werden!«, rief Andromache mit so lauter Stimme, dass ich es aus einem halben Block Entfernung hörte. »Als Beute nach Argos entführt, als Sklavin des großen oder des kleinen Ajax, des schrecklichen Diomedes oder eines untergeordneten Hauptmanns, der mich nach Lust und Laune nehmen kann!«

»Ja«, sagte Hektor mit gequältem, aber festem Blick. »Aber ich werde tot sein, und die Erde über mir wird deine Schreie dämpfen.«

»Ja, o ja«, rief Andromache. Sie lachte und weinte jetzt gleichzeitig. »Der edle Hektor wird tot sein. Und sein Sohn, den all die Bürger Iliums Astyanax nennen, den ›Herrn der Stadt‹, wird ein Sklave der achäischen Schweine sein, seiner Sklavenhurenmutter entrissen und verkauft. *Das* wird dein edles Vermächtnis sein, o edler Hektor!«

Und Andromache rief die Amme näher heran und packte das Kind, hielt es wie einen Schild zwischen sich und Hektor.

Jetzt sah ich den Schmerz in Hektors Gesicht, aber er streckte die Arme aus und griff nach dem kleinen Jungen. »Komm her, Skamandrios«, sagte Hektor. Er rief ihren Sohn beim Vornamen statt bei dem Spitznamen, den ihm die Stadtbewohner gegeben hatten.

Der Junge wich zurück und begann zu weinen. Ich hörte sein Gebrüll von meinem hohen Aussichtpunkt ein halbes Dutzend Dächer entfernt.

Es war der Helm. Hektors Helm. Polierte, glänzende Bronze, mit Blut und Schmutz besudelt, das Sonnenlicht, die verzerrte Brüstung und den Jungen selbst spiegelnd. Der Helm mit seinem flammend roten Rosshaarbusch und seinen monströsen, glänzenden metallenen Schutzbügeln, die sich über Hektors Augen krümmten und seine Nase bedeckten.

Der Junge schrie und drückte sich an die Brust seiner Mutter. Er hatte Angst vor seinem Vater.

In einem solchen Moment könnte man glauben, Hektor wäre am Boden zerstört – keine letzte Umarmung von seinem Sohn? –, aber der Krieger lachte, legte den Kopf in den Nacken und lachte erneut, herzlich und lang. Kurz darauf stimmte Andromache in das Gelächter ein.

Hektor nahm mit einer raschen Bewegung den Kriegshelm ab und stellte ihn auf die Mauer, wo er im Licht der untergehenden Sonne blitzte. Dann hob er mit einer ebenso raschen Bewegung seinen Sohn hoch, umarmte ihn, warf ihn in die Luft und fing ihn wieder auf, bis der Junge nicht vor Angst, sondern vor Begeisterung kreischte. Hektor hielt seinen Sohn in der Beuge seines starken, rechten Arms und zog Andromache mit dem linken Arm an sich.

Lächelnd hob Hektor das Gesicht zum Himmel. »Hört mich an, Zeus und ihr anderen Götter!«

Die Wachposten und die Frauen auf der Mauer waren verstummt. In den Straßen herrschte eine unheimliche Stille. Hektors kraftvolle Stimme hallte über die Stadt.

»Gebt, dass dieser mein Sohn hier, der mir viel Freude bereitet, auch so ausgezeichnet werde wie ich vor den Trojanern! Auch so trefflich an Kraft wie sein Vater! Und gebt, o Götter, dass Skamandrios, Hektors Sohn, mächtig in Ilium herrsche, so dass es dereinst heißt: ›Der übertrifft noch den Vater!‹ Dies ist mein Gebet, ihr Götter, und es ist die einzige Gnade, die ich von euch erbitte.«

Und damit gab Hektor seiner Gemahlin das Kind zurück, küsste beide, stieg von der Mauer herunter und begab sich wieder hinaus aufs Schlachtfeld.

Ich gebe zu, die Stunden nach Hektors Abschied von seiner Frau waren ein Tiefpunkt für mich. Und das Wissen, dass Andromache nächstes Jahr tatsächlich aus der brennenden Stadt in ein anderes Land verschleppt und dort zu einer von vielen Männern begehrten Sklavin gemacht werden würde, verbesserte meine Stimmung nicht gerade. Ebenso wenig wie die Tatsache, dass der Achäer, der sie gefangen nehmen würde – Pyrrhos, dem es bestimmt war, Ahnherr der Könige vom Stamme der eperiotischen Molosser zu werden und ein Heldengrab in Delphi zu bekommen –, den kleinen »Stadtherrn« von der Brust seiner Amme reißen und von den hohen Mauern werfen würde, sodass er einen blutigen Tod fand. Ebenjener Pyrrhos wird auch Hektors und Paris' Vater, König Priamos, am Altar des Zeus in seinem eigenen Palast ermorden. Das trojanische Königshaus wird in einer Nacht ausgelöscht werden. Der Gedanke ist deprimierend.

Dies ist keine Rechtfertigung für das, was ich als Nächstes tat, aber vielleicht eine teilweise Erklärung.

Bis zum Einbruch der Nacht und länger wanderte ich durch Iliums Straßen. Ich fühlte mich einsamer und niedergeschlagener als jemals zuvor in meinen neun Scholikerjahren. Obwohl ich Dolons Gestalt abgelegt hatte, trug ich noch die Kleidung eines trojanischen Lanzenkämpfers – jederzeit bereit, den Hades-Helm sofort aufzusetzen, das QT-Medaillon griffbereit zur sofortigen Flucht. Bald fand ich mich in der Nähe von Helenas Wohnsitz wieder. Ich muss gestehen, dass ich über die Jahre oftmals hier gewesen war; ich zwackte ein wenig Zeit von meinen scholischen Beobachtungen ab und schlich mich heimlich in die Stadt und hierher, nur auf die geringe Chance hin, sie zu sehen … Helena zu sehen, die schönste und charmanteste Frau der Welt. Wie oft hatte ich auf der anderen Straßenseite gestanden, gegenüber von diesem vielstöckigen Gebäudekomplex, wie ein liebeskranker Jüngling nach oben geschaut und gewartet, bis die Lichter in den Wohnungen und auf den Terrassen dort oben angezündet wurden, in der verzweifelten Hoffnung, nur einen einzigen flüchtigen Blick auf die Frau zu erhaschen?

Plötzlich wurden meine närrischen Träumereien von einem eher erschreckenden Anblick gestört: einem fliegenden Streitwagen, der – unsichtbar für sterbliche Augen, aber sehr wohl sichtbar für mein aufgerüstetes Sehvermögen – langsam über die Straßen und Dächer hinwegglitt. Darin stand meine Muse. Sie beugte sich über die Reling und suchte die Straßen ab. Ich hatte die Muse noch nie in so geringer Höhe über die Stadt oder die Ebene von Ilium fliegen sehen. Mir war klar, dass sie mich suchte.

Ich setzte eilig den Hades-Helm auf, der mich – wie ich hoffte – vor Göttern und Menschen verbarg. Offenbar funktionierte die Technik, denn der Streitwagen der Muse schwebte keine dreißig Meter über mir vorbei, ohne auch nur einmal langsamer zu werden.

Als der Streitwagen fort war und über dem zentralen Marktplatz ein Dutzend Blocks weiter östlich kreiste, aktivierte ich die Regler meines Schwebegeschirrs. Alle Scholiker sind mit diesen Geschirren ausgerüstet, aber wir benutzen sie nur selten. Nach den Kampfeswirren eines Tages hatte ich mich mithilfe des Schwebegeschirrs oftmals übers Schlachtfeld erhoben, um mir ein umfassenderes Bild der taktischen Lage zu verschaffen, und dann war ich nach Ilium geflogen – hierher, zu Helenas Haus, um ehrlich zu sein –, um ein paar Minuten lang hoffnungsvoll zu gaffen, bevor ich zu meiner Kaserne am Fuß des Olymps zurückqtete.

Diesmal tat ich das nicht. Ich erhob mich über die Straße, schwebte unsichtbar über die Lanzenkämpfer hinweg, die am Haupteingang von Paris' und Helenas Wohnsitz Wache standen, überquerte die hohe Mauer und landete auf einem der Balkone im Innenhof vor den Privaträumen des Paares. Mit klopfendem Herzen ging ich durch wehende Vorhänge hinein. Meine Sandalen machten so gut wie kein Geräusch auf dem Steinboden. Die Hunde auf dem Gelände hätten mich entdeckt – den Geruch tarnte der Hades-Helm nicht –, aber sie waren alle im Erdgeschoss und im äußeren Hof, nicht hier oben, wo das königliche Paar wohnte.

Helena war in ihrem Bad. Drei Dienerinnen betreuten sie. Ihre bloßen Füße hinterließen feuchte Spuren auf den Marmorstufen zu der in einer Vertiefung eingelassenen Wanne, als sie warmes Wasser hinuntertrugen. Das Bad selbst war von Gazevorhängen umgeben, aber da sich die Dreifüße mit den Kohlenbecken und die Hängelampen im Badebereich befanden, stellte der hauchdünne Vorhangstoff kein Sichthindernis dar. Immer noch unsichtbar, stand ich unmittelbar vor dem leise wogenden Stoff und starrte Helena in ihrem Bad an.

Das also sind die Titten, derentwegen tausend Schiffe in See gestochen sind, dachte ich und verwünschte mich sofort dafür, dass ich so ein Schwachkopf war.

Soll ich sie Ihnen beschreiben? Soll ich Ihnen erklären, weshalb die Hitze ihrer Schönheit, ihrer nackten Schönheit, Männer über dreitausend Jahre kalter Zeit und mehr hinweg in Erregung versetzen kann?

Ich glaube nicht – und nicht aus Diskretion oder Anstand. Helenas Schönheit spottet einfach meiner armseligen Beschreibungsgabe. Ich hatte die Brüste so vieler Frauen gesehen; waren Helenas weiche, volle Brüste in irgendeiner Hinsicht einzigartig? Waren das dunkle Haardreieck zwischen ihren Schenkeln vollkommener, die blassen, muskulösen Schenkel erregender und ihre milchig weißen Pobacken, ihr kräftiger

Rücken und die schmalen Schultern faszinierender als die der anderen?

Ja, natürlich. Aber ich bin nicht der Mann, der Ihnen den Unterschied erklären könnte. Ich war ein unbedeutender Gelehrter und – in meinen Fantasien in meinem verlorenen Leben – vielleicht ein Romanschriftsteller. Doch man müsste schon ein besserer Dichter als Homer, Dante und sogar Shakespeare sein, um Helenas Schönheit gerecht zu werden.

Ich verließ das Bad, trat in die Kühle einer leeren Terrasse vor ihrem Schlafzimmer hinaus und berührte das schmale Armband, mit dessen Hilfe ich eine andere Gestalt annehmen konnte. Die Bedienungsfläche des Armbands leuchtete nur auf, wenn ich es aktivierte, aber sie reagierte mit Symbolen und Bildern auf meinen Daumen. In dem Armband waren die Morphdaten aller Männer gespeichert, die ich in den vergangenen neun Jahren aufgezeichnet hatte. Theoretisch hätte ich mich auch in eine Frau verwandeln können, aber ich hatte nie einen Grund dazu gehabt, und in dieser Nacht schon gar nicht.

Was das Morphen betrifft, so müssen Sie eins verstehen: Es ist keine Umformung von Molekülen, Stahl, Fleisch und Knochen in eine andere Gestalt. Ich habe keine Ahnung, wie das Morphen funktioniert, obwohl ein kurzlebiger Scholiker aus dem einundzwanzigsten Jahrhundert namens Hayakawa mir vor fünf oder sechs Jahren seine Theorie zu erklären versuchte. Hayakawa kam immer wieder auf die Erhaltung von Materie und Energie zu sprechen – was immer das sein mag –, aber ich habe diesem Teil seiner Ausführungen nur wenig Beachtung geschenkt.

Augenscheinlich findet das Morphen auf der Quantenebene statt. Ist das bei diesen Göttern nicht immer so? Hayakawa meinte, ich solle alle anwesenden Menschen, einschließlich ihm selbst und mir, als stehende Wahrscheinlichkeitswellen betrachten. Auf der Quantenebene, sagte er, existierten Menschen – wie alles andere im physikalischen Universum – immer von einem Moment zum nächsten, und zwar als so etwas wie eine brechende Wellenfront – Moleküle, Erinnerung, alte Narben, Gefühle, Schnurrbärte, Bieratem, alles. Diese Armbänder, die wir von den Göttern bekommen hätten, zeichneten Wahrscheinlichkeitswellen auf und erlaubten uns, die Originale zu unterbrechen und zu speichern – und für kurze Zeit unsere eigenen Wahrscheinlichkeitswellen mit den gespeicherten zu verschmelzen, unsere eigenen Erinnerungen und unseren Willen beim Morphen in einen neuen Körper mitzunehmen. Wieso das nicht gegen Hayakawas heiß geliebte Erhaltung von Masse und Energie verstieß, weiß ich nicht … aber er behauptete es steif und fest.

Da wir uns also die Gestalt und die Handlungen eines anderen aneigneten, morphten wir Scholiker fast immer zu Randfiguren des Kampfes um Troja, zu Statisten wie dem namenlosen Leibwächter, dessen Gestalt ich nach der von Dolon angenommen hatte. Hätten wir uns beispielsweise in Odysseus, Hektor, Achilles oder Agamemnon verwandelt, sähen wir zwar so aus wie sie, verhielten uns aber wie wir – weit minderwertiger als der heroische Charakter der echten Person –, und mit jeder Minute in dieser fremden Gestalt würden wir die Abweichung von den echten Ereignissen in dieser sich entwickelnden Realität verstärken, die abweichende Parallelen zur *Ilias* formte.

Ich habe keine Ahnung, wohin die echte Person verschwand, wenn wir ihre Gestalt annahmen. Vielleicht schwappte ihre Wahrscheinlichkeitswelle einfach auf der Quantenebene herum, ohne zu dem zusammenzubrechen, was wir Realität nennen, bis wir ihr wieder ihre eigene Gestalt und Stimme zurückgaben. Vielleicht wurde die Wahrscheinlichkeitswelle dieser Person in dem Armband gespeichert, das wir trugen, oder im Mikrochip einer Maschine oder eines Gottes auf dem Olympus Mons. Ich weiß es nicht, und es interessiert mich auch nicht besonders. Kurz bevor Hayakawa das Missfallen der Muse erregte und endgültig verschwand, fragte ich ihn einmal, ob wir uns mit dem Morpharmband auch in einen der Götter verwandeln könnten. Hayakawa lachte und sagte: »Die Götter wissen ihre Wahrscheinlichkeitswelle zu schützen, Hockenberry. Leg dich lieber nicht mit ihnen an.«

Nun schaltete ich das Armband ein und blätterte die Hunderte von Männern durch, die ich aufgezeichnet hatte, bis ich denjenigen fand, den ich suchte. *Paris.* Die Muse hätte mein Dasein wahrscheinlich beendet, wenn sie auch nur gewusst hätte, dass ich Paris als künftigen Morphkandidaten gescannt hatte. Scholiker mischen sich nicht ein.

Wo ist Paris jetzt gerade? Mit dem Daumen über dem Aktivierungs-Symbol versuchte ich mich zu erinnern. Die Ereignisse dieses Nachmittags und Abends – die Konfrontation zwischen Hektor, Paris und Helena, Hektors Treffen mit seiner Frau und seinem Sohn auf der Mauer – fanden alle gegen Ende des sechsten Gesangs der *Ilias* statt. Oder nicht?

Ich konnte nicht nachdenken. Meine Brust schmerzte vor Einsamkeit. Mir war schwindlig, als hätte ich den ganzen Nachmittag getrunken.

Ja, am Ende des sechsten Gesangs. Hektor verlässt Andromache, und Paris holt ihn ein, bevor er zum Stadttor hinausgeht – oder als er gerade zum Stadttor hinausgeht. Wie hatte es in meiner Lieblingsübersetzung geheißen? *»Und auch Paris weilte nicht lang in den hohen Gebäuden.«* Helenas neuer Gatte hatte wie versprochen seine Rüstung angelegt und war hinausgeeilt, um sich zu Hektor zu gesellen, und die beiden waren gemeinsam durchs skäische Tor geschritten und hatten sich in den Kampf gestürzt. Ich weiß noch, dass ich einmal einen Vortrag für eine Fachtagung ausgearbeitet hatte, in dem ich Homers Metapher analysierte, Paris habe die Stadt durcheilt *»wie wenn ein Pferd im Stall ... sein Halfter zerreißt und stampfend über das Feld läuft ... und um seine Schultern flattern die Haare der Mähne«*, blablabla.

Wo ist Paris jetzt? Nach Einbruch der Dunkelheit? Was habe ich versäumt, während ich durch die Straßen gelaufen bin, zu Helenas Lichtern emporgeschaut und ihre Titten bewundert habe?

Das war im siebenten Gesang, und ich war immer der Ansicht gewesen, dass der siebente Gesang der *Ilias* ein verwirrendes, zusammengestoppeltes Durcheinander war. Mit ihm endete jener lange Tag, der im zweiten Gesang begonnen hatte; Paris tötete den Achäer namens Menesthios, Hektor schnitt Eioneus die Kehle durch. So viel zu den zärtlichen Umarmungen des Ehegatten und Vaters. Dann gab es weitere Kämpfe, Hektor maß sich im Zweikampf mit dem großen Ajax, und …

Was? Nicht viel. Ajax stand kurz vor dem Sieg – er war der bessere Kämpfer –, aber dann fingen die Götter wieder an, sich über das Ergebnis zu streiten, es gab eine Menge Palaver bei Griechen und Trojanern, ein Haufen Prahlereien gingen hin und her, Hektor und Ajax ließen die Waffen ruhen, tauschten ihre Rüstungen und benahmen sich, als wären sie alte Kumpels, und dann schlossen sie alle einen Waffenstillstand, um die Toten einzusammeln und zu verbrennen, und …

Wo, zum Teufel, ist Paris in dieser Nacht? Bleibt er bei Hektor und dem Heer, um den Waffenstillstand zu überwachen und bei den Bestattungsritualen zu sprechen? Oder verhält er sich eher seinem Charakter gemäß und legt sich zu Helena ins Bett?

»Wen interessiert's schon«, sagte ich laut, betätigte das Aktivierungssymbol am Armband und verwandelte mich in Paris.

Ich war immer noch unsichtbar, angetan mit dem Hades-Helm, dem Schwebegeschirr und so weiter.

Ich legte den Helm und alles andere außer dem Morpharmband und dem kleinen QT-Medaillon ab, das um meinen Hals hing, und versteckte die Sachen hinter einem Dreifuß in der Ecke des Balkons. Jetzt war ich nur noch Paris in seiner Kriegsrüstung. Ich nahm den Brustharnisch ab und ließ ihn ebenfalls auf dem Balkon liegen. Nun trug Paris nur noch seinen weichen Chiton. Wenn die Muse sich jetzt auf mich stürzte, war ich schutzlos; ich konnte nur noch fortqten.

Ich kehrte durch die Balkonvorhänge ins Bad zurück. Helena blickte überrascht auf, als ich die Vorhänge teilte.

»Mein Gebieter?«, sagte sie, und ich sah zuerst den Trotz in ihren Augen und dann den gesenkten Blick, vielleicht ein Zeichen der Entschuldigung und der Unterwürfigkeit wegen ihrer harschen Worte. »Lasst uns allein«, fuhr sie die Dienerinnen an, und die Frauen gingen mit nassen Füßen hinaus.

Helena von Troja kam langsam die Stufen des Bades herauf auf mich zu. Ihre Haare waren trocken bis auf die nassen Strähnen, die ihr über Schulterblätter und Brüste fielen, den Kopf hielt sie noch immer gesenkt, aber ihre Augen blickten jetzt durch die Wimpern zu mir auf. »Was wünschst du von mir, mein Gemahl?«

Ich musste zweimal ansetzen, bevor ich etwas herausbrachte. Schließlich sagte ich mit Paris' Stimme: »Komm ins Bett.«

19 Golden Gate bei Machu Picchu

Sie wanderten auf der Golden Gate Bridge von einer grünen Kugel zur anderen, stiegen stehende Rolltreppen hinunter und gingen von grünem Glas umschlossene Verbindungsstege zwischen den gewaltigen Kabeln entlang, die die Fahrbahn tief unten trugen. Odysseus begleitete sie.

»Bist du wirklich der Odysseus aus dem Turin-Drama?«, fragte Hannah.

»Ich habe das Turin-Drama nie gesehen«, sagte der Mann.

Ada bemerkte, dass der Mann, der sich Odysseus nannte, die Frage weder bejaht noch verneint, sondern nur umgangen hatte.

»Wie bist du hierhergekommen?«, fragte Harman. »Und *woher* kommst du?«

»Die Antwort ist kompliziert«, sagte Odysseus. »Ich bin nun schon einige Zeit auf Reisen; ich suche den Weg nach Hause. Dies hier ist nur ein kurzer Zwischenaufenthalt, ein Rastplatz. In ein paar Wochen breche ich wieder auf. Ich würde es vorziehen, euch meine Geschichte später zu erzählen, wenn ihr nichts dagegenhabt. Vielleicht heute Abend beim Essen. Möglicherweise kann Savi *Uhr* mir helfen, einige Teile meiner Geschichte verständlich zu machen.«

Ada fand es sehr seltsam, jemanden das allgemein gebräuchliche Englisch sprechen zu hören, als wäre es nicht seine Muttersprache; sie hatte noch nie einen Akzent gehört. In Adas auf dem Fax gegründeter Welt, in der jeder überall – und nirgends – lebte, gab es nicht einmal regionale Dialekte.

Die sechs kamen auf der Spitze des Turms heraus, auf dem Savi zuvor mit dem Sonie gelandet war. Die Sonne streifte gerade den Rand des südlicheren der beiden steilen Gipfel, an denen die Brücke verankert war. Der Westwind wehte stark und war kalt. Sie gingen zum Geländer am Rand der Plattform und schauten auf den sanft abfallenden, grasbewachsenen Sattel mit seinen terrassenförmigen Ruinen über zweihundertfünfzig Meter unter ihnen hinab.

»Als ich vor drei Wochen zum letzten Mal zur Golden Gate kam«, sagte Savi, »lag Odysseus in einem der kryotemporalen Sarkophage, in denen ich normalerweise schlafe. Wegen seiner Ankunft – und ihrer Bedeutung – habe ich schließlich Kontakt zu euch aufgenommen; darum habe ich auch die Hinweise an dem Felsen im Trockental hinterlassen.«

Ada, Harman, Hannah und Daeman starrten die alte Frau an. Offenbar verstanden sie weder die Begriffe noch die wahre Bedeutung ihrer Worte. Savi gab ihnen keine Erklärung. Die vier warteten darauf, dass Odysseus etwas sagte, das Licht in die Sache brachte.

»Was gibt es zum Abendessen?«, fragte Odysseus.

»Dasselbe wie immer«, sagte Savi.

Der bärtige Mann schüttelte den Kopf. »Nein.« Er zeigte mit einem kurzen, dicken Finger auf Harman und dann auf Daeman. »Ihr beide. Es wird erst in einer Stunde richtig dunkel. Die Abenddämmerung ist eine gute Zeit für die Jagd. Kommt ihr mit?«

»Nein!«, sagte Daeman.

»Ja«, sagte Harman.

»Ich möchte mitkommen.« Es überraschte Ada, wie eindringlich ihre Stimme klang. »Bitte.«

Odysseus sah sie einen langen Moment an. »Gut«, sagte er schließlich.

»Ich sollte mich wohl ebenfalls anschließen«, meinte Savi. Ihre Stimme klang unschlüssig.

»Ich kann mit deiner Maschine umgehen«, sagte Odysseus mit einer Kopfbewegung zum Sonie.

»Ich weiß, aber …« Savi berührte die schwarze Waffe in ihrem Gürtel.

»Nicht nötig«, sagte Odysseus. »Ich will nur etwas zu essen beschaffen, aber keinen Krieg anfangen. Dort unten gibt es keine Voynixe.«

Savi war immer noch nicht überzeugt.

Odysseus sah Ada und Harman an. »Wartet hier. Ich hole nur rasch meinen Speer und meinen Schild.«

Harman lachte. Dann wurde ihm klar, dass der Mann mit der gewölbten Brust und dem hellen Kittel nicht scherzte.

Odysseus konnte das Sonie tatsächlich fliegen. Sie hoben von der Turmspitze ab, umkreisten den hohen Sattel mit den Ruinen, die im Licht der tief stehenden Sonne komplizierte Schatten warfen, und stießen mit hoher Geschwindigkeit in ein Tal hinab.

»Ich dachte, du wolltest unter der Brücke jagen«, sagte Harman über dem Zischen des Windes.

Odysseus schüttelte den Kopf. Ada bemerkte, dass ihm die silbernen Haare wie eine lockige Mähne in den Nacken fielen. »Hier gibt es nur Jaguare, Eichhörnchen und Gespenster«, sagte er. »Wir müssen auf die Ebene hinaus, um Wild zu finden. Und ich habe da eine ganz bestimmte Beute im Sinn.«

Sie flogen in hohem Tempo durch die Mündung des Canyons aus den Bergen heraus und glitten über das hochgelegene Grasland hinweg, das von hoch aufragenden Zykadeen und Bäumen mit farnartigen Wipfeln gesprenkelt war. Die Sonne ging unter, stand jedoch noch über den Bergen, und alles auf der Ebene warf lange Schatten. Unter ihnen tauchte eine Herde auf – große, grasende Tiere, die Ada nicht identifizieren konnte, mit braunem Fell und weiß gestreiften Hinterteilen. Die Hunderte von Geschöpfen waren von antilopenartiger Gestalt, aber dreimal so groß, mit langen, seltsam gegliederten Beinen, langen, biegsamen Hälsen und herunterhängenden Schnauzen, die wie pinkfarbene Schläuche aussahen. Das Sonie sauste lautlos über sie hinweg, und keines der grasenden Tiere schaute auch nur auf.

»Was sind das für Tiere?«, fragte Harman.

»Essbare«, sagte Odysseus. Das Sonie beschrieb einen Bogen, ging dabei tiefer herunter und landete dann hinter ein paar hohen Farnbüschen auf der windabgewandten Seite der grasenden Herde, rund dreißig Meter von ihr entfernt.

Außer zwei absurd langen Speeren – jeder war fast so lang wie das Sonie und ragte mit dem hinteren Ende und dem Schaft ein gutes Stück über die Kraftfeldkuppel und das Heck der Flugmaschine hinaus – hatte Odysseus einen runden Schild aus fein ziselierter Bronze und Ochsenhautschichten dabei, dazu ein Kurzschwert in einer Scheide und ein Messer, das im Gürtel seines Kittels steckte. Ada – die öfter unter dem Turin-Tuch gelegen hatte, als sie Harman gegenüber zugegeben hatte – wurde angesichts der gleichzeitigen Existenz eines Mannes aus dem fantastischen Turin-Drama von Troja und ihrer Welt – oder dieser wilden Version ihrer Welt – von einem leichten Schwindelgefühl erfasst. Sie stand auf und wollte Odysseus und Harman folgen, als diese sich von dem gelandeten Sonie entfernten.

»Nein«, sagte Odysseus barsch. »Bleib beim Fahrzeug.«

»Kommt gar nicht infrage«, erklärte Ada.

Odysseus seufzte und sprach im Flüsterton mit ihnen. »Ihr bleibt beide hier, hinter diesem Busch. Rührt euch nicht. Wenn etwas auf euch zukommt, steigt ins Sonie und aktiviert das Kraftfeld.«

»Ich weiß nicht, wie das geht«, flüsterte Harman.

»Ich habe die KI aktiv gelassen«, sagte Odysseus. »Legt euch einfach hin und sagt: ›Kraftfeld ein.‹«

Odysseus trat mit beiden Speeren auf die grasbewachsene Ebene hinaus. Mit langsamen Schritten ging er lautlos auf die grasenden Tiere zu. Ada hörte die Tiere mit den weichen Nasen grunzen und kauen, hörte, wie sie mit ihren Zähnen das Gras abrupften, und roch ihre starke Ausdünstung. Sie liefen nicht erschrocken vor dem näher kommenden Menschen weg, und als die Tiere am Rand der Herde schließlich aufblickten, war Odysseus keine zwölf Meter mehr von ihnen entfernt. Er blieb stehen, legte einen Speer und seinen Schild hin und hob den anderen langen Speer.

Die grasenden Tiere hatten aufgehört zu kauen und beobachteten den seltsamen Zweibeiner jetzt aufmerksam, schienen aber keine Angst zu haben.

Odysseus' kraftvoller Körper bog sich zurück und schnellte vor, und er ließ den Speer los. Dieser flog flach und geradeaus, traf das nächste Tier über der Brust und durchbohrte ihm beinahe den langen, dicken Hals. Es fuhr herum, gab einen erstickten Laut von sich und brach schwer zusammen.

Die anderen Weidetiere schnaubten, blökten und ergriffen die Flucht – sie liefen auf eine Weise im Zickzack, wie Ada es noch nie gesehen hatte; ihre seltsam gegliederten Beine ermöglichten es ihnen, praktisch übergangslos die Richtung zu wechseln –, bis die ganze Herde anderthalb Kilometer weiter nördlich eine flache Senke hinunterdonnerte und außer Sicht verschwand.

Odysseus sank neben dem toten Tier auf ein Knie und zog das kurze, gebogene Messer aus seinem Gürtel. Mit ein paar schnellen Schnitten öffnete er die Bauchhöhle, zog die inneren Organe und Eingeweide heraus und warf sie ins Gras bis auf eines, das wie die Leber aussah; die legte er auf eine kleine Plastikplane, die er neben sich ausgebreitet hatte. Dann schlitzte er die Haut von einer Hinterbacke abwärts auf, schnitt ein dickes Stück rotes Fleisch heraus und legte es ebenfalls auf die Plane. Anschließend schnitt er dem toten Tier die Kehle durch, sodass noch mehr Blut ins Gras rann, und zog seinen Speer heraus, wobei er darauf achtete, dass er ihn nicht zerbrach. Sorgfältig wischte er den Schaft und die Bronzespitze im Gras ab.

Eine Woge des Schwindelsgefühls überlief Ada, die immer noch in der Nähe des Busches stand, und sie beschloss, sich ins Gras zu setzen, um nicht ohnmächtig zu werden. Sie hatte noch nie gesehen, wie ein Tier von einem Menschen getötet, geschweige denn so fachmännisch geschlachtet und teilweise abgehäutet wurde. Es war schrecklich … *effizient.* Beschämt über ihre Reaktion ließ sie den Kopf auf die Knie sinken, bis keine schwarzen Punkte mehr in ihrem Gesichtsfeld herumtanzten.

Harman legte ihr besorgt die Hand auf den Rücken, aber als sie ihn mit einer Handbewegung abwehrte, ging er zu dem Kadaver hinaus.

»Bleibt, wo ihr seid«, rief Odysseus.

Harman blieb verwirrt stehen. »Sie sind weg. Ich wollte nur tragen helfen …«

Odysseus hob die Hand, damit Harman blieb, wo er war. »Das ist nicht meine Jagdbeute. Das ist … *Nicht bewegen.*«

Harman und Ada drehten das Gesicht nach Westen. Zwei schwarz-weiß-rote, zweibeinige Gestalten näherten sich in sehr hohem Tempo, noch schneller, als die Weidetiere geflohen waren. Ada spürte, wie ihr die Luft wegblieb, und sie sah, wie Harman erstarrte.

Die Kreaturen liefen mit einer Geschwindigkeit von fast hundert Stundenkilometern auf den blutigen Kadaver des Weidetiers und den knienden Odysseus zu und kamen dann in einer kleinen Staubwolke schlitternd zum Stehen. Ada erkannte, dass es die Vögel waren, die sie vom Sonie aus gesehen hatte – *Terrorvögel* hatte Savi sie genannt –, aber die wie unbeholfene Hühner einherstolzierenden straußenartigen Geschöpfe, die aus großer Höhe seltsam amüsant gewirkt hatten, erwiesen sich in Wahrheit als furchterregend.

Die beiden Terrorvögel waren fünf Schritte vor dem Kadaver stehen geblieben und sahen nun Odysseus an. Jeder Vogel war fast drei Meter groß und hatte kurze, weiße Federn am muskulösen Rumpf, schwarze Federn an den verkümmerten Flügeln und kräftige Beine, die so dick waren wie Adas Körper. Die Schnäbel der Vögel mussten weit über einen Meter lang sein; sie waren bösartig gekrümmt und ums Maul herum rot – wie in Blut getaucht – und wurden von kräftigen Kiefermuskeln bewegt, die sich unter dem halben Dutzend vom Hinterkopf abstehenden langen roten Federn wölbten. Die Augen unter den Saurierstirnen waren von einem schrecklichen, boshaften Gelb mit einem blauen Ring drum herum. Zusätzlich zu ihren Raubtierschnäbeln besaßen die Vögel kräftige Krallen – jede so lang wie Adas Unterarm – und einen noch bösartiger aussehenden Sporn am Gelenk jedes rudimentären Flügels.

Ada wusste sofort, dass diese Monster keine reinen Aasfresser, sondern schreckliche Raubvögel waren.

Odysseus stand auf, einen langen Speer in der Linken, den blutigen Speer in der Rechten. Die Köpfe der Terrorvögel ruckten unisono zurück, gelbe Augen zwinkerten gelben Augen zu, und das Jagdpaar lief wie gut choreografierte Tänzer auseinander und machte sich bereit, Odysseus von beiden Seiten anzugreifen. Ada konnte den Aasgestank der Ungeheuer *riechen*. Sie zweifelte nicht daran, dass diese kräftigen, nackten Beine jeden Terrorvogel mit einem Satz sechs Meter oder mehr auf seine Beute – Odysseus – zu katapultieren konnten; und wenn die eine Tonne schweren Monster landeten, dann würden ihre ausgestreckten Krallen sich tief ins Fleisch graben und es zerreißen. Es war ebenfalls nicht zu übersehen, dass die beiden ein perfekt zusammenarbeitendes Killerteam waren.

Odysseus wartete nicht ab, bis sie ihre Positionen erreicht hatten oder angriffen. Mit tödlicher Eleganz schleuderte er dem Terrorvogel zu seiner Linken den ersten Speer flach, geradeaus und hart in die muskulöse Brust und wirbelte dann zum zweiten Vogel herum. Der erste Vogel stieß ein markerschütterndes Kreischen aus, das Adas Lungen gefrieren ließ, aber nur eine Sekunde später gab Odysseus ein ebenso lautes Gebrüll von sich, als er über den Kadaver des Weidetiers sprang, den zweiten Speer von der linken in die rechte Hand warf und mit der Bronzespitze nach dem rechten Auge des zweiten Terrorvogels stieß.

Der erste Vogel taumelte zurück, krallte nach dem Speer, der aus seiner Brust ragte, und brach den dicken Eichenschaft ab. Der zweite Vogel wich Odysseus' Stoß aus, indem er seinen Kopf zurückpendeln ließ wie eine Kobra. Offensichtlich überrascht vom Angriff dieses kleinen, federlosen Zweibeiners, machte der Vogel zwei Rückwärtssprünge, die ihn drei Meter nach hinten versetzten, und krallte nach dem parierenden Speer.

Odysseus musste den unhandlichen Speer nach jedem Stoß rasch zurückziehen, damit er ihm nicht aus den Händen gerissen wurde. Immer noch schreiend, trat der Mann zurück und schien über den blutigen Kadaver des Weidetieres zu stolpern. Er rollte sich auf die Seite.

Der unverletzte Terrorvogel sah seine Chance und nutzte sie. Er sprang fast zwei Meter hoch in die Luft und stürzte sich mit ausgestreckten Klauen und Mörderkrallen auf Odysseus.

Odysseus kam in einer einzigen flüssigen Bewegung aus dem Rollen heraus auf ein Knie hoch und pflanzte das Ende des Speers auf den Boden. Sekundenbruchteile später stürzte der Terrorvogel in den Speer und trieb sich mit dem vollen Gewicht seines Körpers die Bronzespitze durch die muskulöse Brust in sein schreckliches Herz. Odysseus musste erneut beiseiterollen, als das riesige Geschöpf leblos dort landete, wo er gekniet hatte.

»Vorsicht!«, schrie Harman und lief auf das Kampfgetümmel zu.

Der erste Terrorvogel – Blut strömte aus der Speerwunde, und der abgebrochene Schaft steckte noch in seiner Brust – ging von hinten auf Odysseus los. Der Kopf des Vogels schnellte an seinem fast zwei Meter langen, gefiederten Schlangenhals nach vorn, und der riesige Schnabel schnappte genau an der Stelle zu, wo Odysseus' Kopf hätte sein müssen, wenn er zurückgewichen wäre. Stattdessen hatte sich der Krieger jedoch nach vorn geworfen und rollte nun erneut herum, diesmal aber mit leeren Händen, als der Terrorvogel an ihm vorbeilief und dann herumwirbelte. Er wechselte die Richtung fast mit derselben unglaublichen Schnelligkeit wie die Weidetiere mit den seltsamen Gelenken.

»He!«, rief Harman und warf einen Stein nach dem riesigen Vogel.

Der Kopf des Terrorvogels ruckte in die Höhe, in den gelben Augen stand ein Ausdruck des Erstaunens über diese Unverschämtheit, und das riesige Raubtier schnellte nach vorn, auf Harman zu, der in der lockeren Erde ins Rutschen geriet, mit hoher Stimme »Scheiße!« rief und dorthin zurückkrabbelte, woher er gekommen war. Plötzlich erkannte Harman, dass er dem Monster nicht weglaufen konnte, und er machte mit gespreizten Beinen und erhobenen Fäusten kehrt, um den Angriff des Terrorvogels mit bloßen Händen abzuwehren.

Ada suchte nach einem Stein, einem Stock, irgendeiner Waffe. Es war keine in Reichweite. Sie sprang auf.

Odysseus ergriff seinen Schild, benutzte den Kadaver des Weidetiers als Sprungbrett und sprang dem Terrorvogel auf den Rücken. Gleichzeitig zog er sein Kurzschwert aus der Scheide.

Der Vogel lief weiter auf Harman und Ada zu, aber jetzt drehte er den Hals, der Kopf ruckte, und der riesige rote Schnabel klackte gegen Odysseus' kreisrunden Schild. Jedes Mal wenn die massiven Kiefer zustießen, wurde Odysseus nach hinten geworfen, aber seine Beine waren in zwei Meter Höhe fest um den Leib des Vogels geschlungen, und obwohl er sich weit zurücklehnte wie ein Kunstreiter im Turin-Drama, fiel er nicht herunter. Als der Kopf des Terrorvogels dann herumfuhr und seine gelben Augen Harman fanden, beugte Odysseus sich vor, zog das Schwert tief unten über den weiß gefiederten Hals des riesigen Vogels und schnitt ihm die Drosselvene durch.

Er sprang herunter, landete auf den Füßen und lief zu Harman, während der Terrorvogel zusammenbrach und reglos keine drei Meter vor ihnen liegen blieb. Blut spritzte anderthalb Meter hoch in die Luft, dann wurde die rote Fontäne kleiner und verebbte, als das riesige Herz zu schlagen aufhörte.

Keuchend, besudelt mit Weidetier- und Terrorvogelblut, Gras und Schlamm, das blutige Schwert und den Schild noch immer hoch erhoben, grinste Odysseus durch seinen Bart und sagte: »Ich wollte eigentlich nur einen zum Abendessen, aber den zweiten zerlegen wir auch, für später.«

Ada kam zu Harman und berührte ihn am Arm. Er schaute sich nicht um. Seine Augen waren weit aufgerissen.

Odysseus ging zum nächsten Vogel, schnitt ihm den riesigen Kopf ab und fuhr mit seinem Abhäutemesser über die ganze Brust. Er schälte Fleisch, Haut und Federn so lässig ab, als hülfe er jemandem aus einem dicken Mantel. »Ich brauche noch mehr Plastikbeutel«, sagte er zu Harman und Ada. »In einem Fach am hinteren Ende des Sonies sind welche. Sagt einfach: ›Fach öffnen‹ zu der Maschine, dann macht sie es auf. Aber beeilt euch.«

Harman hatte sich umgedreht, um zum Sonie zu gehen, hielt dann jedoch inne. »Beeilen? Warum?«

Odysseus wischte sich mit dem Handrücken Blut vom Bart und grinste sie mit weißen Zähnen an. »Diese Vögel riechen Blut auf fünfzig Kilometer Entfernung ... und hier draußen auf der Ebene sind in der Abenddämmerung Hunderte von diesen Terrorvögel-Jagdpaaren unterwegs.«

Harman drehte sich um und lief, so schnell er konnte, zum Sonie, um die Beutel zu holen.

Ada bemerkte, dass Savi und Daeman schon vor dem Abendessen betrunken waren.

Das Essen wurde in einem gläsernen Raum serviert, der seitlich an der obersten Querstrebe des Südturms befestigt war. Savi wärmte in einer ganz normalen Mikrowellenblase Fertigmahlzeiten auf, aber Ada war fasziniert – sie hatte noch nie gesehen, wie eine Mahlzeit ausschließlich von einem Menschen zubereitet wurde. Beim Essen fiel das Fehlen von Servitoren in den Wohnbereichen der Golden Gate noch mehr auf.

Odysseus war draußen auf der breiten Querstrebe der Brücke. Dort hatte er ein plumpes Gebilde aus Stein und Metall errichtet, in dem er von der Ebene mitgebrachtes Holz verbrannte. Es hatte zu regnen begonnen, und Odysseus musste das Feuerholz hoch aufschichten, damit es weiterbrannte. Flammen erhellten den Rost und den verblichenen orangefarbenen Anstrich an der Seite des Turms.

Harman schaute durch die durchsichtige grüne Wand hinaus, trank einen Schluck von seinem Gin und fragte: »Ist das eine Art Altar für seine heidnischen Götter?«

»Nicht ganz«, sagte Savi. »So bereitet er sein Essen zu.« Sie trug Schüsseln und Teller zu dem runden Tisch, wo die anderen warteten. »Ruf ihn bitte herein«, sagte sie zu Harman. »Unser Essen wird kalt, während seins verkohlt, und ein Gewitter kommt über die Berge. Es ist keine so gute Idee, sich bei einem Gewitter draußen auf dem Brückenaufbau aufzuhalten.«

Als sie schließlich Platz genommen hatten, stellte Odysseus die Holzplatten mit dampfendem Fleisch auf einen Tresen in der Nähe, sodass niemand das vom Feuer geschwärzte Zeug anschauen musste, und Savi reichte einen Weinkrug herum. Sie füllte ihr eigenes Glas zuletzt, und Ada hörte die alte Frau flüstern: *»Baruch atah adonai, eloheno melech ha olam, borai pri hagafen.«*

»Was heißt das?«, fragte Ada leise. Die anderen lachten gerade über etwas, was Daeman gesagt hatte, und schienen Savis Gemurmel nicht bemerkt zu haben. Ada hatte noch nie eine andere Sprache gehört, außer im Turin-Drama; dort sprachen die Kämpfer irgendein Kauderwelsch, aber irgendwie wurde jedes Wort übersetzt, sodass jeder, der unter dem Tuch lag, die Bedeutung trotzdem verstand.

Savi schüttelte den Kopf, aber Ada wusste nicht, ob das heißen sollte, dass sie die Bedeutung der merkwürdigen Worte nicht kannte, oder dass sie keine Lust hatte, sie ihnen zu erklären.

»Ich habe alle Ebenen der Brücke und der Blasen um die Brücke herum erkundet«, sagte Hannah aufgeregt. »Das Metall der Brücke selbst ist alt und rostig, aber … eindrucksvoll. Und in einigen Räumen unten gibt es seltsam geformte Gebilde aus Metall. Sie stehen frei im Raum, gehören zu keiner Konstruktion. Manche haben die Gestalt von Männern und Frauen.«

Savi lachte bellend. Sie schenkte sich bereits Wein nach. Diesmal sprach sie keine fremdartigen Worte dazu.

»Das sind Statuen«, sagte Odysseus. »Skulpturen. Habt ihr so etwas noch nie gesehen?«

Hannah schüttelte langsam den Kopf. Sie hatte zwar Jahre damit verbracht zu lernen, wie man Metall schmolz und goss, aber Ada wusste, dass der Gedanke, Dinge nach Menschen oder anderen Lebewesen zu formen, schockierend war. Ada fand ihn ebenfalls seltsam.

»Sie haben keine Kunst«, sagte Savi schroff zu Odysseus. »Keine Skulpturen, keine Gemälde, kein Kunsthandwerk, keine Fotografie, keine Holografie, nicht einmal Genmanipulation. Keine Musik, keinen Tanz, kein Ballett, keinen Sport und keinen Gesang. Kein Theater, keine Architektur, kein Kabuki, keine No-Stücke, kein gar nichts. Sie sind so kreativ wie … frisch geschlüpfte Vögel. Nein, das nehme ich zurück … selbst Vögel können singen und ein Nest bauen. Diese *Eloi* der letzten Tage sind stumme Kuckucke, die die Nester anderer Vögel bewohnen, ohne dafür auch nur mit einem Lied zu bezahlen.« Savis Aussprache wurde allmählich ein wenig undeutlich.

Odysseus sah Hannah, Ada, Daeman und Harman an. Seine Miene war unergründlich. Währenddessen starrten die vier Gäste Savi an und fragten sich, weshalb ihre Stimme so zornig klang.

»Andererseits«, fuhr Savi fort und schaute dabei nur Odysseus in die Augen, »haben sie auch keine Literatur. Ebenso wenig wie du.«

Odysseus lächelte die Frau an. Ada erkannte das Lächeln wieder; mit diesem Gesichtsausdruck hatte er Fleisch aus der Flanke des Weidetiers geschnitten. Odysseus hatte vor dem Abendessen gebadet, selbst sein lockiges graues Haar war frisch gewaschen, aber vor Adas geistigem Auge sahen seine Arme, seine Hände und sein Bart trotzdem noch genauso aus wie zuvor – mit frischem und geronnenem Blut besudelt. Es ging sie nichts an, aber sie dachte, dass es vielleicht unklug von Savi war, ihn derart zu reizen.

»Einer, der noch nicht lesen und schreiben kann, und die, die nicht mehr lesen und schreiben können«, fuhr Savi mit einer Handbewegung fort, als wollte sie Odysseus und die anderen vier einander vorstellen. Dann hob sie den Finger. »Oh, ich vergaß unseren Freund Harman hier. Er ist der Balzac und Shakespeare des gegenwärtigen Altmenschen-Wurfs. Er liest ungefähr auf dem Niveau eines Sechsjährigen aus dem Untergegangenen Zeitalter, stimmt's, Harman *Uhr*? Die Lippen bewegen sich, wenn du die Worte beim Lesen laut aussprichst, hm?«

»Ja«, sagte Harman mit einem leisen Lächeln. »Meine Lippen bewegen sich tatsächlich, wenn ich lese. Ich wusste nicht, dass es auch anders geht. Und ich habe mehr als vier Zwanziger gebraucht, um dieses Leistungsniveau zu erreichen.« Für Ada klang es, als wüsste der Neunundneunzigjährige, dass er beleidigt wurde, als wäre es ihm jedoch egal; ihn schien einzig und allein zu interessieren, was Savi als Nächstes sagen würde.

Ada räusperte sich. »Was war das für ein Tier, das du heute … getötet hast?«, fragte sie Odysseus in munterem, keckem Ton. »Nicht die Terrorvögel, sondern das andere?«

»Für mich ist es das Weidetier mit der weichen Schnauze«, sagte Odysseus. »Möchtest du davon probieren?« Er langte nach hinten zum Tresen, hob die Servierplatte mit dem vom Feuer geschwärzten Fleisch hoch und hielt sie Ada hin.

Ada, die höflich sein wollte, wählte das kleinste Stück auf der Platte und beförderte es mit ihrem Besteck behutsam auf ihren Teller.

»Ich hätte auch gern etwas«, sagte Harman. Die Platte ging herum. Hannah und Daeman musterten das Fleisch mit gerunzelter Stirn, beschnupperten es und lächelten höflich, nahmen jedoch nichts. Als die Platte zu Savi kam, reichte sie sie wortlos an Odysseus weiter.

Ada knabberte an dem kleinsten Bissen, den sie abschneiden konnte. Das Fleisch war köstlich – wie Steak, nur fester und geschmacksintensiver. Der Holzrauch bewirkte, dass es ganz anders schmeckte als die Mikrowellennahrung, die sie bisher gegessen hatte. Sie schnitt sich ein größeres Stück ab.

Odysseus' einziges Esswerkzeug war ein kurzes, scharfes Messer, das er mit an den Tisch gebracht hatte. Er schnitt sich dünne Fleischstreifen ab, spießte sie mit der Messerspitze auf und biss davon ab. Ada versuchte, nicht hinzustarren.

»Macrauchenia«, sagte Savi zwischen zwei Happen von ihrem Salat und dem in der Mikrowelle erhitzten Reis.

Ada blickte auf und fragte sich, ob dieses Wort auch zum seltsamen Sprachritual der Frau gehörte.

»Verzeihung?«, sagte Daeman.

»*Macrauchenia.* So heißt das Tier, das unser griechischer Freund getötet hat und das unsere anderen beiden Freunde essen, als gäbe es keinen zweiten Gang. Vor ein paar Millionen Jahren haben sie diese südamerikanischen Ebenen bevölkert, aber sie wurden ausgerottet, bevor die Menschheit in Südamerika auftauchte. Die ERNisten haben sie in den verrückten Jahren nach dem Rubikon wieder zum Leben erweckt, bevor die Nachmenschen mit der unüberlegten Neuzüchtung ausgerotteter Spezies Schluss machten. Nachdem das *Macrauchenia* aber nun wieder da war, hielten es einige ERNisten für clever, auch *Phorusrhacos* zurückzuholen.«

»Forus-was?«, sagte Daeman.

»*Phorusrhacos.* Den Terrorvogel. Die ERNisten-Genies vergaßen, dass diese Vögel Jahrmillionen lang das größte Raubtier in Südamerika gewesen waren. Zumindest bis die Smilodonten von Nordamerika einwanderten, als der Wasserspiegel sank und die Landbrücke zwischen den Kontinenten zutage trat. Wusstet ihr, dass der Isthmus von Panama wieder unter Wasser liegt? Dass die Kontinente wieder getrennt sind?« Offenkundig betrunken, streitlustig und in dem sicheren Wissen, dass keiner von ihnen auch nur die geringste Ahnung hatte, wovon sie sprach, schaute sie von einem zum anderen.

Harman nippte an seinem Wein. »Ob wir wohl wissen wollen, was ein Smilodont ist?«

Savi zuckte die Achseln. »Nur eine verdammt große Katze mit verdammt großen Säbelzähnen. Sie fraßen Terrorvögel zum Frühstück und säuberten sich die Säbelzähne mit den übrig gebliebenen Krallen. Die dämlichen ERNisten haben auch die Säbelzahntiger wieder zum Leben erweckt, aber nicht hier. In Indien. Weiß auch nur einer hier, wo das ist … war? Sein sollte? Die Nachmenschen haben es von Asien abgetrennt und einen gottverdammten Archipel draus gemacht.«

Die fünf sahen sie an.

»Danke für die Erinnerung«, sagte Odysseus mit seinem gestelzten Akzent, stand auf und ging zum Tresen. »Nächster Gang: Terrorvogel.« Er trug die große Servierplatte zum Tisch. »Ich warte schon eine ganze Weile darauf, dass ich diese Köstlichkeit probieren kann, hatte aber bis heute keine Zeit, einen zu jagen. Möchte noch jemand?«

Alle außer Daeman und Savi wollten ein Stück. Sie alle schenkten sich Wein nach. Das Gewitter war nun genau über ihnen; Blitze zuckten um die Brückenkonstruktion herum, erhellten den Sattel und die Ruinen tief unten wie auch die Wolken und die gezackten Gipfel zu beiden Seiten.

Ada, Harman und Hannah probierten jeder einen Happen von dem hellen Fleisch und tranken dann reichlich Wasser und Wein. Odysseus biss ein Stück nach dem anderen von dem Fleisch auf seiner Messerspitze ab.

»Es erinnert mich an … Hähnchen«, sagte Ada in die Stille hinein.

»Ja«, sagte Hannah. »Hähnchen. Eindeutig.«

»Hähnchen mit einem seltsamen, kräftigen, bitteren Geschmack«, meinte Harman.

»Geier«, erklärte Odysseus. »Mich erinnert es an Geier.« Er nahm einen weiteren großen Bissen, schluckte und grinste. »Wenn ich noch einmal einen Terrorvogel zubereite, dann mit sehr viel Soße.«

Fünf von ihnen aßen schweigend ihren in der Mikrowelle erwärmten Reis, während Odysseus sich weitere Portionen von seinem Terrorvogel und dem *Macrauchenia* genehmigte und sie mit großen Schlucken Wein hinunterspülte. Das Schweigen hätte unbehaglich sein können, wenn das Gewitter nicht gewesen wäre. Der Wind hatte aufgefrischt, fast unablässig zuckten Blitze herab und überschütteten die in gedämpftes Licht getauchte Speiseblase mit weißen Lichtexplosionen, und der Donner hätte ohnehin die meiste Konversation übertönt. Die grüne Speiseblase schien ganz leicht zu schwanken, wenn der Wind aufheulte, und die vier Gäste sahen einander mit kaum verhohlener Nervosität an.

»Keine Angst«, sagte Savi. Sie klang nicht mehr zornig oder übermäßig betrunken; es war, als hätten ihre vorherigen schroffen Worte etwas von dem Druck aus ihrer Bitterkeit genommen. »Das Pariglas leitet keine Elektrizität, und wir sind gut befestigt – solange die Brücke steht, stürzen wir nicht ab.« Savi trank ihren Wein aus und lächelte humorlos. »Die Brücke ist natürlich älter als Gottes Zähne, daher kann ich nicht garantieren, dass sie stehen bleibt.«

Als das ärgste Unwetter vorbei war und Savi in seltsam aussehenden Glasbehältern erhitzten Kaffee und Chai anbot, sagte Hannah: »Du hast versprochen, uns zu erzählen, wie du hierhergekommen bist, Odysseus *Uhr*.«

»Ihr wollt, dass ich euch die Taten des viel gewanderten Mannes sage, welcher so weit geirrt nach der heiligen Troja Zerstörung?«, erwiderte er mit leiser Stimme.

»Ja«, sagte Hannah.

»Das werde ich«, sagte Odysseus, »aber ich glaube, vorher hat Savi *Uhr* noch etwas mit euch zu besprechen.«

Sie sahen die alte Frau an und warteten.

»Ich brauche eure Hilfe«, sagte Savi. »Jahrhundertelang habe ich mich von eurer Welt ferngehalten – von den Voynixen und den anderen Wächtern, die mir Böses wollen –, aber Odysseus ist aus einem bestimmten Grund hier, und was er will, ist auch in meinem Interesse. Ich bitte euch, ihn mitzunehmen – in eines eurer Häuser, wo er Besuch bekommen, eure Freunde kennenlernen und mit ihnen reden kann.«

Ada, Harman, Daeman und Hannah wechselten Blicke.

»Warum faxt er nicht einfach, wohin er will?«, fragte Daeman.

Savi schüttelte den Kopf. »Odysseus kann ebenso wenig faxen wie ich.«

»Unsinn«, erwiderte Daeman. »Jeder kann faxen.«

Savi seufzte und schenkte sich den letzten Rest Wein ein. »Mein Junge«, sagte sie, »weißt du, was Faxen *ist*?«

Daeman lachte. »Natürlich. Die Methode, mit der man von dort, wo man ist, dorthin kommt, wo man sein möchte.«

»Aber wie *funktioniert* es?«, fragte Savi.

Daeman schüttelte den Kopf über die Beschränktheit der alten Frau. »Was meinst du mit: ›Wie funktioniert es?‹ Es funktioniert eben. Wie Servitoren oder fließendes Wasser. Man benutzt ein Faxportal, um von einem Ort zum anderen zu kommen, von einem Faxknoten zum nächsten.«

Harman hob die Hand. »Ich glaube, Savi *Uhr* meint, wie die Maschinerie funktioniert, die uns das Faxen ermöglicht, Daeman *Uhr*.«

»Das habe ich mich auch schon ein paarmal gefragt«, sagte Hannah. »Ich weiß, wie man einen Schmelzofen baut, mit dem man Metall schmelzen kann. Aber wie baut man ein Faxportal, das uns von hier nach dort schickt, ohne dass man … die Strecke dazwischen zurücklegen muss?«

Savi lachte. »Das tut es nicht, liebe Kinder. Eure Faxportale schicken euch nirgendwohin. Sie vernichten euch. Zerreißen euch in Atome. Und nicht einmal die schicken sie irgendwohin, sondern speichern sie nur, bis sie von der nächsten Person benötigt werden, die hergefaxt kommt. Man *bewegt* sich nirgendwohin, wenn man gefaxt wird. Man stirbt einfach, und woanders wird dann ein neues Ich aufgebaut.«

Odysseus trank seinen Wein und betrachtete das abziehende Gewitter. Er schien sich nicht für Savis Erklärungen zu interessieren. Die anderen vier starrten sie an.

»Also«, sagte Ada, »das ist … das ist …«

»Verrückt«, sagte Daeman.

Savi lächelte. »Ja.«

Harman räusperte sich und stellte seine Kaffeetasse ab. »Wenn wir beim Faxen jedes Mal vernichtet werden, Savi *Uhr*, wie kommt es dann, dass wir uns an alles erinnern, wenn wir … woanders ankommen?« Er hob den rechten Arm. »Und diese kleine Narbe. Die habe ich mir vor sieben Jahren zugezogen, als ich zweiundneunzig war. Normalerweise werden diese kleinen Probleme beseitigt, wenn wir an jedem Zwanziger in die Klinik kommen, aber …« Er brach ab, als sähe er die Antwort selbst.

»Ja«, sagte Savi. »Die Maschinengehirne hinter den Faxportalen merken sich eure kleinen Unvollkommenheiten, genauso wie eure Erinnerungen und die Zellstruktur eures Körpers, und schicken die Informationen – nicht euch, sondern die *Informationen* – von einem Faxknoten zum anderen, und alle zwanzig Jahre machen sie ein Update von euch und reparieren eure alternden Zellen – was ihr als eure Besuche in der Klinik bezeichnet –, aber was glaubst du, weshalb ihr an eurem hundertsten Geburtstag verschwindet, Harman *Uhr*? Weshalb hören sie auf, euch zu erneuern, wenn ihr hundert Jahre alt werdet? Und wohin gehst du an deinem nächsten Geburtstag?«

Harman schwieg, aber Daeman sagte: »Zu den Ringen, du törichte Frau. Am Fünften Zwanziger fahren wir alle zu den Ringen auf.«

»Um zu Nachmenschen zu werden.« Savi verkniff sich nur mit Mühe ein spöttisches Grinsen. »Um in den Himmel aufzufahren und zur rechten Hand … von irgendjemanden zu sitzen.«

»Ja«, sagte Hannah, ließ es jedoch wie eine Frage klingen.

»Nein«, sagte Savi. »Ich weiß nicht, was aus euren Gedächtnismustern wird, die die Logosphäre bewahrt, bis ihr hundert werdet, aber ich weiß, dass sie die Daten nicht zu den Ringen schicken. Vielleicht werden sie gespeichert, aber ich vermute eher, sie werden einfach vernichtet. Zerhackt.«

Zum zweiten Mal an diesem langen Tag glaubte Ada, sie würde gleich in Ohnmacht fallen. Trotzdem fand sie als Erste die Stimme wieder. »Warum könnt ihr beide – du und Odysseus *Uhr* – die Faxknoten nicht benutzen, Savi *Uhr*? Oder verzichtet ihr nur freiwillig darauf?« *Weil ihr nicht wollt, dass ihr vernichtet werdet, dass die Atome eurer Körper wie die Leiber der Weidetiere und des Terrorvogels, die wir heute Abend gegessen haben, in Fetzen gerissen werden.* Ada tauchte die Finger in ihr Wasserglas und legte die Fingerspitzen an ihre Wangen.

»Odysseus kann nicht faxen, weil die Logosphäre keine Aufzeichnung von ihm besitzt«, sagte Savi leise. »Sein erster Faxversuch wäre sein letzter.«

»Logosphäre?«, wiederholte Harman.

Savi schüttelte wieder den Kopf. »Das ist ein kompliziertes Thema. Zu kompliziert für eine alte Frau, die heute Abend zu viel getrunken hat.«

»Aber du wirst es uns bald erklären?«, drängte Harman.

»Ich werde es euch morgen *zeigen*«, sagte Savi. »Bevor sich unsere Wege wieder trennen.«

Ada fing Harmans Blick auf. Er konnte seine Erregung kaum bezähmen.

»Aber diese Logosphäre … was immer das ist«, sagte Hannah, »hat eine Aufzeichnung von dir? Für die Faxknoten? Du *könntest* also faxen?«

Savi setzte ihr freudloses Lächeln auf. »O ja. Sie kennt mich noch aus der Zeit vor über vierzehnhundert Jahren, als ich an jedem Tag meines Lebens gefaxt bin. Die Logosphäre wartet auf mich wie ein unsichtbarer Terrorvogel … sie würde mich sofort erkennen, wenn ich versuchen würde, eines eurer regulären Faxportale zu benutzen. Aber das wäre auch mein letzter Versuch.«

»Das verstehe ich nicht«, meinte Hannah.

»Lassen wir dieses ganze nichtssagende Technikgerede für eine Weile beiseite«, sagte Savi. »Findet euch damit ab, dass weder Odysseus hier noch ich eure kostbaren Faxportale benutzen können. Und wenn ich eure wunderbare Gesellschaft besuchen würde, indem ich dorthin flöge, würde es mich das Leben kosten.«

»Warum?«, fragte Harman. »In unserer Welt gibt es keine Gewalt. Abgesehen vom Turin-Drama. Und keiner von uns glaubt, dass es real ist.« Er sah Odysseus ostentativ an, aber der grauhaarige Mann reagierte nicht.

Savi trank einen Schluck von ihrem Wein. »Glaubt mir einfach, wenn ich sage, dass es mein Tod wäre, wenn ich mich offen zeigen würde. Und glaubt mir auch, dass Odysseus unbedingt Menschen treffen, mit ihnen sprechen und angehört werden muss. Wenn ich euch zurückbringe, nimmt ihn dann einer von euch für ein paar Wochen – oder einen Monat – bei sich zu Hause auf?«

»Drei Wochen«, unterbrach Odysseus in schroffem Ton. Er schien sich darüber zu ärgern, dass über ihn gesprochen wurde, als wäre er gar nicht da. »Nicht länger.«

»In Ordnung«, sagte Savi. »Drei Wochen. Gewährt einer von euch diesem Fremden in einem fremden Land drei Wochen Gastfreundschaft?«

»Wäre Odysseus nicht ebenso gefährdet wie du?«, fragte Daeman.

»Odysseus *Uhr* kann auf sich selbst aufpassen«, sagte Savi.

Die vier schwiegen eine Minute lang und versuchten, die Bitte und deren Begleitumstände zu verstehen. Schließlich sagte Harman: »Ich würde Odysseus gern bei mir aufnehmen, aber ich möchte auch dorthin, wo es Raumschiffe geben soll, wie du gesagt hast, Savi *Uhr*. Ich will zu den Ringen hinauf. Und du hast es ja selbst erwähnt: Ich stehe kurz vor meinem letzten Zwanziger, habe also keine Zeit zu verlieren. Ich würde sie lieber damit zubringen, dieses trockengelegte Meer zu finden, wo die Nachmenschen etwas aufbewahrt haben, womit man zum Ä-Ring und zum P-Ring fliegen kann. Wenn du mir vielleicht zeigen würdest, wie man dein Sonie steuert …«

Savi rieb sich die Stirn, als hätte sie Kopfschmerzen. »Das Mittelmeerbecken? Man kann nicht hineinfliegen, Harman *Uhr*.«

»Du meinst, es ist verboten?«

»Nein«, sagte Savi. »Ich meine, man *kann* nicht hineinfliegen. Sonies und andere Flugmaschinen funktionieren über dem Becken nicht.« Sie hielt inne und ließ den Blick von einem zum anderen wandern. »Aber man kann zu Fuß oder mit einem Fahrzeug ins Becken gelangen. Ich habe es jahrhundertelang vergeblich versucht, aber ich kann dich hinführen. *Wenn* einer deiner Freunde sich bereit erklärt, Odysseus drei Wochen lang bei sich aufzunehmen.«

»Ich möchte mitkommen«, sagte Ada.

»Ich auch«, sagte Daeman. »Ich will dieses Wieheißtesnochgleich-Becken sehen.«

Harman sah den jüngeren Mann überrascht an.

»Verdammt noch mal«, sagte Daeman. »Ich bin kein Feigling. Ich wette, dass ich hier der Einzige bin, der schon mal von einem Allosaurier gefressen wurde.«

»Darauf trinke ich«, sagte Odysseus und trank sein Glas leer.

Savi sah Hannah an. »Dann bleibst nur noch du übrig, meine Liebe.«

»Ich würde Odysseus sehr gern bei mir aufnehmen«, sagte die junge Frau. »Aber ich faxe nicht so viel und gehe auch nur selten auf Partys. Ich wohne bei meiner Mutter, und die hat auch nicht so viele Gäste.«

»Nein, das nützt nichts«, sagte Savi. »Odysseus hat nur drei Wochen Zeit, und wir müssen mit einem bekannten Haus anfangen, das über mehrere Wochen hinweg viele Gäste zugleich beherbergen kann. Ardis Hall wäre eigentlich genau das Richtige gewesen.« Sie sah Ada an.

»Woher kennst du Ardis Hall, Savi *Uhr*?«, fragte Ada. »Und woher weißt du, dass Harman liest? Woher weißt du überhaupt etwas über die Welt, wenn du dich weder unter uns aufhalten noch die Faxknoten benutzen kannst?«

»Ich halte die Augen offen«, antwortete die alte Frau. »Ich beobachte und warte ab, und manchmal fliege ich an Orte, wo ich mich unter euch mischen kann.«

»Der Burning Man«, sagte Hannah.

»Ja, zum Beispiel.« Savi sah die anderen an und sagte: »Ihr seht alle erschöpft aus. Ich würde euch jetzt gern eure Zimmer zeigen, damit ihr euch richtig ausschlafen könnt. Morgen früh unterhalten wir uns weiter. Lasst das Geschirr ruhig stehen, ich räume später ab und mache den Abwasch.«

Keiner ihrer Gäste war jemals auf die Idee gekommen, Geschirr in die Hand zu nehmen oder zu spülen. Ada schaute sich erneut um, und wieder fiel ihr auf, dass keine Servitoren und Voynixe vorhanden waren.

Ada wollte dagegen protestieren, dass sie einfach so zu Bett geschickt wurden – schließlich hatten sie Odysseus' Geschichte noch nicht gehört –, doch als sie ihre Freunde ansah – Hannahs Augen lagen vor Müdigkeit tief in den Höhlen, Daeman war betrunken und konnte kaum noch den Kopf hochhalten, Harmans Gesicht spiegelte sein Alter wider –, spürte sie, wie sehr die Erschöpfung auch ihr zu schaffen machte. Es war ein höllischer Tag gewesen. Es wurde Zeit, dass sie ins Bett kamen.

Odysseus blieb am Tisch sitzen, als die fünf den Speiseraum verließen. Savi führte die anderen vier durch Flure, die nur von den schwächer werdenden Blitzen erhellt wurden, eine Rolltreppe mit Glasdach hinauf, die sich um den Golden-Gate-Turm wand, und durch einen langen Korridor zu einer Reihe von Blasenräumen am höchsten Punkt des Nordturms. Diese Schlafräume waren nicht an der Turmspitze selbst befestigt, sondern nur an dem gläsernen Korridor, dessen Südwand aus Brückenstahl bestand, und die Schlafkabinen selbst ragten wie grüne Weintrauben gefährlich ins Leere.

Savi bot jedem von ihnen eine eigene Schlafblase an. Hannah schickte sie mit einer Handbewegung zu der ersten Tür, die vom Korridor abging. Die junge Frau zögerte am Eingang zu dem kleinen Raum. Im Innern der Schlafkabine war sogar der Boden transparent, sodass Hannah einen Schritt nach vorn machte und dann rasch wieder in die relative Stabilität des mit Teppichboden ausgelegten Korridors zurücksprang.

»Es ist absolut sicher«, sagte Savi.

»Na schön.« Hannah versuchte es noch einmal. Das Bett stand an der gegenüberliegenden Wand, und in der Nähe der Korridorwand gab es einen eigenen, abgeteilten, von den anderen Schlafblasen aus nicht einsehbaren Waschraum mit Toilette, aber überall sonst waren die gekrümmten Wände und der Fußboden so durchsichtig, dass man zweihundertfünfzig Meter weit zu den von Blitzen erhellten Steinen und dem Berghang senkrecht unter ihr hinabschauen konnte.

Hannah ging vorsichtig über den transparenten Boden und ließ sich dankbar auf dem massiven Bett nieder. Die anderen drei lachten und applaudierten. »Wenn ich nachts auf die Toilette muss, habe ich vielleicht nicht den Mut, diesen Fußboden noch einmal zu überqueren«, meinte sie.

»Du wirst dich schon daran gewöhnen, Hannah *Uhr*«, sagte Savi. »Du kannst die Tür mit einem akustischen Befehl öffnen und schließen. Sie ist ausschließlich auf deine Stimme eingestellt.«

»Tür zu«, sagte Hannah.

Die Tür schloss sich wie eine Irisblende. Savi setzte sie der Reihe nach in ihren Kämmerchen ab – zuerst Daeman, der ohne ersichtliche Angst vor dem leeren Raum unter seinen Füßen zu seinem Bett taumelte, dann Harman, der Savi und Ada gute Nacht wünschte, bevor er seiner Tür befahl, sich zu schließen, und zu guter Letzt Ada.

»Schlaf gut, meine Liebe«, sagte Savi. »Die Sonnenaufgänge sind hier sehr schön, und ich hoffe, du genießt den Ausblick morgen früh. Wir sehen uns beim Frühstück.«

Auf ihrem Bett lag frische, seidene Nachtwäsche. Ada betrat den Toilettenbereich, nahm eine rasche warme Dusche, trocknete sich die Haare ab, ließ ihre Kleidung auf dem Tresen neben dem Waschbecken liegen, schlüpfte in das seidene Nachthemd und ging ins Bett. Sobald sie unter den Decken lag, drehte sie das Gesicht zur Wand und schaute auf die Berggipfel und Wolkenspitzen hinaus. Das Gewitter war nach Osten weitergezogen, die Blitze erleuchteten die zurückweichenden Wolken von innen, und jetzt wurden die Gipfel und der grasbewachsene Sattel in der Nähe vom Mondlicht beschienen. Ada schaute auf die Fahrbahn und die steinernen Ruinen so tief unten hinab. Was hatte Odysseus über diesen Ort gesagt? Dass er nur von Jaguaren, Eichhörnchen und Gespenstern bewohnt war? Als sie im Mondschein auf die uralten, blassgrauen Steine hinunterschaute, glaubte Ada beinahe an die Gespenster.

An ihrer Tür ertönte ein leises Klopfen.

Ada schlüpfte aus dem Bett, ging auf Zehenspitzen über den kalten Boden und legte die Fingerspitzen an die Irisblende aus Metall. »Wer ist da?«

»Harman.«

Ada klopfte das Herz in der Brust. Sie hatte gehofft und sich insgeheim gewünscht, dass Harman heute Nacht zu ihr käme. »Tür auf«, flüsterte sie, trat zurück und bemerkte im Spiegelbild an der Wand, wie milchig ihre Arme und das dünne Gewand im Mondschein aussahen.

Harman trat ein und blieb an der Tür stehen, als Ada ihr im Flüsterton befahl, sich wieder zu schließen. Er trug nur einen Pyjama aus blauer Seide. Sie wartete darauf, dass er sie in den Arm nahm, hochhob und zum weichen Bett an der durchsichtigen, gekrümmten Wand trug. Wie würde es sein, miteinander zu schlafen, als würde man über diesen Wolken, diesen Bergen schweben?

»Ich muss mit dir reden«, sagte Harman leise.

Ada nickte.

»Ich glaube, es ist wichtig, dass Odysseus in den nächsten paar Wochen am richtigen Ort ist«, sagte er. »Und ich glaube, im Kabäuschen von Hannahs Mutter ist er fehl am Platz.«

Ada kam sich töricht vor. Sie verschränkte die Arme vor ihren Brüsten und bildete sich ein, die kalte Nachtluft der hohen Berge durch das Glas unter ihren Füßen zu spüren. »Du weißt nicht, was Odysseus vorhat, und warum«, flüsterte sie.

»Nein, aber wenn er wirklich Odysseus ist, könnte es *sehr* wichtig sein. Und Savi hat recht … Ardis Hall ist genau der richtige Ort für ihn, um mit Menschen zusammenzutreffen.«

Ada merkte, wie sie wütend wurde. Was bildete sich dieser Kerl ein, ihr zu sagen, was sie tun sollte? »Wenn du es so wichtig findest, dass er irgendwo aufgenommen wird«, sagte sie,

»weshalb lädst du ihn dann nicht als *deinen* Gast zu *dir* nach Hause ein?«

»Ich habe kein Zuhause«, sagte Harman.

Verblüfft versuchte Ada zu verstehen, was er meinte. Es gelang ihr nicht. *Jeder* hatte ein Zuhause.

»Ich bin seit vielen Jahren auf Reisen«, erklärte Harman. »Ich besitze nur das, was ich bei mir trage, abgesehen von meiner Büchersammlung; die lagert in einem kleinen, leeren Zimmer in Paris-Krater.«

Ada öffnete den Mund, um etwas zu sagen, aber ihr fiel nichts ein. Harman trat einen Schritt näher an sie heran, so nah, dass Ada sein Duft in die Nase stieg; er roch männlich und nach Seife. Er hatte ebenfalls geduscht, bevor er zu ihr gekommen war. *Werden wir nach diesem Gespräch miteinander schlafen?*, dachte Ada und merkte, dass ihre Wut ebenso schnell verflog, wie sie gekommen war.

»Ich muss mit Savi zum Mittelmeerbecken«, sagte Harman. »Seit über sechzig Jahren suche ich eine Möglichkeit, zu den Ringen zu gelangen, Ada. Jetzt, wo ich so nah daran bin … nun, ich muss dorthin.«

Ada spürte, wie ihr Zorn wieder aufflammte. »Aber ich will *mitkommen*. Ich will dieses Becken sehen … will ein Raumschiff finden und zu den Ringen fliegen. Deshalb habe ich dir in den letzten Wochen geholfen.«

»Ich weiß«, sagte Harman leise. Er fasste sie am Arm. »Und ich möchte auch, dass du mitkommst. Aber diese Sache mit Odysseus könnte wichtig sein.«

»Ich weiß, aber …«

»Und Hannah kennt einfach nicht so viele Leute. Und sie hat auch nicht genug Platz, um Gäste bei sich aufzunehmen.«

»Ich weiß, aber …«

»Und Ardis Hall wäre wirklich genau das Richtige«, flüsterte Harman. Er löste seinen sanften Griff um Adas Arm, hielt sie jedoch weiterhin mit seinem Blick fest. Ada war sich der

Sterne draußen über der durchsichtigen, gekrümmten Decke bewusst.

»Ich weiß, dass Ardis Hall genau das Richtige wäre.« Ada war traurig; sie fühlte sich hin- und hergerissen zwischen Notwendigkeiten und Menschen. »Aber wir wissen doch nicht einmal, was dieser Odysseus will … oder wer er wirklich ist.«

»Stimmt«, sagte Harman leise. »Aber das finden wir am ehesten heraus, wenn du ihn bei dir aufnimmst, während ich im Mittelmeerbecken nach dem Raumschiff suche. Wenn ich eins finde, das uns zu den Ringen bringen kann, hole ich dich, bevor ich dorthin fliege. Das verspreche ich dir.«

Ada zögerte mit ihrer Antwort. Ihr Gesicht war ein wenig zu dem von Harman erhoben, und sie hatte das Gefühl, dass er sie küssen würde, wenn sie weiterhin schwieg.

Plötzlich zuckte ein Blitz auf, und der Donner des abziehenden Gewitters ließ die grüne Glaskonstruktion erbeben. »In Ordnung«, sagte Ada. »Ich nehme Odysseus drei Wochen lang in Ardis Hall auf und hole Hannah für diese Zeit zu mir, damit sie mir hilft. Aber *nur*, wenn du mir versprichst, dass du mich zu den Ringen mitnimmst, falls du eine Möglichkeit findest, dorthin zu gelangen.«

»Versprochen«, sagte Harman. Dann küsste er sie wirklich, aber nur auf die Wange und nur so, wie es ihr Vater vielleicht getan hätte, dachte Ada, wenn sie ihren Vater gekannt hätte.

Harman drehte sich um, als wollte er gehen, aber bevor Ada der Tür befehlen konnte, sich zu öffnen, wandte er sich ihr noch einmal zu. »Wie findest du Odysseus?«, fragte er.

»Was meinst du damit? Ob ich glaube, dass er wirklich Odysseus ist?« Die Frage verwirrte Ada.

»Nein. Ich meine, wie *findest* du ihn? Interessiert dich der Mann?«

»Du meinst, ob mich seine Geschichte interessiert? Er ist faszinierend. Aber ich muss hören, was er sagt, bevor ich mir darüber klar werden kann, ob er die Wahrheit sagt.«

»Nein, ich …« Harman brach ab und rieb sich das Kinn. Er wirkte verlegen. »Ich meine, findest du ihn *interessant*? Fühlst du dich zu ihm hingezogen?«

Ada musste lachen. Der abziehende Donner irgendwo im Osten war wie ein Echo.

»Du Dummkopf«, sagte sie schließlich. Sie wartete nicht länger, sondern ging zu Harman, nahm ihn in die Arme und küsste ihn auf die Lippen.

Harman blieb ein paar Sekunden lang passiv, dann umarmte er sie und erwiderte den Kuss. Durch die dünne Seide, die sie trennte, spürte Ada seine wachsende Erektion. Mondlicht ergoss sich wie verschüttete weiße Milch über ihre Gesichter und Arme. Plötzlich traf eine starke Windbö die Brücke, und die Schlafkabinenblase schwankte unter ihren Füßen.

Harman hob Ada hoch und trug sie zum Bett.

20 Das Tethys-Meer auf dem Mars

»Dass meine Begeisterung für Shakespeare arg nachgelassen hat, lag an Falstaff, glaube ich.«

»Wie bitte?« Mahnmut war vollauf damit beschäftigt, das sterbende U-Boot mit bestenfalls noch acht Knoten zur nach wie vor unsichtbaren Küste zu fahren, die Schiffsfunktionen in Gang zu halten, den Himmel durch die Periskop-Boje nach feindlichen Streitwagen abzusuchen und allgemein darüber nachzudenken, wie unwahrscheinlich es war, dass sie noch immer lebten. Orphu hatte im Laderaum der *Dark Lady* seit über zwei Stunden keinen Mucks mehr von sich gegeben. Und nun das. »Was ist mit Falstaff?«, fragte Mahnmut.

»Ich habe gesagt, dass Falstaff mich von Shakespeare zu Proust getrieben hat«, erklärte Orphu.

»Ich hätte gedacht, du würdest Falstaff mögen. Er ist so lustig.«

»Ich *habe* Falstaff auch gemocht. Verdammt, ich habe mich mit Falstaff identifiziert. Ich wollte Falstaff *sein*. Eine Weile dachte ich, ich sähe aus wie er.«

Mahnmut versuchte sich das vorzustellen. Es gelang ihm nicht. Er konzentrierte sich wieder auf die Schiffsfunktionen und das Periskop. »Und weshalb hast du deine Meinung geändert?«

»Erinnerst du dich an die Szene in *Heinrich IV., Erster Teil*, wo Falstaff den toten Henry Percy – Heißsporn – auf dem Schlachtfeld findet?«

»Ja«, sagte Mahnmut. Weder das Periskop noch das Radar zeigte einen Streitwagen am Himmel. Er hatte den ausfallenden Reaktor während der Nacht abschalten müssen; die Batteriereserven waren auf vier Prozent geschrumpft, sodass sie jetzt nur noch sechs Knoten machten, und die Maschinenleistung sank weiter. Mahnmut wusste, dass er die *Dark Lady* bald wieder an die Oberfläche bringen musste: Bei jedem Auftauchmanöver ließ er, um selbst am Leben zu bleiben, Marsluft herein, speicherte sie in seiner Milieu-Krippe und atmete sie, bis sie verbraucht war. Die ganze vom Schiff produzierte Luft leitete er zu Orphu. Es war nicht vorgesehen gewesen, dass sich das U-Boot der »Atmosphäre« Europas öffnete, und er hatte ein Dutzend Sicherheitsprotokolle außer Kraft setzen müssen, um die Marsluft hereinzulassen.

»Falstaff sticht dem toten Heißsporn in den Schenkel, um sicherzugehen, dass er tot ist«, sagte Orphu. »Dann trägt er ihn auf dem Rücken davon, um den Ruhm in Anspruch zu nehmen, ihn getötet zu haben.«

»Stimmt«, sagte Mahnmut. Dem MPS zufolge waren sie knapp dreißig Kilometer von der Küste entfernt, aber im Periskop war nichts von ihr zu sehen, und er wollte das Radar nicht aufs Land richten. Er traf Anstalten, die Ballasttanks auszublasen und wieder aufzutauchen, hielt jedoch auch die Seitenruder für ein Nottauchmanöver bereit, falls etwas auf dem Radar erschien. *»Vorsicht ist der bessere Teil der Tapferkeit, und mithilfe dieses besseren Teils hab ich mein Leben gerettet«*, zitierte er. »In allen Shakespeare-Kommentaren, die ich gelesen habe – Bloom, Goddard, Bradley, Morgann, Hazlitt und sogar Emerson –, heißt es, Falstaff sei vielleicht eine der bedeutendsten Figuren, die Shakespeare geschaffen habe.«

»Ja.« Orphu schwieg einen Augenblick lang, während das U-Boot beim Ausblasen der Ballasttanks bebte und dröhnte. Als im Schiff wieder Stille herrschte und nur noch das Rauschen des Wassers zu hören war, das über den Rumpf strömte, sagte er: »Aber ich finde Falstaff verabscheuungswürdig.«

»Verabscheuungswürdig?« Das U-Boot durchstieß die Oberfläche. Es war kurz nach Tagesanbruch, und die Sonne – sie war viel größer als der stecknadelkopfkleine Stern, mit dem Mahnmut auf Europa aufgewachsen war – löste sich gerade vom Horizont. Er öffnete die Lüftungsklappen und atmete frische Salzluft ein.

»*Worin ist er schlau außer in Intrigen, worin bestehen seine Intrigen außer in Schurkerei, worin ist er schurkisch außer in allen Dingen?*«, sagte Orphu.

»Aber das hat Prinz Harry doch scherzhaft gemeint.« Mahnmut beschloss, über Wasser zu fahren. Es war viel gefährlicher – als sie unter Wasser gewesen waren, hatte das Radar alle ein, zwei Stunden einen Streitwagen gezeigt –, aber an der Oberfläche konnten sie acht Knoten machen und ihre schwindenden Energiereserven strecken.

»Wirklich?«, sagte Orphu. »In *Heinrich IV., Zweiter Teil* wendet er sich von dem alten Angeber ab.«

»Und Falstaff stirbt daran.« Mahnmut atmete die saubere Luft ein und dachte an Orphu unten in der schwarzen, überfluteten Ladebucht, den nur die O_2-Leitung und die Sprechanlage mit dem Leben verbanden. Als sie das erste Mal aufgetaucht waren, hatte Mahnmut erkannt, dass er den großen Ionier erst aus dem Laderaum holen konnte, wenn sie Land erreichten. »*Der König hat dem Ritter das Herz gebrochen*«, zitierte er die Wirtin Schnell.

»Ich bin der Ansicht, dass er die Zurückweisung verdient hat«, sagte Orphu. »Als er den Befehl bekommt, zusammen mit Percy Soldaten für den Krieg zu rekrutieren, nimmt Falstaff Bestechungsgelder an; er lässt die Guten laufen und rekrutiert nur Verlierer. Männer, die er als ›Kanonenfutter‹ bezeichnet.«

Mahnmut spürte, dass die *Dark Lady* schneller durch die niedrigen Wellen pflügte. Er überwachte das Sonar, das Radar und das Periskop. »Alle finden Falstaff viel interessanter als Heinrich. Er ist witzig, realistisch, antimilitaristisch, geistreich – Hazlitt hat geschrieben: ›*Das Glück der mit Humor errungenen Freiheit ist Falstaffs Wesenskern.*‹«

»Ja«, sagte Orphu, »aber was für eine Freiheit ist das? Die Freiheit, sich über alles lustig zu machen? Die Freiheit, ein Dieb und Feigling zu sein?«

»Sir John war immerhin ein Ritter«, wandte Mahnmut ein. Plötzlich konzentrierte er sich auf das, was Orphu sagte – Orphu, der zynische und humorvolle Kommentator der Narreteien des Moravec-Daseins. »Du klingst eher wie Koros III.«, sagte er.

Das entlockte Orphu ein Rumpeln. »Ich werde nie ein Krieger sein.«

»War Koros ein Krieger? Glaubst du, er hat bei seiner Mission in den Gürtel Moravecs getötet?« Mahnmut war neugierig.

»Wir werden nie erfahren, was im Gürtel passiert ist«, sagte Orphu, »und ich bezweifle, dass Koros kampflustiger war als wir anderen friedlichen Moravecs. Aber er war dazu ausgebildet, andere zu führen und seine Pflicht zu erfüllen – Dinge, über die sich Falstaff selbst bei seinem geliebten Prinzen Harry lustig macht.«

»Und du meinst, dass wir hier unsere Pflicht zu erfüllen haben«, sagte Mahnmut. Im Süden war ein Dunststreifen zu sehen.

»So was in der Art.«

»Und du denkst, du müsstest vielleicht eher Heißsporn als Falstaff sein?«

Orphu von Io rumpelte erneut. »Dafür ist es vielleicht schon zu spät. *Ich habe Zeit vergeudet; nun vergeudet die Zeit auch mich.*«

»Das ist nicht von Falstaff.«

»Aber von Richard dem Zweiten«, sagte die Stimme aus dem Laderaum.

»Denkst du, du bist zu alt für das, was uns bevorsteht?« Mahnmut fragte sich selbst, was ihnen bevorstehen mochte.

»Na ja, ein bisschen alt fühle ich mich schon, so ohne Augen, Beine, Hände, Zähne und Panzer«, antwortete der Ionier.

»Zähne hast du doch noch nie gehabt«, sagte Mahnmut. Koros hatte eine Erkundungsmission in der Nähe des großen Vulkans, Olympus, durchführen und die Bombe in der Ladebucht so nah wie möglich an den Gipfel des Olympus heranbringen sollen. Aber die *Dark Lady* war dem Tode nahe, und Orphu würde vielleicht ebenfalls sterben. Selbst wenn sie es schafften, Land zu erreichen, und Orphu am Leben blieb, würde er weder sehen noch sich bewegen oder für sich selbst sorgen können. Wie sollte Mahnmut die Bombe also mehr als dreitausend Kilometer weit über Land an ihren Bestimmungsort bringen, ohne dass er und sein Freund von den Streitwagenleuten entdeckt und vernichtet wurden?

Zerbrich dir darüber den Kopf, wenn du die Lady *an Land gebracht und Orphu aus dem Laderaum geholt hast,* dachte er. *Eins nach dem anderen.* Am blauen Himmel war nichts Gefährliches zu sehen, aber er fühlte sich schrecklich ungeschützt, während das U-Boot weiter südwärts durch die Wellen schnitt. Zu Orphu sagte er: »Hat dein Freund Proust einen Rat?«

Orphu räusperte sich rumpelnd:

Doch auch das Alter hat Geschäft und Ehre!
Der Tod schließt alles: aber vorher, Freunde,
Kann etwas Edles, Großes noch getan sein …
Noch ist es Zeit, nach einer neuern Welt uns umzusehn …
Viel ist gewonnen – viel bleibt übrig! Sind
Wir auch die Kraft nicht mehr, die Erd und Himmel
Vordem bewegte: – was wir sind, das sind wir!
Ein einziger Wille heldenhafter Herzen,
Durch Zeit und Schicksal schwach gemacht, doch stark
Im Ringen, Suchen, Finden, Nimmerweichen!

»Du willst mir doch nicht erzählen wollen, dass das von Proust ist«, sagte Mahnmut. Der Dunst im Süden löste sich auf.

»Nein«, sagte Orphu. »Das ist aus Tennysons *Ulysses*.«

»Wer ist Ulysses?«

»Odysseus.«

»Wer ist Odysseus?«

Ein schockiertes Schweigen folgte. Schließlich sagte Orphu: »O je, mein Freund, diese Lücke in deiner ansonsten ausgezeichneten Bildung schreit geradezu danach, geschlossen zu werden. Es könnte durchaus sein, dass wir so viel wie möglich über …«

»Warte mal«, sagte Mahnmut. Und gleich darauf: »Warte mal!«

»Was ist?«

»Land«, sagte Mahnmut. »Ich sehe Land.«

»Sonst noch was? Irgendwelche Einzelheiten?«

»Ich schalte auf stärkere Vergrößerung.«

Orphu wartete, aber schließlich fragte er: »Und?«

»Die Steingesichter«, sagte Mahnmut. »Ich sehe die Steingesichter – meist oben auf den Klippen –, sie erstrecken sich nach Osten, so weit das Auge reicht.«

»Nur nach Osten? Nicht auch nach Westen?«

»Nein. Die Reihe der Gesichter endet fast genau dort, wo wir das Festland erreichen würden. Dort bewegt sich etwas. Hunderte von Menschen – oder was auch immer – laufen auf den Klippen und am Strand entlang.«

»Wir sollten lieber tauchen und auf die Dunkelheit warten, bevor wir an Land gehen«, sagte Orphu. »Und dann suchen wir uns eine Meereshöhle oder etwas dergleichen, wo du die *Lady* ungesehen hereinbringen kannst und wo …«

»Zu spät«, unterbrach ihn Mahnmut. »Unser Sauerstoff und unsere Antriebsenergie reichen höchstens noch für vierzig Minuten. Außerdem haben die Gestalten – die Menschen – aufgehört, die Steingesichter nach Westen zu schleppen. Sie kommen zu Hunderten zum Strand herunter. Sie haben uns gesehen.«

21 Ilium

Ich *könnte* Ihnen erzählen, wie es ist, mit Helena von Troja zu schlafen. Aber ich werde es nicht tun. Und nicht nur, weil es äußerst unfein von mir wäre. Die näheren Einzelheiten gehören einfach nicht zu meiner Geschichte. Aber es entspricht der Wahrheit, wenn ich sage: Hätte die rachsüchtige Muse oder die wütende Aphrodite mich gefunden, kurz nachdem Helena und ich uns das erste Mal geliebt hatten, also etwa eine Minute, nachdem wir uns auf den schweißfeuchten Laken voneinander gelöst hatten, um Atem zu schöpfen und uns von der kühlen Brise umfächeln zu lassen, die dem Gewitter vorausging, und wären die Muse und die Göttin dann eingedrungen und hätten mich getötet – das kurze zweite Leben des Thomas Hockenberry, so viel kann ich Ihnen sagen, ohne befürchten zu müssen, mir zu widersprechen, wäre ein glückliches gewesen. Und hätte zumindest auf einem hohen Ton geendet.

Eine Minute nach diesem Augenblick der Vollendung hielt mir die Frau einen Dolch an den Bauch.

»Wer bist du?«, wollte Helena wissen.

»Ich bin dein …«, begann ich und brach dann ab. Etwas in Helenas Blick veranlasste mich, die Lüge, ich sei Paris, gar nicht erst auszusprechen.

»Wenn du behauptest, du seist mein neuer Gatte, muss ich dir diese Klinge in den Bauch stoßen«, sagte sie ruhig. »Falls du ein Gott bist, macht dir das wohl kaum etwas aus. Aber wenn nicht …«

»Ich bin keiner«, brachte ich heraus. Die Spitze des Messers ritzte mir die Haut über dem Bauch, sodass ein Blutstropfen hervortrat. *Wo kam dieses Messer her?* Hatte es unter den Kissen gelegen, während wir uns geliebt hatten?

»Wenn du kein Gott bist, wie hast du dann Paris' Gestalt annehmen können?«

Mir wurde klar, dass ich es mit Helena von Troja zu tun hatte, der sterblichen Tochter des Zeus, einer Frau, die in einem Universum lebte, in dem Götter und Göttinnen ständig mit Sterblichen bumsten; einer Welt, in der göttliche und andere Gestaltwandler unter Sterblichen wandelten; einer Welt, in der das Konzept von Ursache und Wirkung völlig andere Bedeutungen hatte. Ich sagte: »Die Götter haben mir die Fähigkeit geschenkt, zu mor… meine Gestalt zu verändern.«

»Wer bist du?«, fragte sie. »*Was* bist du?« Sie schien nicht wütend, ja nicht einmal sonderlich schockiert zu sein. Ihre Stimme klang ruhig, ihr schönes Gesicht war weder vor Furcht noch vor Zorn verzerrt. Aber die Klinge bohrte sich beständig in meinen Bauch. Die Frau wollte eine Antwort haben.

»Mein Name ist Thomas Hockenberry«, sagte ich. »Ich bin Scholiker.« Ich wusste, das alles würde für sie keinen Sinn ergeben. Mein Name klang selbst für mich seltsam, hart und scharfkantig gegenüber den sanfteren Tönen ihrer uralten Sprache.

»Tho-mas Hock-en-bär-iihh«, sprach sie ihn nach. »Das klingt persisch.«

»Nein«, sagte ich. »Es ist holländisch, deutsch und irisch.«

Ich sah, wie Helena die Stirn runzelte, und merkte, dass diese Worte für sie nicht nur keinen Sinn ergaben, sondern dass ich mich anhörte, als hätte ich nicht alle Tassen im Schrank.

»Kleide dich an«, sagte sie. »Wir unterhalten uns auf der Terrasse.«

Zu beiden Seiten von Helenas großem Schlafzimmer gab es je eine Terrasse. Eine ging auf den Hof hinaus, die andere nach

Süden und Osten mit Blick über die Stadt. Mein Schwebegeschirr und die anderen Sachen außer dem QT-Medaillon und dem Morpharmband, die ich im Bett anbehalten hatte, waren hinter dem Vorhang auf der Terrasse zum Hof versteckt. Helena führte mich auf die äußere Terrasse. Wir trugen beide dünne Gewänder. Helena behielt ihr kurzes, spitzes Messer in der Hand, als wir im Widerschein der Stadt und der gelegentlich aufzuckenden Blitze am Geländer standen.

»Ich wusste, dass du kein Gott bist«, sagte sie. »Ich hätte dich ausgenommen wie einen Fisch, wenn du mich in diesem Punkt angelogen hättest.« Sie lächelte grimmig. »Du liebst nicht wie ein Gott.«

Also bitte, dachte ich, aber sonst gab es dazu nichts zu sagen.

»Warum haben die Götter dir die Fähigkeit verliehen, eine andere Gestalt anzunehmen?« Die Spitze des Dolches war nur ein paar Zentimeter von meiner nackten Haut unter dem Gewand entfernt.

Ich zuckte die Achseln, aber dann erinnerte ich mich, dass diese Geste den Menschen des Altertums unbekannt war. »Für ihre eigenen Zwecke. Ich diene ihnen. Ich beobachte die Schlacht und berichte ihnen davon. Dabei ist es von Nutzen, wenn ich die Gestalt … anderer Männer annehmen kann.«

Helena schien das nicht zu überraschen. »Wo ist mein trojanischer Liebhaber? Was hast du mit dem echten Paris gemacht?«

»Es geht ihm gut«, sagte ich. »Wenn ich seine Gestalt aufgebe, wird er fortfahren, das zu tun, was er getan hat, als ich zu ihm gemorpht … als ich seine Gestalt angenommen habe.«

»Wo wird er sein?«

Diese Frage fand ich ein wenig seltsam. »Wo er auch gewesen wäre, wenn ich mir seine Gestalt nicht ausgeliehen hätte«, antwortete ich schließlich. »Ich glaube, er hat gerade die Stadt verlassen und sich zu Hektor gesellt, um morgen an seiner Seite zu kämpfen.« Wenn ich aus Paris' Gestalt morphe, wird er in Wahrheit genau dort sein, wo er gewesen wäre, wenn er während der Zeit, in der ich seine Identität innehatte, weitergelebt hätte – vielleicht schläft er in einem Zelt, ist mitten im Kampf oder vögelt gerade eine der jungen Sklavinnen in Hektors Feldlager. Aber es war zu schwierig, Helena dies erklären zu wollen. Ich glaubte nicht, dass sie einen Vortrag über die Funktionen von Wahrscheinlichkeitswellen und über quantentemporale Simultaneität zu schätzen gewusst hätte. Ich konnte nicht erklären, weshalb weder Paris noch die Menschen um ihn herum seine Abwesenheit bemerkten, oder warum die Ereignisse sich vielleicht wieder in die *Ilias* einfügen würden, als hätte ich den Wahrscheinlichkeitswellenkollaps dieser Zeitlinie nicht unterbrochen. Es war möglich, dass die Quantenkontinuität wiederhergestellt wurde, sobald ich die Morphfunktion abschaltete.

Verdammt, ich kapierte rein gar nichts von alledem.

»Verlass seinen Körper«, befahl Helena. »Zeig mir deine wahre Gestalt.«

»Frau, wenn ich …«, begann ich zu protestieren, aber ihre Hand bewegte sich schnell, die Klinge schnitt durch Seide und Haut, und ich fühlte, wie mir das Blut über den Bauch lief.

Ich machte ihr deutlich, dass ich die rechte Hand sehr, sehr langsam bewegen würde, öffnete die leuchtenden Funktionen am Morpharmband und berührte das Symbol.

Ich war wieder Thomas Hockenberry – kleiner, dünner, schlaksiger, ein wenig kurzsichtig und mit schütterem Haar.

Helena zwinkerte einmal, und der Dolch zuckte nach oben – eine schnellere Bewegung, als ich sie einem Menschen zugetraut hätte. Ich hörte, wie etwas zerriss. Aber es waren nicht meine Bauchmuskeln, die aufgeschlitzt wurden, sondern nur der Gürtel des Gewands und der seidige Stoff selbst.

»Nicht bewegen«, sagte sie leise. Helena von Troja öffnete mein Gewand und zog es mir mit der freien Hand von den Schultern.

Nackt und blass stand ich vor diesem eindrucksvollen Weib. Wenn man für ein Wörterbuch jemals eine hundertprozentig zutreffende Definition des Begriffs »erbärmlich« bräuchte, würde ein Foto dieses Moments genügen.

»Du darfst dein Gewand wieder anziehen«, sagte sie nach einer Weile.

Ich hob es auf und legte es mir um. Da der Gürtel zerschnitten war, hielt ich es mit der Hand zusammen. Helena schien nachzudenken. Mehrere Minuten lang standen wir schweigend auf der Terrasse. Selbst zu so später Stunde waren die Türme Iliums noch von Fackeln erleuchtet. Wachfeuer flackerten überall auf den Brustwehren der fernen Mauern. Weiter im Süden, jenseits des skäischen Tors, brannten die Scheiterhaufen. Im Südwesten wetterleuchteten Blitze in den turmhohen Gewitterwolken. Es waren keine Sterne zu sehen, und die Luft roch nach dem Regen, der vom Ida-Gebirge heranzog.

»Woher wusstest du, dass ich nicht Paris war?«, fragte ich schließlich.

Helena erwachte mit einem Zwinkern aus ihren Träumereien und schenkte mir ein kleines Lächeln. »Eine Frau mag die Augenfarbe ihres Geliebten, den Klang seiner Stimme, sogar die Einzelheiten seines Lächelns oder seiner Gestalt vergessen, aber niemals, wie ihr Geliebter fickt.«

Diesmal war ich derjenige, der überrascht zwinkerte, und nicht nur wegen Helenas Ausdrucksweise. Homer hatte ein wahres Loblied auf Paris' Äußeres gesungen – er hatte ihn mit einem *Pferd im Stall, das sich satt fraß an der Krippe* verglichen, als er beschrieb, wie Paris in dieser Nacht zu Hektor draußen vor der Stadt eilte, *den hurtigen Füßen vertrauend ... stolz und aufrecht hält es das Haupt, und um seine Schultern flattern die Haare der Mähne*. Paris war, im Sprachgebrauch meines früheren Lebens, ein sexy Mannsbild. Und während ich in Helenas Bett lag, hatte ich Paris' lange, flatternde Haare besessen, seinen sonnengebräunten Körper, seinen Waschbrettbauch, seine geölten Muskeln, seinen …

»Dein Penis ist größer«, sagte Helena.

Ich zwinkerte erneut. Diesmal zweimal. Sie hatte natürlich nicht das Wort »Penis« benutzt – Latein war noch keine richtige Sprache –, und das griechische Wort, das sie gewählt hatte, war ein Slangausdruck, der näher bei »Schwanz« lag. Aber das ergab keinen Sinn. Beim Sex mit ihr hatte ich Paris' Penis gehabt …

»Nein, daran habe ich nicht gemerkt, dass du nicht mein Liebhaber bist«, sagte Helena. Sie schien meine Gedanken zu lesen. »Das ist nur eine schlichte Feststellung.«

»Aber wie …«

»Ja«, sagte Helena. »Es lag an der Art, *wie* du mich gevögelt hast, Hock-en-bär-iihh.«

Darauf wusste ich nichts zu erwidern, und selbst wenn, so hätte ich mich nicht verständlich ausdrücken können.

Helena lächelte erneut. »Paris hat es nicht in Sparta, wo er mich gewann, zum ersten Mal mit mir getrieben, auch nicht in Ilium, wohin er mich brachte, sondern unterwegs, auf der kleinen Insel Kranae.«

Ich kannte keine Insel namens Kranae, und da das Wort auf Altgriechisch nur »felsig« bedeutete, meinte sie wohl, dass Paris ihre Reise unterbrochen hatte, um an einer kleinen, felsigen, namenlosen Insel anzulegen und Helena dort, fern von der wachsamen Besatzung des Schiffes, zu bumsen. Das würde bedeuten, dass Paris … ungeduldig war. *Genau wie du, Hockenberry,* meldete sich eine Stimme in mir, die der meines Gewissens nicht ganz unähnlich war. Zu spät für Gewissensbisse.

»Seitdem hat er mich Hunderte Male gehabt – und ich ihn«, sagte Helena leise, »aber nie so wie heute Nacht. Nie so wie heute Nacht.«

Ich war völlig verwirrt und platzte fast vor Stolz. War das gut? War das ein Kompliment? Nein, Moment … das war absurd. Homer zufolge war Paris fast gottgleich in seiner körperlichen Schönheit und seinem Charme, ein großartiger Liebhaber, dem sterbliche Frauen ebenso wenig widerstehen konnten wie Göttinnen, und das musste bedeuten, dass Helena damit nur sagen wollte, dass …

»Du«, unterbrach sie meine wirren Gedanken, »*du* warst … *ernst.*«

Ernst? Ich ballte die Hand fester um den Stoff des Gewands und schaute zum aufziehenden Gewitter hinüber, um meine Verlegenheit zu verbergen. Ernst.

»Aufrichtig«, sagte sie. »Sehr aufrichtig.«

Wenn sie nicht bald den Mund hielt und aufhörte, nach Synonymen für »erbärmlich« zu suchen, würde ich ihr vielleicht noch den Dolch entwinden und mir eigenhändig die Kehle durchschneiden.

»Haben die Götter dich zu mir geschickt?«, fragte sie.

Ich überlegte, ob ich ihr eine Lüge auftischen sollte. Sicherlich würde nicht einmal diese willensstarke Frau jemanden ausweiden, der einen Botengang für die Götter ausführte. Aber ich entschied mich dagegen. Helena von Troja schien die Fähigkeit zu besitzen, mich auf fast telepathische Weise zu durchschauen. Und es war ein gutes Gefühl, zur Abwechslung einmal die Wahrheit zu sagen.

»Nein«, sagte ich. »Niemand hat mich geschickt.«

»Du bist nur hergekommen, weil du mit mir ins Bett gehen wolltest?«

Nun, wenigstens hatte sie nicht wieder das f-Wort benutzt. »Ja«, sagte ich. »Ich meine, nein.«

Sie sah mich an. Irgendwo in der Stadt lachte erst ein Mann, dann eine Frau. Ilium schlief nie.

»Ich meine – ich war einsam«, sagte ich. »Ich bin nun seit Beginn dieses Krieges hier, und ich war immer allein, hatte niemanden, mit dem ich reden, niemanden, mit dem ich näher in Kontakt kommen konnte …«

»Mit mir bist du genug in Kontakt gekommen«, sagte Helena.

Ich konnte ihrem Ton nicht entnehmen, ob das Sarkasmus oder ein Vorwurf war. »Ja«, sagte ich.

»Bist du verheiratet, Hock-en-bär-iihh?«

»Ja. Nein.« Ich schüttelte erneut den Kopf. Helena musste mich für einen kompletten Idioten halten. »Ich glaube, ich war verheiratet«, sagte ich, »aber wenn es so war, dann ist meine Frau tot.«

»Du *glaubst*, du warst verheiratet?«

»Die Götter haben mich durch Zeit und Raum auf den Olymp gebracht«, sagte ich, obwohl ich wusste, dass sie es nicht verstehen würde, aber das war mir egal. »Ich *glaube*, ich bin in meinem anderen Leben gestorben, und sie haben mich irgendwie wieder lebendig gemacht. Aber sie haben mir nicht alle meine Erinnerungen zurückgegeben. Bilder aus meinem wirklichen Leben, meinem früheren Leben kommen und gehen … wie Träume.«

»Ich verstehe«, sagte Helena. An ihrem Ton merkte ich irgendwie, dass sie es erstaunlicherweise tatsächlich verstand.

»Dienst du einem bestimmten Gott oder einer bestimmten Göttin, Hock-en-bär-iihh?«

»Ich erstatte einer der Musen Bericht. Aber ich habe erst gestern erfahren, dass Aphrodite mein Schicksal lenkt.«

Helena blickte überrascht auf. »Und sie hat auch meines gelenkt«, sagte sie leise. »Erst gestern, als die Göttin Paris vor Menelaos' Zorn gerettet und ihn hierher gebracht hat, in unser Bett, hat sie mir befohlen, zu ihm zu gehen. Als ich protestierte, geriet sie in Wut und drohte mir, mich zur Zielscheibe des starken, vernichtenden Hasses – ihre Worte – sowohl der Trojaner als auch der Achäer zu machen.«

»Die Göttin der Liebe«, sagte ich leise.

»Die Göttin der Lust«, entgegnete Helena. »Und ich weiß eine Menge über die Lust, Hock-en-bär-iihh.«

Wieder wusste ich nicht, was ich sagen sollte.

»Meine Mutter hieß Leda. Man nannte sie die Tochter der Nacht«, sagte sie im Plauderton. »Zeus kam in Gestalt eines Schwans – eines großen, geilen Schwans – zu ihr und fickte sie. Ein Wandgemälde in meinem Elternhaus zeigte meine beiden älteren Brüder, einen Altar für Zeus und mich als Ei, das darauf wartete, ausgebrütet zu werden.«

Ich konnte nicht anders – ich stieß ein bellendes Lachen aus. Dann zogen sich meine Bauchmuskeln in Erwartung der Klinge zusammen, die sie durchstoßen würde.

Stattdessen lächelte Helena breit. »Ja«, sagte sie. »Ich weiß, was es heißt, entführt zu werden und eine Schachfigur der Götter zu sein, Hock-en-bär-iihh.«

»Ja«, sagte ich. »Als Paris nach Sparta kam …«

»Nein«, unterbrach Helena. »Als ich elf war, Hock-en-bär-iihh, wurde ich von Theseus, der die attischen Gemeinden vereinigt hatte, aus dem Tempel der Artemis Orthia verschleppt – er entführte mich in die Stadt Athen. Theseus schwängerte mich – ich gebar ihm eine Tochter, Iphigenie, der ich keine Liebe entgegenbringen konnte und die ich darum Klytämnestra übergab, damit diese sie mit ihrem Gemahl Agamemnon wie ihre eigene Tochter erzog. Aus dieser Ehe retteten mich meine Brüder, die mich nach Sparta zurückbrachten. Theseus zog dann mit Herkules in seinen Krieg gegen die Amazonen, in dessen Verlauf er sich die Zeit nahm, in den Hades einzudringen, eine Amazonenkriegerin zu heiraten und das Labyrinth des Minotaurus in Kreta zu erforschen.«

Mir drehte sich der Kopf. Jeder Einzelne dieser Griechen, Trojaner und Götter hatte eine Geschichte und musste sie beim geringsten Anlass erzählen. Aber was hatte all das mit …

»Ich kenne mich aus mit der Lust, Hock-en-bär-iihh«, sagte Helena. »Der große König Menelaos nahm mich zur Braut, obwohl solche Männer Jungfrauen lieben, obwohl sie ihre Blutlinie mehr lieben als das Leben und obwohl ich eine beschmutzte Ware in einer Männerwelt war, die ihre Jungfrauen derart vergöttert. Und dann kam Paris – angestachelt von Aphrodite –, entführte mich erneut und brachte mich nach Troja. Ich war seine Beute, sein … Ehrengeschenk.«

Helena unterbrach ihren Vortrag und musterte mich. Mir fiel nichts ein, was ich sagen konnte. Unter ihren kühlen, ironischen Worten verbarg sich abgrundtiefe Bitterkeit. Nein, keine Bitterkeit, erkannte ich, als ich ihr in die Augen schaute – Traurigkeit. Eine schreckliche, müde Traurigkeit.

»Hock-en-bär-iihh«, fuhr Helena fort, »hältst du mich für die schönste Frau der Welt? Bist du gekommen, um mich zu entführen?«

»Nein, ich bin nicht gekommen, um dich zu entführen. Ich könnte dich nirgendwohin bringen. Außerdem sind meine Tage gezählt, denn ich habe mir den Zorn der Götter zugezogen – ich habe meine Muse und ihre Chefin, Aphrodite, hintergangen, und wenn die Wunden geheilt sind, die Diomedes Aphrodite gestern zugefügt hat, wird sie mich so sicher, wie wir hier stehen, vom Antlitz der Erde fegen.«

»Ja?«, sagte Helena.

»Ja.«

»Komm ins Bett … Hock-en-bär-iihh.«

Ich erwache in der grauen Stunde vor Tagesanbruch. Nach unseren letzten beiden Liebesakten habe ich nur wenige Stunden geschlafen, fühle mich aber vollkommen ausgeruht. Ich liege mit dem Rücken zu Helena, weiß aber irgendwie, dass sie ebenfalls wach in diesem großen Bett mit seinen reich verzierten Pfosten liegt.

»Hock-en-bär-iihh?«

»Ja?«

»Wie dienst du Aphrodite und den anderen Göttern?«

Ich denke einen Augenblick darüber nach, dann drehe ich mich um. Dort liegt die schönste Frau der Welt im Halbdunkel, auf einen Ellbogen gestützt, das lange, dunkle, von unseren Notturnos zerzauste Haar fällt ihr um die nackte Schulter und den Arm, und ihre Augen mit den großen, dunklen Pupillen schauen aufmerksam in meine.

»Wie meinst du das?«, frage ich, obwohl ich es weiß.

»Weshalb haben die Götter dich durch Zeit und Raum hergeholt, wie du sagst, damit du ihnen dienst? Besitzt du irgendwelche Kenntnisse, die sie brauchen?«

Ich schließe für einen Moment die Augen. Wie kann ich es ihr nur erklären? Eine ehrliche Antwort wäre Wahnsinn. Aber – wie bereits zugegeben – ich bin es gründlich leid zu lügen. »Ich weiß etwas über den Krieg dort draußen«, sage ich. »Ich kenne manche Ereignisse, die eintreten werden … eintreten *könnten*.«

»Dienst du als Orakel?«

»Nein.«

»Dann verstehe ich es nicht«, sagt Helena.

Ich setze mich auf und rücke mir ein paar Kissen zurecht, um es bequemer zu haben. Es ist noch dunkel, aber auf dem Hof beginnt ein Vogel zu singen. »Dort, wo ich herkomme«, flüstere ich, »gibt es ein Lied, ein Gedicht über diesen Krieg. Es heißt *Ilias*. Bisher ähneln die Ereignisse des wirklichen Krieges denen in diesem Lied.«

»Du sprichst, als wären diese Belagerung und dieser Krieg in dem Land, aus dem du kommst, schon eine alte Geschichte«, sagt Helena. »Als wäre all dies bereits geschehen.«

Gib das nicht zu. Es wäre töricht. »Ja«, sage ich. »Das ist die Wahrheit.«

»Du bist eine der Schicksalsgöttinnen«, sagt sie.

»Nein. Ich bin bloß ein Mensch.«

Helena lächelt mit schalkhafter Belustigung. Sie berührt das Tal zwischen ihren Brüsten, wo ich erst vor ein paar Stunden zum Höhepunkt gelangt bin. »Das *weiß* ich, Hock-en-bäriihh.«

Ich erröte, reibe mir die Wangen und spüre meine Bartstoppeln. Heute früh keine Rasur in der Scholikerkaserne. *Wozu auch? Du hast nur noch Stunden zu leben.*

»Beantwortest du mir meine Fragen über die Zukunft?« Ihre Stimme ist schrecklich sanft.

Es wäre Wahnsinn, das zu tun. »Eigentlich weiß ich nichts über deine Zukunft«, sage ich unaufrichtig. »Ich kenne nur die Einzelheiten dieses Liedes, und es hat schon viele Unstimmigkeiten zwischen ihm und den tatsächlichen Ereignissen gegeben ...«

»Beantwortest du mir meine Fragen über die Zukunft?« Sie legt mir die Hand auf die Brust.

»Ja«, sage ich.

»Ist Ilium zum Untergang verurteilt?« Helenas Stimme ist ruhig, gelassen, sanft.

»Ja.«

»Wird die Stadt mit Gewalt oder durch eine List eingenommen?«

Um Himmels willen, das darfst du ihr nicht verraten, denke ich. »Durch eine List«, sage ich.

Helena lächelt sogar. »Odysseus«, murmelt sie.

Ich schweige. Ich rede mir ein, dass diese Enthüllungen sich vielleicht nicht auf die Ereignisse auswirken werden, wenn ich ihr keine Einzelheiten nenne.

»Stirbt Paris, bevor Troja fällt?«

»Ja.«

»Von Achilles' Hand?«

Keine Einzelheiten!, schreit mein Gewissen. »Nein«, sage ich. *Scheiß drauf.*

»Und der edle Hektor?«

»Tot«, sage ich und fühle mich wie ein bösartiger Richter, der mit dem Todesurteil rasch bei der Hand ist.

»Von Achilles' Hand?«

»Ja.«

»Und Achilles? Kehrt er lebend heim aus diesem Krieg?«

»Nein.« *Sein Schicksal ist besiegelt, sobald er Hektor erschlägt, und das hat er schon immer gewusst ... von einer Prophezeiung, die er seit Jahren wie einen Krebs mit sich herumträgt. Langes Leben oder*

Ruhm? Homer zufolge musste … muss … wird er sich dazwischen entscheiden müssen. Aber die Prophezeiung lautet: Wenn er ein langes Leben wählt, wird er nur als Mensch bekannt sein, nicht als der Halbgott, zu dem er aufsteigt, wenn er Hektor im Zweikampf tötet. Aber er hat eine Wahl. Die Zukunft ist nicht festgelegt!

»Und König Priamos?«

»Tot«, flüstere ich heiser. *Niedergemacht in seinem eigenen Palast, in seinem privaten Tempel für Zeus. In blutige Stücke zerhackt wie eine den Göttern geopferte Färse.*

»Und Hektors kleiner Sohn, Skamandrios, den die Leute Astyanax nennen?«

»Tot.« Ich schließe die Augen vor dem Bild, wie Pyrrhos den schreienden Säugling von der Mauer wirft.

»Und Andromache«, wispert Helena. »Hektors Gemahlin?«

»Eine Sklavin«, sage ich. Wenn Helena mit dieser Litanei von Fragen weitermacht, drehe ich mit ziemlicher Sicherheit durch. Aus der Ferne – vom Scholiker-Standpunkt des desinteressierten Beobachters aus – war es in Ordnung. Aber jetzt spreche ich von Menschen, die ich kenne, denen ich begegnet bin und … mit denen ich geschlafen habe. Mir fällt auf, dass Helena nicht nach ihrem eigenen Schicksal gefragt hat. Vielleicht wird sie es auch nicht tun.

»Und ich? Sterbe ich mit Ilium?«, fragt sie, immer noch mit ruhiger Stimme.

Ich hole tief Luft. »Nein.«

»Aber Menelaos findet mich?«

»Ja.« Ich fühle mich wie eine jener schwarzen Weissagungs-Billardkugeln, die in meiner Kindheit so beliebt waren. Warum habe ich ihr nicht so geantwortet wie diese schwarze Kugel? Das entspräche eher dem Orakel von Delphi – *die Zukunft ist ungewiss*. Oder *neue Frage*. Gebe ich vor dieser Frau an?

Jetzt ist es zu spät.

»Menelaos findet mich, tötet mich aber nicht? Ich überlebe seinen Zorn?«

»Ja.« *Ich erinnere mich, wie Odysseus in der* Odyssee *davon erzählt – Menelaos findet Helena, die sich in Deiphobos' Gemächern im großen Königspalast verbirgt, beim Palladion-Schrein, und der gehörnte Gatte stürzt sich mit gezogenem Schwert auf sie, um diese schöne Frau zu töten. Helena entblößt ihre Brüste, als wollte sie ihn zu dem Stoß auffordern, als wünschte sie sich den Tod – und dann lässt Menelaos sein Schwert sinken und küsst sie. Es ist unklar, ob er Deiphobos, einen von Priamos' Söhnen, vor alldem tötet oder erst, nachdem er …*

»Aber er bringt mich nach Sparta zurück?«, flüstert Helena. »Paris tot, Hektor tot, alle großen Krieger Iliums gefallen oder mit dem Schwert hingerichtet, alle großen Frauen Trojas tot oder in die Sklaverei verschleppt, die Stadt selbst niedergebrannt, ihre Mauer durchbrochen, ihre Türme geschleift, die Erde gesalzen, damit hier nie wieder etwas wächst … aber ich bleibe am Leben und werde von Menelaos nach Sparta zurückgebracht?«

»So ungefähr«, sage ich und höre selbst, wie lahm es klingt.

Helena rollt sich aus dem Bett, steht auf und tritt nackt auf die Terrasse zum Hof hinaus. Eine Minute lang vergesse ich meine Kassandra-Rolle und starre nur geradezu ehrfürchtig auf die dunklen Haare, die ihr über den Rücken fallen, auf ihre perfekten Pobacken und kräftigen Beine. Sie steht nackt am Geländer und sagt, ohne sich zu mir umzudrehen: »Und was ist mit dir, Hock-en-bär-iihh? Haben die Moiren dir in ihrem Lied auch dein Schicksal geweissagt?«

»Nein«, gestehe ich. »Ich komme nicht vor in dem Gedicht, dazu bin ich nicht wichtig genug. Aber ich bin ziemlich sicher, dass ich heute sterben werde.«

Sie dreht sich um. Nach allem, was ich ihr erzählt habe, erwarte ich, dass Helena weint – sofern sie mir denn glaubt –, aber sie lächelt ein wenig. »Nur ›ziemlich sicher‹?«

»Ja.«

»Aphrodites Zorn bringt dir den Tod?«

»Ja.«

»Ich habe diesen Zorn zu spüren bekommen, Hock-en-bär-iihh. Wenn ihr der Sinn danach steht, dich zu töten, dann wird sie es tun.«

Wirklich sehr ermutigend. Ich schweige eine Weile. Durch die offene Terrassentür auf der Stadtseite dringt ein dumpfes Gemurmel herein. »Was ist das?«, frage ich.

»Die Trojanerinnen flehen Athene noch immer um Gnade und göttlichen Beistand an. Sie singen und opfern ihr in ihrem Tempel, wie Hektor es befohlen hat.« Helena wendet sich wieder von mir ab und starrt in den Innenhof hinunter, als suchte sie diesen einsamen Singvogel.

Zu spät für Athenes Gnade, denke ich. Dann sage ich, ohne darüber nachzudenken: »Aphrodite will, dass ich Athene töte.«

Helenas Kopf fährt herum, und selbst im Halbdunkel kann ich ihre schockierte Miene, die Blässe in ihrem Gesicht sehen. Es ist, als würde sie endlich auf alle meine schrecklichen Orakel-Mitteilungen reagieren. Sie kommt nackt zurück und setzt sich auf den Rand des Bettes, in dem ich liege, auf einen Ellbogen gestützt.

»Hast du gesagt, du sollst Athene *töten*?«, wispert sie so leise wie noch nie seit Beginn unseres Gesprächs.

Ich nicke.

»Dann *können* die Götter also getötet werden?« Ihre Stimme ist so gedämpft, dass ich sie selbst aus einem halben Meter Entfernung kaum hören kann.

»Ich glaube schon. Erst gestern habe ich gehört, wie Zeus Ares erklärt hat, Götter könnten sterben.« Dann erzähle ich ihr von Aphrodite und Ares, ihren Verletzungen und dem seltsamen Ort, wo sie genesen. Ich erkläre ihr, dass Aphrodite irgendwann im Verlauf dieses Tages aus dem Bottich kommen wird – dass sie vielleicht schon herausgekommen ist, weil es auf dem Olymp zur gleichen Zeit Tag und Nacht ist wie in Ilium und es darum auch dort fast schon »morgen« ist.

»Du kannst auf den Olymp reisen?«, flüstert sie. Helena scheint in Gedanken versunken zu sein. Ihre Miene hat sich langsam verändert, statt des schockierten Ausdrucks zeigt ihr Gesicht nun … ja, was? »Von Ilium zum Olymp und zurück, wann immer *du* willst?«

Hier zögere ich. Ich weiß, dass ich schon zu viel erzählt habe. *Was, wenn diese Helena nur meine Muse in gemorphter Gestalt ist?* Aber ich weiß, dass sie es nicht ist. Fragt mich nicht, woher ich es weiß. Und zur Hölle damit, wenn sie es doch ist.

»Ja.« Ich flüstere jetzt ebenfalls, obwohl der Haushalt noch nicht erwacht ist. »Ich kann mich zum Olymp begeben, wann ich will, und dort bleiben, ohne dass die Götter mich sehen können.« Abgesehen vom Gesang des Vogels, der irrtümlich glaubt, es sei schon fast Tag, herrscht unheimliche Stille in der Stadt und im Palast. Am Haupteingang stehen Wachposten, wie ich weiß, aber ich höre weder ihre Sandalen schlurfen, noch ihre Speerenden über den Stein kratzen. Über die sonst niemals vollkommen stillen Straßen Iliums scheint sich ein Schweigen gelegt zu haben. Selbst der monotone Singsang der Frauen im Tempel der Athene ist verstummt.

»Hat Aphrodite dir etwas gegeben, womit du Athene töten kannst, Hock-en-bär-iihh? Irgendeine Waffe der Götter?«

»Nein.« Ich sage ihr nichts vom Hades-Helm des Todes, dem QT-Medaillon oder meinem Taserstab. Nichts davon könnte eine Göttin töten.

Auf einmal hat sie wieder den kurzen Dolch in der Hand. Er ist nur Zentimeter von meiner Haut entfernt. *Wo bewahrt sie das Ding auf? Wie macht sie das, ihn auf diese Weise urplötzlich auftauchen zu lassen?* Wir haben beide unsere kleinen Geheimnisse, schätze ich.

Der Dolch kommt noch näher. »Wenn ich dich jetzt töte«, sagt Helena, »ändert sich dann das Lied über Ilium, das du kennst? Ändert sich die Zukunft … *diese* Zukunft?«

Dies ist nicht der richtige Moment, um ehrlich zu sein, Tommy, mein Junge, warnt mich der vernünftige Teil meines Gehirns. Aber ich sage trotzdem die Wahrheit. »Ich weiß es nicht. Ich wüsste nicht, wieso. Wenn es mein … Schicksal ist, heute zu sterben, dann ist es vermutlich egal, ob ich von deiner Hand den Tod finde oder ob Aphrodite mich umbringt. Jedenfalls bin ich in diesem Drama kein Akteur, sondern nur ein Beobachter.«

Helena nickt, wirkt aber noch immer gedankenverloren, als wäre ihre Frage nach meinem Tod ohnehin nicht weiter von Bedeutung. Sie hebt den Dolch, bis seine Spitze fast die straffe weiße Haut unter ihrem Kinn berührt.

»Und wenn ich mir jetzt das Leben nehme? Ändert sich dann das Lied?«, fragt sie.

»Ich glaube nicht, dass es Ilium retten oder etwas am Ausgang des Krieges ändern würde«, antworte ich. Das stimmt nicht ganz. Helena ist eine zentrale Figur in Homers *Ilias*, und ich habe keine Ahnung, ob die Griechen bleiben würden, um den Krieg zu Ende zu führen, wenn sie Selbstmord beginge. Wofür sollten sie kämpfen, wenn Helena tot wäre? *Ruhm, Ehre, Plünderung.* Andererseits: Wenn Helena als Kriegsbeute für Agamemnon und Menelaos wegfiele und Achilles immer noch schmollend in seinem Zelt säße, würde allein die Aussicht auf Plünderung die Zehntausende anderer Achäer dazu bewegen, weiterhin am Kampf teilzunehmen? Sie plündern nun schon seit fast einem Jahrzehnt Inseln und trojanische Küstenstädte. Vielleicht haben sie genug und suchen nur nach einem Vorwand. Hat Menelaos sich nicht auf den Zweikampf mit Paris eingelassen, um eine Entscheidung herbeizuführen, bevor Aphrodite Paris verschwinden ließ? *Zurück in dieses Bett, wo Helena und Paris erst vor Stunden miteinander geschlafen haben.* Vielleicht würde Helenas Selbstmord den Krieg tatsächlich beenden.

Sie lässt den Dolch sinken. »Ich denke seit zehn Jahren an Selbstmord, Hock-en-bär-iihh. Aber ich bin zu lebenslustig und zu wenig todessüchtig, obwohl ich den Tod verdiene.«

»Du verdienst den Tod nicht«, sage ich.

Sie lächelt. »Verdient Hektor den Tod? Oder sein Kind? Oder Fürst Priamos, der großzügigste all meiner Väter? Verdienen all diese Menschen, die du dort draußen in der Stadt aufwachen hörst, den Tod? Verdienen selbst die Krieger – Achilles und alle anderen, die schon in den kalten Hades gegangen sind – den Tod wegen einer wankelmütigen Frau, die sich für Leidenschaft und Eitelkeit entschied und ihrem Entführer folgte, statt ihrem Gatten die Treue zu halten? Und was ist mit den Abertausend Trojanerinnen, die ihren Göttern und Gatten brav gedient haben, die jedoch meinetwegen von ihrem Zuhause und ihren Kindern weggerissen und in die Sklaverei verkauft werden? Verdienen sie solch ein Schicksal, Hock-en-bär-iihh, nur weil ich am Leben bleiben will?«

»Du verdienst den Tod nicht«, wiederhole ich störrisch. Ihr Duft ist noch immer an meiner Haut, meinen Fingern, in meinen Haaren.

»Na schön.« Helena schiebt den Dolch unter die Matratze. »Hilfst du mir dann, am Leben und in Freiheit zu bleiben? Hilfst du mir, diesen Krieg zu beenden? Oder zumindest seinen Ausgang zu ändern?«

»Wie meinst du das?« Auf einmal bin ich wachsam. Ich habe kein Interesse daran, den Trojanern zu helfen, diesen Krieg zu gewinnen. Und ich könnte es auch nicht, selbst wenn ich es wollte. Zu viele Kräfte sind hier im Spiel, ganz zu schweigen von den Göttern. »Helena«, sage ich, »es war mir ernst damit, dass mir nicht mehr viel Zeit bleibt. Aphrodite kommt heute aus ihrem Genesungsbottich, und obwohl ich mich eine Zeit lang vor den anderen Göttern verstecken könnte, ist es ihr möglich, mich zu finden, wenn sie will. Selbst wenn sie mich nicht auf der Stelle wegen meines Ungehorsams tötet, werde ich in der kurzen Zeit, die mir als Scholiker noch bleibt, nicht mehr in Freiheit sein, um etwas zu unternehmen.«

Helena streift das Laken von meinem Unterleib. Es wird jetzt heller, und ich sehe sie besser denn je, seit ich sie am Vorabend im Bad beobachtet habe. Sie schwingt das Bein hoch und setzt sich rittlings auf mich, eine Hand flach auf meiner Brust, während ihre andere Hand nach unten wandert, findet, was sie sucht, und ermutigend tätig wird.

»Hör mir zu.« Sie schaut über ihre Brüste hinweg auf mich herunter. »Wenn du unser Schicksal ändern willst, musst du den Angelpunkt finden.«

Ich fasse das als Einladung auf und versuche, meinen wiedererstandenen Bengel in ihre Spalte zu schieben.

»Nein, noch nicht«, sagt sie leise. »Hör mir zu, Hock-en-bär-iihh. Wenn du unser Schicksal ändern willst, *musst du den Angelpunkt finden*. Und damit meine ich nicht das, wohin du gerade strebst.«

Es ist schwierig, aber ich halte lange genug inne, um ihr zuzuhören.

Anderthalb Stunden später schlendere ich, angetan mit meiner üblichen Scholikerausrüstung, in Gestalt eines thrakischen Lanzenkämpfers durch die Straßen. Die Sonne ist aufgegangen, und die Stadt erwacht allmählich zu regem Leben – Menschen drängen sich auf den Straßen, Marktstände werden geöffnet und Tiere durch Gassen getrieben, Kinder laufen umher, und großspurig einherstolzierende Krieger brechen ihr Fasten, bevor sie zum Töten hinausgehen.

In der Nähe des Marktplatzes finde ich Nightenhelser – gemorpht zu einem dardanischen Wachposten, aber dank meiner Linsen erkenne ich ihn. Er frühstückt gerade in einem Straßenwirtshaus, das wir beide häufig besucht haben. Er blickt auf und erkennt mich.

Ich fliehe nicht und verschwinde auch nicht mithilfe des Hades-Helms. Ich setze mich zu ihm an den Tisch unter einem niedrigen Baum und bestelle Brot, getrockneten Fisch und Obst zum Frühstück.

»Unsere Muse hat Sie heute vor Sonnenaufgang in der Kaserne gesucht«, sagt der korpulente Nightenhelser. »Und dann auch hier bei den Mauern. Sie hat namentlich nach Ihnen gefragt. Offenbar will sie Sie unbedingt finden.«

»Haben Sie Angst, mit mir gesehen zu werden? Soll ich weitergehen?«

Nightenhelser zuckt die Achseln. »Wir Scholiker leben sowieso alle von geborgter Zeit. Was spielt es für eine Rolle? *Tempus edax rerum.*«

Ich denke schon so lange auf Altgriechisch, dass ich eine Sekunde brauche, um das Latein zu übersetzen. *Die Zeit verschlingt alles.* Mag sein, aber ich will mehr davon. Ich breche das frische, warme Brot und esse, staune über seinen herrlichen Geschmack und den des süßen Frühstücksweins. Alles wirkt, riecht und schmeckt heute Morgen frischer, sauberer, neuer und wunderbarer. Vielleicht liegt es am Regen in dieser Nacht. Vielleicht auch an etwas anderem.

»Sie riechen heute Morgen verdächtig nach Parfüm«, meint Nightenhelser.

Zuerst erröte ich nur – kann der andere Scholiker die Freuden der Nacht an mir riechen? –, aber dann wird mir klar, wovon er spricht. Helena hatte darauf bestanden, dass ich mit ihr badete, bevor ich ging. Die alte Sklavin, die dafür gesorgt hatte, dass heißes Wasser ins Bad gebracht wurde, war Aithra, wie ich erfuhr, Tochter des Pittheus, Gemahlin von König Aigeus und Mutter des berühmten Theseus – Herrscher Athens und der Mann, der Helena geraubt hatte, als sie elf gewesen war. Ich erinnerte mich aus meiner Studienzeit an Aithras Namen, aber mein Professor, Dr. Fertig, ein hervorragender Homer-Kenner, hatte steif und fest behauptet, dieser sei aufs Geratewohl aus dem epischen Fundus gewählt worden – »Aithra, Tochter des Pittheus« habe für Homer oder irgendeinen dichtenden Vorgänger, der einen Namen für eine bloße Sklavin gebraucht habe, wohl gut geklungen, sagte Dr. Fertig, und die Mutter des edlen

Theseus könne unmöglich Helenas Sklavin in Troja gewesen sein. Tja ... *falsch*, Dr. Fertig. Gerade erst vor einer halben Stunde, als ich mich mit der nackten Helena in der eingelassenen Marmorwanne rekelte, erwähnte sie, dass die alte Sklavin Aithra in der Tat Theseus' Mutter war ... Helenas Brüder Kastor und Polydeukes hatten Helena aus Theseus' Gefangenschaft befreit und die alte Dame zur Strafe mitgenommen, und Paris hatte sie dann zusammen mit Helena nach Troja gebracht.

»Na, woran denken Sie gerade, Hockenberry?«, fragt Nightenhelser.

Ich erröte erneut. Soeben habe ich an den Anblick von Helenas weichen Brüsten durch die Sprudelblasen im Bad gedacht. Ich esse etwas Fisch und sage: »Ich war gestern Abend nicht auf dem Feld. Ist irgendwas Interessantes passiert?«

»Nicht viel. Nur Hektors großes Duell mit Ajax. Nur die entscheidende Kraftprobe, auf die wir warten, seit der Bug der achäischen Schiffe damals das Ufer berührt hat. Nur der *komplette* siebente Gesang.«

»Ach, das«, sage ich. Der siebente Gesang ist ein spannendes Duell zwischen Hektor und dem achäischen Riesen, aber es *passiert* nichts. Keiner der beiden verletzt den anderen, obwohl Ajax offenkundig der bessere Kämpfer ist, und als es abends zu dunkel zum Kämpfen wird, rufen Ajax und Hektor einen Waffenstillstand aus, tauschen miteinander einen Leibgurt gegen ein Schwert, und beide Seiten machen sich wieder daran, ihre Toten zu verbrennen. Ich habe nichts Entscheidendes verpasst; nichts, wofür es sich gelohnt hätte, auch nur auf eine Minute mit Helena zu verzichten.

»Etwas war allerdings merkwürdig«, sagt Nightenhelser.

Ich kaue Brot und warte.

»Sie wissen doch, dass Hektor zusammen mit seinem Bruder, Paris, aus der Stadt kommen sollte, und dann sollten die beiden die Trojaner wieder in die Schlacht führen. Homer zufolge tötet Paris zu Beginn des Kampfes Menesthios.«

»Ja?«

»Und später, erinnern Sie sich, als Antenor, König Priamos' Berater, seinen Trojanern rät, Helena und alle in Argos erbeuteten Güter zurückzugeben und die Achäer in Frieden abziehen zu lassen?«

»Das tut er, während Ajax und Hektor Freunde sind, nachdem sie es nicht geschafft haben, einander umzubringen, und auf dem Feld Geschenke ausgetauscht haben, richtig?«

»Ja.«

»Und, was ist damit?«

Nightenhelser stellt seinen Becher hin. »Tja, Paris hätte Antenor antworten und seine trojanischen Kampfgefährten drängen müssen, Helenas Auslieferung zu verweigern, aber die Schätze herzugeben, wenn dann wieder Frieden einkehrt.«

»Und?« Mir wird klar, worauf das hinausläuft. Ich habe auf einmal ein flaues Gefühl im Magen.

»Na ja, Paris erschien gestern Abend nicht – er ist nicht mit Hektor durchs skäische Tor herausgekommen, er hat Menesthios nicht getötet, und er hat bei Einbruch der Dunkelheit auch kein Friedensangebot gemacht.«

Ich nicke und kaue. »Und?«

»Also, das ist eine der größten Diskrepanzen, die wir bisher erlebt haben, stimmt's, Hockenberry?«

Ich zucke die Achseln. »Ich weiß nicht. Im siebenten Gesang bauen die Achäer ihren Schutzwall samt Graben in der Nähe des Ufers, aber wir beide wissen, dass diese Anlage seit dem ersten Monat nach ihrer Ankunft dort steht. Homer bringt öfter mal die Chronologie durcheinander.«

Nightenhelser sieht mich an. »Vielleicht. Aber es war schon seltsam, dass Paris nicht da war, um Antenors Vorschlag zur Rückgabe Helenas abzulehnen. Schließlich hat König Priamos für seinen Sohn gesprochen – er hat gesagt, Paris werde die Frau garantiert niemals hergeben, den Schatz aber vielleicht schon. Da Paris selbst nicht da war, hat Antenor in der

Menge viel zustimmendes Gemurmel geerntet. So nah war der Friede noch nie in all den Jahren, die ich nun hier bin, Hockenberry.«

Meine Haut fühlt sich kalt an. Meine hemmungslose Nacht mit Helena, meine lange Verkörperung von Paris haben schon eine wichtige Änderung im Strom der Dinge zur Folge gehabt. Würde die Muse die *Ilias* in allen Einzelheiten kennen – was nicht der Fall ist –, hätte sie sofort gewusst, dass ich Paris' Platz im Bett bei Helena eingenommen habe.

»Haben Sie der Muse die Diskrepanz gemeldet?«, frage ich leise. Nightenhelsers Schicht muss bei Einbruch der Dunkelheit zu Ende gewesen sein. Da ich nicht da war, hatte er als einziger Scholiker am vergangenen Abend Dienst. Es wäre seine Pflicht gewesen, solche Merkwürdigkeiten zu melden.

Nightenhelser kaut langsam sein letztes Stück Brot. »Nein«, antwortet er schließlich, »das habe ich dem Wortstein nicht diktiert.«

Ich stoße den Atem aus. »Danke.«

»Wir sollten lieber gehen«, sagt er. Das Wirtshaus füllt sich mit trojanischen Männern und ihren Frauen, die auf einen Sitzplatz warten. Während ich Münzen auf den Tisch lege, packt Nightenhelser mich am Unterarm. »Wissen Sie, was Sie tun, Hockenberry?«

Ich schaue ihm in die Augen. Meine Stimme ist fest, als ich antworte. »Ganz und gar nicht.«

Auf der Straße entfernen wir uns in entgegengesetzte Richtungen. Ich biege in eine leere Gasse ein, setze die Kapuze des Hades-Helms auf und berühre das QT-Medaillon.

Auf dem Gipfel des Olymps geht gerade die Sonne auf. Die weißen Gebäude und grünen Rasenflächen reflektieren das helle, aber schwächere Licht hier. Ich habe mich immer gefragt, weshalb die Sonne auf dem Olymp und in seiner Umgebung kleiner wirkt als im Himmel über Ilium.

Ich hatte mir den Abstellplatz für die Streitwagen in der Nähe des Hauses der Muse vorgestellt, und dort bin ich angekommen. Ich halte die Luft an, als ein Streitwagen spiralförmig aus dem Morgenhimmel herabkommt und keine sechs Meter entfernt landet, aber Apollo steigt aus und marschiert davon, ohne mich zu bemerken. Der Hades-Helm funktioniert also noch.

Ich steige in den Streitwagen und berühre die vorn angebrachte Bronzetafel. Ich habe der Muse aufmerksam zugesehen, als wir neulich über den Calderasee geflogen sind. Ein paar Zentimeter über dem Metall erscheint ein leuchtendes, transparentes Bedienungsfeld. Ich berühre die Symbole dort in derselben Reihenfolge, wie ich es bei der Muse gesehen habe.

Der Streitwagen schwankt, hebt ab, schwankt erneut und stabilisiert sich, als ich den leuchtenden virtuellen Energieregler neben den Anzeigen bewege. Ich drehe ihn nach links, und der Streitwagen legt sich fünfzehn Meter über dem Gipfelrasen in eine Linkskurve. Ich berühre den vorwärts zeigenden Pfeil, und der Wagen macht einen Satz nach vorn und fliegt in südliche Richtung über den blauen See. Für jeden Gott, der mich beobachtet, müsste es den Anschein haben, als flöge ein leerer Streitwagen aus eigener Kraft, aber es ist kein Gott zu sehen, der mich beobachten könnte.

Jenseits des Sees gehe ich ein wenig höher und suche das richtige Gebäude. *Dort – direkt hinter der großen Halle der Götter.*

Auf der Vordertreppe des riesigen Gebäudes schreit eine Göttin auf – ich erkenne sie nicht – und zeigt auf meinen scheinbar leeren Streitwagen, aber es ist zu spät – ich habe das Gebäude identifiziert, das ich suche: riesengroß, weiß, mit offenem Eingang.

Allmählich bekomme ich ein Gefühl für die Steuerung des Streitwagens. Ich tauche bis auf sechs Meter über dem Boden herab und beschleunige, während ich auf das Gebäude zufliege. Ich muss die linke Seite des Streitwagens anheben, sodass er fast rechtwinklig zum Boden steht – ich falle nicht, die Maschine hat künstliche Schwerkraft –, während ich mit sechzig, siebzig Stundenkilometern zwischen den gewaltigen Säulen hindurchschieße.

Drinnen sieht es noch genauso aus, wie ich es in Erinnerung habe: die riesigen Bottiche, die mit einer sprudelnden violetten Flüssigkeit gefüllt sind, grüne Würmer, die sich um die bewusstlosen, schwebenden, genesenden Götter ringeln. Der Heiler – das riesige Tausendfüßlerding mit den metallischen Armen und roten Augen – ist auf der gegenüberliegenden Seite von Aphrodites Rekonstruktionsbottich und macht sich gerade bereit, sie herauszuholen, nehme ich an; seine roten Augen schauen in meine Richtung, und seine vielen Arme erzittern, als der Streitwagen in den stillen Raum hineinrast, aber er steht nicht zwischen mir und meinem Ziel, und ich beschleunige erneut, bevor er oder irgendetwas anderes mich aufhalten kann.

Erst in letzter Sekunde beschließe ich abzuspringen, statt im Streitwagen zu bleiben. Es liegt bestimmt an der Erinnerung an Helena, an der Nacht mit Helena – an der wiedererwachten Lebensfreude in diesen Stunden mit ihr.

Geschützt vom Hades-Helm, springe ich von dem dahinrasenden Streitwagen herunter, lande hart, spüre, wie etwas in meiner rechten Schulter geprellt wird, vielleicht sogar bricht, überschlage mich ein paarmal und bleibe dann liegen, während der Streitwagen direkt in den Rekonstruktionsbottich hineinfliegt, Kunststoff und Stahl zertrümmert und violette Flüssigkeit dreißig Meter hoch in die Luft des riesigen Raumes spritzen lässt. Etwas – entweder ein Teil des Streitwagens oder eine große Scherbe Bottichglas – schneidet den riesenhaften Heiler mittendurch.

Umhüllt von einer Masse sich ringelnder, zappelnder grüner Würmer, schwappt Aphrodites Körper in einer Woge violetter Flüssigkeit heraus und landet auf dem Boden. Die anderen Bottiche – einschließlich desjenigen mit Ares in seinem

Würmernest – schaukeln, zerbrechen aber nicht und fallen auch nicht um.

Signalhörner, Alarmanlagen und Sirenen gehen mit ohrenbetäubendem Lärm los.

Ich versuche aufzustehen, aber mein Kopf, das linke Bein und die rechte Schulter tun furchtbar weh, und ich sinke wieder zu Boden. Ich krieche zu einer Seite des Raums und versuche, mich von dem violetten Schleim fernzuhalten. Ich habe Angst davor, was die Chemikalien mit mir anstellen könnten, aber noch mehr fürchte ich, dass sich die Konturen meines Körpers in der Flut abzeichnen würden, wenn ich ihr nicht entkomme. Schwarze Punkte tanzen in meinem Gesichtsfeld, und ich merke, dass ich drauf und dran bin, ohnmächtig zu werden. Götter und schwebende Robot-Maschinen stürmen in die große Heilkammer.

In den Sekunden, bevor ich das Bewusstsein verliere, sehe ich, wie der mächtige Zeus mit wehendem Umhang und gefurchter Stirn hereingestapft kommt.

Was auch immer als Nächstes geschehen wird, es muss ohne mich geschehen. Ich lege die Stirn an den kühlen Boden, schließe die Augen und lasse die Schwärze über mich wegspülen.

22 Die Küste von Chryse Planitia

»Ich habe meinen Freund, Orphu von Io, getötet«, erklärte Mahnmut William Shakespeare.

Die beiden spazierten durch Wohnviertel am Themseufer. Mahnmut wusste, dass es der Spätsommer 1592 a. D. war, aber er hatte keine Ahnung, woher er das wusste. Auf dem Fluss wimmelte es von Lastkähnen, Ewern und Flussbooten mit niedrigen Masten. Hinter den Gebäuden im Tudorstil und den baufälligen Mietshäusern am Nordufer erhoben sich Londons zahlreiche Kirch- und ein paar andere schiefe Türme. Ein heißer Dunst hing über dem Fluss und hinter den Slums auf beiden Seiten.

»Ich hätte Orphu retten sollen, aber ich konnte es nicht«, sagte Mahnmut. Er musste sich beeilen, um mit dem Dramatiker Schritt zu halten.

Shakespeare war ein stämmiger Endzwanziger mit leiser Stimme und würdevollerer Kleidung, als Mahnmut bei einem Schauspieler und Bühnenautor erwartet hätte. Das Gesicht des jungen Mannes war ein spitzes Oval mit bereits zurückweichendem Haaransatz, Koteletten, dem Anflug eines Bartes und dünnem Schnurrbart – als ob Shakespeare zaghaft mit einem dauerhafteren Bart experimentierte. Er hatte braune Haare, seine Augen waren graugrün, und er trug ein schwarzes Wams, unter dem der breite, weiche Kragen eines weißen Hemdes zu sehen war, von dem weiße Zugschnüre herabhingen. Im linken Ohr des Schriftstellers steckte ein kleiner, goldener Ring.

Mahnmut wollte Shakespeare tausend Fragen stellen – was schrieb er gerade?, wie lebte es sich in dieser Stadt, die bald von der Pest heimgesucht werden würde?, wie sah die verborgene Struktur der Sonette aus? –, aber er konnte nur über Orphu reden.

»Ich habe versucht, ihn zu retten«, erklärte Mahnmut. »Der Reaktor der *Dark Lady* hat sich abgeschaltet, und weniger als fünf Kilometer vor der Küste waren dann auch die Batterien leer. Ich suchte eine Zufahrt zu einer der vielen Höhlen in den Klippen – irgendein Versteck für das U-Boot.«

»Dark Lady?«, fragte Shakespeare. »Ist das der Name deines Schiffes?«

»Ja.«

»Bitte sprich weiter.«

»Orphu und ich unterhielten uns gerade über die Steingesichter«, sagte Mahnmut. »Es war Nacht – wir näherten uns der Küste bei Nacht, im Schutz der Dunkelheit, aber ich benutzte das Nachtsichtgerät und beschrieb ihm die Gesichter. Er war noch am Leben. Das Schiff lieferte gerade genug O_2 für ihn.«

»O_2?«

»Luft«, erklärte Mahnmut. »Wie gesagt, ich beschrieb ihm die großen Steinköpfe …«

»Große Steinköpfe? Statuen?«

»Ungefähr zwanzig Meter hohe Steinmonolithe.«

»Hast du das Gesicht der Statuen erkannt? War es jemand aus deinem Bekanntenkreis, oder vielleicht ein berühmter König oder Eroberer?«

»Sie waren zu weit entfernt, als dass ich hätte Einzelheiten der Gesichter erkennen können«, sagte Mahnmut.

Sie waren zu einer breiten Brücke mit vielen Bögen gelangt, die mit dreistöckigen Gebäuden bebaut war. Eine etwa vier Meter breite Passage führte zwischen den Bauten hindurch wie eine Straße durch einen Tunnel. Ein buntes Gemisch von Fußgängern wich gerade einer Schafherde aus, die nordwärts in die Stadt getrieben wurde. Entlang dieser Passage waren überall Menschenköpfe auf Pfähle gespießt – manche vertrocknet und mumifiziert, einige fast schon Totenschädel, an denen noch ein paar Haarbüschel oder verweste Hautfetzen hingen, andere so schockierend frisch, dass ihre Wangen oder Lippen noch gerötet waren.

»Was ist das?«, fragte Mahnmut. Seinen organischen Teilen wurde es schlecht.

»London Bridge«, sagte Shakespeare. »Erzähl mir, was mit deinem Freund geschehen ist.«

Mahnmut, der es leid war, immer zu dem Stückeschreiber aufzublicken, hüpfte auf eine Steinmauer, die als Geländer diente. Im Osten sah er einen abweisenden Turm; vermutlich war es *der* Turm aus *Richard III*. Mahnmut wusste, dass er entweder träumte oder selbst gerade an Sauerstoffmangel starb, und darum wollte er nicht, dass dieser Traum endete, bevor er Shakespeare ein oder zwei Fragen gestellt hatte. »Habt Ihr schon angefangen, Eure Sonette zu schreiben, Master Shakespeare?«

Der Stückeschreiber lächelte und blickte auf die stinkende Themse hinaus, drehte sich dann um und schaute auf die nicht weniger übel riechende Stadt. Überall waren ungeklärte Abwässer, im Uferschlamm verwesten die Kadaver von Pferden und Rindern, und ein wüstes Effluvium blutiger Hühnerteile ergoss sich aus offenen Abflussrinnen und kreiste träge in stehenden Tümpeln. Mahnmut hatte seinen olfaktorischen Input vollständig geschlossen. Es war ihm schleierhaft, wie dieser Mensch mit seiner Vollzeitnase das aushielt.

»Woher weißt du von meinem Experiment mit dem Sonett?«, fragte Shakespeare.

Mahnmut versuchte sich mit einigem Erfolg an einem menschlichen Achselzucken. »Eine Vermutung. Ihr habt also damit angefangen?«

»Ich habe daran gedacht, mit dieser Form zu spielen«, gestand der Dramatiker.

»Und wer ist der junge Mann in den Sonetten?« Der Gedanke, dass er dieses uralte Geheimnis nun vielleicht enträtseln würde, verschlug Mahnmut beinahe den Atem. »Ist es Henry Wriothesley, der Earl of Southampton?«

Shakespeare machte ein überraschtes Gesicht und sah den Moravec aufmerksam an. »Du scheinst mir in solchen Dingen dicht auf den Fersen zu folgen, kleiner Caliban.«

Mahnmut nickte. »Also ist Wriothesley der Jüngling in den Sonetten?«

»Seine Lordschaft zählt bald neunzehn Lenze, und wie es heißt, hat sich der Flaum auf seiner Oberlippe in Segge verwandelt«, sagte der Stückeschreiber. »Er ist also schwerlich ein Jüngling.«

»Dann William Herbert«, meinte Mahnmut. »Er ist erst zwölf und wird in neun Jahren Earl of Pembroke werden.«

»Du kennst die Daten künftiger Erbfolgen und Machtantritte?«, sagte Shakespeare mit einem Anflug von Ironie. »Befährt Master Caliban das Meer der Zeit ebenso wie diesen Marsozean, von dem er spricht?«

Mahnmut war so erregt von der Aussicht, dieses Geheimnis zu lösen, dass er darauf nicht reagierte. »Die große Folio-Gesamtausgabe Eurer Theaterstücke von 1623 habt Ihr William Herbert und seinem Bruder gewidmet, und wenn Eure Sonette gedruckt werden, lautet die Widmung auf ›Mr. W. H.‹.«

Shakespeare starrte den Moravec an, als wäre er ein Fiebertraum. Mahnmut hätte am liebsten gesagt: *Nein,* Ihr *seid der Traum eines sterbenden Gehirns, Master Shakespeare. Nicht ich.* Laut sagte er: »Ich finde es nur interessant, dass Euer Liebhaber ein junger Mann oder ein Jüngling ist.«

Die Reaktion des Dichters überraschte Mahnmut. Shakespeare drehte sich um, zog einen Dolch aus seinem Gürtel und hielt ihn dem Moravec unter die Kopfeinheit. »Hast du ein Auge, kleiner Caliban, in dem ich meine Klinge begraben kann?«

Darauf bedacht, sein Permifleisch nicht tiefer auf die Spitze der Klinge zu senken, schüttelte Mahnmut ganz leicht den Kopf und sagte: »Entschuldigung. Ich bin fremd in Eurer Stadt, in Eurem Land, und die hiesigen Umgangsformen sind mir ebenfalls fremd.«

»Siehst du diese drei auf Pfähle gespießten Köpfe dort auf der Brücke?«, fragte Shakespeare.

Mahnmut veränderte sein Blickfeld, ohne den Kopf zu bewegen. »Ja.«

»Letzte Woche um diese Zeit waren auch ihnen unsere Umgangsformen noch fremd«, zischte der Dichter.

»Ich verstehe«, sagte Mahnmut. »Das sollte keine Anzüglichkeit sein, Sir.«

Shakespeare steckte den Dolch wieder in die Lederscheide. Mahnmut rief sich in Erinnerung, dass der Mann Schauspieler war und zu großen Gesten und Übertreibungen neigte; der Dolch war jedoch kein Bühnenrequisit gewesen. Und Shakespeares Reaktion war auch kein Nein auf Mahnmuts Frage gewesen.

Beide schauten wieder auf den Fluss hinaus. Die Sonne hing unmöglich groß, orange und niedrig im Dunst, der im Westen über der Themse lag. Als Shakespeare wieder sprach, war seine Stimme leise. »Wenn ich diese Sonette niederschreibe, Caliban, dann um meine eigenen Versäumnisse, Schwächen, Kompromisse, Selbsttäuschungen und elenden Mehrdeutigkeiten auf eine Weise zu erforschen, wie man nach einer Wirtshausschlägerei ein blutiges Loch nach dem fehlenden Zahn betastet. Wie hast du deinen Freund umgebracht, diesen Orphu von Io?«

Mahnmut brauchte eine Sekunde, um bis zu der Frage vorzudringen. »Es ist mir nicht gelungen, die *Dark Lady* zu der Einfahrt in die Höhle zu bringen, die ich an der Küste entdeckt hatte«, sagte er. »Ich versuchte es, aber ohne Erfolg. Der Reaktor des U-Boots schaltete sich plötzlich ab, und die Energieversorgung fiel aus. Die *Lady* lief ungefähr drei Kilometer vor der Höhle in weniger als vier Faden Tiefe auf Grund. Ich versuchte alle Ballasttanks auszublasen, um sie auf die Seite zu drehen, die Laderaumtüren freizulegen und an meinen Freund heranzukommen, aber sie steckte schon fest.«

Mahnmut sah den Dichter an. Shakespeare schien ihm aufmerksam zuzuhören. Der Sonnenuntergang über der Themse färbte die Gebäude auf der Brücke hinter ihm rot. »Ich verließ das Boot, schaltete auf internes O_2 und tauchte stundenlang«, fuhr Mahnmut fort. »Ich arbeitete mit Brechstangen, benutzte meine Manipulatorfinger und verbrauchte den letzten Rest Azetylen, aber ich bekam die Laderaumtüren nicht auf, bekam den Schutt nicht aus dem überfluteten Zugang zum Laderaum. Orphu stand noch eine Weile mit mir in Kontakt, aber als die internen Systeme versagten, verlor ich ihn. Er klang nicht besorgt oder ängstlich, nur müde … sehr müde. Bis zu dem Zeitpunkt, als die Verbindung abbrach. Es war dunkel. Ich muss das Bewusstsein verloren haben. Vielleicht liege ich jetzt auf dem Grund des Marsmeers und bin genauso tot wie Orphu, oder ich sterbe gerade und träume dieses Gespräch, während sich die letzten Zellen meines organischen Gehirns abschalten.«

»Von all den Herzen reich ist deine Brust«, sagte Shakespeare mit monotoner Stimme, »die du vermisstest und für tot beweintest. Nur dort herrscht Liebe und herrscht Liebeslust, weilt jeder Freund, den du begraben meintest.«

Als Mahnmut wieder zu sich kam, lag er im matten, morgendlichen marsianischen Tageslicht am Strand, umringt von Dutzenden kleiner, grüner Männchen. Sie beugten sich über ihn, betrachteten ihn mit kleinen, schwarzen Augen, die in ihren grünen, durchsichtigen Gesichtern saßen, und als er sich mit dem leichten Surren seiner Servos aufrichtete, wichen sie ein, zwei Schritte zurück.

Sie waren wirklich klein. Mahnmut maß knapp über einen Meter. Diese … Wichte waren noch kleiner. Von der Gestalt her humanoider als Mahnmut, sahen sie dennoch nicht wirklich menschlich aus. Sie waren zweifüßig und hatten Arme und Beine, aber keine Ohren, keine Nase und keinen Mund. Sie trugen keine Kleider und hatten nur drei Finger an jeder Hand, fast wie die Comic-Figuren, die Mahnmut in den Medienarchiven des Untergegangen Zeitalters gesehen hatte. Sie waren geschlechtslos, stellte Mahnmut fest, und ihre Haut – falls die Bezeichnung zutraf – war durchsichtig wie weicher Kunststoff und gab den Blick auf Innereien ohne Organe oder Adern frei; ihre Körper waren mit schwebenden grünen Kügelchen und Klümpchen, Teilchen und Tröpfchen gefüllt, die sich alle nicht viel anders bewegten als das Innere von Mahnmuts geliebter Lavalampe, die jetzt einsam und verlassen im gesunkenen U-Boot lag.

Weitere kleine, grüne Männchen kamen einen in die Felswand gehauenen Pfad herunter. Ungefähr einen Kilometer weiter östlich sah Mahnmut das letzte der aufgerichteten Steingesichter. Hoch über ihnen, dicht am Rand der Klippe, lag ein weiteres waagrecht auf einer langen, auf Rollen gelagerten Holzpalette, umwickelt mit Seilen. Die Details der Gesichter waren nicht zu erkennen.

Zum Teufel mit den Köpfen. Mahnmut fuhr herum und suchte das Meer und den Strand ab. Träge Wellen rollten mit der Regelmäßigkeit eines Metronoms herein. *Wo ist die* Dark Lady*?*

Da war sie – zweihundert Meter weit draußen. Ein Stück vom Oberteil des Rumpfes und vom Brückenaufbau war deutlich zu erkennen. Ihr Ultraschall-Echolot und das Sonar waren vor ihr gestorben, und Mahnmut hatte vielleicht das älteste und schlimmste Verbrechen eines Schiffskapitäns begangen: sein Schiff auf Grund zu setzen. Er hatte auf interne Sauerstoffversorgung geschaltet, während er mit aller Kraft daran gearbeitet hatte, die Laderaumtüren auf dem sandigen, schlammigen Meeresboden freizulegen, aber er erkannte, dass er während der Nacht das Bewusstsein verloren haben und an Strand geschwemmt worden sein musste.

Orphu! Wie lange war er ohnmächtig gewesen und hatte von Shakespeare geträumt? Knapp vier Stunden, seinem inneren Chronometer zufolge.

Er könnte dort drin immer noch am Leben sein. Mahnmut machte ein paar Schritte zum Wasser. Er wollte auf dem Meeresboden bis zum gestrandeten U-Boot gehen.

Ein Dutzend kleine grüne Männchen traten zwischen Mahnmut und das Wasser und versperrten ihm den Weg. Dann zwanzig. Dann fünfzig. Hundert weitere umringten ihn am Strand.

Mahnmut hatte weder seine Hand noch seinen Manipulator jemals im Zorn erhoben, aber jetzt war er bereit zu kämpfen, sich mit Schlägen, Hieben und Tritten seinen Weg durch diesen Haufen zu bahnen, wenn es sein musste. Aber zuerst würde er versuchen, mit ihnen zu sprechen. »Geht mir aus dem Weg«, sagte er, und seine Stimme schallte mit voller Verstärkung laut in die Marsluft hinaus. »Bitte.«

Die schwarzen Augen in grünen Gesichtern starrten ihn an. Aber sie hatten weder Ohren, um ihn zu hören, noch Münder, um mit ihm zu sprechen.

Mahnmut lachte traurig und versuchte sich durch sie hindurchzudrängen. Er wusste, auch wenn er noch so viel stärker sein mochte als sie, konnten sie ihn durch ihre schiere Zahl überwältigen – ihn auf ihm hockend in Stücke reißen. Beim Gedanken an solche Brutalitäten, seine oder ihre, verkrampften sich seine organischen Innereien vor Entsetzen.

Eines der kleinen grünen Männchen hob die Hand, als wollte es »Stopp« sagen. Mahnmut blieb stehen. Alle grünen Köpfe drehten sich nach rechts und schauten den Strand entlang. Die Menge teilte sich wie durch Zauberei, als ein kleines grünes Männchen, das sich in nichts von den anderen unterschied, auf Mahnmut zukam, vor ihm stehen blieb und beide Hände ausstreckte, als würde es eine unsichtbare Schüssel halten oder beten.

Mahnmut verstand nicht. Und er wollte sich auch nicht die Zeit nehmen, sich durch Zeichensprache zu verständigen, selbst wenn es möglich gewesen wäre. Orphu konnte schließlich noch am Leben sein.

Er wollte an dem Männchen vorbeigehen, aber ein Dutzend weitere schloss die Reihen hinter ihrem Emissär und versperrte ihm den Weg. Entweder musste er *jetzt* kämpfen, oder es blieb ihm nichts anderes übrig, als der gestikulierenden grünen Gestalt Aufmerksamkeit zu schenken.

Mahnmut stieß einen Seufzer aus, der sich nicht sehr von einem Stöhnen unterschied, blieb stehen und hob in einer Nachahmung der Gestik des kleinen, grünen Männchens die Hände.

Der Emissär schüttelte den Kopf, berührte Mahnmuts linken Arm – sowohl die organischen als auch die moravecschen Sensoren sagten ihm, dass die grünen Finger kalt waren – und drückte ihn herunter, dann ergriff er den rechten. Das kleine grüne Männchen zog Mahnmuts Hand immer näher zu sich heran, bis die Finger und die Handfläche des Moravecs flach auf der kühlen, transparenten Haut lagen.

Das Männchen zog heftiger, schob sich dabei vorwärts und zog so kräftig an Mahnmuts Hand, dass die Handfläche des Moravecs die flache Brust einbeulte, die Haut nach innen drückte und dann … durchdrang.

Mahnmut hätte seine Hand schockiert zurückgezogen, aber das kleine grüne Männchen hielt seinen Arm weiterhin fest und zog ihn tiefer in sich hinein. Mahnmut *sah*, wie seine dunkle Hand in die Flüssigkeit in der Brust des Männchens eindrang, und *fühlte*, wie sich das durchsichtige Fleisch fest um seinen Unterarm legte und ihn luftdicht abschloss.

Alle kleinen grünen Männchen hoben ihre Hände an die Brust.

Mahnmuts gespreizte Finger trafen auf etwas Hartes, beinahe Kugelförmiges. Er sah einen grünen Klumpen ungefähr von der Größe eines menschlichen Herzens, der mitten in der Brust des Mannes saß, und spürte den Pulsschlag an seiner Handfläche.

Das grüne Männchen zog erneut, und Mahnmut verstand. Er schloss seine organischen Finger um das Organ.

WAS
BRAUCHST
DU?

Vor Schreck hätte Mahnmut beinahe die Hand herausgerissen. Er zwang sich, seine Finger nicht von dem grünen Herzklumpen des Männchens zu lösen. Mahnmut hatte *gefühlt*, wie die Frage in Pulsschlägen, Schüben, Vibrationen zu seinem Gehirn hinaufströmte. Nicht in Worten, jedenfalls nicht auf Englisch, Französisch, Russisch, Chinesisch, Primär oder in irgendeiner Sprache, die Mahnmut jemals benutzt hatte. Er wusste nicht, wie er auf die gleiche Weise antworten sollte, deshalb sprach er. »Ich muss meinen Freund retten, der in dem Schiff dort draußen gefangen ist.«

Hundertfünfzig grüne Köpfe drehten sich gleichzeitig zum U-Boot. Dreihundert schwarze Augen starrten ein paar Sekunden dorthin, dann richteten sie sich wieder auf Mahnmut.

SAG
UNS
MIT
DEINEN
GEDANKEN
WO
ER
IST

Mahnmut schloss seine Augen und formte ein Bild von Orphu im blockierten Laderaum, ein Bild der Laderaumtüren, ein Bild des Innenkorridors. Die Vibrationsantwort pochte seinen Arm hinauf:

WARTE

Mahnmuts Hand war plötzlich frei, und er zog sie mit einem vernehmlich schmatzenden Laut aus dem festen Fleisch des kleinen, grünen Männchens. Dieses brach sodann auf dem Sand zusammen, rollte sich auf die Seite und blieb reglos liegen. Die fließende Bewegung der grünen Klümpchen in seinem Körper verebbte, seine schwarzen Augen trübten sich weiß und starrten blind, seine Finger zuckten einmal und lagen dann still. Die nicht mehr ganz hundertfünfzig anderen wandten sich ab und machten sich zügig an Orphus Rettung.

Mahnmut sank neben dem unzweifelhaft leblosen Körper des Emissärs in den Sand. *Heilige Mutter Gottes,* dachte der Moravec. *Kommunikation bringt sie um.*

Weitere kleine, grüne Männchen kamen den steilen Pfad von der Klippe herunter. Zweihundert. Dreihundert. Sechshundert. Mahnmut hörte auf zu zählen, schlug dann die Bitte des toten Emissärs, zu warten, in den Wind und watete und paddelte durch die leichte Brandung zu dem auf Grund gelaufenen U-Boot. Er stieg durch die Luftschleuse im Kommandoturm ein, begab sich in seine trockene Milieu-Krippe und prüfte, ob eine der Batterien sich wiederaufgeladen hatte. Nein. Durch die innere Luftschleuse betrat er den überfluteten Korridor zum Laderaum und schwamm bis zum eingedrückten Rumpf. Hier kam er auf keinen Fall zu Orphu durch. Er kehrte in den Kontrollraum zurück und versuchte noch einmal über die Festleitung mit Orphu Kontakt aufzunehmen.

Schweigen.

Er barg seine wasserfest verpackte, gebundene Ausgabe der Sonette und stopfte noch ein paar weitere Sachen in einen Rucksack – die Telekommunikationseinheit, die er für Orphu entwickelt hatte, falls er ihn herausbekam, die Logdisks des Schiffes, Papierkarten, eine Leuchtpistole, Energiezellen – und kletterte wieder zur Spitze des Kommandoturms hinauf.

Die kleinen grünen Männchen hatten große Spulen der schwarzen Drahtseile, mit deren Hilfe sie den Steinkopf auf der Klippe entlanggeschleppt hatten, und Dutzende der Rollen mitgebracht, auf denen sich die riesige Palette bewegte. Sie arbeiteten mit unglaublicher Effizienz – einige schwammen zum U-Boot hinaus und brachten Seile über und unter der Wasserlinie an, andere steckten in den Rollen enthaltene Metallstangen tief in den Sand oder trieben sie in die Felswand, während sie zugleich Flaschenzüge bauten und die Seile vom Ufer zum U-Boot und zurück führten.

Das U-Boot war schwer – besonders wegen seines wassergekühlten Reaktors, dem gefluteten Laderaum und den überschwemmten Korridoren –, und Mahnmut konnte sich kaum vorstellen, dass es diesen winzigen grünen Männchen tatsächlich gelingen würde, das Ding zu bewegen.

Aber es gelang ihnen.

Binnen zwanzig Minuten führten Hunderte von Drahtseilen zum U-Boot und wieder an Land, und an jedem Seil arbeiteten viele kleine grüne Männchen. Sie hatten begriffen, dass es sich um eine Rettungsmission handelte; als Erstes zogen sie vom Ufer aus mit genug Kraft – die Seile spannten sich wie ein schwarzes Netz zum Strand im Osten –, um das U-Boot auf die rechte Seite zu kippen.

Mahnmut wollte ihnen instinktiv beim Ziehen helfen, aber er wusste, dass das nichts bringen würde. Stattdessen wartete er auf dem Rumpf der *Dark Lady* – er veränderte seinen Standort, als sich das U-Boot herumwälzte –, und sobald die Türen der Ladebucht vom Schlamm befreit waren, tauchte er mit einer energiezellenbetriebenen Brechstange ins seichte Wasser, die Schulterlampen auf volle Kraft geschaltet.

Die Laderaumtüren im Rumpf hatten sich beim Eintritt in die Atmosphäre verzogen und waren zum Teil geschmolzen, und es gelang Mahnmut nicht, sie mehr als ein paar Zentimeter weit zu öffnen, bevor sie sich vollständig verklemmten. Er hätte vor Frustration weinen können. In ohnmächtiger Wut hämmerte er gegen die Hülle, aber auf einmal hatte er das Gefühl, dass er nicht allein war, und er drehte sich im schlammigen Meerwasser um.

Ein halbes Dutzend kleine grüne Männchen standen in der Nähe auf dem Meeresboden und beobachteten ihn. Sie schienen nicht atmen zu müssen.

Da er nicht wieder mit ihnen »kommunizieren« wollte – der Preis, einen von ihnen dabei zu töten, war ihm zu hoch –, zeigte Mahnmut auf den aufgestemmten Türspalt, deutete nach oben zur Wasseroberfläche und gab ihnen durch Gesten und Pantomime zu verstehen, sie sollten ein Seil ausrollen, es um den zerrissenen Metallrand wickeln und ziehen.

Die sechs kleinen grünen Männchen nickten und stießen sich zur Wasseroberfläche drei Meter über ihnen ab.

Kurz darauf kamen sechzig von ihnen zurück. Ein paar zogen Seile, andere trugen die schwarzen Stangen, die aus den Rollen glitten, mit denen sie die Steinköpfe transportierten. Auch diesmal arbeiteten sie wieder mit unwahrscheinlicher Effizienz; einige versuchten gemeinsam, die Türen am anderen Ende der Ladebucht ein paar Zentimeter zurückzubiegen, andere führten Seil hindurch, als fädelten sie einen Faden in eine Nadel. Innerhalb von ein paar Minuten liefen mehrere Dutzend Stränge des starken Drahtseils unter den verklemmten Laderaumtüren hindurch. Sie stießen sich wieder zur Oberfläche ab und bedeuteten Mahnmut, ihnen zu folgen.

Er stand erneut auf dem Rumpf der *Dark Lady*, atmete Luft und spürte Sonnenlicht auf seinem Polymer und seiner Haut, während Hunderte kleiner grüner Männchen die Seile durch ein System von Flaschenzügen an der Felswand führten und zogen. Und abermals zogen.

Das U-Boot knirschte, der Rumpf ächzte, Schlick umgab sie, und die *Dark Lady* rollte weitere dreißig Grad nach Steuerbord und drehte sich, bis der Bauch des Schiffes in die Luft ragte und das Heck zum Strand wies. Die aus einer Metalllegierung bestehenden Türen verbogen sich, öffneten sich aber nicht.

Mahnmut attackierte sie erneut mit seiner energiezellenbetriebenen Brechstange. Das gequälte, verbogene Metall wollte nicht nachgeben. Sein Azetylen-Schneidbrenner hatte keinen Sauerstoff und keinen Saft mehr.

Die kleinen grünen Männchen zogen ihn sanft von seinen fruchtlosen Bemühungen weg. Mahnmut riss sich los und stolperte wieder über die glitschige Hülle zum Laderaum, fest entschlossen, den verzogenen und verklemmten Türen mit der Brechstange zu Leibe zu rücken, bis seine eigenen Energiezellen den Dienst versagten, aber dann sah er, dass die KGMs mit ihrer Arbeit noch nicht fertig waren.

Sie verknoteten und spleißten die Seile, flochten die fünfzig Stränge zu einem. Dann führten sie das verlängerte Seil die Felswand hinauf und durch eine Reihe überdimensionaler Flaschenzüge, die mit einem Gitterwerk irgendwie in den Stein getriebener Haltestangen verbunden waren. Schließlich führten sie das Seil zu dem riesigen Steinkopf, schlangen das Ende ein Dutzend Mal um den Hals der Figur und banden es fest.

Fünf der kleinen grünen Männchen kamen herüber, schubsten Mahnmut ins Wasser und zogen ihn vom U-Boot weg.

Mahnmut glaubte seinen Augen nicht zu trauen. Er hatte angenommen, dass die riesigen Steingesichter den kleinen grünen Männchen heilig waren, dass es sich bei ihrer Aufstellung überall entlang der Küste um eine religiöse oder psychologische Notwendigkeit handelte, die ihre gesamte Zeit und Energie beanspruchte und der sie sich mit ganzer Hingabe widmeten, und dass die Steinköpfe bei ihnen oberste Priorität hatten. Offenbar irrte er sich.

Hunderte der grünen Gestalten drehten den Kopf auf der Palette mühsam um, stellten sich dahinter und schoben und stießen ihn von der Felswand.

Der Steinkopf, dessen Gesicht nun zur Klippe zeigte, fiel sechzig Meter tief, schlug am Fuß der Klippe auf Felsen und zerbrach in ein Dutzend Stücke, aber das Seil surrte über Flaschenzüge, Stangen sprangen aus dem Stein, und die festgebundenen Enden rissen die Laderaumtüren heraus und schleuderten sie zwanzig Meter hoch in die Luft, bevor sie das zerrissene Metall die Klippe hinauf- und wieder hinunterschleiften.

Hunderte kleiner grüner Männchen schwammen zum U-Boot, aber Mahnmut erreichte es als Erster. Er schaltete seine Suchlampen ein.

Im Laderaum befanden sich die drei Objekte, die er dortgelassen hatte, darunter der große Apparat, den sie zum Olympus Mons bringen sollten. Und in der Krippe, ramponiert, schartig und stumm, lag Orphu von Io.

Mit den letzten Energiereserven in seiner Brechstange riss Mahnmut die Halteflansche und Verankerungen los. Orphus klobiger Rumpf trieb heraus und schwappte im Meerwasser herum. Aber die Laderaumluke zeigte nun zum Himmel, das U-Boot lag auf dem Rücken, und Mahnmut konnte den Ionier unmöglich aus der teilweise überfluteten Grube herausholen, in die sich der Laderaum verwandelt hatte.

Dutzende weiterer kleiner grüner Männchen sprangen zu Mahnmut herunter, suchten Griffpunkte an Orphus zernarbtem, geborstenem Panzer und zwängten grüne Arme und Beine unter die ungeschlachte Gestalt des Hochvakuum-Moravecs. Gemeinsam entwickelten sie genug Hebelkraft, um ihn hochzuwuchten. Stumm schuftend, hoben sie Orphu heraus, ohne ein einziges Mal auszurutschen oder ihn fallen zu lassen, schlangen behutsam weitere Seile um ihn, schoben ihn über die gekrümmte Hülle der *Dark Lady*, ließen ihn ins Wasser hinunter, brachten Schwimmrollen unter ihm an, verbanden sie zu einem Floß und transportierten den Körper des Ioniers vorsichtig zum Strand.

Die kleinen grünen Männchen – am Strand waren nun mindestens tausend von ihnen – traten ein Stück zurück, sodass Mahnmut genug Platz hatte, als er herauszufinden versuchte, ob Orphu tot oder am Leben war. Der Ionier lag reglos auf dem roten Sandstrand wie ein von Stürmen beschädigter, übergroßer Trilobit, der in einem der dunklen, prähistorischen Zeitalter der Erde an Land gespült worden war.

Mahnmut holte die Ausrüstungsgegenstände, die er aus der *Dark Lady* geborgen hatte, aus seinem Rucksack und seinen wasserfesten Taschen. Zwischendurch hielt er immer wieder Ausschau nach fliegenden Streitwagen; er rechnete jeden Moment damit, einen am Himmel zu sehen. Zuerst legte er fünf der kleinen, aber schweren Energiezellen hin, hängte sie hintereinander und schloss das Kabel an einem von Orphus noch funktionierenden Eingängen an. Der große Ionier zeigte keine Reaktion, aber der virtuelle Indikator zeigte, dass die Energie irgendwohin floss. Anschließend krabbelte Mahnmut auf Orphus gekrümmten Panzer – er staunte, als er die physischen Schäden hier im starken Morgenlicht zum ersten Mal deutlich sah – und schraubte den Funkempfänger in die Festleitungsbuchse. Er testete die Verbindung, hörte das Summen einer Trägerwelle und schaltete sein Mikrofon ein.

»Orphu?«

Keine Antwort.

»Orphu?«

Stille. Die zahllosen kleinen grünen Männchen schauten ihm zu.

»Orphu?«

Mahnmut versuchte fünf Minuten lang, eine Antwort von Orphu zu erhalten. Er rief ihn alle zwanzig Sekunden auf sämtlichen Kommunikationsfrequenzen und prüfte immer wieder die Anschlüsse des Empfängers. Die Kommunikationseinheit empfing seine Sendungen. Orphu reagierte nicht.

»Orphu?«

Genau genommen war es nicht still. Über seine Außenempfänger hörte Mahnmut mehr Umweltgeräusche als jemals zuvor in seinem Leben: das Plätschern der Wellen gegen den Strand, das Zischen des Windes an der Klippe hinter ihm, die leisen Bewegungen der kleinen grünen Männchen, die hin und wieder ihre Position wechselten, und die tausend Nuancen von Vibrationen in einer derart dichten planetaren Atmosphäre. Nur die Leitung und Orphu waren tot.

»Orphu?« Mahnmut warf einen Blick auf sein Chronometer. Er war nun schon eine halbe Stunde am Werk. Widerstrebend rutschte er in Zeitlupe vom Panzer seines Freundes herunter, ging fünfzehn Schritte den Strand entlang und setzte sich in den nassen Sand, wo das Wasser hereinrollte. Die kleinen grünen Männchen machten ihm Platz und umringten ihn dann wieder in respektvollem Abstand. Mahnmut sah sie an – eine Wand winziger grüner Körper, ausdrucksloser Gesichter und unverwandt starrender schwarzer Augen.

»Habt ihr alle nichts zu tun?«, fragte er. Selbst für seine eigenen akustischen Rezeptoren klang seine Stimme seltsam erstickt. Vielleicht lag es an der Akustik der Marsatmosphäre.

Die KGMs rührten sich nicht. Der zerschmetterte Steinkopf lag am Fuß der Klippe, aber sie beachteten ihn nicht. Ein Dutzend Seile führten noch zum U-Boot hinaus, das reglos in der niedrigen, rollenden Brandung lag.

Auf einmal spülte eine unermesslich tiefe Woge des Verlusts und des Heimwehs über Mahnmut hinweg. In den drei Jupiterdekaden – über dreihundert Marsjahren – seines Daseins hatte er drei enge Beziehungen gehabt. Erstens zur *Dark Lady*, einer zwar nur halb empfindungsfähigen Maschine, für die er jedoch konstruiert war und in die er perfekt hineinpasste; die *Lady* war tot. Zweitens zu seinem Forschungspartner Urtzweil, der vor achtzehn J-Jahren – Mahnmuts halber Lebenszeit – ums Leben gekommen war. Und jetzt zu Orphu.

Hier war er nun, Aberhundert Millionen Kilometer von seiner Heimat entfernt, allein, nicht geeignet, nicht ausgebildet und nicht vorbereitet für diese Mission, mit der man ihn betraut hatte. Wie sollte er die rund 5000 Kilometer zum Olympus Mons zurücklegen, um den Apparat dort zu platzieren? Und selbst wenn er es schaffte, was dann? Koros III. hatte vielleicht gewusst, was er dort tun musste, worum es bei dieser Mission wirklich ging, aber der unwichtige Mahnmut, ehemals beheimatet in der *Dark Lady*, hatte nicht den blassesten Schimmer.

Hör auf, dich in Selbstmitleid zu ergehen, du Dummkopf, dachte er. Mahnmut warf den KGMs einen Blick zu. Es war bestimmt eine Illusion, dass sie niedergeschlagen, ja sogar traurig wirkten. Den Tod eines ihrer eigenen Leute hatten sie nicht betrauert; wie sollten sie dieses Gefühl dann beim Ende eines Moravecs zeigen, einer empfindungsfähigen Maschine, die jenseits ihres Vorstellungsvermögens existierte?

Mahnmut wusste, dass er wieder mit den kleinen grünen Männchen kommunizieren musste, aber der Gedanke, einem der Geschöpfe in die Brust zu greifen und es durch Kommunikation zu töten, war ihm zutiefst zuwider. Nein, er würde das erst tun, wenn es gar nicht mehr anders ging.

Er stand auf, kehrte zu Orphus Leichnam zurück und begann, die Energiezellen voneinander zu trennen.

»He«, sagte Orphu über die Kommunikationsleitung, »ich esse noch.«

Mahnmut war so überrascht, dass er im Sand einen Satz rückwärts machte. »Herr im Himmel, du bist lebendig.«

»So ›lebendig‹ wie jeder von uns Moravecs.«

»Hol dich der Teufel!« Mahnmut wollte lachen und weinen zugleich, aber am liebsten hätte er auf die große, ramponierte Königskrabbe eingeschlagen. »Warum hast du mir nicht geantwortet, als ich dich immer und immer wieder gerufen habe?«

»Was meinst du?«, sagte Orphu. »Ich war im Winterschlaf. Und zwar seit uns auf der *Lady* die Luft und die Energie ausgegangen sind. Erwartest du von mir, dass ich mit dir plaudere, während ich Winterschlaf halte?«

»Was ist das für ein Winterschlaf-Scheiß?«, fragte Mahnmut, während er um Orphu herumlief. »Ich habe noch nie gehört, dass Moravecs Winterschlaf halten.«

»Gibt's das bei euch europaschen Vecs etwa nicht?«

»Offensichtlich nicht.«

»Tja, was soll ich sagen? Wenn wir Hochvakuum-Moravecs allein in Ios Strahlungstorus oder irgendwo im Jupiterraum arbeiten, geraten wir manchmal in Situationen, in denen wir einfach alles für eine Weile abschalten müssen, bis jemand uns reparieren und wieder aufladen kann. So was kommt vor. Nicht oft, aber immerhin.«

»Wie lange hättest du in diesem … Winterschlaf bleiben können?«, fragte Mahnmut. Sein Ärger verwandelte sich in eine Art Schwindelgefühl.

»Nicht lange«, sagte Orphu. »Ungefähr fünfhundert Stunden.«

Mahnmut streckte Finger durch seine Manipulatorgreifer, hob einen Stein auf und warf ihn an Orphus Panzer.

»Hast du etwas gehört?«, fragte der Ionier.

Mahnmut seufzte, setzte sich an jenem Ende von Orphu, das früher einmal seine Augen beherbergt hatte, in den Sand und schilderte ihm ihre gegenwärtige Lage.

Orphu überzeugte Mahnmut, dass er noch einmal durch einen Übersetzer mit den KGMs kommunizieren musste. Dem Ionier gefiel die Vorstellung, den Tod eines der kleinen grünen Männchen zu verursachen, ebenso wenig wie Mahnmut – insbesondere, weil die KGMs ihn gerettet hatten –, aber er argumentierte, die Mission hinge davon ab, dass sie sich mit ihnen verständigten, und zwar schnell. Mahnmut hatte es noch einmal mit Reden, mit Zeichensprache und Zeichnungen im Sand versucht – er hatte Karten der Küste, an der sie sich befanden, und ihrem Ziel, dem Vulkan, gezeichnet –, hatte es sogar mit der Idiotenversion der Verständigung in einer Fremdsprache schlechthin probiert: Schreien. Die KGMs starrten ihn nur ruhig an, reagierten aber nicht. Schließlich ergriff ein kleines grünes Männchen die Initiative. Es trat vor, packte Mahnmuts Hand und zog sie an seine Brust.

»Soll ich?«, wandte sich Mahnmut über die Kommunikationsleitung an Orphu.

»Du musst.«

Mahnmut zuckte zusammen, als seine Hand durch das nachgiebige Fleisch gezogen wurde, als seine Finger sich um jenes Gebilde in der warmen, sirupartigen Flüssigkeit im Körper des Männchens legten und schlossen, das nur ein schlagendes grünes Herz sein konnte.

WIE
KÖNNEN
WIR
EUCH
HELFEN?

Mahnmut hätte am liebsten hundert Fragen gestellt, aber Orphu half ihm, Präferenzen zu setzen.

»Das U-Boot«, sagte Orphu. »Wir müssen es außer Sicht schaffen, bevor ein Streitwagen darüber hinwegfliegt.«

Durch eine Kombination aus Sprache und Bildern übermittelte Mahnmut den Gedanken, das U-Boot etwa einen Kilometer nach Westen zu schleppen und in die Meereshöhle in der Klippe zu ziehen, die an der Landspitze ins Meer ragte.

JA

Dutzende kleiner, grüner Männchen machten sich bereits an die Arbeit, während Mahnmut noch dort stand, die Hand tief in der Brust des Übersetzers. Sie trieben Stangen in den Sand, führten weitere Seile zur *Dark Lady* und montierten Flaschenzüge. Der Übersetzer wartete mit Mahnmuts Hand um sein Herz.

»Ich möchte ihn gern nach den Steinköpfen fragen«, sagte Mahnmut über die Kommunikationsleitung. »Ich wüsste gern, wer sie sind und warum sie das tun.«

»Erst, wenn wir einen Weg gefunden haben, zum Olympus zu kommen«, beharrte Orphu.

Mahnmut seufzte und übermittelte die Bitte um Hilfe auf der Reise zu dem großen Vulkan. Er übertrug Bilder des Olympus Mons, wie er ihn aus dem Orbit gesehen hatte, und fragte, ob die KGMs ihnen irgendwie helfen könnten, zum Olympus Mons zu gelangen – entweder auf dem Weg über das Hochland von Tempe Terra oder viertausend Kilometer weit ostwärts an der Tethys-Küste und dann südwärts an der Alba-Patera-Küste entlang.

DAS
IST
NICHT
MÖGLICH

»Was meint er?«, fragte Orphu, als Mahnmut die Antwort an ihn weitergab. »Heißt das, er kann uns nicht helfen, oder es ist nicht möglich, auf dieser Route nach Osten zu reisen?«

NICHT
MÖGLICH
FÜR
EUCH
HEIMLICH
NACH
OSTEN
ZU
REISEN
WEIL
DIE
BEWOHNER
DES
OLYMPS
EUCH
SEHEN

UND
TÖTEN
WÜRDEN

»Frag ihn, ob es eine andere Möglichkeit gibt«, verlangte Orphu. »Vielleicht über Land an den Kasei Valles entlang.«

NEIN
IHR
FAHRT
MIT
EINER
FELUKE
ZUM
NOCTIS
LABYRINTH

»Was ist eine Feluke?«, fragte Orphu, als Mahnmut ihm die Antwort übermittelte. »Klingt wie eine italienische Nachspeise.«

»Das ist ein Zweimaster mit Lateinersegel«, erklärte Mahnmut, dessen Ausbildung für die schwarze Tiefsee Europas alles per Download Verfügbare über die Seefahrt auf den flüssigen Meeren der Erde umfasst hatte. »Damit hat man vor Jahrtausenden das Mittelmeer befahren.«

»Frag sie, wann wir aufbrechen können«, sendete Orphu.

»Wann können wir aufbrechen?«, fragte Mahnmut. Er spürte die Frage als Vibration, die durch seine Finger wanderte, und als Kitzeln in seinem Geist.

DER
STEINKAHN
KOMMT
MORGEN
FRÜH.

DIE
FELUKE
WIRD
DABEI
SEIN.
IHR
KÖNNT
MIT
IHR
ABREISEN.

»Wir brauchen noch ein paar Sachen aus unserem U-Boot«, sagte Mahnmut. Er schickte Bilder des Apparats und der beiden anderen Frachtstücke im Laderaum und stellte sich anschaulich vor, wie sie ans Ufer gebracht und zur Meereshöhle transportiert wurden. Dann sendete er ein Bild, wie die KGMs Orphu in dieselbe Höhle rollten.

Wie zur Antwort wateten Dutzende kleiner grüner Männchen ins Wasser und paddelten wieder zum Schiff hinaus. Andere traten näher an Orphu heran und arrangierten die Rollen zu einer Palette von Orphus Ausmaßen.

»Ich glaube, ich kann das Herz dieses Mannes nicht länger festhalten«, sagte Mahnmut zu Orphu. »Es ist, als hielte man einen Strom führenden Draht in der Hand.«

»Dann lass es los«, sagte der Ionier.

»Aber ...«

»Lass es los!«

Mahnmut dankte dem Übersetzer – dankte ihnen allen – und löste seinen Griff. Genau wie der erste Übersetzer fiel auch dieses kleine grüne Männchen in den Sand, zuckte, zischte, trocknete aus und starb.

»O Gott«, flüsterte Mahnmut. Er lehnte sich an Orphus Rumpf. Die kleinen grünen Männchen hoben den Ionier bereits hoch und schoben Rollen unter ihn.

»Was machen sie?«

Mahnmut beschrieb ihm den Körper des Übersetzers und schilderte ihm, was die kleinen grünen Männchen überall um ihn herum taten – wie sie Orphu, den Apparat und weitere Gegenstände, die bereits vom Schiff hergebracht wurden, auf den Transport vorbereiteten und die Seile am U-Boot festmachten, wie Hunderte KGMs vom Ufer aus an den Seilen zogen und die *Dark Lady* bereits nach Westen zu der Meereshöhle schleppten, in der sie vor suchenden Blicken aus der Luft sicher sein würde.

»Ich komme mit dir in die Höhle«, sagte Mahnmut dumpf. Der Körper des Übersetzers lag wie eine trockene, verschrumpelte braune Hülle auf dem roten Sand. Alle inneren Organe waren vertrocknet, und die Flüssigkeit war herausgeströmt und hatte dem Schlamm unter ihm die Konsistenz von flüssigem rotem Blut verliehen. Die anderen kleinen grünen Männchen beachteten den Leichnam des Übersetzers nicht. Sie begannen bereits, Orphu über den Sand nach Westen zu rollen.

»Nein«, sagte Orphu. »Du weißt, was du zu tun hast.«

»Ich habe dir die Gesichter schon beschrieben, als ich sie vom Meer aus gesehen habe.«

»Das war bei Nacht, durch eine Periskop-Boje«, sagte Orphu. »Wir müssen uns eins oder zwei davon bei Tageslicht ansehen.«

»Der Steinkopf am Fuß der Klippe ist in Stücke zerbrochen«, sagte Mahnmut. Es kam ihm so vor, als würde er winseln. »Der nächste steht einen vollen Kilometer östlich. Oben auf den Klippen.«

»Dann mach dich auf die Beine«, sagte Orphu. »Ich bleibe mit dir in Verbindung, während sie mich zur Höhle rollen. Du wirst fast auf deiner ganzen Strecke sehen können, was sie mit der *Lady* machen.«

Mahnmut gehorchte widerwillig. Er ging nach Osten, weg von der KGM-Schar, die sein totes U-Boot an der Küste entlangzog und Orphu zum kühlen Schatten der Meereshöhle rollte.

Der heruntergefallene Kopf war in so viele Stücke zerbrochen, dass man seine Gesichtszüge nicht mehr erkennen konnte. Mahnmut quälte sich den steilen Pfad hinauf, den die kleinen grünen Männchen dem Anschein nach so mühelos heruntergekommen waren. Der Pfad war schmal, beängstigend steil und glitschig wie nasser Sandstein.

Oben angelangt, hielt Mahnmut eine Sekunde lang inne, um seine Zellen aufzuladen und sich umzuschauen. Das Tethys-Meer erstreckte sich nach Norden, so weit das Auge reichte. Landeinwärts im Süden wich der rote Stein niedrigen roten Hügeln, und noch etliche Klicks weiter südlich sah Mahnmut das Grün dichten Buschwerks an den Ausläufern. Neben dem Pfad, dem er am Rand der Klippe entlang ostwärts folgte, wuchs ein wenig Gras.

Mahnmut blieb stehen, um sich den Sockel und das sorgfältig vorbereitete Loch für das Gesicht anzuschauen, das die kleinen grünen Männchen geopfert hatten, um die Laderaumtüren aufzubrechen. Mahnmut konnte sich vorstellen, wie der Stiel am unteren Ende des Halses der großen Steinköpfe in das Loch im Stein glitt und sich dann darin festsetzte. Diese kleinen grünen Männchen waren gute Handwerker und geschickte Steinmetze.

Mahnmut ging weiter. Er sah den nächsten Kopf am östlichen Horizont. Der Moravec war nicht für Fußmärsche konstruiert – seine Aufgabe bestand größtenteils darin, in einem Forschungs-U-Boot zu sitzen; manchmal musste er auch schwimmen –, und als er er die Nase voll davon hatte, ein Zweibeiner zu sein, änderte er die Funktionsweise seiner Gelenke und seines Rückgrats und trabte eine Weile dahin wie ein Hund.

Als er den nächsten Steinkopf erreichte, hielt er an dessen ausladender Basis an und sah, dass der Stein am Hals mit einer Art Zement verfüllt worden war. Er schaute nach Osten, den Pfad oben auf der Klippe entlang, den die Rollen und die Tausende von KGMs geschaffen hatten, und nach Westen, wo die grüne Truppe Orphu und das U-Boot fast schon bis zu der Höhle an der Landspitze befördert hatte.

»Schon da?«, kam Orphus Stimme.

»Ja. Ich lehne gerade an dem Ding.«

»Was ist mit dem Gesicht?«

»Das ist ein schlechter Winkel, so von unten«, sagte Mahnmut. »Man sieht fast nur Lippen, Kinn und Nasenlöcher.«

»Geh wieder auf den Strand runter. Aus irgendeinem Grund sollen diese Gesichter vom Meer aus gesehen werden.«

»Aber …«, begann Mahnmut und schaute die steile Klippe hinunter, die bis zum Sand mindestens hundert Meter tief abfiel. Genau wie dort, wo er herkam, führte ein wenig ausgeprägter Pfad an dem glitschigen Felsen hinab. »Wenn ich mir beim Abstieg den Hals breche«, sendete er, »ist das, verdammt noch mal, deine Schuld.«

»Einverstanden«, sagte Orphu. »Ich spüre die Vibration, während sie mich hier entlangziehen, aber ich habe keine Ahnung, wie weit es noch bis zur Höhle ist. Kannst du es sehen?«

Mahnmut vergrößerte den Bildausschnitt, während er nach Westen schaute. »Nur noch ein paar Hundert Meter bis zum Überhang«, sagte er. »Ich klettere jetzt hinunter. Meinst du wirklich, dass ich mir den nächsten Kopf auch noch anschauen soll? Er ist noch einen Kilometer weiter östlich, und die Köpfe haben aus der Umlaufbahn alle gleich ausgesehen.«

»Ich finde, wir sollten uns vergewissern.«

»Sagt der beinlose 'vec«, grummelte Mahnmut. Er machte sich an den langen, steilen Abstieg zum Strand.

Er trat so weit zurück, wie es ging, bis die niedrigen Wellen gegen seine Beine plätscherten. Das Gesicht hatte ausgeprägte Züge, aber er kannte es nicht. Schweigend, in die eigenen Gedanken vertieft, ging er am Rand des Wassers einen Kilometer weiter nach Osten. Das nächste Gesicht war mit dem ersten identisch: Stolz, gebieterisch und imposant, starrte es grimmig aufs Meer hinaus. Der behauene Stein zeigte das Antlitz eines alten Mannes mit weitgehend kahler Schädeldecke, aber langen Haaren, die zu beiden Seiten des runzligen Gesichts herabfielen, kleinen Augen unter harten, strichartigen, schräg abfallenden Augenbrauen, Falten an den Augenwinkeln, hohen, aus dem Stein gemeißelten Wangenknochen, einem kleinen, aber festen Kinn, schmalen Lippen, missbilligend herabgezogenen Mundwinkeln und derselben strengen Miene.

»Es ist ein alter Mann«, sagte Mahnmut. »Eindeutig ein älterer Mensch männlichen Geschlechts, aber ich kenne ihn nicht aus den historischen Datenbänken.«

Ein paar Sekunden lang ertönte nur atmosphärisches Rauschen. »Faszinierend«, sagte Orphu. »Womit hat sich ein alter Mann von der Erde wohl Tausende dieser Steinköpfe überall an der marsianischen Küstenlinie verdient?«

»Ich habe keine Ahnung.«

»Ist er einer der Streitwagenleute? Sieht er aus wie ein Gott?«

»Nicht wie ein griechischer Gott«, sagte Mahnmut. »Hauptsächlich sieht er wie ein mächtiger, aber unter Magenbeschwerden leidender alter Mann aus. Kann ich jetzt zurückkommen? Bevor doch noch einer der graubärtigen Togaträger in einem Streitwagen angeflogen kommt und mich hier herumstehen und wie ein Tourist Maulaffen feilhalten sieht?«

»Ja«, sagte Orphu. »Ich denke, du solltest zurückkommen.«

23 Sumpfzypressenwald

Beim Frühstück an diesem Morgen in der grünen Blase auf der Golden Gate bei Machu Picchu erzählte Odysseus die Geschichte seiner Reisen nicht. Niemand dachte mehr daran, ihn danach zu fragen. Ada fand, dass alle geistesabwesend wirkten, und bald wurde ihr auch klar, weshalb.

Sie selbst war geistesabwesend, weil sie wenig geschlafen, mit Harman aber die schönste Nacht ihres Lebens verbracht hatte. Sie hatte bereits »Sex gehabt« – welche Frau ihres Alters hätte das nicht? –, aber sie erkannte, dass sie noch nie zuvor jemanden *körperlich geliebt* hatte. Harman war ungeheuer zärtlich, aber auch begierig und beharrlich gewesen, einfühlsam, aber auch kraftvoll, und er hatte auf ihre Bedürfnisse und Reaktionen geachtet, sich jedoch nicht von ihnen beherrschen lassen. Im schmalen Bett am gebogenen Glasfenster aneinandergekuschelt, hatten sie ein wenig geschlafen, waren aber oft aufgewacht, und sie hatten sich neuerlich geliebt, bevor ihnen richtig bewusst wurde, was sie taten. Als die Sonne über der Bergspitze östlich von Machu Picchu aufging, fühlte sich Ada wie ein völlig anderer Mensch – nein, das stimmte nicht; sie fühlte sich wie ein *größerer*, vollständigerer, weniger abgekapselter Mensch.

Ada fand, dass Hannah sich an diesem Morgen ebenfalls seltsam benahm; sie wirkte erhitzt und übertrieben lebhaft und achtete auf jede Bemerkung des Mannes, der sich Odysseus nannte; hin und wieder warf sie Ada einen raschen Blick zu, schaute dann weg und errötete beinahe. Ada ging erst ein Licht auf, als sich das Frühstück dem Ende näherte und sie sich zum Aufbruch bereit machten, um zusammen nordwärts nach Ardis Hall zu fliegen. *Mein Gott,* dachte sie, *Hannah hat mit Odysseus geschlafen!*

Eine Minute lang konnte sie es nicht glauben, denn während ihrer Freundschaft hatte sich Hannah noch nie über Beziehungen zu Männern oder über sexuelle Dinge geäußert, aber dann fing sie die Blicke auf, die Hannah dem bärtigen Mann zuwarf, und bemerkte die körperlichen Anzeichen – die junge Frau saß Odysseus gegenüber, aber ihr Körper reagierte trotzdem auf jede seiner Bewegungen, ihre Hände flatterten nervös, sie beugte sich vor –, und Ada erkannte, dass es eine lebhafte Nacht in den Domis auf der Golden Gate gewesen war.

Daeman und Savi waren sichtlich die Außenseiter. Der junge Mann war genauso schlecht gelaunt wie am Vorabend und stellte barsche Fragen über das Mittelmeerbecken; offenbar konnte er es kaum erwarten, dass sein Abenteuer mit Harman und Savi endlich begann, hatte gleichzeitig aber auch Angst davor. Savi wirkte in sich gekehrt, beinahe traurig, und schien es mit dem Aufbruch eilig zu haben.

Harman war schweigsam, und Ada hatte den Eindruck, dass er immer noch auf sie konzentriert war, obwohl er es sich den anderen gegenüber nicht anmerken ließ. Ein paarmal fing sie seinen Blick auf, und etwas Warmes regte sich in ihrer Brust, als er sie anlächelte. Einmal legte er die Hand unter dem Tisch außen an ihr Bein und tätschelte es.

»Also, wie sieht unser Plan nun aus?«, fragte Daeman, nachdem sie sich ihr Frühstück aus warmen Croissants – Ada hatte Savi zuvor erstaunt beim Backen zugesehen –, Butter, Beeren, frisch gepresstem Fruchtsaft und starkem Kaffee einverleibt hatten.

»Der Plan sieht so aus, dass wir Odysseus, Hannah und Ada nach Ardis Hall bringen – wir sind schon spät dran, wenn wir bis Sonnenuntergang dort sein wollen – und dass Harman, du und ich dann zum Mittelmeerbecken weiterfliegen«, antwortete Savi. »Willst du noch immer bei dieser Expedition dabei sein, Daeman *Uhr*?«

»Ja, will ich.« Für Ada klang Daeman nicht sonderlich willig, sondern eher müde, verkatert oder beides.

»Dann sollten wir unsere Sachen packen und uns auf die Beine machen«, sagte die alte Frau.

Sie flogen mit dem Sonie weiter, mit dem sie gekommen waren, obwohl Hannah Ada erzählte, dass einer der Räume am Südturm der Brücke noch weitere Flugmaschinen beherbergte. Im hinteren Teil des kleinen Sonies gab es eine verblüffende Anzahl von Fächern für Savis Rucksack und die Habseligkeiten der anderen, aber Odysseus hatte das meiste Gepäck dabei, darunter ein Kurzschwert in einer Scheide, seinen Schild, Kleidung zum Wechseln und seine beiden Speere. Savi lag vorne in der mittleren Vertiefung und bediente die leuchtenden virtuellen Kontrollen, Ada war links, Harman rechts von ihr. Daeman, Odysseus und Hannah nahmen die drei konkaven Einbuchtungen hinter ihnen ein, und als Ada sich einmal umdrehte, sah sie, wie ihre Freundin den bärtigen Mann sehnsüchtig anschaute.

Sie flogen ostwärts über hohe Berge, gingen dann tiefer herunter und wandten sich wieder direkt nach Norden. Sie überquerten dichten Dschungel und einen breiten, braunen Fluss, der Amazonas hieß, wie Savi erklärte. Der Dschungel selbst war undurchdringlicher Regenwald, dessen Blätterdach nur hier und dort von ein paar blauen Glaspyramiden durchbrochen wurde, deren Spitzen über dreihundert Meter hoch aufragten und die in geringer Höhe dahinziehenden Regenwolken teilten. Savi erklärte ihnen nicht, was es mit den Pyramiden auf sich hatte, und die anderen wirkten zu müde oder schienen zu sehr in ihre jeweiligen Gedanken vertieft zu sein, um sie zu fragen.

Eine halbe Stunde, nachdem die letzte Pyramide hinter ihnen verschwunden war, legte Savi das Sonie in eine enge Linkskurve, und sie flogen in west-nordwestlicher Richtung wieder über hohe Berge hinweg. Obwohl ihre Höhe über Grund nur knapp zweihundert Meter betrug, war die Luft hier oben so dünn, dass sich die Kraftfeldkuppel aufbaute und sich der Sauerstoffgehalt der Luft innerhalb der Kuppel erhöhte.

»Kommen wir nicht von unserem Kurs ab?«, fragte Harman nach dem langen Schweigen.

Savi nickte. »Ich musste die Zorin-Monolithe, die sich am Küstenschelf des ehemaligen Peru, Ecuador und Kolumbien entlangziehen, weiträumig umfliegen«, sagte sie. »Einige davon sind noch bewaffnet und vollautomatisiert.«

»Was sind die Zorin-Monolithe?«, fragte Hannah.

»Nichts, worüber wir uns heute den Kopf zerbrechen müssen«, erwiderte Savi.

»Wie schnell fliegen wir?«

»Langsam«, sagte Savi. Sie warf einen Blick auf das virtuelle Display, das ihre Handgelenke und Hände umgab. »Momentan ungefähr fünfhundert Stundenkilometer.«

Ada versuchte, sich diese Geschwindigkeit vorzustellen. Es gelang ihr nicht. Vor ihrem ersten Flug mit diesem Sonie war sie noch nie in etwas Schnellerem gereist als in einer von Voynixen gezogenen Droschke, und sie hatte keine Ahnung, wie schnell so eine Droschke fuhr. Wahrscheinlich keine fünfhundert Stundenkilometer, dachte sie. Die Berge und Kämme unter ihnen huschten jedenfalls viel schneller vorbei als die vertraute Landschaft auf der Fahrt mit der Droschke oder der Karriole vom Faxportal nach Ardis Hall.

Sie flogen noch eine Stunde weiter. Einmal sagte Hannah: »Ich kriege langsam einen steifen Hals vom Versuch, über den Rand des Sonies zu schauen, und die Kuppel ist so niedrig, dass ich mich nicht aufsetzen kann. Ich wünschte ...« Sie schrie auf. Ada, Daeman und Harman stießen ebenfalls einen Schrei aus.

Savi hatte die Hand durch die virtuelle Steuertafel bewegt, und das massive Sonie unter ihnen war einfach verschwunden. In den kurzen Sekunden, bevor Ada die Augen fest schloss, schaute sie sich um und sah die perfekte Illusion von sechs Menschen, ihrem Gepäck und Odysseus' Speeren, die von nichts getragen durch die Luft flogen.

»Wenn du so etwas noch einmal machst, sag uns bitte vorher Bescheid«, sagte Harman mit zittriger Stimme zu Savi.

Die alte Frau murmelte irgendetwas.

Ada konzentrierte sich ein paar Minuten lang voll darauf, das kalte Metall der Verkleidung vor ihr zu berühren und die weiche, lederartige Festigkeit der Konturliege unter ihren Beinen, ihrem Bauch und ihrer Brust zu spüren, bevor sie es wagte, die Augen wieder zu öffnen. *Ich falle nicht, ich falle nicht, ich falle nicht,* sagte sie sich. *Doch, du fällst,* sagten ihr die Augen und das Innenohr. Sie schloss die Augen erneut und öffnete sie just in dem Moment, als sie aus dem Hochland herauskamen und einer Halbinsel folgten, die vom Festland aus nach Nordwesten verlief.

»Ich dachte, du würdest das vielleicht sehen wollen«, sagte Savi zu Harman, als ob die Übrigen nicht wüssten, wovon sie redeten.

Vor ihnen durchschnitt der Ozean die Landenge; auf einer Breite von mindestens hundertfünfzig Kilometern war offenes Wasser zu sehen. Savi ging höher und bog nordwärts übers offene Meer ab.

»Auf den Karten, die ich gesehen habe, verbindet die alte Landenge Nord- und Südamerika auf ganzer Strecke«, sagte Harman und mühte sich von seiner Liegefläche hoch, um nach hinten zu schauen.

»Die Karten, die du gesehen hast, sind unbrauchbar.« Savis Finger bewegten sich, und das Sonie beschleunigte und gewann noch mehr Höhe.

Die Mittagszeit war schon vorüber, als eine weitere Küstenlinie in Sicht kam. Savi ging mit dem Sonie herunter, und bald schossen sie über Sümpfe dahin, die rasch endlosen Kilometern von Sumpfzypressen und Sequoias wichen (Savi nannte ihnen die Namen der Bäume). Manche von ihnen ragten sechzig bis neunzig Meter hoch in die feuchte Luft.

»Wir machen gleich eine Mittagspause«, sagte Savi. »Will sich jemand vielleicht die Beine auf festem Boden vertreten? Oder mal kurz verschwinden?«

Vier der fünf Passagiere stimmten laut mit Ja. Odysseus lächelte ein wenig. Er hatte gerade ein Nickerchen gemacht.

Sie aßen auf einer Lichtung auf einer kleinen Anhöhe zu Mittag, umgeben von kathedralenartigen Baumriesen. Der Ä-Ring und der P-Ring zogen blass durch das kleine Stück blauen Himmels, das über ihnen zu sehen war.

»Gibt's hier Dinosaurier?« Daeman spähte in die Schatten unter den Bäumen.

»Nein«, sagte Savi. »Sie bevorzugen eher die mittleren und nördlichen Teile des Kontinents.«

Daeman ließ sich entspannt an einen umgefallenen Baumstamm sinken und nagte an seinem Obst, den Rindfleischscheiben und dem Brot herum, setzte sich jedoch kerzengerade auf, als Odysseus sagte: »Vielleicht will Savi damit in Wahrheit nur zum Ausdruck bringen, dass es hier wildere Raubtiere gibt, die rekombinante Dinosaurier fernhalten.«

Savi sah Odysseus stirnrunzelnd an und schüttelte den Kopf, als seufzte sie über ein unfolgsames Kind. Daeman blickte erneut in die mittäglichen Schatten unter den Bäumen und rückte näher ans Sonie heran, um seine Mahlzeit zu beenden.

Hannah, die kaum je den Blick von Odysseus wandte, nahm sich die Zeit, ihr Turin-Tuch aus einer Tasche zu holen und es sich über die Augen zu legen. Sie lehnte sich für einige Minuten zurück, während die anderen in der schattigen Hitze und Stille schweigend aßen. Schließlich setzte sie sich auf, nahm das mit Mikroschaltkreisen bestickte Tuch ab und sagte: »Odysseus, möchtest du sehen, was mit dir und deinen Kameraden im Krieg um die ummauerte Stadt geschieht?«

»Nein«, sagte der Grieche. Er riss mit seinen weißen Zähnen einen Streifen vom übrig gebliebenen, kalten Fleisch der Terrorvögel ab und kaute langsam, dann trank er aus dem Weinschlauch, den er mitgebracht hatte.

»Zeus ist zornig und hat die Waage zugunsten der von Hektor angeführten Trojaner geneigt«, fuhr Hannah fort, ohne Odysseus' Ablehnung zu beachten. »Sie haben die Griechen durch ihre Verteidigungsanlage – den Graben und die Schanzpfähle – zurückgetrieben und kämpfen nun in der Umgebung der schwarzen Schiffe. Es sieht so aus, als würde deine Partei verlieren. Alle großen Könige – auch du – haben die Flucht ergriffen. Nur Nestor ist geblieben, um weiterzukämpfen.«

Odysseus grunzte. »Dieser geschwätzige alte Mann. Er ist geblieben, weil man ihm das Pferd unter dem Hintern weggeschossen hat.«

Harman warf Ada einen Blick zu und grinste. Hannah hatte offenkundig die Absicht gehabt, Odysseus in ein Gespräch zu verwickeln, und nun dachte sie genauso offenkundig, sie hätte es erreicht. Ada glaubte immer noch nicht, dass dieser nur allzu reale Mann – sonnengebräunt, faltig, zernarbt, so anders als die in der Klinik erneuerten Männer ihrer Welt – mit dem Odysseus des Turin-Dramas identisch war. Wie die meisten intelligenten Menschen aus ihrem Bekanntenkreis war Ada davon überzeugt, dass das Turin-Tuch ein virtuelles Unterhaltungsprogramm bot, das wahrscheinlich im Untergegangenen Zeitalter geschrieben und aufgezeichnet worden war.

»Erinnerst du dich an diesen Kampf bei den schwarzen Schiffen?«, hakte Hannah nach.

Odysseus grunzte erneut. »Ich erinnere mich an das Fest in der Nacht vor diesem elenden, hundsmiserablen Tag. Von der Insel Lemnos waren dreißig mit Wein beladene Schiffe gekommen – tausend Maß, genug Wein, um die trojanischen Truppen darin zu ertränken, falls wir keine bessere Verwendung dafür fänden. Euneos, Jasons Sohn, hatte ihn als Geschenk für die Atriden – Agamemnon und Menelaos – geschickt.« Er betrachtete Hannah und die anderen mit zusammengekniffenen Augen. »Jasons Reise, also, *das* ist eine hörenswerte Geschichte.«

Alle außer Savi sahen den Mann mit der gewölbten Brust und dem gegürteten Kittel verständnislos an.

»Jason und seine Argonauten.« Odysseus schaute von einem zum anderen. »Diese Erzählung kennt ihr doch bestimmt.«

Savi brach das verlegene Schweigen. »Sie kennen überhaupt keine Erzählungen, Sohn des Laertes. Unsere sogenannten Altmenschen hier haben keine Vergangenheit, keine Mythen, keine wie auch immer gearteten Geschichten – mit Ausnahme des Turin-Tuchs. Sie können nicht mehr lesen und schreiben, während du und deine Kameraden es noch nicht konntet.«

»Wir brauchten kein Gekritzel auf Rinde, Pergament oder Schlamm, um zu Männern zu werden, mit denen man rechnen musste«, knurrte Odysseus. »Die Schrift war in einer Zeit vor der unseren ausprobiert und als nutzlos aufgegeben worden.«

»In der Tat«, sagte Savi trocken. »›Steht der Pinsel eines Analphabeten etwa weniger aufrecht?‹ Ich glaube, das hat Horaz gesagt.«

Odysseus funkelte sie an.

»Erzählst du uns von diesem Jason und seinen … seinen was?«, fragte Hannah und errötete auf eine Weise, die Ada endgültig davon überzeugte, dass ihre Freundin in der Nacht zuvor mit Odysseus gebumst hatte.

»Ar-go-nau-ten«, sagte Odysseus langsam und betonte jede Silbe, als spräche er mit einem Kind. »Und nein, das tue ich nicht.«

Ada merkte, wie ihr Blick zu Harman wanderte, während sie zugleich an die lange letzte Nacht zurückdachte. Sie wäre gern mit ihm spazieren gegangen, hätte sich mit ihm gern unter vier Augen über ihr gemeinsames Erlebnis unterhalten; und wenn das nicht ging, hätte sie in der feuchten Hitze der sonnengetüpfelten Lichtung am liebsten einfach die Augen geschlossen und ein Nickerchen gemacht, vielleicht, um von ihrer Liebesnacht zu träumen. *Oder noch besser,* dachte Ada, während sie Harman durch gesenkte Wimpern hindurch ansah, *wir könnten uns einfach ins Halbdunkel des Waldes davonstehlen und es noch einmal machen, statt nur davon zu träumen.*

Doch Harman schien ihre Blicke nicht zu bemerken; Adas Geliebter hatte seine telepathische Sex-Antenne offenbar abgeschaltet und erweckte den Anschein, als fände er Odysseus' Bemerkungen amüsant und interessant. »Erzählst du uns etwas von eurem Turin-Tuch-Krieg?«, fragte er den bärtigen Mann.

»Er hieß ›Der trojanische Krieg‹, und zum Teufel mit eurem Turin-Lappen«, sagte Odysseus, aber er hatte kontinuierlich aus seinem Weinschlauch getrunken und schien ein wenig umgänglicher geworden zu sein. »Aber ich kann euch eine Geschichte erzählen, von der eure kostbare Windel nichts weiß.«

»Ja, bitte«, sagte Hannah und rückte näher an den Krieger heran.

»Der Herr bewahre uns vor Geschichtenerzählern«, murmelte Savi. Sie stand auf, verstaute ihr Essenspaket im Heck des Sonies und ging in den Wald.

Daeman schaute ihr sichtlich nervös nach. »Glaubt ihr wirklich, dass es hier schlimmere Raubtiere als Dinosaurier gibt?«, fragte er niemandem im Besonderen.

»Savi kann auf sich selbst aufpassen«, sagte Harman. »Sie hat ja diese Pistolenwaffe.«

»Aber wenn sie von etwas gefressen wird«, sagte Daeman, der immer noch in den Wald starrte, »wer fliegt dann das Sonie?«

»Pst«, machte Hannah. Sie legte Odysseus die langen braunen Finger aufs Handgelenk. »Erzähl uns die Geschichte, von der das Turin-Tuch nichts weiß. Bitte.«

Odysseus runzelte die Stirn, aber Ada und Harman nickten zustimmend, und so schnipste er sich die Krümel aus dem Bart und begann.

»Dieses Abenteuer kam in der Geschichte eures Turin-Lappens nicht vor und wird darin auch nicht vorkommen. Was ich euch nun erzähle, geschah nach Hektors und Paris' Tod, aber vor dem Holzpferd.«

»Paris stirbt?«, unterbrach Daeman.

»Hektor stirbt?«, fragte Hannah.

»Holzpferd?«, sagte Ada.

Odysseus schloss die Augen, strich sich mit den Fingern durch den Bart und sagte: »Darf ich fortfahren, ohne unterbrochen zu werden?«

Alle nickten.

»Was ich euch nun erzähle, geschah nach Hektors und Paris' Tod, aber vor dem Holzpferd. Zu den größten Schätzen Iliums zählte damals tatsächlich ein göttliches Bildnis, das vom Himmel gefallen war – ihr würdet es als Meteoriten bezeichnen –, aber es war ein Stein, den Zeus selbst Generationen vor unserem Krieg zum Zeichen dafür geformt und gestaltet hatte, dass der Göttervater die Gründung der Stadt billigte. Diese Figur aus Metall und Stein hieß Palladion, weil sie die Gestalt von Pallas hatte … nicht – wie ich vielleicht erklären sollte – die von Pallas Athene, wie wir unsere Göttin nennen, sondern die einer Jugendfreundin Athenes, die ebenfalls Pallas hieß. Diese andere Pallas – das Wort selbst kann in unserer Sprache so betont werden, dass es entweder feminine oder maskuline Bedeutung hat, aber hier ist damit so etwas Ähnliches gemeint wie mit dem lateinischen Wort *virago*, das ›starke Jungfrau‹ bedeutet – war bei einem scherzhaften Zweikampf mit Athene ums Leben gekommen. Und Ilos, manchmal auch Ilus genannt, der Vater von Laomedon, der seinerseits Vater von Priamos, Tithonos, Lampos, Klytios und Hiketaon werden würde, hatte den Sternenstein eines Morgens vor seinem Zelt gefunden und als das erkannt, was er war.

Dieses alte Palladion, lange eine heimliche Quelle von Iliums Reichtum und Macht, war drei Ellen hoch, hielt einen Speer in der rechten und Spinnrocken und Spindel in der linken Hand und war mit der Göttin des Todes und des Schicksals verbunden. Ilos und die anderen Vorfahren der gegenwärtigen Verteidiger Trojas hatten viele unterschiedlich große Kopien des Palladions anfertigen lassen, und diese falschen Statuen wurden so gewissenhaft versteckt und bewacht wie die echte, weil jeder wusste, dass Iliums Fortbestand vom Besitz des Palladions abhing. Die Götter selbst offenbarten mir dies in den letzten Wochen der Belagerung Iliums im Traum, und so erzählte ich Diomedes von meinem Plan, mich in die Stadt zu begeben und das echte Palladion ausfindig zu machen, damit wir beide dann in die Stadt zurückkehren, es stehlen und so Trojas Schicksal besiegeln konnten.

Zuerst verkleidete ich mich mit Lumpen als Bettler und ließ mich von meinem Diener mit einer Peitsche schlagen, bis ich von Striemen entstellt war. Ihr müsst wissen, die Bürger Iliums waren bekanntermaßen zart besaitet, was die Züchtigung ihrer Diener betraf – sie verwöhnten ihre Sklaven eher, als sie zu bestrafen, und kein trojanischer Bediensteter einer guten Familie hätte mit zerrissener Kleidung und Peitschenstriemen aus dem Haus gehen dürfen –, deshalb dachte ich mir, dass die Lumpen, der Gestank und vor allem die blutigen Peitschenspuren die Bürger dazu veranlassen würden, sich bei meinem Anblick peinlich berührt abzuwenden – eine perfekte Tarnung für einen Spion, findet ihr nicht?

Ich entschloss mich, diese Aufgabe selbst zu übernehmen, weil ich der Listigste und Geschickteste aller Achäer war, und auch, weil ich vor über zehn Jahren schon einmal in den Mauern Trojas gewesen war. Man hatte mich als Führer einer Delegation hingeschickt, die friedlich über die Herausgabe Helenas verhandeln sollte, bevor unsere schwarzen Schiffe in großer Zahl eintrafen und ein Krieg ausbrach. Diese Verhandlungen waren bekanntlich gescheitert – wir echten Argeier hatten alle gehofft, dass sie scheitern würden, weil wir streitlustig und raubgierig waren –, aber ich erinnerte mich noch gut an die Anlage der Stadt hinter diesen gewaltigen Mauern und Toren.

In meinem Traum hatten die Götter – höchstwahrscheinlich Athene, weil sie unserer Sache gewogener war als alle anderen – mir offenbart, dass das Palladion und seine vielen Kopien irgendwo in Priamos' Königspalast verborgen waren, mir aber verschwiegen, wo genau sie versteckt sein mochten, und auch, wie ich das echte Palladion von seinen vielen Nachbildungen unterscheiden konnte.

Ich wartete bis zu den tiefsten Stunden der Nacht, in denen die Feuer auf den Brustwehren am weitesten heruntergebrannt und die menschlichen Sinne am schwächsten sind, überwand die hoch aufragenden Mauern dann mit Enterhaken und Seil, brachte dabei einen Wachposten um und versteckte seine Leiche unter dem Futter für die thrakische Kavallerie, das innerhalb der Mauern hoch aufgestapelt war. Ilium war groß – die größte Stadt der Welt –, und ich brauchte eine Weile, um durch seine Straßen und Gassen zum Palast des Priamos zu finden. Unterwegs wurde ich zweimal von bewaffneten Wächtern angerufen, aber ich grunzte nur, gab erstickte Laute von mir und gestikulierte sinnlos mit meinen blutig gepeitschten Armen, und sie hielten mich für einen geistig minderbemittelten Sklaven, der für seine Dummheit zu Recht tüchtig ausgepeitscht worden war, und ließen mich passieren.

Priamos' Palast war groß – er hatte fünfzig Gemächer, eines für jeden der fünfzig Söhne des Priamos –, und er wurde von den allerbesten Kämpfern Trojas bewacht. An sämtlichen Toren und vor jedem Fenster auf Straßenhöhe standen wachsame Posten, und andere hielten in den Höfen und auf den Mauern des Palasts Wache – hier würden mich keine schläfrigen Wächter müßig vorbeiwinken, ganz gleich, wie spät es war, wie blutig meine Striemen waren oder wie idiotisch ich grunzte. Also begab ich mich ein paar Blocks weiter südlich zu Helenas Haus, das ebenso gut bewacht war, aber nicht mehr ganz so gut, nachdem ich den zweiten Trojaner in dieser Nacht erstochen und seine Leiche versteckt hatte, so gut es ging.

Nach Paris' Tod bei einem Bogenschützen-Duell war Helena einem anderen Sohn des Priamos, Deiphobos, zur Frau gegeben worden. Die Einwohner Iliums nannten ihn ›Verjager der Feinde‹, die Achäer auf dem Schlachtfeld hingegen ›Ochsenarsch‹, aber ihr neuer Gemahl war in dieser Nacht nicht daheim, und Helena schlief allein. Ich weckte sie.

Ich glaube nicht, dass ich Helena getötet hätte, wenn sie um Hilfe geschrien hätte – ich kannte sie seit vielen Jahren als Gast in Menelaos' vornehmem Hause, wisst ihr, zuvor jedoch auch als einer ihrer ersten Freier nach ihrer Ehemündigkeit, wenn auch nur aus formellen Gründen, weil ich zu jener Zeit glücklich mit Penelope verheiratet war. Ich hatte Tyndareos den Rat gegeben, die Freier schwören zu lassen, dass sie sich Helenas Wahl fügen würden, um auf diese Weise Blutvergießen wegen der schlechten Manieren der Verlierer zu vermeiden. Ich glaube, Helena war mir immer dankbar für diesen Rat.

Sie schrie nicht um Hilfe in jener Nacht, in der ich sie in ihrem Heim in Ilium aus unruhigem Schlaf weckte. Sie erkannte mich sofort, umarmte mich und wollte wissen, wie es ihrem wahren Gatten, Menelaos, und ihrer so weit entfernten Tochter ging. Ich erklärte ihr, alle seien wohlauf, verschwieg ihr jedoch, dass Menelaos auf dem Schlachtfeld bereits zwei schwere und ein halbes Dutzend leichte Verletzungen davongetragen hatte, unter anderem auch durch den Pfeil, der ihn gerade in die Hüfte getroffen hatte, und in verdrießlicher Stimmung war. Stattdessen erzählte ich ihr, wie sehr ihr Gemahl, ihre Tochter und ihre Familie in Sparta sie vermissten und sich nach ihrer Rückkehr sehnten, und dass sie ihr alles Gute wünschten.

Da lachte Helena. ›Mein Herr und Gemahl Menelaos wünscht mir den Tod, und das weißt du, Odysseus‹, sagte sie. ›Und ich bin sicher, er wird die Tat selbst vollbringen, wenn Iliums gewaltige Mauern und das skäische Tor demnächst fallen, wie Kassandra prophezeit hat.‹

Ich kannte dieses Orakel nicht – Delphi und Pallas Athene sind die einzigen Seherinnen der Zukunft, denen ich mein Ohr leihe –, aber ich konnte ihr nicht widersprechen; es war durchaus möglich, dass Menelaos ihr nach all den bitteren Jahren ihrer Treulosigkeit in den Armen und Betten seiner Feinde tatsächlich den Hals durchschneiden würde. Aber das sagte ich Helena nicht. Stattdessen erklärte ich ihr, dass ich mich bei Menelaos, dem Sohn des Atreus, für sie verwenden und ihn dazu überreden würde, ihr Leben zu schonen, wenn sie mich in dieser Nacht nicht verraten, sondern mir helfen würde, einen Weg in Priamos' Palast zu finden und das echte Palladion zu erkennen.

›Ich würde dich ohnehin nicht verraten, Odysseus, Sohn des Laertes, mein treuer und listiger Ratgeber‹, sagte Helena. Und dann erklärte sie mir, wie ich die Schutzvorkehrungen des Palastes überwinden und woran ich das echte Palladion erkennen konnte, wenn ich es inmitten seiner Nachbildungen sah.

Aber der Tag brach fast schon an. Es war zu spät, um meine Mission noch in dieser Nacht zu vollenden. Also nutzte ich die Lücken, die die von mir getöteten Wachposten hinterlassen hatten, und stahl mich auf demselben Weg, den ich hergekommen war, wieder aus der Stadt. Am nächsten Tag schlief ich lang, badete, aß und trank und bat dann Machaon, den Sohn des Asklepios und besten Heiler in Diensten des Heeres, eine Heilsalbe auf meine Peitschenwunden aufzulegen und sie zu verbinden.

Am Abend weihte ich Diomedes in meinen Plan ein, weil ich wusste, dass ich einen Verbündeten brauchen würde; ich konnte schließlich nicht kämpfen und zugleich den schweren Palladion-Stein tragen. In der tiefsten Stunde der Nacht kletterten der Sohn des Tydeus und ich über die Mauer – diesmal töteten wir den Wachposten mit einem wohlplatzierten Pfeil.

Dann eilten wir durch die Straßen und Gassen. Kein Schmierentheater mit ausgepeitschten Sklaven in dieser Nacht; stattdessen töteten wir rasch, sicher und lautlos jeden, der sich uns in den Weg stellte, und drangen durch einen verborgenen Abwasserkanal – Helena hatte mir beschrieben, wie ich ihn finden konnte – in Priamos' Palast ein.

Diomedes, ein stolzer Recke wie so viele jener dickschädeligen Helden aus Argos, war wenig begeistert davon, durch einen Abwasserkanal waten zu müssen, ganz gleich, zu welchem Zweck, und sei es die Eroberung Iliums. Er murrte, schimpfte, meckerte und stöhnte und war äußerst schlecht gelaunt, als wir zu allem Übel auch noch durch ein Loch in einem der Zehn-Mann-Donnerbalken in den Aborten im Keller des Palasts hinaufklettern mussten, wo sich Priamos' Schatzkammern befanden, umgeben von den Quartieren seiner Elitewachen.

Wir schlichen uns heimlich, still und leise hinein, aber unser Gestank eilte uns voraus, und wir mussten die ersten zwanzig Wachen töten, denen wir in diesen Korridoren begegneten; die einundzwanzigste zeigte uns, wie man die Türen der Schatzkammern öffnete, ohne einen Alarm oder eine Falle auszulösen, und dann schnitt Diomedes dem Mann ebenfalls die Kehle durch.

Zusätzlich zu Tonnen von Gold, Bergen kostbarer Steine, tiefen Perlenteichen, Stapeln wertvoller Stoffe, Truhen voller Diamanten und einem Großteil des übrigen Reichtums des sagenhaften Ostens befanden sich auch rund vierzig Statuen des Palladions in diesen Kammern. Sie waren in Nischen aufgestellt und glichen einander wie ein Ei dem anderen, bis auf die Größe.

›Helena hat gesagt, wir sollen nur die kleinste nehmen‹, erklärte ich Diomedes, und genau das tat ich; ich wickelte das Palladion in einen roten Umhang, den ich dem letzten getöteten Wachposten abgenommen hatte. Das Schicksal Iliums lag nun buchstäblich in unseren Händen. Wir mussten nur noch fliehen.

In diesem Moment beschloss Diomedes, dass er Priamos' Schatzkammern plündern wollte – und zwar jetzt sofort, noch in dieser Nacht. Die Verlockung all diesen Plunders war zu viel für den habgierigen, hirnlosen Kerl. Diomedes hätte unser zehnjähriges Blutopfer, unsere zehnjährige Fron für ein paar Hundert Pfund Gold eingetauscht.

Ich ... brachte ihn davon ab. Ich erspare es mir, euch den Kampf zu beschreiben, den wir ausfochten, als ich das rot umhüllte Palladion auf den Fußboden legte und mein Schwert zog, um den Sohn des Tydeus und König von Argos davon abzuhalten, unsere Mission durch seine Habgier zu ruinieren. Der Kampf war rasch vorbei; ich gewann ihn durch eine List. Na schön, wenn ihr darauf besteht, erzähle ich es euch – es war kein edler Zweikampf. Keine glorreiche *Aristie*. Ich schlug vor, dass wir vor dem Kampf unsere stinkenden Chitons ausziehen sollten, und während der große Trottel sich entkleidete, warf ich ihm einen zehn Minen schweren Goldklumpen an den Kopf und schlug ihn damit k.o.

Am Ende floh ich mit dem schweren Palladion in einer Armbeuge und dem noch schwereren, nackten Diomedes über der Schulter aus Priamos' Palast.

Da ich ihn so nicht über die Mauer tragen konnte, war ich bereit, willens und auch schon im Begriff, ihn bei dem Abwasserpfuhl am Auslass des großen Abflusskanals liegen zu lassen, der dort in den Fluss mündete, wo dieser unter Iliums Mauern hindurchführte, aber in diesem Moment kam Diomedes wieder zu sich und erklärte sich bereit, die Stadt zusammen mit mir zu verlassen. Wir verschwanden leise. Sehr leise. An diesem Tag sprach er kein Wort mehr mit mir, auch nicht in dieser Woche, nicht nach dem Fall und der Plünderung Iliums und während der Vorbereitungen zu unserer Heimfahrt.

Und auch ich habe seit diesem Tag kein Wort mehr mit Diomedes gesprochen.

Ich sollte hinzufügen, dass wir – kurz nachdem ich das Palladion in unser Argeierlager gebracht hatte, wo wir es gut versteckten – im sicheren Bewusstsein, dass Trojas Ende nahte, an dem gigantischen Holzpferd zu arbeiten begannen. Das Pferd diente drei Zwecken – erstens war es natürlich eine List, um mich und eine sorgfältig ausgewählte Gruppe meiner zuverlässigsten Kämpfer in die Stadt zu bringen; zweitens ein Mittel, die Trojaner dazu zu bewegen, den großen steinernen Sturz über dem skäischen Tor eigenhändig zu entfernen, damit sie das Weihopfer in ihre Stadt befördern konnten, denn es war prophezeit worden, dass Ilium erst nach diesen beiden Geschehnissen – dem Verlust des Palladions und der Zerstörung des skäischen Sturzes – fallen würde; und drittens und letztens bauten wir das riesige Pferd als Geschenk an Athene, um den Verlust ihres Palladions wettzumachen, denn sie war auch als Hippia, die ›Pferdegöttin‹, bekannt, weil sie den Pegasus für Bellerophontes gezähmt und aufgezäumt hatte und solche Freude daran fand, bei jeder Gelegenheit ihre eigenen Pferde zu reiten und zu bewegen.

Und dies, meine Freunde, ist meine kurze Geschichte vom Diebstahl des Palladions und von Iliums Untergang. Ich hoffe, sie hat euch gefallen. Habt ihr irgendwelche Fragen?«

Ada lenkte Harmans Aufmerksamkeit auf sich. *Das war seine* kurze *Geschichte?*, dachte sie und sah, wie ihr Geliebter den Gedanken wie eine Kusshand auffing.

»Ja, ich habe eine Frage«, sagte Daeman.

Odysseus nickte.

»Warum nennst du die Stadt manchmal Troja und sonst immer Ilium?«, fragte der pummelige junge Mann.

Odysseus schüttelte kaum merklich den Kopf, stand auf, holte seine Scheide mit dem Kurzschwert aus dem Sonie und ging in den Wald.

24 Ilium, Indiana und Olymp

Zeus ist zornig. Ich habe ihn schon früher zornig gesehen, aber diesmal ist er sehr, sehr, sehr zornig.

Der Göttervater stürmt in die zerstörte Heilkammer auf dem Olymp, lässt seinen Blick über das Trümmerfeld schweifen und starrt Aphrodites Körper an, der blass in einem Nest zappelnder grüner Würmer auf dem nassen Fußboden liegt. Dann dreht er sich um und schaut in meine Richtung, und ich bin sicher, dass er mich sieht – dass er die wie auch immer geartete Tarnvorrichtung des Hades-Helms durchschaut und mich *sieht*. Doch obwohl er mich mehrere Sekunden lang direkt anschaut und mit seinen eiskalten grauen Augen zwinkert, als träfe er eine Entscheidung, wendet er den Blick wieder ab, und ich, Thomas Hockenberry, ehemals Universitätsprofessor aus Indiana und neuerdings aus Helena von Trojas Bett, darf weiterleben.

Am rechten Arm und am linken Bein habe ich mir schmerzhafte Prellungen zugezogen, aber es ist nichts gebrochen, und so fliehe ich, während Dutzende von Göttern in den Genesungsraum gestürzt kommen, in der Tarnung des Hades-Helms aus dem Gebäude und qte zum einzigen Ort, der mir einfällt – außer Helenas Schlafgemach –, wo ich mich ausruhen und erholen kann: zur Scholikerkaserne am Fuß des Olymp.

Aus alter Gewohnheit gehe ich in meine Kabine, zu meinem kahlen Bett, behalte aber die aktivierte Kapuze des Hades-Helms auf, als ich mich darauf niederplumpsen lasse und unruhig döse. Der vergangene Tag, die Nacht und der Vormittag waren höllisch lang. Der Unsichtbare schläft.

Ich erwache von Schreien und Donnerschlägen in der Etage unter mir. Als ich auf den Flur hinausstürze, eilt gerade der Scholiker namens Blix vorbei – er läuft beinahe in mich hinein, weil er mich ja nicht sehen kann – und erklärt einem anderen Scholiker namens Campbell atemlos: »Die Muse ist da. Sie bringt alle um!«

Das stimmt. Ich hocke geduckt in der Ecke einer Treppe, als die Muse – unsere Muse, Melete, wie Aphrodite sie genannt hat – die wenigen überlebenden, flüchtenden Scholiker in der brennenden Kaserne niederstreckt. Aus den Händen der Göttin schießen Blitzstrahlen aus purer Energie hervor – kitschig, klischeehaft, aber schrecklich wirksam bei menschlichem Fleisch. Blix ist zum Tode verurteilt, aber mir fällt nichts ein, was ich für ihn oder die anderen tun kann.

Nightenhelser. Der stämmige Scholiker war in den letzten Jahren mein einziger echter Freund. Keuchend laufe ich zu seinem Zimmer in der Kaserne. Der Marmor ist zernarbt, das Holz brennt, das Fensterglas ist geschmolzen, aber hier liegt kein verkohlter Leichnam wie auf den Fluren und in den Gemeinschaftsräumen. Und keiner jener verbrannten Körper war korpulent genug für den stämmigen Nightenhelser. Auf einmal ertönen letzte Schreie aus dem zweiten Stock, dann ist es still. Nur das immer lauter werdende Brausen der Flammen ist noch zu hören. Ich schaue aus einem Fenster und sehe die Muse in ihrem Streitwagen vorbeisausen; die holografischen Pferde jagen in gestrecktem Galopp dahin. Der Panik nahe, vernehmlich am Rauch würgend – wenn die Muse noch in der Kaserne wäre, würde sie mich jetzt hören –, zwinge ich mich, mir Ilium und das Wirtshaus vorzustellen, in dem ich Nightenhelser am Abend vorher gesehen habe. Dann nehme ich das QT-Medaillon in die Hand, drehe es und entfliehe.

Er ist nicht in dem Wirtshaus, wo ich ihn am Morgen angetroffen habe. Ich eile zum Schlachtfeld; er ist auch nicht an seinem üblichen Platz auf der kleinen Anhöhe über den trojanischen Linien. Ich orientiere mich rasch über das Kampfgeschehen – Hektor und Paris führen die trojanischen Truppen gerade zu einem erfolgreichen Angriff gegen die flüchtenden Argeier –, dann qte ich zu einem schattigen Platz hinter den griechischen Linien, in der Nähe ihres Grabens und der Schanzpfähle, wo ich früher schon häufiger auf Nightenhelser gestoßen bin.

Er ist da, in Gestalt von Dolops, dem Sohn des Klytios, der noch ein paar Tage zu leben hat, bevor er – sofern Homer recht hat – von Hektor massakriert wird. Ohne erst noch eine andere Gestalt anzunehmen als die des unbeholfenen Hockenberry, nehme ich die Kapuze des Hades-Helms ab und laufe zu dem anderen Scholiker.

»Hockenberry, was …« Nightenhelser ist schockiert von meinem unprofessionellen Verhalten und der Reaktion der anderen Achäer in der Nähe. Aufmerksamkeit auf sich zu lenken, ist das Letzte, was ein Scholiker will – sofern er von einer rachsüchtigen Muse nicht zu Asche verbrannt werden möchte. Ich habe keine Ahnung, weshalb unsere Muse heute alle Scholiker auslöscht, aber ich vermute, dass ich irgendwie die Ursache für dieses Gemetzel an Unschuldigen bin.

»Wir müssen weg von hier«, schreie ich über das Getöse heraneilender Verstärkungen, wiehernder Pferde und rumpelnder Streitwagen hinweg. Von diesem staubigen Aussichtspunkt aus hat es den Anschein, als hätte die gesamte Mitte der griechischen Linien nachgegeben.

»Wovon reden Sie? Dies ist ein wichtiger Tag. Hektor und Paris sind …«

»Scheiß auf Hektor und Paris«, sage ich auf Englisch.

Hoch über den trojanischen Linien, wo Nightenhelser und ich oft Position beziehen, ist die Muse aus dem Nichts aufgetaucht. Eine andere Muse lenkt ihren fliegenden Streitwagen, während sie sich über die Seite beugt und die Truppen mit ihrem gesteigerten Sehvermögen absucht. Die Gestaltwandlung wird uns sterbliche Scholiker heute nicht retten.

Wie zum Beweis dafür hebt Melete – »meine« Muse – ihre offenen Hände und feuert einen kohärenten Energiestrahl zur Erde. Er trifft einen trojanischen Fußsoldaten namens Dios, der nach Homer eigentlich am Leben bleiben sollte, um im 24. Gesang herumkommandiert zu werden, jedoch an diesem Tag in einem Feuerblitz und einem Wirbelwind aus Rauch und Hitze stirbt. Andere Trojaner weichen erschrocken zurück, manche fliehen in Richtung der Stadt, ohne den Zorn dieser Göttin am Tag eines von Zeus gewünschten Sieges zu verstehen, aber Hektor und Paris sind fast einen halben Kilometer südöstlich von dieser Stelle und führen ihren Angriff, ohne sich auch nur einmal umzuschauen.

»Das war nicht Dios«, keucht Nightenhelser. »Das war Houston.«

»Ich weiß.« Ich schalte von meinem gesteigerten Sehvermögen wieder auf normale Sicht um. Houston war der jüngste und neueste Scholiker. Ich habe kaum mit ihm gesprochen. Wahrscheinlich war er heute in den trojanischen Linien, weil ich fehlte.

Der Streitwagen der Muse legt sich scharf in die Kurve und fliegt direkt auf uns zu. Ich glaube nicht, dass das Rabenaas uns schon gesehen hat – wir stehen mitten in einem Gewühl von aberhundert Männern und Pferden –, aber es kann nicht mehr lange dauern.

Was soll ich tun? Ich kann wieder den Hades-Helm aufsetzen, wie ein Feigling weglaufen und Nightenhelser sterben lassen, so, wie ich Blix und die anderen im Stich gelassen habe. Die eine Kappe kann uns unmöglich beide vor dem göttlichen Sehvermögen der Muse verbergen. *Oder wir können weglaufen – zu den schwarzen Schiffen.* Wir würden keine zwanzig Meter weit kommen.

Der Streitwagen geht tiefer herunter und tarnt sich, sodass er für das Gewimmel der Griechen und Trojaner unter ihm unsichtbar ist. Nightenhelser und ich sehen ihn mit unserem nanoverstärkten Sehvermögen trotzdem auf uns zukommen.

»Was in Dreiteufelsnamen …«, schreit Nightenhelser und lässt beinahe seinen Aufzeichnungsstab fallen, als ich beide Arme und ein Bein um ihn schlinge wie ein magerer Fußsoldat, der diesen stämmigen Bären von einem Mann zu vergewaltigen versucht.

Mit dem Arm um den Hals des fülligen Scholikers packe ich das QT-Medaillon und drehe es.

Ich habe keine Ahnung, ob es funktionieren wird. Eigentlich müsste es fehlschlagen. Das Medaillon soll offensichtlich nur die Person transportieren, die es trägt. Aber ich behalte immer meine Kleidung an, wenn ich qte, und mehr als einmal habe ich etwas durch den Planck-Raum mitgenommen, also umgibt das für die Teleportation aufgebaute Quantenfeld vielleicht auch Dinge, mit denen mein Körper in Berührung ist oder die meine Arme umgeben.

Ganz recht, *in Dreiteufelsnamen*. Es ist einen Versuch wert.

Wir materialisieren in Dunkelheit, purzeln einen Hang hinunter und rollen auseinander. Ich schaue mich hektisch um und versuche zu erkennen, wo wir sind. Ich hatte keine Zeit, um mir einen Zielort richtig bildlich vorzustellen – ich hatte mich einfach woandershin gewünscht und uns beide per Quantenteleportation … irgendwohin gebracht.

Wohin?

Der Mond scheint, und in seinem schwachen Licht sehe ich, wie Nightenhelser mich erschrocken anstarrt, als könnte ich ihn jede Sekunde von Neuem anspringen. Ich beachte ihn nicht weiter, sondern schaue zum Himmel hinauf – Sterne, Mondsichel, Milchstraße – und betrachte dann die Landschaft: hohe Bäume, ein grasbewachsener Hang, ein vorbeiströmender Fluss.

Wir sind eindeutig auf der Erde – der alten Erde Iliums zumindest –, aber es kommt mir nicht wie der Peloponnes oder Kleinasien vor.

»Wo sind wir?«, fragt Nightenhelser, während er sich aufrappelt und seine Kleider abklopft. »Was ist eigentlich los? Weshalb ist es Nacht?«

Die andere Seite der alten Welt, denke ich und sage: »Ich glaube, wir sind in Indiana.«

»Indiana?« Nightenhelser weicht noch einen Schritt weiter von mir zurück.

»Im Indiana des Jahres eintausendzweihundert vor Christus«, sage ich. »Plus minus einem Jahrhundert.« Ich habe mir wieder den Arm und das Bein verletzt, als ich den Hügel hinuntergekullert bin.

»Wie sind wir hierher gekommen?« Nightenhelser war immer ein sanfter Typ, ein wenig mürrisch auf seine weitschweifige, knurrige, bärenhafte Art, aber nie wirklich wütend über irgendetwas. Jetzt klingt er, als wäre er wütend.

»Ich habe uns qtet.«

»Wovon, zum Teufel, reden Sie, Hockenberry? Wir waren auch nicht annähernd in der Nähe des QT-Portals.«

Ich ignoriere ihn, setze mich auf einen kleinen Felsbrocken und reibe mir den Arm. Indiana war auch in meinem anderen Leben alles andere als ein bergiges Land, aber es gab hügelige, bewaldete, felsige Gebiete in der Umgebung von Bloomington, wo Susan und ich gelebt haben. Was ich mir in meiner Panik vorgestellt habe, war wohl … nun ja, *meine Heimat*. Ich wünschte wirklich, das QT-Medaillon hätte uns nicht nur durch den Raum, sondern auch durch die Zeit transportiert und uns im späten zwanzigsten Jahrhundert in Indiana abgesetzt, aber etwas an der reinen Dunkelheit des Nachthimmels und dem frischen, sauberen Geruch der Luft hier sagt mir, dass es nicht so ist.

Wer lebt hier 1200 vor Christus? Indianer. Es wäre eine Ironie, wenn uns das QT-Medaillon vor dem drohenden Tod durch –

buchstäblich – die Hand unserer Muse bewahrt hätte, nur um uns in die Neue Welt zu bringen, wo wir von Indianern skalpiert werden. *Vor der Ankunft des weißen Mannes haben nur die wenigsten Stämme ihre Opfer skalpiert,* leiert der pedantische Teil meines Professorengehirns weiter. *Obwohl ich mich erinnere, irgendwo gelesen zu haben, dass sie ihnen zum Beweis für die Tötung manchmal die Ohren abschnitten.*

Schon fühle ich mich besser. Bei einem Mörder kann man immer auf einen guten Prosastil zählen, lautet ein Sprichwort. Und ein Professor findet immer etwas Deprimierendes, wenn man ohnehin schon deprimiert ist.

»Hockenberry?« Nightenhelser sitzt auf einem schemelgroßen Felsbrocken in der Nähe – nicht zu nahe bei mir, wie ich bemerke – und reibt sich ebenfalls Ellbogen und Knie.

»Ich überlege, ich überlege«, sage ich mit meiner besten Jack-Benny-Stimme.

»Wenn Sie damit fertig sind, könnten Sie mir vielleicht sagen, weshalb die Muse eben den jungen Houston umgebracht hat.«

Das ernüchtert mich, aber ich weiß nicht recht, wie ich darauf antworten soll. »Bei den Göttern tut sich so einiges«, sage ich schließlich. »Komplotte. Intrigen. Pakte.«

»Was Sie nicht sagen«, erwidert Nightenhelser halb ironisch, halb als Aufforderung, ihm mehr zu erzählen.

Ich hebe beide Hände, die Handflächen nach außen. »Aphrodite wollte mich benutzen, um Athene umzubringen.«

Nightenhelser macht große Augen. Er kann gerade noch verhindern, dass ihm das Kinn herunterklappt.

»Ich weiß, was Sie jetzt denken«, sage ich. »Weshalb benutzt sie ausgerechnet Hockenberry? Weshalb gibt sie ihm die Macht, unbeaufsichtigt zu qten, und erlaubt ihm, sich unter dem Hades-Helm zu verstecken? Und Sie haben recht – es ergibt keinen Sinn.«

»Das habe ich nicht gedacht«, sagt Nightenhelser. Ein Meteor zischt über den gestirnten Himmel hinweg. Irgendwo im Wald hinter dem Hügel stößt eine Eule ihre Schreie aus, die fast an das Geräusch einer Hupe erinnern. »Ich habe mich nur gefragt, wie Sie mit Vornamen heißen.«

Jetzt bin ich derjenige, der große Augen macht. »Warum?«

»Weil die Götter die Verwendung von Vornamen missbilligt haben, und weil wir Angst hatten, einander besser kennenzulernen. Schließlich … verschwanden die Scholiker immer und wurden dann von den Göttern ersetzt«, sagt der korpulente Mann, der selbst im Halbdunkel bärenhaft wirkt. »Deshalb wüsste ich gern Ihren Vornamen.«

»Thomas«, sage ich nach einer Sekunde. »Tom. Und Ihrer?«

»Keith«, sagt der Mann, den ich seit vier Jahren ein wenig kenne. Er steht auf und schaut zum dunklen Wald hinüber. »Also, was nun, Tom?«

Aus diesem schwarzen Wald dringen die Geräusche von Insekten, Fröschen und anderen Nachtgeschöpfen an mein Ohr. Sofern es nicht in Wirklichkeit Indianer sind, die sich an uns heranschleichen.

»Wissen Sie, wie … ich meine, sind Sie früher öfter mal zelten gewesen … ich meine …«

»Sie meinen, ob ich sterbe, wenn Sie mich hier allein zurücklassen?«, fragt Nightenhelser … Keith.

»Ja.«

»Ich weiß es nicht. Wahrscheinlich. Aber ich vermute, meine Chancen stehen hier weitaus besser als auf der Ebene von Ilium. Zumindest, solange die Muse auf dem Kriegspfad ist …«

Vermutlich ist Keith jetzt ebenfalls auf Indianer fixiert.

»Außerdem habe ich all meine kleinen Scholiker-Hightech-Spielsachen und meine Ausrüstung dabei. Ich kann Feuer machen, mit dem Schwebegeschirr fliegen, wenn es sein muss, nötigenfalls zu einem Indianer morphen und sogar den Waffen-Taser einsetzen. Also sollten wir wohl wieder dorthin qten, wo Sie hinmüssen, und tun, was Sie tun müssen«, sagt Nightenhelser. »Sie können mich später über die Einzelheiten unterrichten … falls es ein Später gibt.«

Ich nicke und stehe auf. Es kommt mir seltsam … oder besser: falsch vor, den anderen Scholiker hier allein zu lassen, aber ich sehe nicht, dass ich eine andere Wahl habe.

»Finden Sie den Rückweg?«, fragt er. »*Hierher*, meine ich. Um mich zu holen.«

»Ich glaube schon.«

»Sie glauben? Sie *glauben*?« Nightenhelser rauft sich die Haare. »Ich hoffe, Sie waren nicht der Vorsitzende Ihres Fachbereichs, Hockenberry.«

Ich schätze, die Zeit der Vornamen ist vorbei.

Es gibt keinen Ort im Universum, wo ich weniger gern wäre als auf dem Olymp. Als ich dort eintreffe, haben sich die Bewohner dieses Berggipfels in der Großen Halle der Götter versammelt. Ich vergewissere mich, dass die Kapuze des Hades-Helms fest auf meinem Kopf sitzt und dass ich keinen Schatten werfe, und schlüpfe in das riesige, dem Parthenon nachempfundene Gebäude.

In meinen über neun Jahren als Scholiker habe ich noch nie so viele Götter an einem Ort gesehen. Auf einer Seite der langen Hologramm-Vertiefung, hoch oben auf seinem goldenen Thron, sitzt Zeus, größer denn je. Wie bereits erwähnt, sind die Götter normalerweise um die zweieinhalb Meter groß, außer wenn sie die Gestalt von Sterblichen annehmen, und Zeus überragt sie für gewöhnlich um mehr als einen Meter, ein göttlicher Erwachsener gegenüber kosmischen Kindern. Heute jedoch ist Zeus mindestens siebeneinhalb Meter groß; jeder seiner muskulösen Unterarme ist so lang wie mein Körper. Ich frage mich flüchtig, was das für jene Erhaltung von Masse und Energie bedeutet, über die mir der andere Scholiker vor Jahren etwas beizubringen versuchte, aber das ist jetzt unwichtig. Hinten an der Wand zu bleiben, weit weg vom Gewühl der Götter, keine Bewegung zu machen und keinen Laut von mir zu geben, nicht einmal ein Niesen, das mich all diesen feinen Superhelden-Sinnen verraten würde – *das* ist wichtig.

Ich dachte, ich würde alle Götter und Göttinnen mit Namen kennen, aber hier gibt es Dutzende, die mir völlig fremd sind. Diejenigen, die ich kenne, jene Götter und Göttinnen, die am meisten an den Kämpfen bei Troja beteiligt gewesen sind, heben sich von der Menge ab wie Filmstars in einer Versammlung drittklassiger Politiker, aber selbst der unbedeutendste dieser Götter ist größer, stärker, schöner und perfekter als jeder menschliche Filmstar, an den ich mich aus meinem anderen Leben erinnere. Gegenüber von Zeus, auf der anderen Seite des Hologramm-Pools, der den Raum nun wie ein langer Graben teilt, sehe ich zunächst Pallas Athene, den Kriegsgott Ares (offensichtlich entlassen aus seinem Genesungstank, der bei meinem Angriff auf den von Aphrodite nicht beschädigt wurde), Zeus' jüngere Brüder – den Meeresgott Poseidon (der selten auf den Olymp kommt) und Hades, den Herrscher über die Toten. Zeus' Sohn, Hermes, steht ebenfalls in der Nähe der Vertiefung; der Seelengeleiter und Riesenbezwinger ist so schlank und schön wie die Statuen, die ich von ihm gesehen habe. Ein anderer Sohn von Zeus, Dionysos, der Gott der ekstatischen Erlösung, unterhält sich mit Hera und hat im Gegensatz zu seinem bekannten Image keinen Weinpokal in der Hand. Für einen Gott der ekstatischen Erlösung wirkt Dionysos blass, schwach und mürrisch – wie jemand, der sich einer Abmagerungskur unterzieht und sich erst in der dritten Woche eines Zwölf-Stufen-Programms befindet. Hinter ihnen steht Nereus, der wahre Meeresgott, der Alte Mann der See. Er sieht älter aus als die Zeit. Zwischen Fingern und Zehen hat er Schwimmhäute, und unter seinen Achselhöhlen sind Kiemen zu sehen.

Die Moiren und Erinnyen sind in großer Zahl hier; sie nehmen – zufällig oder absichtlich – den Platz zwischen den Göttern und den Göttinnen ein. Beide sind in gewissem Sinn Gottheiten, haben jedoch in manchen Dingen Autorität über die anderen Götter. Sie sehen nicht so menschlich aus wie die richtigen Götter und Göttinnen, und ich muss gestehen, ich weiß fast nichts über sie, außer dass sie nicht auf dem Olymp leben, sondern auf einem der drei Vulkane weit im Südosten, in der Nähe des Wohnorts der Musen.

Meine Muse, Melete, ist ebenfalls da. Sie steht bei ihren Schwestern, Mneme und Aoide. Die »moderneren« Musen sind ebenfalls in der Menge – die echte Kalliope, Polyhymnia, Urania, Erato, Klio, Euterpe, Melpomene, Terpsichore und Thalia. Gleich hinter den Musen kommen die wichtigsten Göttinnen. Aphrodite ist nicht darunter – das ist das Erste, was mir auffällt. Wenn sie hier wäre, könnte sie mich ebenso gut sehen wie ich diese Gottheiten. Aber ihre Mutter, Dione, ist anwesend, sie spricht mit Hera und Hermes und schaut sehr ernst drein. In der Nähe dieser Gruppe sind Demeter – die Göttin der Feldfrüchte – und ihre Tochter Persephone, die Gemahlin des Hades. Hinter ihnen sehe ich Pasithea, eine der Chariten oder Grazien. Noch weiter hinten, wie es ihrem geringeren Stand gebührt, sind die Nereiden, nackt bis zur Taille, von liebreizendem und tückischem Aussehen.

Die Meta-Göttin namens Nacht steht allein. Ihr Gewand und ihr Schleier sind von so dunklem Purpur, dass sie fast schwarz sind, und selbst die anderen Götter und Göttinnen machen einen weiten Bogen um sie. Ich weiß nichts über Nacht; Gerüchte besagen, dass sogar Zeus Angst vor ihr hat, und ich habe sie noch nie auf dem Olymp gesehen.

Ich komme mir vor wie ein glotzender Filmfan in der Menschenmenge draußen vor dem Theater bei der Oscar-Verleihung, der die Superstars von den niedrigeren Göttern zu unterscheiden versucht. Drüben in der Nähe der Männer steht beispielsweise Hebe – sie ist die Göttin der Jugend, Tochter von Zeus und Hera, aber nur eine Dienerin der Götter –, und dort ist Hephaistos, der große Feuerwerker mit den flammend roten Haaren, und spricht mit seiner Frau, Charis, die nur eine der

Grazien ist. Die Hackordnung der Götter und Göttinnen, das merke ich nicht zum ersten Mal, ist eine komplizierte Sache.

Auf einmal fliegt die Göttin Iris, die Botin des Zeus, nach vorn – ja, sie fliegt – und klatscht in die Hände. »Vater will sprechen«, sagt sie. Ihre Stimme ist so klar und lebhaft wie ein Flötensolo.

Sofort verstummen die zahllosen Gespräche, und in dem riesigen, hallenden Saal wird es still.

Zeus erhebt sich. Sein goldener Thron und die goldenen Stufen, die zu ihm emporführen, strahlen einen Glanz aus, der ihn in göttliches Licht taucht.

»Hört mich an, alle Götter und auch ihr Göttinnen alle«, beginnt Zeus. Seine Stimme ist leise, aber so kraftvoll, dass ich ihre Vibration in den hohen Marmorwänden spüre. »Heute hat ein Gott oder eine Göttin versucht, Aphrodite etwas zuleide zu tun. Sie wird gerade in unserer Genesungshalle geheilt, und obwohl sie am Leben bleiben wird, war es knapp; es wird noch viele Tage dauern, bis sie wieder gesund ist. *Heute hat ein Gott oder eine Göttin versucht, eine Unsterbliche zu töten – eine von uns, welcher der Tod nicht bestimmt ist.*«

Das Gemurmel und die schockierte Unterhaltung sind zunächst ein Summen, steigern sich dann jedoch in dem riesigen Raum zu einem Brausen.

»**RUHE!!**«, brüllt Zeus, und diesmal ist seine Stimme so laut, dass sie mich niederwirft und wie eine Steppenhexe in einem Tornado über den Marmorboden schlittern lässt. Glücklicherweise treffe ich unterwegs keinen der Götter oder Göttinnen, und das Geräusch, das ich erzeuge, geht in den Echos von Zeus' Ruf unter.

»Hört mich an, ihr Götter und Göttinnen«, fährt er fort, die Stimme wie von einem ultimativen 16-Kanal-Dolby-Sound verstärkt. »Keine der weiblichen Götter und keiner der männlichen trachte, meinem Wort zu trotzen. Ihr werdet euch meinem Willen beugen – und zwar **AUF DER STELLE!**«

Diesmal bin ich auf die Hurrikanstärke seiner Stimme vorbereitet und halte mich an einer Säule fest, bis ihre Energie verflogen ist.

»Hört mir zu.« Zeus flüstert jetzt beinahe, und sein sanfter Ton lässt seine Macht noch schrecklicher erscheinen. »Wer es wagt, meinem Wort zuwiderzuhandeln, indem er den Danaern oder den Trojanern hilft, so wie ich es diesen Monat erlebt habe, der kehrt ungebührlich geschlagen heim und wird fortan vom Olymp verbannt. Trotzt mir, und ihr werdet merken, wie es ist, in des Tartaros Düster hinabgeworfen zu werden, ein halbes Universum weit hinweg in Raum und Zeit, in den tiefsten Abgrund unter unseren Quanten-Ichs.«

Während er spricht, beginnt es in der langen Hologramm-Grube zu brodeln und zu sprudeln. Sie färbt sich pechschwarz und wird dann etwas anderes als ein Hologramm; aus der rechteckigen Vertiefung – sie sieht aus wie ein Dutzend aneinandergereihter, olympiatauglicher Schwimmbecken, die nun mit kochendem, brodelndem schwarzem Öl gefüllt sind – steigt plötzlich ein brüllendes Fauchen empor, und sie verwandelt sich in ein Loch, das zu einem dunklen, glutroten Ort in einer schrecklichen Tiefe führt. Schwefelgestank wallt herauf, und die Götter und Göttinnen am Rand weichen zurück.

»Sehet den Tartaros!«, ruft Zeus. »So weit unter dem Hades wie dieser unter der Erde. Wisst ihr noch – ihr älteren Götter und Göttinnen unter uns –, wie ihr mir in den zehnjährigen Krieg mit den Titanen gefolgt seid, die vor uns geherrscht haben? Wisst ihr noch, dass ich Kronos und Rhea – meine eigenen Eltern – durch diese eisernen Pforten und über diese ehernen Schwellen geschleudert habe – ja, und auch den Iapetus, trotz all seiner göttlichen Macht?«

In der Halle ist es still, bis auf das gedämpfte Brüllen, Fauchen und Schreien, das aus der offenen Tartaros-Grube heraufdringt. Sie klafft keine zehn Meter von dort, wo ich kauere, und ich zweifle nicht im Geringsten daran, dass dies kein Hologramm ist, sondern ein Höllenschlund.

»ICH HABE MEINE EIGENEN ELTERN FÜR ALLE EWIGKEIT IN DIESE GRUBE ALLER GRUBEN GESCHLEUDERT«, brüllt Zeus. »BEZWEIFELT IHR ETWA, DASS ICH MIT EUREN KREISCHENDEN SEELEN IN EINER SEKUNDE DASSELBE TUN WERDE?«

Die Götter und Göttinnen antworten nicht. Sie weichen nur einige weitere Schritte von dieser stinkenden Leere zurück.

Zeus' Lächeln ist schrecklich. »Wohlan, versucht es, ihr Götter, dann seht ihr es alle.«

Ein langes, dickes, goldenes Seil fällt vom Dach der Halle herab. Götter und Göttinnen springen hastig beiseite. Es schlägt mit einem hallenden Krachen auf Marmor und bleibt quer über dem Höllenschlund liegen. Das Seil ist dicker als ein Schiffstau und scheint aus abertausend zolldicken Strängen aus echtem Gold gewoben zu sein. Es muss viele Tonnen wiegen.

Zeus schreitet die goldenen Stufen herab, hebt sein Ende des Seils auf und hält es locker in den gewaltigen Händen. »Ergreift euer Ende des Seils«, sagt er beinahe fröhlich.

Die Götter und Göttinnen sehen einander an und rühren sich nicht.

»ERGREIFT EUER ENDE!«

Hunderte von Unsterblichen und ihren unsterblichen Dienern gehorchen schleunigst; wie Kinder beim Tauziehen balgen sie sich um einen Platz an dem langen Seil. Binnen einer Minute steht Zeus allein auf seiner Seite der Tartaros-Grube, das Seil lässig in der Hand, während die zahllosen Götter und Göttinnen auf der anderen Seite mit ihren mächtigen Götterhänden den goldenen Strang umklammern.

»Zieht mich hinab«, befiehlt Zeus. »Zieht mich aus dem Himmel zur Erde, zum Hades und noch weiter hinab, in die stinkenden Tiefen des Tartaros. Zieht mich hinab, sage ich.«

Kein einziger Gott bewegt einen gebräunten Muskel.

»ZIEHT MICH HINAB, ICH BEFEHLE ES EUCH!« Zeus packt das goldene Seil und zieht daran. Die Sandalen der Götter rutschen und scharren quietschend über Marmor. Mehrere Hundert hintereinander aufgereihte Götter und Göttinnen werden näher an die Grube herangeschleift, manche stolpern, andere fallen auf die Knie.

»ZUR HÖLLE MIT EUCH – ZIEHT!«, brüllt Zeus. »ZIEHT, ODER IHR WERDET IN DEN STINKENDEN TARTAROS GESTÜRZT, BIS DIE ZEIT VON DEN KNOCHEN DES UNIVERSUMS FAULT!«

Zeus zieht erneut, und zwanzig Meter goldenes Seil rollen sich hinter ihm auf. Die Polonaise-Schlange der Götter und Göttinnen, Chariten und Erynnien, Nereiden, Nymphen und was nicht alles auf der anderen Seite – alle außer der purpurn gewandeten Nacht ziehen am Seil – rutscht quietschend näher an die Grube heran. Athene, die Erste am Seil, ist nur noch zehn Meter vom Rand entfernt, als sie schreit: »Zieht, ihr Götter! Zieht den alten Drecksack hinein!!«

Ares, Apollo, Hermes, Poseidon und die anderen mächtigsten Götter legen sich voll ins Zeug. Sie hören auf zu rutschen. Das Seil strafft sich, franst aus und knirscht vor Spannung. Die Göttinnen schreien und ziehen alle zugleich, Hera – Zeus' Gemahlin – zieht noch fester als die anderen. Das goldene Seil dehnt sich und ächzt.

Zeus lacht. Er hält sie alle mit einer Hand am Seil in Schach. Jetzt packt er das Seil auch mit der anderen Hand und zieht erneut.

Die Götter kreischen wie Kinder in der Achterbahn. Athene und ihre unmittelbaren Hinterleute am Seil schlittern über den Marmor, als wäre er Eis. Sie rutschen immer näher an die tosende Tartaros-Grube heran, während Dutzende geringerer Unsterblicher aufgeben und vom Seil wegspringen. Doch Athene lässt nicht los. Die grauäugige Göttin wird erbarmungslos zum Rand des dampfenden Höllentors gezogen. Es hat den Anschein, als würde die ganze Schlange der mit aller Kraft ziehenden, schwitzenden, fluchenden Unsterblichen hineinstürzen.

Zeus lacht und lässt das Seil los. Die Götter und Göttinnen fliegen rückwärts und landen der Reihe nach unsanft auf ihren unsterblichen Hintern.

»Ihr Götter und Göttinnen, Kinder, Brüder, Schwestern, Söhne, Töchter, Cousinen und Diener – ihr zöget mich nicht hinab«, sagt Zeus. Er kehrt zu seinem Thron zurück und setzt sich. »Auch wenn ihr euch die Arme aus den Gelenkpfannen risset und euch noch so sehr mühtet, könntet ihr mich nicht von der Stelle bewegen, wenn ich nicht freiwillig nachgäbe. Ich bin Zeus, der größte und mächtigste König von allen.«

Er hebt einen riesigen Finger. »Aber … sobald es mir im Ernst gefiele zu ziehen, zöge ich euch vom Olymp, ließe euch im schwarzen Raum über dem Tartaros baumeln, bände die Erde und das Meer daran, schlänge das Ende des Seils sodann um das Horn dieses Berges namens Olymp und ließe euch dort in der Dunkelheit hängen, bis die Sonne erkaltet.«

Hätte ich nicht gesehen, was ich gerade gesehen habe, würde ich glauben, der alte Bastard blufft. Jetzt weiß ich es besser.

Athene, die höchstens einen Meter vom Rand der Tartaros-Grube entfernt am Boden liegt, steht auf und sagt: »O du Vater von uns, Kronide, der du bist im höchsten Thron des Himmels, sehr wohl kennen auch wir deine Stärke. Wer könnte gegen dich bestehen? Wir nicht …«

Alle Unsterblichen scheinen den Atem anzuhalten. Athenes Temperament ist legendär, und es mangelt ihr häufig an diplomatischem Geschick – wenn sie jetzt das Falsche sagt …

»Dennoch«, sagt Zeus' grauäugige Tochter, »beklagen wir diese Sterblichen, meine todgeweihten Danaerkämpfer, die auf ihrer kleinen Bühne ihre kleinen Rollen spielen und ihre schrecklichen Tode sterben, die am Ende ihres kleinen Lebens in ihrem eigenen Blut ertrinken.«

Sie tritt zwei Schritte vor, sodass die Spitzen ihrer Sandalen über den Rand der schwarzen Grube ragen. Irgendwo in der von Blitzen durchzuckten Finsternis des Tartaros, abertausend Meter unter ihr, brüllt etwas Großes voller Schmerz und Angst.

»Freilich, Zeus«, fährt Athene fort, »enthalten wir uns des Kampfes, wie du gebietest. Doch erlaube uns wenigstens, unseren sterblichen Lieblingen Rat zu geben, der ihnen nützt, sodass sie nicht alle unter dem Blitzstrahl deines unsterblichen Zornes zugrunde gehen.«

Zeus sieht seine Tochter einen langen Moment an, und ich jedenfalls kann den Ausdruck in seinen Augen nicht ergründen. Wut? Belustigung? Ungeduld?

»Tritogeneia – drittgeborenes Kind – liebe Tochter«, sagt Zeus, »dein Mut hat mir schon immer Kopfschmerzen bereitet. Aber fasse dich, denn die Lektion, die ich euch heute erteilt habe, entspringt nicht ernstlichem Zorn; ich wollte nur allen hier Versammelten die Folgen ihres Ungehorsams vor Augen führen.«

Mit diesen Worten steigt Zeus von seinem Thron herab, sein persönlicher Streitwagen kommt zwischen den gewaltigen Säulen hindurch angeflogen, und die beiden Rosse mit den ehernen Hufen – echte Pferde, wie ich sehe, keine Hologramme – landen mit flatternden goldenen Mähnen neben ihm. Zeus legt seinen goldenen Harnisch an und hebt seine Peitsche aus ihrem Ständer. Er besteigt seinen Wagen, knallt mit der Peitsche, und ich sehe zu, wie das Gespann über den Marmor rollt und sich dann in die Luft erhebt, in dreißig Meter Höhe über den Köpfen der Götter und Göttinnen einmal die Halle umkreist, schließlich zwischen den Säulen hindurch hinausfliegt und mit einem Quantendonnerschlag verschwindet.

Langsam verlassen die Götter, Göttinnen und niedrigeren Chargen die Halle. Sie unterhalten sich leise miteinander, schmieden Komplotte, und ich bin sicher, dass niemand von ihnen die Absicht hat, ihrem Herrn und Meister zu gehorchen.

Und ich, ich bleibe einfach nur eine Weile hier sitzen. Wie schön, dass ich unsichtbar bin. Mein Mund steht offen, und ich hechle wie ein geprügelter Hund an einem heißen Tag. Es fühlt sich so an, als würde ich ein wenig sabbern.

Hier oben auf dem Olymp ist es manchmal schwer, felsenfest an Ursache und Wirkung und an die wissenschaftliche Methode zu glauben.

25 Sumpfzypressenwald

Daeman war jetzt ganz allein. Außer ihm befand sich nur noch das Sonie auf der Waldlichtung, und das gefiel ihm nicht.

Nachdem Savi weggegangen war, hatte Odysseus seine endlose, nichtssagende Geschichte erzählt und war anschließend in den Wald aufgebrochen. Hannah hatte eine Minute gewartet und war dem alten Mann dann gefolgt. (Daeman hatte an diesem Morgen sofort gewusst, dass Hannah und der bärtige Mann es in der vergangenen Nacht miteinander getrieben hatten – sein Sex-Radar irrte sich selten.) Ein paar Minuten später hatten Ada und der andere alte Mann, Harman, erklärt, sie wollten einen kleinen Spaziergang machen, und waren dann in der entgegengesetzten Richtung unter den Bäumen verschwunden. (Daeman wusste, dass auch sie in der Nacht zuvor miteinander gevögelt hatten. Offenbar waren er und die alte Hexe, Savi, die Einzigen, die sich nicht amüsierten.)

Also war Daeman nun allein auf der Waldlichtung. Er lehnte sich an den Rumpf des gelandeten Sonies und horchte auf das Rascheln von Blättern und das Knacken von Zweigen im dunklen Wald, und es gefiel ihm ganz und gar nicht. Wenn ein Allosaurier auftauchte, konnte er sofort ins Sonie springen – aber was dann? Er wusste nicht einmal, wie man die holografische Steuerung einschaltete, geschweige denn, wie man die Kraftfeldkuppel aktivierte oder wegflog. Er würde für den Dino ein hübsch angerichtetes Hors d'œuvre sein.

Daeman überlegte, ob er in den Wald rufen und Savi oder die anderen zur Rückkehr auffordern sollte, verwarf den Gedanken aber sofort. Wurden Dinosaurier und andere Raubtiere von Rufen angezogen? Er würde keine Experimente anstellen, um es herauszufinden. Mittlerweile fühlte er sich ziemlich unwohl – nicht nur aus Angst, sondern auch, weil er auf die Toilette musste. Die anderen mochten sich mit dem Papier, das Savi ihnen gegeben hatte, in den Wald verdrückt haben, aber Daeman war ein zivilisierter Mensch; er war noch nie ohne … nun ja … Toilettenpapier auf die Toilette gegangen, und er würde jetzt nicht damit anfangen … Natürlich wusste er nicht, wie viele Stunden es noch dauern würde, bis sie nach Ardis Hall kamen, und Savi hörte sich so an, als wollte sie dort nicht einmal einen kurzen Zwischenaufenthalt einlegen, sondern nur Hannah, Ada und den grotesken Schwindler absetzen, der sich Odysseus nannte, und dann gleich zum Mittelmeerbecken oder wohin auch immer weiterfliegen. Daeman wusste, *so* lange konnte er nicht warten.

Er merkte, dass er eher entmutigt als ängstlich war. Gestern schien jeder überrascht gewesen zu sein, als er sich freiwillig bereit erklärt hatte, mit der alten Frau und Harman auf ihre groteske Expedition zu gehen, aber niemand hatte den wahren Grund für seine Entscheidung erraten. Erstens fürchtete er sich vor den Dinosauriern in der Umgebung von Ardis Hall. Dorthin wollte er nicht zurück. Zweitens hatte ihn das ganze Gerede darüber, dass Faxen eine Art Vernichtung und Wiedererschaffung von Menschen sei, außerordentlich nervös gemacht. Wem wäre es wohl anders gegangen, wenn er so kurz nach dem Erwachen in der Klinik erfahren hätte, dass sein echter Körper vernichtet worden war? Daeman war fast an jedem Tag seines Lebens gefaxt, aber der Gedanke, jetzt ein Faxportal zu betreten – in dem Wissen, dass es seine Muskeln und Knochen, sein Gehirn und sein Gedächtnis auflösen und dann einfach woanders eine Kopie erschaffen würde, falls die alte Frau die

Wahrheit sagte –, nun, diese Vorstellung machte ihm höllisch zu schaffen.

Deshalb hatte er beschlossen, noch ein paar Tage mit dem Sonie zu reisen. So würden ihm sowohl die Dinosaurier von Ardis als auch die Fax-Zerstörung seiner Atome, Moleküle oder was auch immer erspart bleiben.

Momentan wünschte er sich nur eine Toilette und dass ihm ein Servitor oder seine Mutter Abendessen machte. Vielleicht würde er sich von der alten Frau nach Ardis in Paris-Krater absetzen lassen. Das war doch nicht so weit entfernt, oder? Obwohl Daeman einen flüchtigen Blick auf Harmans Gekritzel – seine »Karte« – erhascht hatte, machte er sich keinen Begriff von der Geografie der Welt. Alles war gleich weit entfernt – einen Faxportal-Schritt.

Die alte Frau kam aus dem Wald, sah Daeman, der allein an dem schwebenden Sonie lehnte, und fragte: »Wo sind die anderen?«

»Das wüsste ich auch gern. Zuerst ist der Barbar verschwunden. Dann ist Hannah hinter ihm hergelaufen. Danach sind Ada und Harman in *diese* Richtung gegangen …« Er zeigte zu den hohen Bäumen auf der anderen Seite der Lichtung.

»Weshalb benutzt du nicht deine Handfläche?«, fragte Savi und lächelte, als hätte sie etwas Amüsantes gesagt.

»Habe ich schon versucht. Auf deinem Eis-Ding. Und bei der Brücke. Hier. Es funktioniert nicht.« Er hob die linke Hand, dachte an die Suchfunktion und zeigte ihr das leere weiße Rechteck, das dort schwebte.

»Das ist bloß die direkte Ortungsfunktion«, sagte Savi. »Nur ein Pfeilzeichen als Richtungsweiser, wenn man in der Nähe von etwas ist, zum Beispiel in einer Bücherei auf der Suche nach einem Buch im falschen Gang. Benutze Farnet oder Proxnet.«

Daeman starrte sie an. Er hatte vom ersten Moment an am Verstand der alten Frau gezweifelt.

»Ach, ist schon gut.« Auf Savis Gesicht lag immer noch dieses humorlose Lächeln. »Ihr habt die Funktionen alle vergessen. Eine Generation nach der anderen.«

»Wovon redest du?«, fragte Daeman. »Die alten Funktionen wie Lesen gibt es nicht mehr. Sie sind mit den Nachmenschen verschwunden.« Er zeigte zu den Ringen, die den kleinen blauen Himmelsfleck über ihnen durchquerten.

»Unsinn.« Savi kam zu ihm, lehnte sich neben ihn an das Sonie, packte seinen linken Arm und drehte die Handfläche zu sich. »Stell dir drei rote Kreise vor, jeweils mit einem blauen Quadrat in der Mitte.«

»Was?«

»Du hast gehört, was ich gesagt habe.« Sie hielt sein Handgelenk weiterhin fest.

So ein Blödsinn, dachte Daeman, aber er stellte sich drei rote Kreise vor, in deren Zentrum blaue Quadrate schwebten.

Statt des kleinen Rechtecks aus weißgelbem Licht, das von der Suchfunktion erzeugt wurde, schwebte nun ein großes blaues Lichtoval fünfzehn Zentimeter über seiner Handfläche.

»Herrje!«, rief Daeman, entzog ihr die Hand und schüttelte sie wie wild, als wäre gerade ein riesiges Insekt darauf gelandet. Das blaue Oval machte die Bewegungen mit.

»Immer mit der Ruhe«, sagte Savi. »Es ist leer. Stell dir irgendjemanden vor.«

»Wen denn?« Daeman fand es ausgesprochen unangenehm, dass sein Körper zu etwas fähig war, wovon er nichts wusste.

»Irgendwen. Jemanden aus deinem näheren Bekanntenkreis.«

Daeman schloss die Augen und stellte sich das Gesicht seiner Mutter vor. Als er die Augen wieder aufschlug, war das blaue Oval voller grafischer Darstellungen. Straßennetze, ein Fluss, Worte, die er nicht lesen konnte – das Luftbild eines schwarzen Kreises, zweifellos der Krater im Herzen von Paris-Krater. Das Bild zoomte heran, und auf einmal befand er sich im vierten Stock eines stilisierten Bauwerks in der Nähe des Kraters, in einem nach hinten hinaus gelegenen Domi – nicht sein Zuhause. Zwei stilisierte menschliche Figuren – Zeichentrickfiguren, aber mit echten, menschlichen Gesichtern – waren im Bett, die Frau auf dem Mann, und sie bewegte sich …

Daeman ballte die Hand zur Faust und schaltete das Oval ab.

»Entschuldige«, sagte Savi. »Ich habe nicht daran gedacht, dass heute keiner mehr Ortungssperren benutzt. Deine Freundin?«

»Meine Mutter.« Daeman verspürte einen galligen Geschmack im Mund. Es war Gomans Domi-Komplex auf der anderen Seite des Kraters gewesen – er kannte die Anordnung der Räume aus seiner Kindheit; damals hatte er in den Innenräumen gespielt, während seine Mutter mit dem hochgewachsenen dunkelhäutigen Mann mit der weichen Stimme verkehrt hatte. Daeman mochte Goman nicht und hatte nicht gewusst, dass seine Mutter sich noch mit ihm traf. Laut Harmans Worten von vorhin war es bereits Nacht in Paris-Krater.

»Schauen wir mal, ob wir Hannah, Ada und die anderen finden«, sagte Savi. Sie lachte in sich hinein. »Obwohl sie sich vielleicht auch wünschen, sie hätten Farnet-Sperren aktiviert.«

Daeman wollte seine Faust nicht öffnen.

»Recycle es«, sagte Savi.

»Wie?«

»Wie wirst du dein Pfeilzeichen los?«

»Ich denke einfach ›aus‹«, sagte Daeman und fügte im Geist hinzu: *Dummkopf.*

»Dann tu das.«

Daeman gehorchte, und das blaue Oval erlosch.

»Proxnet aktiviert man, indem man an einen gelben Kreis mit einem grünen Dreieck darin denkt«, erklärte Savi. Sie schaute auf ihre eigene Handfläche, und ein leuchtend gelbes Rechteck erschien darüber.

Daeman tat dasselbe.

»Denk an Hannah«, sagte Savi.

Er tat es. Ihre beiden Handflächen zeigten einen Kontinent – Nordamerika, aber Daeman konnte ihn nicht identifizieren –, dann zoomte die Darstellung auf den südlichen Abschnitt, auf einen Bereich nördlich der Küstenlinie, auf eine komplizierte Reihe unleserlicher Worte und topografischer Karten, unter stilisierten Bäumen, auf eine stilisierte weibliche Gestalt mit Hannahs Kopf auf dem Zeichentrickkörper, die allein dahinspazierte – nein, nicht allein, erkannte Daeman, denn ein Fragezeichen ging neben ihr her.

Savi lachte erneut in sich hinein. »Proxnet kann Odysseus nicht verarbeiten.«

»Ich sehe Odysseus nicht«, sagte Daeman.

Savi langte in den gelben Holo-Würfel und berührte das Fragezeichen. Sie deutete auf zwei rote Figuren am Rand der Wolke. »Das sind wir«, sagte sie. »Ada und Harman müssen im Norden sein, außerhalb des Gitters.«

»Woher wissen wir, dass das Hannah ist?«, fragte Daeman, obwohl er ihren Kopf von oben gesehen hatte.

»Denk ›Großaufnahme‹«, sagte Savi. Sie zeigte ihm ihre Handflächenwolke. Der Blickwinkel war noch niedriger geworden und hatte sich stabilisiert, und nun sah man die stilisierte Hannah mit dem Gesicht der echten Hannah zwischen stilisierten Bäumen an einem stilisierten Fluss entlanggehen.

Er dachte »Großaufnahme« und staunte über die Klarheit des Bildes. Er sah die Schatten der Bäume auf ihrem Gesicht. Sie unterhielt sich lebhaft mit dem neben ihr schwebenden Symbol, das Savi »Fragezeichen« genannt hatte. Daeman war froh, dass er Hannah nicht beim Bumsen angetroffen hatte.

Savi musste sich Ada und Harman vorgestellt haben, denn ihre gelbe Handflächenwolke veränderte sich und zeigte zwei Gestalten, die irgendwo nördlich der stationären roten Punkte – Savi zufolge Daeman und sie selbst – auf topografischen Symbolen gingen.

»Alle sind am Leben, niemand ist von Dinosauriern gefressen worden«, sagte Savi. »Aber ich wünschte wirklich, sie kämen zurück, damit wir weiterfliegen können. Es ist schon spät. In den alten Zeiten hätte ich einfach über ihre Handflächen Verbindung zu ihnen aufgenommen und ihnen gesagt, sie sollen machen, dass sie herkommen.«

»Man kann sich damit unterhalten?« Daeman hob seine leere Handfläche.

»Natürlich.«

»Weshalb wissen wir das nicht?« Seine Stimme klang beinahe wütend.

Savi zuckte die Achseln. »Ihr wisst so vieles nicht mehr, ihr sogenannten Altmenschen.«

»Was soll das heißen, ›sogenannte Altmenschen‹?«, fragte Daeman. Jetzt war er wirklich wütend.

»Glaubst du allen Ernstes, die Menschen des Untergegangenen Zeitalters, die Alten, hätten all diese genetisch hochfrisierten Nanomaschinen in ihren Zellen und Körpern gehabt?«

»Ja«, sagte Daeman, obwohl ihm bewusst wurde, dass er absolut nichts über die Altmenschen des Untergegangenen Zeitalters wusste. Aber sie waren ihm ohnehin völlig gleichgültig.

Savi schwieg eine Minute. Daeman fand, dass sie müde aussah, aber vielleicht sahen alle alten Menschen aus der Zeit vor der Klinik so schlecht aus – er wusste es nicht.

»Wir sollten sie holen gehen«, sagte sie schließlich. »Ich übernehme Hannah und Odysseus, du holst Ada und Harman. Schalte deine Handfläche auf Proxnet und aktiviere deinen Sucher auf die übliche Weise, dann führt er dich zu ihnen. Sag ihnen, der Bus fährt ab.«

Daeman hatte keine Ahnung, was »Bus« bedeutete, aber das war nicht wichtig. »Gibt es noch weitere Funktionen?«, fragte er, bevor sie losgehen konnte.

»Hunderte.«

»Zeig mir eine«, verlangte Daeman. Er glaubte ihr nicht – Hunderte waren es bestimmt nicht –, aber schon ein oder zwei weitere würden ihn bei Partys beliebt und für junge Frauen interessant machen.

Savi seufzte und lehnte sich wieder ans Sonie. Ein Wind war aufgekommen und bewegte die Zweige der Sequoia hoch über ihnen. »Ich kann dir die Funktion zeigen, die die Nachmenschen schließlich von der Erde vertrieben hat«, sagte sie leise. »Das Allnet.«

Daeman ballte die Hand erneut zur Faust und zog sie weg. »Nicht, wenn es gefährlich ist.«

»Ist es nicht«, sagte Savi. »Nicht für uns. Pass auf, ich fange an.« Sie drückte seinen Arm herunter, zog ihm die Finger auf und berührte seine Handfläche auf eine Weise, die er beinahe erregend fand. Dann legte sie ihre linke Handfläche an seine.

»Stell dir vier blaue Rechtecke vor, darunter drei rote Kreise, darunter vier grüne Dreiecke«, sagte sie leise.

Daeman runzelte die Stirn. Das war schwierig; die Formen flirrten an der Grenze seiner Fähigkeit, das Bild festzuhalten, aber schließlich gelang es ihm, mit geschlossenen Augen.

»Öffne die Augen«, sagte Savi.

Er gehorchte und griff eine Sekunde später hektisch mit beiden Händen nach dem Sonie, um sich daran festzuhalten.

Über seiner Handfläche war keine Wolke. Keine unleserliche Karte oder Zeichentrickfigur.

Stattdessen hatte sich alles in seinem Blickfeld verwandelt. Die Bäume um ihn herum, die er nur als Schattenspender wahrgenommen hatte, waren jetzt hoch aufragende, komplexe, transparente Gebilde – Schicht um Schicht pulsierenden, lebendigen Gewebes, tote Rinde, Blasen, Adern, totes inneres Material, das strukturelle Vektoren und Ringe mit in permanenter Veränderung begriffenen Datenkolonnen zeigte, das sich bewegende Grün und Rot des Lebens – Nadeln, Xylem, Phloem, Wasser, Zucker, Energie, Sonnenlicht. Er wusste, wenn er die

Daten lesen könnte, würde er die Hydrologie des lebendigen Wunders, das dieser Baum war, exakt verstehen, würde genau wissen, wie viele Joule Druck erforderlich waren, um all dieses Wasser osmotisch aus den Wurzeln hochsteigen zu lassen – wenn er hinunterschaute, *sah* er die Wurzeln unter dem Erdreich, den Energieaustausch des Wassers vom Erdreich in diese Wurzeln und seine lange Reise von den Wurzeln in die vertikalen Tubuli, die dieses Wasser emporsteigen ließen – senkrecht, Dutzende von Metern! Als ob ein Riese an einem Strohhalm saugte! – und dann seitwärts, Wassermoleküle in Leitungsbahnen mit einem Durchmesser von wenigen Molekülen, hinaus in Äste, die fünfzehn, zwanzig, fünfundzwanzig Meter lang waren und dünner wurden, immer dünner, das Leben und die Nährstoffe in diesem Wasser, die Energie von der Sonne …

Daeman schaute nach oben und sah das Sonnenlicht als den diskreten Energieregen, der es war – Sonnenlicht traf auf die Nadeln der Bäume und wurde absorbiert, Sonnenlicht traf auf den Humus unter seinen Füßen und wärmte die dortigen Bakterien. Er konnte die eifrigen Bakterien zählen! Die Welt um ihn herum war ein Sturzbach aus Informationen, eine Gezeitenwelle aus Daten, eine Million Mikroökologien, die alle zugleich interagierten, Energie mit Energie. Selbst der Tod war ein Teil des komplexen Tanzes von Wasser, Licht, Energie, Leben, Recycling, Wachstum, Sex und Hunger, der überall um ihn herum stattfand.

Daeman sah eine tote Maus, die im Humus auf der anderen Seite der Lichtung fast begraben war, kaum noch mehr als Haare und Knochen, aber dennoch ein Leuchtfeuer roter Energie, während die Bakterien sich an ihr gütlich taten und die Fliegeneier im nachmittäglichen Sonnenschein zu Maden heranreiften und die langsame Aufräufelung komplexer Proteinmoleküle auf der molekularen Ebene weiterging und …

Keuchend, beinahe würgend, fuhr Daeman herum und versuchte, diese Sehweise abzuschalten, aber die Komplexität war überall – die farblich gekennzeichnete, unablässige Ebbe und Flut von weitergegebener Energie, aufgenommenen Nährstoffen, ernährten Zellen, Molekülen, die in den durchsichtigen Bäumen tanzten, die atmende Erde und der Himmel, der von seinem an- und abschwellenden Sonnenlichtregen und den Radiobotschaften von den Sternen erstrahlte.

Daeman schlug die Hände vor die Augen, aber zu spät; er hatte Savi angesehen – die alte Frau, aber auch eine Galaxie des Lebens. Leben nistete in den wetterleuchtenden Neuronen ihres Gehirns hinter diesem grinsenden Totenschädel, in den aufzuckenden Blitzen der Impulse in den Nervenzellen ihrer Retina und in den Abermilliarden Lebensformen in ihrem Gedärm, allesamt geschäftig und gleichgültig, und … als Daeman den Blick abzuwenden versuchte, beging er den Fehler, an sich selbst hinunterzuschauen, in sich selbst hinein, vorbei an sich selbst, auf seine Verbindung zur Luft, zum Boden und zum Himmel …

»Aus!«, sagte Savi; der Befehl hallte in Daemans Bewusstsein wider.

Der strahlende mittägliche Sonnenschein, der von den Bäumen und der mit Nadeln übersäten Erde zurückgeworfen wurde, kam Daeman auf einmal so dunkel vor wie um Mitternacht. Seine Beine versagten ihm den Dienst. Keuchend rutschte er am Rand des Sonies entlang und brach zusammen, rollte sich auf den Bauch, breitete die Arme aus, legte die Handflächen flach auf den Boden und drückte das Gesicht in die Nadeln.

Savi hockte sich neben ihn und tätschelte ihm die Schulter. »Das geht gleich wieder weg«, sagte sie sanft. »Bleib hier liegen. Ich suche die anderen.«

Ada hatte zunächst gezögert, als Harman vorschlug, einen Spaziergang zu machen – sie befürchtete, Savi könnte bei ihrer Rückkehr zur Lichtung wütend oder beunruhigt sein, weil fast alle fort waren –, aber Hannah war bereits losgelaufen, um Odysseus zu suchen, und Ada wollte nicht allein mit Daeman beim Sonie bleiben. Außerdem wusste sie nicht, ob sie noch eine weitere Gelegenheit haben würde, mit ihrem neuen Geliebten unter vier Augen zu sprechen, bevor sie nach Ardis zurückkehrte und er mit Savi zu diesem Mittelmeerbecken flog.

Sie gingen einen Hügel hinauf und folgten dann auf der anderen Seite einem Flusslauf. Überall zwitscherten Vögel, aber sie sahen keine Tiere, die größer waren als Eichhörnchen. Harman wirkte geistesabwesend und gedankenverloren, und er berührte Ada nur ein einziges Mal, nämlich als er die Hand ausstreckte, um ihr direkt über einem drei Meter hohen Wasserfall über den Fluss zu helfen. Sie fragte sich, ob ihre gemeinsame Nacht ein Fehler gewesen war, ob sie die Dinge falsch eingeschätzt hatte, doch als sie am Fuß des Wasserfalls eine kurze Pause einlegten, sah sie, wie er den Blick auf sie richtete, sah die Zuneigung und die Zärtlichkeit in seinen Augen und war froh, dass sie ein Liebespaar geworden waren.

»Ada«, sagte er, »kennst du deinen Vater?«

Sie machte ein erstauntes Gesicht. Die Frage war nicht direkt schockierend – die Menschen wussten natürlich, dass sie Väter hatten, theoretisch –, aber so etwas wurde man relativ selten gefragt. »Meinst du, ob ich weiß, wer er war?«, fragte sie.

Harman schüttelte den Kopf. »Ich meine, ob du ihn *kennst*. Bist du ihm jemals begegnet?«

»Nein«, sagte sie. »Meine Mutter hat mir einmal seinen Namen genannt, aber ich glaube, er … hat vor einigen Jahren seinen Fünften Zwanziger erreicht.« Fast hätte sie gesagt: *Er ist zu den Ringen aufgefahren,* der gebräuchlichste Euphemismus für den körperlichen Übergang in den Himmel der Nachmenschen. Mit klopfendem Herzen überlegte sie, weshalb Harman ihr diese seltsame Frage stellte. Dachte er, *er* könnte ihr Vater sein? So etwas kam natürlich vor. Junge Frauen schliefen häufig mit älteren Männern, die womöglich ihre anonymen Spermväter waren – Inzest war nicht mit einem Tabu belegt, weil aus einer solchen Vereinigung kein Kind hervorgehen konnte, und es gab keine Brüder oder Schwestern, weil jede Frau sich nur ein einziges Mal fortpflanzen konnte –, aber es war seltsam verwirrend, darüber nachzudenken.

»Ich wusste nicht, wer mein Vater war«, erklärte Harman. »Savi hat gesagt, Väter seien irgendwann einmal – sogar noch nach dem Untergegangenen Zeitalter – fast so wichtig für Kinder gewesen wie heute die Mütter.«

»Das ist schwer vorstellbar.« Ada war noch immer verwirrt. Was wollte er ihr sagen? Dass er zu alt für sie war? Das war Unsinn.

»Wenn ich jemals Vater werde«, fuhr Harman fort, »soll das Kind mich kennen. Ich will bei ihm sein, wenn es aufwächst … genauso wie eine Mutter.«

Ada war so schockiert, dass es ihr die Sprache verschlug.

Er setzte sich wieder in Bewegung, und sie folgte ihm unter die Bäume. Im Schatten war es kühler, aber die Luft war dort dicker. Der Wasserfall hinter ihnen rauschte leise. Plötzlich schaute sich Ada besorgt um.

»Hast du etwas gehört?« Harman blieb neben ihr stehen.

»Nein. Es ist nur … irgendetwas stimmt nicht.«

»Keine Servitoren«, sagte Harman. »Keine Voynixe.«

Daran lag es, erkannte Ada. Sie waren allein. In den letzten beiden Tagen war die Abwesenheit der sonst allgegenwärtigen Servitoren und Voynixe wie ein fehlendes Hintergrundgeräusch gewesen, aber jetzt, wo sie allein waren – nur sie beide –, machte sie sich deutlicher bemerkbar.

Auf einmal fröstelte sie ohne ersichtlichen Grund. »Findest du den Rückweg zum Sonie?«

Harman nickte. »Ich habe auf das Gelände geachtet und die Sonne beobachtet.« Er hob den Ast, den er als Spazierstock benutzte, und deutete in eine Richtung. »Die Lichtung ist gleich hinter diesem Hügel.«

Ada lächelte, aber sie war nicht hundertprozentig überzeugt. Sie warf einen Blick auf ihren Handflächensucher; er war so leer wie immer seit ihrer Abreise aus dem antarktischen Domi. Sie war auch früher schon im Wald gewesen – für gewöhnlich auf ihrem Anwesen in Ardis –, aber nie ohne einen Servitor, der in der Nähe schwebte, um ihr den Heimweg zu zeigen, oder ohne einen Voynix als Beschützer. Diese nervöse Anspannung trat jedoch in den Hintergrund gegenüber der Unruhe, die Harmans seltsame Fragen und Äußerungen bei ihr auslösten.

»Weshalb sprichst du über Väter?«, fragte sie.

Er sah sie an, während sie weiter den Hügel hinabschlenderten, tiefer in den Sequoia-Wald hinein. Der Schatten war hier beinahe düster, obwohl da und dort schräge Lichtstrahlen in die kirchenartige Stille fielen. »Der Grund ist etwas, das Savi heute Morgen zu mir gesagt hat. Dass ich alt genug sei, um dein Großvater zu sein. Dass meine Suche nach der Klinik – und dass ich mich mit dir eingelassen habe – eine Art Leugnung meines letzten Zwanzigers sei.«

Adas erste Reaktion war Zorn, sofort gefolgt von einem Stich der Eifersucht. Der Zorn galt Savis dummer Bemerkung; es ging die alte Frau nichts an, mit wem Ada schlief oder wie alt ihr Partner war. Die Eifersucht entsprang der Tatsache, dass Harman an diesem Morgen bei Sonnenaufgang aus dem Bett geschlüpft und zu Savi gegangen war, um mit ihr zu reden. Ada hatte ihm einfach einen Abschiedskuss gegeben, nachdem er eine Ultraschalldusche genommen und sich angezogen hatte, und eine gewisse Enttäuschung darüber verspürt, dass ihr neuer Geliebter nicht noch eine Stunde bei ihr bleiben wollte, bevor sie alle zum Frühstück aufstehen mussten, aber sie hatte seine Entscheidung respektiert und sich gedacht, dass er aus alter Gewohnheit ein Frühaufsteher war.

Aber was war so wichtig, dass er sie in der Morgendämmerung verlassen musste, um mit Savi zu sprechen? Wollte er nicht die nächsten Tage mit Savi auf seiner blöden Suche nach einem Raumschiff verbringen? Ihr wurde klar, dass Savi tatsächlich *ihren* Platz bei diesem Unternehmen einnahm.

Sie musterte Harmans Gesicht – er sah so viel jünger aus als Odysseus mit seinen schockierenden Krähenfüßen und seinem grauen Haar – und stellte fest, dass er ihre abrupte Aufwallung von Zorn und Eifersucht nicht bemerkt hatte. Er war immer noch geistesabwesend und ganz offenkundig in seine eigenen Gedanken vertieft, und Ada fragte sich, ob die Aufmerksamkeit und Einfühlsamkeit, die er ihr gegenüber in der letzten Zeit an den Tag gelegt hatte und die in ihrer wundervollen Liebesnacht kulminiert waren, etwas Anomales waren, nur Bestandteil eines Vorspiels zum Sex und nicht sein übliches Verhalten. Sie glaubte es nicht, aber sie wusste es nicht genau. War die Nähe zu Harman, die sie gespürt hatte, eine Illusion? Hatte sie sich das nur eingebildet, weil sie in ihn verliebt war?

»Weißt du, wie man die Entscheidung trifft, schwanger zu werden?«, fragte Harman, der immer noch zerstreut mit seinem Spazierstock im Boden herumstocherte.

Ada blieb schockiert stehen. Diese Frage war … verblüffend.

Harman blieb stehen und sah sie an, als hätte er nichts Ungewöhnliches gesagt. »Ich meine, weißt du, wie der Mechanismus funktioniert?« Er schien immer noch nicht zu merken, wie unangebracht seine Frage war. Männer und Frauen sprachen einfach nicht über derartige Dinge.

»Falls du mir einen Vortrag über Vögel und Bienen halten willst«, sagte sie steif, »so ist es ein bisschen zu spät dafür.«

Harman lachte ungezwungen. In den letzten zwei Wochen hatte dieses Lachen Ada bezaubert. Jetzt irritierte es sie ganz gewaltig.

»Ich meine nicht den Sex, meine Liebe«, sagte er. Ada fiel auf, dass er zum ersten Mal ein Kosewort für sie benutzt hatte, aber sie war nicht in der Stimmung, es zu würdigen. »Mir geht es darum, was passiert, wenn du – vielleicht in zwanzig, dreißig

Jahren – die Erlaubnis bekommst, schwanger zu werden, und den Spermaspender auswählst.«

Ada errötete, und es ärgerte sie, dass sie es nicht verhindern konnte. Sie errötete noch mehr. »Ich weiß nicht, wovon du sprichst.«

Aber sie wusste es natürlich. Männer allerdings sollten solche Dinge nicht wissen und auch nicht darüber sprechen. Die meisten Frauen beschlossen um ihren Dritten Zwanziger herum, eine Schwangerschaft zu beantragen. Die Wartezeit, bis die Nachmenschen – vermittelt durch die Servitoren – die Erlaubnis erteilten, betrug üblicherweise ein bis zwei Jahre. Dann hörte die Frau mit dem Geschlechtsverkehr auf, nahm den vorgeschriebenen Schwangerschaftsenthemmer und legte fest, welcher ihrer früheren Gefährten der Spermvater ihres Kindes sein sollte. Nach wenigen Tagen folgte die Schwangerschaft, und der Rest war so alt wie … nun ja, wie die Menschheit.

»Ich spreche von dem Mechanismus, mit dem du festlegst, welches gespeicherte Spermapaket dein Körper auswählt«, fuhr Harman fort. »Ursprünglich besaßen die weiblichen Altmenschen keine solche Wahlmöglichkeit …«

»Unsinn«, fauchte Ada. »Wir *sind* die Alten. Es war schon immer so.«

Harman schüttelte langsam und beinahe traurig den Kopf. »Nein. Noch zu Savis Zeit, vor nur vierzehnhundert Jahren, war die Schwangerschaft eher ein zufälliges Ereignis. Savi meint, die NMs hätten uns – den Frauen – diesen Spermaspeicherungs- und Selektionsmechanismus eingebaut, und er beruhe auf einer von Nachtfaltern übernommenen genetischen Struktur.«

»Von Nachtfaltern!« Ada war nun nicht nur schockiert, sondern auch ziemlich wütend. Dies war ebenso absurd wie erniedrigend. »Wovon, zum Teufel, redest du, Harman *Uhr*?«

Sein Kopf fuhr hoch, und er schien zum ersten Mal ihre Reaktion zu bemerken, als wäre ihr Rückgriff auf den formellen Titel eine Ohrfeige gewesen, die ihn in die Realität zurückholte.

»Es stimmt«, sagte er. »Tut mir leid, wenn ich dich durcheinanderbringe, aber Savi sagt, die NMs hätten diese Fähigkeit, Vatersperma noch Jahre nach dem Verkehr auszuwählen, aus den Genen einer Nachtfalterart namens …«

»Es reicht!«, rief Ada. Ihre Hände waren zu Fäusten geballt. Sie hatte noch nie in ihrem Leben jemanden geschlagen oder schlagen wollen, aber in diesem Augenblick war sie kurz davor, auf Harman loszugehen. »Savi sagt dies, Savi meint jenes. Ich habe die Nase voll von der alten Hexe. Ich glaube nicht mal, dass sie wirklich so alt ist … oder so klug. Sie ist einfach nur verrückt. Ich will zurück zum Sonie.« Sie ging in den Wald hinein.

»Ada!«, rief Harman.

Ohne ihn zu beachten, ging sie bergauf, rutschte auf Nadeln und feuchtem Humus aus.

»Ada!«

Sie marschierte weiter, bereit, ihn hinter sich zurückzulassen.

»Ada, das ist die falsche Richtung!«

Hannah hatte Odysseus ein paar Hundert Meter von der Lichtung entfernt eingeholt. Er fuhr herum und legte die Hand ans Heft des Schwerts, als er sie durchs Unterholz brechen hörte, entspannte sich aber, als er sah, wer es war.

»Was willst du, Mädchen?«

»Ich will dein Schwert sehen«, sagte Hannah und strich sich die dunklen Haare aus dem Gesicht.

Odysseus lachte. »Warum nicht?« Er löste die Lederscheide von seinem Gürtel und gab ihr die Waffe. »Sei vorsichtig mit den Schneiden, Mädchen. Ich könnte mich mit dieser Klinge rasieren, wenn ich wollte.«

Hannah zog das Kurzschwert und hob es versuchsweise.

»Savi hat mir erzählt, dass du mit Metall arbeitest«, sagte Odysseus. Er bückte sich zu einem Bächlein hinunter, wölbte die Hand und trank einen Schluck. »Sie sagt, du seist vielleicht der einzige Mensch in dieser schönen neuen Welt, der Erz schmieden kann.«

Hannah zuckte die Achseln. »Meine Mutter kannte noch alte Geschichten über das Schmieden von Metall. In ihren jüngeren Jahren hat sie mit Feuer und Flammöfen gespielt. Ich setze die Experimente fort.« Sie schwang das Schwert über dem Kopf und ließ es herabsausen.

»Du hast uns in deinem Turin-Tuch kämpfen sehen«, sagte Odysseus.

Hannah nickte. »Und?«

»Du gehst richtig mit dem Schwert um, Mädchen. Schlagen, nicht stechen. Dieses Werkzeug ist zu nichts Raffinierterem da, als Gliedmaßen abzutrennen und Bäuche aufzuschlitzen.«

Hannah verzog das Gesicht und gab ihm die Waffe zurück. »Hast du dieses Schwert auf der Ebene von Ilium benutzt?«, fragte sie leise. »Und bei deinem abenteuerlichen Diebstahl des Pallodians?«

»Nein.« Er hielt die Klinge senkrecht, bis etwas von dem Licht, das durchs hohe Geäst herabfiel, auf ihrer Oberfläche tanzte. »Dieses Schwert war ein Geschenk für mich, von … einer Frau, auf meinen Reisen.«

Hannah wartete auf weitere Erklärungen, aber statt eine neue Geschichte zu erzählen, sagte Odysseus: »Möchtest du sehen, was das Besondere an diesem Schwert ist?«

Hannah nickte.

Odysseus tippte mit dem Daumen zweimal an die Parierstange, und auf einmal schien das Schwert leicht zu schimmern. Hannah beugte sich vor. Ja, von der Klinge ging ein leises, aber beharrliches Summen aus. Sie griff nach dem Metall, aber Odysseus' Hand schoss vor und packte ihr Handgelenk.

»Wenn du die Klinge jetzt berührst, Mädchen, verlierst du sämtliche Finger.«

»Wieso?« Sie versuchte nicht, ihr Handgelenk wegzuziehen, und nach ein paar Sekunden ließ Odysseus sie los.

»Sie vibriert«, sagte Odysseus und hielt die Schwertklinge knapp unter Augenhöhe waagrecht. Hannah bemerkte erneut, dass sie exakt genauso groß war wie Odysseus. In der vergangenen Nacht hatte sie ihn in der grünen Blasenhalle auf der Brücke gehört, nachdem die anderen bereits schlafen gegangen waren, und sich ihm zu einem Spaziergang angeschlossen. Danach war sie mit ihm in sein Domi gegangen, hatte stundenlang mit ihm geredet und dann auf dem Fußboden neben seiner Liege geschlafen. Hannah wusste, dass Ada dachte, sie wären ein Liebespaar geworden; es störte sie nicht, und ihr fiel kein Grund ein, warum sie ihre Freundin von dem Gedanken abbringen sollte.

»Es ist fast so, als würde es singen«, sagte Hannah und drehte den Kopf ein wenig, um das hohe Summen besser zu hören.

Odysseus lachte laut auf; Hannah wusste nicht, weshalb. »Keine Angst«, sagte er. »Es wurde mir nicht von einer Herrin vom See zugeworfen, obwohl das nicht allzu weit von der Wahrheit entfernt ist.« Er lachte erneut.

Hannah sah ihn an. Sie hatte keine Ahnung, wovon er sprach. Ob er selbst es wusste? »Warum vibriert es?«, fragte sie.

»Tritt zurück«, sagte er.

Die meisten Sequoias um sie herum waren zwei bis drei Meter dick, einige sogar noch dicker, aber ein kleinerer Nadelbaum – vielleicht eine Gelbkiefer oder Douglasie – wuchs an einem sonnigen Flecken ein paar Meter links von ihnen. Der Baum war vielleicht dreißig bis vierzig Jahre alt, ungefähr fünfzehn Meter hoch und hatte einen etwa halbmeterdicken Stamm.

Odysseus stellte sich in Positur, packte das Schwert mit einer Hand und hieb mit einem mühelosen Rückhandschlag lässig nach dem Stamm.

Die Klinge beschrieb einen so eleganten Bogen, dass es den Anschein hatte, als hätte er sein Ziel verfehlt. Es gab kein Aufschlaggeräusch. Ein paar Sekunden später erbebte der Nadelbaum, verschob sich und stürzte um.

Odysseus tippte erneut mit dem Daumen ans Heft, und das leise, vibrierende Summen verstummte.

Hannah trat näher heran, um den brusthohen Stumpf und den umgestürzten Baum zu betrachten. Die beiden Teile sahen aus, als wären sie chirurgisch getrennt und nicht durchgesägt worden. Sie legte die Hand auf die Schnittstelle am Stumpf: kein Saft, keine Späne. Das Holz war so glatt, dass es sich anfühlte, als wäre es in Plastik eingeschweißt oder irgendwie kauterisiert. Sie drehte sich zu Odysseus um.

»Bei der Belagerung Trojas muss das ganz nützlich gewesen sein«, sagte sie.

»Du hast nicht zugehört, Mädchen.« Odysseus steckte die Waffe wieder in die Scheide und befestigte diese an seinem breiten Gürtel. »Es war ein Geschenk, einige Jahre nachdem ich den Kriegsschauplatz verlassen hatte und zu meinen Reisen aufgebrochen war. Wenn ich das bei Ilium gehabt hätte ...« Odysseus lächelte schrecklich. »Kein Trojaner, kein Gott und keine Göttin hätte dann noch den Kopf auf den Schultern, Mädchen. Das schwöre ich dir.«

Hannah ertappte sich dabei, dass sie den alten bärtigen Mann anlächelte. Sie waren kein Liebespaar – noch nicht –, aber Hannah hatte vor, in Ardis Hall zu bleiben, während Odysseus dort zu Besuch weilte, und wer wusste schon, was geschehen würde?

»Da seid ihr ja.« Savi kam hangabwärts auf sie zu. Sie schloss die Hand zur Faust, und das Handflächensucherfeld – oder was so ausgesehen hatte – erlosch.

»Zeit zum Aufbruch?« Odysseus' Frage war an Savi gerichtet, aber er sah Hannah an, als wären sie alte Verschwörer.

»Zeit zum Aufbruch«, sagte Savi.

26 Zwischen Eos Chasma und Coprates Chasma in den östlichen Valles Marineris

Nun fuhren sie schon drei Wochen auf dem Fluss – oder vielmehr dem Binnenmeer – der Valles Marineris nach Westen, und Mahnmut war kurz davor, seinen Moravec-Verstand zu verlieren.

Ihre mit vierzig kleinen grünen Männchen bemannte Feluke war nur eines von vielen Schiffen, die in dem gefluteten Grabenbruch nach Osten oder Westen oder in dem Meeresarm, der ins Chryse-Planitia-Meer des nördlichen Tethys-Ozeans mündete, nach Norden oder Süden fuhren. Zusätzlich zu einem Dutzend anderen mit KGMs bemannten Feluken hatten sie täglich mindestens dreihundert Meter lange Lastkähne passiert, die jeweils vier riesige, unbehauene Kopfsteine transportierten und vom Klippensteinbruch an der Südseite von Noctis Labyrinthus am westlichen Ende der Valles Marineris, noch rund 2800 Kilometer vor Mahnmuts westwärts fahrender Feluke, nach Osten fuhren.

Orphu von Io war an Bord gerollt und auf dem unteren Mitteldeck festgebunden worden; eine über ihm angebrachte Persenning verbarg ihn vor Blicken aus der Luft. Außer ihm waren dort auch die wichtigen Frachtstücke und weitere Dinge untergebracht, die aus der *Dark Lady* geborgen worden waren. Schon der Gedanke an sein U-Boot, das sie in der flachen Meereshöhle an der Küste von Chryse Planitia rund 1500 Kilometer hinter ihnen zurückgelassen hatten, deprimierte Mahnmut.

Bis zu dieser Reise hatte er nicht gewusst, dass er fähig war, Niedergeschlagenheit zu empfinden – eine schreckliche emotionale Beklemmung und Hoffnungslosigkeit, die ihm fast jegliche Willenskraft und jedes Fünkchen Ehrgeiz zu rauben vermochte –, aber die gewaltsame Trennung von seinem U-Boot hatte ihm gezeigt, wie schlecht er sich fühlen konnte. Orphu – erblindet, verkrüppelt, an Bord gehievt wie nutzloser Ballast – schien guter Dinge zu sein, obwohl Mahnmut allmählich erkannte, dass sein Freund seine wahren Gefühle nur sehr selten und mit großer Vorsicht zeigte.

Wie versprochen, war die Feluke am Tag nach ihrer Ankunft frühmorgens an der Küste eingetroffen, und während die KGMs den armen Orphu an Bord schleppten, hatte sich Mahnmut mehrmals in das geflutete U-Boot begeben und alle transportablen Energieaggregate, Solarzellen, Logdisks und Kommunikations- sowie Navigationsgeräte herausgeholt, die er tragen konnte.

»Du bist nackt zum Wrack rausgeschwommen und hast dir die Taschen mit Keksen vollgestopft, bevor du zurückgeschwommen bist, hm?«, hatte Orphu an jenem Morgen gesagt, nachdem Mahnmut ihm von den Bergungsaktionen erzählt hatte.

»Was?« Mahnmut fragte sich, ob der ramponierte Ionier nun doch noch den Verstand verloren hatte.

»Kleiner Continuity-Fehler in Defoes *Robinson Crusoe*«, rumpelte Orphu. »Ich liebe Continuity-Fehler.«

»Habe ich nie gelesen.« Mahnmut war nicht in der Stimmung für lockeres Geplauder. Die *Dark Lady* zurücklassen zu müssen, zerriss ihm schier das Herz.

Sie sprachen im Verlauf der ersten drei Wochen ihrer Reise über seine Reaktion, weil sie an Bord der Feluke wenig anderes zu tun hatten, als sich miteinander zu unterhalten. Der Kurzstrecken-Transceiver, den Mahnmut an Orphus Kommunikationsbuchse gehängt hatte, funktionierte gut.

»Du leidest nicht nur unter Depressionen, sondern auch unter Agoraphobie«, sagte Orphu.

»Wieso?«

»Du wurdest dazu konstruiert, darauf programmiert und trainiert, ein Bestandteil des U-Boots zu sein – verborgen unter dem Eis von Europa, umgeben von Dunkelheit und alles zermalmenden Tiefen –, und in deinen engen Räumen hast du dich wohlgefühlt«, sagte der Ionier. »Nicht einmal deine kurzen Ausflüge auf Europas Eisoberfläche haben dich auf diese gewaltigen Panoramen, die fernen Horizonte und den blauen Himmel vorbereitet.«

»Der Himmel ist momentan nicht blau«, war das Einzige, was Mahnmut darauf erwiderte. Es war früher Morgen, und wie meistens um diese Zeit waren die Valles Marineris von tief hängenden Wolken und dichtem Nebel erfüllt. Die KGMs hatten die Segel der Feluke aufgerollt; immer wenn der Wind ausblieb, bewegten sie ihr Schiff nur mithilfe der Ruder vorwärts – dreißig von ihnen, fünfzehn pro Seite, legten sich scheinbar unermüdlich in die Riemen. Laternen leuchteten am Bug, dem vorderen Mast, an Backbord, Steuerbord und am Heck, und die Feluke kam kaum voran. Dieser Abschnitt der Valles Marineris war über 120 Kilometer breit, der Abschnitt, in den sie bald hineinfahren würden, sogar 200 Kilometer – eher ein Binnenmeer als ein Fluss; selbst an klaren Tagen würden die hohen Klippen des nördlichen und südlichen Ufers in der Ferne unsichtbar sein –, aber der rege KGM-Schiffsverkehr in diesen Fahrrinnen rechtfertigte solche Vorsichtsmaßnahmen bei Nebel.

Mahnmut erkannte, dass Orphu recht hatte – Agoraphobie war ein Teil seines Problems, weil die Depressionen an den klaren Tagen mit unbegrenzter Sicht am stärksten waren –, aber er wusste auch, dass mehr dahintersteckte als die Trennung von der sicheren Krippe und den Sensorverbindungen seines Schiffes. Mahnmut war ein Schiffskapitän und war immer einer gewesen, und er wusste von seiner historischen Programmierung und späteren Lektüre her, dass einen Kapitän nichts so schmerzte wie der Verlust seines Schiffes. Obendrein war er mit einer wichtigen Mission betraut worden – Koros III. zum meerseitigen Fuß des Olympus Mons zu bringen – und hatte jämmerlich versagt. Koros III. war tot, ebenso wie Ri Po, der Moravec, der im Orbit hätte warten sollen, um die wichtigen Daten, die Koros bei seiner Erkundung sammelte, zu empfangen, auszuwerten und weiterzuleiten.

An wen? Wie? Wann? Mahnmut hatte keine Ahnung.

Auch darüber sprachen sie in den stillen Wochen ihrer Reise. Nachts war es noch stiller, weil die KGMs die Feluke bei Sonnenuntergang mit einem komplizierten Treibanker sicherten – Mahnmut hatte Echolotungen vorgenommen und festgestellt, dass das Wasser unter ihnen über sechstausend Meter tief war –, anschließend in tiefen Schlaf sanken und sich erst wieder rührten, wenn das Sonnenlicht am nächsten Morgen ihre grüne, durchsichtige Haut berührte. Offenkundig gewannen die KGMs ihre Energie ausschließlich aus dem Sonnenlicht, selbst aus dem diffusen Licht im Morgennebel. Mahnmut hatte jedenfalls noch nie gesehen, wie eines der kleinen grünen Männchen etwas zu sich nahm oder ausschied. Er hätte sie fragen können, doch obwohl Orphu die Hypothese aufstellte, dass die einzelnen KGMs nach der Kommunikation nicht wirklich »starben« – dass es sich bei den kleinen grünen Männchen um ein Kollektivbewusstsein handelte und nicht um eine Ansammlung echter Individuen –, war Mahnmut von der Hypothese nicht so überzeugt, dass er einer weiteren kleinen grünen Person in die Brust gelangt, etwas – womöglich ihr Herz – umfasst und Fragen gestellt hätte, die bis zu einem späteren Tag aufgeschoben werden konnten.

Aber Mahnmut hatte keine Bedenken, Orphu Fragen zu stellen.

»Warum haben sie uns geschickt?«, fragte er am zehnten Tag. »Wir haben keinen blassen Schimmer von dieser Mission, und selbst wenn wir wüssten, was wir tun sollen, sind wir nicht dafür geeignet, sie auszuführen. Es war Wahnsinn, uns so unwissend hierher zu schicken.«

»Moravec-Administratoren sind daran gewöhnt, Aufgaben zu verteilen und Spezialaufträge zu vergeben«, sagte Orphu. »Du warst der Beste, den sie finden konnten, um Koros III. zum Vulkan zu fahren. Ich war der am besten geeignete gerade verfügbare Moravec für die Wartung des Raumschiffs. Sie haben nie die Möglichkeit in Betracht gezogen, dass wir als Einzige von unserem Team übrig bleiben könnten, um die Arbeit der beiden anderen zu übernehmen.«

»Warum nicht? Ihnen muss doch klar gewesen sein, dass die Mission gefährlich sein würde.«

Orphu rumpelte leise. »Wahrscheinlich haben sie gedacht, es ginge um alles oder nichts – und wir würden schlimmstenfalls alle sterben.«

»Wären wir ja auch beinahe«, brummte Mahnmut. »Werden wir wahrscheinlich.«

»Beschreibe den Tag«, sagte Orphu. »Hat der Nebel sich schon gelichtet?«

Die Tage, die Szenerie und die Nächte waren schön. Mahnmuts Wissen über Welten mit atembarer Atmosphäre stammte ausschließlich aus seinen Datenbankaufzeichnungen von der Erde, und dieser terrageformte Mars war eine interessante Variation.

Der Himmel hatte unterschiedliche Färbungen – von einem strahlenden Hellblau am Mittag bis zu einem Rosarot beim Sonnenuntergang, das die Farbtöne manchmal in ein reines goldenes Licht verwandelte und alles mit Glanz erfüllte. Die Sonne selbst wirkte erheblich kleiner als auf alten irdischen Videoaufzeichnungen, war aber weitaus größer, heller und wärmer als jede Sonne, die galileische Moravecs in den letzten zweitausend E-Jahren gesehen hatten. Die Brise war mild; sie roch nach Salzwasser und manchmal auch, unerhörterweise, nach Vegetation.

»Hast du dich schon mal gefragt, weshalb sie uns mit diesem Sinn ausgestattet haben?«, hatte Orphu gefragt, als Mahnmut bei ihrer Einfahrt aus dem Tethys-Meer in den breiten Valles-Marineris-Meeresarm den Vegetationsgeruch beschrieb.

»Mit welchem?«

»Dem Geruchssinn.«

Darüber musste der europasche Moravec nachdenken. Er hatte seinen Geruchssinn immer für selbstverständlich gehalten, obwohl er unter Wasser, auf der Oberfläche von Europa und erst recht in der Milieu-Krippe der *Dark Lady* nutzlos war – mit anderen Worten, überall, wo er sein Leben verbracht hatte. »Ich könnte toxische Dämpfe im U-Boot oder in den luftgefüllten Kabinen der Conamara-Chaos-Zentrale riechen«, sagte er schließlich im Bewusstsein, dass dies keine befriedigende Antwort war. Moravecs besaßen bessere eingebaute Warnsysteme für solche Gefahren.

Orphu rumpelte leise. »Ich hätte den Schwefel riechen können, wenn ich auf der Oberfläche von Io war, aber wer will das schon?«

»Du kannst Gerüche wahrnehmen? Bei einem Hochvakuum-Moravec ist das nicht sonderlich sinnvoll.«

»Ganz recht. Ebenso wenig wie die Tatsache, dass ich die Dinge meistens im sichtbaren Lichtspektrum der Menschen sehe … gesehen habe, aber wann immer es möglich war, habe ich es getan.«

Darüber dachte Mahnmut ebenfalls nach. Es stimmte; er machte es auch so, obwohl er ohne jede Schwierigkeit tief in den Infrarot- und Ultraviolettbereich des Spektrums schauen konnte. Im Gegensatz zu den Altmenschen war Orphu sogar in der Lage, Radiofrequenzen und Magnetfeldlinien visuell wahrzunehmen, wie Mahnmut wusste; das ergab erheblich mehr Sinn für einen Moravec, der in den harten Strahlungsfeldern des galileischen Raumes arbeitete. Warum also wählte der Ionier meist die begrenzten »sichtbaren« Wellenlängen der Menschen?

»Ich glaube, es liegt daran, dass unsere Konstrukteure und alle folgenden Moravec-Generationen insgeheim Menschen sein wollten«, beantwortete Orphu Mahnmuts unausgesprochene Frage ohne begleitendes Rumpeln der Ironie oder Belustigung. »Der Pinocchio-Effekt, gewissermaßen.«

Mahnmut stimmte ihm in diesem Punkt nicht zu, war aber zu deprimiert, um darüber zu diskutieren.

»Was riechst du jetzt?«, fragte Orphu.

»Verrottende Vegetation«, sagte Mahnmut, als die Feluke durch die südliche Fahrrinne in den breiten Meeresarm einlief. »Es riecht wie Shakespeares Themse bei Ebbe.«

Um von der Untätigkeit nicht wahnsinnig zu werden, zerlegte und untersuchte Mahnmut in der ersten Woche ihrer Fahrt flussaufwärts die drei anderen geborgenen Frachtstücke, so gut er konnte (das vierte war Orphu).

Das kleinste Artefakt, ein glattes Ovoid, nicht viel größer als Mahnmuts gedrungener Körper, war der Apparat – das allerwichtigste Element der Mission des verstorbenen Koros III. Mahnmut und Orphu wussten nicht mehr darüber, als dass der Ganymeder ihn zum Olympus Mons bringen und unter den richtigen Umständen – welche das waren, hatten Mahnmut und Orphu nicht erfahren – aktivieren sollte.

Mahnmut sondierte den Apparat mit Sonar und entfernte ein winziges Stück seiner spiegelnden Transalloy-Hülle. Er gab seine Funktion nicht preis. Die eigentliche Maschine – falls es sich um eine solche handelte – war makromolekular – im Grunde ein einziges maschinell hergestelltes Nano-Quadrat-Molekül mit einem zähen Zentralkern aus ungeheurer Energie, die nur von den inneren Feldern des Makromoleküls gebändigt wurde. Die einzige mit der Hülle in Verbindung stehende Vorrichtung, die Mahnmut finden konnte, war eine Art elektrischer Zündmechanismus. Zweiunddreißig Volt, genau an der richtigen Stelle der Hülle angelegt, würden … irgendetwas mit dem Makromolekül im Innern machen.

»Es könnte eine Bombe sein«, sagte Mahnmut, während er den Quadratzentimeter der Metallhülle vorsichtig wieder einsetzte.

»Und was für eine«, murmelte Orphu. »Wenn das elektromagnetische Molekül in erster Linie eine Eierschale ist, die alles zusammenhält, haben wir es hier mit einem Planetenzerstörer zu tun. Und das Dotterwetter geht dann genau auf uns nieder.«

Mahnmut tat so, als hätte er das Wortspiel nicht gehört, um ihre Freundschaft zu erhalten und Orphu nicht über die Reling werfen zu müssen. Er schaute auf die vorbeiziehenden Canyonwände – sie waren noch immer keine drei Kilometer von den hohen südlichen Klippen entfernt, die das breite Binnenmeer begrenzten – und stellte sich vor, dass all diese rotfelsige, terrassierte, geschichtete Schönheit fort wäre. Er dachte an die periskopartig aufragenden Mangroven, die im Sumpfland am unteren Teil dieses Meeresarms wuchsen, an den von der Natur selbst in dekorative Form gebrachten Stechginster im oberen Bereich der Klippen des Tales, sogar an den zerbrechlichen blauen Himmel mit den hohen, gekräuselten Zirruswolken über dem Felsgestein und versuchte sich vorzustellen, wie all dies von einer Quantenexplosion zerstört wurde, die so gewaltig war, dass sie eine Welt zerriss. Das schien ihm nicht richtig zu sein.

»Fällt dir irgendwas anderes ein, was es sein könnte, außer einer Bombe?«, fragte er Orphu.

»Auf Anhieb nicht. Aber ein Ding, das so viel aufgestaute implosive Quantenenergie enthält, repräsentiert eine Technologie, die mein Begriffsvermögen bei Weitem übersteigt. Ich würde vorschlagen, du gehst sanft mit dem Apparat um – leg ein paar Kissen drunter oder so –, aber da er schon den Angriff der Streitwagenleute und den Atmosphäreneintritt überstanden hat, der mich gebraten und dein Schiff umgebracht hat, kann er nicht allzu empfindlich sein. Gib ihm einen Tritt in den Arsch, und geh zum nächsten über. Was ist es?«

Das nächste Frachtstück war nur ein wenig größer als der Apparat, aber längst nicht so geheimnisvoll. »Ein Squirt-Kommunikator«, sagte Mahnmut. »Er ist vollständig zusammengeklappt, aber wenn ich ihn aktiviere, entfaltet er sich auf seinem eigenen Dreibeinständer, richtet eine große Schüssel zum Himmel und schickt ein umfangreiches Impulsbündel von … irgendetwas ab. Codierte Energie im Engband, K-Maser oder vielleicht sogar modulierte Schwerkraft.«

»Wozu hätte Koros den gebraucht?«, fragte Orphu. »Die Kommunikationssatelliten sind noch in der Umlaufbahn, und das Raumschiff hätte alles, was über Engstrahl oder Funk kam, in den galileischen Raum weiterleiten können. Zum Teufel, selbst dein U-Boot hätte Kontakt mit der Heimat aufnehmen können.«

»Vielleicht sollte das Ding gar nicht in den Jupiterraum senden«, meinte Mahnmut.

»Wohin dann?«

Mahnmut hatte keine Ahnung.

»Wie hätte Koros die Botschaft verschlüsselt?«, fragte der Ionier.

»Da sind virtuelle Jackports«, sagte Mahnmut, nachdem er die kompakte Maschinerie unter ihrer Nanokarbonhaut sorgfältig untersucht hatte. »Wir könnten alles herunterladen, was wir gesehen und erfahren haben, es verschlüsseln und das Gerät aktivieren. Sofern es keinen Aktivierungscode oder dergleichen benötigt. Soll ich mich einstöpseln und es überprüfen?«

»Nein«, sagte Orphu. »Noch nicht.«

»Dann mache ich es wieder zu.«

»Welche Energiequelle benutzt dieser Squirt-Kommunikator?«, fragte Orphu, bevor Mahnmut das Gerät schließen konnte.

Mahnmut war mit der Technik nicht vertraut, aber er beschrieb die Schemazeichnungen des Magnetcontainers und des Kraftfelds.

»Oje«, sagte Orphu. »Das ist die tschewkowsche *Felschenmasse.* Künstliche Antimaterie, wie sie das Konsortium als Treibstoff für die erste interstellare Sonde verwendet hat. Das Ding enthält genug Energie, um uns noch für ein paar Hundert Erdenjahre am Leben zu erhalten, wenn wir sie irgendwie anzapfen könnten.«

Mahnmut hatte gespürt, wie sein organisches Herz kurz aussetzte. »Hätten wir damit den Fusionsreaktor an Bord der *Lady* ersetzen können?«

Orphu schwieg mehrere Sekunden lang. »Nein, das glaube ich nicht«, sagte er schließlich. »Zu viel Energie, die zu schnell freigesetzt wird und zu schwer zu zähmen ist. Wir beide könnten möglicherweise das Rieselfeld anzapfen, aber ich glaube nicht, dass wir die *Dark Lady* auf diese Weise mit Energie versorgen könnten, selbst wenn es möglich gewesen wäre, das U-Boot zu reparieren. Und du hast gesagt, dass du die Reparaturen nicht allein ausführen konntest, stimmt's?«

»Dazu hätte ich die Eisdocks von Conamara Chaos gebraucht.« Mahnmut spürte eine seltsame Mischung aus Bedauern und Erleichterung darüber, dass sie die arme *Lady* dadurch nicht wieder flottbekommen hätten. Sosehr ihn der Tod seines Schiffes deprimierte, der Gedanke, umzukehren und die über 2000 Kilometer zurückzufahren, war noch deprimierender.

Das letzte Frachtstück war das größte und schwerste, und es bereitete Mahnmut am meisten Probleme herauszufinden, worum es sich dabei handelte.

Der Behälter war ein anderthalb Meter hoher und zwei Meter breiter Kubus aus Bambus-Drei, eingepackt in durchsichtiges Transpolymer. Wie Mahnmut bei einer kurzen Untersuchung feststellte, enthielt er mehrere Hundert Quadratmeter eines mikrofeinen Polyethylen-Tarnkompositums, in das Hochleistungs-Solarzellenstreifen eingebettet waren, dazu 24 miteinander verbundene, teilweise ineinanderpassende, gegliederte konische Titansegmente, vier Druckbehälter, die seinen Sensoren zufolge

Helium, einen Sauerstoff-Stickstoff-Mix und Methanol enthielten, 8 Impuls-Atmosphärentriebwerke mit direkt anschließbaren Bedienungselementen und schließlich zwölf 15 Meter lange Buckykarbonseile, die an den vier Seiten der Bambus-Drei-Box befestigt waren, in der sich das Ding befand.

»Ich gebe auf«, sagte Mahnmut, nachdem er mehrere Minuten lang gegrübelt, in der Box herumgestochert und die Plane auseinander- und wieder zusammengefaltet hatte. »Was, zum Teufel, ist das?«

»Ein Ballon«, sagte Orphu.

Mahnmut schüttelte seinen Moravec-Kopf. In der Jupiter-Atmosphäre gab es sowohl lebende als auch Moravec-Ballon-Geschöpfe, andere schwammen in der Suppe des Saturn, aber was konnte Koros III. auf dem Mars mit einem künstlichen Ballon gewollt haben?

Orphu übermittelte die Antwort, noch während Mahnmut sie in seinem eigenen Geist hörte. »Koros' Mission bestand darin, auf den Gipfel des Olympus Mons zu gelangen, zum Ursprung der Quantenstörung, und auf diese Weise hätte er den Vulkan nicht ersteigen müssen. Wie sind die Maße dieses … Ballons?«

Mahnmut erzählte es dem Ionier.

»Wenn man ihn hier auf Null-Null, dem marsianischen Meeresspiegel, mit Helium aufbläst, hätte er einen Durchmesser von etwas über sechzig Metern und eine Höhe von ungefähr fünfunddreißig Metern. Damit sollte er die Gondel, dich, den Apparat und den Sender problemlos bis zum Rand des Weltraums … oder auf den Gipfel des Olympus befördern«, sagte Orphu.

»Gondel?« Mahnmut war ein bisschen langsam von Begriff.

»Die Box, in der er enthalten war. Darin wollte Koros III. offenkundig fahren. Hat sie eine Transpolymer-Haube – irgendeine druckfeste Abdeckung?«

»Ja.«

»Da hast du's.«

»Aber an der Südseite des Olympus Mons gibt es eine Rolltreppe«, sagte Mahnmut einfältig.

»Das wussten Koros und die Moravec-Planer dieser Mission aber nicht.«

Mahnmut wandte für eine Minute den Blick von dem Ballon ab, um nachzudenken. Die Feluke steuerte gerade die zentralen Fahrrinnen des meeresarmähnlichen Flusses an, und die südlichen Klippen der Valles Marineris waren nur noch eine dünne rote Linie am blaugrünen Horizont. »Die Gondel ist zu klein für dich«, sagte er.

»Tja, kein Wunder …«, begann Orphu.

»Ich baue eine größere Gondel«, unterbrach ihn Mahnmut.

»Glaubst du wirklich, wir gelangen auf den Gipfel des Olympus Mons?«, fragte Orphu leise.

»Das weiß ich nicht. Aber ich weiß, dass wir noch über zweitausend Kilometer von dem Vulkan entfernt sein werden, wenn … *falls* wir mit diesem kleinen Schiff jemals das westliche Ende der Vallis Marineris erreichen. Ich hatte keine Ahnung, wie wir durch das zerklüftete Terrain von Noctis Labyrinthus und über das Tharsis-Plateau zum Olympus kommen sollten, aber dieser … Ballon … damit könnte es klappen. Vielleicht.«

»Wir könnten jetzt gleich losfliegen. Damit ginge es schneller als mit dieser … wie hast du sie genannt?«

»Feluke.« Mahnmut schaute zur Takelage und den Segeln hinauf, die sich scharf gegen den rosa-blauen Himmel abzeichneten. Mehrere kleine grüne Männchen schwangen sich mühelos durch die Takelage. »Und nein, ich glaube nicht, dass wir es mit dem Ballon probieren sollten, solange es nicht sein muss. Er besteht zwar aus Chamäleon-Tarnmaterial – sogar die Gondel ist damit überzogen –, aber ich bin keineswegs sicher, dass die Leute mit den fliegenden Streitwagen ihn nicht aufspüren könnten. Wir werden ihn starten, wenn wir Noctis Labyrinthus erreichen. Das wird ohnehin noch eine lange und gar nicht so einfache Luftreise, weil drei der höchsten Vulkane auf dem Mars zwischen uns und dem Olympus stehen.«

Orphu rumpelte fast im Infraschallbereich. »*Reise um die Welt in achtzig Tagen*, hm?«

»Nicht um die Welt«, sagte Mahnmut. »Einschließlich dieser Bootsfahrt ist es nicht viel mehr als ein Viertel einer Umrundung.«

Mahnmut versuchte, die Zeit herumzubringen und seine Niedergeschlagenheit loszuwerden, indem er Shakespeares Sonette in dem echten Buch las, das er aus der *Dark Lady* geborgen hatte. Es funktionierte nicht. In den letzten Jahren hatte er sich in die Analyse vertieft und verborgenen Strukturen, Wortverbindungen und dramatischen Inhalten nachgespürt, aber jetzt fand er die Sonette nur noch traurig. Traurig und ziemlich gemein.

Mahnmut dem Moravec war es herzlich egal, was »Will der Dichter« in den Sonetten mit dem »jungen Mann« machte oder seinerseits von ihm erwartete – Mahnmut hatte weder Penis noch Anus und vermisste beides nicht –, aber die Art, wie der ältere Dichter den nicht besonders hellen, aber reichen »Jüngling« mit Schmeicheleien überhäufte und mit unverhohlenen Schikanen überzog, wirkte nun bedrückend auf Mahnmut und grenzte an Perversion. Er ging zu den »Dark Lady«-Sonetten über, aber die waren noch zynischer und perverser. Mahnmut stimmte der Analyse zu, derzufolge sich das Interesse des Dichters an dieser Frau just auf ihre Promiskuität konzentrierte – diese Frau mit den dunklen Haaren, dunklen Augen, dunklen Brüsten und dunklen Brustwarzen war, wenn man dem Dichter Glauben schenken durfte, keine Hure, aber sicherlich so etwas wie eine Schlampe.

Mahnmut hatte schon vor langer Zeit Freuds Abhandlung »Über einen besonderen Typus der Objektwahl beim Manne«

von 1910 heruntergeladen, in welcher der Medizinmann aus dem Untergegangenen Zeitalter Fallgeschichten von Menschenmännern dokumentiert hatte, die nur von als promiskuitiv bekannten Frauen sexuell erregt wurden. Shakespeare hatte nicht gezögert, die Vagina einer Frau als *die Bucht, wo jeder anlegt* zu beschreiben und sich mit spöttischen Wortspielen über die unbekümmerte Promiskuität seiner dunklen Dame auszulassen, und Mahnmut hatte glückliche Jahre damit verbracht, tiefere Ebenen und dramatische Strukturen hinter diesen Vulgaritäten zu finden, aber an diesem Tag – die Sonne kurz davor, direkt vor ihnen in dem großen Binnenmeer unterzugehen, die Klippen im Norden rosarot leuchtend – waren die Sonette für ihn nichts weiter als schmutzige Wäsche, die intimen Geständnisse eines durch und durch versauten Dichters.

»Liest du deine Sonette?«, fragte Orphu.

Mahnmut, der in der Nähe des Bugs saß, klappte das Buch zu. »Woher weißt du das? Hast du dich jetzt auf Telepathie verlegt, nachdem du deine Augen verloren hast?«

»Noch nicht«, rumpelte der Ionier. Orphus riesiger Krebsrumpf war zehn Meter von Mahnmut entfernt ans Deck gebunden. »Manchmal ist dein Schweigen literarischer als sonst, das ist alles.«

Mahnmut stand auf und wandte sich dem Sonnenuntergang zu. Die kleinen grünen Männchen arbeiteten unter Hochdruck in der Takelage und entlang der Trosse des Treibankers und bereiteten das Schiff auf ihre Schlafphase vor. »Weshalb hat man wohl einigen von uns eine Neigung zu menschlichen Büchern einprogrammiert?«, fragte er. »Welchem Nutzen kann das jetzt, wo die Menschheit möglicherweise ausgestorben ist, für einen Moravec noch haben?«

»Das habe ich mich auch schon gefragt«, bekannte Orphu. »Koros III. und Ri Po waren nicht von unserem Gebrechen befallen, aber du hast bestimmt auch ein paar gekannt, die von menschlicher Literatur besessen waren.«

»Mein alter Partner, Urtzweil, las immer wieder die King-James-Version der Bibel. Er hat sie jahrzehntelang studiert.«

»Ja«, sagte Orphu. »Und ich und mein Proust.« Er summte ein paar Takte von »Me and My Shadow«. »Weißt du, was all diese Werke, von denen wir uns angezogen fühlen, gemeinsam haben, Mahnmut?«

Mahnmut überlegte einen Augenblick lang. »Nein«, sagte er schließlich.

»Sie sind unerschöpflich.«

»Unerschöpflich?«

»Sie verbrauchen sich nicht. Wären wir Menschen, wären diese speziellen Stücke, Romane und Gedichte wie Häuser, in denen sich immer neue Räume, Geheimtreppen und unentdeckte Dachböden auftun … so was in der Art.«

»Mhm.« Mahnmut nahm ihm diese Metapher nicht ab.

»Du scheinst heute nicht glücklich mit dem Barden zu sein«, sagte Orphu.

»Ich glaube, seine Unerschöpflichkeit hat mich erschöpft«, gab Mahnmut zu.

»Was passiert an Deck? Viele Aktivitäten?«

Mahnmut wandte sich vom Sonnenuntergang ab. Drei Viertel der KGM-Besatzung des Schiffes hastete schweigend hin und her, kletterte hierhin und dorthin, ließ den Treibanker zu Wasser und band Dinge fest oder sicherte sie auf andere Weise. Es waren nur noch drei oder vier Minuten brauchbaren Sonnenscheins übrig, bevor sie in ihren Dunkelschlaf fielen – sie legten sich hin, rollten sich zusammen und schalteten für die Nacht ab.

»Hast du die Vibrationen im Deck gespürt?«, fragte Mahnmut seinen Freund. Außer dem Riechvermögen war das der letzte Sinn, der Orphu geblieben war.

»Nein, ich wusste einfach, dass es diese Tageszeit ist. Warum hilfst du ihnen nicht?«

»Wie bitte?«

»Hilf ihnen«, sagte Orphu. »Du bist ein tüchtiger Seemann. Zumindest kennst du den Unterschied zwischen Ankertau und Seemannsgarn. Pack einfach mit an.«

»Ich würde nur im Weg stehen.« Er betrachtete die kleinen grünen Männchen, sah, wie schnell und mit welch absoluter Präzision sie arbeiteten. Sie flitzten in der Takelage nach draußen und die Masten hinauf wie Affen, die er auf Videos gesehen hatte. »Bei uns gibt es keine Telepathie«, fügte er hinzu. »Aber bei ihnen schon, da bin ich ziemlich sicher. Sie brauchen meine Hilfe nicht.«

»Unsinn. Mach dich nützlich. Ich beschäftige mich wieder mit Monsieur Swann und seiner treulosen Freundin.«

Mahnmut zögerte einen Moment, steckte dann jedoch das unersetzliche Buch mit den Sonetten in seinen Rucksack, trabte zum Mitteldeck und gesellte sich zu der Gruppe, die gerade das heruntergelassene Lateinersegel festzurrte. Zuerst hielten die KGMs bei ihrer synchronisierten Arbeit inne und starrten ihn nur mit den anthrazitschwarzen Knopfaugen in ihren klaren, grünen, schwach ausgeprägten Gesichtern an, aber dann machten sie Platz, und Mahnmut warf einen Blick auf die untergehende Sonne, atmete die saubere Marsluft ein und stürzte sich in die Arbeit.

Im Lauf der nächsten paar Wochen änderte sich Mahnmuts Gemütsverfassung. Aus Niedergeschlagenheit wurde zunächst Zufriedenheit und dann so etwas wie das Moravec-Pendant von Freude. Er half den KGMs jeden Tag bei der Arbeit und unterhielt sich weiterhin mit Orphu, während er Segel nähte, Taue spleißte, Decks putzte, den Anker einholte und am Ruder saß. Die Feluke machte ungefähr vierzig Kilometer pro Tag, was sehr wenig schien, bis man mit einberechnete, dass sie stromaufwärts fuhren, mit unregelmäßigen Winden segelten, einen Großteil der Zeit ruderten und bei Nacht stets vor Anker lagen. Da die Valles Marineris ungefähr 4000 Kilometer lang waren, was fast der Breite eines Staates aus dem Untergegangenen Zeitalter namens USA entsprach, fand Mahnmut sich damit ab, dass sie für die Strecke ungefähr hundert Marstage brauchen würden. Und wenn sie den Westrand des Binnenmeeres erreichten, so rief er sich immer wieder ins Gedächtnis – und falls er es vergaß, erinnerte ihn Orphu daran –, lagen noch über 1800 Kilometer auf dem Tharsis-Plateau vor ihnen.

Mahnmut hatte es nicht eilig. Die Freuden des Segelschiffs – es hatte keinen Namen, soweit der Moravec wusste, und er würde sicherlich kein kleines grünes Männchen töten, um es danach zu fragen – waren schlicht und real, der Ausblick war überwältigend, die Sonne war tagsüber warm und die Luft nachts köstlich kühl, und die verzweifelte Dringlichkeit ihrer Mission verblasste unter dem beruhigenden Zyklus der Routine.

Am Ende der sechsten Woche auf dem Wasser tauchte weniger als einen Kilometer voraus ein Streitwagen auf, während Mahnmut gerade am vorderen Mast der Feluke arbeitete. Der Wagen kam in geringer Höhe auf sie zu – nur etwa dreißig Meter über den Segeln des Schiffes –, sodass Mahnmut keine Zeit hatte, Deckung zu suchen. Er war allein an der Stelle, wo die beiden Teile des Masts aufeinandertrafen – das Segel einer Feluke ist dreieckig, ihre beiden Masten sind segmentiert, der obere Teil neigt sich verwegen nach hinten –, und in der Takelage befanden sich keine kleinen grünen Männchen. Mahnmut war dem Blick der Insassen des Streitwagens völlig schutzlos ausgesetzt.

Er flog mit einer Geschwindigkeit von mehreren Hundert Stundenkilometern fast im Tiefflug über sie hinweg, und Mahnmut sah, dass die beiden Pferde, die den Streitwagen zogen, Hologramme waren. Ein Mann in einem braunen Kittel – einer Tunika oder einem Chiton – war der einzige Insasse. Er stand aufrecht da und hielt die virtuellen Zügel. Die Gestalt hatte goldene Haut und sah unglaublich gut aus, und das lange, blonde

Haar flatterte hinter ihr. Sie ließ sich nicht dazu herab, nach unten zu schauen.

Mahnmut nutzte die Gelegenheit, um das Fahrzeug und seinen Insassen mit sämtlichen optischen Filtern sowie auf allen Frequenzen und Wellenlängen zu studieren, die ihm zur Verfügung standen, und übermittelte die Daten dann per Engstrahl an Orphu, falls der Streitwagengott ihn gesehen hatte und beschloss, ihn mit einer Handbewegung vom Mast zu pusten. Die Pferde, Zügel und Räder waren holografisch, aber der Streitwagen selbst war durchaus echt: Er bestand aus Titan und Gold. Mahnmut konnte keinen Raketen-, Ionenpuls- oder Düsennachstrom entdecken, aber der Streitwagen gab über das gesamte elektromagnetische Spektrum hinweg Energie ab – genug, um Mahnmuts Bericht an Orphu fortzuspülen, wenn er ihn nicht per Engstrahl übermittelt hätte. Noch ominöser war, dass die Flugmaschine vierdimensionale Quantenfluss-Turbulenzen hinter sich herzog. Ein Teil ihres Energieprofils stammte von einem Kraftfeld, das Mahnmut im Infrarotbereich deutlich sah – ein Energieschild vor dem dahinsausenden Fluggerät, der es vor dem selbst erzeugten Flugwind schützte, und eine ausgedehntere Schutzblase drumherum. Mahnmut war froh, dass er keinen Stein nach dem Streitwagen geworfen und auch nicht auf ihn geschossen hatte – wenn er einen Stein oder eine Energiewaffe gehabt hätte, was nicht der Fall war. Orphu rechnete aus, dass dieses Kraftfeld den Fahrer vor allem außer einer kleinen Atomexplosion schützen würde.

»Wieso fliegt er?«, fragte Orphu, als der Streitwagen im Osten verschwand. »Das Magnetfeld des Mars ist nicht stark genug, um eine elektromagnetische Flugmaschine anzutreiben.«

»Ich glaube, es liegt am Quantenfluss«, sagte Mahnmut von seinem Sitzplatz oben im Mast. Es war ein windiger Tag; die Feluke schaukelte auf ihrem Zickzackkurs von einer Seite zur anderen, und Wellen mit weißen Schaumkronen schlugen von Süden auf sie ein.

Orphu gab ein missmutiges Schnauben von sich. »Gezielte Quantenverzerrung kann die Raumzeit zerreißen – und auch Menschen und Planeten –, aber mir ist nicht klar, wie sie einen Streitwagen durch die Luft bewegen kann.«

Mahnmut zuckte mit den Achseln, obwohl sein unsichtbarer Freund unter der über dem Mitteldeck aufgespannten Persenning ihn nicht sehen konnte. »Propeller hatte er jedenfalls nicht«, sagte er. »Ich lade dir die Daten hinunter, aber für mich sah es so aus, als würde das klobige Ding von einem Quantenverzerrungswirbel getragen.«

»Sonderbar. Aber selbst tausend solche Flugmaschinen wären keine Erklärung für das Ausmaß der Quantenverzerrung auf dem Olympus Mons, das Ri Po aufgezeichnet hat.«

»Nein«, pflichtete Mahnmut ihm bei. »Wenigstens hat dieser … Gott uns nicht gesehen.«

In dem Gespräch trat eine Pause ein, und Mahnmut lauschte dem Geräusch, mit dem der Bug der Feluke in die Wellen krachte, und dem Flattern des Tuchs, als die großen Lateinersegel sich wieder mit Wind füllten. In Mahnmuts Höhe strich der Wind mit einem leisen Summen durch die Takelage, und er genoss den Klang. Er genoss auch das nicht gerade sanfte Stampfen und Rollen des Schiffes auf seinem Zickzackkurs, das er mühelos ausglich, während er sich mit einer Hand am Mast und der anderen an einem straffen Tau festhielt. Sie waren jetzt mitten im breitesten Abschnitt des gefluteten Grabenbruchs, in einer Region namens Melas Chasma; zum Norden hin öffnete sich das riesige, schimmernde Nebenmeer von Candor Chasma, und der Meeresboden lag über achttausend Meter unter ihnen, aber es gab Klippen, die zu riesigen, am südlichen Horizont sichtbaren Inseln gehörten – einige mehrere Hundert Kilometer lang und dreißig oder vierzig Kilometer breit.

»Vielleicht hat er dich gesehen und auf dem Olymp Verstärkung angefordert«, meinte Orphu.

Mahnmut sendete das Statik-Äquivalent eines Seufzens. »Der ewige Optimist«, sagte er.

»Realist«, verbesserte Orphu. Aber seine nächsten Worte klangen ernst. »Du weißt, Mahnmut, dass du bald wieder mit den kleinen grünen Männchen sprechen musst. Wir haben zu viele Fragen, auf die wir eine Antwort brauchen.«

»Ich weiß«, sagte Mahnmut. Das Stampfen und Rollen der Feluke machte ihm nicht das Geringste aus, aber bei diesem Gedanken wurde ihm ein wenig übel.

»Vielleicht sollten wir den Ballon lieber früher als später aufblasen und damit starten«, schlug Orphu erneut vor. Mahnmut hatte mehrere Tage damit verbracht, aus dem Bambus-Drei der ursprünglichen Gondel und einigen ausgeborgten Planken von einem der weniger wichtigen Schotts der Feluke eine größere, breitere Gondel zusammenzuschustern. Die KGMs schienen nichts dagegenzuhaben, dass er sich ihre Planken auslieh.

»Ich finde nach wie vor, dass wir damit noch warten sollten«, sagte Mahnmut. »Wir wissen nicht einmal genau, welche Winde in diesem Monat vorherrschen, und mit den Impulstriebwerken haben wir nur sehr begrenzte Steuermöglichkeiten, sobald der Ballon in den marsianischen Jetstream aufsteigt. Besser, wir kommen so nah wie möglich an den Olympus heran, bevor wir es mit dem Ballon riskieren.«

»Einverstanden«, sagte Orphu nach einem Schweigen, »aber es wird Zeit, dass wir wieder mit den KGMs sprechen. Ich habe eine Theorie, dass sie keine Telepathie benutzen – weder, wenn sie mit dir kommunizieren, noch, wenn sie untereinander Informationen weitergeben.«

»Nein?« Mahnmut schaute auf ein Dutzend kleine grüne Männchen hinab, die von den Ruderdecks heraufkamen und effizient an der vorderen Takelage zu arbeiten begannen. »Ich kann mir nicht vorstellen, was sonst. Sie haben jedenfalls keine Münder und Ohren, und sie übertragen auch keine Daten auf einer Funk-, Engstrahl-, Maser- oder Lichtfrequenz.«

»Ich glaube, die Informationen sind in ihren Körperpartikeln enthalten«, sagte Orphu. »Nanopakete codierter Information. Deshalb wollen sie, dass du dieses innere Organ – es ist eine Art Telegrafiezentrale – mit deiner Hand umfasst, denn anders als etwa deine allgemeinen Manipulatoren ist deine Hand organisch. Lebende Molekularmaschinen können per Osmose in deinen Blutstrom eindringen und zu deinem organischen Gehirn reisen, wo dieselben Nanobytes bei der Übersetzung helfen.«

»Und wie verständigen sie sich dann untereinander?«, fragte Mahnmut skeptisch. Ihm hatte die Telepathie-Theorie gefallen.

»Genauso. Durch Berührung. Ihre Haut ist halb durchlässig; wahrscheinlich wandern bei jedem beiläufigen Kontakt Daten hin und her.«

»Ich weiß nicht. Erinnerst du dich, dass die Crew alles über uns zu wissen schien, als die Feluke ankam? Wohin wir wollten? Ich hatte das Gefühl, dass unsere Anwesenheit im gesamten psychischen Netzwerk der kleinen grünen Männchen telepathisch verbreitet worden war.«

»Ja, mir kam es auch so vor. Aber abgesehen davon, dass weder die menschliche noch die Moravec-Wissenschaft jemals auch nur ein theoretisches Gerüst für Telepathie errichtet hat, geböte Ockhams Skalpell, dass die Crew der Feluke durch simplen Körperkontakt mit den KGMs an unserem Landeplatz – oder von anderen, die dort gewesen waren – von uns erfahren hat.«

»Daten-Nanopakete im Blutstrom, hm?« Mahnmut verbarg seine Skepsis nicht. »Aber trotzdem muss eines der Individuen sterben, wenn ich weitere Fragen stelle.«

»Bedauerlicherweise«, sagte Orphu, ohne seine früheren Behauptungen anzuführen, dass einzelne KGMs wahrscheinlich keine autonomere Persönlichkeit hätten als menschliche Hautzellen.

Mehrere Männchen kletterten jetzt auf dem vorderen Mast in Mahnmuts Nähe herum, lösten Taue und ließen mit der Mühelosigkeit von Akrobaten das Lateinersegel herunter. Sie nickten liebenswürdig mit ihren grünen Köpfen, wenn sie auf dem Weg nach oben oder nach unten an ihm vorbeikamen.

»Ich glaube, ich warte noch ein Weilchen mit meinen Fragen«, sagte Mahnmut. »Am südlichen Horizont sehe ich jetzt eine dicke braunrote Wolke. Sie werden alle Mann brauchen, um das Schiff auf den aufziehenden Sturm vorzubereiten.«

27 Die Ebene von Ilium

Die Trojaner massakrieren die Griechen. Meine Studenten in meinem anderen Leben hätten gesagt, sie »dezimieren« die Griechen, ein bei faulen Journalisten und ungebildeten TV-Moderatoren des späten zwanzigsten und frühen einundzwanzigsten Jahrhunderts sehr beliebter Terminus für vollständige Vernichtung, aber da »dezimieren« ein präziser Begriff ist – zur Strafe für einen Aufstand töteten die Römer jeden Zehnten in einem Dorf –, mithin nur eine Opferquote von zehn Prozent bedeuten würde, muss man ehrlicherweise sagen, dass sie etwas viel Schlimmeres tun, als die Griechen zu dezimieren.

Die Trojaner *massakrieren* die Griechen.

Nachdem Zeus den anderen Göttern sein Ultimatum gestellt hat, ist er mit seinem goldenen Streitwagen zur Erde geqtet und an den Hängen des Ida gelandet, des höchsten Berges im Umkreis von Ilium, der einem Gott einen guten Blick auf die Stadt bietet, hat seinen überdimensionalen Thron auf dem dortigen Berggipfel eingenommen und auf die hohen Mauern der Stadt und die Hunderte achäischer Kriegsschiffe hinuntergeschaut, die am Strand und in einiger Entfernung von der Küste vor Anker liegen. Da die anderen Götter nach Zeus' Machtdemonstration zu eingeschüchtert sind, um zum Spielen herabzukommen, richtet der Göttervater seine goldene Waage aus und wiegt ab, welchen Männern dort unten der Tod bestimmt ist – ein Gewicht hat die Form eines trojanischen Reiters, das andere ist ein achäischer Lanzenkämpfer in bronzener Rüstung.

Zeus fasst die heilige Waage in der Mitte und hebt sie hoch, und schon senkt sich der Schicksalstag der Achäer, während das Los Trojas zum Himmel emporsteigt. Zeus lächelt darüber, und ich bin nah genug, um zu sehen, dass der alte Bastard den Daumen an den Waagschalen gehabt hat.

Die Trojaner ergießen sich aus ihren Stadttoren wie aufgestörte Hornissen aus ihrem Nest. Der Himmel ist wolkenverhangen und grau, er brodelt von dunkler Energie, und Zeus lässt seine Donnerblitze häufig aufs Schlachtfeld niederfahren – und immer treffen sie die Argeier und die langhaarigen Achäer. Obwohl die Griechen die Missfallensbekundungen des Götterkönigs deutlich sehen, drängen sie nach vorn, um zu kämpfen – was bleibt ihnen auch anderes übrig? –, und die Ebene von Ilium hallt wider vom Krachen gegeneinanderschlagender Schilde, dem Scharren der Langspieße, dem Rumpeln der Streitwagen und den Schreien sterbender Männer und Pferde.

Die Achäer haben von Anfang an schlechte Karten. Blitze schlagen in ihren Reihen ein, rösten in Bronze gekleidete Männer wie Hähnchen am Grill. Hektor stürmt wie eine Naturgewalt vorwärts, und der ruhige Mann mit Frau und Kind auf den Mauern von Ilium, den ich bewundert habe, ist verschwunden; an seine Stelle ist ein blutbesudelter Berserker getreten, der Männer wie Getreide niedermäht und seine Gefolgsleute mit lauter Stimme anfeuert, noch mehr Blut zu vergießen, ein noch größeres Gemetzel anzurichten. Seine Gefolgsleute gehorchen, das gesamte trojanische Heer und seine Verbündeten brüllen wie aus einem Mund, wogen in rauen Massen vorwärts und überrollen die zurückweichenden Achäer wie ein Tsunami aus Bronze und Leder.

Paris – den ich in meiner Schilderung seiner Begegnung mit Hektor noch am Vortag als Fatzke abgetan und dem ich anschließend Hörner aufgesetzt habe – fährt neben Hektor her und kommt ebenfalls wie eine von Dämonen besessene Tötungsmaschine über die Achäer. Paris ist ein mörderisch guter Bogenschütze, und an diesem Tag scheinen seine langen Pfeile kein einziges Mal ihr Ziel zu verfehlen. Achäer und Argeier fallen mit Paris' langschaftigen Pfeilen im Hals, im Herzen, in den Genitalien und Augen. Jeder Schuss ist ein Treffer.

Hektor bahnt sich mit wilden Schwerthieben seinen Weg durch jedes griechische Widerstandsnest, trennt Köpfe vom Rumpf, als wären die Hälse Gänseblümchenstiele, gewährt in der Taubheit seines Blutrauschs keine Schonung, erhört kein Flehen um Gnade. Wenn es den Achäern hier und dort einmal gelingt, sich zu einer tapferen Gruppe zu sammeln und den angreifenden Trojanern die Stirn zu bieten, schlägt ein blauer Energieblitz aus den brodelnden Wolken wie eine kosmische Granate in ihrer Mitte ein, und der folgende Donner mischt sich mit den Schreien sterbender Männer.

Ideomeneus und der große König Agamemnon ergreifen die Flucht. Dann verlieren der große und der kleine Ajax, Teilnehmer von tausend Feldzügen, den Mut und fliehen vom Schlachtfeld. Odysseus, der »göttliche Dulder«, kann das Gemetzel nicht mehr ertragen und kommt zu dem Schluss, dass der bessere Teil der Tapferkeit darin liegen muss, für die Sicherheit seiner Schiffe unten am Strand zu sorgen. Er läuft verdammt schnell für einen so kurzbeinigen Mann. Der Einzige, der sich nicht umdreht und flieht, ist der alte Nestor, und das auch nur, weil Helenas Gemahl seinem Leitpferd einen Pfeil durch den Schädel gejagt hat, sodass sich die anderen Rosse in ihrer Panik verheddern. Nestor durchtrennt die Zugriemen mit seinem Schwert – offenbar will er das Schlachtfeld unbedingt so schnell wie möglich verlassen –, aber Hektors Streitwagen schießt vorwärts, die Männer um Nestor fallen unter Paris' Pfeilen, die ihnen aus der Brust und dem Hals ragen, und die Pferde laufen noch schneller davon als die geflohenen griechischen Helden, sodass der alte Nestor in seinem pferdelosen Streitwagen allein zurückbleibt, während Hektor schnell näher kommt.

Als Odysseus vorbeiläuft, ohne dem alten Mann auch nur einen Blick zuzuwerfen, ruft Nestor: »Wohin fliehst du, Sohn des Laertes, erfindungsreicher Odysseus …«, aber sein Sarkasmus bleibt ohne Wirkung. Odysseus verschwindet in der Staubwolke des panischen Rückzugs, ohne für seinen alten Freund auch nur langsamer zu werden.

Diomedes, der sich schon immer weniger vor Schmerz oder Tod gefürchtet hat als davor, ein Feigling genannt zu werden, fährt mit seinem Streitwagen wieder ins Getümmel. Offenbar will er Nestor retten und Hektor zurücktreiben. Er schnappt sich Nestor wie einen schrumpligen Wäschesack, und der alte Wagenlenker ergreift mit beiden Händen die Zügel und hält, statt die Flucht zu ergreifen, mit Diomedes' Streitwagen direkt auf den angreifenden Hektor zu. Diomedes kommt nah genug an Hektor heran, um seine Lanze nach ihm zu werfen, aber das schwere Wurfgeschoss tötet Hektors Lenker, Eniopeus, den Sohn des Thebaios, und als sein Leichnam rücklings in die überraschten Fußsoldaten fliegt und Hektors Pferde sich außer Kontrolle aufbäumen, ändert sich alles.

Ich habe gelesen, dass es in vielen Schlachten einen solchen Moment gibt, in dem alles auf Messers Schneide steht. Während Hektor seine Pferde wieder in den Griff zu bekommen versucht und die Trojaner um ihn herum verwirrt innehalten, sehen die Griechen eine mögliche Schicksalswende und stürmen hinter dem alten Nestor und Diomedes her in die von ihnen geschlagene Bresche. Einen Moment lang haben die Achäer die Initiative zurückerobert und machen mit trotzigem Geschrei die Männer nieder, die den trojanischen Angriff anführen.

Dann greift Zeus erneut ein. Donner dröhnt. Blitze spalten die Erde, und Pferde verschwinden in einem Lichtblitz mit dem Gestank von Schwefel und brennenden Hufen. Achäische Streitwagen in der Nähe von Diomedes und Nestor explodieren in einem Wirrwarr von rauchendem Pferdefleisch und umherfliegenden Leichenteilen. Bronze schmilzt, Lederschilde gehen in

Flammen auf. Selbst der begriffsstutzige Diomedes merkt, dass Zeus heute nicht gut auf ihn zu sprechen ist.

Nestor versucht, die scheuenden Pferde herumzureißen, aber sie gehen durch. Ihr Streitwagen ist jetzt allein auf weiter Flur, weil die anderen Achäer Fersengeld gegeben haben, und er holpert auf zehntausend wütende Trojaner zu.

»Auf, Diomedes, nimm die Zügel und hilf mir, die Rosse zu wenden!«, schreit Nestor. »Heute weiterzukämpfen bedeutet den sicheren Tod!«

Diomedes nimmt dem alten Mann die Zügel aus den Händen, ohne den Streitwagen jedoch zu wenden. »Wenn ich heute weglaufe, alter Mann, wird Hektor sich vor seinen Leuten brüsten: ›Tydeus' Sohn ist aus Furcht vor mir zu den Schiffen geflohen.‹«

Nestor packt Diomedes an seinem muskulösen Hals. »Sag mal, bist du ein Kleinkind? Wende den verdammten Streitwagen, du Arschloch, oder Hektor macht uns zu Hackfleisch, bevor in Troja Teestunde ist!«

Oder so ähnlich. Ich bin hundert Meter entfernt auf dem Schlachtfeld, als dies geschieht, und eventuell funktioniert das Richtmikrofon in meinem Stab nicht einwandfrei. Außerdem laufe ich gerade mit den anderen weg, weil ich zu einem achäischen Fußsoldaten gemorpht habe, und beobachte alles über die Schulter hinweg, während uns Paris' Pfeile um die Ohren fliegen.

Diomedes ringt zwei oder drei Sekunden lang mit diesem Dilemma und dann stattdessen mit den Pferden, reißt ihre Köpfe herum und fährt mit dem Streitwagen zu den schwarzen Schiffen zurück, wo er in Sicherheit ist.

»Ha!«, schreit Hektor über das Getöse hinweg. Er hat einen neuen Wagenlenker – Archeptolemos, Iphitos' gut aussehenden Sohn – und setzt den Angriff nun mit der erneuerten Kraft eines Mannes fort, dem seine Arbeit so richtig Spaß macht. »Ha! Diomedes – hab ich dich in die Flucht geschlagen! Du

Hasenfuß! Du kleines Mädchen! Du feiges Püppchen! Du bibbernder Spatzenfurz!«

Diomedes dreht sich im Streitwagen um und funkelt ihn wütend und verlegen an, aber Nestor hält jetzt die Zügel in der Hand, und die Pferde haben selbst herausgefunden, wohin sie laufen müssen, um sich in Sicherheit zu bringen. Sie lassen den Streitwagen in ihrem wildem Galopp zum Strand und zur Sicherheit über Steine, Furchen und fliehende griechische Fußsoldaten hinwegholpern, und Diomedes müsste nun schon vom Streitwagen springen und es zu Fuß mit Tausenden von Trojanern aufnehmen, um gegen Hektor zu kämpfen. Er entscheidet sich dagegen.

»Wenn du unser Schicksal ändern willst, musst du den Angelpunkt finden«, hatte Helena an jenem Morgen gesagt.

Dann hatte sie mich nach meinen *Ilias*-Kenntnissen gefragt – obwohl es für sie das Zukunftswissen eines Orakels gewesen war – und mich gedrängt, den Angelpunkt der Ereignisse zu finden, jenen Punkt in dem zehnjährigen Krieg, um den sich alles drehte. Das Scharnier des Schicksals, sozusagen.

An jenem Morgen hatte ich herumgedruckst und uns beide mit einem letzten Geschlechtsakt abgelenkt, aber in den irrwitzigen Stunden, die seither verstrichen sind, habe ich über diese Frage nachgedacht.

Wenn du unser Schicksal ändern willst, musst du den Angelpunkt finden.

Ich würde meine Stelle als Homer-Spezialist darauf verwetten, dass der Angelpunkt dieser Tragödie bald kommt: die Gesandtschaft an Achilles.

Bisher sind die Ereignisse mehr oder weniger dem Versepos gefolgt, obwohl Aphrodite und Ares durch ihre Verletzungen außer Gefecht gesetzt worden sind. Zeus hat ein Machtwort gesprochen und zugunsten der Trojaner eingegriffen. Ich habe nicht die Absicht, wieder zum Olymp zu qten, wenn es nicht sein muss, aber ich nehme an, dass Homers Geschichte auch dort ihren vorgezeichneten Verlauf nimmt – die Herrscherin Hera zürnt, weil ihre Danaer Prügel beziehen, und versucht, Poseidon zu überreden, ihnen zu helfen, aber der »weithin herrschende Erdenerschütterer« ist schockiert über das Ansinnen – er hegt nicht den Wusch, sich mit Zeus anzulegen. Später an diesem Tag, als die Griechen wirklich in die Flucht geschlagen werden, wird Athene sich nackt ausziehen, ihr bestes Panzerhemd anlegen und sich mit ihren Waffen rüsten – nun, ich gestehe, *dafür* könnte es sich wahrhaftig lohnen, zum Olymp zu qten. Iris, Zeus' Botin, hält sie jedoch auf. Zeus' Botschaft ist kurz und bündig:

»Wenn ihr kommt, du und Hera, um sich mir im Kampf zu widersetzen, meine grauäugige Tochter, werde ich euch die hurtigen Pferde unter ihrem Joch lähmen, euch beide aus eurem Wagen werfen, den Wagen zerbrechen und euch mit meinen Blitzen so schreckliche Wunden schlagen, dass ihr zehn langsam umlaufende Jahre in den Genesungsbottichen liegt, bevor euch die grünen Würmer wieder zusammenflicken können.«

Athene bleibt auf dem Olymp. Die Griechen erleiden nach ein paar Stunden erfolgreicher Gegenangriffe noch schwerere Verluste und fallen hinter ihre Befestigungsanlage zurück – einen Graben, den sie kurz nach der Landung vor zehn Jahren angelegt haben, und tausend angespitzte Pfähle; auf Agamemnons Befehl hin ist der Graben kürzlich vertieft und die Palisade wieder aufgebaut worden –, doch selbst hinter ihrem eigenen Wall verlieren die in Panik geratenen Achäer die Hoffnung und sprechen sich für die Heimfahrt aus.

Agamemnon versucht sie aufzumuntern, indem er seinen Truppenführern ein großes Mahl bereiten lässt – zur gleichen Zeit, als Hektor und seine Heerscharen sich auf den letzten Angriff vorbereiten, bei dem sie ihrer festen Überzeugung nach die schwarzen Danaerschiffe einäschern und diesen Krieg ein für alle Mal beenden werden –, und bei diesem Festmahl des griechischen Königs erklärt Nestor, ihre einzige Hoffnung liege darin, dass Agamemnon sich wieder mit Achilles versöhnt.

Agamemnon wird sich bereit erklären, Achilles eine königliche Buße zu entrichten: sieben Dreifußkessel, zehn Talente Gold, zwanzig funkelnde Becken, ein Dutzend Rosse, sieben schöne Frauen und ich weiß nicht mehr, was noch alles – vielleicht sogar ein Schloss im Mond. Was am wichtigsten ist, das Bestechungsangebot wird auch Briseus' Tochter Briseis umfassen – die hübsche Sklavin, um die sich der ganze Streit drehte. Als rotes Bändsel um dieses Geschenk wird Agamemnon zudem schwören, dass er nie mit Briseis ins Bett gegangen ist. Und als letzten Anreiz legt er noch sieben Städte drauf, griechische Königreiche: Kardamyle, Enope, Hira, Antheia, Pherai, Aipeia und Pedasos. Diese Städte gehören Agamemnon natürlich nicht, und er regiert sie auch nicht – er verschenkt die Länder seiner Nachbarn –, aber ich nehme an, der gute Wille zählt.

Das Einzige, was Agamemnon Achilles nicht anbietet, ist eine Entschuldigung. Der Atreide ist noch immer zu stolz, um den Kopf zu neigen. »Er soll sich mir unterordnen!«, wird er Nestor, Odysseus, Diomedes und die anderen Führer in ein paar Stunden anschreien. »Ich bin der größere König, an Geburt der Ältere und, so behaupte ich, ein größerer Mann als er.«

Odysseus und die anderen sehen aber trotz Agamemnons Arroganz einen Ausweg. Wenn sie Achilles die Botschaft von Briseis' Rückkehr und all diesen anderen wundervollen Geschenken überbringen (und das mit dem »größeren Mann« einfach weglassen), dann, so denken sie, besteht eine Chance, dass Achilles wieder am Kampf teilnimmt. Diese Gesandtschaft zu Achilles ist zumindest ein Hoffnungsschimmer.

Aber hier wird es nun kompliziert – und vielleicht ist der Angelpunkt hier auch schon gefunden.

Als Gelehrter weiß ich in der Tiefe meines Herzens, dass die Gesandtschaft an Achilles der Kern, die Schlüsselszene der *Ilias* ist. Die Entscheidungen, die Achilles trifft, nachdem er sich die dringenden Bitten der Gesandten angehört hat, werden den Ablauf aller künftigen Ereignisse bestimmen – Hektors Tod, den darauf folgenden Tod von Achilles und den Untergang Iliums.

Doch jetzt kommt der knifflige Teil. Homer wählt seine Worte *sehr* sorgfältig – vielleicht sorgfältiger als irgendein anderer Erzähler in der Geschichte. Er erzählt uns, dass Nestor fünf Gesandte ernennt – Phönix, den großen Ajax, Odysseus, Odios und Eurybates. Die letzten beiden sind reine Herolde, Dekorationen um des Protokolls willen, und werden nicht mit den echten Gesandten in Achilles' Zelt eintreten und an der dortigen Diskussion teilnehmen.

Das Problem ist: Es ist seltsam, dass die Wahl auf Phönix fällt. Bisher ist er in der Geschichte nicht aufgetaucht. Der Myrmidone ist kein Truppenführer, sondern eher Achilles' Erzieher und Laufbursche, und es ergibt wenig Sinn, ihn zu schicken, um seinen Herrn zu überreden. Obendrein benutzt Homer eine duale Verbform, als die Gesandten »am Ufer des rauschenden Meeres entlang« zu Achilles' Zelt gehen – eine griechische Verbform zwischen Singular und Plural, die sich immer auf *zwei Personen* bezieht, in diesem Fall auf Ajax und Odysseus. Homer benutzt noch sieben weitere Wörter, die sich im Griechischen seiner Zeit – dieser Zeit – auf *zwei* und nicht auf drei Männer beziehen.

Wo ist Phönix bei diesem Fußmarsch von Agamemnons Camp zu Achilles' Teil des Feldlagers? Befindet er sich schon in Achilles' Zelt und wartet dort auf die Gesandten? Das ergibt nicht viel Sinn.

Vor und während meiner Zeit auf Erden haben etliche Gelehrte die Ansicht vertreten, Phönix sei eine unbeholfene Ergänzung der Geschichte, eine Jahrhunderte später hinzugefügte Figur. Diese Theorie würde die duale Verbform erklären, ignoriert aber die Tatsache, dass Phönix die längste und komplexeste Rede der drei Gesandten halten wird. Seine Rede ist so wunderbar abschweifend und kompliziert, dass sie geradezu nach Homer riecht.

Es ist, als hätte der blinde Dichter selbst nicht mehr genau gewusst, ob nun zwei oder drei Emissäre zu Achilles unterwegs waren und welche Rolle Phönix bei dem Gespräch spielen würde, das über das Schicksal aller Beteiligten entscheiden sollte.

Ich habe noch ein paar Stunden Zeit, um darüber nachzudenken.

Wenn du unser Schicksal ändern willst, musst du den Angelpunkt finden.

Aber das liegt noch Stunden in meiner Zukunft. Hier ist es noch immer Nachmittag, und die Trojaner haben vor dem Graben der Achäer haltgemacht, während die Griechen wie Ameisen hinter ihrem Wall aus Steinen und angespitzten Pfählen herumwimmeln. Ich bin nach wie vor zu einem verschwitzten achäischen Lanzenkämpfer gemorpht, und es gelingt mir, nah an Agamemnon heranzukommen, als der König zuerst seine Männer schilt und dann um Zeus' Hilfe in ihrer dunkelsten Stunde bittet.

»Schande über euch alle!«, ruft der Atride seinen verdreckten Soldaten zu. Wegen der damaligen Akustik kann ihn natürlich nur ein Hundertstel der Männer hören, aber Agamemnon hat eine kräftige Stimme, und die hinteren geben seine Worte an andere weiter.

»Schande, ihr feigen Memmen, die ihr nur stattlich ausseht! Ihr habt geschworen, diese Stadt niederzubrennen, habt reichlich vom Fleisch der Rinder geschmaust – auf meine Kosten! –, und aus Krateren getrunken, die randvoll waren vom Wein, den ich ebenfalls bezahlt habe und hierherschaffen ließ, und nun seht euch an! Ein geschlagener Haufen! Ihr habt geprahlt, jeder von euch wollte gegen hundert oder zweihundert Trojaner stehen im Kampf, und nun seid ihr nicht einmal *einem* gewachsen – Hektor.

Hektor wird bald hier sein mit seinen Horden und die Schiffe verbrennen mit loderndem Feuer, und dieses prahlerische Heer von … *Helden* …« – Agamemnon spuckt das Wort geradezu aus – »wird nach Hause flüchten zu Frau und Kind – *auf meine Kosten!*«

Agamemnon wendet sich resignierend von seiner Truppe ab und hebt die Hände zum Südhimmel, zum Ida-Gebirge, woher die Stürme, der Donner und die Blitze gekommen sind. »Vater Zeus, wie kannst du mir so meinen großen Ruhm entreißen? Womit habe ich dich beleidigt? Niemals, sage ich, kein einziges Mal bin ich auf unserer Reise hierher an einem deiner schönen Altäre vorübergefahren; auf jedem habe ich Fett und Schenkel von Rindern zu *deinem* Ruhme verbrannt. Unser Gebet war schlicht – vom Erdboden tilgen wollen wir das gut ummauerte Troja, seine Helden töten, seine Frauen vergewaltigen, seine Bewohner versklaven. Ist das zu viel verlangt?

Zeus, gewähre mir nur dies eine Verlangen: Lass meine Männer wenigstens selbst dem Tod entfliehen, dass die Trojaner uns nicht schlagen wie gemietete Maultiere!«

Ich habe schon eloquentere Reden von Agamemnon gehört – zum Teufel, *alle* Reden, die ich von ihm gehört habe, waren eloquenter als diese, und ich verstehe Homers Bedürfnis, das alles umzuschreiben –, aber in dieser Sekunde geschieht ein Wunder. Oder jedenfalls betrachten die Achäer es als ein Wunder.

Aus dem Nichts erscheint ein Adler. Er kommt von Süden geflogen – ein riesiger Adler mit einem Kitz in den Fängen.

Die zu den Schiffen flutenden Menschen, die sich auf dem Meer in Sicherheit bringen wollen und nur kurz innegehalten haben, um Agamemnons Rede anzuhören, bleiben wie angewurzelt stehen und starren auf das Bild, das sich ihnen darbietet: Der Adler schwingt sich in die Höhe, kreist, kommt wieder herunter und lässt das noch zappelnde Kitz dreißig Meter tief auf einen Sandhaufen direkt vor dem steinernen Altar fallen, den die Achäer bei ihrer Landung vor so vielen Jahren für Zeus errichtet hatten.

Das gibt den Ausschlag. Nach fünfzehn Sekunden fassungsloser Stille steigt ein Aufschrei von den Männern empor – von Männern, die noch vor zehn Minuten feige die Flucht ergriffen, nun jedoch ihren Kampfesmut wiedergefunden haben, deren Herzen und Hände durch dieses deutliche Zeichen für Zeus' Vergebung und Billigung wieder zu Kräften gekommen sind –, und fünfzigtausend Achäer und Argeier und alle anderen nehmen umstandslos wieder hinter ihren Anführern Aufstellung, Pferde werden wieder vor Streitwagen gespannt, Streitwagen fahren über die Lehmbrücken hinaus, die noch die Verteidigungsgräben überspannen, und die Schlacht beginnt von Neuem.

Nun kommt die Stunde des Bogenschützen.

Obwohl Diomedes den Gegenangriff anführt, dicht gefolgt von den Atriden Agamemnon und Menelaos, denen wiederum der große und der kleine Ajax folgen, und obwohl diese Helden mit ihren Speeren und Kurzschwertern reiche Ernte unter den Trojanern halten, steht jetzt der achäische Bogenschütze Teukros, unehelicher Sohn des Telamon und Halbbruder des großen Ajax, im Mittelpunkt des Kampfes.

Teukros galt schon immer als meisterhafter Bogenschütze, und ich habe im Lauf der Jahre Dutzende von Trojanern unter seinen Pfeilen fallen sehen, aber dies ist sein Tag im Scheinwerferlicht. Ajax und er finden einen Rhythmus, bei dem Teukros im Schutz des Schildes seines Halbbruders hockt – der große Ajax benutzt einen riesigen rechteckigen Schild, wie er Militärhistorikern zufolge zur Zeit des trojanischen Krieges gar nicht gebräuchlich war –, und sobald Ajax den Schild hebt, schießt Teukros in die rund sechzig Meter entfernten trojanischen Reihen hinein. An diesem Tag scheint er sein Ziel nicht verfehlen zu können.

Zuerst tötet er Orsilochos, indem er dem kleinen Mann einen mit Widerhaken versehenen Pfeil ins Herz jagt. Dann tötet er Ophelestes mit einem Pfeil ins linke Auge, als der Trojaner über seinen rohledernen Schild hinweglugt. Dann fallen Daitor und Chromios, tödlich getroffen von zwei schnellen, perfekt platzierten Schüssen. Jedes Mal, wenn Teukros schießt, lassen die Trojaner ebenfalls ihre Pfeile und Lanzen fliegen, um den Bogenschützen zu töten, aber vergeblich – der große Ajax kauert über ihnen beiden, und an seinem massiven Schild prallt jedes Geschoss ab.

Der trojanische Pfeilhagel verebbt, Ajax hebt seinen Schild, und Teukros trifft Lykophontes, den Herrscher seiner fernen Stadt, verwundet ihn aber nur. Noch während Lykophontes' Hauptleute ihm zu Hilfe eilen, jagt Teukros dem Gefallenen einen zweiten Pfeil in die Leber.

Als Nächstes stirbt Polyaimons Sohn, Amopaon; Teukros' Pfeil durchbohrt ihm den Hals. Blut spritzt anderthalb Meter hoch, und der starke Amopaon versucht aufzustehen, aber der Pfeil hat ihn am Boden festgenagelt, und er verblutet in weniger als einer Minute; sein krampfhaftes Gezappel wird schwächer und schwächer. Die Achäer jubeln. Ich kenne … kannte Amopaon. Der Trojaner hat häufig in dem kleinen Freiluftrestaurant gegessen, wo Nightenhelser und ich uns gern getroffen haben, und wir haben oft über Belanglosigkeiten geplaudert. Einmal hat er mir erzählt, sein Vater, Polyaimon, habe Odysseus aus freundlicheren Zeiten gekannt; als Polyaimon einmal nach Ithaka gereist und mit den befreundeten Griechen zur Jagd gegangen sei, habe er einen wilden Bären getötet, der eine tiefe, blutige Wunde in Odysseus' Bein gerissen habe und ihn getötet hätte, wenn Polyaimons Speerwurf sein Ziel verfehlt hätte. Amopaon erzählte mir, Odysseus trage diese Narbe bis auf den heutigen Tag.

Ajax duckt sich, hält seinen massiven Metallschild wie ein Dach über sich und seinen Halbbruder, und trojanische Pfeile klappern darauf. Ajax steht auf, hebt den Schild, und Teukros tötet den achtzig Meter entfernten Melanippos mit einem Pfeil, der dem Mann in den Unterleib fährt und aus seinem Anus austritt, als der Trojaner fällt. Seine Kameraden treten beiseite und verziehen das Gesicht, als Melanippos sich am Boden windet und stirbt. Die Achäer jubeln erneut.

Agamemnon schwingt sich von seinem Streitwagen und ruft Teukros ein paar aufmunternde Worte zu; er verspricht dem Bogenschützen, sich gleich nach ihm einen Dreifuß oder ein reinrassiges Pferdegespann aussuchen zu dürfen – falls Zeus und Athene ihm denn erlauben, die Schatzkammern Trojas zu plündern, sagt er – und verheißt ihm auch eine schöne Trojanerin fürs gemeinsame Lager, vielleicht gar Hektors Gattin Andromache.

Teukros ärgert sich über Agamemnons Angebot. »Glaubst du, Atreussohn, dass ich mich noch mehr anstrenge als ohnehin schon, angespornt von deinen Versprechen? Ich schieße so schnell und so genau, wie ich kann. Acht Pfeile – acht Tote.«

»Schieß auf Hektor!«, ruft Agamemnon.

»Ich *habe* auf Hektor geschossen«, schreit Teukros, rot im Gesicht. »Die ganze Zeit war Hektor mein Ziel. Aber ich treffe den Hurensohn einfach nicht!«

Agamemnon verstummt.

Wie als Reaktion auf diese Herausforderung treibt Hektor seinen Streitwagen plötzlich an die vorderste Front der trojanischen Reihen und versucht seine Männer, die wegen des von dem Bogenschützen angerichteten Gemetzels den Mut verloren haben, hinter sich zu scharen.

Diesmal hebt Ajax seinen Schild nicht hoch, weil Teukros aufsteht, den Bogen bis zum Anschlag spannt, sorgfältig auf Hektor zielt und den Pfeil fliegen lässt.

Er verfehlt Hektor um eine Handbreit und trifft Gorgythion, einen Sohn des Priamos, als dieser hinter Hektors Streitwagen tritt. Der große, kräftige Mann bleibt stehen, macht ein überraschtes Gesicht und schaut auf den gefiederten Schaft hinab, der ihm aus der Brust ragt, als wäre er das Opfer eines Kasernenwitzes, aber dann scheint ihm der Kopf zu schwer für den massigen Hals zu werden und sinkt ihm schlaff auf die Schulter, heruntergezogen vom Gewicht seines Helms; gleich darauf stürzt Gorgythion tot in den blutgetränkten Sand.

»Verdammt!«, sagt Teukros und schießt erneut. Kein Trojaner ist nun so nah bei ihm wie Hektor; seine Brust ist Teukros voll zugewandt.

Dieser Pfeil trifft Archeptolemos, Hektors Wagenlenker, mitten in die Brust. Die kampferfahrenen Pferde bäumen sich auf und machen einen Satz nach vorn, als Archeptolemos' Blut auf ihre Flanken spritzt, und der junge Mann wird nach hinten geworfen, fällt vom Wagen und stürzt in den Staub.

»Kebriones!« Hektor ergreift die Zügel und fordert seinen Bruder – einen weiteren unehelichen Sohn des lasterhaften Priamos – mit lauter Stimme auf, seinen Wagen zu lenken. Kebriones springt im selben Moment auf, als Hektor abspringt. Außer sich vor Zorn und Kummer über den Tod seines getreuen Archeptolemos, stürmt Hektor ins Niemandsland – ein gutes Ziel für Teukros – und packt den größten, spitzesten Stein, den er mit einer Hand heben kann.

Hektor hat offenbar alle Finessen der Kriegsführung vergessen, deren er sich so oft gebrüstet hat, und ist zur Höhlenmenschentaktik zurückgekehrt. Er hebt den Stein und holt mit dem linken Arm weit aus. In diesem Moment hat er größte Ähnlichkeit – finde ich – mit Sandy Koufax, der zu einem Wurf ansetzt. Erst heute fällt mir auf, dass Hektor beidhändig ist.

Teukros sieht seine Chance, nimmt einen weiteren Pfeil aus dem Köcher und spannt den Bogen bis zum Anschlag. Er zielt auf Hektors Herz, fest davon überzeugt, dass er noch einen oder vielleicht sogar zwei Schüsse abgeben kann, bevor Hektor wirft.

Er irrt sich. Hektor wirft kraftvoll, schnell, flach und genau.

Der Stein trifft Teukros am Schlüsselbein, direkt neben dem Hals, unmittelbar bevor der Bogenschütze den Pfeil fliegen lässt. Knochen brechen. Sehnen reißen. Teukros' Hand erschlafft, die Bogensehne sirrt, und der Pfeil gräbt sich zwischen den Sandalen des Bogenschützen in den Boden.

Hektor stürmt nach vorn, verstreut Achäer wie Spreu, und die trojanischen Bogenschützen überschütten den gestürzten Teukros mit einem Pfeilhagel, aber der große Ajax lässt seinen Bruder nicht im Stich; er deckt ihn mit seiner Mauer von einem Schild, während andere Achäer die trojanische Infanterie zurückschlagen. Auf Ajax' Ruf – oder vielmehr Gebrüll – hin eilen Mekisteus und Alastor nach vorn und tragen den stöhnenden, halb ohnmächtigen achäischen Bogenschützen über die Grabenbrücke zurück in die relative Sicherheit im Schatten ihrer bauchigen Schiffe.

Aber Teukros' Viertelstunde des Ruhms ist um.

Danach verschlechtert sich die Lage für die Griechen rapide. Dass er noch am Leben ist, betrachtet Hektor als ein weiteres Zeichen von Zeus' Liebe und Einverständnis. An der Spitze seiner Männer attackiert er die entmutigten, zurückweichenden Achäer ein ums andere Mal.

Agamemnon, Menelaos und die anderen Herrscher, die ihre Männer noch vor ein paar Stunden frohgestimmt in den Kampf geführt haben, sind jetzt wirklich und wahrhaftig besiegt. Auf ihrer heillosen Flucht bemannen die Achäer anfangs nicht einmal ihre Befestigungsanlagen hinter dem Graben, den Schanzpfählen und dem behelfsmäßigen Wall, und nur der Sonnenuntergang und die plötzlich hereinbrechende Dunkelheit halten die Trojaner davon ab, die Schiffe auf der Stelle zu erstürmen und in Brand zu stecken.

Während die Achäer verwirrt durcheinanderwimmeln – einige Männer machen ihre Schiffe bereits abfahrbereit, andere sitzen wie traumatisiert und mit leerem Blick herum –, spielt Hektor *Heinrich V.*; unermüdlich läuft er an den trojanischen

Schlachtreihen entlang, spornt seine Kämpfer an, bei Tagesanbruch ein noch größeres Blutbad anzurichten, schickt Männer in die Stadt, um Vieh herauszutreiben, das geschlachtet, geopfert und bei einem Festschmaus verspeist werden soll, lässt auch honigsüßen Wein herbeischaffen und die Wagen mit frisch gebackenem Brot kommen, über das die heißhungrigen Trojaner herfallen, als wäre es Agamemnon persönlich, und erteilt den Befehl, unmittelbar vor den achäischen Befestigungsanlagen Hunderte von Wachtfeuern zu entzünden, damit die ängstlichen Griechen in dieser Nacht keinen Schlaf finden. Ich setze meinen Hades-Helm auf und schlendere unsichtbar unter den Trojanern umher.

»Morgen«, ruft Hektor seinen jubelnden Recken zu, »weide ich Diomedes vor seinen Männern aus wie einen zappelnden Fisch, wenn er heute Nacht nicht die Flucht ergreift. Ich breche ihm mit meiner Speerspitze das Rückgrat, und dann nageln wir den Kopf des Prahlhanses über das skäische Tor!«

Die Trojaner brechen in stürmisches Jubelgeschrei aus. Von den Wachtfeuern stieben Funken zu den unverwandt brennenden Sternen empor. Unsichtbar für Götter und Menschen, überquere ich die Grabenbrücke, schlängle mich zwischen den angespitzten Pfählen hindurch und gehe wieder unter den entmutigten Griechen umher.

Für mich ist nun der Moment der Entscheidung gekommen. Agamemnon hat bereits die Versammlung seiner Truppenführer einberufen, und sie diskutieren über ihre nächsten Schritte – sollen sie fliehen oder eine Gesandtschaft zu Achilles schicken?

Jetzt gibt es kein Zurück mehr. Ich nehme die Gestalt von Phönix an, Achilles' treuem myrmidonischem Erzieher und Freund, und gehe über den abkühlenden Sand, um an der Beratung teilzunehmen.

Wenn du unser Schicksal ändern willst, musst du den Angelpunkt finden.

28 Das Mittelmeerbecken

Savi folgte dem atlantischen Bruch übers Meer. Manchmal flog sie unterhalb der Wasseroberfläche und ging mit dem Sonie alle paar Kilometer ein bisschen höher oder tiefer, um den Strömungskegeln auszuweichen, die beide Seiten verbanden und den Bruch wie transparente Röhren in einem langen grünen Korridor querten.

Daeman, der links von Savi auf dem Bauch lag und Harman rechts von ihr an seinem Platz liegen sah, bemerkte dessen grimmige Miene und war sich der leeren Passagiermulden hinter ihnen bewusst. Daeman dachte über die letzten vierundzwanzig Stunden nach.

Bei ihrem Abflug von dem Ort mit den großen Bäumen hatte er den Eindruck gehabt, dass Harman und Ada sich gezankt hatten. Anfangs hatte er sich darüber gefreut. Er wusste natürlich nicht, worum es bei dem Zerwürfnis ging, aber es war nicht zu übersehen gewesen, dass beide nach ihrem Waldspaziergang aufgewühlt gewesen waren – Ada hatte kühl und distanziert dreingeschaut, aber innerlich gekocht, und Harman war sichtlich verwirrt gewesen. Doch nach den Stunden des Fluges nach Ardis und den dortigen Ereignissen – und Daemans Entscheidung, weiterhin an dieser unsinnigen Suchaktion teilzunehmen – gehörten die Spannungen zwischen Harman und Ada nun nicht gerade zu seinen vordringlichsten Problemen.

Bei ihrer Ankunft in Ardis war es später Nachmittag gewesen. Aus der Luft sahen das Gutshaus und die Gartenanlagen anders aus, zumindest für Daeman, obwohl das Gesamtbild von Hügeln, Wald, Wiesen und Fluss genau so war, wie er es in Erinnerung hatte. Jedes Mal, wenn er an das Picknick unten am Fluss dachte – und an Hannahs alberne Metallguss-Vorführung –, fiel ihm der angreifende Dinosaurier ein, und er bekam Herzklopfen.

»Im letzten Teil des Untergegangenen Zeitalters hieß diese Gegend hier Ohio«, erklärte Savi, während sie eine Runde drehten und dann tiefer hinuntergingen. »Glaube ich.«

»Ich dachte, Nordamerika«, sagte Harman.

»Das auch«, sagte die alte Frau. »Sie hatten eine Überfülle an Namen für Orte.«

Sie landeten einen knappen halben Kilometer von Ardis Hall entfernt auf einer Weide nördlich einer Baumreihe, die sie vor Blicken abschirmte. Daeman musste immer noch auf die Toilette, aber er würde auf gar keinen Fall von ihrem Landeplatz bis zum Anwesen laufen, falls auch nur das geringste Risiko bestand, dass Dinosaurier in der Nähe waren.

»Es ist ungefährlich«, sagte Ada brüsk, als sie sein Zögern bemerkte; er lag als Einziger noch auf dem Sonie. »Die Voynixe patrouillieren im Umkreis von drei, vier Kilometern ums Haus.«

»Und Hannahs Heißmetall-Picknick, wie weit war das vom Haus entfernt?«, fragte Daeman.

»Fünf Kilometer«, sagte Hannah. Die junge Frau stand neben Odysseus hinter dem Sonie.

Ada wandte sich an Savi. »Willst du wirklich nicht mit zum Haus kommen?«

»Ich kann nicht.« Die alte Frau streckte ihr die Hand hin, und Ada ergriff sie nach einer Sekunde. Daeman hatte noch nie gesehen, dass Frauen sich die Hände schüttelten. »Ich warte hier auf Harman und Daeman«, sagte Savi.

Ada sah Harman an. »Du kommst doch noch für eine Minute mit nach Ardis, oder?«

»Nur um mich zu verabschieden.« Die beiden sahen sich weiterhin unverwandt an.

»Können wir nicht endlich mal *losgehen*?« Daeman hörte das Quengeln in seiner Stimme. Es war ihm egal. Er hatte es eilig.

Dann waren alle außer Savi zu dem fernen Haus aufgebrochen. Auf dem Weg durch das Feld aus hüfthohem Gras kamen sie an einzelnen Kühen vorbei – Daeman machte einen weiten Bogen um jede von ihnen, weil er sich in der Nähe großer Tiere unwohl fühlte –, als plötzlich ein Voynix aus der Baumreihe vor ihnen hervortrat.

»Das wurde aber auch Zeit«, meinte Daeman. »Diese Fußmärsche sind lächerlich.« Er winkte der Gestalt aus Eisen und Leder. »Du da! Geh zum Haus und hol zwei große Karriolen, um uns hinzubringen!«

Unglaublicherweise schenkte der Voynix Daeman keinerlei Beachtung. Er kam weiter auf die fünf Menschen zu – oder, genauer, auf Odysseus.

Der alte, bärtige Mann schob Hannah von sich weg, als der augenlose Voynix langsam näher kam.

»Er ist bloß neugierig«, sagte Ada, aber es klang nicht sehr überzeugt. »Wahrscheinlich hat er noch nie …«

Der Voynix war keine zwei Meter mehr von Odysseus entfernt, als dieser das Schwert aus dem Gürtel zog und mit dem Daumen die summende Klinge aktivierte. Er schwang das Schwert mit beiden Händen, ließ es von oben herabsausen und zog es dem Voynix über den angeblich undurchdringlichen Brustpanzer und den linken Arm. Eine Sekunde lang stand der Voynix einfach nur da, anscheinend ebenso schockiert über Odysseus' Verhalten wie die vier Menschen, aber dann geriet die obere Körperhälfte der Kreatur ins Rutschen, kippte und fiel mit wild fuchtelnden Armen zu Boden. Die untere Hälfte des Rumpfes und die Beine blieben noch etliche Sekunden stehen, bevor sie ebenfalls ins Gras fielen.

Eine Weile war nichts zu hören außer dem Wind im hohen Gras. Dann rief Harman: »Warum, zum Teufel, hast du das getan?« Eine blaue Flüssigkeit, dick wie Blut, war überall.

Odysseus wischte sein Schwert im Gras ab und zeigte auf den rechten Arm des Voynix, der noch mit dem Rumpf verbunden war. »Er hatte seine Tötungsklingen draußen.«

Es stimmte. Als die vier sich um den gefallenen Voynix versammelten, sahen sie, dass er anstelle der üblichen Manipulatorgreifer die Klingen ausgefahren hatte, mit denen er ansonsten Menschen gegen Bedrohungen wie Dinosaurier verteidigte.

»Das verstehe ich nicht«, sagte Ada.

»Er hat dich nicht erkannt«, meinte Hannah und trat einen weiteren Schritt von dem Bärtigen weg. »Vielleicht dachte er, du wärst eine Bedrohung für uns.«

»Nein.« Odysseus steckte sein Kurzschwert wieder in die Scheide.

Daeman starrte entsetzt und fasziniert zugleich auf die Schnittfläche, die durch den Leib des Voynix verlief – weiche weiße Organe, zahllose blaue Röhrchen, Trauben von Gebilden, die wie rosa Weinbeeren aussahen … und er hatte immer geglaubt, das Innenleben eines Service-Voynix bestünde aus einem Uhrwerkmechanismus und anderen maschinellen Vorrichtungen. Es fehlte nicht viel, und Daeman hätte angesichts des abrupten Ausbruchs von Gewalt und der nun sichtbaren weißen Innereien die Kontrolle über sein nervöses Gedärm verloren.

»Kommt«, hatte er gesagt und sich mit schnellen Schritten Richtung Ardis Hall in Bewegung gesetzt. Die anderen hatten fälschlicherweise gedacht, er wolle die Führungsrolle übernehmen, und waren ihm gefolgt.

Erst nachdem Daeman auf die Toilette gegangen war, ausführlich geduscht, sich rasiert und dem nächsten Ardis-Servitor befohlen hatte, ihm neue Kleidung zu bringen, und dann auf der Suche nach etwas Essbarem in die Küche geschlendert war, erkannte er, dass es Wahnsinn war, die Reise mit Harman und der verrückten alten Frau fortzusetzen. Was sollte dabei herauskommen?

Ardis Hall hatte sich trotz oder vielleicht gerade wegen Adas Abwesenheit mit Freunden gefüllt, die hergefaxt waren, um ihr einen Besuch abzustatten und eine Party zu feiern. Die Servitoren hielten sie mit Speisen und Getränken bei Laune. Junge Leute – darunter mehrere schöne junge Frauen, die Daeman von anderen Partys, anderen Orten, aus seinem glücklichen Leben vor Harman und all diesem Unsinn kannte – spielten auf der weiten, sanft abfallenden Rasenfläche Boccia und Korbball. Es war ein wunderschöner Abend, lange Schatten lagen auf dem Gras, Gelächter wehte glockenhell durch die Luft, und das Abendessen wurde von Servitoren an der langen Tafel unter der riesigen Ulme aufgetragen.

Daeman wurde bewusst, dass er hierbleiben und eine anständige Mahlzeit nebst einer ordentlichen Mütze Schlaf bekommen oder – noch besser – sich einen Voynix für die kurze Karriolenfahrt zum Faxportal holen und in dieser Nacht nach einem von seiner Mutter zubereiteten späten Abendessen in seinem eigenen Bett in Paris-Krater schlafen konnte. Seine Mutter fehlte ihm; er hatte schon seit über zwei Tagen nichts mehr von ihr gehört. Er musterte den Voynix auf der gebogenen Auffahrt an der Seite des großen Hauses und verspürte einen Anflug von Nervosität – es war ungerechtfertigt und verrückt gewesen, dass Odysseus den Voynix kaputt gemacht hatte. Man beschädigte oder zerstörte keine Voynixe, ebenso wenig wie man eine Droschke anzündete oder das eigene Domi demolierte. Es ergab keinen Sinn, und es war ein weiterer Grund, weshalb er sich sofort von diesen Leuten trennen sollte.

Als er auf die Auffahrt hinauskam, sah er Harman und Ada, die an einer Seite leise, aber eindringlich miteinander sprachen. Weiter unten auf der hügeligen Rasenfläche sah er, wie

Hannah einige neugierige Gäste mit Odysseus bekannt machte. Die Voynixe wahrten großen Abstand zu dem bärtigen Mann, aber Daeman hatte keine Ahnung, ob das Zufall oder Absicht war. Kommunizierten Voynixe miteinander? Und wenn ja, wie? Daeman hatte noch nie gehört, dass einer von ihnen einen Laut von sich gab.

Er winkte einem Voynix, mit einer Karriole zu ihm zu kommen. Im selben Moment beendeten Ada und Harman ihr Gespräch; Ada verschwand steifbeinig im Haus, Harman machte auf dem Absatz kehrt und ging die Auffahrt entlang zu den Feldern und dem wartenden Sonie zurück. Als er vorbeikam, war seine Miene so grimmig, dass Daeman unwillkürlich einen halben Schritt zurücktrat.

»Kommst du mit?«

»Ich ... äh ... nein«, stotterte Daeman. Der Voynix trabte mit der einrädrigen Karriole im Schlepptau herbei. Das Polster glänzte im Abendlicht, die Gyroskope summten.

Harman wandte sich ohne ein weiteres Wort ab und marschierte ins Feld hinter dem Haus.

Daeman stieg in das Gefährt, sagte »Faxportal« zu dem Voynix und lehnte sich zurück, als die Karriole über die Auffahrt summte. Weiße Muschelschalen knirschten unter dem Rad. Eine der jungen Frauen auf dem Rasen – Oelleo hieß sie, dachte er – rief ihm »Auf Wiedersehen!« hinterher. Die Karriole rollte zur Straße hinunter. Der stumme Voynix trabte zwischen ihren Deichseln dahin.

»Halt«, sagte Daeman. Der Voynix blieb abrupt stehen, ohne die Deichseln loszulassen. Der innere Gyro summte leise vor sich hin.

Daeman schaute zurück zu Ardis Hall, aber Harman war bereits unter den Bäumen hinter dem Haus verschwunden. Ohne besonderen Grund versuchte er, sich in Erinnerung zu rufen, wo er Oelleo kennengelernt hatte – auf einer Party in Bellinbad im Sommer vor zwei Jahren? Bei Vernas Viertem Zwanziger in Chom erst vor ein paar Monaten? Bei einer seiner eigenen Partys in Paris-Krater?

Er wusste es nicht mehr. Hatte er mit Oelleo geschlafen? Er sah das Mädchen nackt vor sich, aber dieses Bild konnte von einer der Schwimmpartys oder Living-Art-Ausstellungen stammen, die letzten Winter stattgefunden hatten. Er konnte sich nicht entsinnen, ob er mit der Frau ins Bett gegangen war. Es hatte so viele gegeben.

Daeman versuchte, sich Tobis Zweite-Zwanziger-Feier in Ulanbat ins Gedächtnis zu rufen, die erst drei Tage zurücklag, konnte sich aber nur nebelhaft daran erinnern. Sie war ein verschwommenes Durcheinander aus Gelächter, Sex und Suff, das mit all den anderen Partys in der Nähe all der anderen Faxknoten verschmolz. Aber wenn er an das Trockental in der … wie hieß es noch? Antarktis? … zurückdachte, an den Eisberg, die Golden Gate Bridge über Macchu Picchu, ja, sogar an den blöden Sumpfzypressenwald, dann war alles klar, deutlich erkennbar und scharf.

Daeman stieg aus der Karriole und ging auf die Felder zu. *Das ist verrückt,* dachte er. *Verrückt, verrückt, verrückt.* Auf halbem Weg zu der Baumreihe fiel er in einen schwerfälligen, unbeholfenen Trab.

Als er den jenseitigen Rand des Feldes erreichte, war er außer Atem und schwitzte heftig. Das Sonie war fort. Nur eine Mulde im hohen Gras in der Nähe einer Steinmauer zeigte, wo es gestanden hatte.

»Gottver*dammt*!« Daeman schaute zum Abendhimmel hinauf, der bis auf den kreisenden Äquatorial- und Polarring leer war. »Verdammt.« Er setzte sich schwer auf die vom Moos glitschige Steinmauer. Hinter ihm ging die Sonne unter. Aus irgendeinem Grund war er den Tränen nah.

Das Sonie kam tief über den Bäumen im Norden herein, tauchte steil herab und blieb drei Meter über dem Boden in der Luft stehen.

»Ich dachte mir, dass du deine Meinung vielleicht noch ändern würdest«, rief Savi herab. »Willst du mit?«

Daeman stand auf.

Sie waren nach Osten in die Dunkelheit geflogen und so hoch gestiegen, dass die Sterne und die Orbitalringe die Oberseite von Wolken beleuchteten, die bereits von innen erhellt wurden; Blitze waberten wie sichtbare Peristaltik durch ihr milchiges Inneres. In dieser Nacht machten sie nahe der Küste halt und schliefen in einem seltsamen Baumhaus. Es bestand aus einzelnen kleinen Domi-Häusern, die durch Terrassen und gewundene Treppen verbunden waren. Sie verfügten zwar über sanitäre Anlagen, aber es gab dort keine Servitoren oder Voynixe, und es befanden sich auch keine anderen Menschen oder Behausungen in der Nähe.

»Hast du viele solcher Aufenthaltsorte?«, wollte Harman wissen.

»Ja«, sagte Savi. »Abseits eurer dreihundert Faxknoten ist die Erde so gut wie leer, müsst ihr wissen. Jedenfalls menschenleer. Ich habe da und dort meine Lieblingsplätze.«

Sie saßen draußen auf einer Art Speiseterrasse in halber Höhe eines großen Baumes. Unter ihnen blinkten Glühwürmchen in einer grasbewachsenen Lichtung, auf der eine stattliche Reihe riesiger, alter, verrosteter Maschinen stand, die größtenteils vom Gras, den Farnen und dem Hang wieder in Besitz genommen worden waren. Ringlicht fiel durch die Blätter herab und färbte das hohe Gras mit sanftem Weiß. Die Gewitter, die sie überflogen hatten, waren noch nicht so weit nach Osten vorgedrungen, und die Nacht war warm und klar. Es gab hier zwar keine Servitoren, dafür aber Kühlschränke voller Lebensmittel, und Savi hatte die Zubereitung von Nudeln, Fleisch und Fisch beaufsichtigt. Daeman gewöhnte sich fast schon an die merkwürdige Vorstellung, sein Essen selbst zuzubereiten.

Auf einmal fragte Harman: »Weißt du, Savi, warum die Nachmenschen die Erde verlassen haben und nicht mehr zurückgekommen sind?«

Daeman erinnerte sich an die seltsame Datenvision, die er früher an diesem Tag auf der Lichtung im Sumpfzypressenwald gehabt hatte. Allein schon bei dem Gedanken daran wurde ihm ein wenig übel.

»Ja«, sagte Savi, »ich glaube schon.«

»Erzählst du es uns?«, fragte Harman.

»Jetzt nicht.« Die alte Frau erhob sich und stieg die gewundenen Treppen zu einem erleuchteten Domi zehn Meter weiter oben am Baumstamm hinauf.

Harman und Daeman sahen einander an, aber sie hatten sich nichts zu sagen. Schließlich zogen sie sich in ihre eigenen Domis zurück, um zu schlafen.

Sie folgten dem Bruch in hohem Tempo über den Atlantik, bogen nach Süden ab, bevor sie Land erreichten, und flogen an den »Händen des Herkules« entlang, wie Savi es nannte.

»Erstaunlich«, sagte Harman. Er erhob sich fast auf die Knie, um nach links zu schauen, als sie nach Süden flogen.

Daeman musste ihm beipflichten. Zwischen einem großen Berg im Norden, den Savi Gibraltar nannte, und einem kleineren Berg rund vierzehn Kilometer weiter südlich hörte das Meer einfach auf. Eine Reihe gewaltiger goldener Menschenhände, die sich aus dem Meeresboden erhoben, versperrte ihm den Weg in das tiefe Becken, das sich nach Osten erstreckte. Jede Hand war über hundertsiebzig Meter lang, und die gespreizten Finger hielten die Mauer des Atlantiks vom trockenen Mittelmeerbecken fern, das im Osten wie ein immer tiefer werdendes Tal in Wolken und Nebel abfiel.

»Wozu die Hände?«, fragte Daeman, als sie auf der Südseite des nebelverhangenen Beckens Land erreichten und sich wieder nach Osten wandten. »Warum haben die Nachmenschen das Meer nicht einfach mit Kraftfeldern zurückgehalten wie im Bruch?«

Die alte Frau schüttelte den Kopf. »Die Hände des Herkules waren schon vor meiner Geburt hier, und die NMs haben uns nie erklärt, weshalb sie es so gemacht haben. Ich dachte immer, dass es bloß eine Laune war.«

»Eine Laune«, wiederholte Harman. Es schien ihn zu beunruhigen.

»Bist du sicher, dass wir nicht einfach direkt über das Becken fliegen können?«, fragte Daeman.

»Ja, bin ich«, sagte Savi. »Das Sonie würde wie ein Stein vom Himmel fallen.«

Durch den Spätnachmittag flogen sie über Sümpfe, Seen, Farnwälder und breite Flüsse hinweg. Savi bezeichnete das Land unter ihnen als Nordsahara. Bald schrumpften die Sümpfe und blieben hinter ihnen zurück, und das Land wurde trockener und steiniger. Herden riesenhafter, gestreifter Tiere – keine Dinosaurier, aber kaum kleiner als diese – zogen zu Hunderten über Grasland und felsiges Hochland.

»Was sind das für Tiere?«, fragte Daeman.

Savi schüttelte den Kopf. »Ich habe keine Ahnung.«

»Wenn Odysseus hier wäre, würde er wahrscheinlich eins davon töten und zum Abendessen verspeisen wollen«, sagte Harman.

Savi grunzte.

Kurz vor Sonnenuntergang verloren sie an Höhe, umkreisten eine fremdartige, ummauerte Stadt auf einer Hochebene, die nur vierzig Kilometer vom Mittelmeerbecken entfernt war, und landeten auf felsigem, flachem Terrain gleich westlich der Stadt.

»Was ist das für eine Ortschaft?«, fragte Daeman. Er hatte noch nie so alte Mauern oder Gebäude gesehen, und selbst aus der Ferne war ihr Anblick irgendwie beunruhigend.

»Sie heißt Jerusalem«, antwortete Savi.

»Ich dachte, wir wollten ins Becken hinunter, um nach Raumschiffen zu suchen«, sagte Harman.

Savi stieg vom Sonie und streckte sich. Sie sah sehr müde aus, aber schließlich, dachte Daeman, hatte sie das Sonie ja auch zwei Tage hintereinander geflogen. »So ist es«, sagte sie. »Hier finden wir ein Transportmittel. Und bei Sonnenuntergang möchte ich euch etwas zeigen.«

Das versprach nichts Gutes, fand Daeman, aber er folgte ihr und Harman über die felsige Ebene, über den Schutt ehemaliger Vororte oder neuer Teile der alten ummauerten Stadt, die sich nun in eine ansteigende Fläche verwandelt hatten, gepflastert mit zertrümmerten und kieselfein gemahlenen Steinen. Savi führte sie durch ein Tor in der Mauer und erzählte ihnen unterwegs irgendwelches großenteils bedeutungsloses Zeug. Die Luft war trocken und kühlte bereits ab; das fast waagrecht einfallende Sonnenlicht lag satt auf den uralten Gebäuden.

»Dies nannte man das Jaffa-Tor«, erklärte sie, als würde ihnen das etwas sagen. »Das ist die David-Straße, die das christliche Viertel vom armenischen trennte.«

Harman warf Daeman einen Blick zu. Offensichtlich hatte selbst der gebildete alte Mann, der so stolz auf seine nutzlose Lesefähigkeit war, die Worte »christlich« oder »armenisch« noch nie gehört. Aber Savi plapperte weiter, zeigte ihnen ein Bauwerk namens Grabeskirche in dem Trümmerfeld zu ihrer Linken, und keiner der beiden Männer unterbrach sie mit einer Frage, bis Daeman sich schließlich erkundigte: »Gibt es hier keine Voynixe oder Servitoren?«

»Heutzutage nicht mehr«, sagte Savi. »Aber als meine Freunde Pinchas und Petra vor vierzehnhundert Jahren hier waren, in den letzten Minuten vor dem letzten Fax, waren plötzlich Zehntausende Voynixe in der Nähe der Westmauer aktiv. Ich habe keine Ahnung, warum.« Sie blieb stehen und sah sie beide an. »Ihr wisst doch, dass die Voynixe zweihundert Jahre vor dem letzten Fax aus der temporalklastischen Wolke herausgekommen sind, nicht wahr? Damals waren sie allerdings unbeweglich – Statuen aus Rost und Eisen –, nicht die gehorsamen Diener, die ihr jetzt habt. Es ist wichtig, sich das ins Gedächtnis zu rufen.«

»In Ordnung«, sagte Harman, doch in seinem Ton lag eine Spur Herablassung. Sie redete wirres Zeug. »Aber du hast gesagt, beim letzten Fax seist du in einem Eisberg in der Nähe der Antarktis gewesen«, fuhr er fort. »Woher weißt du, wo deine Freunde waren und was die Voynixe gemacht haben?«

»Farnet-, Proxnet- und Allnet-Aufzeichnungen«, sagte die alte Frau. Sie drehte sich um und führte sie weiter nach Osten, die Straße entlang.

Harman warf Daeman erneut einen Blick zu, als wollte er seine Besorgnis über ihr unsinniges Geschwätz mit ihm teilen, aber Daeman verspürte eine Anwandlung von – ja was? Stolz? Überlegenheit? –, als ihm klar wurde, dass er genau wusste, was sie mit Farnet und Proxnet meinte. Er blickte auf seine Handfläche und rief die Suchfunktion auf, aber die leuchtende Wolke war leer. Was würde passieren, fragte er sich, wenn er sich vier blaue Rechtecke, darunter drei rote Kreise und darunter wiederum vier grüne Dreiecke vorstellte, um die Volldatenfunktion aufzurufen, so wie sie es ihm gestern auf der Waldlichtung beigebracht hatte?

Savi blieb stehen. »Du solltest die Allnet-Funktion hier lieber nicht aufrufen, Daeman«, sagte sie, als hätte sie seine Gedanken gelesen. »Hier in Jerusalem wäre es kein virtuelles Eintauchen in Energie-Mikroklima-Interaktionen wie im Wald. Sondern du bekämst es mit fünftausend Jahren Schmerz, Schrecken und virulentem Antisemitismus zu tun.«

»Antisemitismus?«, wiederholte Harman.

»Judenhass«, sagte Savi.

Harman und Daeman sahen einander fragend an. Der Begriff ergab für sie keinen Sinn.

Daeman bereute es allmählich, dass er seine Meinung geändert hatte und mitgekommen war. Er hatte Hunger. Hinter ihnen ging die Sonne unter. Er wusste nicht, wo er diese Nacht schlafen würde, aber er rechnete nicht mit einer bequemen Bettstatt.

»Kommt«, sagte Savi und führte sie noch einen Block weiter, durch steinerne Torwege, eine enge Gasse und auf einen Platz hinaus, der von einer hohen, leeren Mauer beherrscht wurde.

»Das sollten wir uns anschauen?«, sagte Daeman enttäuscht. Es war eine Sackgasse – ein Hof, umgeben von niedrigeren Mauern, Steinbauten und dieser einen hohen Mauer, über der so etwas wie ein rundes metallisches Gebilde hervorlugte. Es gab keine Möglichkeit, von hier aus dort hinaufzugelangen.

»Nur Geduld«, sagte Savi. Sie blinzelte in die untergehende Sonne. »Und heute ist Tischa b'Aw, genau wie am Tag des letzten Faxes.«

Harman sah aus, als hätte er es satt, unsinnige Silben zu wiederholen. »Tischa b'Aw?«

»Der neunte Tag des Monates Aw«, sagte Savi. »Ein Tag der Klage. Am Tischa b'Aw wurden sowohl der Erste als auch der Zweite Tempel zerstört, und ich glaube, die Voynixe haben diesen blasphemischen Dritten Tempel an einem neunten Aw gebaut – dem Tag des letzten Faxes.« Sie zeigte auf die Halbkuppel aus schwarzem Metall hinter der Mauer.

Auf einmal ertönte ein so tiefes Grollen, dass Daemans Knochen und Zähne klapperten. Er und Harman traten erschrocken einen Schritt zurück. Die Luft füllte sich mit Ozon und so starker statischer Elektrizität, dass Daeman buchstäblich die Haare zu Berge standen und in wellenartige Bewegung gerieten wie hohes Gras bei starkem Wind. Dann schoss mit einem explosiven Krachen, schneller und lauter als ein Blitzschlag, ein rund zwanzig Meter dicker, massiver Strahl aus reinem blauem, blendend hellem Licht aus der metallenen Halbkuppel empor, durchbohrte den Abendhimmel und verschwand pfeilgerade im Raum, wobei er den orbitalen Ä-Ring auf seiner ewigen Kreisbahn im Osten nur knapp verfehlte.

29 Candor Chasma

Acht Marstage und acht Marsnächte lang türmte der Staubsturm zehn Meter hohe Wellen auf, heulte durch die Takelage und trieb die kleine Feluke nordwärts zum Leeufer, wo die gesamte Besatzung einschließlich der beiden Moravecs den sicheren Tod finden würde.

Die kleinen grünen Männchen an Bord waren kompetente Seeleute, aber sie stellten nachts die Arbeit ein und waren jetzt, da die Staubwolken über ihnen die Sonne verdeckten, einen großen Teil des Tages über träge. Wenn sie ihre dunklen Ecken unter Deck aufsuchten und sich in Nischen zusammenrollten, um nicht hin und her geworfen zu werden, hatte Mahnmut das Gefühl, auf einem Totenschiff zu fahren, wie in Bram Stokers *Dracula*, wo das Schiff bei der Ankunft nur noch von Leichen bemannt ist.

Die Segel der Feluke bestanden nicht aus Stoff, sondern aus einem widerstandsfähigen, leichten Polymer, aber der Südostwind traktierte sie mit Sandkörnchen und Steinchen und fuhr mit solcher Heftigkeit in sie hinein, dass sie in Fetzen gerissen wurden. An Deck war es nicht mehr sicher, und während einer kurzen sonnigen Phase schnitt Mahnmut mithilfe von zwanzig KGMs ein Loch ins Mitteldeck und ließ Orphu auf das darunterliegende Deck hinunter, wo er aus Holz und einer Persenning einen Verschlag für den Ionier baute, in dem dieser vor den winzigen Geschossen des Windes geschützt war. Mahnmut selbst spürte, wie der fliegende Sand in seine Fugen und sein Innenleben geriet, wenn er den KGMs zu lange an Deck half; deshalb kauerte er sich auf dem Unterdeck in Orphus Nähe zusammen, wenn er konnte, und vergewisserte sich, dass sein Freund gut festgezurrt und angeschraubt war, während die Feluke vierzig Grad zu jeder Seite krängte und das nun mit dem fliegenden roten Sand vermischte Wasser wie Blut aus jedem Spalt rann. Ein Dutzend der vierzig kleinen grünen Männchen an Bord waren jede Stunde, die sie bei Bewusstsein waren, mit Handpumpen unterwegs und pumpten die Bilge und die Unterdecks aus, und Mahnmut arbeitete in den langen Nächten allein an einer Pumpe.

Sie hatten den Wind gut ausgenutzt, bevor die Segel, die Takelage und der Treibanker beschädigt wurden, hatten schwer geschuftet und waren auf ihrem Zickzackkurs mühsam gegen den Wind gesegelt, während die Wellen über den Bug hereinbrachen, um tiefer in das zentrale Binnenmeer zu gelangen – die kilometerhohen Klippen hinter ihnen im Norden beunruhigten sie offenbar alle –, und an den ersten beiden Tagen des Sturms hatten sie mehrere Hundert Kilometer zurückgelegt. Jetzt befanden sie sich irgendwo zwischen Coprates Chasma und den Inseln von Melas Chasma, und der riesige, überflutete Schluchtenkomplex von Candor Chasma lag irgendwo vor ihnen an der Steuerbordseite.

Dann wurde der Sturm schlimmer und der Himmel dunkler, die KGMs suchten sich ein sicheres Plätzchen unter Deck, banden sich dort fest und schalteten im Halbdunkel des Sandsturms ab, und die Treibanker am Bug und am Heck – zwei komplizierte, gekrümmte Gebilde aus Polymersegeltuch an Tauen, die sich unter dem Schiff mehrere Hundert Meter weit hinzogen – gaben am selben Tag nach. Mahnmut wusste von früheren Sichtungen, dass im Norden kilometerhohe Klippen waren und dass sich irgendwo die breite Öffnung zu den überfluteten Schluchten von Candor Chasma befand, aber sein GPS-Empfänger war der statischen Aufladung des Staubsturms nicht gewachsen, und es war zwei Tage her, dass er einen Stern oder die Sonne gesehen hatte. Nach allem, was er wusste, konnten die Klippen und damit ihr Untergang eine halbe Stunde entfernt sein.

»Besteht die Gefahr, dass wir sinken könnten?«, fragte Orphu am Nachmittag des vierten Tages.

»Die Chancen stehen gut«, sagte Mahnmut. Da er seinen Freund nicht belügen wollte, versuchte er seine Antwort möglichst vieldeutig zu formulieren.

»Kannst du bei diesem Sturm schwimmen?« Orphu hatte begriffen, dass die »guten« Chancen in diesem Satz für sie beide nichts Gutes bedeuteten.

»Kaum«, sagte Mahnmut. »Aber ich kann *unter* den Wellen schwimmen.«

»Ich werde wie der sprichwörtliche Stein untergehen«, sagte Orphu mit leisem Rumpeln. »Was hast du gesagt, wie tief die Valles Marineris hier sind?«

»Darüber habe ich nichts gesagt.«

»Na schön, dann sag's mir jetzt.«

»Ungefähr siebentausend Meter.« Mahnmut hatte es gerade vor einer Stunde per Echolot ermittelt.

»Würdest du in dieser Tiefe zerquetscht werden?«, fragte Orphu.

»Nein. Ich habe schon unter viel höherem Druck gearbeitet. Ich bin dafür konstruiert.«

»Würde ich zerquetscht werden?«

»Weiß ich nicht«, sagte Mahnmut. Das stimmte zwar, aber er wusste, dass Orphus Moravec-Linie für den Nulldruck des Weltraums und gelegentliche Streifzüge in die oberen Regionen eines Gasriesen oder die Schwefelgruben von Io konstruiert war, nicht für die brutalen Druckverhältnisse eines siebentausend Meter tiefen Salzmeers. Bevor sein Freund auch nur drei Kilometer Tiefe erreichte, würde er höchstwahrscheinlich auf die Größe einer zerknautschten Dose zusammengepresst werden oder einfach implodieren.

»Haben wir eine Chance, heil an Land zu kommen?«, fragte Orphu.

»Ich glaube nicht«, sagte Mahnmut. »Die Klippen, die ich gesehen habe, waren riesig, lotrecht, mit gewaltigen Felsbrocken am Fuß. Die Wellen, die sich dort brechen, müssen jetzt fünfzig bis hundert Meter hoch sein.«

»Interessantes Bild«, meinte Orphu. »Besteht eine Aussicht, dass die KGMs uns in einen sicheren Hafen bringen?«

Mahnmut schaute sich in dem halbdunklen Raum auf dem Unterdeck um. Die KGMs lagen wie ein Haufen Chlorophyll-Puppen festgebunden in ihren Nischen; ihre grünen Arme und Beine schlenkerten hin und her, während das Schiff heftig stampfte und rollte. »Ich weiß es nicht«, sagte er in einem Ton, dem seine Skepsis deutlich anzuhören war.

»Dann musst du dafür sorgen, dass wir den Sturm überleben«, erklärte Orphu.

Mahnmut tat sein Bestes, um sie zu retten. Am fünften Tag – der Himmel war eine blutrote Dunkelheit, der Wind heulte durch die zerfetzten Segel, die KGMs waren wie Klafterholz unter Deck verstaut, und das Doppelsteuerrad auf dem Achterdeck war festgebunden, um das Ruder gerade zu halten – holte Mahnmut die Überreste der Segel ein und besorgte sich die Schnur und die riesigen Nadeln, mit denen die KGMs das Polymertuch geflickt hatten; jetzt flickte er es, während die Feluke hin und her schwankte, fünfzehn Meter hohe Wellen sie seitlich trafen und herumwarfen und Wellen über das Mitteldeck spülten.

Als Erstes bastelte er einen kleineren, behelfsmäßigen Treibanker, ließ ihn am Ankertau hinab, um den Bug wieder in den Wind zu bringen, und versuchte, Abstand von dem unsichtbaren, aber allgegenwärtigen Leeufer hinter ihnen zu gewinnen. Er hatte gerade angefangen, das dreieckige Hauptsegel zu flicken, als die Ruderseile unter Deck rissen. Die Feluke geriet ins Taumeln, übernahm mehrere riesige Wellen roten Wassers, verlor ihre Tendenz, in den Wind zu drehen, schwenkte dann herum und lief wieder vor dem Wind. Hohe Wellen krachten aufs Achterdeck. Nur der primitive Treibanker hatte sie vor dem Kentern bewahrt, als sich das Ruder verabschiedete. Mahnmut ging zum Bug, und als die roten Wolken für ein paar Sekunden aufrissen und die Feluke auf den Gipfel der nächsten windgepeitschten Welle stieg, sah er durch die Gischt und das Halbdunkel die hohen Klippen der Nordseite von Valles Marineris. In weniger als einer Stunde würde das Schiff an den Felsen zerschellen, wenn das Ruder nicht schnellstens repariert wurde.

Mahnmut machte ein Tau fertig und ging übers Heck hinunter, um nachzuschauen, ob das Ruder noch mit dem Boot verbunden war – das war es, aber es schwang frei an seiner kardanischen Aufhängung –, dann kletterte er durch brechende Wellen das nasse Tau hoch, überquerte das Mitteldeck, schlitterte die Treppe zum zweiten Deck hinunter und fand dort das Notsteuerungszentrum – nur eine Plattform mit Flaschenzügen, von der aus die KGMs das Schiff steuern konnten, indem sie direkt an den Ruderseilen zogen, wenn der Steuermechanismus oben beschädigt war. Er stellte fest, dass die beiden dicken Seile schlaff waren, kletterte hastig eine weitere Leiter in die Dunkelheit des dritten Decks hinunter und schaltete seine Brust- und Schulterlampen ein, um den Weg zu finden. Dann tauschte er seine Manipulatoren gegen Schneiden aus und hackte sich durchs Deck zu der Stelle durch, wo die Ruderseile seiner Schätzung nach gerissen waren. Der Moravec hatte keine Ahnung, ob die alten Feluken auf der Erde auch so ausgerüstet gewesen waren – vermutlich nicht –, aber diese große marsianische Feluke wurde mit einem Doppelrad auf dem oberen Achterdeck gesteuert, und zwar mittels zweier dicker Hanftaue, die sich unterwegs trennten, über ein System von Flaschenzügen an den Seiten des Schiffes entlangliefen, sich dann wieder trafen und durch diesen langen Holzschacht zur Pinne führten, die das Ruder drehte. Während der wochenlangen Reise war er im Schiff umhergewandert und hatte sich eingehend mit der Takelage und der Struktur der diversen Seilsysteme beschäftigt. Falls die beiden gewaltigen Taue einfach unter der Belastung des Sturms nachgegeben hatten und gerissen waren, konnte er sie vielleicht spleißen, aber dazu musste er sie erst einmal erreichen. Wenn sie weiter hinten bei der Pinne gerissen waren, wo er nicht an sie herankam, war jeder an Bord des Schiffes zum Tode verurteilt. Würde er im letzten Moment abspringen, unter der rauschenden Brandung hindurch an den hohen Klippen vorbeizuschwimmen versuchen und einen ruhigen Hafen irgendwo an der tausend Kilometer langen Küste von Candor Chasma suchen, wo er sich aus dem Wasser schleppen konnte? Eines stand fest – Orphu von Io konnte er nicht mitnehmen. Als er in den Ruderseilschacht durchbrach, schaltete er seine Lampen auf volle Kraft und schaute nach vorn und nach hinten. Von den Seilen war nichts zu sehen.

»Na, ist alles in Ordnung?«, fragte Orphu.

Als die Funkstimme in seinen Ohren ertönte, schreckte Mahnmut zusammen. »Ja«, sagte er. »Ich nehme ein paar kleine Reparaturen am Ruder vor.« *Da waren sie!* Die beiden Seile in dem engen Führungsschacht waren gerissen; die hinteren Abschnitte waren ungefähr sechs Meter entfernt, die vorderen Segmente sah er gerade eben noch zehn Meter weiter vorn. Er lief hin und her, durchbohrte die Hartholzplanken, zog die Enden der oberschenkeldicken Taue aus ihrem Schacht und zerrte sie unter Einsatz jedes Ergs Energie in seinem Körper zur Mitte.

»Bist du sicher, dass alles in Ordnung ist?«, fragte Orphu.

Mahnmut zog seine Schneiden ein, fuhr sämtliche Manipulatoren aus und schaltete seine Feinmotoriksteuerung auf *besonders fein*. Er begann die dicken Stränge so schnell zu spleißen, dass seine Metallfinger in den Lichtkegeln seiner Halogenlampen verschwammen, die durch die Dunkelheit im dritten Deck schnitten. Wasser schwappte hin und her, an ihm vorbei und über ihn hinweg, als das Schiff jede schreckliche Welle rückwärts hinaufrollte und dann auf der Rückseite der Welle ins Tal hinabglitt. Dann bereitete er sich auf die nächste Welle vor, die mit dem Geräusch und der Wucht einer abgefeuerten Kanone gegen das Heck krachte. Und er wusste, dass das Schiff den wartenden Felsen und Klippen mit jeder Welle ein gutes Stück näher kam.

»Alles bestens«, sagte Mahnmut, während er mit fliegenden Fingern Stränge verwob und mit den schwachen Lasern an seinem Handgelenk die Metallfasern in den ramponierten Tauen verschweißte. »Ich bin nur gerade sehr beschäftigt.«

»Dann melde ich mich in ein paar Minuten noch mal«, erklärte Orphu.

»Ja«, sagte Mahnmut und dachte: *Wenn ich die Ruderfunktion nicht wiederherstellen kann, werden wir in rund dreißig Minuten auf die Felsen geworfen. Eine Viertelstunde vorher sage ich es ihm.* »Ja«, antwortete Mahnmut, »tu das. Melde dich in ein paar Minuten noch mal.«

Sie war nicht die *Dark Lady* – diese primitive Feluke hatte keinen Namen –, aber sie war wieder fahrtüchtig und steuerbar. Mahnmut stand breitbeinig oben auf dem Achterdeck, um auf dem stampfenden, rollenden Schiff die Balance zu wahren. Die sturmgepeitschten Klippen waren weniger als einen Kilometer voraus deutlich zu sehen. Die Tuchfetzen, die er zu primitiven Segeln zusammengenäht hatte, waren an beiden Masten gehisst. Er packte das Steuerrad. Die Ruderseile hielten, und das Ruder reagierte. Er drehte das Schiff mühsam in den Wind und rief Orphu, um ihn über die Lage zu unterrichten. Er erzählte dem Ionier die Wahrheit – wahrscheinlich würde das verdammte Schiff spätestens in fünfzehn Minuten an den

Felsen zerschmettert werden, aber er segelte mit aller Macht dagegen an.

»Ich weiß deine Ehrlichkeit zu schätzen«, sagte Orphu. »Kann ich dir irgendwie helfen?«

Mahnmut stemmte sich mit seinem ganzen Gewicht gegen das große Rad und drehte das Schiff in die herankommende Welle, damit es nicht kenterte. »Jeder Vorschlag wird dankend entgegengenommen.«

Nichts deutete darauf hin, dass sich die Staubwolke heben oder dass sich der Wind legen würde. Taue summten, zerrissenes Polymertuch flatterte, und der Bug verschwand in einer Wand aus weißem Schaum, die Mahnmut zwanzig Meter zurückschleuderte. Orphu sagte: »Schon wieder? Was tut ihr hier? Sollen wir's aufgeben und ersaufen? Habt ihr euch in den Kopf gesetzt, zu sinken?«

Mahnmut brauchte ein paar Sekunden, um das einzuordnen. Während er fast schwerelos über die nächste Welle ritt, dabei einen Blick über die Schulter warf und sah, dass die Tausend-Meter-Klippen wieder ein Stück näher gerückt waren, holte der Moravec den *Sturm* in seinen Sekundärspeicher und rief: »Die Kränke in deine Gurgel, du bellender, lästernder, unbarmherziger Hund!«

»Nun, so arbeitet Ihr!«

»Hängen sollst du, Köter! Hängen, du Hurensohn, du unverschämter Schreihals!«, brüllte Mahnmut über den Wind und das Brausen der Wellen hinweg, obwohl die Funkverbindung seine Worte auch übertragen haben würde, wenn er leiser gesprochen hätte. »Wir fürchten das Ertrinken weniger als du.«

»Ich bürg ihm dafür, dass er nicht ertrinkt«, rumpelte Orphu, »auch wenn das Schiff nicht stärker wär' als eine Nussschale, und so leck wie eine klaffende Dirne … Mahnmut? Was ist eigentlich eine ›klaffende Dirne‹?«

»Eine menstruierende Frau.« Mahnmut drehte das Steuerrad nun mit aller Kraft nach Backbord und stemmte sich dagegen.

Tonnen von Wassermassen spülten über ihn hinweg. Wegen des strudelnden roten Nebels und der höheren Wellen konnte er die Klippen nicht mehr sehen, wenn er sich umschaute, aber er *spürte* die Felsen in seinem Rücken.

»Oh«, sagte Orphu. »Wie peinlich. Wo war ich?«

»Legt das Schiff hart an den Wind«, soufflierte Mahnmut.

»Legt das Schiff hart an den Wind! Hart an den Wind. Setzt zwei Segel auf. Wieder in See! – Legt ein.«

»Alles verloren«, rezitierte Mahnmut. »Betet! Betet! Alles verloren! … Moment mal eben!«

»An ›Moment mal eben‹ kann ich mich nicht erinnern«, sagte Orphu.

»Nein, *Moment mal eben*. Da ist eine Lücke in den Klippen vor uns – eine Öffnung in der Küstenlinie.«

»Groß genug, um hindurchzufahren?«

»Wenn es die Einfahrt nach Candor Chasma ist«, sagte Mahnmut, »dann ist die Wasserfläche dahinter größer als Conamara Chaos auf Europa!«

»Ich weiß nicht mehr, wie groß Conamara Chaos war«, gab Orphu zu.

»Größer als alle drei großen nordamerikanischen Seen und die Hudson Bay zusammen«, sagte Mahnmut. »Candor Chasma ist im Grunde ein weiteres riesiges Binnenmeer, das sich nach Norden hin öffnet … dort müssten Abertausend Quadratkilometer Manövrierraum sein. Und kein Leeufer!«

»Ist das gut?« Orphu wollte offensichtlich nicht so schnell Hoffnung schöpfen.

»Es ist eine Überlebenschance.« Mahnmut zog an den Tauen, damit sich die Überreste des Hauptsegels mit Wind füllten. Er wartete, bis sie die nächste Welle erklommen hatten, und wirbelte das Steuerrad herum. Das schwere Schiff drehte schwerfällig nach Steuerbord, und der Bug schwang zu der immer größer werdenden Lücke in den Küstenklippen herum. »Es ist eine Überlebenschance«, wiederholte er.

Am Nachmittag des achten Tages war es vorbei. Gerade eben waren die Staubwolken noch in niedriger Höhe dahingejagt, der Wind hatte getobt, und das Meer im großen Candor-Chasma-Becken war weiß und wild gewesen; eine Stunde später, nach einem letzten blutigen Regen, war der Himmel blau, das Meer beruhigte sich, und die kleinen grünen Männchen regten sich in ihren Nischen und kamen an Deck wie Kinder, die aus einem erholsamen Schläfchen erwachten.

Mahnmut war erschöpft. Trotz des Wiederaufladungsrinnsals aus den tragbaren Solarzellen und gelegentlichen Schüben aus den fast leeren Energiewürfeln war er organisch, mental, kybernetisch und emotional ausgelaugt.

Die KGMs schienen die Überreste der geflickten Segel, die gespleißten Ruderseile und die anderen Reparaturen, die Mahnmut in den vergangenen drei Tagen ausgeführt hatte, staunend zur Kenntnis zu nehmen. Dann machten sie sich an die Arbeit; sie bemannten die Bilgenpumpen, spritzten die blutroten Decks ab, flickten weiteres Segeltuch, kalfaterten den verzogenen Rumpf und die Schotts, reparierten gesplitterte Masten, entwirrten Taue und steuerten das Schiff. Mahnmut ging zum Mitteldeck und beaufsichtigte sie dabei, wie sie Orphu vom klatschnassen Unterdeck hochhievten, half ihnen, seinen Freund an Deck zu befestigen und die Sonnenpersenning über ihm anzubringen, und suchte sich dann einen warmen, sonnigen Platz auf dem Mitteldeck, wo er nicht im Wege war – eine Holzwand hinter ihm und eine Taurolle vor ihm milderten die Agoraphobie ein wenig –, und dort ließ er sich in einen halben Stupor treiben. Als er die Augen schloss, sah er trotz der ruhigen See, die sie jetzt umgab, immer noch die hohen Wellen auf sich zukommen, fühlte das Stampfen des Decks unter seinen Füßen und hörte das Heulen des Windes. Er blinzelte zwischen halb geschlossenen Lidern hindurch. Das Schiff kreuzte gegen den milden Südwestwind und fuhr wieder nach Süden, zurück zu der breiten Öffnung zwischen Candor

Chasma und den Valles Marineris an einem Ort namens Meles Chasma. Mahnmut schaltete sein Sehvermögen wieder ab und döste ein.

Er spürte eine Berührung an der Schulter und erwachte abrupt. Die vierzig KGMs defilierten im Gänsemarsch an ihm vorbei, und jede der grünen Gestalten berührte ihn dabei an der Schulter. Er erzählte es Orphu auf dem stimmlosen Kanal.

»Vielleicht drücken sie auf diese Weise ihre Dankbarkeit aus, weil du sie gerettet hast«, meinte der Ionier. »Ich täte es jedenfalls, wenn ich noch Arme oder Beine hätte, mit denen ich dir auf die Schulter klopfen könnte.«

Mahnmut schwieg, aber er konnte sich kaum vorstellen, dass dies der Grund für den Kontakt war. Die KGMs hatten noch nie Emotionen gezeigt – nicht einmal, als ihre Übersetzer nach der Kommunikation mit ihm verschrumpelt und gestorben waren –, und es fiel ihm schwer zu glauben, dass sie ihm allesamt dankbar waren, obwohl die tüchtigen kleinen Seeleute sicher erkennen konnten, dass das Schiff gesunken wäre, wenn Mahnmut nicht eingegriffen hätte.

»Vielleicht finden sie auch nur, dass du Glück gehabt hast, und hoffen, etwas davon könnte auf sie abfärben«, setzte Orphu hinzu.

Bevor Mahnmut sich dazu äußern konnte, hatte ihn das letzte der KGMs in der Schlange erreicht, aber statt die Kohlefaserschulter des Moravecs zu tätscheln und weiterzugehen, sank das kleine grüne Männchen auf die Knie, hob Mahnmuts rechte Hand und legte sie sich an die Brust.

»O nein«, stöhnte Mahnmut. »Sie wollen wieder die Kommunikationsnummer machen.«

»Das ist gut«, sagte der Ionier. »Wir müssen ihnen Fragen stellen.«

»Die Antworten wiegen den Tod eines weiteren kleinen grünen Männchens nicht auf«, erwiderte Mahnmut. Er zog seine

Hand mit der gleichen Kraft zurück, mit der sie das schwarzäugige KGM zu seiner grünen Brust hinzog.

»O doch, es könnte sich durchaus lohnen«, sagte Orphu. »Selbst wenn die KGM-Einheit etwas Ähnliches erlebt wie unser Konzept des Todes, was ich bezweifle. Außerdem hat sie selber die Initiative ergriffen. Lass sie den Kontakt herstellen.«

Mahnmut hörte auf, sich zu sträuben, und das KGM zog seine Hand an seine Brust – und *in* sie *hinein*.

Erneut verspürte er das schockierende, Übelkeit erregende Gefühl, mit dem seine Finger durch Fleisch glitten und in die warme, dicke Salzlösung eintauchten, mit dem seine Hand jenes pulsierende Organ von der Größe eines menschlichen Herzens berührte und dann umschloss.

»Halte es diesmal nicht ganz so fest«, schlug Orphu vor. »Wenn die Kommunikation wirklich durch molekulare Pakete organischer Nanobytes erfolgt, könnte das Volumen ihrer Gedanken durch eine kleinere Kontaktfläche eingeschränkt werden.«

Mahnmut nickte, wurde sich bewusst, dass Orphu sein Nicken nicht sehen konnte, konzentrierte sich dann jedoch ganz auf die seltsame Vibration, die von seiner Hand durch seinen Arm in seinen Geist wanderte, als das kleine grüne Männchen das Gespräch begann.

WIR DANKEN DIR
FÜR DIE RETTUNG
UNSERES SCHIFFES.

»Gern geschehen«, sagte Mahnmut laut und fokussierte seine Gedanken mithilfe des gesprochenen Wortes, während er Orphu das Gespräch gleichzeitig per Engstrahl übermittelte. »Wer *seid* ihr?«, fragte er. »Wie nennt ihr euch?«

ZEKS.

Das Wort sagte Mahnmut nichts. Er fühlte, wie das Kommunikationsorgan des KGMs in seiner Hand pulsierte, und verspürte den heftigen Drang, es loszulassen, seine Faust aus der Brust dieser todgeweihten Person zu reißen – aber das würde jetzt keinem von ihnen helfen. *Kennst du dieses Wort – Zeks?*, wandte er sich an Orphu.

Augenblick, sendete Orphu. *Greife auf Gedächtnisspeicher dritter Ordnung zu. Hier ist es – aus* Ein Tag im Leben des Iwan Denissowitsch. *Es war ein umgangssprachlicher Ausdruck, der sich auf das russische Wort »scharaschka« bezog – »ein wissenschaftliches oder technisches Spezialinstitut, dessen Personal aus Häftlingen bestand« – die Häftlinge dieser sowjetischen Arbeitslager wurden Zeks genannt.*

Tja, sendete Mahnmut, *ich glaube nicht, dass diese kleinen grünen Marsmännchen mit ihrem Chlorophyllstoffwechsel Häftlinge irgendeines kurzlebigen Erdregimes aus einer Zeit vor über zweitausend Jahren sind.* Der gesamte Wortwechsel mit Orphu hatte weniger als zwei Sekunden gedauert. Zu dem kleinen grünen Männchen sagte er: »Würdest du uns erzählen, woher ihr kommt?«

Diesmal kam die Antwort nicht in Worten, sondern in Bildern – grüne Felder, ein blauer Himmel, eine viel größere Sonne als jene am Marshimmel, eine ferne, dunstige Gebirgskette in dichter Luft. »Von der Erde?«, sagte Mahnmut schockiert.

NICHT VON DEM STERN AM HIESIGEN HIMMEL

lautete die Antwort des KGMs.

VON EINER ANDEREN ERDE.

Mahnmut dachte darüber nach, aber ihm fiel keine andere klärende Frage als sein unbeholfenes »Von welcher Erde dann?« ein.

Das kleine grüne Männchen antwortete nur mit denselben Bildern von grünen Feldern, fernen Bergen und einem erdähnlichen Blick auf die Sonne. Mahnmut spürte, wie die Energie des KGMs nachließ; das herzähnliche Organ pulsierte mit nachlassender Vitalität. *Ich bringe ihn um,* dachte er schreckerfüllt.

Frag ihn nach den Steingesichtern, meldete sich Orphu über die Kommunikationsleitung.

»Wer ist der Mann, den die Steingesichter darstellen?«, fragte Mahnmut einfallslos.

DER MAGUS.
DER AUS DEN BÜCHERN.
HERR DES SOHNES VON SYCORAX,
DER UNS HERGEBRACHT HAT.
DER MAGUS IST SOGAR HERR ÜBER SETEBOS,
DEN GOTT DER MUTTER UNSERES HERRN.

Der Magus!, teilte Mahnmut Orphu mit.

Das bedeutet Magier, Zauberer.

Herrgott noch mal, sendete Mahnmut hitzig und wütend – er verschwendete die Zeit dieses sterbenden grünen Geschöpfs. Das Herzorgan pulsierte mit jeder verstreichenden Sekunde schwächer. *Ich weiß, was »Magus« bedeutet, aber ich glaube nicht an Magie, ebenso wenig wie du, Orphu.*

Aber unsere KGMs glauben anscheinend daran, erwiderte Orphu. *Frag ihn nach den Bewohnern des Olympus.*

»Wer sind die Streitwagenleute auf dem Olympus?«, fragte Mahnmut pflichtgetreu. Er hatte das Gefühl, immer die falschen Fragen zu stellen. Aber ihm fielen keine besseren ein.

NUR GÖTTER,

antwortete der kleine grüne Mann mittels Salven von Nanobyte-Bildern, die zu Worten gerannen.

DIE HIER IN BANN GEHALTEN WERDEN VON EINEM VERBITTERTEN HERZ, DAS ABWARTET UND BEISST.

»Wer ist …?«, setzte Mahnmut an, aber zu spät – das kleine grüne Männchen war plötzlich hintenübergekippt, und der Moravec hielt jetzt nur noch eine vertrocknete Hülle statt eines pulsierenden Herzens in der Hand. Das KGM begann zu schrumpeln und zu schrumpfen, kaum dass sein Körper das Deck berührte. Eine klare Flüssigkeit lief über die Planken, während die Anthrazitaugen des kleinen Geschöpfes in dem in sich zusammenfallenden grünen, dann braunen Gesicht versanken und die Haut ihre Farbe änderte und nach innen schrumpelte, bis keine menschlichen Konturen mehr zu erkennen waren. Andere KGMs kamen herbei und trugen die verschrumpelte braune Hauthülle fort.

Mahnmut begann haltlos zu zittern.

»Wir müssen einen anderen Kommunikator finden und dieses Gespräch beenden«, sagte Orphu.

»Nicht jetzt«, sagte Mahnmut zwischen Anfällen von Schüttelfrost.

»›Ein verbittertes Herz, das abwartet und beißt‹«, zitierte Orphu. »Das hast du doch bestimmt erkannt.«

Mahnmut schüttelte dumpf den Kopf, erinnerte sich daran, dass sein Freund blind war, und sagte: »Nein.«

»Aber du bist hier der Shakespeare-Kenner!«

»Das ist nicht von Shakespeare.«

»Nein«, stimmte Orphu zu. »Von Browning. ›Caliban über Setebos‹.«

»Noch nie gehört.« Mahnmut schaffte es, auf die Beine – zwei Beine – zu kommen und zur Reling zu taumeln. Das Wasser, das an der Feluke entlang nach hinten strudelte, war nun eher blau als rot. Mahnmut wusste, als Mensch würde er jetzt über die Reling kotzen.

»Caliban!«, rief Orphu fast über die Engstrahl-Leitung. »›Ein verbittertes Herz, das abwartet und beißt.‹ Das verunstaltete Geschöpf, zum Teil Meeresungeheuer, zum Teil Mensch, hatte eine Hexe zur Mutter – Sycorax –, und ihr Gott war Setebos.«

Mahnmut erinnerte sich, dass das sterbende KGM diese Worte benutzt hatte, aber er konnte sich jetzt nicht auf ihre Bedeutung konzentrieren. Die gesamte Unterhaltung war wie das Auffädeln blutiger Perlen auf eine Sehne aus lebendigem Gewebe gewesen.

»Könnte es sein, dass die KGMs uns vor drei Tagen bei unserer *Sturm*-Rezitation zugehört haben, als du die Kontrolle über die Feluke wiedergewonnen hattest?«, fragte Orphu.

»Uns zugehört? Sie haben keine Ohren.«

»Dann kommt das Echo auf diese seltsame neue Wirklichkeit von uns, nicht von ihnen«, sagte der Ionier, aber diesmal klang sein Rumpeln unheildrohender als sein übliches Gelächter.

»Wovon redest du?«, fragte Mahnmut. Im Westen waren rote Klippen in Sicht gekommen. Sie erhoben sich sieben- oder achthundert Meter über die Wasserfläche des sich weitenden Deltas von Candor Chasma.

»Es hat den Anschein, als befänden wir uns in einem wahnsinnigen Traum«, sagte Orphu. »Aber die Logik ist konsequent … auf ihre eigene irrwitzige Weise.«

»Wovon *redest* du?«, wiederholte Mahnmut. Er war nicht in der Stimmung für weitere Spielchen.

»Wir kennen jetzt die Identität des Steingesichts«, erklärte Orphu.

»Ach wirklich?«

»Ja. Der Magus. Der aus den Büchern. Herr des Sohnes von Sycorax.«

Mahnmuts Verstand funktionierte nicht richtig; es gelang ihm nicht, diese klar ersichtlichen Punkte zu verbinden. Sein

System war noch immer von der fremdartigen Nanobyte-Woge erfüllt, einer friedlichen, wenn auch erlöschenden Klarheit, die Mahnmut fremd, aber willkommen war … sehr willkommen.

»Wer?«, sagte er zu Orphu, ohne sich darum zu scheren, ob sein Freund ihn für begriffsstutzig hielt.

»Prospero«, sagte Orphu.

30 Feldlager der Achäer, Küste von Ilium

Bisher ist dieser Abend genau so verlaufen, wie Homer es vorausgesagt hat.

Die Trojaner haben ihre vielen Hundert Wachtfeuer unmittelbar hinter dem Graben der Achäer errichtet – der letzten griechischen Verteidigungslinie hier unten am Strand –, aber die Achäer, die an diesem langen Tag vom Morgen bis in die späte Nacht so gründlich geschlagen worden sind, haben in ihrer ziellosen Verwirrung sogar auf Kochfeuer verzichtet. Ich habe die Gestalt des alten Phönix angenommen und mich zu der Versammlung bei Agamemnons Zelt gesellt, wo der weinende Sohn des Atreus – er weint! dieser König der griechischen Könige weint! – seine Truppenführer bedrängt, mitsamt ihren Männern zu fliehen.

Ich erlebe nicht zum ersten Mal, dass Agamemnon zu dieser Strategie greift – er gibt vor, sich aus dem Staub machen zu wollen, um seine Männer zum Widerstand aufzustacheln –, aber diesmal meint der alte König es offenbar ernst. Agamemnon – wirre Haare, blutbesudelte Rüstung, Tränenrinnsale auf den schmutzigen Wangen – will, dass seine Männer fliehen, um ihr Leben zu retten.

Doch Diomedes widerspricht Agamemnon. Er verkneift es sich gerade noch, den König als Feigling zu beschimpfen, und verspricht, wenn alle anderen flöhen, würden er und Sthenelos allein weiterkämpfen, bis das Schicksal Trojas besiegelt sei. Die anderen Achäer bejubeln diese Prahlerei lautstark, dann meldet sich der alte Nestor unter Berufung auf seine Jahre zu Wort und schlägt vor, sie sollten sich alle beruhigen, etwas essen, Wachposten aufstellen, Männer ausschicken, die den Graben und den Wall bewachen, und alles noch einmal gründlich durchsprechen, bevor sie zu den Schiffen stürzen, in See stechen und heimfahren.

Und das tun sie, genau wie Homer es beschrieben hat.

Dann beziehen die sieben Führer der Wachen, angeführt von Nestors schon etwas älterem Sohn Thrasymedes, mit jeweils hundert Kämpfern neue Verteidigungspositionen zwischen Graben und Wall und entzünden dort ihre Kochfeuer. Die Hand voll griechischer Feuer – bald ergänzt um Agamemnons Festschmausfeuer – sind ein kläglicher Anblick im Vergleich zu den vielen Hundert trojanischen Wachtfeuern jenseits des Grabens, von denen Funken zu den sich am Himmel türmenden Gewitterwolken aufstieben.

Hier bei Agamemnons Beratungsmahl, an dem sämtliche anwesenden achäischen Herrscher und Ältesten teilnehmen, entspricht der Dialog weiterhin Homers Bericht. Zuerst redet Nestor. Er rühmt Agamemnons Mut und Klugheit, erklärt ihm jedoch im Grunde, dass es ein schwerer Fehler von ihm war, Achilles die Sklavin Briseis wegzunehmen.

»Das ist nicht unwahr, alter Mann«, lautet Agamemnons ehrliche Antwort. »Ich war nicht bei Sinnen. Wie verblendet muss ich gewesen sein, Achilles derart zu beleidigen.«

Der große König hält inne, aber keiner der mehreren Dutzend Ältesten, die um das zentrale Kochfeuer hocken, erhebt sich, um ihm zu widersprechen.

»Ja, ich habe einen Fehler gemacht, ich leugne es nicht«, fährt Agamemnon fort. »Zeus liebt diesen jungen Mann so, dass er ein ganzes Bataillon wert ist … nein, ein ganzes Heer!«

Auch diesmal widerspricht ihm keiner.

»Und da mir mein Zorn den Verstand geraubt und mich geblendet hat, will ich es nun wiedergutmachen und Achilles mit einer königlichen Buße in die Reihen der Achäer zurückholen.«

Hier brummen die versammelten achäischen Anführer, darunter auch Odysseus, zustimmend.

»Vor euch allen, die ihr hier versammelt seid, nenne ich nun die herrlichen Gaben, mit denen ich die Liebe des jungen Achilles erkaufen will«, ruft Agamemnon. »Sieben Dreifußkessel, unberührt vom Feuer, zehn Talente Gold, zwanzig von Sklaven polierte, funkelnde Becken, zwölf kräftige, flinke Rosse, die mir Preise im Wettlauf gewonnen haben …«

Und so weiter, blablabla. Genau wie Homer es beschrieben hat. Genau wie ich es Ihnen schon vorhergesagt habe. Und wie ich ebenfalls vorhergesagt habe, schwört Agamemnon, Briseis unberührt zurückzugeben, noch zwanzig Trojanerinnen draufzulegen – natürlich nachdem die Mauern von Ilium gefallen sind, so sie denn fallen. Als Tüpfelchen auf dem i gewährt er Achilles sodann die freie Auswahl unter seinen drei Töchtern, Chrysothemis, Laodike und Iphianassa – und als unverbesserlichem Scholiker fällt mir hier der Continuity-Fehler im Hinblick auf frühere und spätere Geschichten auf, insbesondere die Nichterwähnung Elektras und die mögliche Verwirrung um Iphigenies Namen, aber das ist im Moment nicht so wichtig – und gibt dann, quasi als Nachtisch, noch die »sieben wohlbevölkerten Städte« dazu.

Und genau wie bei Homer bietet Agamemnon dies anstelle einer Entschuldigung an. »All das schenke ich ihm, sobald er seinen Zorn überwindet«, ruft der Atride seinen lauschenden Truppenführern zu. Donner grollt, und Blitze flackern über ihnen, als wäre Zeus ungeduldig. »Doch Achilles muss sich mir beugen! Nur Hades, der Gott des Todes, ist so unerbittlich und hart wie dieser Emporkömmling. Achilles soll nachgeben und sich mir unterordnen! Ich bin der größere König, an Geburt der Ältere und – so behaupte ich – auch der größere Mann!«

Tja, so viel zum Thema Entschuldigung.

Es regnet jetzt. Ein stetiger Nieselregen, vermischt mit Zeus' Blitzen und dem betrunkenen Geschrei von den keine hundert Meter entfernten trojanischen Linien, treibt über den mit Regenwasser gefüllten Graben und die schlammigen Mauern. Hoffentlich wird nun bald die Gesandtschaft an Achilles gewählt, damit ich mit Odysseus und Ajax den Strand entlanggehen und die Sache in Angriff nehmen kann. Dies ist die wichtigste Nacht meines Lebens – zumindest meines zweiten Lebens als Scholiker –, und ich probe immer wieder, was ich zu Achilles sagen werde.

Wenn du unser aller Schicksal ändern willst, musst du den Angelpunkt finden.

Ich glaube, ich habe ihn gefunden. Oder zumindest *einen* Angelpunkt. Jedenfalls wird für die Griechen, die Götter und Trojaner – und für mich – nichts mehr so sein wie zuvor, wenn ich meinen Plan heute Nacht in die Tat umsetze. Wenn der alte Phönix als Gesandter zu Achilles spricht, dann nicht nur, damit Achilles' Zorn verfliegt, sondern auch, damit er mit Hektor gemeinsame Sache macht – damit sich die Griechen und Trojaner gegen die Götter selbst wenden.

Auf einmal ruft Nestor: »Ruhmvoller Atreussohn Agamemnon, Herrscher der Männer – niemand, nicht einmal der Peleussohn Achilles, könnte solche Gaben verachten! Auf denn, lasst uns ein paar sorgfältig ausgewählte Männer mit diesen Angeboten und unserer Liebe heute Nacht zu Achilles' Zelt entsenden. Wohlan, ich wähle sie aus, und sie mögen folgen!«

In die Haut des alten Phönix gewandet, trete ich an den Rand des Kreises neben den großen Ajax, damit Nestor mich sieht.

»Als Erster«, ruft Nestor, »soll der große Ajax diese Aufgabe übernehmen. Des Weiteren möge unser erlauchter und strahlender König Odysseus seinen Rat dreingeben. Von den Herolden sollen Odios und Eurybates mitgehen. Bringt Wasser für die Hände her! Und dann ein stilles Gebet, in dem wir alle –

jeder auf seine Weise – Zeus anflehen, dass der große Gott sich unser erbarme und Achilles unserer Bitte gewogen ist!«

Ich stehe schockiert da, während die Waschungen vorgenommen werden und die Truppenführer den Kopf zum stummen Gebet neigen.

Nestor beendet das Schweigen, indem er die Gesandten – vier, nicht fünf! – zur Eile mahnt. »Gebt euch Mühe!«, ruft er den aufbrechenden Männern nach. »Überredet den unbesiegbaren, trefflichen Spross des Peleus, auf dass er Mitleid mit uns hat!«

Und die beiden Gesandten verlassen zusammen mit den beiden Herolden unseren vom Feuerschein erleuchteten Kreis und entfernen sich am Strand.

Ich bin nicht ausgewählt worden! Phönix ist nicht ausgewählt worden! Er wurde nicht einmal erwähnt! Homer hat sich geirrt! Die Geschehnisse bei diesem Ilium sind weit vom Handlungsverlauf der *Ilias* abgewichen, und auf einmal bin ich ebenso blind in Bezug auf die künftigen Ereignisse wie Helena und die anderen Mitwirkenden hier, so blind wie die Götter oben, so blind wie Homer selbst, hol der Teufel seine nicht vorhandenen Augen!

Auf meinen alten, dürren Beinen – den alten, dürren Beinen des nutzlosen *Phönix* – dahinstolpernd, dränge ich mich durch den Kreis der griechischen Anführer und eile am rauschenden Meer entlang hinter dem großen Ajax und Odysseus her.

Ich hole die beiden am dunklen Strand auf halbem Wege zu Achilles' Lager ein. Ajax und Odysseus sind allein. Sie unterhalten sich leise, während sie über den nassen Sand stapfen. Als ich zu ihnen aufschließe, bleiben sie stehen.

»Was gibt es, Phönix, Sohn des Amyntor?«, fragt der große Ajax. »Ich war überrascht, dich beim Festmahl des Königs zu sehen, denn es heißt, du seist in den letzten Monaten immer bei deinen myrmidonischen Heilern geblieben. Hat Agamemnon dich mit einer letzten Ermahnung uns nachgeschickt?«

Keuchend, als wäre ich wirklich so alt wie Phönix, sage ich: »Seid mir gegrüßt, edler Ajax und königlicher Odysseus – in Wahrheit hat König Agamemnon mich geschickt, damit ich euch zu Achilles begleite.«

Der große Ajax macht ein verdutztes Gesicht, aber Odysseus schaut ausgesprochen misstrauisch drein. »Weshalb hätte Agamemnon dich wohl für diese Aufgabe erwählen sollen, ehrenwerter alter Mann? Was machst du in dieser gefährlichen Nacht, in der die Trojaner wie hungrige Hunde jenseits unseres Grabens bellen, überhaupt in Agamemnons Lager?«

Auf die zweite Frage weiß ich keine Antwort, also versuche ich, mich durch die erste zu bluffen. »Nestor meinte, ich solle mich euch anschließen und euch helfen, Achilles' Ohr zu gewinnen, und Agamemnon hielt das für einen klugen Vorschlag.«

»Dann komm«, sagt Ajax der Größere. »Begleite uns, Phönix.«

»Aber sprich erst, wenn ich es dir erlaube«, mahnt Odysseus, der mich immer noch schief ansieht, als wäre ich der Hochstapler, der ich bin. »Nestor und Agamemnon mögen einen Grund gehabt haben, dich mit uns zu Achilles zu schicken, doch es gibt keinen Grund dafür, dass du das Wort ergreifst.«

»Aber …« Mir fällt kein Gegenargument ein. Wenn ich nicht reden darf – nach Odysseus, aber vor Ajax, wie bei Homer –, verliere ich jede Einflussmöglichkeit, verzichte ich darauf, der Geschichte eine andere Wendung zu geben, versage ich. Wenn ich nicht sprechen darf, werden die Ereignisse dieser Nacht von der *Ilias* abweichen. Aber dann wird mir klar, dass sie bereits von ihr abgewichen sind. Phönix hätte von Nestor ausgewählt, seine Ernennung zum Gesandten von Agamemnon unterstützt werden müssen. *Was geht hier vor?*

»Wenn du mit uns Achilles' Zelt betrittst, alter Phönix«, warnt mich Odysseus, »musst du zusammen mit den Herolden, Odios und Eurybates, im Vorraum warten und darfst nur auf meinen Befehl hin eintreten oder sprechen. Das sind meine Bedingungen.«

»Aber …«, beginne ich erneut, sehe dann jedoch ein, dass jeder Protest zwecklos ist. Wenn Odysseus noch misstrauischer wird und mit mir in Agamemnons Lager zurückkehrt, war meine List für die Katz, und mit ihr mein ganzer Plan, die Sterblichen gegen die Götter aufzuhetzen. »Ja, Odysseus«, sage ich und nicke wie der alte Rosselenker und Lehrer, der Phönix war. »Wie du befiehlst.«

Odysseus und der große Ajax schreiten am Ufer des rauschenden Meeres entlang, und ich folge ihnen.

Ich habe Achilles' Zelt erwähnt, und Sie stellen sich vielleicht so etwas wie ein Campingzelt vor, das man im Garten aufbaut, aber der Segeltuchkomplex, in dem der Pelide wohnt, entspricht von der Größe her eher dem Hauptzelt eines Wanderzirkus, an den ich mich aus meiner Kindheit erinnere … eine der ersten, allmählich wiederkehrenden Erinnerungen aus meiner Kindheit. Thomas Hockenberry hat wirklich gelebt, wie es scheint, und nach fast zehn Jahren kommen einige Erinnerungen allmählich wieder in mir hoch.

In dieser Nacht geht es im Bereich der Aberhundert Zelte und Lagerfeuer um Achilles' Hauptzelt herum genauso chaotisch zu wie im übrigen kilometerlangen Lager der Achäer. Einige von Achilles loyalen Myrmidonen beladen seine schwarzen Schiffe für die Abreise, andere bewachen die Wälle, um ihren Bereich des Strandes zu schützen, falls die Trojaner sich vor Tagesanbruch bis hierher durchkämpfen sollten, und wieder andere sind wie Agamemnons Truppenführer um Lagerfeuer versammelt.

Odios und Eurybates haben den Hauptleuten der Wachmannschaften unsere Ankunft gemeldet, und Achilles' persönliche Wachen nehmen Haltung an und lassen uns in den Innenbereich des Lagers. Wir verlassen den Strand und steigen die niedrige Düne zu der Anhöhe hinauf, wo sich Achilles' Hauptzelt befindet. Ich folge den beiden Achäern hinein – der große Ajax zieht vor dem niedrigeren Inneneingang den Kopf ein,

Odysseus, fast dreißig Zentimeter kleiner als sein Kamerad, tritt aufrecht ein. Odysseus dreht sich um und weist mir mit einem Handzeichen einen Platz im Vorraum in der Nähe des Eingangs zu. Ich kann sehen und hören, was im Innern geschieht, aber ich werde nicht daran beteiligt sein, wenn ich hierbleibe.

Genau wie Homer beschrieben hat, spielt Achilles die Leier und singt ein Versepos über alte Helden, das sich nicht sehr von der *Ilias* unterscheidet. Ich weiß, dass er die Leier bei der Eroberung Thebens und der Ermordung von Andromaches Vater, Eetion, erbeutet hat. Hektors Gemahlin ist mit dem Klang dieser silbernen Leier in ihrem königlichen Heim aufgewachsen. Jetzt sitzt Patroklos, Achilles' treuester Freund, ihm gegenüber und wartet darauf, dass Achilles seinen Teil des Liedes beendet, damit er die restlichen Zeilen singen kann.

Achilles hört auf, das Instrument zu zupfen, und erhebt sich überrascht, als Ajax und Odysseus eintreten. Patroklos rappelt sich ebenfalls auf.

»Seid mir gegrüßt, die ihr kommt als Freunde!«, ruft Achilles. »Euch treibt wohl die Not zu mir. Doch selbst in meinem Zorn seid ihr mir die liebsten der Achäer.«

Er führt die beiden Gesandten zu niedrigen Sesseln und purpurnen Decken. Zu Patroklos sagt er: »Sohn des Menoitios, stell uns ein größeres Weingefäß hin. Wir mischen uns stärkeren Wein. Und gib jedem einen Becher, denn es sind meine besten Freunde, die unter mein Obdach gekommen sind.«

Ich beobachte, wie sich diese verblüffend kultivierten Rituale heroischer Gastfreundschaft entfalten. Patroklos stellt einen schweren Hackblock ans Feuer und legt das Kammstück eines Schafes und das einer Ziege neben das mit Fett marmorierte Kammstück eines Schweins. Automedon, ein Freund und Wagenlenker von Achilles wie auch von Patroklos, hält die Fleischstücke fest, während Achilles die besten Teile abschneidet, salzt und auf Spieße steckt. Patroklos schürt das Feuer, breitet dann die Kohlen aus, hängt die Spieße über den heißesten Bereich des Feuers und salzt jedes Stück noch einmal nach.

Ich merke, dass ich völlig ausgehungert bin. Wenn ich jetzt hereingerufen würde, um zu sprechen – selbst wenn unser aller Schicksal davon abhinge –, könnte ich es nicht, weil mein Mund derart wässrig ist.

Als hätte er mein Magenknurren gehört, schaut Achilles in den Vorraum hinaus und erstarrt beinahe vor Überraschung. »Phönix! Geehrter Mentor, edler Rosselenker! Ich dachte, du hättest in diesen letzten Wochen krank in deinem Zelt gelegen. Komm herein, komm herein!«

Mit diesen Worten tritt der junge Held in den Vorraum heraus, umarmt mich und führt mich in das vom Feuerschein erhellte Zentrum seines Heims. In der Luft liegt nun der Geruch von bratendem Lamm und Schwein. Odysseus durchbohrt mich mit Blicken und warnt mich stumm, während des Gesprächs den Mund zu halten.

»Nimm Platz, geliebter Phönix«, sagt Achilles, der ehemalige Schüler des alten Mannes. Aber er setzt mich auf rote, nicht auf purpurne Kissen, und ich bin weiter vom Feuer entfernt als Odysseus und Ajax. Achilles ist loyal zu seinen alten Freunden, aber er weiß auch, dass er die Form wahren muss.

Patroklos bringt Weidenkörbe mit frisch gebackenem Brot herein, und Achilles streift das Fleisch von den Spießen und richtet die dampfenden Portionen auf hölzernen Platten an. »Bringen wir den Göttern ein Opfer, liebe Freunde«, sagt Achilles und nickt Patroklos zu, der die ersten Stücke als Spenden ins Feuer wirft.

»Nun lasst uns essen«, befiehlt Achilles, und wir machen uns alle eifrig über das Brot, das Fleisch und den Wein her.

Noch während ich kaue und das Essen genieße, rasen meine Gedanken: Wie stelle ich es an, die Rede zu halten, die ich halten muss, um das Schicksal aller Anwesenden, auch der Götter selbst, zu ändern? Noch vor einer Stunde schien es so einfach zu sein, aber Odysseus hat mir nicht abgenommen, dass Agamemnon mich als Gesandten mitgeschickt hat. In dem Versepos ergreift Odysseus sogleich das Wort und unterbreitet Achilles Agamemnons Angebot, dann antwortet Achilles mit der kraftvollsten und schönsten Rede in der *Ilias*, wie ich meinen Studenten immer erklärt habe. Anschließend hält Phönix seinen langen, dreiteiligen Monolog – zunächst seine persönliche Geschichte, dann das Gleichnis mit den *Litai*, den Bitten, und schließlich eine Allegorie auf Achilles' Situation im Mythos von Meleagros –, ein *Paradeigma*, in dem ein mythischer Held zu lange wartet, dargebotene Geschenke anzunehmen und für seine Freunde zu kämpfen. Alles in allem ist Phönix' Rede das weitaus interessanteste Ersuchen der drei Gesandten, die ausgeschickt worden sind, um Achilles zu überreden. Und der *Ilias* zufolge sind es Phönix' Argumente, die den zornigen Achilles dazu bewegen, von seinem Schwur, am nächsten Morgen die Heimfahrt anzutreten, Abstand zu nehmen. Wenn Ajax dann nach mir spricht, wird Achilles sich bereit erklären, noch einen Tag zu bleiben, um zu sehen, was die Trojaner tun, und, wenn nötig, seine Schiffe vor dem Feind zu beschützen.

Ich habe vor, Teile von Phönix' langer Rede aus dem Gedächtnis wiederzugeben, dann von ihr abzuweichen und meine eigenen Vorschläge einzubauen. Aber ich sehe den finsteren Blick, mit dem Odysseus mich von der anderen Seite des Zelts aus mustert, und ich weiß, dass ich keine Gelegenheit dazu bekommen werde.

Und wenn doch? Ich habe in Betracht gezogen, dass die Götter diese Versammlung überwachen könnten – immerhin ist sie eines der Schlüsselelemente der *Ilias*, obwohl das vielleicht nur Zeus im Voraus weiß. Aber auch ohne dieses Vorwissen werden einige Götter und Göttinnen diese Versammlung bestimmt in ihren Videopools und auf ihren Bildtafeln beobachten. Zeus hat ihnen befohlen, heute nicht einzugreifen, und die meisten befolgen sein striktes Verbot, aber das wird ihre Neugier hinsichtlich der Gesandtschaft an Achilles nur noch steigern. Wenn Achilles in dieser Nacht Odysseus' Überredungskünsten erliegt und Agamemnons Bestechungsangebot annimmt, wird Hektors Offensive scheitern, und selbst Zeus kann seinen Willen dann möglicherweise nicht durchsetzen. Achilles ist eine Einmannarmee.

Wenn ich ihn also in dieser Nacht zur Häresie anstifte, wie ich es vorhabe, wenn ich versuche, ihn zum Krieg gegen die Götter aufzustacheln, wird Zeus dann nicht sofort eingreifen und dieses Zelt samt aller Insassen vernichten? Und selbst wenn Zeus seinen Zorn im Zaum hält, kann ich mir vorstellen, dass Athene, Hera, Apollo oder eine der anderen interessierten Parteien zuschlägt und diesen … »Phönix« … tötet, weil er eine Handlungsweise vorgeschlagen hat, die ihren Zielen so abträglich ist. All dies ist mir natürlich durch den Kopf gegangen, aber ich habe darauf vertraut, dass mich das QT-Medaillon und der Hades-Helm retten werden.

Aber was nützt es, wenn ich mich wieder einmal durch Flucht rette, diese Helden jedoch am Ende getötet oder durch den Zorn der Götter von ihrem Vorhaben abgebracht werden? Dann ist der ganze Plan umsonst gewesen, und alle Götter wissen von meiner Existenz. Der Hades-Helm und das QT-Medaillon helfen mir dann auch nicht mehr – die Götter werden mich bis ans Ende der Welt jagen, ins prähistorische Indiana, wenn es sein muss. Und wie man so sagt, das wär's dann.

Vielleicht hat Odysseus mir einen Gefallen getan, indem er mich daran gehindert hat, meine Rede zu halten.

Weshalb bin ich dann hier?

Als wir uns alle satt gegessen haben – die leeren Teller sind beiseite geschoben, in den Körben sind nur noch Brotkrusten übrig – und uns gerade den dritten Becher Wein einschenken wollen, sehe ich, wie Ajax Odysseus kaum merklich zunickt.

Der Listenreiche versteht den Wink und hebt seinen Becher, um einen Trinkspruch auf Achilles auszubringen.

»Auf deine Gesundheit, Achilles!«

Wir trinken alle, und der junge Held neigt zum Dank seinen blonden Schopf.

»Wie ich sehe, fehlt es uns an nichts«, fährt Odysseus fort. Seine Stimme ist verblüffend tief und leise, beinahe einschmeichelnd. Von allen großen Achäerführern ist dieser bärtige Mann der gewinnendste und verschlagenste. »Es fehlt uns an nichts, weder im Lager Agamemnons noch hier im Hause des Peleussohnes. Aber heute Nacht geht es uns nicht um die reiche Mahlzeit, sondern wir erblicken ein schreckliches Leid, das die Götter willentlich über uns gebracht haben, und sind darum in Furcht.«

Odysseus spricht langsam weiter, mit geschliffenen Worten, übereilt nichts und zielt kaum je auf rhetorische Effekte ab. Er schildert die Niederlage am Nachmittag, den Sieg der Trojaner, die Panik der Achäer, ihren Wunsch, die Flucht zu ergreifen, und Zeus' Mittäterschaft.

»Die stolzen Trojaner und ihre berühmten Genossen haben ihr Lager nur einen Steinwurf von unseren Schiffen bezogen, Achilles«, fährt Odysseus fort. Er spricht, als hätte Achilles all das nicht schon von Patroklos, Automedon und seinen anderen Freunden erfahren. Oder es einfach von der Anhöhe vor seinem Zelt aus beobachtet.

»Nichts kann sie mehr aufhalten, prahlen sie, und ihre Abertausend Wachtfeuer unterstreichen bedrohlich ihre Prahlerei. Beim ersten Tageslicht wollen sie diese Flammen zu unseren Schiffen bringen, sich dann auf die geschwärzten Rümpfe stürzen und die Überlebenden niedermachen. Und Zeus, der Kronide, schickt ihnen ermutigende Zeichen, Blitze schlagen in unserem linken Flügel ein, und Hektor, der seiner Kräfte sich rühmt, wütet schrecklich. Er fürchtet nichts, Achilles, weder Männer noch Götter. Hektor ist wie ein tollwütiger Hund, und die Dämonen der *Katalepsis* haben ihn in ihrer Gewalt.«

Odysseus hält inne. Achilles schweigt. Seine Miene verrät nichts. Sein Freund Patroklos beobachtet ihn die ganze Zeit, aber der

Held wirft ihm nicht einmal einen Blick zu. Achilles wäre ein höllisch guter Pokerspieler.

»Hektor kann es kaum erwarten, dass die heilige Eos erscheint«, fährt Odysseus fort. Seine Stimme ist jetzt noch leiser. »Denn er droht, bei der ersten Morgenröte die Spitzen vom Heck unserer Schiffe zu hauen, sie im fressenden Feuer zu verbrennen und, wenn all unsere Kameraden in den brennenden Rümpfen gefangen sind, uns Achäer bis zum letzten Mann niederzumetzeln. Ein Albtraum, Achilles – ich fürchte es von ganzem Herzen –, ich fürchte, die Götter könnten es ihm in die Hand geben, die Drohung wahr zu machen, und uns sei beschieden, hier auf der Ebene von Ilium unterzugehen, fern der Hügel und Pferdeweiden von Argos.«

Achilles schweigt, als Odysseus erneut innehält. Die erkaltende Kohle knistert. Irgendwo, mehrere Zelte entfernt, spielt jemand ein Trauerlied auf einer Leier. Aus der anderen Richtung kommt das betrunkene Lachen eines Soldaten, der sich offenbar für todgeweiht hält.

»Auf denn, Achilles«, sagt Odysseus und erhebt endlich die Stimme. »Erhebe dich jetzt mit uns, und sei's auch die elfte Stunde, wenn du die todgeweihten Söhne Achäas aus dem Getümmel der Trojaner zu retten gedenkst.«

Und er bittet Achilles, von seinem Zorn abzulassen, und beschreibt ihm Agamemnons Angebot mit denselben Worten, mit denen dieser seine unberührten Dreifußkessel, zwölf Rennpferde und so weiter und so fort aufgelistet hat. Ich finde, er verweilt ein bisschen zu lange bei der Beschreibung der unbestiegenen Briseis und der trojanischen Frauen, die darauf warten, geschändet zu werden, und bei Agamemnons drei schönen Töchtern, aber er endet mit einem leidenschaftlichen Resümee und erinnert Achilles an den Rat seines Vaters, an Peleus' Ermahnung, Freundschaft über Streit zu stellen.

»Aber wenn der Atride zu sehr dir im Herzen verhasst ist, als dass du diese Gaben annehmen würdest«, schließt Odysseus,

»erbarme dich doch all der übrigen Achäer. Zieh mit uns in den Kampf und rette uns, und wir werden wie einen Gott dich ehren. Und bedenke, wenn dein Zorn dich am Kampfe hindert – wenn deine Verachtung dich über das weindunkle Meer heimschickt, bevor dieser Krieg mit Troja beendet ist –, wirst du nie erfahren, ob es dir gelungen wäre, Hektor zu töten. Jetzt hast du Gelegenheit zu jener *Aristie*, Achilles, denn nachdem Hektor all diese Jahre unnahbar hinter den Mauern Iliums geblieben ist, wird sein Wahn ihn morgen ganz nah zu dir bringen. Bleib hier und kämpfe mit uns, edler Achilles, denn nun kannst du Hektor erstmals zu fassen bekommen.«

Ich muss zugeben, Odysseus' Rede war eine reife Leistung. Ich hätte mich vielleicht überreden lassen, wenn ich der junge Halbgott gewesen wäre, der sich keine zwei Meter von mir entfernt im Zelt auf den Kissen rekelt. Wir sitzen alle stumm da, bis Achilles seinen Weinbecher abstellt und antwortet.

»Edler Laertessohn, Same des Zeus, erfindungsreicher, lieber Odysseus – ich muss euch offen und ehrlich sagen, wie ich selber denke und wie es auch sicher geschehen wird, dass ihr mir nicht immer wieder in den Ohren liegt, eine Gesandtschaft nach der anderen.

So verhasst wie die dunklen Pforten des Hades ist mir der Mann, der das eine sagt und das andere in seinem Herzen verbirgt.«

Ich bin verblüfft. Ist das ein Seitenhieb gegen Odysseus, den »Erfindungsreichen«, den alle Achäer als jemanden kennen, der die Wahrheit verbiegt, wenn es seinen Zwecken dient? Vielleicht, aber Odysseus reagiert auf keine Weise, deshalb bleibt Phönix' Miene neutral.

»Ich will es klar und deutlich sagen«, fährt Achilles fort. »Agamemnon wird mich nicht bereden mit all diesen … *Geschenken.*« Der Held spuckt das letzte Wort beinahe aus. »Nicht um alles in der Welt. Ebenso wenig die anderen Danaer, denn ihre

Dankbarkeit ist zu gering und kommt zu spät … Wo war ihr Dank in den vielen Jahren, in denen ich unablässig ihre Feinde bekämpfte, Schlacht für Schlacht, Jahr für Jahr, Tag für Tag, ohne dass ein Ende in Sicht gewesen wäre?

Zwölf Städte habe ich vom Schiff aus erstürmt; elf habe ich erobert, indem ich den fruchtbaren Boden der Länder Iliums mit trojanischem Blut tränkte. In allen habe ich Beute zuhauf gemacht, kostbare Kleinode und ganze Rudel weinender, schöner Frauen, und das Beste von allem habe ich stets Agamemnon gegeben – dem *Atriden*, der sich auf seinen schnellen Schiffen verkroch oder sich weit hinter den Linien herumdrückte. Und der nahm es alles … alles und noch mehr.

O ja … ein paar Kleinigkeiten verteilte er an euch und die anderen Führer, aber den Löwenanteil behielt er immer für sich. Euch allen, deren Treue er als Stütze seiner Herrschaft braucht, gibt er Ehrengeschenke – nur mir nimmt er sie weg, auch die Sklavin, die meine Braut geworden wäre. Nun, zum Teufel damit, zum Teufel mit ihm und mit ihr, meine lieben Kameraden! Soll Agamemnon sich doch mit Briseis amüsieren … wenn der alte Mann dazu überhaupt noch imstande ist.«

Nachdem Achilles seinem Zorn erneut Luft gemacht hat, wirft er die Frage auf, weshalb seine Myrmidonen und die Achäer und Argeier diesen Krieg überhaupt führen. »Etwa der lockigen Helena wegen?«, fragt er verächtlich, erklärt, Menelaos und sein Bruder Agamemnon seien nicht die einzigen Männer hier, denen ihre Frauen fehlen, und erinnert Odysseus an seine Gattin, Penelope, die er nunmehr schon zehn lange Jahre allein gelassen hat.

Und ich denke ein paar Nächte zurück, an die aufrecht im Bett sitzende Helena, der das lockige Haar über die Schultern fällt, an ihre weiß im Sternenlicht schimmernden Brüste.

Es ist schwer, Achilles Aufmerksamkeit zu schenken, obwohl diese Rede wirklich so wundervoll und überraschend ist, wie

Homer sie wiedergegeben hat. In dieser kurzen Rede untergräbt Achilles eben jenen Heldenkodex, der ihn zum Superhelden macht, jenen Verhaltenskodex, der ihn in den Augen seiner Männer und der anderen Führer zu einem Gott erhebt.

Achilles sagt, er habe nicht den Ehrgeiz, gegen den ruhmreichen Hektor zu kämpfen – weder wolle er ihn töten, noch wolle er von seiner Hand sterben.

Achilles sagt, er werde mit seinen Männern bei Tagesanbruch in See stechen und die Achäer ihrem Schicksal überlassen – sie seien Hektors Gnade ausgeliefert, wenn der Trojaner und seine Horden morgen den Graben und den Wall überwinden.

Achilles sagt, Agamemnon sei »hündisch« und »in Unverschämtheit gehüllt«, und er werde keine Tochter des alten Königs heiraten, selbst wenn sie so schön wäre wie Aphrodite und so geschickt wie Athene.

Dann sagt Achilles etwas wirklich Erstaunliches – er gesteht, seine Mutter, die Göttin Thetis, habe ihm erzählt, ein zweifaches Geschick begleite ihn bis zum Tag seines Todes: Er könne hierbleiben, um die Festung der Trojaner kämpfen und Hektor töten, aber dann stürbe er selbst binnen weniger Tage. Dies werde ihm ewigen Ruhm in der Erinnerung von Menschen und Göttern gleichermaßen eintragen. Sein anderes Los liege in der Flucht – wenn er heimführe, werde er zwar seinen Stolz verlieren und seinen Ruhm einbüßen, aber ein langes, glückliches Leben führen. Er könne wählen, habe ihm seine Mutter vor Jahren erzählt.

Und er, so erklärt Achilles uns jetzt, wähle das Leben. Dieser … dieser … Held, diese Ansammlung von Muskeln und Testosteron, diese lebende Legende von einem Halbgott … er zieht das Leben dem Ruhm vor! Odysseus macht ein ungläubiges Gesicht, Ajax starrt ihn mit offenem Mund an.

»Ihr aber, Odysseus und Ajax, meine beiden Brüder«, fährt Achilles fort, »geht nun hin zu den edelsten Führern Achäas und richtet ihnen aus, was ich gesagt habe. Sollen sie sich einen anderen, besseren Plan überlegen, die bauchigen Schiffe und die Männer zu retten, die morgen um diese Zeit zu den brennenden Rümpfen zurückgedrängt werden. Unser schweigsamer Phönix hier indes ...«

Ich fahre zehn Zentimeter von dem roten Kissen hoch, als er sich mir zuwendet. Ich hatte vollkommen vergessen, dass wir uns in einem Gespräch befinden, so vertieft war ich in die gedankliche Vorbereitung meiner Rede und in deren moralische Implikationen.

»Phönix«, sagt Achilles mit nachsichtigem Lächeln, »während Odysseus und Ajax ihrem *Herrn* Bericht erstatten müssen, steht es dir frei, dich hier bei Patroklos und mir zur Ruhe zu legen und morgen bei Anbruch der Dämmerung mit uns heimzufahren. Aber nur, wenn du es willst ... niemals zwänge ich jemanden, mit uns zu kommen.«

Das ist meine Chance, das Wort zu ergreifen. Ohne Odysseus' finstere Blicke zu beachten, schaue ich mich um, stehe unbeholfen auf und räuspere mich, um zu Phönix' langer Rede anzuheben. Wie fängt sie an? So viele Jahre habe ich sie studiert und in meinen Seminaren behandelt, habe die Nuancen jedes griechischen Wortes gelernt, und nun ist mein Kopf völlig leer.

Ajax erhebt sich. »Während dieser alte Narr sich darüber klar zu werden versucht, ob er mit dir fortlaufen soll oder nicht, Achilles, sage ich dir, dass du ein ebensolcher Narr bist wie der alte Phönix!«

Achilles, der Männertöter, der keine persönliche Beleidigung duldet, der Held, der lieber all seine achäischen Freunde dem Tod überantwortet, als sich wegen eines Sklavenmädchens von Agamemnon demütigen zu lassen, lächelt nur über Ajax' unverblümte Beleidigung und zieht eine Augenbraue hoch.

»Für eine einzige Frau, die du nicht einmal haben kannst, auf den Ruhm und zwanzig schöne Frauen zu verzichten ... pah!«, ruft Ajax und wendet sich ab. »Komm, Odysseus, diese Lichtgestalt hat niemals von der Milch menschlicher Freundschaft getrunken. Überlassen wir ihn seinem Zorn und überbringen wir unsere düstere Botschaft den wartenden Achäern. Der morgige Sonnenaufgang kommt bald genug, und ich jedenfalls brauche noch ein wenig Schlaf vor dem Kampf. Wenn ich morgen schon sterben soll, will ich nicht müde sterben.«

Odysseus steht mit einem Nicken auf, nickt noch einmal Achilles zu und folgt dem großen Ajax aus dem Zelt.

Ich stehe mit offenem Mund da, bereit, Phönix' lange, dreiteilige Rede – diese kluge Rede! – mit meinen klugen Verbesserungen und verborgenen Zielsetzungen zu halten.

Patroklos und Achilles erheben sich, strecken sich und wechseln einen Blick. Offenbar haben sie diese Gesandtschaft erwartet, und beide wussten im Voraus, wie Achilles' schockierende Antwort ausfallen würde.

»Phönix, altes, zeusgenährtes Väterchen«, sagt Achilles mit warmer Stimme, »ich weiß nicht, was dich in dieser stürmischen Nacht in Wahrheit hergeführt hat, aber ich erinnere mich noch gut, wie du mich, als ich noch klein war, nach den Unterrichtsstunden hochgehoben und zu meinem Bett getragen hast. Bleib heute Nacht hier, Phönix. Patroklos und Automedon werden dir ein weiches Lager bereiten. Morgen früh fahren wir heim, und du kannst mitkommen … oder auch nicht.«

Er verabschiedet sich mit einer Handbewegung und begibt sich in sein Schlafgemach im hinteren Teil des Zeltes, und ich stehe hier wie der Narr, der ich bin, sprachlos in jeder Hinsicht, ganz überwältigt von dieser gewaltigen Abweichung vom Handlungsverlauf der *Ilias*.

Selbst wenn Achilles nicht am Kampf teilnimmt, muss er überredet werden zu bleiben, damit die *Ilias* sich wie vorgesehen weiterentwickelt: Die Trojaner siegen erneut, die Griechen, deren große Führer – Odysseus, Agamemnon, Menelaos, Diomedes – allesamt verwundet sind, ziehen sich gänzlich zurück, dann legt Patroklos, der Mitleid mit seinen Freunden hat und weiß, dass Achilles sich niemals am Kampf beteiligen wird,

Achilles' goldene Rüstung an und schlägt die Trojaner zurück, bis er im Zweikampf mit Hektor ums Leben kommt; sein Leichnam wird geschändet und entweiht. *Das* bringt Achilles voller mörderischem Zorn aus seinem Zelt, und das Schicksal von Hektor, Ilium, Andromache, Helena und uns allen ist besiegelt.

Fährt er wirklich heim? Ich kann es einfach nicht fassen. Nicht nur, dass ich den Angelpunkt nicht gefunden und keinerlei Veränderung bewirkt habe, jetzt ist auch noch die gesamte *Ilias* aus der Bahn geraten. Über neun Jahre war ich als Scholiker hier, habe zugesehen, beobachtet und der Muse Bericht erstattet, und kein einziges Mal hat es eine tiefe Kluft zwischen den Ereignissen in diesem Krieg und Homers Bericht in seinem Versepos gegeben. Und nun … *das*. Wenn Achilles heimfährt, und alles spricht dafür, dass er genau das bei Tagesanbruch tut, werden die Achäer besiegt, ihre Schiffe verbrannt, Ilium gerettet, und Hektor, nicht Achilles, wird der große Held des Epos sein. Auch Odysseus' *Odyssee* wird dann wohl kaum stattfinden … und schon gar nicht so, wie sie besungen worden ist. Alles hat sich verändert. *Nur, weil der echte Phönix nicht hier war, um seine echte Rede zu halten? Oder haben die Götter an diesem Angelpunkt herumgespielt, bevor ich Gelegenheit dazu hatte?* Ich werde es nie erfahren. Meine Chance, Achilles und Odysseus bei der Beratung zu überreden, mein schlauer Plan sind ein für alle Mal dahin.

»Komm, alter Phönix.« Patroklos fasst mich am Arm wie ein Kind und führt mich in einen Nebenraum in dem großen Zelt, wo meine Kissen und Decken ausgebreitet sind. »Es ist Zeit, zu Bett zu gehen. Morgen ist auch noch ein Tag.«

31 Jerusalem

»Was ist das?«, fragte Harman. Er und Daeman standen im Schatten der Westmauer in Jerusalem, nur ein paar Schritte hinter Savi, und alle drei starrten zu dem mächtigen Strahl aus blauem Licht hinauf, der senkrecht in den dunkler werdenden Himmel stach.

»Ich glaube, das sind meine Freunde«, sagte die alte Frau. »Meine neuntausendeinhundertdreizehn Freunde – all die Altmenschen, die beim letzten Fax hinweggerafft wurden.«

Daeman sah Harman an und stellte fest, dass auch er an Savis Geisteszustand zweifelte.

»Deine Freunde?«, sagte Daeman. »Das ist ein blaues Licht.«

Savi riss ihren Blick von dem Strahl los – er erhellte nun die oberen Bereiche der alten Gebäude und Mauern um sie herum und tauchte alles in einen blauen Schein, als das Tageslicht weiter schwand – und sah sie mit einem wehmütig wirkenden Lächeln an. »Ja. Dieser blaue Lichtstrahl. Meine Freunde.« Sie bedeutete ihnen mit einer Handbewegung, ihr zu folgen, und führte sie aus dem Hof, weg von der Mauer, den gleichen Weg zurück, den sie gekommen waren, fort von dem Ausgangspunkt des blauen Lichtstrahls.

»Die NMs haben uns erzählt, das letzte Fax sei eine Methode, uns zu speichern, während sie die Welt säuberten«, fuhr Savi fort. Ihre Stimme war leise, hallte aber dennoch in den engen Gassen wider. »Der Plan bestand ihren Worten zufolge darin, unsere Codes zu reduzieren – schon damals waren wir für die

Nachmenschen allesamt Faxcodes, meine Freunde –, unsere Codes zu reduzieren und uns für zehntausend Jahre in eine Neutrino-Endlosschleife zu versetzen, während sie den Planeten reinigten.«

»Was heißt das?«, fragte Harman. »Den Planeten reinigen?«

Sie gingen unter einem langen Bogengang hindurch, und Daeman konnte Savis Gesicht nur andeutungsweise erkennen, als sie wieder lächelte. »Gegen Ende des Untergegangenen Zeitalters gab es einige ziemlich schlimme Entwicklungen«, sagte sie. »Und nach dem Rubikon wurde alles noch schlimmer. Dann kam die Zeit des Wahnsinns. Freischaffende ERNisten erweckten Dinosaurier, Terrorvögel und längst ausgestorbene botanische Formen wieder zum Leben und zerstörten die Ökologie des Planeten, als die Biosphäre und die Datasphäre gerade zur ichbewussten Noosphäre zu verschmelzen begannen – der Logosphäre. Die Nachmenschen waren damals bereits zu ihren Ringen geflohen – die empfindungsfähige Noosphäre der Erde traute ihnen nicht mehr, und mit gutem Grund, denn die NMs experimentierten mit der Quantenteleportation, öffneten Portale zu Orten, die sie nicht verstanden, öffneten Türen, die besser verschlossen geblieben wären.«

Harman blieb stehen, als sie auf eine breitere Straße hinauskamen. »Würdest du dich bitte etwas verständlicher ausdrücken, Savi? Zwei Drittel von dem, was du sagst, verstehen wir nicht.«

»Wie könntet ihr auch?« Savi sah Harman mit einer Miene an, die entweder Schmerz oder deutliches Missfallen ausdrückte. »Wie könntet ihr irgendetwas verstehen? Keine Geschichte. Keine Technik. Keine Bücher.«

»Wir haben Bücher«, sagte Harman in abwehrendem Ton.

Savi lachte.

»Was hat all dieses Gerede über Dinosaurier und Noosphären mit dem blauen Strahl zu tun?«, fragte Daeman.

Savi setzte sich auf eine niedrige Mauer. Der Wind hatte aufgefrischt und pfiff durch zerbrochene Dachziegel. Die Luft kühlte rasch ab. »Sie mussten uns während der Aufräumarbeiten aus dem Weg schaffen«, wiederholte Savi. »Ein Neutrino-Torus, haben sie gesagt. Keine Masse. Kein Murks. Kein Stress. Zehntausend Jahre Zeit für sie, um die Erde zu reinigen. Für uns Altmenschen nur der Bruchteil einer Sekunde. Haben sie gesagt.«

»Aber dich haben sie zurückgelassen«, sagte Harman.

»Ja.«

»Aus Versehen?«

»Das bezweifle ich«, sagte die alte Frau. »Sehr wenig, was die NMs taten, geschah aus Versehen. Vielleicht hatten sie irgendetwas mit mir vor. Vielleicht haben sie mich dafür bestraft, dass ich Geschichten ausgrub, die besser begraben geblieben wären. Das war ich nämlich, wisst ihr – eine Historikerin. Kulturhistorikerin.« Sie lachte erneut; Daeman konnte sich nicht erklären, weshalb.

»Neutrinos sind also blau?«, fragte Daeman. Er wollte unbedingt eine klare Antwort bekommen.

Sie lachte wieder. »Das bezweifle ich sehr. Ich glaube nicht, dass Neutrinos überhaupt eine Farbe haben … oder Charme. Aber dieser blaue Strahl erscheint jeden Tischa b'Aw, jeden neunten Aw, und etwas sagt mir, dass die restlichen Altmenschen – all meine Freunde – in diesem blauen Strahl gespeichert und codiert sind. Ich glaube allerdings nicht, dass diese Maschine den Strahl erzeugt. Ich glaube, die Erde fliegt jedes Jahr an dieser Stelle ihrer Umlaufbahn durch den Neutrinostrahl, und die Maschine macht den Strahl nur sichtbar.«

»Aber die zehntausend Jahre sind noch nicht um«, meinte Harman. »Erst vierzehnhundert seit dem letzten Fax, wie du sagst.«

Savi nickte müde. »Und inzwischen ist es hier nicht viel sauberer geworden, stimmt's, meine Freunde?« Sie stand auf, hob ihren Rucksack auf und ging die schmale Straße entlang. Dann erstarrte sie plötzlich.

»Ein Voynix!«, sagte Daeman. »Jetzt brauchen wir nicht zum Sonie zurückzulaufen. Er kann uns eine Karriole holen, und …«

Der Voynix, eine Gestalt aus Eisen und Leder im westlichen Bogengang vor ihnen, zog plötzlich seine Manipulatoren ein und fuhr dafür Klingen aus. Dann griff er sie schnurstracks an. Wie eine wahnsinnige Spinne lief er auf allen vieren die Seitenwand des Gebäudes entlang.

Savi hatte hektisch in ihrem Rucksack herumgekramt, seit Daeman auf den Voynix gezeigt hatte, und jetzt holte sie das schwarze Ding aus Kunststoff und Metall hervor – eine Schusswaffe, wie sie es genannt hatte – und zielte damit auf den angreifenden Voynix.

Der Schreck hatte Daeman bewegungsunfähig gemacht. Er war dem heranhuschenden Voynix am nächsten. Die Kreatur lief auf allen vieren in zweieinhalb Metern Höhe an der Hauswand entlang, doch sie schien auf Savi fixiert zu sein und rannte einfach an Daeman vorbei. Plötzlich wurde die Abendluft von einem Geräusch zerrissen – RRRIIIIPPPPPPPPP –, als würden Holzpaddel über Steinplatten geschleift, und die Hauswand zerstob in einer Gischt aus Mauerwerkssplittern, der Voynix wurde zurückgeschleudert und fiel auf das Kopfsteinpflaster herab, und Savi trat vor, zielte und feuerte erneut.

Dutzende fingerspitzengroßer Löcher erschienen im Panzer und in der metallenen Haube des Voynix. Er riss den rechten Arm hoch, als wollte er etwas nach ihnen werfen, aber dann trafen ihn weitere Flechettes, und der Arm wurde aus dem Gelenk gerissen, abgetrennt und flog davon. Der Voynix rappelte sich mühsam auf. Eine Klinge surrte noch.

Savi schoss noch einmal auf ihn und teilte ihn beinahe in der Mitte durch. Die blaue, milchige Flüssigkeit in seinem Inneren spritzte auf Mauern und Pflastersteine. Die Überreste des Voynix fielen zu Boden, zuckten und lagen still.

Harman und Daeman näherten sich ihm vorsichtig, um nicht in die blaue Flüssigkeit oder auf Stücke des Geschöpfs zu treten.

Nun hatten sie binnen zwei Tagen schon die Zerstörung des zweiten Voynix miterlebt.

»Kommt mit.« Savi zog den leeren Glasflechette-Ladestreifen aus ihrer Waffe und legte einen neuen ein. »Wenn es hier noch mehr von ihnen gibt, sind wir in ernsthaften Schwierigkeiten. Wir müssen zum Sonie. Und zwar schnell.«

Savi führte sie eine schmale Straße entlang, bog erst in eine schmalere Gasse und dann in etwas noch Schmaleres als eine Gasse ein – eine Spalte zwischen Steinbauten. Sie kamen in einem weiten, staubigen Hof heraus, gingen durch einen steinernen Torweg und gelangten in einen kleineren Hof.

»Beeilt euch«, flüsterte Savi. Sie führte sie eine Außentreppe hinauf, über eine Dachterrasse mit Staubdünen und dann über eine morsche Holzleiter an mit Fensterläden verschlossenen Fenstern vorbei auf ein höheres Dach.

»Was machen wir hier?«, flüsterte Harman, als die drei in der kühlen Abendluft auf dem Gebäude herauskamen. »Müssen wir nicht zum Sonie zurück?«

»Ich rufe es her«, sagte Savi. Sie ging an der niedrigen Dachmauer auf ein Knie, aktivierte ihre Proxnet-Funktion und schirmte den Lichtschein über ihrem Handgelenk ab. Harman kauerte sich neben sie.

Daeman blieb stehen. Nach der Hitze in den Kopfsteinpflasterstraßen und den engen Gassen war die Luft hier oben kühl, und von diesem Punkt des Hügels aus hatte man einen interessanten Ausblick. Rechts von ihnen stach der blaue Strahl in die Luft und tauchte sämtliche Kuppeln, Dächer und Straßen in sein fahles Licht. Es war jetzt dunkel, und überall am Himmel waren Sterne zu sehen. In der Stadt brannten keine Lichter, aber alte Kuppeln, Türme und einige überwölbte Gänge schimmerten im blauen Licht. Wie Savi ihnen erklärt hatte, wurde das von einer Mauer umgebene Gelände auf dem Hügel, wo der Strahl brannte, Haram esh-Sharif oder Tempelberg genannt, und die zwei Kuppelbauten an der Basis der Strahlmaschine waren der Felsendom und die al-Aqsa-Moschee.

»Itbach al-Jahud!« Es war ein jäher, schriller, verstärkter Schrei aus den Straßen hinter ihnen. Im Irrgarten enger Straßen im Westen, zwischen ihnen und dem Sonie, wurde der Schrei wiederholt.

»Itbach al-Jahud!«

Savi blickte von ihrem Handflächen-Display auf.

»Was ist *das*?«, fragte Harman in schrillem Flüsterton. »Voynixe sprechen doch nicht.«

»Nein«, sagte Savi. »Das kommt aus den uralten, vollautomatisierten Muezzin-Gebetsruf-Lautsprechern an allen Moscheen.«

»Itbach al-Jahud!«, hallte die zitternde, aber eindringliche Stimme überall in der dunklen Stadt wider. *»Al-dschihad!«*, schrie die verstärkte Stimme. *»Itbach al-Jahud!«*

»Verdammt!« Savi schaute auf ihr Handflächen-Display. »Kein Wunder, dass es nicht auf die Fernbedienung reagiert.«

»Was?« Daeman trat näher zu den beiden heran, hockte sich ebenfalls hin und betrachtete das rechteckige Display, das ein paar Zentimeter über Savis Handfläche schwebte. Man sah die Front des Sonies und ihren Landeplatz. Im Restlicht-verstärkten Kamerabild leuchteten die Steinfelder und die ummauerte Stadt grün. Im Vordergrund ragten Dutzende von Voynixen über das Objektiv auf; sie wuselten um das Sonie herum, warfen sich auf die Maschine, schlugen mit Felsbrocken auf sie ein und häuften riesige Steine darauf.

»Sie haben das Kraftfeld überwunden und etwas kaputt gemacht«, flüsterte Savi. »Das Sonie kommt nicht zu uns.«

»Allahu akbar!«, schrien die hallenden, verstärkten, zitternden Stimmen aus allen Ecken der Stadt mit den niedrigen Dächern. *»Itbach al-Jahud! Itbach al-Jahud!«*

Die drei schauten über den Rand des Daches. Für einen ganz kurzen Moment glaubte Daeman, die Gebäude, die Kopfsteinpflasterstraßen und ummauerten Höfe zitterten, zerbröselten und zerflössen im reflektierten blauen Licht, aber dann erkannte er, dass winzige Punkte über den Stein und die Kuppeln, Mauern und Dächer krabbelten. Unzählige winzige Punkte – wie eine Invasion von Schaben, die in wüstem Durcheinander zu dem blauen Licht hasteten. Dann wurde ihm bewusst, wie weit entfernt die schimmernden, von dem wimmelnden Teppich überzogenen Gebäude waren, und er berechnete den Maßstab und stellte fest, dass es keine Schaben oder Spinnen waren, die da auf sie zugerannt und -gekrabbelt kamen, sondern Voynixe.

»Itbach al-Jahud!«, schrie die metallische Stimme von überallher. Die Silben hallten von dem Berg wider, ohne ihre wahnwitzige Eindringlichkeit zu verlieren.

»Was bedeutet das?«, fragte Daeman.

Savi beobachtete die in blaues Licht getauchten Voynixe, die über Dächer und durch das Gewirr enger, gewundener Straßen immer näher herankamen. Die Woge riesiger, insektoider Gestalten war jetzt keine zwei Häuserblocks mehr entfernt, und sie alle hörten das Kratzen und Scharren von Klingen und spitzen Manipulatoren auf Steinen und Dachziegeln. Savi drehte sich langsam um. Im pulsierenden blauen Licht wirkte ihr Gesicht älter denn je.

»Itbach al-Jahud«, wiederholte sie leise. *»Tötet die Juden.«*

32 Achilles' Zelt

Ich muss Patroklos töten.

Diese Erkenntnis kommt mir wie ein Flüstern in der Nacht, während ich hier im Myrmidonenlager liege, in Achilles' Zelt, in der Haut des alten Phönix.

Ich muss Patroklos töten.

Ich habe noch nie einen Menschen getötet. Herrje, als College-Student habe ich gegen den Vietnamkrieg protestiert, ich habe es nicht über mich gebracht, unseren Hund einschläfern zu lassen – meine Frau musste ihn zum Tierarzt bringen –, und ich habe mich fast mein ganzes Akademikerleben lang für einen Pazifisten gehalten. Ich habe noch nicht einmal jemanden *geschlagen*!

Ich *muss* Patroklos töten.

Es ist die einzige Möglichkeit. Ich habe auf die Macht der Argumente vertraut – auf die Macht der überarbeiteten Argumente des alten Phönix –, habe darauf gebaut, dass ich den Männertöter Achilles mit Argumenten bewegen könnte, sich mit Hektor zu treffen, diesen Krieg zu beenden und das Kriegsbeil zu begraben.

Ja, mitten in meiner Stirn.

Achilles' Entscheidung, die Heimreise anzutreten – und damit die Rückkehr in ein langes, angenehmes, aber nicht sehr ruhmreiches Leben –, ist für einen Scholiker wie mich, für jeden, der sich mit der *Ilias* beschäftigt, ein echter Schock, aber sie ist durchaus vernünftig. Die Ehre ist Achilles noch immer wichtiger als das Leben, aber nach Agamemnons Beleidigungen sieht er nichts Ehrenhaftes darin, Hektor zu töten und dann seinerseits getötet zu werden. Odysseus – dieser unübertreffliche Rhetoriker – hat sehr eloquent dargelegt und beschworen, dass die lebenden Achäer und zahllose spätere Generationen Achilles' Andenken in Ehren halten würden, aber *deren* Ehrerbietung interessiert Achilles nicht. Nur auf *sein* Ehrgefühl kommt es hier an, und jetzt ist es keine Ehre mehr für ihn, Agamemnons Feinde zu töten und für Agamemnons und Menelaos' Interessen zu sterben. Nur Achilles' Ehre zählt, und er möchte lieber in ein paar Stunden nach Hause fahren, das Leben eines geringeren Sterblichen führen und auf seine Chance verzichten, zu diesem Häuflein von Brüdern zu gehören – zweitausend Jahre vor Prinz Harry und Agincourt –, als hier auf der blutigen Ebene von Ilium noch mehr Ehre aufs Spiel zu setzen.

Das verstehe ich jetzt. Wieso habe ich es nicht schon früher erkannt? Wenn Odysseus Achilles nicht zum Kampf überreden konnte – Odysseus, der Listenreiche mit der silbernen Zunge –, weshalb habe ich geglaubt, mir könnte es gelingen? Ich war ein Narr. Schuld daran ist Homer, aber ein Narr war ich trotzdem.

Ich muss Patroklos töten.

Nicht lange, nachdem Odysseus und der große Ajax gegangen waren, kurz nachdem man die Fackeln und Dreifußfeuer im Hauptraum von Achilles' Zelt gelöscht hatte, hörte ich, wie junge Sklavinnen hereingeführt wurden, damit Achilles und Patroklos sich mit ihnen vergnügen konnten. Ich hatte noch keine dieser Sklavinnen gesehen, aber ich kannte ihre Namen – Homer lässt in der *Ilias* niemanden namenlos. Achilles' Mädchen (ich hätte dieses Wort nicht benutzen können, als ich in meinem anderen Leben an der Universität von Indiana unterrichtete, sonst hätte die Political-Correctness-Polizei eingegriffen, und ich wäre meinen Job los gewesen, aber hier kommt es mir unangemessen vor, diese kichernden Sexspielzeuge als

»Frauen« zu bezeichnen) hieß Diomede, Phorbas' Tochter von der Insel Lesbos – wenngleich sie keine Lesbe war. Patroklos' Gespielin hörte auf den Namen Iphis. Ich hätte beinahe laut gelacht, als ich durch die Falten in der Zelttür einen Blick auf sie erhaschte – der hochgewachsene, blonde, stattliche Achilles mit seinem muskulösen Bilderbuchbody bevorzugte die kleine, stämmige, brünette Diomede mit ihren großen Brüsten; Patroklos, viel kleiner als Achilles und dunkelhaarig, hatte sich für die hochgewachsene, blonde, schlanke, kleinbrüstige Iphis entschieden. Etwa eine halbe Stunde lang hörte ich das Lachen der Frauen, die derben Worte der Männer, dann das Stöhnen und die Schreie aller vier in Achilles' Schlafgemach. Offenbar hatten der Held und sein Freund keine Skrupel, ihre Gespielinnen Seite an Seite zu rammeln, ja, sogar sich währenddessen darüber zu unterhalten – was mich eher an Bloomington, Indiana, männliche Immobilienmakler oder Logenbrüder denken ließ, die sich ein Wochenende in der Großstadt gönnen, als an die edlen Recken dieser heroischen Zeit. *Barbarisch.*

Dann verschwanden die Mädchen – unter viel Gekicher –, und es wurde still, bis auf die leisen Wortwechsel zwischen den Wachen draußen vor dem Zelt und das Knistern der Flammen in den Kohlebecken, an denen sich die Wachen wärmten. Und das ungeheure Schnarchen aus Achilles' Schlafgemach. Ich hatte Patroklos nicht gehen hören, also klang entweder er oder der goldene Held, als hätte er eine verkrümmte Nasenscheidewand.

Nun liege ich hier und denke über meine Möglichkeiten nach. Nein, erst einmal lege ich die Gestalt des alten Phönix ab – zum Teufel mit den Folgen! –, liege hier als Thomas Hockenberry und denke über meine Möglichkeiten nach.

Ich habe meine Hand am QT-Medaillon. Ich kann wieder zu Helenas Schlafgemach springen – ich weiß genau, dass Paris dort draußen jenseits des Grabens ist, kilometerweit von der Stadt entfernt, und auf die Morgendämmerung wartet, um gemeinsam mit Hektor zum finalen Gemetzel an den Griechen und der Einäscherung der achäischen Schiffe zu schreiten. Helena würde sich vielleicht freuen, mich zu sehen. Aber vielleicht hätte sie auch keine weitere Verwendung mehr für den nächtlichen Besucher namens Hockenberry – wie seltsam, dass hier jemand, abgesehen von anderen Scholikern, meinen Namen kennt! – oder keinen Spaß mehr an ihm und könnte ihre Wachen rufen. Was eigentlich kein Problem wäre; ich könnte jederzeit sofort wegqten.

Aber wohin?

Ich kann diesen wahnwitzigen Plan aufgeben, den Verlauf der *Ilias* zu ändern, kann meinen in der Nacht des Streits zwischen Agamemnon und Achilles gefassten Vorsatz aufgeben, mich den unsterblichen Göttern zu widersetzen, zum Olymp qten, mich bei der Muse und der bis dahin vielleicht schon dekantierten Aphrodite entschuldigen, Zeus um eine Privataudienz bitten und um Gnade winseln.

Mhm. Wie stehen die Chancen, dass sie vergeben und vergessen, Hockenbush? Du hast den Hades-Helm, das QT-Medaillon und deine komplette Scholikerausrüstung geklaut und für deine eigenen Zwecke verwendet. Du bist vor der Muse geflohen. Und was am schlimmsten ist, du hast einen fliegenden Streitwagen gekapert und versucht, Aphrodite in ihrem Genesungstank umzubringen*!*

Das Beste, was ich mir nach der Entschuldigung erhoffen könnte, wäre, dass Zeus, Aphrodite oder die Muse mich schnell töten, statt mich von innen nach außen zu stülpen oder mich in die düstere Grube des Tartaros zu werfen, wo ich wahrscheinlich von Kronos und den anderen barbarischen Titanen, die Zeus dorthin verbannt hat, bei lebendigem Leibe gefressen würde.

Nein, was ich mir da eingebrockt habe, muss ich auch ausbaden. Oder wie immer das heißt. Wer A sagt, muss auch B sagen. Kein Mumm, kein Ruhm. Vorsicht ist die Mutter der Porzellankiste. Aber während ich noch um ein Klischee ringe, irgendein

Klischee, beschleicht mich eine tiefschürfende Erkenntnis in Gestalt einer zutiefst unprofessoralen, aber vollauf überzeugenden Formulierung:

Wenn mir nicht bald etwas einfällt, sitze ich wirklich voll in der Scheiße.

Ich kann versuchen, mit Odysseus zu reden.

Odysseus ist hier der Vernünftige, der Kultivierte, der kluge Taktiker. Vielleicht wäre Odysseus heute Nacht die Lösung. Ich hätte eher eine Chance, Odysseus davon zu überzeugen, dass es eine Alternative wäre, diesen Krieg gegen die Trojaner zu beenden und mit ihnen gemeinsame Sache gegen die allzu menschlichen Götter zu machen. Um die Wahrheit zu sagen, ich habe mit meinen Studenten immer lieber die *Odyssee* durchgenommen als die *Ilias*; Fitzgeralds feinfühlige Übertragung der *Odyssee* ist so viel humaner als die raue Kampfeslust von Mandelbaums, Lattimores, Fagles' und sogar Popes *Ilias*. Ich habe mich geirrt, als ich dachte, ich könnte den Angelpunkt der Ereignisse finden, wenn ich mit der Gesandtschaft an Achilles hierherkomme.

Nein, Achilles ist nicht der Mann, an den ich mich in dieser Nacht – dem Rest dieser Nacht – wenden muss, sondern Odysseus, der Sohn des Laertes, ein Mann, der vielleicht imstande wäre, die Bitten eines Gelehrten und die zwingende Logik des Friedens zu verstehen.

Ich stehe tatsächlich auf und berühre das QT-Medaillon, bereit, Odysseus zu suchen und ihm meine Bitte vorzutragen. Es gibt nur ein kleines Problem, das mich davon abhält: Wenn Homer die Wahrheit gesagt hat, weiß ich, was woanders passiert, während ich in diesem Zelt liege und vor mich hin grüble. Agamemnon und Menelaos können nicht schlafen, weil sie selbst über den Lauf der Ereignisse brüten, und irgendwann um diese Zeit (oder vielleicht ist es schon eine Stunde her) ruft der ältere und königlichere Bruder nach Nestor und bittet ihn um Ideen, wie sich das drohende Massaker abwenden ließe.

Nestor empfiehlt, mit Diomedes, Odysseus, dem kleinen Ajax und einigen anderen Führern der Achäer Kriegsrat zu halten. Sobald sie versammelt sind, schlägt Nestor vor, dass der Kühnste unter ihnen sich hinter die trojanischen Linien schleichen und Hektors Absichten auskundschaften soll – werden die Trojaner und ihre Verbündeten in ein paar Stunden versuchen, die Schiffe anzuzünden? Oder hat Hektor womöglich fürs Erste genug Blut vergossen und genug Siege errungen und wird seine Horden vor der Eröffnung weiterer Feindseligkeiten in die Stadt zurückführen, um dort zu feiern?

Diomedes und Odysseus werden erwählt, das herauszufinden, und weil die beiden aus dem Schlaf zu diesem Kriegsrat geholt wurden, ohne ihre eigenen Waffen, bekommen sie ihre Ausrüstung von den Wachposten, darunter eine Kappe aus Stierhaut für Diomedes und eine berühmte mykenische Kappe mit den Zähnen und Hauern eines Ebers für Odysseus. Mit dem Löwenfell, das Diomedes sich über die Schultern geworfen hat, und Odysseus' rundum mit weißen Zähnen besetzter schwarzer Lederkappe sind die beiden Recken ein Furcht einflößender Anblick.

Soll ich zu dieser Besprechung qten und sie beobachten?

Dazu gibt es keinen Grund. Diomedes und Odysseus sind vielleicht schon zu ihrem Kommandounternehmen aufgebrochen. Womöglich hat Homer auch geflunkert oder sich geirrt, was diese Mission betrifft, genauso wie bei Phönix' Rede. Außerdem hilft mir das momentan nicht bei meinem Problem. Ich bin kein Scholiker mehr, sondern nur ein Mensch, der einen Weg sucht, am Leben zu bleiben und diesen Krieg zu beenden – oder zumindest zu erreichen, dass die Kriegsparteien gemeinsam gegen die Götter vorgehen.

Allerdings kommt mir ein anderes Ereignis dieser Nacht in den Sinn, das mir das Blut in den Adern gefrieren lässt. Als Diomedes und Odysseus sich hinauswagen, entdecken sie Dolon, den Lanzenkämpfer, dessen Körper ich mir vor zwei Tagen ausgeliehen habe, um Hektor zu seinem Treffen mit Helena und Paris zu folgen. Er ist hinter die achäischen Linien geschickt worden, um für Hektor zu spionieren. Dolon, der einen elastischen Bogen dabeihat und eine Marderfellkappe trägt, schleicht sich im Dunkeln vorsichtig übers Schlachtfeld, zwischen den kürzlich Gefallenen hindurch; er sucht einen Weg über den Graben und an den griechischen Wachposten an der vordersten Linie vorbei, aber der scharfäugige Odysseus sieht ihn im Dunkeln kommen, und er und Diomedes legen sich zu den Leichen, überraschen Dolon und entwaffnen ihn.

Der Trojaner fleht um sein Leben. Odysseus wird ihm erklären – falls er es nicht schon getan hat –, ihm solle »nicht der Tod auf der Seele liegen«, und dann ruhig und gelassen ausführliche Informationen über die Aufstellung von Hektors Trojanern und ihren Verbündeten aus dem jungen Lanzenkämpfer herausholen.

Dolon verrät alles – den Standort der Karer, Paioner, Leleger und Kaukonen, die Schlafstätten der edlen Pelasger, der unerschütterlichen, treuen Lykier und der mutigen Mysier, die Lager der berühmten phrygischen Reiter und der maionischen Wagenlenker –, er verrät alles und bettelt um sein Leben. Er schlägt sogar vor, dass sie ihn fesseln und gefangen halten, bis sie sehen, dass seine Informationen zutreffend sind.

Odysseus wird lächeln, oder vielleicht hat er das schon getan, und dem vor Angst schlotternden Dolon auf die Schulter klopfen – aus der Zeit, als ich Dolons Gestalt angenommen hatte, erinnere ich mich noch an die muskulöse Ausgewogenheit seines Körpers –, und dann werden der Laertessohn und Diomedes dem jungen Mann die Kappe, den Bogen und den Wolfspelz abnehmen. Odysseus erklärt dem entsetzten Jungen sanft, dass sie ihn entwaffnen, bevor sie ihn als Gefangenen ins Lager bringen, und dann schlägt Diomedes Dolon mit einem brutalen Schwerthieb den Kopf ab. Dolons Kopf wird noch um Gnade schreien, als er schon über den Sand kullert.

Und Odysseus wird die Lanze des Jungen, seinen Bogen, die Marderkappe und den Wolfspelz hochhalten und sie Pallas Athene mit dem Ruf anbieten: »Freue dich daran, Göttin! Nun leite uns wieder zu den Lagerstätten der Thraker, damit wir noch mehr Männer töten und ihre Pferde stehlen können! Auch diese Beute wird dein sein.«

Barbaren. Ich bin unter Barbaren. Selbst die Götter sind hier Barbaren. Eines steht fest – ich werde heute Nacht nicht zu Odysseus gehen und mit ihm reden.

Aber weshalb muss Patroklos sterben?

Weil ich anfangs recht hatte – Achilles *ist* der Schlüssel, der Angelpunkt, durch den ich das Schicksal von Göttern und Menschen gleichermaßen verändern kann.

Ich glaube nicht, dass Achilles in ein paar Stunden aufbricht, wenn »die rosenfingrige Eos erscheint«. Mh-mh. Ich glaube, er bleibt hier und schaut zu, genau wie in Homers Geschichte, und weidet sich am fortdauernden Unglück der Griechen. »Zu meinen Knien, meine ich, werden die Achäer jetzt flehend kommen«, wird Achilles nach dem nächsten schlimmen Tag sagen, wenn alle großen Führer – Agamemnon, Menelaos, Diomedes und Odysseus – verwundet sind. Und das, *nachdem* die Gesandten in der vergangenen Nacht schon vor ihm zu Kreuze gekrochen sind, damit er zurückkommt. Achilles wird sich über die Niederlage seiner Freunde, der Argeier und Achäer, freuen, und nur der Tod seines Freundes Patroklos, der jetzt nebenan schnarcht, wird den Männertöter wieder aufs Schlachtfeld treiben.

Patroklos muss also sterben, damit die Geschehnisse nun eine andere Wendung nehmen können.

Ich stehe auf und mache eine Bestandsaufnahme der Dinge, die ich am Leib trage und bei mir habe. Ein Kurzschwert, damit ich mich unter die Soldaten mischen kann, aber ich habe das verdammte Ding nie benutzt und weiß, dass es nicht einmal eine Schneide besitzt. Die Muse hat es mir als Requisit, nicht als Waffe gegeben. Mein wahrer Schutz in den vergangenen neun Jahren waren die leichte Stoßpanzerung – stark genug, um einem Schwertstoß, einem verirrten Speer oder Pfeil standzuhalten, hat man uns in der Scholikerkaserne gesagt, obwohl ich zum Glück nie die Probe aufs Exempel machen musste – und der 50 000-Volt-Taser in einem Ende des Richtmikrofonstabs, den wir alle dabeihaben. Diese Waffe ist dazu gedacht, einen Angreifer so lange zu betäuben, dass wir zu einem QT-Portal fliehen können. Des Weiteren besteht meine Ausrüstung aus den Linsen, die meine Sehkraft verstärken, Filtern, die mein Gehör schärfen, dem gestohlenen kapuzenartigen Hades-Helm, der mir um die Schultern liegt, dem QT-Medaillon an der Kette um meinen Hals und dem Morpharmband an meinem Handgelenk.

Auf einmal beginnt ein Plan – oder zumindest der Teil eines Plans – in meinem müden Verstand Gestalt anzunehmen.

Ich handle, bevor ich den Mut verlieren kann. Ich setze den Hades-Helm auf, verschwinde aus dem Blickfeld der Sterblichen und der Götter, komme mir vor wie Frodo, Bilbo oder der Gollum, wenn sie den Ring anstecken, der sie alle bindet, und schleiche auf Zehenspitzen aus der Schlafnische, in dem sie Phönix' Kissen ausgebreitet haben, in Achilles' Schlafgemach.

Achilles und Patroklos liegen nackt beieinander und schlafen. Die Sklavinnen sind längst fort, und Patroklos' Arm liegt um die Schultern des Männertöters.

Bei diesem Anblick im matten Licht bleibe ich abrupt stehen. *Achilles ist schwul? Das heißt, dieser dämliche, von Schwulen und Lesben besessene Juniorprofessor in meinem Fachbereich hatte recht – seine schwafeligen Artikel waren zutreffend –, all dieses politisch korrekte Geplapper ist wahr gewesen!*

Ich schüttle den Kopf, um diesen Gedanken loszuwerden. Es bedeutet nur, dass ich dreitausend Jahre vom Indiana des einundzwanzigsten Jahrhunderts entfernt bin und nicht weiß, *was* ich sehe. Diese beiden Männer haben es gerade zwei Stunden lang mit Sklavinnen getrieben und sind dann eingeschlafen, wo sie gerade lagen. Und außerdem, wen interessiert schon Achilles' heimliches Liebesleben?

Ich aktiviere das Morpharmband und lade den Scan, den ich vor zwei Tagen in der Halle der Götter auf dem Olymp gemacht habe. Ich weiß nicht, ob es funktionieren wird – die anderen Scholiker haben immer über die Idee gelacht.

Wahrscheinlichkeitswellen verschieben sich durch Quantenschichten, die ich nicht wahrnehmen kann. Die Luft scheint zu erzittern, steht still, erzittert dann erneut. Ich schiebe mir den weichen Hades-Helm vom Kopf und erscheine.

Erscheine als Pallas Athene, Tritogeneia, Drittgeborene der Götter, Tochter des Zeus, Beschützerin der Achäer. Fast drei Meter groß und mein eigenes göttliches Licht ausstrahlend, trete ich näher ans Bett heran, als Achilles und Patroklos aus dem Schlaf aufschrecken.

Ich spüre die Instabilität in jedem Atom dieser gemorphten Gestalt. Das Morpharmband war *nicht* dazu vorgesehen, uns zu Göttern werden zu lassen, doch obwohl meine Gestalt wie eine hart angeschlagene Harfe summt, nutze ich die kurze Zeit, die mir diese Quantensubstitution geben wird. Ich bemühe mich, das Gefühl zu ignorieren, dass ich auf einmal nicht nur Brüste und eine Vagina habe – ich habe noch nie die Gestalt einer Frau angenommen –, sondern auch eine Göttin bin.

Die Gestalt ist instabil. Tief im Innersten weiß ich, dass ich nicht über Athenes Kräfte verfüge, sondern mir nur für diese paar Sekunden ihre Quantenhülle ausgeliehen habe. Mir ist, als würde es eine nukleare Reaktion, eine Morphschmelze geben, wenn ich Athenes Quantenwellenform nicht rasch wieder ablege. Darum spreche ich schnell.

»Achilles! Wach auf! Erhebe dich!«

»Göttin!«, ruft der fußschnelle Männertöter und rollt von den Kissen auf den Fußboden. »Was bringt dich mitten in der Nacht hierher, Zeusgeborene?«

Patroklos reibt sich die Augen und rappelt sich ebenfalls auf. Die Körper der beiden nackten Männer sind wohlgeformter und schöner als die besten griechischen Statuen. Ihre unbeschnittenen Penisse baumeln gegen ihre muskulösen, gebräunten Schenkel.

»SEI STILL!«, brülle ich. Athenes verstärkte Stimme klingt übermenschlich. Mir ist klar, dass ich die anderen in Achilles' Zelt aufwecke und wahrscheinlich die Wachen draußen alarmiere. Ich habe weniger als eine Minute. Wie zum Beweis dafür erzittert Athenes goldener Arm, wird zu Professor Thomas Hockenberrys blassem, haarigem Unterarm und verwandelt sich dann wieder in den von Athene. Ich sehe, dass Achilles den Blick gesenkt und nichts bemerkt hat. Patroklos starrt mich verwirrt an, mit großen Augen.

»Göttin, wenn ich dich beleidigt habe ...«, beginnt Achilles und hebt den Blick, lässt den Kopf jedoch gesenkt.

»SCHWEIG!!«, brülle ich. »KANN EINE AMEISE, DIE IM SCHMUTZ KRABBELT, EINEN MENSCHEN BELEIDIGEN? KANN DER NIEDRIGSTE UND HÄSSLICHSTE FISCH IM MEER DEN SEEMANN BELEIDIGEN, DER MIT SEINEN GEDANKEN BEI ANDEREN DINGEN IST?«

»Eine Ameise?«, wiederholt Achilles. Sein hübsches, wohlgeformtes Gesicht zeigt die Verwirrung eines gescholtenen Kindes.

»IHR ALLE SEID WENIGER ALS AMEISEN FÜR DIE GÖTTER«, donnere ich und trete einen Schritt näher an sie heran, sodass Athenes Glanz wie radioaktives Licht über sie flackert. »IHR HABT UNS MIT EUREM STERBEN AMÜSIERT, ACHILLES ... SOHN DES PELEUS UND DER THETIS SCHWACHSINNIGES KIND.«

»Schwachsinniges Kind«, wiederholt Achilles, während ihm die Röte in die hohen Wangenknochen steigt. »Göttin, womit habe ich …«

»SCHWEIG, FEIGLING!« Ich habe Athenes Stimme dermaßen verstärkt, dass man diese Beleidigung noch anderthalb Kilometer entfernt in Agamemnons Lager hören kann. »DU BIST UNS VÖLLIG EGAL. IHR ALLE SEID UNS VÖLLIG EGAL. EUER TOD AMÜSIERT UNS … JEDOCH NICHT DEINE FEIGHEIT, *FUSSSCHNELLER ACHILLES!*« Die letzten Worte stoße ich höhnisch hervor und verwandle die ehrenvolle Bezeichnung des Dichters damit in eine demütigende Beleidigung.

Achilles ballt die Fäuste und tritt einen halben Schritt vor, als näherte er sich einem Feind. »Göttin, Pallas Athene, Beschützerin der Achäer, ich habe dir immer die besten Opfer dargebracht …«

»DAS OPFER EINES FEIGLINGS BEDEUTET UNS GÖTTERN AUF DEM OLYMP GAR NICHTS«, donnere ich und merke, dass die Wahrscheinlichkeitswelle, die die wirkliche Göttin Athene ist, kurz vor dem kritischen Moment des Zusammenbruchs steht. Mir bleiben nur noch Sekunden in dieser halb gemorphten Gestalt.

»VON NUN AN HOLEN WIR UNS UNSERE OPFER SELBST UND VERBRENNEN SIE«, sage ich, und Athenes Arm reckt sich Patroklos entgegen. Der Stab ist unter meinem Unterarm verborgen, und ich habe den Finger am Aktivator. »WENN DU DIE LEICHE DEINES FREUNDES HABEN WILLST, MUSST DU DICH SCHON ZU DEN HALLEN DES OLYMP DURCHSCHLAGEN, FEIGER ACHILLES!«

Ich verpasse Patroklos eine Taserladung mitten in die gebräunte, haarlose Brust, und die nahezu unsichtbaren Elektroden und die unsichtbaren Drähte tragen 50 000 Volt in ihn hinein.

Wie vom Blitz getroffen, greift Patroklos sich an die Brust, schreit auf, zuckt und windet sich, als hätte er einen epileptischen Anfall. Der Urin rinnt ihm am Schenkel hinab, dann bricht er zusammen.

Bevor Achilles reagieren kann – der fußschnelle Krieger steht nackt da, mit geballten Fäusten und aus den Höhlen tretenden Augen, gelähmt vor Schreck –, lasse ich Athene zwei Schritte nach vorn treten, den zusammengebrochenen und scheinbar toten Patroklos an den Haaren packen und ihn grob über den Boden schleifen.

Achilles' Erstarrung löst sich, er fletscht die Zähne und zieht sein auf dem Sessel liegendes Schwert aus der Scheide.

Athenes Gestalt verliert jetzt zitternd ihre Quantenmorphstabilität und wird von atmosphärischen Störungen durchzuckt wie ein schlechtes Fernsehbild. Ohne den schlaffen Patroklos loszulassen, berühre ich das Medaillon an meinem Hals und quantenteleportiere ihn und mich blitzschnell aus Achilles' Zelt.

33 Jerusalem und Mittelmeerbecken

Savi führte Daeman und Harman vom Dach, die Leitern und Treppen hinunter und in eine der schmalen Gassen. Das Sternenlicht und der blaue Schein des Neutrinostrahls auf dem Tempelberg erzeugten gerade genug Helligkeit, dass sie beim Laufen nicht gegen Wände stießen oder in Schächte stürzten, obwohl die Schatten in den Torwegen und leeren Fensterhöhlen pechschwarz waren. Daeman fiel bald keuchend zurück. Er war noch nie gerannt, nicht einmal als Kind. Es war eine absurde Tätigkeit.

Das Kratzen und Scharren der Aberhundert heranstürmenden Voynixe klang jetzt näher. Im Gewirr der Gebäude mit den Flachdächern und den labyrinthischen Gassen schienen sie höchstens noch ein paar Häuser entfernt zu sein.

Itbach al-Jahud!, schnarrte die Stimme aus den Lautsprechern, die Savi Muezzins genannt hatte.

Savi führte sie über eine Straße mit Kopfsteinpflaster in eine dunkle, schmale Gasse, über einen kleinen Platz, auf dem leuchtend weiße Menschenknochen verstreut lagen, und in einen Innenhof, wo es noch dunkler war als in der Gasse. Das dumpfe Peds-Getrommel und Manipulatorscharren der Voynixe, die in hohem Tempo an Wänden entlangrannten, kam immer näher.

Itbach al-Jahud! Der verstärkte Ruf klang drängender.

Von uns dreien ist nur Savi eine Jüdin, was immer das sein mag, dachte Daeman. Seine Lungen brannten, während er hinter den beiden anderen hertaumelte. *Wenn Harman und ich uns von ihr trennen, lassen die Voynixe uns bestimmt in Ruhe. Wahrscheinlich helfen sie uns sogar, nach Hause zu kommen. Es gibt keinen Grund, weshalb wir ihr Schicksal teilen sollten.*

Harman lief, so schnell ihn die Beine trugen, hinter Savi her, die den Hof überquerte und durch einen niedrigen Bogengang in die Ruinen eines uralten Gebäudes tauchte. *Aber ich komme auch allein zurecht,* dachte Daeman. *Harman kann ja bei ihr bleiben, wenn er will.*

Daeman kam auf dem staubigen Kopfsteinpflaster schlitternd zum Stehen. Harman hielt im schwarzen Rechteck eines Torwegs inne und winkte ihm, ihnen zu folgen. Daeman schaute sich zu den Geräuschen hinter ihnen um – wie Klauen oder hohle Knochen, die gegen Stein klapperten – und sah im Licht des blauen Strahls den ersten von einem Dutzend Voynixen in die Straße laufen, die sie gerade überquert hatten.

Er spürte, wie sein Herz einen Schlag aussetzte – Angst war ein ungewohntes Gefühl für ihn, und die Vorstellung, jetzt auf sich allein gestellt zu sein, flößte ihm am meisten Furcht ein –, dann rannte er hinter Harman und der alten Frau her in den dunklen Torweg.

Savi führte sie eine Reihe immer schmalerer Treppen hinunter. Jede war älter und ausgetretener als die vorherige. Nach der vierten Treppe holte sie eine Taschenlampe aus ihrem Rucksack und schaltete sie ein, als sich der letzte Rest des matten, reflektierten blauen Lichts von oben verlor. Der dünne Strahl fiel auf eine Wand am Fuß der schmalsten Treppenflucht, und Daemans Herzschlag setzte erneut aus. Dann sah er so etwas wie einen Lappen aus schmutzigem Sackleinen; er hing über einem Loch, das ganz bestimmt zu klein für ihn war.

»Schnell«, flüsterte Savi. Sie zog das Sacktuch beiseite und schlüpfte durch das Loch. Daeman hörte hallende Geräusche, wie aus einem Brunnen. Harman folgte der alten Frau rasch in die Schwärze.

In der Hausruine über Daeman ertönte ein Kratzen und Scharren, aber auf der Treppe waren keine Voynixe zu hören. Zumindest noch nicht.

Er bückte sich, steckte den Kopf in das kleine Loch und zwängte seine Schultern hindurch. Er hing über einem bodenlosen schwarzen Rund von etwas über einem Meter Durchmesser. Dann ertasteten seine suchenden Hände Eisensprossen an der gegenüberliegenden Wand, und er zog den Oberkörper und die Hüften mit einem Ächzen durch die Öffnung. Haut scheuerte über moderigen Putz, bis seine Beine schließlich frei waren und nach unten hingen. Dann fanden seine Füße Halt auf den rostigen Metallsprossen, und er begann, zu den gedämpften Geräuschen Savis und Harmans hinabzuklettern, die unter ihm in die Tiefe stiegen.

Kalte Luft strömte ihm von unten übers Gesicht. Daeman tastete sich mit Händen und Füßen unsicher abwärts, von einer kalten Sprosse zur nächsten. Er hörte Flüstern unter sich, und auf einmal fanden seine Füße keine Sprossen mehr, und er fiel knapp anderthalb Meter tief auf einen Ziegelboden.

Harman hielt ihn fest. Daeman sah den Lichtkegel von Savis Taschenlampe, der einen runden Tunnel aus alten Ziegeln erleuchtete.

»Hier entlang«, sagte sie leise und setzte sich gebückt in Bewegung, um nicht an die niedrige Decke zu stoßen. Harman und Daeman liefen ihr nach. Sie versuchten, den unregelmäßig geformten Ziegelsteinen im gekrümmten Boden auszuweichen, indem sie nicht auf ihre eigenen Füße, sondern auf den Lichtkreis von Savis Taschenlampe schauten.

Sie kamen an eine Tunnelkreuzung. Savi warf einen Blick auf ihre leuchtende Handflächenfunktion, und sie nahmen den linken Gang.

»Ich höre keine Voynixe mehr hinter uns«, sagte Harman. Er hatte leise gesprochen, aber seine Stimme hallte trotzdem von der gekrümmten Ziegelwand wider. Als größter der drei musste Harman sich beim Gehen am tiefsten bücken.

»Sie sind über uns«, sagte Savi. »Sie folgen uns auf den Straßen.«

»Benutzen sie Proxnet?«, fragte Daeman.

»Ja.« Sie hielten an einer weiteren Kreuzung inne und entschieden sich für den mittleren von drei kleineren Gängen. Hier mussten sie sich alle tief bücken.

Harman sah Daeman erneut an. Die Proxnet-Bemerkung hatte offenbar seine Neugier geweckt, aber er stellte jetzt keine Fragen.

»Sie folgen *euch*, wisst ihr«, sagte Savi und blieb stehen, um erst Daeman und dann Harman anzuschauen. Im grellen Lichtschein der Taschenlampe wirkte ihr Gesicht noch älter und hatte noch mehr Ähnlichkeit mit einem Totenschädel.

»Nicht dir?«, sagte Daeman überrascht.

Sie schüttelte den Kopf. »Ich werde von keinem Netz registriert. Die Voynixe wissen nicht einmal, dass ich hier bin. Aber ihr beiden taucht auf ihren Farnet- und Proxnet-Scans auf, und zwar im Sperrgebiet. Ich glaube, das nächste Faxportal ist Mantua. Sie wissen, dass ihr nicht so weit gelaufen seid.«

»Wo wollen wir jetzt hin?«, flüsterte Harman. »Zum Sonie?«

Savi schüttelte erneut den Kopf. Ihr graues Haar war nass vom Schweiß oder von Kondenswasser und klebte ihr am Schädel. »Diese Tunnels führen nicht aus der Altstadt hinaus. Und die Voynixe haben das Sonie inzwischen funktionsunfähig gemacht. Ich will zum Crawler.«

»Crawler?«, sagte Daeman, aber statt ihm eine Erklärung zu geben, wandte Savi sich ab und setzte ihren Weg durch die Tunnels fort.

Hundert Schritte weiter verwandelte sich der runde Ziegeltunnel in einen engen Durchgang, der nach weiteren dreißig Schritten in eine Treppe mündete, und dann standen sie vor einer Mauer.

Daeman spürte, wie sein Herz sich durch die Mauer seiner Brust zu schlagen versuchte. »Und nun?«, fragte er. »Was machen wir jetzt? Was machen wir jetzt?« Er wirbelte vom Licht weg und horchte angespannt nach Voynix-Geräuschen in der Dunkelheit.

»Wir klettern.«

Daeman sah Savi in einem weiteren senkrechten Schacht verschwinden – dieser war noch enger als derjenige, in dem sie abgestiegen waren –, dann wurde es dunkel, als das Taschenlampenlicht über ihnen tanzte.

Harman sprang nach der untersten Sprosse, verfehlte sie, fluchte leise, sprang erneut, bekam sie zu fassen und zog sich hoch. Daeman sah undeutlich die Konturen von Harmans Hand, als dieser zu ihm herunterlangte. »Komm, Daeman. Schnell. Die Voynixe sind wahrscheinlich schon dort oben und warten auf uns.«

»Wieso klettern wir dann dort hinauf?«

»Komm schon.« Harman packte im Dunkeln Daemans Unterarm und zog ihn herauf.

Die Voynixe durchbrachen die Mauer des Gebäudes, als die drei Menschen gerade auf den Crawler kletterten.

Die riesige Maschine nahm fast den ganzen Raum im Zentralbereich eines Gebäudes ein, das Savi zufolge einmal eine große Kirche gewesen war. Als sie die Treppe aus dem Keller heraufgekommen waren, wobei der Lichtkegel von Savis Taschenlampe in diese und jene Richtung huschte, hatte Daeman auf den Stufen innegehalten; er wusste nicht recht, was er da sah. Der Crawler füllte den Raum wie eine gigantische Spinne, seine sechs Räder – alle mindestens dreieinhalb Meter hoch – waren durch gegliederte, spinnenartige Streben mit der Passagierkugel in ihrer Mitte verbunden, die milchig glänzte wie ein weißes Ei im Mittelpunkt eines Netzes.

Noch bevor Savi die dünne, metallene Zugangsleiter hinaufzusteigen begann, die von den Streben herabhing, ertönten die ersten dröhnenden Schläge an die Kirchentür und die Mauern. »Beeilt euch!«, sagte sie. Jetzt flüsterte sie nicht mehr.

Daeman – schon wieder Dritter in der Reihe – fand, dass die alte Frau die Meisterin des unnötigen Imperativs war. Ein mit Brettern vernageltes Fenster in zwanzig Meter Höhe explodierte nach innen, und fünf Voynixe krabbelten herein. Ihre mit Klingen versehenen Manipulatoren hackten sich wie Eispickel in den Stein. Die augenlosen, rostroten Kuppeln über ihren Panzern wandten sich schwerfällig nach unten und richteten sich auf den Crawler und die drei Menschen, die in seine Passagierkugel zu gelangen versuchten. Aus der Wand gegenüber spritzten Steine heraus, und ein halbes Dutzend weiterer Voynixe drang durch die Bresche herein.

Savi berührte einen verblichenen roten Kreis an der Unterseite der Kugel, tippte Zahlen in das kleine gelbe Energie-Diskey, das erschien, und ein Segment der Glaskugel glitt mit hörbarem Knirschen auf. Sie stieg hinauf und krabbelte hinein, Harman folgte ihr, und Daeman bekam seine Beine hinein, als der erste Voynix gerade nach ihnen schnappte.

Das Kugelsegment schloss sich. In der Mitte der Kugel waren sechs Kontursitze aus rissigem Leder, und er und Harman warfen sich in zwei seitliche Sitze, während Savi mit der Hand über einen flachen Metallkeil strich, der über dem vorderen Sitz vorstand. Eine sanft leuchtende Kontrolltafelprojektion – viel komplizierter als die des Sonie – erwachte um Savi herum pulsierend zum Leben. Sie berührte eine virtuelle rote Anzeige, führte einen leuchtend gelben Kreis an einem grünen Schieberegler entlang und steckte die Hand in ein Steuergerät, das sich an ihre Konturen schmiegte.

»Was ist, wenn er nicht anspringt?«, fragte Harman, und Daeman ernannte ihn zum Meister der zur Unzeit gestellten rhetorischen Fragen. Ein Dutzend Voynixe hangelten sich an den hohen, schwarzen Speichenrädern empor und sprangen wie riesige Grashüpfer auf das Dach der Glaskugel. Daeman zuckte zusammen und duckte sich.

»Wenn er nicht anspringt, sterben wir.« Savi drehte das virtuelle Steuergerät nach rechts.

Kein Motor brüllte auf, kein Gyro summte; man hörte nur ein leises Brummen, so tief, dass es fast schon im Infraschallbereich lag. Doch vor dem Crawler stachen Scheinwerferkegel in die Luft, und ein Dutzend weiterer virtueller Displays erwachten zum Leben.

Das halbe Dutzend Voynixe auf der Passagierkugel hatte das Glas mit Fäusten und Klingen bearbeitet, aber auf einmal rutschten sie ab und fielen sechs Meter tief auf den Boden. Sie waren nicht verletzt oder beschädigt, sondern sprangen alle sofort wieder auf und machten sich erneut daran, die Kugel zu attackieren, aber dann fielen sie alle wieder hinunter, weil sie keinen Halt an der Glasfläche finden konnten, an der sie sich noch vor ein paar Sekunden festgeklammert hatten.

»Das ist ein mikrometerstarkes Kraftfeld«, murmelte Savi. Ihre Aufmerksamkeit galt den leuchtenden Mustern und Symbolen, die überall auf der virtuellen Schalttafel erschienen. »Reibungsfrei. Lotuseffekt. Es soll verhindern, dass sich Schnee oder Regen auf der Kuppel sammelt, aber es scheint auch Voynixe abzuwerfen.«

Daeman drehte sich um und beobachtete ein Dutzend Voynixe, die an den hohen Rädern heraufkrabbelten, auf die Metallspeichen einschlugen und an den Streben und Stützen zerrten. »Wir sollten losfahren«, sagte er nervös.

»Ja.« Savi schob das virtuelle Steuergerät nach vorn, und der Crawler durchbrach die alte Kirchenmauer, fiel drei, vier Meter in die Tiefe, bevor die Räder an den vielfach gegliederten Streben Halt an der Mauer und am Boden fanden, und beschleunigte dann. Die Fahrbahn war ein wenig schmaler als der Crawler, aber das bremste die Maschine kein bisschen. Zu beiden Seiten stürzten mehrere tausendjährige Mauern ein, ehe der Crawler schwankend auf die Davidstraße einbog. Savi lenkte ihn nach links, nach Westen, weg von dem blauen Strahl, der hinter ihnen in den Himmel stach.

Zahllose Voynixe rannten hinter ihnen her, Dutzende weitere warfen sich vor den dahinrasenden Crawler und sprangen nach der Passagierkugel. Der Crawler beschleunigte weiter, überfuhr jene Voynixe auf der Straße, die nicht mehr ausweichen konnten, und ließ den Rest der Meute hinter sich zurück. Fünf, sechs Voynixe klammerten sich hartnäckig an den Streben fest, hackten auf das Metall ein und krallten nach den rotierenden Rädern.

»Können sie Schaden anrichten?«, fragte Harman.

»Ich weiß es nicht«, sagte Savi. »Wir sind gleich beim Sho'or Yafa – dem Jaffator. Mal sehen, ob wir sie dort loswerden können.«

Sie ließ den nach wie vor beschleunigenden Crawler gegen Hauswände auf der linken und rechten Seite der Davidstraße prallen und brach schließlich durch einen Torweg, der niedriger war als das Fahrzeug. Die Vibrationen und das herunterfallende Mauerwerk streiften die sich festhaltenden Voynixe ab, aber Daeman drehte sich um und sah, dass die meisten von ihnen aus den Trümmern aufstanden und sich der Meute ihrer Verfolger anschlossen. Dann verließ der Crawler die Altstadt durch das Tor und nahm den steinigen Hügel hinab weiter Fahrt auf. Hier hatten sie das Sonie zurückgelassen, aber ihre Flugmaschine war unter einem zehn Meter hohen Steinhaufen verschwunden, der von vierzig oder fünfzig weiteren Voynixen umringt war. Sofort verließen die Kreaturen den Haufen und rannten los, um dem Crawler den Weg abzuschneiden. Savi überfuhr ein paar, wich anderen aus und fand eine alte Landstraße, die nach Westen führte.

»Robuste Maschine«, sagte Harman.

»Gegen Ende des Untergegangenen Zeitalters haben sie robuste Maschinen gebaut«, sagte Savi. »Mit Nano-Wartung müsste der Crawler praktisch ewig halten.« Sie hatte die Nachtsichtgläser ihrer Thermohaut aus dem Rucksack geholt und fuhr den Crawler jetzt ohne Licht. Daeman fand es beunruhigend, im Dunkeln dahinzurasen; er hörte, wie die großen Räder knirschend über verrostete Artefakte auf der Straße fuhren – wahrscheinlich alte, aufgegebene Fahrzeuge. Dann merkte er, dass sie über eine Brücke rasten und dann durch einen Einschnitt zwischen zwei Hügeln rumpelten. Im Dunkeln konnte er die Voynixe, die sie verfolgten, nicht erkennen – nur die zurückweichende blaue Lichtklinge, die von dem dunklen Jerusalemer Hügel senkrecht emporstieß –, aber er wusste, dass sie noch dort hinten waren und sie verfolgten.

Savi erklärte ihnen, die Küste des ehemaligen Mittelmeerbeckens sei etwas mehr als vierzig Kilometer entfernt. Sie schafften die Strecke in weniger als zehn Minuten.

»Seht euch das an.« Savi drosselte die Geschwindigkeit des Crawlers. Sie nahm ihre Nachtsichtbrille ab und schaltete Scheinwerfer, Nebelscheinwerfer und Suchscheinwerfer ein.

In der Nähe der Stelle, wo das Land abrupt ins trockene Mittelmeerbecken abfiel, hatte ein Heer von fünf- bis sechshundert Voynixen einen Keil gebildet.

»Kehren wir um?«, fragte Harman.

Savi schüttelte den Kopf und beschleunigte den Crawler wieder. Später fand Daeman, dass das Geräusch des Aufpralls der Maschine auf so viele Voynixe bei so hoher Geschwindigkeit einem Hagelschauer ähnelte, den er vor vielen Jahren auf einem Metalldach in Ulanbat gehört hatte. Aber dies hier waren sehr große Hagelkörner.

Der Crawler erreichte die ehemalige Uferlinie, Savi rief: »Festhalten!«, und die Maschine schwebte zehn Sekunden lang in der Luft, als sie den steilen Abhang zwischen dem Ufer und dem früheren Meer hinabsprang. Dann trafen die sechs riesigen Räder auf den Boden, die Streben absorbierten den größten Teil des Aufschlags und stabilisierten sie, und sie fuhren schnurstracks weiter ins Becken hinein. Die Scheinwerfer und Suchscheinwerfer stachen immer noch weiße Kegel aus der Dunkelheit.

Daeman schaute zurück und sah die Silhouetten der überlebenden Voynixe vor dem blauen Lichtstrahl. Sie säumten die Uferlinie hinter ihnen. »Folgen sie uns nicht?«, fragte er.

»Ins Becken?«, sagte Savi. »Ganz bestimmt nicht.« Sie bremste den Crawler auf eine vernünftigere Geschwindigkeit ab, doch bevor sie ihre Brille aufsetzte und das Licht ausschaltete, sah Daeman, dass sie auf einer ebenen roten Lehmstraße zwischen grünen, bebauten Felder hindurchfuhren. Schwarze Metallkreuze ragten über den Weizen, den Mais, die Sonnenblumen und den Flachs dort draußen im Dunkeln auf, und an jedes Kreuz war ein bleicher, verkrümmter, nackter menschlicher Körper genagelt.

34 Küste von Ilium, Indiana

Achilles tobte, brüllte und zerrte an der Zeltwand, wo die Göttin Athene mit Patroklos' Körper verschwunden war. Dann rastete der Männertöter vollständig aus.

Seine Wachen kamen hereingeeilt. Immer noch nackt, hob Achilles den ersten Mann hoch und warf ihn dem zweiten an den Kopf. Der dritte hörte ein Brüllen, und ehe er sich's versah, flog er ebenfalls durch die Luft und zerriss die Segeltuchwand des Zelts. Der vierte warf seine Lanze weg und rannte davon, um die Myrmidonen zu wecken und ihnen mitzuteilen, dass ihr Herrscher und Führer von einem Dämon besessen war.

Achilles sammelte seinen Lendenschurz, Chiton, Brustharnisch und Schild sowie seine polierten Beinschienen, Sandalen und seinen Speer auf, wickelte alles in ein Leintuch, nahm sein Schwert und schnitt sich seinen Weg durch drei Segeltuchwände des Zelts. Draußen stieß er den großen, noch brennenden Dreifußkessel in der Mitte des Lagers um und lief an den dunklen Zelten vorbei zum dunklen Meer, fort von all den Lagerstätten der Menschen, zu seiner Mutter, der Göttin Thetis.

Die Wellen brachen sich rauschend am Ufer; hier im Dunkeln, fern von den Feuern, war nur die weiße Gischt zu sehen. Achilles lief auf dem nassen Sand hin und her. Er war immer noch nackt; seine Rüstung und seine Waffen lagen verstreut am Strand. Während er auf und ab marschierte, raufte er sich die Haare, stöhnte laut und rief hin und wieder gequält den Namen seiner Mutter.

Und Thetis, die Tochter des Meeresgottes Nereus, des Alten im Meere, erhörte Achilles' Ruf, erschien aus den salzgrünen Tiefen, erhob sich aus der rollenden Brandung wie ein Nebel, der dann jedoch zur hochgewachsenen Gestalt der edlen Göttin gerann. Achilles lief zu ihr wie ein Kind, das sich wehgetan hatte, und fiel im nassen Sand auf ein Knie. Thetis barg seinen Kopf an ihrer nassen Brust, während er schluchzte.

»Weshalb weinst du, mein Kind? Welcher Kummer erfüllt dein Herz?«

Achilles stöhnte. »Du weißt es, Mutter, du musst es wissen – zwing mich nicht, alles noch einmal zu erzählen.«

»Ich war bei meinem Vater in den salzgrünen Tiefen«, sagte Thetis leise und strich Achilles über das lange goldene Haar. »Weil die Sterblichen und die Götter so lange schliefen, habe ich nicht gesehen, was geschehen ist. Erzähl mir alles, mein Sohn.«

Und das tat Achilles, vor Kummer schluchzend, mit zornerstickter Stimme. Er erzählte ihr von Pallas Athenes Erscheinen, von ihren Beleidigungen und ihren höhnischen Bemerkungen. Er schilderte ihr die vermeintliche Tötung seines Freundes Patroklos.

»Sie hat seinen Leichnam mitgenommen, Mutter!«, weinte Achilles. Er war untröstlich. »Sie hat seinen Leichnam mitgenommen, sodass ich nicht einmal die gebührenden Bestattungsriten für ihn abhalten kann!«

Thetis klopfte ihm auf die Schulter und brach selbst in Tränen aus. »O mein Sohn, meine Kümmernis! Deine Geburt war bitter. Nichts als Verderben habe ich zur Welt gebracht. Wozu habe ich dich großgezogen, wenn es Zeus' Wille ist, dich niederzuwerfen?«

Achilles hob sein tränenverschmiertes Gesicht. »Dann *ist* es also Zeus' Wille? Es *war* Pallas Athene, die soeben Patroklos getötet hat – kein Trugbild der Göttin?«

»Es war Zeus' Wille«, weinte seine Mutter. »Und obwohl ich es nicht gesehen habe, weiß ich, dass es die Göttin Athene selbst war, die dich heute Nacht verhöhnt und deinen Freund getötet hat. Ach, welch ein Jammer, dass du nicht nur zu einem kurzen Leben verdammt bist, Achilles, mein Sohn, sondern auch zu einem, das mit solchem Herzeleid erfüllt ist.«

Achilles löste sich von ihr und stand auf. »Warum haben die unsterblichen Götter mich derart beleidigt, Mutter? Weshalb sollte Athene, die so viele Jahre die Sache der Argeier unterstützt hat – und besonders meine –, sich nun von mir abwenden?«

»Die Götter sind launisch«, sagte Thetis. Immer noch lief ihr Wasser von den langen Haaren zu den Brüsten hinab. »Vielleicht hast du das schon bemerkt.«

Achilles marschierte vor ihr auf und ab, ballte mehrmals die Hände zu Fäusten, hieb in die Luft und spreizte die Finger dann wieder. »Das ergibt keinen Sinn! Nachdem Athene und ihr göttlicher Vater mich so weit gebracht, mir so oft bei meinen Eroberungen geholfen haben, beleidigen sie mich nun so.«

»Sie schämen sich deiner, Achilles.«

Der Männertöter blieb wie angewurzelt stehen und wandte ihr ein blasses, erstarrtes Gesicht zu. Er sah aus, als hätte er eine heftige Ohrfeige bekommen. »Sie schämen sich meiner? *Schämen* sich des fußschnellen Achilles, des Sohnes von Peleus und der Göttin Thetis? Des Enkels von Aiakos?«

»Ja«, sagte seine Mutter. »Zeus und die geringeren Götter, darunter auch Athene, haben die sterblichen Menschen immer verachtet, selbst euch Helden. Von ihrem Aussichtspunkt auf dem Olymp aus gesehen seid ihr alle weniger als Insekten, euer Leben ist hässlich, brutal und kurz, und euer Dasein ist nur gerechtfertigt, weil ihr sie durch euer Sterben amüsiert. Indem du also schmollend in deinem Zelt gesessen hast, während sich das Schicksal des Krieges entschied, hast du die drittgeborene Tochter des Zeus und auch den Göttervater selbst verärgert.«

»Sie haben Patroklos *umgebracht*!«, brüllte Achilles und trat von der Göttin zurück. Seine bloßen Füße hinterließen Spuren im nassen Sand, die von der nächsten heranrollenden Welle weggewaschen wurden.

»Sie glauben, dass du ein zu großer Feigling bist, um seinen Tod zu rächen«, sagte Thetis. »Sie lassen seine Leiche auf den Höhen des Olymp als Futter für die Krähen und Geier liegen.«

Achilles stöhnte und sank auf die Knie. Er grub große, nasse Sandklumpen aus und klatschte sie sich an die nackte Brust. »Mutter, warum erzählst du mir das jetzt? Wenn du gewusst hast, welche Verachtung die Götter für mich empfinden, warum hast du mir dann nicht schon früher davon erzählt? Du hast mich immer gelehrt, Zeus zu dienen und ihn zu verehren. Und der Göttin Athene zu gehorchen.«

»Ich habe immer gehofft, die anderen Götter würden unseren sterblichen Kindern Gnade gewähren«, sagte Thetis. »Aber Zeus' kaltes Herz und Athenes Kriegslust haben den Sieg davongetragen. Das Menschengeschlecht interessiert sie nicht mehr. Nicht einmal als Zeitvertreib. Und wir wenigen Unsterblichen, die wir uns für euch einsetzen, sind auch nicht sicher vor Zeus' Zorn.«

Achilles stand auf und trat drei Schritte auf seine Mutter zu. »Mutter, du bist eine Unsterbliche. Zeus kann dir nichts anhaben.«

Thetis lachte humorlos. »Der Vater kann töten, wen und was er will, mein Sohn. Selbst eine Unsterbliche. Noch schlimmer, er kann uns in die Düsternis des Tartaros verbannen, uns in diese Höllengrube werfen, so wie er es mit seinem eigenen Vater, Kronos, und seiner weinenden Mutter, Rhean, getan hat.«

»Dann bist du also in Gefahr«, sagte Achilles benommen. Er schwankte wie ein Mann, der zu viel getrunken hat, oder wie ein Matrose auf dem schaukelnden Deck eines kleinen Schiffes in stürmischer See.

»Ich bin verloren«, sagte Thetis. »Und du auch, mein Kind, außer wenn du etwas tust, das kein Sterblicher – nicht einmal der kühne Herakles – jemals versucht hat.«

»Was, Mutter?« Im Sternenlicht zeichnete sich eine verwirrende Abfolge von Gefühlen auf Achilles' Gesicht ab: erst Verzweiflung, dann Wut, und schließlich etwas noch Stärkeres als Wut.

»Die Götter zu stürzen«, flüsterte Thetis. Die Worte waren über dem Rauschen der Brandung kaum zu hören. Achilles trat noch näher an sie heran, den Kopf schiefgelegt, als glaubte er seinen Ohren nicht zu trauen. »Die Götter zu stürzen«, wiederholte sie mit leiser Stimme. »Den Olymp zu erstürmen. Athene zu töten. Zeus zu entthronen.«

Achilles taumelte zurück. »Ist das denn möglich?«

»Nicht, wenn du allein handelst«, sagte Thetis. Weiße Wellen strudelten um ihre Füße. »Aber wenn du deine Danaer- und Achäerkrieger mitbringst …«

»Agamemnon und sein Bruder herrschen heute über die Achäer, die Danaer und ihre Verbündeten«, fiel Achilles ihr ins Wort. Er schaute sich zu den Feuern um, die an dem kilometerlangen Strand brannten, und blickte dann zu den weitaus zahlreicheren trojanischen Wachtfeuern unmittelbar hinter dem Verteidigungsgraben hinüber. »Und die Danaer und Achäer stehen heute an der Schwelle der Niederlage, Mutter. Mag sein, dass die schwarzen Schiffe bei Sonnenaufgang brennen.«

»*Mag sein*, dass sie brennen«, sagte Thetis. »Die heutigen Siege der Trojaner sind nur ein weiteres Zeichen von Zeus' Launenhaftigkeit. Aber *dir* werden die Danaer und Achäer sogar bis zum Sieg über die Götter folgen, Achilles. Erst in dieser Nacht hat Agamemnon zu Odysseus, Nestor und den anderen um Mitternacht in seinem Lager Versammelten gesagt, *er* sei der bessere Mann – klüger, stärker und kühner als Achilles. Beweise ihm das Gegenteil, mein Sohn. Beweise ihnen *allen* das Gegenteil.«

Achilles kehrte ihr den Rücken zu. Er blickte zum fernen Ilium hinüber, auf dessen hohen Mauern helle Fackeln brannten. »Ich kann nicht gegen die Götter und die Trojaner zugleich kämpfen.«

Thetis legte ihm die Hand auf die Schulter, bis er sich umdrehte. »Du hast recht, mein Kind, Achilles, schneller Läufer. Du musst diesen sinnlosen Krieg mit Troja beenden, der wegen Menelaos' elender Gemahlin begonnen wurde. Wen kümmert es, wo die sterbliche Helena schläft oder ob die Atriden – Menelaos und sein arroganter Bruder Agamemnon – gehörnt werden oder nicht? Mach dem Krieg ein Ende. Schließe Frieden mit Hektor. Auch er hat heute Nacht Grund, die Götter zu hassen.«

Achilles sah Thetis fragend an, aber sie gab ihm keine weiteren Erklärungen. Er schaute wieder auf die Fackeln und die ferne Stadt. »Ich wünschte, ich könnte dem Olymp heute Nacht einen Besuch abstatten, um Athene zu töten, Zeus zu stürzen und Patroklos' Leichnam zur Bestattung zurückzuholen.« Seine Stimme war leise, aber schrecklich in ihrer wahnsinnigen Entschlossenheit.

»Ich werde einen Mann schicken, der dir den Weg weist«, sagte Thetis.

Er fuhr zu ihr herum. »Wann?«

»Morgen, nachdem du mit Hektor gesprochen, einen Bund mit den kämpfenden Trojanern geschmiedet und dem Blender Agamemnon die Herrschaft über die Argeier und Achäer abgenommen hast.«

Achilles blinzelte, so atemberaubend kühn waren diese Worte. »Wie soll ich Hektor finden, ohne dass er mich tötet oder ich ihn?«

»Ich schicke dir einen Mann, der dir auch dazu den Weg weist.« Thetis trat zurück. In der frühen Morgendämmerung spülte die Brandung von hinten gegen ihre Beine.

»Mutter, bleib! Ich …«

»Ich begebe mich jetzt in die Hallen von Vater Zeus, um mich meinem Schicksal zu stellen«, flüsterte seine Mutter. Ihre Stimme ging beinahe in der zischenden Brandung unter. »Ich werde mich ein letztes Mal für dich einsetzen, mein Sohn, aber ich fürchte, Misserfolg und Verbannung werden mein Los sein. Sei kühn, Achilles! Sei tapfer! Dein Schicksal ist vorherbestimmt, aber nicht besiegelt. Du hast immer noch die Wahl: entweder Tod und Ruhm oder ein langes Leben, aber auch Leben und Ruhm … und welch ein Ruhm, Achilles! Kein Sterblicher hat je von solchem Ruhm geträumt! Räche Patroklos.«

»Mutter …«

»Die Götter können sterben, mein Kind. Die … Götter … können … *sterben.*« Ihre Gestalt waberte, verwandelte sich, wurde zu Nebel und verschwand.

Achilles stand da und starrte lange aufs Meer hinaus. So stand er da, bis das kalte Licht der Morgendämmerung von Osten herankroch, dann drehte er sich um, legte seine Kleider und Sandalen, seine Rüstung und seine Beinschienen an, hob seinen großen Schild auf, steckte das Schwert in die Scheide an seinem Schwertgürtel, nahm seine Lanze und machte sich auf den Weg zu Agamemnons Lager.

Nach dieser schauspielerischen Glanzleistung breche ich zusammen. Während des gesamten Dialogs hat mir mein Morpharmband mit seiner KI-Stimme ins Ohr gepiepst: »Restlicher Energievorrat: zehn Minuten bis zur Abschaltung. Restlicher Energievorrat: sechs Minuten bis …« Und so weiter.

Die Energie der Morphausrüstung ist beinahe erschöpft, und ich habe keine Ahnung, wie ich sie wieder aufladen kann. Mir bleiben noch knapp drei Minuten Morphzeit, aber die werde ich brauchen, um Hektors Familie zu besuchen.

Du kannst kein Kind entführen, meldet sich eine immer leiser werdende Stimme, der letzte Überrest meines Gewissens. *Ich muss,* lautet meine einzige Antwort darauf.

Ich muss.

Für mich gibt es jetzt kein Zurück mehr. Ich habe alles durchdacht. Patroklos war der verborgene Schlüssel zu Achilles. Skamandrios und Andromache – Hektors Sohn und Gattin –

sind der verborgene Schlüssel, mit dem ich Hektors Kehrtwende bewerkstelligen kann. Nur so geht es.

Wer A sagt, muss auch B sagen.

Als ich zuvor mit dem bewusstlosen Patroklos in den Armen auf dem sonnigen Nachmittagshügel in Indiana (wie ich immer noch hoffe) ins Dasein geqtet war, war von Nightenhelser nichts zu sehen gewesen. Ich ließ Patroklos rasch ins Gras sinken – ich bin nicht homophob, aber es ist schon ein komisches Gefühl, einen nackten Mann mit sich herumzuschleifen – und rief Nightenhelsers Namen in den Wald und zum Fluss hinunter, bekam aber keine Antwort. Vielleicht hatten ihn die damaligen Ureinwohner mittlerweile skalpiert oder in ihren Stamm aufgenommen. Vielleicht war er aber auch gerade im Wald auf der anderen Seite des Flusses und sammelte Nüsse und Beeren.

Patroklos stöhnte und bewegte sich.

Ist es moralisch vertretbar, einen halb bewusstlosen, nackten Mann in einem solch fremden Land zurückzulassen? Würde ihn ein Bär töten? Wohl kaum. Eher würde Patroklos den armen Nightenhelser finden und töten, auch wenn der Grieche nackt und unbewaffnet, Keith hingegen immer noch mit Stoßpanzerung, Taserstab und Schwertrequisite ausstaffiert war. Ja, ich würde mein Geld auf Patroklos setzen. Ist es moralisch vertretbar, einen stinksauren Patroklos im selben Beerensammelgebiet zurückzulassen wie einen friedliebenden Akademiker?

Ich hatte nicht die Zeit, mir darüber den Kopf zu zerbrechen. Ich prüfte den Energievorrat des Morpharmbands, stellte fest, dass er fast erschöpft war, und qtete zur Küste von Ilium zurück. Durch meinen Auftritt als Athene hatte ich ein wenig darüber gelernt, wie man zur Göttin wird, und für Thetis würde ich nicht so viel Energie brauchen wie für Zeus' Tochter. Mit ein wenig Glück, dachte ich, würde die Morphausrüstung noch so lange funktionieren, dass ich meine Szene mit Achilles spielen konnte und noch ein bisschen Energie für Hektors Familie übrig behielt.

Und so war es. Ich habe noch ein bisschen Energie übrig. Ich kann noch ein letztes Mal morphen.

Hektors Familie. Was ist nur aus mir geworden?

Ein Mann auf der Flucht, denke ich, während ich mir den Hades-Helm aufsetze und durch den Sand stapfe. Ein verzweifelter Mann.

Wird das QT-Medaillon auch bald erschöpft sein? Enthält der Taser noch eine weitere Ladung, falls ich sie in Ilium brauche?

Ich werde es bald erfahren. Wäre es nicht eine Ironie, wenn es mir gelänge, Achilles und Hektor für meine Sache zu gewinnen, die Quantenteleportationsenergie aber dann nicht mehr reichen würde, um sie oder mich zum Olymp zu befördern?

Darüber mache ich mir später Gedanken. Über diesen ganzen Mist mache ich mir später Gedanken.

Jetzt – um vier Uhr früh – habe ich zunächst einmal eine Verabredung mit Hektors Frau und seinem kleinen Sohn.

35 12 000 Meter über dem Tharsis-Plateau

»Was hat Proust denn über Ballons zu sagen?«

»Nicht viel«, antwortete Orphu von Io. »Er war überhaupt kein großer Freund des Reisens. Und Shakespeare? Was sagt der zu Ballons?«

Mahnmut ging darüber hinweg. »Ich wünschte, du könntest das sehen.«

»Das wünschte ich auch«, sagte Orphu. »Beschreib mir alles.«

Mahnmut blickte nach oben. »Wir sind jetzt in so großer Höhe, dass der Himmel über uns fast schwarz ist. Weiter entfernt färbt er sich erst dunkelblau und nimmt dann am eindeutig gekrümmten Horizont ein helleres Blau an. In beiden Richtungen sehe ich die Dunstschicht der Atmosphäre. Unter uns ist es noch bewölkt – das frühmorgendliche Licht verleiht den Wolken einen goldenen und rosafarbenen Glanz. Hinter uns ist die Wolkendecke aufgerissen, und ich sehe das blaue Wasser und die roten Klippen der Valles Marineris, die sich bis zum östlichen Horizont erstrecken. Im Westen, unserer Fahrtrichtung, bedecken die Wolken den größten Teil des Tharsis-Plateaus – es sieht so aus, als würden sie sich entlang des ansteigenden Terrains am Boden festklammern –, aber die drei näheren Vulkane durchstoßen die goldenen Wolken. Arsia Mons ist am weitesten links, dann kommt Pavonis Mons, dann Ascraeus Mons weiter rechts, im Norden. Sie sind alle leuchtend weiß, Schnee und Eis, die im Morgenlicht glänzen.«

»Kannst du den Olympus schon sehen?«, fragte Orphu.

»O ja. Er ist zwar am weitesten entfernt, überragt aber trotzdem alles andere in meinem Blickfeld. Der Olympus Mons erhebt sich über die westliche Krümmung des Planeten. Er befindet sich zwischen Pavonis und Ascraeus, ist aber eindeutig weiter weg. Eis und Schneefelder färben ihn ebenfalls weiß, aber der Gipfel ist schneefrei und rot im Sonnenaufgang.«

»Siehst du Noctis Labyrinthus, wo wir die Zeks verlassen haben?«

Mahnmut beugte sich über den Rand der von ihm selbst gebauten Gondel und schaute nach unten und nach hinten. »Nein, dort liegt noch eine Wolkendecke. Aber bei unserem Aufstieg zu den Wolken konnte ich den gesamten Steinbruch, die Hafenanlagen und das ganze Gewirr von Noctis sehen. Hinter dem Seehafen und dem Steinbruch erstreckt sich das Durcheinander von Schluchten und eingestürzten Felswänden Hunderte von Kilometern nach Westen und ein paar Dutzend Klicks nach Norden und Süden.«

In den letzten Tagen ihrer Reise mit der Feluke hatte es geregnet, ebenso bei ihrer Einfahrt in die betriebsamen Hafenanlagen beim KGM-Steinbruch in Noctis Labyrinthus, und der Regen war noch stärker geworden, als Mahnmut endlich die behelfsmäßige Gondel zusammengebastelt, den Ballon aus seinen eigenen Tanks aufgeblasen hatte und über die Stadt der kleinen grünen Männchen – anders konnte man es nicht bezeichnen – aufgestiegen war. Eines der KGMs – oder Zeks, wie sie sich selbst nannten – hatte ihm unübersehbar sein Herz zur Kommunikation angeboten, aber Mahnmut hatte mit einem Kopfschütteln abgelehnt. Vielleicht starben sie nicht als Individuen, wie Orphu behauptete, aber Mahnmut konnte das Gefühl nicht ertragen, ein weiteres kleines grünes Männchen zu *verbrauchen*. Stattdessen hatten die versammelten Zeks sofort begriffen, was Mahnmut mit seiner selbst gebastelten Gondel bezweckte, und ihm flugs geholfen, Fangleinen zu verbinden, das Material des einkammerigen Hochdruckballons auszubreiten, während es sich langsam aufblähte, und Halteseile gegen den Wind zu sichern. Dabei arbeiteten sie die ganze Zeit so effizient wie eine voll ausgebildete Bodencrew.

»Wie sieht der Ballon aus?«, fragte Orphu. Der Weltraum-Moravec war mit vielen Metern Seil in einem von Mahnmut zusammengenagelten Rahmen in der Mitte der vergrößerten Gondel festgebunden. Nicht weit von ihm entfernt, ebenfalls geschützt und gut verankert, standen der Sender und der kleinere Apparat.

»Er ist wie ein riesiger Kürbis über uns«, sagte Mahnmut.

Orphu rumpelte über Engstrahl. »Hast du im wirklichen Leben schon mal einen Kürbis *gesehen*?«

»Natürlich nicht, aber wir kennen doch beide die Bilder. Der Ballon ist ein orangefarbenes Ovoid, breiter als hoch, ungefähr fünfundsechzig Meter im Durchmesser und fünfzig Meter hoch. Es hat senkrechte Grate wie ein Kürbis … und er ist orange.«

»Ich dachte, er wäre mit Tarnmaterial umhüllt.« Orphu klang überrascht.

»Ist er auch. Mit orangefarbenem Tarnmaterial. Ich nehme an, unsere Moravec-Konstrukteure haben nicht daran gedacht, dass die Leute, an die wir uns anschleichen sollen, außer Radar auch Augen haben könnten.«

Diesmal klang Orphus rumpelndes Lachen wie tiefer Donner. »Typisch«, sagte der Ionier. »Typisch.«

»Unser Bündel Buckykarbonleinen ist an der Unterseite des Ballons festgemacht«, sagte Mahnmut. »Und die Gondel hängt ungefähr vierzig Meter darunter.«

»Gut befestigt, hoffe ich«, sagte Orphu.

»So gut es ging, aber es mag sein, dass ich ein paar Knoten vergessen habe.«

Orphu rumpelte erneut und verstummte. Mahnmut genoss für eine Weile den Ausblick.

Als Orphu sich wieder mit ihm in Verbindung setzte, war es Nacht. Die Sterne brannten kalt, funkelten aber dank der Atmosphäre trotzdem stärker, als Mahnmut es jemals in seinem Leben gesehen hatte. Phobos eilte in geringer Höhe über den Himmel, und Deimos war soeben aufgegangen. Die Wolken und Vulkane reflektierten das Sternenlicht. Im Norden schimmerte der Ozean.

»Sind wir schon da?«, fragte Orphu.

»Noch nicht ganz. Noch ein bis anderthalb Tage.«

»Treibt der Wind uns noch in die gewünschte Richtung?«

»Mehr oder weniger.«

»Definiere ›weniger‹, alter Freund.«

»Wir fahren nach Nordnordwest. Kann sein, dass wir Olympus Mons ganz knapp verfehlen.«

»Dazu gehört schon ein gewisses Geschick«, sagte Orphu. »Einen Vulkan von der Größe Frankreichs zu verfehlen.«

»Das hier ist ein *Ballon*«, sagte Mahnmut. »Koros III. wollte damit bestimmt nah am Fuß des Vulkans starten, nicht in einer Entfernung von zwölfhundert Kilometern.«

»Warte mal«, sagte Orphu. »Ich glaube, mir fällt da ein kleines Detail über das Tethys-Meer ein, nämlich dass es gleich nördlich vom Olympus ist.«

Mahnmut seufzte. »Deshalb habe ich diese neue Gondel in Form eines offenen Bootes gebaut.«

»Das hast du nie erwähnt, während du es gebaut hast.«

»Damals schien es mir nicht wichtig zu sein.«

Eine Weile trieben sie schweigend dahin. Sie näherten sich den Tharsis-Vulkanen, und Mahnmut dachte, sie könnten morgen gegen Mittag den nördlichsten, Ascraeus, passieren. Wenn der Wind erneut wechselte, würden sie glatt an den Hängen vorbeikommen und die Nordflanke des Vulkans in zehn bis zwanzig Kilometer Entfernung passieren. Mahnmut brauchte nicht einmal auf Lichtverstärkermodus zu schalten, um darüber zu staunen, wie schön die eisbedeckten oberen Bereiche aller vier Vulkane im Mond- und Sternenlicht schimmerten.

»Ich habe über diese Geschichte mit Prospero und Caliban nachgedacht«, sagte Orphu plötzlich, und Mahnmut schreckte ein wenig zusammen. Er war in Gedanken versunken gewesen.

»Ja?«

»Ich nehme an, du siehst das nicht viel anders als ich – dass diese Prospero-Statuen und die *Sturm*-Kenntnisse der KGMs dem Interesse eines menschlichen oder nachmenschlichen Diktators an Shakespeare geschuldet sind.«

»Wir wissen nicht einmal mit Sicherheit, dass die Steinköpfe Prospero darstellen sollen«, wandte Mahnmut ein.

»Natürlich nicht. Aber die Zeks haben etwas Derartiges angedeutet, und ich glaube nicht, dass sie uns jemals belogen haben. Vielleicht *können* sie gar nicht lügen – nicht, wenn sie mit molekularen Nanodatenpaketen kommunizieren.«

Mahnmut schwieg, aber er hatte denselben Eindruck gehabt.

Orphu fuhr fort: »Irgendwie haben diese Abertausend Steinköpfe, die das Nordmeer säumen …«

»Und das geflutete Hellas-Becken im Süden auch«, sagte Mahnmut, der sich an die Orbitalbilder erinnerte.

»Ja. Irgendwie haben diese Abertausend Steinköpfe etwas mit Shakespeares Figuren zu tun.«

Mahnmut nickte. Er wusste, dass der blinde Orphu sein Schweigen als Zustimmung interpretieren würde.

»Was, wenn dieser Diktator tatsächlich Prospero ist?«, sagte Orphu. »Und gar kein Mensch oder Nachmensch?«

»Ich verstehe nicht.« Mahnmut war verwirrt. Er überprüfte die Sauerstoffzufuhr aus den Tanks, die neben dem Apparat untergebracht waren. Sowohl er als auch Orphu waren fest angeschlossen und wurden ausreichend versorgt. »Was meinst du mit: ›Was, wenn der Diktator tatsächlich Prospero wäre?‹ Willst du damit sagen, ein Nachmensch hätte die Rolle des alten Zauberers gespielt und vergessen, dass es nur ein Rollenspiel war?«

»Nein«, sagte Orphu. »Ich meine – *was, wenn es Prospero ist?*«

Mahnmut bekam einen Schreck. Orphu hatte gewaltige Mengen ionisierender Strahlung abbekommen, war übel zugerichtet, geblendet und beim Sturz des Raumschiffs ins Nordmeer reichlich durchgeschüttelt worden. Vielleicht versagte nun sein logisches Denkvermögen.

»Nein, ich bin nicht verrückt.« Orphu klang entrüstet. »Ich meine es so, wie ich es sage.«

»Prospero ist eine literarische Figur«, sagte Mahnmut. »Ein fiktives Konstrukt. Wir kennen ihn nur wegen der Speicherbänke mit den Daten über die menschliche Kultur und Geschichte, die den frühen Moravecs vor zweitausend E-Jahren mit auf den Weg gegeben wurden.«

»Ja«, sagte Orphu. »Prospero ist ein fiktives Konstrukt, und die griechischen Götter sind Mythen. Und sie sind nur hier, weil sie verkleidete Menschen oder Nachmenschen sind. *Aber wenn nicht?* Was ist, wenn sie wirklich Prospero … wirklich griechische Götter sind?«

Jetzt war Mahnmut wirklich alarmiert. Er hatte sich der schrecklichen Aussicht gestellt, diese Mission allein fortsetzen zu müssen, falls Orphu sterben sollte, aber er hatte nie die schlimmere Alternative in Betracht gezogen, in dieser letzten Phase der Mission einen blinden, verkrüppelten, *geisteskranken* Orphu von Io zum Gefährten zu haben. Ob er es wohl über sich bringen würde, Orphu nach der Landung zu verlassen?

»Wie könnten die Götter – oder was immer diese Leute mit ihren Togen und fliegenden Streitwagen sind – denn etwas anderes sein als Mythen oder Nachmenschen, die nicht mehr aus einem Rollenspiel herausfinden?«, fragte Mahnmut. »Willst du damit andeuten, sie seien … Aliens aus dem Weltraum? Uralte Marsianer, die während der Erforschung dieses Planeten im Untergegangen Zeitalter irgendwie übersehen wurden? Oder was?«

»Ich meine: *Was, wenn die griechischen Götter griechische Götter sind*«, sagte Orphu leise. »Was, wenn Prospero Prospero ist?

Und Caliban Caliban? Falls wir ihn treffen, was ich nicht hoffen will.«

»Mhm«, sagte Mahnmut. »Interessante Theorie.«

»Verdammt noch mal, sei nicht so herablassend«, blaffte Orphu. »Weißt du irgendetwas über Quantenteleportation?«

»Ich kenne nur die dahinterstehende Theorie«, sagte Mahnmut. »Und ich weiß, dass diese Welt von aktiver Quantenaktivität durchsetzt ist.«

»Löcher«, sagte Orphu.

»Was?«

»Eine Art Wurmlöcher. Wenn Quantenverschiebungsereignisse auf diese Weise aufrechterhalten werden, und sei es nur für ein paar Nanosekunden, bekommt man den Singularitätseffekt eines stehenden Wurmlochs. Du weißt doch, was eine Singularität ist, oder?«

»Ja.« Jetzt ärgerte sich Mahnmut darüber, wie sein Freund mit ihm redete. »Ich kenne die Definitionen von Wurmlöchern, Singularitäten, Schwarzen Löchern und Quantenteleportation – und ich weiß, dass all diese Phänomene, außer dem letzten, die Raumzeit verzerren. Aber was, zum Teufel, hat das mit Göttern in Togen und in fliegenden Streitwagen zu schaffen? Hier auf dem Mars haben wir es mit Nachmenschen zu tun. Möglicherweise mit verrückten Nachmenschen, die im Lauf ihrer Entwicklung geisteskrank geworden sind, aber trotzdem mit Nachmenschen.«

»Kann sein, dass du recht hast«, sagte Orphu. »Aber schauen wir uns eine andere Möglichkeit an.«

»Und die wäre? Dass fiktive Figuren plötzlich zum Leben erwacht sind?«

»Weißt du, weshalb die Moravec-Ingenieure es aufgegeben haben, die Quantenteleportation als eine Form der Reise zu den Sternen weiterzuentwickeln?«, fragte Orphu.

»Sie ist nicht stabil«, sagte Mahnmut. »Es gibt Hinweise darauf, dass es auf der Erde vor rund vierzehnhundert Jahren einen

Unfall gegeben hat. Die Menschen oder Nachmenschen haben mit Quanten-Wurmlöchern herumgespielt, aber es hat nicht funktioniert und ist irgendwie ins Auge gegangen.«

»Viele Moravec-Beobachter sind der Ansicht, dass es ins Auge gegangen ist, gerade *weil* es funktioniert hat.«

»Das verstehe ich nicht.«

»Quantenteleportation ist eine alte Technik«, sagte der Ionier. »Die Altmenschen haben schon im zwanzigsten oder einundzwanzigsten Jahrhundert damit experimentiert, noch bevor die NMs sich überhaupt aus der Menschheit entwickelt hatten. Bevor auf der Erde alles den Bach runtergegangen ist.«

»Und?«

»Und der zentrale Punkt bei der Quantenteleportation war, dass man keine großen Objekte schicken konnte – nichts, was viel größer war als ein Photon, und eigentlich nicht einmal das. Nur den kompletten *Quantenzustand* dieses Photons.«

»Was ist der Unterschied zwischen dem kompletten Quantenzustand von etwas oder jemandem und diesem Ding oder dieser Person selbst?«, fragte Mahnmut.

»Keiner. Das ist ja das Schöne daran. Wenn man ein Photon oder einen Percheronhengst quantenteleportiert, bekommt man am anderen Ende jeweils ein vollständiges Duplikat. Ein so vollständiges Duplikat, dass es praktisch das Photon *ist*.«

»Oder das Percheronpferd«, sagte Mahnmut. Er hatte sich immer gern Pferdebilder angesehen. Soweit die Moravecs wussten, waren echte Pferde auf der Erde seit Jahrtausenden ausgestorben.

»Aber selbst wenn man ein Photon von einem Ort an einen anderen teleportiert«, fuhr Orphu fort, »kann das teleportierte Partikel den Gesetzen der Quantenphysik zufolge keine Informationen mitnehmen. Nicht einmal Informationen über seinen eigenen Quantenzustand.«

»Dann ist das doch irgendwie nutzlos, oder?«, sagte Mahnmut. Phobos hatte seine schnelle Bahn über den marsianischen

Nachthimmel beendet und ging hinter der fernen Krümmung der Welt unter. Deimos bewegte sich in gesetzterem Tempo.

»Das fanden die Menschen damals im zwanzigsten oder einundzwanzigsten Jahrhundert auch. Aber dann begannen die Nachmenschen, mit der Quantenteleporation zu spielen. Zuerst auf der Erde und dann in ihren Orbitalstädten oder was immer diese Objekte in der nahen Erdumlaufbahn sind.«

»Und sie hatten mehr Erfolg?«, sagte Mahnmut. »Aber wir wissen, dass vor ungefähr vierzehnhundert Jahren etwas schiefging, genau zu der Zeit, als wir auf der Erde diese ganze Quantenaktivität registriert haben.«

»Irgendetwas ging schief«, stimmte ihm Orphu zu. »Aber es lag nicht an der Quantenteleportation. Die Nachmenschen – oder ihre denkenden Maschinen – entwickelten eine Form der Quantenteleportation, die auf korrelierten Partikeln beruhte.«

»Spukhafte Fernwirkung«, sagte Mahnmut. Er hatte sich nie sonderlich für Atomphysik, Astrophysik oder Partikelphysik interessiert – zum Teufel, für überhaupt keine Physik –, aber Einsteins vernichtendes Urteil über die Quantenmechanik hatte ihm immer gefallen. Einstein hatte eine spitze Zunge gehabt, wenn es darum ging, Kollegen oder Theorien zu zerreißen, die ihm nicht gefielen.

»Ja«, sagte Orphu. Der Ionier ließ sich offenkundig nicht gern unterbrechen. »Also, die spukhafte Fernwirkung funktioniert auf der Quantenebene, und die Nachmenschen begannen immer größere Objekte durch Quantenportale zu schicken.«

»Percheronhengste?« Mahnmut mochte es nicht besonders, wenn er belehrt wurde.

»Darüber gibt's keine Aufzeichnungen, aber offenbar sind die Pferde auf der Erde ja irgendwohin verschwunden, also, warum nicht? Sieh mal, Mahnmut, ich meine es wirklich ernst – ich habe darüber nachgedacht, seit wir den Jupiterraum verlassen haben. Kannst du dir den Sarkasmus sparen, bis ich fertig bin?«

Mahnmut blinzelte metaphorisch. Orphu kam ihm nicht mehr ganz so verrückt vor, aber er klang wirklich ernst – und beleidigt. »In Ordnung«, sagte Mahnmut. »Entschuldige. Sprich weiter.«

»Wir wissen, dass die Nachmenschen ihre Quantenforschung – oder eher ihre Herumpfuscherei – ungefähr zur Zeit beschleunigten, als wir Moravecs sie aufgaben, vor ungefähr vierzehnhundert Erdjahren. Sie stanzten links und rechts Löcher in die Raumzeit.«

»Entschuldige«, unterbrach ihn Mahnmut so sanft, wie er konnte. »Ich dachte, das täten nur Schwarze Löcher, Wurmlöcher oder nackte Singularitäten.«

»Und bestehen bleibende Quantentunnels«, sagte Orphu.

»Aber ich dachte, Quantenteleportation fände ohne Zeitverzug statt«, sagte Mahnmut. Er gab sich jetzt alle Mühe, es zu verstehen. »Sie *müsste* ohne Zeitverzug stattfinden.«

»So ist es auch. Bei korrelierten Paaren – Partikeln oder komplexen Strukturen – bewirkt die Veränderung des Quantenzustands eines Quanten-Twinset-Elements die sofortige Veränderung des Quantenzustands von dessen Partner.«

»Wie können dann überhaupt Tunnels entstehen, wenn das … Tunneln ohne Zeitverzug stattfindet?«, fragte Mahnmut.

»Vertrau mir in dem Punkt«, sagte Orphu. »Wenn man etwas Großes teleportiert, beispielsweise ein Stückchen Käse, macht allein schon die Menge der übertragenen Zufalls-Quantendaten ein Sieb aus der Raumzeit.«

»Wie viele unaufbereitete Quantendaten wären es denn etwa bei einem drei Gramm schweren Stück Käse?«

»Zehn hoch vierundzwanzig Bits«, antwortete Orphu wie aus der Pistole geschossen.

»Und bei einem Menschen?«

»Ohne das Gedächtnis der Person, nur ihre Atome«, sagte Orphu, »eine Datenmenge von zehn hoch achtundzwanzig Kilobytes.«

»Das sind ja nur vier Nullen mehr als bei einem Stück Käse«, sagte Mahnmut.

»Heilige Mutter Gottes«, winselte Orphu. »Wir reden hier von *Größenordnungen*. Das heißt …«

»Ich weiß, was das heißt«, unterbrach ihn Mahnmut. »Ich habe nur wieder herumgealbert. Sprich weiter.«

»Also, vor ungefähr vierzehnhundert Jahren haben die Nachmenschen – es mussten die Nachmenschen sein, weil unsere Sonden damals sicher waren, dass es nur noch rund tausend Altmenschen gab, die wie einzelne Exemplare fast ausgestorbener Tierarten in einem Zoo gehalten wurden – haben die Nachmenschen auf der Erde angefangen, Menschen, Maschinen und andere Dinge per Quantenteleportation zu transportieren.«

»Wohin?«, fragte Mahnmut. »Ich meine, wohin haben sie sie geschickt? Zum Mars? In andere Sternsysteme?«

»Nein, bei der Quantenteleportation braucht man nicht nur einen Sender, sondern auch einen Empfänger«, sagte der Ionier. »Sie haben sie einfach von einem Ort auf der Erde zu einem anderen Ort auf der Erde – oder in ihren Orbitalstädten – geschickt, aber als die Objekte dann materialisierten, erlebten sie eine gewaltige Überraschung.«

»Hat das etwas mit einer Fliege zu tun?«, fragte Mahnmut. Sein geheimes Laster waren alte Spielfilme aus der Zeit vom zwanzigsten Jahrhundert bis zum Ende des Untergegangenen Zeitalters.

»Mit einer Fliege? Nein. Wieso?«

»Egal. Was für eine gewaltige Überraschung haben sie erlebt, als sie diese Dinge teleportierten?«

»Erstens: Die Quantenteleportation funktionierte«, sagte Orphu. »Aber was noch wichtiger war: Bei der Ankunft brachte die Person, das Tier oder Ding Informationen mit. Informationen über seinen Quantenzustand. Informationen über alles, worüber es keine Informationen haben sollte. Einschließlich der Erinnerungen bei Menschen.«

»Ich dachte, du hättest gesagt, die Gesetze der Quantenmechanik verböten das.«

»Ganz recht«, sagte Orphu.

»Schon wieder Zauberei?« Mahnmut verspürte ein jähes Erschrecken über die Richtung, die Orphu einschlug. »Sprechen wir hier von Prospero und griechischen Göttern?«

»Ja, aber nicht in dem sarkastischen Sinn, wie du es meinst«, sagte Orphu von Io. »Unsere Wissenschaftler dachten damals, dass die Nachmenschen tatsächlich korrelierte Paare mit identischen Objekten ... oder Personen ... in einem anderen Universum austauschten.«

»Einem anderen Universum?«, wiederholte Mahnmut erstaunt. »So eine Art Paralleluniversum?«

»Nicht ganz«, sagte Orphu. »Nicht wie in der alten Vorstellung von einer unendlichen oder nahezu unendlichen Anzahl von Paralleluniversen. Nur ein paar – eine sehr begrenzte Anzahl – quantenphasenverschobene Universen, die mit oder neben unserem koexistieren.«

Mahnmut hatte keine Ahnung, wovon sein Freund redete, sagte aber nichts.

»Nicht nur koexistierende Quantenuniversen«, fuhr der Weltraum-Moravec fort, »sondern *erschaffene* Universen.«

»Erschaffen?«, sagte Mahnmut. »Von Gott oder so?«

»Nein«, sagte Orphu. »Durch geniale Handlungen. Von Genies.«

»Ich verstehe nicht.«

Deimos war untergegangen. Im Sternenlicht waren nun die Marsvulkane zu sehen; Wolkenmassen krochen wie blassgraue Amöben ihre Hänge hinauf. Mahnmut warf einen Blick auf sein internes Chronometer. Noch eine Stunde bis zum marsianischen Sonnenaufgang. Er fror.

»Du weißt doch, was menschliche Forscher vor Jahrtausenden beim Studium des menschlichen Geistes entdeckt haben«, sagte Orphu. »Zu einer Zeit, als die Nachmenschen noch überhaupt keine Rolle spielten. Unsere Moravec-Gehirne sind genauso gebaut, obwohl wir künstliche und organische Gehirnmasse haben.«

Mahnmut grub in seinem Gedächtnis. »Damals, im einundzwanzigsten Jahrhundert, versuchten die menschlichen Wissenschaftler, mithilfe von Quantencomputern biochemische Kaskaden in menschlichen Synapsen zu analysieren. Sie fanden heraus, dass der menschliche Geist – nicht das Gehirn, der *Geist* – keine Ähnlichkeit mit einem Computer hatte, ebenso wenig mit einer chemischen Erinnerungsmaschine, sondern genau dasselbe war wie …«

»Eine stehende Wellenfront des Quantenzustands«, sagte Orphu. »Das menschliche Bewusstsein existiert in erster Linie als Wellenform des Quantenzustands, genau wie das übrige Universum.«

»Und du meinst, das Bewusstsein selbst habe diese parallelen Universen erschaffen?« Mahnmut folgte der Logik, falls man es so nennen konnte, war aber schockiert von den absurden Implikationen.

»Nicht einfach nur das Bewusstsein«, sagte Orphu, »sondern außergewöhnliche Bewusstseinsformen. Ähnlich wie nackte Singularitäten können sie die Raumzeit verzerren, die Organisation der Raumzeit beeinflussen und Wahrscheinlichkeitswellen zu diskreten Alternativen zusammenbrechen lassen. Ich rede hier von Shakespeare. Von Proust. Von *Homer*.«

»Aber das ist so … so … so …«, stammelte Mahnmut.

»Solipsistisch?«

»Dumm«, sagte Mahnmut.

Sie schwebten etliche Minuten lang schweigend dahin. Mahnmut nahm an, dass er die Gefühle seines Freundes verletzt hatte, aber das war momentan nicht wichtig. Nach einer Weile sagte er über Engstrahl: »Dann rechnest du also damit, dass wir die Geister der echten griechischen Götter finden, wenn wir zum Olympus Mons kommen?«

»Keine Geister«, sagte Orphu. »Aber du hast die Quantendaten gesehen. Wer immer diese Leute auf dem Olympus sein mögen, sie haben überall auf dieser Welt Quantenlöcher gestanzt, und all diese Quantenlöcher konzentrieren sich auf dem Olympus oder in seiner Nähe. Sie gehen *irgendwohin*. Sie kommen von *irgendwo anders her*. Die Quantenrealität dieses Gebiets ist so instabil, dass sie tatsächlich implodieren und einen dicken Brocken unseres Sonnensystems mitnehmen könnte.«

»Glaubst du, dazu ist der Apparat gedacht?«, fragte Mahnmut. »Die Quantenfelder hier implodieren zu lassen, bevor sie eine kritische Masse erreichen?«

»Das weiß ich nicht«, sagte Orphu. »Vielleicht.«

»Und glaubst du, das hat die Erde vor vierzehnhundert Jahren kaputt gemacht und die Nachmenschen in ihre Orbitalstädte vertrieben? Ein Quantendesaster?«

»Nein«, sagte Orphu. »Ich glaube, was auf der Erde geschah, war nicht das Resultat eines Desasters, sondern es beruhte auf dem *Erfolg* der Quantenteleportation.«

»Was meinst du damit?« Für einen flüchtigen Moment war Mahnmut nicht sicher, ob er die Antwort hören wollte.

»Ich glaube, sie haben Quantentunnels in eine oder mehrere dieser alternativen Realitäten gestanzt«, sagte Orphu. »Und sie haben etwas hereingelassen.«

Stumm trieben sie bis zum Sonnenaufgang dahin.

Die Sonne berührte zuerst die Oberseite des Ballons, färbte den orangefarbenen Stoff in unwirklichem Licht und ließ jedes Buckyseil schimmern. Dann erreichte ihr Licht die drei Tharsis-Vulkane, glitzerte auf Eis, strömte wie eine träge Magmamasse golden die Ostseite aller drei Vulkane hinunter. Anschließend tauchte sie die aufreißenden Wolken in Rosa und Gold und beschien das Binnenmeer der Valles Marineris bis zum östlichen Horizont wie einen lapislazuliblauen Spalt in der Welt. Eine Minute später fing Olympus Mons das Sonnenlicht ein, und Mahnmut sah den gewaltigen Gipfel über den westlichen

Horizont aufsteigen wie eine näher kommende Galeone mit rot-goldenen Segeln.

Dann glitzerte die Sonne auf etwas Näherem und Höherem.

»Orphu!«, sendete Mahnmut. »Wir bekommen Gesellschaft.«

»Einer der Streitwagen?«

»Es ist noch zu weit weg, als dass ich es erkennen könnte. Trotz optischer Vergrößerung geht es im grellen Licht des Sonnenaufgangs unter.«

»Können wir irgendwas tun, wenn es die Streitwagenleute sind? Hast du irgendwelche Waffen gefunden, ohne mir davon zu erzählen?«

»Wir könnten ihnen höchstens ein paar grobe Worte an den Kopf werfen«, sagte Mahnmut, der noch immer den funkelnden Punkt beobachtete. Er bewegte sich sehr schnell und würde bald bei ihnen sein. »Sofern du nicht willst, dass ich den Apparat aktiviere.«

»Dazu ist es vielleicht noch ein bisschen zu früh«, meinte Orphu.

»Merkwürdig, dass Koros III. bei dieser Mission keine Waffen dabeihatte.«

»Wir wissen nicht, was er aus der Kommandokapsel mitgebracht hätte«, sagte Orphu. »Aber da fällt mir etwas ein, worüber ich nachgedacht habe.«

»Nämlich?«

»Du erinnerst dich doch, dass wir über Koros' geheime Mission zum Asteroidengürtel vor ein paar Jahren gesprochen haben.«

»Ja?« Die Sonne spiegelte sich grell in der näher kommenden Flugmaschine, aber Mahnmut sah jetzt, dass es ein Streitwagen war; seine holografischen Pferde jagten in vollem Galopp dahin.

»Was, wenn es keine Spionagemission war?«, sagte Orphu.

»Wie meinst du das?«

»Ich meine, die Stein-Moravecs verfügen über etwas, das wir Fünf-Monde-Typen nie entwickelt haben.«

»Aggressivität?«, sagte Mahnmut. »Kampfeslust?«

»Genau. Was ist, wenn Koros III. nicht als Spion hingeschickt wurde, sondern als …«

»Entschuldige«, unterbrach ihn Mahnmut. »Aber unser Gast ist hier. Ein großer Humanoider in einem Streitwagen.«

Ein mehrfacher Überschallknall ertönte um Mahnmut herum und kräuselte den Stoff des riesigen Ballons über ihm. Der Streitwagen wurde immer langsamer. Er umkreiste den Ballon in hundert Meter Entfernung.

»Derselbe Mann, der uns in der Umlaufbahn begrüßt hat?«, fragte Orphu. Seine Stimme war völlig ruhig. Mahnmut schaute zu der hilflosen Hülle hinüber, die am Boden festgezurrt war und nicht einmal ein Auge besaß, mit dem sie die Geschehnisse hätte beobachten können.

»Nein«, sagte er. »Der damalige griechische Gott hatte einen grauen Bart. Dieser hier ist jünger und glatt rasiert. Er scheint ungefähr drei Meter groß zu sein.« Mahnmut hob die Hand mit der Handfläche nach außen, das alte Zeichen für einen friedlichen, waffenlosen Gruß. »Ich glaube, er …«

Der Streitwagen kam näher. Der Mann an den Zügeln streckte die geschlossene rechte Faust aus und machte eine schwungvolle Handbewegung von rechts nach links.

Der Ballon über ihnen explodierte. Helium entwich, als der Stoff in Flammen aufging. Dann stürzte die sich drehende Masse aus brennendem Stoff, Buckykarbonseil und bootsförmiger Gondel zum Tharsis-Plateau dreizehn Kilometer unter ihnen hinab, und Mahnmut hielt sich an der Holzreling der Gondel fest, um nicht hinauszufliegen. Der kleine Moravec war im Minus-g-Bereich, die Füße über dem Kopf, nur durch seinen eisenharten Griff um die Reling mit der Gondel verbunden, als die Plattform im freien Fall ins Trudeln geriet.

Der Streitwagen hielt mit seinen geisterhaften Pferden direkt auf den brennenden Ballonstoff über ihm zu und flog hindurch. Der Mann – Gott – streckte die Hand aus und packte das schwarze Buckyseil mit einer riesigen Faust. Statt ihm den Arm aus der Gelenkpfanne zu reißen, kam die Gondel unmöglicherweise, absurderweise mit einem Ruck zum Stehen, als der Mann mehrere Tonnen in einer Hand hielt. Er peitschte die Pferde mit den Zügeln in seiner anderen Hand.

Die sich schräg stellende Gondel und ihren Inhalt vierzig Meter unter und hinter ihm im Schlepptau, wendete der Streitwagen und flog nach Westen in Richtung Olympus Mons.

36 Das Mittelmeerbecken

Savi fuhr noch etwa eine Stunde lang die rote Lehmstraße entlang und steuerte den Crawler tiefer in die Felder und Falten des Mittelmeerbeckens hinein. Es war jetzt dunkel, und es regnete stark; Blitze leuchteten auf, Donner ließ die Glaskugel der Passagierkapsel vibrieren. Bei einem der hellen Blitze zeigte Daeman auf die Kreuze mit den humanoiden Gestalten. »Sind das Menschen?«

»Keine Menschen«, sagte Savi. *»Calibani.«*

Bevor sie es erklären konnte, sagte Daeman: »Wir müssen anhalten.«

Savi gehorchte. Sie schaltete die Scheinwerfer und die Deckenbeleuchtung aus und nahm ihre Nachtsichtbrille ab. »Was ist?« Offenbar konnte sie die Pein in Daemans Gesicht sehen.

»Ich komme um vor Hunger«, sagte er.

»Ich habe zwei Nahrungsriegel in meinem Rucksack …«

»Ich bin am Verdursten.«

»Eine Wasserflasche ist auch drin. Und wenn wir die Passagierkugel öffnen, bekommen wir frisches, kaltes Regenwasser …«

»Ich muss mal«, sagte Daeman. »Dringend.«

»Na schön«, sagte Savi. »Der Crawler verfügt über viele nette Annehmlichkeiten, aber eine Toilette hat er nicht. Wir könnten wahrscheinlich alle eine Ruhepause brauchen.« Sie drückte auf zwei virtuelle Tasten; das Kraftfeld hörte auf, den Regen vom Glas abzuhalten, und der Schlitz in der Seite der Kuppel glitt auf. Die Luft war frisch und roch nach nassen Feldern und Feldfrüchten.

»Draußen?«, sagte Daeman, ohne sein Entsetzen zu verbergen. »Im Freien?«

»Im Maisfeld«, sagte Savi. »Da ist man ungestörter.« Sie griff in ihren Rucksack, holte eine Klopapierrolle heraus und gab Daeman ein paar Blatt.

Er starrte das Papier schockiert an.

»Ich kann eine Ruhepause gebrauchen«, sagte Harman und ließ sich von ihr auch etwas von dem Klopapier geben. »Komm, Daeman. Männer rechts vom Crawler. Frauen links.« Er stieg durch den Schlitz aus und kletterte die Leiter hinunter. Daeman, der das Papier immer noch wie einen Talisman in der Hand hielt, folgte ihm. Als Letzte stieg Savi aus. Sie stieg wesentlich anmutiger herunter als Daeman.

»Ich werde auch nach rechts gehen müssen«, sagte Savi. »Vielleicht in eine andere Reihe im Mais, aber nicht allzu weit entfernt.«

»Warum?«, begann Daeman, aber dann sah er die schwarze Schusswaffe in ihrer Hand. »Oh.«

Savi steckte die Waffe in ihren Gürtel, und sie verließen die Straße, überquerten einen niedrigen Graben und ein schlammiges Stück Feld und gingen auf den hohen Mais zu. Es regnete jetzt Bindfäden.

»Wir werden patschnass«, beschwerte sich Daeman. »Ich habe keine selbst trocknenden Sachen dabei …«

Savi schaute zum Himmel hinauf, während Blitze von einer Wolke zur anderen zuckten und der Donner im weiten Becken widerhallte. »Ich habe eure Thermohäute im Rucksack. Wenn wir wieder im Crawler sind, könnt ihr die anziehen, während die anderen Sachen trocknen.«

»Hast du sonst noch was in diesem Zauberrucksack, wovon du uns erzählen willst?«, fragte Harman.

Savi schüttelte den Kopf. »Ein paar Nahrungsriegel. Flechette-Clips. Eine Taschenlampe und ein paar Karten, die ich selbst gezeichnet habe. Alle unsere Thermohäute. Eine Wasserflasche. Einen zusätzlichen Pullover, den ich immer dabeihabe. Das wär's so ziemlich.«

Obwohl Daeman es kaum erwarten konnte, in die Abgeschiedenheit des Maisfelds zu gelangen, hielt er am Rand inne und sah sich um. »Ist es hier draußen ungefährlich?«, fragte er.

Savi zuckte die Achseln. »Keine Voynixe.«

»Was ist mit diesen … wie hast du sie genannt?«

»Calibani«, sagte Savi. »Mach dir ihretwegen heute Nacht keine Sorgen.«

Er nickte und trat in die erste Maisreihe. Die Stängel überragten ihn mindestens um einen halben Meter. Regen klatschte schwer auf die breiten Blätter. Er kam wieder heraus. »Es ist reichlich dunkel da drin.«

Harman war bereits im Mais verschwunden. Savi, die in die andere Richtung ging, blieb stehen, drehte sich um, kam zurück und gab Daeman die Taschenlampe. »Mir reichen die Blitze. Ich sehe genug.«

Daeman zwängte sich acht oder zehn Reihen weit zwischen den hohen Stängeln hindurch. Er wollte so weit vom Feldrand wegkommen, dass man nichts mehr von ihm sehen konnte. Dann ging er zur Sicherheit noch acht oder neun Reihen weiter. Er fand eine Reihe, die vielleicht nicht ganz so schlammig war wie die anderen, schaute sich um, lehnte die Taschenlampe an einen Maisstängel, sodass der Stahl nach oben gerichtet war – er erinnerte ihn an den blauen Strahl in Jerusalem –, dann ließ er die Hose herunter, hockte sich hin und grub mit den Händen ein flaches Loch. *Wie hat Savi das genannt?*, dachte er. *Camping?*

Als er fertig war – eine ungeheure Erleichterung, trotz der barbarischen Umstände –, benutzte er das nasse, durchweichte Papier in seiner Hand, so gut es ging, stellte fest, dass es nicht reichte, warf es in das schlammige Loch und spürte dann die Wölbung in der Tasche seines Kittels. Er zog das zusammengelegte Stück Stoff mit einer Kantenlänge von etwa siebzig

Zentimetern heraus, das er immer bei sich trug. Sein Turin-Tuch. Im Licht, das von den von der Taschenlampe beschienenen Maisstängeln über ihm zurückgeworfen wurde, betrachtete er das feine Leinen und die schönen, mit Mikroschaltkreisen bedruckten Stickereien, die das Turin-Drama direkt ins Gehirn übertrugen. Jahrelang war er hin und wieder dem Krieg der Trojaner gegen die Achäer verfallen, aber nachdem er den echten Odysseus kennengelernt hatte – falls der bärtige alte Mann der echte Odysseus *war*, was ihm alles andere als wahrscheinlich erschien –, hatte Daeman nicht mehr viel Interesse am Turin-Drama. Odysseus hatte nicht nur mit einem der Mädchen geschlafen, die Daeman hatte verführen wollen – Hannah –, sondern auch noch Daemans primäres gerade verfügbares Zielobjekt, Ada, nach Ardis Hall begleitet. Trotzdem hielt er das schöne Leinentuch in der Hand, als wollte er dessen Gewicht taxieren.

Zum Teufel damit. Daeman benutzte das Tuch – und es bereitete ihm unerwartetes Vergnügen, den arroganten Odysseus quasi stellvertretend so zu behandeln –, warf es ins Loch, schob feuchte Erde darüber, zog sich die Hose hoch und rückte seinen Kittel zurecht. Er versuchte, sich die Hände an den regenglatten Maisstängeln zu säubern, hob dann die Taschenlampe auf und ging die rund zwei Dutzend Reihen zurück.

Aber das Feld nahm kein Ende. Nach etwa fünfunddreißig Reihen war er sicher, dass er in die falsche Richtung gegangen war. Er machte erschrocken kehrt und versuchte, sich zu orientieren – er brauchte nur seinen schlammigen Fußspuren in die entgegengesetzte Richtung zu folgen –, aber die Kehrtwendung hatte ihn eher desorientiert, sodass er nicht erkennen konnte, in welche Richtung er gegangen war. Und die Fußspuren waren nirgends zu finden. Die Blitze waren jetzt greller, und es schüttete wie aus Eimern.

»Hilfe!«, rief Daeman. Er wartete eine Sekunde, hörte keine Antwort und rief erneut. »Hilfe! Ich habe mich hier drin verirrt!« Donner übertönte seine Rufe.

Er drehte sich um, dann noch einmal, beschloss, dass es dort entlang zum Crawler zurückgehen müsse, und begann durch den hohen Mais zu laufen. Er bog Stängel zur Seite, schlug mit der kleinen Taschenlampe auf sie ein. Er vergaß, die Reihen zu zählen, musste jedoch vierzig oder fünfzig nasse Reihen weit gelaufen sein, bevor er wieder stehen blieb.

»Hilfe! Ich bin hier drin!« Diesmal übertönte kein Donner seine Rufe, aber er bekam keine Antwort. Außer dem lauten Prasseln des Regens auf den Maisstängeln und dem Quatschen seiner durchweichten Schuhe war nichts zu hören.

Er ging eine Reihe entlang und hielt zu beiden Seiten Ausschau nach Licht oder einer Bewegung. Er dachte nicht daran, dass er sich auf diese Weise nur noch weiter von den anderen beiden entfernen würde. Nach mehreren Minuten musste er stehen bleiben, um Luft zu holen.

»Hilfe!« Keine drei Kilometer entfernt schlug ein Blitz ein, und der Donner fuhr wie eine Stoßwelle durch den hohen Mais. Daeman blinzelte die Nachbilder des Blitzes weg und bemerkte, dass der Mais weiter vorn und zu seiner Rechten weniger dicht zu sein schien. Er musste am Rand des Feldes sein.

Er lief die letzten fünfzehn, sechzehn Reihen entlang und stürmte ins Freie hinaus.

Es befand sich nicht am Rand des Feldes, wo er es betreten hatte, sondern auf einer etwa sechs Meter breiten und neun Meter tiefen Lichtung. In der Mitte der Lichtung stand ein großes Metallkreuz, das sich etwas mehr als zwei Meter über den Mais erhob. Daeman ließ den Lichtkegel der Taschenlampe vom Fuß des Kreuzes bis zu seinem oberen Ende wandern.

Die Gestalt hing nicht *am* Kreuz, sondern schmiegte sich eher *in* das hohle Metall. Ihr nackter Rumpf war in die senkrechte Säule gezwängt, ihre bloßen Arme streckten sich im Querbalken aus. Der Lichtstrahl der Taschenlampe wackelte im strömenden Regen, während Daeman das Geschöpf anstarrte.

Es war kein Mensch – zumindest hatte es keine Ähnlichkeit mit irgendeinem Menschen, den Daeman jemals gesehen hatte. Das Menschending war nackt und glatt, schuppig und grünlich – nicht fischgrün, sondern von einem Grün, das in Daemans Vorstellung immer die Farbe von Leichen gewesen war, bevor die Klinik mit solchen Barbareien Schluss gemacht hatte. Die zahlreichen kleinen Schuppen glänzten im Licht. Das Ding war muskulös, aber die Muskeln waren *falsch* – die Arme zu lang, die Unterarme zu schlaksig, die Handgelenke zu kräftig, die Knöchel viel zu dick, gelbe Klauen statt Fingernägeln, zu starke Schenkel, seltsam nach außen gebogene Füße mit drei Zehen. Es war ein Männchen; der Penis und das Skrotum – grellrosa und unter dem Waschbrettbauch und dem muskulösen Unterleib auf obszöne Weise sichtbar – waren ebenfalls irgendwie *falsch*, wie bei einer Schildkröte oder einem Hai mit beinahe menschlichen Genitalien, aber der dicke Oberkörper, der schlangenartige Hals und der haarlose Kopf waren die am wenigsten menschlichen Aspekte der Kreatur. Regen rann von den Muskeln, Schuppen und gestreiften Bändern und tropfte auf das grobe schwarze Metall des Kreuzes.

Die Augen lagen tief in den Höhlen unter Brauen, die affen- und fischartig zugleich waren, und der vorspringende Teil in der Mitte des Gesichts ähnelte eher einer Schnauze oder Kiemen als einer Nase. Unter der Schnauze stand der Mund des Wesens ein Stück weit offen, und Daemans Blick fiel auf die langen, gelben Zähne – nicht menschlich, nicht tierisch, eher fischartig, wenn Fische Ungeheuer wären – und eine viel zu lange bläuliche Zunge, die sich vor Daemans Augen bewegte. Er hob den Taschenlampenstrahl ein kleines Stück höher und hätte beinahe aufgeschrien.

Die Augen des Menschendings hatten sich geöffnet – längliche gelbe Katzenaugen ohne die gelassene Verbindung einer Katze zum Menschlichen, mit winzigen schwarzen Schlitzen im Zentrum. Das Ding – wie hatte Savi es genannt? *Calibani?* –

bewegte sich in seiner Kreuznische, die geballten Fäuste öffneten sich, Finger streckten sich aus, lange Klauen fingen das Licht, und die Beine und der Rumpf bewegten sich, als würde das Geschöpf laufen und sich strecken.

Es war nicht gefesselt. Nichts hinderte es daran, im nächsten Augenblick auf Daeman herabzuspringen.

Daeman wollte weglaufen, merkte jedoch, dass er dem Ding nicht den Rücken zukehren konnte. Es bewegte sich erneut, seine rechte Hand und der größte Teil seines Arms lösten sich aus der Kreuznische. Daeman sah jetzt, dass die mit Schwimmhäuten versehenen Zehen an seinen Füßen ebenfalls gelbe Klauen hatten.

Hinter Daeman ertönte ein Krachen und Dröhnen – bestimmt weitere *Calibani*, die sich bereits aus ihren Kreuzen befreit hatten –, und er fuhr herum, um sich ihrem Angriff zu stellen. Er hob die Taschenlampe wie einen Knüppel, und es wurde dunkel um ihn.

Daeman rutschte aus, oder seine Beine gaben nach, und er fiel in der schlammigen Lichtung auf die Knie. Er hätte am liebsten geweint, glaubte aber nicht, dass er es in den paar Sekunden tat, bevor der Crawler aus dem Mais hervorbrach und wie eine monströse Spinne über Daeman, dem Maisfeld, dem Kreuz und dem reglosen *Calibani* aufragte. Die acht Scheinwerfer des Crawlers leuchteten auf und blendeten ihn. Er hob den Unterarm vors Gesicht, aber eher um seine Tränen zu verbergen, wie er später erkannte, als um seine Augen vor dem Licht zu schützen.

Die beiden Männer lehnten in den rissigen Ledersitzen, Savi lag auf der Innenkrümmung der Glaskugel. In ihre Thermohäute gekleidet, aßen sie ihre Nahrungsriegel, ließen die Wasserflasche herumgehen und beobachteten eine Weile schweigend das Gewitter. Auf Daemans Bitte hin, sich von dem Feld, dem Kreuz und der Kreatur zu entfernen, hatte Savi noch ein, zwei

Kilometer auf der roten Lehmstraße zurückgelegt, bevor sie an den Rand gefahren war und alles außer dem Kraftfeld des Crawlers und den matt erleuchteten virtuellen Schalttafeln abgeschaltet hatte.

»Was war das für ein Ding?«, fragte Daeman schließlich.

»Einer der *Calibani*«, sagte Savi. Sie schien sich tatsächlich wohlzufühlen, wie sie so auf der Glaswand lag, den Rucksack hinter dem Kopf.

»Ich weiß, wie du sie genannt hast«, fauchte Daeman. »Was *sind* sie?«

Savi seufzte. »Wenn ich anfange, eine Sache zu erklären, muss ich auch alles andere erklären. Es gibt so vieles, was ihr *Eloi* nicht wisst – im Grunde wisst ihr so gut wie gar nichts.«

»Warum erklärst du uns nicht zuerst einmal, weshalb du uns *Eloi* nennst«, sagte Harman. Seine Stimme war hart.

»Ich glaube, anfangs war es so etwas wie eine Beleidigung«, sagte Savi. Aufflammende Blitze hoben die Falten in ihrem Gesicht hervor, aber das Gewitter war schon ein gutes Stück weitergezogen, sodass der Donner spät kam, von sehr weit weg. »Aber um ehrlich zu sein, ich habe schon meine eigenen Leute so bezeichnet.«

»Was bedeutet das Wort?«, wollte Harman wissen.

»Es ist ein Begriff aus einer sehr alten Geschichte in einem sehr alten Buch«, sagte Savi. »Es geht um einen Mann, der in die ferne Zukunft reist und feststellt, dass die Menschheit sich in zwei Gattungen aufgespalten hat – den sanften, faulen, ziellosen, in der Sonne badenden *Eloi* und den hässlichen, monströsen, produktiven, technologischen *Morlocks*, die sich jedoch in Höhlen und in der Dunkelheit verstecken. In dem alten Buch versorgen die *Morlocks* die *Eloi* mit Nahrung, einem Dach über dem Kopf und Kleidung, bis die sanften Menschen ordentlich dick geworden sind. Und dann essen die *Morlocks* sie.«

Erneut zuckten Blitze über die Felder, aber es war ein fahles, zurückweichendes Licht. »Ist unsere Welt so?«, fragte Daeman.

»Wir sind die *Eloi*, die *Calibani* und Voynixe sind die *Morlocks*? Essen sie uns?«

»Ich wünschte, es wäre so einfach«, sagte Savi. Sie lachte leise, aber ohne jeden Humor.

»Was sind die *Calibani*?«, fragte Harman.

Statt zu antworten, sagte Savi: »Daeman, zeig Harman einen deiner Handflächentricks.«

Daeman zögerte. »Welchen? Proxnet oder Farnet?«

»Wo *wir* sind, wissen wir, mein Schatz«, sagte die alte Frau sarkastisch. »Zeig ihm Farnet.«

Daeman machte ein finsteres Gesicht, gehorchte jedoch. Er befahl Harman, an drei blaue Quadrate in der Mitte von drei roten Kreisen zu denken, und plötzlich schwebte ein blaues Oval über beider Handflächen. »Denk an jemanden«, sagte Daeman. Er kam sich komisch vor. Noch nie hatte er jemandem irgendetwas beigebracht, abgesehen von Sexualtechniken. »An irgendwen«, fügte er hinzu. »Stell dir die Person einfach bildlich vor.«

Harman schaute skeptisch drein, konzentrierte sich jedoch. Ein Luftbild von Ardis füllte Harmans Oval, dann ein Grundriss von Ardis Hall. Eine stilisierte weibliche Gestalt stand mit einer Gruppe stilisierter Männer und Frauen auf der vorderen Veranda des Herrenhauses.

»Ada«, sagte Daeman. »Du hast an Ada gedacht.«

»Unglaublich.« Harman starrte das Bild einen Moment lang an. »Ich werde mir Odysseus vorstellen«, sagte er.

Das Bild wechselte, änderte die Größe, suchte, fand jedoch nichts.

»Savi zufolge kann Farnet Odysseus nicht erfassen«, sagte Daeman. »Aber geh zu Ada zurück. Schau nach, wo sie ist.«

Harman runzelte die Stirn, dachte jedoch an Ada. Ihre stilisierte Zeichentrickfigur befand sich auf einem Feld rund hundert Meter hinter Ardis Hall. Dutzende andere menschliche Gestalten saßen vor einem leeren Fleck und um ihn herum. Ada gesellte sich zu der Menge.

Daeman betrachtete Harmans Handbild. »Ich möchte wissen, was da los ist. Wenn Odysseus in diesem leeren Fleck ist, hält der alte Barbar vermutlich gerade einen Vortrag.«

»Und Ada hört und sieht ihm zu«, sagte Harman. Er hob den Blick von dem Handflächenoval. »Was hat das mit meiner Frage zu tun, Savi? Wer sind die *Calibani*? Weshalb versuchen die Voynixe uns zu töten? Was geht hier vor?«

»Ein paar Jahrhunderte vor dem letzten Fax«, sagte sie und faltete die Hände, »wurden die Nachmenschen richtige Schlaumeier. Ihre Wissenschaft war eindrucksvoll. Eigentlich waren sie während der schrecklichen Rubikon-Epidemie von der Erde zu ihren Orbitalringen geflohen. Aber sie waren immer noch die Herren der Erde. Sie hielten sich sogar für die Herren des Universums.

Die NMs hatten die ganze Erde mit jener begrenzten Form der Übertragung und Rückgewinnung von Energie und Daten ausgestattet, die ihr Faxen nennt, und jetzt experimentierten – oder vielmehr spielten – sie mit Zeitreisen, Quantenteleportation und anderen gefährlichen Dingen. Viele ihrer Spielereien basierten auf uralten Wissenschaften, die bis ins neunzehnte Jahrhundert zurückreichten – die Physik der Schwarzen Löcher, die Wurmlöcher-Theorie, Quantenmechanik –, aber am meisten stützten sie sich auf eine Entdeckung aus dem zwanzigsten Jahrhundert, dass im Kern alles Information ist. Daten. Bewusstsein. Materie. Energie. Alles ist Information.«

»Ich verstehe nicht«, sagte Harman. Er klang wütend.

»Daeman, du hast Harman die Farnet-Funktion gezeigt. Warum zeigst du ihm nicht das Allnet?«

»Allnet?«, wiederholte Daeman mit einem Anflug von Panik.

»Du weißt schon, vier blaue Rechtecke, darunter drei rote Kreise, darunter vier blaue Dreiecke.«

»Nein!« Daeman schaltete seine Handflächenfunktion aus. Das blaue Leuchten erlosch.

Savi sah Harman an. »Wenn du auch nur andeutungsweise verstehen willst, weshalb wir heute Nacht hier sind, weshalb die Nachmenschen die Erde ein für alle Mal verlassen haben und weshalb die *Calibani* und die Voynixe bei uns sind, stell dir vier blaue Rechtecke vor, darunter drei rote Kreise und darunter vier blaue Dreiecke. Mit ein wenig Übung wird es leichter.«

Harman sah Daeman misstrauisch an, schloss dann jedoch die Augen und konzentrierte sich.

Daeman konzentrierte sich darauf, sich diese Formen *nicht* vorzustellen. Er zwang sich, an die nackte, blutjunge Ada zurückzudenken, an das letzte Mal, dass er mit einem Mädchen geschlafen hatte, an seine Mutter, die mit ihm geschimpft hatte …

»Mein *Gott*!«, schrie Harman.

Daeman sah ihn an. Harman war von seinem Sitz aufgestanden, drehte sich taumelnd um sich selbst, drehte ruckartig den Kopf hin und her, starrte alles mit offenem Mund an.

»Was siehst du?«, fragte Savi leise. »Was hörst du?«

»O Gott … o Gott …«, stöhnte Harman. »Ich sehe … Heilige Mutter Gottes. Alles. Alles. Energie … die Sterne singen … der Mais auf den Feldern spricht … mit anderem Mais, mit der Erde. Ich sehe … der Crawler ist voller kleiner Mikroben, die ihn reparieren, ihn kühlen … ich sehe … mein Gott, meine Hand!« Harman musterte seine Hand mit einem Ausdruck, in dem sich totales Entsetzen und Verzückung mischten.

»Das reicht fürs erste Mal«, sagte Savi. »Denk das Wort ›aus‹.«

»Noch … nicht«, keuchte Harman. Er taumelte gegen die Glaswand der Passagierkugel und kratzte matt daran, als wollte er hinaus. »Es ist so … so schön … ich kann beinahe …«

»Denk *aus*!«, donnerte Savi.

Harman zwinkerte, sank gegen die Wand und wandte ihnen ein blasses Gesicht mit weit aufgerissenen Augen zu.

»Was *war* das?«, fragte er. »Ich habe … alles gesehen. Alles gehört.«

»Und nichts verstanden«, brummte Savi. »Aber das geht mir nicht anders, wenn ich ins Allnet gehe. Vielleicht haben nicht einmal die Nachmenschen alles verstanden.«

Harman taumelte zu seinem Sitz und ließ sich hineinfallen. »Aber woher kam es?«

»Vor Jahrtausenden«, sagte Savi, »besaßen die echten Altmenschen eine primitive Informationsökologie, die sie Internet nannten. Schließlich beschlossen sie das Internet zu zähmen, und schufen *›Oxygen‹*, wie sie es nannten – nicht das Gas, sondern künstliche Intelligenzen, die in und über dem Internet schwebten, es lenkten, verbanden, markierten und Menschen hindurchführten, wenn sie auf die Suche nach anderen Menschen oder Informationen gingen.«

»Proxnet?«, fragte Daeman. Seine Hände zitterten, und dabei hatte er an diesem Abend nicht einmal auf Farnet oder Allnet zugegriffen.

Savi nickte. »Ein Vorläufer von Proxnet. Schließlich entwickelte sich Oxygen zur Noosphäre, einer Logosphäre, einer planetenweiten Datensphäre. Aber das reichte den Nachmenschen noch nicht. Sie verbanden diese Super-Internet-Noosphäre mit der Biosphäre, den lebenden Komponenten der Erde. Mit jeder Pflanze, jedem Tier, jedem Erg Energie auf dem Planeten. Durch diese Verbindung mit der Noosphäre schufen sie eine vollständige, totale Informationsökologie, die alles auf, über und in der Erde berührte, eine Art empfindungsfähiger Omnisphäre, der nur Ichbewusstsein und Identität fehlten. Dann verliehen ihr die Nachmenschen törichterweise dieses Ichbewusstsein – sie entwickelten nicht nur eine allem übergeordnete künstliche Intelligenz, sondern erlaubten ihr auch noch, ein eigenes Persönlichkeitsbild zu entwickeln. Diese Super-Noosphäre nannte sich *›Prospero‹*. Sagt der Name einem von euch etwas?«

Daeman schüttelte den Kopf und sah Harman an, aber obwohl der ältere Mann Bücher lesen konnte, schüttelte er ebenfalls den Kopf.

»Ist nicht so wichtig«, sagte Savi. »Plötzlich hatten die Nachmenschen einen … Gegenspieler, den sie nicht kontrollieren konnten. Und es war noch nicht vorbei. Die Nachmenschen experimentierten auch mit sich selbst entwickelnden Programmen und Projekten anderer Art und gestatteten ihren Quantencomputern, ihre eigenen Ziele zu verfolgen. So unglaublich es klingt, sie brachten stabile Wurmlöcher zustande, sie führten Zeitreisen durch, und sie transportierten Menschen – wobei ihnen Altmenschen als Versuchskaninchen dienten, weil sie niemals ihr eigenes unsterbliches Leben riskiert hätten – per Quantenteleportation durch Raumzeittore.«

»Was hat das mit den *Calibani* zu tun?«, fragte Harman hartnäckig. Offenbar versuchte er noch immer, die Allnet-Bilder aus seinem Bewusstsein zu vertreiben.

Savi lächelte. »Das Prospero-Noosphären-Wesen hat entweder eine sehr hoch entwickelte Ironie-Ausstattung oder gar keine. Es taufte die empfindungsfähige Biosphäre auf den Namen ›*Ariel*‹ – eine Art Erdgeist –, und zusammen schufen Ariel und Prospero die *Calibani*. Sie entwickelten eine Menschenart – weder Altmenschen noch NMs, auch keine *Eloi* – zu jenem Monster, das ihr vorhin am Kreuz gesehen habt.«

»Warum?«, fragte Daeman. Seine Kehle war wie zugeschnürt; er brachte die zwei Silben kaum heraus.

Savi zuckte die Achseln. »Erfüllungsgehilfen. Prospero ist ein friedliches Wesen, oder zumindest hält er sich dafür. Aber seine *Calibani* sind Ungeheuer. Killer.«

»Warum?« Diesmal stellte Harman die Frage.

»Um die Voynixe aufzuhalten«, sagte die alte Frau. »Um die Nachmenschen von der Erde zu vertreiben, bevor sie noch mehr Schaden anrichten konnten. Um jede Laune in die Tat umzusetzen, die die Prospero- und Ariel-Punkte der Noosphären-Trinität in die Tat umgesetzt haben wollten.«

Daeman versuchte, das zu verstehen. Es gelang ihm nicht. Schließlich sagte er: »Weshalb hing das Ding an einem Kreuz?«

»Es hing nicht *am* Kreuz«, sagte Savi, »sondern *im* Kreuz. Einer Aufladungswiege.«

Harman war so bleich, dass Daeman dachte, er wäre vielleicht krank. »Weshalb haben die NMs die Voynixe erschaffen?«

»Oh, sie haben die Voynixe nicht erschaffen«, sagte Savi. »Die Voynixe kamen woanders her, dienen jemand anderem und verfolgen ihre eigenen Ziele.«

»Ich dachte immer, sie wären Maschinen«, sagte Daeman. »Wie die anderen Servitoren.«

»Nein«, sagte Savi.

Harman schaute in die Nacht hinaus. Es hatte aufgehört zu regnen, und die Blitze und der Donner waren über den Horizont abgezogen. Ein paar Sterne lugten zwischen Wolkenfetzen hervor. »Die *Calibani* halten die Voynixe aus dem Becken fern«, sagte er.

»Sie sind eines der Dinge, die die Voynixe fernhalten«, stimmte Savi zu. Sie klang erfreut, wie eine Lehrerin, die gerade festgestellt hatte, dass einer ihrer Schüler kein kompletter Schwachkopf war.

»Aber warum haben die *Calibani* uns nicht umgebracht?«, fragte Harman.

»Unsere DNS«, sagte Savi.

»Unsere was?«, fragte Daeman.

»Egal, meine Lieben. Es genügt, wenn ich euch sage, dass ich mir einen Schnipsel von eurem Haar ausgeborgt habe. Zusammen mit einer Locke von mir hat uns das alle gerettet. Ich habe eine Vereinbarung mit Ariel getroffen, wisst ihr. Lass uns dies eine Mal passieren, und ich verspreche, dass ich die Seele der Erde retten werde.«

»Du bist dem Ariel-Erde-Wesen begegnet?«, fragte Harman.

»Nun ja, *begegnet* nicht gerade«, sagte Savi. »Aber ich habe über das Noosphären-Biosphären-Interface mit ihm geplaudert. Wir haben einen Pakt geschlossen.«

In diesem Moment wusste Daeman, dass die alte Frau wirklich verrückt war. Er fing Harmans Blick auf und sah darin dieselbe Schlussfolgerung.

»Ist nicht so wichtig«, sagte Savi. Sie schüttelte ihren Rucksack wie ein Kopfkissen auf, legte sich zurück und schloss die Augen. »Schlaft ein bisschen, meine jungen Freunde. Morgen müsst ihr ausgeruht sein. Mit ein wenig Glück fliegen wir morgen hinauf, hinauf, hinauf zum Orbit-Ableger.«

Sie schlief und schnarchte bereits, bevor Harman und Daeman einen weiteren besorgten Blick wechseln konnten.

37 Ilium und Olymp

Wie sich herausstellt, bringe ich es nicht fertig. Ich habe nicht den Mumm, den Schneid, die Skrupellosigkeit, vielleicht auch nicht die Courage.

Noch vor Anbruch der Morgendämmerung qte ich in Hektors riesiges Haus in Ilium. Ich bin erst vor zwei Tagen hier gewesen; in Gestalt des mittlerweile enthaupteten Lanzenkämpfers Dolon war ich Hektor, der seine Frau und seinen Sohn suchte, nach Hause gefolgt. Da ich die Anordnung der Räume von diesem Besuch her kenne, qte ich direkt ins Kinderzimmer, das sich nahe bei Andromaches Schlafgemach befindet. Hektors Sohn, noch kein Jahr alt, liegt in einer mit wunderschönen Schnitzereien verzierten Wiege, über die ein Mückennetz drapiert ist. Auf einem Sofa in der Nähe liegt die Amme, die an dem Abend, als Hektor seinen Sohn versehentlich mit dem Spiegelbild in seinem polierten Kriegshelm erschreckt hat, mit Andromache auf den Zinnen Trojas war. Sie schläft ebenfalls tief und fest. Der komplizierte, dekorative Faltenwurf ihres dünnen, durchscheinenden Gewands würde einem Aubrey-Beardsley-Druck alle Ehre machen. Selbst dieses Schlafgewand ist, wie bei den Griechinnen und Trojanerinnen üblich, unmittelbar unter den Brüsten geschnürt, und im reflektierten Lichtschein der Wachfeuer auf der dahinterliegenden Terrasse sieht man, wie groß und weiß der Busen der Amme ist. Ich hatte sie schon vorher für eine Stillamme gehalten. Das ist wichtig, weil mein Plan davon abhängt, dass ich das Baby zusammen mit ihr entführen und Andromache zurücklassen kann – nachdem ihr »Aphrodite« erschienen ist und ihr erklärt hat, das Kind sei zur Strafe für ungenannte Verfehlungen der Trojaner von den Göttern entführt worden, und wenn Hektor es haben wolle, könne er gern auf den Olymp kommen, um es sich zu holen, blablabla.

Zuerst muss ich das Baby aus der Wiege nehmen, dann die Amme packen – vermutlich ist sie stärker als ich und höchstwahrscheinlich auch kampferprobter, also werde ich ihr eine Taserladung verpassen, wenn es sein muss, obwohl ich es lieber nicht täte – und schließlich mit beiden zu jenem Hügel im alten Indiana qten, dessen Bevölkerung sich so rasch vermehrt. Anschließend muss ich Nightenhelser finden – ich habe mich noch nicht entschieden, was ich mit Patroklos mache – und den Scholiker dazu überreden, auf den Säugling und seine Amme aufzupassen, bis ich zurückkomme, um sie zu holen.

Wird Nightenhelser der Aufgabe gewachsen sein, diese trojanische Amme in den Tagen, Wochen oder Monaten zu hüten, bis all dies vorbei ist? Beim Kräftemessen zwischen einem Altphilologen aus dem zwanzigsten Jahrhundert und einer trojanischen Amme von zirka 1200 v. Chr. würde ich mein Geld auf die Amme setzen. Und meinen Gegnern gute Quoten geben. Nun, das ist Nightenhelsers Problem. Ich habe die Aufgabe, ein Druckmittel gegen Hektor zu finden, ihn irgendwie davon zu überzeugen, dass er gegen die Götter kämpfen *muss* – so wie Patroklos' »Tod« die aussichtsreichste Möglichkeit war, Achilles für diesen selbstmörderischen Kreuzzug anzuwerben –, und dieses Druckmittel liegt jetzt vor meiner Nase und schläft.

Der kleine Skamandrios, den die Einwohner Iliums liebevoll »Astyanax, Herr der Stadt« nennen, wimmert ein wenig im Schlaf und reibt sich mit winzigen Fäusten die geröteten Wangen. Obwohl ich unter dem Hades-Helm unsichtbar bin, erstarre ich und beobachte die Amme. Sie schläft weiter, aber ich weiß, dass ein richtiger Schrei des Babys sie fast mit Sicherheit wecken wird.

Ich weiß nicht, warum ich die Kapuze des Hades-Helms absetze, aber ich tue es und werde für meine eigenen Augen sichtbar. Es ist niemand anders hier außer meinen beiden Opfern, und die werden in ein paar Sekunden etliche Tausend Kilometer entfernt sein und keinem trojanischen Polizeizeichner mehr meine Beschreibung geben können.

Ich schleiche mich auf Zehenspitzen näher heran und entferne das Mückennetz über dem Säugling. Eine Brise weht vom fernen Meer her und bläht sowohl die Terrassenvorhänge als auch den gazeartigen Stoff um die Krippe herum. Ohne einen Laut von sich zu geben, schlägt das Baby seine blauen Augen auf und schaut mir direkt ins Gesicht. Dann lächelt es mich, seinen Kidnapper, an. Und ich dachte, kleine Kinder im Krabbelalter hätten Angst vor Fremden, erst recht vor Fremden, die mitten in der Nacht in ihrem Schlafzimmer stehen. Aber was weiß ich schon von Kindern? Meine Frau und ich hatten nie welche, und alle Studenten, die ich im Lauf der Jahre unterrichtet habe, waren im Grunde halb oder schlecht ausgeformte Erwachsene, schlaksig, ungeschickt, behaart, in gesellschaftlichen Dingen unbeholfen und mit trotteligem Aussehen. Ich hätte noch nicht einmal gewusst, ob Babys, die noch kein Jahr alt sind, lächeln *können*.

Aber Skamandrios lächelt mich an. Gleich wird er loskrakeelen, und dann muss ich ihn und die Amme packen und uns schleunigst wegteleportieren – ob ich zwei weitere Personen mitnehmen kann? Wir werden es gleich herausfinden. Dann muss ich zurückkommen und meine letzten drei Minuten Morphzeit darauf verwenden, Aphrodites Gestalt zu stehlen und Andromache mein Ultimatum zu stellen.

Wird Hektors Frau hysterisch werden? Wird sie weinen und schreien? Ich bezweifle es. Immerhin hat sie in den letzten Jahren miterlebt, wie Achilles ihren Vater und ihre sieben Brüder tötete, wie ihre Mutter Achilles' Beute wurde und starb, als sie den Bastard ihres Vergewaltigers gebären sollte, sie hat mit angesehen, wie ihr Heim besetzt und entweiht wurde, und all dies hat sie mit Fassung getragen – nicht nur das, sie hat ihrem Gatten, Hektor, sogar einen gesunden Sohn geboren. Und jetzt muss sie mit ansehen, wie Hektor Tag für Tag ins Gefecht zieht, und sie weiß im tiefsten Innern, dass das Schicksal ihres Geliebten durch den grausamen Willen der Götter längst besiegelt ist. Nein, dies ist keine schwache Frau. Selbst wenn ich ihr in Gestalt von Aphrodite gegenübertrete, sollte ich ein wachsames Auge auf Andromaches Ärmel haben, um sicherzugehen, dass keine Dolche darin verborgen sind, mit denen sie die Nachricht von der Entführung gebührend quittieren könnte.

Ich greife nach dem Baby. Meine Finger mit den schmutzigen Nägeln sind nur noch wenige Zentimeter von seiner rosafarbenen Haut entfernt, als ich die Hände zurückziehe.

Ich kann es nicht.

Ich kann es einfach nicht.

Wie erschlagen von meiner eigenen Unfähigkeit selbst im Angesicht des Untergangs – des allgemeinen Untergangs, denn selbst die Griechen werden durch ihren Sieg bestraft werden –, taumle ich aus dem Kinderzimmer, ohne mir die Mühe zu machen, den Hades-Helm wieder aufzusetzen.

Ich umfasse das QT-Medaillon, halte jedoch inne. Wo soll ich hin? Ganz gleich, was Achilles tut, im Grunde ist es jetzt unwichtig. Er kann den Olymp nicht allein erobern, nicht einmal mit dem achäischen Heer, wenn er noch mit den Trojanern im Krieg liegt. Tatsächlich war meine kleine Scharade mit dem Männertöter vielleicht umsonst – Hektor und seine Horden könnten die Achäer an diesem Morgen schlagen, während Achilles sich noch vor Kummer über Patroklos' scheinbare Ermordung schreiend die Haare rauft. Achilles interessiert sich momentan nicht die Bohne für die Trojaner. Und wenn Hektor und der geheimnisvolle Mann, den Athene Achilles versprochen hat – der ihn zu Hektor bringen und ihm den Weg zum Olymp zeigen würde, wie sie gesagt hat –, nicht zu ihm kommen, wird er dann erkennen, dass meine Vorstellung nur Theater war? Wahrscheinlich. Dann wird die echte Athene Achilles einen Besuch abstatten, um nachzusehen, was los ist, wird dem fußschnellen Männertöter gegenüber ihre Unschuld beteuern, und vielleicht – vielleicht – kehrt die *Ilias* dann in die alten Bahnen zurück.

Es ist unwichtig.

Dieser ganze idiotische Plan ist erledigt. Ebenso wie Thomas Hockenberry, Doktor der Philosophie. Schnee von gestern wahrscheinlich.

Aber wo gehe ich hin, bis die gewalttätige Muse oder die wiedererweckte Aphrodite mich schließlich findet? Soll ich Nightenhelser und den stinksauren Patroklos besuchen? Herausfinden, wie lange die Götter brauchen, um meiner Quantenspur zu folgen, sobald ihnen klar wird, was ich getan habe ... zu tun versucht habe?

Nein. Damit würde ich nur Nightenhelser ins Verderben stürzen. Soll er im Indiana des zwölften vorchristlichen Jahrhunderts bleiben und sich mit den liebreizenden Indianermädchen vergnügen und sich fortpflanzen, vielleicht eine Universität gründen und Altphilologie lehren – obwohl die meisten Geschichten der klassischen Literatur noch gar nicht geschehen sind –, und viel Glück, was Patroklos betrifft; ich verspüre nicht den Drang, ihm noch eine Taserladung zu verpassen, um ihn wieder in Achilles' Zelt zu schleppen. »Aprilscherz!«, könnte ich meine Dreiminuten-Morph-Athene sagen lassen. »Hier hast du deinen Freund zurück, Achilles. Bist du mir noch böse?«

Nein, ich lasse sie in Ruhe, dort in Indiana.

Wo soll ich hin? Auf den Olymp? Die Vorstellung, dass mich die Muse dort sucht, dass Zeus mit seinen Radaraugen zurückkehrt, dass Aphrodite erwacht ... nein, nicht auf den Olymp. Nicht heute Nacht.

Ich denke an einen Ort, stelle ihn mir bildlich vor, lege die Hand an das QT-Medaillon, drehe es und begebe mich dorthin, bevor ich es mir anders überlegen kann.

Ich bin sichtbar, und im sanften Licht der Kerzen sieht Helena mich sofort. Sie stützt sich in ihren Kissen auf den Ellbogen und sagt: »Hock-en-bär-iihh?«

Ich stehe schweigend in ihrem Schlafgemach. Ich weiß nicht, warum ich hier bin. Wenn sie ihre Wachen ruft oder auch nur mit diesem Dolch auf mich zukommt … ich bin zu müde, um zu kämpfen, zu müde, um auch nur per QT zu fliehen. Ich komme noch nicht einmal auf die Idee, mich zu fragen, weshalb ihr Schlafgemach um halb fünf Uhr morgens von Kerzen erleuchtet ist.

Sie erhebt sich und kommt zu mir, aber ohne den Dolch. Ich hatte vergessen, wie schön Helena von Troja ist – im Vergleich mit ihrem grazilen, weichen Körper in dem durchsichtigen Gewand wirkt Skamandrios' vollbusige Amme einfach nur massig und untersetzt. »Hock-en-bär-iihh?«, sagt sie leise, mit jener niedlichen Aussprache meines Namens, der auf Altgriechisch ein solcher Zungenbrecher ist. Mir kommen beinahe die Tränen, als mir klar wird, dass sie außer dem inzwischen vielleicht schon toten Nightenhelser der einzige Mensch auf Erden ist, der meinen Namen kennt. »Bist du verletzt, Hock-en-bär-iihh?«

»Verletzt?«, bringe ich heraus. »Nein. Ich bin nicht verletzt.«

Helena führt mich ins Bad, das an ihr Schlafgemach grenzt. Dort habe ich sie in jener Nacht zum ersten Mal gesehen. Auch hier brennen Kerzen, ein Becken ist mit Wasser gefüllt, und ich sehe mein Spiegelbild – rotäugig, stoppelwangig, erschöpft. Mir wird klar, dass ich nicht mehr geschlafen habe seit … wie lange? Ich weiß es nicht mehr. »Setz dich«, sagt Helena, und ich sinke auf den Rand der marmornen Wanne. »Weshalb bist du gekommen, Hock-en-bär-iihh?«

Ich suche stockend nach Worten. »Ich habe versucht, den Angelpunkt zu finden«, erkläre ich und erzähle ihr von meiner nutzlosen Scharade bei Achilles, der Entführung des Patroklos, meinem Plan, die Helden des Krieges gegen die Götter zu hetzen, um … alle und alles zu retten.

»Aber du hast Patroklos nicht getötet?« Der Blick von Helenas dunklen Augen ist angespannt.

»Nein. Ich habe ihn nur … fortgebracht.«

»Mithilfe der Reisemethode der Götter.«

»Ja.«

»Aber du konntest Astyanax, Hektors Sohn, nicht auf dieselbe Weise verschwinden lassen?«

Ich schüttle stumm den Kopf.

Ich sehe, wie Helena überlegt. Ihre schönen, dunklen Augen blicken verträumt. Wie kann sie meinen Erklärungen glauben? Für wen hält sie mich wohl? Weshalb hat sie sich meiner angenommen – wobei »angenommen« ein ziemlicher Euphemismus für jene lange, leidenschaftliche Nacht ist –, und was wird sie jetzt mit mir machen?

Wie um die letzte Frage zu beantworten, steht Helena mit grimmiger Miene auf und verlässt das Bad. Ich höre, wie sie draußen auf dem Gang ein paar Namen ruft, und mir ist klar, dass die Wachen in weniger als einer Minute mit ihr hier sein werden, deshalb hebe ich meine Hand an das schwere QT-Medaillon.

Mir fällt kein Ort ein, wohin ich gehen kann.

Mein Taserstab ist noch geladen, doch ich greife nicht danach, als Helena mit mehreren anderen zurückkommt. Aber nicht mit Wachen, sondern mit Mägden. Sklavinnen.

Eine Minute später ziehen sie mich aus und werfen meine schmutzige Kleidung auf einen Haufen an der Wand. Andere junge Frauen bringen hohe Krüge mit dampfend heißem Wasser fürs Bad herein. Ich erlaube ihnen, mir das Morpharmband abzunehmen, aber das QT-Medaillon halte ich fest. Es sollte nicht nass werden, aber ich will es in Reichweite behalten.

»Du wirst jetzt baden, Hock-en-bär-iihh«, sagt Helena von Troja. Sie hebt ein kurzes, glänzendes Rasiermesser hoch. »Und dann werde ich dich eigenhändig rasieren. Hier, trink. Das gibt dir deine Energie und deinen Elan zurück.« Sie reicht mir einen Becher mit einer dicken Flüssigkeit.

»Was ist das?«, frage ich.

»Nestors Lieblingsgetränk«, erklärt Helena lachend. »Jedenfalls damals, als der alte Narr noch meinen Gatten, Menelaos, zu besuchen pflegte. Es verleiht neue Kraft.«

Ich schnuppere daran. Mir ist klar, dass ich mich flegelhaft benehme. »Was ist drin?«

»Wein, geriebener Käse und Gerste.« Helena hebt den Becher näher an meine Lippen, indem sie meine gewölbten Hände nach oben bewegt. Ihre Finger sind sehr weiß auf meiner sonnenverbrannten, schmutzigen Haut. »Aber ich gebe auch Honig hinein, um es zu süßen.«

»Genau wie Circe«, sage ich und lache dumm.

»Wer, Hock-en-bär-iihh?«

Ich schüttle den Kopf. »Nicht so wichtig. Ist aus der *Odyssee*. Egal. Irreli … irrele … irrelevant und belanglos.« Ich trinke. Die Wirkung der Flüssigkeit ist wie der Tritt eines Maultiers aus Missouri. Ich frage mich müßig, ob es um 1200 v. Chr. Maultiere in Missouri gibt.

Die jungen Dienerinnen haben mich aufstehen lassen, um mir meinen Chiton und die Unterwäsche auszuziehen. Jetzt bin ich nackt. Ich komme gar nicht auf den Gedanken, verlegen zu sein. Ich bin zu müde, und das Getränk hat ein vernehmliches Summen in meinem Gehirn ausgelöst.

»Bade, Hock-en-bär-iihh«, sagt Helena und bietet mir ihren Arm als Stütze an, während ich in die tiefe, dampfende Wanne steige. »Ich werde dich in der Wanne rasieren.«

Das Wasser ist so heiß, dass ich wie ein Kind zurückzucke, mich vorsichtig hinunterlasse und zögere, mein Skrotum in das dampfende Wasser zu tauchen. Aber dann tue ich es doch – ich bin zu müde, um gegen die Schwerkraft anzukämpfen –, und als ich mich an die schräge Marmorrückwand der Wanne lehne und Helenas Dienerinnen mir die stoppeligen Wangen und den Hals waschen, beunruhigt es mich nicht einmal, dass Helena so nah an meinen Augen und meiner

Drosselvene mit dem Rasiermesser herumfuchtelt. Ich vertraue ihr.

Ich spüre, wie Nestors Getränk mir neue Kraft gibt. Wenn Helena mir ihr Bett anbietet, werde ich sie auf jeden Fall bitten, es in dieser letzten guten Stunde vor Tagesanbruch mit mir zu teilen. Dann schließe ich ganz kurz die Augen. Nur für ein paar Sekunden.

Als ich erwache, ist es mindestens schon später Vormittag. Grelles Licht fällt durch kleine Fenster hoch oben in der Wand herein. Ich bin rasiert und sauber, sogar parfümiert. Außerdem liege ich auf einem kalten, harten Steinboden in einem leeren Raum, nicht in Helenas hohem Bett. Und ich bin nackt, splitterfasernackt; selbst das QT-Medaillon ist weg. Erst dann komme ich buchstäblich wieder zu Bewusstsein – es strömt in mein Gehirn wie widerspenstiges Wasser in ein leckendes Becken – und merke, dass ich mit mehreren Lederriemen an Eisenringe in den Wänden und im Fußboden gefesselt bin. Lederfesseln verlaufen von meinen über dem Kopf zusammengebundenen Handgelenken zur Wand. Von den gefesselten Knöcheln meiner gespreizten Beine gehen Riemen ein paar Zentimeter weit zu zwei anderen Eisenringen im Boden.

Diese Körperhaltung und Lage wären selbst dann peinlich und erschreckend, wenn ich allein wäre, aber das bin ich nicht. Fünf Frauen stehen über mir und schauen auf mich herunter. Keine von ihnen wirkt amüsiert. Ich zerre an den Lederfesseln, als ich instinktiv versuche, meine Genitalien zu bedecken, aber die Riemen sind kurz, und ich kann meine Hände nicht einmal bis zu den Schultern senken. Und die Riemen um meine Knöchel erlauben mir auch nicht, die Beine zu schließen. Ich sehe jetzt, dass alle Frauen Dolche in den Händen haben, obwohl einige Klingen so lang sind, dass man sie mit Fug und Recht als Schwerter bezeichnen könnte.

Ich kenne die Frauen. In der Mitte, neben Helena, steht Hekabe, die Gemahlin von Priamos, Hektors und Paris' grauhaarige, aber attraktive Mutter. Neben Hekabe steht Laodike, die Tochter der Königin und Gattin des Recken Helikaon. Die Frau links von Helena ist Theano, Kisseus' Tochter und Gemahlin des trojanischen Reiters Antenor, aber auch – und das ist in meiner gegenwärtigen Lage womöglich wichtiger – Iliums oberste Priesterin der Göttin Athene. Theano wird wohl nicht gerade begeistert sein zu erfahren, dass der Sterbliche, der da vor ihr liegt, sich der Gestalt und der Stimme der Göttin bemächtigt hat, der sie ihr ganzes Leben lang gedient hat. Ich betrachte Theanos grimmige Miene; vermutlich weiß sie bereits Bescheid.

Schließlich ist da Andromache, Hektors Gemahlin, die Frau, deren Kind ich entführen und ins Exil nach Indiana bringen wollte. Ihre Miene ist die strengste. Sie klopft sich mit einem langen, rasiermesserscharfen Dolch gegen die Handfläche und macht einen ungeduldigen Eindruck.

Helena setzt sich auf ein niedriges Sofa neben mir. »Hocken-bär-iihh, du musst uns allen die Geschichte erzählen, die du mir erzählt hast. Wer du bist. Weshalb du den Krieg beobachtet hast. Wie die Götter sind und was du während der Nacht tun wolltest.«

»Bindest du mich vorher los?« Meine Zunge fühlt sich geschwollen an. Sie hat mich mit einer Droge betäubt.

»Nein. Sprich jetzt. Sag nur die Wahrheit. Theano hat von Athene die Gabe verliehen bekommen, Wahrheit von Lüge zu unterscheiden, selbst bei jemandem, dessen Akzent so barbarisch ist wie deiner. Sprich jetzt. Lass nichts aus.«

Ich zögere. Vielleicht wäre es am besten für mich, wenn ich den Mund hielte.

Theano geht neben mir auf ein Knie. Sie ist eine hübsche junge Frau mit hellgrauen Augen, wie ihre Göttin. Die Klinge ihres Dolchs ist kurz, breit, zweischneidig und sehr kalt. Das mit der Kälte weiß ich, weil sie die Klinge gerade unter meine Testikel gelegt und sie damit angehoben hat wie eine Opfergabe auf einem silbernen Serviermesser. Die Spitze des Dolches ritzt mein empfindliches Perineum, und mein ganzer Körper will sich zusammenkrampfen und wegheben. Ich schaffe es nur mit Mühe, nicht laut aufzuschreien.

»Erzähl uns alles und halte dich an die Wahrheit«, sagt Athenes Hohepriesterin leise. »Bei deiner ersten Lüge bekommst du deinen linken Hoden zu essen. Bei deiner zweiten Lüge den rechten. Bei deiner dritten Lüge verfüttere ich den Rest an meine Hunde.«

Na schön, also erzähle ich alles. Wer ich bin. Dass die Götter mich wieder zum Leben erweckt haben, damit ich ihnen als Scholiker diene. Meine Eindrücke vom Olymp. Meine Revolte gegen meine Muse, mein Angriff auf Aphrodite und Ares, mein Plan, Achilles und Hektor dazu zu bringen, sich gegen die Götter zu wenden … alles. Die Spitze ihres Dolchs bewegt sich kein einziges Mal, und das Metall unter mir wird nicht warm.

»Du hast die Gestalt der Göttin Athene angenommen?«, flüstert Theano. »Liegt das in deiner Macht?«

»In der Macht der Werkzeuge, die ich bei mir trage … äh … bisher bei mir trug.« Ich schließe die Augen, beiße die Zähne zusammen und warte auf den Stich, Schnitt, Plumps.

Helena ergreift das Wort. »Erzähl Hekabe, Laodike, Theano und Andromache von deinem Blick in die nahe Zukunft. Von unserem Schicksal.«

»Er ist kein Seher. Die Götter haben ihm keine solche Kraft verliehen«, sagt Hekabe. »Er ist nicht einmal zivilisiert. Hört euch an, wie er spricht. Bar bar bar bar.«

»Er gibt zu, dass er aus weiter Ferne kommt«, erwidert Helena. »Er kann nichts dafür, dass er ein Barbar ist. Aber höre, was er in unserer Zukunft sieht, edle Dymastochter. Erzähl es uns, Hock-en-bär-iihh.«

Ich fahre mir mit der Zunge über die Lippen. Theanos Augen haben das durchsichtige Nordseegrau einer religiösen Fanatikerin; es sind die Augen eines SS-Mannes. Hekabes Augen sind dunkel und wirken nicht so intelligent wie die von Helena. Laodikes Blick ist verhangen, der von Andromache strahlend, wild und gefährlich stark.

»Was wollt ihr wissen?« Was immer ich sage, es wird das Schicksal dieser Frauen, ihrer Männer, ihrer Stadt und ihrer Kinder betreffen.

»Alles, was wahr ist. Alles, was du zu wissen glaubst«, sagt Helena.

Ich zögere nur eine Sekunde und bemühe mich, Theanos feministischer Klinge an meinen unteren Regionen keine Beachtung zu schenken.

»Dies ist keine Vision von der Zukunft«, beginne ich, »sondern vielmehr meine Erinnerung an eine Geschichte über eure Zukunft, die meine Vergangenheit ist.«

Im Bewusstsein, dass keine von ihnen etwas mit dem anfangen kann, was ich gerade gesagt habe, sofern es angesichts meines barbarischen Akzents – Akzents? Ich glaube nicht, dass ich dieses Griechisch mit einem Akzent spreche – überhaupt verständlich war, erzähle ich ihnen von den kommenden Tagen und Monaten.

Ich erzähle ihnen, dass Ilium untergehen wird, dass Blut in den Straßen fließen wird und all ihre Häuser in Brand gesteckt werden. Ich erzähle Hekabe, dass ihr Gemahl, Priamos, in ihrem privaten Tempel am Fuß von Zeus' Statue ermordet werden wird. Ich erzähle Andromache, dass ihr Gatte, Hektor, von Achilles erstochen werden wird, als keiner in der Stadt den Mut hat, hinauszugehen und an der Seite ihres Geliebten zu kämpfen, und dass Achilles Hektors Leichnam hinter seinem Streitwagen durch die Stadt und dann zurück zum Lager der Achäer schleifen wird, wo die Soldaten auf ihn urinieren und die griechischen Hunde ihn zerfleischen werden. Dann erzähle ich ihr, dass ihr Sohn, Skamandrios, schon in ein paar Wochen vom höchsten Punkt der Stadtmauer geworfen werden wird, sodass sein Gehirn über die Steine unten spritzt. Ich erzähle Andromache, dass ihr Leid damit noch nicht zu Ende ist, weil sie dazu verdammt sein wird, zu den griechischen Inseln verschleppt zu werden und als Sklavin zu leben, dass sie ihre Tage damit beschließen wird, den Männern, die Hektor und ihren Sohn getötet und ihre Stadt niedergebrannt haben, das Essen aufzutischen. Dass sie ihre Tage damit beschließen wird, sich ihre Zoten anzuhören und stumm dazusitzen, während die alternden achäischen Helden Geschichten über diese ruhmreichen Tage der Schändung und Plünderung zum Besten geben.

Ich schildere Laodike und Theano die Schändung Kassandras und die Vergewaltigung Tausender trojanischer Frauen und Mädchen und erzähle ihnen, dass Tausende weitere das Schwert einer solchen Schande vorziehen werden. Ich erzähle Theano, dass Odysseus und Diomedes den heiligen Palladion-Stein aus Athenes geheimem Tempel stehlen und dann bei der Eroberung der Stadt zurückkehren werden, um den Tempel selbst zu entweihen und zu zerstören. Ich erzähle der Priesterin mit der Klinge an meinen Eiern, dass Athene nichts, rein gar nichts tut, um dieser Vergewaltigung, Plünderung und Entweihung Einhalt zu gebieten.

Und für Helena wiederhole ich noch einmal in allen Einzelheiten, wie Paris stirbt und wie ihr ehemaliger Gatte, Menelaos, sie anschließend versklavt.

Und dann, nachdem ich alles, was ich aus der *Ilias* weiß, erzählt und noch einmal erklärt habe, dass ich nicht weiß, ob all dies *wirklich* passieren wird, dass jedoch so viele Geschehnisse aus dem Gedicht während meiner neun Dienstjahre hier tatsächlich stattgefunden haben, höre ich auf. Ich könnte ihnen von Odysseus' Reisen erzählen, von Agamemnons Ermordung nach seiner Heimkehr oder sogar von Vergils *Aeneas*, in der Troja mit der Gründung Roms letztendlich triumphiert, aber das würde sie alles nicht interessieren.

Als ich meine Untergangslitanei beendet habe, verstumme ich. Keine der fünf Frauen weint. Keine sieht mich mit einem anderen Gesichtsausdruck an als zu Beginn meiner Schilderung ihres Schicksals.

Erschöpft und ausgelaugt schließe ich die Augen und erwarte mein Schicksal.

Sie erlauben mir, mich anzuziehen. Helena lässt mir von den Dienerinnen frische Unterwäsche und einen neuen Chiton bringen. Sie hält jedes Gerät hoch – das QT-Medaillon, den Taserstab, den Hades-Helm und das Morpharmband – und fragt, ob es zu meiner »von den Göttern geborgten Macht« gehört. Ich erwäge zu lügen – ich will vor allem den Hades-Helm zurückhaben –, aber am Ende gebe ich wahrheitsgemäß Auskunft über jeden Gegenstand. »Wird er auch bei einer von uns funktionieren, wenn wir ihn zu benutzen versuchen?«, fragt Helena.

Hier zögere ich, weil ich es wirklich nicht weiß. Haben die Götter den Stab und das Morpharmband auf die Fingerabdrücke ihrer Benutzer programmiert, damit die Waffen nicht in die Hände der Griechen und Trojaner geraten, falls wir auf dem Schlachtfeld fallen? Durchaus möglich. Keiner von uns Scholikern hat jemals danach gefragt. Das Morphgerät und das QT-Medaillon werden zumindest einiges Training erfordern, und das sage ich den Frauen. Der Hades-Helm wird fast mit Sicherheit bei jeder von ihnen funktionieren, weil er ein gestohlenes Artefakt ist. Helena behält sämtliche Objekte und lässt mir nur die Stoßpanzerung, die in meinen Umhang und den ledernen Brustharnisch eingewoben ist. Sie steckt die unschätzbar wertvollen Gaben der Götter in ein mit Stickereien verziertes Säckchen, die anderen Frauen nicken, und wir brechen auf.

Wir verlassen Helenas Haus – die fünf Frauen und ich – und gehen durch die spätvormittäglichen Straßen zum Tempel der Athene.

»Was geschieht nun?«, frage ich, während wir durch die belebten Straßen und Gassen eilen, fünf Frauen mit grimmigen Gesichtern in schwarzen Gewändern, die eine gewisse Ähnlichkeit mit den muslimischen Burkas aus dem zwanzigsten Jahrhundert haben, und ein verwirrter Mann. Ich schaue immer wieder zu den Dächern hinauf und rechne jeden Moment damit, die Muse in ihrem Streitwagen auftauchen zu sehen.

»Schweig«, zischt Helena. »Wir sprechen, wenn Theano Stille um uns legt, sodass uns nicht einmal die Götter hören können.«

Bevor wir den Tempel betreten, bringt Theano ein schwarzes Gewand zum Vorschein und besteht darauf, dass ich es anziehe. Jetzt sehen wir alle wie feierlich gekleidete Frauen aus, die den Tempel durch eine Hintertür betreten und durch leere Gänge gehen, obwohl eine der Frauen Kampfsandalen trägt.

Ich war noch nie in dem Tempel, und ich bin nicht enttäuscht, als ich durch offene Türen einen Blick in die Haupthalle werfe. Der riesige Raum ist größtenteils dunkel und wird von hängenden Kohlenbecken und Votivkerzen erhellt. Es riecht wie in einer katholischen Kirche, und auch die Atmosphäre ist ganz ähnlich – Weihrauchgeruch in einem höhlenartigen Raum, in dem selbst die Echos gedämpft sind. Doch statt von einem katholischen Altar und Statuen der Jungfrau Maria mit ihrem Kind wird dieser Raum von einer riesigen, zentralen Statue der Athene beherrscht. Sie ist mindestens zehn Meter hoch, aus weißem Stein gehauen, aber grell bemalt – rote Lippen, gerötete Wangen, rosafarbene Haut –, und die grauen Augen der Göttin scheinen aus perlmuttfarbenem Stein zu bestehen. Sie trägt einen kunstvoll gefertigten Schild aus echtem Gold, einen Brustharnisch aus poliertem Kupfer mit goldenen Intarsien, eine Schärpe aus Lapislazuli und stützt sich auf einen zwölf Meter langen Speer aus echter Bronze. Sie ist eindrucksvoll, und ich bleibe an der offenen Tür stehen und schaue in das Heiligtum. Dort, genau dort, vor Athenes heiligen, mit Sandalen bewehrten Füßen, wird der kleine Ajax Kassandra, die Tochter des Priamos, in die Enge treiben und vergewaltigen.

Helena kommt zurück, packt mich am Arm und zieht mich grob den Gang entlang. Ich frage mich, ob ich der erste Mann bin, dem es je vergönnt war, einen Blick ins innerste Heiligtum des Athene-Tempels in Ilium zu werfen. Werden die Palladion-Statue und der Tempel selbst nicht von jungen Jungfrauen bewacht? Ich blicke auf, sehe, wie die Priesterin Theano mich anfunkelt, und schließe eilig zu den anderen auf. Theano ist keine Jungfrau – sie ist die Gemahlin des grimmigen Antenor und ein knallhartes Miststück, das man nicht unterschätzen darf.

Ich folge den Frauen eine im Halbdunkel liegende Treppe hinunter in ein weitläufiges Kellergeschoss, das nur von wenigen Kerzen erhellt wird. Hier schaut Theano sich um, zieht einen Wandbehang beiseite, holt einen seltsam geformten Schlüssel aus einer Tasche ihres Gewands, steckt ihn in eine scheinbar massive Wand, und das Wandstück dreht sich und gibt den Weg zu einer steileren, von Fackeln erleuchteten Treppe frei. Theano scheucht uns alle hindurch.

Unten, im Kellergeschoss unter dem Kellergeschoss, führt ein Gang zu vier Räumen, und ich werde in den letzten Raum getrieben. Nach Tempelmaßstäben gemessen, ist er klein – gerade sechs mal sechs Meter groß –, und die einzigen Einrichtungsgegenstände sind ein Holztisch in der Mitte, vier kaum glühende Dreifußkessel – einer in jeder Ecke – und eine einzelne Athene-Statue, die primitiver und kleiner ist als alle Skulpturen oben. Diese Athene ist kaum größer als einen Meter.

»Das ist das echte Palladion, Hock-en-bär-iihh«, flüstert Helena. Sie meint die aus einem Stein gehauene, heilige Skulptur, die eines Tages vom Himmel gefallen ist, zum Zeichen dafür, dass Athene ihre schützende Hand über die Stadt Ilium hält. Wenn das Palladion gestohlen wird, so heißt es in der jahrhundertealten Geschichte, geht Troja unter.

Theano und Hekabe bringen Helena mit ihren Blicken zum Schweigen. Meine ehemalige Geliebte – nun ja, mein ehemaliger One-Night-Stand – schüttet den Inhalt ihres Säckchens auf den Tisch, und wir setzen uns alle auf die Holzschemel und betrachten den Hades-Helm, das Morpharmband, den Taserstab und das QT-Medaillon. Nur das Medaillon sieht aus, als könnte es etwas wert sein. Dem restlichen Zeugs würde ich wahrscheinlich selbst auf einem Flohmarkt keinen zweiten Blick schenken.

Hekabe wendet sich an Helena. »Sag diesem … Mann, dass wir feststellen müssen, ob seine Geschichte wahr sein kann. Ob diese seine Spielsachen tatsächlich geheime Kräfte besitzen.« Die Mutter von Hektor und Paris hebt das Morpharmband auf.

Ich weiß, dass sie es nicht aktivieren kann, aber ich sage trotzdem: »Es hat nur noch für wenige Minuten Energie. Spiel nicht damit herum.«

Die alte Frau wirft mir einen vernichtenden Blick zu. Laodike nimmt den Taserstab und dreht ihn in ihren blassen Händen hin und her. »Mit dieser Waffe hast du Patroklos betäubt?«, fragt sie. Es ist das erste Mal, dass sie in meiner Gegenwart spricht.

»Ja.«

»Wie funktioniert sie?«

Ich zeige ihr die drei Stellen, wo ich auf den Stab drücken und wo ich ihn drehen muss, um ihn zu aktivieren. Das Ding ist unter Garantie so konstruiert, dass es nur funktioniert, wenn ich es in der Hand halte. Die Götter wären gewiss nicht so töricht, anderen die Möglichkeit zum Einsatz dieser Waffe zu geben, wenn ich sie verlöre, obgleich der doppelte Druck und die Drehung schon ein gewisser Sicherheitsmechanismus sind. Ich erkläre Laodike und den anderen, dass nur ich die Werkzeuge der Götter benutzen kann.

Laodike richtet den Taser auf meine Brust und tippt noch einmal auf den Schaft des Stabs.

Auf einer Wanderung mit Susan in Brown County, Indiana, haben wir einmal eine Wiese auf einer Hügelkuppe überquert, als nur zehn Schritte von mir entfernt ein Blitz einschlug, mich von den Füßen riss und blendete; ein paar Minuten lang war ich halb bewusstlos. Wir machten später immer Witze darüber – wie gering die Wahrscheinlichkeit war, dass so etwas passierte –, aber die Erinnerung an den Schlag bewirkte stets, dass ich einen trockenen Mund bekam.

Dieser Schlag ist schlimmer.

Es fühlt sich an, als hätte mir jemand einen heißen Schürhaken gegen die Brust gestoßen. Ich fliege von meinem Schemel und lande benommen auf dem Steinfußboden, und ich weiß noch, dass ich mich wie ein Epileptiker in Krämpfen winde – meine Arme und Beine schlagen wild um sich –, bevor ich das Bewusstsein verliere.

Als ich wieder zu mir komme – mir tut alles weh, in meinen Ohren summt es, und ich habe Kopfschmerzen –, beachten mich die vier Frauen gar nicht. Sie schauen in eine leere Ecke.

Vier Frauen? Ich dachte, es wären fünf gewesen. Ich setze mich auf und schüttle den Kopf, versuche, meine Augen wieder scharf zu stellen. *Andromache fehlt.* Vielleicht ist sie Hilfe holen gegangen, hat sich auf die Suche nach einem Heiler gemacht. Vielleicht dachten die Frauen, ich wäre tot.

Plötzlich wird Andromache flimmernd in dem leeren Raum vor den Augen der anderen sichtbar. Hektors Frau zieht sich die Kapuze des Hades-Helms von den Schultern und hält sie den anderen hin.

»Der Helm des Todes funktioniert, genau wie es in den alten Geschichten heißt«, sagt Andromache. »Weshalb haben die Götter ihn wohl einem wie dem da gegeben?« Sie deutet mit einem Nicken in meine Richtung und wirft den Kapuzenhelm aus Leder und Metall auf den Tisch.

Theano hält das QT-Medaillon hoch. »Bei diesem hier haben wir uns vergeblich bemüht«, sagt sie. »Zeig uns, wie man es macht.« Es dauert einen Augenblick, bis ich, benebelt wie ich bin, begreife, dass die Priesterin mit mir spricht.

»Weshalb sollte ich?«, sage ich, rapple mich auf und stütze mich auf den Tisch. »Weshalb sollte ich auch nur einer von euch helfen?«

Helena kommt um den Tisch herum und legt mir die Hand auf den Unterarm. Ich ziehe ihn weg.

»Hock-en-bär-iihh«, schnurrt sie. »Weißt du nicht, dass die Götter dich zu uns geschickt haben?«

»Wovon redest du?« Ich schaue mich in dem Raum um.

»Nein, hier drin können die Götter uns nicht hören«, sagt Helena. »Die Mauern dieses Raumes sind mit Blei verkleidet. Durch massives Blei können die Götter weder sehen noch hören. Das weiß man schon seit Jahrhunderten.«

Ich schaue mich blinzelnd um. Ach, zum Teufel. Warum nicht? Supermans Röntgenblick ging auch nicht durch Blei. Aber warum sollte es in Athenes Tempel einen göttersicheren Raum geben?

Andromache tritt näher. »Helenas Freund, Hock-en-bär-iihh, wir – die Frauen von Troja und Helena – schmieden schon seit Jahren Pläne, diesen Krieg zu beenden. Doch die Männer – Achilles, die Argeier, unsere eigenen trojanischen Gatten und Väter – haben die Macht über uns. Sie stehen nur den Göttern Rede und Antwort. Nun haben die Götter unsere geheimsten Gebete erhört und dich als unser Werkzeug geschickt. Mit deiner Hilfe und unserem Plan werden wir den Lauf der Dinge ändern und nicht nur unsere Stadt, unser Leben und das unserer Kinder retten, sondern auch das Schicksal der Menschheit – indem wir uns von der Herrschaft grausamer und willkürlicher Gottheiten befreien.«

Ich schüttle erneut den Kopf und lache sogar. »Ihre Logik hat nur einen kleinen Fehler, Madame. Weshalb sollten die Götter mich als euer Werkzeug schicken, wenn es euer Ziel ist, die Götter zu stürzen? Das ergibt keinen Sinn.«

Die fünf Trojanerinnen sehen mich einen Moment lang an. Dann sagt Helena: »Es gibt mehr Götter, als deine Schulweisheit sich träumen lässt, Hock-en-bär-iihh.«

Ich erwidere ihren Blick für eine Sekunde, dann komme ich zu dem Schluss, dass es ein Zufall sein muss. Entweder das, oder mein Gehör funktioniert nicht richtig. Mir tut immer noch die Brust weh, und meine Muskeln schmerzen von den Krämpfen, die der Taser ausgelöst hat.

»Gebt mir die Geräte«, sage ich versuchshalber.

Die Frauen schieben mir den Hades-Helm, den Taserstab, das Morpharmband und das QT-Medaillon hin. Ich hebe den Stab, als wollte ich sie damit alle in Schach halten. »Wie lautet euer Plan?«, frage ich.

»Mein Gemahl hätte mir niemals geglaubt, wenn ich ihm erzählt hätte, die Göttin Aphrodite sei erschienen und habe Skamandrios und seine Amme als Geiseln mitgenommen«, sagt Andromache. »Hektor hat diesen Göttern sein Leben lang gedient. Er ist kein solcher Egomane wie dieser Männertöter Achilles. Hektor hätte gedacht, die Götter wollten ihn lediglich prüfen – sofern Aphrodite oder eine andere Gottheit unseren Sohn nicht vor Zeugen oder vor Hektors eigenen Augen getötet hätte. In diesem Fall hätte sein Zorn keine Grenzen gekannt. Warum hast du meinen Sohn nicht getötet?«

Mir fehlen die Worte, um darauf zu antworten. Darum antwortet Andromache für mich.

»Du bist ein sentimentaler Narr«, fährt sie mich an. »Du sagst, Skamandrios werde an den Felsen zerschmettert, wenn du die Pläne der Götter nicht änderst.«

»Ja.«

»Und dennoch hast du es abgelehnt, das Kind zu töten, dem der Tod bereits bestimmt ist, obwohl davon dein ganzer Plan abhing, diesen Krieg zu beenden und deinen eigenen Kampf mit den Göttern zu gewinnen. Du bist schwach, Hock-en-bär-iihh.«

»Ja«, sage ich.

Hekabe bedeutet mir, dass ich mich setzen soll, aber ich bleibe stehen, den Taserstab in der Hand. »Wie lautet euer Plan zur Beendigung dieses Krieges?«, wiederhole ich. Ich fürchte mich fast davor, diese Frage zu stellen. Würde Andromache ihren eigenen Sohn töten, um ihr Ziel zu erreichen? Ich schaue ihr in die Augen, und meine Angst wächst noch.

»Wir werden dir unseren Plan verraten«, sagt die alte Königin Hekabe, »aber vorher musst du uns beweisen, dass diese letzten beiden Gottesspielzeuge funktionieren.« Sie deutet auf das Morpharmband und das Medaillon.

Ohne die Frauen aus den Augen zu lassen, streife ich das Armband über. Der Anzeige zufolge sind nur noch drei Minuten Morphzeit übrig. Ich scanne Hekabe und löse dann die Morphfunktion aus.

Die echte Hekabe verschwindet, als ich den Raum ihrer Quantenwahrscheinlichkeitswelle einnehme. »Glaubt ihr mir nun?«, sage ich mit Hekabes Stimme. Ich hebe mein Handgelenk – Hekabes Handgelenk – und zeige ihnen das Morpharmband. Ich hole den Taserstab aus ihrem Gewand. Die vier übrigen Frauen, darunter Helena, schnappen nach Luft und treten so erschrocken zurück, als hätte ich die alte Dame mit einem Kurzschwert niedergestreckt. Erschrockener wahrscheinlich – den Tod durch das Schwert kennen sie nur allzu gut.

Ich gehe aus dem Morphmodus, und Hekabe erscheint abrupt wieder auf ihrer Seite des Raums. Sie zwinkert, obwohl ich weiß, dass sie nichts von der verstrichenen Zeit bemerkt hat. Die fünf Frauen schwatzen miteinander. Ich schaue auf die virtuelle Anzeige des Armbands. Noch zwei Minuten achtundzwanzig Sekunden Morphzeit.

Ich lege mir die Kette des QT-Medaillons um den Hals. Immerhin scheinen die Energievorräte dieses Geräts nicht begrenzt zu sein. »Soll ich von hier wegqten und dann zurückkommen, um euch zu zeigen, dass es ebenfalls funktioniert?«, frage ich.

Hekabe hat ihre Fassung wiedergewonnen. »Nein«, sagt sie. »All unsere Pläne – deine *und* unsere – hängen davon ab, dass du imstande bist, unbemerkt zum Olymp zu reisen und wieder zurückzukehren. Kannst du eine von uns jetzt dorthin bringen?«

Ich zögere erneut. »Das kann ich«, sage ich schließlich, »aber der Hades-Helm macht nur mich unsichtbar. Wenn ich eine von euch zum Olymp mitnähme, sähe man sie.«

»Dann musst du uns etwas mitbringen, was beweist, dass du auf dem Olymp warst«, sagt Hekabe.

Ich hebe die Hände, die Handflächen nach oben. »Was denn? Zeus' Nachttopf?«

Alle fünf Frauen treten wieder zurück, als hätte ich eine Obszönität von mir gegeben. Ich erinnere mich, dass – aus sehr gutem Grund – Blasphemie hier kein solch beiläufiger Sport ist wie zu meiner Zeit, am Ende des zwanzigsten Jahrhunderts. Diese Götter sind sehr real, und sie zu beleidigen hat Folgen. Ich werfe einen Blick auf die Wände und hoffe, dass uns das Blei wirklich abschirmt, sodass man uns vom Olymp aus nicht sehen kann – nicht wegen der Erwähnung des göttlichen Nachttopfs, sondern weil wir hier allem Anschein nach Göttermord planen.

»Als ich während des Parisurteils mit Aphrodite zusammen war«, sagt Helena leise, »bemerkte ich, dass die Göttin ihr glänzendes Haar mit einem wunderschönen Kamm kämmte. Er war aus Silber geschmiedet, und ein Gott der Handwerkskunst hatte ihn geformt. Geh in ihre Gemächer auf dem Olymp und hole ihn uns.«

Als ich sie gerade daran erinnern will, was ich ihnen erzählt habe – dass Aphrodite gegenwärtig in einem Genesungsbottich schwimmt –, wird mir klar, dass es ohne Bedeutung ist. Sie hat den Kamm wohl kaum bei sich im Bottich.

»In Ordnung«, sage ich, nehme das Medaillon in die Hand und setze den Hades-Helm auf. »Geht nicht weg, während ich fort bin.« Da ich erst die Kapuze aufsetze und dann das Medaillon aktiviere, muss meine Stimme in den ein oder zwei Sekunden, bevor ich qte, aus dem leeren Raum gekommen sein.

Ich weiß nicht genau, wo Aphrodites Privatgemächer sind – wahrscheinlich bewohnt sie eines dieser weißen, tempelgroßen Häuser am Rand des Kratersees hier oben –, aber ich erinnere mich, dass die Muse mich damals in einen Raum unmittelbar neben der großen Halle der Götter gebracht hat, wo Aphrodite mich beiseitenahm, ja, mich beinahe verführte und mir erklärte, ich müsse Athene töten. Wenn das nicht ihre Privatgemächer gewesen sind, dann war es offenbar zumindest ihr Apartment in der großen Halle, eine Art olympischer Zweitwohnung.

Ich materialisiere in der großen Halle und halte den Atem an.

Die vielen Zwischengeschosse sind leer, die Halle ist größtenteils dunkel, und der riesige holografische Bilderpool zeigt nur dreidimensionalen Schnee. Aber mehrere Götter sind anwesend, darunter Zeus, von dem ich angenommen hatte, er wäre auf dem Ida-Gebirge und sähe sich das Blutbad auf dem Schlachtfeld von Ilium an. Der Götterkönig sitzt auf seinem hohen goldenen Thron. In seiner Nähe sind mehrere weitere Götter, darunter Apollo. Sie sind alle mindestens drei Meter groß. Ich bin zwölf Meter entfernt, unsichtbar unter dem Hades-Helm, aber ich qte beinahe fort, weil ich solche Angst habe, dass sie mich atmen hören. Doch ihr Augenmerk ist auf etwas anderes gerichtet.

Es befindet sich zu Füßen des Throns, im Zentrum des aufmerksamen Götterkreises, und wirkt hier – milde ausgedrückt – völlig unpassend: eine riesige, zernarbte, rissige, metallene Krebsschale von den Ausmaßen eines Ford Expedition, ein paar futuristisch aussehende Gerätschaften und ein kleiner, glänzender, irgendwie humanoid aussehender Roboter. Der Roboter spricht – auf Englisch. Die Götter hören zu, aber sie machen keinen sonderlich erfreuten Eindruck.

38 Atlantis und Erdumlaufbahn

»Ich verstehe nicht, weshalb die Nachmenschen unser Fahrtziel ›Atlantis‹ genannt haben«, sagte Harman.

Savi saß an den Kontrollen des Crawlers. »Mir sind die meisten Handlungen der NMs immer unverständlich geblieben«, erklärte sie.

Daeman, der langsam auf seinem Drittel des einzigen verbliebenen Nahrungsriegels herumkaute, blickte auf. »Was ist denn so merkwürdig an dem Namen ›Atlantis‹?«

»Auf den Karten aus dem Untergegangenen Zeitalter ist der Atlantik die große Wasserfläche westlich von hier, jenseits der Hände des Herkules«, sagte Harman. »Wir befinden uns im Becken des Mittelmeers, wie es damals genannt wurde. Atlantis liegt also nicht im Atlantik.«

»Nicht?«, sagte Daeman.

»Nein.«

»Und?«, sagte Daeman.

Harman zuckte die Achseln und verstummte, aber Savi sagte: »Möglicherweise haben die NMs ihre hiesige Basis nur aus einer Laune heraus so genannt. Aber ich glaube mich zu erinnern, dass ein Schriftsteller namens Plato aus der Ära vor dem Untergegangenen Zeitalter von einer Stadt oder einem Königreich namens Atlantis in diesen Regionen berichtet hatte, als es hier noch Wasser gab.«

»Plato«, grübelte Harman. »In Büchern, die ich gelesen habe, ist er erwähnt worden. Und auf einer seltsamen Zeichnung, die ich einmal gesehen habe. Ein Hund.«

Savi nickte. »Der Bedeutungsgehalt der Ikonografie des Untergegangenen Zeitalters ist großenteils ein für alle Mal verloren.«

»Was ist ein Hund?«, fragte Harman. Er trank einen Schluck aus Savis Wasserflasche. Das Drittel des Nahrungsriegels hatte seinen Hunger nicht gestillt, aber im Crawler gab es keine andere Nahrung mehr.

»Ein kleineres Säugetier, das sehr weit verbreitet war und als Haustier gehalten wurde«, sagte Savi. »Ich weiß nicht, weshalb die NMs es aussterben ließen. Vielleicht hat das Rubikon-Virus auch Hunde befallen.«

»So etwas wie ein Pferd?«, fragte Daeman. Bis vor Kurzem hatte er die riesigen, Furcht einflößenden Tiere im Turin-Drama noch für reine Fantasieprodukte gehalten.

»Kleiner und haariger als Pferde«, sagte Savi. »Aber genauso ausgestorben.«

»Weshalb haben die NMs wohl Dinosaurier wieder zum Leben erweckt«, fragte Daeman mit echtem Schauder, »und nicht diese wundervollen Turiner Pferde und Hundedinger?«

»Wie gesagt«, wiederholte Savi, »vieles am Verhalten der NMs ist schwer zu verstehen.«

Sie waren kurz nach Anbruch der Dämmerung aufgewacht und den ganzen Tag auf der roten Lehmstraße nach Nordnordwesten gerumpelt, zwischen Feldern hindurch, auf denen alle Arten von Feldfrüchten wuchsen, die Daeman kannte, und viele, die er noch nie gesehen hatte. Zweimal waren sie auf seichte Flüsse gestoßen und einmal auf einen tiefen, leeren Kanal aus Permbeton, aber der Crawler hatte sie mit seinen riesigen Rädern und vielfach gegliederten Streben alle mühelos überquert.

Auf den Feldern waren Servitoren, und ihr alltäglicher Anblick beruhigte Daeman, bis ihm klar wurde, dass viele dieser Servitoren riesig waren – mehr als vier Meter hoch und halb so breit, viel größer als die Maschinen, an die er gewöhnt war –, und als sie tiefer ins Becken hineinfuhren, nahmen sowohl die Feldfrüchte als auch die Servitoren ein immer fremdartigeres Aussehen an.

Der Crawler rollte zwischen hohen grünen Mauern dahin, bei denen es sich um Zuckerrohr handelte, wie Savi erklärte – die Straße war nicht ganz breit genug für den Crawler, und grüne Stängel wurden unter den sechs Rädern zermalmt –, als Harman die graugrünen humanoiden Gestalten bemerkte, die zu beiden Seiten durch die Felder huschten. Sie bewegten sich so geschmeidig und schnell, dass sie das dicht stehende Zuckerrohr kaum berührten. Wie geisterhafte Leichen flossen sie zwischen den hohen Stängeln hindurch.

»*Calibani*«, sagte Savi. »Ich glaube nicht, dass sie angreifen werden.«

»Ich dachte, dafür hättest du gesorgt«, sagte Daeman. »Du weißt schon, das D-und-A-Zeug aus den Haaren, die du Harman und mir stibitzt hast.«

Savi lächelte. »Auf Vereinbarungen mit Ariel kann man sich nie hundertprozentig verlassen. Aber wenn die *Calibani* uns aufhalten wollten, hätten sie es vergangene Nacht wohl schon getan.«

»Wird das Kraftfeld um die Kugel sie nicht fernhalten?«, fragte Daeman.

Savi zuckte die Achseln. »*Calibani* sind schlauer als Voynixe. Sie könnten uns überraschen.«

Daeman lief es kalt über den Rücken. Er beobachtete die Felder, erhaschte jedoch nur kurze Blicke auf die bleichen Gestalten. Der Crawler verließ den Weg durch die Zuckerrohrfelder und erklomm eine niedrige Anhöhe. Die Straße führte weiterhin zwischen ausgedehnten Feldern mit Winterweizen hindurch. Das Getreide stand vielleicht vierzig Zentimeter hoch, und ganze Felder kräuselten sich in der westlichen Brise. Die *Calibani*, mindestens ein Dutzend auf jeder Seite der Straße, kamen hinter ihnen aus den Zuckerrohrfeldern und liefen durch den Weizen, wobei sie einen Abstand von rund sechzig Metern wahrten. Im Freien liefen sie auf allen vieren.

»Ihr Aussehen gefällt mir nicht«, sagte Daeman.

»Calibans Aussehen würde dir wahrscheinlich noch weniger gefallen«, erwiderte Savi.

»Ich dachte, das da wären die *Calibani*.« Über kurz oder lang redete die alte Frau immer wieder wirres Zeug.

Savi lächelte, lenkte den Crawler über eine Reihe von sechs Rohrleitungen hinweg, die etwas von Westen nach Osten oder von Osten nach Westen beförderten. »Es heißt, die *Calibani* seien Klone des einen Caliban, des dritten Elements der gaiaschen Trinität neben Ariel und Prospero.«

»Es heißt«, spottete Daeman. »Bei dir ist alles Klatsch und Tratsch. Weißt du denn gar nichts aus erster Hand? Diese alten Geschichten sind doch absurd.«

»Manche, ja«, stimmte Savi ihm zu. »Und obwohl ich nun schon tausendfünfhundert Jahre oder länger lebe, heißt das nicht, dass ich die ganze Zeit *da* war. Deshalb muss ich Dinge aus zweiter Hand berichten, die ich gehört und gelesen habe.«

»Was meinst du damit, du warst nicht die ganze Zeit da?«, fragte Harman in sehr interessiertem Ton.

Savi lachte, aber, wie Daeman fand, ohne große Belustigung. »Ich bin nanotechnisch besser für Reparaturen ausgerüstet als ihr *Eloi*«, sagte sie. »Aber niemand lebt ewig. Oder vierzehnhundert Jahre lang. Oder auch nur tausend. Ich verbringe den größten Teil meiner Zeit wie Dracula, indem ich in den Langzeit-Kryokrippen an Orten wie der Golden Gate Bridge schlafe. Hin und wieder komme ich heraus, sehe nach, was sich so tut, und versuche einen Weg zu finden, meine Freunde aus dem blauen Strahl zu holen. Dann geht's wieder zurück in die Kälte.«

Harman beugte sich vor. »Wie viele Jahre warst du … wach?«

»Weniger als dreihundert«, sagte Savi. »Und schon das reicht, um einen Körper auszulaugen. Und einen Geist. Und eine Seele.«

»Wer ist Dracula?«, fragte Daeman.

Savi antwortete nicht. Sie steuerte den Crawler weiter nach Nordnordwesten.

Sie hatte ihnen erklärt, ihr Ziel sei knapp fünfhundert Kilometer von jener Küste entfernt, wo sie aus dem Land namens Israel – ein Wort, dass Daeman noch nie gehört hatte – ins Becken hineingefahren waren. Aber der Ausdruck »fünfhundert Kilometer« sagte Harman wenig und Daeman gar nichts, weil die Fahrtstrecken, die man mit von Voynixen gezogenen Karriolen oder Droschken zurücklegte, nie länger als zwei, drei Kilometer waren. Wenn etwas weiter entfernt war, faxte Daeman dorthin. Das tat jeder.

Trotzdem hatten sie gegen Mittag die Hälfte der Strecke geschafft, aber dann endete die rote Lehmstraße, das Gelände wurde holprig, und der Crawler musste viel langsamer fahren. Manchmal machte er kilometerweite Umwege, bevor er wieder auf seinen alten Kurs zurückkehrte. Savi hielt diesen Kurs mithilfe eines kleinen Instruments aus ihrem Rucksack und indem sie auf einer handgezeichneten, häufig gefalteten Karte die Entfernungen prüfte.

»Weshalb benutzt du nicht die Handflächen-Suchfunktion?«, fragte Daeman.

»Farnet und Allnet funktionieren hier im Becken«, antwortete Savi, »aber Proxnet nicht, und unser Ziel steht in keiner Netzdatenbank. Ich benutze eine Landkarte und ein uraltes Ding namens Kompass. Funktioniert aber.«

»Wie funktioniert es?«, fragte Harman.

»Zauberei«, sagte Savi.

Die Antwort reichte Daeman.

Sie fuhren weiterhin abwärts. Die Topografie des Beckens fiel vor ihnen ab, die ordentlich aufgereihten Feldfrüchte wichen nun Geröllfeldern, Wasserrinnen und gelegentlichen Bambushainen oder hohen Farnen. Von den *Calibani* war nichts mehr zu sehen. Es begann zu regnen, kurz nachdem sie das unebene

Gelände erreicht hatten, und die Kreaturen waren vielleicht unmittelbar hinter den Vorhängen aus herabfallendem Wasser.

Der Crawler passierte seltsame Artefakte – die Rümpfe zahlreicher Schiffe aus Holz und Stahl, eine Stadt voller umgestürzter ionischer Säulen, uralte Kunststoffgegenstände, die im grauen Sediment glänzten, die gebleichten Knochen vieler Meeresgeschöpfe und etliche riesige, rostige Tanks, die Savi »U-Boote« nannte.

Am Nachmittag ließ der Regen ein wenig nach, und die drei sahen im Nordwesten einen hohen Tafelberg auftauchen. Er war hoch und breit und eher sanft gewellt als zu einem Gipfel aufragend, eher hügelig als flach, mit grüner Oberfläche und steilen, gefurchten Klippen an den Seiten.

»Ist das unser Ziel?«, fragte Daeman.

»Nein«, sagte Savi. »Das ist Zypern. Dort habe ich meine Jungfräulichkeit verloren – nächsten Dienstag vor tausendvierhundertzweiundachtzig Jahren.«

Daeman wechselte einen heimlichen Blick mit Harman. Beide Männer waren so klug, den Mund zu halten.

Am späten Nachmittag wurde das Gelände flacher und sumpfiger, und zu beiden Seiten einer holprigen roten Lehmstraße reihten sich wieder bestellte Felder. Merkwürdig geformte Servitoren arbeiteten darin, aber keiner beachtete den vorbeirollenden Crawler. Die meisten Maschinen besaßen offenbar keine Augen. Einmal versperrte ihnen ein mindestens zweihundert Meter breiter Fluss den Weg. Savi schloss das Türsegment, unterbrach die angenehme Frischluftzufuhr und vergewisserte sich, dass das Kugelkraftfeld aktiviert war, dann rollte sie mit dem Crawler über das Ufer. Das Wasser war tief – zwölf Meter oder mehr in der Mitte des Flussbetts –, und selbst die Suchscheinwerfer des Crawlers hatten Mühe, den Schlick und das trübe Halbdunkel zu durchdringen. Die Strömung war stärker, als Daeman es bei einem so breiten, tiefen Fluss vermutet hätte, und der Crawler wurde so heftig herumgestoßen, dass Savi die Maschine mit der virtuellen Steuerung mühsam wieder auf den richtigen Kurs bringen musste. Daeman schätzte, dass eine Maschine mit kleineren Rädern, weniger flexiblen Streben und geringerer Motorleistung nach Westen fortgetragen worden wäre.

Als sie am Nordufer herauskamen – hinter ihnen flog der Schlamm, den die Maschine aufwirbelte, zehn Meter weit, und Wasser troff wie ein Wasserfall von den Spinnenstreben –, sagte Harman: »Ich wusste nicht, dass man mit dem Crawler auch unter Wasser fahren kann.«

»Ich auch nicht«, sagte Savi. Sie orientierte sich in nordnordwestliche Richtung und fuhr weiter.

Kurz darauf erschienen die ersten Energiekonstrukte, und Harman bemerkte sie noch vor den anderen.

Das erste schimmerte und wogte dreißig Meter links von der Lehmstraße, auf einer Lichtung hinter einem Bambushain. Savi hielt an, damit sie aussteigen und es betrachten konnten. Daeman entfernte sich allerdings nur höchst ungern von dem Crawler, obwohl sie seit mehreren Stunden keine *Calibani* mehr gesehen hatten. Aber Harman wollte sich das Ding ansehen, und da Daeman nicht allein in der Kugel bleiben wollte, folgte er den beiden schließlich die Leiter hinunter und über das Feld zu dem leuchtenden Objekt. Es war ein seltsames Gefühl für ihn, nach so vielen Stunden im Sitzen wieder zu laufen.

Das erste Energiekonstrukt war klein – ungefähr sechs Meter lang und zweieinhalb bis drei Meter hoch, gelb und orange mit beweglichen grünen Adern und annähernd kugelförmig. Scheinfüßchen wuchsen aus der Oberseite, der Unterseite und den Enden – die Gebilde tropften herunter, nahmen ihre eigene Form an und wurden dann wieder von der Hauptmasse absorbiert. Das Ding schwebte etwas mehr als einen Meter über dem Boden, und Daeman wagte sich nicht näher als zwanzig Schritte heran, selbst als Savi und Harman bis unmittelbar zu dem Konstrukt gingen.

»Was ist das?«, fragte Harman. Sein Kopf und seine Schultern verschwanden einen Moment lang hinter dem langsam wogenden Ding.

»Wir befinden uns in den Vororten von Atlantis«, sagte Savi, »obwohl wir noch rund hundert Kilometer entfernt sind. Die NMs haben ihre Bodenstationen aus diesem Material errichtet.«

»Aus welchem Material?« Harman streckte die Hand nach dem gelben Ovoid aus. »Kann ich es anfassen?«

»Manche Gebilde versetzen einem einen Schlag. Andere nicht. Tödlich ist keines. Nur zu, versuch es. Deine Hand wird schon nicht schmelzen.«

Harman legte die Finger an das gerundete Äußere des leuchtenden Gebildes. Seine Hand verschwand im Innern. Als er sie rasch herauszog, tropften geschmolzene Klumpen aus Gelb und Orange von seinen Fingern und flogen dann wieder zu dem Gebilde zurück. »Kalt«, sagte er. »Sehr kalt.« Er bewegte die Finger und zuckte zusammen.

»Im Grunde ist es ein großes Molekül«, sagte Savi. »Obwohl ich keine Ahnung habe, wie das möglich ist.«

»Was ist ein Molekül?«, rief Daeman. Er war ein paar Schritte zurückgewichen, als Harmans Hand in dem Ding verschwand, und musste nun die Stimme erheben, damit die beiden ihn hören konnten. Außerdem schaute er sich immer wieder um. Savi hatte die Schusswaffe in ihrem Gürtel, aber der Bambuswald war zu nah für Daemans Geschmack. Es war fast schon dunkel.

»Moleküle sind die kleinen Dinger, aus denen alles andere besteht«, erklärte Savi. »Ohne Spezialobjektive kann man sie nicht sehen.«

»Das da sehe ich recht gut«, sagte Daeman. Manchmal, dachte er, war ein Gespräch mit Savi wie eine Unterhaltung mit einem Kleinkind; allerdings hatte er nie viel Umgang mit kleinen Kindern gehabt.

Die drei gingen zum Crawler zurück. Das goldene Abendlicht wurde von der Passagierkugel in die Regenbogenfarben zerlegt und ließ die hohen, gegliederten Streben aufleuchten. Die Oberseite der Stratokumuluswolken weit im Osten, in der Nähe des Berges namens Zypern, fing das goldene Licht ein.

»Atlantis besteht hauptsächlich aus dieser gefrorenen makromolekularen Energie«, sagte Savi. »Das ist eine der Quantenbasteleien, mit denen die NMs ständig beschäftigt waren. Sie ist mit echter Materie vermischt – ›exotischer Materie‹, wie die Wissenschaftler des Untergegangenen Zeitalters sie nannten –, aber ich kenne weder das Verhältnis, noch weiß ich, wie es funktioniert. Ich weiß nur, dass es ihre Städte, Stationen oder was auch immer zu so etwas wie Gestaltwandlern macht, die sich phasenweise innerhalb und außerhalb unserer Quantenrealität befinden.«

»Das verstehe ich nicht«, sagte Harman und enthob damit Daeman der Notwendigkeit, es zu sagen.

»Ihr werdet es bald mit eigenen Augen sehen. Wir müssten die Stadt zu Gesicht bekommen, wenn wir diese große Erhebung am Horizont überqueren. Und ungefähr bei Einbruch der Dunkelheit dort sein.«

Sie stiegen in den Crawler und nahmen ihre Plätze ein. Doch bevor Savi die große Maschine in Bewegung setzen konnte, sagte Harman: »Du warst schon einmal hier.« Er formulierte es nicht als Frage.

«Ja.«

»Aber du hast gesagt, du wärst nie in den Orbitalringen gewesen. Bist du damals aus diesem Grund hergekommen?«

»Ja«, sagte Savi. »Ich glaube immer noch, dass die Antwort auf die Frage, wie ich meine Freunde aus dem Neutrino-Strahl befreien kann, dort oben zu finden ist.« Sie machte eine rasche Kopfbewegung zu den Ringen, die hell am dämmrigen Himmel standen.

»Bisher hast du aber keinen Erfolg gehabt«, sagte Harman. »Warum nicht?«

Savi fuhr in ihrem Sitz herum und sah ihn an. »Ich sage dir, wieso ich versagt habe, wenn du mir sagst, weshalb du wirklich dort hinaufwillst. Weshalb du Jahre damit verbracht hast, einen Weg zu den Ringen zu finden.«

Harman hielt ihrem Blick einige Sekunden lang stand, dann schaute er weg. »Ich bin neugierig«, sagte er.

»Nein«, sagte Savi. Sie wartete.

Er blickte sie wieder an, und Daeman wurde bewusst, dass er noch nie so viel emotionale Bewegung im Gesicht des älteren Mannes gesehen hatte. »Du hast recht«, fauchte Harman. »Es ist keine müßige Neugier. Ich will die Klinik finden.«

»Damit du länger leben kannst«, sagte Savi leise.

Harman ballte die Fäuste. »*Ja.* Damit ich länger leben kann. Damit ich über diesen verdammten letzten Zwanziger hinaus weiterexistieren kann. Weil ich lebenshungrig bin. Weil ich will, dass Ada ein Kind von mir bekommt, und weil ich dabei sein will, wenn es aufwächst, obwohl Väter so etwas nicht tun. Weil ich ein gieriger, lebensgieriger Bastard bin. Bist du nun zufrieden?«

»Ja«, sagte Savi. Sie sah Daeman an. »Und aus welchen Gründen begleitest du uns auf dieser Reise, Daeman *Uhr*?«

Daeman zuckte die Achseln. »Ich würde sofort nach Hause springen, wenn es hier in der Nähe ein Faxportal gäbe.«

»Gibt es aber nicht«, sagte Savi. »Tut mir leid.«

Er ignorierte den Sarkasmus. »Warum hast du uns mitgenommen, alte Frau? Du kennst den Weg hierher. Du weißt, wie man den Crawler findet. Warum sind wir dabei?«

»Gute Frage«, sagte sie. »Bei meinem letzten Besuch in Atlantis bin ich zu Fuß gekommen. Von Norden. Das war vor hundertfünfzig Jahren, und ich hatte zwei *Eloi* dabei – Verzeihung, das ist ein beleidigender Begriff –, ich hatte zwei junge Frauen dabei. Die waren *wirklich* neugierig.«

»Was ist passiert?«, fragte Harman.

»Sie sind gestorben.«

»Wie?«, fragte Daeman. »Die *Calibani*?«

»Nein. Die *Calibani* haben den Mann und die Frau getötet, mit denen ich davor hier gewesen war, vor fast dreihundert Jahren. Ich wusste damals noch nicht, wie ich Kontakt mit der Ariel-Biosphäre aufnehmen konnte, und auch noch nichts über die DNS.«

»Warum kommst du immer zu dritt?«, fragte Harman. Daeman fand die Frage seltsam. Er hätte gern Genaueres über all diese toten Reisegefährten erfahren. Meinte sie *dauerhaft* tot? Oder nur klinik-reparatur-tot?

Savi lachte. »Du stellst gute Fragen, Harman *Uhr*. Du wirst es bald sehen. Du wirst sehen, weshalb ich nach meinem ersten alleinigen Besuch in Atlantis vor über tausend Jahren immer mit zwei anderen hergekommen bin. Und nicht nur in Atlantis, sondern auch in einigen ihrer anderen Stationen. Im Himalaya. Auf der Osterinsel. Eine sogar am Südpol. *Das* waren echte Vergnügungsreisen, weil man mit dem Sonie nicht näher als fünfhundert Kilometer herankommt.«

Daeman verlor das Interesse. Er wollte mehr über das Töten und Fressen hören.

»Aber du hast nie ein Raumschiff gefunden, das dich hätte hinaufbringen können?«, sagte Harman. »Nach all diesen Versuchen?«

»Es *gibt* keine Raumschiffe«, sagte Savi. Sie aktivierte die virtuelle Steuerung, legte brutal den Gang ein und lenkte sie nach Nordnordwesten, während der Sonnenuntergang Rot über den gesamten Westhimmel goss.

Die Stadt der Nachmenschen breitete sich kilometerweit über den trockenen Meeresboden aus. Leuchtende Energietürme erhoben sich dreihundert Meter hoch und fielen wieder in sich zusammen. Der Crawler rollte zwischen Energieobelisken, schwebenden Kugeln, ins Nichts führenden roten Energietreppen, blauen Rampen, die auftauchten und wieder verschwanden, blauen Pyramiden, die sich in sich selbst zusammenfalteten, einem riesigen grünen Torus, der an pulsierenden gelben Stäben hin und her fuhr, und zahllosen farbigen Würfeln und Kegeln dahin.

Als Savi anhielt und das Türsegment aufgleiten ließ, schien sogar Harman mit dem Ausstieg zu zögern. Savi hatte dafür gesorgt, dass sie ihre Thermohäute trugen, und jetzt holte sie drei Osmosemasken aus dem Geräteschrank des Crawlers.

Es war mittlerweile fast dunkel. Die Sterne gesellten sich zu den rotierenden Ringen am purpur-schwarzen Nachthimmel über ihnen. Der Lichtschein der Energiestadt erhellte den Meeresboden und die Äcker in einigen Kilometern Umkreis. Savi führte sie zu einer roten Treppe und ging dann mit ihnen hinauf – die makromolekularen Stufen trugen ihr Gewicht, obwohl Daeman fand, dass es sich anfühlte, als ginge man auf riesigen Schwämmen.

Dreißig Meter über dem Meeresboden endete die Treppe auf einer schwarzen Plattform aus einem matten, dunklen Metall, das kein Licht reflektierte. Mitten auf der quadratischen Plattform standen drei uralt aussehende Holzstühle mit hohen Rückenlehnen und roten Sitzpolstern. Die Stühle standen in gleichem Abstand um ein schwarzes Loch in der schwarzen Plattform herum, ungefähr drei Meter voneinander entfernt, die Sitzflächen nach außen.

»Setzt euch«, sagte Savi.

»Ist das ein Scherz?«, fragte Daeman.

Savi schüttelte den Kopf und setzte sich auf den Stuhl, der nach Westen zeigte. Harman nahm ebenfalls Platz. Daeman ging noch einmal um die schwarze Plattform herum und kehrte dann zu dem einzigen noch freien Stuhl zurück. »Wie geht es weiter?«, fragte er. »Müssen wir hier auf etwas warten?« Er schaute zu dem hohen gelben Turm hinüber, der ganz in der

Nähe etliche Dutzend Meter hoch aufragte. Die Energie-Materie änderte ihre Gestalt wie eine rechteckige gelbe Wolke.

»Setz dich und finde es heraus«, sagte Savi.

Damean nahm vorsichtig Platz. Die Rückenlehne und die dicken Armlehnen des Stuhls waren mit kunstvollen Schnitzereien verziert. Auf der linken Armlehne war ein weißer Kreis, auf der rechten ein roter. Er berührte keinen von beiden.

»Wenn ich bis drei zähle«, sagte Savi, »drückt ihr auf den weißen Knopf. Das ist derjenige zu deiner Linken, falls du farbenblind bist, Daeman.«

»Ich bin *nicht* farbenblind, verdammt noch mal.«

»In Ordnung«, sagte Savi. »Eins, zwei …«

»Moment, Moment«, rief Daeman. »Was passiert mit mir, wenn ich auf den weißen Kreis drücke?«

»Absolut gar nichts«, sagte Savi. »Aber wir müssen ihn gleichzeitig drücken. Das habe ich gelernt, als ich allein hier war. Fertig? Eins, zwei, drei.«

Sie drückten alle auf ihren weißen Kreis.

Daeman sprang von seinem Stuhl hoch und rannte zum Rand der schwarzen Plattform und dann der roten Plattform dreißig Schritte dahinter, bevor er sich umdrehte und zurückschaute. Der Energieausbruch hinter seinem Stuhl war ohrenbetäubend gewesen.

»Heilige Scheiße«, rief er, aber die anderen, die noch auf ihren Stühlen saßen, konnten ihn nicht hören.

Es war wie ein Blitz, dachte er. Ein sengender, ungleichmäßiger Energiesstrahl, nur etwa einen Meter dick, der von dem schwarzen Loch in der Mitte des Stuhldreiecks ausging und in den dunklen Himmel emporstieg. Höher und immer höher … dann krümmte er sich wie ein unmöglicher, weiß glühender Faden nach Westen, jagte im Bogen nach Westen, bis sein Ende über ihnen außer Sicht verschwand, aber der Faden blieb sichtbar, und er bewegte sich, als wäre der Blitz verbunden mit …

Er *war* verbunden, erkannte Daeman mit einer Aufwallung von Furcht, die ihn beinahe dazu gebracht hätte, sein Gedärm zu entleeren. Verbunden mit dem sich bewegenden Ä-Ring Tausende von Kilometern über ihnen. Verbunden mit einem der Sterne, einem der sich bewegenden Lichter, die diesen Ring jetzt von West nach Ost durchquerten.

»Komm zurück!«, rief Savi über das Knistern und Tosen des Blitzfadens hinweg.

Daeman brauchte mehrere Minuten, um zurückzukommen – um mit der Hand über den Augen zu diesem leeren Holzstuhl zu gehen, während das blendende, knisternde Licht seinen Schatten und den des Stuhls fünfzehn Meter weit über das schwarzrote Dach warf. Er konnte später nie erklären, nicht einmal sich selbst, wie und warum er zu diesem Stuhl zurückkehrte oder weshalb er tat, was er als Nächstes tat.

»Wenn ich bis drei zähle, drückt ihr auf den roten Kreis«, rief Savi. Die grauen Haare der alten Frau standen zu Berge, peitschten wie kurze Schlangen um ihren Kopf. Sie musste schreien, um sich über das Tosen des Energiestrahls hinweg verständlich zu machen. »Eins, zwei …«

Ich kann das einfach nicht, begann Daeman mit seiner stummen Litanei. *Ich werde es garantiert nicht tun.*

»Drei!«, schrie Savi. Sie drückte auf ihren roten Kreis. Harman drückte auf seinen roten Kreis.

Nein!, dachte Daeman. Aber er drückte fest auf seinen roten Kreis.

Die drei Holzstühle schossen gen Himmel, rotierten um das knisternde, sich bewegende Blitzband, schossen so schnell empor, dass ein Überschallknall über den Meeresboden hallte und der Crawler auf seinen Federn erbebte. Eine Sekunde später, *keine* Sekunde später waren die drei Stühle außer Sicht verschwunden, während der Faden aus reiner, weißer Energie sich verdrehte, wand und krümmte, um den dahinsausenden Lichtpunkten am äquatorialen Orbitalring zu folgen.

39 Olymp, Ilium und Olymp

Der kleine Roboter fasziniert mich, und ich bin versucht, in der großen Halle der Götter zu bleiben und herauszufinden, was hier vorgeht, aber ich traue mich nicht näher heran, weil die Götter mich in diesem riesigen, stillen Raum hören könnten. Das Gespräch zwischen den Göttern und dem Roboter wird mittlerweile auf Altgriechisch geführt – zumindest sprechen die Götter, einschließlich Zeus, die allgemein gebräuchliche Sprache, an die ich mich hier gewöhnt habe –, aber ich bin so weit entfernt, dass ich nur Wortfetzen aufschnappe.

»... kleine Automaten ... Spielzeuge ... aus dem großen Binnenmeer ... sollten vernichtet werden ...«

Statt mich näher heranzuschleichen, denke ich daran, weshalb ich hier bin – Aphrodites Kamm – und wie wichtig es ist, dass ich zu den Trojanerinnen zurückkehre. Das Schicksal mehrerer Hunderttausend Menschen dort unten hängt vielleicht davon ab, was ich als Nächstes tue, deshalb entferne ich mich auf Zehenspitzen von den Göttern und den seltsamen Maschinen und suche meinen Weg durch den langen Seitengang zu der kleinen Suite, wo ich der Göttin der Liebe vor ein paar Tagen zum ersten Mal begegnet bin. Ist das wirklich erst ein paar Tage her? Seitdem ist – gelinde gesagt – einiges geschehen.

Stimmen – Götterstimmen – hallen aus der Versammlungshalle herüber, und ich schlüpfe in Aphrodites Ferienwohnung. Das Herz klopft mir bis zum Hals. Hier ist alles noch genau so, wie ich es in Erinnerung habe – ein fensterloser, nur von ein paar Dreifuß-Kohlenbecken erhellter Raum mit einem Sofa und ein paar weiteren Möbelstücken, darunter einen sanft leuchtenden blauen Bildschirm auf dem Marmorschreibtisch. Damals hatte ich vermutet, dass es eine Art Computerbildschirm war, und jetzt gehe ich hinüber, um ihn mir anzusehen. Es stimmt – das leuchtende blaue Rechteck ist von der Schreibtischplatte getrennt, es steht ein paar Zentimeter über der Marmorfläche in der Luft. Statt eines Microsoft-Windows-Menüs sehe ich jedoch einen einzelnen weißen Kreis, der dort schwebt, als wollte er mich auffordern, ihn zu berühren und den Bildschirm zu aktivieren.

Ich lasse die Finger davon.

Mir fällt ein, dass einige persönliche Habseligkeiten Aphrodites auf einem runden Tischchen beim Sofa lagen, aber ich kann nur hoffen, dass ein Kamm dabei ist. Leider nicht. Ich sehe eine silberne Brosche, ein paar silberne Zylinder – göttliche Lippenstifte? – und einen kunstvoll verzierten silbernen Spiegel, der mit der Vorderseite nach unten daliegt, aber keinen Kamm.

Verdammt. Ich habe keine Ahnung, welches der Anwesen, die auf dem ausladenden grünen Gipfel des Olymps verstreut sind, das von Aphrodite ist, und ich kann ja schließlich keinen der Götter nach dem Weg fragen. Was Helenas Auftrag betrifft, den Kamm mitzubringen, so habe ich gespielt und verloren. Aber es kommt darauf an, ihnen zu zeigen, dass ich zum Olymp und zurück reisen kann, und dabei ist Eile geboten. Ich habe keine Ahnung, wie lange die Trojanerinnen warten werden.

Ich schnappe mir den Spiegel, ohne ihn mir genau anzusehen, stelle mir den Kellerraum im Athene-Tempel in Ilium vor und drehe das QT-Medaillon.

Als ich materialisiere, sind dort sieben Frauen statt der fünf, die ich vor ein paar Minuten in dem Kellerraum zurückgelassen habe. Alle Frauen weichen bei meiner Ankunft einen Schritt zurück, aber eine von ihnen kreischt gellend auf und schlägt die Hände vors Gesicht. Trotzdem gelingt es mir noch, einen Blick auf dieses Gesicht zu werfen, und ich erkenne es – dies ist Kassandra, die hübscheste Tochter von König Priamos.

»Hast du uns den Kamm mitgebracht, Hock-en-bär-iihh, zum Beweis dafür, dass du wie die Götter zum Olymp und wieder zurück zu reisen vermagst?«, fragt Hekabe.

»Ich hatte keine Zeit, ihn zu suchen«, sage ich. »Dafür habe ich das hier mitgebracht.« Ich gebe den Spiegel der Frau, die mir am nächsten steht, Laodike, Hekabes Tochter.

Helena sagt: »Die Verzierungen am silbernen Griff und auf der Rückseite des Spiegels ähneln denen am Kamm der Göttin, soweit ich mich erinnere, aber …«

Sie verstummt, als Laodike nach Luft schnappt und den Spiegel beinahe fallen lässt. Die Priesterin, Theano, hebt ihn auf, schaut hinein, erbleicht und gibt ihn Andromache. Hektors Gattin schaut hinein und errötet. Kassandra nimmt ihn Andromache ab, hebt ihn hoch, schaut hinein und schreit erneut auf.

Hekabe reißt Kassandra den Spiegel aus der Hand und blickt sie finster an. Ich sehe sofort, dass die beiden Frauen sich nicht ausstehen können, und ich erinnere mich, warum – Kassandra, die von Apollo die Gabe der Weissagung verliehen bekam, hat König Primaos gedrängt, Hekabes Kind, Paris, bei der Geburt töten zu lassen. Von Kindesbeinen an hat Kassandra vorausgesehen, welche Katastrophe der Raub der Helena und der darauf folgende Krieg verursachen würde. Doch Apollos Geschenk der Prophezeiung war traditionsgemäß von dem Fluch begleitet, dass niemand ihr jemals Glauben schenken würde.

Jetzt schaut Hekabe in den Spiegel. Ihr fällt das Kinn herunter.

»Was ist?«, frage ich. Offenbar stimmt etwas nicht mit dem Spiegel.

Helena nimmt Hektors Mutter den Spiegel ab und reicht ihn mir. »Siehst du, Hock-en-bär-iihh?«

Ich schaue in das Glas. Mein Spiegelbild ist … seltsam. Ich bin es, aber auch nicht. Mein Kinn ist stärker, meine Nase kleiner, meine Augen sind kühner, meine Wangenknochen höher, meine Zähne weißer …

»Habt ihr das alle gesehen?«, frage ich. »Dieses idealisierte Spiegelbild von euch selbst?«

»Ja«, sagt Helena. »Aphrodites Spiegel zeigt nur Schönheit. Wir haben uns selbst als Göttinnen gesehen.«

Ich kann mir Helena nicht schöner vorstellen, als sie bereits ist, aber ich nicke und berühre die Spiegelfläche. Es ist kein Glas. Sie fühlt sich weich und elastisch an, eher wie der LCD-Bildschirm eines Laptops. Vielleicht ist sie das auch, und unter der verzierten Rückseite könnten leistungsfähige Mikrochips und Video-Morphing-Programme sitzen, die Algorithmen der Symmetrie, der idealisierten Proportionen und anderer Elemente wahrnehmbarer menschlicher Schönheit ausführen.

»Hock-en-bär-iihh«, sagt Helena, »ich möchte dir zwei weitere Frauen vorstellen, die wir hierher geholt haben, um zu entscheiden, ob du die Wahrheit sprichst. Diese junge Frau hier ist Kassandra, die Tochter des Priamos. Die andere Frau ist Herophile, ›die Geliebte der Hera‹, die älteste der Sibyllen und Priesterin von Apollo Smintheus. Herophile war es, die vor so vielen Jahren Hekabes Traum gedeutet hat.«

»Was für ein Traum war das?«, frage ich.

Hekabe, die Herophile und Kassandra offenbar nicht ansehen will, sagt: »Als ich mein zweites Kind, Paris, unter dem Herzen trug, träumte mir, ich hätte einen brennenden Scheit geboren, dessen Feuer sich auf ganz Ilium ausbreitete und es bis auf die Grundmauern niederbrannte. Und dieses Kind wurde zu einer tobenden Erinnye – manche sagen, ein Kind des Kronos, andere meinen, die Tochter von Phorkys, wieder andere halten es für den Sprössling von Hades und Persephone –, aber alle erkennen an, dass es höchstwahrscheinlich die Tochter der tödlichen Nacht war. Diese Erinnye des Feuers hatte keine Flügel, aber sie ähnelte den Harpyien. Ihr Atem roch schweflig. Ein giftiges Sekret rann ihr aus den Augen. Ihre Stimme war wie das Blöken erschrockener Rinder. In ihrem Gürtel trug sie eine Peitsche mit messingbeschlagenen Riemen. Sie hielt eine Fackel in einer Hand und eine Schlange in der anderen, ihr Heim war in der Unterwelt, und sie war geboren, um jedes Unrecht zu rächen, das den Müttern je angetan wurde. Ihre Ankunft wurde von allen Hunden Iliums verkündet, die bellten, als hätten sie Schmerzen.«

»Wow«, sage ich. »Das ist ja ein toller Traum.«

»Ich sah in der Erinnye das Kind, das später Paris genannt wurde«, sagt die alte Hexe namens Herophile. »Kassandra sah dies ebenfalls und riet, den kleinen Jungen sofort zu töten, wenn er aus dem Mutterleib kam.« Die alte Priesterin bedachte Hekabe mit einem vernichtenden Blick. »Unser Rat wurde missachtet.«

Helena tritt im wahrsten Sinne des Wortes zwischen die Frauen. »Alle hier, Hock-en-bär-iihh, haben Visionen gehabt, in denen Troja niedergebrannt wurde. Aber wir wissen nicht, welche unserer Visionen nur aus der Angst um uns selbst, unsere Kinder und Gatten erwachsen und welche auf einer echten, von den Göttern verliehenen Sehergabe beruhen. Darum müssen wir entscheiden, wie es sich bei deinen verhält. Kassandra hat Fragen an dich.«

Ich drehe mich zu Kassandra um. Sie ist blond und anorektisch, aber irgendwie trotzdem verblüffend schön. Kassandras Fingernägel sind abgebissen und blutig, und ihre Finger zucken und verschränken sich ständig. Sie kann nicht stillstehen. Ihre Augen sind ebenso rot gerändert wie ihre Fingernägel. Ihr Anblick erinnert mich an Fotos hinreißender Filmstarlets, die wegen ihrer Kokainsucht auf Entziehungskur sind.

»Ich habe nicht von dir geträumt, schwach aussehender Mann«, sagt sie.

Ich ignoriere die Beleidigung und schweige.

»Aber ich frage dich dies«, fährt sie fort. »Im Traum erschienen mir König Agamemnon und seine Königin Klytämnestra einmal als großer königlicher Bulle und Kuh. Was sagt dir dieser Traum, o Prophet?«

»Ich bin kein Prophet«, erwidere ich. »Eure Zukunft ist nur meine Vergangenheit. Aber du siehst Agamemnon als Bullen, weil er bei seiner Heimkehr nach Sparta wie ein Ochse geschlachtet werden wird.«

»In seinem eigenen Palast?«

»Nein.« Ich komme mir vor wie in der Feuerprobe der mündlichen Prüfungen am Hamilton College, der Alma Mater, an der ich mein Grundstudium absolviert habe. »Agamemnon wird im Haus des Aigisthos sterben.«

»Von wessen Hand? Auf wessen Wunsch?«

»Klytämnestras.«

»Aus welchem Grund, o Nichtprophet?«

»Ihr Zorn darüber, dass Agamemnon ihre Tochter, Iphigenie, geopfert hat.«

Kassandra starrt mich an, nickt aber den anderen Frauen kaum merklich zu. »Und was träumst du von mir und meiner Zukunft, o Seher?«, fragt sie sarkastisch.

»Du wirst hier in diesem Tempel brutal geschändet werden«, sage ich.

Die Frauen halten allesamt den Atem an. Ich frage mich, ob ich zu weit gegangen bin. Nun, diese Hexe will die Wahrheit wissen, also kriegt sie auch die Wahrheit zu hören.

Kassandra scheint nicht aus der Fassung zu geraten; sie wirkt geradezu erfreut. Mir wird klar, dass die junge Prophetin diese Vergewaltigung fast ihr ganzes Leben lang gesehen hat. Niemand hat auf ihre Warnungen gehört. Es muss erfrischend für sie sein, dass jemand anders ihre Vision bestätigt.

Aber ihre Stimme klingt alles andere als erfreut, als sie spricht. »*Wer* wird mich in diesem Tempel schänden?«

»Ajax.«

»Der kleine oder der große Ajax?« Kassandra wirkt neurotisch und nervös, ist aber auch sehr hübsch in ihrer Verletzlichkeit.

»Der kleine Ajax«, sage ich. »Ajax aus Lokris.«

»Und weshalb bin ich oben in diesem Tempel, kleiner Mann, als der kleine Ajax aus Lokris mich schändet?«

»Du versuchst das Palladion zu retten oder zu verstecken«, antworte ich mit einer Kopfbewegung zu der kleinen Statue, die keine drei Meter von mir entfernt steht.

»Und kommt der kleine Ajax ungestraft davon?«

»Er ertrinkt auf der Heimfahrt, als sein Schiff an den gyräischen Felsen Schiffbruch erleidet. Die meisten Gelehrten betrachten das als Zeichen von Athenes Zorn.«

»Wird sie Ajax von Lokris aus Zorn über meine Schändung das Verderben bringen, oder um die Entweihung ihres Tempels zu rächen?«, will Kassandra wissen.

»Ich weiß es nicht. Wahrscheinlich Letzteres.«

»Wer wird außer mir noch oben im Tempel sein, wenn ich geschändet werde?«

Hier muss ich eine Sekunde nachdenken. »Odysseus«, sage ich schließlich, und meine Stimme hebt sich am Ende wie die eines Studenten, der hofft, dass seine Antwort richtig ist.

»Wer außer Odysseus, dem Laertessohn, wird in dieser Nacht noch Zeuge meiner Beschmutzung sein?«

»Neoptolemos«, sage ich schließlich.

»Achilles' Sohn?«, unterbricht Theano mit höhnischem Lächeln. »Er ist neun Jahre alt und lebt in Argos.«

»Nein«, sage ich. »Er ist siebzehn und ein wilder Krieger. Sie werden ihn nach Achilles' Tod von Skyros herholen, und Neoptolemos wird mit Odysseus im Bauch des großen Holzpferds sein.«

»Des Holzpferds?«, fragt Andromache.

Aber ich erkenne an Helenas, Herophiles und Kassandras geweiteten Pupillen, dass diese Frauen Visionen von dem Pferd gehabt haben.

»Hat dieser Neoptolemos noch einen anderen Namen?«, fragt Kassandra. Sie hat den Ton und die Leidenschaftlichkeit einer engagierten Staatsanwältin.

»Künftige Generationen werden ihn unter dem Namen Pyrrhos kennen.« Ich versuche, mich an Details aus den BD-Scholien, aus den Werken der zyklischen Dichter, aus Proklos' *Cypria* und meinem Pindar zu erinnern. Es ist lange her, dass ich Pindar gelesen habe. »Neoptolemos wird nach dem Krieg nicht zu Achilles' früherem Heim auf Skyros zurückfahren«, sage ich, »sondern in Molossia auf der Westseite der Insel landen, wo spätere Könige ihn Pyrrhos nennen und behaupten werden, seine Nachfahren zu sein.«

»Wird er in der Nacht, in der die Griechen Troja einnehmen, noch andere Taten verüben?«, fragt Kassandra.

Ich betrachte meine Trojanerinnen-Jury – Priamos' Gattin, Priamos' Tochter, Skamandrios' Mutter, Athenes Priesterin, eine Sibylle mit paranormalen Kräften. Dann diese von Visionen gepeinigte Kindfrau und Helena, Gemahlin sowohl von Menelaos als auch von Paris. Insgesamt wären mir O. J. Simpsons Richter lieber.

»Pyrrhos, heute bekannt als Neoptolemos, wird in dieser Nacht König Priamos in Zeus' Tempel erschlagen«, sage ich. »Er wird Skamandrios von den Mauern werfen und das Gehirn des Babys über die Felsen verspritzen. Er wird Andromache persönlich aufs Sklavenschiff schleppen. Das habe ich den anderen bereits erzählt.«

»Und wird diese Nacht bald kommen?«, setzt Kassandra nach.

»Ja.«

»In Monaten und Jahren oder in Tagen und Wochen?«

»In Tagen und Wochen.« Ich versuche abzuschätzen, wie viele Tage es noch dauern wird, bis Achilles Hektor tötet und Troja fällt, falls und wenn der Zeitplan der *Ilias* sich behauptet. Nicht viele.

»Jetzt sag uns – sag mir, o Seher –, was mein Los sein wird, nach Iliums und Kassandras Schändung«, schnauzt Kassandra.

Hier zögere ich. Mein Mund wird trocken. »Dein Los?«, bringe ich hervor.

»Mein Los, o Mann der Zukunft«, zischt die schöne Blondine. »Geschändet oder nicht, man wird mich gewiss nicht zurücklassen, wenn Andromache in die Sklaverei verschleppt wird und der zornige Menelaos wieder Anspruch auf die edle Helena erhebt. Was wird aus Kassandra?«

Ich fahre mir mit der Zunge über die Lippen. *Kann sie ihr eigenes Schicksal sehen?* Ich habe keine Ahnung, ob Apollos Gabe der Weissagung über den Untergang Trojas hinausgeht. Irgendjemand, ich glaube, es war der Dichter und Gelehrte Robert von Ranke-Graves, hat Kassandras Namen mit »Frau, die Männer umgarnt« übersetzt. Aber sie ist von den Göttern auch dazu verdammt worden, stets die Wahrheit zu sagen. Ich beschließe, dasselbe zu tun.

»Agamemnon wird dich deiner Schönheit wegen als Konkubine beanspruchen«, sage ich mit kaum hörbarer Stimme. »Er wird dich mit nach Hause nehmen, als seine … Konkubine.«

»Werde ich ihm Kinder schenken, bevor wir dort ankommen?«

»Ich glaube schon.« Ich finde selbst, dass ich mich grotesk anhöre. Ich bringe meinen Homer immer wieder mit meinem Vergil durcheinander, meinen Vergil mit meinem Aischylos und alle Genannten mit Euripides. Zum Teufel, sogar Shakespeare hat sich an dieser Geschichte versucht. »Zwillingssöhne«, sage ich nach einer Pause. »Teledamos und … äh … Pelops.«

»Und was geschieht bei meiner Ankunft in Sparta, Agamemnons Zuhause?«, drängt Kassandra.

»Klytämnestra tötet dich mit demselben Beil, mit dem sie Agamemnon ermordet«, sage ich. Meine Stimme ist schriller als beabsichtigt.

Kassandra lächelt. Es ist kein angenehmes Lächeln. »Bevor sie Agamemnon enthauptet oder danach?«

»Danach«, sage ich. *Scheiß drauf.* Wenn sie es ertragen kann, kann ich es auch. Ich bin wahrscheinlich sowieso tot. Aber ich werde möglichst vielen von diesen Schlangen noch eins mit dem Taser verpassen, bevor sie mich fertigmachen. »Klytämnestra muss dich eine Weile jagen«, sage ich. »Aber sie erwischt dich. Sie hackt dir auch den Kopf ab. Und dann tötet sie deine Babys.«

Die sieben Frauen sehen mich einen langen Moment schweigend an, und ihr Blick ist unergründlich. Ich schwöre mir, nie mit einer dieser Damen Poker zu spielen. Dann sagt Kassandra: »Ja, dieser Mann kennt die Zukunft. Ob seine Vision und seine Anwesenheit ein Gottesgeschenk oder ein Trick der Götter sind, um unseren Verrat zu entlarven, weiß ich nicht. Aber wir müssen ihm unser Geheimnis anvertrauen. Die Zeit bis zum Ende Iliums ist so kurz, dass uns nichts anderes übrig bleibt.«

Helena nickt. »Hock-en-bär-iihh, benutze dein Medaillon, um in die Lager der Achäer zu gehen. Bring Achilles zum Zeitpunkt des nächsten Wachwechsels in Ilium in den Vorraum des Kinderzimmers in Hektors Haus.«

Ich überlege. Die Wachen auf der Mauer wechseln mit den Gongschlägen um halb zwölf. Also in ungefähr einer Stunde.

»Und wenn Achilles nicht mitkommen will?«, frage ich.

Der kollektive Blick, mit dem die Frauen mich nun bedenken, besteht aus vier Teilen Verachtung und drei Teilen Mitleid.

Ich verschwinde per QT, so schnell ich kann.

Ich sollte es nicht tun, es ist töricht, und ich mache es hauptsächlich, weil ich Angst davor habe, Achilles gegenüberzutreten, aber während des gesamten mündlichen Verhörs durch Kassandra hat mich der kleine Roboter auf dem Olymp beschäftigt. Ich habe natürlich auch früher schon seltsame Dinge auf dem Olymp gesehen – die Götter und Göttinnen, die unheimlich genug sind, nicht mitgerechnet –, seltsame Dinge wie den riesigen insektoiden Heiler. Aber etwas an dem kleinen

Roboter, falls er einer ist, war mir aufgefallen. Er schien zu keiner der Welten zu gehören, zwischen denen ich meine Zeit in den letzten neun Jahren aufgeteilt habe, weder zum Olymp noch zu Ilium. Der kleine Roboter schien eher aus meiner Welt zu kommen. Meiner alten Welt. Der echten Welt. Fragen Sie mich nicht, warum. Ich habe noch nie einen humanoiden Roboter gesehen, außer in Sci-Fi-Filmen.

Außerdem, sage ich mir, habe ich noch eine Stunde Zeit, bevor ich Achilles mit Hektor zusammenbringen muss. Ich setze den Hades-Helm auf und quantenteleportiere zurück in die große Halle der Götter.

Der kleine Roboter und die anderen Geräte, darunter das große Krebsding, sind fort, aber Zeus ist noch da. Ebenso wie andere Götter. Darunter auch der Kriegsgott Ares, den ich zuletzt im Genesungsbottich neben dem von Aphrodite gesehen habe.

Heilige Mutter Gottes, wo ist Aphrodite jetzt? Sie kann mich sehen, auch wenn ich diesen Helm trage. Sie hat der Muse nur aufgetragen, mir den Helm zu geben, weil sie mich jederzeit aufspüren kann, wenn sie will. Ist sie schon aus dem Bottich heraus? *Herr im Himmel!*

Ares brüllt auf sämtliche Götter ein, während Zeus auf seinem Thron sitzt. »Dort unten regiert der Wahnsinn!«, schreit der Kriegsgott. »Ich bin ein paar Tage fort, und ihr lasst zu, dass der Krieg außer Kontrolle gerät. Das Chaos herrscht! Achilles hat Agamemnon getötet und den Befehl über die achäischen Truppen übernommen. Hektor hat den Rückzug angetreten, obwohl der königliche Zeus den Sieg der Trojaner befohlen hatte.«

Agamemnon tot? Achilles der neue Führer? Heilige Scheiße. Wir sind nicht mehr in der *Ilias*, Toto.

»Und was ist mit den Automaten, die ich zu dir gebracht habe, Vater Zeus? Diesen … Moravecs?«, fragt Apollo. Seine Stimme hallt durch den riesigen Saal. Ich sehe weitere Götter und Göttinnen auf den Zwischengeschossen über uns. Auf dem in den Boden eingelassenen Swimmingpool-Bildschirm spielen sich wahnwitzige Szenen von Mord und Totschlag in den trojanischen Schlachtlinien und im Lager der Argeier ab. Aber mein Blick ruht auf dem riesigen, kräftig gebauten, weißbärtigen Zeus auf seinem goldenen Thron. Seine Handgelenke sind so massiv, als hätte Rodin sie aus Carrara-Marmor gehauen. Ich bin nah genug, um die grauen Haare auf Zeus' bloßer Brust zu sehen.

»Beruhige dich, Apollo, edler Bogenschütze«, dröhnt der Gott aller Götter. »Ich habe befohlen, die Moravec-Automaten zu eliminieren. Hera hat sie inzwischen beide vernichtet.«

Kann es noch schlimmer kommen?, frage ich mich.

In diesem Moment betritt Aphrodite die Halle, flankiert von Achilles' Mutter, Thetis, und meiner Muse.

40 Äquatorialring

Daeman schrie während des *ganzen* Fluges.

Savi und Harman hatten vielleicht auch geschrien – sie hätten jedenfalls schreien *müssen* –, aber Daeman hörte nur seine eigenen Schreie. Sobald ihre Stühle senkrecht in die Höhe schossen und sich dann, um ihre Blitzachse kreisend, allmählich neigten – Daeman mit dem Gesicht nach unten, dreitausend Meter über dem grünen Mittelmeerbecken, in einem fort schreiend –, machten ihm zwei große Beschränkungen zu schaffen: einmal der Beschleunigungsdruck, dann jedoch auch ein konstanter, allseitiger Druck, bei dem es sich um irgendein Kraftfeld handeln musste. Es hielt ihn nicht nur auf den roten Polstern seines dahinsausenden Stuhls fest, sondern drückte auf sein Gesicht und seine Brust, presste sich in seinen Mund und seine Lunge.

Daeman schrie trotzdem.

Die drei Stühle kreisten weiterhin gegen den Uhrzeigersinn um den dicken Strahl aus weißer Energie, und auf einmal schaute Daeman nach oben, zu den Sternen und den Ringen. Er schrie weiter, weil er wusste, dass der Stuhl weiterkreisen würde, dass er diesmal herausfallen und aus etlichen Tausend Metern Höhe zur Erde hinunterstürzen würde.

Er stürzte nicht, aber er schrie zur Erde hinunter, während sie immer mehr Höhe gewannen. Ihre Flugbahn schien jetzt beinahe waagrecht zu sein, beinahe parallel zur Erdoberfläche tief unter ihnen. Über Mittelasien war es Nacht, aber hoch aufgetürmte Kumuluswolken, die sich über Hunderte von Kilometern erstreckten, wurden von innen erhellt; zuckende Blitze beleuchteten die rote Landmasse, die hin und wieder durch die perlmuttfarbene Wolkendecke zu sehen war. Daeman wusste nicht, dass es Mittelasien war. Die Stühle drehten sich erneut, zeigten ihm die Sterne und die Ringe und eine deutlich sichtbare dünne Atmosphärenschicht – jetzt *unter* ihnen! –, und die Sonne schien im Westen wieder aufzugehen und spaltete ihr Licht über dieser halbmondförmigen Atmosphäre in leuchtend rote und gelbe Streifen.

Sie hatten jetzt 99 Prozent der Atmosphäre hinter sich gelassen, aber Daeman wusste das nicht. Das Kraftfeld versorgte ihn mit Luft, verhinderte, dass er von Beschleunigungskräften zerrissen wurde, und ließ ihm eine Lufttasche, in die er hineinschreien konnte. Als er erkannte, dass sie sich dem Ä-Ring näherten, wurde er allmählich heiser.

Der Ring war anders, als er ihn sich immer vorgestellt hatte, aber er war zu sehr damit beschäftigt, die Armlehnen seines Stuhls zu umklammern und zu schreien, als dass es ihm aufgefallen wäre. Daeman hatte sich immer vorgestellt, die Ringe der NMs bestünden aus Tausenden leuchtender Glasschlösser, durch die man die Nachmenschen beim Feiern und bei ihren sonstigen Nachmenschen-Tätigkeiten beobachten konnte. Aber so war es ganz und gar nicht.

Die meisten der leuchtenden Objekte, zu denen sie so rasend schnell emporschossen, während der gewundene Blitzfaden, an dem sie hinaufjagten, sich weiter in die Höhe und von ihnen fortschraubte, waren komplexe Strukturen aus Streben, Kabeln und langen Glasröhren, die eher Antennen als orbitalen Häusern ähnelten. Einige dieser Gebilde waren von leuchtenden Energiekugeln gekrönt, in deren Zentrum sich jeweils eine pulsierende schwarze Kugel befand. Andere Gebilde trugen riesige Spiegel – jeder mit einem Durchmesser von etlichen Kilometern, erkannte Daeman durch sein Geschrei hindurch –, die blaue, gelbe oder mattweiße Energiestrahlen zu weiteren Spiegeln reflektierten oder sandten. Glänzende Ringe und Kugeln, die aus derselben Energiematerie und denselben exotischen Materialien wie Atlantis zu bestehen schienen, feuerten Laserstrahlen und Impulstriebwerke zur Fluglagenstabilisierung; die genau berechneten Schübe öffneten sich zu leuchtenden Partikelkegeln und breiteten sich aus. Keine der Kugeln, Ringe oder Strukturen erweckte den Anschein, als könnte sie eine Heimstatt der Nachmenschen sein.

Der Erdhorizont wölbte sich merklich und krümmte sich dann immer mehr, wie ein Bogen, der langsam gespannt wurde. Die Sonne ging wieder im Westen unter, und am Himmel erschien mit einem Mal eine Fülle von Sternen, die kaum weniger hell waren als die leuchtenden Ringstrukturen über ihm. Tief unten – mindestens einige Hundert Kilometer – sah Daeman eine schneebedeckte Bergkette, die im Sternen- und Ringlicht schimmerte. Weiter westlich, in der Nähe des scharf gekrümmten Randes der Welt, glänzte ein Ozean. Plötzlich verlangsamte sich die Drehbewegung der Stühle, und Daeman verrenkte sich den Hals und schaute nach oben.

Inmitten der sich bewegenden Gerüstkonstruktionen und Spiegel schwebte ein Berg, der von einer leuchtenden Stadt umhüllt war.

Daeman hörte vorübergehend auf zu schreien, als die Stühle noch unsanfter nach vorn kippten und das Kraftfeld ihn noch heftiger in den gepolsterten Stuhl mit der geraden Rückenlehne presste, und in dieser Sekunde der Stille bemerkte er, dass der gebogene Energiestrahl, an dem sie entlangsausten, in dieser leuchtenden Stadt auf dem riesigen Felsbrocken endete.

Die Stadt bestand nicht aus Energiematerial, sondern aus Glas, wie es schien, und jede der hunderttausend Glasscheiben und Facetten war von innen erleuchtet. Daeman fand, dass sie wie eine riesige japanische Laterne aussah. Gerade als ihm klar wurde, dass ihr rotierendes Stuhldreieck in einen der höchsten

Rundtürme am nahen Ende dieses die Erde umkreisenden Berges einschlagen würde, kippte sein Stuhl vollständig herum, und das Kraftfeld presste ihm die Luft aus der Lunge; sie bremsten so hart ab, dass sich sein Blickfeld erst rot, dann schwarz und dann wieder rot färbte.

Sie waren nicht langsam genug geworden. Daeman schrie erneut auf – er war mittlerweile vollkommen heiser –, und dann krachten sie in das bestimmt hundert Stockwerke hohe Gebäude.

Er hörte kein Glas bersten, spürte keinen tödlichen, plötzlichen Stopp. Die Mauer des Gebäudes wölbte sich nach innen, nahm sie auf und schleuste sie durch einen langen, leuchtenden Kegel, als wären sie in nachgiebigen gelben Gummi getaucht, und dann spuckte sie der Trichter in einen Raum mit sechs leuchtenden, weißen Wänden. Der Energiestrahl erlosch. Die Stühle flogen in unterschiedliche Richtungen. Die Kraftfelder schalteten sich ab.

Daeman stieß einen letzten Schrei aus, schlitterte über einen harten Fußboden, prallte von einer noch härteren Wand zur Decke und von dieser wieder zurück auf den Fußboden. Dann sah er nur noch Schwärze.

Er fiel.

Daeman kam abrupt zu sich, als sein Körper und sein Gehirn ihm mitteilten, dass er sich im freien Fall überschlug. Fiel er aus dem Stuhl? Zur Erde? Er öffnete den Mund, um erneut zu schreien, schloss ihn jedoch, als er erkannte, dass er in der Luft hing; Savi hielt ihn an einem Arm fest, Harman am anderen.

In der Luft hing? Er *fiel!* Er wand sich und zappelte, aber Savi und Harman, die ebenfalls in dem weißen Raum schwebten, ließen ihn nicht los, sondern schlugen mit ihm zusammen Purzelbäume.

»Ist schon gut«, sagte Savi. »Wir sind in Null-g.«

»In was?«, keuchte Daeman.

»In Nullschwerkraft. Kein Gewicht. Hier, leg die an.« Sie gab ihm eine der Osmosemasken aus dem Crawler. Jemand hatte ihm bereits die Kapuze der Thermohaut aufgesetzt, und der intelligente Anzug hatte die Handschuhe über seine Hände gezogen. Jetzt wehrte sich Daeman verwirrt, aber sie zogen ihm die durchsichtige Osmosemaske über Nase und Mund.

»Sie ist als Atemgerät für den Notfall gedacht, falls Feuer ausbricht oder giftige Gase freigesetzt werden«, erklärte Savi. »Aber sie wird auch im Vakuum ein paar Stunden funktionieren.«

»Vakuum?«, sagte Daeman.

»Die Stadt der NMs hat ihre Schwerkraft und einen Großteil ihrer Luft verloren«, sagte Harman. »Wir haben bereits die Wand durchquert, während du ohnmächtig warst. Die Luft reicht, um hindurchzuschwimmen, aber sie ist zu dünn, als dass man sie atmen könnte.«

Die Luft reicht, um hindurchzuschwimmen? Bereits die Wand durchquert?, dachte Daeman trotz seiner Kopfschmerzen. *Jetzt sind sie alle beide verrückt geworden.* »Wie *verliert* man Schwerkraft?«, fragte er laut.

»Ich glaube, sie haben mit Kraftfeldern eine gewisse Gravitation auf diesem Asteroiden erzeugt«, sagte Savi. »Seine eigene Schwerkraft dürfte relativ gering sein, und einiges deutet darauf hin, dass die Stadt zum Boden hin ausgerichtet war.«

Daeman fragte nicht, was ein Asteroid war. Es interessierte ihn nicht besonders. »Können wir wieder runtergehen?«, fragte er, fügte jedoch sofort hinzu: »Aber ich setze mich nicht noch mal auf einen dieser Stühle.«

Savis Lächeln war trotz ihrer Osmosemaske zu sehen. Sie hatte ihre Überkleidung abgelegt, damit ihre Thermohaut – sie war pfirsichfarben – effizienter arbeitete, und der Anzug, nicht dicker als eine Farbschicht, ließ erkennen, wie dürr und knochig die alte Frau wirklich war. Harman trug ebenfalls nur seine blaue Thermohaut. Daeman schaute an sich hinunter und stellte fest, dass sie ihm seine Kleidung ausgezogen hatten, und seine grüne Thermohaut zeigte, wie pummelig er war. Angetan mit Thermohaut und Osmosemaske, hörte Daeman die Stimmen der anderen und das leise Echo seiner eigenen, die in den eingebauten Mikrofonen schnarrte, über die Kopfhörer seiner Kapuze.

»Diese Stühle werden wohl vorläufig hierbleiben«, sagte Savi. Sie deutete mit einem Nicken auf die zerbrochenen Stühle und die ebenfalls in der Luft schwebenden roten Polster.

»Ich kann nicht glauben, dass die NMs mit diesen Dingern regelmäßig zu den Ringen gereist sind«, sagte Harman. Das leichte Zittern in seiner Stimme verriet Daeman, dass er nicht der Einzige war, dem dieser Flug überhaupt nicht gefallen hatte.

»Vielleicht waren sie alle Achterbahn-Fans«, meinte Savi.

»Was ist eine …?«, begann Daeman.

»Spielt keine Rolle«, sagte sie, packte den Rucksack, den sie während des ganzen Fluges auf dem Schoß gehabt hatte, und sagte: »Seid ihr bereit, durch die Wand zu gehen und die NMs zu treffen?«

Durch die Wand zu gehen, war überhaupt nicht schwer. Für Daeman fühlte es sich so an, als würde er sich durch eine nachgiebige Membran drängen oder vielleicht durch einen warmen Wasserfall schwimmen.

Schwimmen. In Luft. Selbst nachdem er das eine halbe Stunde lang getan hatte, kam es Daeman überaus seltsam vor. Zuerst ruderte er mit beiden Armen und stieß fast aufs Geratewohl mit den Beinen aus, aber diese Anstrengungen brachten ihn so gut wie gar nicht voran und bewirkten nur, dass er Purzelbäume schlug, aber dann lernte er den Trick, sich von einem festen Gegenstand zum nächsten abzustoßen, selbst über Entfernungen von dreißig Metern und mehr hinweg, wobei er sich mit den Beinen antrieb und mit den gewölbten Händen unterwegs geringfügige Kurskorrekturen vornahm.

Alle Gebäude schienen innerlich miteinander verbunden zu sein, und was bei ihrem Anflug wie helle Innenbeleuchtung ausgesehen hatte, erwies sich als Illusion. Die Fenster leuchteten warm, aber es waren die *Fenster*, die das Licht ausstrahlten. Die riesigen Innenräume – der erste, in den sie hineinschwebten, nachdem sie aus der weißen Wand herausgekommen waren, hatte einen Durchmesser von hundert bis hundertzwanzig Metern und war mindestens dreihundert Meter hoch, und an drei Seiten des säulenförmigen Raums stiegen offene Terrassen empor – wurden alle vom orangefarbenen Lichtschein der Fenster in den Wänden in eine matte Helligkeit getaucht, und Daeman hatte das Gefühl, tief unter Wasser zu sein. Diese Illusion wurde noch durch diverse ungepflegte Pflanzen verstärkt, die zwölf bis fünfzehn Meter hoch gewachsen waren und wie Seetang in der leichten Brise schwankten.

Daeman merkte, wie dünn die Atmosphäre war, als er durch die Überreste der Luft zu schwimmen versuchte. Und obwohl die Thermohaut sämtliche freiliegende Haut bedeckte und seine gesamte Körperwärme bewahrte, spürte er trotzdem die eisige Kälte jenseits der Molekularschicht. Er sah auch ihre Auswirkungen, denn die Innenflächen aus Glas waren von einem dünnen Eisfilm und hin und wieder von Ansammlungen frei schwebender Eiskristalle überzogen, die das Licht einfingen wie der Staub in den Lichtsäulen im Innern von Kathedralen.

Schon nach fünf Minuten ihrer Luftschwimmreise durch die miteinander verbundenen Asteroidengebäude stießen sie auf die ersten Leichen.

Die Oberfläche unter ihnen war mit Gras und irdischen Pflanzen, aber auch mit Bäumen, Pflanzen und Blumen bedeckt, die Daeman auf der Erde noch nie gesehen hatte. Bis auf die schwankenden Tangtürme waren sie jedoch alle eingegangen. Während die Oberfläche wie ein Park angelegt gewesen war, zeigten offene Balkone an Metallsäulen sowie Speiseräume und Versammlungsbereiche, die an Wand- und Fensterflächen hingen, wie gering die Kraftfeldgravitation gewesen sein musste. Die Nachmenschen hatten sich offenbar vom »Boden« abstoßen und dreißig Meter und mehr senkrecht in die Luft emporsteigen können, bevor sie eine weitere offene Plattform oder ein Sprungbrett hoch oben in der Luft benötigten, um sich erneut abzustoßen. Auf vielen dieser Plattformen sahen sie noch mit Raureif überzogene Tische, umgestürzte Stühle, klobige Sofas und frei stehende Gobelins.

Und Leichen.

Savi stieß sich zu einer Terrasse mit einem Durchmesser von rund dreißig Metern hinauf. Früher einmal hatte sie sich offenbar über einem schmalen Wasserfall befunden; jetzt jedoch war der von einem Balkon rund hundertfünfzig Meter weiter oben an der Permbetonwand herabstürzende Wasserfall zu einem fragilen Gitterwerk aus Eis gefroren, und im Essbereich schwebten überall Leichen.

Weibliche Leichen. Es waren samt und sonders Frauen, obwohl diese grauen Gestalten eher ledrigen Mumien ähnelten als irgendetwas Männlichem oder Weiblichem.

Es gab nur wenig Verwesung im eigentlichen Sinn, aber die Auswirkungen extremer Kälte und abnehmenden Luftdrucks hatten die Toten über Jahre, Jahrzehnte oder Jahrhunderte gefriergetrocknet. Als Daeman näher an die erste Ansammlung von Leichen heranschwebte – in der Schwerelosigkeit hingen sie alle einfach in der Luft, hatten sich jedoch in den Maschen eines ehemals dekorativen Netzes zwischen dem Essbereich und dem Wasserfall verfangen –, gelangte er zu dem Schluss, dass es Jahrhunderte und nicht nur Jahrzehnte her sein musste, dass diese Frauen in der geringen Schwerkraft – wahrscheinlich nur ein Zehntel der Erdschwerkraft, wie Savi meinte – geatmet, sich zu Fuß oder durch die Luft von hier nach dort begeben, gelacht und getan hatten, was die Nachmenschen eben taten, bevor … bevor was? Die Augen der Frauen in den grauen, ledrigen Gesichtern waren noch intakt, wenn auch gefroren und weißlich getrübt, und Daeman schaute in die starren, milchigen Blicke des halben Dutzends Leichen, als könnte darin eine Antwort zu finden sein. Als keine kam, räusperte er sich und sagte ins Mikrofon seiner Osmosemaske: »Was glaubt ihr, was sie umgebracht hat?«

»Das wüsste ich auch gern«, sagte Harman. Er schwebte bei einem anderen Leichenbündel. Gegenüber der grauen Haut der Leichen wirkte das Blau seines Anzugs im trüben Totenlicht beinahe schockierend. »Ein plötzlicher Druckabfall?«

»Nein.« Savis Gesicht war nur Zentimeter von dem einer toten Frau entfernt. »Keine Blutungen hinter den Augen, keine Anzeichen von Ersticken und auch keine geplatzten Trommelfelle, die es bei einem katastrophalen Atmosphärenverlust gegeben hätte. Und schaut euch das hier an.«

Die anderen beiden schwebten näher heran. Savi schob drei behandschuhte Finger in ein schartiges Loch im ledrigen Hals der Leiche. Die Finger verschwanden bis zu den Knöcheln. Angewidert stieß Daeman sich ab und schwebte rückwärts davon, aber es war ihm nicht entgangen, dass auch die anderen Leichen solche schartigen Wunden am Hals, den Schenkeln und dem Brustkasten hatten.

»Plünderer?«, sagte Harman.

»Nein, das glaube ich nicht.« Savi schwebte von einer Leiche zur anderen und untersuchte jede Wunde. »Und auch keine Folgen der Verwesung. Hier gab es wohl auch damals schon nicht viele lebensfähige Bakterien, bevor die Luft zu entweichen begann und die Kälte kam. Vielleicht hatten die Nachmenschen nicht einmal Bakterien in ihrem Gedärm.«

»Wie könnte das sein?«, fragte Daeman.

Savi schüttelte nur den Kopf. Sie schwebte zu zwei Leichen auf der nächsten Plattform, die sich in Stühle verheddert hatten. Diese Leichen wiesen größere Bauchwunden auf. Fetzen loser, zerrissener Kleidung schwebten in der dünnen, kalten Luft. »Etwas hat ein Loch in ihren Bauch gefressen«, flüsterte Savi.

»Was?« Daeman hörte, wie hohl seine Stimme in den Thermohaut-Kopfhörern klang.

»Ich glaube, all diese Menschen – diese NMs – sind an ihren Wunden gestorben«, sagte Savi. »Etwas hat sich ihnen in den Hals und den Bauch gefressen und ihnen das Herz herausgerissen.«

»Was?«, fragte Daeman erneut.

Statt zu antworten, holte Savi die schwarze Schusswaffe aus ihrem Rucksack und klebte sie auf den Klettstreifen am Oberschenkel ihres Thermohautanzugs. Sie zeigte auf eine etwa einen Kilometer entfernte Stelle, wo der offene Promenadenweg der inneren Stadt eine Kurve beschrieb. »Dort bewegt sich etwas«, sagte sie.

Ohne darauf zu warten, ob die beiden Männer ihr folgten, stieß Savi sich ab und schwebte in diese Richtung.

41 Olympus Mons

Nach ihrer Gefangennahme dachte Mahnmut, dass er den Apparat – worum auch immer es sich dabei handelte – am besten sofort aktiviert hätte, nachdem der blonde Gott in dem fliegenden Streitwagen den Ballon zerstört und sich darangemacht hatte, sie zum Olympus Mons zu schleppen.

Aber er kam nicht an den Apparat heran. Auch nicht an den Sender. Oder an Orphu. Mahnmut brauchte all seine Kräfte, um sich an der Reling der Gondel festzuhalten, während sie fast mit Schallgeschwindigkeit zu dem marsianischen Vulkan flogen. Wenn er den Apparat, den Sender und Orphu von Io nicht mit jedem Meter Seil und Draht, den er hatte auftreiben können, am Boden der Gondel festgebunden hätte, wären alle drei zwölftausend Meter und mehr zur Hochebene zwischen dem nördlichsten der Tharsis-Vulkane – Ascraeus – und dem Tethys-Meer hinabgestürzt.

Der Gott in der Maschine, der diese metrischen Tonnen toten Gewichts sowie die zusätzliche Last der gebündelten Seile noch immer in einer Hand hielt, ging sogar noch etwas höher, während der Streitwagen nach Norden flog. Er beschrieb einen Bogen übers Meer, gewann dabei weiter an Höhe und kam schließlich von Norden auf den Olympus Mons zu. Obwohl Mahnmuts kurze Beine herabbaumelten und seine Manipulatoren sich tief in die Reling der Gondel gegraben hatten, musste er zugeben, dass es ein grandioser Anblick war.

Eine fast geschlossene Wolkenmasse bedeckte den größten Teil des Gebietes zwischen den Tharsis-Vulkanen und dem Olympus; nur die kompakten Massen der Vulkane erhoben sich aus der Wolkendecke. Die aufgehende Sonne im Südosten war klein, aber sehr hell, und färbte das Meer und die Wolken in leuchtendem Gold. Der goldene Glanz des Tethys-Meeres war so hell, dass Mahnmut seine Polarisationsfilter auf eine höhere Stufe einstellen musste. Der Olympus selbst, der sich direkt am Rande des Tethys-Meeres erhob, war atemberaubend in seiner gewaltigen Größe, ein endloser Kegel aus Eisfeldern, der zu einem unmöglich grünen Gipfel mit einer Reihe blauer Seen in seiner Caldera anstieg.

Der Streitwagen ging in den Sinkflug, und Mahnmut konnte die senkrechten, viertausend Meter hohen Steilwände am Fuß des nordwestlichen Quadranten ausmachen. Die Steilwände lagen zwar im Schatten, aber er sah auch winzige Straßen und Bauwerke auf der Küstenebene zwischen den Steilwänden und dem goldenen Ozean, die wie ein schmaler Strandstreifen wirkte, obwohl sie fast mit Sicherheit drei bis vier Kilometer breit war. Weiter nördlich, draußen auf dem Meer, war Lycus Sulci, durch Terraformen in eine Insel verwandelt, die nichts so sehr ähnelte wie einem zum Olympus Mons erhobenen Echsenkopf.

Mahnmut beschrieb Orphu all das stimmlos auf dem Engstrahl-Kanal. »Klingt hübsch«, lautete der einzige Kommentar des Ioniers, »aber ich wünschte, wir würden diese Tour aus eigener Kraft absolvieren.«

Gerade als Mahnmut sich in Erinnerung rief, dass er nicht hier war, um die Sehenswürdigkeiten zu genießen, ging der gottähnliche Humanoide mit seinem Streitwagen zum Gipfel des riesigen Vulkans hinunter. Dreitausend Meter über den oberen Schneehängen durchdrangen sie ein Kraftfeld – Mahnmuts Sensoren registrierten den Ozonstoß und die Spannungsunterschiede –, dann fing sich der Streitwagen für den restlichen Landeanflug auf den grünen, grasbewachsenen Gipfel.

»Tut mir leid, dass ich diesen Kerl im Streitwagen nicht eher kommen sehen und ein Ausweichmanöver gemacht habe«, sagte Mahnmut in den letzten Sekunden, bevor er die Verbindung zu Orphu wegen der Landung unterbrechen musste.

»Ist nicht deine Schuld«, erwiderte Orphu. »Diese Dei ex machinae verstehen es einfach, sich an uns Literaturfreaks anzuschleichen.«

Nach der Landung packte der Gott, der sie gefangen genommen hatte, Mahnmut am Genick und trug ihn ohne viel Federlesens in den größten künstlichen Raum, den der kleine Moravec je gesehen hatte. Andere Götter gingen hinaus, um Orphu, den Apparat und den Sender hereinzuholen. Weitere Götter betraten die Halle, während Zeus sich von ihrem Streitwagengott ihre Gefangennahme schildern ließ. Bei dem Gedanken, dass diese Streitwagenleute sich selbst für Götter hielten, war Mahnmut nun wohler; er nahm jetzt an, dass sie sich den Olympus Mons nicht zufällig zur Heimstatt erwählt hatten. Die in Nischen prangenden Hologramme Aberdutzender weiterer Götter und Göttinnen bestätigten seine Hypothese. Dann begann der Übergott zu sprechen, den Mahnmut für Zeus hielt, und Mahnmut verstand nur Bahnhof. Mahnmut sagte ein, zwei Sätze auf Englisch. Die graubärtigen und die jüngeren Götter runzelten verständnislos die Stirn. Mahnmut verfluchte sich dafür, dass er nie Alt- oder Neugriechisch in seinen Sprachspeicher geladen hatte. Damals, als er mit der *Dark Lady* in See gestochen war, um die Unterwassermeere Europas zu erforschen, war es ihm nicht gar so wichtig erschienen.

Mahnmut versuchte es mit Französisch. Dann mit Deutsch. Mit Russisch und Japanisch. Er arbeitete sich durch seinen bescheidenen Speicher menschlicher Sprachen und formulierte immer denselben Satz – »Ich komme in Frieden und wollte nichts Unerlaubtes tun« –, bis die Zeus-Gestalt eine massige Hand hob, um ihn zum Schweigen zu bringen. Die Götter sprachen miteinander, und sie schienen nicht sehr erfreut zu sein.

Was ist los?, sendete Orphu per Engstrahl. Der Rumpf des Ioniers lag fünf Meter entfernt auf dem Boden, zusammen mit den anderen beiden Artefakten aus der Gondel. Ihre Häscher schienen nicht einmal auf die Idee gekommen zu sein, dass diese rissige, ramponierte Schale ein empfindungsfähiges Wesen beherbergte; sie behandelten Orphu wie ein x-beliebiges Beutestück. Mahnmut hatte nichts anderes erwartet und darum für seinen Satz den Singular gewählt: »Ich komme in Frieden …« statt »wir«. Was immer die Götter mit ihm, Mahnmut, zu machen beschlossen, es gab eine klitzekleine Chance, dass sie Orphu in Ruhe lassen würden, obwohl er keine Ahnung hatte, wie der arme Ionier ohne Augen, Ohren, Beine oder Manipulatoren entkommen sollte.

Die Götter reden miteinander, antwortete Mahnmut. *Ich verstehe sie nicht.*

Wiederhole ein paar Wörter, die sie benutzen.

Mahnmut gehorchte lautlos.

Das ist eine Variante des Altgriechischen, sagte Orphu. *Es ist in meiner Datenbank. Ich kann sie verstehen.*

Lade es mir herauf, sendete Mahnmut.

Per Engstrahl? Das würde eine Stunde dauern. Hast du eine Stunde Zeit?

Mahnmut drehte den Kopf und beobachtete die schönen männlichen Humanoiden, die einander Silben entgegenbellten. Sie schienen kurz vor einer Entscheidung zu stehen. *Nein*, sagte er.

Erzähl mir stimmlos, was sie sagen, und ich übersetze es dir. Wir entscheiden über die richtige Reaktion, und ich schicke dir die Phoneme für deine Antwort, sagte der Ionier.

In Echtzeit?

Haben wir eine andere Wahl?

Der Gott, der sie gefangen genommen hatte, sprach mit der bärtigen Gestalt auf dem goldenen Thron. Mahnmut schickte weiter, was er hörte, bekam binnen Sekundenbruchteilen die Übersetzung, beriet sich mit Orphu und merkte sich die Silben ihrer Antwort auf Griechisch. Das Verfahren kam dem kleinen Moravec nicht sehr effizient vor.

»… ist ein kluger, kleiner Automat, und die anderen Objekte sind wertloser Plunder, Vater Zeus«, sagte der zweieinhalb Meter große blonde Gott.

»Apollo, mein Sohn mit dem silbernen Bogen, verwirf diese Spielzeuge nicht als wertlos, ehe wir nicht wissen, woher und weshalb sie kommen. Der Ballon, den du zerstört hast, war kein Spielzeug.«

»Und ich bin auch kein Spielzeug«, sagte Mahnmut. »Ich komme in Frieden und wollte nichts Unerlaubtes tun.«

Die Götter machten große Augen und unterhielten sich dann leise miteinander.

Wie groß sind diese Götter?, sendete Orphu per Engstrahl.

Mahnmut beschrieb sie rasch.

Unmöglich, sagte der Ionier. *Die Bauweise des menschlichen Skeletts wird ab zwei Meter Größe ineffizient, und drei Meter wären absurd. Die Unterschenkelknochen würden brechen.*

Hier herrscht Marsschwerkraft, rief Mahnmut seinem Freund in Erinnerung. *Es ist das schlimmste G-Feld, das ich je erlebt habe, aber es hat nur ungefähr ein Drittel der Erdschwerkraft.*

Dann meinst du also, diese Götter kämen von der Erde?, fragte Orphu. *Das erscheint mir recht unwahrscheinlich, außer …*

Entschuldige, sendete Mahnmut, *hier gibt's gerade Arbeit für mich.*

Zeus lachte in sich hinein und beugte sich auf seinem Thron vor. »Die kleine Spielzeugperson spricht also die menschliche Sprache.«

»So ist es«, erwiderte Mahnmut, der die Worte von Orphu bekam, obwohl keiner der Moravecs den korrekten Ehrentitel für den Gott der Götter, den König der Götter, den Herrn des Universums kannte. Sie beschlossen, ihn einfach wegzulassen.

»Die Heiler können auch sprechen«, blaffte Apollo, immer noch an Zeus gewandt. »Aber denken können sie nicht.«

»Ich kann sprechen und denken«, sagte Mahnmut.

»Wirklich?«, sagte Zeus. »Hat die sprechende und denkende kleine Person auch einen Namen?«

»Ich bin Mahnmut der Moravec«, sagte Mahnmut mit fester Stimme. »Befahrer der gefrorenen Meere Europas.«

Zeus lachte leise, aber es war ein so tiefes Rumpeln, dass Mahnmuts Oberflächenmaterial vibrierte. »Bist du das? Wer ist dein Vater, Mahnmut der Moravec?«

Mahnmut und Orphu brauchten volle zwei Sekunden, um sich per Engstrahl auf die ehrliche Antwort zu verständigen. »Ich habe keinen Vater, Zeus.«

»Dann bist du ein Spielzeug«, sagte Zeus. Der Gott runzelte die Stirn, und die gewaltigen weißen Brauen berührten sich fast über seiner spitzen Nase.

»Nein«, sagte Mahnmut. »Ich bin nur eine Person in anderer Gestalt. So wie mein Freund hier, Orphu von Io, ein Weltraum-Moravec, der im Io-Torus arbeitet.« Er wies auf den Rumpf, und aller Götter Augen wandten sich Orphu zu. Orphu hatte darauf bestanden, seine Beschaffenheit zu enthüllen. Er sagte, er wolle Mahnmuts wie auch immer geartetes Schicksal teilen.

»Noch eine kleine Person, aber diesmal in Gestalt eines zerbrochenen Krebses?« Jetzt lachte Zeus nicht.

»Ja«, sagte Mahnmut. »Darf ich nun erfahren, wer uns gefangen genommen hat?«

Zeus zögerte, Apollo protestierte, aber am Ende verneigte sich der König der Götter ironisch und öffnete seine Hand der Reihe nach zu jedem Gott.

»Der euch gefangen genommen hat, ist, wie du weißt, Apollo, mein Sohn. Neben ihm steht Ares, der am meisten herumgeschrien hat, bevor du dich an unserem Gespräch beteiligt hast. Die dunkle Gestalt hinter Ares ist mein Bruder Hades, auch er ein Sohn von Kronos und Rhea. Zu meiner Rechten steht Hephaistos, der Sohn meiner Gemahlin. Der königliche Gott neben deinem Krebsfreund ist mein Bruder Poseidon, der zu Ehren eurer Ankunft hergerufen wurde. Der mit dem Kragen aus goldenem Seetang neben Poseidon ist Nereus, auch er ein Gott des Meeres. Hinter dem edlen Nereus steht Hermes, der Bote und Gigantentöter. Im Verlauf unseres Gesprächs sind noch viele weitere Götter … und Göttinnen, wie ich sehe …, in die große Halle gekommen, aber diese sieben Götter und ich werden über euch zu Gericht sitzen.«

»Zu Gericht?«, sagte Mahnmut. »Mein Freund Orphu von Io und ich haben kein Verbrechen gegen euch begangen.«

»O doch«, sagte Zeus mit einem Lachen. Er wechselte zum Englischen. »Ihr seid aus dem Jupiterraum gekommen, kleiner Moravec, kleiner Roboter, und höchstwahrscheinlich führtet ihr Böses im Schilde. Meine Tochter Athene und ich haben euer Schiff zum Absturz gebracht, und ich gestehe, ich dachte, ihr wäret alle umgekommen. Ihr seid zähe kleine Scheusale. Aber dies möge nun euer Ende sein.«

»Du sprichst die Sprache dieser Kreaturen?«, wandte sich Ares an Zeus. »Du kennst diese barbarische Zunge?«

»Dein Vater spricht alle Sprachen, Gott des Krieges«, fuhr Zeus ihn an. »Sei still.«

Die gewaltige Halle und die vielen Zwischengeschosse füllten sich rasch mit Göttern und Göttinnen.

»Sperrt diese kleine Hund-Mensch-Maschine und diesen beinlosen Krebs in einen verschlossenen Raum in diesem Gebäude«, sagte Zeus. »Ich werde mich mit Hera und anderen beraten, denen ich Gehör schenke, und wir werden in Kürze entscheiden, was wir mit ihnen tun. Bringt die anderen beiden Objekte in eine nahe gelegene Schatzkammer. Wir werden im Lauf der Zeit herausfinden, was sie wert sind.«

Die Götter namens Apollo und Nereus kamen auf Mahnmut zu. Der kleine Moravec schwankte zwischen Kampf und Flucht – er hatte einen schwachen Laser an seinem Handgelenk, der die Götter vielleicht für ein, zwei Sekunden überraschen würde, und er konnte über kurze Strecken schnell auf allen vieren laufen; vielleicht würde es ihm gelingen, aus dieser großen Halle zu flitzen, in den Calderasee zu tauchen und sich in dessen Tiefen zu verstecken –, aber dann warf er einen Blick zu Orphu hinüber, den vier namenlose Götter bereits mühelos hochhoben, und ließ sich selbst wie eine große Metallpuppe hochheben und aus der Halle tragen.

Mahnmuts innerem Chronometer zufolge warteten sie sechsunddreißig Minuten in dem fensterlosen Lagerraum, bevor ihr Scharfrichter kam. Es war ein großer Raum mit zwei Meter dicken Marmorwänden und – Mahnmuts Instrumenten zufolge – eingebetteten Kraftfeldern, die einer kleinen Atomexplosion standhalten konnten.

Es ist an der Zeit, den Apparat zu aktivieren, erklärte Orphu per Engstrahl. *Was immer er tut, es ist besser, als dass wir uns von ihnen kampflos zerstören lassen.*

Ich würde ihn aktivieren, wenn ich könnte, sagte Mahnmut. *Aber es war keine Fernbedienung dabei. Und ich war zu sehr damit beschäftigt, unsere Gondel zu bauen, um eine zu basteln.*

Verpasste Gelegenheiten, kommentierte Orphu mit einem Rumpeln. *Zum Teufel damit. Wir haben es immerhin versucht.*

Ich gebe noch nicht auf, sagte Mahnmut. Er marschierte auf und ab und tastete die Ränder der Metalltür ab, durch die sie hereingekommen waren. Sie war ebenfalls mit Kraftfeldern verschlossen. Hätte Orphu noch seine Arme gehabt, hätte er die Tür vielleicht herausreißen können. Vielleicht.

Was sagt Shakespeare über ein solches Ende?, fragte Orphu. *Hat »Will, der Dichter« dem Jüngling jemals Lebewohl gesagt?*

Eigentlich nicht. Mahnmut tastete die Wände mit seinen organischen Fingern ab. *Sie haben sich ziemlich verkracht. Ihre Beziehung hat sich irgendwie totgelaufen, als sie feststellten, dass sie mit derselben Frau schliefen. Und was sagt Proust zu alldem?*

Longtemps, je me suis couché de bonne heure, zitierte Orphu von Io.

Mahnmut mochte die französische Sprache nicht – sie fühlte sich immer wie zu dickes Öl in seinem Getriebe an –, aber sie war in seinem Datenspeicher, und er konnte den Satz übersetzen. »Lange Zeit bin ich früh schlafen gegangen.«

Nach zwei Minuten und neunundzwanzig Sekunden sagte Mahnmut über Engstrahl: *Der Rest ist Schweigen.*

Die Tür ging auf, und eine zwei Meter große Göttin betrat den Raum, schloss die Tür hinter sich und verriegelte sie. Sie hielt ein silbernes Ovoid in beiden Händen, dessen kleine schwarze Mündung auf ihn gerichtet war. Mahnmut wusste instinktiv, dass es nichts bringen würde, sie anzugreifen. Er wich zurück, bis er die Hand ausstrecken und Orphus Hülle berühren konnte; er wusste genau, dass der Ionier den Kontakt spürte.

Die Göttin sagte auf Englisch: »Mein Name ist Hera, und ich bin hier, um euch dumme, dumme Moravecs ein für alle Mal von eurem Elend zu erlösen. Solche wie euch habe ich noch nie gemocht.«

Es gab einen Blitz, einen Schlag, und dann senkte sich vollkommene Schwärze herab.

42 Olymp und Ilium

Als ich Thetis, Aphrodite und meine Muse die große Halle betreten sehe, will ich spontan fortqten, aber dann fällt mir wieder ein, dass Aphrodite die Macht, die sie mir verliehen hat – Störungen im Quantenkontinuum wahrzunehmen und zu verfolgen –, ebenfalls besitzen muss. Jeder übereilte Quantenabgang könnte nun ihre Aufmerksamkeit erregen. Außerdem bin ich hier noch nicht ganz fertig.

Ich verdrücke mich seitwärts, bis mich ein paar hochgewachsene Götter und Göttinnen vor den Blicken der hereinkommenden Frauen verbergen, schleiche hinter eine dicke Säule und verlasse die große Halle. Ich höre Ares' laute, zornige Stimme – er will immer noch wissen, was in seiner Abwesenheit auf dem Schlachtfeld von Ilium geschehen ist –, und dann sagt Aphrodite: »Vater Zeus, Herr und Gebieter, obwohl ich noch nicht ganz von meinen schrecklichen Wunden genesen bin, habe ich darum gebeten, die Heilbottiche verlassen und hierherkommen zu dürfen. Ich habe nämlich Kenntnis davon erlangt, dass ein Sterblicher auf freiem Fuß ist, der ein QT-Medaillon und den von Hades persönlich geschmiedeten, unsichtbar machenden Helm des Todes entwendet hat. Ich fürchte, dass dieser Sterbliche großes Unheil anrichtet, noch während wir hier miteinander sprechen.«

In der Götterschar bricht ein Tumult aus. Fragen werden gerufen, ein Stimmengewirr erhebt sich.

So viel zu einem etwaigen Vorteil meinerseits. Immer noch vom Feld des Hades-Helms geschützt, laufe ich einen langen Korridor entlang, wende mich bei der ersten Kreuzung nach links und eile durch einen weiteren Korridor. Ich habe keine Ahnung, wohin ich laufe, aber mir ist klar, dass meine einzige Hoffnung darin besteht, auf Hera zu stoßen. An einer weiteren Kreuzung komme ich schlitternd zum Stehen; ich höre, wie das Gebrüll aus der großen Halle noch lauter wird, schließe die Augen und bete – aber nicht zu diesen schweinischen Göttern. Es ist das erste Mal, dass ich bete, seit ich neun Jahre alt war und meine Mutter Krebs hatte.

Ich öffne die Augen und sehe, wie Hera hundert Meter zu meiner Linken eine Korridorkreuzung überquert.

Das Klatschen meiner Sandalen hallt in den langen Marmorgängen wider. Hohe, goldene Dreifüße werfen ihren Feuerschein an Wände und Decken. Die Geräusche, die ich mache, sind mir momentan egal – ich muss Hera einholen. Von der erregten Versammlung im großen Saal hallt weiteres Geschrei durch die Gänge. Ich frage mich einen Augenblick lang, wie Aphrodite ihre Mittäterschaft verheimlichen will – schließlich hat sie mich ausgerüstet und losgeschickt, um Athene zu bespitzeln und zu töten –, aber dann erkenne ich, dass die Göttin der Liebe eine meisterhafte Lügnerin ist. Ich werde tot sein, bevor ich eine Chance bekomme, jemandem die Wahrheit über diese Angelegenheit zu erzählen. Und Aphrodite wird als Heldin dastehen, weil sie die anderen Götter auf meinen Verrat aufmerksam gemacht hat.

Hera geht mit schnellen Schritten dahin. Plötzlich bleibt sie stehen und schaut sich um. Ich hatte ohnehin schon innegehalten, und nun schwanke ich auf den Zehenspitzen, um meine Position nicht zu verraten. Zeus' Gattin runzelt die Stirn, schaut in beide Richtungen und streicht mit der Hand über eine sechs Meter hohe Metalltür. Das Metall summt, innere Schlösser entriegeln sich klickend, und die Tür schwingt nach innen auf. Ich muss mich beeilen, um in den Raum zu schlüpfen, bevor Hera die Tür mit einer Handbewegung hinter sich schließt.

Noch lauteres Geschrei aus der großen Halle übertönt das Geräusch meiner Sandalen auf dem Stein. Hera zieht eine glatte, graue Waffe – eher wie eine Muschel mit gefährlich aussehenden schwarzen Öffnungen – aus den Falten ihres Gewands.

Der kleine Roboter und die Krebsschale sind die einzigen anderen Dinge im Raum. Der Roboter weicht vor Hera zurück – er weiß offenbar, was jetzt kommt – und legt eine seltsam menschlich aussehende Hand auf die riesige Gestalt mit der rissigen Hülle, und mir wird erst jetzt klar, dass das andere Objekt ebenfalls ein Roboter sein muss. Was immer diese Maschinen sind, sie gehören nicht zum Olymp, davon bin ich überzeugt.

»Mein Name ist Hera«, sagt die Göttin, »und ich bin hier, um euch dumme, dumme Moravecs ein für alle Mal von eurem Elend zu erlösen. Solche wie euch habe ich noch nie gemocht.«

Ich war stehen geblieben, bevor sie zu sprechen begonnen hatte. Dies ist immerhin Hera, Gattin und Schwester von Zeus, Königin der Götter und mächtigste aller Göttinnen, möglicherweise mit Ausnahme von Athene. Vielleicht liegt es an diesem »solche wie euch«. Ich bin Mitte des zwanzigsten Jahrhunderts geboren, habe bis ins einundzwanzigste Jahrhundert hinein gelebt und solche Redensarten schon früher gehört – und zwar viel zu oft.

Was auch immer letztlich der Grund ist, ich ziele mit meinem Stab und verpasse dem arroganten Miststück eine Taserladung.

Ich war nicht sicher, ob 50 000 Volt bei einer Göttin wirken würden, aber so ist es. Hera zuckt krampfhaft, bricht zusammen, löst im Fallen das Ovoid in ihren Händen aus und sprengt die leuchtenden Deckenpaneele weg, die den Raum erhellen. Es wird stockfinster.

Ich fahre die Taserelektrode wieder ein und mache eine weitere Ladung bereit, aber es ist pechschwarz in dem fensterlosen Raum, und ich sehe nichts. Ich mache einen Schritt nach vorn und stolpere beinahe über Heras Körper. Sie scheint bewusstlos zu sein, liegt aber immer noch zuckend am Boden. Plötzlich stechen zwei Lichtstrahlen durch den Raum. Ich setze die Kapuze des Hades-Helms ab und sehe mich in den beiden Strahlen.

»Hör auf, mir in die Augen zu leuchten«, sage ich zu dem kleinen Roboter. Das Licht scheint aus seiner Brust zu kommen. Die Strahlen verlagern sich.

»Bist du ein Mensch?«, fragt der Roboter. Es dauert eine Sekunde, bis mir bewusst wird, dass er Englisch gesprochen hat.

»Ja.« Meine eigene Sprache hört sich aus meinem Mund seltsam an. »Und was seid ihr?«

»Wir sind beide Moravecs«, sagt die kleine Gestalt und kommt näher. Die Lichtstrahlen schwenken zu Hera. Ihre Augenlider flattern. Ich bücke mich, hebe die graue Waffe auf und stecke sie in die Tasche meines Chitons.

»Ich heiße Mahnmut«, sagt der Roboter. Sein dunkler Kopf reicht mir nicht einmal bis zur Brust. Ich sehe keine Augen in dem metallenen, aber nach Kunststoff aussehenden Gesicht. Wo die Augen sein könnten, sind dunkle Bänder, und ich habe das Gefühl, dass er mich anstarrt. »Mein Freund heißt Orphu von Io«, setzt er hinzu. Die Stimme des Roboters ist leise, nur andeutungsweise männlich und nicht im Geringsten metallisch oder roboterhaft. Er deutet auf die rissige Schale, die an die fünf Meter Platz einnimmt.

»Ist … Orphu am Leben?«, frage ich.

»Ja, aber er hat momentan keine Augen und keine Manipulatoren«, sagt der kleine Roboter. »Ich übermittle ihm unsere Worte per Funk, und er sagt, es ist ihm ein Vergnügen, deine Bekanntschaft zu machen. Er sagt, wenn er noch Augen hätte, wärst du der erste Mensch, den er je zu Gesicht bekommen hätte.«

»Orphu von Io«, wiederhole ich. »Hat der Saturn nicht einen Mond namens Io?«

»Der Jupiter, um genau zu sein«, sagt die Mahnmut-Maschine.

»Freut mich, euch kennenzulernen«, sage ich, »aber wir müssen jetzt sofort von hier verschwinden. Plaudern können wir später. Diese Kuh wacht allmählich wieder auf. In ein oder zwei Minuten wird man nach ihr suchen. Die Götter sind momentan ziemlich aufgeregt.«

»Kuh«, wiederholt der Roboter. Er schaut auf Hera hinunter. »Wie komisch.« Er richtet seinen doppelten Scheinwerferstrahl auf die Tür. »Die Stalltür scheint sich hinter der Kuh geschlossen zu haben. Ist es dir möglich, die Tür zu entriegeln oder aus den Angeln zu sprengen?«

»Nein«, sage ich. »Aber wir müssen nicht durch die Tür, um von hier zu verschwinden. Gib mir deine Hand … deine Pfote … was immer es ist.«

Der Roboter zögert. »Du hast nicht zufällig vor, uns per Quantenteleportation von hier wegzubringen?«

»Wisst ihr über QT Bescheid?«

Die kleine Gestalt richtet die Strahlen wieder auf die reglose Krebsschale, die mich um ein gutes Stück überragt. »Kannst du uns beide mitnehmen?«

Jetzt bin ich derjenige, der zögert. »Ich weiß es nicht. Vermutlich nicht. So viel Masse …« Hera bewegt sich stöhnend zu unseren Füßen – nun ja, zu meinen Füßen und den irgendwie fußähnlich aussehenden Fortsätzen dieses Mahnmut. »Gib mir deine Hand«, sage ich erneut. »Ich bringe dich in Sicherheit, fort vom Olymp, und dann komme ich wieder und kümmere mich um deinen Freund.«

Der kleine Roboter tritt einen Schritt zurück. »Bevor ich gehe, muss ich wissen, dass Orphu gerettet werden kann.«

Draußen auf dem Gang ertönen laute Stimmen. Suchen sie mich schon? Wahrscheinlich. Hat Aphrodite ihre Blick-durch-den-Hades-Helm-Technik weitergegeben, oder schwärmen sie nur aus und suchen den Raum ab, als würden sie einen Unsichtbaren jagen? Hera stöhnt und dreht sich auf die Seite. Ihre Augenlider flattern noch, aber sie kommt wieder zu sich.

»Verdammt«, sage ich. Ich reiße mir den Umhang herunter und nehme das zu meiner Rüstung gehörende Schwebegeschirr ab. »Mach mir hier bitte mal ein bisschen Licht.« Soll man zu einem Roboter Bitte sagen? Allerdings hat dieser Mahnmut sich nicht als Roboter bezeichnet, sondern als Moravec. Was immer das sein mag.

Der erste Gurt des Geschirrs ist viel zu kurz und passt nicht um den großen Krebsrumpf, aber ich verbinde alle drei Teile des Geschirrs miteinander und befestige die Schnallen an jedem Ende an Rissen in der Hülle. Dieser arme Orphu sieht aus, als hätten ihn Terroristen jahrelang für Schießübungen benutzt. Sein irgendwie metallisch wirkender Panzer ist über und über mit Kratern bedeckt.

»In Ordnung«, sage ich. »Mal sehen, ob es funktioniert.« Ich aktiviere das Geschirr.

Die zweifellos tonnenschwere, reglose Krebsschale wackelt, stößt irgendwo an, erhebt sich dann jedoch rund zwanzig Zentimeter über den Marmorboden.

»Sehen wir doch mal, ob dieses Medaillon so viel Fracht transportieren kann«, sage ich, ohne mich darum zu kümmern, ob Mahnmut mich versteht. Ich gebe dem kleinen Roboter den Taser. »Wenn die Kuh sich aufrappelt, bevor ich zurück bin, oder wenn jemand anders durch diese Tür hereinkommt, zielst du und drückst hier auf den Stab. Das wird einen von ihnen aufhalten.«

»Eigentlich muss ich zwei Sachen holen, die sie uns gestohlen haben«, sagt Mahnmut, »und da könnte es sein, dass mir deine Unsichtbarkeitsvorrichtung bessere Dienste leistet. Ob ich sie mir wohl mal ausleihen könnte?« Er gibt mir den Stab zurück.

»Scheiße«, sage ich. Die Stimmen sind jetzt direkt draußen vor der Tür. Ich löse meine Rüstung, ziehe die Lederhaube herunter und werfe sie dem Roboter zu. Wird Hades' kleiner Apparat bei einer Maschine funktionieren? Soll ich ihm sagen, dass Aphrodite ihn trotz der Haube sehen kann? Keine Zeit. »Wie finde ich dich, wenn ich zurückkomme?«

»Komm irgendwann in der nächsten Stunde zu dieser Seite des Calderasees«, sagt der Roboter. »Ich finde dich.«

Die Tür geht auf. Der kleine Roboter verschwindet.

Nightenhelser und Patroklos hatte ich einfach gepackt, um sie ins QT-Feld einzubeziehen; um den reglosen Patroklos hatte ich allerdings den Arm gelegt und ihn so mitgeschleppt. Jetzt lehne ich mich an den Rumpf dieses Orphu, lege einen Arm über ihn, so weit es geht, stelle mir mein Ziel bildlich vor und drehe das Medaillon.

Heller Sonnenschein und Sand unter meinen Füßen. Die Orphu-Masse ist mit mir teleportiert und schwebt jetzt zwanzig Zentimeter über dem Sand, was gut ist, weil sich unter ihr kleine Felsbrocken befinden. Ich glaube nicht, dass man nach der Quantenteleportation in einem festen Objekt materialisieren kann, aber ich bin froh, dass wir uns nicht diesen Tag ausgesucht haben, um es herauszufinden.

Ich bin in Agamemnons Lager am Strand gekommen, aber zu dieser späten Vormittagsstunde ist so gut wie niemand bei den Zelten. Trotz der brodelnden Gewitterwolken über uns fallen Sonnenstrahlen auf den Strand und die bunten Zelte, färben die langen schwarzen Boote mit Licht und zeigen mir die achäischen Wachen, die bei unserem plötzlichen Auftauchen einen erschrockenen Satz rückwärts machen. Ich höre den Schlachtenlärm ein paar Hundert Meter vom Lager entfernt und weiß, dass die Griechen und Trojaner dort draußen jenseits des achäischen Verteidigungsgrabens immer noch miteinander kämpfen. Vielleicht führt Achilles gerade einen Gegenangriff.

»Diese Muschel ist den Göttern geweiht«, rufe ich den Wächtern zu, die hinter ihren Lanzen kauern. »Lasst die Finger von ihr, sonst werdet ihr mit dem Tode bestraft. Wo ist Achilles? War er hier?«

»Wer will das wissen?«, erkundigt sich der Anführer, ein großer, haariger Kerl. Er hebt seine Lanze. Jetzt erkenne ich ihn – es ist Guneus, Führer der Enianen und Perrhäber aus der Gegend um Dodona. Ich weiß nicht, wieso dieser Hauptmann heute Wache in Agamemnons Lager hält, und ich habe momentan auch keine Zeit, das herauszufinden.

Ich erledige Guneus mit dem Taser und schaue seinen Stellvertreter an, einen krummbeinigen kleinen Feldwebel. »Bringst *du* mich zu Achilles?«

Der Mann pflanzt das Ende seiner Lanze in den Sand, sinkt auf ein Knie und neigt kurz den Kopf. Die anderen Wachen zögern, folgen dann jedoch seinem Beispiel.

Ich frage, wo Achilles ist. »Den ganzen Vormittag über ist der gottähnliche Achilles am Rand der Brandung entlangmarschiert und hat schlafende Achäer und gerade aufstehende Anführer mit seinem durchdringenden Geschrei zu sich gerufen«, sagt der Feldwebel. »Dann hat er die Atriden zum Zweikampf herausgefordert und beide besiegt. Jetzt ist er bei den großen Generälen und plant einen Krieg gegen den Olymp, wie es heißt.«

»Bringt mich zu ihm«, sage ich.

Als sie mich aus dem Lager führen, schaue ich mich noch einmal zum Rumpf Orphu von Ios um – er schwebt immer noch über dem Sand, die restlichen Wachen halten nach wie vor respektvollen Abstand –, und dann lache ich laut.

Der kleine Feldwebel wirft mir einen prüfenden Blick zu, aber ich erkläre ihm nicht den Grund meiner Heiterkeit. Es liegt einfach daran, dass ich zum ersten Mal seit neun Jahren frei auf der Ebene von Ilium herumlaufe, in meiner eigenen Gestalt, als Thomas Hockenberry und nicht als jemand anders. Es ist ein schönes Gefühl.

43 Äquatorialring

Kurz bevor sie die Klinik fanden, hatte Daeman sich beklagt, er sei völlig ausgehungert. Und das war er auch. Noch nie hatte er von einer Mahlzeit zur nächsten so lange warten müssen. Zuletzt hatte er ein paar lumpige Bissen vom letzten getrockneten Nahrungsriegel gegessen, und das war nun schon fast zehn Stunden her.

»In dieser Stadt muss es doch *irgendetwas* zu essen geben«, sagte er. Die drei schwammen durch die tote Orbitalstadt, indem sie sich immer wieder irgendwo abstießen. Über ihnen waren die leuchtenden Scheiben durchsichtigen Paneelen gewichen, und sie sahen jetzt, dass der Asteroid sich mitsamt seiner Stadt langsam drehte. In regelmäßigen Abständen erschien über ihnen die Erde und zog durch ihr Blickfeld; ihr mildes Licht erhellte den leeren Raum und fiel auf schwebende Leichen, verdorrte Pflanzen und sanft wogenden Tang. »Hier muss es etwas zu essen geben«, wiederholte Daeman. »Konservendosen, gefriergetrocknete Nahrung … *irgendetwas*.«

»Wenn ja, dann ist es Jahrhunderte alt«, sagte Savi. »Und so mumifiziert wie die Nachmenschen.«

»Wenn wir Servitoren finden, besorgen sie uns bestimmt etwas zu essen«, sagte Daeman und merkte im selben Moment, dass er Unsinn redete.

Harman und Savi sparten sich eine Antwort. Sie schwebten in eine kleine Lichtung in den wild wuchernden Tangfeldern. Die Luft schien hier ein wenig dichter zu sein, aber Daeman lüpfte weder seine Osmosemaske noch die Kapuze seiner Thermohaut, um sie zu atmen. Er merkte sogar durch die Maske, dass die wenige kalte Luft übel roch.

»Wenn wir ein Faxportal finden«, sagte Harman, »müssen wir es benutzen, um nach Hause zu kommen.« In dem blauen Thermohautanzug war Harmans Körper muskulös und straff, aber hinter der durchsichtigen Maske des anderen Mannes sah Daeman die ersten Falten und Furchen um seine Augen. Harman wirkte älter als noch am Vortag.

»Ich weiß nicht, ob es hier Faxportale gibt«, sagte Savi. »Und ich würde auch nicht mehr faxen, selbst wenn ich es könnte.«

Harman sah sie an. Die Erde kam über ihnen in Sicht, und das weiche Erdlicht warf einen matten Schein auf ihre Gesichter. »Haben wir denn eine andere Wahl? Du hast gesagt, die Stühle seien nur für den Herweg gedacht.«

Savis Lächeln war müde. »Mein Code ist nicht mehr in ihren Faxbanken. Oder wenn, dann nur zu Löschzwecken. Und ich fürchte, das gilt auch für euch beide, nachdem die Voynixe uns in Jerusalem entdeckt haben. Aber selbst wenn eure Codes noch gültig wären, wir hier irgendwie Faxknoten fänden und irgendwie lernen könnten, die Maschinerie zu bedienen – das sind keine gewöhnlichen Faxportale, wisst ihr –, und wenn ich dann hierbliebe, um euch nach Hause zu faxen, würde es nicht funktionieren, glaube ich.«

Harman seufzte. »Dann müssen wir halt einen anderen Weg finden.« Er ließ den Blick über die dunkle Stadt, die gefrorenen Leichen und den wogenden Tang schweifen. »So habe ich mir die Ringe nicht vorgestellt, Savi.«

»Nein«, sagte die alte Frau. »Das hat keiner von uns. Selbst zu meiner Zeit dachten wir, die Abertausend Lichter am Nachthimmel seien gleichbedeutend mit Abermillionen Nachmenschen in Abertausend Orbitalstädten.«

»Was glaubst du, wie viele Städte sie hatten?«, fragte Harman. »Außer dieser?«

Savi zuckte die Achseln. »Vielleicht noch eine im Polarring. Vielleicht keine. Inzwischen glaube ich, dass es nur noch wenige Tausend Nachmenschen gab, als das Massensterben begann.«

»Was waren das dann alles für Maschinen und Geräte, die wir beim Herflug gesehen haben?«, fragte Daeman. Es interessierte ihn eigentlich nicht, aber er versuchte sich von seinem leeren Magen abzulenken.

»Irgendwelche Partikelbeschleuniger«, sagte die alte Frau. »Die NMs waren von der Zeitreise besessen. Die zahllosen großen Beschleuniger produzierten zahllose winzige Wurmlöcher, die sie zu stabilen Wurmlöchern hochfrisierten – das waren die strudelnden Massen an der Spitze der meisten Beschleuniger, die ihr gesehen habt.«

»Und die riesigen Spiegel?«, fragte Harman.

»Der Casimir-Effekt. Sie reflektierten negative Energie in die Wurmlöcher, damit sie nicht zu Schwarzen Löchern implodierten. Wenn die Wurmlöcher stabil waren, konnten die NMs durch sie zu jedem beliebigen Ort in der Raumzeit reisen, wo sie das andere Ende des Wurmlochs platzieren konnten.«

»In andere Sonnensysteme?«, fragte Harman.

»Ich glaube nicht. Ich glaube nicht, dass die NMs je dazu kamen, Sonden aus dem System zu schicken. Schon lange vor meiner Geburt haben sie das äußere Planetensystem mit intelligenten, sich selbst weiterentwickelnden Robotern besät – die NMs brauchten Asteroiden als Baumaterial –, aber sie haben keine Sternenschiffe auf die Reise geschickt, weder robotergesteuerte noch andere.«

»Wohin wollten sie denn mit diesen Wurmlöchern?«, sagte Harman.

Savi zuckte die Achseln. »Ich glaube, es war ihre Beschäftigung mit der Quanten…«

»Herrgott noch mal!«, fiel ihr Daeman ins Wort. Er hatte sich dieses sinnlose Gebrabbel jetzt lange genug angehört. »Ich habe *Hunger*! Ich will was zu *essen*!«

»Moment«, sagte Harman. »Ich sehe etwas.« Er zeigte nach oben.

»Das ist die Klinik«, sagte Savi.

Sie hatte recht. Nachdem sie einen weiteren anstrengenden Kilometer durch das Unterwasserlicht der toten Asteroidenstadt geschwommen waren, ohne die in der Luft treibenden grauen Mumien der toten Nachmenschen zu beachten, auf die sie unterwegs stießen, konnten sie das durchsichtige Kunststoffrechteck, das in etwa hundert Meter Höhe an einer der leuchtenden Wände saß, deutlich erkennen. Im Innern erstreckten sich zahllose Reihen der bekannten Genesungstanks voller nackter Altmenschen über Hunderte von Metern; geschäftige Servitoren – Daeman wären bei dem vertrauten Anblick beinahe die Tränen gekommen – und andere Gebilde schwebten im hellen Krankenhauslicht in dem Raum hin und her.

»Wartet«, keuchte Daeman. Sie waren durch die dünne, toxische Luft nah am Boden geschwommen und hatten sich Stützen, Terrassen, tote Bäume und andere feste Objekte gesucht, von denen sie sich abstoßen konnten, aber Daeman war erschöpft. Er hatte noch nie so hart gearbeitet.

Obwohl sie es sichtlich kaum erwarten konnte, zur leuchtenden Klinik hinaufzufliegen, kehrte Savi um und schwebte zu dem schwer atmenden Daeman. Harman schaute mit einem fast schon hungrigen Ausdruck in den Augen zu dem Raum mit den durchsichtigen Wänden empor.

Savi reichte Daeman ihre Flasche, und er trank den letzten Rest Wasser aus, ohne zu zögern oder um Erlaubnis zu fragen. Er war ausgetrocknet und ausgelaugt.

»Ich habe Ada versprochen, sie mitzunehmen«, sagte Harman leise.

Daeman und die alte Jüdin sahen ihn an.

»Ich war sicher, dass wir mit einem Raumschiff fliegen würden«, erklärte Harman mit verlegenem Achselzucken. »Ich habe ihr versprochen, ich würde in Ardis Hall vorbeikommen und sie abholen.«

»Sie war sowieso sauer auf dich«, sagte Daeman, während er nach Luft schnappte. Die Osmosemaske schien nie so viel Sauerstoff zu liefern, wie er brauchte.

»Ja«, sagte Harman.

Savi stieß eine angefressene graue Leiche beiseite, die aus dem Tang geschwebt kam. Ihre gefrorenen weißen Augen schienen sie vorwurfsvoll anzustarren. »Ich bezweifle sehr, dass Ada übermäßig dankbar wäre, wenn sie jetzt hier wäre.« Sie zeigte zur Klinik hinauf. »Aber du solltest froh sein, Harman. Das war doch dein Ziel, nicht wahr? Zur Klinik zu gelangen und noch ein paar Jahre herauszuschinden?«

»So ähnlich, ja.«

Sie wies mit einem Nicken auf die Leiche. »Sieht nicht so aus, als wären die NMs deine Verhandlungspartner.«

»Glaubst du, dass die Klinik vollautomatisch ist?«, fragte Harman. »Dass es nur die Servitoren sind, die den Betrieb aufrechterhalten, die uns in diesen letzten paar Jahrhunderten hochgefaxt, während der uns zugestandenen fünf Zwanziger repariert und dann wieder in unser langweiliges kleines Leben zurückgefaxt haben?«

»Weshalb gehen wir nicht rauf und finden es heraus?«, sagte Savi.

Durch ein weißes, halb durchlässiges Wandquadrat wie bei der Luftschleuse gelangten sie in das leuchtende, verglaste Rechteck.

Es war die Klinik. Darin gab es nicht nur Licht und Luft, sondern es herrschte auch ein Zehntel Erdgravitation. Als Daeman durch die Wand kam, fiel er auf Hände und Knie, außerstande, sich so schnell an den leichten, aber beharrlichen Zug der Schwerkraft anzupassen. Die abrupte Veränderung, dazu der willkommene Anblick der so vertrauten Servitoren und sein Erschrecken darüber, so kurz nach der Allosaurus-Episode wieder in der Klinik zu sein, schwächten seine Beine derart, dass er nicht einmal in diesem Swimming-Pool-g-Feld auf ihnen stehen konnte.

Savi und Harman gingen von einem Tank zum anderen. Savi hatte ihre Osmosemaske abgenommen und prüfte die Luft. »Dünn, aber der Gestank ist schrecklich«, sagte sie. Ihre Stimme klang seltsam und schrill. »Für irgendetwas benötigen sie hier offenbar Luft, aber sie riecht so widerwärtig, dass man sie nicht atmen kann. Behaltet eure Masken auf.«

Daeman brauchte keine weitere Aufforderung; er ließ die Maske, wo sie war.

Die Servitoren beachteten sie nicht. Ihre Aufmerksamkeit galt diversen virtuellen Bedienungsfeldern. Grüne und rote Flüssigkeiten strömten durch transparente Rohre und Schläuche in die Tanks und aus ihnen heraus. Harman schaute in jeden der drei Meter hohen Behälter. Die menschlichen Körper darin waren fast alle makellos, aber noch nicht ganz ausgeformt, das Fleisch zu glatt, Schädel und Unterleib haarlos, die Augen weiß. Nur wenige der schwimmenden Gestalten waren beinahe fertig; ihre Augen hatten farbige Regenbogenhäute und blinzelten mit träger Intelligenz zu ihnen heraus.

Daeman folgte den beiden anderen, hielt aber größeren Abstand zu den Tanks. Er betrachtete diese Protomenschen und erinnerte sich an die verschwommenen Bilder aus seiner erst ein paar Tage zurückliegenden Zeit im Tank. Erneut überlief ihn ein Schauder, und er wich von den Behältern zurück, bis er an einen Tresen stieß. Ein Servitor schwebte um ihn herum, ohne ihn zu beachten.

»Sie sind offenbar nicht auf den Umgang mit Menschen außerhalb der Tanks programmiert«, sagte Savi. »Aber wenn man sie genügend bei ihrer Arbeit behindern würde, würden sie den Störenfried wahrscheinlich irgendwie aus dem Weg schaffen.«

Plötzlich blinkte ein grünes Licht an einem Bottich, der einen vollständig wiederhergestellten Körper enthielt – eine blauäugige junge Frau mit roten Haaren auf dem Kopf und zwischen den Beinen –, und die Flüssigkeit im Tank begann heftig zu brodeln. Im nächsten Moment war der Körper verschwunden. Ein paar Sekunden später erschien ein neuer Körper im Tank, diesmal ein blasser Mann mit weit geöffneten, toten Augen und einer Stirnwunde.

»Sie haben ein Faxportal in jedem Tank!«, rief Daeman. Dann erkannte er, dass es gar keine andere Möglichkeit gab. Auf diese Weise wurden ihre Körper bei jedem Zwanziger oder nach jeder ernsten Verletzung hier heraufgeschafft. Oder nach dem *Tod.* »Wir könnten diese Faxknoten benutzen«, sagte er.

»Vielleicht.« Savi hatte die Nase dicht vor einem der Tanks. »Vielleicht auch nicht. Das Fax ist auf den Körper im Tank codiert. Es könnte sein, dass die Faxmaschinerie eure Codes nicht erkennt und euch einfach … wegspült.«

Farbige Flüssigkeiten strömten in den Tank mit der eben eingetroffenen Leiche. Aus einer Öffnung kamen Schwärme winziger blauer Würmer, schwammen zu dem Toten und bohrten sich in seinen ramponierten Schädel und sein aufgedunsenes weißes Fleisch.

»Willst du immer noch deine zusätzliche Zeit im Tank?«, wandte sich Savi an Harman.

Harman rieb sich nur das Kinn und blickte mit zusammengekniffenen Augen auf die vielen Reihen leuchtender Tanks. Plötzlich zeigte er auf etwas. »Großer Gott«, sagte er.

In der niedrigen, aber dennoch spürbaren Schwerkraft bewegten sich die drei halb laufend, halb schwebend näher heran. Daeman glaubte einfach nicht, was er sah.

Ein Drittel der Tanks auf dieser Seite des Raumes war mit Flüssigkeit gefüllt, aber es schwammen keine menschlichen Körper darin. Dafür lagen hier Körper – oder vielmehr Körperteile – auf jeder verfügbaren Fläche: auf dem Boden, den

Tischen, den Servitor-Konsolen, ja, sogar auf ehemaligen, ausrangierten Servitoren. Auf den ersten Blick dachte – hoffte – Daeman, es wären weitere mumifizierte Überreste der NMs, so schrecklich das war, aber es handelte sich nicht um Mumien. Und auch nicht um die Überreste von Nachmenschen.

Jemand benutzte die Klinik als eine Art kaltes Büfett.

Auf dem langen Tisch vor ihnen lagen menschliche Körperteile – weiß, rosa, rot, feucht, blutig, frisch –, dazu ein Dutzend männliche und weibliche Körper, offenbar noch nass von den Tanks. Man hatte ihnen die Organe entnommen und das Fleisch von den blutigen Rippen genagt. Unter dem Tisch lag ein Menschenkopf. Blaue Augen starrten sie an; in ihnen stand der Schock, den ihr Besitzer in jener Sekunde empfunden haben mochte, als etwas oder jemand den Körper fraß, zu dem der Kopf gehört hatte. Ein kleiner Haufen abgetrennter Hände lag vor einen Drehsessel mit hoher Lehne, der von dem Tisch abgewandt war.

Bevor einer von ihnen über Anzugfunk etwas zu den anderen sagen konnte, wurde der Sessel zu ihnen herumgedreht. Eine Sekunde lang dachte Daeman, in den Sessel sei ein weiterer menschlicher Körper gesetzt worden, aber dieser war grünlich und unversehrt, und er atmete. Gelbe Augen zwinkerten. Unmöglich lange Unterarme und Klauenfinger entfalteten sich. Eine Echsenzunge schnellte zwischen langen Zähnen hervor.

»Sie dachten, ich wäre einer wie sie«, sagte das Wesen, und Daeman erkannte, dass es der echte Caliban sein musste. »Sie dachten falsch.«

Savi und Harman packten Daeman, als sie sich abstießen und durch die ganze Länge der Klinik flogen. Daeman schrie genauso ins Mikrofon wie beim Herflug auf seinem Stuhl. Sie trafen frontal auf die Wand, passierten sie unverzüglich – sie spürten, wie die Thermohäute sich im eisigen, fast luftleeren Raum außerhalb der Klinik enger um sie schmiegten –, stießen sich dann kräftig von der durchsichtigen Wand ab und tauchten zum Boden hundert Meter unter ihnen hinab.

Auf einer Plattform zwanzig Meter über dem Boden der Stadt hielten sie inne, und Savi und Harman ließen Daemans Arme los. Er sah die schwebenden Mumien um sie herum, aus deren Hälsen und Bäuchen Stücke mit demselben Zahnradius herausgebissen worden waren wie bei den Menschen in der Klinik, merkte, dass er sich gleich in seine Atemmaske erbrechen würde, und dann fanden die beiden links und rechts neben ihm etwas Festes, wovon sie sich abstoßen konnten, und schwammen auf die Dunkelheit vor ihnen zu.

Daeman zog sich verzweifelt die Maske hoch und kotzte ins Beinahe-Vakuum und die stinkende, kalte Luft. Er merkte, wie sich seine Trommelfelle spannten und wie ihm die Augen hervorquollen, setzte die Maske wieder auf – er roch sein eigenes Erbrochenes und seine Angst –, stieß sich ab und folgte Savi und Harman. Er wollte nicht fliehen. Er wollte sich zu einer kleinen Kugel zusammenrollen, einfach dahinschweben und sich erneut übergeben. Aber selbst Daeman erkannte, dass das nicht ging. Er schaute noch einmal zum Lichtschein der Klinik zurück und schwamm dann mit hektischen Armbewegungen um sein Leben.

Caliban erwischte sie in der dunkelsten Ecke der Stadt, wo die Corioliskraft des langsam rotierenden Asteroiden die Tangwälder in wogende Bewegung versetzte. Hier waren die Glaswände der Stadt allesamt durchsichtig. Sie sahen die von Wolken weiß gefärbte Erde, die mehrere Minuten lang vorbeischwebte, dann folgten mehrere Minuten Dunkelheit, nur erhellt von den kalten Sternen. In dieser Dunkelheit kam Caliban zu ihnen.

Die drei kauerten sich im Dunkeln aneinander.

»Habt ihr ihn aus der Klinik kommen sehen?«, keuchte Savi.

»Nein.«

»Ich habe gar nichts mehr gesehen, nachdem wir die Flucht ergriffen haben«, keuchte Harman.

»War das ein *Calibani*?«, keuchte Daeman. Er merkte, dass er weinte, aber es störte ihn nicht. Er legte seine letzten Hoffnungen in die Frage.

»Nein«, sagte Savi in einem Ton, der Daemans Hoffnungen zunichtemachte. »Es war Caliban persönlich.«

»Diese Leichen …«, begann Harman. »Fünftzwanziger?«

»Manche sahen auch jünger aus«, flüsterte Savi. Sie hatte die schwarze Schusswaffe in der Hand, drehte sich permanent um die eigene Achse und spähte in die Dunkelheit zwischen den wogenden Tangsträngen.

»Vielleicht hat das Ding früher nur die Fünftzwanziger geerntet«, wisperte Harman über Funk. »Aber dann ist es frecher geworden. Ungeduldiger. Hungriger.«

»Jesus, Jesus, Jesus, Jesus«, winselte Daeman. Es war die älteste Beschwörungsformel, die die Menschheit kannte, selbst wenn die Menschen nicht wussten, was sie bedeutete. Ihm klapperten die Zähne.

»Immer noch hungrig?«, fragte Savi. Vielleicht wollte sie Daeman mit einem Anflug von schwarzem Humor beruhigen. »Ich nicht«, sagte sie.

»Aber ich«, sagte Caliban auf ihren Funkfrequenzen. Das Monster schwebte aus dem Tang, warf sein Netz über die drei, schlug Savi die Schusswaffe aus der Hand und zog sie heran wie Fische.

44 Olympus Mons

Es war ein seltsames Gefühl für Mahnmut, Orphu nicht in Reichweite des Engstrahls zu haben. Er hoffte, dass sein Freund in Sicherheit war.

Eine Sekunde nachdem der Mensch, der seinen Namen nicht genannt hatte, per Quantenteleportation verschwunden war, stürmten die Götter in den Raum. Mahnmut glaubte nicht an Unsichtbarkeit, abgesehen von gutem Tarnmaterial, aber die hochgewachsenen Götter und Göttinnen, die sich in den Raum drängten und um Hera herum hinknieten, konnten ihn offenkundig nicht sehen. Mahnmut schlüpfte zwischen den gebräunten Beinen und weißen Togen hinaus und suchte den Rückweg durch das Labyrinth der Gänge. Er stellte fest, dass es sehr schwer war, als Unsichtbarer auf zwei Beinen zu laufen – er schaute immer wieder auf seine Füße hinunter, sah sie aber nirgends –, darum ging er auf alle viere und krabbelte lautlos durch die Gänge.

Da die Götter, die Orphu zu seiner Zelle brachten, mit ihm nicht so schnell vorangekommen waren, hatte Mahnmut gesehen, wo sie den Sender und den Apparat abgestellt hatten. Der Raum befand sich in einem Seitengang rechts von dem Korridor, wo er und Orphu eingesperrt worden waren.

Als Mahnmut den Lagerraum erreichte, war der Gang leer – obwohl ständig irgendwelche Götter die angrenzenden Gänge und Kreuzungen passierten –, und er schaltete seinen leistungsschwachen Handgelenklaser ein, um ein Loch in die Tür zu schneiden. Noch während er schnitt, wurde ihm bewusst, wie merkwürdig das für eine Gottheit aussehen würde, die in diesen Gang einbog – kein Moravec in Sicht, aber ein zwanzig Zentimeter langer roter Strahl, der einsam in der Luft stand und langsam einen Kreis in den Schließmechanismus der riesigen Tür brannte.

Der Laser hätte niemals die ganze Tür durchbohren können, aber er schnitt einen hübschen Fünf-Zentimeter-Kreis über dem Schloss aus – Mahnmuts Gehör vernahm das Summen des Halbleitermechanismus, das sich durch unhörbar tiefe Frequenzen nach oben verschob –, und die Tür schwang auf. Mahnmut betrat den Raum und schloss die Tür hinter sich; nur ein paar Sekunden später hörte er Schritte im Korridor. Sie gingen vorbei. Er zog die Lederhaube des Hades-Helms herunter, um seine Hände und Füße sehen zu können.

Dies war kein leerer Lagerraum. Er war mindestens zweihundert Meter lang, halb so hoch und gefüllt mit Goldbarren, Haufen von Münzen, Truhen voller kostbarer Steine, kleinen Bergen polierter Bronze-Artefakte, Marmorstatuen von Göttern und Menschen, riesigen Muscheln, aus denen sich Perlen auf den polierten Boden ergossen, zerlegten goldenen Streitwagen, mit Lapislazuli gefüllten Glassäulen und Hunderten anderen Schätzen, die alle im Widerschein der in einem Dutzend goldener Dreifußkessel brennenden Flammen glänzten.

Mahnmut schenkte dem Reichtum keinerlei Beachtung. Er lief zu dem Squirt-Sender aus mattiertem Metall und dem etwas kleineren Apparat. Er konnte unmöglich beide zugleich hier heraustragen – wenn jemand zwei Metallgeräte den Gang entlangschweben sah, wirkte das trotz seiner Unsichtbarkeit kein Stück unauffälliger –, und da er wusste, dass ihm nur noch Sekunden blieben, um etwas zu unternehmen, schleifte er den Apparat beiseite, suchte das richtige Buchsenfeld am Kommunikator und schaltete ihn mit einem normalen Niederspannungsbefehl ein.

Die primitive KI des Senders akzeptierte den Befehl, warf ihre Nanokarbonhülle ab und legte komplexe, zusammengefaltete Elemente frei. Mahnmut trat zurück, als der Sender so elegant wie ein menschlicher Akrobat eine Rolle vorwärts machte, drei Beine und die Richtstrahler der tschewkowschen *Felschenmasse* ausfuhr und dann eine Drahtgitterschüssel von acht Metern Durchmesser entfaltete. Mahnmut war froh, dass er das nicht in einem kleinen Raum ausprobiert hatte.

Aber er befand sich gleichwohl in einem fensterlosen Raum, vielleicht unter Tonnen von Marmor, Granit und Marsgestein, die möglicherweise so dick waren, dass die komprimierten Informationen sie nicht mehr passieren konnten. Jedenfalls gab es kein Sternenfeld, das die Schüssel zur Navigation oder zur Orientierung benutzen konnte. Während die Schüssel suchte und surrte, merkte Mahnmut, wie seine Nervosität wuchs – und nicht nur, weil auf den Gängen draußen immer wieder Rufe ertönten. Wenn die Götter sich vergewissert hatten, dass Hera noch lebte, würden sie als Nächstes hier suchen – oder hierher qten. Falls der Sender hier keine Verbindung herstellen konnte, war Mahnmuts und Orphus Mission wahrscheinlich beendet. Es hing alles davon ab, wie ausgereift die Konstruktion des Squirt-Senders war.

Die Schüssel wackelte, surrte, justierte sich ein letztes Mal und richtete sich auf einen Punkt aus, der ungefähr zwanzig Grad von der Senkrechten abwich. Neben den physischen Jackports erschien ein virtuelles Bedienungsfeld, und grüne Lämpchen leuchteten auf.

Mahnmut stöpselte sich ein und lud sämtliches Material über die Reise herunter, das er in seinen Speicherbänken hatte – jede Unterhaltung mit Orphu, jeden Fetzen Dialog mit Koros III., Ri Po oder den Göttern, jedes Bild, das er seit ihrem Abflug aus dem Jupiterraum gesehen und aufgezeichnet hatte. Da der Jackport des Senders auf Breitband eingestellt war, beanspruchte der Download keine fünfzehn Sekunden.

Mahnmuts Sensoren erfassten das tschewkowsche Antimaterie-Energiefeld, das sich im Squirt-Sender aufbaute, und er fragte sich, ob die Götter es spüren konnten. Wie auch immer, er wusste, dass sie ihn binnen Minuten finden würden, wenn nicht früher. Und er kam mit dem Apparat nicht aus diesem Raum und dem Gebäude heraus. Er konnte ihn jetzt aktivieren oder später. In beiden Fällen würde er im Zentrum dessen sein, was dann geschah.

Doch im Augenblick brauchte er sich keine Gedanken über den Apparat zu machen, ermahnte sich Mahnmut, sondern über den Squirt-Sender.

Eine Unzahl von Anzeigen am Kommunikator blinkten grün. Mahnmut schloss daraus, dass die Squirt-Energiequelle jetzt ihre maximale Ladung erreicht hatte, die Daten verschlüsselt waren und das Ziel – wahrscheinlich der Jupiterraum, womöglich sogar Europa – erfasst war. Das hoffte er zumindest.

Jemand hämmerte an die Tür.

Warum quantenteleportieren sie nicht einfach herein?, dachte Mahnmut, nahm sich aber nicht die Zeit, darauf eine Antwort zu suchen. Er wechselte seine Hände gegen Metallleitungen aus, suchte den Port für die endgültige Aktivierung und übertrug die Auslöseladung von zweiunddreißig modulierten Volt.

Die Schüssel feuerte einen gelben Strahl von acht Meter Durchmesser ab. Die Säule aus reiner tschewkowscher Energie sprengte ein Loch in die Decke und durch drei weitere Geschosse, bevor sie zu den Sternen hinausstach. Dann schaltete sie sich ab, und der Sender zerstörte sich selbst, indem er lautlos zu einem Metallklumpen zerschmolz.

Mahnmuts Notpolarisationsfilter hatten sich während der Übertragung binnen Nanosekunden eingeschaltet, aber er war trotzdem für ein paar Sekunden geblendet. Als er durch die schräge Reihe dampfender Löcher nach oben schaute und den Himmel sah, wagte er es zum ersten Mal, Hoffnung zu schöpfen.

Die Götter sprengten die Tür auf, und Mahnmuts Ende der Schatzkammer füllte sich mit Rauch und Dampf.

Mahnmut nutzte die paar Sekunden Deckung, die ihm der Rauch verschaffte, um sich den Apparat zu schnappen, der bei normaler Erdschwerkraft rund zehn Kilogramm schwer gewesen wäre, hier auf dem Mars jedoch nur ungefähr drei wog. Dann kauerte er sich zusammen, spannte die Federn und Aktuatoren in seinen Hinterbeinen so straff, wie er konnte, ohne auf Konstruktionstoleranzen zu achten, und sprang durch die rauchenden Löcher hinauf. Er schoss durch fünfzehn Meter geborstenen Marmor und tropfnassen Granit in die Höhe.

Das Dach dieses Teils der großen Halle war flach, und Mahnmut – freudig erregt, draußen im Freien zu sein – lief so schnell darauf entlang, wie es auf zwei Beinen ging; den Apparat trug er unter dem linken Arm.

Am blauen Himmel über dem Gipfel des Olympus Mons wimmelte es von Dutzenden fliegender Streitwagen, die von Göttern und Göttinnen gelenkt wurden. Eine der Maschinen stieß nun herab und sauste zehn Meter über dem Dach dahin, offenkundig in der Absicht, Mahnmut unter ihren Rädern zu zermalmen. Zu spät erkannte Mahnmut, dass er vergessen hatte, die Kapuze des Hades-Helms aufzusetzen. Jeder einzelne der suchenden Götter über ihm konnte ihn sehen.

Unter Einsatz der gesamten gespeicherten Energie in seinem System – jeden Gedanken an Wiederaufladung sparte er sich für einen späteren Zeitpunkt auf – spannte er seine Federn und sprang erneut, schoss mitten durch die holografischen Pferde und trat der überraschten Göttin voll gegen die Brust. Sie flog mit rudernden weißen Armen rücklings vom Streitwagen und landete hart auf dem Dach der großen Halle der Götter.

Mahnmut verbrauchte drei Zehntel einer Sekunde damit, das virtuelle Display über der vorderen Reling des Streitwagens zu studieren, dann steckte er seine Manipulatoren in die Matrix und legte den Streitwagen in eine scharfe Rechtskurve. Andere

Streitwagen mit laut rufenden Göttern darin gingen ebenfalls in die Kurve, tauchten herab oder stiegen empor, um ihm den Weg abzuschneiden. Es würde kein Entkommen aus dem Luftraum des Olympus geben, aber Mahnmut hatte nicht vor, auf diesem Weg zu fliehen.

Fünf Streitwagen kamen näher, und die Luft war voller Titanpfeile – Pfeile! –, als Mahnmut über den Rand des riesigen Calderasees hinwegflog. Er packte den Apparat und sprang im selben Moment, als der erste von Apollos Pfeilen seinen Streitwagen traf. Die Maschine explodierte nur Meter über ihm, und Mahnmut fiel inmitten von schmelzendem Gold und auflodernden Energiewürfeln zum Wasser hinunter. In den Sekunden vor seinem Aufschlag regnete es Mikroschaltkreise. Sein Tiefensonar sagte ihm, dass die Caldera unter der Wasseroberfläche mehr als zweitausend Meter tief war.

Das könnte reichen, dachte der kleine Moravec. Dann schlug er ins Wasser, aktivierte seine Schwimmflossen, umklammerte den Apparat mit einem Arm und tauchte tief hinab.

45 Die Ebene von Ilium, Ilium

Ich habe ein schlechtes Gewissen, weil ich nicht sofort zurückkehre, um den kleinen Roboter zu holen, aber hier ist gerade einiges los.

Die Wachen führen mich zu einem Achilles, der sich für den Kampf rüstet, umgeben von den Anführern, die er von Agamemnon übernommen hat – Odysseus, Diomedes, dem alten Nestor, dem großen und kleinen Ajax –, dem üblichen Team, abgesehen von den Atriden, Agamemnon und Menelaos. Kann es wahr sein, wie Ares oben lauthals behauptet hat, dass Achilles König Agamemnon getötet und damit dessen Gemahlin, Klytämnestra, ihrer blutigen Rache und hundert künftige Stückeschreiber ihres Themas beraubt hat? Ist Kassandra über Nacht ihr Schicksal erspart geblieben?

»Wer, im Hades, bist du?«, knurrt der Männertöter, der fußschnelle Achilles, als der Feldwebel mich ins Innere seines Lagers führt. Erneut wird mir klar, dass sie nur Thomas Hockenberry vor sich sehen, mit Koteletten und hängenden Schultern, starrend vor Schmutz, ohne Umhang, Schwert und Schwebegeschirr, einen schlampig aussehenden Fußsoldaten mit einem Brustharnisch aus matter Bronze.

»Ich bin der Mann, von dem deine Mutter, die Göttin Thetis, gesagt hat, er würde dich zuerst zu Hektor und dann zum Sieg über die Götter führen, die Patroklos getötet haben«, erkläre ich.

Als sie das hören, treten die diversen Helden und Hauptleute einen Schritt zurück. Achilles hat ihnen offensichtlich gesagt, dass Patroklos tot ist, aber vielleicht hat er sie nicht alle in seinen Plan eingeweiht, dem Olymp den Krieg zu erklären.

Achilles zieht mich hastig beiseite, weg von der lauschenden Runde müder Krieger. »Woher weiß ich, dass du derjenige bist, von dem meine Mutter, die Göttin Thetis, gesprochen hat?«, fragt der junge Gottmensch. Achilles sieht heute älter aus als gestern, als wären über Nacht neue Falten in sein junges Gesicht gemeißelt worden.

»Ich werde es dir zeigen, indem ich dich dorthin bringe, wohin wir uns begeben müssen«, sage ich.

»Zum Olymp?« Seine Augen sind nicht ganz normal.

»Am Ende, ja«, sage ich leise. »Aber wie dir deine Mutter gesagt hat, musst du zuvor mit Hektor Frieden schließen und dich mit ihm zusammentun.«

Achilles verzieht das Gesicht und spuckt in den Sand. »Ich bin heute nicht fähig, Frieden zu schließen. Ich will Krieg. Krieg und göttliches Blut.«

»Wenn du gegen die Götter kämpfen willst«, erwidere ich, »musst du zuerst diesen sinnlosen Krieg gegen die Helden Trojas beenden.«

Achilles dreht sich um und macht eine Handbewegung zu den fernen Kampflinien. Ich sehe achäische Fahnen jenseits des Verteidigungsgrabens; sie rücken dorthin vor, wo noch in der vergangenen Nacht die trojanischen Linien waren. »Aber wir besiegen sie gerade«, schreit Achilles. »Weshalb sollte ich Frieden mit Hektor schließen, wenn ich schon in ein paar Stunden seine Eingeweide auf meine Lanzenspitze spießen kann?«

Ich zucke die Achseln. »Mach es so, wie du es für richtig hältst, Peleussohn. Ich bin hierher geschickt worden, um dir zu helfen, Patroklos zu rächen und seinen Leichnam für die Bestattungsriten zurückzuholen. Wenn dies nicht dein Wunsch ist, gehe ich wieder.« Ich kehre ihm den Rücken zu und entferne mich ein paar Schritte.

Achilles ist so schnell über mir, wirft mich in den Sand und zieht sein Messer, dass ich ihn nicht mit dem Taser hätte schocken können, selbst wenn mein Leben davon abgehangen hätte. Vielleicht hängt es davon ab, denn jetzt setzt er mir die rasiermesserscharfe Klinge an den Hals. »Du wagst es, *mich* zu beleidigen?«

Ich spreche sehr vorsichtig, um keinen Blutverlust zu riskieren. »Ich beleidige niemanden, Achilles. Ich bin hergeschickt worden, um dir zu helfen, Patroklos zu rächen. Wenn du das willst, dann tu, was ich sage.«

Achilles starrt mich einen Moment lang an, dann steht er auf und steckt sein Messer wieder in die Scheide. Er streckt mir die Hand hin und zieht mich auf die Beine. Aus zehn Metern Entfernung sehen Odysseus und die anderen Hauptleute schweigend zu; offensichtlich platzen sie geradezu vor Neugier.

»Wie ist dein Name?«, fragt Achilles.

»Hockenberry.« Ich klopfe mir Sand vom Hintern und reibe mir die Stelle am Hals, wo er die Klinge angesetzt hat. »Sohn des Duane«, füge ich eingedenk des üblichen Rituals hinzu.

»Ein seltsamer Name«, murmelt der Männertöter. »Aber dies sind seltsame Zeiten. Willkommen, Hockenberry, Sohn des Duane.« Er streckt die Hand aus und umfasst meinen Unterarm so fest, dass er mir das Blut abdrückt. Ich versuche, den Druck zu erwidern.

Achilles wendet sich wieder seinen Hauptleuten und Adjutanten zu. »Ich rüste mich gerade für den Krieg, Sohn des Duane. Wenn ich fertig bin, werde ich dich bis in die Tiefen des Hades begleiten, falls nötig.«

»Nach Ilium reicht für den Anfang«, sage ich.

»Komm, ich will dich meinen Kameraden und Generälen vorstellen, nachdem Agamemnon nun besiegt ist.« Er führt mich zu Odysseus und den anderen hinüber.

Ich muss die Frage stellen. »Sind Agamemnon und Menelaos tot?«

Achilles schüttelt mit grimmiger Miene den Kopf. »Nein, ich habe die Atriden nicht getötet, obgleich ich sie beide heute Morgen im Zweikampf besiegte, einen nach dem anderen. Sie sind grün und blau geschlagen und bluten, sind aber nicht sehr schwer verletzt. Der Heiler Asklepios kümmert sich um sie, und obwohl sie mir Treue geschworen haben, wenn ich ihnen das Leben schenke, werde ich ihnen niemals trauen.«

Dann stellt Achilles mich Odysseus und all den anderen Helden vor, die ich mehr als neun Jahre lang beobachtet habe. Jeder der Männer packt meinen Unterarm zur Begrüßung, und schon nach der Reihe der wichtigsten Hauptleute sind mein Handgelenk und meine Finger taub.

»Gottgleicher Achilles«, hebt Odysseus an, »an diesem Morgen bist du unser König geworden, und wir haben dir Treue geschworen und den Eid abgelegt, dir notfalls bis zum Olymp zu folgen, um nach Athenes Verrat – so unglaublich das klingt – den Leichnam unseres Kameraden Patroklos zurückzuerobern, aber ich muss dir sagen, dass deine Männer und Anführer Hunger haben. Die Achäer müssen essen. Sie haben in der Nacht wenig oder gar keinen Schlaf gefunden, haben den ganzen Vormittag gegen die Trojaner gekämpft und Hektors Truppen von unseren schwarzen Schiffen, unserem Wall und unseren Gräben zurückgeworfen, aber die Männer sind müde und hungrig. Lass Talthybios dort einen Eber für die Anführer zubereiten, während du dich mit deinen Männern zum Essen zurückziehst und ...«

Achilles fährt zum Sohn des Laertes herum. »*Essen?* Bist du von Sinnen, Odysseus? Mich verlangt am heutigen Tag nicht nach Nahrung. Mein Herz sehnt sich nach Mord und Blut, nach dem Schreien und Stöhnen sterbender Männer und abgeschlachteter Götter.«

Odysseus neigt leicht den Kopf. »Peleussohn, o Achilles, du weitaus größter Held der Achäer, du bist stärker als ich und um nicht weniges besser mit der Lanze, doch ich überrage dich an

Einsicht bei Weitem, denn ich bin früher geboren und reicher an Wissen. Darum ertrage es jetzt dein Herz, meine Worte zu hören, neuer Herrscher. Lass deine treuen Achäer, Argeier und Danaer Ilium an diesem langen Tag nicht mit leerem Magen angreifen, geschweige denn gegen den Olymp in den Krieg ziehen, solange sie hungrig sind.«

Achilles hält inne, bevor er antwortet.

Odysseus nutzt Achilles' Schweigen, um seinem Argument noch mehr Nachdruck zu verleihen. »Willst du, Achilles, dass deine Helden, die bis auf den letzten Mann bereit sind, für dich zu sterben, die darauf brennen, Patroklos zu rächen, nicht im Kampf mit den unsterblichen Göttern, sondern durch *Hunger* den Tod finden?«

Achilles legt Odysseus seine starke Hand auf die Schulter, und ich merke nicht zum ersten Mal, wie viel größer als der erfindungsreiche Odysseus der Männertöter ist. »Odysseus, weiser Berater«, sagt Achilles, »Agamemnons Herold Talthybios soll seinen Dolch über die Kehle des größten Ebers ziehen und das Tier über dem heißesten Feuer, das deine Männer entfachen können, auf den Spieß stecken. Dann schlachtet so viele weitere, wie es der Hunger in den Reihen der Achäer verlangt. Ich werde meinen treuen Myrmidonen befehlen, sich um den Festschmaus zu kümmern. Doch heute werden wir ihn nicht mit einem Opfer an die Götter beginnen, werden die ersten Stücke nicht für sie ins Feuer werfen. Heute werden wir den Göttern nur die Spitzen unserer Lanzen und Schwerter zu schmecken geben. Sollen die Ersten zur Abwechslung einmal die Letzten sein.«

Er lässt den Blick in die Runde schweifen und spricht so laut, dass alle Hauptleute ihn hören können. »Lasst es euch schmecken, meine Freunde. Nestor! Schick deine Söhne, Antilochos und Thrasymedes, auch Meges, den Sohn des Phyleus, Meriones und Thoas, Lykomedes, den Sohn des Kreion, und Melanippos zu unseren Kämpfern an der vordersten Front. Sie sollen ihnen die Nachricht vom Festschmaus überbringen, damit kein achäischer Recke heute ohne Fleisch und Wein zum Mittagsmahl bleibt! Ich selbst werde mich zum Kampf rüsten und mit Hockenberry, dem Sohn des Duane, fortgehen, um mich auf den kommenden Krieg gegen die Götter vorzubereiten.«

Achilles dreht sich um und betritt das Zelt, in dem er sich bei meiner Ankunft angekleidet hat. Nun gibt er mir mit einer Handbewegung zu verstehen, dass ich ihm folgen soll.

Das Warten auf Achilles, der sich zum Krieg rüstet, erinnert mich daran, wie ich auf meine Frau, Susan, gewartet habe, wenn sie sich für eine Dinnerparty anzog und wir ohnehin schon spät dran waren. Es gibt keine Möglichkeit, den Vorgang zu beschleunigen – man muss einfach warten.

Aber ich schaue immer wieder auf mein Chronometer und denke an den kleinen Roboter, den ich dort oben zurückgelassen habe – Mahnmut war sein Name –, und ich frage mich, ob die Götter ihn schon getötet haben. Doch er hat mir gesagt, ich solle in einer Stunde zurückkommen und mich am Calderasee mit ihm treffen, und ich habe noch mehr als dreißig Minuten Zeit.

Aber wie soll ich zum Olymp zurückkehren, ohne mich unter dem Hades-Helm verstecken zu können? Ich hatte die Lederhaube spontan dem kleinen Roboter gegeben, und jetzt muss ich womöglich jeden Moment für diese Spontaneität bezahlen, wenn die Götter herabschauen und mich hier erblicken. Aber ich sage mir, dass Aphrodite mich sowieso sehen kann, wenn ich zum Olymp zurückkehre, Hades-Helm hin oder her, also muss ich einfach schnell hinteleportieren, Mahnmut holen und wieder verschwinden. Wichtig ist, was jetzt hier und in Ilium geschieht.

Was hier geschieht, ist, dass Achilles sich ankleidet.

Ich bemerke, dass er mit den Zähnen knirscht, während er sich für den Krieg rüstet – oder vielmehr, während seine Diener, Sklaven und Gehilfen ihn für den Krieg rüsten. Kein Ordensritter des Mittelalters hat seine Waffen und seine Rüstung jemals sorgfältiger und feierlicher behandelt als Achilles, der Pelide, an diesem Tag.

Zuerst umhüllt Achilles seine Unterschenkel mit fein gearbeiteten Beinschienen – Schienbeinschützer, die mich an meine Zeit als Catcher in der Baseball-Kinderliga erinnern –, obwohl diese Beinschienen nicht aus Formplastik bestehen, sondern eine herrliche Bronzearbeit mit silbernen Knöchelspangen sind.

Dann schnallt sich Achilles den Brustharnisch um den breiten Brustkorb und hängt sich das Schwert über die Schulter. Das rasiermesserscharfe Schwert besteht ebenfalls aus Bronze, ist derart hochglanzpoliert, dass es jeden Spiegel in den Schatten stellt, und hat ein mit silbernen Ziernägeln beschlagenes Heft. Wenn ich in die Hocke ginge, könnte ich dieses Schwert vielleicht mit beiden Händen heben. Aber auch nur vielleicht.

Dann nimmt er seinen riesigen, runden Schild aus zwei Schichten Bronze und zwei Schichten Zinn – zu dieser Zeit ein seltenes Metall –, die durch eine Goldschicht getrennt sind. Dieser Schild ist ein poliertes, glänzendes Kunstwerk und so berühmt, dass Homer ihm einen kompletten Gesang der *Ilias* gewidmet hat; er war überdies das Thema vieler einzigartiger Gedichte, so auch meines Lieblingsgedichts von Robert von Ranke-Graves. Und überraschenderweise ist man nicht enttäuscht, wenn man es realiter vor sich sieht. Es reicht wohl, wenn ich sage, dass die kunstvoll gestaltete Außenseite unter anderem aus konzentrischen Bilderkreisen besteht, die das elementare Weltbild in weiten Bereichen dieser griechischen Antike zusammenfassen, angefangen mit dem Fluss Okeanos am äußeren Rand, nach innen hin gefolgt von erstaunlichen Bildern der Stadt im Frieden und der Stadt im Krieg, und gekrönt von wunderschönen Bildern der Erde, des Meeres, der Sonne, des Mondes und der Sterne genau im Mittelpunkt. Der Schild ist so hochglanzpoliert, dass er selbst im Halbdunkel dieses Zeltes wie ein Sonnenspiegel glänzt.

Schließlich setzt Achilles seinen robusten Helm auf, der ihm bis über die Augenbrauen reicht. Der Legende zufolge hat der Feuergott Hephaistos persönlich den Rosshaar-Helmbusch daraufgesetzt – in diesem Krieg tragen nicht nur die Trojaner Kriegshelme mit hohem Kamm, sondern auch die Achäer –, und tatsächlich schimmern die hohen, goldenen Büschel auf dem Kamm des Helms wie Flammen bei jedem Schritt, den Achilles tut.

Nun fehlt nur noch der Speer, und Achilles bewegt sich in seiner Montur wie ein Linebacker der National Football League, der prüfen will, ob seine Schulterpolster richtig sitzen. Der Männertötet wirbelt auf den Fersen herum, um festzustellen, ob seine Beinschienen eng genug sind und ob sein Brustharnisch stramm genug sitzt, aber nicht so stramm, dass er sich darin nicht mühelos drehen und wenden und ausweichen und zustoßen kann. Dann läuft er ein paar Schritte und vergewissert sich, dass alles von den hochgeschnürten Sandalen bis zum Helm an Ort und Stelle bleibt. Schließlich hebt Achilles seinen Schild, greift mit der anderen Hand über die Schulter und zückt sein Schwert, alles mit einer einzigen, fließenden Bewegung, die den Anschein erweckt, als täte er das schon seit seiner Geburt.

Er steckt das Schwert wieder in die Scheide und sagt: »Ich bin bereit, Hockenberry.«

Die Hauptleute folgen uns, als ich Achilles wieder zum Strand hinunter führe, wo ich Orphu zurückgelassen habe. Die Wachen haben Abstand von dem riesigen, krebsartigen Geschöpf gehalten, das dank meines Schwebegeschirrs immer noch in der Luft steht, was der wachsenden Menge von Soldaten nicht verborgen geblieben ist. Ich habe beschlossen, hier einen kleinen Zaubertrick zu veranstalten, um Odysseus, Diomedes und die anderen Anführer zu beeindrucken und mir zugleich ein wenig mehr Respekt zu verschaffen. Außerdem weiß ich, dass diese anderen Achäer, die nicht so blind vor Wut sind wie Achilles, kaum sehr begeistert darüber sein dürften, in den Kampf gegen die unsterblichen Götter zu ziehen, die sie verehrt und denen sie geopfert und gehorcht haben, seit sie denken können. Theoretisch müsste alles, was ich jetzt tun kann, um Achilles' Herrschaft über seine neue Armee zu festigen, hilfreich für uns beide sein.

»Schließ die Hand um meinen Unterarm, Sohn des Peleus«, sage ich leise. Als Achilles gehorcht, drehe ich mit meiner freien Hand das Medaillon, und weg sind wir.

Als Treffpunkt hatte mir Helena den Vorraum zum Gemach des kleinen Skamandrios in Hektors Haus genannt. Da ich bereits dort gewesen bin, fällt es mir nicht schwer, ihn mir bildlich vorzustellen, und wir qten in einen leeren Raum. Wir sind ein paar Minuten zu früh dran – der Wachwechsel auf den Mauern Iliums findet erst in vier oder fünf Minuten statt. In diesem Vorraum gibt es ein Fenster, und wir können beide sehen, dass wir im Zentrum Iliums sind. Das Fenster steht offen, und der Klang des Straßenverkehrs dringt herein – Ochsenkarren, Pferde und ihr klirrendes Geschirr, Marktgeschrei, die schlurfenden Schritte Aberhunderter Fußgänger auf dem Kopfsteinpflaster – und bildet ein beruhigendes Hintergrundgeräusch.

Die Quantenteleportation scheint Achilles nicht weiter verwirrt zu haben. Mir wird klar, dass das Leben des jungen Mannes schon immer von göttlicher Magie erfüllt gewesen ist. Großer Gott, er wurde von einem *Zentauren* erzogen und unterrichtet! Jetzt, wo er weiß, dass er sich im tiefsten Innern der Höhle des Löwen in Ilium befindet, legt er nur die Hand ans Heft seines Schwertes, ohne es zu ziehen, und blickt mich an, als wollte er fragen: »Und nun?«

Die Antwort kommt aus dem Raum nebenan, dem Kinderzimmer. Ein Mann schreit in schrecklichem Schmerz auf. Ich erkenne ihn an der Stimme – es ist Hektor –, aber ich habe ihn noch nie derart stöhnen und schreien gehört. Auch Frauen weinen und klagen. Hektor schreit erneut auf, als hätte er tödliche Schmerzen.

Ich verspüre keinerlei Drang, dieses Kinderzimmer zu betreten, aber Achilles nimmt mir die Entscheidung ab. Er geht voraus. Seine Hand umklammert noch immer das Heft des halb gezogenen Schwertes. Ich folge ihm.

All meine Trojanerinnen sind da – Helena, Hekabe, Laodike, Theano und Andromache –, aber sie drehen sich nicht einmal um, als Achilles und ich das Kinderzimmer betreten. Auch Hektor ist da, in seiner staubigen, blutigen Kriegermontur, aber er blickt nicht einmal zu seinem Erzfeind auf, als dieser stehen bleibt und auf das Objekt der allgemeinen entsetzten Aufmerksamkeit starrt.

Die handgeschnitzte Wiege des Babys ist umgestürzt. Das Holz der Wiege, der Marmorboden und das Mückennetz sind mit Blut bespritzt. Der Körper des kleinen, noch kein Jahr alten Skamandrios, auch liebevoll Astyanax genannt, liegt auf dem Fußboden – in Stücke gehackt. Der Kopf des Babys fehlt. Die Arme und Beine sind abgeschnitten worden. Eine dicke, kleine Hand ist noch dran, die andere ist am Handgelenk abgetrennt. Die königlichen Windeln des Babys, auf deren Vorderseite Hektors Familienwappen gestickt ist, sind blutgetränkt. In der Nähe liegt der Leichnam der Amme, die ich schon auf den Zinnen gesehen habe und die noch in der vergangenen Nacht hier in diesem Gemach friedlich geschlafen hat. Sie sieht aus, als wäre sie von einer riesigen Dschungelkatze zerfleischt worden; ihre Arme sind noch immer zur umgeworfenen Wiege gereckt, als wäre sie bei dem Versuch gestorben, den Säugling zu beschützen.

Dienerinnen jammern und schreien im Hintergrund, aber Andromache spricht. Ihre Stimme klingt wie betäubt, aber auch geradezu beängstigend ruhig. »Das haben die Göttinnen Athene und Aphrodite getan, mein Herr und Gemahl.«

Hektor blickt auf, und sein Gesicht unter dem Helm ist eine schreckliche Maske des schieren Entsetzens. Sein Mund steht offen, ein Speichelfaden hängt herab. Seine Augen sind groß und rot geändert. »Athene? Aphrodite? Wie kann das sein?«

»Ich kam vor einer Stunde aus meinem Gemach an die Tür, als ich sie mit der Amme sprechen hörte«, sagt Andromache. »Pallas Athene selbst erklärte mir, diese Opferung unseres geliebten Skamandrios sei Zeus' Wille. ›Ein jähriges Kalb als Schlachtopfer‹, so lauteten die Worte der Göttinnen. Ich versuchte mit ihnen zu diskutieren, ich weinte und flehte, doch Aphrodite gebot mir zu schweigen und sagte, den Göttern gefalle es gar nicht, wie der Krieg verlaufe, und sie seien sehr unzufrieden darüber, dass du letzte Nacht nicht die schwarzen Schiffe verbrannt habest. Nun nähmen sie zur Warnung dieses Opfer.« Sie macht eine Handbewegung zu dem hingeschlachteten Kind auf dem Fußboden. »Ich schickte die schnellsten Diener aus, dich vom Schlachtfeld zurückzuholen, und rief diese Frauen, meine Freundinnen, um mich in meinem Kummer zu trösten, bis du kamst, o Gemahl. Wir haben diesen Raum bis zu deiner Ankunft nicht mehr betreten.«

Hektor wendet uns sein verstörtes Gesicht zu, aber sein Blick geht einfach über den stummen Achilles hinweg. Ich glaube nicht, dass er in diesem Moment eine Kobra zu seinen Füßen gesehen hätte. Der Schock hat ihn geblendet. Er sieht nur noch Skamandrios' Leichnam – enthauptet, blutbesudelt, eine kleine Hand zur Faust geschlossen. Dann würgt Hektor hervor: »Andromache, Gattin, Geliebte, weshalb liegst nicht auch du tot neben der Amme am Boden, gleichermaßen gefallen beim Versuch, unser Kind vor dem Zorn der Unsterblichen zu retten?«

Andromache senkt den Kopf und weint stumm. »Athene hat mich hinter einer unsichtbaren Wand an der Tür zurückgehalten, während die beiden mit ihrer göttlichen Macht diese Tat verübt haben«, sagt sie, und Tränen fallen aufs Oberteil ihres

Gewands. Ich sehe jetzt, dass ihr Gewand blutbefleckt ist, wo sie, auf den Knien liegend, die Überreste ihres abgeschlachteten Kindes an sich gedrückt haben muss. So irrelevant das in diesem Augenblick ist, ich denke daran, wie ich Jackie Kennedy an jenem lange zurückliegenden Novembertag im Fernsehen gesehen habe, als ich noch ein Teenager war.

Hektor macht keine Anstalten, seine Frau zu umarmen oder zu trösten. Das Klagegeheul der Dienerinnen wird höher, aber Hektor schweigt eine Minute, ehe er seinen zernarbten, muskulösen Arm hebt, eine mächtige Faust ballt und mit dem Blick zur Decke hervorstößt: »Dann fordere ich euch Götter zum Kampf heraus! Von diesem Moment an, Athene, Aphrodite, Zeus – all ihr Götter, denen ich gedient und die ich geehrt habe, für die ich in all diesen Jahren sogar mein Leben gegeben hätte –, ihr seid meine Feinde.« Er schüttelt die Faust.

»Hektor«, sagt Achilles.

Alle Köpfe fahren herum. Dienerinnen heulen erschrocken auf. Helena schlägt in einer perfekten Vorspiegelung von Überraschung die Hände vor den Mund. Hekabe stößt einen Schrei aus.

Hektor zieht sein Schwert und fletscht mit einer Miene, die fast an Erleichterung grenzt, die Zähne. *Hier ist jemand, an dem ich meine Wut abreagieren kann. Hier ist jemand, den ich töten kann.* Ich kann ihm seine Gedanken am Gesicht ablesen.

Achilles hebt beide Handflächen. »Hektor, Bruder im Kummer. Ich bin heute hier, um deinen Kummer zu teilen und dir meinen rechten Arm im Kampf anzubieten.«

Hektor hat sich bereit gemacht, auf den Männertöter loszustürmen, aber jetzt erstarrt der trojanische Held. Sein Gesicht verwandelt sich in eine Maske der Verwirrung.

»Vergangene Nacht«, sagt Achilles, die schwieligen Handflächen immer noch erhoben, um seine leeren Hände zu zeigen, »kam Pallas Athene in mein Zelt im Myrmidonenlager und tötete meinen liebsten Freund – Patroklos, er starb von ihrer

Hand. Sein Körper wurde auf den Olymp gebracht und dort den Aasvögeln vorgeworfen.«

Hektor hält noch immer sein Schwert in der Hand. »Hast du es mit eigenen Augen gesehen?«

»Ich habe mit ihr gesprochen und es selbst miterlebt«, bestätigt Achilles. »Es war die Göttin. Sie hat Patroklos genauso niedergestreckt wie heute deinen Sohn – und aus denselben Gründen. Sie hat sie mir selbst genannt.«

Hektor senkt den Blick auf seine Schwerthand, als hätten ihn die Waffe und sein Arm im Stich gelassen.

Achilles tritt vor. Die Menge der Frauen teilt sich für ihn. Der achäische Männertöter streckt die rechte Hand aus, sodass sie fast die Spitze von Hektors Schwert berührt.

»Edler Hektor, Feind, Bruder im Blute«, sagt Achilles leise, »willst du gemeinsam mit mir in diesen Kampf ziehen, den wir ausfechten müssen, um unseren Verlust zu rächen?«

Hektor lässt sein Schwert fallen, sodass die Bronze klirrend auf den Marmorboden schlägt. Das Heft landet in einer Pfütze von Skamandrios' Blut. Der Trojaner bringt kein Wort heraus. Er macht einen Schritt nach vorn, fast als wollte er angreifen, aber dann packt er ingrimmig Achilles' Unterarm – wäre es mein Arm gewesen, er hätte ihn abgerissen – und hält ihn fest, als würde nur er ihn davor bewahren, zu Boden zu stürzen.

Während alldem, gestehe ich, zuckt mein Blick mehrmals zu Andromache, die immer noch lautlos weint, während sich auf den anderen Gesichtern mehr schockiertes Erstaunen und Verwunderung breitmachen.

Hast du das getan?, frage ich Hektors Gemahlin stumm. *Hast du das deinem eigenen Sohn angetan, um deinen Willen im Hinblick auf diesen Krieg durchzusetzen?*

Noch während ich dies denke und voller Abscheu weiter vor Andromache zurückweiche, weiß ich, dass es die einzige Möglichkeit war. Die einzige Möglichkeit. Aber dann schaue ich auf die zerstückelten Überreste von Astyanax hinab, dem »Herrn der Stadt«, dem ermordeten Skamandrios, und ich weiche noch einen Schritt zurück. Selbst wenn ich tausend oder gar zehntausend Jahre alt würde, ich werde diese Menschen niemals verstehen.

In diesem Augenblick qtet die echte Göttin Athene, begleitet von meiner Muse und dem Gott Apollo, in die leere Hälfte des Kinderzimmers.

»Was geht hier vor?«, verlangt Pallas Athene zu wissen, zweieinhalb Meter groß, mit arroganter Haltung und hochmütigem Ton und Blick.

Die Muse zeigt auf mich. »Da ist er!«, schreit sie.

Apollo spannt seinen silbernen Bogen.

46 Der Äquatorialring

Calibans Nest war dunkel, feucht und warm, denn es lag versteckt inmitten der alten Rohre und des Faulgrubensystems unter der Oberfläche der Stadt. Der biotische Zerfall erwärmte die Grotte auf tropische Temperaturen, und es wimmelte darin von molchartigen Wesen, die zwischen Kürbispflanzen dahinhuschten. Caliban zerbrach dünnes Eis, schwamm durch ein Rohr im Erdreich des Asteroiden, kam in einer langen, schmalen Grotte heraus, hängte seine Ladung Gefangene an einen Haken, schlitzte das Netz auf, setzte die drei benommenen und widerstandslosen Menschen auf drei Felsbrocken drei Meter über einem blubbernden Teich und streckte sich auf einem mit Flechten überzogenen und mit Farnen überwachsenen Rohr aus. Die Kreatur planschte mit beiden Füßen im Schlick, stützte das Kinn auf ihre riesigen, geballten Fäuste und begutachtete Savi, Harman und Daeman.

Daeman hatte sich in die Hose gemacht, als das Ungeheuer sie geschnappt hatte. Die Thermohaut absorbierte die Feuchtigkeit und trocknete fast sofort, sodass kein Fleck zurückblieb, aber Daemans Wangen röteten sich trotz seiner Angst, wenn er daran dachte.

In Calibans Nest gab es Luft, und die Schwerkraft war höher als in der Stadt selbst. Die Kreatur riss ihnen so schnell die Osmosemasken herunter, ihr langer Arm peitschte so rasch vor, und die klauenbewehrten Finger griffen mit solcher Geschwindigkeit zu, dass keiner von ihnen, nicht einmal der Letzte, noch

Zeit hatte, sich zu ducken oder zurückzuweichen. Ihre Felsen erhoben sich wie schleimige Säulen über dem schwarzen Teich. Die Luft um sie herum roch widerwärtig nach Abwässern und war zum Schneiden dick. Caliban sog sie ein wie Ambrosia und zeigte hin und wieder seine gelben Zähne, als wollte er sie verspotten. Ein Teil des fischigen Geruchs in der Grotte ging von der Kreatur selbst aus.

Daeman hatte die *Calibani* im Mittelmeerbecken für furchterregend gehalten, aber jetzt wusste er, dass sie nur schattenhafte Kopien der Schrecklichkeit dieses echten, ursprünglichen Caliban waren, falls er es denn war. Das Geschöpf war nicht größer als die *Calibani*, aber unendlich viel obszöner in seiner zähne- und testikelstarrenden Fleischigkeit. Auf den ersten Blick wirkte Caliban unbeholfen, beinahe tollpatschig, aber er war völlig mühelos durch die kalte, dünne Luft der toten Stadt geschwommen und hatte seine riesigen, mit Schwimmhäuten versehenen Füße und Hände dabei als wirksame Paddel benutzt. Er hatte das zusammengezogene Ende ihres Netzes mit seinem überdimensionalen Maul gepackt, und die spitzen Zähne darin hielten es fest, obwohl Savi, Harman und Daeman um sich schlugen und gegen das Netz traten.

»Was hast du mit uns vor?«, fragte Savi, als die drei auf ihren Steinen über dem unterirdischen Teich vor Caliban hockten, der dalag und sie musterte. Daeman sah, dass sie sich die Schusswaffe zurückgeholt hatte, die zu ihnen ins Netz gefallen war, und dass sie in ihrer Hand lag, aber nicht auf Caliban gerichtet war. *Erschieß ihn!*, rief Daeman Savi in Gedanken zu. *Töte dieses Ding!*

Caliban, der so nah vor ihren Steinsäulen lag, dass sein ebenso wie die Luft nach Verwesung stinkender Atem über sie hinwegstrich, zischte: »Er schlingt sich herab, um Haare und Bart kitzelnd zu berühren, mal fällt eine Blüte herab, mit einer Biene darin, mal eine Frucht, Schnapp und Biss.«

»Er ist verrückt«, flüsterte Harman über ihre Funkverbindung.

Caliban lächelte. »Er spricht mit sich selbst, wie es ihm gefällt, über jenen anderen, den seine Mutter Gott nannte. Denn über Ihn zu sprechen ärgert Ihn – ha, wenn Er nur wüsste! Und jetzt ist die Zeit zum Ärgern.«

»Wer ist ›Er‹?«, fragte Savi. Ihre Stimme war sehr ruhig für jemanden, der in einer stinkenden Grotte hockte und einer Bestie auf Gnade und Ungnade ausgeliefert war. »Sprichst du von dir in der dritten Person, Caliban?«

»Er ist Er«, sagte das flach hingestreckt auf seinem bemoosten Rohr liegende Monster leise, »außer wenn Er Setebos ist!« Bei der Erwähnung des Namens schmiegte sich Caliban enger an das Rohr, breitbeinig und spreizfüßig, und legte die Arme über den Kopf, als wollte er einen Schlag von oben abwehren. Etwas Kleines und Schuppiges huschte vorbei und sprang klatschend in den stinkenden Teich unter ihm. Gelbe Dämpfe stiegen um sie herum empor.

»Wer ist Setebos?«, fragte Harman, der sich offenbar bemühte, mit ebenso ruhiger Stimme zu sprechen wie Savi. »Ist Setebos dein Herr? Holst du ihn her, damit er uns freilassen kann? Wir werden mit ihm sprechen.«

Caliban hob den Kopf, kratzte mit seinen Klauen vorn und hinten am Rohr, und bellte zum Dach der Grotte hinauf. »Setebos, Setebos und Setebos! Denkt, er lebt in der Kälte des Mondes.«

»Des Mondes?«, sagte Savi. »Dein Setebos lebt auf dem Mond?«

»Denkt, Er hat den Mond geschaffen, und dazu passend die Sonne«, schnurrte die Kreatur. »Aber nicht die Sterne, diese sind anders entstanden. Nur Wolken, Winde, Meteore und dergleichen, und diese Insel und was darauf lebt und wächst, und die Schlangensee, die sie umgibt und begrenzt.«

»Wovon redet er?«, flüsterte Daeman Savi über Anzugfunk zu. »Ist er verrückt? Es klingt, als würde er von irgendeinem Gott reden.«

»Ja, ich glaube, er redet von einem Gott«, erwiderte Savi ebenso leise. »Seinem Gott. Oder von etwas Wirklichem, was er als einen Gott betrachtet.«

»Wer oder was hat dieses Ungeheuer erschaffen? Ganz bestimmt kein Gott«, flüsterte Daeman.

Bei diesen Worten spitzte Caliban seine merkwürdigen, durchsichtigen Ohren. »Denkt, Sycorax, meine Mutter, hat mich sterblichen Brocken erschaffen. Denkt, Prospero, der stumme Diener des Ruhigen, hat Ihn zum Diener des Dieners gemacht. Denkt aber, dass Setebos, der so viele Arme hat wie ein Tintenfisch und der durch seine Taten Angst einflößt, zuerst nach oben schaut und merkt, dass Er sich nicht dorthin erheben kann, wo Ruhe und ein glückliches Leben sind; dann schaut Er hier herab, und aus reiner Bosheit macht Er diese Welt zu Tand, sodass sie jene, die echte, nachäfft, lässt die guten Dinge dieser Welt jene abbilden, wie die Hagebutte das Bild der Weintraube ist.«

»Macht Er diese Welt zu Tand«, wiederholte Savi. »Meinst du die Asteroidenstadt hier im Ä-Ring, Caliban?«

Statt zu antworten, kroch Caliban vorwärts wie eine schuppige, sprungbereite Katze. Seine gelben Augen waren nur einen Meter von ihren Köpfen entfernt. »Denkt, ob sie wohl Prospero kennen?«

»Ich kenne Ariel, das Biosphären-Wesen«, sagte Savi. »Ariel hat uns nach Atlantis durchgelassen und uns erlaubt, hierher zu kommen. Wir dürfen hier sein. Frag Ariel.«

Caliban lachte und wälzte sich auf den Rücken. Nur seine Klauen und die mit Schwimmhäuten bewehrten Füße verhinderten, dass er von dem glitschigen Rohr in das stinkende Wasser darunter rollte. »Denkt, er wäre Prospero, als Ariel hält er sich einen Kranich mit Kehlsack, den er ausschickt, watend Fische zu fangen, um sie sogleich wieder auszuwürgen; außerdem ein plumpes Wesen aus dem Meer, das ihm in die Falle gegangen ist, das er geblendet und mehr oder weniger gezähmt hat, dem er die Schwimmhäute durchtrennt hat und das er jetzt als Arbeitstier in einer Höhle im Stein hält und … *Caliban* nennt.«

»Wovon, zum Teufel, redet er?«, fragte Daeman über Funk. »Das Ding ist wahnsinnig. Erschieß es, Savi. Erschieß es!«

»Ich glaube, ich … verstehe … vielleicht«, flüsterte Harman. »›Er‹ ist Caliban. Er spricht von sich in der dritten Person, Savi. Dein Logosphären-Prospero hat ihn irgendwie versklavt und dafür Ariel, die Biosphären-Figur, benutzt.«

»Und Caliban hat ein kleines Meerestier geblendet, vielleicht eine Echse wie die im Teich da unten, und sie Caliban genannt«, sagte Savi. Ihre Stimme klang seltsam – distanziert, beinahe nachdenklich –, als hätte das gelbäugige Ding, das sich vor ihnen zurücklehnte und reckte, sie hypnotisiert. »Er spielt, dass er sein Herr, Prospero, ist«, sagte sie leise.

Caliban lachte und kratzte sich die Seite. Daeman konnte über seinen Rippen und direkt unter seinen Achselhöhlen Kiemen erkennen, die sich öffneten und schlossen wie obszöne graue Münder. »Spätnachts hat er gespäht und Prospero über seinen Büchern gesehen, sorglos und hochmütig, Herrscher nun über die Insel«, zischte Caliban. »Verärgert hat er selbst ein Buch genäht, aus breiten pfeilförmigen Blättern, hat eine Gerte geschält und ihr einen Namen gegeben; manchmal trägt er anstelle eines Zauberermantels das gefleckte Fell des geschmeidigen Ozelots.«

»Ozelots?«, sagte Harman.

»Erschieß es, Savi!«, zischte Daeman. »Erschieß es jetzt, bevor es uns tötet!«

»Caliban«, sagte Savi in beruhigendem Ton, »was ist den Nachmenschen hier zugestoßen?«

Caliban begann zu weinen. Schleim lief ihm aus der Schnauze. »Setebos«, flüsterte er und blickte wieder zum Dach der Grotte hinauf, als hörte jemand zu. »Setebos befahl mir, den Kerlchen drei gesunde Beine statt des einen zu geben, oder aber auch das andere abzuzupfen und sie wie Eier liegen zu lassen. Wäre das nicht vergnüglich – hört, was ich Sterblicher sage –, Nemmies zu jagen, einen nach dem anderen, ihr Fleisch mit Maische hinunterzuspülen und mit angeregtem Hirn nach Belieben Lehm zu schaffen und zu zerstören? So auch Er. *So auch Er!*«

»O mein Gott«, hauchte Savi. Sie sank auf ihren hohen, groben Stein zurück. Es sah aus, als dächte sie daran, in den stinkenden Teich unter ihr zu springen.

»Was ist?«, flüsterte Daeman über Funk. »Was ist?«

»Caliban hat die Nachmenschen tatsächlich getötet«, flüsterte sie. In diesem Abwasserlicht wirkte sie jetzt noch älter. »Auf Befehl dieses Setebos. Oder vielleicht auf Prosperos Befehl. Caliban scheint beide als Götter zu verehren. Vielleicht gibt es gar keinen Setebos, und er betet nur diese Prospero-Persona an.«

Die Kreatur hörte auf zu schniefen und strahlte, ihre breite Mundklappe hob sich. »Denkt, dies ist ein Zeichen weder dass Er schlecht, noch dass Er gut ist, weder freundlich noch boshaft: Er ist stark und der Herr.«

»Wer?«, fragte Savi. »Setebos oder Prospero? Wem dienst du, Caliban?«

»Sagt, Er ist furchtbar«, brüllte Caliban und erhob sich nun auf seine Hinterbeine. »Seht seine Taten als Beweis! Ein Sturm zerstört die Hoffnung von sechs guten Monaten. Er kann mich nicht ausstehen, das weiß ich.«

»Wer kann dich nicht ausstehen?«, fragte Harman.

Daeman hielt es für verrückt, mit diesem verrückten Geschöpf zu reden. *»Erschieß es«,* flüsterte er Savi wieder zu. *»Töte das Ding!«*

Savi hob die Schusswaffe ein wenig höher, richtete sie jedoch noch immer nicht auf Caliban.

»Er denkt, die Nemmies brachten Wurmlöcher, und Setebos brachte die Würmer«, sagte Caliban. »Aus Maden schuf Prospero Götter, aus Stein schuf Setebos Prosperos Gesicht, und Zeks, die es an gute Plätze stellten. Meine Mutter behauptete, das Ruhige habe alle Dinge geschaffen, die Setebos jetzt quälen; Er hingegen meint, wer sie schwach schuf, dachte an Schwäche, die Er quälen könne. Hätte Er etwas anderes im Sinn gehabt, während Er bei der Arbeit war, warum hätte Er dann nicht Augen aus Horn gemacht, die kein Dorn verletzen könnte, oder ihre Kopfhaut mit einer Knochenschicht zum Schutz vor dem Schnee versehen, oder ihr Fleisch mit überlappenden Schuppen bedeckt wie den Panzer eines Orkas? Tja, aber so hätte er sich seinen Zeitvertreib genommen. Er ist jetzt der Eine, Er allein wirkt alles.«

»Wer ist der Eine?«, fragte Savi.

Caliban sah aus, als würde er gleich wieder weinen. »Mein geblendetes Vieh liebt den, der ihm Fleisch vor die Schnauze legt. Folglich gefällt es Setebos, zu schaffen, alle Seine Hände zu gebrauchen.«

»Caliban«, sagte Savi leise und langsam, wie zu einem Kind, »wir sind müde und wollen nach Hause. Kannst du uns helfen, nach Hause zu kommen?«

Der Blick des Ungeheuers schien sich nun auf etwas anderes als seinen Hass und Selbsthass zu richten. »Ja, meine Dame, Caliban kennt den Weg und wünscht dir Glück. Aber du und Er, wir wissen beide, wie Er ist, und dürfen nicht darauf bauen, des Ausgangs gewiss.«

»Sag uns, wie …«, begann Savi.

»Genauso macht es Caliban«, sagte Caliban mit wachsender Erregung. Er hockte auf den Hinterbeinen, seine langen Unterarme hingen herab, mit Dornen bewehrte Knöchel kratzten Moos vom Rohr. »Das ist das Spannende; finde es heraus oder stirb! Ihm gefallen und dies vermeiden? Wie es Prospero tut? Ha, wenn Er mir verraten würde, wie! Aber Er doch nicht!«

»Caliban, wenn du uns den Weg nach Hause zeigst, können wir …«, setzte Savi an. Sie hatte die Waffe ein Stück erhoben.

»Alle müssen sterben«, rief Caliban, spannte seine Schenkel und kratzte sich die Knöchel. »Er denkt, Prospero bringt den listenreichen Odysseus hierher, doch Setebos führt ihn in die Irre. Prospero schickt nächtliche Schreie zu Jove im Himmel empor und bringt die hohlen Männer zum Mars, aber Setebos bügelt es mit dem Zorn falscher Götter aus. Das ist das Spannende; findet es heraus oder sterbt!«

Caliban hüpfte ans Ende des Rohrs, schlang seine Beine darum, schwang sich tief hinunter und klaubte eine Albino-Echse aus dem Schleim. Die Augen der Echse waren ausgestochen.

»Savi«, sagte Harman.

»Nicht alle müssen sterben, nein«, rief Caliban, weinte und knirschte mit den Zähnen. »Manche fliehen in die Ferne, manche tauchen in die Tiefe, manche klettern auf Bäume; diejenigen, die Ihm ausgeliefert sind – die sind Ihm am liebsten, wenn sie … wenn sie … nun, versuche nie zweimal dasselbe!«

»Erschieß es, Savi!«, sagte Daeman, nicht über Funk, sondern laut und deutlich. Seine Stimme hallte in der Grotte wider.

Savi biss sich auf die Lippe, hob jedoch die Waffe.

»Sieh!«, schrie Caliban. »Liegt flach am Boden und liebt Setebos! Beißt die Zähne zusammen, bis sie durch seine Oberlippe aufeinandertreffen.«

Caliban ließ die blinde Echse los, die in den Teich unten sprang, aber auf ihrem Weg ins Wasser Savis Felsen streifte.

»Seht Seine Taten als Beweis!«, schrie Caliban und sprang.

Savi schoss, und mehrere Hundert mit Widerhaken versehene Glasflechettes trafen Caliban in die Brust und zerrissen sein Fleisch wie Papier. Caliban brüllte erneut auf, landete auf Savis Felsen, schlang seine unmöglich langen Arme um sie und biss ihr mit einer einzigen kraftvollen Bewegung seiner Kiefer den Hals durch. Savi hatte nicht einmal Zeit zu schreien, bevor sie starb. Ihr Hals war beinahe durchtrennt, ihr Körper erschlaffte in den Armen des Monsters, die Schusswaffe entglitt ihren leblosen Fingern, fiel in den Sumpf und verschwand.

Aus vielen Wunden blutend, hob Caliban seine blutigen Kiefer und seine gelben Augen zu den Wänden der Grotte und brüllte ein weiteres Mal. Dann tauchte das Monster mit Savis Leiche unterm Arm ins blubbernde Wasser und verschwand unter der Schleimschicht.

47 Ardis Hall

Nachdem Ada am Morgen von Hannahs Erstem Zwanziger mit ihrer jungen Freundin zum Faxknoten gefahren war und zugesehen hatte, wie sie von zwei Servitoren und einem Voynix in den Pavillon begleitet wurde, begann sie sich ernsthafte Sorgen zu machen.

Am zweiten Tag, nachdem Harman mit Daeman und Savi abgeflogen war, hatte sie sich Sorgen um Harman zu machen begonnen. Sie rechnete eigentlich nicht damit, dass er sie wie versprochen mit einem Raumschiff abholen kommen würde – das war eine kindliche Fantasievorstellung, an die ihrer Ansicht nach nicht einmal Harman selbst glaubte –, aber sie ging davon aus, dass die drei in ein paar Tagen mit dem Sonie zurückkommen würden. Nach vier Tagen verwandelte sich ihre Besorgnis in Zorn. Nach einer Woche wich dieser wieder der Sorge – einer tieferen, nagenderen Sorge, als sie es je erlebt hatte –, und sie begann schlecht zu schlafen. Nach zwei Wochen wusste Ada nicht mehr, was sie denken sollte.

Als sie am vierzehnten Morgen nach der Abreise des Trios auch durch Freunde, die sie besuchen kamen – und natürlich kamen jetzt Aberhunderte von Menschen nach Ardis Hall –, noch immer nichts von den dreien gehört hatte, ließ Ada sich von einem Voynix mit der Karriole zum Faxportal bringen und begab sich nach kurzem Zögern – was konnte am Faxen schon schädlich sein? – nach Paris-Krater, wo sie Daemans Mutter besuchte.

Die Mutter des jungen Mannes war völlig außer sich vor Sorge. Daeman blieb manchmal wochenlang auf Partys – ein Jahr vor seinem Ersten Zwanziger war er sogar einen vollen Monat auf Schmetterlingsjagd gegangen –, aber er sagte seiner Mutter immer Bescheid, wo er war und wann er wieder heimkommen würde. Doch in den vergangenen beiden Wochen – nichts.

»Ich würde mir keine Sorgen machen«, tröstete Ada Daemans Mutter und tätschelte ihr den Arm. »Unser Freund Harman wird schon auf ihn aufpassen, und die Frau, die wir kennengelernt haben – Savi –, wird auf sie beide aufpassen.« Diese Worte beruhigten Daemans Mutter, aber Ada machte sich danach mehr Sorgen denn je.

Jetzt, zwei Wochen nach ihrem Besuch in Paris-Krater, vermisste sie Hannah bereits. Sie wusste jedoch, dass das Mädchen wohlbehalten in der Klinik sein musste. Während sie in der Droschke über die Hügel heimfuhr, merkte Ada, wie sie sich in ihren Gedanken verlor.

Ardis Hall hatte während des letzten Monats eine wahre Invasion erlebt. Von ihrem Abstecher nach Paris-Krater vor zwei Wochen war Ada nachts zurückgekommen, sodass sie nun, bei dieser morgendlichen Fahrt, die Veränderungen zum ersten Mal in den vergangenen vier Wochen von der hochgelegenen Straße aus sah, die zum Herrenhaus führte, und jetzt verschlug ihr der Anblick den Atem.

Dutzende bunter Zelte umgaben das alte weiße Herrenhaus auf dem Hügel. Anfangs waren zehn oder zwanzig Besucher – meistens Männer – gekommen, um Odysseus auf der großen, sanft abfallenden Wiese hinter dem Haus reden zu hören, aber aus Dutzenden waren Hunderte geworden, und mittlerweile hatten Tausende die Faxreise gemacht. Ardis Hall verfügte nur über ein Dutzend Karriolen und Droschken, und da diese beim Transport des unablässigen Besucherstroms zwischen Faxknoten und Haus zu jeder Tages- und Nachtzeit ebenso abgenutzt wurden wie die seltsam mürrischen Voynixe, blieben einige der Freiwilligen aus den ersten Tagen von Odysseus' Vorträgen abwechselnd beim Faxportal und baten die endlose Reihe von Besuchern, die unglaublichen zwei Kilometer zum Herrenhaus zu Fuß zu laufen. Sie taten es. Und sie marschierten auch wieder zurück, faxten davon und kamen dann Tage oder auch nur Stunden später mit weiteren Besuchern wieder – auch diese hauptsächlich Männer.

Als Adas Droschke nun inmitten des Menschengewimmels auf der kreisrunden Auffahrt vor Ardis Hall hielt, wurde ihr klar, dass ihr isoliertes Anwesen zum Bestandteil einer expandierenden Stadt geworden war. Zu den Dutzenden von Zelten, die von den Voynixen aufgebaut worden waren, jetzt jedoch von Männern und Frauen betreut wurden, gehörten Kochzelte, Esspavillons, Toilettenzelte – Odysseus hatte den Männern gezeigt, wie man abseits der anderen Zelte eine Latrine grub – und Schlafzelte. Adas Mutter war in dieser irrwitzigen Zeit einmal zu Besuch gekommen und – überwältigt von den zahllosen Menschen, die in Ardis Hall ein und aus gingen, als wäre es ein öffentlicher Markt – sofort zu ihrem Domi in Ulanbat zurückgefaxt und seitdem nicht wiedergekommen.

Ada ließ sich von einem der freiwilligen Dauergäste – einem jungen Mann namens Reman, der sich, wie so viele der Jünger, gerade einen Bart wachsen ließ – ein kaltes Getränk geben und wanderte auf die Wiese hinaus, wo Odysseus vier- oder fünfmal am Tag vor immer größeren Menschenmengen Vorträge hielt und Fragen beantwortete. Ada hatte nicht übel Lust, den arroganten Barbaren bei seinen Vorträgen zu unterbrechen und ihn vor allen Anwesenden zu fragen, weshalb er, Odysseus, sich nicht einmal von der jungen Frau verabschiedet hatte, die ihn anbetete.

Am Abend zuvor, bei der Dinnerparty zu Hannahs Erstem Zwanziger – die Feier fand immer am Vortag des eigentlichen Geburtstags statt, an dem man dann in die Klinik faxte –, hatte Odysseus sich kaum blicken lassen. Ada wusste, dass Hannah verletzt gewesen war. Die junge Frau glaubte immer noch, sie sei in Odysseus verliebt, obwohl ihre Gefühle dem Mann gleichgültig zu sein schienen. Nach der Rückkehr von ihrer Reise war Hannah Odysseus' Schatten gewesen, aber er schien sie kaum zu bemerken. Als er auf Adas Gastfreundschaft verzichtet und beschlossen hatte, sich ein Lager im Wald zu bauen, hatte Hannah versucht, ihn dorthin zu begleiten, aber Odysseus hatte darauf bestanden, dass sie im großen Haus schlief. Tagsüber, während Odysseus lief, trainierte und später mit seinen männlichen Jüngern rang, war Hannah stets in seiner Nähe – sie lief, kletterte an den Seilen des Hindernisparcours, meldete sich sogar freiwillig zum Ringen. Odysseus lehnte es immer ab, gegen das schöne junge Mädchen anzutreten.

Bei Hannahs Erster-Zwanziger-Party hatte jeder der rund ein Dutzend Gäste an dem Tisch unter der riesigen Ulme die traditionelle Ansprache gehalten – Gratulationen zu Hannahs erstem Besuch in der Klinik, Gesundheits- und Glückwünsche –, doch als Odysseus an der Reihe war, hatte der einfach nur gesagt: »Geh nicht.« Hannah hatte später in Adas Schlafzimmer geweint – hatte sogar erwogen, Odysseus' Rat zu befolgen und sich irgendwie vor den Servitoren zu verstecken, die bereits ihr zeremonielles Zwanzigergewand bestickten –, aber natürlich hatte sie in die Klinik gehen müssen. Jeder ging dorthin. Ada war hingegangen. Harman war viermal dort gewesen. Selbst der abwesende Daeman hatte die Klinik schon zweimal besucht – einmal an seinem Ersten Zwanziger und dann nach dem Unfall mit dem Allosaurier. Jeder ging hin.

Als Hannah also an diesem Morgen aus ihrem Zimmer heruntergekommen war, nur in das zeremonielle Baumwollgewand mit dem kleinen, traditionellen, aufgestickten Bild des Äskulapstabs gekleidet – zwei blaue Schlangen der Heilkunst, die sich um einen Stab wanden –, war Odysseus nicht da gewesen, um sich von seiner jungen Freundin zu verabschieden.

Ada war wütend gewesen, als die beiden in einer von Ardis' Droschken zum Faxpavillon fuhren. Hannah hatte ein bisschen geweint und das Gesicht abgewandt, damit Ada es nicht sah. Hannah war immer die robusteste junge Frau gewesen, die Ada kannte – die zu jedem Risiko bereite Sportlerin, Künstlerin und Bildhauerin –, aber an diesem Morgen wirkte sie wie ein verlorenes kleines Mädchen.

»Vielleicht schenkt er mir Beachtung, wenn ich aus der Klinik zurückkomme«, hatte Hannah gesagt. »Vielleicht sieht er morgen eher eine Frau in mir.«

»Vielleicht«, sagte Ada, aber sie dachte, dass die Männer offenbar allesamt selbstsüchtige, egoistische, unsensible Schweine waren, die nur auf eine Gelegenheit warteten, um sich wie noch größere selbstsüchtige, egoistische, unsensible Schweine zu benehmen.

Hannah hatte so zerbrechlich ausgesehen, als die zwei Servitoren aus dem Faxpavillon geschwebt kamen, sie jeweils an einem Arm fassten und zum Faxportal führten. Es war ein schöner Tag gewesen, mit klarem blauem Himmel und einer leichten Brise aus Westen, aber wenn es nach Adas Stimmung gegangen wäre, hätte es ebenso gut regnen können. Sie wusste nicht, woher diese Untergangsstimmung rührte – sie hatte Dutzende von Freundinnen und Freunden zu ihren diversen Zwanziger-Reisen in die Klinik begleitet und war auch selbst dort gewesen, erinnerte sich jedoch nur undeutlich, dass sie in einer warmen Flüssigkeit geschwommen war –, aber Ada hatte geweint, als Hannah in der Sekunde, bevor das Faxportal sie wegzauberte, die Hand hob und winkte. Und die einsame Rückfahrt nach Ardis Hall hatte ihre Wut auf Odysseus, Harman und die Männer im Allgemeinen nur noch verstärkt.

Daher fühlte sich Ada ganz und gar nicht wie eine liebevolle Jüngerin, als sie den Hügel hinter Ardis Hall hinaufwanderte, um sich anzuhören, was Odysseus den Getreuen und Neugierigen zu sagen hatte.

Der kleine, bärtige Mann trug seinen Kittel und seine Sandalen. Das Schwert hing an seiner Seite, und er saß auf einem umgestürzten Baum, den er eigenhändig gefällt hatte. Überall um ihn herum und hangabwärts zum Haus saßen und standen mehrere Hundert Männer und Frauen. Nicht wenige der Männer trugen jetzt ähnliche Kittel wie Odysseus und dazu den gleichen breiten Ledergürtel. Die meisten schienen sich Bärte stehen zu lassen, was seit Adas frühester Jugend noch nie in Mode gewesen war.

Odysseus beantwortete gerade Fragen. Ada kannte seinen üblichen Zeitplan: Eine Stunde nach Sonnenaufgang sprach er ungefähr neunzig Minuten lang, dann ging er stundenlang allein spazieren, beantwortete in der Stunde vor dem Mittagessen Fragen, redete am Nachmittag noch einmal ohne Unterbrechung und ging in der langen Dämmerstunde nach Sonnenuntergang ein zweites Mal auf Fragen ein. Dies war die Versammlung vor dem Mittagessen.

»Lehrer, weshalb müssen wir herausfinden, wer unsere Väter sind? Das war noch nie wichtig.« Ein neuer junger Mann hatte die Hand gehoben.

Im vergangenen Monat hatte Ada bemerkt, dass Odysseus beim Sprechen normalerweise die Hände ausstreckte und mit seinen kurzen, kräftigen Fingern in die Luft stach, als wollte er seine Worte unterstreichen. Seine Arme und Beine waren braun und kräftig. Nun fiel ihr zum ersten Mal auf, dass einige der bärtigen Männer im Publikum ebenfalls braun wurden und Muskeln bekamen. Odysseus hatte im Wald auf der Hügelkuppe einen Hindernisparcours eingerichtet – nur Seile, Baumstämme und schlammige Gruben – und verlangte, dass jeder, der ihm mehr als zweimal zuhörte, mindestens eine Stunde pro Tag auf dem Parcours trainierte. Viele der Jünger – und auch einige der Jüngerinnen – hatten über die Idee gelacht, als sie es zum ersten Mal ausprobierten, aber jetzt verbrachten sie täglich lange Stunden auf dem Parcours oder beim Laufen. Es versetzte Ada in Erstaunen.

»Wenn man seinen Vater nicht kennt«, antwortete Odysseus mit seiner tiefen, ruhigen, aber auf grimmige Weise festen Stimme, die immer so weit zu tragen schien wie nötig, »wie kann man sich dann selbst kennen? Ich bin Odysseus, der Sohn des Laertes. Mein Vater ist ein König, aber auch ein Mann des Erdreichs. Als ich ihn zum letzten Mal sah, lag der alte Mann auf den Knien im Dreck und pflanzte einen Baum, wo ein alter, von einem Blitz getroffener Baumriese umgestürzt war, den er schließlich selbst gefällt hatte. Wenn ich meinen Vater nicht kennen würde, und dessen Vater vor ihm, und nicht wüsste, was diese Männer wert waren, wofür sie gelebt haben und wofür sie ihr Leben gegeben haben, wie könnte ich mich dann selbst kennen?«

»Erzähl uns noch einmal von *Arete*«, bat eine Stimme aus der ersten Reihe. Ada erkannte den Sprecher; es war Petyr, einer der ersten Besucher. Petyr war kein junger Mann mehr – Ada dachte, dass er in seinem Vierten Zwanziger war –, aber er hatte einen fast ebenso vollen Bart wie Odysseus. Ada glaubte nicht, dass Petyr Ardis schon einmal verlassen hatte, seit er an jenem zweiten oder dritten Tag, als man die Besucher noch an zwei Händen abzählen konnte, Odysseus zum ersten Mal reden gehört hatte.

»*Arete* ist einfach Vortrefflichkeit und das Streben nach Vortrefflichkeit in allen Dingen«, sagte Odysseus. »*Arete* bedeutet nichts weiter, als dass man all seine Handlungen als eine Art Sakrament für die Vortrefflichkeit darbringt, dass man sein Leben lang danach strebt, Vortrefflichkeit zu erreichen, sie erkennt, wenn sie sich zeigt, und sie in seinem eigenen Leben erlangt.«

Ein Neuankömmling zehn Reihen hangaufwärts vor Ada, ein stämmiger, untersetzter Mann, der sie ein bisschen an Daeman erinnerte, lachte und sagte: »Wie kann man in allen Dingen Vortrefflichkeit erlangen, Lehrer? Und wer will das schon? Es klingt ungeheuer anstrengend.« Der Mann sah sich in dem sicheren Bewusstsein um, dass er Gelächter ernten würde, aber die anderen auf dem Hügel sahen ihn nur schweigend an und wandten sich dann wieder Odysseus zu.

Der Grieche lächelte unbeschwert – starke weiße Zähne blitzten im Kontrast zu seinen gebräunten Wangen und dem kurzen, grauen Bart – und sagte: »Man kann nicht in allen Dingen Vortrefflichkeit *erlangen*, mein Freund, aber man muss es *versuchen*. Und wie könnte man es *nicht* wollen?«

»Aber es gibt so vieles zu tun«, lachte der stämmige Mann. »Man kann nicht für alles üben. Man muss Entscheidungen treffen und sich auf die wichtigen Dinge konzentrieren.« Der Mann drückte die junge Frau neben sich, offenkundig seine Gefährtin, und sie lachte laut, aber sie war die Einzige, die lachte.

»Ja«, sagte Odysseus, »aber man beleidigt all jene Handlungen, bei denen man die *Arete* nicht ehrt. Essen? Iss, als wäre es deine letzte Mahlzeit. Bereite die Nahrung zu, als gäbe es keine weitere mehr! Den Göttern opfern? Du musst jedes Opfer so darbringen, als hinge das Leben deiner Familie von deiner Energie, Hingabe und Konzentration ab. Lieben? Ja, liebe, als wäre es das Wichtigste auf der Welt, aber sorge dafür, dass es nur ein Stern in der Konstellation der Vortrefflichkeit ist, die *Arete* ist.«

»Ich verstehe das *Agon* nicht, Odysseus«, meldete sich eine junge Frau in der dritten Reihe. Ada wusste, dass sie Peaen hieß. Sie war intelligent und betrachtete alles mit Skepsis, aber dies war bereits ihr vierter Tag hier.

»Das *Agon* ist einfach der Vergleich aller ähnlichen Dinge miteinander«, sagte Odysseus leise, aber deutlich, »und das Urteil, ob etwas gleich, größer oder geringer ist. Alles im Universum ist Teil der Dynamik des *Agon*.« Odysseus zeigte auf den Baum, auf dem er saß. »War dieser Baum größer, kleiner oder genauso groß wie … *dieser* Baum?« Er zeigte auf einen hohen, lebenden Baum weiter oben auf dem Hügel, am Waldrand.

Voynixe standen unter den Schatten der Zweige. Die Voynixe hielten sich von Odysseus fern.

»Dieser Baum lebt«, rief der stämmige Mann, der zuvor gesprochen hatte. »Er muss dem toten Baum überlegen sein.«

»Sind alle lebenden Dinge allen toten überlegen?«, fragte Odysseus. »Viele von euch haben sich unter das Turin-Tuch gelegt und die Schlacht dort gesehen. Ist ein Düngerhändler heute ein besserer Mann als Achilles damals, nur weil Achilles jetzt tot ist?«

»Das ist ein Vergleich zwischen unähnlichen Dingen«, rief eine Frau.

»Nein«, sagte Odysseus. »Beide sind Menschen. Beide wurden geboren. Beide werden sterben. Es zählt wenig, ob der eine noch atmet und der andere nur in den ohnmächtigen Schatten der Hölle wohnt. Man muss fähig sein, Männer zu vergleichen – oder Frauen –, und deshalb müssen wir unsere Väter kennen. Unsere Mütter. Unsere Geschichte. Unsere Geschichten.«

»Tja, der Baum, auf dem du da sitzt, ist immer noch tot, Lehrer«, sagte Petyr. Diesmal lachten Leute überall auf dem Hügel.

Odysseus stimmte in das Gelächter ein. Er zeigte auf einen Sperling, der gerade auf einem der wenigen Äste des umgestürzten Baumes gelandet war, die Odysseus nicht abgehackt hatte. »Er ist nicht nur *immer noch* tot«, sagte er, »er ist *gerade erst* gestorben. Aber die Nützlichkeit des Baumes – in den Nützlichkeitsbegriffen des *Agon* – hat bereits die *Agon*-Nützlichkeit dieses lebenden Baumes dort oben übertroffen. Für diesen Vogel. Für die Insekten, die sich jetzt gerade in die Rinde dieses gefallenen Riesen graben. Für die Mäuse, Maulwürfe und größeren Geschöpfe, die bald kommen werden, um den toten Baum zu bewohnen.«

»Wer wird dann der endgültige Richter über das *Agon* sein«, fragte ein ernster, älterer Mann in der fünften Reihe. »Vögel, Käfer oder Menschen?«

»Alle«, antwortete Odysseus. »Jeder zu seiner Zeit. Aber der einzige Richter, auf den es ankommt, bist du selbst.«

»Ist das nicht arrogant?«, wollte eine Frau wissen, in der Ada eine Freundin ihrer Mutter erkannte. »Wer hat *uns* zum Richter erwählt? Wer hat uns das Recht gegeben, Urteile zu fällen?«

»Das Universum hat dich durch fünfzehn Milliarden Jahre der Evolution erwählt«, sagte Odysseus. »Es hat dir Augen gegeben, mit denen du sehen kannst. Hände, mit denen du etwas halten und wiegen kannst. Ein Herz, um etwas zu fühlen. Einen Geist, um die Regeln des Urteilens zu lernen. Und eine Vorstellungskraft, mit der du das Urteil des Vogels und des Käfers – ja selbst der anderen Bäume – in dieser Angelegenheit in Betracht ziehen kannst. Und du musst dich von *Arete* leiten lassen, wenn du dieses Urteil fällst – glaub mir, die Käfer, Vögel und Bäume tun das bereits. In ihrer Welt haben sie keine Zeit für Mittelmäßigkeit. Sie machen sich keine Gedanken über die Arroganz des Urteilens, sei es in der Wahl eines Partners, eines Feindes – oder eines Zuhauses.«

Odysseus zeigte auf die Stelle, wo der Sperling in ein Loch in dem umgestürzten Stamm gehüpft und in dem Hohlraum dahinter verschwunden war.

»Lehrer«, rief ein junger Mann weit hinten in der Menge, »weshalb verlangst du von uns Männern, dass wir mindestens einmal am Tag ringen?«

Ada hatte genug gehört. Sie ging mit dem Rest ihres kalten Getränks zum Haus zurück. Auf der Veranda hielt sie inne und schaute in den lang gestreckten, grasbewachsenen Garten, wo Dutzende weiterer Besucher – Jünger – gemeinsam spazieren gingen und sich unterhielten. Die Seide an den Zelten flatterte in der warmen Brise. Servitoren schwebten von einem Besucher zum anderen, aber nur wenige nahmen die angebotenen Speisen oder Getränke an. Odysseus hatte darum gebeten, dass jeder, der hierblieb, um ihn mehr als einmal sprechen zu hören, die Servitoren nicht für sich arbeiten und sich nicht von den

Voynixen bedienen ließ. Anfangs hatte das viele vertrieben, aber nun blieben immer mehr hier.

Ada schaute zum blauen Himmel hinauf, sah die hellen Kreise der beiden Ringe, die sich dort drehten, und dachte an Harman. Sie war so *wütend* auf ihn gewesen, als er davon gesprochen hatte, dass die Frauen Monate, Jahre oder Jahrzehnte nach dem Verkehr unter dem Sperma der Männer auswählten – darüber redete man einfach nicht, außer von Mutter zu Tochter, und dann auch nur einmal. Und dieser Unsinn mit den beteiligten Nachtfaltergenen, als hätten die Frauen nicht seit unvordenklichen Zeiten die Väter ihrer genehmigten Babys gewählt. Es war so … *obszön* von Harman gewesen, dieses Thema zur Sprache zu bringen.

Doch erst die Erklärung ihres neuen Geliebten, er wolle der Vater von Adas Kind sein … nicht nur derjenige *sein*, dessen Samen irgendwann in der Zukunft gewählt wurde, sondern bei dem Kind *bleiben* und als Vater *anerkannt* sein …, hatte Ada dermaßen verblüfft und wütend gemacht, dass sie Harman ohne ein freundliches Wort – ganz im Gegenteil, mit feindseligen Worten und Blicken – zu seinem harmlosen Abenteuer mit Savi und Daeman weggeschickt hatte.

Ada legte die Hand auf ihren Unterleib. Kein Servitor hatte ihr im Auftrag der Klinik mitgeteilt, dass ihre Zeit für eine Schwangerschaft gekommen war, aber sie hatte auch nicht darum gebeten, auf die Liste gesetzt zu werden. Sie war froh, dass sie vorerst noch nicht zwischen – wie hatte Harman es genannt? – Spermapaketen wählen musste. Aber sie dachte an Harman, an seine intelligenten, liebevollen Augen, seine sanfte und dann wieder bestimmte Berührung, seinen alten, aber begierigen Körper, und berührte erneut ihren Bauch.

»Aman«, flüsterte sie in sich hinein, »Sohn von Harman und Ada.«

Sie schüttelte den Kopf. Odysseus' Geschwätz in den letzten Wochen war daran schuld, dass sich ihr Oberstübchen allmählich mit lauter Unsinn füllte. Gestern, nach Einbruch der Dunkelheit, als sich die zahllosen Jünger auf den Weg zum Faxpavillon oder zu den Schlafzelten gemacht hatten – mehr zu den Zelten als zum Pavillon –, hatte sie die Nase voll gehabt und Odysseus unverblümt gefragt, wie lange er noch in Ardis Hall zu bleiben gedenke.

Der alte Mann hatte sie beinahe traurig angelächelt. »Nicht mehr sehr lange, meine Liebe.«

»Eine Woche?«, drängte Ada. »Einen Monat? Ein Jahr?«

»Nicht so lange«, sagte Odysseus. »Nur bis der Himmel herabzufallen beginnt, Ada. Nur bis in deinem Garten neue Welten erscheinen.«

Wütend über seine Unernsthaftigkeit und fast geneigt, den behaarten Barbaren unverzüglich von den Servitoren hinauswerfen zu lassen, war Ada steifbeinig zu ihrem Schlafzimmer hinaufgegangen – ihrem letzten privaten Rückzugsort in Ardis Hall, das unversehens zu einer öffentlichen Einrichtung geworden war –, wo sie wach dagelegen und sich über Harman geärgert, Harman vermisst und sich Sorgen um Harman gemacht hatte, statt dem alten Odysseus die Servitoren auf den Hals zu hetzen.

Jetzt wandte sie sich vom Garten ab und wollte ins Haus gehen, aber eine seltsame Bewegung am Rand ihres Blickfeldes veranlasste sie, sich noch einmal umzudrehen. Zuerst glaubte sie, es seien nur die kreisenden Ringe, so wie immer, aber dann schaute sie noch einmal hin und sah einen weiteren Strich, als würde ein Diamant eine Linie ins perfekte blaue Glas des Himmels kratzen. Dann noch einen Kratzer, breiter, heller. Und einen vierten, so hell und so klar, dass Ada deutlich die Flammen sehen konnte, die der Lichtstrich hinter sich herzog. Ein paar Sekunden später hallten vier dumpfe Donnerschläge über den Rasen, und die dahinschlendernden Jünger blieben stehen und schauten nach oben. Selbst die Servitoren und Voynixe erstarrten inmitten ihrer Tätigkeiten.

Ada hörte Schreie und Rufe vom Hügel hinter dem Haus. Menschen auf dem Rasen zeigten himmelwärts.

Dutzende von Linien verunzierten jetzt den azurblauen Himmel – helle, flammende, brodelnde rote Linien, die kreuz und quer durch das Blau schnitten und von Westen nach Osten herunterkamen, einige mit farbigen Rauchfahnen, andere mit Gerumpel und erschreckenden Donnerschlägen.

Der Himmel fiel herab.

48 Ilium und Olymp

Der letzte und größte Krieg beginnt hier im Zimmer eines ermordeten Kindes.

Die Götter müssen schon tausendmal auf diese Weise herabteleportiert sein, um mit Sterblichen zu reden – Athene, arrogant in ihrer Göttlichkeit, Apollo im ruhigen Bewusstsein seiner Macht, und meine Muse, die wahrscheinlich dabei ist, um den Scholikerstrolch namens Hockenberry zu identifizieren. Statt jedoch mit Ehrerbietung und Ehrfurcht begrüßt zu werden, statt mit törichten Sterblichen zu plaudern, die es gar nicht erwarten können, sich weitere interessante Methoden des gegenseitigen Abschlachtens aufschwatzen zu lassen, werden sie an diesem Tag sofort angegriffen.

Die Muse zeigt auf mich und sagt: »Da ist er!«, Apollo dreht sich zu mir um und hebt seinen Bogen, aber bevor der Gott einen seiner silbernen Pfeile einlegen kann, springt Hektor vor, schwingt sein Schwert und schlägt ihm den Bogen herunter. Dann tritt er näher heran und stößt Apollo das Schwert tief in den Bauch.

»Halt!«, ruft Athene und baut ein Kraftfeld auf, aber zu spät. Der fußschnelle Achilles ist bereits ins Innere des Kraftfelds getreten und schlitzt die Göttin mit einem einzigen, mächtigen Streich von der Schulter bis zur Hüfte auf.

Athene schreit, und das Düsentriebwerksgetöse ist so laut, dass die meisten Sterblichen in diesem Raum – mich eingeschlossen – die Hände auf die Ohren pressen und vor Schmerz auf ein Knie sinken. Aber nicht Hektor. Nicht Achilles. Die beiden müssen taub sein für alles außer dem inneren Tosen ihres eigenen Zorns.

Apollo ruft mit gesteigerter Lautstärke eine Warnung und hebt den rechten Arm – entweder um Hektor abzuwehren oder um einen göttlichen Blitzschlag loszulassen –, aber Hektor wartet nicht ab, um herauszufinden, was der Gott vorhat. Er schwingt sein schweres Schwert, führt einen beidhändigen Rückhandstreich aus, der mich an Andre Agassi in seiner Blütezeit erinnert, und schneidet Apollo in einem Sprühnebel von goldenem Ichor den rechten Arm ab.

Zum zweiten Mal in meinem Leben sehe ich, wie ein Gott sich in Todesqualen windet und eine andere Form annimmt – er verliert seine gottähnliche menschliche Gestalt und wird zu einem schwarzen Strudel. Aus dieser Schwärze kommt ein Gebrüll, das die Dienerinnen aus dem Kinderzimmer flüchten lässt und mich auf beide Knie wirft. Die fünf Trojanerinnen – Andromache, Laodike, Theano, Hekabe und Helena – ziehen Dolche aus ihren Gewändern und greifen die Muse an.

Athene, deren Gestalt ebenfalls zittert und instabil ist, starrt auf ihre aufgeschlitzten Brüste und ihren blutenden Bauch hinunter. Dann hebt sie die rechte Hand und feuert einen Strahl aus kohärenter Energie ab, der Achilles' Schädel in Plasma hätte verwandeln müssen, aber der Achäer duckt sich mit übermenschlicher Geschwindigkeit – seine DNS ist mit Nanozellen angereichert, die von den Göttern selbst speziell angefertigt wurden – und schlägt mit seinem Schwert nach den Beinen der Göttin, während die Wand hinter ihm in Flammen aufgeht. Athene levitiert – sie steigt vom Fußboden hoch und schwebt in der Luft –, doch zuvor hat Achilles' Schwert schon göttliche Muskeln und Knochen durchtrennt, sodass ihr linkes Bein in zwei Stücken herunterbaumelt.

Diesmal ist der Schrei unerträglich laut, und ich verliere für einen Moment das Bewusstsein, aber vorher sehe ich noch, wie meine Muse – der Schrecken meiner Tage – in solche Panik gerät, dass sie ihre Teleportationsfähigkeit vergisst und einfach aus dem Raum läuft, verfolgt von fünf messerschwingenden Trojanerinnen.

Ein paar Sekunden später komme ich wieder zu mir. Achilles schüttelt mich.

»Sie sind entflohen«, knurrt er. »Die schwanzlosen Feiglinge sind zum Olymp geflohen. Bring uns dorthin, Hockenberry.« Er zieht mich mit einer Hand am Riemen meines Brustharnischs hoch, hält mich auf Armeslänge von sich, schüttelt mich und setzt mir die Spitze seines mit Götterblut besudelten Schwerts unters Kinn. *»Jetzt sofort!«,* knurrt er.

Mir ist klar, dass es meinen Tod bedeuten wird, wenn ich mich widersetze – Achilles' Augen sind wahnsinnig, die Pupillen sind zu schwarzen Nadelspitzen geschrumpft –, aber in diesem Moment packt Hektor Achilles' Arm und drückt ihn nach unten, bis meine Füße den Boden berühren. Achilles lässt mich los und wendet sich seinem kurzzeitigen trojanischen Verbündeten zu, und einen Moment lang bin ich sicher, dass sich das Schicksal wieder Geltung verschaffen wird – dass der fußschnelle Achilles Hektor hier und jetzt erschlagen wird.

»Kamerad«, sagt Hektor und hebt seine leere, offene Hand. »Feind der erbarmungslosen Götter wie ich!«

Achilles hält in seinem Angriff inne.

»Hör mir zu!«, schnauzt Hektor, nun von Kopf bis Fuß der Feldherr. »Uns eint der Wunsch, diesen verwundeten Göttern zum Olymp zu folgen und dort im ruhmreichen Kampf bei dem Versuch zu sterben, Zeus selbst zu stürzen.«

Achilles' wilde Miene ändert sich nicht. Man sieht fast nur das Weiße seiner Augen. Aber er hört zu. Mit Müh und Not.

»Aber unser ruhmreicher Tod wird den Untergang unserer Völker bedeuten«, fährt Hektor fort. »Wenn wir uns auf angemessene Weise rächen wollen, müssen wir unsere Truppen hinter uns versammeln, den Olymp belagern und *alle* Götter stürzen. Achilles, kümmere du dich um deine Männer!«

Achilles blinzelt und dreht sich zu mir um. »Du«, fährt er mich an. »Kannst du mich mit deinem Zauber jetzt sofort ins achäische Lager zurückbringen?«

»Ja«, sage ich zittrig. Ich sehe Helena und die anderen Frauen ins Kinderzimmer des Todes zurückkommen, die Dolche unbefleckt von goldenem Götterblut. Offenbar ist ihnen die Muse entwischt.

Achilles wendet sich an Hektor. »Sprich zu deinen Männern. Töte jeden Führer, der sich deinem Willen widersetzt. Ich werde dasselbe bei meinen Argeiern tun. Wir treffen uns in drei Stunden bei jenem aufragenden Hügel, der sich vor Ilium erhebt – du weißt, welchen ich meine. Ihr Einheimischen nennt ihn Batieía. Die Götter und wir Achäer nennen ihn das Grabmal der sprunggeübten Amazone Myrine.«

»Den kenne ich«, sagt Hektor. »Bring ein Dutzend von deinen Lieblingsgenerälen zu dieser Besprechung mit, Achilles. Aber lass deine Truppen fünfzehn Stadien zurück, bis wir uns auf eine Strategie geeinigt haben.«

Achilles fletscht die Zähne, entweder in einem Grinsen oder in einer erbosten Grimasse. »Du traust mir nicht, Sohn des Priamos?«

»In diesem Augenblick sind unsere Herzen in grenzenlosem Zorn und bodenlosem Kummer verbunden«, sagt Hektor. »Du trauerst um Patroklos, ich um meinen Sohn. Derzeit sind wir Brüder in unserer Wut, aber drei Stunden reichen, um selbst die Feuer der gemeinsamen Sache abzukühlen. Und du hast den fähigsten Taktiker der Welt bei dir – Odysseus, dessen Geschick und Schläue alle Trojaner fürchten. Woher soll ich wissen, ob der Laertessohn dir nicht zum Verrat rät?«

Achilles schüttelt ungeduldig den Kopf. »Dann in zwei Stunden. Ich bringe meine vertrauenswürdigsten Generäle mit. Und alle Achäer, die mir heute nicht in den Krieg gegen die Götter folgen wollen, werden bis zum Einbruch der Nacht Schatten im Hades sein.«

Er wendet sich von Hektor ab und packt meinen Unterarm so fest, dass ich beinahe aufgeschrien hätte. »Bring mich in mein Lager, Hockenberry.«

Ich taste nach dem QT-Medaillon.

Der Wind hat das schwebende Orphu-Ding einen halben Kilometer über den Strand und zwischen zwei langen schwarzen Achäerschiffen in die Brandung geweht, und ich muss Achilles und seine Hauptleute allein lassen, um das Gerät zurückzuholen. Dank des Schwebegeschirrs gibt es keine Reibung, und ich borge mir ein Seil von den zuschauenden Griechen, schlinge es um einen der Schwebegurte und ziehe den mit Rissen und Kratern übersäten Rumpf unter den Augen der Helden der *Ilias* aus dem Wasser und auf den Strand zurück.

Im Lager der Achäer hat es offensichtlich heftige Auseinandersetzungen gegeben. Diomedes erzählt Achilles, dass die Hälfte der Männer ihre Schiffe bereit macht, um in See zu stechen, während die andere Hälfte sich auf den Tod vorbereitet. Der Gedanke, sich den Göttern zu widersetzen – geschweige denn, sie anzugreifen – ist für all diese Männer, die die Götter in Aktion erlebt haben, nicht nur Wahnsinn, sondern Blasphemie. Selbst Diomedes ist kurz davor, Achilles bei dieser Beratung zu trotzen.

Achilles spricht mit der hervorragenden Redekunst, für die er berühmt ist. Er erinnerte sie an seinen Zweikampf mit Agamemnon und Menelaos und ruft ihnen ins Gedächtnis, dass er das rechtmäßige Kommando über die achäischen Truppen übernommen hat. Er erinnert sie an die Ermordung von Patroklos. Er rühmt ihren Mut und ihre Loyalität. Er erzählt ihnen, dass die Beute, die sie in Ilium erwartet, nichts ist im Vergleich zu den Reichtümern, die sie finden werden, wenn sie den Olymp plündern. Er erinnert sie daran, dass er jeden von ihnen töten kann und wird, wenn sie sich weigern. Alles in allem ist es eine überzeugende Rede, aber keine erfreuliche Besprechung.

Die ganze Sache ist völlig verkorkst. Meinem Plan zufolge hätten die Helden den Göttern trotzen und den Krieg beenden sollen. Dann wären die Achäer heimgefahren, und die Trojaner hätten ihr früheres Leben wieder aufgenommen und die großen Tore ihrer ummauerten Stadt wieder für Reisende und Kaufleute geöffnet. Ich hatte mir eine Stadt des Friedens wie auf Achilles' Schild vorgestellt. Und ich hatte gedacht – gehofft –, dass Achilles und Hektor sich demütig zum Wohle des größeren Ganzen opfern würden, statt Zehn- oder Hunderttausende andere für ihren Kampf zu rekrutieren.

Und selbst mein Plan, Hektor und Achilles für ihre tödliche *Aristie* zum Olymp zu schaffen, ist zum Scheitern verurteilt. Ich hatte vorgehabt, die beiden Recken einen nach dem anderen dorthin zu bringen, ohne dass die Götter etwas von der Gefahr bemerken würden, bis sie wie ein griechisch-trojanisches Gewitter auf sie herabkäme. Aber der Angriff auf Apollo und Athene in Skamandrios' Zimmer hat uns sogar dieses kleine Überraschungsmoment genommen.

Also, was nun?

Ich schaue auf meine Uhr. Ich hatte dem kleinen Roboter versprochen, ihn zu holen. Aber die große Halle der Götter und der ganze Olymp müssen jetzt ein Hornissennest sein. Die Chancen, dass ich unbemerkt hin- und wieder wegteleportieren kann, scheinen mir gegen null zu tendieren. *Was werden Hektor und Achilles tun, wenn ich nicht mehr zurückkomme?*

Das ist ihr Problem. Ich lange nach oben, um mir den Hades-Helm aufzusetzen, aber dann fällt mir ein, dass ich ihn Mahnmut geliehen habe. Seufzend stelle ich mir die Koordinaten für die Westseite des Calderasees auf dem olympischen Gipfel vor und qte fort.

Der Olymp *ist* ein Hornissennest. Am Himmel wimmelt es von Streitwagen, die über dem See hin und her sausen. Ich sehe

Dutzende von Göttern am Ufer stehen, einige deuten auf etwas, andere feuern Lanzen aus reiner Energie in den See. Das Wasser kocht kilometerweit in die Caldera hinein. Andere Götter rufen mit verstärkten Stimmen und verkünden, dass Zeus allen befiehlt, sich in der großen Halle zu versammeln. Bis jetzt hat mich noch niemand bemerkt – das Durcheinander ist einfach zu groß –, aber es kann höchstens noch eine Minute dauern, bis jemand den Nichtgott auf dem Gelände ihres exklusiven Country Clubs erspäht.

Auf einmal schäumt das kochende Wasser nur ein paar Meter von meinem Standort entfernt auf, und eine undeutlich erkennbare Gestalt kommt heraus. Sie ist nur sichtbar, weil das Wasser in Sturzbächen von ihrer unsichtbaren Oberfläche herunterläuft. Dann kommt abrupt der dunkle kleine Roboter zum Vorschein. Er zieht den Hades-Helm herunter und reicht ihn mir.

»Am besten, wir verschwinden sofort«, sagt Mahnmut auf Englisch. Während ich wortlos den Lederhelm an mich nehme, lässt er seinen Arm ausgestreckt, damit ich ihn packe und in das QT-Feld einbeziehe. Ich umfasse seinen Unterarm – schreie auf und lasse ihn los. Das Metall, der Kunststoff oder woraus auch immer seine Haut besteht, ist glühend heiß. Meine rechte Handfläche ist bereits rot, und die ersten Blasen bilden sich.

Zwei Streitwagen stoßen auf uns herab. Blitze zucken. Die Luft riecht nach Ozon.

Ich packe den Roboter an der Schulter und drehe erneut das Medaillon. Ich weiß, dass keiner von uns lebend hier herauskommen wird, aber ich sage mir, dass ich wenigstens zurückgekommen bin, um die kleine Maschine zu holen, wie ich es versprochen habe. Wenigstens das habe ich getan.

49 Äquatorialring

Die ersten beiden Wochen ernährten sie sich von den Echsen in dem vergifteten Teich. Beide verloren so viel Gewicht, dass ihre Thermohäute zwei Nummern kleiner werden mussten, um mit ihrer Haut in Kontakt zu bleiben.

Savis Tod hatte Daeman und Harman derart schockiert, dass beide noch eine volle Minute, nachdem Caliban mitsamt der Leiche ihrer Freundin verschwunden war, benommen auf ihren Steinsäulen drei Meter über dem stinkenden Wasser gesessen hatten. Daeman stellte fest, dass ihm nur ein Gedanke durch den Kopf ging – *Caliban wird zurückkommen, um uns zu holen. Caliban wird zurückkommen, um uns zu holen.* Dann brach Harman den Bann, indem er mit den Füßen voran ins stinkende Wasser sprang und ebenfalls verschwand.

Daeman hätte vor Entsetzen aufgeschrien, wenn er die Kraft dazu besessen hätte, aber er konnte nur in den wogenden Schleim starren, wo Harman ihn verlassen hatte. Nach einer Zeit, die ihm wie eine Ewigkeit vorkam, tauchte Harman wieder auf, keuchend, spuckend und mit drei Gegenständen in den Händen: ihren beiden Osmosemasken und Savis Schusswaffe. Er zog sich auf das tiefer liegende Steingesims, und Daeman – der endlich aus seiner Lähmung erwachte – kletterte zu ihm hinunter.

»Das Wasser ist hier nur ungefähr drei Meter tief«, keuchte Harman, »sonst hätte ich die Sachen nie gefunden.« Er gab Daeman dessen Osmosemaske und zog sich die eigene über die

Kapuze seiner Thermohaut, aber nicht übers Gesicht. Dann hob er die Schusswaffe.

»Funktioniert sie noch?«, fragte Daeman mit zitternder Stimme. Er hatte Angst, so nah am Wasser; bestimmt würde sich jeden Moment Calibans langer Arm heraufschlängeln, um ihn hinunterzuziehen. Daeman dachte immer wieder an das obszöne *Schnapp*, mit dem die Kiefer des Monsters Savis Hals und Wirbelsäule durchgebissen hatten.

»Gibt nur eine Möglichkeit, es herauszufinden«, sagte Harman leise. Seine Stimme zitterte, aber Daeman konnte nicht erkennen, ob es am kalten Wasser oder an der Angst lag.

Harman zielte mit der Waffe, wie er es sich von Savi abgeschaut hatte, steckte den Finger in den Bügel und drückte auf den Abzug. Nahe an der gegenüberliegenden Wand schäumte eine kreisrunde Wasserfläche zu einer unregelmäßigen Fontäne von einem Meter Höhe auf, als Hunderte von Flechettes die Wasseroberfläche durchsiebten.

»Ja!«, schrie Daeman. Seine Stimme hallte in der kleinen Grotte wider. *Zur Hölle mit Caliban!*

»Wo ist Savis Rucksack?«, fragte Harman im Flüsterton.

Daeman zeigte auf die Stelle, wo er hingefallen war, unterhalb von Savis Steinsäule. Die beiden Männer kletterten hinüber und durchwühlten ihn. Die Taschenlampe funktionierte noch. Sie fanden drei weitere Flechette-Clips; jeder enthielt sieben Pfeilpakete aus Kunststoff. Harman fand heraus, wie man den eingelegten Munitionsstreifen auswarf, und zählte die restlichen Flechetteladungen, die er enthielt. Es waren zwei.

»Glaubst du, er … es ist tot?«, flüsterte Daeman und schaute sich zu den beiden Stellen um, wo der unterirdische Fluss in die kleine Grotte strömte. Der felsige Raum wurde nur von einem matten Lichtschein erhellt. »Savi hat ihm aus höchstens einem Meter Entfernung mitten in die Brust geschossen. Vielleicht ist es tot.«

»Nein«, sagte Harman. »Caliban ist nicht tot. Zieh dir die Maske über. Wir müssen hier irgendwie herauskommen.«

Der unterirdische Fluss strömte von einer Grotte in die andere und schließlich in eine Höhle, wobei jeder Raum größer war als der vorherige. Die obersten Schichten des Asteroiden unter der gläsernen Stadt schienen von Höhlen und Rohren durchzogen zu sein. In der zweiten Grotte, in der sie auftauchten, fanden sie Blutspritzer auf einigen Steinen.

»Von Savi oder von Caliban?«, flüsterte Daeman.

Harman zuckte die Achseln. »Vielleicht von beiden.« Er ließ den Lichtstrahl der Taschenlampe über den flachen Felsen schweifen, der sich zu beiden Seiten des stinkenden Stroms zehn Meter weit in die Schatten erstreckte. Rippen, Oberschenkel- und Hüftknochen sowie ein Schädel reflektierten das Licht.

»O Gott, Savi«, keuchte Daeman. Er zog sich eilig die Maske über und machte sich bereit, wieder in den unterirdischen Fluss zu springen.

Harman packte ihn mit festem Griff an der Schulter und hielt ihn zurück. »Ich glaube nicht.« Er trat näher an die Knochen heran und ließ den Lichtkegel hin und her wandern. Auf sämtlichen Felssimsen zu beiden Seiten des Stroms lagen weitere skelettale Überreste. »Die sind alt«, sagte Harman. »Monate oder Jahre – vielleicht Jahrzehnte.« Er hob zwei Rippen auf und hielt sie ins Licht. Die Knochen hoben sich erschreckend weiß gegen den blauen Handschuh seines Thermoanzugs ab. Daeman konnte Nagespuren erkennen.

Er begann wieder zu zittern. »Tut mir leid«, flüsterte er.

Harman schüttelte den Kopf. »Wir haben beide einen Schock und sind völlig ausgehungert. Wir haben seit über zwei Tagen so gut wie nichts gegessen.« Er legte sich auf einem Felsen nahe am Wasser auf den Bauch.

»Aber vielleicht gibt es Nahrung in der Stadt …«, begann Daeman.

Harmans Hand schoss ins Wasser hinunter, und es gab ein wildes Geplätscher. Daeman sprang weg, fest davon überzeugt, dass Caliban zurückgekommen war, doch als er sich umschaute, hielt Harman eine Albino-Echse in beiden Händen. Sie war nicht augenlos wie diejenige, die Savis Schicksal besiegelt hatte; ihre Knopfaugen waren rosa.

»Das ist nicht dein Ernst«, sagte Daeman.

»O doch.«

»Wir sollten keine Flechettes verschwenden, um dieses Ding zu töten …«, begann Daeman.

Harman packte die Echse fest über den Hinterbeinen und zertrümmerte ihr an einem Stein den Schädel.

Daeman zog sich rasch die Osmosemaske hoch. Er war sicher, dass er sich wieder übergeben würde. Aber es kam nichts heraus. Sein Magen knurrte und verkrampfte sich.

»Ich wünschte, Savi hätte ein Messer in ihrem Rucksack gehabt«, murmelte Harman. »Erinnerst du dich an dieses hübsche Abhäutemesser, das Odysseus auf der Golden Gate Bridge bei sich gehabt hat? Das könnten wir jetzt prima gebrauchen.«

Von einem Entsetzen gepackt, das schon jenseits der Übelkeit lag, schaute Daeman zu, wie Harman inmitten der Menschenknochen einen faustgroßen Stein aufklaubte und eine Kante abzuschlagen versuchte. Als er eine grobe Schneide erzeugt hatte, schnitt er der toten Echse den Kopf ab und zog der Amphibie die weiße Haut ab.

»Das kriege ich nie im Leben hinunter«, stieß Daeman hervor.

»Du hast selbst gesagt, dass es oben in der Stadt nichts zu essen gibt«, sagte Harman, über seine Arbeit gebeugt. Eine Echse abzuhäuten war ein relativ unblutiger Vorgang, wie Daeman sah.

»Wie bereiten wir sie zu?«

»Gar nicht, glaube ich. Savi hat keine Streichhölzer mitgebracht, hier unten gibt es keinen Brennstoff und oben in der Stadt keine Luft.« Harman riss rotes Fleisch vom Oberschenkel der Echse, ließ es einen Moment lang im Lichtschein der Taschenlampe baumeln und steckte es sich dann in den Mund. Dann schöpfte er etwas Wasser aus dem Fluss und spülte das Stück damit hinunter.

»Wie schmeckt's?«, fragte Daeman, obwohl er sich die Frage anhand von Harmans Gesichtsausdruck selbst beantworten konnte.

Harman riss einen dünneren Streifen ab und gab ihn Daeman. Es dauerte zwei volle Minuten, bevor Daeman ihn in den Mund steckte und kaute. Er übergab sich nicht. Das Fleisch schmeckte wie salziger, fischiger Schleim, fand er. Sein Magen verkrampfte sich vor Hunger nach mehr.

Harman gab ihm die Taschenlampe. »Leg dich an den Rand des Flusses. Das Licht zieht die Echsen an.«

Und Caliban auch?, dachte Daeman, aber er legte sich am Rand des Wassers auf den Bauch, leuchtete mit der Lampe in der linken Hand in den tiefen Teich und machte sich bereit, nach den weißen, schwimmenden Echsen zu greifen, wenn sie sich näher heranschlängelten.

»Wir werden noch genauso wie Caliban«, murmelte Daeman. Er hörte, wie Harman in der Dunkelheit hinter ihm Fleisch abriss und kaute.

»Nein«, sagte Harman zwischen zwei Bissen. »Werden wir nicht.«

Zwei Wochen später kamen sie aus den Höhlen heraus, zwei blasse, bärtige, ausgemergelte Männer mit großen, fiebrigen Augen. Sie schwammen durchs richtige Rohr nach oben, durchbrachen die Eisschicht auf dem Teich und schwebten in die relative Helligkeit der gläsernen Stadt.

Seltsamerweise war es Daeman gewesen, der darauf bestanden hatte, dass sie nach oben gingen.

»Hier unten können wir uns leichter gegen Caliban verteidigen«, argumentierte Harman. Er hatte aus einem Teil von Savis

Rucksack eine Art Halfter gebastelt, in dem die Waffe steckte. Sie schliefen abwechselnd an der einen oder anderen Höhlenwand; während der eine schlief, wachte der andere mit der Taschenlampe und der Waffe.

»Das spielt keine Rolle«, sagte Daeman. »Wir müssen von diesem Felsbrocken herunterkommen.«

»Vielleicht stirbt Caliban an seinen Wunden.«

»Vielleicht erholt er sich auch gerade von ihnen.« Jetzt, wo Daeman nicht mehr so pummelig war und beiden Bärte gewachsen waren, sahen sie sich ähnlicher. Daemans Bart war ein bisschen voller und dunkler als der von Harman. »Es spielt keine Rolle«, wiederholte er. »Wir müssen hier irgendwie wegkommen.«

»Ich kann nicht in die Klinik zurück«, sagte Harman.

»Vermutlich bleibt uns nichts anderes übrig. Dort sind möglicherweise die einzigen Faxportale im Orbitalring.«

»Ist mir egal«, erwiderte Harman. »Ich setze keinen Fuß mehr in dieses Schlachthaus. Außerdem sind diese Faxportale für Körper gedacht, die heraufgeschickt und nach ihrer Reparatur wieder hinuntergeschickt werden. Die Knoten sind bestimmt auf diese Leute codiert.«

»Wenn es sein muss, ändern wir die Codes«, sagte Daeman.

»Wie?«

»Keine Ahnung. Wir sehen zu, wie die Servitoren Leute runterfaxen, und machen es ihnen nach.«

»Savi hat bezweifelt, dass unsere Codes noch faxbar sind«, meinte Harman.

»Aber sie wusste es nicht genau. Sie war schon seit über einem Jahrtausend nicht mehr in der Faxschleife. Zumindest müssen wir jedoch den Rest der Nachmenschenstadt dort oben erkunden.«

»Warum?«, fragte Harman. Der ältere Mann schlief weitaus schlechter als Daeman, und seine Moral war im Schwinden begriffen.

»Irgendwo könnte ein Raumschiff versteckt sein«, sagte Daeman.

Harman begann zu lachen, zuerst leise, aber dann so heftig, dass ihm die Tränen kamen. Daeman musste ihn in den Oberarm kneifen, um seine Aufmerksamkeit auf sich zu lenken.

»Komm«, sagte er. »Wir wissen, welches Rohr in die Stadt hinaufführt. Folge mir. Wenn nötig, schieße ich uns den Weg durch das Eis an der Oberfläche frei.«

Im Verlauf der nächsten zwei Wochen erkundeten sie die restliche Stadt. Sie fanden Kabäuschen und kleine Räume, in denen sie schlafen konnten. Einer hielt immer Wache, während der andere schief. Daeman träumte jedes Mal, dass er fiele; dann erwachte er abrupt, und seine Arme und Beine kämpften gegen die Schwerelosigkeit. Er wusste, dass Harman die gleichen Träume hatte, weil seine Schlafphasen noch kürzer waren, bevor er nach Luft schnappend und um sich schlagend aufwachte.

Nirgendwo in der gläsernen Stadt gab es noch Leben, aber die Türme auf der anderen Seite des kilometerlangen Felsbrockens waren kunstvoller ausgeführt und verfügten über mehr Terrassen und abgeschlossene Räume. Überall schwebten die mumifizierten, halb aufgefressenen Überreste der Nachmenschenfrauen. Die beiden Männer hatten permanent Hunger, obwohl Savis Rucksack mit abgehäuteten und zerteilten Wasserechsen gefüllt war, und manchmal knurrte Daeman der Magen beim Anblick einiger solcher fleischigen, mumifizierten Überreste. Sie wussten jedoch, dass es der Durst war, der sie etwa alle drei Tage zu einem der gefrorenen Teiche zurücktreiben würde.

Obwohl sie jedes Mal, wenn sie sich irgendwo abstießen oder um eine Ecke bogen, damit rechneten, auf Caliban zu treffen, fanden sie nur hin und wieder schwebende Blutkügelchen, die von ihm hätten stammen können. Am dritten Tag nach ihrem

Aufbruch aus den Höhlen, als sich ihre Augen gerade auf das hellere Erdlicht einstellten, das durch die transparenten Paneele über ihnen hereinfiel, fanden sie eine Hand mitsamt Handgelenk – sie schwebte wie eine blasse Spinne vor den dicksten Tangwäldern –, die ihrer Ansicht nach Savi gehört haben konnte. In dieser Nacht – »Nacht« nannten sie die kurzen, zwanzigminütigen Phasen, in denen kein Erdlicht die durchsichtigen Scheiben über ihnen erhellte – hörten sie ein schreckliches, calibanisches Gebrüll aus der Richtung der Klinik. Das Geräusch schien eher durch den Boden des Asteroiden und das exotische Material der Türme um sie herum übertragen zu werden als durch die dünne Luft.

Einen Monat nach ihrer Ankunft in dieser orbitalen Hölle hatten sie die gesamte Stadt bis auf zwei Bereiche erforscht – das andere Ende der Klinik jenseits der Stelle, wo sie Caliban zum ersten Mal begegnet waren, und einen langen, dunklen Korridor genau dort, wo sich die Stadt in einer scharfen Krümmung um den Nordpol des Asteroiden herumzog. Dieser schmale, nicht mehr als zwanzig Meter breite Korridor war fensterlos und mit wogendem Tang gefüllt – ein perfektes Versteck für einen genesenden Caliban –, und bei ihrem ersten Ausflug um den kleinen Mond herum hatten sie beide beschlossen, sich von diesem dunklen Ort fernzuhalten und stattdessen die übrige Nachmenschenstadt zu untersuchen. Nun war die übrige Stadt untersucht – keine Raumschiffe, keine Luftschleusen, keine Kontrollräume, keine anderen Kliniken, keine Lagerräume voller Nahrung, keine weiteren Wasserquellen –, und ihnen blieben drei Möglichkeiten: Sie konnten wieder in die Höhlen hinuntergehen und ihren Echsenvorrat auffrischen, weil sie bei ihrer letzten, verwesenden Echsenleiche angelangt waren; sie konnten in die Klinik zurückkehren, um die Faxknoten in den dortigen Tanks auszuprobieren; oder sie konnten den dunklen, mit Tang gefüllten Korridor erkunden.

»Der dunkle Ort«, votierte Harman.

Daeman nickte nur müde.

Sie kickten sich durch den verfilzten Tang, eine Hand am Arm des anderen, um nicht getrennt zu werden. An diesem Tag hatte Daeman die Schusswaffe, und er schwenkte sie bei jeder geisterhaften Bewegung des Tangs von einer Seite zur anderen. Da es hier keine Fenster gab und der reflektierte Lichtschein des zentralen Stadtkerns nicht bis hierher reichte, zeigte ihnen nur Savis Taschenlampe den Weg. Beide Männer fragten sich, wie lange die Taschenlampe noch Licht spenden würde, aber keiner sprach seine Besorgnis laut aus. Daeman beruhigte sich mit der Erinnerung an den trüben Lichtschein in den meisten, aber nicht allen Höhlen unten, der mit etwas Glück für die Echsenjagd reichte, aber die Wahrheit war, dass er nie wieder in diese beinhausartigen Jagdgründe hinunter wollte. Er hatte Harman erst vor zwei Nächten nach dem fast luftleeren Raum um sie herum gefragt.

»Was glaubst du, was passieren würde, wenn ich meine Osmosemaske abnähme?«

»Du würdest sterben«, sagte Harman emotionslos. Er fühlte sich krank – eine höchst seltene Erfahrung für Menschen, weil die Klinik solche Dinge regelte – und zitterte vor Kälte, obwohl die Thermohaut seine Körperwärme bewahrte. »Du würdest sterben«, wiederholte er.

»Schnell?«

»Langsam, glaube ich«, sagte Harman. Seine blaue Thermohaut war mit Flussschlamm und Echsenblut besudelt. »Du würdest ersticken. Aber da es kein vollständiges Vakuum ist, würdest du eine ganze Weile kämpfen.«

Daeman nickte. »Und wenn ich die Thermohaut auszöge und die Maske aufbehielte?«

Harman dachte darüber nach. »Das ginge schneller«, stimmte er zu. »Du würdest binnen einer Minute erfrieren.«

Daeman hatte nichts gesagt und angenommen, dass Harman wieder eingeschlafen war, doch dann flüsterte er über Funk:

»Aber tu's nicht, ohne mir vorher Bescheid zu sagen, in Ordnung, Daeman?«

»In Ordnung«, sagte Daeman.

Der Tang im Korridor war so dicht, dass sie beinahe umkehren mussten, aber indem einer von ihnen die schwebende Masse beiseiteschob, während der andere sich durchzwängte, gelang es ihnen, sich die etwa zweihundert Meter lange, dunkle, fensterlose Säule entlangzuschlängeln, zu kicken und zu hangeln. Am Ende stießen sie auf eine Wand – genau wie beide Männer es nach ihren Mühen erwartet hatten –, aber Daeman lenkte den Taschenlampenstrahl immer wieder am Tang vorbei, und auf einmal konnten sie nur so gerade eben ein weißes Quadrat in dem dunklen Schott aus exotischem Material ausmachen. Da Daeman die Schusswaffe hatte, durchquerte er die halb durchlässige Membran zuerst.

»Was siehst du?«, rief Harman über Funk. Er war noch draußen. »Siehst du etwas?«

»Ja.« Die Antwort kam über Daemans Thermohaut-Anzugfunk, aber es war nicht Daemans Stimme. »Er sieht wundervolle Dinge.«

50 Ilium

»Erzähl mir noch mal, was du siehst«, sagte Orphu. Er sprach nicht über Engstrahl, sondern per K-Link-Kabel. Mahnmut ritt auf dem Rücken des Ioniers wie ein Jockey auf einem schwebenden Elefanten. Dank des K-Links hatten sie so viel Bandbreite, dass Orphu ihm die gesamten Datenbanken mit der griechischen Sprache und der *Ilias* in ein paar Sekunden heraufladen konnte.

»Die Anführer der Griechen und Trojaner treffen sich gerade auf diesem Hügel«, sagte Mahnmut. »Wir befinden uns unmittelbar hinter dem griechischen Kontingent – Achilles, Hockenberry, Odysseus, Diomedes, der große und der kleine Ajax, Nestor, Idomeneus, Thoas, Tlepolemos, Nireus, Machaon, Polypoites, Meriones und noch ein halbes Dutzend Männer, deren Namen ich bei Hockenberrys kurzer Vorstellung vorhin nicht mitbekommen habe.«

»Aber kein Agamemnon? Kein Menelaos?«

»Nein, die sind noch in Agamemnons Lager und erholen sich von ihren Zweikämpfen mit Achilles. Hockenberry hat mir erzählt, dass Asklepios, ihr Heiler, sich um sie kümmert. Die Brüder haben gebrochene Rippen, Schnittwunden und blaue Flecken – Menelaos hat eine Gehirnerschütterung, weil Achilles ihm seinen Schild auf den Schädel gedroschen hat –, aber nichts Lebensbedrohliches. Dem Scholiker zufolge werden sie in ein paar Tagen wieder auf den Beinen sein.«

»Ich frage mich, ob Asklepios mir meine Augen und Arme zurückgeben könnte«, rumpelte Orphu.

Darauf wusste Mahnmut nichts zu erwidern.

»Was ist mit den Trojanern?«, fragte Orphu gespannt. Seine Stimme klang wie die eines menschlichen Kindes, oder vielmehr so, wie Mahnmut sich die Stimme eines menschlichen Kindes immer vorgestellt hatte: fröhlich, begeistert, beinahe vergnügt. »Wer ist als Vertreter Iliums da?«

Mahnmut stellte sich auf die rissige Hülle, um besser über die Rosshaarkämme auf den Köpfen der achäischen Recken hinweg in die Reihen der Trojaner schauen zu können.

»Hektor führt das Kontingent natürlich an«, sagte er. »Sein roter Rosshaarbusch und der strahlende Kriegshelm heben sich deutlich ab. Er trägt auch einen roten Umhang. Es ist, als wollte er die Götter herausfordern, herunterzukommen und zu kämpfen.«

Mahnmut hatte Orphu bereits Hockenberrys Schilderung der Szene weitergegeben, die sich an diesem Nachmittag abgespielt hatte, als Hektor und seine Gattin, Andromache, inmitten Tausender versammelter Krieger Iliums marschiert waren und dabei den verstümmelten Leib ihres toten Sohnes, Skamandrios, hochgehalten hatten, der immer noch in sein blutbeflecktes königliches Tuch gekleidet war. Sie hatten den Leichnam in die Höhe gereckt, damit alle Trojaner ihn sehen konnten. Hockenberry berichtete, dass Tausende von Achäern noch erwogen, mit ihren schwarzen Schiffen aufs hohe Meer zu fliehen, aber nach Hektors und Andromaches grimmiger Prozession waren sämtliche Trojaner und ihre Verbündeten bereit, gegen die Götter zu kämpfen, von Mann zu »Mann«, wenn es sein musste.

»Wer außer Hektor ist noch da?«, fragte Orphu.

»Paris steht neben ihm. Dann der alte Berater, Antenor, und König Priamos selbst. Die alten Männer stehen ein Stück weit auseinander, um Hektor nicht in die Quere zu kommen.«

»Antenors zwei Söhne, Akamas und Archelochos, sind bereits getötet worden, glaube ich«, sagte Orphu. »Beide vom telamonischen Ajax – dem großen Ajax.«

»Ich glaube, das stimmt. Es muss schwer für sie sein, sich die Unterarme zum Waffenstillstand zu reichen, wie sie es gerade tun. Ich sehe, dass der große Ajax mit Antenor spricht, als wäre nichts geschehen.«

»Das sind alles Berufssoldaten. Sie wissen, dass sie ihre Söhne für den Kampf und womöglich für den Tod großziehen. Wer gehört noch zu Hektors Kontingent?«

»Äneas ist da«, sagte Mahnmut.

»Ah, die *Aeneis*«, seufzte Orphu. »Äneas ist … *war* es bestimmt, der einzige Überlebende des Königshauses von Ilium zu sein. Es ist … *war* ihm bestimmt, mit seinem Sohn, Askanios, und einem Häuflein von Trojanern aus der brennenden Stadt zu entkommen. Ihre Nachfahren werden irgendwann eine Stadt gründen, das spätere Rom. Vergil zufolge wird Äneas …«

»Bleiben wir lieber in der Gegenwart«, unterbrach ihn Mahnmut. »Wie Hockenberry sagt, ist jetzt alles wieder offen. Ich glaube nicht, dass die Griechen und Trojaner in dieser *Ilias*, die du mir heraufgeladen hast, irgendwann einmal Bundesgenossen in einem zum Scheitern verurteilten Kreuzzug gegen den Olymp werden.«

»Nein«, gestand Orphu. »Wer steht noch neben Hektor, außer Äneas, Paris, dem alten Priamos und Antenor?«

»Othryoneus ist da. Kassandras Freier.«

»Mein Gott. Othryoneus hätte heute Abend oder morgen von Idomeneus getötet werden sollen. Im Kampf um die griechischen Schiffe.«

»Alles ist wieder offen«, wiederholte Mahnmut. »Sieht so aus, als gäbe es heute Nacht keinen Kampf um die Schiffe.«

»Wer noch?«

»Deiphobos, ein weiterer Sohn des Priamos. Seine polierte Rüstung glänzt derart, dass ich mehr Polarisationsfilter vorschalten muss, wenn ich ihn nur ansehe. Neben Deiphobos steht dieser Bursche aus Pedaion, Priamos' Schwiegersohn, wie heißt er noch gleich … Imbrios.«

»O je«, sagte Orphu. »Imbrius sollte eigentlich in ein paar Stunden von Teukros getötet werden …«

»Hör auf damit! Sonst hört dich noch jemand.«

»Auf Engstrahl oder K-Link?«, sagte Orphu mit rumpelndem Gelächter. »Eher unwahrscheinlich, alter Freund. Außer diese Griechen und Trojaner haben ein bisschen mehr Technik, als du mir erzählt hast.«

»Es ist einfach beunruhigend«, meinte der kleinere Moravec. »Die Hälfte der Leute, die da oben auf dem Hügel Batieía steht, müsste deiner blöden *Ilias* zufolge in ein oder zwei Tagen tot sein.«

»Es ist nicht *meine* blöde *Ilias*«, rumpelte Orphu. »Und außerdem …«

»Ist alles wieder offen«, beendete Mahnmut, den Satz. »Oh – oh.«

»Was ist?«

»Hörst du das?«, sagte Mahnmut, nach Luft schnappend.

»Nein«, sagte Orphu.

»Entschuldige, entschuldige. Tut mir leid. Das war nicht wörtlich gemeint. Ich meinte nur … meinte nur …«

»Nun *komm* schon«, fauchte der Ionier. »Was habe ich nicht gehört?«

»Die Heere – das griechische und das trojanische – sind in Hurrageschrei ausgebrochen. Guter Gott, was für ein überwältigendes Geräusch. Hunderttausende von Achäern und Trojanern, alle zusammen – sie jubeln, schwenken Fahnen, recken ihre Schwerter und Speere und Banner in die Luft … die jubelnde und schreiende Menge erstreckt sich bis an die Mauern von Ilium. Und die Menschen auf den Mauern dort – ich sehe Andromache und Helena und die anderen Frauen, die Hockenberry mir gezeigt hat – schreien auch alle. Die anderen Achäer – diejenigen, die noch unentschlossen waren und bei ihren Schiffen gewartet haben – sind zu den griechischen Gräben gekommen und jubeln und schreien jetzt auch. Was für ein Lärm!«

»Also, du brauchst nicht auch noch zu schreien«, sagte Orphu trocken. »Das K-Link funktioniert hervorragend. Was geschieht jetzt?«

»Tja … nicht viel«, sagte Mahnmut. »Die Führer schütteln sich überall auf dem Hügel die Hände und quetschen sich die Unterarme. In der ummauerten Stadt ertönen Glocken- und Gongschläge. Die Truppen kommen in Bewegung – reguläre Fußsoldaten beider Seiten durchqueren das Niemandsland, klopfen einander auf die Schultern und tauschen Namen oder sonstwas aus – und alle sehen sie aus, als wären sie kampfbereit, aber …«

»Aber niemand kämpft«, sagte Orphu.

»Genau.«

»Vielleicht kommen die Götter nicht herab, um sich zum Kampf zu stellen«, sagte der Ionier.

»Das bezweifle ich.«

»Oder vielleicht zerreißt der Apparat den Olymp in eine Milliarde Stücke.«

Mahnmut dachte schweigend darüber nach. Er hatte die Götter und Göttinnen da oben gesehen, Tausende empfindungsfähiger Wesen, und er verspürte nicht den Wunsch, zum Massenmörder zu werden.

»Wie lange dauert es noch, bis dein selbst gebastelter Zeitschalter den Apparat aktiviert?«, fragte Orphu, obwohl er es selbst wissen musste.

Mahnmut schaute auf sein inneres Chronometer. »Vierundfünfzig Minuten«, sagte er.

Über ihnen brodelten und kochten auf einmal dunkle Wolken. Anscheinend kamen die Götter nun doch herab.

Als Mahnmut in den Calderasee auf dem Gipfel des Olympus Mons getaucht war, hatte er kaum Hoffnung gehabt, entkommen zu können. Er brauchte etwa eine Minute, um den Apparat für die Aktivierung – die Detonation? – zu präparieren, und er dachte, in einer gewissen Tiefe und bei einem gewissen Druck würde er vielleicht so viel Zeit haben.

So war es. Mahnmut tauchte auf 800 Meter, spürte den vertrauten, angenehmen Druck, der auf jedem Quadratmillimeter seines Körpers lastete, und entdeckte ein Sims an der Westseite der steilen Caldera-Wand, wo er sich ausruhen und den Apparat verankern und bereit machen konnte. Die Götter folgten ihm nicht ins Wasser. Ob sie nicht gern schwammen oder törichterweise dachten, der Beschuss der Wasseroberfläche mit Laserstrahlen und Mikrowellen würde ihn nach oben scheuchen, wusste er nicht, und es war ihm auch egal.

Fahrlässigerweise hatte er vor Antritt seiner kurzen Ballonfahrt mit Orphu keinen Fernauslösemechanismus konfiguriert, darum tat er es jetzt, 800 Meter tief in dem dunklen See. Seine Brustlampen beschienen den eiförmigen, makromolekularen Apparat. Mahnmut entfernte die Abdeckung in der Transalloy-Hülle und entnahm sich selbst ein paar Bauteile – eine seiner vier Energiezellen, die das erforderliche 32-Volt-Triggersignal liefern würde, einen seiner drei redundanten Engstrahl-Funkempfänger, den er mit seinem Handgelenklaser an die Auslöserplatte schweißte, und sein externes Chronometer, aus dem er einen Zeitschalter fertigte. Schließlich bastelte er aus einem seiner Transponder einen primitiven Bewegungskontaktsensor und brachte ihn an dem Apparat an, damit er sich in dieser Tiefe selbst auslöste, falls jemand anders ihn berührte.

Wenn diese Ersatzgötter jetzt herunterkommen, um mich zu holen, löse ich das Ding von Hand aus, hatte er gedacht, während er 800 Meter unter der Oberfläche des Sees auf dem Sims saß. Er wollte sich jedoch nicht selbst vernichten – falls der Apparat tatsächlich zur Vernichtung gedacht war –, und er wollte sich auch nicht den ganzen Tag lang unter Wasser verstecken. Aber der Hockenberry-Mensch hatte ihm versprochen, zu ihm zurückzuteleportieren, also würde er warten. Er wollte Orphu wiedersehen. Außerdem hatte ihr Auftrag – oder vielmehr der Auftrag von Koros III. und Ri Po, die nun beide tot waren – darin bestanden, den Apparat zum Olympus Mons zu bringen und seine Ankunft über den Kommunikator zu melden. Beide Aufgaben waren erledigt. In gewissem Sinn hatten Mahnmut und der Ionier ihre Mission erfüllt.

Warum verstecke ich mich dann 800 Meter tief in diesem unmöglichen Calderasee? Er dachte daran, wie das Wasser über ihm gekocht hatte, als die Götter ihren Zorn und ihre Hitzestrahlen in den See ergossen hatten, und musste auf seine Moravec-Art kichern – dieses Wasser müsste eigentlich sowieso verkochen, weil der Gipfel des Olympus Mons sich im fast luftleeren Raum befinden sollte.

Dann war die Zeit für die Rückkehr des Menschen namens Hockenberry gekommen, der ihn retten wollte, und erstaunlicherweise tat er das auch.

»Beschreibe die Erde«, sagte Orphu auf dem Hügel Batieía. Mahnmut war von seinem Rumpf heruntergerutscht und führte seinen Freund an dem Strick, den er um das Schwebegeschirr gewickelt hatte. »Bist du auch wirklich sicher, dass wir auf der Erde sind?«, fügte Orphu hinzu.

»Ziemlich sicher«, sagte Mahnmut. »Die Schwerkraft stimmt, die Luft stimmt, die Sonne hat die richtige Größe, und das pflanzliche Leben entspricht den Bildern in den Datenbanken. Oh, und die Menschen auch – obwohl all diese Männer und Frauen anscheinend Mitglieder im besten Gesundheits- und Fitnessclub des Sonnensystems sind.«

»So gut sehen sie aus, hm?«

»Für Menschen schon, finde ich. Aber da es die ersten Homo Sapiens sind, denen ich persönlich begegnet bin, wer weiß? Von allen Männern, die ich hier getroffen habe, sieht nur Hockenberry so alltäglich aus wie die Männer und Frauen auf den Fotos, in den Videos und Holos, die wir beide in unseren Datenbanken haben.«

»Was glaubst du …?«, begann Orphu.

Schsch, sagte Mahnmut per Engstrahl. Er hatte das K-Link herausgezogen, damit er nicht mehr auf Orphus Rumpf reiten musste. Die Wolken strudelten weiter über dem Schlachtfeld. *Achilles spricht zu den Truppen – sowohl zu den Trojanern als auch zu den Achäern.*

Verstehst du ihn?

Natürlich. Der Dateiendownload hat prima funktioniert, obwohl ich einige der umgangssprachlichen Wendungen und Kraftausdrücke aus dem Kontext erraten muss.

Können die anderen Menschen ihn denn ohne Lautsprecheranlage hören?

Dieser Mann hat eine eiserne Lunge, sagte Mahnmut. *Metaphorisch gesprochen. Seine Stimme ist garantiert vom Meer bis zu den Mauern Trojas zu hören.*

Was sagt er?, fragte Orphu.

Ich fordere euch heraus, ihr Götter … blablabla … und jetzt schreien wir »Mord« und lassen die Hunde des Krieges los … blablabla, zitierte Mahnmut.

Warte, sagte Orphu. *Hat er wirklich dieses Shakespeare-Zitat verwendet?*

Nein, sagte Mahnmut, *ich übersetze frei.*

Wow, sagte der Ionier über Engstrahl. *Ich dachte, wir hätten hier einen erstaunlichen Fall von Plagiat. Wie lange noch bis zur Aktivierung des Apparats?*

Einundvierzig Minuten. Ist irgendwas nicht in Ordnung mit deinem …? Mahnmut hielt inne.

Was ist?, fragte Orphu.

Mitten in Achilles' trotzigem *cri de cœur* gegen die Götter erschien der König der Götter. Achilles verstummte. Auf der Ebene von

Ilium hoben sich zweihunderttausend menschliche Gesichter und ein Robotergesicht zum Himmel.

In seinem von vier wunderschönen holografischen Pferden gezogenen goldenen Streitwagen stieg Zeus aus den brodelnden schwarzen Wolken herab.

Teukros, der meisterhafte achäische Bogenschütze, der dicht neben Achilles und Odysseus stand, zielte und schoss einen Pfeil in den Himmel, aber der Streitwagen war zu hoch oben und Mahnmuts fester Überzeugung nach auch von einem starken Kraftfeld umgeben. Der Pfeil beschrieb einen Bogen und fiel wieder herab, bevor er sein Ziel erreichte. Er fiel in das Dornendickicht am Fuß des Hügels, auf dem die Generäle standen.

»IHR WAGT ES, MIR ZU TROTZEN?«, donnerte Zeus' Stimme über die ganze Länge und Breite des Feldes, des Ufers und der Stadt, wo die Heere versammelt waren. »SEHET DIE FOLGEN EURER HYBRIS!«

Der Streitwagen gewann an Höhe und beschleunigte dann in südlicher Richtung, als wollte Zeus zum Ida-Gebirge, das sich undeutlich am Horizont abzeichnete. Vielleicht sah nur Mahnmut mit seinem teleskopischen Blick das kleine silberne Sphäroid, das Zeus aus dem Streitwagen warf, als er ungefähr fünfzehn Kilometer von ihnen entfernt war.

»Runter!«, brüllte Mahnmut mit voller Verstärkung auf Griechisch. »Runter auf den Boden, wenn euch euer Leben lieb ist!! Schaut nicht nach Süden!!!«

Nur wenige gehorchten seinem Befehl.

Mahnmut packte Orphus Leine und lief zu einem dreißig Meter entfernten, großen Felsbrocken auf dem Hügel, der einen geringfügigen Schutz bot.

Als der Blitz kam, blendete er Tausende. Mahnmuts Polarisationsfilter schalteten automatisch von Stufe 6 auf Stufe 300. Er zog Orphu hinter sich her wie ein riesiges Spielzeug, ohne in seinem wilden Galopp innezuhalten.

Die Stoßwelle kam Sekunden nach dem Blitz. Sie rollte in einer Mauer aus Staub von Süden heran, und ihre sichtbaren elastischen Wellen kräuselten die Atmosphäre selbst. Der Wind drehte von West auf Süd, und die Windgeschwindigkeit stieg in weniger als einer Sekunde von fünf auf hundert Stundenkilometer. Hunderte von Zelten wurden von ihren Vertäuungen losgerissen und flogen in den Himmel. Pferde wieherten und flohen vor ihren Herrn. Die weißen Schaumkronen der Wellen jagten landauswärts.

Die donnernde Stoßwelle warf jeden zu Boden, der aufrecht stand – jeden außer Hektor und Achilles. Der Lärm und der enorme Überdruck waren überwältigend; Menschenknochen und feste Moravec-Innereien vibrierten, und Mahnmuts organische Teile erzitterten. Es war, als würde die Erde selbst vor Zorn brüllen und toben. Etwa zwei Kilometer südlich des Hügels gingen Hunderte von achäischen und trojanischen Soldaten in Flammen auf und wurden hoch in die Luft geschleudert. Ihre Asche fiel auf Tausende fliehender Männer, die furchtsam den Kopf einzogen und nach Norden rannten.

Ein Abschnitt der Südmauer von Ilium zerbröckelte, stürzte ein und riss Dutzende Männer und Frauen mit in die Tiefe. Mehrere Holztürme in der Stadt gingen in Flammen auf, und ein hoher Turm – derjenige, von dem aus Hockenberry erst vor wenigen Tagen beobachtet hatte, wie Hektor sich von seiner Frau und seinem Sohn verabschiedete – stürzte mit lautem Krachen auf die Straßen.

Achilles und Hektor hielten sich die Hände vors Gesicht, beschirmten ihre Augen vor dem schrecklichen Blitz, der ihre Schatten hundert Meter weit auf den Batieía warf. Hinter ihnen erzitterten riesige Felsbrocken, die fest auf dem Grabmal der Amazone Myrine gestanden hatten, rutschten weg, fielen um und zermalmten fliehende Achäer und Trojaner gleichermaßen. Hektors polierter Helm blieb auf seinem Kopf, aber der Sturmwind, der auf die erste Stoßwelle folgte, riss ihm den stolzen roten Rosshaarbusch herunter.

Ist etwas passiert?, fragte Orphu per Engstrahl.

Ja, flüsterte Mahnmut.

Ich spüre so etwas wie Vibration und Druck durch meine Hülle, sagte Orphu.

Ja, flüsterte Mahnmut. Der Ionier war nur deshalb nicht vom Wind und der Stoßwelle davongewirbelt worden, weil Mahnmut das Seil um den größten Stein gebunden hatte, den er auf der windabgewandten Seite ihres schützenden Felsbrockens finden konnte.

Was …, begann Orphu.

Nur einen Moment, wisperte Mahnmut.

Die Pilzwolke war jetzt bereits höher als zehntausend Meter. Rauch und Tonnen radioaktiven Schutts stiegen in die Stratosphäre. Nachbeben ließen den Boden so heftig vibrieren, dass selbst Achilles und Hektor auf ein Knie sinken mussten, um nicht wie die Zehntausende ihrer Männer umgeworfen zu werden.

Die atomare Pilzwolke verwandelte sich in ein Gesicht.

»IHR WOLLT KRIEG, O STERBLICHE?«, brüllte Zeus' bärtiges Gesicht in der emporsteigenden, brodelnden, sich langsam entfaltenden Wolke. »DIE UNSTERBLICHEN GÖTTER WERDEN EUCH ZEIGEN, WAS KRIEG IST!«

51 Äquatorialring

Prospero war mit einem langen königsblauen Gewand voller bunter Stickereien bekleidet, die Galaxien, Sonnen, Kometen und Planeten zeigten. In der altersfleckigen rechten Hand hielt er einen mit Schnitzereien verzierten Stab, seine linke Hand lag auf einem dreißig Zentimeter dicken Buch. Der reich verzierte Sessel mit den breiten Armlehnen, in dem er saß, war kein richtiger Thron, vermittelte aber einen Eindruck gebieterischer Autorität, der vom kalten Blick des Magiers noch verstärkt wurde. Der Mann war weitgehend kahl, aber das verbliebene weiße Haar fiel ihm über die Ohren und ringelte sich bis hinunter zum Blau seines Gewands. Der einstmals imposante Kopf saß jetzt auf dem schrumpeligen Hals eines alten Mannes, aber das Gesicht war eisenhart und charaktervoll, mit kühlen, gleichgültigen, wenn nicht sogar richtig grausamen kleinen Augen, einer kühnen Adlernase, einem kräftigen, demonstrativ hervorspringenden Kinn, das sich noch nicht in Hängebacken oder Kehllappen verloren hatte, und schmalen Zaubererlippen, die sich in einem Ausdruck uralter, gewohnheitsmäßiger Ironie nach oben bogen. Er war natürlich ein Hologramm.

Daeman hatte zugesehen, wie Harman durch die halb durchlässige Membran hereingeplatzt und in der unerwarteten Schwerkraft zu Boden gefallen war, genauso wie Daeman vor ihm. Als Harman sah, dass Daeman in einem bequemen Sessel saß und seine Osmosemaske abgenommen hatte, zog auch er seine

Maske herunter, sog die frische Luft tief in die Lunge und taumelte dann zu dem anderen leeren Sessel.

»Es ist nur ein Drittel der Erdschwerkraft«, sagte Prospero, »aber nach einem Monat in annähernder Schwerelosigkeit fühlt man sich bestimmt wie auf dem Jupiter.«

Weder Harman noch Daeman erwiderte etwas darauf.

Der Raum war kreisrund, hatte einen Durchmesser von ungefähr fünfzehn Metern und bestand im Grunde aus einer bis zum Fußboden reichenden Glaskuppel. Daeman hatte sie beim Anflug auf die gläserne Stadt nicht gesehen, weil sie am Südpol des Asteroiden heruntergekommen waren und dies der Nordpol war, aber er stellte sich vor, dass sie wie ein langer, schlanker Metallstängel mit diesem leuchtenden Pilz obendrauf aussehen musste. Die einzige Lichtquelle im Raum war ein rundes, schwach leuchtendes virtuelles Steuerpult hinter Prospero, und das Erdlicht, das Mondlicht und das Sternenlicht fluteten von allen Seiten herein. Es war hell genug, dass Daeman die sorgfältigen Arbeiten auf dem bestickten Gewand des Magiers und die geölten Schnitzereien an seinem Stab sehen konnte.

»Du bist Prospero«, sagte Harman. Seine Brust hob und senkte sich rasch unter der blauen Thermohaut. Die frische Luft in dem Raum war auch für Daeman ein Schock gewesen. Es war, als atmete man einen schweren, starken Wein.

Prospero nickte.

»Aber du bist nicht real«, fuhr Harman fort, obwohl der Mann durchaus massiv wirkte. In der Drittelschwerkraft fiel das Gewand in schönen, aber dynamischen Falten und Knittern herab.

Prospero zuckte die Achseln. »Das stimmt. Ich bin nur ein aufgezeichnetes Echo des Schattens eines Schattens. Aber ich kann euch sehen, euch hören, mit euch sprechen und Mitgefühl wegen eurer Strapazen empfinden. Das ist mehr, als wozu manche reale Wesen fähig sind.«

Daeman schaute sich um. Er hielt die schwarze Schusswaffe locker im Schoß.

»Wird Caliban hierher kommen?«

»Nein«, sagte Prospero. »Mein ehemaliger Diener fürchtet mich. Fürchtet diese sprechende Erinnerung an mich. Wenn die blauäugige alte Vettel, die ihn zur Welt gebracht hat, hier auf dieser Insel wäre, diese verdammte Quantenhexe Sycorax, würde sie im Nu über euch herfallen, aber Caliban hat Angst vor mir.«

»Prospero«, sagte Daeman, »wir müssen von diesem Felsbrocken herunter. Zurück zur Erde. Lebendig. Kannst du uns helfen?«

Der alte Mann lehnte den Stab an seinen Stuhl und hob beide fleckigen Hände. »Vielleicht.«

»Nur vielleicht?«, sagte Daeman.

Prospero nickte. »Als Echo eines aufgezeichneten Schattens kann ich nichts *tun*. Aber ich kann euch Informationen geben. Ihr könnt handeln, wenn ihr wollt, wenn ihr den Willen dazu besitzt. Wenige von eurer Art besitzen ihn noch.«

»Wie kommen wir weg von hier?«, fragte Harman.

Prospero strich mit der Hand über das Buch, und ein Hologramm erhob sich über dem runden Pult hinter ihm. Es zeigte den Asteroiden und die gläserne Stadt aus einigen Kilometern Entfernung im All; die golden verglasten Türme drehten sich langsam unter dem Standpunkt des Betrachters weg, während der Asteroid sich um seine Achse drehte. Daeman warf einen Blick auf das ausgeprägte Blau-Weiß der Erde, das draußen vor den Fenstern in Sicht kam, und merkte, dass das Bild synchronisiert war – ein Echtzeitblick von irgendwo dort draußen.

»Da!«, rief Harman und zeigte hin. Er versuchte von seinem Sessel aufzuspringen, aber die Schwerkraft ließ ihn taumeln, und er hielt sich an den Armlehnen fest. »Da«, wiederholte er.

Daeman sah es. Auf einer Außenterrasse in etwa dreihundert Meter Höhe an jenem hohen Turm, durch den sie in die Stadt eingeflogen waren und dessen Metallhülle jetzt im Erdlicht glänzte – ein Sonie. »Wir haben die ganze Stadt durchsucht«, sagte Daeman, »aber wir sind nie auf den Gedanken gekommen, dass wir ein Fahrzeug *außerhalb* der Stadt finden könnten.«

»Es sieht genauso aus wie das Sonie, mit dem wir nach Jerusalem geflogen sind.« Harman beugte sich vor, um das holografische Bild besser erkennen zu können.

»Es *ist* dasselbe Sonie«, erklärte Prospero. Er machte eine weitere Handbewegung, und das Bild verschwand.

»Nein«, sagte Daeman. »Savi hat uns erzählt, dass Sonies nicht zu den Orbitalringen fliegen können.«

»Sie wusste es nicht besser«, erwiderte der alte Magier. »Ariel hat es aus dem Steinhaufen der Voynixe befreit und darauf programmiert, hier herauf zu kommen.«

»Ariel?«, wiederholte Daeman benommen. Er hatte einen Bärenhunger und war hundemüde. Er grub in seinem Gedächtnis. »Ariel? Der Avatar der Biosphäre dort unten?«

»So etwas Ähnliches«, sagte Prospero mit einem Lächeln. »Savi ist Ariel nie wirklich begegnet. Sie haben stets über das Allnet miteinander kommuniziert. Die alte Frau dachte immer, die Ariel-Figur sei männlich, obwohl der Geist sich meist einen weiblichen Avatar wählt.«

Wen interessiert das schon?, dachte Daeman. Laut fragte er: »Können wir mit dem Sonie zur Erde zurückfliegen?«

»Das würde ich meinen«, sagte Prospero. »Ich glaube, Ariel hat es darauf programmiert, euch drei nach Ardis Hall zurückzubringen. Noch so ein Deus ex machina. Ich bin nicht glücklich darüber, dass die Maschine hier ist.«

»Warum nicht?«, fragte Harman, aber dann nickte er. »Caliban.«

»Ja«, sagte Prospero. »Selbst die Glieder meines einstmaligen Trolls würden sich mit dürrem Krampf zermalmen, und seine Sehnen würden sich kurzziehen, wenn er sich ohne Anzug oder Thermohaut ins Hochvakuum vorwagen würde. Aber er hat es vergessen und die Thermohaut der armen Savi zerbissen.«

»Im vergangenen Monat hätte er noch zwei weitere Anzüge bekommen können«, sagte Daeman. Seine Stimme war so leise, dass sie vom Flüstern der Belüftung übertönt wurde. Der Raum drehte sich von der gekrümmten Erdscheibe über ihm weg ins Sternenlicht. Ein halber Mond ging über Prospero auf.

»Und die hätte er sich auch geholt, aber Caliban ist nicht Gott«, sagte der Magier. »Savi hat das Biest mit ihrer Flechettesalve in die Brust zwar nicht getötet, aber schwer verletzt. Caliban hat geblutet und sich erholt und ist manchmal in seine tiefste Grotte abgetaucht, wo er die Wunden mit Sumpferde bedeckt und Echsenblut trinkt, um wieder zu Kräften zu kommen.«

»Wir haben dasselbe getrunken und gegessen«, erwiderte Daeman.

»Ja«, sagte Prospero mit dem gelben Lächeln eines alten Mannes. »Aber ihr tut es nicht *gern.*«

»Wie kommen wir zum Sonie?«, fragte Harman. »Und hast du hier etwas zu essen?«

»Nein, was deine zweite Frage betrifft«, sagte Prospero. »Hier auf dieser steinigen Insel hat in den letzten fünfhundert Jahren niemand außer Caliban etwas gegessen. Aber ja, was deine erste betrifft. Es gibt eine Membran im Turmglas hoch oben, durch die ihr auf die Startterrasse hinausgelangt. Eure Anzüge werden euch vielleicht … vielleicht … lange genug schützen, dass ihr das Sonie aufladen und sein Leitprogramm aktivieren könnt. Wisst ihr noch, wie man das Ding fliegt?«

»Ich glaube … ich habe Savi beobachtet … ich meine …«, stammelte Harman. Er schüttelte den Kopf, als fiele es ihm schwer, einen klaren Gedanken zu fassen. Seine Augen sahen so müde aus, wie Daeman sich fühlte. »Wir werden uns daran erinnern müssen. Es fällt uns schon wieder ein.«

»Ihr müsst noch einmal an der Klinik und an Caliban vorbei, um den Turm am anderen Ende der Stadt zu erreichen«, sagte Prospero. Die kleinen Augen des alten Mannes wanderten von

Harman zu Daeman, und ihr Blick war kritisch. »Habt ihr sonst noch etwas zu erledigen, bevor ihr von diesem Ort flieht?«

»Nein«, sagte Harman.

»Doch«, sagte Daeman. Er schaffte es, aufzustehen und zu der gekrümmten Fensterwand hinüberzugehen. Das Spiegelbild darin war dünn, hager und bärtig, aber in seinen Augen war etwas Neues. »Wir müssen die Klinik zerstören«, sagte er. »Wir müssen diese ganze verdammte Stadt vernichten.«

52 Ilium und Olymp

Aus irgendeinem Grund fliehe ich mit den Trojanern auf dem Hügel Batieía zum skäischen Tor, dem Haupteingang nach Ilium. Der Wind heult noch immer, und wir sind alle halb taub von der Atomexplosion im Süden. Bevor ich mich zusammen mit der schiebenden und drängenden Masse der trojanischen Soldaten durch die kleineren Fußgängertore in die Stadt zwänge, zeigt mir ein letzter Blick auf die Pilzwolke, dass sich die Rauch- und Aschesäule schon mit dem vorherrschenden Wind nach Südosten neigt. In der verschlungenen Wolke an der Spitze ist noch eine Andeutung von Zeus' Gesicht zu sehen, aber der Wind und die Einfaltung der Wolke lösen sein Antlitz ebenfalls auf.

Da bereits Dutzende zerquetscht an den Fußgängertoren liegen, befiehlt Hektor den Wachen, die Flügel des Haupttores weit zu öffnen. Das ist seit über neun Jahren nicht mehr geschehen. Tausende strömen in die Stadt.

Die Argeier sind zu ihren Schiffen gelaufen. So wie Hektor hier versucht, seine in Panik geratenen Truppen wieder zu sammeln, bemüht sich Achilles, die fliehenden Griechen aufzuhalten. In der *Ilias* erzählt Homer, wie Achilles in seiner Raserei nach Patroklos' Tod gegen einen Hochwasser führenden Fluss kämpft – und den Kampf gewinnt, indem er den Fluss mit den Leichen seiner trojanischen Feinde staut –, aber jetzt kann der Menschengott diesen Tsunami flüchtender Achäer nicht stoppen, ohne Hunderte zu töten, und das wird er nicht tun.

Ich werde in die Stadt geschwemmt und bereue bereits, dass ich die Flucht ergriffen habe. Mir ist klar, dass ich mich durch das Menschengewühl auf dem Hügel zu dem kleinen Roboter, Mahnmut, hätte vorarbeiten müssen, der hinter den Felsbrocken auf dem Grabmal der Amazone Myrine in Deckung gegangen ist, wie ich gesehen habe. Weiß der Roboter – wie hat er seinen Typ genannt? Moravec? –, weiß der Moravec, dass Zeus eine nukleare, vielleicht sogar thermonukleare Waffe eingesetzt hat? Auf einmal kommt eine Erinnerung aus meinem anderen Leben hoch, wie so oft in den letzten Tagen – Susan, die mich während einer interdisziplinären Woche an der University of Indiana zu einem Vortrag in der Science Hall schleifen wollte. Ein Wissenschaftler namens Moravec hatte dort seine Theorien über autonome künstliche Intelligenz vorgestellt. Fritz? Hans? Ich war natürlich nicht hingegangen – welches Interesse könnte ein Altphilologe schon an den Theorien irgendeines Naturwissenschaftlers haben?

Nun, das ist jetzt unwichtig.

Wie zum Beweis dafür tauchen im Norden fünf Streitwagen auf – ich kenne den QT-Punkt, durch den sie gekommen sind – und fangen an, die Stadt in einer Höhe von etwa tausend Meter zu umkreisen. Selbst mit optischer Vergrößerung kann ich die kleinen Gestalten in den glänzenden Maschinen dort oben nicht erkennen, aber es scheinen sowohl Götter als auch Göttinnen zu sein.

Dann beginnt das Bombardement.

Die Strahlen kreischen in die Stadt herunter wie schlanke, silberne Raketengeschosse, und überall, wo einer einschlägt, gibt es eine Explosion, Staub und Rauch wallen auf, Schreie. Nach den Maßstäben der Antike ist Ilium eine große Stadt, aber die Pfeile kommen schnell – von Apollos Bogen, stelle ich fest, aber der Schütze ist Ares, wie ich zu sehen glaube, als der Streitwagen tief herabstößt, um den angerichteten Schaden zu begutachten –, und bald kommen die Explosionen und Schreie aus jedem Viertel der ummauerten Metropole.

Mir wird klar, dass ich nicht nur die Kontrolle über alles, sondern auch jeden aus den Augen verloren habe, dem ich helfen, mit dem ich sprechen oder mich beraten sollte. Achilles ist wahrscheinlich schon etliche Kilometer entfernt bei seinen Männern und versucht zu verhindern, dass sie in panischem Schrecken davonsegeln. Ich höre weitere Explosionen – konventionelle, keine nuklearen – aus der Richtung des achäischen Lagers, und ich weiß nicht, wie es Achilles gelingen soll, seine Männer wieder zu sammeln. Hektor habe ich ebenfalls aus den Augen verloren, und wie ich sehe, ist das riesige skäische Tor wieder geschlossen worden – als könnte das die Götter fernhalten. Draußen auf dem Hügel sind der arme Mahnmut und sein stummer Freund, Orphu, wahrscheinlich bereits zerstört worden. Ich kann mir nicht vorstellen, dass etwas dieses Bombardement übersteht.

Weitere Explosionen auf dem zentralen Marktplatz. Trojanische Soldaten mit roten Federbüschen auf den Helmen eilen als Verstärkung zu den Mauern, aber die Gefahr ist nicht jenseits der Mauern. Der goldene Streitwagen rast wieder über die Stadt hinweg, außer Reichweite der Bogenschützen, und fünf silberne Pfeile regnen wie Scud-Raketen herunter und explodieren in der Nähe der Südmauer, des zentralen Brunnens und anscheinend direkt auf Priamos' Palast. Ich fühle mich allmählich an CNN-Bilder vom zweiten Irak-Krieg erinnert, unmittelbar bevor ich Krebs bekam.

Hektor. Der Held trommelt wahrscheinlich gerade seine Männer zusammen, aber da es nichts gibt, wofür er sie zusammentrommeln kann, außer damit sie den Kopf einziehen und Deckung suchen, ist er vielleicht auch nach Hause gegangen, um nach Andromache zu sehen. Ich denke an das leere, blutbesudelte Kinderzimmer und verziehe sogar hier im Rauch und Lärm der bombardierten Straßen das Gesicht. Das zur Königsfamilie gehörende Paar hat noch keine Zeit gehabt, sein Kind zu begraben.

Herr im Himmel, ist das etwa alles mein Werk?

Ein fliegender Streitwagen kommt im Sturzflug herunter. Eine Explosion reißt eine Bresche in die Brustwehr auf der Hauptmauer und schleudert ein Dutzend Gestalten mit roten Umhängen in die Luft. Körperteile regnen auf die Straßen und prasseln wie Hagelkörner aus Fleisch auf die Dächer. Plötzlich kehrt eine weitere Erinnerung zurück, ein ähnlicher Horror, dreitausendzweihundert Jahre in der Zukunft dieser Welt, zweitausendein blutige Jahre nach Christi Geburt. Vor meinem geistigen Auge sehe ich Körper, die auf die Straße herabstürzen, und eine Mauer aus Staub und Bimsstein, die mehrere Tausend Flüchtende verfolgt, genauso wie jetzt auf Iliums Hauptstraße. Nur die Gebäude und Kleidermoden sind anders.

Wir werden es niemals lernen. Nichts wird sich jemals ändern.

Ich laufe zu Hektors Haus. Weitere Geschosse regnen herab, sprengen den Platz unmittelbar hinter dem Tor, von dem ich gerade komme. Aus einem Trümmerhaufen, der noch vor zwei Minuten ein zweistöckiges Wohnhaus war, sehe ich ein kleines Kind auf die Straße taumeln. Ich kann nicht erkennen, ob es ein Junge oder ein Mädchen ist, aber sein Gesicht ist blutig, sein lockiges Haar ist mit Gipsstaub bedeckt. Ich bleibe stehen und gehe auf ein Knie, um das Kind auf den Arm zu nehmen – wohin soll ich es bringen? Es gibt kein Krankenhaus in Ilium! –, aber eine Frau mit einem roten Kopftuch läuft zu dem Kleinkind und hebt es hoch. Ich wische mir Schweißbäche aus den Augen und taumle weiter zu Hektors Haus.

Es ist fort. Hektors gesamter Palast ist verschwunden – nur Trümmer und eine Reihe von Löchern im Boden. Ich muss mir immer wieder den Schweiß aus den Augen wischen, um etwas zu sehen, und selbst dann kann ich es einfach nicht glauben. Dieser ganze Block ist von den herabregnenden Geschossen zermalmt worden. Trojanische Soldaten graben bereits mit ihren Lanzen und behelfsmäßigen Schaufeln in den Trümmern; der Staub in der Luft färbt ihre stolzen roten Federbüsche grau. Sie bilden eine Menschenkette und reichen der wartenden Menge auf der Straße Leichen und Körperteile durch.

»Hock-en-bär-iihh«, sagt eine Stimme. Mir kommt zu Bewusstsein, dass jemand immer wieder meinen Namen gesagt hat, jetzt jedoch anfängt, an meinem Arm zu ziehen. »Hock-en-bär-iihh!«

Ich drehe mich benommen um, blinzle Schweiß weg und schaue auf Helena hinunter. Sie ist schmutzig, ihr Gewand ist blutbefleckt, und ihre Haare sind ungekämmt. Noch nie habe ich etwas Schöneres als sie gesehen. Sie umarmt mich, und ich drücke sie mit beiden Armen an mich.

Sie macht sich los. »Bist du schwer verletzt, Hock-en-bär-iihh?«

»Was?«

»Sind deine Verletzungen schwer?«

»Ich bin nicht verletzt«, sage ich. Dann berührt sie mein Gesicht, und ihre Hand ist rot von Blut. Ich hebe die Hand an meine Schläfe – dort habe ich eine tiefe Schnittwunde, eine weitere ist in meinem Haaransatz –, sehe die blutigen Finger meiner beiden Hände, und mir wird klar, dass ich Blut weggewischt habe, nicht Schweiß. »Mir geht es gut«, sage ich. Ich zeige auf den rauchenden Trümmerhaufen. »Hektor? Andromache?«

»Sie waren nicht hier, Hock-en-bär-iihh«, ruft Helena über die Schreie und das Stimmengewirr hinweg. »Hektor hat seine Familie in Athenes Tempel geschickt. Im Kellergeschoss sind sie in Sicherheit.«

Ich schaue durch den Rauch und sehe das hohe, unversehrte Dach des Tempels. *Natürlich,* denke ich. *Die Götter werden nicht ihre eigenen Tempel bombardieren. Zu viel verdammtes Ego.*

»Theano ist tot«, sagt Helena. »Hekabe auch. Und Laodike.«

Hirnlos wiederhole ich die Namen. Die Priesterin der Athene, die Frau mit der kalten Klinge an meinen Eiern. Das ist gerade einmal ein paar Stunden her. Und Priamos' Gattin und Tochter. Drei meiner Trojanerinnen sind bereits tot. Und das Bombardement hat gerade erst angefangen.

Auf einmal fahre ich voller Panik herum. Die Geräusche sind falsch. Die Explosionen haben aufgehört.

Männer und Frauen auf den Straßen zeigen zum Himmel und rufen aufgeregt durcheinander. Vier der fünf Streitwagen sind bereits verschwunden, und nun fliegt auch der fünfte – Ares' Bomberstreitwagen, glaube ich – nach Norden und verschwindet abrupt vom Himmel, qtet offenbar zum Olymp zurück. All diese Verwüstungen – ich schaue mich um, betrachte die eingestürzten Häuser, die rauchenden Krater, die blutüberströmten Leichen auf den Straßen –, Resultat des Angriffs eines einzigen Gottes mit einem Bogen und ein paar von Apollos Pfeilen. Was kommt als Nächstes? Ein Angriff mit Biowaffen? Der glänzende Bogenschütze – der wahrscheinlich gerade in den Genesungstanks dort oben geheilt wird – ist berühmt dafür, dass er den Menschen auf der Erde mit seinen Pfeilen die Pest bringt.

Ich packe das Medaillon an meinem Hals. »Wo ist Hektor?«, frage ich Helena. »Ich muss Hektor finden.«

»Er ist mit Paris, Äneas und seinem Bruder Deiphobos wieder zum skäischen Tor hinausgegangen. Er sagt, er muss Achilles finden, bevor alle Herzen ermatten.«

»Ich muss ihn finden.« Ich wende mich zum Haupttor, aber Helena hält mich zurück und dreht mich zu sich herum.

»Hock-en-bär-iih«, sagt sie, zieht mein Gesicht zu sich herab und küsst mich inmitten des Gedränges und Geschreis auf der Straße. Als sich ihre Lippen von meinen lösen, kann ich nur benommen blinzeln, den Kopf immer noch zu ihrem Kuss geneigt. »Hock-en-bär-iihh«, wiederholt sie. »Wenn du sterben musst, stirb gut.«

Dann dreht sie sich um und geht mit schnellen Schritten davon, ohne sich auch nur einmal umzuschauen.

53 Äquatorialring

Daeman war nicht sehr überrascht, als er sah, dass das Prospero-Hologramm aufstehen und laufen konnte. Der Magier nahm seinen Stab und ging langsam zur Glaskuppel. Als er den Kopf zu den vorbeiziehenden Sternen hob, betonte das fahle Licht die Runzeln an seiner Kehle und seinen Wangen. Der ganze Ansturm des Alters in den letzten Tagen rief bei Daeman ein Gefühl der Übelkeit hervor, das von ihrem aktuellen Gesprächsthema noch verstärkt wurde. Er versuchte sich eine Welt vorzustellen, in der seine Freunde und er – seine Mutter! – ebenso alterten wie Savi oder dieses fleckige Hologramm mit seinen Kehllappen. Das war eine so schreckliche Vorstellung, dass ihn ein kalter Schauer überlief.

Dann erinnerte er sich an den Horror der Tanks, an die blauen Würmer und an Calibans Esstisch.

Wäre es nicht leichter, das Ungeheuer einfach zu töten und die Klinik intakt zu lassen?

Nein, erkannte Daeman trotz seines Hungers und seiner Müdigkeit. Dieser Ort war eine Obszönität, wie auch immer man es betrachtete. Das gesamte Glaubenssystem der Fünf Zwanziger beruhte auf der Überzeugung, dass die Menschen nach hundert Jahren zu den Ringen auffuhren und dort oben zusammen mit den Nachmenschen ein ewiges Leben mit allen Annehmlichkeiten führten. Daeman dachte an die grauen, halb aufgefressenen Leichen, die in der dünnen, abgestandenen Luft draußen trieben, und konnte nur höhnisch schnauben.

»Was ist?« Prospero drehte sich halb von dem Ausblick weg.

»Nichts«, sagte Daeman. Er hätte am liebsten geweint oder etwas zerbrochen. Vorzugsweise Letzteres.

»Wie können wir die Klinik zerstören?«, fragte Harman. Er war so krank, dass er zitterte. Er war noch blasser als Daeman, und sein Gesicht war von einer glitschigen Schweißschicht überzogen.

»Ja, allerdings, wie?«, fragte Prospero. Er stützte sich auf seinen Stab und schaute sie an. »Habt ihr Sprengstoff, Waffen – abgesehen von Savis alberner kleiner Pistole – oder Werkzeug dabei?«

»Nein«, sagte Harman.

»Hier oben gibt es nichts dergleichen«, sagte Prospero. »Die Nachmenschen waren längst über Kriege und Konflikte hinaus. Und über Werkzeug auch. Hier haben die Servitoren die ganze Arbeit erledigt.«

»Sie arbeiten immer noch«, sagte Daeman.

»Nur in der Klinik«, erwiderte der Magier. Er ging langsam zum Pult in der Mitte des Raumes zurück. »Habt ihr auch an die Hunderte von Menschen gedacht, die hilflos in den Tanks der Klinik schwimmen?«

»Mein Gott«, sagte Harman leise.

Daemen rieb sich die Wange und spürte den Bart dort. Es war ein seltsam befriedigendes Gefühl. »Wir können die Faxknoten in den Genesungstanks nicht benutzen, um zur Erde zurückzugelangen, aber vermutlich könnte man diejenigen, die jetzt in den Tanks sind, zu den Portalen zurückfaxen, von denen sie gekommen sind.«

»Ja«, sagte Prospero. »Wenn ihr die Servitoren dazu bringen könnt, das zu tun. Oder wenn ihr die Kontrolle über die Faxsteuerung selbst übernehmt. Aber da gibt es ein Problem.«

»Nämlich?«, fragte Daeman, aber noch während er die Frage stellte, sah er das Problem deutlich vor sich.

Prospero lächelte grimmig und nickte. »Jene, die gerade erst in die Tanks gefaxt worden sind oder deren Blaue-Würmer-

Heilprozess abgeschlossen ist, kann man per Fax zurückschicken. Aber die vielen Hundert, die mitten im Heilprozess sind …« Sein Schweigen sagte alles.

»Was können wir tun?«, fragte Harman. »Es werden ständig Hunderte neuer Menschen hergefaxt und geheilter weggefaxt.«

»Wenn Prospero recht hat und es uns gelingt, die Kontrolle über das Fax zu übernehmen«, sagte Daeman, »könnten wir die Neuaufnahmen abschalten und die Geheilten weiter hinunterfaxen, bis alle Tanks leer sind. Wir waren beide in den Tanks. Wie lange dauert der Zwanziger-Heilungsprozess normalerweise? Vierundzwanzig Stunden? Achtundvierzig bei schweren Verletzungen, zum Beispiel, wenn man von einem Allosaurier gefressen wird?«

»Davon bist du nicht ›geheilt‹ worden«, sagte Prospero. »Sie haben dich mithilfe deiner aktualisierten Memorycodes aus den Faxgitterbänken, gespeicherter DNS und organischer Ersatzteile ganz neu aufgebaut. Aber du hast recht, selbst die langsamsten Heilungsprozesse dauern nicht länger als achtundvierzig Stunden.«

Daeman öffnete die Hände und sah Harman an. »Also zwei Tage ab dem Moment, an dem wir die Klinik übernehmen.«

»Falls es uns gelingt, sie zu übernehmen und den Faxprozess zu steuern«, erwiderte Harman zweifelnd.

Der Magier stützte sich auf die Rücklehne seines Sessels. »Ich kann nichts *tun*, aber ich kann euch Informationen geben«, sagte er. »Ich kann euch erklären, wie die Faxsteuerung funktioniert.«

»Aber wir werden nicht imstande sein, selbst hinunterzufaxen?«, fragte Harman erneut. Offensichtlich beunruhigte ihn der Gedanke, das Sonie benutzen zu müssen.

»Nein«, sagte Prospero.

»Können wir die Servitoren so umprogrammieren, dass sie das Faxen erledigen?«, fragte Daeman.

»Nein«, antwortete der Magier. »Ihr werdet sie zerstören oder deaktivieren müssen. Aber sie sind nicht für Konflikte programmiert.«

»Wir auch nicht«, lachte Harman.

Prospero kam um seinen Sessel herum. »O doch«, sagte er sehr leise, »das seid ihr. Bei euch Menschen – ganz egal, wie *zivilisiert* ihr erscheinen mögt – kommt es nur darauf an, alte Programme wiederzuerwecken.«

Daeman und Harman sahen sich an. Harman erschauerte erneut in seinem blauen Thermohautanzug.

»Eure Gene wissen noch, wie man tötet«, sagte Prospero. »Kommt, ich zeige euch das Instrument der Zerstörung.«

Der holografische Prospero konnte die virtuelle Steuerung am Zentralpult nicht selbst bedienen, aber er zeigte Daeman und Harman, wie sie mit den komplizierten leuchtenden Dreh-, Kipp- und Kurzschlussschaltern, Schiebereglern und Manipulatoren umgehen mussten.

Über der Konsole nahm ein Bild erst verschwommene, dann feste Konturen an und drehte sich in drei Dimensionen, damit sie es sich genau ansehen konnten.

»Das ist eins dieser großen Gebilde im Ä-Ring, die wir auf dem Herflug gesehen haben«, sagte Daeman.

»Ein Linearbeschleuniger mit seinem ringförmigen Wurmloch-Kollektor«, erklärte Prospero. »Die Nachmenschen waren ungeheuer stolz auf diese Geräte. Sie haben sie zu Tausenden hergestellt, wie ihr gesehen habt.«

»Und?«, sagte Harman. »Soll das heißen, das Faxsystem auf der Erde wird von diesen Dingern kontrolliert?«

Prospero schüttelte den Kopf. »Euer Faxsystem ist terrestrisch. Es transportiert keine Körper durch Raum und Zeit, sondern nur Daten. Aber diese Wurmloch-Kollektoren sind die Spinnen im Zentrum des Quantenteleportationsnetzes der Nachmenschen.«

»Und?«, fragte Harman erneut. »Wir wollen nur zur Erde zurück.«

»Umfasse den grünen Steuerhebel und drücke zweimal auf den roten Kreis«, befahl Prospero.

Daeman gehorchte. Im holografischen Display des orbitalen Linearbeschleunigers flammte eine kleine Vierergruppe von Raketentriebwerken zweimal kurz auf und schickte einen winzigen silbernen Kegel aus kristallisierten Abgasen in den Raum. Das lange Konstrukt aus Trägern, Tanks, Säulen und Ringen begann sich nahezu unmerklich zu drehen. Ausgleichstriebwerke feuerten ebenso kurz, und der lange Beschleuniger stabilisierte sich. Das fünfzig Meter große, schimmernde Wurmloch in der Mitte des riesigen, glänzenden Ringkollektors an seinem Ende hatte sich nicht mitgedreht. Daeman beugte sich nah an das holografische Bild des Beschleunigers und sah, dass der Ringkollektor kardanisch aufgehängt war. Er steckte einen Finger in das Bild, berührte verschiedene Elemente und sah, wie sich die fotografische Abbildung in Diagramme und beschreibende Beschriftungen verwandelte – *Rücklaufleitung, Injektor, Vierfachtriebwerke.* Er nahm die Hand weg, und das Echtzeitbild erschien wieder. Die Worte hatten ihm natürlich nichts gesagt.

»Lageregelung, orbitale Translationstriebwerke«, sagte Prospero. »Dieser Asteroid ist in einer stabilen Umlaufbahn – wenn er auf die Erde fiele, wäre das für die terrestrische Biosphäre ein mögliches Massenaussterben –, aber die Wurmlöcher sammelnden Beschleuniger und die Casimir-Spiegel wurden in ständiger Bewegung gehalten.«

»Von hier aus«, sagte Daeman.

Prospero nickte. »Und von den anderen Asteroidenstädten aus.«

Harman und Daeman sahen sich erneut an. »Es gibt noch mehr Nachmenschenstädte?«, fragte Harman.

»Noch drei weitere«, sagte der Magier. »Eine hier im Äquatorialring. Zwei im Polarring.«

»Leben dort noch Nachmenschen?«, fragte Daeman. Auf einmal sah er eine Alternative zu all dieser Zerstörung und dem Ende der Fünf-Zwanziger-Lebensweise.

»Nein.« Prospero lehnte sich in seinem hochlehnigen Sessel zurück. »Und es gibt auch keine anderen Kliniken. Diese Stadt war die einzige, die sich mit den Angelegenheiten von euch modifizierten Altmenschen dort unten befasste.« Er zeigte mit einer fleckigen Hand auf die Erde, die über dem rechten Kuppelbogen aufging. Plötzlich wurde der Raum wieder vom Erdlicht erhellt.

»Dann sind die NMs also alle tot«, sagte Daeman.

»Nein, nicht tot«, erwiderte Prospero. »Fortgegangen.«

Daeman betrachtete den Rand der aufgehenden Erde und die Schwärze des Raumes über der schimmernden Krümmung der Atmosphäre. »Wohin?«

»Zunächst einmal zum Mars«, sagte der Magier. Er sah ihre fragenden Mienen und lachte in sich hinein. »Hat einer von euch heutigen Menschen eine Ahnung, wo der Mars ist? *Was* der Mars ist?«

»Nein«, sagte Daeman ohne jede Verlegenheit. »Werden die NMs von dort zurückkommen?«

»Das glaube ich nicht.« Prospero lächelte noch immer.

»Dann spielt es auch keine Rolle, oder?«, sagte Harman. »Prospero, wolltest du andeuten, dass wir dieses … Partikelbeschleuniger-Wurmloch-Ding als Waffe einsetzen könnten?«

»Als ultimative Waffe gegen diese Stadt«, sagte Prospero. »Gewöhnliche Sprengstoffe oder Waffen hätten wenig Wirkung auf die gläserne Stadt oder ihren Asteroiden. Diese Türme sind so gebaut, dass sie selbst einem Meteoriteneinschlag widerstehen. Aber mehr als drei Kilometer exotische Materialien mit einem Wurmloch an der Spitze unter Schub werden garantiert Wirkung erzielen, besonders wenn ihr sie direkt in die Klinik hineinlenkt.«

»Wird Caliban überleben?«, fragte Daeman.

Prospero zuckte die Achseln. »Seine Tunnels und Grotten haben ihn schon früher gerettet. Aber vielleicht zieht eine solche Kollision hier ein Caliban-Auslöschungs-Ereignis nach sich.«

»Kann er vor dem Einschlag entkommen?«, fragte Harman.

»Nur wenn er von dem Sonie erfährt und in den Besitz eines eurer Thermohautanzüge gelangt«, sagte Prospero. Dann lächelte er beunruhigend, als läge so etwas durchaus im Bereich des Möglichen.

»Wie lange wird es dauern, bis diese Beschleuniger-Monstrosität hier ist?«, fragte Daeman. »Bis zum Einschlag?«

»Ihr könnt das Konstrukt darauf programmieren, dass es so schnell oder so langsam kommt, wie ihr es wünscht.« Der Magier stand auf und ging *ins* zentrale Steuerpult. Sein Unterkörper verschwand im Metall und in den virtuellen Bedienungsfeldern. Er hob einen Arm, das Gewand rutschte ein wenig hoch, und der dürre Unterarm und der knochige Finger zeigten auf das Ende des Beschleunigers, gegenüber dem Wurmloch-Ring. »Genau hier«, sagte Prospero, »sind die Triebwerke für einen Wechsel der Umlaufbahnebene – die stärksten Triebwerke. Ich werde euch zeigen, wie man sie aktiviert und wie man diese Waffe auf ihr Ziel richtet.«

Die beiden folgten seinen Anweisungen. Sie versetzten den Beschleuniger in Rotation und programmierten seine Flugbahnkoordinaten und Delta-V, wie Prospero es nannte. Daemans Finger hing über der virtuellen Auslösetaste. »Du hast uns nicht gesagt, wie viel Zeit uns noch bis zum Einschlag bleibt«, sagte er zu Prospero.

Das Hologramm legte die Fingerspitzen aneinander. »Fünfzig Stunden klingt richtig. Eine Stunde, bis ihr in der Klinik seid und die Kontrolle übernommen habt. Achtundvierzig Stunden, bis die Neuankömmlinge geheilt sind und gesund heimgefaxt werden können. Und dann noch eine Stunde, um den Weg zum Sonie zu finden und zu fliehen, bevor diese kleine Welt untergeht.«

»Keine Zeit zum Schlafen?«, fragte Harman.

»Davon würde ich abraten«, sagte Prospero. »Caliban wird wahrscheinlich in jeder Minute dieser Zeit versuchen, euch zu töten.«

Harman und Daeman wechselten Blicke. »Wir können abwechselnd schlafen, essen und an der Schalttafel dort Wache halten«, sagte Daeman. Er hob die Pistole und steckte sie in Savis Rucksack. »Wir werden Caliban schon in Schach halten.«

Harman nickte skeptisch. Er sah sehr, sehr müde aus.

Daeman blickte wieder auf das Echtzeitbild des Linearbeschleunigers und hielt den Daumen über die Taste für die *Triebwerkszündung*. »Prospero, bist du sicher, dass wir damit nicht alles Leben auf der Erde beenden oder so?«

Der Magier lachte leise. »Alles Leben, wie ihr es kennt, ja«, sagte er. »Aber kein Massenaussterben in Gestalt eines flammenden Asteroiden, der vom Himmel fällt. Zumindest glaube ich das nicht. Wir werden sehen.«

Daeman sah Harman an, dessen Hände bis zu den Handgelenken in dem virtuellen Bedienungsfeld steckten. »Tu es«, sagte Harman.

Daeman drückte auf die Taste. In dem Display über dem Holoprojektor leuchteten acht riesige Triebwerke am Ende des Linearbeschleunigers unter massiven, kontinuierlichen blauen Energiestößen auf, als der Ionenantrieb zündete. Das lange Konstrukt erbebte leicht und setzte sich dann langsam in Bewegung – direkt auf Daemans und Harmans Gesicht zu.

»Adieu, Prospero.« Daeman nahm Savis Rucksack und wandte sich dem halb durchlässigen Ausgang zu.

»O nein«, sagte Prospero. »Wenn ihr es bis zur Klinik schafft, werde ich dort sein. Die nächsten fünfzig Stunden möchte ich um nichts in der Welt versäumen.«

54 Die Ebene von Ilium und Olymp

Ich verlasse die brennende Stadt auf der Suche nach Achilles und sehe das Chaos, das sich bis zum Meer erstreckt. Vom skäischen Tor bis zur Brandungsgrenze ziehen Trojaner wie Achäer Leichen aus rauchenden Kratern, und überall helfen verwirrte Männer ihren verwundeten Kameraden nach Ilium oder über den Verteidigungsgraben in die griechischen Lager zurück. Wie bei den meisten Luftangriffen in meiner Zeit war die psychologische Wirkung des Angriffs schlimmer als seine Resultate. Ich nehme an, dass es mehrere Hundert Tote gibt – trojanische und achäische Krieger sowie Zivilisten in Ilium –, aber die meisten sind unverletzt davongekommen, besonders hier draußen, fern von einstürzenden Mauern und umherfliegendem Mauerwerk.

Während ich über den unteren Teil des Batieía klettere, sehe ich den kleinen Roboter auf mich zukommen. Er zieht seinen schwebenden Krebsschalenfreund hinter sich her wie ein kleiner Junge einen besonders großen Bollerwagen. Aus irgendeinem Grund bin ich so froh, dass sie noch am Leben sind – obwohl »noch existieren« vielleicht eine bessere Formulierung wäre –, dass ich kurz davor bin, in Tränen auszubrechen.

»Hockenberry«, sagt der Roboter, Mahnmut, »du bist ja verletzt. Ist es schlimm?«

Ich berühre meine Stirn und meine Kopfhaut. Die Blutung hat fast aufgehört. »Es ist nichts.«

»Hockenberry, die große Explosion – weißt du, was das war?«

»Eine Atombombe«, sage ich. »Möglicherweise thermonuklear, aber ich vermute trotz ihrer Lautstärke, dass es nur eine Fissionsbombe gewesen ist. Ein bisschen größer als die Hiroshima-Bombe vielleicht. Mit solchen Dingen kenne ich mich nicht besonders gut aus.«

Mahnmut sieht mich mit schief gelegtem Kopf an. »Woher kommst du, Hockenberry?«

»Aus Indiana«, antworte ich, ohne nachzudenken.

Mahnmut wartet.

»Ich bin ein Scholiker«, sage ich noch einmal. Mir ist klar, dass er all das über die Funkverbindung, die er zuvor Engstrahl genannt hat, an seinen stummen Freund weitergibt. »Die Götter haben mich aus alten Knochen, DNS und irgendwelchen Erinnerungsfragmenten rekonstruiert, die sie meinen auf der Erde gefundenen Überresten entnommen haben.«

»Erinnerungen aus DNS?«, sagte Mahnmut. »Das glaube ich nicht.«

Ich wedele ungeduldig mit der Hand. »Spielt doch keine Rolle«, fauche ich. »Ich bin ein lebender Leichnam. Ich habe in der zweiten Hälfte des zwanzigsten Jahrhunderts gelebt und bin wahrscheinlich im ersten Teil des einundzwanzigsten Jahrhunderts gestorben. Von den Daten habe ich nur eine verschwommene Vorstellung. Bis vor ein paar Wochen die ersten Erinnerungen wiederkamen, hatte ich nur eine verschwommene Vorstellung von meinem früheren Leben.« Ich schüttle den Kopf. »Ich bin ein Toter auf Urlaub.«

Mahnmut sieht mich schweigend mit diesem dunklen metallischen Streifen anstelle von Augen an. Dann nickt er verständig und tritt mir – ziemlich heftig – vors linke Schienbein.

»Gott*verdammt*!«, schreie ich und hüpfe auf dem anderen Bein. »Warum hast du das getan?«

»Mir kommst du ganz lebendig vor«, sagt der kleine Roboter. »Wie bist du aus dem zwanzigsten oder einundzwanzigsten

Jahrhundert des Untergegangenen Zeitalters hierhergekommen, Hockenberry? Die meisten unserer Moravec-Wissenschaftler sind ziemlich sicher, dass solche Zeitreisen unmöglich sind, außer wenn man fast mit Lichtgeschwindigkeit herumflitzt oder zu nah an ein Schwarzes Loch kommt. Hast du eins von beidem getan?«

»Das weiß ich nicht, und es ist ohnehin unwichtig. Schau dir das alles an!« Ich zeige auf die rauchende Stadt und das Chaos auf der Ebene von Ilium. Einige der griechischen Schiffe stechen bereits in See.

Mahnmut nickt. Für einen Roboter ist seine Körpersprache seltsam menschlich. »Orphu fragt sich, weshalb die Götter ihren Angriff abgebrochen haben.«

Ich werfe einen Blick auf den riesigen, ramponierten Rumpf des Dings hinter ihm. Manchmal vergesse ich, dass darin angeblich ein Gehirn ist. »Sag Orphu, dass ich es nicht weiß. Vielleicht wollen sie sich nur eine Weile an der Furcht und dem Chaos hier unten ergötzen, bevor sie uns den *coup de grâce* versetzen.« Ich zögere eine Sekunde. »Das ist Französisch und heißt ...«

»Ja, ich kann Französisch, leider«, sagt Mahnmut. »Orphu hat mir während des Bombardements gerade einen ziemlich irrelevanten Proust-Text auf Französisch zitiert. Was hast du jetzt vor, Hockenberry?«

Ich schaue zum achäischen Lager hinüber. Zelte brennen, verwundete Pferde rennen voller Panik umher, Menschen laufen durcheinander, Schiffe werden für die Heimfahrt ausgerüstet, andere entfernen sich bereits von der Küste, und ihre Segel fangen den Wind. »Ich wollte Achilles und Hektor suchen«, sage ich. »Aber in diesem Durcheinander könnte es Stunden dauern, bis ich sie finde.«

»In achtzehn Minuten und fünfunddreißig Sekunden«, sagt Mahnmut, »wird etwas geschehen, das vielleicht alles verändert.«

Ich sehe ihn an und warte.

»Ich habe einen … Apparat dort oben im Calderasee platziert«, sagt der kleine Roboter. »Orphu und ich haben ihn aus dem Jupiterraum mitgebracht. Dieses Ding dorthin zu bringen, war tatsächlich das Hauptziel unserer Mission, obwohl es eigentlich nicht so geplant war, dass *wir* … aber das ist eine andere Geschichte. Jedenfalls löst sich der Apparat in siebzehn Minuten und zweiundfünfzig Sekunden selbsttätig aus.«

»Ist es eine Bombe?«, frage ich heiser. Mein Mund ist auf einmal völlig trocken. Ich könnte nicht spucken, selbst wenn mein Leben davon abhinge.

Mahnmut zuckt auf eine seltsam menschliche Weise die Achseln. »Das wissen wir nicht.«

»Ihr *wisst* es nicht?!«, schreie ich. »Ihr *wisst* es nicht?? Wie konntet ihr da oben einen … einen Apparat platzieren und es mit einem Zeitschalter versehen, wenn ihr nicht wisst, was er machen wird? Das ist doch lächerlich!«

»Mag sein«, sagt Mahnmut, »aber dazu sind wir von den Moravecs, die diese Mission geplant haben, hierher geschickt worden … oder vielmehr, *dorthin*.«

»Wie lange noch, hast du gesagt?« Ich umfasse das vermeintliche Lederarmband an meinem Handgelenk, das als mein getarntes Chronometer dient. Das Armband enthält Mikroschaltkreise und kleine holografische Projektoren, falls ich die Zeit wissen muss.

»Siebzehn Minuten und acht Sekunden«, sagt der kleine Roboter. »Und die Zeit läuft.«

Ich stelle den Timer an meiner Uhr ein und lasse das kleine holografische Display sichtbar. »Scheiße«, sage ich.

»Ja«, stimmt Mahnmut mir zu. »Qtest du wieder hinauf, Hockenberry? Zum Olymp?«

Ich habe die Hand ans QT-Medaillon an meinem Hals gelegt, aber nur, weil ich auf der Suche nach Achilles ein paar

Minuten sparen wollte, indem ich direkt ins achäische Lager teleportiere. Aber Mahnmuts Frage bewirkt, dass ich innehalte und überlege.

»Vielleicht sollte ich das tun«, sage ich. »Jemand muss nachsehen, was die Götter im Schilde führen. Vielleicht könnte ich ein letztes Mal den Spion spielen.«

»Und was dann?«, fragt der Roboter.

Ich hebe die Schultern. »Dann komme ich zurück und hole Achilles und Hektor. Und dann vielleicht Odysseus und Paris. Äneas und Diomedes. Ich trage den Krieg zu den Göttern, indem ich diese Helden immer zu zweit dorthin bringe, wie die Tiere auf die Arche Noah.«

»Als Logistik eines militärischen Feldzugs klingt das nicht sonderlich effizient.«

»Kennst du dich mit Militärstrategie aus, kleiner Roboter?«

»Nein. Eigentlich kenne ich mich nur mit einem U-Boot ein bisschen aus, das auf dem Mars gesunken ist. Und mit Shakespeares Sonetten.« Mahnmut macht eine Pause. »Orphu erklärt mir gerade, dass ich die Sonette nicht in meinen Lebenslauf aufnehmen sollte.«

»Auf dem Mars?«, sage ich.

Der glänzende metallische Kopf hebt sich zu mir. »Hast du nicht gewusst, dass der Olymp in Wirklichkeit der Vulkan Olympus Mons auf dem Mars ist? Du hast doch neun Erdjahre lang dort gelebt, nicht wahr?«

Einen Moment lang ist mir so schwindlig, dass ich zu einem niedrigen Felsbrocken taumeln und mich hinsetzen muss, weil ich fürchte, sonst auf dem Boden wieder zu mir zu kommen. »Mars«, wiederhole ich. *Zwei Monde, der gewaltige Vulkan, die rote Erde, die niedrigere Schwerkraft, in die ich nach einem langen Tag auf der Ebene von Ilium immer so gern zurückgekehrt bin.* »Mars.« *Hol mich der Teufel!* »Mars.«

Mahnmut schweigt. Vielleicht weiß er, dass er mich für einen Tag genug in Verlegenheit gebracht hat.

»Moment mal«, sage ich. »Auf dem Mars gibt es keinen blauen Himmel, keine Meere, keine Bäume und keine atembare Luft. Ich habe die erste *Viking*-Landung im Jahr 1976 gesehen. Und ich habe Jahre oder Jahrzehnte später im Fernsehen gesehen, wie dieses kleine *Sojourner*-Fahrzeug heruntergerollt und an einem Stein hängen geblieben ist. Da gab es keine Meere. Keine Bäume. Keine *Luft*.«

»Sie haben ihn terrageformt«, sagt Mahnmut. »Und zwar erst vor kurzer Zeit.«

»*Wer* hat ihn terrageformt?« Ich höre den abwehrenden Zorn in meiner Stimme.

»Die Götter«, sagt Mahnmut, aber das angedeutete Fragezeichen in seiner sanften Roboterstimme entgeht mir nicht.

Ich schaue auf meine Uhr. Noch fünfzehn Minuten und achtunddreißig Sekunden. Ich tippe vor den Kameras oder Augen des Roboters – oder was auch immer sich hinter diesem Sonnenbrillenstreifen in seinem Gesicht verbirgt – auf das Display des virtuellen Chronometers. »Was passiert in einer Viertelstunde, Mahnmut? Erzähl mir nicht, dass ihr beide es nicht wisst.«

»Wir wissen es nicht«, sagt Mahnmut.

»Ich gehe rauf, um nachzusehen, was dort los ist.« Ich umfasse das Medaillon.

»Nimm mich mit«, bittet Mahnmut. »Ich habe den Zeitschalter eingestellt. Ich sollte dort sein, wenn sich der Apparat aktiviert.«

Ich halte erneut inne und werfe einen Blick auf den riesigen Rumpf hinter Mahnmut. »Wirst du ihn entschärfen?«, frage ich.

»Nein. Das war mein Auftrag – den Apparat hinzubringen und zu aktivieren. Aber wenn der Zeitschalter ihn nicht auslöst, sollte ich es eigenhändig tun.«

»Sprechen wir hier … und sei es nur mit begrenzter Wahrscheinlichkeit … vom Ende der Welt, Mahnmut?«

Das Zögern des Roboters sagt mir alles.

»Du solltest noch … äh … vierzehn Minuten und dreißig Sekunden bei Orphu bleiben«, sage ich. »In seiner Verfassung könnte die Welt untergehen, ohne dass der arme Kerl es merken würde, wenn du es ihm nicht sagst.«

»Orphu meint, dass du für einen Scholiker ziemlich komisch bist, Hockenberry. Ich finde trotzdem, dass ich mitkommen sollte.«

»Erstens«, sage ich, »verschwendest du unsere ganze gottverdammte Zeit mit Reden. Zweitens habe ich nur einen Hades-Helm, und ich will nicht erwischt werden, weil die Götter einen Roboter neben meinem unsichtbaren Ich herlaufen sehen. Drittens … adieu.«

Ich ziehe mir die Kapuze des Hades-Helms über den Kopf, drehe das Medaillon und verschwinde.

Ich qte mitten in die große Halle der Götter.

Sie scheinen alle hier zu sein, außer Athene und Apollo, die jetzt vermutlich mit grünen Würmern in den Augen und Achselhöhlen in den Genesungstanks schwimmen. In den paar Sekunden, die mir bleiben, bevor sich der Karren ins Schlamassel gräbt, sehe ich, dass die Götter für den Krieg gerüstet und gewappnet sind – die Halle erstrahlt von goldenen Brustharnischen, glänzenden Speeren, hohen Helmen mit Federbüschen und polierten Schilden von göttlichen Ausmaßen. Ich sehe Zeus neben seinem prächtigen Streitwagen stehen; Poseidon trägt eine dunkle Rüstung, Hermes und Hephaistos sind bis an die Zähne bewaffnet, Ares hat Apollos silbernen Bogen, Hera ist in glänzende Bronze und Gold gewandet, und Aphrodite zeigt auf mich …

Scheiße.

»**SCHOLIKER HOCKENBERRY!**«, brüllt Zeus höchstselbst und sieht mich quer durch die Halle an. »**KEINE BEWEGUNG!**«

Das ist nicht nur ein zeusscher Ratschlag. Jeder Muskel, jedes Band, jede Sehne und Zelle in meinem Körper erstarrt. Ich spüre, wie mein Herz stehen bleibt. Sogar die brownsche Bewegung in mir hört auf. Bevor meine Hand auch nur einen Millimeter näher zum QT-Medaillon kommt, bin ich schon eine Statue.

»Nehmt ihm den Hades-Helm, das QT-Gerät und alles andere ab«, befiehlt Zeus.

Ares und Hephaistos springen herbei und ziehen mich vor den Göttern und Göttinnen nackt aus. Die Lederhaube wird dem finster dreinschauenden Hades zugeworfen, der in seiner exotischen schwarzen Chitinrüstung wie ein schrecklicher, übellauniger Käfer aussieht. Zeus tritt vor und hebt mein QT-Medaillon vom Boden auf. Er starrt es mit düsterer Miene an, als wollte er es in seiner riesigen Faust zerquetschen. Die beiden Götter haben mir unterdessen sämtliche Kleider vom Leib gerissen und mir nicht einmal meine Armbanduhr oder meine Unterhose gelassen.

»Beweg dich!«, sagt Zeus. Nach Luft schnappend, breche ich auf dem Marmorboden zusammen und kralle die Finger in die Brust. Als mein Herz wieder zu schlagen beginnt, tut es so weh, dass ich fest davon überzeugt bin, einen Herzinfarkt zu haben. Ich schaffe es gerade noch, mich nicht vor aller Augen nass zu machen.

»Bringt ihn weg!«, sagt Zeus und wendet mir den Rücken zu.

Der zweieinhalb Meter große Ares, der Gott des Krieges, packt mich an den Haaren und schleift mich fort.

55 Äquatorialring

»Er denkt«, zischte Calibans Stimme aus den Schatten der Klinik, »den Räsoneuren würde er schon zeigen, was ›müssen‹ heißt. Er tut, was er will, denn wozu wäre er sonst der Herr? So auch Er.«

»Verdammt, wo kommt die Stimme her?«, fauchte Harman. Die Klinik lag weitgehend im Dunkeln. Das einzige Licht stammte von den leuchtenden Tanks, die sich der Reihe nach leerten, und Daeman streifte von der halb durchlässigen Wand zum Kannibalentisch und versuchte, die Quelle des Geflüsters zu finden.

»Ich weiß es nicht«, sagte Daeman schließlich. »Aus einem Lüftungsschacht. Durch einen Eingang, den wir noch nicht gefunden haben. Aber wenn er ins Licht kommt, bringe ich ihn um.«

»Du kannst ihm eine Ladung Flechettes in den Leib jagen«, sagte das Prospero-Hologramm, das am Tresen bei der Steuertafel für die Genesungstanks stand, »aber das heißt nicht unbedingt, dass du ihn damit tötest. Caliban – ein Teufel, ein gebor'ner Teufel! Nie bleibt Erziehung an ihm hängen. Meine Mühen, die ich als Mensch mir gab, umsonst, umsonst, umsonst!«

Zwei Tage und Nächte, siebenundvierzigeinhalb Stunden, einhundertvierundvierzig Umdrehungen des Asteroiden von Erdlicht zu Sternenlicht hatten die beiden Männer nun das Wegfaxen aus den Genesungstanks beaufsichtigt, bis nur noch etwa ein Dutzend Körper übrig war. Sie wussten jetzt, wie sie externe Holos des Linearbeschleunigers aufrufen konnten, der auf höchst lineare Weise direkt auf sie zubeschleunigte. Inzwischen konnten sie das riesige Ding, das mit dem Wurmloch voran auf sie zukam, und den blauen Lichtschein der feuernden Triebwerke am Heck in den durchsichtigen Deckenpaneelen der Klinik mit bloßem Auge sehen. Prospero und die virtuellen Anzeigen versicherten ihnen, dass sie bis zum Einschlag noch fast neunzig Minuten Zeit hatten, aber der Instinkt und das Auge sagten ihnen etwas anderes, sodass beide Männer aufhörten, nach oben zu schauen.

Caliban war irgendwo in der Nähe. Daeman behielt seine Thermohaut-Maske wegen der Lichtverstärkergläser auf, ließ aber auch den Lichtkegel von Savis Taschenlampe unter dem Kannibalentisch spielen; weiße Knochen glänzten im Licht.

Sie hatten geglaubt, der Rückweg aus dem überkuppelten Kontrollraum wäre am schlimmsten gewesen – die lange Schwimmstrecke durch den Tang und das Halbdunkel, wobei sie jede Minute mit Calibans Angriff rechneten –, doch obwohl sich zweimal etwas Grüngraues in den Schatten bewegte und Daeman zweimal Savis Schusswaffe auf das sich bewegende Etwas abgefeuert hatte, schwamm das Schattending einmal davon und purzelte beim nächsten Mal heraus, tot, mit glitzernden Flechettes in seinem grauen Fleisch. Die Leiche eines Nachmenschen im Tang. Aber jetzt, nach weiteren siebenundvierzigeinhalb schlaflosen Stunden, in denen sie nur ranziges Echsenfleisch gegessen hatten, gab es kein Schlimmstes mehr. Diese letzte Stunde war das Schlimmste. Zumindest hatten sie am Eingang zur Grotte haltgemacht, die Eisschicht mit ihren Stiefeln und dem Kolben der Schusswaffe zerschlagen, bis sie ihre einzige Flasche mit Kügelchen scheußlichen, schaumigen, heiß begehrten Wassers nachfüllen konnten. Wenigstens das hatten sie getan. Aber jetzt war das Wasser ausgetrunken, und keiner der beiden Männer konnte seinen Posten und die Klinik verlassen, um Nachschub zu besorgen. Außerdem hatten sie ein paar Kunststoffabdeckungen der Tanks über die halb durchlässige

Eingangsmembran genagelt, damit sie von deren Zerreißen gewarnt wurden, falls und wenn Caliban die Klinik auf diese Weise betrat; daher wäre es nicht ganz einfach gewesen, sie auf diesem Wege zu verlassen. Jetzt waren die Zungen beider Männer geschwollen, und sie hatten grauenhafte Kopfschmerzen vom Durst, der Müdigkeit, der schlechten Luft und der Angst.

Das Dutzend Klinik-Servitoren hatten ihnen kaum Schwierigkeiten bereitet. Diejenigen, die Geheilte wegfaxten, durften mit ihrer Arbeit weitermachen, andere hingegen, deren Tätigkeiten sie störten, wurden deaktiviert. Daeman hatte mit seiner Waffe auf einen geschossen, aber das war ein Fehler gewesen. Die Flechettes hatten Farbe und Metallsplitter von dem Servitor abplatzen lassen, ihm einen Manipulatorarm zertrümmert und ein Auge ausgerissen, ohne ihn jedoch zu zerstören. Harman löste das Problem, indem er sich in der Tankfarm ein schweres Stück Rohr suchte, es losriss – mit dem Erfolg, dass flüssiger Sauerstoff in die ohnehin schon kalte Luft strömte – und so lange auf den Servitor einschlug, bis er sich nicht mehr rührte. Die restlichen Servitoren wurden auf die gleiche Weise in den Ruhestand versetzt.

Prospero kam, als sie die holografische Kommunikationssphäre über der Steuertafel einschalteten, und sorgte dafür, dass sie die richtigen Einstellungen für den Entleerungsprozess der Tanks vornahmen. Als Erstes schlossen sie die Zugangs-Faxknoten. Dann faxten sie die ankommenden Zwanziger sofort zu ihren irdischen Knoten zurück, bevor irgendwelche Wiederherstellungsarbeiten in Angriff genommen wurden. Da Prospero erklärte, die Arbeit der blauen Würmer und der orangefarbenen Flüssigkeit sei nicht zu beschleunigen, ließen sie diese Tanks ihren Zyklus durchlaufen. Die nackten, schwimmenden Menschen, deren Heilungsprozess fast beendet war, wurden früh zurückgefaxt. Von den sechshundertneunundsechzig Tanks in der Klinik waren jetzt nur noch achtunddreißig belegt – sechsunddreißig davon waren Intensivreparaturen, zwei waren reguläre Zwanziger, die hergefaxt worden waren und bei denen die normalen Ausbesserungsarbeiten begonnen hatten, bevor es Harman und Daeman gelungen war, die Faxcomputer abzuschalten.

»Auch gefällt es Setebos, zu schaffen«, zischte die Stimme des unsichtbaren Caliban.

»Halt's Maul!«, rief Daeman. Er trat zwischen die leuchtenden Tanks und bemühte sich, in der niedrigen, aber merklichen Schwerkraft am Boden zu bleiben. Überall tanzten Schatten, aber keiner war massiv genug für einen Schuss.

»So macht er sich daran, etwas zu schaffen: Dort drüben hat er den Hügel aus Torf aufgetürmt und Vierecke aus weicher weißer Kreide zurechtgeschnitten und hineingesteckt«, wisperte Caliban aus dem Dunkel. »Und mit einem Fischzahn in jedes einen Mond geritzt und an den Enden noch diese Piken aus Holz aufgestellt und das Ganze obenauf mit dem Schädel eines Faultiers gekrönt, das er tot in den Wäldern gefunden hat – erlegen kann es einer allein nicht. Dieses ganze Werk hat überhaupt keinen Nutzen, nur um des Wirkens willen wurde es geschaffen, und eines Tages wird er es wieder niederreißen: So auch Er.«

Harman lachte.

»Was ist?« Daeman ging und schwebte zu der virtuellen Steuertafel zurück, wo dank der Holosphäre Prospero stand. Bei jedem Schritt trat er auf Teile und Stücke von Servitoren, eine Imitation des Kannibalentischs weiter hinten im Schatten.

»Wir müssen bald weg von hier«, sagte Harman und rieb sich die geröteten Augen. »Ich fange allmählich an, in den Worten des Monsters einen Sinn zu erkennen.«

»Prospero«, fragte Daeman, während er mit den Augen einen Schatten nach dem anderen im schattigen Wald sanft leuchtender Tanks absuchte, »wer oder was ist dieser Setebos, von dem Caliban ständig faselt?«

»Der Gott von Calibans Mutter«, antwortete der Magier.

»Und du hast gesagt, Calibans Mutter sei auch irgendwo da draußen.« Daeman hielt die Waffe in einer Hand und rieb sich mit der anderen die Augen. Er sah die Klinik nur verschwommen, und das lag nicht allein an dem driftenden Dampf des vergossenen flüssigen Sauerstoffs.

»Ja, Sycorax lebt noch«, sagte Prospero. »Aber sie ist nicht auf dieser Insel. Nicht mehr.«

»Und dieser Setebos?«, setzte Daeman nach.

»Der Feind des Ruhigen«, sagte Prospero. »Wie die beiden Mitglieder seiner Zweiergemeinde ein verbittertes Herz, das abwartet und beißt.«

Über der Konsole ertönte ein Summton. Harman aktivierte virtuelle Bedienungselemente. Drei weitere geheilte – oder zumindest fast geheilte – Menschen wurden weggefaxt. Fünfunddreißig waren noch übrig.

»Woher kommt dieser Setebos?«, fragte Harman.

»Er ist aus dem Dunkeln hereingebracht worden, zusammen mit den Voynixen und anderen Dingen«, sagte Prospero. »Ein kleiner Rechenfehler.«

»Gehört Odysseus zu diesen anderen Dingen, die aus dem Dunkeln hereingebracht wurden?«, fragte Daeman.

Prospero lachte. »O nein. Der arme Kerl ist von jenem Scheideweg, wohin die meisten Nachmenschen geflohen sind, durch einen Fluch hierher geschickt worden. Odysseus hat sich in der Zeit verirrt; eine sehr, sehr böse Frau, die ich als Ceres kenne, die Odysseus jedoch als Circe gekannt hat – in jedem Sinne –, hat ihn auf seine Irrwege geschickt.«

»Das verstehe ich nicht«, sagte Harman. »Savi hat behauptet, sie habe Odysseus erst vor kurzer Zeit entdeckt. Er schlief in einem ihrer Kryobetten.«

»Das stimmte auch«, sagte Prospero, »aber es war zugleich eine Lüge. Savi wusste über Odysseus' Reise Bescheid und kannte auch sein Ziel. Sie hat ihn ebenso benutzt wie er sie, so viel steht fest.«

»Aber *ist* er wirklich der Achäer aus dem Turin-Drama?«, fragte Daeman.

»Ja und nein«, erwiderte Prospero auf seine aufreizende Art. »Das Drama zeigt eine Zeit und eine Geschichte, die sich mehrgleisig entwickeln. Dieser Odysseus stammt aus einer jener Verzweigungen, ja. Er ist nicht der Odysseus der gesamten Geschichte, nein.«

»Du hast uns immer noch nicht erklärt, wer Setebos ist«, sagte Harman. Er verlor allmählich die Geduld. Sechs weitere fertige und geheilte Menschen faxten aus ihren Tanks. Nur neunundzwanzig waren noch übrig. Harman und Daeman blieben noch zwanzig Minuten bis zum festgesetzten Zeitpunkt für den Aufbruch zum Sonie. Der Linearbeschleuniger war jetzt so nah, dass sie das Wurmloch an seiner Spitze erkennen konnten. Es war eine Kugel aus waberndem Licht und Dunkelheit.

»Setebos ist ein Gott, dessen Kennzeichen die reine, willkürliche Machtausübung ist«, sagte Prospero. »Er mordet aufs Geratewohl. Er verschont Leben aus einer Laune heraus. Er tötet ungeheure Mengen Menschen, aber ohne System oder Plan. Er ist ein Gott des elften September. Ein Auschwitz-Gott.«

»Wie bitte?«, sagte Daeman.

»Ist nicht so wichtig«, meinte der Magier.

»Er sagt«, zischte Caliban aus der Dunkelheit beim Kannibalentisch, »vielleicht mag Er, was ihm nutzt. Selber mag er, was ihm guttut; doch warum? Weil er anders nichts Gutes bekommen kann.«

»Gott*verdammt*!«, brüllte Daeman. »Ich werde diesen Scheißkerl finden.« Er nahm die Schusswaffe und sprang zu dem dunklen Bereich. Fünf weitere menschliche Körper faxten fort, und ihre Tanks leerten sich mit einem Rauschen. *Noch vierundzwanzig.*

Hier lagen Leichen auf dem Fußboden, Leichen auf dem Tisch, Körperteile auf dem Sessel. Deaman hielt Savis Taschenlampe in der linken Hand, ihre Schusswaffe in der rechten. Er hatte die Kapuze mit den Nachtsichtgläsern aufgesetzt, sah aber trotzdem nur Dunkelheit und Schatten. Er beobachtete und wartete auf eine Bewegung im Augenwinkel.

»Daeman!«, rief Harman.

»Gleich«, rief Daeman. Er wartete, bot sich selbst als Köder dar. Er wollte, dass Caliban sprang. Momentan hatte er fünf Flechettegeschosse in seiner Waffe, und er wusste aus Erfahrung, dass sie unmittelbar nacheinander abgefeuert werden würden, wenn er den Abzug gedrückt hielt. Er konnte fünftausend Glaspfeile in den mörderischen Mistkerl pumpen, wenn …

»Daeman!«

Er drehte sich zu Harmans Stimme um. »Siehst du Caliban?«, rief er zu dem beleuchteten Kontrollbereich zurück.

»Nein«, sagte Harman. »Etwas Schlimmeres.«

Daeman hörte das laute Zischen der Druckventile und dann den leisen Alarm. Etwas stimmte nicht mit den Tanks.

Harman zeigte auf diverse virtuelle Anzeigen, die rot aufleuchteten. »Die Tanks leeren sich, *bevor* die Letzten geheilt sind.«

»Caliban hat einen Weg gefunden, die Nährstoffzufuhr von außerhalb der Klinik zu unterbrechen«, sagte Prospero. »Diese vierundzwanzig Männer und Frauen sind tot.«

»Verdammt!«, schrie Harman. Er schlug mit der Faust gegen die Wand.

Daeman leuchtete mit der Taschenlampe in die sich leerenden Tanks.

»Der Flüssigkeitspegel fällt rasch«, rief er Harman zu.

»Wir faxen sie trotzdem raus.«

»Dann faxt du Leichen nach Hause, in deren Gedärm blaue Würmer wimmeln«, sagte Daeman. »Wir müssen hier raus.«

»Genau das will Caliban«, rief Harman. Daeman konnte die Steuerkonsole jetzt nicht sehen. Er war in der hintersten Reihe der Tanks, an jenen dunklen Stellen, die er zuvor aus Angst gemieden hatte. Die Waffe lag schwer in seiner Hand. Er leuchtete weiter in einen Tank nach dem anderen.

Prospero murmelte mit seiner Altmännerstimme:

»Mein Sohn, ihr seht bestürzt aus, wie verstört.
Seid guten Muts; zwar, unser Fest ist aus.
Unsere Spieler warn, wie ich euch sagte,
Geister und sind jetzt aufgelöst in Luft.
Und gleich dem grundlosen Stoff dieses Blendwerks
Werden die Türme, hoch, bis zu den Wolken,
Die prunkenden Paläste, hehren Tempel,
Ja, wird der große Erdball selbst und alles,
Was daran teilhat, sich auflösen und
Verblassen wie hier dieser Maskenzug
Ohne Substanz, dass keine Spur bleibt. Wir
sind solcher Stoff, aus dem Träume gemacht sind,
und unser kleines Leben rundet …«

»Halt die Klappe, verdammt noch mal!«, rief Daeman. »Harman, hörst du mich?«

»Ja«, sagte Harman, der zusammengesunken über der Steuertafel stand. »Wir müssen gehen, Daeman. Diese letzten vierundzwanzig haben wir verloren. Wir können ihnen nicht mehr helfen.«

»Harman, *hör mir zu!«* Daeman stand in der letzten Tankreihe. Der Taschenlampenstrahl bewegte sich nicht. »In diesem Tank …«

»Daeman, wir müssen gehen! Der Strom fällt aus. Caliban schaltet uns den Strom ab.«

Wie zum Beweis für Harmans Behauptung verblasste die Holosphäre, und Prospero verschwand. Die Tankbeleuchtung erlosch. Der Lichtschein der virtuellen Steuertafel wurde schwächer.

»Harman!«, rief Daeman aus den Schatten. »In diesem Tank ist Hannah!«

56 Die Ebene von Ilium

»Ich muss mich auf die Suche nach Achilles und Hektor machen«, sagte Mahnmut zu Orphu. »Ich werde dich hier auf dem Batieía zurücklassen müssen.«

»Klar. Warum nicht? Vielleicht halten die Götter mich irrtümlich für einen grauen Felsbrocken und werfen keine Bomben auf mich. Aber tust du mir zwei Gefallen?«

»Natürlich.«

»Erstens, bleib per Engstrahl in Kontakt mit mir. Ich fühle mich irgendwie einsam hier im Dunkeln, wenn ich nicht weiß, was da draußen vorgeht. Vor allem, wenn wir nur noch ein paar Minuten haben, bis sich der Apparat aktiviert.«

»In Ordnung.«

»Zweitens, binde mich fest, ja? Nicht dass mir dieses Schwebegeschirr-Zeug nicht gefällt – obwohl ich ums Verrecken nicht herausfinden kann, wie es funktioniert –, aber ich will nicht, dass der Wind mich wieder ins Meer weht.«

»Schon geschehen. Ich habe dich an den größten Stein auf dem Grabmal der sprunggeübten Amazone Myrine hier oben auf dem Hügel gebunden.«

»Prima«, sagte Orphu. »Ach übrigens, hast du eine Ahnung, wer diese sprunggeübte Amazone Myrine war und weshalb sie hier draußen vor Iliums Mauern ein Grabmal hat?«

»Nicht die geringste«, sagte Mahnmut. Er ließ seinen Freund zurück und machte sich auf allen vieren auf den Weg über die Ebene von Ilium zum Lager der Achäer, wobei er ein paar neugierige Blicke von den durcheinanderwuselnden Griechen erntete.

Er brauchte den Strand nicht nach Achilles und Hektor abzusuchen. Die beiden Helden hatten soeben die Brücke über den Graben überquert und führten ihre Hauptleute und zwei- bis dreitausend Kämpfer zur Mitte des alten Schlachtfelds. Mahnmut beschloss, die Form zu wahren, und erhob sich zur Begrüßung auf seine Hinterbeine.

»Kleine Maschine«, sagte Achilles, »wo ist dein Herr, der Sohn des Duane?«

Mahnmut brauchte eine Sekunde, um das zu verarbeiten. »Hockenberry?«, sagte er schließlich. »Zunächst einmal ist er nicht mein Herr. Kein Mensch ist mein Herr, und ich bin kein Mensch. Zweitens hat er sich zum Olymp begeben, um herauszufinden, was die Götter im Schilde führen. Er hat gesagt, er käme gleich zurück.«

Achilles lächelte und zeigte dabei seine weißen Zähne. »Gut. Wir brauchen Informationen über den Feind.«

Odysseus, der zwischen Hektor und Achilles stand, sagte: »Für Dolon ist es nicht allzu gut ausgegangen.« Hinter den Helden lachte Diomedes. Hektor machte ein finsteres Gesicht.

Vergangene Nacht, als die Dinge so schlecht für die Griechen standen, war Dolon Hektors Späher, sendete Orphu. Obwohl Mahnmut nach dem Download von Orphu jetzt Griechisch verstand und es auch sprechen konnte, übermittelte er seinem Freund nach wie vor stimmlos den gesamten Dialog. Orphus Botschaft war noch nicht zu Ende. *Diomedes und Odysseus haben Dolon erwischt, als sie zu einem nächtlichen Überfall unterwegs waren. Sie versprachen dem Trojaner, dass sie ihm nichts zuleide tun würden, und bekamen alle gewünschten Informationen von ihm. Dann hackte Diomedes ihm den Kopf ab. Ich glaube, Diomedes hat das erwähnt, weil er Hektor als Verbündetem immer noch nicht richtig traut und …*

»Spar dir das für später auf.« Mahnmut vergaß, stimmlos zu sprechen. Er wechselte die Frequenz. *Ich muss mich hier kon-*

zentrieren. Mahnmut war zwar der Ansicht, dass er wie jeder andere Moravec mehrere Aufgaben zugleich bewältigen konnte, aber Orphus Geschichtsunterricht störte seine Echtzeit-Konzentration.

»Was hast du gerade gesagt?«, wollte Hektor wissen. Der trojanische Held wirkte alles andere als glücklich. Mahnmut rief sich ins Gedächtnis, dass die Mutter und die Halbschwester des Mannes gerade bei dem Luftangriff ums Leben gekommen waren, aber er war nicht sicher, dass Hektor es schon wusste. Vielleicht war er einfach nur schlecht gelaunt.

»Nur ein kurzes Gebet zu meinen Göttern«, sagte Mahnmut.

Odysseus hatte sich auf ein Knie niedergelassen und betastete Mahnmuts Arme, Rumpf, Kopf und schützende Ummantelung. »Sehr einfallsreich«, sagte der Sohn des Laertes. »Welcher Gott euch auch geschaffen hat, er hat gute Arbeit geleistet.«

»Vielen Dank«, sagte Mahnmut.

Ich glaube, du bist in ein Stück von Samuel Beckett geraten, sendete Orphu.

»Halt den Mund«, sagte und sendete Mahnmut auf Englisch. »Verdammt, ich vergesse dauernd, den Engstrahl nur auf stimmlose Übertragung einzustellen.«

»Er betet immer noch«, erklärte Odysseus, während er wieder aufstand. »Aber mir gefällt der Teil, wo er gesagt hat, sein Name sei Keinmensch. Das werde ich mir merken.«

»Fußschneller Achilles«, sagte Mahnmut im richtigen Griechisch, »darf ich dich nun nach deinen Absichten fragen?«

»Wir wollen die Götter auffordern, herabzukommen und sich zum Zweikampf zu stellen«, sagte Achilles. »Oder ihr Heer von Unsterblichen gegen unser menschliches Heer antreten zu lassen – was ihnen lieber ist.«

Mahnmut sah die paar Tausend Griechen an – viele von ihnen mit Blut befleckt –, die Achilles aus dem Lager gefolgt waren. Er drehte den Kopf und sah knapp tausend Trojaner über den

Hügel kommen, die sich Hektor anschließen wollten. »Ist das euer Heer?«, fragte Mahnmut.

»Die anderen werden sich uns schon noch anschließen«, sagte Achilles. »Wenn du Hockenberry, den Sohn des Duane, siehst, kleine Maschine, dann sag ihm, er soll zu mir kommen, in die Mitte des Schlachtfelds.«

Achilles, Hektor und die achäischen Hauptleute setzten sich wieder in Bewegung. Der Moravec musste rasch ausweichen, sonst wäre er von den mit Schilden gewappneten Männern, die ihnen folgten, niedergetrampelt worden.

»WARTET!«, rief Mahnmut mit lauterer Stimme als beabsichtigt.

Achilles, Hektor, Odysseus, Diomedes, Nestor und die anderen drehten sich um. Die Männer zwischen Mahnmut und den Helden machten Platz.

»In dreißig Sekunden«, sagte Mahnmut, »wird etwas geschehen.«

»Was denn?«, fragte Hektor.

Ich weiß es nicht, dachte Mahnmut. *Ich weiß nicht einmal, ob wir die Auswirkungen hier zu spüren bekommen werden. Zum Teufel, ich weiß nicht einmal, ob mein Zeitschalter so tief unten im Calderasee als Auslöser funktionieren wird.*

Du sprichst stimmlos, weißt du, sendete Orphu.

Verzeihung, sendete Mahnmut. Laut sagte er auf Griechisch: »Wartet es ab. Noch achtzehn Sekunden.« Die Griechen maßen die Zeit natürlich nicht in Minuten und Sekunden, aber Mahnmut glaubte, dass er die Übersetzung der Einheiten richtig hingekriegt hatte.

Selbst wenn der Apparat den Mars in Stücke sprengt, sagte Orphu, *glaube ich nicht, dass diese Erde in jener Zeit oder jenem Universum ist. Andererseits haben die sogenannten Götter diesen Ort – wo immer er sein mag – durch tausend Quantentunnels mit dem Olympus Mons verbunden.*

»Neun Sekunden«, sagte Mahnmut.

Wie würde ein explodierender Mars bei Tageslicht aussehen, von diesem Punkt in Kleinasien aus betrachtet?, sendete Orphu. *Ich könnte eine rasche Simulation durchführen.*

»Vier Sekunden«, sagte Mahnmut.

Oder ich könnte einfach abwarten, um es zu sehen. Das heißt, du wirst es für mich sehen müssen.

»Eine Sekunde«, sagte Mahnmut.

57 Olymp

Ich weiß nicht mehr, ob Ares oder Hephaistos geqtet haben, als sie mich aus der großen Halle schleiften, aber offenkundig war es so. Der Raum, in den sie mich geworfen haben – meine Gefängniszelle –, befindet sich im obersten Geschoss eines unglaublich hohen Gebäudes an der Ostseite des Olymps. Die Tür ist hinter ihnen verriegelt worden, und es gibt keine Fenster im eigentlichen Sinne, aber eine andere Tür führt auf einen Balkon hinaus, der hundert bis hundertfünfzig Meter über dem Nichts hängt, genau dort, wo die Hänge des Olymps zu den senkrechten Steilwänden abfallen. Im Norden ist das Meer, eine polierte Bronzefläche in diesem Nachmittagslicht, und weit, weit im Osten sind die drei Vulkane, die, wie mir jetzt klar ist, Marsvulkane sind.

Mars. All diese Jahre. Heilige Mutter Gottes … Mars.

In der kalten Luft überläuft mich ein Schauder. Ich sehe die Gänsehaut auf meinen nackten Armen und Schenkeln und kann sie mir auf meinem nackten Hintern vorstellen. Meine Fußsohlen auf dem kalten Marmor sind eiskalt. Meine Kopfhaut schmerzt, weil ich an den Haaren herumgezerrt worden bin, und mein Stolz ist verletzt, weil ich mich so leicht fangen und nackt ausziehen ließ.

Für wen habe ich mich gehalten? Ich habe die Götter und Superhelden so lange beobachtet, dass ich vergessen habe, zu meiner Zeit nur ein normaler Mensch gewesen zu sein. Und jetzt bin ich erst recht nicht mehr.

Das Spielzeug ist mir zu Kopf gestiegen, glaube ich – das Schwebegeschirr, die Stoßpanzerung, das Morpharmband, das QT-Medaillon, das Richtmikrofon, die Zoomlinsen, der Taserstab und der Hades-Helm. All dieser schicke Kokolores. Damit konnte ich ein paar Tage den Superhelden spielen.

Aus und vorbei. Papa hat mir mein Spielzeug weggenommen. Und Papa ist böse.

Ich erinnere mich an Mahnmuts Bombe und hebe aus alter Gewohnheit mein bloßes Handgelenk, um auf die Uhr zu schauen. *Verdammt.* Selbst die ist weg. Aber es kann nur noch ein paar Minuten dauern, bis der Apparat des Roboters detoniert. Ich beuge mich übers Balkongeländer, aber da diese Seite des Gebäudes vom Calderasee abgewandt ist, werde ich den Blitz wohl nicht sehen. Wird die Stoßwelle dieses Gebäude vom Gipfel des Olymps schleudern oder es nur in Brand setzen? Eine neue Erinnerung kommt nach oben – Fernsehbilder todgeweihter Männer und Frauen, die von brennenden Hochhaustürmen in New York springen –, und ich schließe die Augen und drücke die Hände im vergeblichen Versuch an die Schläfen, diese ungebetenen Bilder loszuwerden. Dadurch werden sie nur noch lebendiger. *Zum Teufel,* denke ich, *wenn sie mich noch ein paar Wochen am Leben gelassen hätten – wenn* ich *mich am Leben gelassen hätte, statt mit meinen Spielsachen und dem Schicksal so vieler Menschen herumzupfuschen –, hätte ich mich vielleicht an mein ganzes früheres Leben erinnert. Vielleicht sogar an meinen Tod.*

Die Tür hinter mir schlägt krachend auf, und Zeus kommt herein. Er ist allein. Ich drehe mich zu ihm um und kehre in den kahlen Raum zurück.

Möchten Sie ein Rezept für den Verlust jeder Selbstachtung? Treten Sie nackt und barfuß dem Gott der Götter gegenüber, der hohe Stiefel, goldene Beinschienen und eine komplette Kampfrüstung trägt. Und zu dieser offensichtlichen Ungleichheit kommt noch die Sache mit der Größe. Ich meine, ich bin eins zweiundachtzig – nicht »klein«, wie ich den Leuten, auch meiner Frau, Susan, immer wieder erklärt habe, sondern »von durchschnittlicher Größe« –, und Zeus ist an diesem Nachmittag bestimmt viereinhalb Meter groß. Die verdammte Tür wäre bestens geeignet für Basketballstars, die andere Basketballstars auf ihren Schultern tragen, aber Zeus musste den Kopf einziehen, als er hereinkam. Er schlägt die Tür hinter sich zu, und ich sehe, dass er noch immer mein QT-Medaillon in seiner mächtigen Hand hält.

»Scholiker Hockenberry«, sagt er auf Englisch, »weißt du eigentlich, was für Probleme du hier verursacht hast?«

Ich versuche, einen trotzigen Blick aufzusetzen, begnüge mich dann aber damit zu verhindern, dass meine nackten Beinen haltlos zittern. Ich merke, wie mein Penis und mein Hodensack vor Kälte und Angst zu einer Knospe und einem Beutel mit zwei Murmeln zusammenschrumpeln.

Als würde er das bemerken, mustert Zeus mich von Kopf bis Fuß. »Mein Gott, ihr Altmenschen wart wirklich ein hässlicher Anblick«, dröhnt er. »Wie kann man so dürr sein, dass die Rippen hervorstehen, und *trotzdem* eine Wampe haben?«

Ich erinnere mich, dass Susan immer gesagt hat, ich hätte einen Po wie zwei Mäuseköttel, aber sie sagte es voller Zuneigung.

»Woher könnt Ihr Englisch?«, frage ich mit zitternder Stimme.

»HALT DEN MUND!«, brüllt der Göttervater.

Zeus bedeutet mir mit einer schroffen Geste, auf den Balkon zu treten, und folgt mir hinaus. Er ist so groß, dass hier draußen kaum noch Platz genug für mich ist. Ich weiche in eine Ecke zurück und bemühe mich, den Blick nicht zu senken. Der zornige Gott der Götter bräuchte mich jetzt bloß mit einer Hand hochzuheben und übers Geländer zu schmeißen, um seine Rache zu nehmen. Ich würde auf dem Weg nach unten fünf Minuten lang zappeln und schreien.

»Du hast meine Tochter verletzt«, knurrt Zeus.

Welche?, denke ich verzweifelt. Ich bin schuldig, den Tod von Aphrodite *und* Athene geplant zu haben, aber ich vermute, dass er von Athene spricht. Er hat Athene immer gern gehabt, auch wenn das wohl keine Rolle spielt. Der Plan, einen Gott zu verletzen – und erst recht, die Götter insgesamt zu stürzen –, ist garantiert ein Kapitalverbrechen. Ich schaue wieder übers Geländer und sehe die gläserne Rolltreppe, die sich direkt unter mir in den Nebel auf Meereshöhe hinabschlängelt. Meine alte, bis auf die Grundmauern niedergebrannte Scholikerkaserne ist zu klein, als dass man sie mit normalem Sehvermögen ausmachen könnte. Guter Gott, das ist ein langer Weg nach unten.

»Weißt du, was heute geschehen wird, Hockenberry?«, fragt Zeus, aber das ist wohl eine rhetorische Frage. Er streckt die Hände nach unten und legt die Finger – jeder halb so lang wie mein Unterarm – auf das steinerne Geländer.

»Nein.«

Er dreht sich um und schaut zu mir herab. »Das muss verwirrend sein nach all diesen Jahren der Scholikerweisheit«, sagt er mit grollender Stimme. »Immer zu wissen, was als Nächstes passieren wird, obwohl es nicht einmal die Götter wissen. Du musst dich wie das Schicksal persönlich gefühlt haben.«

»Ich habe mich wie ein Arschloch gefühlt.«

Zeus nickt. Dann zeigt er zu den Streitwagen, die einer nach dem anderen vom Gipfel des Olymp aufsteigen. Es sind Hunderte. »Heute Nachmittag«, sagt Zeus, »werden wir die Menschheit vernichten. Nicht nur diese großspurigen Narren bei Troja, sondern alle Menschen, überall.«

Was kann man zu so etwas sagen? »Das kommt mir ein bisschen übertrieben vor«, bringe ich schließlich heraus. Meine gespielte Tapferkeit wäre überzeugender, wenn meine Stimme nicht immer noch zittern würde wie die eines aufgeregten Kindes.

Zeus blickt zu den startenden Streitwagen und den vielen Göttern und Göttinnen mit goldener Rüstung empor, die noch darauf warten, ihre Wagen zu besteigen. »Poseidon, Ares und andere drängen mich schon seit Jahrhunderten, die Menschheit auszurotten wie den Virus, der sie ist«, sagt Zeus mit seiner tiefen Stimme mehr zu sich selbst als zu mir, glaube ich. »Wir sind alle besorgt. Dieses Zeitalter der heldischen Menschen, wie man sie bei Ilium sieht, würde jedes Göttervolk mit Sorge erfüllen. Es gibt einfach zu viel Inzucht zwischen ihrem und unserem Volk. Du weißt sicher, welches Ausmaß an DNS-Nanotechnik wir Missgeburten wie Herakles und Achilles durch unseren libidinösen Verkehr – und das meine ich wörtlich – mit Sterblichen weitergegeben haben.«

»Warum erzählt Ihr mir das alles?«, frage ich.

Zeus schaut jetzt wirklich zu mir herunter. Er zuckt die Achseln; seine riesigen Schultern sind zweieinhalb Meter über meinem Kopf. »Weil du in ein paar Sekunden tot sein wirst. Ich kann also offen reden. Auf dem Olymp gibt es keine konstanten Freundschaften, vertrauenswürdigen Verbündeten oder loyalen Kameraden, Scholiker Hockenberry … nur konstante Interessen. Mein Interesse ist es, Herr der Götter und Herrscher des Universums zu bleiben.«

»Das muss ein Fulltime-Job sein«, sage ich sarkastisch.

»Ist es auch«, sagt Zeus. »Ist es auch. Frage nur Setebos oder Prospero oder das Ruhige, wenn du an meinen Worten zweifelst. Nun, hast du irgendwelche letzten Fragen, bevor du uns verlässt, Hockenberry?«

»Ja, habe ich.« Zu meinem Erstaunen zittert meine Stimme nicht mehr, ebenso wenig wie meine Knie. »Ich möchte wissen, wer ihr Götter wirklich seid. Woher kommt ihr? Ich weiß, dass ihr nicht die *echten* griechischen Götter seid.«

»Ach nein?« Zeus' Lächeln – spitze, weiße Zähne schimmern unter seinem grausilbernen Bart – ist alles andere als väterlich.

»Wer *seid* ihr?«, wiederhole ich.

Der allmächtige Zeus seufzt. »Ich fürchte, wir haben jetzt keine Zeit für diese Geschichte. Adieu, Scholiker Hockenberry.« Er nimmt die Hände vom Geländer und wendet sich mir zu.

Wie sich herausstellt, hat er recht – wir haben keine Zeit für diese Geschichte, ebenso wenig wie für irgendetwas anderes.

Auf einmal erzittert das hohe Gebäude, knackt und ächzt. Über dem Gipfel des Olymp scheint die Luft selbst dicker zu werden und sich zu kräuseln. Fliegende goldene Streitwagen geraten ins Taumeln, und ich höre die Rufe und Schreie der Götter und Göttinnen unten auf dem Boden.

Zeus taumelt gegen das Geländer zurück, lässt das QT-Medaillon auf den Marmorboden fallen und streckt eine riesige Hand aus, um sich an dem Gebäude festzuhalten, während der hohe Turm in seinen Grundfesten erbebt und in einem Winkel von zehn Grad hin und her schwankt.

Er schaut nach oben.

Der Himmel ist plötzlich voller Streifen. Ich höre Überschallknalle, während eine Feuerlinie nach der anderen den Marshimmel durchschneidet. Hoch über uns, über dem Olymp, erscheinen mehrere rotierende Kugeln oder Kreise, weltraumschwarz und magmarot vor dem Blau. Sie sind wie in den Himmel gestanzte Löcher, und sie sinken rotierend herab.

Unten, tief unten am Fuß des Olymp, sehe ich noch mehr dieser rotierenden Kreise. Jeder hat mindestens den Radius eines Footballfelds. Weitere erscheinen draußen über dem Ozean im Norden, einige schneiden ins Meer selbst hinein.

Tausende von Ameisen kommen durch die Kreise am Fuß des Olymp, und dann erkenne ich, dass die Ameisen Männer sind. Menschen?

Am Himmel wimmelt es jetzt nicht nur von goldenen Streitwagen, sondern auch von scharfkantigen schwarzen Maschinen, die teils größer, teils kleiner als die Streitwagen sind, aber alle das tödliche, unmenschliche Aussehen militärischen Designs haben. Weitere Feuerstreifen füllen die obere Atmosphäre und zischen wie Interkontinentalraketen zum Olymp herab.

Zeus hebt beide Fäuste zum Himmel und brüllt zu den kleinen Göttergestalten tief unten hinunter. »WECKT DIE ÄGIS!«, donnert er. »AKTIVIERT DIE ÄGIS!«

Ich würde liebend gern hierbleiben und sehen, wovon er spricht und was als Nächstes passiert, aber ich habe andere Prioritäten. Ich werfe mich kopfüber durch den mächtigen Bogen, den Zeus' Beine bilden, rutsche auf dem Bauch über den hüpfenden Marmorboden, schnappe mir mit einer Hand das QT-Medaillon und drehe mit der anderen die Scheibe.

58 Äquatorialring

Anfangs bekamen sie Hannah nicht aus dem Tank. Das schwere Stück Rohr beulte das Kunststoffglas nicht einmal ein. Daeman feuerte drei Geschosse aus Savis Schusswaffe ab, aber die Flechettes ritzten kaum die Oberfläche des Tanks, bevor sie abprallten und durch die ganze Klinik fegten, zerbrechliche Dinge zertrümmerten, in bereits stillgelegte Servitoren einschlugen und die beiden Männer nur knapp verfehlten. Schließlich gelang es Harman, auf den Tank zu klettern, und sie hebelten den komplizierten Deckel mit dem Rohr zuerst auf und rissen ihn dann ab. Harman zog seine Thermohautkapuze tiefer herunter, setzte die Osmosemaske auf und sprang in die abfließenden Flüssigkeiten, um Hannah herauszuhieven. Da die Hauptstromversorgung abgeschaltet und die Beleuchtung aus war und der Lichtschein des Tanks allmählich verblasste, arbeiteten sie nur noch im Licht der Taschenlampe.

Als ihre junge Freundin auf dem nassen Boden der Klinik lag, nackt, nass, haarlos, mit wund und neu wirkender Haut, sah sie so verletzlich aus wie ein Vogelküken. Die gute Nachricht war, dass sie atmete – keuchend, flach und erschreckend schnell, aber eindeutig aus eigener Kraft. Die schlechte Nachricht war, dass sie nicht aufwachen wollte.

»Wird sie am Leben bleiben?«, fragte Daeman. Die anderen dreiundzwanzig Männer und Frauen in den Tanks waren offenkundig tot oder lagen im Sterben, und es gab keine Möglichkeit, rechtzeitig an sie heranzukommen.

»Woher soll ich das wissen?«, keuchte Harman.

Daeman schaute sich um. »Ohne Strom zum Heizen sinkt die Temperatur hier drin. In ein paar Minuten haben wir unter null Grad, genau wie fast in der ganzen Stadt draußen. Wir müssen etwas finden, womit wir sie zudecken können.«

Daeman lief mit der Waffe in der Hand durch die dunkler werdende Klinik, hielt dabei jedoch kaum nach Caliban Ausschau. Er sah Menschenknochen, verwesende Fleischkeulen, reglose Servitoren, Stücke von Bechergläsern, Schläuchen und Rohren, aber keine Spur von einer Decke. Er riss eine quadratische Platte aus durchsichtigem Kunststoff von der Abdeckung, mit der sie den halb durchlässigen Eingang verschlossen hatten, und kehrte zurück.

Hannah war noch immer bewusstlos, aber sie zitterte haltlos. Harman hatte sie in die Arme genommen und rieb ihre Haut mit bloßen Händen, aber das schien nicht zu helfen. Der Kunststoff legte sich schwerfällig um ihren schmalen, weißen Körper, aber keiner der beiden Männer glaubte, dass er die Körperwärme bewahrte.

»Sie wird sterben, wenn wir nichts unternehmen«, sagte Daeman leise. Aus den Schatten der mittlerweile dunklen Genesungstanks kam ein schleifendes Geräusch. Daeman machte sich nicht einmal die Mühe, seine Waffe zu heben. Der Dampf, der von dem flüssigen Sauerstoff und anderen verschütteten Flüssigkeiten aufstieg, füllte die Klinik.

»Wir werden sowieso alle bald sterben«, sagte Harman. Er zeigte auf die durchsichtigen Paneele über ihnen.

Daeman schaute nach oben. Der weiße Stern des drei Kilometer langen Linearbeschleunigers war näher gerückt – viel näher. »Wie viel Zeit haben wir noch?«, fragte er.

Harman schüttelte den Kopf. »Die Chronometer sind zusammen mit dem Strom und mit Prospero verschwunden.«

»Als die Probleme anfingen, hatten wir noch ungefähr zwanzig Minuten.«

»Ja«, sagte Harman. »Aber wie lange ist das her? Zehn Minuten? Fünfzehn? Neunzehn?«

Daeman schaute nach oben. Die Erde war verschwunden, und nur Sterne – einschließlich des leuchtenden Gebildes, das auf sie zugerast kam – brannten kalt in den durchsichtigen Paneelen. »Die Erde war noch zu sehen, als dieser Mist angefangen hat« sagte er. »Es kann nicht viel länger als zwanzig Minuten her sein. Wenn die Erde wieder erscheint …«

In den unteren Scheiben kam der blau-weiße Rand des Planeten in Sicht. »Wir müssen aufbrechen«, sagte Daeman. Im Dunkeln hinter ihnen ertönten weitere krachende und schleifende Geräusche. Daeman fuhr mit hoch erhobener Schusswaffe herum, aber Caliban kam nicht heraus. Die Schwerkraft in der Klinik ließ jetzt ebenfalls nach; Pfützen stiegen vom Boden empor, schwebten in der Luft und wandelten sich zu amöbenhaften Formen, die Kugelgestalt anzunehmen versuchten. Überall waren glatte Flächen, die das Licht von Savis Taschenlampe zurückwarfen.

»Und wie machen wir das?«, fragte Harman. »Wollen wir sie etwa hierlassen?« Hannahs Lider waren nicht ganz geschlossen, aber sie konnten nur das Weiße ihrer Augen sehen. Ihr Zittern ließ nach, aber das schien Daeman nichts Gutes zu bedeuten.

Daeman hatte seine Maske aufgesetzt – in der Klinik gab es gerade genug Luft, dass sie atmen konnten, obwohl es immer noch wie in einer Kühlhalle roch, in der vor Tagen der Strom ausgefallen war – und rieb sich nun den Bart. »Mit nur zwei Thermohäuten können wir sie nicht zum Sonie bringen. Sie würde in der Stadt erfrieren und im Weltraum erst recht.«

»Das Sonie hat ein Kraftfeld und eine Heizung«, flüsterte Harman. »Savi hat sie eingeschaltet, als wir in großer Höhe geflogen sind.« Er hatte die Maske wieder hochgezogen, und sein Atem kondensierte in der kalten Luft. In seinem Bart und Schnurrbart waren Eiszapfen. Seine Augen sahen so müde aus, dass der Anblick Daeman wehtat.

Daeman schüttelte den Kopf. »Savi hat mir alles darüber erzählt, wie kalt und heiß es im Weltraum ist und was das Vakuum mit dem Körper macht. Sie wäre tot, bevor wir das Kraftfeld aktiviert hätten.«

»Erinnerst du dich, wie man es aktiviert?«, fragte Harman. »Wie man das verdammte Ding fliegt?«

»Ich … weiß nicht. Ich habe ihr zugesehen, wie sie es geflogen hat, aber ich bin nie auf den Gedanken gekommen, dass ich es selber tun müsste. Erinnerst du dich noch?«

»Ich bin so … müde.« Harman rieb sich die Schläfen.

Hannah zitterte nicht mehr. Sie sah aus, als wäre sie tot. Daeman zog seinen Thermohaut-Handschuh aus und legte ihr die bloße, flache Hand auf die Brust. Eine Sekunde lang war er sicher, dass sie von ihnen gegangen war, aber dann fühlte er den schwachen, vogelschnellen Schlag ihres Herzens.

»Harman«, sagte er in energischem Ton. »Zieh deine Thermohaut aus.«

Harman blickte zu ihm hoch und blinzelte. »Ja«, sagte er benommen, »du hast recht. Ich habe meine fünf Zwanziger gehabt. Sie verdient es mehr als ich, am Leben zu …«

»Nein, du Idiot.« Daeman half ihm, aus dem Anzug zu schlüpfen. Die Luft verwandelte sein ungeschütztes Gesicht und seine Hände augenblicklich in Eis; er konnte sich nicht vorstellen, bei dieser Kälte nackt zu sein. Die Luft wurde immer dünner, während sie miteinander sprachen. Ihre Stimmen klangen höher und schwächer. »Du teilst dir die Thermohaut mit ihr. Zähl bis fünfhundert, dann zieh sie ihr aus und wärm dich auf. Wechselt euch immer wieder ab, außer wenn sie stirbt.«

»Und was machst du?«, keuchte Harman. Er hatte sich die Thermohaut ausgezogen und versuchte, sie dem bewusstlosen Mädchen überzustreifen, aber seine Hände und Arme zitterten so heftig von der Kälte, dass Daeman ihm helfen musste. Sofort passte sich die Thermohaut an Hannahs Körper an, und sie begann wieder zu zittern, obwohl der Anzug jetzt fast hundert Prozent ihrer Körperwärme bewahrte. Harman setzte ihr seine Osmosemaske auf.

»Ich mache mich auf den Weg zum Sonie«, antwortete Daeman. Er gab Harman die Schusswaffe, musste jedoch seine Osmosemaske hochschieben, um sich verständlich zu machen, weil sie nicht mehr über Anzugfunk verbunden waren. »Hier. Behalte das für den Fall, dass Caliban euch beide holen kommt.« Daeman hob das einen Meter lange Rohrstück auf, das sie als Brechstange benutzt hatten.

»Das wird er nicht tun«, sagte Harman zwischen schmerzhaften Atemzügen. »Er wird dich überfallen. Dann kann er uns in aller Ruhe fressen.«

»Tja, ich hoffe, er bekommt ordentlich Bauchschmerzen von uns.« Daeman zog seine Osmosemaske herunter, stieß sich ab und lief und schwebte zur Ausgangsmembran.

Erst nachdem er mit dem spitzen Ende des Rohrs ein mannsgroßes Loch in die Membran gebohrt und gerissen und sich in die noch niedrigere Schwerkraft und tiefere Kälte und Dunkelheit draußen abgestoßen hatte, kam ihm zu Bewusstsein, dass er Harman nichts von seiner Absicht gesagt hatte, mit dem Sonie *zurück*zukommen, es irgendwie durch die Fensterwand in die Klinik zu steuern und die beiden aufzulesen. *Jetzt ist es zu spät, um noch einmal umzukehren und es ihm zu sagen.*

Anfangs, vor einem Monat – vor einer Ewigkeit –, hatte Daeman bei den Touren durch die gläserne Stadt immer Schwierigkeiten gehabt, mit Savi und Harman mitzuhalten, aber jetzt schwamm er durch die dünne Luft wie ein an niedrige Schwerkraft gewöhntes Meeresgeschöpf, ein Glasstadt-Otter, fand immer die richtige Stelle, wo er sich genau im richtigen Moment abstoßen konnte, paddelte mit sparsamen Bewegungen seiner drei freien Gliedmaßen durch die Luft, schlug mit perfektem Timing Purzelbäume und beschrieb Pirouetten, um zum nächsten Pfeiler, Tisch oder auch nur Nachmenschenleichnam zu gelangen, von dem er sich dann zur nächsten Etappe seines Weges abstoßen konnte.

Er war dennoch nicht schnell genug. Er merkte, wie die Zeit dieses Rennen gewann, während er zu den Paneelen der gläsernen Stadt hinaufschaute; in ihrem erlöschenden Licht vertieften sich die Schatten in den Tangwäldern und auf den mit Leichen übersäten Terrassen, die er passierte. Hier gab es jedoch keine transparenten Paneele, durch die er den heranrasenden Linearbeschleuniger sehen konnte. *Werde ich ihn hören, wenn er durch das Glasdach bricht, oder ist die Luft zu dünn für Geräusche?*

Er verdrängte die Frage aus seinem Bewusstsein. Er würde es schon merken, wenn er kam.

Auf seinem Weg nach Süden wäre Daeman beinahe an dem gläsernen Turm vorbeigeflogen, doch als er hochschaute, sah er, dass er schon unmittelbar unter den Aberhunderten Stockwerken aus Luft war, die über ihm in die Dunkelheit stiegen.

Er landete auf dem Asteroiden, packte das Rohr mit beiden Händen, drehte sich einmal um die eigene Achse und versuchte, die Dunkelheit nur mit seinen Thermohautgläsern zu durchdringen. Gestalten mit humanoiden Konturen schwebten dort oben; einige waren ziemlich nah, aber ihr zielloses Taumeln deutete darauf hin, dass es NM-Leichen waren, nicht Caliban. *Wahrscheinlich.*

Daeman klemmte sich das Rohr unter den Arm, ging tief in die Hocke, dachte an Calibans langarmiges Kauern, imitierte es und stieß sich mit aller verbliebenen Kraft in seinen Beinen und Armen ab. Er schwebte aufwärts, aber langsam, viel zu langsam. Als er die erste vorstehende Terrasse in zwanzig bis fünfundzwanzig Meter Höhe erreichte, kam es ihm vor, als würde er sich kaum bewegen, und als er sich vom Terrassengeländer erneut nach oben abstieß, merkte er, wie schwach er war. Während er hochstieg, behielt er die Schatten im Auge.

Es waren zu viele. Caliban konnte ihn von jeder dieser dunklen Terrassen anspringen, aber Daeman konnte nichts dagegen tun – er musste nah an der Wand und den Terrassen bleiben, um sich immer wieder abzustoßen, in Bewegung zu bleiben, nach oben zu schweben, zuerst schnell, dann mit nachlassender Geschwindigkeit, bis er die nächste Terrasse wählte. Er fühlte sich wie ein Frosch, der von einem Lilienblatt aus Stein und Metall zum nächsten sprang.

Auf einmal lachte Daeman laut. Unter dem Dreck, dem Schlamm, dem Blut und dem Schmutz war seine Thermohaut grün. Er sah wirklich wie ein linkischer, dürrer Frosch aus, der sich bei jedem zehnten Geländer jeder zehnten Terrasse zusammenkauerte und senkrecht nach oben abstieß. Sein Lachen hallte hohl durch die Kopfhörer über seinen Ohren und erschreckte ihn, sodass er wieder verstummte, abgesehen von seinem angestrengten Atmen und Grunzen.

In einer Aufwallung von Furcht hielt Daeman inne und machte einen Purzelbaum, während er höher hinaufschwebte. *Bin ich schon an der Ebene vorbei, auf der draußen das Sonie steht?* Der Abstand zum Boden unten war unglaublich – mindestens dreihundert Meter leerer Raum –, und das Sonie war nur … *im wievielten Stock?* Mit panischem Herzklopfen versuchte Daeman sich das Holobild in Prosperos kleinem Kontrollraum in Erinnerung zu rufen. In hundertfünfzig Meter Höhe? In zweihundert?

Krank vor Angst, übers Ziel hinausgeschossen zu sein, schwebte Daeman weiter von der Wand weg und musterte die Glasscheiben. Die meisten leuchteten in jenem blassen, immer schwächer werdenden Orange. In dieser Höhe waren einige durchsichtig; das Erdlicht ließ sie silbern erglänzen. Keine wies die weiße Markierung der halb durchlässigen Membranen der ersten Luftschleuse und in Prosperos Tür auf. *Habe ich so eine Fenstermarkierung in dem Holo gesehen, oder nehme ich nur an, dass von innen eine zu sehen sein müsste?*

Daeman schwebte jetzt beinahe im Stillstand im Apogäum seines letzten Sprungs. Er zerrte sich die Osmosemaske herunter. Gleich würde er kotzen.

Dazu hast du keine Zeit, du Idiot! Er versuchte die Luft hier oben zu atmen, aber sie war zu dünn und zu kalt und stank zu sehr. Bereits halb bewusstlos, zog Daeman sich wieder die Maske übers Gesicht. *Weshalb habe ich die Taschenlampe nicht mitgenommen? Ich dachte, Harman könnte sie brauchen, um sich um Hannah zu kümmern oder auf Caliban zu schießen, aber jetzt kann ich die Scheiß-Fenster nicht erkennen.*

Daeman zwang sich, langsamer zu atmen und sich zu beruhigen. Bevor die Schwerkraft ihn wieder zu jenem dunklen Boden Hunderte von Metern unter ihm herunterzuziehen begann, trat und paddelte er sich weiter von der Wand weg und rollte sich auf den Rücken wie ein Schwimmer, der zu den Sternen hinaufschaute.

Da. Zwanzig Meter weiter oben, an dieser Wand. Das weiße Quadrat auf einer undurchsichtigen Fensterscheibe.

Daeman drehte eine Pirouette, klemmte sich das Rohr zwischen Kinn und Brust und machte mit beiden Armen und den behandschuhten Händen ein paar kräftige Brustzüge. Wenn er jetzt nicht zu dieser nächsten Terrasse kam, würde er mindestens sechzig Meter Höhe verlieren, und er glaubte nicht, dass er die Kraft hatte, sich wieder nach oben zu arbeiten.

Er erreichte die Terrasse, packte das Rohr mit der linken Hand und stieß sich senkrecht ab. Der Sprung war so perfekt abgestimmt, dass er genau in dem Moment zum Stehen kam, als er die weiß markierte Scheibe erreichte. Keuchend, die Sicht vom Schweiß getrübt, streckte Daeman den rechten Arm aus – seine Hand und der Unterarm durchstießen die Membran wie eine leicht klebrige Gaze.

»Danke, Gott«, keuchte er.

In diesem Augenblick griff Caliban ihn an. Er sprang aus den schattigen Vertiefungen unter der nächsten Terrasse über ihm; seine langen Arme und die noch längeren Beine waren ausgebreitet und griffen nach Daeman, seine Zähne glitzerten im Erdlicht.

»Nein«, grunzte Daeman, als das Monster auf ihn prallte, ihn mit Armen, Beinen und langen Fingern umschlang und mit den Zähnen nach seiner Drosselvene schnappte. Der Mensch schaffte es, den rechten Unterarm nach oben zu reißen, um seine Kehle zu schützen – Calibans Zähne zerrissen Fleisch und trafen auf Knochen –, während die beiden Gestalten ineinander verkrallt und um sich schlagend, in der niedrigen Schwerkraft um sie herum Blut verspritzend, zusammen durch die dünne Luft auf die nächste Terrasse fielen, dort in Glas, Kunststoff, Holz und gefrorenes Postmenschenfleisch schlugen und in die Dunkelheit purzelten.

59 Die Ebene von Ilium

Mahnmut hatte womöglich als Erster bemerkt, was um Ilium herum am Himmel, im Meer und auf der Erde geschah, aber das lag daran, dass er es erwartete. Er hatte nicht gewusst, *was* er erwartete … aber mit Sicherheit nicht das, was er nun sah.

Was siehst du?, fragte Orphu auf Engstrahl.

Äh … Mahnmut schnappte nach Luft.

Etliche Hundert Meter über Ilium war eine rotierende Kugel mit einem Durchmesser von mehreren Hundert Metern am Himmel erschienen. Dann rotierte eine zweite direkt über dem Schlachtfeld in Sicht, mitten zwischen der Stadt und dem Hügel Batieía. Mahnmut drehte sich rasch um und sah, wie eine dritte Kugel über dem achäischen Lager sichtbar wurde, dann tauchte plötzlich eine vierte mehrere Kilometer weit draußen auf dem Meer vor den vielen fliehenden achäischen Schiffen auf. Eine fünfte erschien im Norden der Stadt; eine sechste im Süden.

Was siehst du?, drängte Orphu.

Uh …

Alle Kugeln waren auffallend gefärbt, füllten sich jedoch abrupt mit stechenden fraktalen Mustern, die sich dann in vielfache Bilder des Olympus Mons aus unterschiedlichen Entfernungen und Blickwinkeln auflösten, bis schließlich alle den Marsvulkan und den blauen Marshimmel zeigten. Eine der Kugeln ging vor Mahnmut auf die Ebene von Ilium nieder, sodass die trojanische Erde in dem hundert Meter messenden

Kreis bruchlos in den Marsboden überging. Die riesige Kugel im Westen flachte sich am Himmel zu einem Kreis ab und sank dann herunter, bis der Marsozean auf gleicher Höhe mit dem Mittelmeer war. Wasser wogte zwischen den beiden Welten hin und her. Auf den achäischen Schiffen versuchte man, die Segel zu bergen; die Männer hörten auf zu rudern, aber die Schiffe mit den hohen Schnäbeln konnten nicht mehr rechtzeitig anhalten und fuhren durch den Kreis kochender Turbulenzen ins marsianische Nordmeer, hinter dem der Olympus Mons mit seinen weißen Hängen aufragte. Wohin Mahnmut auch schaute, überall sah er den Marsvulkan, selbst in den Kugeln hoch oben am Himmel über Ilium, die jetzt zu runden Portalen wurden.

Was ist los?, rief Orphu über Engstrahl.

Äh …

Dutzende schwarzer Flugobjekte schossen durch die kreisrunden Portale am Himmel, aus dem Kreis, der hinter Mahnmut ins Meer schnitt, ja sogar durch das Portal auf Bodenhöhe, das jetzt eher ein Bogen als ein Kreis war, weil sein unterer Rand unterhalb des trojanischen Erdreichs lag. Es tat sich keine hundert Meter vor Achilles und Hektor und ihren Männern auf. Die Flugobjekte sausten wie riesige Hornissen durch die Luft, und Mahnmut bemerkte, dass sie schwarz, stachelig, kantig und nicht viel größer als Orphu waren; sie wurden von sichtbaren Impulstriebwerken in ihren Bäuchen, Seitenflächen und Hecks angetrieben. Die Maschinen hatten knollige, schwarz verglaste Cockpits und waren mit Peitschenantennen und offenbar auch mit Waffen bestückt – Raketen, Kanonen, Bomben, Strahlenprojektoren. Wenn dies die neue Streitwagengeneration der Götter war, so waren sie in erstaunlich kurzer Zeit auf Hightech umgestiegen.

Mahnmut!, brüllte Orphu.

Entschuldige. Der kleine Moravec geriet beinahe ins Stottern, als er ihm hastig das Chaos am Himmel, im Meer und auf dem

Erdboden um sie herum beschrieb. Es fiel ihm schwer, mit den Echtzeitgeschehnissen Schritt zu halten.

Was machen Achilles und Hektor und all die anderen Griechen und Trojaner?, fragte Orphu. *Laufen sie weg?*

Einige schon, sagte Mahnmut. *Aber die meisten Achäer um mich herum laufen ins nächste Kreisportal hinein, ebenso wie die meisten Trojaner in der Nähe deines Hügels.*

Sie laufen hinein?, wiederholte Orphu von Io, und Mahnmut fand, dass sein großer Freund zum ersten Mal entgeistert klang.

Ja. Achilles und Hektor haben es ihnen vorgemacht, sie haben irgendetwas gerufen oder vielmehr gebrüllt, haben ihre Speere und Schilde in die Höhe gereckt und sind einfach ... na ja ... hineingerannt. Vermutlich sehen sie den Olympus Mons und wissen, was das ist, und da haben sie einfach ... angegriffen.

Sie haben einen Marsvulkan angegriffen?, wiederholte Orphu. Er klang wie vom Donner gerührt.

Den Olymp, den Sitz der Götter, sagte Mahnmut. Er klang selbst ziemlich verdattert. *Oje!*

Was heißt »oje«?, wollte Orphu wissen.

Das Kreisportalding hinter uns, stammelte Mahnmut. *Dutzende griechischer Schiffe sind durchgefahren ...*

Ja, das hast du schon gesagt.

Aber durch das Portal sieht man Hunderte *von Schiffen.*

Griechische Schiffe?, fragte der Ionier.

Nein, sagte Mahnmut. *Die meisten sind KGM-Schiffe.*

Kleine grüne Männchen? Orphu klang wie ein schlecht konstruierter Stimmensynthetisierer. Er sprach jedes Wort aus, als hätte er es noch nie zuvor gehört.

Tausende von KGMs. Auf Hunderten von Schiffen.

Feluken?, fragte Orphu.

Feluken, diese großen Lastkähne, mit denen sie die Steine für die Köpfe transportiert haben, größere Segelschiffe, kleinere Schiffe ... sie haben sich jetzt unter die achäischen Schiffe gemischt und fahren alle zum Olympus Mons.

Weshalb?, fragte Orphu. *Weshalb fahren die Zeks zum Olymp?*

Was fragst du mich*!*, rief Mahnmut. *Ich arbeite hier nur … uh-oh.*

Uh-oh?

Der Himmel ist jetzt voller feuriger Streifen, als würden Meteore aus dem Weltraum herunterkommen.

Haben die Götter wieder mit ihrem Bombardement angefangen?

Ich weiß *es nicht.*

In welche Richtung?

Wie bitte? Hätte Mahnmut ein Kinn gehabt, so wäre es ihm längst heruntergeklappt. Der Himmel war ein Gitterwerk feuriger Striche, die runden Portale zeigten den Olympus Mons an einem Dutzend Stellen um Ilium herum, und der Luftraum füllte sich mit stacheligen schwarzen Maschinen, die in immer geringerer Höhe hin und her schossen. Tausende weitere Achäer und Trojaner waren Achilles und Hektor im Laufschritt durchs erste Portal gefolgt, während Zehntausende weiterer Trojaner und ihrer Verbündeten Verteidigungspositionen auf den Mauern von Ilium und unmittelbar vor dem skäischen Tor bezogen. Gongschläge ertönten. Trommeln dröhnten. Die Luft sprühte vor Energie und hallte von Schreien wider. Achäer liefen zu den Verteidigungsstellungen an ihren Gräben, Sonnenlicht schimmerte auf polierten Rüstungen. Tausend trojanische Bogenschützen auf den Brustwehren Iliums spannten ihre Bogen bis zur Belastungsgrenze. Ihre Pfeile waren zum Himmel gerichtet. Zwanzig weitere schwarze Schiffe stachen vom achäischen Lager aus in See. Mahnmut konnte sich nicht schnell genug um die eigene Achse drehen, um alles in sich aufzunehmen.

In welche Richtung wandern die Meteorspuren?, fragte Orphu. *Von Westen nach Osten, von Osten nach Westen oder von Norden nach Süden?*

Was spielt das für eine Rolle, verdammt noch mal, in welche Richtung sie wandern?, fauchte Mahnmut. *Nein, warte, tut mir leid. Sie kommen aus allen Himmelsrichtungen. Machen Kreuzschraffuren aufs Blau.*

Sind welche von ihnen auf Ilium gerichtet?, fragte Orphu.

Ich glaube nicht. Nicht direkt. Moment, ich sehe etwas am Ausgangspunkt einer dieser Spuren ... ich gehe näher ran ... gütiger Himmel, das ist ein ...

Raumschiff?, sagte Orphu.

Ja!, hauchte Mahnmut. *Flossen, Hülle, donnerndes Triebwerk ... es sieht wie die Karikatur eines Raumschiffs aus, Orphu. Es schwebt auf einer Säule aus gelber Energie. Die anderen Meteore sind ebenfalls Raumschiffe ... einige bleiben am Himmel stehen ... eins kommt herunter. Uh-oh.*

Schon wieder uh-oh?, klagte Orphu.

Dieses schwebende Raumschiff scheint zu landen, sagte Mahnmut. *Und vier oder fünf der kleineren schwarzen Flugmaschinen auch.*

So? Die Stimme des Ioniers klang ruhig, vielleicht sogar belustigt.

Sie landen auf dem Hügel ganz in deiner Nähe! Fast auf dir drauf, Orphu! Bleib, wo du bist, ich komme! Mahnmut begann auf allen vieren mit Höchstgeschwindigkeit zu dem Hügel zu laufen, wo der gelbe Abgasstrahl des Raumschiffs Staub und kleine Steine dreißig Meter hoch aufwirbelte. Als die verschiedenen Flugmaschinen unmittelbar neben dem Amazonengrab herunterkamen, wurde die Staubwolke so dicht, dass er Orphu nicht mehr sehen konnte. Die stacheligen Flugmaschinen fuhren eine komplizierte dreibeinige Landevorrichtung aus. Die Waffen der landenden Hornissenschiffe schwenkten hin und her und richteten sich dann auf Orphu. Mahnmut sah es, kurz bevor er in den Staubsturm hineingaloppierte und gar nichts mehr sah.

Ich gehe nirgends hin, sendete Orphu. *Aber verstauch dir keinen Servomechanismus beim Laufen, alter Freund. Ich glaube, ich weiß, wer diese Burschen sind.*

60 Äquatorialring

Als er im Dunkeln mit Caliban über die Terrasse rollte, hatte Daeman das Gefühl, dass ihm das Monster den Arm abzureißen versuchte. Und so war es auch – das Monster wollte ihm tatsächlich den Arm abreißen. Nur die Metallfasern in der Thermohaut und die automatische Reaktion des Anzugs, der alle Risse abdichtete, hinderten Caliban daran, Daeman mit den Zähnen das Fleisch vom Arm zu fetzen und dann die Knochen auseinander zu reißen. Aber der Anzug würde Daeman nicht lange schützen können.

Der Mensch und das Menschentier krachten in Tische, rollten zwischen Nachmenschenleichen umher, prallten in der Mikroschwerkraft von einem Träger und einer Glaswand ab. Caliban ließ nicht los; er presste Daeman mit langen Fingern und mit Schwimmhäuten versehenen Greifzehen an sich. Auf einmal lockerte die Kreatur ihre Kiefer, warf den geifernden Kopf in den Nacken und schnappte wieder nach Daemans Hals. Daeman blockierte den Vorstoß erneut mit dem rechten Unterarm, wurde wieder bis auf den Knochen gebissen und stöhnte laut, als sie zum Terrassengeländer zurückgeworfen wurden. Trotz der automatischen Abdichtung des Anzugs spritzte Blut in Form kleiner Kügelchen heraus, die beim Aufprall auf Daemans Anzug oder Calibans schuppiger Haut platzten.

Eine Sekunde lang hingen sie am Terrassengeländer fest, und Daeman starrte in Calibans gelbe Augen, die nur Zentimeter von seinen entfernt waren. Er wusste, wenn sein durchbissener Unterarm nicht im Weg wäre, würde Caliban durch seine Osmosemaske beißen und ihm auf der Stelle das Gesicht abreißen, aber was Daeman in diesem Augenblick wirklich durch den Kopf ging, war ein schlichter Satz und eine erstaunliche Tatsache: *Ich habe keine Angst.*

Keine Klinik stand parat, um seinen hingefaxten toten Körper binnen achtundvierzig Stunden wiederherzustellen, keine blauen Würmer warteten mehr auf Daeman – was immer als Nächstes geschah, es würde endgültig sein.

Ich habe keine Angst.

Daeman sah die Ohren des Tieres, die geifernde Schnauze, die schuppigen Schultern, und ihm wurde erneut bewusst, wie fleischlich und fleischig Caliban war. Ein Bild aus der Grotte stieg in ihm auf: das obszöne Rosa der nackten Geschlechtsteile des Tierwesens.

Als Caliban seine Zähne herauszog, um erneut zuzuschnappen – Daeman wusste, dass er den Vorstoß zu seiner Drosselvene kein drittes Mal parieren konnte –, langte der Mensch mit seiner freien linken Hand nach unten, fand nachgiebige Kugeln und drückte so fest zu wie noch nie in seinem Leben.

Statt vorzustoßen, riss das Ungeheuer den Kopf weit zurück und brüllte so laut in die dünne Luft, dass das Geräusch in dem beinahe luftleeren Raum widerhallte. Dann versuchte die Bestie mit aller Macht sich zu befreien. Daeman duckte sich tief, griff auch mit der anderen Hand nach unten – sein rechter Arm blutete, aber die Finger funktionierten noch – und drückte erneut zu, hielt fest und wurde von Caliban mitgezerrt, als dieser sich wand und um sich trat, um sich zu befreien. Daeman stellte sich vor, er würde mit seinen kraftvollen Händen, seinen menschlichen Händen, Tomaten zu Brei zerquetschen, stellte sich vor, er würde den Saft aus Orangen, aus platzendem Fruchtfleisch pressen, und hielt fest – die Welt hatte sich auf den Willen verengt, festzuhalten und zu drücken –, und Caliban brüllte erneut, holte mit seinem langen Arm aus und versetzte Daeman einen so heftigen Schlag, dass er davonflog.

Mehrere Sekunden lang war Daeman nur halb bei Bewusstsein, sodass er sich nicht verteidigen konnte; er wusste nicht einmal, wo er war. Aber die Kreatur nutzte diese Sekunden nicht – sie war zu sehr damit beschäftigt, brüllend um sich zu schlagen und sich den Unterleib zu halten; ihre schuppigen Knie zuckten hoch, und sie versuchte sich mitten in der Luft zusammenzurollen. Als sich der Nebel vor Daemans Augen schließlich lichtete, sah er, wie das Monster mit rudernden Armen zur Terrasse zurückschwebte, das Geländer packte und sich zu ihm abstieß. Die Distanz betrug keine fünf Meter; die langen Arme und die Klauen waren schon halb bei ihm.

Daeman tastete blindlings inmitten der Stühle und Tische herum, fand sein Eisenrohr dort, wo es aufgeprallt war, hob es mit beiden Händen zur Schulter und versetzte Caliban mit dem Metall einen fürchterlichen Schlag an die Schläfe. Das Geräusch war äußerst befriedigend. Calibans Kopf flog zur Seite, er überschlug sich und krachte mit fuchtelnden Armen in Daeman hinein, aber der Mensch schleuderte die Bestie beiseite – er spürte, dass sein rechter Arm jetzt taub wurde –, ließ das Rohr fallen, sprang zum Terrassengeländer und stieß sich dann zu dem halb durchlässigen Ausgang zehn Meter über ihm ab.

Zu langsam.

Besser an die niedrige Schwerkraft gewöhnt, von einem Hass jenseits allen menschlichen Maßes angetrieben, nutzte Caliban seinen Schwung und sämtliche Gliedmaßen. Er stieß sich von der Wand der Terrasse ab, packte das Geländer mit den Zehen, kauerte sich zusammen und sprang, um vor Daeman bei dem markierten Paneel über ihnen zu sein.

Als Daeman sah, dass er das Rennen zum Glas nicht gewinnen würde, packte er einen Träger, der fünf Meter unter dem markierten Paneel vorstand, und hielt sich daran fest. Caliban landete mit ausgebreiteten Armen auf dem Sims und versperrte ihm den Zugang zu dem weißen Quadrat. Daeman sah, dass er nicht an diesen ausgebreiteten Armen, diesen krallenden Klauen vorbeikommen würde. Plötzlich traf ihn der Schmerz in seinem zerrissenen und durchbohrten Arm wie ein Stromschlag in Kopf und Körper, und die zunehmende Taubheit war wie eine Warnung vor der Schwäche und dem Schock, die bald folgen mussten.

Caliban warf den Kopf in den Nacken, brüllte erneut, bleckte die Zähne und intonierte einen Singsang: »Was ich hasse, preist Er – was ich esse, feiert Er! Nicht von deinem Rang – für mich ein guter Fang!« Caliban war bereit, sich auf Daeman zu stürzen, sobald sich der Mensch zur Flucht wandte.

Daeman sah die noch nicht verheilten Narben auf Calibans Brust und lächelte grimmig. *Savi hat ihn mit ihrem Schuss verletzt. Sie ist nicht kampflos gestorben.*

Und das werde ich auch nicht tun.

Statt die Flucht zu ergreifen, zog sich Daeman an dem Träger in die Waagerechte, kauerte sich zusammen, sammelte seine verbliebene Kraft in den Beinen, senkte den Kopf und katapultierte sich schnurstracks auf Calibans Brust zu.

Daeman brauchte zwei oder drei Sekunden, um den Raum zwischen ihnen zu durchqueren, aber das Monster schien einen Moment lang so überrascht zu sein, dass es nicht reagierte. Futter sollte sich nicht so impertinent benehmen – Beute sollte nicht angreifen. Dann erkannte die Kreatur, dass ihr Abendessen auf sie zukam – in der Thermohaut, die sie haben wollte –, und bleckte sämtliche Zähne in einem Lächeln, das zu einer raubtierhaften Grimasse wurde. Die Bestie umschlang den herankommenden Menschen mit Armen und Beinen, und Daeman wusste, dass sie ihren Griff nicht mehr lösen würde, bis der Mensch tot und halb aufgefressen war.

Sie flogen gemeinsam durch die Membran. Daeman hatte das Gefühl, durch einen klebrigen Gazevorhang zu schießen. Caliban brüllte erst in dünne Luft und gleich darauf in kaltes

Schweigen. Zusammen purzelten sie in den Weltraum. Daeman umklammerte Caliban ebenso fest wie dieser ihn; er drückte mit der linken Hand von unten gegen das Kinn des Monsters und versuchte, dessen Zähne für die acht bis zehn Sekunden, die er zu brauchen glaubte, von sich fernzuhalten.

Der Thermohautanzug reagierte sofort auf das Vakuum – er straffte sich unnachsichtig um Daemans Körper, zog sich zusammen, bis er als Druckanzug fungierte, und dichtete selbst molekulare Lücken ab, durch die Luft, Blut oder Wärme in den Raum entweichen würden. Die Osmosemaske blies die transparente Sichtscheibe auf und erhöhte die Strömungsgeschwindigkeit und den Reinigungsfaktor der wiederaufbereiteten Atemluft auf 100 Prozent. Kühlröhrchen in der Thermohaut ließen Daemans natürlichen Schweiß rasch durch Kanäle abfließen und kühlten seine zur Sonne gewandte Seite, während zugleich Körperwärme zu jenem Teil seines Körpers geleitet wurde, der sich im Zweihundert-Grad-unter-Null-Schatten befand. All dies geschah im Bruchteil einer Sekunde, und Daeman bemerkte es nicht einmal. Er war zu sehr damit beschäftigt, Calibans Kiefer und Schnauze nach oben zu drücken, um diese Zähne von seiner Kehle und seiner Schulter fernzuhalten.

Caliban war zu stark. Er schüttelte den Kopf, befreite ihn von Daemans nachlassendem Druck und riss dann das Maul zu einem Gebrüll auf, bevor er sich daranmachte, dem Menschen die Kehle herauszureißen.

Luft strömte aus Calibans Brust und Maul wie Wasser aus einem durchlöcherten Flaschenkürbis. Speichel gefror, noch während er ins All gespien wurde. Caliban schlug sich die langfingrigen Hände über die Ohren, aber zu spät – Blutkügelchen spritzten ins All, als die Trommelfelle der Kreatur platzten. Die Blutkügelchen begannen im Vakuum zu kochen, und kaum mehr als eine Sekunde später begann auch das Blut in Calibans Adern zu kochen.

Calibans Augen traten aus den Höhlen, und aus seinen Tränenkanälen spritzte Blut. Seine Schnauze bewegte sich auf und ab, während sein Maul wie das eines Fisches arbeitete. Lautlos keuchend rang er im Vakuum nach Luft, bekam aber keine. Die Oberfläche seiner hervorquellenden Augen begann zu überfrieren und sich weiß zu trüben.

Daeman hatte sich seinem Griff entwunden und purzelte nun über die Außenterrasse. Beinahe wäre er hilflos ins All hinausgeschwebt, aber er bekam gerade noch das Maschendrahtgeländer zu fassen. Dann zog er sich Hand über Hand zu dem Sonie, das am Metallboden festgemacht war. Er wollte nicht fliehen. Er wollte Caliban nicht den Rücken zukehren. Er wollte bleiben und das um sich schlagende Monster mit seinen behandschuhten Händen töten.

Eine dieser Hände funktionierte jetzt nicht mehr – sein zerrissener rechter Arm hing nutzlos herunter, als er sich abstieß und die letzten drei Meter zu der niedrigen Flugmaschine zurücklegte. *Harman. Hannah.*

Ein ungeschützter Mensch im Weltraum wäre inzwischen tot gewesen – Daeman, der von allem so wenig wusste, wusste das instinktiv –, aber Caliban war nicht menschlich. Er spuckte Blut und gefrorene Luft wie ein schrecklicher Komet, dessen Oberfläche bei der Annäherung an die Sonne verkochte, überschlug sich, ruderte mit den Armen, fand Halt am Gitternetz der Terrasse und stieß sich durch die halb durchlässige Wand zurück in Luft und relative Wärme.

Daeman war zu beschäftigt, um es mit anzusehen. Er legte sich flach in die gepolsterte Pilotenmulde und richtete den Blick auf das Metallbord, wo die virtuelle Schalttafel sein sollte. Sie war abgeschaltet.

Wie aktiviere ich es? Was mache ich, wenn es mir gelingt? Wie hat Savi das Ding gestartet?

Daeman konnte sich nicht erinnern. Sein Sichtfeld verengte sich; schwarze Punkte tanzten darin. Er hyperventilierte und war kurz davor, das Bewusstsein zu verlieren, während er hektisch versuchte, sich das Bild ins Gedächtnis zu rufen, wie Savi das Sonie flog und die Kontrollen aktivierte. Es wollte sich nicht einstellen.

Beruhige dich. Ganz ruhig. Ganz ruhig. Es war seine Stimme, aber auch wieder nicht – eine ältere Stimme, gelassen, belustigt. *Immer mit der Ruhe.*

Es funktionierte. Zuerst bremste er seine Atmung auf ein vernünftiges Tempo, dann zwang er sein Herz, langsamer zu schlagen, und schließlich konzentrierte er sich auf das vor ihm liegende Problem.

Hat sie nicht irgendeinen akustischen Befehl verwendet? Das würde hier im Weltraum nicht funktionieren. Keine Luft, kein Ton – das hatte Savi ihnen erklärt. Oder vielleicht Harman. Daeman hatte in diesen Tagen von allen gelernt. *Wie dann?* Er zwang sich, sich noch mehr zu entspannen, schloss die Augen und versuchte sich das Bild ins Gedächtnis zu rufen, wie Savi sie alle in jener Nacht vom Eisberg weggeflogen hatte.

Sie hat über diese flache Verkleidung in der Nähe des Handgriffs gestrichen, um das Ding zu aktivieren.

Daeman ahmte die Bewegung mit der linken Hand nach. Ein virtuelles Bedienungsfeld leuchtete auf. Mit den Fingern der linken Hand – nur diese konnte er bewegen – gab Daeman in dem vielfarbigen virtuellen Bedienungsfeld mehrere Befehlssequenzen ein; wenn er sich genauer erinnern musste, schloss er die Augen. Das Kraftfeld schaltete sich ein und drückte ihn in die Polsterung. Gleich darauf erschreckte ihn ein Rauschen, sodass er aufblickte, aber es war nur die Luft, die in den gesicherten Raum strömte, genau wie er es mit seinen Fingern befohlen hatte. Mit der Luft kam eine Stimme: »Manuell oder Autopilot?«

Daeman zog seine Osmosemaske ein Stück hoch. Ihm kamen beinahe die Tränen, als er die erste frische Luft seit einem Monat atmete. »Manuell«, sagte er.

Der Steuerknüppel erschien an seinem Platz, umgeben von einer virtuellen Aura. In Daemans linker Hand fühlte er sich massiv an.

Daeman stieg mit dem Sonie drei Meter über die Metallterrasse, ohne an die Befestigungen zu denken, bis er sah, wie die elastischen Bänder sich losrissen und ins All flogen. Er drehte den Knüppel, gab Schub auf die Hecktriebwerke, kam vom Kurs ab und richtete die Maschine rasch wieder aus, bevor er ins Metall statt ins Fenster krachte. Er traf das halb durchlässige Quadrat mit fünfzig bis sechzig Stundenkilometern.

Caliban wartete auf dem Sims im Innern. Das Ungeheuer sprang nach Daemans Kopf. Seine Flugbahn war perfekt, aber es prallte von dem eingeschalteten Kraftfeld ab und purzelte in die Leere im Zentrum des Turms.

Daeman beschrieb einen weiten Bogen, gewöhnte sich an die Steuerung und drehte den Steuerknüppel, um mehr Schub zu geben. Das Sonie kam mit hundert bis hundertzwanzig Stundenkilometern auf Caliban zu, als dieser aufblickte. Die blutenden Augen des Monsters wurden groß, und der Bug des Sonies pflügte in seine Körpermitte und schleuderte es quer durch den offenen Turmraum, sodass es auf der anderen Seite in Träger und Glas krachte.

Daeman wäre liebend gern hiergeblieben und hätte mit der Bestie gespielt – das *Bedürfnis* war quälender als der kreischende Schmerz in seinem rechten Arm –, aber unten starben seine Freunde. Er legte das Sonie in die Kurve und tauchte senkrecht zum über neunzig Stockwerke tiefer liegenden Boden der Stadt hinab.

Er hätte die Maschine fast nicht mehr rechtzeitig hochgezogen – das Sonie streifte den Rasen, schnitt durch Tang und schleuderte totes Gras in die Luft –, aber dann gelang es Daeman, sie auf eine ebene Flugbahn zu bringen und die Geschwindigkeit ein wenig zu drosseln. Für die zwanzigminütige Schwimmstrecke von der Klinik zum Turm brauchte er auf dem Rückflug drei Minuten.

Der Wandzugang war nicht breit genug für das Sonie. Daeman setzte mit der schwebenden Maschine ein Stück zurück, gab mehr Schub und machte den halb durchlässigen Eingang dauerhaft durchlässig. Glasscherben, Metallstücke und Kunststoffteile folgten dem Sonie, als Daeman zwischen dunklen, leeren Genesungstanks hindurchflog. Er zuckte zusammen, als er in einigen dieser Tanks die toten weißen Körper jener Menschen sah, die sie nicht rechtzeitig hatten retten können. Dann stoppte er das Sonie, schaltete das Kraftfeld ab und sprang neben zwei weiteren Körpern auf den Boden.

Harman hatte Hannah in den letzten Minuten die blaue Thermohaut gelassen und nur die Osmosemaske behalten. Im reflektierten Licht der Sonie-Scheinwerfer sah der nackte Körper des Mannes arg mitgenommen und blass aus. Hannahs Mund war weit geöffnet, wie in einer letzten, vergeblichen Anstrengung, mehr Luft in die Lungen zu saugen. Daeman verschwendete keine Zeit damit, sich zu vergewissern, ob sie am Leben waren. Er hob beide nur mit dem linken Arm hoch und legte sie auf die Aussparungen links und rechts neben seiner Mulde. Er hielt nur kurz inne, um noch einmal herunterzuspringen, Savis Rucksack in der hinteren Aussparung zu verstauen und die Schusswaffe auf die Armstütze seiner eigenen Liegefläche zu werfen, dann legte er sich wieder hin und aktivierte das Kraftfeld.

»Reinen Sauerstoff«, befahl er dem Sonie, als der Luftstrom kam. Die saubere, kalte Luft wurde gehaltvoller, bis Daeman schwindlig wurde, weil sie so sauerstoffreich war. Er fummelte in der virtuellen Schalttafel herum und löste mehrere Warntöne aus, bevor er die Heizung fand. Warme Luft strömte aus der Konsole und diversen Lüftungsöffnungen.

Harman begann als Erster zu husten, Hannah folgte ihm ein paar Sekunden später. Ihre Augen zuckten hin und her, öffneten sich und richteten sich schließlich auf ihn.

Daeman grinste die beiden blöde an.

»Wo … wo …?«, keuchte Harman.

»Immer mit der Ruhe«, sagte Daeman. Er steuerte das Sonie langsam zum Ausgang der Klinik. »Lass dir Zeit.«

»Zeit … die Zeit …«, keuchte Harman. »Der Linear … beschleuniger.«

»Ach du Scheiße.« Daeman hatte das heranrasende Gebilde völlig vergessen und im Weltraum kein einziges Mal nach oben oder über seine Schulter geschaut, um es kommen zu sehen.

Er gab vollen Schub, schoss durch das Loch, wo die Membran gewesen war, und beschleunigte in Richtung des Turmausgangs.

Im Turm war nichts von Caliban zu sehen. Daeman beschrieb eine weite Kurve, fädelte sich durch die Ausgangsscheibe des Turms und stieg von der Außenterrasse in den Weltraum.

»Heilige Mutter Gottes«, hauchte Harman.

Hannah schrie – der erste Laut, den sie von sich gab, seit sie aus dem Genesungstank gefischt worden war.

Der drei Kilometer lange Linearbeschleuniger war so nah, dass der Wurmloch-Ringkollektor an seinem Bug zwei Drittel des Himmels über ihnen einnahm und die Sonne und die Sterne auslöschte. Auf seiner ganzen absurden Länge feuerten Triebwerke in Vierergehäusen und nahmen vor dem Einschlag letzte Kurskorrekturen vor. Daeman fielen in diesem Moment die Namen all der Dinge nicht ein, aber er sah jedes Detail der glänzenden Querstreben, der polierten Ringe, die jetzt von zahllosen Mikrometeoriteneinschlägen gekerbt waren, der Kühlschlangenstapel, der langen, kupferfarbenen Rücklaufleitung über dem Hauptbeschleunigerkern, der fernen Injektorengruppen und der strudelnden, erd- und meerfarbenen Kugel des gefangenen Wurmlochs selbst. Das Gebilde wurde vor ihren Augen größer und löschte die letzten Sterne über ihnen aus, und sein Schatten fiel auf die kilometerlange gläserne Stadt unter ihnen.

»Daeman …«, begann Harman.

Daeman hatte bereits gehandelt. Er drehte den Schubring ganz herum, flog einen Looping aufwärts über den Turm, die Stadt, den Asteroiden hinweg und tauchte zur großen blauen Krümmung der Erde hinab, während der Linearbeschleuniger hinter ihnen die letzten paar Hundert Meter zurücklegte.

Einen Moment lang waren die Türme der Stadt über ihnen, als das Sonie seinen Looping drehte. Und sie waren erst ein kleines Stück hinter ihnen, als die heranrasende Masse die Stadt und den Asteroiden traf. Die Wurmloch-Kugel schlug ein oder zwei Sekunden vor der aus exotischem Metall bestehenden Konstruktion des Beschleunigers in die Türme und die lang gestreckte Stadt. Das Wurmloch brach lautlos in sich zusammen, und der Beschleuniger schien sich wie eine Ziehharmonika ordentlich zu nichts zusammenzufalten, aber dann wurde die volle Wucht des Einschlags deutlich, als alle drei Menschen sich in ihren Mulden umdrehten und sich den Hals verrenkten, um nach hinten zu schauen.

Alles ging völlig lautlos vor sich. Das beeindruckte Daeman am meisten – die reine Stille des Augenblicks. Keine Vibration. Keines der üblichen irdischen Indizien dafür, dass sich eine große Katastrophe ereignete.

Aber sie ereignete sich.

Die gläserne Stadt explodierte in Abermillionen Fragmente, leuchtendes Glas und brennendes Gas dehnten sich in alle Richtungen aus. Riesige Feuerbälle blähten sich zwei, drei, zehn Kilometer weit, als wollten sie das wegtauchende Sonie erreichen, aber dann schienen sich die gewaltigen Flammen wie ein Videobild im Rückwärtslauf nach innen zu falten, während die Flammen den letzten Rest des entweichenden Sauerstoffs verzehrten.

Die Stadt auf der anderen Seite des Asteroiden, gegenüber der Einschlagstelle, wurde von der Oberfläche der kleinen Steinwelt geschleudert und zerstob in tausend verschiedene Flugbahnen, als das Glas, der Stahl und die pulsierenden exotischen Materialien in alle Richtungen auseinanderflogen. Die meisten Sektionen feierten ihre eigenen, separaten Zerstörungsorgien, überall unterstrichen von weiteren lautlosen Explosionen und sich selbst verzehrenden Feuerbällen.

Eine Sekunde nach dem Einschlag erschauerte der ganze, kilometerlange Asteroid und schickte den Trümmern der Stadt konzentrische Wellen aus Staub und Gas hinterher. Dann zerbrach er.

»Flieg schneller!«, rief Harman.

Daeman wusste nicht, was er tun sollte. Er hatte das Schiff mit vollem Tempo zur Erde hinabtauchen lassen und war knapp vor den Flammen, den Trümmern und den Wellen gefrorener Gase geblieben, aber jetzt leuchteten überall auf dem virtuellen Bedienungsfeld rote, gelbe und grüne Warnlämpchen auf. Noch schlimmer, nun waren außerhalb des Sonies doch noch Geräusche zu vernehmen – ein verdächtiges Zischen und Knistern, das sich binnen Sekunden zu einem beängstigenden Tosen steigerte. Aber das Schlimmste war, dass sich ein orangefarbenes Glühen um die Ränder des Sonies herum rasch in eine Kugel aus Flammen und blauem elektrischem Plasma verwandelte.

»Was ist los?«, rief Hannah. »Wo sind wir?«

Daeman beachtete sie nicht. Er wusste nicht, was er mit dem Schubregler und der Fluglagesteuerung machen sollte. Das Tosen wurde immer lauter, und die Flammenhülle um sie herum wurde dichter.

»Ist das Sonie beschädigt?«, rief Harman.

Daeman schüttelte den Kopf. Das glaubte er nicht. Vermutlich lag es daran, dass sie mit so hoher Geschwindigkeit in die Erdatmosphäre eintraten. Im Alter von sechs oder sieben Jahren war er im Haus eines Freundes in Paris-Krater einmal trotz der Ermahnungen seiner Mutter ein langes Treppengeländer hinuntergerutscht, in hohem Tempo auf den Fußboden geflogen und dann auf bloßen Händen und Knien über den dicken

Teppich des Freundes seiner Mutter geschlittert. Er hatte sich dabei böse verbrannt und es nie wieder getan. Diese Reibung fühlte sich für Daeman so ähnlich an.

Er beschloss, Harman und Hannah nichts von seiner Theorie zu sagen. Sie klang selbst für ihn ein bisschen albern.

»Tu etwas!«, rief Harman über das Tosen und Knistern hinweg, das sie umgab. Im Zentrum dieses ganzen elektrischen Wahnsinns standen beiden Männern die Haare zu Berge; selbst ihre Bärte sträubten sich. Die kahlköpfige Hannah – selbst ihre Augenbrauen waren fort – schaute sich mit großen Augen um, als wäre sie im Irrsinn erwacht.

Bevor der Lärm alles andere übertönte, rief Daeman den virtuellen Kontrollen zu: »Autopilot!«

»Autopilot einschalten?« Die neutrale Stimme des Sonies ging beinahe im Wiedereintrittsgetöse unter. Daeman spürte die Hitze durch das Kraftfeld und wusste, dass das nicht gut sein konnte.

»Autopilot einschalten!«, schrie er aus vollem Hals.

Das Kraftfeld senkte sich auf die drei Menschen herab und presste sie in ihre Mulden. Das Sonie drehte um hundertachtzig Grad, und die Hecktriebwerke feuerten mit solcher Kraft, dass Daeman glaubte, ihm würden die Zähne aus dem Kopf gerüttelt. Unter dem Bremsdruck schmerzte sein Arm so höllisch, als würde er ihm abgerissen.

»Wiedereintritt auf vorprogrammierter Flugbahn?«, fragte das Sonie im gelassenen Ton des *idiot savant*, der es war.

»Ja«, rief Daeman. Sein Genick schmerzte von dem schrecklichen Druck, und er war sicher, dass sein Rückgrat gleich brechen würde.

»War das eine Bestätigung?«, fragte das Sonie.

»Ja, das war eine Bestätigung!«, schrie Daeman.

Weitere Triebwerke feuerten. Das Sonie hüpfte wie ein geworfener Stein, der über die Wasseroberfläche eines Teichs titschte, wurde noch zweimal vom Wiedereintrittsfeuer umhüllt und richtete sich dann irgendwie auf.

Daeman hob den Kopf.

Sie flogen – flogen in solcher Höhe, dass sich der Rand der Erde vor ihnen noch immer krümmte und die Berge tief unter ihnen nur an der weißen Schneetextur gegenüber den braunen und grünen Erdfarben als Berge zu erkennen waren – aber sie flogen. Dort draußen war Luft.

Daeman stieß einen Jubelschrei aus und umarmte Hannah in ihrem blauen Thermohautanzug, jubelte dann erneut und reckte triumphierend die Faust zum Himmel.

Er erstarrte mit erhobener Faust, den Blick nach oben gerichtet. »Ach du Scheiße«, sagte er.

»Was ist?« Harman war immer noch nackt bis auf die Osmosemaske, die ihm jetzt um den Hals hing. Dann schaute er nach oben und folgte Daemans Blick. »Ach du Scheiße«, sagte er.

Der erste von tausend Feuerbällen – Trümmer der Stadt, des Linearbeschleunigers oder des zerbrochenen Asteroiden – rauschte höchstens anderthalb Kilometer entfernt an ihnen vorbei. Er zog einen fünfzehn Kilometer langen, senkrechten Schweif aus Flammen und Plasma hinter sich her, und seine Druckwelle warf das Sonie fast um. Dann schossen weitere Meteore aus dem brennenden Himmel über ihnen und stürzten auf sie herab.

61 Die Ebene von Ilium

Als Mahnmut auf dem Hügel Batieía ankam, verließen gerade neun große, schwarze Gestalten das Raumschiff, das inmitten der Hornissenflieger gelandet war. Alle neun schritten die Rampe hinunter, hinein in den wirbelnden Staubsturm, den sie mit ihrer Landung ausgelöst hatten. Die Gestalten waren auf insektenhafte Weise humanoid; jede war ungefähr zwei Meter groß und trug einen glänzenden, chitinösen Duraplast-Panzer und einen Helm, der die Welt um sie herum wie polierter Onyx spiegelte. Ihre Arme und Hände erinnerten Mahnmut an Bilder von den Extremitäten eines Mistkäfers, die er gesehen hatte – schmerzhaft gekrümmt, mit Haken, Stacheln und schwarzen Dornen versehen. Jede trug eine komplizierte Waffe mit mehreren Läufen, die mindestens fünfzehn Kilo zu wiegen schien. Die Gestalt an der Spitze blieb in dem wirbelnden Staub stehen und zeigte auf Mahnmut.

»Du da, kleiner Moravec, sind wir hier auf dem Mars?« Die verstärkte Stimme sprach Intermond-Basisenglisch und kam akustisch und per Engstrahl bei Mahnmut an.

»Nein«, sagte Mahnmut.

»Nicht? Es soll aber der Mars sein.«

»Ist es aber nicht«, sagte Mahnmut, der alles an Orphu weiterleitete. »Es ist die Erde. Glaube ich.«

Die hochgewachsene, soldatenhafte Gestalt schüttelte ihren behelmten Kopf, als wäre das eine unakzeptable Antwort. »Was für ein Moravec bist du? Von Callisto?«

Mahnmut richtete sich zu seiner ganzen zweibeinigen Größe auf. »Ich bin Mahnmut von Europa, ehemals Kapitän des Forschungs-U-Boots *Dark Lady*. Das hier ist Orphu von Io.«

»Ist das nicht ein Hochvakuum-Moravec?«

»Ja.«

»Was ist mit seinen Augen, Sensoren, Manipulatoren und Beinen passiert? Wer hat ihm diese Risse im Panzer beigebracht?«

»Orphu ist ein Kriegsveteran«, erklärte Mahnmut.

»Wir sollen uns bei einem Ganymeder namens Koros III. melden«, sagte die gepanzerte Gestalt. »Bring uns zu ihm.«

»Er ist vernichtet worden«, sagte Mahnmut. »In Ausübung seiner Pflicht.«

Die hochgewachsene schwarze Gestalt zögerte. Sie sah die anderen acht Onyx-Krieger an, und Mahnmut hatte das Gefühl, dass sie per Engstrahl kommunizierten. Der Soldat drehte sich wieder zu ihm um. »Dann bring uns zu dem Callistaner Ri Po«, befahl er.

»Der wurde ebenfalls zerstört«, sagte Mahnmut. »Und bevor wir weitermachen: Wer seid ihr?«

Das sind Steinvecs, sendete Orphu auf seinem privaten Engstrahl-Kanal. »Seid ihr keine Steinvecs?«, fragte der Ionier auf der gemeinsamen Engstrahl-Frequenz. Orphu hatte schon so lange nur noch mit Mahnmut kommuniziert, dass der kleinere Moravec schockiert war, seine Stimme auf dem gemeinsamen Kanal zu hören.

»Wir ziehen es vor, Gürtel-Moravecs genannt zu werden«, sagte der Anführer und wandte sich Orphus Rumpf zu. »Wir sollten dich zu einem Kriegsreparaturzentrum evakuieren, alter Knabe.« Er gab einigen der anderen Kampf-Moravecs ein Zeichen, und sie traten auf den Ionier zu.

»Halt«, befahl Orphu, und in seiner Stimme lag so viel Autorität, dass die hochgewachsenen Gestalten abrupt stehen blieben. »Ich entscheide, wann ich das Feld räume. Und nenn mich nicht alter Knabe, Soldat, sonst mache ich dich zur Schnecke.

Koros III. hatte die Leitung dieser Mission. Er ist tot. Ri Po war sein Stellvertreter. Er ist ebenfalls tot. Damit haben nun Mahnmut von Europa und ich, Orphu von Io, das Kommando. Was ist dein Rang, Moravec?«

»Zenturio Mep Ahoo, Sir.«

Mep Ahoo?, dachte Mahnmut.

»Ich bin Kommandeur«, blaffte Orphu. »Ist die Befehlshierarchie hier klar, Soldat?«

»Ja, Sir«, sagte der Steinvec.

»Und jetzt unterrichte uns darüber, weshalb du hier bist und weshalb du auf dem Mars zu sein glaubst«, sagte Orphu im selben, absolut befehlsgewohnten Ton. Mahnmut dachte, dass die Stimme seines Freundes auf Engstrahl in den Infraschallbereich hinabreichte, so viele Bässe waren darin. »*Sofort*, Zenturio Mep Ahoo.«

Der Steinvec gehorchte. Er erstattete kurz und knapp Rapport, während weitere Hornissenflieger über sie hinwegsummten und Hunderte von trojanischen Kriegern aus der Stadt kamen und mit erhobenen Schilden und wurfbereiten Lanzen langsam zu dem Landetrupp auf dem Hügel vorrückten. Zur selben Zeit strömten Aberhundert weitere Achäer und Trojaner durch das kreisrunde Portal ein paar Hundert Meter weiter südlich. Sie liefen alle auf die Eishänge des Olymps zu, die sich jenseits der aus dem Himmel und dem Boden geschnittenen Scheibe erhoben.

Zenturio Mep Ahoo bestätigte, was Orphu Mahnmut vor einiger Zeit erklärt hatte, als sie auf dem Weg zum Mars den Asteroidengürtel passierten: Vor sechzig E-Jahren war der Ganymeder Koros III. von dem im Pwyll-Krater ansässigen Moravec Asteague/Che und dem Fünf-Monde-Konsortium zum Gürtel geschickt worden. Aber Koros war nicht als Spion, sondern in diplomatischer Mission unterwegs gewesen. Er hatte über fünf Jahre im Gürtel verbracht, war von einem Steinbrocken zum anderen gehüpft und hatte dabei fast sein gesamtes Jupiter-

Moravec-Unterstützungsteam verloren. Er hatte mit den kriegerischen Clanführern der Steinvecs verhandelt und ihnen mitgeteilt, wie besorgt die Moravec-Wissenschaftler aus dem Jupiterraum über das rasche Terraformen des Mars und die ersten Anzeichen von Quantentunnelaktivitäten waren, die sie dort gerade festgestellt hatten. Die Steinvecs wollten wissen, wer für dieses gefährliche QT-Tunneln verantwortlich sei – Nachmenschen von der Erde? Koros III. und die Gürtel-Moravecs einigten sich auf das Akronym UMWs – unbekannte Marswesen.

Die Steinvecs waren ohnehin schon besorgt, wenn auch mehr über das sichtbare – und eigentlich unmöglich rasche – Terraformen des Mars als über die Quantenaktivität, die sie mit ihrer Technologie auch nicht so leicht entdecken konnten. Von Natur aus auf Konfrontation ausgerichtet und mutig, hatten die Gürtel-Moravecs bereits sechs Raumschiff-Expeditionsflotten auf die relativ kurze Reise zum Mars geschickt. Keines ihrer Schiffe war zurückgekommen, keines hatte auch nur den Eintritt in den Marsorbit überstanden. Etwas auf dem roten oder vielmehr bis vor Kurzem noch roten Planeten – die Steinvecs hatten keine Ahnung, was – vernichtete ihre Flotten bereits vor ihrer Ankunft.

Mit diplomatischem Geschick, List, Mut und ein paar Zweikämpfen hatte sich Koros III. das Vertrauen der Steinvec-Clanführer erworben. Der Ganymeder erklärte ihnen den Plan des Fünf-Monde-Konsortiums – erstens, die Steinvecs sollten im Lauf der nächsten fünfzig Jahre einsatzfreudige Krieger-Vecs entwickeln und auf der Brutbasis ihrer sowieso schon robusten Steinvec-DNS heranzüchten. Darüber hinaus sollten sie die Entwicklung und Konstruktion hochmoderner Kampfflieger für den Einsatz im Weltraum und in der Atmosphäre übernehmen. In der Zwischenzeit würden die besten Wissenschaftler und Techniker des Fünf-Monde-Konsortiums die allermodernste Technik aus ihrem interstellaren Programm für den Bau eines eigenen Quantentunnelers und Wurmloch-Stabilisators abzweigen. Zweitens, wenn der richtige Zeitpunkt gekommen war und die Quantenaktivität auf dem Mars alarmierende Ausmaße annahm, würde Koros selbst an der Spitze eines kleinen Kontingents von Moravecs aus dem Jupiterraum unentdeckt auf den roten Planeten zu gelangen versuchen. Drittens, sobald sie auf dem Mars waren, würde Koros III. den Quantentunneler im Zentrum der gegenwärtigen QT-Aktivität platzieren und nicht nur die bereits von den UMWs benutzten Quantentunnels stabilisieren, sondern auch neue Tunnels zum Asteroidengürtel öffnen, wo andere von Fünf Monde konstruierte Tunnelgeräte sich auf sein Masersignal hin aktivieren würden.

Viertens und letztens, die Steinvecs sollten durch diese Quantentunnels ihre Flotten und Kämpfer zum Mars schicken und die unidentifizierten Marswesen dort stellen, identifizieren, überwältigen, unterwerfen und verhören und die Gefahr für das Sonnensystem durch diese exzessive Quantenaktivität eliminieren.

»Das klingt einfach«, sagte Mahnmut. »Stellen, identifizieren, überwältigen, unterwerfen und verhören. Aber in Wirklichkeit ist deine Gruppe nicht mal zum richtigen Planeten gekommen.«

»Die Navigation durch die Quantentunnels war komplizierter als erwartet«, verteidigte sich Zenturio Mep Ahoo. »Unsere Gruppen sind offenbar in einen der bereits vorhandenen Tunnels der UMWs geraten, über den Mars hinausgeschossen und … hier angekommen.« Die chitinöse Onyx-Gestalt schaute sich um. Ihre Soldaten hoben ihre schweren Waffen, als rund hundert Trojaner auf dem Kamm des Hügels eintrafen.

»Schießt nicht auf sie«, sagte Mahnmut. »Das sind unsere Verbündeten.«

»Verbündete?«, sagte der Steinvec-Soldat, das glänzende Visier zu der herankommenden Mauer aus Schilden und Speeren gewandt. Aber schließlich nickte er, informierte seine Soldaten per Engstrahl, und die komplizierten Waffen wurden gesenkt.

Die Trojaner senkten ihre Waffen nicht.

Glücklicherweise erkannte Mahnmut den trojanischen Befehlshaber von den langen Vorstellungen der Hauptleute früher an diesem Tag wieder. Er rief auf Griechisch: »Perimos, Sohn des Megas, greif nicht an. Diese schwarzen Burschen sind unsere Freunde und Verbündeten.«

Die Lanzen und Schilde blieben oben. Bogenschützen in der zweiten Reihe hatten ihre Bogen gesenkt, aber Pfeile eingelegt und die Sehnen halb gespannt, bereit, sie auf Befehl zu heben und abzuschießen. Die Steinvecs mochten sich vor meterlangen, mit Widerhaken versehenen, in Gift getauchten Pfeilen sicher fühlen, aber Mahnmut wollte die Widerstandsfähigkeit seiner eigenen Körperdecke lieber nicht auf diese Weise testen.

»›Freunde und Verbündete‹«, sagte Perimos spöttisch. Unter dem polierten Bronzehelm des Mannes – Nasenschutz, Wangenklappen, runde Augenlöcher und bis zum Nacken heruntergezogener Helmbusch – waren nur sein zorniger Blick, die schmalen Lippen und das starke Kinn zu sehen. »Wie können sie ›Freunde und Verbündete‹ sein, kleine Maschine, wenn sie nicht einmal Menschen sind? Und was das betrifft, kleines Spielzeug, wie kannst *du* einer sein?«

Darauf hatte Mahnmut keine gute Antwort. Er sagte: »Du hast mich heute Morgen mit Hektor gesehen, Sohn des Megas.«

»Ich habe dich auch mit dem Männertöter Achilles gesehen«, rief der Trojaner. Die Bogenschützen hatten ihre Bogen jetzt erhoben; mindestens dreißig Pfeile waren auf Mahnmut und die Steinvecs gerichtet.

Wie kann ich das Vertrauen dieses Burschen gewinnen?, fragte Mahnmut Orphu auf Engstrahl.

Perimos, Sohn des Megas, grübelte der Ionier. *Wenn wir den Dingen gemäß der* Ilias *ihren Lauf gelassen hätten, wäre Perimos übermorgen tot – von Patroklos in einem wilden Handgemenge getötet, zusammen mit Autonoos, Echeklos, Adrastos, Elasos, Mulios und Plyartes.*

Und wenn schon, sendete Mahnmut. *Wir haben keine zwei Tage Zeit, die meisten Trojaner, die du erwähnt hast – Autonoos, Mulios und die anderen – stehen uns jetzt mit erhobenen Schilden und wurfbereiten Lanzen gegenüber, und wenn Hockenberry die Wahrheit sagt, glaube ich nicht, dass Patroklos uns aus der Klemme helfen wird, außer wenn Achilles' Freund von Indiana hierher zurückgeschwommen ist. Irgendeine Idee, was wir jetzt tun können?*

Sag ihnen, die Steinvecs seien Gehilfen, *geschmiedet von Hephaistos und von Achilles herbeigerufen, damit wir im Krieg gegen die Götter siegen.*

»Gehilfen?«, sagte Mahnmut und wiederholte das Wort auf Griechisch. *Ich kenne dieses Substantiv nicht – es heißt weder »Diener« noch »Sklave« und …*

Sag es einfach, knurrte Orphu, *bevor Perimos Befehl gibt, dir einen Speer durch die Leber zu jagen.*

Mahnmut hatte keine Leber, aber er verstand, worauf Orphu hinauswollte.

»Perimos, edler Sohn des Megas«, rief Mahnmut, »diese dunklen Gestalten sind *Gehilfen*, geschmiedet von Hephaistos, aber hierher gebracht von Achilles, damit wir in diesem Krieg gegen die Götter siegen.«

Perimos sah ihn finster an. »Dann bist du also auch ein *Gehilfe*?«, fragte er gebieterisch.

Sag ja, sendete Orphu.

»Ja.«

Perimos bellte seine Männer an, und die Bogen wurden gesenkt, die Pfeile von der Sehne genommen.

Homer zufolge, sendete Orphu, *sind »Gehilfen« eine Art Androiden, die in Hephaistos' Schmiede aus menschlichen Körperteilen erschaffen und von den Göttern und einigen Sterblichen wie Roboter benutzt wurden.*

Willst du mir erzählen, dass es in der Ilias *Androiden und Moravecs gibt?*, sagte Mahnmut.

In der Ilias *gibt es alles,* sagte Orphu. Zum Anführer der Steinvecs gewandt, blaffte Orphu: »Zenturio Ahoo, habt ihr Kraftfeld-Projektoren in diesem Schiff?«

Der hochgewachsene Onyx-Steinvec richtete sich zu seiner vollen Größe auf. »Ja, Kommandeur.«

»Schick einen Trupp in die Stadt – in diese Stadt, Ilium – und errichte ein Hochleistungskraftfeld zu ihrem Schutz«, befahl Orphu. »Errichte ein weiteres zum Schutz des achäischen Lagers, das du an der Küste siehst.«

»Ein Hochleistungsfeld, Sir?«, fragte der Zenturio. Mahnmut wusste, dass die Energieversorgung eines solchen Feldes den Fusionsreaktor des Raumschiffs wahrscheinlich bis an die Grenze belasten würde.

»Volle Stärke«, sagte Orphu. »Zur Abwehr von Angriffen mit Lanzen, Lasern, Masern, Raketen aller Art, nuklearen und thermonuklearen Sprengkörpern, Neutronen-, Plasma- und Antimateriebomben sowie Pfeilen. Das sind unsere Verbündeten, Zenturio.«

»Ja, *Sir.*« Die Onyx-Gestalt drehte sich um und kommunizierte per Engstrahl. Ein Dutzend weitere Soldaten kam mit schweren Projektoren die Rampe herunter. Die dunklen Soldaten trabten im Eiltempo vom Hügel in beide Richtungen, bis nur noch der Zenturio Ahoo bei Mahnmut und Orphu stand. Die gelandeten Hornissenflieger erhoben sich summend in die Luft, kreisten und schwenkten ihre Waffen hin und her.

Perimos kam näher. Der Kamm auf dem polierten, aber zerbeulten Helm reichte dem Zenturio Ahoo kaum bis an die ausgeprägte Brust. Perimos hob die Faust und klopfte mit den Knöcheln an den Duraplast-Brustharnisch. »Interessante Rüstung«, sagte der Trojaner. Er wandte sich wieder Mahnmut zu. »Kleiner Gehilfe, wir werden Hektor in den Kampf folgen. Willst du dich uns anschließen?« Er zeigte auf den riesigen Kreis, der im Süden aus dem Himmel und dem Boden gebissen war. Weitere trojanische und achäische Einheiten marschierten durch das Quantenportal. Sie rannten nicht, sondern marschierten im disziplinierten Schritt, ihre Streitwagen und Schilde glänzten, die Banner flatterten, die Speerspitzen fingen das Sonnenlicht der Erde auf dieser Seite und das Marslicht auf der anderen ein.

»Ja«, sagte Mahnmut. »Das will ich.« Zu Orphu sagte er auf Engstrahl: *Kommst du hier zurecht, alter Knabe?*

Aber ja. Der Zenturio Mep Ahoo beschützt mich, sendete der Ionier.

An der Spitze des kleinen Trojanerkontingents, das sich Hektor anschließen wollte, marschierte Mahnmut neben Perimos den Hang hinunter. Nach den neunjährigen Gezeiten des Kampfes war das Dickicht dort inzwischen weitgehend niedergetrampelt. Am Fuß des Hügels hielten sie inne, als eine merkwürdige Gestalt auf sie zutaumelte – ein nackter, bartloser Mann mit verfilztem Haar und etwas verstörtem Blick. Er ging vorsichtig, suchte sich mit blutigen Füßen seinen Weg über die Steine und trug nichts weiter als ein Medaillon.

»Hockenberry?«, sagte Mahnmut auf Englisch. Er glaubte seinen eigenen visuellen Erkennungsschaltkreisen nicht zu trauen.

»Melde mich zur Stelle«, sagte der Scholiker grinsend. »Wie geht's denn so, Mahnmut?« Auf Griechisch sagte er: »Guten Tag, Perimos, Sohn des Megas. Ich bin Hockenberry, Sohn des Duane, Freund von Hektor und Achilles. Wir haben uns heute Vormittag kennengelernt, erinnerst du dich?«

Mahnmut hatte bis zu dieser Minute noch nie einen nackten lebenden Menschen gesehen, und er hoffte, es würde sehr, sehr lange dauern, bis er einen zweiten sah. »Was ist mit dir passiert? Und wo sind deine Kleider?«, fragte er.

»Das ist eine lange Geschichte«, sagte Hockenberry, »aber ich könnte sie bestimmt aufs Wesentliche reduzieren und beenden, bevor wir durch dieses Loch im Himmel da drüben marschieren.« Zu Perimos sagte er: »Sohn des Megas, besteht vielleicht die Möglichkeit, dass ich ein paar Kleidungsstücke von deiner Gruppe bekomme?«

Perimos erkannte Hockenberry jetzt offenbar und erinnerte sich an ihre unterbrochene Beratung der Hauptleute auf dem Batieía, bei der sowohl Achilles als auch Hektor sich ihm gefügt hatten. Er drehte sich um und schnauzte seine Männer an: »Kleider für diesen Fürsten! Den besten Umhang, die neuesten Sandalen, die beste Rüstung, die glänzendsten Beinschienen und die sauberste Unterwäsche!«

Autonoos trat vor. »Wir haben keine zusätzlichen Kleider oder Rüstungen oder Sandalen dabei, edler Perimos, und auch keine saubere Unterwäsche.«

»Dann zieh dich sofort aus und gib ihm deine!«, brüllte der trojanische Befehlshaber. »Aber bring vorher die Läuse um! Das ist ein Befehl!«

62 Ardis

Der Himmel fiel weiterhin herab, den ganzen Nachmittag hindurch bis in den Abend hinein.

Ada war auf Ardis Halls lange Rasenfläche hinausgeeilt, um die blutigen Striche zu betrachten, die den Himmel zerschnitten – ein Überschallknall nach dem anderen erscholl über den bewaldeten Hügeln und dem Flusstal –, und blieb einfach dort stehen, während die schreienden Gäste und Jünger Tische umwarfen und in panischer Flucht die Straße zum fernen Faxpavillon entlangliefen.

Odysseus gesellte sich zu ihr, und sie standen im Gras, eine Zwei-Personen-Insel der Reglosigkeit in einem Meer des Chaos.

»Was ist das?«, flüsterte Ada. »Was geht hier vor?« Nie zogen sich weniger als ein Dutzend feuriger Streifen über den Abendhimmel; manchmal war er richtiggehend verdeckt von Meteoren.

»Ich bin nicht sicher«, sagte der Barbar.

»Hat es etwas mit Savi, Harman und Daeman zu tun?«

Der bärtige Mann mit dem Kittel sah sie an. »Vielleicht.«

Die meisten der brennenden Spuren versengten den Himmel und verschwanden dann wieder, aber nun brannte sich eine, die heller war als die anderen, mit dem vernehmlichen Kreischen von tausend über Glas gezogenen Fingernägeln ihren Weg zum östlichen Horizont und schlug dort ein. Eine wogende Feuerwolke stieg empor. Eine Minute später rollte ein schreckliches Geräusch über sie hinweg – ein Donnergrollen, um so vieles lauter und tiefer als das Fingernagelkratzen des vorbeifliegenden Meteoriten, dass Adas Backenzähne schmerzten –, und dann erhob sich ein stürmischer Wind, riss Blätter von der alten Ulme und warf die meisten Zelte um, die auf der Wiese gleich jenseits des Wendeplatzes der Auffahrt aufgebaut worden waren.

Ada klammerte sich an Odysseus' kräftigen Unterarm und grub ihre Fingernägel so tief hinein, dass Blutstropfen hervorquollen, ohne dass sie es bemerkte oder Odysseus etwas sagte.

»Willst du ins Haus?«, fragte er schließlich.

»Nein.«

Sie betrachteten das Himmelsschauspiel eine weitere Stunde lang. Die meisten Gäste waren zu Fuß geflüchtet, als sie keine verfügbare Droschke oder Karriole und auch keinen Voynix fanden, der sie zog, aber ungefähr siebzig Jünger waren geblieben und standen zusammen mit Ada und Odysseus auf der sanft abfallenden Rasenfläche. Etliche weitere Objekte trafen die Erde; der letzte Einschlag war noch heftiger als der erste. Sämtliche Fenster auf der Nordseite von Ardis Hall zerbrachen, Scherben regneten im Abendlicht herab.

»Ich bin so froh, dass Hannah in der Klinik in Sicherheit ist«, sagte Ada.

Odysseus sah sie schweigend an.

Bei Sonnenuntergang kam der Mann namens Petyr aus dem Herrenhaus und teilte ihnen mit, dass die Servitoren unten seien.

»Was soll das heißen, ›unten‹?«, fragte Ada.

»Unten«, wiederholte Petyr. »Auf dem Boden. Außer Betrieb. Kaputt.«

»Unsinn«, sagte Ada. »Servitoren gehen nicht kaputt.« Obwohl der Meteoritenschauer jetzt, wo die Sonne unterging, noch heller war, kehrte sie dem Anblick den Rücken und ging nach Ardis Hall zurück, gefolgt von Odysseus und Petyr. Vorsichtig stieg sie über die Glasscherben und den zerbrochenen Gips hinweg.

In der Küche lagen zwei Servitoren auf dem Fußboden, ein dritter lag oben im Schlafzimmer. Ihre Kommunikatoren waren stumm, ihre Manipulatoren schlaff, die kleinen, weiß behandschuhten Hände baumelten herab. Sie reagierten weder auf Befehle noch auf Stöße oder Tritte. Die drei Menschen gingen in den Garten hinter dem Haus und fanden dort zwei weitere zu Boden gestürzte Servitoren.

»Hast du jemals einen Servitoren ausfallen sehen?«, fragte Odysseus.

»Noch nie«, sagte Ada.

Einige Jünger gesellten sich zu ihnen. »Ist dies das Ende der Welt?«, fragte die junge Frau namens Peaen. Es war nicht klar, an wen ihre Frage gerichtet war.

Schließlich sprach Odysseus über das Getöse am Himmel hinweg. »Es kommt darauf an, was herunterfällt.« Er zeigte mit seinem kräftigen, kurzen und dicken Finger zu den Ringen, die sich undeutlich hinter dem Feuerwerk des Meteoritensturms abzeichneten. »Wenn es nur ein paar der großen Beschleuniger und Quantengeräte dort oben sind, sollten wir es überleben. Wenn es aber einer der vier großen Asteroiden ist, auf denen die NMs gelebt haben … nun, dann könnte es sehr wohl das Ende der Welt sein … zumindest der Welt, wie wir sie kennen.«

»Was ist ein Asteroid?«, fragte Petyr, stets der neugierige Jünger.

Odysseus schüttelte den Kopf und tat die Frage mit einer Handbewegung ab.

»Wann werden wir es wissen?«, fragte Ada.

Odysseus seufzte. »In ein paar Stunden. Fast mit Sicherheit bis morgen Abend.«

»Ich habe mir eigentlich noch nie Gedanken darüber gemacht, dass die Welt untergehen könnte«, sagte Ada. »Aber ich hätte ganz bestimmt nicht vermutet, dass sie durch Feuer untergehen würde.«

»Nein«, sagte Odysseus, »wenn sie jetzt untergeht, dann durch Eis.«

Die Männer und Frauen um sie herum sahen ihn an.

»Der nukleare Winter«, sagte der Grieche mit leiser Stimme. »Wenn einer dieser Asteroiden – oder auch nur ein ausreichend großes Stück davon – im Meer oder an Land einschlägt, wird er so viel Staub und Schmutz in die Atmosphäre schleudern, dass die Temperaturen binnen weniger Stunden um fünfzehn bis zwanzig Grad sinken. Vielleicht sogar noch mehr. Der Himmel wird sich bewölken. Die Unwetter werden mit Regen beginnen, der sich dann für Monate oder vielleicht sogar für Jahrhunderte in Schnee verwandelt. Dieses planetare tropische Gewächshaus, an das ihr euch in den letzten anderthalb Jahrtausenden gewöhnt habt, wird zu einem Spielplatz für Gletscher werden.«

Ein kleinerer Meteorit zischte in geringer Höhe über den Nordhimmel und schlug irgendwo in den Wäldern ein. Die Luft roch nach Rauch, und Ada sah in allen Himmelsrichtungen ferne Flammen. Sie dachte einen Moment lang darüber nach, wie wenig sie diese ganze Welt kannte. Was war nördlich von Ardis Hall in den dortigen Wäldern? Sie war nie mehr als ein paar Kilometer zu Fuß gegangen, sei es von Ardis oder einem anderen Faxknoten aus, und dann immer nur mit einer schützenden Voynix-Eskorte.

»Wo sind die Voynixe?«, fragte sie plötzlich.

Niemand wusste es. Ada und Odysseus umrundeten Ardis Hall, sahen auf den äußeren Feldern, der Auffahrt und der unteren Wiese nach, wo die Voynixe für gewöhnlich warteten oder an der Grenze des Anwesens patrouillierten. Es waren keine da. Niemand in der kleinen Gruppe auf dem Rasen erinnerte sich, welche gesehen zu haben; offenbar waren sie schon vor dem Beginn des Meteoritenschauers verschwunden.

»Nun hast du sie doch noch verscheucht«, sagte Ada zu Odysseus in dem Versuch, einen Scherz zu machen.

Er schüttelte den Kopf. »Das ist nicht gut.«

»Ich dachte, du magst die Voynixe nicht. Kaum dass du hier warst, hast du einen in zwei Hälften zerteilt.«

»Sie führen irgendetwas im Schilde«, meinte Odysseus. »Vielleicht ist ihre Zeit endlich gekommen.«

»Wie bitte?«

»Nichts, Ada *Uhr.*« Er nahm ihre Hand und tätschelte sie. *Wie ein Vater,* dachte Ada und brach albernerweise – schockierenderweise – in Tränen aus. Sie dachte immer wieder an Harman und daran, wie verwirrt und wütend sie gewesen war, als er ihr erklärt hatte, er wolle ihr helfen, ihn als Vater ihres Kindes zu wählen, und dass sein Kind *wissen* solle, dass er der Vater sei. Was ihr wie eine absurde, beinahe obszöne Idee erschienen war, kam ihr jetzt so überaus vernünftig vor. Sie hielt Odysseus' Hand fest und weinte.

»Schaut!«, rief das Mädchen namens Peaen.

Ein nicht so heller Meteorit stürzte direkt auf Ardis herab, aber in flacherem Winkel als alle anderen. Trotzdem zog er vor dem dunkelnden Himmel – die Sonne war endlich untergegangen – eine feurige Spur hinter sich her, aber bei diesem Meteorschweif schien es sich eher um echte Flammen als um kreischendes, erhitztes Plasma zu handeln.

Das leuchtende Objekt beschrieb einen Kreis und schien dann vom Himmel zu fallen. Mit vernehmlichem Krachen schlug es irgendwo jenseits des Waldrands über der oberen Wiese ein.

»Das war knapp«, stieß Ada hervor. Ihr Herz klopfte.

»Das war kein Meteorit«, sagte Odysseus. »Bleibt hier. Ich gehe hinauf und sehe nach.«

»Ich komme mit«, erklärte Ada. Als Odysseus den Mund aufmachte, um zu widersprechen, sagte sie nur: »Es ist mein Land.«

In der tiefer werdenden Dämmerung gingen sie zusammen den Hügel hinauf. Der Himmel über ihnen war noch immer voller lautloser Flammen.

Die Flammen und der Rauch stiegen unmittelbar jenseits des Waldrandes über der oberen Wiese empor, aber Ada und Odysseus brauchten sich in der Dunkelheit dort oben nicht auf die Suche zu machen. Ada sah sie zuerst – zwei bärtige, ausgemergelte Männer, die aus dem Wald auf sie zukamen. Einer der Männer war nackt; seine Haut leuchtete fahl im trüben Licht, die Rippen waren schon aus zwanzig Metern Entfernung zu sehen, und er schien ein kahlköpfiges, blau gekleidetes Kind in den Armen zu tragen. Der andere klapperdürre, bärtige Mann trug einen Thermohautanzug, aber der Anzug war so zerrissen und schmutzig, dass man die Farbe des Materials kaum erkennen konnte. Der rechte Arm dieses Mannes hing herunter, mit der Handfläche nach vorn, und die bloße Hand sowie das Handgelenk waren dunkelrot von Blut. Beide Männer taumelten; sie hielten sich mit letzter Kraft auf den Beinen und gingen weiter.

Odysseus zog das Kurzschwert halb aus der Scheide an seinem Gürtel.

»Nein!«, rief Ada und stieß Odysseus' Hand herunter. »Nein, das sind Harman und Daeman!« Sie lief durch das hohe Gras auf sie zu.

Harman kippte vornüber, als sie näher kam, und Odysseus rannte die letzten zwanzig Schritte und fing Harmans Last auf, als der Mann nach vorn fiel. Daeman sank ebenfalls auf die Knie.

»Es ist Hannah«, sagte Odysseus. Er legte die bewusstlose junge Frau ins Gras und tastete an ihrem Hals nach dem Pulsschlag.

»Hannah?«, wiederholte Ada. Die Frau hatte weder Haare noch Wimpern, aber die Augen unter den flatternden Lidern waren die von Hannah.

»Hallo, Ada«, hauchte das Mädchen am Boden.

Ada ließ sich auf ein Knie nieder, hockte sich neben den zusammengebrochenen Harman und half ihm, sich auf den

Rücken zu rollen. Er versuchte zu ihr hinaufzulächeln. Das Gesicht ihres Geliebten war unter den Koteletten zerschlagen und zerschnitten; Wangen und Stirn waren mit geronnenem Blut verklebt. Die Augen lagen tief in den Höhlen, die Haut war von ungesundem Weiß, die Wangenknochen standen über dem Bart spitz hervor. Harman zitterte fiebrig und sah sie mit glühenden Augen an. Seine Zähne klapperten, als er sprach. »Mir geht es gut, Ada. Gott, bin ich froh, dich zu sehen.«

Daeman war in schlimmerer Verfassung. Ada konnte nicht glauben, dass es sich bei diesen beiden übel zugerichteten, blutbesudelten, ausgemergelten Männern um dieselben handelte, die vor einem Monat so lässig zu ihrer Reise aufgebrochen waren. Sie legte einen Arm unter Daemans Arm, damit er nicht mit dem Gesicht voran zu Boden fiel. Er schwankte auf den Knien.

»Wo ist Savi?«, fragte Odysseus.

Harman schüttelte traurig den Kopf. Er schien zu müde zu sein, um noch einmal zu sprechen.

»Caliban«, sagte Daeman. Ada fand, dass seine Stimme zwanzig Jahre älter klang.

Der Meteorsturm hatte seinen Höhepunkt überschritten; die Einschläge und feurigeren Abstürze hatten sich weiter ostwärts verlagert. Einige Dutzend kleinerer Streifen überquerten den Zenit beinahe sanft von West nach Ost. Sie ähnelten eher dem alljährlichen Perseidenschauer als dem wütenden Bombardement des früheren Abends.

»Bringen wir sie ins Haus«, sagte Odysseus. Er stand auf, hob Hannah mit beiden Armen hoch und hielt Daeman die rechte Schulter hin, damit er sich beim Aufstehen daraufstützen konnte. Ada half Harman auf die Knie und dann auf die Beine, legte seinen rechten Arm um ihre Schulter und trug einen großen Teil seines Gewichts, als sie über die dunkle Wiese auf die Lichter von Ardis Hall zugingen, wo Odysseus' Jünger und Adas Freunde inzwischen Kerzen angezündet hatten.

»Der Arm sieht schlimm aus«, sagte Odysseus zu Daeman. »Wenn wir mehr Licht haben, schneide ich die Thermohaut weg und schaue ihn mir an.«

Ada langte mit ihrer freien Hand zu Daeman hinüber und berührte sanft seinen blutigen Arm; er stöhnte und wäre beinahe in Ohnmacht gefallen. Nur Odysseus' starke Schulter und Adas rechte Hand hielten ihn aufrecht. Seine Augenlider flatterten ein paar Sekunden lang, aber dann sammelte er sich, lächelte Ada an und ging weiter.

»Das sind ernste Verletzungen«, sagte Ada. Zum zweiten Mal an diesem Abend war sie den Tränen nahe. »Ihr solltet beide in die Klinik gefaxt werden.«

Sie verstand überhaupt nichts, als beide Männer auflachten. Anfangs klang es zögernd und schmerzhaft, dann einen Moment lang eher wie ein Husten als wie ein Lachen, aber dann verwandelte sich das Gebell in lautes Gelächter, das immer lauter und echter wurde, bis die beiden auf beinahe irritierende Weise betrunken klangen.

63 Olymp

Olympus Mons, der höchste Vulkan auf dem Mars, erhebt sich mehr als sechsundzwanzig Kilometer über die umliegende Ebene und über den neuen Ozean an seinem Fuß. An der Basis hat der Vulkan einen Durchmesser von rund 600 Kilometern. Mit seinem grünen Gipfel in einer Höhe von 26500 Metern ist der Olympus Mons fast dreimal so hoch wie der Mount Everest auf der Erde. Die Flanken des Berges, tagsüber weiß von Schnee und Eis, leuchten an diesem Abend fast blutrot im Schein der untergehenden Sonne.

Am nordöstlichen Fuß des Olympus Mons steigen die zerklüfteten Steilwände über fünftausend Meter senkrecht in die Höhe. An diesem Marsabend erstreckt sich der lange Schatten des Vulkans in östlicher Richtung fast bis zur Linie der drei Tharsis-Vulkane am dunstigen Horizont.

Die Hochgeschwindigkeitsrolltreppe aus Glas, die sich an dieser Seite des Vulkans hinaufgewunden hat, ist nicht weit oberhalb der Steilwand so sauber wie von einer Guillotine zerschnitten. Ein starkes, von Zeus selbst geschaffenes Kraftfeld aus sieben Schichten – die *Ägis* – schirmt das gesamte Olympus-Mons-Massiv gegen Angriffe ab und schimmert jetzt im roten Abendlicht.

Unmittelbar vor den Steilwänden, in der Nähe der Stelle, wo der Fuß des Olymps nahe an das Nordmeer heranreicht, das hier erst vor anderthalb Jahrhunderten im Rahmen der Terraformung entstanden ist, hat sich eine Streitmacht aus tausend oder mehr Göttern versammelt. Hundert goldene, von unsichtbaren Kräften angetriebene, aber sichtbar von starken Rössern gezogene Streitwagen schweben in etlichen Hundert Metern Höhe über den Massen der Götter in goldenen Rüstungen, die auf der Ebene und den Kiesstränden unten versammelt sind, und geben ihnen Deckung.

Zeus und Hera stehen an vorderster Front dieser Armee der Unsterblichen. Beide sind über sechs Meter groß. Der König und die Königin der Götter erstrahlen in Rüstungen, Schilden und Waffen, die von Hephaistos und anderen handwerklich geschickten Göttern zurechtgehämmert wurden; selbst ihre hohen Helme sind aus reinem Gold geschmiedet, mit Mikroschaltkreisen ausgestattet und durch hoch entwickelte Legierungen verstärkt. Athene und Apollo fehlen vorläufig noch in der vordersten Front dieser göttlichen Phalanx, aber die anderen Götter und Göttinnen sind allesamt da …

Aphrodite ist da, auch in ihrer Kriegsrüstung noch schön. Ihr Kriegshelm ist mit kostbaren Edelsteinen besetzt; ihr winziger Bogen dient dazu, Glaspfeile mit hohlen Spitzen voller Giftgas zu verschießen.

Ares ist da, er grinst unter dem Stirnpanzer seines Kriegshelms mit dem roten Kamm, in freudiger Erwartung des beispiellosen Blutvergießens, das bald beginnen wird. Er hat Apollos silbernen Bogen und einen Köcher voller Pfeile, die auf Wärme reagieren. Jedes Ziel, auf das er schießt, wird er töten oder zerstören.

Poseidon ist da – der Erdenerschütterer, riesig und auf düstere Weise mächtig, zum ersten Mal seit Jahrtausenden in Kriegsrüstung gekleidet. Die schwere Axt in seiner linken Hand könnten keine zehn Männer heben, nicht einmal, wenn Achilles zu ihnen gehören würde.

Hades ist da – seine Miene, seine Laune und seine Rüstung sind sogar noch düsterer als die von Poseidon, seine roten Augen glühen tief in den Höhlen seines Kriegshelms. Persephone steht neben ihrem Gebieter, angetan mit einem Panzer aus Lapislazuli, einen mit Widerhaken versehenen Dreizack aus Titan in den langen, blassen Fingern.

Hermes ist da – schlank und tödlich, in seinen roten Insektenpanzer gehüllt, bereit, per Quantenteleportation in den Kampf zu springen, zu töten und wieder wegzuspringen, bevor ein sterbliches Auge sein Erscheinen oder gar das von ihm angerichtete Blutbad bemerkt.

Thetis ist da, mit rot geweinten Göttinnenaugen, aber pflichtgetreu in kompletter Kriegsrüstung, bereit, ihren Sohn, Achilles, zu töten, falls und wenn Zeus es so will.

Triton ist da – in seiner vielschichtigen, grün-schwarzen Rüstung hebt er sich deutlich von den anderen ab. Dies ist der vergessene Satyros der alten Welten, der Schrecken mit dem Muschelhorn, Schänder von Mädchen und Jungen, der Gott, der die Kinderleichen gern in den Tiefen des Meeres ablegte, nachdem er sein Vergnügen mit ihnen hatte.

Artemis ist da – die golden gepanzerte Göttin der Jagd, den Kriegsbogen in der Hand, bereit und willens, Gallonen menschlichen Blutes als ersten Akt der Rache für die Verletzung zu vergießen, die ihrem geliebten Bruder, Apollo, zugefügt wurde.

Hephaistos ist da – in Flammen gepanzert und bereit, die Fackel zu dem sterblichen Feind zu bringen.

Alle Götter außer dem genesenden Apollo und der genesenden Athene sind da – Reihe um Reihe riesiger, schweigender Gestalten, aufgereiht unter den Schatten der Steilwände. Über ihnen kreisen weitere Götter und Göttinnen in ihren fliegenden Streitwagen. Über allem schimmert die *Ägis* – sowohl Offensiv- als auch Defensivwaffe – und baut ihre Energien auf.

Im Niemandsland jenseits der Götter, knapp hinter der Stelle, wo der Schimmer der *Ägis* in Erdreich und Gestein schneidet und weiter abwärts führt, sich kugelförmig tief zum Mittelpunkt des Mars hinunterkrümmt, liegen die Leichen der beiden Zerberiden – zweiköpfiger, über sechs Meter langer Hundewesen mit Chromstahl-Zähnen und Gaschromatograf-Massenspektrometern in ihren Schnauzen. Sie liegen dort, wo Achilles und Hektor bei ihrer Ankunft am Olymp vor ein paar Stunden jeweils einen von ihnen getötet haben.

Dreißig Meter hinter den Zerberiden stehen die verbrannten Überreste der alten Scholikerkaserne. Jenseits der Kaserne stehen die Truppen der Menschheit. An diesem Abend sind es hundertzwanzigtausend Mann.

Hektors Streitkräfte – vierzigtausend der mutigsten Kämpfer Iliums – sind in Reih und Glied auf der landeinwärts gelegenen Seite angetreten. Paris hat Befehl erhalten, in Ilium zu bleiben; sein älterer Bruder hat ihn mit der schweren Aufgabe betraut, ihre Heimstätten und geliebten Angehörigen in der alten Stadt zu beschützen. Obwohl diese jetzt von dem Moravec-Kraftfeld überkuppelt ist, vertraut Hektor in diesem Punkt eher auf bronzene Lanzenspitzen und menschlichen Mut. Aber die anderen Hauptleute und ihre Kontingente sind hier.

Neben Hektor steht der getreue Bruder des trojanischen Oberbefehlshabers, Deiphobos. Er befehligt zehntausend handverlesene Lanzenkämpfer. Nicht weit von ihm steht Äneas, dem die Moiren ihre Gunst entzogen haben und der hier nun sein neues Schicksal schmiedet. Hinter Äneas' Kontingent von Kämpfern führt der edle Glaukos seine Streitwagenarmada und elftausend wilde, kampfbereite Lykier an.

Askanios aus Askania, einer der Anführer der Phryger, ist von Kopf bis Fuß in Bronze und Leder gekleidet und ganz versessen darauf, sich Ruhm zu erwerben. Seine 4200 Askanier können es kaum erwarten, unsterblichen Ichor zu vergießen, wenn kein unsterbliches Blut verfügbar ist.

Hinter den trojanischen Kämpfern, zu alt und zu hochgeschätzt, um Männer in die Schlacht zu führen, an diesem Tag jedoch in Kampfrüstung gekleidet und bereit zu sterben, falls das Universum es so will, sind die Könige und Berater Iliums –

zunächst König Priamos selbst, der die legendäre, aus dem Metall eines alten Meteoriten gehämmerte Rüstung trägt, dann der alte Antenor, der Vater vieler trojanischer Helden, von denen die meisten schon im Kampf gefallen sind.

Neben Antenor stehen Priamos' hochgeehrte Brüder Lampos und Klytios sowie der graubärtige Hiketaon, der bis zu diesem Tag Ares, den Gott des Krieges, in größeren Ehren gehalten hat als irgendwen sonst. Hinter Hiketaon finden sich die geachtetsten trojanischen Ältesten, Panthoos und Thymoites. Bei diesen alten Männern steht heute, die Augen wie immer auf ihren Gatten gerichtet, in Rot gekleidet, als wäre sie ein lebendiges Banner des Blutes und des Verlusts geworden, die schöne Andromache, Hektors Gemahlin, die Mutter des ermordeten Skamandrios, des Babys, das von den Einwohnern Iliums liebevoll Astyanax genannt wurde, »Herr der Stadt«.

Im Zentrum dieser fünf Kilometer langen menschlichen Kampflinie ragt der goldene Achilles auf, der Peleussohn, der Männertöter. Er befehligt über achthunderttausend kampferprobte Achäer. Wie es heißt, ist er – bis auf eine geheime Schwachstelle – unverwundbar. In voller Kämpfermontur, das Gesicht gerötet von der übermenschlichen Energie eines beinahe unmenschlichen Zorns, wirkt er an diesem Abend unsterblich. Der Platz rechts von Achilles ist leer geblieben, zum Andenken an seinen treuesten Freund und Kampfgefährten, Patroklos, der angeblich vor nicht einmal vierundzwanzig Stunden brutal von Pallas Athene ermordet wurde.

Die Plätze hinter Achilles und links von ihm nimmt die verblüffende Troika von Agamemnon, Menelaos und Odysseus ein. Die beiden Atriden sind immer noch von ihren Zweikämpfen mit Achilles gezeichnet, und Menelaos' linker Arm ist so schwer verletzt, dass er keinen Schild tragen kann, aber die beiden abgesetzten Führer haben es für nötig befunden, an diesem Tag bei ihren Hauptleuten und Männern zu sein. Odysseus lässt mit gedankenverlorener Miene den Blick über die Schlachtreihen der Menschen und Unsterblichen schweifen und kratzt sich den Bart.

Verteilt unter den übrigen achäischen Truppen, in Streitwagen oder zu Fuß, aber immer an der Spitze ihrer Männer, finden sich die überlebenden griechischen Helden des neunjährigen bitteren Krieges: Diomedes, in sein Löwenfell gekleidet, einen Knüppel in der Hand, der größer ist als die meisten Männer; der große Ajax, Bollwerk der Achäer, der seine gesamte Kriegerschar überragt, und der kleine Ajax, der seine Profikiller aus Lokris anführt. Keinen Steinwurf von diesen Helden entfernt steht der große Lanzenkämpfer Idomeneus an der Spitze seiner legendären kretischen Recken, und der hochgewachsene Meriones in seinem Streitwagen kann es kaum erwarten, im Kampf neben dem Halbbruder des großen Ajax herzufahren, dem meisterhaften Bogenschützen Teukros.

Auf der rechten Flanke der Achäer, dem Meer am nächsten, drehen Reihe um Reihe gepanzerter Männer ihre mit Federbüschen geschmückten Helme und schauen zu ihrem Anführer, dem ältesten achäischen Hauptmann, der an diesem Tag anwesend ist, dem schlauen Nestor, dem Rossebezähmer. Nestor hat dort auf der rechten Flanke weit vor allen anderen Stellung bezogen, mit rotem Umhang, in seinem Streitwagen mit den vier Pferden deutlich zu sehen, also wird er als Erster auf dieser Flanke fallen oder sich seinen Weg durch die Kampflinie der Unsterblichen bahnen. Nestors Söhne, Antilochos – ein guter Freund von Achilles – und Thrasymedes, Antilochos' größerer und besser aussehender Bruder, bemannen Streitwagen in seiner Nähe und brennen offenkundig darauf, mit ihrem Vater in den Kampf zu fahren.

Hundert weitere Hauptleute sind an diesem Tag hier. Jeder von ihnen trägt seinen stolzen Namen und den stolzen Namen seines Vaters, und zusammen führen sie Zehntausende weiterer Männer an, die alle edle Namen und eine stolze Geschichte haben. Jeder von ihnen trägt den hehren Namen seines Vaters in die Schlacht; entweder erringt er mit ihm Ruhm und Leben, oder er nimmt ihn mit hinab in den Hades.

Rechts von den versammelten Achäern verteilen sich etliche Tausend Zeks ohne besondere Ordnung stumm und grün über den Strand. Die kleinen grünen Männchen sind von ihren Lastkähnen, Feluken und zerbrechlichen Segelschiffen aus dem Tethys-Meer und dem Binnenmeer der Valles Marineris geströmt und haben an diesem Tag als Zeugen hier Aufstellung bezogen – aus Gründen, die nur ihnen selbst und vielleicht ihrem Avatar Prospero oder dem verborgen gebliebenen Gott namens Setebos bekannt sind. Stumm stehen sie an der sanft rauschenden Brandungslinie, und die Griechen wie auch die Trojaner, ja selbst die unsterblichen Götter haben sie bislang in Ruhe gelassen.

Einen knappen Kilometer weit draußen auf dem Meer hinter den Zeks liegen mehr als hundert achäische Kriegsschiffe; ihre Segel fangen den rosigen marsianischen Sonnenuntergang ein, ihre Ruder spiegeln den goldenen Glanz des Meeres. Jetzt sind die Segel eingeholt, die Ruder eingelegt, und Schilde und Lanzen säumen die Bordwände der Schiffe. Von den über 3000 achäischen Kämpfern auf diesen Schiffen sind nur gelbe, rote, violette und blaue Rosshaarbüsche sowie die glänzenden Helmdächer zu sehen. Zwischen den versammelten Schiffen durchschneiden stachelige schwarze Finnen das von der Sonne vergoldete Wasser. Im Marsmeer, jetzt nur an ihren Periskopen und den Spitzen ihrer Segel aus schwarzem Metall zu erkennen, kreuzen drei mit Marschflugkörpern ausgerüstete U-Boote der Gürtel-Moravecs.

Hinter den Trojanern und Achäern an Land breitet sich über eine Distanz von zwei Kilometern die versammelte Infanterie der Gürtel-Moravecs aus – 27 000 schwarz gepanzerte, käferartige Infanteriesoldaten, die sowohl schwere als auch leichte Waffen tragen. Mit Energiewaffen und Raketengeschossen bestückte Artilleriebatterien der Steinvecs stehen bis zu fünfzehn Kilometer weit gestaffelt hinter den Frontlinien; ihre Projektoren und Rohre sind auf den Olymp und die versammelten Unsterblichen gerichtet. 116 Hornissenjäger kreisen über den Reihen der Menschen und Moravecs oder schießen über sie hinweg; manche sind mit Tarnverkleidung ausgestattet, andere noch so auffallend schwarz wie früher an diesem Tag, als sie zum ersten Mal gesichtet wurden. Im Orbit über ihnen, so haben die Gürtel-Moravecs berichtet, kreisen 65 Kampfraumschiffe in niedrigeren und höheren Umlaufbahnen, von knapp oberhalb der Marsatmosphäre bis zu etlichen Millionen Kilometern weit draußen jenseits der dahinsausenden Monde Phobos und Deimos. Der Militärkommandeur der Gürtel-Moravecs auf dem Boden hat dem europaschen Moravec Mahnmut gemeldet, dass alle Arten von Bomben, Raketen, Kraftfeldern und Energiewaffen an Bord all dieser Schiffe einsatzbereit und auf ihr Ziel gerichtet sind, was dieser wiederum Hektor und Achilles übersetzt hat. Den Helden sagt diese Meldung gar nichts, und sie haben sie nicht weiter beachtet.

Mahnmut, Orphu und Hockenberry stehen auf dem ebenen Gelände in der Nähe von Achilles, rechts von Odysseus und den Atriden, aber ein Stück von ihnen entfernt. Mahnmut hatte früher am Nachmittag einen Blick auf die wachsende Versammlung der Truppen geworfen und dann mithilfe des trojanischen Befehlshabers Perimos sofort einen Streitwagen herbeibeordert, mit dem er Orphu durch die Quantentunnelscheibe transportieren konnte. Wie einen »abgefuckten Wohnwagenanhänger«, so Orphus eigene Worte, hatte er den schwebenden Ionier hinter dem Streitwagen hergezogen. Mahnmut wusste nicht genau, was das war – seine Datenbanken für die Umgangssprache des Untergegangenen Zeitalters quollen nicht von obsessiv zusammengetragenem Material über wie die von Orphu –, aber er schwor sich, dass er es eines Tages nachschlagen würde. Wenn er überlebte.

Der Scholiker Thomas Hockenberry, Doktor der Philosophie, trägt den Umhang, die Rüstung und die Kleidung eines trojanischen Hauptmanns, und obwohl er das Geschehen fasziniert zu verfolgen scheint, fällt es ihm offenbar schwer, stillzustehen. Während die Abertausende Krieger bis hinauf zum edlen Achilles beinahe reglos auf das Eintreffen der letzten Nachzügler in jedem Heer – dem menschlichen wie dem der Unsterblichen – warten, tritt Hockenberry pausenlos von einem Bein aufs andere.

»Ist irgendwas nicht in Ordnung?«, flüstert Mahnmut auf Englisch.

»Ich glaube, da krabbelt was in meiner Unterhose«, erwidert Hockenberry genauso leise.

Die Heere sind versammelt. Die Stille ist unheimlich – auf beiden Seiten ist kein Geräusch zu hören außer dem trägen Rauschen der Wellen, die an den Kiesstrand rollen, dem gelegentlichen Wiehern eines an einen Streitwagen geschirrten Pferdes, dem leisen Pfeifen des Marswinds in den Steilwandfelsen des Olymps, dem Zischen fliegender, kreisender Streitwagen und dem höheren Summen der Hornissenjäger, dem gelegentlichen, unbeabsichtigten leisen Klirren von Bronze auf Bronze, wenn ein Soldat das Gewicht verlagert, und den mächtigen, allgegenwärtigen Geräuschen Zehntausender nervöser Männer, die daran zu denken versuchen, normal zu atmen.

Zeus tritt vor, durchquert die *Ägis* wie ein Riese, der einen sich kräuselnden Wasserfall durchschreitet.

Achilles geht ins Niemandsland hinaus und tritt dem Vater der Götter gegenüber.

»HAST DU NOCH ETWAS ZU SAGEN, BEVOR DU MITSAMT DEINER GATTUNG STIRBST?«, sagt Zeus im Plauderton, aber mit derart verstärkter Stimme, dass sie bis in die hintersten Bereiche des Feldes, ja, sogar bis hinaus zu den griechischen Schiffen auf See zu hören ist.

Achilles antwortet nicht gleich. Er wirft einen Blick zurück auf die Menschenmassen hinter sich, dreht sich wieder um, blickt an Zeus vorbei zum Olymp und den Massen der Götter vor sich und verrenkt sich dann den Hals, um erneut zu dem turmhoch aufragenden Zeus emporzuschauen.

»Ergib dich«, sagt Achilles, »dann lassen wir deine Göttinnen am Leben und machen sie zu unseren Sklavinnen und Kurtisanen.«

64 Ardis Hall

Daeman schlief zwei Tage und zwei Nächte lang. Er wachte nur sporadisch auf, wenn Ada ihn mit Brühe fütterte oder Odysseus ihn badete. Ein weiteres Mal erwachte er kurz an dem Nachmittag, an dem Odysseus ihn rasierte, indem er ein gerades Rasiermesser durch seinen eingeseiften Bart zog, aber Daeman war zu müde, um etwas zu sagen oder auf Worte zu hören. Der Schlafende schenkte auch dem Getöse am Himmel keine Beachtung, als die Meteore in der nächsten Nacht und dann in der Nacht darauf wiederkehrten. Er wachte nicht auf, als ein kleiner Materiebrocken, der sich mit etlichen Tausend Stundenkilometern bewegte, in das Feld hinter dem Haus pflügte, genau dort, wo Odysseus wochenlang Vorträge gehalten hatte. Der Aufschlag höhlte einen knapp drei Meter tiefen und fünf Meter breiten Krater aus und zerbrach die letzten verbliebenen Fenster in Ardis Hall.

Daeman erwachte am späten Vormittag des dritten Tages. Ada saß auf der Kante seines Bettes – ihres Bettes, wie sich herausstellte –, und Odysseus lehnte mit verschränkten Armen im Türrahmen.

»Schön, dass du wieder bei uns bist, Daeman *Uhr*«, sagte Ada leise.

»Danke, Ada *Uhr*«, sagte Daeman. Seine Stimme war heiser, und er hatte den Eindruck, dass er ungewöhnlich viel Kraft brauchte, nur um ein paar Worte zu krächzen. »Harman? Hannah?«

»Beiden geht es besser«, sagte Ada. Daeman war nie aufgefallen, wie makellos grün die Augen der jungen Frau waren. »Harman ist heute Morgen aufgestanden und frühstückt unten, und Hannah lernt gerade wieder laufen. Im Augenblick ist sie draußen auf der Wiese vor dem Haus, in der Sonne.«

Daeman nickte und schloss die Augen. Er verspürte den überwältigenden Drang, sie geschlossen zu lassen und wieder in Träume und Schlaf zu driften. Dort tat es nicht so weh, und momentan schmerzte und brannte sein rechter Arm schrecklich. Auf einmal schlug er die Augen auf und zog die Decke von seinem Arm, von der schrecklichen Gewissheit erfüllt, dass sie die Gliedmaße amputiert hatten, während er schlief, und dass er jetzt nur den Phantomschmerz eines Phantomglieds spürte.

Der Arm war rot, geschwollen und zernarbt, aber er war dran. Die Wunde von Calibans schrecklichem Biss war mit dickem Faden vernäht. Daeman versuchte, den Arm zu bewegen und mit den Fingern zu wackeln. Vor Schmerz sog er scharf die Luft ein, aber die Finger hatten sich bewegt, der Arm hatte sich ein Stück weit gehoben. Er ließ ihn wieder aufs Laken sinken und rang eine Weile nach Luft.

»Wer hat das gemacht?«, fragte er kurz darauf. »Die Nähte? Servitoren?«

Odysseus trat näher ans Bett. »Ich habe die Wunde genäht«, sagte er.

»Die Servitoren funktionieren nicht mehr«, erklärte Ada. »Nirgends. Die Faxknoten sind noch in Betrieb, daher bekommen wir Nachrichten von überall – die Servitoren sind defekt, die Voynixe verschwunden.«

Daeman nahm es mit einem Stirnrunzeln zur Kenntnis und versuchte, daraus schlau zu werden, aber ohne Erfolg. Harman kam herein; er benutzte einen Spazierstock als Krücke. Daeman sah, dass er seinen Bart behalten, aber offenbar gestutzt hatte. Er setzte sich auf einen Stuhl am Bett und packte Daemans linken Arm. Daeman schloss einen Moment lang die Augen und erwiderte einfach nur den festen Griff. Als er die Augen aufschlug, tränten sie. *Übermüdung,* dachte er.

»Der Meteorschauer flaut ab, er wird jeden Abend ein bisschen schwächer«, sagte Harman. »Aber es hat Opfer gegeben. Tote. Allein in Ulanbat sind über hundert Menschen gestorben.«

»Tote?«, wiederholte Daeman. Das Wort hatte seit sehr, sehr langer Zeit keine echte Bedeutung mehr gehabt.

»Ihr musstet wieder ganz von Neuem lernen, Bestattungen durchzuführen«, sagte Odysseus. »Kein Hochfaxen in eine glückliche Ewigkeit als unsterbliche Nachmenschen in den Ringen mehr. Die Menschen begraben ihre Toten und versuchen, sich um die Verletzten zu kümmern.«

»Paris-Krater?«, brachte Daeman heraus. »Meine Mutter?«

»Es geht ihr gut«, sagte Ada. »Die Stadt ist nicht getroffen worden. Jeden Tag kommen Boten mit neuen Nachrichten. Sie hat dir einen Brief geschickt, Daeman – sie hat Angst zu faxen, ehe sich nicht alles wieder beruhigt hat. So geht es vielen. Jetzt, wo die Servitoren und die Voynixe nicht mehr da sind und überall der Strom ausgefallen ist, wollen die meisten Menschen nicht reisen, wenn es nicht unbedingt sein muss.«

Daeman nickte. »Wie kommt es, dass der Strom ausgefallen ist, die Faxknoten aber noch funktionieren? Wo sind die Voynixe? Was geht da vor?«

»Das wissen wir nicht«, sagte Harman. »Aber der Meteorschauer hat kein – wie hat Prospero es genannt? – kein Massenaussterben zur Folge gehabt. Darüber können wir froh sein.«

»Ja«, sagte Daeman, aber bei sich dachte er: *Also waren Prospero und Caliban und Savis Tod real – das war nicht nur alles ein böser Traum?* Er bewegte erneut den rechten Arm, und der Schmerz beantwortete die Frage.

Hannah kam herein. Sie trug ein schlichtes weißes Hemd. Auf ihrer Kopfhaut schien sich ein feiner Flaum gebildet zu haben. Ihr Gesicht sah in jeder Hinsicht menschlicher und lebendiger aus. Sie trat an Daemans Bett, beugte sich herunter, wobei sie darauf achtete, seinen Arm nicht zu berühren, und küsste ihn fest auf die Lippen. »Danke, Daeman. Danke«, sagte sie. Sie gab ihm ein kleines Vergissmeinnicht, das sie draußen im Garten gepflückt hatte, und er nahm es ungeschickt in die linke Hand.

»Gern geschehen«, sagte Daeman. »Der Kuss hat mir gefallen.« Das stimmte. Es war, als wäre er – Daeman, der eifrigste Schürzenjäger der Welt – noch nie geküsst worden.

»Das ist interessant«, sagte Hannah und entfaltete ein zerknülltes Turin-Tuch, das sie in der anderen Hand hielt. »Ich habe es unten am alten Eichentisch gefunden, aber es funktioniert nicht mehr. Ich habe noch zwei weitere ausprobiert. Nichts.«

»Vielleicht ist das griechisch-trojanische Schlachtendrama zu Ende.« Harman hielt sich die verzierten Schaltkreise im Tuch an die Stirn und warf es dann fort. »Vielleicht ist die Turin-Geschichte vorbei.«

Odysseus, der zum Fenster hinausgeschaut hatte, drehte sich zu der kleinen Gruppe um. »Das glaube ich nicht«, sagte er. »Ich vermute, der wahre Krieg hat gerade erst begonnen.«

»Weißt du etwas über das Turin-Drama?«, fragte Hannah. »Hast du nicht gesagt, du hättest dich nie unter das Tuch gelegt?«

Odysseus zuckte die Achseln. »Savi und ich haben die Turin-Tücher vor fast zehn Jahren verbreitet. Ich habe den Prototyp aus … weiter Ferne mitgebracht.«

»Warum?«, fragte Daeman.

Odysseus öffnete die Hand. »Der Krieg stand bevor. Die Menschen hier auf der Erde mussten etwas über den Krieg lernen, über seinen Schrecken und seine Schönheit. Und sie mussten etwas über die Menschen in dieser Geschichte lernen – über Achilles, Hektor und die anderen. Auch über mich.«

»Warum?«, fragte Hannah.

»Weil der Krieg *wirklich* bevorsteht«, sagte Odysseus.

»Wir sind nicht daran beteiligt«, sagte Ada.

Odysseus verschränkte die Arme. »Aber ihr werdet es sein. Ihr seid noch nicht an der vordersten Front, aber die Kampflinien verlagern sich hierher. Ihr werdet von diesem Konflikt erfasst werden, ob ihr es wollt oder nicht.«

»Wie können wir daran teilnehmen?«, fragte Ada. »Wir wissen nicht, wie man kämpft. Und wir wollen es auch gar nicht lernen.«

»Ungefähr sechzig der jungen Männer und Frauen, die hiergeblieben sind, werden in ein paar Wochen ein wenig über das Kämpfen wissen«, sagte Odysseus. »Ob sie kämpfen wollen, wenn es so weit ist, liegt bei ihnen. Wie immer.« Er zeigte auf Harman. »Ob du es glaubst oder nicht, euer Sonie lässt sich reparieren. Ich habe daran gearbeitet, und in acht oder zehn Tagen fliegt es vielleicht schon wieder.«

»Ich will keine Kämpfe mit ansehen«, sagte Ada. »Ich will keinen Krieg erleben.«

»Nein«, sagte Odysseus. »Da hast du völlig recht.«

Ada senkte den Kopf, als würde sie gegen die Tränen ankämpfen. Als sie ihre geschlossene Hand aufs Bett sinken ließ, legte Daeman seine Finger neben ihre und gab ihr Hannahs Vergissmeinnicht. Dann driftete er in den Schlaf.

Er erwachte in Dunkelheit und Mondlicht. Eine Gestalt saß an seinem Bett. *Caliban!* Daeman hob instinktiv den rechten Arm und ballte die Hand zur Faust, und der Schmerz ließ Lichter hinter seinen Augen auflodern.

»Immer mit der Ruhe«, sagte Harman und beugte sich über ihn, um den verbundenen Arm wieder gerade hinzulegen. »Immer mit der Ruhe, Daeman.«

Daeman schnappte nach Luft und versuchte, sich nicht vor Schmerz zu übergeben. »Ich dachte, du wärst …«

»Ich weiß«, sagte Harman.

Daeman setzte sich im Bett auf. »Glaubst du, er ist tot?«

Der Schattenmann schüttelte den Kopf. »Ich weiß es nicht. Ich habe mich gefragt … habe darüber nachgedacht. Über alle beide.«

»Alle beide?«, sagte Daeman. »Du meinst, auch über Savi?«

»Nein … das heißt, ja, ich denke oft an sie … aber ich habe über Prospero nachgedacht. Über das Prospero-Hologramm, das behauptet hat, es sei nur ein Echo eines Schattens oder so ähnlich.«

»Was ist damit?«

»Ich glaube, es *war* Prospero«, flüsterte Harman. Er beugte sich näher zu ihm. »Ich glaube, er war irgendwie in der Asteroidenstadt der Nachmenschen eingesperrt – ›meine Insel‹, wie das Prospero-Holo sie genannt hat –, genauso wie Caliban dort eingesperrt worden war.«

»Von wem?«, fragte Daeman.

Harman lehnte sich zurück und seufzte. »Ich weiß es nicht. In letzter Zeit weiß ich rein gar nichts mehr.«

Daeman nickte. »Es hat ganz schön lange gedauert, bis wir genug gelernt hatten, um zu der Erkenntnis zu gelangen, dass keiner von uns irgendetwas weiß, nicht wahr, Harman?«

Harman lachte. Doch als er wieder sprach, klang seine leise Stimme ernst. »Mich beunruhigt der Gedanke, dass wir sie befreit haben könnten.«

»Sie befreit?«, flüsterte Daeman. Noch vor einer Sekunde war er hungrig gewesen, geradezu heißhungrig, aber jetzt fühlte sich sein Magen an, als wäre er mit Eiswasser gefüllt. »Caliban und Prospero.«

»Ja.«

»Vielleicht haben wir sie getötet«, sagte Daeman mit harter Stimme.

»Ja.« Harman stand auf und fasste ihn an der Schulter. »Ich gehe jetzt und lass dich ein bisschen schlafen. Danke, Daeman.«

»Wofür?«

»Danke«, wiederholte Harman und ging hinaus.

Daeman ließ sich erschöpft in die Kissen zurücksinken, aber der Schlaf wollte nicht kommen. Er horchte auf die nächtlichen Geräusche, die durchs kaputte Fenster hereindrangen – Grillen, Nachtvögel, deren Namen er nicht kannte, Frösche, die in dem kleinen Teich hinter dem Haus quakten, das Rascheln von Blättern in der nächtlichen Brise – und merkte, dass er grinste.

Wenn Caliban noch lebt, dann ist das eine verdammte Schande. Aber ich lebe auch noch. Ich bin am Leben.

Dann schlief er, einen sauberen, traumlosen Schlaf, bis Ada ihn schließlich eine Stunde nach Tagesanbruch mit seinem ersten richtigen Frühstück seit fünf Wochen weckte.

Vier Tage später ging Daeman an einem kühlen, aber schönen Abend allein im Garten spazieren, als Ada, Harman, Hannah, Odysseus, Petyr und die junge Frau namens Peaen den Hügel herabkamen und sich zu ihm gesellten.

»Das Sonie ist repariert«, sagte Odysseus. »Es fliegt zumindest wieder. Möchtest du dir den Testflug ansehen?«

Daeman zuckte die Achseln. »Nicht unbedingt. Aber ich möchte wissen, was du damit vorhast.«

Odysseus warf einen raschen Blick zu Petyr, Peaen und Harman. »Erstens werde ich ein paar Erkundungsflüge unternehmen«, sagte er. »Nachsehen, welche Schäden die Meteoriten in der Umgebung angerichtet haben, und feststellen, ob die Maschine mich bis zur Küste und wieder zurück trägt.«

»Und wenn nicht?«, fragte Harman.

Odysseus zuckte die Achseln. »Dann laufe ich eben nach Hause.«

»Wo ist dein Zuhause?«, fragte Daeman. »Und wie lange wirst du brauchen, um dorthin zu gelangen, Odysseus *Uhr*?«

Das entlockte Odysseus ein Lächeln, aber in seinen Augen stand tiefe Traurigkeit. »Wenn ihr nur wüsstet«, sagte er leise. »Wenn ihr nur wüsstet.« Mit seinen beiden Jüngern und Hannah im Schlepptau ging der Barbar wieder den Hügel hinauf zum Haus.

Harman und Ada gingen mit Daeman spazieren.

»Was hat er vor?«, wandte sich Daeman an Harman. »In Wirklichkeit?«

»Er will die Voynixe finden«, sagte Harman.

»Und dann?«

»Ich weiß es nicht.« Harman brauchte keine Krücke mehr, aber er hatte sich, wie er behauptete, an den Spazierstock gewöhnt, und nun schlug er damit auf ein Unkraut ein, das zwischen den Blumen wuchs.

»Früher haben die Servitoren den Garten gepflegt«, entschuldigte sich Ada. »Ich gebe mir Mühe, aber ich habe so viel mit den Mahlzeiten und der Wäsche und allem zu tun …«

Harman lachte. »Heutzutage ist es schwer, gute Hilfskräfte zu kriegen«, sagte er.

Harman legte Ada den Arm um die Taille. Die junge Frau sah ihn mit einem Blick an, den Daeman nicht zu deuten wusste, aber er merkte, dass er wichtig war.

»Ich habe gelogen«, sagte Harman zu Daeman. »Wir wissen beide, dass Odysseus die Voynixe angreifen wird, um sie daran zu hindern, das zu tun, was sie vorhaben.«

»Ja«, sagte Daeman, »ich weiß.«

»Er wird diesen Krieg benutzen, um seine Jünger auf das vorzubereiten, was er für den echten Krieg hält«, sagte Harman und blickte zu dem weißen Herrenhaus auf dem Hügel hinauf. »Er versucht uns beizubringen, wie man kämpft, bevor der echte Kampf beginnt. Er sagt, wir werden es merken – dass der Krieg kommen wird wie wirbelnde Kugeln, die Löcher im Himmel öffnen und uns zu neuen Welten und neue Welten zu uns bringen.«

»Ich weiß«, sagte Daeman. »Ich habe gehört, wie er das gesagt hat.«

»Er ist verrückt«, sagte Harman.

»Nein«, erwiderte Daeman. »Keineswegs.«

»Wirst du mit ihm in den Krieg ziehen?«, fragte Harman. Es klang, als hätte er sich selbst die Frage schon öfter gestellt.

»Nicht gegen die Voynixe«, sagte Daeman. »Wenn es nicht sein muss. Ich habe vorher noch einen anderen Kampf auszutragen.«

»Ich weiß«, sagte Harman. »Ich weiß.« Er küsste Ada, sagte: »Wir sehen uns oben im Haus«, und ging allein den Hügel hinauf. Er hinkte noch immer ein wenig.

Auf einmal verließen Daeman die Kräfte. Er entdeckte eine Holzbank mit Ausblick auf den unteren Teil der Rasenfläche und das abendlich-schattige Flusstal und ließ sich erleichtert darauf nieder. Ada setzte sich neben ihn.

»Harman hat verstanden, wovon du gesprochen hast«, sagte sie, »aber ich nicht. Was für einen Kampf hast du vorher noch auszutragen?«

Daeman zuckte die Achseln. Es war ihm unangenehm, darüber zu sprechen.

»Daeman?« Ihr Ton ließ erkennen, dass sie hier auf der Bank sitzen bleiben würde, bis er den Mund aufmachte, und er hatte momentan nicht die Kraft, aufzustehen und wegzugehen.

»An einem Ort namens Jerusalem gibt es einen blauen Scheinwerferstrahl, der in die Nacht emporscheint«, sagte er schließlich, »und in diesem Licht sind über neuntausend von Savis Leuten gefangen. Neuntausend Juden. Was immer Juden sein mögen.«

Ada sah ihn verständnislos an. Daeman wurde klar, dass sie diesen Teil ihrer Geschichte noch nicht gehört hatte. Sie alle erlernten allmählich die hohe Kunst des Geschichtenerzählens wieder; auf diese Weise füllten sie ihre Abende im Kerzenschein mit etwas anderem als nur Geschirrspülen.

»Bevor der von Odysseus prophezeite Krieg hierherkommt«, sagte Daeman leise, aber in entschlossenem Ton, »bevor mir keine andere Wahl mehr bleibt, als mich an einem gewaltigen Kampf zu beteiligen, den ich nicht verstehe, werde ich versuchen, diese neuntausend Menschen aus dem gottverdammten blauen Licht herauszuholen.«

»Wie?«, fragte Ada.

Daeman lachte. Es war ein unbekümmertes, unbefangenes Lachen, etwas, das er in den letzten zwei Monaten gelernt hatte. »Ich habe nicht den leisesten Schimmer«, sagte er.

Er stand mühsam auf, ließ sich von Ada stützen, und sie gingen Seite an Seite den Hügel hinauf nach Ardis Hall. Einige der Jünger zündeten bereits die Laternen am Tisch vor dem Haus an, obwohl es erst in einer Stunde Abendessen gab. Heute war Daeman an der Reihe, beim Zubereiten der Mahlzeit zu helfen, und er versuchte sich daran zu erinnern, für welchen Gang er zuständig war. Hoffentlich für den Salat.

»Daeman?« Ada war stehen geblieben und sah ihn an.

Er blieb ebenfalls stehen und erwiderte ihren Blick. Er wusste, dass die junge Frau Harman bis ans Ende ihrer Tage lieben würde, und war irgendwie froh darüber. Vielleicht lag es an den Verletzungen und an der Erschöpfung, aber Daeman wollte nicht mehr mit jeder Frau schlafen, die er kennenlernte. Allerdings hatte er seit dem Meteorschauer auch nicht viele neue Frauen kennengelernt.

»Daeman, wie hast du es gemacht?«, fragte Ada.

»Was denn?«

»Caliban getötet.«

»Ich bin nicht sicher, dass ich ihn getötet habe.«

»Aber du hast ihn *besiegt*«, sagte die junge Frau in beinahe grimmigem Ton. »Wie?«

»Ich hatte eine Geheimwaffe«, sagte Daeman. Noch während er es aussprach, wurde ihm klar, dass es die Wahrheit war.

»Welche?«, fragte Ada. Die Abendschatten lagen lang und weich auf der sanft abfallenden Rasenfläche um sie herum, und der Abendhimmel über Ardis Hall war freundlich, aber Daeman sah, dass sich am Horizont hinter Ada dunkle Wolken sammelten.

»Zorn«, sagte er schließlich. »Zorn.«

65 Indiana, 1200 v. Chr.

Ungefähr drei Wochen nach Beginn des Krieges zur Beendigung aller Kriege – kein Scherz! – qte ich mithilfe meines goldenen Medaillons zur anderen Seite der Welt. Ich hatte Nightenhelser versprochen, dass ich zurückkommen würde, um ihn zu holen, und ich halte meine Versprechen immer, wenn ich kann.

Nach Ilium-Olymp-Zeit war ich mitten in der Nacht aufgebrochen, unmittelbar im Anschluss an eine Besprechung in einem der neuen explosionssicheren Zelte, in denen Achilles sich jetzt mit seinen überlebenden Hauptleuten trifft. Ich war aus einer Laune heraus wegteleportiert – im Wissen, dass derartige private Quantenteleportationen bald der Vergangenheit angehören werden –, und es ist ein Schock, als ich an einem sonnigen Vormittag auf einem grasbewachsenen Hang im prähistorischen Nordamerika ankomme. In der Umgebung von Ilium wächst heutzutage nicht viel Gras, und auf den blutigen Ebenen des Mars gar keins.

Ich wandere den Hang hinab zum Fluss, überquere ihn und betrete den Wald. Ich staune über das Sonnenlicht und die relative Stille hier. Keine Explosionen, keine Todesschreie, keine Götter, die mitten in das gewalttätige Durcheinander brüllender Männer und kreischender Pferde hineinteleportieren. Etwa eine Minute lang habe ich Angst, dass Indianer in der Nähe sein könnten, aber dann lache ich über mich selbst. Ich trage in diesen Tagen keine Stoßpanzerung, und ich habe auch keinen magischen Hades-Helm und kein Morpharmband mehr, aber meine Bronze- und Duraplast-Rüstung ist bereits geprüft worden. Und ich kann jetzt mit dem Schwert an meinem Gürtel und dem Bogen über meiner Schulter umgehen. Falls ich allerdings Patroklos begegne, und wenn es ihm gelungen ist, sich zu bewaffnen, und wenn er nachtragend ist – und welcher dieser achäischen Helden ist das nicht? –, würde ich nicht viel auf meine Chancen geben.

Scheiß drauf! Wie Achilles – oder vielleicht Zenturio Mep Ahoo – gern sagt: »Kein Mumm, kein Ruhm.«

»Nightenhelser!«, rufe ich in den Wald. »Keith!«

Trotz meines Gebrülls brauche ich eine Stunde, um ihn zu finden, und das gelingt mir auch nur, weil ich zufällig in das Indianerdorf auf einer Lichtung einen knappen Kilometer von meiner Ankunftsstelle entfernt hineinstolpere. In diesem Dorf gibt es keine Tipis, sondern nur roh zusammengezimmerte Hütten aus gebogenen Zweigen, Blättern und so etwas wie Grassoden. In der Mitte des aus sechs Wigwams bestehenden Dorfes brennt ein Lagerfeuer. Plötzlich bellen Hunde, Frauen schreien und schnappen sich ihre Kinder, und sechs männliche amerikanische Ureinwohner ziehen primitive Bogen, legen Pfeile ein und zielen auf mich.

Ich ziehe meinen schönen Zedernholzbogen, handgefertigt von Kunsthandwerkern im fernen Argos, lege in einer flüssigen, geübten Bewegung meinen schönen, handgefertigten Pfeil ein und ziele auf sie, bereit, sie alle mit einem Schuss in die Leber zu erledigen, während ihre albernen angespitzten Stöcke von meiner Rüstung abprallen. Sofern sie mich nicht ins Gesicht oder in die Augen treffen. Oder in den Hals. Oder …

Der ehemalige Scholiker Nightenhelser, in die gleichen Tierfelle gekleidet wie die schlankeren Indianerkrieger, nimmt hastig zwischen uns Aufstellung und ruft den Männern unverständliche Silben zu. Die Indianer schauen mürrisch drein, senken jedoch ihre Bogen. Ich senke meinen.

Nightenhelser kommt steifbeinig auf mich zu. »Himmelherrgott, Hockenberry, was machen Sie denn hier?«

»Sie retten?«

»Rühren Sie sich nicht«, befiehlt er. Er blafft den Männern weitere Silben entgegen und sagt dann auf Altgriechisch zu ihnen: »Und bitte wartet mit dem gebratenen Hund auf mich. Ich bin gleich zurück.«

Er fasst mich am Ellbogen und geht mit mir zum Fluss, außer Sichtweite des Dorfes.

»Griechisch?«, sage ich. »Gebratener Hund?«

Er beantwortet nur den ersten Teil der Frage. »Ihre Sprache ist kompliziert, es fällt mir schwer, sie zu erlernen. Ich finde es leichter, ihnen Griechisch beizubringen.«

Ich muss lachen, aber das liegt vor allem daran, dass ich plötzlich vor mir sehe, wie Archäologen in drei- oder viertausend Jahren dieses prähistorische Indianerdorf in Indiana ausgraben und Tonscherben mit eingeritzten griechischen Bildern aus dem trojanischen Krieg finden.

»Was ist?«, fragt Nightenhelser.

»Nichts.«

Wir setzen uns auf ein paar nicht sonderlich bequeme Felsbrocken auf der anderen Seite des Flusses und unterhalten uns.

»Wie läuft der Krieg?«, fragt Nightenhelser. Ich stelle fest, dass er abgenommen hat. Er sieht gesund und glücklich aus. Mir wird bewusst, dass ich so müde und schmutzig aussehen muss, wie ich mich fühle.

»Welcher Krieg?«, frage ich. »Wir haben jetzt einen ganz neuen.«

Nightenhelser, wortkarg wie immer, zieht die Augenbrauen hoch und wartet.

Ich erzähle ihm ein bisschen vom letzten und größten Krieg, wobei ich einige der schlimmsten Dinge weglasse. Ich will vor meinem alten Scholikerkollegen nicht in Tränen ausbrechen oder zu zittern beginnen.

Nightenhelser hört eine Weile zu und sagt dann: »Wollen Sie mich veräppeln?«

»Ich veräpple Sie nicht. Würde ich so etwas erfinden? *Könnte* ich so etwas erfinden?«

»Nein, da haben Sie recht«, sagt er. »Dazu haben Sie nie die nötige Vorstellungskraft an den Tag gelegt.«

Ich gehe wortlos darüber hinweg.

»Was haben Sie nun vor?«, fragt Nightenhelser.

Ich zuckte die Achseln. »Sie retten?«

Nightenhelser lacht leise in sich hinein. »Es klingt, als müssten eher Sie gerettet werden als ich. Weshalb sollte ich in die Welt zurückkehren, die Sie mir gerade beschrieben haben?«

»Berufliche Neugier?«, schlage ich vor.

»Mein Fachgebiet war die *Ilias*«, sagt Nightenhelser. »Es hört sich so an, als hättet ihr das alles weit hinter euch gelassen.« Er schüttelt den Kopf und reibt sich die Wangen. »Wie kann irgendjemand den Olymp belagern?«

»Achilles und Hektor haben eine Möglichkeit gefunden«, sage ich. »Ich muss wieder zurück. Wollen Sie mitkommen? Ich kann Ihnen nicht versprechen, dass ich jemals wieder hierher qten kann.«

Er schüttelt den Kopf. »Ich bleibe hier.«

»Ihnen ist doch klar«, sage ich drängend und wechsle für den Fall, dass sein Englisch eingerostet ist, ins Griechische, »dass Sie hier nicht in Sicherheit sind. Vor dem Krieg, meine ich. Wenn es schlecht läuft, wird die ganze Erde …«

»Ich weiß. Ich habe zugehört«, sagt Nightenhelser. »Ich bleibe hier.«

Wir stehen beide auf. Ich berühre das QT-Medaillon und lasse die Hand wieder sinken. »Sie haben hier eine Frau«, mutmaße ich.

Nightenhelser zuckt die Achseln. »Ich habe den Leuten ein paar Tricks mit meinem Morpharmband, dem Taser und anderen Spielsachen vorgeführt. Die haben den Stamm beeindruckt. Zumindest haben sie so getan, als wären sie beeindruckt.« Er lächelt auf seine ironische Art. »Es ist eine kleine Gruppe und ein großes, leeres Land, Thomas. Keine anderen Menschen, auf viele Kilometer im Umkreis. Sie brauchen neue DNS in ihrem kleinen Genpool hier.«

»Tja, dann an die Arbeit«, sage ich und klopfe ihm auf die Schulter. Ich berühre erneut das Medaillon, aber dann fällt mir noch etwas ein. »Wo *ist* Ihr Morpharmband? Der Taserstab?«

»Das hat mir Patroklos alles abgenommen.«

Ich schaue mich um und lege die Hand ans Heft meines Schwerts.

»Keine Angst, der ist längst weg«, sagt Nightenhelser.

»Wohin?«

»Er meinte, er wolle nach Ilium zurück, um sich seinem Freund Achilles anzuschließen. Dann hat er mich gefragt, in welcher Richtung Ilium liege. Ich habe nach Osten gezeigt. Er ist in diese Richtung gegangen … und hat mich am Leben gelassen.«

»Gütiger Himmel«, sage ich leise. »Während wir hier miteinander reden, durchschwimmt er wahrscheinlich gerade den Atlantik.«

»Wäre ihm durchaus zuzutrauen.« Nightenhelser streckt die Hand aus, und ich schüttle sie. Nach diesen intensiven Wochen der Unterarmgriffe ist es sehr seltsam, jemandem die Hand zu geben. »Alles Gute, Hockenberry. Ich glaube nicht, dass wir uns noch mal wiedersehen.«

»Wahrscheinlich nicht«, sage ich. »Alles Gute, Nightenhelser.«

Meine Hand liegt am QT-Medaillon, bereit, die Skalenscheibe zu drehen, als der Scholiker – der ehemalige Scholiker – mir auf die Schulter tippt.

»Hockenberry?« Er nimmt rasch die Hand weg, damit er nicht aus Versehen mit mir teleportiert, wenn ich davonqte. »Steht Ilium noch?«

»O ja. Ilium steht noch.«

»Wir wussten immer, was passieren würde«, sagt Nightenhelser. »Neun Jahre, und wir wussten immer – innerhalb einer kleinen Fehlerspanne –, was als Nächstes passieren würde. Welcher Mensch oder Gott was tun würde. Wer sterben würde und wann. Wer am Leben bleiben würde.«

»Ich weiß.«

»Das ist einer der Gründe, weshalb ich hierbleiben muss, bei ihr«, sagt Nightenhelser und schaut mir in die Augen. »Jede Stunde, jeden Tag, jeden Morgen weiß ich nicht, was als Nächstes passieren wird. Das ist einfach wunderbar.«

»Ich verstehe«, sage ich. Und das stimmt auch.

»Wissen Sie, was dort als Nächstes passieren wird?«, fragt Nightenhelser. »In Ihrer neuen Welt?«

»Keine Ahnung.« Ich merke, dass ich wild, fröhlich und wahrscheinlich furchterregend grinse; in mir ist jetzt nichts mehr von einem kultivierten Scholiker oder Gelehrten übrig. »Aber es wird verdammt interessant sein, es herauszufinden.«

Ich drehe das QT-Medaillon und verschwinde.

Personenverzeichnis

ACHÄER *(Griechen)*

Achilles Sohn des Peleus und der Göttin Thetis, grimmigster der griechischen Helden, dem als Schicksal in die Wiege gelegt wurde, entweder bei Troja von Hektors Hand jung zu sterben und ewigen Ruhm zu erlangen oder ein langes, wenig beachtenswertes Leben zu führen.

Odysseus Sohn des Laertes, Herrscher von Ithaka, Gemahl von Penelope, listenreicher Stratege, ein Günstling der Göttin Athene.

Agamemnon Älterer Sohn des Atreus, Oberbefehlshaber der Achäer, Gemahl von Klytämnestra. Agamemnons Beharren darauf, sich Achilles' Sklavin Briseis zu nehmen, löst die zentrale Krise der *Ilias* aus.

Menelaos Jüngerer Sohn des Atreus, Bruder Agamemnons, Gemahl Helenas.

Diomedes Sohn des Tydeus, Anführer der Achäer und ein solch grimmiger Krieger, dass ihm in der *Ilias* eine *Aristie* gewährt wird (eine Geschichte innerhalb der Geschichte, in der er seinen persönlichen Heldenmut im Kampf beweisen kann), nur übertroffen von Achilles' Raserei am Schluss.

Patroklos Sohn des Menoitios, Achilles' bester Freund, dem es in der *Ilias* bestimmt ist, von Hektors Hand zu sterben.

Nestor Sohn des Neleus und ältester der achäischen Anführer, »der tönende Redner von Pylos«, neigt im Rat zu weitschweifigen Tiraden.

Phönix Sohn des Amyntor, älterer Lehrer und langjähriger Kamerad von Achilles, der unerklärlicherweise eine zentrale Rolle in der wichtigen »Gesandtschaft an Achilles« spielt.

TROJANER *(Verteidiger Iliums)*

Hektor Sohn des Priamos, Führer und größter Held der Trojaner, Gemahl von Andromache und Vater des kleinen Astyanax, der von den Bürgern Iliums auch Skamandrios und »Herr der Stadt« genannt wird.

Andromache Hektors Gattin, Mutter von Astyanax; Andromaches königlicher Vater und ihre Brüder wurden von Achilles getötet.

Priamos Sohn des Laomedon, alter König von Ilium (Troja), Vater von Hektor und Paris und vielen weiteren Söhnen.

Paris Sohn des Priamos, Hektors Bruder, begabter Kämpfer und Liebhaber; Paris löste den Trojanischen Krieg aus, indem er Helena, die Gemahlin des Menelaos, aus Sparta entführte und nach Ilium brachte.

Helena Gemahlin des Menelaos, Tochter von Zeus, Opfer mehrerer Entführungen wegen ihrer legendären Schönheit.

Hekabe Priamos' Gemahlin, Königin von Troja.

Äneas Sohn von Anchises und Aphrodite, Führer der Dardaner, dem es in der *Ilias* bestimmt war, künftiger König der verstreuten Trojaner zu werden.

Kassandra Tochter des Priamos, Vergewaltigungsopfer, gepeinigte Hellseherin.

GÖTTER AUF DEM OLYMP

Zeus König der Götter, Gemahl und Bruder von Hera, Vater zahlloser Olympier und Sterblicher, Sohn von Kronos und Rhea, den Titanen, die er gestürzt und in den Tartaros geworfen hat, den tiefsten Kreis der Totenwelt.

Hera Gattin und Schwester von Zeus, Fürsprecherin der Achäer.

Athene Zeus' Tochter, energische Beschützerin der Achäer.

Ares Gott des Krieges, ein Hitzkopf, Verbündeter der Trojaner.

Apollo Gott der Künste, des Heilens und der Krankheit – »Herr des silbernen Bogens« – und wichtigster Verbündeter der Trojaner.

Aphrodite Göttin der Liebe, Verbündete der Trojaner, eine Intrigantin.

Hephaistos Gott des Feuers, Handwerker und Techniker der Götter, Sohn der Hera; begehrt Athene.

ALTMENSCHEN

Ada Ein paar Jahre über ihren Ersten Zwanziger hinaus, Herrin von Ardis Hall.

Harman Neunundneunzig Jahre alt, folglich noch ein Jahr von seinem Letzten Zwanziger entfernt; der einzige Mensch auf Erden, der lesen kann.

Daeman Steht kurz vor seinem Zweiten Zwanziger, ein pummeliger Casanova und Schmetterlingssammler.

Savi Die Ewige Jüdin, blieb als einziger Altmensch beim letzten Fax vor 1400 Jahren verschont.

MORAVECS *(autonome, empfindungsfähige, biomechanische Organismen, die während des Untergegangenen Zeitalters von Menschen im äußeren Sonnensystem ausgesät wurden)*

Mahnmut Forscher in den eisbedeckten Tiefenmeeren des Jupitermondes Europa; Skipper des U-Boots *Dark Lady*; Amateurgelehrter, der sich mit Shakespeares Sonetten befasst.

Orphu von Io Acht Tonnen schwerer, krebsförmiger, stark gepanzerter Hochvakuum-Moravec, der im Schwefel-Torus von Io arbeitet; ein Proust-Fan.

Asteague/Che Bewohner von Europa, Hauptintegrator des Fünf-Monde-Konsortiums.

Koros III. Ganymeder von humanoidem Design mit Buckykarbonhülle und Fliegenaugen, Kommandant der Marsexpedition.

Ri Po Callistaner von nicht-humanoidem Design, Schiffsnavigator.

Zenturio Mep Ahoo Steinvec-Soldat aus dem Asteroidengürtel.

ANDERE WESEN

Voynixe Mysteriöse zweibeinige Geschöpfe, teils Diener, teils Wachhunde, nicht von der Erde.

KGMs Kleine grüne Männchen, auch Zeks genannt; Lebensform auf Chlorophyll-Basis, Arbeiter auf dem Mars mit dem Auftrag, Tausende riesiger Steinköpfe aufzustellen.

Prospero Avatar der entwickelten und ichbewussten Logosphäre der Erde.

Ariel Avatar der entwickelten und ichbewussten Biosphäre der Erde.

Caliban Prosperos Lieblingsmonster.

Calibani Unbedeutendere Caliban-Klone, Wächter des Mittelmeerbeckens.

Sycorax Eine Hexe, Calibans Mutter.

Setebos Calibans gewalttätiger, willkürlicher Gott, der »so viele Arme hat wie ein Tintenfisch«, nicht aus dem irdischen Sonnensystem.

Das Ruhige Prosperos Gott (vielleicht), Setebos' Nemesis, ein unbekanntes Wesen.

Danksagungen

Obwohl ich bei den Vorarbeiten zu diesem Roman viele Übersetzungen der »Ilias« herangezogen habe, möchte ich insbesondere folgenden Übersetzern danken: Robert Fagles, Richmond Lattimore, Alexander Pope, George Chapman, Robert Fitzgerald und Allen Mandelbaum. Ihre Übersetzungen sind von vielgestaltiger Schönheit, und ihr Talent übersteigt mein Begriffsvermögen.

Auch andere Werke der Dichtkunst oder fantasievoller Prosa mit Bezügen zur »Ilias« haben einen großen Beitrag zur Entstehung dieses Buches geleistet. Hier möchte ich insbesondere die Werke von W. H. Auden, Robert Browning, Robert Graves, Christopher Logue, Robert Lowell und Alfred Lord Tennyson hervorheben.

Mein Dank für ihre Forschungen und Kommentare zur »Ilias« und zu Homer gilt Bernard Knox, Richmond Lattimore, Malcolm M. Willcock, A. J. B. Wace, F. H. Stubbings, K. Kerényi und so zahlreichen Mitgliedern der homerischen *Scholia*, dass sie hier nicht alle aufgeführt werden können.

Aufschlussreiche Anmerkungen zu Shakespeare und Brownings »Caliban über Setebos« fand ich in den Werken Harold Blooms und W. H. Audens sowie in der »Norton Anthology of English Literature«. Wer sich für Audens Interpretation von »Caliban über Setebos« und andere Aspekte des Caliban interessiert, sei auf Edward Mendelsons »Later Auden« verwiesen.

»Mahnmuts« Einblicke in Shakespeares Sonette beruhen zu großen Teilen auf Helen Vendlers wunderbarem »The Art of Shakespeare's Sonnets«.

Inspirationsquelle vieler Bemerkungen des »Orphu von Io« zum Werk Marcel Prousts war Roger Shattucks »Proust's Way: A Field Guide to ›In Search of Lost Time‹«.

Jenen Lesern, die Mahnmuts anbetungsvoller Liebe zu Shakespeare nacheifern möchten, seien Harold Blooms »Shakespeare: The Invention of the Human« (dt. »Shakespeare: Die Erfindung des Menschlichen«), Herman Gollobs »Me and Shakespeare: Adventures with the Bard« und »Shakespeare: A Life« (dt. »Shakespeare: Sein Leben«) von Park Honan ans Herz gelegt.

Der NASA, dem Jet Propulsion Laboratory und dem im Verlag der National Geographic Society erschienenen, von Paul Raeburn herausgegebenen Buch »Uncovering the Secrets of the Red Planet« mit einem Vorwort und Kommentar von Matt Golombeck schulde ich großen Dank für detaillierte Karten des Mars (vor dem Terraformen). Der *Scientific American* war eine ergiebige Quelle von Details; besondere Erwähnung verdienen Artikel wie *The Hidden Ocean of Europa* von Robert T. Pappalardo, James W. Head und Ronald Greeley, Oktober 1999 (dt. *Der verborgene Ozean des Jupitermonds Europa*, in: *Spektrum der Wissenschaft*, Dezember 1999), *Quantum Teleportation* von Anton Zeilinger, April 2000 (dt. *Quantenteleportation*, in: *Spektrum der Wissenschaft*, Juni 2000) und *How to Build a Time Machine* von Paul Davies, September 2002.

Zu guter Letzt danke ich Clee Richeson, die mir ausführlich erklärte, wie man einen Gießofen mit Holzkuppel baut.

Deutsche Quellenangaben

Robert Browning: *Caliban über Setebos*. Übersetzung von Carola Giese und Ulrich von Möllendorff. In: Schauerfeld, 14. Jahrgang 2001, Heft 1. Gesellschaft der Arno-Schmidt-Leser e. V., Wittlich.

Erich Fried: »Shakespeare. 27 Stücke von William Shakespeare in der Übersetzung von Erich Fried«. Herausgegeben von Friedmar Apel. Lizenzausgabe der Büchergilde Gutenberg, Bd. 1–3. Verlag Klaus Wagenbach, Berlin 1968–87, 1989.

Homer: »Ilias«. Übersetzung von Roland Hampe. Philipp Reclam jun., Stuttgart 1979.

Homer: »Odyssee«. Übersetzung von Roland Hampe. Philipp Reclam jun., Stuttgart 1979.

Andrew Marvell: *Der Garten*. Übersetzung von Werner von Koppenfels. In: F. Kemp, W. v. Koppenfels (Hg.): »Englische und amerikanische Dichtung«, Bd. 1. C. H. Beck, München 2000.

Marcel Proust: »Auf der Suche nach der verlorenen Zeit«. Übersetzung von Eva Rechel-Mertens, revidiert von Luzius Keller (und Sybilla Laemmel). Suhrkamp, Frankfurt/Main 1994–2000.

William Shakespeare: »Die Sonette«. Übersetzung von Christa Schuenke. 3. Auflage. Deutscher Taschenbuch Verlag, München 2002.

Alfred Lord Tennyson: Ulysses. Übersetzung von F. Freiligrath. In: W. v. Koppenfels, M. Pfister: »Englische und amerikanische Dichtung«, Bd. 2. C. H. Beck, München 2000.